El umbral de la eternidad

Ken Follett es uno de los autores más queridos y admirados por los lectores de todo el mundo, y las ventas de sus libros superan los ciento ochenta millones de ejemplares. Su primer gran éxito literario llegó en 1978 con *El ojo de la aguja* (*La isla de las tormentas*), un thriller de espionaje ambientado en la Segunda Guerra Mundial. En 1989 publicó *Los pilares de la Tierra*, el épico relato de la construcción de una catedral medieval del que se han vendido veintisiete millones de ejemplares y que se ha convertido en su novela más popular. Su continuación, *Un mundo sin fin*, se publicó en 2007, y en 2017 vio la luz *Una columna de fuego*, que transcurre en la Inglaterra del siglo xvi, durante el reinado de Isabel I. En 2020 llegó a las librerías la aclamada precuela de la saga, *Las tinieblas y el alba*, que se remonta al año 1000, cuando Kingsbridge era un asentamiento anglosajón bajo la amenaza de los invasores vikingos. Su última novedad es *Nunca*. Follett, que ama la música casi tanto como los libros, es un gran aficionado a tocar el bajo. Vive en Stevenage, Hertfordshire, con su esposa Barbara. Entre los dos tienen cinco hijos, seis nietos y tres perros labradores.

Para más información, visite la página web del autor:
www.kenfollett.es

Biblioteca
KEN FOLLETT

El umbral de la eternidad

Traducción de
ANUVELA

DEBOLSILLO

Papel certificado por el Forest Stewardship Council®

Título original: *Edge of Eternity*
Primera edición con esta presentación: marzo de 2016
Decimotercera reimpresión: mayo de 2022

© 2014, Ken Follett
© 2014, Penguin Random House Grupo Editorial, S. A. U.
Travessera de Gràcia, 47-49. 08021 Barcelona
© ANUVELA (Ana Alcaina Pérez, Verónica Canales
Medina, Laura Manero Jiménez, Laura Martín de Dios,
Laura Rins Calahorra y Nuria Salinas Villar), por la traducción
Diseño de la cubierta: Penguin Random House Grupo Editorial / Manuel Esclapez
Fotografía de la cubierta: *Muro de Berlín* © Süddeutsche Zeitung Content / Photoaisa.
Marcha © 1976 Matt Herron /Tate Stock / The Image Works

Todas las citas textuales de Martin Luther King, Jr. han sido reproducidas por acuerdo
con sus herederos, Estate of Martin Luther King, Jr., representados por Writers House,
como agente del propietario, Nueva York.
© 1963, 1968, Dr. Martin Luther King, Jr., © renovados 1991 y 1996, Coretta Scott King

Printed in Spain – Impreso en España

ISBN: 978-84-663-2950-7
Depósito legal: B-749-2016

Impreso en Black Print CPI Ibérica
Sant Andreu de la Barca (Barcelona)

P 32950 E

THE CENTURY

La trilogía The Century combina la dimensión épica y el drama humano, sello distintivo en las obras de Ken Follett.

Con la misma habilidad que en sus novelas ambientadas en la Edad Media, en The Century el autor sigue los destinos entrelazados de tres generaciones de cinco familias: una galesa, una inglesa, una rusa, una alemana y otra estadounidense.

La primera novela, *La caída de los gigantes*, está enmarcada en los cruciales acontecimientos de la Primera Guerra Mundial y la Revolución rusa.
En el segundo tomo, *El invierno del mundo*, vivimos desde la inmensa destrucción provocada por la Guerra Civil española y la Segunda Guerra Mundial hasta los inicios de la Guerra Fría.
Con *El umbral de la eternidad* nuestros protagonistas, los nietos de las cinco familias, forjan sus destinos desde los años sesenta hasta los noventa del siglo XX. La guerra de Vietnam, la caída del Muro de Berlín y la lucha contra el racismo son algunos de los hitos históricos que marcan sus vidas en esta época tan turbulenta como fascinante.

The Century narra en esencia el siglo XX y permite contemplar en primera persona una de las épocas posiblemente más convulsas, violentas y determinantes de nuestra historia.

A todos los que luchan por la libertad,
en especial a Barbara

Personajes

Estadounidenses

Familia Dewar
Cameron Dewar
Ursula «Beep» Dewar, su hermana
Woody Dewar, su padre
Bella Dewar, su madre

Familia Peshkov-Jakes
George Jakes
Jacky Jakes, su madre
Greg Peshkov, su padre
Lev Peshkov, su abuelo
Marga, su abuela

Familia Marquand
Verena Marquand
Percy Marquand, su padre
Babe Lee, su madre

CIA
Florence Geary
Tony Savino
Tim Tedder, agente medio retirado
Keith Dorset

Otros
Maria Summers

Joseph Hugo, del FBI
Larry Mawhinney, del Pentágono
Nelly Fordham, antigua prometida de Greg Peshkov
Dennis Wilson, asistente de Bobby Kennedy
Skip Dickerson, asistente de Lyndon Johnson
Leopold «Lee» Montgomery, periodista
Herb Gould, redactor jefe del programa televisivo *This Day*
Suzy Cannon, periodista del corazón
Frank Lindeman, dueño de cadena de televisión

Personajes históricos reales
John F. Kennedy, 35.º presidente de Estados Unidos
Jackie, su esposa
Bobby Kennedy, su hermano
Dave Powers, secretario personal del presidente Kennedy
Pierre Salinger, jefe de prensa del presidente Kennedy
Martin Luther King, Jr., presidente de la Conferencia de Liderazgo
    Cristiano del Sur
Lyndon B. Johnson, 36.º presidente de Estados Unidos
Richard Nixon, 37.º presidente de Estados Unidos
Jimmy Carter, 39.º presidente de Estados Unidos
Ronald Reagan, 40.º presidente de Estados Unidos
George H. W. Bush, 41.º presidente de Estados Unidos
J. Edgar Hoover, director del FBI

Ingleses

Familia Leckwith-Williams
Dave Williams
Evie Williams, su hermana
Daisy Williams, su madre
Lloyd Williams, parlamentario, su padre
Eth Leckwith, abuela de Dave

Familia Murray
Jasper Murray
Anna Murray, su hermana
Eva Murray, su madre

Músicos de los Guardsmen y Plum Nellie
Lenny, primo de Dave Williams
Lew, batería
Buzz, bajo
Geoffrey, guitarra solista

Otros
Conde Fitzherbert (llamado Fitz)
Sam Cakebread, amigo de Jasper Murray
Byron Chesterfield (verdadero nombre, Brian Chesnowitz), agente
    musical
Hank Remington (verdadero nombre, Harry Riley), estrella del pop
Eric Chapman, ejecutivo de compañía discográfica

Alemanes

Familia Franck
Rebecca Hoffmann
Carla Franck, madre adoptiva de Rebecca
Werner Franck, padre adoptivo de Rebecca
Walli Franck, hijo de Carla
Lili Franck, hija de Werner y Carla
Maud von Ulrich (de soltera, lady Maud Fitzherbert), madre de Carla
Hans Hoffmann, marido de Rebecca

Otros
Bernd Held, maestro
Karolin Koontz, cantante de folk
Odo Vossler, pastor protestante

Personajes históricos reales
Walter Ulbricht, secretario general del Partido Socialista Unificado de
    Alemania (comunista)
Erich Honecker, sucesor de Ulbricht
Egon Krenz, sucesor de Honecker

Polacos

Stanisław «Staz» Pawlak, oficial del ejército
Lidka, novia de Cam Dewar
Danuta Górski, activista del sindicato Solidaridad

Personajes históricos reales
Anna Walentynowicz, conductora de grúa
Lech Wałęsa, presidente del sindicato Solidaridad
General Jaruzelski, primer ministro

Rusos

Familia Dvorkin-Peshkov
Tania Dvórkina, periodista
Dimka Dvorkin, asistente del Kremlin, hermano mellizo de Tania
Nina, novia de Dimka
Ania Dvórkina, su madre
Grigori Peshkov, su abuelo
Katerina Peshkova, su abuela
Vladímir (siempre llamado Volodia), su tío
Zoya, esposa de Volodia

Otros
Daniíl Antónov, director de noticias de TASS
Piotr Opotkin, redactor jefe de noticias
Vasili Yénkov, disidente
Natalia Smótrova, funcionaria del Ministerio de Exteriores
Nik Smótrov, marido de Natalia
Yevgueni Filípov, ayudante del ministro de Defensa Rodión Malinovski y de su sucesor Andréi Grechko
Vera Pletner, secretaria de Dimka
Valentín, amigo de Dimka
Mariscal Mijaíl Pushnói

Personajes históricos reales
Nikita Serguéyevich Jrushchov, secretario general del Partido Comunista de la Unión Soviética
Andréi Gromiko, ministro de Exteriores durante el mandato de Jrushchov

Rodión Malinovski, ministro de Defensa durante el mandato de Jrush-
chov
Alekséi Kosiguin, presidente del Consejo de Ministros
Leonid Brézhnev, sucesor de Jrushchov
Yuri Andrópov, sucesor de Brézhnev
Konstantín Chernenko, sucesor de Andrópov
Mijaíl Gorbachov, sucesor de Chernenko

Otras nacionalidades

Paz Oliva, general cubano
Frederik Bíró, político húngaro
Enok Andersen, contable danés

PRIMERA PARTE

Muro

1961

1

La policía secreta convocó a Rebecca Hoffmann un lunes lluvioso de 1961.

La mañana había empezado como otra cualquiera. Su marido la acompañó al trabajo en su Trabant 500 color canela. Las antaño elegantes calles del centro de Berlín aún conservaban solares arrasados por los bombardeos de la guerra, salvo allí donde se habían construido nuevos edificios de hormigón que se alzaban erguidos como dientes falsos y mal emparejados. Hans iba pensando en su trabajo mientras conducía.

—Los tribunales están al servicio de los jueces, de los abogados, de la policía, del gobierno… de todo el mundo menos de las víctimas de la delincuencia —comentó—. Algo así es de esperar en los países capitalistas occidentales, pero bajo el comunismo los tribunales deberían estar claramente al servicio del pueblo. Mis colegas no parecen darse cuenta de ello. —Hans trabajaba en el Ministerio de Justicia.

—Llevamos casi un año casados y te conozco desde hace dos, pero nunca me has presentado a ninguno de tus colegas —repuso Rebecca.

—Te aburrirían —adujo él de inmediato—. Son todos abogados.

—¿Hay alguna mujer entre ellos?

—No. En mi sección, por lo menos, no.

Hans ocupaba un puesto administrativo: designaba jueces, programaba juicios, gestionaba los tribunales.

—De todas formas me gustaría conocerlos.

Su marido era un hombre fuerte que había aprendido a controlarse. Mientras lo miraba y ante su insistencia, Rebecca percibió en sus ojos un conocido destello de rabia, y vio que la reprimía echando mano de su fuerza de voluntad.

—Ya quedaré con ellos —dijo Hans—. Quizá podríamos ir todos a un bar alguna tarde.

De los hombres que había conocido Rebecca, Hans era el primero que estaba a la altura de su padre. Era seguro y autoritario, pero siempre la escuchaba. Tenía un buen trabajo; no mucha gente disponía de coche propio en la Alemania Oriental. Los hombres que trabajaban para el gobierno solían ser comunistas de la línea dura, pero Hans, por sorprendente que fuera, compartía el escepticismo político de Rebecca. Igual que su padre, era alto, apuesto y vestía bien. Era el hombre al que había estado esperando.

Durante su noviazgo solo dudó de él en una ocasión, y de forma muy breve. Habían sufrido un accidente de tráfico sin importancia. La culpa fue del otro conductor, que había salido de una calle lateral sin detenerse. Cosas como esa sucedían todos los días, pero Hans se puso hecho una furia. Aunque el daño sufrido por ambos coches era mínimo, llamó a la policía, les enseñó su carnet del Ministerio de Justicia y consiguió que detuvieran al otro hombre por conducción temeraria y lo llevaran a la cárcel.

Después se disculpó con Rebecca por haber perdido los estribos. Ella, asustada ante su afán de venganza, había estado a punto de poner fin a la relación, pero Hans le explicó que ese día no era dueño de sí mismo por culpa de las presiones del trabajo, y ella decidió creerlo. Su fe se había visto justificada: Hans nunca volvió a hacer nada semejante.

Cuando llevaban un año saliendo, y seis meses durmiendo juntos casi todos los fines de semana, Rebecca se preguntó por qué no le proponía matrimonio. Ya no eran unos niños: ella tenía entonces veintiocho años y él treinta y tres, así que fue ella quien se lo pidió. A Hans le sorprendió la proposición, pero aceptó.

En ese momento detuvo el coche frente a la escuela donde trabajaba Rebecca. Era un edificio moderno y bien equipado: los comunistas se tomaban muy en serio la educación. Frente a las puertas de la verja, cinco o seis chicos mayores esperaban fumando cigarrillos junto a un árbol. Rebecca no hizo caso de sus miradas insistentes y besó a Hans en los labios. Después bajó del coche.

Los chicos la saludaron con educación, pero ella sintió la avidez con que esos ojos adolescentes devoraban su figura mientras cruzaba el patio de la escuela sin esquivar los charcos.

Rebecca pertenecía a una familia con inclinaciones políticas. Su abuelo había sido socialdemócrata y miembro del Reichstag, el Parlamento alemán, hasta que Hitler llegó al poder. Su madre, concejala del ayuntamiento durante el breve período de democracia que vivió el Berlín oriental tras la guerra, también por el Partido Socialdemócrata. Sin embargo, la Alemania Oriental se había convertido en una tiranía y Rebecca no le veía ninguna utilidad a meterse en política, por lo que había canalizado su idealismo hacia la educación con la esperanza de que la siguiente generación fuese menos dogmática, más compasiva, más lista.

Al llegar a la sala de profesores consultó el horario de sustituciones en el tablón de anuncios. Le habían doblado la mayoría de las clases, así que tendría a dos grupos de alumnos apretujados en una sola aula casi todo el día. Ella impartía la asignatura de ruso, pero también le habían adjudicado una sustitución de inglés. Rebecca no lo hablaba, aunque sí tenía algunas nociones gracias a su abuela inglesa, Maud, que a sus setenta años seguía siendo una mujer batalladora.

Era la segunda vez que le pedían a Rebecca que diera una clase de inglés, y empezó a pensar en algún texto. En la ocasión anterior había utilizado uno de esos panfletos que repartían entre los soldados estadounidenses para explicarles cómo tratar con los alemanes: a los alumnos les había parecido divertidísimo, y también habían aprendido mucho. Ese día quizá escribiría en la pizarra la letra de una canción que todos conocieran, como el *Twist*, que constantemente sonaba por la radio del ejército de Estados Unidos, la American Forces Network, y les pediría que la tradujeran al alemán. No sería una clase convencional, pero sí lo mejor que podía improvisar.

La escuela adolecía de una grave escasez de profesores porque la mitad del personal había emigrado a la Alemania Occidental, donde los salarios eran de trescientos marcos más al mes y la gente era libre. Lo mismo sucedía en casi todas las escuelas de la Alemania Oriental. Y no se trataba solo de los profesores. Los médicos podían duplicar sus ingresos emigrando a Occidente. La madre de Rebecca, Carla, era jefa de enfermeras en un gran hospital del Berlín oriental y se subía por las paredes a causa de la falta tanto de enfermeras como de médicos. Lo mismo sucedía en la industria, e incluso en las fuerzas armadas. Era una crisis nacional.

Mientras Rebecca apuntaba a toda prisa la letra del *Twist* en un cuaderno e intentaba recordar aquel verso que hablaba de una hermana pequeña, algo así como «my little sis», el subdirector entró en la sala de profesores. Bernd Held era seguramente el mejor amigo que tenía Rebecca fuera de la familia. Contaba cuarenta años y era un hombre delgado y de cabello oscuro, y tenía una cicatriz lívida que le cruzaba la frente porque lo había alcanzado un fragmento de metralla mientras defendía las colinas de Seelow durante los últimos días de la guerra. Era profesor de física, pero compartía el interés de Rebecca por la literatura rusa, y un par de veces a la semana comían juntos el bocadillo a mediodía.

—Escuchad todos —dijo Bernd—, me temo que traigo malas noticias. Anselm nos ha dejado.

Se produjo un murmullo de sorpresa. Anselm Weber, el director del colegio, era un comunista leal: todos los directores tenían que serlo. Sin embargo, al parecer sus principios se habían visto superados por el atractivo de la prosperidad y la libertad de la Alemania Occidental.

—Yo ocuparé su lugar hasta que se designe un nuevo director —siguió informando Bernd.

Rebecca y los demás maestros de la escuela sabían que, si era cuestión de capacidades, el propio Bernd debía ser elegido para el cargo. Pero Bernd quedaba descartado porque no quería afiliarse al Partido Socialista Unificado, el SED, comunista en todo salvo en el nombre.

Por ese mismo motivo Rebecca jamás llegaría a directora de escuela. Anselm le había suplicado que se uniera al partido, pero eso era imposible. Para ella habría sido como ingresar en un manicomio y fingir que todos los demás internos estaban cuerdos.

Mientras Bernd detallaba las medidas temporales que se tomarían para solventar la emergencia, Rebecca se preguntó cuánto tardaría la escuela en recibir al nuevo director. ¿Un año? ¿Durante cuánto tiempo se prolongaría aquella crisis? Nadie lo sabía.

Antes de la primera clase abrió su casillero, pero estaba vacío. El correo no había llegado aún. Quizá también el cartero se había marchado a la Alemania Occidental.

La carta que pondría su vida patas arriba todavía estaba por llegar.

Impartió su primera clase, en la que comentó el poema ruso *El jinete de bronce* ante un nutrido grupo de alumnos de diecisiete y dieciocho años. Era una lección que había dado todos los años desde que empezó a trabajar de maestra. Como siempre, guiaba a los chicos hacia el análisis soviético ortodoxo y explicaba que Pushkin resolvía el conflicto entre el interés personal y el deber público en favor de este último.

A la hora de comer Rebecca llevó su bocadillo al despacho del director y se sentó al enorme escritorio, delante de Bernd. Contempló la estantería de baratos bustos de cerámica: Marx, Lenin y el dirigente comunista de la Alemania del Este, Walter Ulbricht. Bernd siguió su mirada y sonrió.

—Anselm ha sido astuto —dijo—. Se ha pasado años fingiendo ser un verdadero creyente y de pronto… ¡Bum! Se va.

—¿No te tienta la idea de marcharte? —preguntó Rebecca—. Estás divorciado, no tienes hijos… Nada te ata.

Él miró a un lado y a otro, como si creyera que alguien podía estar escuchando, después se encogió de hombros.

—Lo he pensado... ¿Quién no? —contestó—. ¿Y tú? Tu padre trabaja en Berlín Oeste, ¿verdad?

—Sí. Tiene una fábrica de televisores, pero mi madre está decidida a quedarse en el Este. Cree que debemos solucionar nuestros problemas, no huir siempre de ellos.

—La conozco. Es una fiera.

—Dice la verdad. Además, la casa donde vivimos pertenece a su familia desde hace generaciones.

—¿Y qué piensa tu marido?

—Vive entregado al trabajo.

—O sea que no tengo que preocuparme por perderte. Bien.

—Bernd... —empezó a decir Rebecca, pero luego vaciló.

—Escúpelo.

—¿Puedo hacerte una pregunta personal?

—Desde luego.

—Dejaste a tu esposa porque te engañaba con otro, ¿verdad?

Bernd se puso tenso, pero contestó.

—Así es.

—¿Cómo lo descubriste?

Él se estremeció, como si de repente hubiera sentido una punzada de dolor.

—¿Te molesta que te lo pregunte? —dijo Rebecca con inquietud—. ¿Es demasiado personal?

—A ti no me importa contártelo —repuso él—. Se lo planteé abiertamente y ella lo admitió.

—Pero ¿qué fue lo que hizo que sospecharas?

—Un montón de pequeñas cosas...

Rebecca lo interrumpió.

—Suena el teléfono, descuelgas y te encuentras con varios segundos de silencio, después la persona del otro lado de la línea cuelga.

Bernd asintió.

—Tu pareja rompe una nota en trozos muy pequeños y los tira por el retrete —siguió explicando Rebecca—. El fin de semana lo convocan a una reunión imprevista. Por las noches pasa horas escribiendo cosas que no quiere enseñarte.

—Ay, vaya —dijo Bernd con tristeza—. Estás hablando de Hans.

—Tiene una amante, ¿verdad? —Dejó su bocadillo en la mesa; había perdido el apetito—. Dime sinceramente lo que piensas.

—Lo siento mucho.

Bernd la había besado una vez cuatro meses atrás, el último día del primer trimestre. Se estaban despidiendo y se habían deseado una feliz

Navidad, y entonces él la asió del brazo con suavidad, inclinó la cabeza y le dio un beso en los labios. Rebecca le pidió que no volviera a hacerlo nunca, y le dijo que le gustaría seguir teniéndolo como amigo; al regresar a la escuela en enero, ambos actuaron como si nada de aquello hubiese sucedido. Unas semanas después, Bernd le dijo incluso que tenía una cita con una viuda de la misma edad que él.

Rebecca no quería transmitirle falsas esperanzas, pero él era la única persona con quien podía hablar además de su propia familia, y a ellos no quería preocuparlos. Todavía no.

—Estaba tan segura de que Hans me quería… —dijo, y se le arrasaron los ojos en lágrimas—. Yo lo quiero.

—Tal vez sí te quiere. Hay hombres incapaces de resistir la tentación.

Rebecca no sabía si Hans se sentía satisfecho con su vida sexual. Nunca había protestado, pero solo hacían el amor una vez a la semana más o menos, lo cual ella creía que era poco para estar recién casados.

—Lo único que deseo es tener mi propia familia. Una igual que la de mi madre, donde todos se sientan queridos, apoyados y protegidos —confesó—. Pensaba que con Hans podría tener eso.

—Quizá todavía puedas —repuso Bernd—. Una aventura no tiene por qué ser el final de un matrimonio.

—¿En el primer año?

—No es bueno, lo admito.

—¿Qué voy a hacer?

—Deberías preguntárselo. Puede que lo reconozca o puede que lo niegue, pero así sabrá que te has dado cuenta.

—Y luego ¿qué?

—¿Qué quieres tú? ¿Te divorciarías de él?

Rebecca negó con la cabeza.

—Jamás lo abandonaría. El matrimonio es una promesa. No puedes mantener una promesa solo cuando te va bien. Hay que mantenerla aunque no te apetezca. Ese es su significado.

—Yo hice lo contrario. Debes de creer que actué mal.

—No te juzgo, ni a ti ni a nadie. Solo hablo por mí misma. Quiero a mi marido y deseo que me sea fiel.

La sonrisa de Bernd reflejaba admiración pero también pesar.

—Espero que consigas lo que quieres.

—Eres un buen amigo.

Sonó el timbre de la primera clase de la tarde. Rebecca se levantó y volvió a guardar el bocadillo en su envoltorio de papel. No iba a comérselo, ni en ese momento ni después, pero le horrorizaba tirar la comida, como a la mayoría de quienes habían vivido la guerra.

—Gracias por escucharme —le dijo a Bernd, y se secó los ojos humedecidos con un pañuelo.

—No he sido de mucho consuelo.

—Sí, sí que lo has sido. —Y salió.

Mientras se dirigía al aula de la clase de inglés se dio cuenta de que no había preparado la letra del *Twist*. De todas formas, llevaba siendo maestra el tiempo suficiente para poder improvisar.

—¿Quién ha oído una canción que se llama el *Twist*? —preguntó en voz alta al entrar por la puerta.

Todos la conocían.

Se acercó a la pizarra y cogió un trozo de tiza.

—¿Qué dice la letra?

Los alumnos se pusieron a gritar todos a la vez.

«Come on baby, let's do the Twist», escribió Rebecca en la pizarra.

—¿Cómo se dice eso en alemán? —preguntó entonces, y durante un rato olvidó sus problemas.

En la pausa de la tarde encontró una carta en su casillero. La llevó consigo a la sala de profesores y se hizo un café instantáneo antes de abrirla. Cuando la leyó, la taza se le cayó al suelo.

La única hoja de papel que contenía llevaba el membrete del Ministerio de Seguridad del Estado. Ese era el nombre oficial de la policía secreta; extraoficialmente, todos la conocían como «la Stasi». La carta estaba remitida por el sargento Scholz, quien le ordenaba que se presentara en su despacho de la jefatura para someterse a un interrogatorio.

Rebecca limpió el líquido que había vertido, se disculpó ante sus compañeros, fingió que no sucedía nada y se fue al servicio de señoras, donde se encerró en un compartimiento. Necesitaba pensar antes de confiarle aquello a nadie.

En la Alemania del Este todo el mundo estaba al tanto de la existencia de esas cartas, y todo el mundo temía recibir una algún día. Significaba que algo iba mal: puede que ese algo fuera insignificante, pero había llamado la atención de los vigilantes. Por lo que explicaba la gente, sabía que aducir inocencia no servía de nada. Los policías reaccionarían asegurando que debía ser culpable de algo; si no, ¿por qué habrían de interrogarla? Insinuarles que habían cometido un error equivalía a insultar su competencia, lo cual también era delito.

Al leerla otra vez, vio que tenía cita para las cinco de esa misma tarde.

¿Qué había hecho? Su familia era altamente sospechosa, por supuesto. Su padre, Werner, era un capitalista con una fábrica que el gobierno de la Alemania del Este no podía tocar porque estaba en el Berlín occidental. Su madre, Carla, era una socialdemócrata reputada. Su abuela, Maud, hermana de un conde inglés.

Sin embargo, las autoridades llevaban un par de años sin molestar a la familia, y Rebecca había supuesto que su matrimonio con un funcionario del Ministerio de Justicia le habría otorgado cierta respetabilidad. Era evidente que no.

¿Había cometido algún delito? Poseía un ejemplar de *Rebelión en la granja*, la alegoría anticomunista de George Orwell, que era ilegal. Su hermano pequeño, Walli, tenía quince años, tocaba la guitarra y cantaba canciones protesta estadounidenses como *This Land is Your Land*. A veces Rebecca pasaba a la parte oeste de la ciudad para ver exposiciones de pintura abstracta. Los comunistas eran tan conservadores en cuestiones de arte como las matronas victorianas.

Se lavó las manos y se miró en el espejo. No parecía asustada. Tenía la nariz recta, la barbilla rotunda y ojos castaños de mirada intensa. Su cabello era oscuro y rebelde, y lo llevaba bien peinado hacia atrás. Como era alta y tenía un aire escultórico, había a quien le resultaba intimidante. Era capaz de enfrentarse a un aula llena de bulliciosos jóvenes de dieciocho años y hacerlos callar con una única palabra.

No obstante, estaba amedrentada. Lo que más miedo le daba era saber que la Stasi podía hacer cualquier cosa. No tenían ninguna limitación real: quejarse de ellos era un delito en sí mismo. Y eso le hizo pensar en el Ejército Rojo al final de la guerra, cuando los soldados soviéticos habían gozado de libertad total para robar, violar y asesinar a alemanes, y habían hecho uso de esa libertad en una bacanal de barbarie indescriptible.

La última clase que Rebecca dio ese día versaba sobre la construcción de la voz pasiva en la gramática rusa y fue un auténtico desastre, fácilmente la peor lección que había impartido desde que se sacó el título de maestra. A los alumnos no les pasó desapercibido que algo iba mal, y Rebecca se emocionó al ver que intentaban ayudarla todo lo posible, incluso haciéndole sugerencias útiles cuando se trababa y no encontraba la palabra adecuada. Gracias a su indulgencia, consiguió llegar hasta el final.

Al terminar las clases, Bernd se encerró en el despacho del director con varios funcionarios del Ministerio de Educación, supuestamente para discutir sobre cómo mantener la escuela abierta aunque faltara la mitad del personal. Rebecca no quería ir a la jefatura de la Stasi sin informar a nadie por si decidían retenerla allí, así que le escribió una nota contándole que la habían citado.

Después tomó un autobús que la llevó por las calles mojadas hasta Normannenstrasse, en Lichtenberg, un barrio de las afueras.

La jefatura de la Stasi era un bloque de oficinas nuevo y horrendo. No estaba terminado; había excavadoras en el aparcamiento y andamios en uno de sus extremos. La construcción ofrecía un rostro adusto bajo la lluvia, aunque tampoco en un día de sol resultaba mucho más alegre.

Al cruzar la puerta, Rebecca se preguntó si volvería a salir de allí.

Atravesó el enorme atrio y presentó su carta en el mostrador de recepción, desde donde un hombre la acompañó arriba en ascensor. Su miedo crecía a medida que subían pisos. Salieron a un pasillo de paredes pintadas de un espantoso color amarillo mostaza y su acompañante la hizo pasar a una sala vacía salvo por una mesa con superficie de plástico y dos sillas incómodas, hechas de tubos metálicos. Se notaba un olor muy fuerte a pintura. Allí la dejó sola.

Estuvo sentada cinco minutos, temblando y esforzándose por no llorar. Le habría gustado ser fumadora: tal vez un pitillo la habría tranquilizado.

Por fin llegó el sargento Scholz, que era algo más joven que Rebecca —ella le echó unos veinticinco años— y llevaba consigo una carpeta delgada. Se sentó, se aclaró la garganta, abrió la carpeta y arrugó la frente. Rebecca pensó que estaba intentando aparentar importancia, y se preguntó si sería su primer interrogatorio.

—Es usted maestra en la Escuela Politécnica de Secundaria Friedrich Engels —dijo.

—Sí.

—¿Dónde vive?

Rebecca contestó, pero seguía desconcertada. ¿Acaso no conocía su dirección la policía secreta? Eso tal vez explicaba por qué le habían enviado la carta a la escuela y no a su casa.

Tuvo que facilitar los nombres y las edades de sus padres y sus abuelos.

—¡Me está mintiendo! —exclamó Scholz con aire triunfal—. Dice que su madre tiene treinta y nueve años y usted tiene veintinueve. ¿Cómo pudo traerla al mundo cuando tenía diez años?

—Soy adoptada —dijo Rebecca, aliviada al verse capaz de ofrecer una explicación inocente—. Mis padres biológicos murieron al final de la guerra, cuando una bomba destruyó nuestra casa.

Por aquel entonces Rebecca tenía trece años. Los proyectiles del Ejército Rojo no dejaban de caer, la ciudad estaba en ruinas y ella se encontraba sola, confusa, aterrorizada. Al ver en ella a una adolescente voluptuosa, un grupo de soldados la habían elegido de entre otras mujeres para violarla. Carla la había salvado ofreciéndose en su lugar. Aun así, aquella terrorífica experiencia había provocado en Rebecca una actitud dubitativa y nerviosa en todo lo referente al sexo. Si Hans no se sentía satisfecho, estaba convencida de que tenía que ser por culpa de ella.

Se estremeció e intentó desterrar el recuerdo.

—Carla Franck me salvó de... —Rebecca se interrumpió justo a tiempo. Los comunistas negaban que los soldados del ejército ruso hubieran cometido violaciones, aunque todas las mujeres que habían estado en la Alemania Oriental en 1945 conocían la horrible verdad—. Carla me salvó —repitió, omitiendo los detalles polémicos—. Más adelante, Werner y ella me adoptaron oficialmente.

Scholz estaba tomando nota de todo. Aquel expediente no podía contener demasiada información, pensó Rebecca, pero algo debía de haber. Si tan poco sabía el sargento sobre su familia, ¿qué era lo que había llamado su atención?

—Es usted profesora de inglés —afirmó.

—No, soy profesora de ruso.

—Está mintiéndome de nuevo.

—No le miento, y tampoco he mentido antes —puntualizó ella con decisión. Le sorprendió verse hablando con él de esa forma desafiante. Ya no estaba tan asustada como hacía un rato, aunque quizá actuara con imprudencia. Puede que él fuera joven e inexperto, se dijo, pero seguía teniendo el poder de destrozarle la vida—. Estoy licenciada en Lengua y Literatura Rusa —siguió explicando, e intentó ofrecer una sonrisa cortés—. Soy la jefa del Departamento de Ruso de mi escuela, pero la mitad de los profesores se han ido a Occidente, y nos vemos obligados a improvisar. Por eso esta última semana he dado dos clases de inglés.

—¡O sea que tengo razón! Y en sus clases contamina las mentes de los niños con propaganda americana.

—Ah, vaya —profirió ella—. ¿Es por el folleto informativo de los soldados norteamericanos?

El sargento leyó una hoja con anotaciones.

—Aquí dice: «Tenga en cuenta que en la Alemania Oriental no hay libertad de expresión». ¿No es eso propaganda americana?

—Les expliqué a los alumnos que los americanos tienen un concepto premarxista de la libertad muy ingenuo —contestó Rebecca—. Supongo que su informante no mencionó nada de eso.

Se preguntó quién sería el chivato. Debía de ser un alumno, o quizá un padre al que le habían hablado de esa clase. La Stasi tenía más espías que los nazis.

—También dice: «Cuando esté en Berlín Este, no se dirija a los agentes de policía para preguntar una dirección. Al contrario que los policías estadounidenses, su cometido no es ayudarle». ¿Qué tiene que decir a eso?

—¿No es verdad? —repuso ella—. Cuando era usted adolescente, ¿alguna vez le pidió a un *vopo* que le indicara cómo llegar a la estación del U-Bahn? —Los *vopos* eran agentes de la Volkspolizei, la policía de la Alemania del Este.

—¿No pudo encontrar algo más adecuado para enseñar a unos niños?

—¿Por qué no viene usted a nuestra escuela a dar la clase de inglés?

—¡Yo no hablo inglés!

—¡Tampoco yo! —exclamó Rebecca, y de inmediato lamentó haber alzado la voz.

Sin embargo, Scholz no estaba enfadado. De hecho, en cierto modo parecía intimidado. Era evidente que carecía de experiencia, pero ella no podía permitirse bajar la guardia.

—Tampoco yo —repitió, más calmada—. Así que voy inventando cosas sobre la marcha y aprovecho cualquier material en inglés que llega a mis manos. —Pensó que era el momento de mostrar un poco de falsa humildad—. Es evidente que he cometido un error, y lo siento mucho, sargento.

—Parece usted una mujer inteligente —comentó él.

Rebecca entornó los ojos. ¿Era una trampa?

—Gracias por el cumplido —dijo con un tono neutro.

—Necesitamos personas inteligentes, sobre todo mujeres.

—¿Para qué? —Estaba perpleja.

—Para tener los ojos bien abiertos, ver lo que sucede y hacernos saber cuándo algo va mal.

Rebecca se quedó estupefacta.

—¿Me está pidiendo que sea informante de la Stasi? —preguntó tras unos instantes.

—Es un trabajo importante, solidario —explicó el sargento—. Y fundamental en las escuelas, donde se forma la actitud de los jóvenes.

—Ya veo.

Lo que veía Rebecca era que ese sargento de la policía secreta había metido la pata hasta el fondo. La había investigado en su lugar de trabajo, pero no sabía nada acerca de su conocida familia. Si Scholz hubiese hecho averiguaciones sobre el entorno de Rebecca, jamás se habría dirigido a ella.

Ya imaginaba cómo debía de haber ocurrido. «Hoffmann» era un apellido muy común, y «Rebecca» tampoco era un nombre inusual. Era fácil que un novato cometiera el error de investigar a la Rebecca Hoffmann equivocada.

—Sin embargo, la gente que realiza ese trabajo debe ser absolutamente honrada y digna de confianza —siguió explicando el sargento.

Aquello era tan contradictorio que Rebecca casi no pudo contener la risa.

—¿Honrada y digna de confianza? —repitió—. ¿Para espiar a sus amigos?

—Desde luego. —Por lo visto no había percibido su ironía—. Y, además, tiene ventajas. —El sargento bajó la voz—. Sería usted una de nosotros.

—No sé qué decir.

—No tiene que decidirlo ahora. Vuelva a casa y piénselo. Pero no lo hable con nadie. Debe ser un secreto, evidentemente.

—Evidentemente.

Rebecca empezaba a sentir alivio. Scholz no tardaría mucho en descubrir que no era la persona adecuada para sus propósitos, y retiraría su oferta. Sin embargo, llegado ese punto ya le sería muy difícil dar marcha atrás e intentar incriminarla de nuevo por hacer propaganda del imperialismo capitalista. Tal vez lograra salir indemne de esa.

Scholz se puso de pie y Rebecca siguió enseguida su ejemplo. ¿Era posible que su visita a la jefatura de la Stasi terminara tan bien? Parecía demasiado bueno para ser cierto.

El sargento le sostuvo la puerta con cortesía y luego la acompañó a lo largo del pasillo. Cerca de las puertas del ascensor había un grupo de cinco o seis hombres de la Stasi conversando de forma animada. Uno de ellos le sonaba una barbaridad: era alto y de espaldas anchas, iba algo encorvado y llevaba un traje de franela gris claro que Rebecca conocía muy bien. Se lo quedó mirando, atónita, mientras se acercaba al ascensor.

Era su marido, Hans.

¿Qué hacía allí? Su primer pensamiento, fruto del miedo, fue que también a él lo hubieran sometido a un interrogatorio. Pero un instante después, por la forma en que estaban allí todos reunidos, se dio cuenta de que no lo trataban como a un sospechoso.

¿Qué, entonces? El corazón empezó a latirle con fuerza por el miedo, pero ¿de qué estaba asustada?

Tal vez su trabajo en el Ministerio de Justicia lo llevaba hasta allí de vez en cuando, pensó. Sin embargo, en ese momento oyó a uno de aquellos hombres decir:

—Pero, con el debido respeto, teniente...

Rebecca no pescó el resto de la frase. ¿Cómo que «teniente»? Los funcionarios no tenían rangos militares... ¡a menos que trabajaran para la policía!

Entonces Hans la vio.

Ella percibió todas las emociones que asomaron a su rostro: qué fácil era leerles la mente a los hombres. Al principio frunció el ceño, confuso, igual que si hubiera visto un objeto conocido en un contexto extraño, como una zanahoria en una biblioteca. Después abrió los ojos con espanto al comprender lo que estaba viendo, y su boca se abrió ligeramente. Sin embargo, fue la siguiente expresión la que más desconcertó a Rebecca: sus mejillas se oscurecieron con vergüenza y miró hacia otro lado con los ojos cargados de inequívoco sentimiento de culpa.

Ella no dijo nada durante unos segundos, intentando asimilar todo aquello. Después, sin entender aún lo que veía, se dirigió a él:

—Buenas tardes... teniente Hoffmann.

Scholz los miró con asombro y con miedo.

—¿Conoce usted al teniente?

—Bastante —respondió ella, luchando por no perder la compostura mientras una sospecha cobraba forma en su interior—. Empiezo a preguntarme si no me habrá tenido bajo vigilancia durante un tiempo.

Pero no era posible... ¿verdad?

—¿Ah, sí? —preguntó Scholz como un tonto.

Rebecca se quedó mirando a su marido esperando su reacción ante esa conjetura, con la esperanza de que la desterrara con una risa y enseguida le ofreciera una explicación inocente. Hans había abierto la boca como si fuera a hablar, pero ella se dio cuenta de que no tenía intención de decirle la verdad: al contrario, le pareció que su expresión era la de alguien que intenta inventar una historia a la desesperada pero no consigue que se le ocurra nada para explicar todos los detalles.

Scholz estaba al borde de las lágrimas.

—¡No lo sabía! —exclamó.

—Soy la esposa de Hans —dijo Rebecca sin dejar de mirarlo.

La expresión de su marido volvió a transformarse cuando la culpa dio paso a la rabia, y su rostro se convirtió en una máscara de furia. Al final tomó la palabra, pero no para decirle nada a Rebecca.

—Cierra la boca, Scholz.

Entonces ella estuvo segura, y su mundo se desmoronó a su alrededor.

Scholz estaba demasiado atónito para acatar la orden de Hans.

—¿Es usted... esa señora Hoffmann? —le preguntó a Rebecca.

Hans se movió llevado por el impulso de la rabia y arremetió contra Scholz con un potente derechazo que le dio en toda la cara. El joven se tambaleó hacia atrás con el labio abierto.

—Maldito imbécil —dijo Hans—. Acabas de tirar a la basura dos años de meticuloso trabajo secreto.

—Las llamadas extrañas, las reuniones imprevistas, las notas que rompías en pedazos... —masculló Rebecca.

Hans no tenía una amante.

Era peor que eso.

Se sentía aturdida, pero sabía que aquel era el momento de descubrir la verdad, mientras todos seguían desprevenidos, antes de que empezaran a contar mentiras e inventar tapaderas. Hizo un esfuerzo para no flaquear.

—¿Te casaste conmigo solo para espiarme, Hans? —preguntó con frialdad.

Él se la quedó mirando sin contestar.

Scholz se volvió y se alejó tambaleándose por el pasillo.

—Id tras él —ordenó Hans.

Entonces se abrió el ascensor. Rebecca entró justo cuando Hans gritaba:

—¡Detened a ese idiota y encerradlo en una celda!

Se volvió para hablar con ella, pero las puertas del ascensor se cerraron y Rebecca apretó el botón de la planta baja.

Cruzó el atrio sin ver apenas nada por culpa de las lágrimas. Nadie le dirigió la palabra; sin duda era común encontrar allí a personas llorando. Atravesó el aparcamiento mojado por la lluvia hasta llegar a la parada del autobús.

Su matrimonio era una farsa. Le costaba asimilarlo. Se había acostado con Hans, lo había amado, se había casado con él, y durante todo ese tiempo él la había engañado. Una infidelidad podría considerarse un desliz temporal, pero Hans le había mentido desde el principio. Debió de empezar a salir con ella para poder espiarla.

Era evidente que nunca había tenido intención de casarse. En un principio seguramente no pretendió más que flirtear con ella para poder meterse en casa de la familia. Pero el engaño había funcionado demasiado bien. Debió de resultarle una verdadera sorpresa que ella le propusiera matrimonio. Tal vez se había visto obligado a tomar una decisión: romper con ella y abandonar la vigilancia, o casarse y continuarla. Quizá sus jefes le habían ordenado que aceptara. ¿Cómo podía haberle mentido tan a conciencia?

Un autobús se detuvo en la parada y ella subió. Avanzó con la cabeza gacha hasta un asiento cerca del fondo y se tapó la cara con las manos.

Rememoró su noviazgo. Cada vez que había sacado a colación los temas que se habían interpuesto en sus relaciones anteriores —su feminismo, su anticomunismo, su estrecha relación con Carla—, él le había dado todas las respuestas correctas. Rebecca había creído que los dos eran almas gemelas; tanto, que casi parecía milagroso. Jamás se le había ocurrido que pudiera estar fingiendo.

El autobús avanzó lentamente por el paisaje de escombros viejos y hormigón nuevo en dirección al céntrico barrio de Mitte. Rebecca intentó pensar en su futuro, pero no lo lograba. Lo único que conseguía era volver sobre el pasado una y otra vez. Recordó el día de su boda, la luna de miel, su año de casada, y de pronto lo vio todo como una obra en la que Hans había representado un papel. Le había robado dos años de su vida, y eso la enfureció tanto que dejó de llorar.

Recordó también la tarde en que le había pedido que se casara con ella. Estaban paseando por el Parque del Pueblo, en Friedrichshain, y se detuvieron delante de la vieja Fuente de los Cuentos de Hadas a contemplar las tortugas esculpidas en piedra. Ella se había puesto un vestido azul marino, el color que más la favorecía. Hans, una americana de tweed nueva: aunque la Alemania Oriental era un páramo de la moda, él siempre lograba encontrar buenas prendas. Entre sus brazos, Rebecca se sentía segura, protegida, valorada. Deseaba estar con un hombre para siempre, y ese hombre era él. «¿Por qué no nos casamos, Hans?», le propuso con una sonrisa. Él le dio un beso. «Qué idea más estupenda», respondió.

«Fui una tonta —pensó Rebecca, esta vez con ira—, una tonta y una boba.»

Una cosa quedaba explicada. Hans no había querido tener hijos todavía. Le había dicho que prefería conseguir primero otro ascenso y buscar una casa para ellos solos. Antes de la boda nunca le había comentado nada de todo eso, y a Rebecca le sorprendió, puesto que ya tenían una edad: ella había cumplido los veintinueve años y él los treinta y cuatro. Por fin conocía la verdadera razón.

Cuando se apeó del autobús estaba hecha una furia. Caminó deprisa, luchando contra el viento y la lluvia, hacia la vieja casona de varios pisos donde vivía. Desde el vestíbulo, por la puerta abierta del sa-

33

lón principal, vio que su madre estaba enfrascada en una conversación con Heinrich von Kessel, que también había sido concejal socialdemócrata de la ciudad después de la guerra. Rebecca pasó por delante de la puerta sin decir nada. Su hermana Lili, que tenía doce años, estaba haciendo los deberes en la mesa de la cocina. Oyó el gran piano en la sala de estar; era su hermano Walli, que tocaba un blues. Rebecca subió al piso de arriba, donde compartía dos habitaciones con su marido.

Lo primero que vio al entrar en una de ellas fue la maqueta. Hans había estado trabajando en ella durante todo el año que llevaban casados y su intención era construir un modelo a escala de la Puerta de Brandemburgo con cerillas y pegamento. Todos sus conocidos tenían que guardarle las cerillas gastadas. La maqueta estaba casi terminada y se alzaba sobre una mesita en el centro de la habitación. Ya había acabado el arco central y los laterales, y solo le faltaba la cuadriga, el carro con tiro de cuatro caballos que había en lo alto, lo más difícil.

«Debía de aburrirse mucho», pensó Rebecca con amargura. Estaba claro que aquel proyecto era una forma de pasar las tardes que se veía obligado a estar con una mujer a quien no amaba. Su matrimonio era como esa maqueta, una copia endeble de la realidad.

Se acercó a la ventana y contempló la lluvia. Un minuto después, un Trabant 500 de color canela aparcó junto a la acera y Hans bajó de él.

¿Cómo se atrevía a entrar en la casa?

Rebecca abrió la ventana de golpe sin hacer caso de la lluvia que el viento arrastraba al interior.

—¡Fuera de aquí! —gritó.

Él se detuvo en la acera mojada y levantó la cabeza.

La mirada de Rebecca recayó en un par de zapatos de Hans que había en el suelo, junto a ella. Estaban hechos a mano por un viejo zapatero que había encontrado su marido. Cogió uno y se lo lanzó. Tuvo buena puntería y, aunque él se agachó, el zapato le dio en la coronilla.

—¡Bruja loca! —gritó Hans.

Walli y Lili acudieron a la habitación pero se quedaron en el vano de la puerta, mirando a su hermana mayor como si se hubiera convertido en otra persona, lo cual seguramente era cierto.

—¡Tú te casaste por orden de la Stasi! —gritó Rebecca desde la ventana—. ¿Quién de los dos está loco?

Lanzó el otro zapato y erró el tiro.

—Pero ¿qué haces? —preguntó Lili con voz atemorizada.

—Ha perdido la chaveta... —dijo Walli con una sonrisa burlona.

Fuera, dos transeúntes se detuvieron a mirar y una vecina asomó por un portal para observarlos, fascinada. Hans los fulminó con la mirada. Era un hombre orgulloso, le mortificaba verse humillado en público.

Rebecca miró a su alrededor en busca de algo más para lanzarle y sus ojos se posaron en la maqueta de cerillas de la Puerta de Brandemburgo.

Se sostenía sobre una tabla de contrachapado. La levantó. Pesaba, pero podía moverla.

—Ay, madre —exclamó Walli.

Rebecca llevó la maqueta hasta la ventana.

—¡Ni se te ocurra! ¡Eso es mío! —gritó Hans.

Ella apoyó la base de contrachapado en el alféizar.

—¡Me has destrozado la vida, matón de la Stasi! —replicó.

Una de las mujeres que curioseaban se echó a reír con unas carcajadas desdeñosas y burlonas que resonaron por encima del repiqueteo de la lluvia. Hans se encendió de ira y miró en derredor intentando identificar el origen de ese sonido, pero no lo logró. Que se rieran de él era la peor forma de tortura.

—¡Deja esa maqueta donde estaba, furcia! —rugió—. ¡Llevo un año trabajando en ella!

—El mismo tiempo que llevo yo trabajando en nuestro matrimonio —contestó Rebecca levantando la Puerta de Brandemburgo.

—¡Te lo ordeno! —gritó Hans.

Rebecca inclinó la maqueta por la ventana y la soltó. La madera giró en el aire de tal forma que la tabla quedó hacia arriba y la cuadriga hacia abajo. Parecía tardar mucho en llegar al suelo, y por un instante el tiempo se detuvo para Rebecca. Entonces la madera se estrelló contra el pavimento del patio produciendo un sonido similar al del papel cuando se arruga. La maqueta se hizo pedazos y las cerillas salieron disparadas como en una onda expansiva, cayeron sobre la piedra mojada y quedaron pegadas allí, formando una corona de destrucción. La tabla yacía plana en el suelo; todo lo que sostenía antes había quedado reducido a la nada.

Hans la estuvo mirando un buen rato con la boca abierta por la conmoción.

Cuando al fin se recuperó, señaló a Rebecca con un dedo.

—Escucha bien lo que te digo —advirtió con una voz tan fría que de repente ella sintió miedo—: te arrepentirás de esto, te lo aseguro. Tú y tu familia. Os arrepentiréis de esto el resto de vuestra vida. Te lo prometo.

Volvió a subir al coche y se alejó de allí.

2

La madre de George Jakes le preparó para desayunar beicon y tortitas de arándanos, todo acompañado de gachas de maíz.

—Si me acabo esto tendré que luchar con los pesos pesados —dijo George.

George estaba en setenta y siete kilos y era la estrella de los pesos medios del equipo de lucha de Harvard.

—Come como Dios manda y deja la lucha ya —repuso ella—. No te eduqué para que te convirtieras en un tonto que se dedica a dar puñetazos.

Se sentó frente a él a la mesa de la cocina y sirvió copos de maíz en un cuenco.

George no era tonto, y ella lo sabía. Se hallaba a punto de graduarse en la facultad de derecho de Harvard. Había terminado ya los exámenes finales y estaba bastante seguro de que los había aprobado. Ese día se encontraba en la modesta casa que tenía su madre en el condado de Prince George, Maryland, en las afueras de Washington, D. C.

—Quiero mantenerme en forma —adujo—. Puede que entrene al equipo de lucha de un instituto.

—Eso sí que merece la pena.

George miró a su madre con cariño. Jacky Jakes había sido guapa en sus tiempos, y él lo sabía; había visto fotografías de cuando era adolescente y aún aspiraba a convertirse en una estrella de cine. Todavía se la veía joven, su tez era de esas pieles de color chocolate oscuro a las que no le salían arrugas. «Al negro de raza la arruga no amenaza», decían las mujeres negras. Sin embargo, la boca ancha que le sonreía tan abiertamente desde esas fotos viejas tenía ahora las comisuras vueltas hacia abajo en una expresión de firme determinación. No había llegado a ser actriz, y tal vez nunca tuvo una oportunidad, porque los papeles de mujeres negras, escasos, solían acabar en manos de bellezas mulatas de piel clara. De todas formas, su carrera terminó antes de haber empezado cuando se quedó embarazada de George a la edad de dieciséis años. Jacky se había ganado ese rostro angustiado criándolo ella sola en una casita diminuta de la parte de atrás de Union Station los primeros diez años de su vida, trabajando de camarera e inculcándole siempre a su hijo la importancia de esforzarse, estudiar y ganarse el respeto de los demás.

—Te quiero, mamá —dijo George—, pero aun así me uniré a los Viajeros de la Libertad.

Su madre apretó los labios en un gesto de reproche.

—Tienes veinticinco años —repuso—. Haz lo que te plazca.

—No, eso no es así. Todas las decisiones importantes que he tomado las he hablado siempre contigo. Seguramente siempre lo haré.

—Pues no veo que me hagas caso.

—No siempre, pero sigues siendo la persona más lista que conozco, y eso incluye a todos los de Harvard.

—Solo lo dices para dorarme la píldora —protestó ella, pero su hijo se dio cuenta de que estaba encantada.

—Mamá, el Tribunal Supremo ha dictaminado que la segregación en los autobuses interestatales y las estaciones de autobús es inconstitucional… pero esos sureños se empeñan en desafiar la ley. ¡Tenemos que hacer algo!

—¿Y de qué crees que va a servir que te subas a ese autobús?

—Saldremos de aquí, de Washington, y viajaremos hacia el Sur. Nos sentaremos en la parte de delante, usaremos las salas de espera que son «solo para blancos» y pediremos que nos sirvan en las cafeterías «solo para blancos» y, cuando se nieguen, les diremos que la ley está de nuestra parte y que los delincuentes y los alborotadores son ellos.

—Hijo, ya sé que tienes toda la razón. A mí no tienes que convencerme, entiendo la Constitución, pero ¿qué crees que ocurrirá?

—Supongo que tarde o temprano nos detendrán. Luego habrá un juicio y defenderemos nuestro caso ante el mundo entero.

Ella sacudió la cabeza.

—Espero que sea así de fácil, de verdad.

—¿Qué quieres decir?

—Creciste siendo un privilegiado —contestó su madre—. Por lo menos desde que tu padre blanco volvió a entrar en nuestra vida, cuando tenías seis años. No sabes cómo es el mundo para la mayoría de la gente de color.

—Ojalá no dijeras eso. —George se sentía herido; era la misma acusación que le dirigían los activistas negros, y le molestaba—. Tener un abuelo blanco y rico que me paga los estudios no me convierte en un ciego. Sé lo que está ocurriendo.

—Entonces tal vez sepas que una detención sería lo menos horrible que podría sucederte. ¿Y si la cosa se pone fea?

George era consciente de que su madre tenía razón. Los voluntarios de los Viajeros de la Libertad se arriesgaban quizá a algo peor que la cárcel. Aun así, él solo quería tranquilizarla.

—Me han dado clases de resistencia pasiva —explicó. Todos los seleccionados para el primer viaje de la libertad eran activistas por los derechos civiles con experiencia y se habían sometido a un programa de formación especial que incluía ejercicios basados en juegos de rol—. Un blanco que fingía ser un paleto sureño me llamó «negro de mierda», me zarandeó de aquí para allá y me sacó de la sala arrastrándome por los tobillos… Y yo le dejé hacerlo, aunque podría haberlo tirado por la ventana con un solo brazo.

—¿Qué blanco?

—Un defensor de los derechos civiles.

—No era una situación real.

—Claro que no. Representaba un papel.

—De acuerdo —dijo su madre, y por su tono George supo que quería decir todo lo contrario.

—No sucederá nada, mamá.

—No pienso decir una palabra más. ¿Vas a comerte esas tortitas?

—Mírame —insistió George—. Traje de mohair, corbata fina, pelo muy corto y unos zapatos que brillan tanto que podría usar las punteras como espejo para afeitarme. —Solía vestir siempre con mucha elegancia, pero los Viajeros de la Libertad tenían la consigna de ofrecer un aspecto de respetabilidad absoluta.

—Estás muy guapo, menos por esa oreja de coliflor.

A George se le había deformado la oreja derecha luchando.

—¿Quién querría hacerle daño a un chico de color tan majo como yo?

—No tienes ni idea —respondió ella con una rabia inesperada—. Esos sureños blancos no… —Para consternación de su hijo, se le saltaron las lágrimas—. Ay, Dios mío, es que tengo tanto miedo de que te maten.

George alargó el brazo por encima de la mesa y le apretó la mano.

—Tendré cuidado, mamá, te lo prometo.

Jacky se secó los ojos con el delantal. El chico comió un poco de beicon solo para complacerla, porque en realidad no tenía demasiada hambre. Estaba más nervioso de lo que quería demostrar. Su madre no exageraba. Algunos activistas de los derechos civiles se habían opuesto al movimiento de los Viajeros de la Libertad argumentando que provocaría violencia.

—Vas a estar mucho tiempo en ese autobús —dijo Jacky.

—Trece días, desde aquí hasta Nueva Orleans. Pararemos todas las noches para celebrar mítines y concentraciones.

—¿Qué te llevas para leer?

—La autobiografía de Mahatma Gandhi.

George sentía que debía conocer mejor la figura de Gandhi, cuya filosofía había inspirado las tácticas de protesta no violenta del movimiento de los derechos civiles.

Su madre alcanzó un libro que tenía encima de la nevera.

—Puede que esto te resulte algo más entretenido. Es un éxito de ventas.

Siempre compartían libros. El padre de ella había sido profesor en una facultad para negros, y Jacky había leído mucho desde pequeña. Cuando George era un niño, los dos leían juntos las populares novelas infantiles de los gemelos Bobbsey y los misterios de los Hardy Boys, aunque todos esos personajes eran blancos. Con el tiempo, habían cogido la costumbre de pasarse los libros que les gustaban. George miró el volumen que tenía en la mano. La cubierta de plástico transparente le decía que era un préstamo de la biblioteca pública.

—*Matar a un ruiseñor* —leyó—. Acaba de ganar el Premio Pulitzer, ¿verdad?

—Y está ambientada en Alabama, adonde vas a ir.

—Gracias.

Unos minutos después se despidió de su madre con un beso, salió de casa cargado con una maleta pequeña y tomó el autobús hacia Washington.

Bajó en la estación central de las líneas interestatales Greyhound, en cuya cafetería se había reunido ya un pequeño grupo de activistas de los derechos civiles. George conocía a algunos de las sesiones de formación. Eran una mezcla de blancos y negros, hombres y mujeres, mayores y jóvenes. Además de una buena decena de viajeros de la libertad, había también algunos organizadores del Congreso para la Igualdad Racial, un par de periodistas de la prensa negra y unos cuantos partidarios. El Congreso para la Igualdad Racial había decidido dividir el grupo en dos, y la mitad saldría desde la estación de las líneas Trailways, al otro lado de la calle. No había pancartas ni cámaras de la televisión; todo era muy discreto, lo cual resultaba tranquilizador.

George saludó a Joseph Hugo, estudiante de Derecho igual que él, un chico blanco con unos ojos azules que llamaban mucho la atención. Juntos habían organizado un boicot contra el restaurante Woolworth's en Cambridge, Massachusetts. En los locales de la cadena Woolworth's de casi todos los estados ya no había segregación, pero en el Sur seguían separando a blancos y negros, igual que hacían las líneas de autobuses. Joe solía desaparecer siempre justo antes de las confrontaciones, por lo que George lo había catalogado de cobarde con buenas intenciones.

—¿Vienes con nosotros, Joe? —preguntó intentando que no se le notara el escepticismo en la voz.

Joe negó con la cabeza.

—Solo me he acercado a desearos buena suerte.

Fumaba unos cigarrillos mentolados largos con filtro blanco, y en ese momento daba golpecitos nerviosos con uno en el borde de un cenicero de latón.

—Lástima. Eres del Sur, ¿verdad?

—De Birmingham, Alabama.

—Van a decir que somos forasteros con ganas de pelea. Nos habría ido bien tener a un sureño en el autobús para quitarles la razón.

—No puedo, tengo cosas que hacer.

George no lo presionó. Él mismo estaba también bastante asustado. Si empezaba a debatir sobre los posibles peligros, puede que se convenciera para no ir. Paseó la mirada por el grupo. Se alegró de ver a John Lewis, un estudiante de Teología que impresionaba por su serenidad y era miembro fundador del Comité Coordinador Estudiantil No Violento, el más radical de los grupos pro derechos civiles.

El jefe de los organizadores pidió la atención de todos y se dispuso a ofrecer una breve declaración para la prensa. Mientras estaba hablando, George vio entrar discretamente en la cafetería a un hombre blanco, alto, de unos cuarenta años, que llevaba un traje de hilo arrugado. Era apuesto aunque grueso, y en su rostro se veía el rubor del bebedor. Parecía un pasajero de los autobuses, así que nadie se fijó en él. Se sentó junto a George, le pasó un brazo por los hombros y le dio un breve abrazo.

Era el senador Greg Peshkov, el padre de George.

Su parentesco era un secreto a voces y, aunque nunca se había reconocido públicamente, todos los que trabajaban en Washington lo sabían. Greg no era el único político que tenía un secreto así. El senador Strom Thurmond le había pagado la universidad a la hija de la criada de la familia; se rumoreaba que la chica era suya… lo cual no impedía que Thurmond fuese un segregacionista acérrimo. Cuando

Greg se presentó ante su hijo de seis años siendo un completo desconocido para él, le había pedido a George que lo llamara «tío Greg», y jamás habían encontrado un eufemismo mejor.

Greg era egoísta y poco de fiar, pero a su manera se había ocupado de George. De adolescente, el chico había atravesado una larga fase de rabia contra su padre, pero después había llegado a aceptarlo por lo que era y había supuesto que tener medio padre era mejor que no tener ninguno.

—George —dijo Greg en voz baja—, estoy preocupado.

—Mamá también.

—¿Qué te ha dicho?

—Cree que los sureños van a matarnos a todos.

—No creo que eso ocurra, pero sí podrías perder tu trabajo.

—¿Te ha dicho algo el señor Renshaw?

—No, puñetas. Todavía no sabe nada de todo esto, pero no tardará en descubrirlo si te detiene la policía.

Renshaw, nacido en Buffalo, era un amigo de la infancia de Greg, además de socio mayoritario de un prestigioso bufete de abogados de Washington, Fawcett Renshaw. El verano anterior Greg le había conseguido a George una plaza cubriendo unas vacaciones como pasante en el bufete y, tal como habían esperado ambos, el puesto temporal se había convertido en una oferta de trabajo a jornada completa para después de su graduación. Era todo un golpe de efecto: George sería el primer negro en trabajar allí sin formar parte del personal de limpieza.

—Los Viajeros de la Libertad no infringimos la ley —dijo George con cierta nota de crispación en la voz—. Intentamos conseguir que la ley se cumpla. Los delincuentes son los segregacionistas. Esperaba que un abogado como Renshaw lo entendería.

—Lo entiende, pero aun así no puede contratar a un hombre que haya tenido problemas con la policía. Créeme, lo mismo sucedería si fueras blanco.

—¡Pero si estamos del lado de la ley!

—La vida es injusta. Se te acabaron los días de estudiante; bienvenido al mundo real.

—¡Que todo el mundo compre su billete y revise su maleta, por favor! —anunció el jefe.

George se levantó.

—No lograré convencerte para que no vayas, ¿verdad? —preguntó Greg.

Se lo veía tan abatido que George deseó ser capaz de contentarlo, pero no podía.

—No, estoy decidido —respondió.

—Entonces, por favor, al menos intenta ir con cuidado.

George se emocionó.

—Tengo suerte de contar con personas que se preocupan por mí —dijo—. Y lo sé.

Greg le apretó el brazo y se marchó sin llamar la atención.

George se colocó en fila frente a la ventanilla con los demás y compró un billete a Nueva Orleans. Caminó hacia el autobús azul y gris y entregó su maleta para que la metieran en el compartimento de equipajes. El autobús llevaba pintado en el costado un enorme galgo, el perro que daba nombre a la compañía, y también su eslogan: QUÉ COMODIDAD VIAJAR EN AUTOBÚS... Y DEJARNOS LA CONDUCCIÓN A NOSOTROS. George subió al vehículo.

Uno de los organizadores lo dirigió a un asiento situado cerca del conductor, a otros les pidió que ocuparan plazas interraciales. El conductor no prestó mayor atención a los viajeros de la libertad, y los pasajeros corrientes solo parecían sentir una ligera curiosidad. George abrió el libro que le había dado su madre y leyó la primera frase.

Un momento después el jefe de los organizadores le indicó a una de las chicas que se sentara al lado de George. Él la saludó con un gesto de la cabeza, contento. La había visto ya en un par de ocasiones y le gustaba. Se llamaba Maria Summers. Iba arreglada con recato, llevaba un vestido de algodón gris pálido con cuello cerrado y falda amplia. Tenía la misma tez de profundo color oscuro que la madre de George, una preciosa nariz chata y unos labios que le hacían pensar en besarla. Sabía que estudiaba en la facultad de derecho de Chicago y, como él, estaba a punto de graduarse, así que seguramente tenían la misma edad. Suponía que la chica no solo era lista, sino también muy decidida; debía de serlo si había conseguido entrar en la facultad de Chicago con dos puntos en su contra, puesto que era mujer y negra.

George cerró el libro cuando el conductor puso el motor en marcha y arrancó. Maria bajó la mirada hacia su lectura.

—*Matar a un ruiseñor* —comentó—. El verano pasado estuve en Montgomery, Alabama.

Montgomery era la capital del estado.

—¿Cómo es que fuiste allí? —preguntó George.

—Mi padre es abogado y tenía un cliente que se querelló contra el estado de Alabama. Estuve trabajando para él durante las vacaciones.

—¿Y ganasteis?

—No... Pero no quiero interrumpir tu lectura.

—¡Qué dices! Puedo leer en cualquier otra ocasión. ¿Cuántas veces tiene uno la suerte de estar en un autobús, sentado al lado de una chica tan guapa como tú?

—Madre mía —exclamó ella—. Ya me habían advertido que tenías mucha labia.

—Si quieres, te cuento cuál es mi secreto.

—De acuerdo, ¿cuál es?

—Que soy sincero.

Maria se echó a reír.

—Pero, por favor, no vayas diciéndolo por ahí —pidió él—. Acabarías con mi reputación.

El autobús cruzó el Potomac y puso rumbo hacia Virginia por la Autopista 1.

—Ahora ya estás en el Sur, George —dijo Maria—. ¿No tienes miedo?

—Pues claro que sí.

—Yo también.

La autopista era una franja estrecha y recta que cruzaba kilómetros de bosque de un verde primaveral. Pasaron por ciudades pequeñas donde los hombres tenían tan poco que hacer que se detenían a contemplar el paso del autobús. Pero George no miraba mucho por la ventanilla. Supo que Maria había crecido en una familia estricta, de las que iban siempre a la iglesia, y que su abuelo era predicador. George comentó que iba al templo sobre todo para tener contenta a su madre, y Maria confesó que ella hacía lo mismo. Estuvieron hablando durante todo el trayecto hasta Fredericksburg, situada a unos ochenta kilómetros de Washington.

Los viajeros de la libertad se quedaron callados cuando el autobús entró en aquella pequeña ciudad histórica donde seguía imperando la supremacía blanca. La terminal de Greyhound quedaba entre dos iglesias de ladrillo rojo con puertas blancas, pero el cristianismo no era necesariamente una buena señal en el Sur. Cuando el autobús se detuvo, George vio los lavabos y se sorprendió de que no hubiera encima de las puertas ninguna señal que indicara SOLO BLANCOS y SOLO NEGROS.

Los pasajeros bajaron del vehículo y se quedaron allí de pie, parpadeando contra el sol. Al mirar con atención, George vio unas marcas de color más claro encima de las puertas de los lavabos y dedujo que habían retirado los carteles de la segregación hacía muy poco.

Los viajeros de la libertad pusieron en marcha su plan de todas formas. Primero un organizador blanco entró en los destartalados servicios de la parte de atrás, que claramente eran los destinados a los negros. Salió de allí ileso, pero esa era la parte más fácil de la misión.

George ya se había ofrecido voluntario para ser el negro que desafiara las normas.

—Allá vamos —le dijo a Maria, y se dispuso a entrar en los lavabos limpios y recién pintados a los que sin ninguna duda acababan de retirarles el cartel de SOLO BLANCOS.

Dentro había un joven blanco peinándose el tupé. Miró a George en el espejo pero no dijo nada. George estaba demasiado asustado para orinar, pero tampoco podía volver a salir de allí sin haber hecho nada, así que se lavó las manos. El joven se fue y un hombre mayor entró y se encerró en un compartimento. George se secó las manos en el rollo de toalla. Ya no tenía más que hacer, así que salió.

Los demás estaban esperándolo, y él se encogió de hombros antes de hablar.

—Nada. Nadie ha intentado detenerme, no me han dicho nada.

—Yo he pedido una Coca-Cola en la barra y la camarera me la ha servido —dijo Maria—. Creo que aquí alguien ha decidido evitarse problemas.

—¿Va a ser así durante todo el trayecto hasta Nueva Orleans? —preguntó George—. ¿Piensan actuar como si no ocurriera nada? Y después, cuando nos hayamos ido, ¿impondrán otra vez la segregación? ¡Eso echa por tierra nuestro propósito!

—No te preocupes —replicó Maria—. He conocido a la gente que dirige Alabama. Créeme, no son tan listos.

3

Walli Franck tocaba el piano en la sala de estar del primer piso. El instrumento era un piano de cola Steinway que el padre de Walli mantenía afinado para que la abuela Maud pudiera tocarlo. Walli interpretaba de memoria el *riff* de la canción *A Mess of Blues*, de Elvis Presley. Era una pieza en do, lo cual facilitaba las cosas.

Su abuela estaba sentada leyendo las necrológicas del *Berliner Zeitung*. A sus setenta años, era una mujer delgada y de porte erguido, y llevaba puesto un vestido de cachemira de color azul oscuro.

—Se te da bien ese tipo de música —comentó sin levantar la vista del periódico—. Has heredado mi oído, además de mis ojos verdes. Tu abuelo Walter, que en gloria esté y por quien te pusieron tu nombre, nunca aprendió a tocar ragtime. Intenté enseñarle, pero no hubo manera.

—¿Tú tocabas ragtime? —Walli estaba sorprendido—. Tenía entendido que solo interpretabas música clásica.

—El ragtime nos salvó de morir de hambre cuando tu madre era una cría. Después de la Primera Guerra Mundial, trabajé en un club llamado Nachtleben. Estaba aquí mismo, en Berlín. Aunque me pagaban varios billones de marcos la noche, con eso apenas llegaba para comprar pan. Sin embargo, a veces recibía propinas en moneda extranjera, y dos dólares nos daban para vivir bien una semana.

—Vaya.

A Walli le costaba imaginar a su anciana abuela tocando el piano a cambio de propinas en un club nocturno.

La hermana de Walli entró en la habitación. Lili era casi tres años menor que él, y últimamente no sabía cómo tratarla. Desde que tenía uso de razón, su hermana le había resultado una lata, una especie de hermano pequeño pero más pesado. Sin embargo, desde hacía un tiempo Lili se había vuelto más sensata y, para complicar las cosas, a algunas de sus amigas les habían crecido los pechos.

Walli le dio la espalda al piano y cogió la guitarra. La había comprado hacía un año en una casa de empeños del Berlín occidental, donde seguramente la había dejado en depósito un soldado estadounidense a cambio de un dinero que nunca llegó a devolver. Era una Martin y, aunque le había salido barata, a Walli le parecía bastante buena. Suponía que ni el prestamista ni el soldado habían sabido apreciar su verdadero valor.

—Escucha esto —le dijo a Lili, y empezó a tocar *All My Trials*, una canción con melodía bahamesa y letra en inglés que había oído en las emisoras de radio occidentales y que, por lo visto, gozaba de popularidad entre los grupos folk estadounidenses.

Los acordes menores la convertían en una pieza melancólica y Walli estaba muy satisfecho con el lánguido punteo de acompañamiento que había improvisado.

Cuando terminó, la abuela Maud miró por encima del periódico.

—Tienes un acento absolutamente espantoso, Walli, querido —dijo en inglés.

—Lo siento.

Maud pasó al alemán.

—Pero cantas muy bien.

—Gracias. —Walli se volvió hacia Lili—. ¿Qué te parece la canción?

—Es un poco deprimente —contestó su hermana—. Puede que me guste más después de oírla varias veces.

—Pues vaya chasco —dijo Walli—. Quería tocarla esta noche en el Minnesänger.

Se trataba de un local de música folk del Berlín occidental, situado en una calle que daba a Kurfürstendamm y cuyo nombre significaba «trovador».

El anuncio sorprendió a Lili.

—¿Vas a cantar en el Minnesänger?

—Es una noche especial. Celebran un concurso donde puede tocar quien quiera. Al ganador le dan la oportunidad de actuar de manera periódica.

—No sabía que ahora se hicieran esas cosas.

—No suelen hacerlo. Se trata de algo excepcional.

—¿No hay que ser mayor para que te dejen entrar en esos sitios? —preguntó la abuela Maud.

—Sí, pero no es la primera vez que voy.

—Walli parece mayor de lo que es —apuntó Lili.

—Ya…

—Nunca has cantado en público, ¿no estás nervioso? —le preguntó Lili a su hermano.

—Y que lo digas.

—Deberías cantar algo más alegre.

—Creo que tienes razón.

—¿Qué te parece *This Land is Your Land*? Me encanta.

Walli la tocó y Lili cantó a coro con él.

Justo entonces entró Rebecca, su hermana mayor. Walli la adoraba. Después de la guerra, mientras sus padres trabajaban de sol a sol para llevar el pan a casa, Rebecca solía quedarse a cargo de Walli y Lili. Era como una segunda madre, aunque menos estricta.

Además, ¡menuda era Rebecca! Walli había presenciado con pasmo cómo arrojaba por la ventana la maqueta hecha con cerillas de su marido. A Walli nunca le había gustado Hans, y se regocijó en secreto cuando lo vio marchar.

El rumor de que Rebecca se había casado con un oficial de la Stasi sin saber a lo que este se dedicaba en realidad estaba en boca de todos los vecinos. Gracias a ello, Walli había ganado cierto prestigio en la escuela, donde hasta ese momento a nadie se le había ocurrido que los Franck tuvieran nada especial. A las chicas en concreto les fascinaba la idea de que la policía hubiera estado informada de todo lo que se había dicho y hecho en aquella casa durante cerca de un año.

A pesar de que Rebecca era su hermana, Walli sabía apreciar su belleza. Tenía muy buen tipo, y sus bonitas facciones transmitían bondad a la vez que carácter. Sin embargo, en ese momento se dio cuenta de que su hermana había llegado con cara de funeral y dejó de tocar.

—¿Qué pasa? —preguntó.

—Me han despedido —contestó ella.

La abuela Maud bajó el periódico.

—¡Pero eso es un disparate! —exclamó Walli—. ¡Los chicos de tu escuela dicen que eres su mejor maestra!

—Lo sé.

—¿Por qué te han echado?

—Creo que es la forma que tiene Hans de vengarse.

Walli recordó la reacción de Hans al ver la maqueta destrozada y miles de cerillas esparcidas sobre el suelo mojado. «Te arrepentirás de esto», había gritado bajo la lluvia, vuelto hacia la ventana. Walli se lo había tomado como una bravuconada, aunque si lo hubiera pensado bien se habría dado cuenta de que un agente de la policía secreta tenía la potestad de cumplir aquel tipo de amenazas. «Tú y tu familia», había vociferado Hans, con lo que Walli quedaba incluido en la maldición. Se estremeció.

—¿No andan escasos de maestros? —preguntó la abuela Maud.

—Bern Held está hecho una furia —dijo Rebecca—, pero las órdenes vienen de arriba.

—¿Qué vas a hacer? —preguntó Lili.

—Buscar otro trabajo. No creo que sea difícil. Las referencias que me ha dado Bernd son muy elogiosas y no hay escuela de la Alemania Oriental que no necesite maestros después de todos los que se han trasladado a la parte occidental.

—Tendrías que hacer lo mismo —opinó Lili.

—Tendríamos que hacerlo todos —matizó Walli.

—Mamá no querrá, ya lo sabes —repuso Rebecca—. Dice que hay que enfrentarse a los problemas, no huir de ellos.

En ese momento entró el padre de Walli, vestido con traje y chaleco de color azul oscuro, algo anticuados aunque elegantes.

—Buenas tardes, Werner, querido —lo saludó la abuela Maud—. Rebecca necesita un trago. La han despedido.

La abuela acostumbraba a recomendar que la gente se sirviera un trago. De ese modo aprovechaba y se servía otro para ella.

—Ya sé lo de Rebecca —contestó el padre de Walli con sequedad—. He hablado con ella.

Estaba de mal humor. Era la única explicación para que se hubiera dirigido de manera tan descortés a su suegra, a quien quería y admiraba. Walli se preguntó qué habría ocurrido para que estuviera tan disgustado.

No tardó en averiguarlo.

—Acompáñame al estudio, Walli —ordenó su padre—. Quiero hablar contigo.

El hombre cruzó las puertas dobles y entró en una salita de menor tamaño que utilizaba a modo de despacho. Walli lo siguió. Su padre tomó asiento detrás del escritorio, aunque Walli sabía que él debía permanecer de pie.

—Hace un mes tuvimos una conversación sobre el tabaco —empezó a decir Werner.

Walli se sintió culpable de inmediato. Empezó a fumar para parecer mayor, pero había acabado tomándole el gustillo y se había convertido en un hábito.

—Me prometiste que lo dejarías —prosiguió su padre.

En opinión de Walli, no era de su incumbencia si fumaba o no.

—¿Lo has dejado?

—Sí —mintió Walli.

—¿Sabes que el tabaco apesta?

—Eso creo.

—Lo he olido en cuanto he entrado en el salón.

Walli se sintió como un bobo. Lo habían pillado diciendo una mentira pueril, cosa que no lo ayudaba a acercar posiciones con su padre.

—Por eso sé que no lo has dejado.

—Entonces, ¿para qué preguntas?

Walli aborreció el tono despectivo que detectó en su propia voz.

—Esperaba que me dijeras la verdad.

—Esperabas poder pillarme.

—Cree lo que quieras. Supongo que llevarás un paquete en el bolsillo.

—Sí.

—Déjalo en la mesa.

Walli lo sacó del pantalón y lo arrojó sobre el escritorio con gesto airado. Su padre cogió la cajetilla y la lanzó con indiferencia al interior de un cajón. Era un paquete de Lucky Strike, no de aquella marca alemana oriental de menor calidad llamada «f6», y además estaba casi entero.

—No saldrás en un mes —dijo su padre—. Así al menos no frecuentarás bares donde la gente toca el banjo y fuma como un carretero.

Walli sintió que el pánico le formaba un nudo en el estómago, aunque intentó conservar la calma y no perder los estribos.

—No es un banjo, es una guitarra. Y no pienso quedarme un mes sin salir.

—No digas tonterías, harás lo que se te ordene.

—Está bien, pero el castigo empieza mañana —dijo Walli a la desesperada.

—Empieza ahora mismo.

—Pero esta noche tengo que ir al Minnesänger.

—Ese es justo el tipo de lugares de los que quiero apartarte.

¡Aquel hombre no atendía a razones!

—No saldré durante un mes a partir de mañana, ¿de acuerdo?

—El castigo no se adaptará según convenga a tus intereses. Eso contradiría su finalidad. Su propósito es causarte molestias.

Cuando su padre estaba de aquel humor, no había forma de que diera su brazo a torcer, pero la frustración ofuscaba a Walli, que lo intentó de todos modos.

—¡No lo entiendes! Esta noche participo en un concurso en el Minnesänger, es una oportunidad única.

—¡No pienso posponer tu castigo para que vayas a tocar el banjo!

—¡Es una guitarra, viejo estúpido! ¡Una guitarra! —vociferó Walli, y abandonó el estudio.

Como era de esperar, las tres mujeres de la habitación contigua lo habían oído todo y se lo quedaron mirando.

—Walli… —dijo Rebecca.

Walli cogió su guitarra y salió de allí.

Cuando llegó a la planta baja todavía no tenía un plan, solo rabia, pero supo qué hacer en cuanto vio la puerta de la calle. Salió de la casa con la guitarra en la mano y cerró dando tal portazo que temblaron las paredes.

Una de las ventanas del primer piso se abrió de sopetón.

—¡Vuelve aquí! ¿Me has oído? ¡Vuelve aquí ahora mismo si no quieres empeorar las cosas! —oyó gritar a su padre.

Walli no se detuvo.

Al principio solo estaba enfadado, pero al cabo de un rato se sintió eufórico. Había desafiado a su padre, ¡incluso lo había llamado «viejo estúpido»! Se encaminó hacia el oeste con paso desenfadado. Sin embargo, la euforia no tardó en desvanecerse y empezó a preguntarse cuáles serían las consecuencias. Su padre no se tomaba la desobediencia a la ligera. Daba órdenes a sus hijos y empleados y esperaba que estos las acataran. Aunque ¿qué iba a hacerle? Walli ya era demasiado mayor para recibir azotainas. Su padre había intentado encerrarlo en casa como si se tratara de una prisión, pero no lo había conseguido. En ocasiones lo amenazaba con sacarlo de la escuela y ponerlo a trabajar en el negocio familiar, pero Walli creía que era una bravuconada. Su padre no se sentiría cómodo con un adolescente lleno de rencor deambulando por su preciosa fábrica. En cualquier caso, Walli tenía la sensación de que al viejo se le ocurriría algo.

La calle por la que caminaba pasaba a pertenecer al Berlín occidental a partir del siguiente cruce. En una de sus esquinas holgazaneaban tres *vopos*, tres policías de la Alemania Oriental, fumando un cigarrillo. Tenían derecho a dar el alto a cualquiera que cruzara la frontera invisible, aunque resultaba imposible parar a todo el mundo ya que eran decenas de miles de personas las que atravesaban a diario, entre ellas muchos *Grenzgänger*, berlineses orientales que trabajaban en el lado occidental a cambio de sueldos mayores, que recibían en valiosos marcos alemanes. El padre de Walli era un *Grenzgänger*, aunque él trabajaba para obtener beneficios, no a cambio de un sueldo. El propio

Walli cruzaba al menos una vez a la semana, por lo general para ir con sus amigos a los cines del Berlín occidental, donde proyectaban películas estadounidenses con escenas eróticas y violentas, más emocionantes que las fábulas moralizadoras de las salas comunistas.

En la práctica, los *vopos* paraban a quienes les llamaban la atención. Las familias que pretendían pasar al completo, padres e hijos juntos, tenían muchas probabilidades de que les dieran el alto, ya que levantaban la sospecha de querer abandonar la zona oriental de manera definitiva, sobre todo si llevaban equipaje. Otro grupo de personas a quienes los *vopos* disfrutaban acosando eran los adolescentes, en especial si vestían a la moda occidental. Muchos chicos del Berlín oriental pertenecían a pandillas que desafiaban el orden establecido, como los Texas Gang, los Jeans Gang o la Asociación de Admiradores de Elvis Presley. Odiaban a la policía y la policía los odiaba a ellos.

Walli llevaba unos pantalones negros normales y corrientes, una camiseta blanca y un chubasquero marrón claro. Consideraba que tenía un aspecto moderno, un poco a lo James Dean, pero no tanto como para que lo tomaran por miembro de una pandilla. Sin embargo, la guitarra podía hacer que se fijaran en él. Era el símbolo por antonomasia de lo que llamaban la «incultura americana», era incluso peor que un cómic de Superman.

Cruzó la calle procurando no mirar a los *vopos*. Con el rabillo del ojo creyó ver que uno de ellos se había fijado en él, pero no le dijeron nada y cruzó al mundo libre sin que le dieran el alto.

Subió a un tranvía que bordeaba el lado sur del parque hasta Ku'damm mientras iba pensando que lo mejor del Berlín occidental era que absolutamente todas las chicas llevaban medias.

Se dirigió al Minnesänger Club, un sótano situado en una calle que desembocaba en Ku'damm y donde servían cerveza suave y salchichas de Frankfurt. Había llegado pronto, pero el local ya había empezado a llenarse. Walli habló con el joven dueño del lugar, Danni Hausmann, y se apuntó en la lista de participantes. Pidió una cerveza sin que nadie le preguntara cuántos años tenía. Había un montón de chicos con guitarra, igual que él, casi el mismo número de chicas y alguna que otra persona de mayor edad.

El concurso empezó una hora después. Cada participante concursaba con dos canciones. Algunos de los competidores eran aficionados sin demasiado futuro que se limitaban a tocar acordes sencillos, pero, para consternación de Walli, había varios guitarristas más diestros que él. Casi todos se parecían a los artistas estadounidenses cuyo material copiaban. Tres hombres vestidos como The Kingston Trio interpretaron *Tom Dooley*, y una chica morena de pelo largo y con una guitarra cantó *The House of the Rising Sun* igual que Joan Baez y se ganó los aplausos y las ovaciones del público.

Una pareja algo mayor y vestida de pana subió al escenario y escogió una canción bucólica titulada *Im Märzen der Bauer*, con acompañamiento de acordeón. Se trataba de música folk, aunque no la que deseaba oír aquel público. Obtuvieron una ovación inesperada, pero estaban desfasados.

Walli aguardaba su turno, cada vez más impaciente, cuando se le acercó una chica guapa. Le ocurría a menudo. Él creía tener un rostro raro, con aquellos pómulos altos y los ojos almendrados, como si fuera medio japonés, pero muchas chicas lo consideraban atractivo. Aquella en concreto dijo que se llamaba Karolin y parecía un año o dos mayor que él. Era rubia, y su melena, larga, lacia y con la raya peinada en medio, enmarcaba un rostro ovalado. Lo primero que pensó Walli fue que era idéntica a las demás chicas aficionadas al folk, pero la sonrisa deslumbrante de aquella lo dejó sin respiración.

—Iba a participar en el concurso con mi hermano y su guitarra, pero me ha fallado. Supongo que no te apetecerá formar un dúo conmigo, ¿verdad?

El primer impulso de Walli fue rechazar la oferta. Tenía un repertorio de canciones y ninguna se había escrito para un dúo, pero Karolin era encantadora y él necesitaba una razón para seguir hablando con ella.

—Tendríamos que ensayar —dijo sin demasiada convicción.

—Podemos salir fuera. ¿Qué ibas a tocar?

—*All My Trials* y luego *This Land is Your Land*.

—¿Qué te parece *Noch Einen Tanz*?

No formaba parte del repertorio de Walli, pero se sabía la melodía y no era complicada.

—Ni se me había pasado por la cabeza tocar una pieza cómica —comentó.

—Al público le encantará. Tú puedes cantar la parte del hombre, en la que le dice a la mujer que se vaya a casa a cuidar de su marido enfermo, a continuación yo canto lo de «un baile más y ya está», y luego podemos hacer juntos el último verso.

—Probemos.

Salieron del local. Estaban a principios de verano y todavía había luz, de modo que se sentaron a ensayar en los escalones de un portal. Sus voces combinaban bastante bien y Walli improvisó una armonía en el verso final.

Pensó que Karolin tenía una voz de contralto pura que podía levantar pasiones, por lo que propuso que la segunda canción fuera triste, para contrastar. Karolin rechazó *All My Trials* porque le resultaba demasiado deprimente, pero le gustaba *Nobody's Fault But Mine*, un espiritual lento. Cuando lo ensayaron, a Walli se le erizó el vello de la nuca.

Un soldado estadounidense que entraba en el local les sonrió.

—¡Dios mío, si son los gemelos Bobbsey! —exclamó en inglés.

Karolin se echó a reír.

—Creo que nos parecemos mucho, los dos somos rubios y tenemos los ojos verdes. ¿Quiénes son los gemelos Bobbsey?

Walli no se había fijado en el color de los ojos de Karolin y le resultó halagador que ella en cambio sí lo hubiera hecho.

—La primera vez que oigo hablar de ellos —contestó.

—No importa, no suena mal como nombre de dúo. Igual que los Everly Brothers.

—¿Necesitamos un nombre?

—Sí, si ganamos.

—De acuerdo. Volvamos dentro. Ya casi debe de ser nuestro turno.

—Una cosa más —dijo ella—. Cuando cantemos *Noch Einen Tanz*, tendríamos que mirarnos de vez en cuando y sonreír.

—Está bien.

—Como si fuéramos novios, ¿entiendes? Quedará bien en el escenario.

—Perfecto.

No le costaría nada sonreír a Karolin como si fuera su novia.

Dentro, una chica rubia cantaba *Freight Train* y tocaba la guitarra. No era tan guapa como Karolin, pero sus encantos eran más evidentes. A continuación, un guitarrista consumado tocó un blues con punteos complicados y, acto seguido, Danni Hausmann pronunció el nombre de Walli.

El chico se puso tenso en cuanto estuvo frente al público. Casi todos los guitarristas tenían sofisticadas correas de cuero, pero él ni siquiera se había molestado en agenciarse una, por lo que utilizaba un trozo de cuerda para colgarse la guitarra del cuello. En ese momento deseó tener una.

—Buenas noches, somos los Bobbsey Twins —anunció Karolin.

Walli tocó un acorde, empezó a cantar y descubrió que ya no le importaban las correas. Se trataba de un vals, y él acompañó la melodía rasgueando la guitarra con desenfado. Karolin le dio la réplica en su papel de licenciosa mujer de vida alegre y Walli contestó a su vez transformado en un envarado teniente prusiano.

El público rió.

Y algo le ocurrió a Walli en ese momento. Lo que había oído no era más que la risita colectiva de agradecimiento de un público que apenas superaba el centenar de personas, pero aun así le provocó una sensación que no había experimentado antes, una sensación que se parecía ligeramente al placer que produce la primera calada de un cigarrillo.

Los asistentes rieron en otras tantas ocasiones y al final de la canción rompieron a aplaudir con estruendo.

Aquello le complació incluso más.

—¡Les gustamos! —le susurró Karolin, emocionada.

Walli empezó a tocar *Nobody's Fault But Mine*, rasgueando las cuerdas metálicas con la punta de los dedos para acentuar el dramatismo de las melancólicas séptimas, y el público enmudeció. Karolin se transformó y se convirtió en una mujer perdida, sumida en la desesperación. Walli observó a la gente. Nadie hablaba. Una mujer tenía lágrimas en los ojos y el chico se preguntó si habría vivido lo que Karolin estaba cantando.

La concentración silenciosa era incluso mejor que las risas.

Al final, los ovacionaron y les pidieron que siguieran tocando.

Las normas establecían que cada concursante solo podía interpretar dos canciones, así que Walli y Karolin bajaron del escenario, haciendo oídos sordos a las peticiones de bises; pero Hausmann les pidió que volvieran a subir. No habían ensayado una tercera canción y se miraron, presa del pánico.

—¿Conoces *This Land is Your Land*? —le preguntó Walli entonces, y Karolin asintió con la cabeza.

El público coreó la canción, por lo que Karolin se vio obligada a cantar más alto, y a Walli le sorprendió su potencia de voz. Él cantó en tono agudo y la combinación de ambas voces se elevó por encima de la del público.

Walli estaba entusiasmado cuando por fin bajaron del escenario. A Karolin le brillaban los ojos.

—¡Nos ha salido muy bien! —exclamó ella—. Eres mejor que mi hermano.

—¿Tienes tabaco? —preguntó Walli.

Se sentaron a fumar mientras veían el concurso.

—Creo que hemos sido los mejores —comentó él cuando acabó, al cabo de una hora.

Karolin se mostró más cauta.

—Les ha gustado la chica rubia que ha cantado *Freight Train* —dijo.

Por fin anunciaron el resultado.

Los Bobbsey Twins quedaron segundos.

La ganadora fue la doble de Joan Baez.

Walli estaba indignado.

—¡Pero si ni siquiera sabía tocar! —protestó.

Karolin se lo tomó con más filosofía.

—La gente adora a Joan Baez.

El local empezó a vaciarse y Walli y Karolin se encaminaron hacia la puerta. Walli parecía desanimado. Estaban saliendo cuando Danni Hausmann los llamó. Tenía veintitantos años y vestía a la moda, de manera informal, con un jersey negro de cuello vuelto y vaqueros.

—¿Podríais tocar media hora el lunes? —preguntó Danni.

Walli estaba demasiado sorprendido para contestar.

—¡Claro! —se apresuró a decir Karolin.

—Pero ha ganado la imitadora de Joan Baez —protestó Walli, aunque enseguida se preguntó de qué se quejaba.

—Vosotros dos parecéis saber cómo tener al público contento más de una o dos canciones. ¿Contáis con repertorio para una actuación completa?

Una vez más Walli vaciló y Karolin se le adelantó de nuevo.

—El lunes lo tendremos —aseguró.

Walli recordó que su padre había pensado encerrarlo en casa durante un mes, pero prefirió no mencionarlo.

—Gracias —dijo Danni—. Os toca el primer turno, el de las ocho y media, así que venid a las siete y media.

Se sentían eufóricos cuando salieron a la luz de las farolas. Walli no sabía qué iba a hacer respecto a su padre, pero estaba convencido de que todo saldría bien.

Resultó que Karolin también vivía en el Berlín oriental, así que tomaron un autobús y empezaron a hablar de lo que tocarían la semana siguiente. Había montones de canciones folk que ambos conocían.

Bajaron del autobús y se encaminaron hacia el parque. Karolin frunció el ceño.

—El tipo de detrás... —dijo.

Walli se volvió un instante. Un hombre ataviado con gorra caminaba a unos treinta o cuarenta metros por detrás de ellos, fumando un cigarrillo.

—¿Qué le pasa?

—¿No estaba en el Minnesänger?

El hombre evitó la mirada de Walli, a pesar de que este lo escrutó con atención.

—Yo diría que no —dijo—. ¿Te gustan los Everly Brothers?

—¡Sí!

Walli empezó a tocar *All I Have to Do is Dream* mientras caminaban, rasgueando la guitarra que seguía llevando colgaba del cuello con una cuerda. Karolin se le unió con entusiasmo y la corearon juntos mientras atravesaban el parque. A continuación Walli atacó el éxito de Chuck Berry *Back in the USA*.

Estaban cantando el estribillo a grito pelado, «Cómo me alegro de vivir en Estados Unidos», cuando Karolin se detuvo en seco.

—¡Calla! —exclamó.

Walli se dio cuenta de que habían llegado a la frontera y vio a tres *vopos* que los observaban con mirada aviesa bajo la luz de una farola.

Walli calló de inmediato, esperando haber parado a tiempo.

Uno de los policías, un sargento, miró algo más allá de Walli, quien se volvió un instante y vio que el hombre de la gorra asentía con un breve gesto de cabeza. El sargento se acercó a ellos.

—Papeles —dijo.

El hombre de la gorra habló por un walkie-talkie. Walli frunció el ceño. Por lo visto Karolin tenía razón y los habían seguido. En ese momento se le ocurrió que tal vez Hans estuviera detrás de todo aquello.

¿De verdad podía llegar a ser tan mezquino y vengativo?

Sí, podía.

El sargento revisó el documento de identidad de Walli.

—Solo tienes quince años. No deberías estar en la calle a estas horas.

Walli se mordió la lengua. No valía la pena discutir con ellos.

El sargento echó un vistazo al documento de identidad de Karolin.

—¡Tú tienes diecisiete años! ¿Qué andas haciendo con este crío?

Aquello hizo que Walli recordara la discusión con su padre y no pudo contenerse.

—No soy ningún crío.

El sargento lo ignoró.

—Podrías salir conmigo —le dijo a Karolin—. Con un hombre de verdad.

Los otros dos *vopos* rieron en señal de aprobación.

Karolin no dijo nada, pero el sargento volvió a la carga.

—¿Qué dices? —insistió.

—Debe de estar loco —contestó Karolin, en voz baja.

El hombre se ofendió.

—Vaya, eso ha sido una grosería —dijo.

No era la primera vez que Walli veía reaccionar a los hombres de aquella manera. Si una chica no les hacía caso, se indignaban; sin embargo, cualquier otra respuesta era considerada una insinuación. ¿Qué se suponía que debían hacer las mujeres?

—Devuélvame mi carnet, por favor —pidió Karolin.

—¿Eres virgen? —preguntó el sargento.

Karolin se sonrojó.

Una vez más, los otros dos policías se rieron con burla.

—Deberían ponerlo en los documentos de identidad de las mujeres —prosiguió el hombre—. Virgen o no virgen.

—Basta ya —intervino Walli.

—Soy delicado con las vírgenes.

Walli estaba furioso.

—¡Ese uniforme no le da derecho a molestar a las chicas!

—¿Ah, no?

El sargento no les devolvió los documentos de identidad.

Un Trabant 500 de color canela se detuvo y Hans Hoffmann bajó del vehículo. Walli empezó a preocuparse de verdad. ¿Cómo se había metido en aquel lío? Lo único que había hecho era cantar en el parque.

Hans se acercó a ellos.

—Enséñame eso que llevas colgado del cuello —ordenó.

—¿Por qué? —preguntó Walli haciendo acopio de coraje.

—Porque sospecho que está siendo utilizado para introducir propaganda imperialista capitalista en la República Democrática Alemana de manera clandestina. Dámela.

La guitarra significaba tanto para Walli que se resistió a obedecer a pesar de lo asustado que estaba.

—Y si no lo hago, ¿qué? —dijo—. ¿Van a detenerme?

El sargento se frotó los nudillos de una mano con la palma de la otra.

—Sí, al final sí —contestó Hans.

A Walli lo abandonaron las fuerzas. Se pasó la cuerda por encima de la cabeza y le entregó la guitarra a Hans.

Este la cogió como si fuera a tocarla, rasgueó las cuerdas y cantó en inglés:

—*You ain't nothing but a hound dog...*

Los *vopos* se desternillaban de risa.

Por lo visto, hasta la policía escuchaba emisoras de música pop.

Hans metió la mano por debajo de las cuerdas e intentó palpar por dentro la boca de la guitarra.

—¡Ten cuidado! —pidió Walli.

La primera cuerda se rompió con un sonido metálico.

—¡Es un instrumento musical delicado! —insistió, desesperado.

Las cuerdas impedían que Hans pudiera inspeccionar la guitarra adecuadamente.

—¿Alguien tiene una navaja? —preguntó.

El sargento rebuscó en el interior de su chaqueta y sacó una navaja de hoja ancha que desde luego no formaba parte del equipamiento habitual, de eso Walli estaba seguro.

Hans intentó cortar las cuerdas, pero eran más resistentes de lo que había pensado. Consiguió seccionar la segunda y la tercera, pero todo fue inútil con las más gruesas.

—Dentro no hay nada —dijo Walli con tono de súplica—. Se nota por el peso.

Hans lo miró, sonrió y a continuación hundió la navaja con fuerza en la caja de resonancia, cerca del puente.

La hoja atravesó la madera y Walli gritó, desolado.

Complacido ante aquella reacción, Hans empezó a abrir toscos agujeros por toda la guitarra. La superficie ya apenas ofrecía resistencia y la tensión de las cuerdas hizo que el puente y la madera que lo rodeaba se separaran de la tapa del instrumento. Hans arrancó el resto, y el interior de la guitarra quedó a la vista. Recordaba a un ataúd vacío.

—No hay propaganda —anunció—. Felicidades, eres inocente.

Le tendió la maltrecha guitarra a Walli y este la aceptó.

El sargento les devolvió los documentos identificativos con una sonrisa burlona.

A continuación Karolin asió a Walli por el brazo y se lo llevó de allí.

—Venga —dijo en voz baja—. Vámonos de aquí.

Walli dejó que tirara de él. Apenas veía por dónde caminaba. No podía dejar de llorar.

4

George Jakes subió a un autobús de la compañía Greyhound en Atlanta, Georgia, el domingo 14 de mayo de 1961, día de la Madre.

Estaba asustado.

Maria Summers iba a su lado. Siempre se sentaban juntos, se había convertido en una costumbre y todo el mundo daba por hecho que el asiento vacío junto al de George estaba reservado para Maria.

Entabló conversación con ella tratando de ocultar su nerviosismo.

—Bueno, ¿y qué te ha parecido Martin Luther King?

King presidía la Conferencia del Liderazgo Cristiano del Sur, uno de los grupos más importantes de defensa de los derechos civiles. Lo habían conocido la noche anterior, durante una cena que se había celebrado en uno de los restaurantes de Atlanta regentados por negros.

—Es un hombre extraordinario —comentó Maria.

George no estaba tan seguro.

—Dijo cosas muy buenas sobre los Viajeros de la Libertad, pero no viene con nosotros en el autobús.

—Ponte en su lugar —contestó Maria con absoluta calma—. Preside otro grupo de defensa de los derechos civiles. Un general no puede pasar a ser soldado raso en el regimiento de otro.

George no lo había mirado desde ese punto de vista. Maria era muy inteligente.

George se sentía medio enamorado. No veía el momento de quedarse a solas con ella, pero la gente en cuyas casas se hospedaban los viajeros de la libertad eran respetables e íntegros ciudadanos negros, muchos de ellos cristianos devotos que jamás permitirían que nadie utilizara su habitación de invitados para besuquearse. Además, por atractiva que fuera, lo único que hacía Maria era sentarse al lado de George, hablar con él y reír sus salidas ingeniosas. Jamás buscaba ese pequeño contacto físico que decía que una mujer quería algo más que una amistad: no le tocaba el brazo, ni aceptaba su mano para bajar del autobús, ni se arrimaba a él en medio de una multitud. No coqueteaba. Puede que incluso fuera virgen a sus veinticinco años.

—Estuviste hablando con King un buen rato —dijo George.

—Si no fuera predicador, diría que me tiraba los tejos —repuso ella.

George no supo cómo reaccionar ante aquello. A él no le sorprendería que un predicador intentara seducir a una chica tan encantadora, por lo que pensó que Maria no conocía a los hombres.

—Yo hablé un poco con él.

—¿Y qué te dijo?

George vaciló. Las palabras de King eran el motivo de su angustia. En cualquier caso, decidió contárselo. Maria tenía derecho a saberlo.

—Que no vamos a llegar a Alabama.

Maria palideció.

—¿En serio te dijo eso?

—Eso fue exactamente lo que dijo.

Ahora ambos estaban asustados.

El Greyhound arrancó y salió de la estación.

Los primeros días George había temido que el Viaje de la Libertad fuera demasiado pacífico. Los usuarios habituales de la línea no reaccionaban ante los negros que ocupaban los asientos incorrectos, y a veces incluso coreaban sus canciones. No había ocurrido nada cuando los viajeros de la libertad habían desobedecido los carteles de las estaciones de autobús en los que se leía SOLO BLANCOS Y NEGROS. Algunas ciudades incluso habían tapado esos carteles con pintura. George temía que los segregacionistas hubieran dado con la estrategia perfecta. No había altercados ni publicidad, y a los viajeros de la libertad negros se les servía con suma educación en los restaurantes de blancos. Todas las tardes bajaban de los autobuses, asistían sin problemas a los encuentros programados, que por lo general se celebraban en iglesias, y a continuación pasaban la noche en casa de simpatizantes. Sin embargo, George estaba convencido de que los carteles volvían a colocarse en cuanto abandonaban la ciudad y de que la segregación regresaba. Si era así, entonces el Viaje de la Libertad habría sido una pérdida de tiempo.

La ironía era pasmosa. Desde que tenía uso de razón, a George le había dolido y enfurecido el mensaje reiterado, a veces implícito, aunque a menudo expresado en voz alta, de que él era inferior. Daba igual que superara en inteligencia al noventa y nueve por ciento de los estadounidenses blancos. O que fuera trabajador, educado y vistiera con propiedad. Siempre había blancos repulsivos, demasiado lerdos o demasiado vagos para hacer algo que requiriera mayor esfuerzo que servir bebidas o poner gasolina, que lo miraban por encima del hombro. No podía entrar en unos grandes almacenes, tomar asiento en un restaurante o solicitar un puesto de trabajo sin preguntarse si lo atenderían, le pedirían que se fuera o lo rechazarían por el color de su piel. Aquello lo llenaba de resentimiento. Sin embargo, por paradójico que fuera, en esos momentos le decepcionaba que no sucediera nada de aquello.

Mientras tanto, la Casa Blanca no acababa de decidirse. El tercer día del Viaje de la Libertad, el secretario de Justicia, Robert Kennedy, había pronunciado un discurso en la Universidad de Georgia durante el que había prometido hacer cumplir los derechos civiles en el Sur. A continuación, tres días después su hermano, el presidente, había dado marcha atrás retirando el apoyo a dos proyectos de ley de derechos civiles.

George se preguntó si no sería ese el modo en que ganarían los segregacionistas, evitando el enfrentamiento y siguiendo adelante como si nada.

No, no lo sería. La paz solo duró cuatro días.

Al quinto día de viaje, uno de sus miembros fue encarcelado por empeñarse en defender su derecho a que le limpiaran los zapatos.

La violencia estalló al sexto.

La víctima fue John Lewis, el estudiante de Teología. Unos matones lo agredieron en Rock Hill, Carolina del Sur, en un lavabo para blancos. Lewis dejó que le propinaran puñetazos y lo patearan sin oponer resistencia. George no había presenciado el incidente, lo cual tal vez era bueno porque no creía que hubiera podido emular el autodominio de Lewis, tan afín a Gandhi.

Él había leído pequeñas reseñas sobre el suceso en los periódicos de los días posteriores, pero le decepcionó comprobar que la historia acababa siendo eclipsada por el vuelo espacial de Alan Shepard, el primer estadounidense en ser lanzado al espacio. «¿Y a quién le importa?», pensó George con acritud. No hacía ni un mes que el cosmonauta soviético Yuri Gagarin había sido el primer hombre en visitar el espacio. «Los rusos nos superan en eso. Un americano blanco puede orbitar alrededor de la Tierra, pero un americano negro no puede entrar en un lavabo.»

Luego, en Atlanta, una multitud había recibido con vítores a los viajeros de la libertad mientras bajaban del autobús y aquello había vuelto a levantarle el ánimo.

Sin embargo, Atlanta estaba en Georgia y en esos momentos se encaminaban hacia Alabama.

—¿Por qué dijo King que no vamos a llegar a Alabama? —preguntó Maria.

—Se rumorea que el Ku Klux Klan planea algo en Birmingham —contestó George muy serio—. Por lo visto el FBI está informado, pero no ha hecho nada para impedirlo.

—¿Y la policía local?

—La policía está metida en el maldito Klan.

—¿Y qué me dices de esos dos?

Maria le indicó con un breve movimiento de la cabeza los asientos que tenían una fila por detrás, al otro lado del pasillo.

George echó una ojeada y vio a dos hombres blancos y fornidos sentados juntos.

—¿Qué pasa con ellos?

—¿No apestan a policía?

George sabía a qué se refería.

—¿Crees que son del FBI?

—En el FBI visten mejor. Yo diría que son de la Policía de Carreteras de Alabama, viajando de incógnito.

George estaba impresionado.

—¿Cómo eres tan lista?

—Mi madre me obligaba a terminarme la verdura. Y mi padre es abogado en Chicago, la capital de los gángsteres de Estados Unidos.

—Entonces, ¿qué crees que están haciendo esos dos?

—No estoy segura, pero no creo que hayan venido a defender nuestros derechos civiles, ¿tú cómo lo ves?

George miró por la ventana y vio un cartel donde se leía BIENVENIDOS A ALAMABA. Consultó la hora en el reloj de pulsera. Era la una de la tarde y el sol brillaba en un cielo azul. «Hace un día precioso para morir», pensó.

Maria quería trabajar en política o en el sector del servicio público.

—Los manifestantes pueden causar un gran impacto, pero al final son los gobiernos los que remodelan el mundo —comentó.

George lo meditó, preguntándose si estaba de acuerdo. Maria había solicitado un puesto en la oficina de prensa de la Casa Blanca y la habían llamado para hacer una entrevista, pero al final no le habían dado el trabajo.

—No contratan a demasiados abogados negros en Washington —le había dicho a George con cierto pesar—. Seguramente me quedaré en Chicago y entraré en el bufete de mi padre.

Al otro lado del pasillo había una mujer blanca de mediana edad. Llevaba abrigo y sombrero, y sujetaba en el regazo un enorme bolso de mano de plástico blanco. George le sonrió.

—Un día precioso para viajar en autobús —comentó.

—Voy a Birmingham, a ver a mi hija —contestó la mujer, aunque él no se lo había preguntado.

—Eso está muy bien. Me llamo George Jakes.

—Cora Jones. Señora Jones. Falta una semana para que mi hija salga de cuentas.

—¿Es el primero?

—El tercero.

—Vaya. Si me lo permite, es usted demasiado joven para ser abuela.

La mujer pareció complacida.

—Tengo cuarenta y nueve años.

—¡Jamás lo hubiera dicho!

Un Greyhound que venía en dirección opuesta les dio luces y el autobús de los viajeros de la libertad redujo la velocidad hasta detenerse. Un hombre blanco se acercó a la ventanilla del conductor lo bastante para que George pudiera oírlo.

—Hay una multitud reunida en la estación de autobuses de Anniston —dijo el hombre, a lo que el conductor contestó algo que George no alcanzó a oír—. Vaya con cuidado.

El autobús reanudó la marcha.

—¿Qué quiere decir con eso de una multitud? —preguntó Maria, preocupada—. Podría tratarse de veinte personas o de un millar. Podría ser un comité de bienvenida o una turba enfurecida. ¿Por qué no ha dicho nada más?

George supuso que la indignación de Maria ocultaba su miedo y recordó las palabras de su propia madre: «Tengo tanto miedo de que te maten». Había gente del movimiento que aseguraba estar dispuesta a morir por la causa de la libertad. George no tenía tan claro que deseara convertirse en mártir. Había muchísimas otras cosas que quería hacer. Como, tal vez, acostarse con Maria.

Un minuto después entraron en Anniston, una ciudad pequeña, similar a cualquier otra del Sur: edificios bajos, calles dispuestas en cuadrícula, polvorientas y tórridas. Las aceras estaban abarrotadas de gente que parecía haber acudido a ver un desfile. Muchos iban de punta en blanco; las mujeres, con sus sombreros; los niños, impolutos y repeinados. Era evidente que salían del servicio religioso.

—¿Qué esperan ver? ¿A alguien con cuernos? —dijo George—. Aquí nos tenéis, negros norteños de carne y hueso, con zapatos y todo.

—Hablaba como si se dirigiera a ellos, aunque solo podía oírlo Maria—. Hemos venido a llevarnos vuestras armas y a enseñaros el comunismo. ¿Dónde van a nadar las chicas blancas?

Maria ahogó una risita.

—Si pudieran oírte, creerían que lo dices en serio.

En realidad tampoco se trataba de una broma, más bien era como silbar al pasar junto al cementerio. Intentaba no hacer caso del nudo que el miedo le había formado en el estómago.

El autobús entró en la estación, que estaba extrañamente desierta. Los edificios parecían cerrados con llave. A George le resultó espeluznante.

El conductor abrió la puerta del autobús.

George no los vio venir. De pronto una muchedumbre rodeó el vehículo. Estaba formada por hombres blancos, algunos vestidos con ropa de trabajo y otros con el traje de los domingos. Llevaban bates de béisbol, tuberías metálicas y cadenas de hierro. Y gritaban. Los ánimos todavía no estaban demasiado caldeados, pero aun así George oyó varias expresiones cargadas de odio, entre ellas algún *Sieg heil!*

Se levantó llevado por el impulso de cerrar la puerta del autobús, pero los dos hombres que Maria había asociado con agentes estatales se le adelantaron y la cerraron de golpe. «Quizá están aquí para defendernos —pensó George—, o quizá solo están defendiéndose a sí mismos.»

Miró a su alrededor por las ventanillas. No se veía a la policía por ninguna parte. ¿Cómo podían desconocer las autoridades locales que una muchedumbre armada se había reunido en la estación de autobuses? Tenían que estar en connivencia con el Klan, cosa que no le sorprendía.

Un segundo después los hombres atacaron el autobús con sus armas. Las cadenas y las barras de hierro abollaron la carrocería y produjeron un estrépito aterrador. Algunos cristales se hicieron añicos y la señora Jones chilló. El conductor puso el motor en marcha, pero uno de los miembros de la turba se tumbó delante de él. George pensó que el conductor iba a arrollarlo, pero se detuvo.

Una piedra atravesó un cristal y George sintió un dolor agudo en la mejilla, como si le hubiera picado una abeja. Lo había alcanzado una esquirla perdida. Maria, sentada junto a una ventanilla, corría peligro, por lo que la asió del brazo y la atrajo hacia sí.

—¡Arrodíllate en el pasillo! —gritó.

Un hombre de sonrisa burlona rompió con un puño americano la ventanilla que había junto a la señora Jones.

—¡Venga aquí conmigo! —dijo Maria mientras tiraba de la señora Jones y la envolvía con sus brazos en actitud protectora.

El clamor aumentó.

—¡Comunistas! —vociferaban—. ¡Cobardes!

—¡Agáchate, George! —exclamó Maria.

Pero él se negaba a amilanarse ante aquellos desgraciados.

De pronto el vocerío se acalló. Ya nadie aporreaba los laterales del autobús ni rompía cristales. George vio a un agente de policía.

«Justo a tiempo», pensó.

El policía balanceaba una porra, aunque hablaba afablemente con el hombre de sonrisa burlona y el puño americano.

En ese momento George vio a otros tres agentes. Habían apaciguado a la muchedumbre, pero le indignó ver que no hacían nada más. Actuaban como si no se hubiera cometido ningún delito y charlaban la mar de tranquilos con los alborotadores, que parecían ser amigos suyos.

Los dos policías de carreteras volvieron a ocupar sus asientos con aire desconcertado. George supuso que les habían encargado espiar a los viajeros de la libertad y que no se les había pasado por la cabeza que pudieran acabar siendo víctimas de una turba enfurecida. Se habían visto obligados a ponerse del lado de los viajeros de la libertad en defensa propia. Tal vez eso les enseñara a ver las cosas desde otra perspectiva.

El autobús se puso en marcha y George vio a través del parabrisas que un policía estaba apremiando a la gente para que se apartara de en medio mientras otro le hacía señales al conductor para que avanzara. Cuando salieron de la estación, un coche patrulla se colocó delante del autobús y lo escoltó hasta las afueras de la ciudad.

George empezó a sentirse mejor.

—Creo que hemos escapado de esta —comentó.

Maria se puso de pie, aparentemente ilesa, y extrajo el pañuelo del bolsillo superior del abrigo de George para limpiarle la cara con delicadeza. El algodón blanco quedó teñido de sangre.

—Es un corte feo —dijo Maria.

—Saldré de esta.

—Aunque no tan guapo.

—¿Soy guapo?

—Antes sí, pero ahora…

El momento de normalidad no duró. George miró atrás y vio que una larga hilera de camionetas y coches seguía al autobús. Los vehículos iban abarrotados de hombres que no dejaban de vociferar. Gimió.

—No hemos escapado de esta —se corrigió.

—Cuando estábamos en Washington, antes de subir al autobús, estuviste hablando con un tipo blanco —recordó Maria.

—Joseph Hugo —dijo George—. Estudia Derecho en Harvard. ¿Por qué?

—Creo que lo he visto antes, entre esos hombres.

—¿A Joseph Hugo? No. Está de nuestro lado. Debes de haberte equivocado.

Aunque George recordó que Hugo era de Alabama.

—Tenía los ojos azules y saltones —insistió Maria.

—Si estuviera con ellos, eso significaría que todo este tiempo ha estado fingiendo que apoyaba los derechos civiles… mientras nos espiaba. No puede ser un chivato.

—¿Ah, no?

George volvió a mirar atrás.

La escolta policial dio media vuelta al llegar al límite de la población, pero no así el resto de los vehículos.

Los hombres de los coches vociferaban de tal manera que sus gritos se oían por encima del ruido de los motores.

Una vez sobrepasada la zona residencial, en un largo y solitario tramo de la Autopista 202, dos vehículos adelantaron al autobús y luego redujeron la velocidad, con lo que obligaron al conductor a pisar el freno. El hombre intentó dejarlos atrás, pero los coches iban de un lado al otro de la carretera y le impedían el paso.

Cora Jones estaba pálida y temblorosa, y se aferraba a su bolso de plástico como si se tratara de un salvavidas.

—Lamento haberla metido en esto, señora Jones.

—Yo también —contestó ella.

Los coches de delante por fin se retiraron a un lado y dejaron pasar al autobús, pero la pesadilla no había acabado: la caravana todavía continuaba por detrás. En ese momento, George oyó un estallido que le resultó familiar. Cuando el autobús empezó a dar bandazos, comprendió que habían pinchado. El conductor redujo la velocidad hasta detener el vehículo cerca de una tienda de comestibles que había al borde de la carretera. George leyó el letrero: FORSYTH & SON.

El conductor bajó de un salto.

—¿Dos ruedas? —lo oyó decir George.

Acto seguido el hombre entró en la tienda, cabía suponer que para pedir asistencia por teléfono.

La tensión era insoportable. Un neumático desinflado solo era un pinchazo, dos lo convertían en una emboscada.

Como era de esperar, los coches de la caravana empezaron a detenerse y un puñado de hombres blancos vestidos de domingo se apearon de ellos, profiriendo insultos a voz en grito y blandiendo sus armas como salvajes en pie de guerra. George volvió a notar el nudo en el estómago cuando los vio correr hacia el autobús con sus desagradables rostros crispados por el odio, y comprendió por qué a su madre se le habían llenado los ojos de lágrimas al hablar de los blancos del Sur.

Al frente de la jauría iba un adolescente, que alzó una barra de hierro con la que disfrutó haciendo añicos una ventana.

El hombre que iba detrás intentó subir al autobús. Uno de los dos pasajeros blancos y fornidos se plantó en lo alto de los escalones y sacó una pistola, lo que confirmó la teoría de Maria acerca de que eran policías estatales vestidos de paisano. El asaltante retrocedió y el policía atrancó la puerta.

George temió que aquello fuera un error. ¿Y si los viajeros de la libertad necesitaban salir a toda prisa?

Los hombres de fuera empezaron a zarandear el autobús como si quisieran volcarlo.

—¡Os vamos a matar, negros de mierda! —no dejaban de gritar.

Las mujeres que había a bordo chillaban. Maria se aferró a George de un modo que, de no haber temido por su propia vida, podría haberlo complacido.

George vio que llegaban dos agentes uniformados y sintió renacer la esperanza, pero no hicieron nada para contener a la jauría, cosa que lo enfureció. Se volvió hacia los dos policías de paisano que iban en el autobús; tenían cara de pasmo y parecían asustados. Era evidente que los hombres uniformados no sabían nada de la presencia de los compañeros que iban de incógnito. La Policía de Carreteras de Alabama era un desastre, además de racista.

Desesperado, George miró a su alrededor tratando de encontrar algo que pudiera hacer para proteger a Maria y a sí mismo. ¿Bajar del autobús y echar a correr? ¿Tumbarse en el suelo? ¿Quitarle la pistola a uno de los agentes estatales y disparar a los blancos? Cualquier opción le parecía incluso peor que no hacer nada.

Furioso, se quedó mirando a los dos policías de fuera, que se limitaban a observar como si no ocurriera nada del otro mundo. ¡Eran policías, por el amor de Dios! ¿A qué esperaban? Si no pensaban hacer cumplir la ley, ¿qué derecho tenían a llevar aquel uniforme?

En ese momento vio a Joseph Hugo. No había confusión posible, George conocía bien aquellos ojos azules y saltones. Hugo se acercó a un agente, habló con él y a continuación ambos se echaron a reír.

Era un soplón.

«Si salgo vivo de aquí, ese cabrón se arrepentirá», pensó George.

Los hombres de fuera gritaban a los viajeros de la libertad que bajaran.

—¡Salid y os daremos lo que os merecéis, lameculos de los negros! —oyó George.

Aquello le hizo pensar que estaba más seguro en el autobús.

Aunque no por mucho tiempo.

Uno de los agitadores había regresado a su coche, había abierto el maletero y en esos momentos corría en dirección al autobús con algo ardiendo entre las manos. Arrojó un objeto llameante a través de una de las ventanillas rotas e instantes después aquello empezó a liberar un humo gris. Sin embargo, no se trataba solamente de una bomba de humo. El fuego prendió en la tapicería y un humo denso y negro comenzó a asfixiar a los pasajeros en cuestión de segundos.

—¿Hay aire ahí delante? —preguntó una mujer.

—¡Os vamos a quemar, negros! ¡Vamos a freíros! —oyó George que vociferaban fuera.

Todo el mundo se abalanzó hacia la puerta. La gente se apiñaba en el pasillo sin poder respirar. Algunos empujaban a los de delante, pero parecía que el camino estaba obstruido.

—¡Fuera del autobús! —gritó George—. ¡Todo el mundo fuera!

—¡La puerta no se abre! —avisó alguien que se hallaba cerca.

George recordó que el agente armado la había atrancado para impedir que subiera la turba.

—¡Habrá que saltar por las ventanas! —dijo—. ¡Vamos!

Se subió a un asiento y le dio una patada al cristal roto que quedaba en la ventanilla. Acto seguido, se quitó el abrigo y lo colocó en el marco para procurarse algo de protección contra las esquirlas que no se habían desprendido.

Maria no podía parar de toser.

—Primero salgo yo y luego saltas tú y yo te cojo —propuso George.

Se agarró al respaldo del asiento para no perder el equilibrio, se subió al marco, se agachó y saltó. Oyó que la camisa se desgarraba al engancharse en un saliente, pero no sintió dolor y concluyó que había salido ileso. Cayó sobre la hierba que bordeaba la carretera. La muchedumbre se había apartado asustada del autobús en llamas. George se volvió y le tendió los brazos a Maria.

—¡Salta como he hecho yo! —gritó.

Los zapatos de salón de Maria eran endebles comparados con los de cordones y puntera de George, y este se alegró de haber sacrificado el abrigo cuando vio aquellos pies diminutos en el marco. George torció el gesto al ver que la cadera de Maria rozaba una astilla de cristal cuando la joven atravesó la ventanilla, pero no le rasgó la tela del vestido y, un instante después, ella caía en sus brazos.

La sostuvo sin esfuerzo. Maria no pesaba mucho y él estaba en buena forma. La dejó en el suelo, pero ella cayó de rodillas, intentando respirar.

George miró a su alrededor y vio que la turba se mantenía apartada. Después volvió la vista hacia el interior del autobús. Cora Jones se encontraba de pie en el pasillo, tosiendo, dando vueltas a un lado y al otro, demasiado conmocionada y desorientada para ponerse a salvo.

—¡Cora, venga aquí! —la llamó George. La mujer oyó su nombre y lo miró—. ¡Por la ventanilla, igual que nosotros! —le indicó a gritos—. ¡Yo la ayudo!

La mujer pareció entenderlo y se encaramó al asiento con cierta dificultad, sin soltar el bolso. Vaciló al ver las esquirlas que bordeaban el marco, pero llevaba un abrigo grueso y pareció convencerse de que prefería arriesgarse a sufrir un corte que a morir asfixiada. Puso un pie en el marco. George le tendió los brazos, la alcanzó y tiró de ella. El abrigo de Cora sufrió un desgarrón, pero ella salió ilesa y George la dejó en el suelo. La mujer se alejó tambaleante, pidiendo agua.

—¡Hay que apartarse del autobús! —le advirtió George a Maria—. ¡El depósito de gasolina podría explotar!

Sin embargo, Maria tenía tal ataque de tos que parecía incapaz de moverse. George le pasó un brazo por la espalda y el otro por debajo de las rodillas y la levantó en vilo. La llevó hacia la tienda de comestibles y la dejó en el suelo cuando creyó que se encontraban a una distancia prudencial.

George miró atrás y vio que el autobús se vaciaba rápidamente. Por fin habían abierto la puerta y la gente salía por ella a trompicones mientras otros saltaban por las ventanillas.

Las llamas se elevaron. El interior del vehículo se convirtió en un infierno al tiempo que bajaban los últimos pasajeros. George oyó que un hombre gritaba algo sobre el depósito de gasolina y la muchedumbre hizo suyo aquel grito.

—¡Va a explotar! ¡Va a explotar! —empezó a vociferar la gente.

Todo el mundo se apartó unos pasos más con miedo. En ese momento se oyó un ruido seco y contundente, unos instantes después estalló una abrasadora bola de fuego y el vehículo se bamboleó con la explosión.

George estaba bastante seguro de que todo el mundo había salido. «Al menos no ha muerto nadie… todavía», pensó.

La detonación parecía haber saciado la sed de violencia de la turba, que contemplaba embobada cómo ardía el autobús.

Un pequeño grupo de personas que semejaban gente del lugar se había congregado frente a la tienda de comestibles. Muchos jaleaban a la muchedumbre, pero una chica joven salió del establecimiento con un cubo de agua y varios vasos de plástico. Le dio de beber a la señora Jones y luego se acercó a Maria, que apuró su vaso con gratitud y pidió otro.

Un joven blanco se acercó con aire preocupado. Tenía cara de ratón, la frente y la barbilla retrocedían respectivamente desde una nariz afilada y unos dientes de conejo, y llevaba el pelo castaño cobrizo peinado hacia atrás con brillantina.

—¿Qué tal estás, guapa? —le preguntó a Maria.

Sin embargo, escondía algo. Maria iba a contestar cuando el joven levantó una barra de hierro y la descargó con saña apuntando a la coronilla de Maria. George adelantó un brazo de inmediato para protegerla y la barra le impactó con tal fuerza en el antebrazo que lo obligó a lanzar un rugido agónico de dolor. El joven volvió a alzar la barra. A pesar de tener el brazo malherido, George arremetió contra él con el hombro y le dio tal empujón que lo levantó del suelo.

Entonces regresó junto a Maria y vio que tres hombres más se acercaban corriendo en dirección a él con el claro propósito de vengar a su amigo cara de rata. George se había precipitado al pensar que los segregacionistas ya habían saciado su sed de violencia.

Estaba acostumbrado a pelear. Había formado parte del equipo de lucha libre de Harvard en su etapa de estudiante universitario y lo había entrenado mientras se sacaba el doctorado en Derecho. Sin embargo, aquello no iba a ser una lucha limpia, con normas. Y solo disponía de un brazo en condiciones.

Por otro lado, había ido a la escuela primaria en un barrio marginal de Washington y sabía qué era pelear sucio.

Los tres se acercaban de frente, así que se movió hacia un lado. Aquello no solo los alejaba de Maria, sino que además los obligaba a cambiar de dirección y a avanzar en fila india.

El primer hombre intentó golpearlo con una cadena de hierro.

George retrocedió con agilidad y la esquivó. Con el impulso, el hombre perdió el equilibrio y empezó a avanzar a trompicones, momento en que George le barrió las piernas. El tipo se desplomó en el suelo y la cadena se le escapó de las manos.

El segundo hombre tropezó con el primero. George se adelantó, dio un giro y le golpeó con el codo en la cara, esperando dislocarle la mandíbula. El tipo lanzó un grito ahogado y soltó la llave de hierro al caer.

El tercer hombre se detuvo, repentinamente asustado. George se adelantó y, con todas sus fuerzas, le propinó un puñetazo en la cara que lo alcanzó en plena nariz. Los huesos crujieron y la sangre manó a borbotones mientras el hombre chillaba de dolor. Fue el golpe más gratificante que había dado en su vida. «A la mierda Gandhi», pensó.

Se oyeron dos disparos. Todo el mundo se quedó quieto y se volvió hacia el estruendo. Uno de los agentes uniformados sostenía una pistola en alto.

—Muy bien, muchachos, ya os habéis divertido suficiente —exclamó—. Largo de aquí.

George estaba furioso. ¿Divertido? El policía había sido testigo de un intento de asesinato ¿y lo consideraba divertido? George empezaba a comprender que un uniforme de policía no significaba demasiado en Alabama.

La muchedumbre regresó a los coches. Indignado, George se percató de que ni uno solo de los cuatro agentes de policía se molestaba en anotar las matrículas. Ni siquiera les pedían los nombres, aunque probablemente los conocían a todos.

Joseph Hugo había desaparecido.

Se produjo una nueva explosión entre los restos del autobús y George pensó que debía de ser el segundo depósito de gasolina, aunque en esos momentos no había nadie lo bastante cerca para que supusiera un peligro. El fuego empezó a extinguirse.

Había varias personas tendidas en el suelo, muchas de ellas con dificultad para respirar después de haber inhalado humo. Otras sangraban a causa de diversas heridas. Algunos eran viajeros de la libertad; otros, pasajeros habituales, blancos y negros. George se apretaba el brazo lastimado contra el cuerpo con la mano contraria para mantenerlo inmóvil, porque cualquier movimiento le producía un dolor espantoso. Los cuatro hombres a quienes se había enfrentado se ayudaban entre sí para volver renqueantes a sus coches.

George se las arregló para acercarse hasta donde estaban los policías.

—Necesitamos una ambulancia —dijo—. Tal vez dos.

El más joven de los dos hombres uniformados le dirigió una mirada de pocos amigos.

—¿Qué has dicho?

—Esta gente necesita atención médica —insistió George—. ¡Llame a una ambulancia!

El policía parecía furioso y George comprendió que había cometido el error de decirle a un blanco lo que tenía que hacer.

—Déjalo ya —le recomendó el mayor de los dos policías a su compañero antes de volverse hacia George—. La ambulancia está de camino, muchacho.

Minutos después llegó una especie de autobús de pequeñas dimensiones y los viajeros de la libertad se dispusieron a subir ayudándose unos a otros. Sin embargo, cuando George y Maria se acercaron, el conductor les salió al paso.

—Vosotros dos no —dijo.

George se lo quedó mirando sin creer lo que acababa de oír.

—¿Qué?

—Es una ambulancia para blancos —insistió el conductor—. No para vosotros, negros.

—Váyase a la mierda.

—Cuidadito con esa lengua, muchacho.

Un viajero de la libertad blanco que ya había subido al vehículo decidió apearse.

—Tiene que llevar a todo el mundo al hospital —le dijo al conductor—. Blancos y negros.

—No es una ambulancia para esos negros —repitió el conductor, obcecado.

—Está bien, pues nosotros no iremos sin nuestros amigos.

Dicho aquello, los viajeros de la libertad blancos empezaron a bajar de la ambulancia, uno tras otro.

El conductor se quedó desconcertado. George supuso que si volvía del lugar del incidente sin pacientes, quedaría como un tonto.

El policía de mayor edad se acercó a ellos.

—Será mejor que te los lleves a todos, Roy.

—Si tú lo dices —contestó el conductor.

George y Maria subieron a la ambulancia.

George se volvió para mirar el autobús mientras se alejaban de allí. Lo único que quedaba era una pequeña columna de humo y los restos carbonizados del vehículo, entre los que asomaba la hilera de travesaños calcinados del techo, que sobresalían como las costillas de un mártir quemado en la hoguera.

5

Tania Dvórkina partió de Yakutsk —la ciudad más fría del mundo, en Siberia— después de un desayuno temprano. Voló a Moscú en un Túpolev Tu-16 de la Fuerza Aérea Roja, un trayecto de casi cinco mil kilómetros. La cabina tenía espacio para media docena de militares, pero el ingeniero que la había diseñado no había malgastado tiempo en prever su comodidad: los asientos eran de aluminio perforado y el fuselaje no estaba insonorizado. El viaje duró ocho horas, con una escala para repostar. Dado que en Moscú eran seis horas menos que en Yakutsk, Tania llegó a tiempo de desayunar otra vez.

En Moscú era verano, y ella llevaba un pesado abrigo y un gorro de pieles. Subió a un taxi para ir a la Casa del Gobierno, el edificio de apartamentos destinado a la élite privilegiada de la capital. Compartía allí piso con su madre, Ania, y su hermano mellizo, Dimitri, a quien siempre llamaban Dimka. Se trataba de una vivienda grande, con tres habitaciones, aunque su madre decía que solo era espaciosa para los patrones soviéticos: el apartamento de Berlín en el que había vivido de niña, cuando el abuelo Grigori trabajaba de diplomático, era mucho más espléndido.

Aquella mañana el piso estaba vacío y en silencio, porque su madre y Dimka ya se habían ido a trabajar. Sus abrigos colgaban de unas puntas que el padre de Tania había clavado hacía un cuarto de siglo en el recibidor: la gabardina negra de Dimka y el chaquetón de tweed marrón de su madre, que ambos dejaban en casa cuando hacía calor. Tania colgó el suyo al lado de los otros y llevó la maleta a su dormitorio. Aunque no esperaba encontrarlos allí, sintió una punzada de reproche al ver que su madre no estaba para hacerle el té, ni Dimka para escuchar sus aventuras de Siberia. Pensó en ir a visitar a sus abuelos Peshkov, Grigori y Katerina, que vivían en otra planta del mismo edificio, pero concluyó que en realidad no tenía tiempo.

Se duchó y se cambió de ropa, y luego cogió un autobús en dirección a las oficinas de la TASS, la agencia de noticias soviética. Tania era una de los miles de periodistas que trabajaban para la agencia, pero no a muchos los trasladaban en jets de la fuerza aérea. Era una figura emergente, capaz de redactar artículos vivaces e interesantes que atraían a los jóvenes pero a la vez comulgaban con la línea del partido, lo cual era un don relativo, pues a menudo le encargaban trabajos de extremada relevancia y dificultad.

Se tomó un cuenco de *kasha* de trigo sarraceno con nata agria en el comedor de la agencia y después se dirigió al departamento de artículos de fondo, en el que trabajaba. Pese a ser una figura prominente, aún no destacaba tanto para merecer un despacho propio. Saludó a sus compañeros, se sentó a su mesa, colocó papel blanco y de calco en una máquina de escribir y empezó a teclear.

El vuelo había sido demasiado turbulento para tomar notas, pero Tania había estructurado el artículo mentalmente y en ese momento lo escribía con fluidez, consultando en ocasiones su cuaderno para recabar detalles. El texto pretendía alentar a las familias soviéticas jóvenes para que emigrasen a Siberia y trabajasen allí en las industrias en auge de la minería y la perforación, una tarea nada fácil. Los campos de prisioneros proporcionaban gran cantidad de mano de obra no cualificada, pero la región necesitaba geólogos, ingenieros, topógrafos, arquitectos, químicos y capataces. Sin embargo, Tania obvió en su artículo a los hombres y escribió sobre sus esposas. Comenzó con una joven y atractiva madre llamada Klara que le había hablado con entusiasmo y soltura sobre cómo afrontar la vida a temperaturas bajo cero.

A media mañana, el director de Tania, Daniíl Antónov, cogió las hojas de su bandeja y empezó a leerlas. Era un hombre menudo y de modales afables, algo nada habitual en el mundo del periodismo.

—Es muy bueno —dijo al terminar—. ¿Cuándo tendré el resto?

—Escribo tan deprisa como puedo.

Pero Daniíl quería comentar algo más.

—¿Te ha hablado alguien en Siberia de Ustín Bodián?

Bodián era un cantante de ópera al que habían sorprendido pasando a escondidas dos ejemplares de *Doctor Zhivago* que había conseguido mientras actuaba en Italia. En esos momentos se encontraba en un campo de trabajo.

El sentimiento de culpa aceleró el corazón de Tania. ¿Sospechaba Daniíl de ella? Tratándose de un hombre, era insólitamente intuitivo.

—No —mintió—. ¿Por qué lo preguntas? ¿Has sabido algo?

—Nada.

Daniíl volvió a su escritorio.

Tania estaba a punto de acabar el tercer artículo cuando Piotr Opotkin se detuvo junto a su mesa y empezó a leer lo que ella había escrito, con un cigarrillo colgando de los labios. Corpulento y con el cutis ajado, Opotkin era redactor jefe del departamento de artículos de fondo. A diferencia de Daniíl, no era periodista de formación sino comisario, un cargo político. Su trabajo consistía en asegurarse de que los reportajes no contraviniesen las directrices del Kremlin, y su única cualificación para llevarlo a cabo era una rígida ortodoxia.

Leyó las primeras páginas.

—Te dije que no escribieses sobre el clima. —Procedía de un pueblo situado al norte de Moscú y aún conservaba el acento de la Rusia septentrional.

Tania suspiró.

—Piotr, la serie trata de Siberia. La gente ya sabe el frío que hace allí. No vamos a engañar a nadie.

—Pero esto trata del clima y de nada más.

—Trata de cómo una moscovita joven e ingeniosa está sacando adelante a su familia en condiciones desafiantes… mientras vive una gran aventura.

Daniíl se sumó a la conversación.

—Tiene razón, Piotr —la defendió—. Si evitamos toda mención al frío, la gente sabrá que el artículo es una patraña y no creerán una palabra.

—No me gusta —repuso Opotkin, obcecado.

—Tienes que admitirlo —insistió Daniíl—: Tania hace que parezca emocionante.

Opotkin se quedó pensativo.

—Quizá tengas razón —concluyó, y dejó caer las hojas en la bandeja—. Voy a celebrar una fiesta en mi casa el sábado por la noche —le dijo a Tania—. Mi hija se ha licenciado en la universidad. Me preguntaba si a ti y a tu hermano os gustaría ir.

Opotkin era un arribista social sin éxito que organizaba fiestas agónicamente tediosas. Tania sabía que podía hablar por boca de su hermano.

—Me encantaría, y estoy segura de que a Dimka también, pero es el cumpleaños de nuestra madre. Lo siento.

Opotkin pareció ofendido.

—Una lástima —dijo, y se fue.

Cuando Daniíl vio que estaba lo bastante lejos para no oírlos, preguntó:

—No es el cumpleaños de tu madre, ¿verdad?

—No.

—Lo comprobará.

—Entonces entenderá que he puesto una excusa educada porque no quiero ir.

—Deberías ir a sus fiestas.

Tania no quería mantener aquella discusión; tenía cosas más importantes en la cabeza. Necesitaba escribir los artículos, salir de allí y salvarle la vida a Ustín Bodián, pero Daniíl era un buen jefe y tenía una mentalidad liberal, por lo que contuvo la impaciencia.

—A Piotr no le importa si voy o no a sus fiestas —dijo—. Quien le interesa es mi hermano, que trabaja para Jrushchov.

Tania estaba acostumbrada a que la gente intentara ganarse su amistad por la influyente familia a la que pertenecía. Su difunto padre había sido coronel del KGB, la policía secreta, y su tío Volodia era general del Servicio Secreto del Ejército Rojo.

Daniíl poseía la perseverancia del periodista.

—Piotr ha cedido con los artículos de Siberia. Deberías darle una muestra de agradecimiento.

—No soporto sus fiestas. Sus amigos se emborrachan y manosean a las mujeres de los demás.

—No quiero que esté resentido contigo.

—¿Por qué iba a estarlo?

—Eres muy atractiva. —Daniíl no se le estaba insinuando. Vivía con un amigo, y Tania estaba segura de que era uno de esos hombres que no se sentían atraídos por las mujeres. Su jefe siguió hablando con voz prosaica—: Guapa, competente y, lo peor de todo, joven. A Piotr no le costaría odiarte. Esfuérzate un poco más con él. —Y se alejó a paso lento.

Tania comprendió que con toda probabilidad tenía razón, pero decidió que pensaría en ello más tarde y devolvió la atención a la máquina de escribir.

A mediodía compró en el comedor una ensalada de patata y arenques escabechados y se la comió sentada a su escritorio.

Acabó el tercer artículo poco después y le entregó el trabajo a Daniíl.

—Me voy a casa, a acostarme —dijo—. Por favor, no me llames.

—Buen trabajo —contestó él—. Que descanses.

Tania guardó el cuaderno en el bolso y salió del edificio.

Quiso asegurarse de que nadie la seguía. Estaba cansada, y eso significaba que era más vulnerable a cometer algún error tonto, así que se sintió inquieta.

Dejó atrás la parada de autobús, caminó varias manzanas hasta la anterior parada de la línea y lo cogió allí. Era un comportamiento absurdo, de modo que si alguien hacía lo mismo tenía que estar siguiéndola.

Nadie imitó su maniobra.

Se apeó cerca de un magnífico palacio prerrevolucionario reconvertido en apartamentos. Rodeó la manzana aunque nadie parecía vigilar el edificio y, nerviosa, repitió la vuelta para asegurarse. Luego entró en el tétrico vestíbulo y subió la agrietada escalera de mármol hasta el apartamento de Vasili Yénkov.

Justo cuando estaba a punto de introducir la llave en la cerradura, la puerta se abrió y tras ella apareció una chica rubia y delgada de unos dieciocho años. Vasili estaba detrás. Tania maldijo para sus adentros. Era demasiado tarde para huir o fingir que iba a otro apartamento.

La rubia le dirigió a Tania una mirada dura, escrutadora, fijándose en su peinado, su figura y su ropa. Luego besó en los labios a Vasili, lanzó otra mirada triunfal a Tania y bajó la escalera.

Vasili tenía treinta años pero le gustaban las chicas jóvenes. Ellas se rendían a él porque era alto y apuesto, con facciones pronunciadas y atractivas, una densa mata de cabello, siempre un poco demasiado largo, y ojos dulces, castaños y seductores. Tania lo admiraba por motivos muy diferentes: era brillante y valiente, además de un escritor de talla mundial.

Entró en su estudio y dejó caer el bolso en una silla. Vasili trabajaba como guionista de radio y era desordenado por naturaleza. Su escritorio estaba repleto de papeles y en el suelo había libros apilados. Parecía estar trabajando en una adaptación radiofónica de la primera obra de Maksim Gorki, *Los pequeños burgueses*. Su gata gris, Mademoiselle, dormía en el sofá. Tania la apartó y se sentó.

—¿Quién era ese bomboncito?

—Mi madre.

Tania se rió a pesar de su enfado.

—Siento mucho que estuviera aquí —se disculpó Vasili, aunque no parecía muy apesadumbrado al respecto.

—Sabías que iba a venir hoy.

—Creía que llegarías más tarde.

—Me ha visto la cara. Nadie tiene que saber que existe una conexión entre nosotros.

—Trabaja en los grandes almacenes GUM. Se llama Varvara. No sospechará nada.

—Por favor, Vasili, no permitas que vuelva a ocurrir. Lo que estamos haciendo ya es bastante peligroso, no deberíamos asumir más riesgos. Puedes follarte a una adolescente cualquier otro día.

—Tienes razón, y no volverá a ocurrir. Deja que te haga un té, pareces cansada.

Vasili preparó el samovar.

—Yo estoy cansada, pero Ustín Bodián se está muriendo.

—Mierda. ¿De qué?

—Neumonía.

Tania no tenía una relación personal con Bodián, pero lo había entrevistado antes de que se metiera en problemas. Además de poseer un talento extraordinario, era un hombre afable y bondadoso. Como artista soviético admirado en todo el mundo, había llevado una vida muy privilegiada, pero aún era capaz de indignarse en público por las injusticias que se cometían con personas menos afortunadas que él, motivo por el cual había sido enviado a Siberia.

—¿Siguen haciéndole trabajar? —preguntó Vasili.

Tania negó con la cabeza.

—No puede, pero no quieren enviarlo al hospital. Se pasa el día acostado en la litera y no hace más que empeorar.

—¿Lo has visto?

—No, mierda. Preguntar por él ya ha sido suficientemente peligroso. Si hubiese ido al campo de prisioneros me habrían retenido.

Vasili le ofreció el té y azúcar.

—¿Está recibiendo algún tratamiento?

—No.

—¿Tienes idea de cuánto tiempo podría quedarle?

Tania volvió a negar con la cabeza.

—Ya sabes todo lo que sé.

—Tenemos que divulgar la noticia.

Tania estaba de acuerdo con él.

—La única manera de salvarle la vida es dar a conocer su enfermedad y confiar en que el gobierno tenga la decencia de avergonzarse.

—¿Crees que deberíamos publicar una edición especial?

—Sí —contestó Tania—. Hoy mismo.

Vasili y Tania elaboraban una hoja informativa titulada *Disidencia*. Informaban sobre censura, manifestaciones, juicios y presos políticos. En su despacho de Radio Moscú, Vasili tenía su propio mimeógrafo, que por lo general utilizaba para efectuar varias copias de los guiones, y en secreto imprimía cincuenta ejemplares de cada número de *Disidencia*. La mayoría de quienes lo recibían hacían a su vez una o más copias con sus máquinas de escribir, o incluso a mano, y así su circulación crecía exponencialmente. Ese sistema de autopublicación se denominaba *samizdat* en ruso y estaba muy extendido; novelas enteras se habían distribuido así.

—Yo escribiré el artículo.

Tania se dirigió al armario y sacó una caja de cartón grande llena de comida deshidratada para gatos. Introdujo las manos en el pienso y sacó una máquina de escribir protegida por una funda. Era la que utilizaban para redactar *Disidencia*.

Escribir a máquina era un acto tan genuino como hacerlo a mano. Cada aparato tenía sus propias características. Las letras nunca quedaban perfectamente alineadas: unas estaban un poco elevadas; otras, descentradas; cada una se desgastaba o se averiaba a su manera. En consecuencia, los expertos de la policía podían emparejar una máquina de escribir con lo que se hubiera escrito con ella. Si *Disidencia* se hubiese hecho con la misma máquina que los guiones de Vasili, alguien podría haberlo advertido. Por ello había robado una máquina vieja del departamento de programación, se la había llevado a casa y la había ocultado enterrándola en pienso para gatos. En un registro concienzudo habrían dado con ella, pero si llegaba a producirse un registro concienzudo, Vasili de todos modos estaría acabado.

En la caja también había hojas de un papel especial encerado que se utilizaba con el mimeógrafo. La máquina de escribir no tenía cinta: las letras perforaban el papel, y un cilindro del aparato multicopista hacía pasar la tinta a través de las incisiones con forma de letra.

Tania escribió un artículo sobre Bodián, afirmando que el secretario general Nikita Jrushchov sería el responsable directo de que uno de los más grandes tenores de la URSS muriese en un campo de prisioneros. Resumió los principales puntos del juicio de Bodián por actividad antisoviética, entre ellos su apasionada defensa de la libertad artística. Para eludir las sospechas que pudieran recaer sobre ella, atribuyó engañosamente la información sobre la enfermedad de Bodián a un amante de la ópera y miembro del KGB imaginario.

Cuando acabó, le tendió dos hojas de papel encerado a Vasili.

—He sido concisa.

—La concisión es hermana del talento. Lo dijo Chéjov.

Vasili leyó el artículo despacio y luego asintió en señal de aprobación.

—Ahora iré a Radio Moscú y haré copias —comentó al terminar—. Luego deberíamos llevarlas a la plaza Mayakovski.

Tania no se sorprendió, pero sí se inquietó.

—¿No será peligroso?

—Claro que sí. Es un encuentro cultural que no ha organizado el gobierno, y por eso mismo nos viene de perlas.

Unos meses atrás, jóvenes moscovitas habían empezado a congregarse informalmente alrededor de la estatua del poeta bolchevique Vladímir Mayakovski. Algunos leían poemas en voz alta, lo cual atraía a más gente y había acabado dando vida a un intenso festival poético permanente. Varias de las obras que se declamaban desde el monumento eran críticas sesgadas al gobierno.

Un fenómeno semejante habría durado diez minutos con Stalin, pero Jrushchov era reformista. Su programa contemplaba cierto grado de tolerancia cultural, y hasta el momento nadie había actuado contra los lectores de poesía. Pero la liberalización progresaba dando dos pasos adelante y uno atrás. El hermano de Tania decía que eso dependía de si Jrushchov estaba bien y se sentía políticamente fuerte, o si estaba sufriendo reveses y temía un golpe por parte de sus enemigos conservadores del Kremlin. Fuera cual fuese el motivo, siempre era imposible prever qué harían las autoridades.

Tania se sentía demasiado cansada para pensar en ello y supuso que cualquier emplazamiento alternativo sería igual de peligroso.

—Me acostaré mientras tú estás en la radio.

Fue al dormitorio y encontró las sábanas arrebujadas; supuso que Vasili y Varvara habían pasado la mañana en la cama. Las cubrió con la colcha, se quitó las botas y se tumbó.

Tenía el cuerpo cansado pero la mente activa. Estaba asustada, pero aun así quería ir a la plaza Mayakovski. *Disidencia* era una publicación importante pese al modo en que se elaboraba, propio de aficionados, y a su reducida circulación. Demostraba que el gobierno comunista no era omnipotente. Demostraba a los disidentes que no estaban solos. Líderes religiosos que combatían la persecución leían sobre cantantes de música folk detenidos por entonar canciones de protesta y viceversa. En lugar de sentirse como una voz solitaria en una sociedad monolítica, cada disidente comprendía que formaba parte de una gran red: miles de personas que querían un gobierno diferente y mejor.

Y eso podía salvarle la vida a Ustín Bodián.

Al fin Tania se quedó dormida.

La despertó una caricia en la mejilla. Abrió los ojos y vio a Vasili tumbado a su lado.

—Piérdete.

—Es mi cama.

Tania se incorporó hasta quedar sentada.

—Tengo veintidós años… Demasiados para interesarte.

—Tratándose de ti, haré una excepción.

—Cuando quiera incorporarme a un harén, te lo haré saber.

—Dejaría a todas las demás por ti.

—Vaya, ¿lo harías?

—Lo haría, en serio.

—Durante cinco minutos, tal vez.

—Para siempre.

—Hazlo durante seis meses y lo reconsideraré.

—¿Seis meses?

—¿Lo ves? Si no puedes ser casto durante medio año, ¿cómo vas a hacer una promesa de por vida? Mierda, ¿qué hora es?

—Has dormido toda la tarde. No te levantes. Me quitaré la ropa y me meteré en la cama contigo.

Tania bajó de la cama.

—Tenemos que irnos.

Vasili se rindió. Probablemente no lo había dicho en serio. Siempre sentía el impulso de hacer proposiciones a mujeres jóvenes; después de haberlo probado con ella, la dejaría tranquila, al menos durante un tiempo. Le tendió a Tania un pequeño fajo de veinte hojas impresas por ambas caras con letras algo borrosas: ejemplares del nuevo número de *Disidencia*. Después, a pesar del calor, se enrolló al cuello un pañuelo de algodón que le confería un aire artístico.

—Vámonos, venga.

Tania le hizo esperar mientras iba al baño. La cara que vio en el espejo le devolvió una mirada azul e intensa, enmarcada por un cabello rubio claro cortado a lo *garçon*. Se puso las gafas de sol para ocultar sus ojos y se envolvió el pelo con un discreto pañuelo marrón. En ese momento ya podía pasar por una jovencita cualquiera.

Fue a la cocina, obviando el impacientado repiqueteo del pie de Vasili, llenó un vaso con agua del grifo y se lo bebió de un trago.

—Estoy lista —anunció.

Se encaminaron al metro. El vagón estaba repleto de obreros que volvían a casa. Fueron hasta la estación Mayakovski, en la carretera de circunvalación conocida como Anillo de los Jardines. No se quedarían mucho rato; en cuanto hubieran repartido los cincuenta ejemplares de su hoja informativa se marcharían.

—Si surgen problemas —dijo Vasili—, recuerda: no nos conocemos.

Se separaron y salieron a la calle por separado y con un minuto de diferencia. El sol estaba bajo y el día estival refrescaba.

Vladímir Mayakovski había sido un poeta de talla internacional además de bolchevique, y la Unión Soviética se enorgullecía de él. Su heroica estatua se elevaba hasta seis metros de altura en el centro de la plaza homónima. Varios centenares de personas se arremolinaban en el césped, en su mayoría jóvenes, algunos vestidos con ropa de vago estilo occidental: vaqueros azules y jerséis de cuello cisne. Un muchacho con gorra vendía su novela, que no era más que unas hojas copiadas con papel carbón, perforadas y atadas con un cordel. Se titulaba *De-crecer*. Una chica con melena llevaba una guitarra, aunque no hizo tentativa de tocarla; tal vez no fuera más que un accesorio, como un bolso de mano. Solo había un policía uniformado, pero los de la secreta resultaban cómicamente identificables con sus chaquetas de cuero en pleno verano para ocultar las armas. Aun así, Tania evitó mirarlos; en realidad no tenían nada de graciosos.

Los asistentes hacían turnos para ponerse en pie y recitar uno o dos poemas. La mayoría eran hombres, pero también había alguna que otra mujer. Un chico leyó con una sonrisa pícara un texto sobre un granjero torpe que intentaba arrear una bandada de gansos, y la muchedumbre enseguida comprendió que era una metáfora del Partido Comunista organizando el país. Todos los presentes estallaron en carcajadas, salvo los hombres del KGB, que se limitaron a mirar desconcertados.

Tania avanzó discretamente entre la multitud y, escuchando a medias un poema de estilo futurista de Mayakovski sobre la angustia adolescente, fue sacando las hojas informativas una a una para entregarlas con disimulo a quienes le parecían afines. No perdía de vista a Vasili, que hacía lo propio. Al instante oyó exclamaciones de sorpresa y preocupación mientras la gente empezaba a hablar de Bodián; en una congregación semejante, la mayoría sabría quién era y por qué lo habían apresado. Tania siguió repartiendo las hojas tan deprisa como pudo, ansiosa por deshacerse de todas antes de que la policía se percatase de lo que estaba ocurriendo.

Un hombre con el pelo corto y aspecto de ex militar se apostó al frente y, en lugar de recitar un poema, comenzó a leer en voz alta el artículo de Tania sobre Bodián. Tania estaba encantada; la noticia se propagaba más rápidamente incluso de lo que había esperado. Se oyeron gritos de indignación cuando el hombre llegó a la parte en que se decía que Bodián no estaba recibiendo atención médica. Los hombres con chaqueta de cuero advirtieron el cambio en el ambiente y aguzaron la atención. Tania vio que uno hablaba con premura por un walkie-talkie.

Le quedaban cinco ejemplares, que le quemaban en el bolsillo.

Los agentes de la policía secreta se habían mantenido hasta entonces en la periferia de la multitud, pero en ese momento se internaron en ella y convergieron en dirección al orador. Este agitó la hoja con actitud desafiante, vociferando sobre Bodián mientras los agentes se acercaban a él. Varios asistentes se apiñaron junto al pedestal, lo cual dificultó la aproximación de la policía. Los hombres del KGB reaccionaron con tosquedad, apartando a la gente a empujones. Así fue como comenzaron los disturbios. Tania retrocedió nerviosa hacia la linde de la muchedumbre. Ya solo le quedaba un ejemplar de *Disidencia* y lo tiró al suelo.

De pronto aparecieron media docena de policías uniformados. Preguntándose maravillada de dónde habrían salido, Tania miró hacia el otro lado de la calle y vio que del edificio más próximo salían más agentes corriendo; debían de haberse escondido allí, esperando a que se les necesitara. Los policías enarbolaron las porras y arremetieron contra la gente, golpeando de forma indiscriminada. Tania vio a Vasili dar media vuelta y alejarse abriéndose paso entre la multitud tan deprisa como podía, así que ella hizo lo mismo. En ese momento un adolescente aterrado chocó contra ella, y Tania cayó al suelo.

Se quedó aturdida un momento. Cuando se recuperó, vio a más gente corriendo. Se arrodilló, pero se sentía mareada. Alguien tropezó con ella y la hizo caer de nuevo de espaldas. Pero de pronto apareció Vasili, que la agarró con ambas manos y la ayudó a ponerse en pie. Tania se sorprendió: no habría esperado de él que pusiera en riesgo su integridad para ayudarla.

Entonces un policía golpeó a Vasili en la cabeza con una porra y este cayó. El agente le puso los brazos a la espalda y lo esposó con movimientos raudos y expertos. Vasili alzó la vista, miró a Tania. «¡Corre!», articuló con los labios.

Ella se volvió y echó a correr, pero un instante después topó contra un policía uniformado. Este la agarró por un brazo y Tania intentó zafarse.

—¡Suéltame!

Él apretó aún más.

—Quedas detenida, zorra.

6

La Sala Nina Onilova del Kremlin debía su nombre a una artillera que había perdido la vida en la batalla de Sebastopol. En una pared había una fotografía en blanco y negro enmarcada de un general del Ejército Rojo depositando la medalla de la Orden de la Bandera Roja sobre su lápida. El cuadro colgaba sobre una chimenea de mármol blanco, amarilleado como los dedos de un fumador. En toda la estancia, intrincadas molduras de yeso delimitaban cuadrados de pintura más clara allí donde había habido otras imágenes, lo cual sugería que las paredes no se habían pintado desde la revolución. Tal vez la sala había sido en el pasado un salón elegante; sin embargo, en esos momentos estaba amueblada con mesas de taberna unidas para formar un rectángulo largo y unas veinte sillas baratas. En las mesas había ceniceros de cerámica, y daba la impresión de que los vaciaban a diario pero nunca los limpiaban.

Dimka Dvorkin entró con la mente enfebrecida y un nudo en el estómago.

La sala era el lugar de reunión habitual de los asistentes de los ministros y secretarios que conformaban el Presídium del Sóviet Supremo, el órgano de gobierno de la URSS.

Dimka era asistente de Nikita Jrushchov, primer secretario y presidente del Presídium. Pese a ello, tenía la sensación de que no le correspondía estar allí.

Faltaban pocas semanas para la cumbre de Viena, donde se produciría el trascendental primer encuentro entre Jrushchov y el nuevo presidente estadounidense, John Kennedy. Al día siguiente, en el pleno del Presídium más importante del año, los líderes de la URSS decidirían la estrategia para la cumbre. Ese día, los asistentes se reunían para preparar el pleno: era una reunión de planificación para otra reunión de planificación.

El representante de Jrushchov tenía que plantear la postura del líder de tal modo que los demás asistentes pudiesen asesorar a sus jefes para el día siguiente. Su función tácita era desvelar cualquier oposición latente a las ideas de Jrushchov y, de ser posible, sofocarla. Era su solemne deber garantizar que el debate del día siguiente transcurriera sin trabas para el líder.

Dimka conocía la postura de Jrushchov ante la cumbre, pero, aun así, tenía la impresión de que no saldría airoso de aquella reunión. Era el más joven y el más inexperto de los asistentes de Jrushchov. Hacía solo un año que se había licenciado en la universidad y nunca había asistido a un «prepresídium»; era demasiado bisoño. Pese a ello, diez minutos antes su secretaria, Vera Pletner, le había dicho que uno de los asistentes veteranos había llamado para comunicar que estaba enfermo, que los otros dos acababan de sufrir un accidente de tráfico y que por ello él, Dimka, tendría que acudir en su lugar.

Dimka había conseguido trabajar para Jrushchov por dos motivos. Uno era que había sido el primero de todas las clases por las que había pasado, desde la guardería hasta la universidad. El otro, que su tío era general. No sabía qué factor había pesado más.

El Kremlin presentaba una fachada monolítica al mundo exterior, pero en realidad era un campo de batalla. Jrushchov no tenía el poder asegurado. Era comunista en cuerpo y alma, pero también un reformista que veía los defectos del sistema soviético y quería poner en práctica ideas nuevas. Sin embargo, aún no había derrotado a los antiguos estalinistas del Kremlin, que estaban atentos a cualquier oportunidad para debilitarlo y tumbar sus reformas.

La reunión era informal. Los asistentes tomaban té y fumaban sin ponerse la chaqueta y con las corbatas desanudadas; la mayoría eran hombres, aunque no todos. Dimka vio una cara amiga: Natalia Smótrova, asistente del ministro de Exteriores, Andréi Gromiko. Tenía veintitantos años, y era atractiva pese al insulso vestido negro que llevaba. Dimka no la conocía bien, pero había hablado con ella varias veces. Ese día se sentó a su lado, y ella pareció sorprenderse al verle.

—Konstantínov y Pajari han tenido un accidente de coche —le comentó él.

—¿Están heridos?

—No de gravedad.

—¿Y Alkáev?

—De baja con herpes.

—Qué asco... Así que eres el representante del líder.

—Estoy muerto de miedo.

—Lo harás bien.

Él miró a su alrededor. Todos parecían estar esperando.

—¿Quién preside esta reunión? —le preguntó en voz baja a Natalia.

Uno de los otros lo oyó. Era Yevgueni Filípov, que trabajaba para el conservador ministro de Defensa, Rodión Malinovski. Filípov tenía treinta y tantos años, pero vestía como si fuera mayor, con un traje de posguerra holgado y una camisa de franela gris.

—¿Quién preside esta reunión? —espetó, repitiendo la pregunta de Dimka en voz alta y con tono desdeñoso—. Pues tú, obviamente. Eres el asistente del presidente del Presídium, ¿no? ¿A qué esperas, universitario?

Dimka notó que se ruborizaba. Por un instante se quedó sin palabras. Luego lo asaltó la inspiración.

—Gracias al notable vuelo espacial del comandante Yuri Gagarin —empezó a decir—, el camarada Jruschov acudirá a Viena con las felicitaciones del mundo resonándole en los oídos.

El mes anterior Gagarin había sido el primer ser humano en viajar al espacio en un cohete, batiendo a los estadounidenses por solo unas semanas en lo que había devenido un sensacional éxito científico y propagandístico para la Unión Soviética y Nikita Jruschov.

Los asistentes sentados a la mesa aplaudieron, y Dimka empezó a sentirse mejor.

Filípov volvió a intervenir:

—Más valdría que lo que le resonara al primer secretario en los oídos fuera el discurso inaugural del presidente Kennedy. —Parecía incapaz de hablar sin desdén—. Por si los camaradas aquí presentes lo han olvidado, Kennedy nos acusó de planear la dominación mundial y prometió detenernos a cualquier precio. Después de todos los pasos amistosos que hemos dado (de forma imprudente, en opinión de algunos camaradas experimentados), Kennedy difícilmente podría haber dejado más claras sus intenciones agresivas. —Alzó un dedo en el aire, como un profesor de escuela—. Solo hay una respuesta posible por nuestra parte: aumentar la fuerza militar soviética.

Dimka intentaba dar aún con una réplica cuando Natalia se le adelantó.

—Esa es una carrera que no podemos ganar —dijo con un enérgico aire cargado de sentido común—. Estados Unidos es más rico que la Unión Soviética, y capaz de igualar con facilidad cualquier ampliación que efectuemos en nuestra fuerza militar.

Era más sensata que su conservador jefe, infirió Dimka. Le dirigió una mirada de agradecimiento y prosiguió con su argumentación:

—De ahí la política de coexistencia pacífica planteada por Jrushchov, que nos capacita para gastar menos en el ejército e invertir más en agricultura e industria.

Los conservadores del Kremlin detestaban la coexistencia pacífica. Para ellos, el conflicto con el imperialismo capitalista era una guerra a muerte.

Dimka vio con el rabillo del ojo a su secretaria, Vera, entrando en la sala. Era una mujer inteligente y vivaz de cuarenta años, y en ese momento le indicó que saliera con un gesto de la mano.

A Filípov no se le despachaba con tanta facilidad.

—No permitamos que un punto de vista tan ingenuo del mundo de la política nos lleve a reducir nuestro ejército tan deprisa —dijo con tono de mofa—. No podemos afirmar precisamente que estemos ganando en el escenario internacional. Mirad cómo nos desafían los chinos. Eso nos debilita en Viena.

¿Por qué Filípov intentaba con tanto ahínco dejarlo como un tonto? Dimka recordó de pronto que Filípov había querido un puesto en el despacho de Jrushchov… El puesto que había conseguido él.

—Del mismo modo que bahía de Cochinos ha debilitado a Kennedy —replicó Dimka. El presidente estadounidense había autorizado un descabellado plan de la CIA para llevar a cabo una invasión de Cuba comenzando en un lugar llamado bahía de Cochinos; la conspiración había salido mal, y Kennedy había sufrido una humillación—. Creo que la posición de nuestro líder es más fuerte.

—En cualquier caso, Jrushchov ha fracasado… —Filípov se interrumpió al caer en la cuenta de que estaba yendo demasiado lejos.

Aquellos debates previos a las reuniones eran francos, pero había límites. Dimka aprovechó el momento de debilidad.

—¿En qué ha fracasado Jrushchov, camarada? —preguntó—. Por favor, instrúyenos.

Filípov se corrigió de inmediato.

—Hemos fracasado en alcanzar nuestro principal objetivo político en el extranjero: una resolución permanente de la situación de Berlín. La Alemania Oriental es nuestro puesto fronterizo en Europa. Sus fronteras salvaguardan las de Polonia y Checoslovaquia. Es intolerable que la situación siga sin resolverse.

—Muy bien —repuso Dimka, y se sorprendió al percibir una nota de seguridad en su voz—. Creo que ya hemos discutido suficiente sobre los principios generales. Antes de clausurar la reunión, expondré la postura actual del primer secretario ante el problema.

Filípov abrió la boca para protestar contra aquella abrupta interrupción, pero Dimka se lo impidió.

—Los camaradas hablarán cuando el presidente les invite a hacerlo —dijo afilando deliberadamente la aspereza de su voz, y todos guardaron silencio—. En Viena, Jrushchov le dirá a Kennedy que no podemos esperar más. Hemos efectuado propuestas razonables para regular la situación de Berlín, y lo único que los americanos nos responden es que no quieren cambios. —Varios de los hombres asintieron—. Jrushchov dirá que, si no están dispuestos a acordar un plan, pasaremos a la acción de forma unilateral y, si intentan detenernos, nos enfrentaremos a la fuerza con fuerza.

Se produjo un largo silencio que Dimka aprovechó para ponerse en pie.

—Gracias por vuestra asistencia —dijo.

Natalia verbalizó lo que todos pensaban:

—¿Significa eso que estamos dispuestos a ir a la guerra contra Estados Unidos por Berlín?

—El primer secretario no cree que vaya a haber una guerra —contestó Dimka, proporcionándoles la respuesta evasiva que Jrushchov le había dado a él—. Kennedy no está loco.

Advirtió que Natalia le dirigía una mirada de sorpresa y admiración mientras él se alejaba de la mesa. No podía creer que se hubiera mostrado tan duro. Nunca había sido apocado, pero aquel era un grupo de hombres poderosos y astutos, y él los había intimidado. Su cargo ayudaba; pese a ser nuevo, su escritorio en los despachos del primer secretario le confería poder. Y, paradójicamente, la hostilidad de Filípov le había beneficiado, ya que todos comprenderían la necesidad de pararle los pies a quien intentase socavar al líder.

Vera lo esperaba en la antesala. Era una funcionaria política experimentada que no cedía al pánico por una nadería. Dimka tuvo una intuición.

—Se trata de mi hermana, ¿verdad?

La mujer se sobresaltó y abrió mucho los ojos.

—¿Cómo lo hace? —dijo, atónita.

No era algo sobrenatural. Dimka llevaba tiempo temiendo que Tania acabara metiéndose en líos.

—¿Qué ha hecho? —preguntó.

—La han detenido.

—¡Maldita sea!

Vera señaló un teléfono descolgado sobre una mesa auxiliar, y Dimka cogió el auricular. Su madre, Ania, se encontraba al otro lado de la línea.

—¡Tania está en la Lubianka! —exclamó, empleando el nombre

popular con que se conocía la sede del KGB en la plaza Lubianka. Rayaba en la histeria.

A Dimka aquello no le sorprendió tanto. Su hermana melliza y él convenían en que había muchas cosas malas en la Unión Soviética, pero mientras que él creía que se necesitaba una reforma, ella opinaba que había que abolir el comunismo. Se trataba de una divergencia intelectual que no afectaba en modo alguno al cariño que se profesaban. Cada uno era el mejor amigo del otro. Siempre había sido así.

Podían detener a cualquiera por pensar como Tania… y esa era una de las cosas malas.

—Cálmate, mamá. Puedo sacarla de allí —dijo Dimka. Confiaba en ser capaz de justificar esa afirmación—. ¿Sabes qué ha ocurrido?

—¡Ha habido disturbios durante una concentración para leer poesía!

—Seguro que ha ido a la plaza Mayakovski. Si solo fuera eso… —No conocía todo en lo que andaba metida su hermana, pero sospechaba que era peor que la poesía.

—¡Tienes que hacer algo, Dimka! Antes de que…

—Lo sé. —Antes de que empezaran a interrogarla, quería decir su madre.

Un escalofrío de miedo lo recorrió como si una sombra se hubiera cernido sobre él. La perspectiva de un interrogatorio en las infames celdas del sótano de la sede del KGB aterraba a todos los ciudadanos soviéticos.

Su primer impulso había sido decir que llamaría por teléfono, pero en ese momento entendió que no bastaría con eso. Tenía que presentarse allí. Dudó un instante: si llegaba a saberse que había ido a la Lubianka para sacar de allí a su hermana, su carrera podría verse perjudicada, pero apenas concedió importancia a ese pensamiento. Ella estaba por delante de él mismo, de Jrushchov y de toda la Unión Soviética.

—Voy para allí, mamá —dijo—. Llama al tío Volodia y cuéntale qué ha pasado.

—¡Ay, sí, buena idea! Mi hermano sabrá qué hacer.

Dimka colgó.

—Llama a la Lubianka —le ordenó a Vera—. Déjales bien claro que llamas del despacho del primer secretario, que está interesado por la detención de la destacada periodista Tania Dvórkina. Diles que el asistente del camarada Jrushchov va de camino para preguntarles al respecto, y que no deberían hacer nada hasta que llegue.

Ella tomó nota.

—¿Le pido un coche?

La plaza Lubianka estaba más o menos a un kilómetro del recinto del Kremlin.

—Tengo la moto abajo. Llegaré antes. —Dimka era un privilegiado por disponer de una motocicleta Vosjod 175 de cinco marchas y tubo de escape doble.

Durante el trayecto pensó que, paradójicamente, sabía que Tania acabaría metida en problemas porque había dejado de contárselo todo. Por lo general, no se ocultaban nada. Dimka compartía con su melliza una intimidad que ninguno de ellos tenía con nadie más. Cuando su madre salía y se quedaban solos, Tania se paseaba desnuda por el piso para ir a buscar muda limpia al armario de airear la ropa, y Dimka orinaba sin molestarse en cerrar la puerta del cuarto de baño. De cuando en cuando, los amigos de Dimka sugerían entre risillas que su proximidad resultaba erótica, pero en realidad era lo contrario. Solo podían tener tanta intimidad porque entre ellos no había chispa sexual.

Sin embargo, durante el último año ella le había ocultado algo. Dimka no sabía qué era, pero lo intuía. No se trataba de un novio, de eso estaba convencido: se contaban todo lo relativo a sus vidas afectivas, compartían sus sentimientos, se comprendían. Estaba casi seguro de que era algo relacionado con la política. El único motivo por el que ella le ocultaría algo sería la voluntad de protegerlo.

Dimka se detuvo frente al temido edificio, un palacio de ladrillo amarillo erigido antes de la revolución para albergar las oficinas de una compañía de seguros. La idea de que su hermana estuviera presa en aquel palacio le provocaba náuseas, y por un momento temió estar a punto de vomitar.

Aparcó justo delante de la puerta principal, se tomó un momento para recuperar la entereza y entró.

El director de Tania, Daniíl Antónov, ya estaba allí y discutía con un agente del KGB en el vestíbulo. Daniíl era un hombre menudo y de complexión débil, y Dimka lo consideraba inofensivo, pero vio que se mostraba vehemente.

—¡Quiero ver a Tania Dvórkina, y quiero verla ahora mismo! —exigía en ese momento.

El hombre del KGB lucía un semblante de férrea obstinación.

—Eso no es posible.

Dimka los interrumpió.

—Vengo del despacho del primer secretario —dijo.

El del KGB se negó a mostrarse impresionado.

—¿Y qué haces allí, hijo? ¿Servir el té? —replicó con tosquedad—.

¿Cómo te llamas? —Era una pregunta intimidatoria, porque a la gente le aterraba dar su nombre al KGB.

—Dimitri Dvorkin, y he venido a decirle que el camarada Jrushchov está personalmente interesado en este caso.

—Y una mierda, Dvorkin —dijo el hombre—. El camarada Jrushchov no sabe nada de este caso. Has venido para sacar de apuros a tu hermana.

La grosera templanza de aquel hombre pilló desprevenido a Dimka, que supuso que, en el intento de liberar a familiares o amigos de manos del KGB, muchas personas aducían conexiones personales con figuras poderosas. Sin embargo, volvió a atacar.

—¿Cómo se llama?

—Capitán Mets.

—¿Y de qué acusan a Tania Dvórkina?

—De agredir a un agente.

—¿Golpeó una chica a uno de sus matones con chaqueta de cuero? —preguntó Dimka con tono sarcástico—. Antes debería haberle arrebatado el arma. ¡Venga ya, Mets! No sea mamón.

—Asistía a una reunión sediciosa en la que circulaba literatura antisoviética. —Mets tendió a Dimka una hoja de papel arrugada—. La reunión acabó en disturbios.

Dimka miró el papel y vio que llevaba el título de *Disidencia*. Había oído hablar de aquella hoja informativa subversiva. Tania bien podía tener algo que ver con ella. Aquel número iba sobre Ustín Bodián, el cantante de ópera. Dimka se distrajo un momento al leer la impactante acusación de que Bodián se estaba muriendo de neumonía en un campo de trabajo de Siberia. Luego recordó que Tania había vuelto de Siberia ese mismo día y cayó en la cuenta de que su hermana debía de haber escrito aquello. Podía estar en un aprieto de verdad.

—¿Afirma que Tania tenía esto en su posesión? —preguntó. Vio que Mets vacilaba y añadió—: Yo creo que no.

—No debería haber estado allí.

—Es periodista, imbécil —intervino Daniíl—. Estaba observando el acontecimiento, igual que hacían sus agentes.

—Ella no es una agente.

—Todos los periodistas de la TASS cooperan con el KGB, y usted lo sabe.

—No puede demostrar que estuviera allí por motivos oficiales.

—Sí, puedo demostrarlo. Soy su jefe. Yo la envié.

Dimka se preguntó si sería cierto. Lo dudaba. Se sintió agradecido por que Daniíl estuviera arriesgándose para defender a Tania.

Mets empezaba a perder seguridad.

—Estaba con un hombre llamado Vasili Yénkov, que tenía cinco ejemplares de esa hoja en un bolsillo.

—Ella no conoce a nadie llamado Vasili Yénkov —afirmó Dimka. Podría haber sido verdad; en realidad él nunca había oído ese nombre—. Si hubo disturbios, ¿cómo puede saber quién estaba con quién?

—Tengo que hablar con mis superiores —dijo Mets, y dio media vuelta.

—No tarde —bramó Dimka imprimiendo aspereza en su voz—. La próxima persona que vea del Kremlin podría no ser el chico que sirve el té.

Mets bajó una escalera y Dimka se estremeció: todo el mundo sabía que en el sótano estaban las salas de interrogatorio.

Instantes después, a Dimka y a Daniíl se sumó en el vestíbulo un hombre de edad avanzada con un cigarrillo colgando de la boca. Tenía un rostro feo y carnoso, de mentón prominente y agresivo. Daniíl no pareció alegrarse de verlo. El hombre se presentó como Piotr Opotkin, el redactor jefe del departamento de artículos de fondo.

Opotkin miró a Dimka con los ojos entornados para que no le entrara el humo.

—Así que han detenido a tu hermana en una protesta —dijo. Su tono era airado, pero Dimka percibió que, por alguna razón, Opotkin estaba complacido.

—Una lectura de poemas —lo corrigió Dimka.

—No hay mucha diferencia.

—Yo la envié —explicó Daniíl.

—¿El día en que volvía de Siberia? —preguntó Opotkin, escéptico.

—En realidad no era un encargo. Le sugerí que se acercara en algún momento para ver qué ocurría, eso es todo.

—No me mientas —dijo Opotkin—. Solo intentas protegerla.

Daniíl alzó la barbilla y le dirigió una mirada retadora.

—¿No es eso a lo que has venido tú también?

Antes de que Opotkin pudiera contestar, el capitán Mets volvió.

—El caso aún se está estudiando —anunció.

Opotkin se presentó y mostró a Mets su identificación.

—La cuestión no es si Tania Dvórkina debería ser castigada, sino cómo —dijo.

—Exactamente, señor —convino Mets con deferencia—. ¿Le gustaría acompañarme?

Opotkin asintió, y Mets lo precedió escalera abajo.

—No permitirá que la torturen, ¿verdad? —preguntó Dimka en voz baja.

—Opotkin ya estaba furioso con Tania —contestó Daniíl, consternado.

—¿Por qué? Creía que era una buena periodista.

—Es brillante, pero rechazó una invitación a una fiesta en su casa el sábado. Piotr quería que tú también fueras. Le encanta la gente importante y los desaires le duelen mucho.

—Oh, mierda.

—Le dije a Tania que debería haber aceptado.

—¿Es verdad que la enviaste a la plaza Mayakovski?

—No, nunca podríamos publicar un artículo sobre una reunión oficiosa como esa.

—Gracias por intentar protegerla.

—Es un honor… pero me parece que no está funcionando.

—¿Qué crees que pasará?

—Podrían despedirla, aunque es más probable que la destinen a algún lugar inhóspito, como Kazajistán. —Daniíl frunció el ceño—. Tengo que idear algún trato que satisfaga a Opotkin pero que no resulte demasiado duro para Tania.

Dimka miró hacia la puerta principal y vio a un hombre de cuarenta y tantos años con el pelo muy corto, al estilo militar, y uniforme de general del Ejército Rojo.

—Por fin, el tío Volodia —dijo.

Volodia Peshkov tenía la misma mirada intensa y azul que Tania.

—¿Qué es esta mierda? —preguntó, iracundo.

Dimka se apresuró a informarlo y, cuando acababa, Opotkin reapareció y se dirigió obsequioso a Volodia.

—General, he comentado el problema de su sobrina con nuestros amigos del KGB y acceden gratamente a que me encargue de ello como asunto interno de la TASS.

Dimka se sintió flaquear de alivio. Luego se preguntó si la propuesta de Opotkin no habría sido una maniobra para dar la impresión de que le estaba haciendo un favor a Volodia.

—Permítame que le haga una sugerencia —dijo Volodia—: podría clasificar el incidente de grave sin achacar la culpa a nadie, simplemente cambiando de puesto a Tania.

Ese era el castigo que Daniíl había mencionado un momento antes.

Opotkin asintió con aire reflexivo, como sopesando la idea, aunque Dimka estaba seguro de que aceptaría entusiasmado cualquier «sugerencia» del general Peshkov.

—Quizá un puesto en el extranjero —propuso Daniíl—. Habla inglés y alemán.

Era una exageración, y Dimka lo sabía. Tania había estudiado ambos idiomas en la escuela, pero eso no significaba que los hablara. Daniíl intentaba salvarla del destierro a algún rincón remoto de la URSS.

—Y podría seguir escribiendo artículos de fondo para mi departamento. Preferiría no perderla en la redacción... es demasiado buena —añadió Daniíl.

Opotkin parecía vacilar.

—No podemos enviarla a Londres ni a Bonn. Eso parecería un premio.

Era cierto. Las asignaciones a países capitalistas estaban muy buscadas. Las primas por manutención eran colosales y, aunque no daban para tanto como en la URSS, los ciudadanos soviéticos vivían mucho mejor en Occidente que en su país.

—Berlín Este, tal vez, o Varsovia —propuso Volodia.

Opotkin asintió. Un traslado a otro país comunista se acercaba más a un castigo.

—Me alegro de haber podido resolver esto —zanjó el general.

El redactor jefe se volvió hacia Dimka.

—El sábado por la noche celebro una fiesta. ¿Te gustaría ir?

Dimka supuso que eso podría sellar el trato y asintió.

—Tania me comentó algo —contestó con falso entusiasmo—. Iremos los dos. Gracias.

Opotkin pareció iluminarse.

—Casualmente —dijo Daniíl—, sé de un puesto en un país comunista que ahora está vacante. Necesitamos a alguien allí con urgencia. Tania podría ir mañana mismo.

—¿Dónde? —preguntó Dimka.

—En Cuba.

—Podría ser aceptable —accedió Opotkin, satisfecho y alegre.

Ciertamente era mejor que Kazajistán, pensó Dimka.

Mets regresó al vestíbulo con Tania a su lado. A Dimka se le paró el corazón: estaba pálida y asustada, pero ilesa. Mets habló con una mezcla de deferencia y desafío, como un perro que ladra porque tiene miedo.

—Permítame recomendarle que en el futuro la joven Tania se mantenga alejada de las lecturas de poemas —dijo.

El tío Volodia daba la impresión de estar a punto de estrangular a aquel idiota, pero impostó una sonrisa.

—Un consejo muy sensato, sin duda.

Todos salieron. Había oscurecido.

—Tengo aquí la moto —le dijo Dimka a Tania—. Te llevo a casa.

—Sí, por favor —contestó ella. Era evidente que quería hablar con él.

El tío Volodia no podía leerle los pensamientos como Dimka.

—Deja que te lleve con el coche —se ofreció—. Pareces demasiado afectada para un trayecto en moto.

Para sorpresa de Volodia, Tania repuso:

—Gracias, tío, pero iré con Dimka.

Volodia se encogió de hombros y subió a la limusina ZIL que lo estaba esperando. Daniíl y Piotr se despidieron de los mellizos.

En cuanto estuvieron a una distancia desde la que no podían oírla, Tania se volvió hacia Dimka con desesperación en la mirada.

—¿Han dicho algo de Vasili Yénkov?

—Sí, que estabas con él. ¿Es verdad?

—Sí.

—Oh, mierda. Pero no es tu novio, ¿no?

—No. ¿Sabes qué ha sido de él?

—Encontraron cinco copias de *Disidencia* en uno de sus bolsillos, así que no va a salir pronto de la Lubianka, aunque tenga amigos en las altas esferas.

—¡Joder! ¿Crees que lo investigarán?

—Estoy seguro. Querrán saber si solo reparte *Disidencia* o si también la elabora, lo cual sería mucho más grave.

—¿Registrarán su piso?

—Serían negligentes si no lo hicieran. ¿Por qué?... ¿Qué encontrarán allí?

Ella miró a su alrededor, pero no había nadie cerca. Aun así, bajó la voz.

—La máquina con que se escribe *Disidencia*.

—Entonces me alegro de que Vasili no sea tu novio, porque va a pasar los próximos veinticinco años en Siberia.

—¡No digas eso!

Dimka frunció el ceño.

—No estás enamorada de él, lo sé... pero tampoco te es del todo indiferente.

—Mira, es un hombre valiente y un poeta maravilloso, pero nuestra relación no es sentimental. Ni siquiera le he besado nunca. Es uno de esos hombres que tienen muchas mujeres.

—Como mi amigo Valentín. —El compañero de habitación de Dimka en la universidad, Valentín Lébedev, había sido un auténtico donjuán.

—Justo como Valentín, sí.

—Y… ¿cuánto te importaría que registrasen el piso de Vasili y encontrasen esa máquina de escribir?

—Mucho. Hacíamos juntos *Disidencia*. Yo he escrito la edición de hoy.

—Joder, me lo temía.

Por fin Dimka conocía el secreto que su hermana le había estado ocultando el último año.

—Tenemos que ir al apartamento, ahora —dijo Tania—, sacar de allí la máquina de escribir y deshacernos de ella.

Dimka retrocedió un paso.

—Por supuesto que no. Olvídalo.

—¡Tenemos que hacerlo!

—No. Arriesgaría cualquier cosa por ti, y podría arriesgar mucho por alguien a quien quisieras, pero no pienso arriesgar la vida por ese tipo. Podríamos acabar todos en la maldita Siberia.

—Entonces lo haré yo sola.

Dimka arrugó la frente, intentando sopesar los riesgos de las diferentes alternativas.

—¿Quién más conoce vuestra actividad?

—Nadie. Hemos tenido mucho cuidado. Siempre me aseguraba de que no me siguieran cuando iba a su casa. Nunca nos hemos visto en lugares públicos.

—De modo que la investigación del KGB no te relacionará con él.

Ella dudó, y en ese instante él supo que estaban en un aprieto grave.

—¿Qué? —preguntó Dimka.

—Depende de lo minucioso que sea el KGB.

—¿Por qué?

—Esta mañana, cuando he ido al piso de Vasili, había una chica… Varvara.

—Mierda.

—Se iba en ese momento. No sabe cómo me llamo.

—Pero si el KGB le enseñara fotografías de personas detenidas hoy en la plaza Mayakovski, ¿te reconocería?

Tania parecía angustiada.

—La verdad es que me miró de arriba abajo, dando por hecho que podía ser una rival. Sí, reconocería mi cara.

—Maldita sea, entonces tengo que hacerme con esa máquina de escribir. Sin ella, creerán que Vasili no es más que un distribuidor de *Disidencia* y puede que no investiguen a todas sus novias pasajeras, sobre todo si tiene muchas, como parece. Podríais salir impunes. Pero si encuentran la máquina, estáis perdidos.

—Lo haré yo. Tienes razón, no puedo permitir que corras tanto peligro.

—Y yo no puedo dejarte sola en esto —dijo él—. ¿Cuál es la dirección? —Ella se la dio—. No está muy lejos. Sube a la moto. —Montó y puso en marcha el motor con el pedal.

Tania dudó un instante y luego montó detrás de él.

Dimka encendió las luces y se alejaron.

Mientras conducía, se preguntó si el KGB podría estar ya en el piso de Vasili, registrándolo. Llegó a la conclusión de que era posible pero poco probable. Contando con que hubieran detenido a cuarenta o cincuenta personas, les llevaría la mayor parte de la noche efectuar los interrogatorios iniciales, conseguir sus nombres y sus direcciones, y decidir por quién empezaban. Pese a ello, tenían que ser precavidos.

Cuando llegaron a la dirección que Tania le había dado, pasaron de largo sin aminorar la velocidad. Las farolas iluminaban una majestuosa casa del siglo XIX. Todos los edificios como aquel se habían reconvertido en despachos gubernamentales o dividido en apartamentos. No había coches aparcados a la puerta ni hombres del KGB con chaquetas de cuero merodeando en la entrada. Dimka rodeó la manzana sin ver nada sospechoso y luego aparcó a unos doscientos metros del portal.

Bajaron de la moto. Una mujer que paseaba a un perro les dijo «Buenas noches» y siguió andando. Ellos entraron en el edificio.

En el pasado el vestíbulo había sido imponente. En ese momento una única bombilla alumbraba un suelo de mármol desportillado y resquebrajado, y una espléndida escalera en cuyo pasamanos faltaban varios balaústres.

Subieron por ella. Tania sacó una llave y abrió la puerta del piso, luego ambos entraron y la cerraron a su paso.

Dimka siguió a Tania hasta un salón donde una gata gris los observó cautelosa. Tania fue a buscar una caja grande de un armario; estaba llena de pienso para gatos. Rebuscó dentro y sacó una máquina de escribir envuelta en una funda y también varias hojas de papel encerado.

Rompió las hojas, las arrojó a la chimenea y les prendió fuego con una cerilla.

—¿Por qué demonios lo arriesgas todo por una protesta inútil? —preguntó Dimka, airado, mientras las veía arder.

—Vivimos en una tiranía brutal —contestó Tania—. Tenemos que hacer algo para mantener viva la esperanza.

—Vivimos en una sociedad que está desarrollando el comunismo —replicó Dimka—. Es difícil y tenemos problemas, pero deberías contribuir a resolver esos problemas en lugar de alimentar el descontento.

—¿Cómo se pueden obtener soluciones si a nadie se le permite hablar de los problemas?

—En el Kremlin hablamos de los problemas a todas horas.

—Y los mismos hombres cerriles deciden siempre no hacer ningún cambio importante.

—No todos son cerriles. Algunos trabajan con ahínco para cambiar las cosas. Danos tiempo.

—La revolución tuvo lugar hace cuarenta años. ¿Cuánto tiempo necesitáis antes de que acabéis admitiendo que el comunismo es un fracaso?

El papel se había reducido rápidamente a cenizas en la chimenea. Dimka se dio la vuelta, frustrado.

—Hemos discutido sobre esto demasiadas veces. Tenemos que salir de aquí.

Cogió la máquina de escribir, Tania cogió a la gata, y salieron.

Cuando se marchaban, un hombre con un maletín entró en el vestíbulo. Al pasar por su lado en la escalera, les saludó con la cabeza. Dimka confió en que la luz fuera lo bastante tenue para que no les viera bien la cara.

Ya en la calle, Tania dejó a la gata en el suelo.

—Ahora tienes que valerte por ti misma, Mademoiselle —dijo.

El animal se alejó con aire desdeñoso.

Mientras caminaban apresurados hasta la esquina de la calle, Dimka trataba en vano de esconder la máquina de escribir bajo la chaqueta. La luna había ascendido, para su consternación, y ambos eran claramente visibles. Llegaron a la motocicleta.

Dimka le pasó la máquina a Tania.

—¿Cómo vamos a deshacernos de ella? —susurró.

—¿El río?

Él se devanó los sesos hasta que recordó un lugar de la ribera donde había ido con varios compañeros de estudios un par de veces a pasar la noche bebiendo vodka.

—Conozco un sitio.

Montaron en la moto y salieron del centro de la ciudad en dirección al sur. El lugar que tenía en mente se encontraba en el extrarradio, aunque eso los beneficiaba, pues había menos probabilidades de que los vieran.

Dimka condujo a gran velocidad durante veinte minutos y frenó a las puertas del monasterio de Nikolo-Perervinski.

La antigua institución, con su espléndida catedral, se encontraba en ruinas tras décadas de desuso y despojada de sus tesoros. Estaba situada en un istmo, entre la principal línea férrea que enlazaba con el sur y el río Moscova. En los campos que la rodeaban empezaba a prepararse la construcción de altos edificios de pisos, pero por la noche la barriada estaba desierta. No había nadie a la vista.

Dimka abandonó la carretera y se dirigió hacia una arboleda donde aparcó la motocicleta sobre el caballete lateral. Luego guió a Tania por entre la vegetación del monasterio en ruinas. Los edificios abandonados se veían de un blanco espectral a la luz de la luna. Las cúpulas con forma de bulbo de la catedral estaban medio desplomadas, pero los tejados de azulejo verde de las edificaciones del monasterio se conservaban prácticamente intactos. Dimka no podía quitarse de encima la sensación de que los fantasmas de generaciones de monjes los observaban desde las ventanas hechas añicos.

Se encaminó al oeste por un terreno cenagoso, en dirección al río.

—¿De qué conoces este sitio?

—Veníamos cuando éramos estudiantes. Nos emborrachábamos y veíamos salir el sol sobre el agua.

Llegaron a la orilla. El río era un canal manso que dibujaba un amplio meandro, y la corriente estaba calma bajo la luz de la luna. Sin embargo, Dimka sabía que era lo bastante profundo para sus propósitos.

Tania dudó.

—Qué desperdicio —dijo.

Dimka se encogió de hombros.

—Las máquinas de escribir son caras.

—No es solo por el dinero. Es una voz disidente, una visión del mundo alternativa, un modo de pensar distinto. Una máquina de escribir es libertad de expresión.

—Entonces estarás mejor sin ella.

Tania se la dio.

Él tiró del carro hasta el tope para tener un asidero por donde agarrarla.

—Allá va —exclamó.

Llevó el brazo atrás y después, con todas sus fuerzas, lanzó la máquina al río. No llegó muy lejos, pero cayó al agua produciendo un ruido tranquilizador y al instante desapareció de la vista.

Ambos se quedaron de pie contemplando las ondas a la luz de la luna.

—Gracias —dijo Tania—. Más aún no creyendo en lo que hago.

Él le pasó un brazo por los hombros, y se marcharon.

7

George Jakes no estaba de muy buen humor. Todavía le dolía el brazo a rabiar a pesar de llevarlo enyesado y en cabestrillo. Había perdido su codiciado trabajo antes de empezar siquiera; tal como había intuido, el bufete de abogados Fawcett Renshaw retiró la oferta después de que su nombre apareciera en prensa como viajero de la libertad herido. Así las cosas, su futuro se le antojaba incierto.

La ceremonia de graduación se celebró en el Old Yard de la Universidad de Harvard, una explanada de césped rodeada por llamativos edificios de ladrillo rojo. Los miembros de la Junta Directiva llevaban sombrero de copa y chaqué. Se concedieron doctorados *honoris causa* al secretario del Foreign Office británico, lord Home, aristócrata sin personalidad, y a McGeorge Bundy, miembro de la administración Kennedy con curioso nombre de pila. A pesar de su malhumor, a George lo invadió cierta melancolía por marcharse de Harvard. Llevaba siete años en la universidad, primero estudiando la carrera y luego el doctorado en Derecho. Había conocido a muchas personas extraordinarias y hecho buenos amigos. Había aprobado todos los exámenes a los que se había presentado. Había salido con muchas mujeres y se había acostado con tres. En una ocasión se había emborrachado y no le había gustado la sensación de perder el control.

Sin embargo, ese día el enfado le impedía sentirse nostálgico. Tras los violentos disturbios de Anniston, esperaba una reacción contundente por parte de la administración Kennedy. Jack Kennedy se había presentado al pueblo estadounidense como un político liberal y había ganado el voto negro. Bobby Kennedy era secretario de Justicia, la máxima autoridad legal de la nación. George había supuesto que Bobby diría alto y claro que la Constitución de Estados Unidos regía en Alabama tanto como en cualquier otro estado.

Pero no fue así.

No se produjeron detenciones por las agresiones a los viajeros de la libertad. Ni la policía local ni el FBI investigaron ninguno de los delitos violentos que se habían cometido. En los Estados Unidos de 1961, ante la impasibilidad policial, los racistas blancos atacaban a los manifestantes que defendían los derechos civiles, les partían las piernas, intentaban quemarlos vivos… y quedaban impunes.

La última vez que George había visto a Maria Summers fue en la consulta de un médico. Los viajeros de la libertad heridos fueron rechazados por el hospital más próximo a los altercados, pero al final encontraron a profesionales dispuestos a atenderlos. George se hallaba con una enfermera que le enyesaba el brazo roto, cuando Maria entró a decirle que había conseguido un billete con destino a Chicago. De haber podido, se habría levantado para abrazarla. Tal como estaba, ella lo había besado en la mejilla y se había marchado.

Se preguntó si volvería a verla algún día. «Podría haberme enamorado de ella —pensó—. Quizá ya lo haya hecho.» En diez días de conversación continuada no se había aburrido ni un segundo. Ella era por lo menos tan inteligente como él, si no más. Y aunque parecía una chica ingenua, tenía los ojos de un tono marrón aterciopelado que hacían que se la imaginara a la luz de las velas.

La ceremonia de graduación tocó a su fin a las once y media. Estudiantes, padres y antiguos alumnos empezaron a avanzar entre las sombras de los imponentes olmos hacia el almuerzo de etiqueta durante el que se realizaría la entrega de diplomas. George echó un vistazo para localizar a los miembros de su familia, pero no los vio a la primera.

A quien sí vio fue a Joseph Hugo.

Hugo estaba solo junto a la escultura de bronce de John Harvard, encendiéndose uno de sus alargados pitillos. Con la toga negra ceremonial, su piel blanca parecía aún más pálida. George cerró los puños. Quería darle una buena tunda a esa rata asquerosa, pero tenía el brazo izquierdo inutilizado y, en cualquier caso, si Hugo y él se liaban a puñetazos en el Old Yard precisamente ese día, les saldría carísimo. Incluso podrían quitarles el título. George ya tenía bastantes problemas. Lo más inteligente habría sido ignorar a ese tipo y marcharse.

Pero en lugar de eso, le espetó:

—Hugo, eres un mierda.

Hugo se asustó a pesar de que su interlocutor llevara el brazo en cabestrillo. Eran de la misma altura y seguramente igual de fuertes, pero George tenía el odio de su parte, y Joseph lo sabía. Miró hacia otro lado e intentó evitarlo.

—No me apetece hablar contigo —respondió.

—No me sorprende. —George se desplazó hacia un lado para cortarle el paso—. Te quedaste mirando sin hacer nada mientras una turba enloquecida me atacaba. Esos brutos me rompieron el brazo, joder.

Hugo dio un paso atrás.

—No tendrías que haber metido las narices en Alabama.

—Y tú no tendrías que haber metido las narices en el activismo por los derechos civiles cuando no has dejado de espiar para los del otro bando. ¿Quién te pagaba, el Ku Klux Klan?

Hugo levantó la barbilla como poniéndose a la defensiva, y George sintió ganas de pegarle un puñetazo.

—Me ofrecí voluntario para pasar información al FBI —afirmó Hugo.

—¡Y encima lo has hecho gratis! No sé qué es peor.

—Pero no me queda mucho como voluntario. Empiezo a trabajar para ellos el mes que viene —informó entre avergonzado y desafiante, como si estuviera reconociendo que pertenecía a alguna secta religiosa secreta.

—Has sido tan buen soplón que te han dado trabajo.

—Siempre he querido dedicarme a velar por el orden público.

—Pues no te dedicaste a eso en Anniston. Allí estabas del lado de los delincuentes.

—Vosotros sois comunistas, os he oído hablar de Karl Marx.

—Y de Hegel, de Voltaire, de Gandhi y de Jesús. ¡Venga ya, Hugo! No puedes ser tan tonto.

—Odio el desorden.

Y ese era el verdadero problema, reflexionó George amargamente. La ciudadanía odiaba el desorden. La prensa culpaba a los viajeros de la libertad de haber provocado altercados, y no a los racistas con sus bates de béisbol y sus bombas incendiarias. Eso lo hacía enfurecer de impotencia: ¿es que no había nadie en Estados Unidos que entendiera lo que era justo de verdad?

Al otro extremo de la explanada de césped vio a Verena Marquand, que lo saludaba con la mano, y perdió el interés en Joseph Hugo de golpe.

Verena se iba a licenciar en Lengua Inglesa, pero en Harvard había tan pocas personas de color que todas se conocían. Y ella era tan espectacular que la habría visto aunque hubiera sido una entre mil chicas de color. Tenía los ojos verdes y la piel de color café con leche. Debajo de la toga llevaba un vestido verde y corto que dejaba a la vista sus largas piernas de piel tersa. Se había puesto el birrete de medio lado. Estaba arrebatadora.

Decían que George y ella hacían buena pareja, pero nunca habían salido juntos. Siempre que él estaba solo, ella tenía pareja, y viceversa. En ese momento ya era demasiado tarde.

Verena era una apasionada defensora de los derechos civiles y comenzaría a trabajar para Martin Luther King en Atlanta al acabar la carrera.

—¡Los Viajeros de la Libertad habéis iniciado algo importante! —exclamó ella con entusiasmo.

Era cierto. Tras el ataque con bombas incendiarias de Anniston, George había dejado Alabama con el brazo enyesado, pero otros habían tomado el relevo de la causa. Diez estudiantes de Nashville habían viajado en autobús a Birmingham, donde los habían detenido. Nuevos viajeros de la libertad habían sustituido al primer grupo. Se habían producido más altercados violentos protagonizados por los racistas blancos. Las acciones de los viajeros se habían convertido en un movimiento de masas.

—Pero he perdido mi trabajo —explicó George.

—Ven a Atlanta a trabajar para King —le sugirió Verena enseguida.

George se sorprendió.

—¿Te ha dicho él que me lo ofrecieras?

—No, pero necesita un abogado, y no hay ningún candidato para el puesto ni la mitad de inteligente que tú.

George estaba intrigado. Había estado a punto de enamorarse de Maria Summers, aunque le convenía olvidarla: seguro que no volvería a verla jamás. Se preguntó si Verena saldría con él si ambos trabajaban para King.

—No es mala idea —aseguró. Aunque quería pensárselo.

Cambió de tema.

—¿Están aquí tus padres?

—Claro, ven y te los presento.

Los padres de Verena eran conocidos simpatizantes de Kennedy. George esperaba que tomaran partido y criticaran la actitud del presidente por su tibieza ante los violentos actos racistas. Pensó que quizá, con ayuda de Verena, lograría convencerlos para hacer unas declaraciones en público. Eso contribuiría en gran medida a aliviar el dolor que sentía en el brazo.

Cruzó la explanada de césped junto a Verena.

—Mamá, papá, os presento a mi amigo George Jakes —dijo ella.

Sus padres eran un negro alto elegantemente vestido y una mujer blanca de melena rubia con peinado de peluquería. George había visto fotografías suyas en numerosas ocasiones: formaban una pareja interracial de moda. Percy Marquand era «el Bing Crosby negro», estrella de cine y cantante melódico. Babe Lee era una actriz teatral encasillada en el papel de mujer de armas tomar.

Percy hablaba con un cálido tono de barítono que George ya conocía de sus decenas de éxitos musicales.

—Señor Jakes, en Alabama se rompió usted el brazo por todos nosotros. Es un honor estrecharle la mano.

—Gracias, señor, pero, por favor, llámeme George.

Babe Lee lo tomó de la mano y lo miró a los ojos como si quisiera declarársele.

—Nos sentimos muy agradecidos, George, y también orgullosos. —Lo dijo con un tono tan seductor que el joven miró de forma soslayada y con cierta incomodidad al marido, por si se había molestado, pero ni a Percy ni a Verena les había sorprendido la calidez del saludo.

George se preguntó si Babe hacía lo mismo con todos los hombres a los que conocía. En cuanto logró soltarle la mano, se volvió hacia Percy.

—Sé que hizo usted campaña por Kennedy en las elecciones presidenciales del año pasado —comentó—. ¿No está molesto con su postura sobre los derechos civiles?

—Estamos todos decepcionados —respondió Percy.

—¡Y no es para menos! —intervino Verena—. Bobby Kennedy ha pedido a los Viajeros de la Libertad que estén tranquilos un tiempo. ¿Os lo podéis creer? El Congreso para la Igualdad Racial se ha negado, por supuesto. ¡Estados Unidos está gobernado por leyes, no por alborotadores!

—Argumento que debería haber esgrimido el secretario de Justicia —afirmó George.

Percy asintió en silencio, impertérrito ante ese ataque a dos bandas.

—He oído que la administración ha llegado a un acuerdo con los estados del Sur —comentó. George aguzó el oído: eso no había salido en los periódicos—. Los gobernadores estatales han accedido a contener los disturbios, que es lo que quieren los hermanos Kennedy.

George sabía que en política ninguna concesión era gratuita.

—¿Y a cambio de qué?

—El secretario de Justicia hará la vista gorda ante las detenciones ilegales de viajeros de la libertad.

Verena se sintió indignada y furiosa con su padre.

—¡Ojalá me lo hubieras contado antes, papá! —espetó con brusquedad.

—Sabía que te enfurecería, cielo.

Verena torció el gesto ante la condescendencia paterna y miró hacia otro lado.

George se centró en la cuestión que le interesaba.

—¿Hará declaraciones sobre su malestar, señor Marquand?

—He estado dándole vueltas —comentó Percy—, pero no creo que tuviera demasiada repercusión.

—Podría decantar el voto negro en contra de Kennedy en las elecciones de 1964.

—¿Y es eso lo que queremos? ¿Seguro? Acabaríamos peor parados con alguien como Dick Nixon en la Casa Blanca.

—¿Qué podemos hacer, entonces? —preguntó Verena, indignada.

—Lo que ocurrió el mes pasado en el Sur ha demostrado, fuera de toda duda, que la legislación actual no es lo bastante contundente. Necesitamos un nuevo proyecto de ley para la protección de los derechos civiles —dijo Percy.

—¡Amén! —exclamó George.

—Yo podría contribuir a que eso ocurriera —prosiguió Percy—. Ahora mismo tengo cierta influencia en la Casa Blanca. Si critico a los Kennedy, dejaré de tenerla.

George estaba convencido de que Percy debía expresar su opinión en público. Verena verbalizó el mismo sentimiento.

—Debes decirle a la gente lo que es correcto —afirmó—. Estados Unidos ya está plagado de personas prudentes. Por eso nos hemos metido en este lío.

Su madre se sintió ofendida.

—Tu padre es conocido por decir siempre lo correcto —puntualizó, indignada—. Siempre ha dado la cara.

George se percató de que no iba a convencer a Percy. Aunque quizá el padre de Verena tuviera razón. Un nuevo proyecto de ley de derechos civiles que impidiera a los estados del Sur oprimir a los negros podría ser la única solución real.

—Será mejor que localice a mis padres —comentó George—. Ha sido un honor conocerlos.

—Piénsate lo de trabajar para Martin —exclamó Verena mientras él se alejaba.

George se dirigió hacia el parque donde iban a entregarse los diplomas de Derecho. Habían instalado un escenario provisional y unas carpas para las mesas de caballetes donde se celebraría el almuerzo posterior a la entrega. Encontró a sus padres enseguida.

Su madre estrenaba un vestido amarillo. Seguro que había ahorrado para comprárselo; era una mujer orgullosa y no habría permitido que los adinerados Peshkov le regalaran nada a ella, solo a George. Miró a su hijo de la cabeza a los pies, con su toga académica y su birrete.

—Jamás me he sentido más orgullosa en toda mi vida —afirmó y, para asombro de su hijo, rompió a llorar.

George estaba sorprendido. No era una reacción típica en ella. Había pasado los últimos veinticinco años negándose a mostrar debilidad en público. Se acercó a su madre y la abrazó.

—Tengo mucha suerte de tenerte, mamá —dijo.

George se separó con delicadeza de Jacky y le enjugó las lágrimas con un pañuelo blanco y pulcro. Luego se volvió hacia su padre. Como la mayoría de los antiguos alumnos, Greg llevaba puesto un canotier con una cinta que lo rodeaba y donde estaba inscrito el año de su graduación en Harvard; en su caso, 1942.

—Felicidades, hijo mío —dijo al tiempo que estrechaba la mano de George.

«Bueno —pensó el joven—, al menos ha venido. Algo es algo.»

Los abuelos de George aparecieron poco después. Ambos eran inmigrantes rusos. Su abuelo, Lev Peshkov, había empezado abriendo bares y clubes nocturnos en Buffalo y había llegado a ser el dueño de un estudio de cine en Hollywood. El abuelo siempre había sido un dandi, y vestía traje blanco para la ocasión. George nunca sabía qué pensar de él. Decían que era un hombre de negocios despiadado con poco respeto por la ley. Por otra parte, se había portado muy bien con su nieto negro al darle una generosa asignación, además de pagarle los estudios.

Agarró a George por el brazo.

—Voy a darte un consejo para tu carrera de abogado. No representes a delincuentes —dijo con un tono confidencial.

—¿Por qué no?

—Porque siempre tienen las de perder. —El abuelo soltó una risotada.

No era ningún secreto que el propio Lev Peshkov había sido uno de ellos, contrabandista en la época de la Ley Seca.

—¿Seguro que todos los delincuentes siempre tienen las de perder? —preguntó George.

—A los que pillan, sí —respondió Lev—. Los demás no necesitan abogados. —Rió sin reparos.

La abuela de George, Marga, le plantó un cálido beso en la mejilla.

—No hagas caso a tu abuelo —le aconsejó.

—Debo hacerlo —repuso George—. Me ha pagado los estudios.

Lev lo señaló con el dedo.

—Me alegra que no lo olvides.

Marga pasó por alto el comentario.

—Mírate —le dijo al chico con un tono cargado de afecto—. ¡Estás tan guapo! ¡Y ya eres abogado!

George era su único nieto y sentía predilección por él. Seguramente, antes de que acabara la tarde le daría un billete de cincuenta dólares a escondidas.

Marga había sido cantante en un club nocturno, y a sus sesenta y cinco años todavía salía a escena con un vestido sugerente. A esas alturas, la negrura de su cabello tenía que ser obra del tinte. George era consciente de que llevaba más joyas de lo que resultaba apropiado para una celebración al aire libre, aunque supuso que como amante de su abuelo, y no esposa, necesitaba recurrir a esos símbolos de posición social.

Hacía casi cincuenta años que Marga era la querida de Lev, y Greg había sido el único hijo de ambos.

Lev también tenía una esposa, Olga, en Buffalo, y una hija, Daisy, casada con un inglés y afincada en Londres. Así que George tenía primos ingleses que no había llegado a conocer; primos blancos, suponía.

Marga besó a Jacky, y George percibió que las personas que tenían a su alrededor les echaban miradas de desaprobación. Ni siquiera en la liberal Universidad de Harvard era frecuente ver a un blanco abrazando a un negro. En las contadas ocasiones en las que aparecían todos juntos en público, la familia de George siempre llamaba la atención. Incluso en los lugares donde se respetaba a todas las razas, una familia multirracial todavía sacaba a relucir los prejuicios latentes de los blancos. El joven sabía que, antes de que terminase el día, escucharía a alguien murmurar la palabra «mulato». Él haría oídos sordos. Sus abuelos negros habían fallecido hacía tiempo, y esa era toda la familia que le quedaba. La presencia de aquellas cuatro personas orgullosas en su graduación no tenía precio.

—Ayer comí con el viejo Renshaw. Lo convencí para que te renovara la oferta de trabajo en Fawcett Renshaw —anunció Greg.

—¡Oh, eso es maravilloso! ¡George, al final ejercerás de abogado en Washington! —exclamó Marga.

Jacky le dedicó a Greg una sonrisa enigmática.

—Gracias, Greg —dijo.

Este levantó un dedo como gesto de advertencia.

—Pero hay ciertas condiciones —puntualizó.

—Oh, George accederá a cualquier exigencia razonable. Es una gran oportunidad para él —repuso Marga.

En realidad había querido decir que era una gran oportunidad para un chico negro; George lo sabía, pero no protestó. En cualquier caso, su abuela tenía razón.

—¿Qué condiciones? —preguntó con cautela.

—Nada que no deba hacer cualquier letrado del mundo —respondió Greg—. No debes meterte en líos, eso es todo. Un abogado no puede estar del lado contrario a las autoridades.

George se mostró receloso.

—¿Que no me meta en líos?

—Tú no vuelvas a participar en ningún movimiento de protesta, ni en marchas, ni en manifestaciones, ni en ninguna de esas cosas. De todas formas, como socio del bufete en su primer año, no tendrás tiempo para nada de eso.

La propuesta enfureció a George.

—Y empezaría mi trayectoria profesional dando mi palabra de no volver a trabajar por la causa de la libertad.

—No te lo plantees así —dijo su padre.

George reprimió una réplica airada. Sabía que su familia solo quería lo mejor para él.

—¿Y cómo debería planteármelo? —preguntó intentando hablar con tono neutro.

—Tu papel en el movimiento de los derechos civiles no será el de soldado en primera línea, eso es todo. Apóyalo. Envía un cheque una vez al año a la NAACP.

La NAACP, la Asociación para el Progreso de las Personas de Color, era el grupo más antiguo y conservador para la defensa de los derechos civiles y había expresado su desacuerdo con los Viajeros de la Libertad por considerarlo un movimiento sedicioso.

—Tú no llames mucho la atención. Que sea otro el que suba al autobús.

—Tal vez escoja un camino diferente —dijo George.

—¿A qué te refieres?

—Podría trabajar para Martin Luther King.

—¿Te ha ofrecido un puesto?

—Me están tanteando.

—¿Cuánto te pagaría?

—No mucho, supongo.

—No creas que puedes rechazar un empleo fantástico y luego venir arrastrándote a pedirme una asignación —dijo Lev.

—Está bien, abuelo —repuso George, aunque eso era exactamente lo que había pensado—. De todas formas, aceptaré ese trabajo.

Su madre se sumó a la discusión.

—¡Oh, George, no lo hagas! —suplicó. Iba a añadir algo más, pero los licenciados fueron llamados a formar en fila para recibir sus diplomas—. Ve —dijo—. Ya hablaremos más tarde.

George se apartó de sus familiares y ocupó su lugar en la cola. La ceremonia dio comienzo y los jóvenes fueron avanzando posiciones. Le vino a la memoria el verano anterior, cuando había trabajado en Fawcett Renshaw. El señor Renshaw se consideraba un liberal heroico por haber contratado a un empleado negro, pero a George le habían encomendado un trabajo humillante, tan banal que incluso para un pasante resultaba demasiado fácil. Él lo había soportado con paciencia a la espera de tener una oportunidad, hasta que por fin esta había llegado. Gracias a su labor de investigación para un caso el bufete había ganado un pleito, y a él le habían ofrecido un puesto para cuando se licenciara.

Esas cosas solían ocurrirle con frecuencia. Todo el mundo daba por hecho que un estudiante de Harvard era inteligente y estaba capacitado, a menos que fuera negro; en tal caso, nadie apostaba por él. Durante toda su vida, George había tenido que demostrar que no era idiota. Lo reconcomía el resentimiento. Si alguna vez tenía hijos, albergaba la esperanza de verlos crecer en un mundo distinto.

Llegó su turno de subir al escenario. Mientras ascendía aquellos pocos escalones se quedó asombrado al oír que lo abucheaban.

El abucheo era una tradición de Harvard, pero por lo general se usaba contra los profesores que impartían mal las clases o que eran maleducados con los alumnos. George se sintió tan horrorizado que se detuvo a medio camino, se volvió a mirar y vio a Joseph Hugo entre el público. Hugo no era el único —los silbidos eran demasiado fuertes—, pero George estaba convencido de que el soplón lo había instigado.

Se sintió odiado. Se sintió demasiado humillado para seguir subiendo al escenario, así que se detuvo, paralizado y rojo como un tomate.

Entonces alguien empezó a aplaudir. George miró hacia las hileras de asientos y vio que un profesor se ponía en pie. Era Merv West, uno de los docentes más jóvenes. Otros se unieron a él en el aplauso y no tardaron en acallar el abucheo. Muchas más personas se levantaron. George imaginó que incluso los que no sabían quién era lo habían deducido gracias a su brazo en cabestrillo.

Volvió a armarse de valor y siguió ascendiendo hacia el escenario. Los vítores aumentaron de volumen cuando le entregaron el diploma. Se volvió lentamente hacia el público y agradeció el aplauso con una modesta inclinación de cabeza. Luego bajó.

Tenía el corazón desbocado mientras iba a reunirse con los demás estudiantes. Varios hombres le estrecharon la mano sin mediar palabra. George tenía un gran disgusto por el abucheo, aunque, al mismo tiempo, se sentía eufórico por la ovación. Se dio cuenta de que estaba sudando y se secó la cara con un pañuelo de tela. Menudo mal trago.

Vivió el resto de la ceremonia sumido en una bruma de confusión, contento de tener tiempo para recuperarse. A medida que la impresión provocada por el abucheo iba remitiendo, entendió que este había sido alentado por Hugo y un puñado de chiflados de derechas, y que el resto de los miembros de Harvard, liberales, le habían presentado sus respetos. Se dijo a sí mismo que debía sentirse orgulloso.

Los estudiantes se reunieron con sus familias para el almuerzo. La madre de George lo abrazó.

—Te han vitoreado —dijo.

—Sí —coincidió Greg—. Aunque por un momento me ha parecido oír algo más.

George separó las manos en un gesto implorante.

—¿Cómo no voy a luchar por la causa? —preguntó—. De verdad que quiero ese puesto en Fawcett Renshaw, y deseo complacer a la familia que me ha apoyado durante todos estos años de estudio, pero eso no lo es todo en la vida. ¿Y si tengo hijos?

—¡Eso sería maravilloso! —exclamó Marga.

—Pero, abuela, mis hijos serían de color. ¿En qué clase de mundo crecerían? ¿Serían ciudadanos de segunda?

Merv West interrumpió la conversación, estrechó la mano de George y lo felicitó por haber obtenido el título. El profesor West no iba demasiado elegante, con su traje de tweed y una camisa con botones en el cuello.

—Gracias por haber iniciado el aplauso, profesor —dijo George.

—No me des las gracias, te lo merecías.

George le presentó a su familia.

—Precisamente estábamos hablando sobre mi futuro.

—Espero que no hayas tomado ninguna decisión definitiva.

A George le picó la curiosidad. ¿Qué significaba eso?

—Aún no —respondió—. ¿Por qué?

—He estado hablando con el secretario de Justicia, Bobby Kennedy, licenciado en Harvard, como ya sabes.

—Espero que le haya transmitido que su gestión de lo sucedido en Alabama es una vergüenza para la nación.

West sonrió tristemente.

—No con esas palabras, claro. Pero coincidimos en que la actuación de la administración fue inapropiada.

—Y mucho. No puedo imaginar que… —George dejó la frase inacabada pues le asaltó una duda—. ¿Qué tiene que ver esto con las decisiones sobre mi futuro profesional?

—Bobby quiere contratar a un joven abogado de color para que dé al equipo del secretario de Justicia una perspectiva negra sobre los derechos civiles. Y me ha pedido que le recomendase a alguien.

George se quedó anonadado durante unos segundos.

—¿Está diciendo que…?

West levantó una mano con gesto de advertencia.

—No estoy ofreciéndote un puesto, eso solo puede hacerlo Bobby. Pero te conseguiré una entrevista… si quieres.

—¡George! ¡Un trabajo con Bobby Kennedy! Eso sería maravilloso —exclamó Jacky.

—Mamá, los Kennedy nos han fallado.

—Entonces, ¡trabaja para Bobby y cambia las cosas!

George vaciló un instante y recorrió con la mirada las ansiosas expresiones de quienes lo rodeaban: su madre, su padre, su abuela, su abuelo y, de nuevo, su madre.

—Quizá lo haga —respondió por fin.

8

Dimka Dvorkin se sentía avergonzado de seguir siendo virgen a los veintidós años.

Había salido con varias chicas durante la carrera, pero ninguna de ellas lo había dejado llegar hasta el final. De todas formas, no estaba seguro de que eso fuera lo correcto. Nadie le había dicho que el sexo debía formar parte de una relación amorosa duradera, pero, en cualquier caso, él tenía ese presentimiento. Jamás había sentido una prisa incontenible por hacerlo, como les ocurría a otros chicos. Sin embargo, su falta de experiencia empezaba a abochornarlo.

Su amigo Valentín Lébedev era el caso contrario. Alto y seguro de sí mismo, tenía el pelo negro, los ojos azules y derrochaba encanto. Al final de su primer año en la Universidad de Moscú, ya se había acostado con la mayoría de las alumnas del Departamento de Ciencias Políticas y con una de las profesoras.

—¿Cómo haces para… bueno, ya sabes, para evitar el embarazo? —le había preguntado Dimka al principio de su amistad.

—Eso es asunto de la chica, ¿no? —había respondido Valentín con despreocupación—. En el peor de los casos, no es tan difícil abortar.

Hablando del tema con otros, Dimka descubrió que muchos chicos soviéticos adoptaban la misma actitud. Los hombres no se quedaban embarazados, así que no era problema suyo. Se podía recurrir al aborto presentando una solicitud durante las primeras doce semanas de gestación. Sin embargo, Dimka no coincidía con la visión de Valentín, quizá porque su hermana se mostraba rotundamente en contra de la misma.

El interés principal de Valentín era el sexo, y los estudios ocupaban el segundo lugar. En el caso de Dimka era justo al revés; por eso él era asistente del Kremlin y su amigo trabajaba para el Departamento de Parques y Jardines de la ciudad de Moscú.

Gracias a su vínculo con ese organismo oficial, Valentín había conseguido que ambos disfrutaran de una semana en el Campamento de Verano Vladímir Iliich Lenin para jóvenes comunistas en julio de 1961.

El campamento tenía cierto aire militar, con sus tiendas de campaña dispuestas en hileras de rectitud milimétrica y un toque de queda que se iniciaba a las diez y media de la noche, aunque también contaba con una piscina, un lago navegable y montones de chicas. Pasar una semana allí era un privilegio codiciado por todos.

Dimka se merecía unas vacaciones. La cumbre de Viena había supuesto una victoria para la Unión Soviética, y él se sentía partícipe de ese éxito.

En realidad, la cumbre había empezado mal para Jrushchov. Kennedy y su deslumbrante esposa habían entrado en Viena con una comitiva de limusinas sobre las que ondeaban docenas de banderas con las barras y las estrellas. Cuando los dos líderes se encontraron, televidentes de todo el mundo vieron que Kennedy era bastantes centímetros más alto que Jrushchov y que miraba por debajo de su nariz patricia la calva del líder ruso. Las chaquetas de sastre y las estilizadas corbatas de Kennedy hicieron que Jrushchov, a su lado, pareciera un campesino vestido con el traje de los domingos. Estados Unidos había ganado un concurso de glamour en el que la Unión Soviética ni siquiera sabía que participaba.

Sin embargo, en cuanto dieron comienzo las conversaciones, Jrushchov había llevado la voz cantante. Cuando Kennedy intentaba sostener con él una discusión amable, como harían dos hombres razonables, el líder soviético alzaba la voz con agresividad. Kennedy insinuó que era ilógico que la Unión Soviética alentara el comunismo en los países del Tercer Mundo y arremetiera a renglón seguido contra los esfuerzos estadounidenses por contener el comunismo dentro de la esfera soviética. Jrushchov respondió con desprecio que la propagación del comunismo era un hecho histórico inevitable y nada de lo que hiciera ninguno de ellos dos se interpondría en su camino. Kennedy no conocía bien la filosofía marxista y se había quedado sin réplica posible.

La estrategia desarrollada por Dimka y otros consejeros había triunfado. Cuando Jrushchov regresó a Moscú, ordenó que se imprimieran decenas de copias de las actas de la cumbre, no solo para el bloque soviético, sino también para dirigentes de países tan lejanos como Camboya y México. La razón fue que Kennedy había guardado silencio y ni siquiera había reaccionado ante la amenaza de Jrushchov de tomar el Berlín occidental. Y Dimka se marchó de vacaciones.

El primer día Dimka se puso su ropa nueva, una camisa a cuadros de manga corta y un par de pantalones cortos que su madre le había confeccionado a partir de un viejo traje azul de estambre.

—¿Ese tipo de pantalones cortos están de moda en Occidente? —preguntó Valentín.

Dimka rió.

—No, que yo sepa.

Mientras Valentín se afeitaba, Dimka fue a comprar provisiones.

Al salir al exterior se sintió encantado de ver, justo al lado de la puerta de su tienda, a una joven encendiendo el pequeño infiernillo que se proporcionaba a los campistas. Era algo mayor que él, Dimka le echó unos veintisiete años de edad. Llevaba la espesa melena de color castaño con reflejos pelirrojos cortada al estilo *garçon*, y tenía el rostro salpicado de atractivas pecas. Iba vestida tan a la última, con su blusa naranja y unos ceñidos pantalones negros por debajo de la rodilla, que intimidaba.

—¡Hola! —exclamó Dimka con una sonrisa y, cuando la chica levantó la vista para mirarlo, añadió—: ¿Quieres que te eche una mano con eso?

La joven encendió el gas con una cerilla, luego entró en su tienda sin mediar palabra.

«Bueno, pues no perderé la virginidad con ella», pensó Dimka, y siguió su camino.

Compró huevos y pan en la tienda situada junto al barracón de los aseos comunitarios. Cuando regresó había dos chicas frente a la entrada de la tienda de al lado: la de antes y una rubia guapa de esbelta figura, que llevaba el mismo estilo de pantalones negros, pero con una blusa rosa. Valentín hablaba con ellas, y todos estaban riendo.

Se las presentó a Dimka. La pelirroja se llamaba Nina y no hizo referencia alguna a que se habían visto un momento antes, aunque, en realidad, parecía una chica más bien tímida. La rubia era Anna, y su carácter extrovertido saltaba a la vista: sonreía y se echaba el pelo hacia atrás con gesto coqueto.

Los dos amigos tenían una cacerola de hierro en la que pensaban preparar la comida de todos. Dimka la había llenado de agua para cocer unos huevos, pero las chicas estaban mejor provistas, y Nina usó esos huevos para preparar unos blinis.

«Esto pinta bien», pensó Dimka.

El joven observó con detenimiento a Nina mientras comían. La nariz afilada, la boca pequeña y la barbilla algo prominente aunque delicada, le daban un aspecto reflexivo, como si estuviera sopesando todo lo que ocurría. Sin embargo, era una joven voluptuosa, y cuando Dimka cayó en la cuenta de que podría verla en bañador se le secó la boca.

—Dimka y yo vamos a cruzar el lago hasta la otra orilla en bote —anunció Valentín. Era la primera vez que Dimka oía hablar del plan, pero no dijo nada—. ¿Por qué no vamos los cuatro juntos? —propuso—. Podríamos organizar una comida al aire libre.

«No puede ser tan fácil —pensó Dimka—. ¡Si nos acaban de conocer!»

Las chicas se miraron durante un instante para comunicarse en silencio.

—Ya veremos. Recojamos esto —respondió Nina con tono vivaracho, y empezó a retirar los platos y los cubiertos.

Fue una reacción decepcionante, aunque quizá no todo acabara así. Dimka se ofreció a llevar los platos sucios a los aseos comunitarios.

—¿De dónde has sacado esos pantalones cortos? —preguntó Nina mientras caminaban.

—Me los ha hecho mi madre.

Ella rió.

—¡Qué tierno!

Dimka se preguntó qué habría querido decir su hermana si llamara «tierno» a un hombre, y decidió que lo consideraría amable, pero no atractivo.

Un barracón de cemento albergaba los aseos y las duchas comunitarias, además de unos enormes fregaderos. Dimka se quedó mirando mientras Nina lavaba los platos. Intentó pensar en algo que decir, pero no se le ocurría nada. Si ella le hubiera preguntado sobre la crisis de Berlín, podrían haber estado hablando el día entero. No obstante, Dimka no tenía el don de charlar sin pausa sobre entretenidas banalidades como hacía Valentín de forma natural.

—¿Hace mucho tiempo que sois amigas Anna y tú? —consiguió decir al final.

—Trabajamos juntas —respondió Nina—. Ambas somos administrativas en las oficinas centrales del sindicato del acero, en Moscú. Yo me divorcié hace un año, y Anna estaba buscando compañera de piso, así que ahora vivimos juntas.

«Divorciada», pensó Dimka. Eso quería decir que tenía experiencia sexual. Se sintió intimidado.

—¿Cómo era tu marido?

—Es un desgraciado —afirmó Nina—. No me gusta hablar de él.

—Está bien. —Dimka buscó a la desesperada algún comentario

que aliviara la tensión—. Anna parece una chica muy agradable —se aventuró a comentar.

—Está bien relacionada.

Fue un comentario llamativo para referirse a una amiga.

—¿Qué quieres decir?

—Su padre nos consiguió estas vacaciones. Es el secretario del sindicato para el Distrito de Moscú. —Nina parecía orgullosa de ello.

Dimka volvió a llevar los platos limpios a las tiendas.

—Hemos preparado unos bocadillos de jamón y queso —anunció alegremente Valentín cuando llegaron.

Anna miró a Nina y le hizo un gesto de impotencia, como diciendo que no había podido negarse ante la arrolladora actitud de Valentín; aunque Dimka tenía claro que su amiga tampoco deseaba oponerse. Nina se encogió de hombros, y de esta forma accedieron a ir de picnic.

Tuvieron que hacer cola durante una hora para conseguir un bote, pero los moscovitas estaban acostumbrados a esperar y, a última hora de la mañana, ya navegaban por el agua fría y cristalina. Valentín y Dimka se turnaron a los remos mientras las chicas tomaban el sol. Ninguno sentía la necesidad de hablar por hablar.

Llegaron a la orilla contraria y amarraron el bote en una pequeña playa. Valentín se quitó la camisa, y Dimka hizo lo propio. Anna se desprendió de la blusa y los pantalones. Debajo llevaba un bañador de dos piezas azul celeste. Dimka sabía que se llamaba «biquini» y que estaba de moda en Occidente, aunque era la primera vez que lo veía, y se sintió abochornado por la excitación que le produjo. Apenas podía dejar de mirar el vientre de la chica, plano y de piel tersa, y su ombligo.

Por desgracia, Nina no se quitó la ropa.

Se comieron los bocadillos, y Valentín sacó una botella de vodka. Dimka sabía que en el campamento no vendían alcohol.

—Se lo he comprado al encargado de los botes —explicó Valentín—. Ha puesto en marcha una pequeña empresa capitalista.

A Dimka no le sorprendió; casi todo lo que el pueblo deseaba se vendía en el mercado negro, desde televisores hasta pantalones vaqueros.

Fueron pasándose la botella, y las dos chicas bebieron un largo trago.

Nina se limpió la boca con el dorso de la mano.

—¿Así que trabajáis para el Departamento de Parques?

—¡No! —respondió Valentín riendo—. Mi amigo es demasiado listo para eso.

—Yo trabajo en el Kremlin —aclaró Dimka.

Nina quedó impresionada.

—¿A qué te dedicas?

La verdad era que a Dimka no le gustaba decirlo, porque sonaba algo pretencioso.

—Soy asistente del primer secretario.

—¡¿Te refieres a Jrushchov?! —exclamó Nina, asombrada.

—Sí.

—¿Cómo demonios has conseguido ese puesto?

—Ya os lo he dicho, es un chico listo. Era el primero en todas las asignaturas —intervino Valentín.

—No se llega a un puesto así solo por sacar las mejores notas —replicó Nina con sequedad—. ¿A quién conoces?

—Mi abuelo, Grigori Peshkov, participó en el asalto del Palacio de Invierno durante la Revolución de Octubre.

—Con eso no basta para conseguir un buen empleo.

—Bueno, mi padre estaba en el KGB, falleció el año pasado. Mi tío es general. Además, es verdad que soy listo.

—Y modesto —añadió ella con sarcástica genialidad—. ¿Cómo se llama tu tío?

—Vladímir Peshkov. Lo llamamos Volodia.

—He oído hablar del general Peshkov. Así que es tu tío. Perteneciendo a una familia así, ¿cómo es que llevas pantalones hechos en casa?

Dimka se sentía confuso. Ella mostraba interés en él por primera vez, pero no acertaba a distinguir si despertaba admiración o rechazo en la chica. Quizá fuera simplemente su forma de ser.

Valentín se levantó.

—Ven a explorar el terreno conmigo —le sugirió a Anna—. Dejaremos a estos dos solos para que hablen de los pantalones de Dimka.

Le tendió una mano a la chica. Anna la aceptó y permitió que la levantara. Luego se adentraron en el bosque, cogidos de la mano.

—A tu amigo no le gusto —afirmó Nina.

—Pero Anna sí.

—Ella es guapa.

—Tú eres preciosa —repuso Dimka. Lo había dicho sin pensar, de forma espontánea, pero de verdad lo sentía.

Nina lo miró pensativa, como si estuviera reevaluándolo.

—¿Quieres que nos demos un chapuzón? —preguntó.

A Dimka no es que le entusiasmara el agua, pero tenía muchas ganas de verla en traje de baño. Se quitó la ropa, llevaba el bañador debajo de los pantalones cortos.

Nina llevaba un bañador de nailon marrón, y no un biquini, pero la prenda resaltaba tanto sus curvas que a Dimka no le decepcionó. Su figura era lo opuesto a la estilizada anatomía de Anna. Nina tenía pechos voluptuosos y caderas anchas, y el cuello salpicado de pecas. Se fijó en cómo Dimka la miraba y se volvió para correr hacia el agua.

El joven la siguió.

Hacía muchísimo frío a pesar del sol, pero el joven disfrutó de la sensual caricia del agua sobre su cuerpo. Ambos nadaron con rapidez para entrar en calor. Se adentraron en la parte más profunda del lago y luego regresaron hacia la orilla a ritmo más pausado. Se detuvieron unos metros antes de alcanzar la playa, y Dimka dejó caer los pies hasta apoyarlos en el fondo. El agua les llegaba por la cintura. El joven se quedó mirando los pechos de Nina. El agua fría le había erizado los pezones, lo que realzaba sus senos por debajo del bañador.

—Deja de mirar —dijo ella, y le salpicó la cara con ánimo juguetón.

Él también la salpicó.

—¡Ahora verás! —exclamó Nina, y lo agarró por la cabeza para hacerle una aguadilla.

Dimka intentó zafarse y la agarró por la cintura. Lucharon en el agua. El cuerpo de Nina era pesado pero turgente, y al joven le gustaba su solidez. La rodeó con ambos brazos y la levantó del fondo. Cuando ella contraatacó, entre risas e intentando liberarse, él la sujetó con más fuerza y sintió sus blandos senos apretados contra la cara.

—¡Me rindo! —gritó ella.

A regañadientes, él la soltó. Se miraron durante un instante, y en los ojos de Nina él percibió el fulgor del deseo. Algo había cambiado en su actitud hacia Dimka: el vodka, saber que era un miembro leal del partido o la euforia de hacer el indio en el agua; quizá fuera por las tres cosas. A él le traía sin cuidado. Interpretó su sonrisa como una invitación y la besó en la boca.

Ella correspondió el beso de forma apasionada.

Dimka dejó de sentir el agua fría, perdido en las sensaciones de los labios y la lengua de Nina, pero transcurridos unos minutos empezó a temblar.

—Salgamos —sugirió.

La llevó de la mano mientras avanzaban por la parte poco profunda hacia tierra firme. Se tumbaron sobre la hierba, uno junto a otro, y retomaron el beso. Dimka le acarició los pechos y se planteó si ese sería el día en que perdería la virginidad.

Pero entonces los interrumpió la voz brusca de un megáfono.

—¡Regresen con el bote al embarcadero! ¡Se ha acabado su tiempo!

—Es la policía sexual —murmuró Nina.

Dimka soltó una carcajada a pesar de su decepción.

Levantó la vista y vio una lancha neumática con un motor fuera borda pasando a unos cien metros de la orilla.

El joven hizo un gesto con la mano para que vieran que se había dado cuenta. Se suponía que podían tener el bote durante dos horas. Imaginó que sobornando al encargado podría haber conseguido una prórroga, pero no lo pensó a tiempo. De hecho, no se había planteado que su relación con Nina evolucionaría tan rápido.

—No podemos regresar sin los otros dos —advirtió la chica, pero pasados unos minutos Valentín y Anna salieron del bosque.

Dimka imaginó que estaban escondidos y que habían oído la llamada de la megafonía.

Los chicos se apartaron un poco de las chicas, y todos se vistieron sin quitarse el bañador. Dimka oyó a Nina y Anna susurrando: Anna hablaba de forma atropellada y Nina respondía con risitas nerviosas al tiempo que asentía con la cabeza.

Anna le lanzó a Valentín una elocuente mirada, como si se tratara de una señal que ya habían acordado. Él asintió con la cabeza y se volvió hacia Dimka.

—Esta noche iremos los cuatro al baile popular —dijo en voz baja—. Cuando volvamos, Anna entrará en nuestra tienda conmigo, y tú irás a su tienda para estar con Nina. ¿Te parece bien?

Le parecía más que bien, era emocionante.

—¿Lo has pactado todo con Anna? —preguntó Dimka.

—Sí, y Nina acaba de decir que está de acuerdo.

Dimka no daba crédito. Podría pasar la noche abrazado al cuerpo turgente de Nina.

—¡Le gusto!

—Debe de ser por los pantalones cortos.

Subieron al bote y regresaron remando. Las chicas anunciaron que querían ducharse en cuanto llegaran. Dimka pensó en cómo conseguir que se le pasara el tiempo volando hasta la noche.

Cuando llegaron al embarcadero vieron a un hombre con traje negro.

Dimka supo de forma instintiva que era un mensajero que andaba buscándolo. «Debería haberlo imaginado —pensó lamentándose—. Todo estaba saliendo demasiado bien.»

Los cuatro desembarcaron. Nina miró al hombre sudoroso y con traje.

—¿Van a detenernos por habernos quedado el bote demasiado tiempo? —preguntó bromeando, aunque solo a medias.

—¿Ha venido a buscarme? Soy Dimitri Dvorkin —preguntó Dimka.

—Sí, Dimitri Iliich —dijo el hombre, usando el patronímico como gesto de respeto—. Soy su chófer. He venido para llevarlo al aeropuerto.

—¿A qué viene tanta prisa?

El chófer se encogió de hombros.

—El primer secretario requiere su presencia.

—Iré a por mi mochila —anunció Dimka con tristeza.

Su único consuelo fue la cara de pasmada que se le quedó a Nina.

El coche condujo a Dimka hasta el aeropuerto de Vnúkovo, situado al sudoeste de Moscú, donde Vera Pletner estaba esperándolo con un sobre grande y un billete con destino a Tiflis, la capital de la República Socialista Soviética de Georgia.

Jrushchov no se encontraba en Moscú, sino en su dacha, o segunda residencia, en Pitsunda, un lugar de retiro para los funcionarios de alto rango en el mar Negro. Hacia allí se dirigía Dimka.

Era la primera vez que viajaba en avión.

No era el único al que habían interrumpido las vacaciones. Mientras Dimka estaba en la sala de espera del aeropuerto, a punto de abrir el sobre, se le acercó Yevgueni Filípov, quien vestía una camisa gris de franela, como siempre y a pesar del tiempo veraniego. Filípov parecía encantado, lo cual debía de ser mala señal.

—Tu estrategia ha fracasado —le dijo a Dimka con evidente satisfacción.

—¿Qué ha ocurrido?

—El presidente Kennedy ha pronunciado un discurso por televisión.

Kennedy había permanecido siete semanas sin hacer declaraciones desde la cumbre de Viena. Estados Unidos no había respondido a la amenaza de Jrushchov de firmar un tratado con la Alemania Oriental y ocupar el Berlín occidental. Dimka había supuesto que el presidente estadounidense se sentía demasiado amedrentado para responder a la provocación de Jrushchov.

—¿De qué ha hablado?

—Le ha dicho al pueblo estadounidense que se prepare para la guerra.

De ahí tantas prisas.

Los llamaron para el embarque.

—¿Cuáles han sido las palabras exactas de Kennedy? —le preguntó Dimka a Filípov.

—Refiriéndose a Berlín, ha dicho: «Un ataque contra esa ciudad será considerado como un ataque contra todos nosotros». La transcripción completa está dentro de tu sobre.

Cuando embarcaron, Dimka todavía llevaba los pantalones cortos. El aparato era un avión de pasajeros Túpolev Tu-104. Dimka miró por la ventanilla durante el despegue. Conocía el funcionamiento de un avión —la fricción del aire sobre la curvada superficie superior del ala creaba una diferencia de presión—, pero seguía pareciéndole mágico que la nave se elevase hacia el cielo.

Al final desvió la mirada del ala y abrió el sobre.

Filípov no había exagerado.

Kennedy no se limitaba a amenazar a la ligera. Proponía triplicar la llamada a filas, convocar a los reservistas y aumentar el número de soldados del ejército estadounidense hasta alcanzar el millón de hombres. Preparaba un nuevo transporte aéreo de contingentes a Berlín con el objeto de trasladar seis unidades militares a Europa, y planeaba implantar una sanción económica a los países firmantes del Pacto de Varsovia.

Además había aumentado el presupuesto militar en más de tres mil millones de dólares.

Dimka se dio cuenta de que la estrategia planificada por Jrushchov y sus asesores había fracasado de forma estrepitosa. Habían subestimado al atractivo y joven presidente. Nadie podía buscarle las cosquillas.

¿Qué haría Jrushchov?

Era posible que tuviera que dimitir. Ningún líder soviético lo había hecho jamás —tanto Lenin como Stalin habían muerto en el cargo—, pero en la política revolucionaria siempre había una primera vez para todo.

Dimka leyó dos veces el discurso y meditó sobre él durante las dos horas de viaje. Llegó a la conclusión de que solo había una alternativa posible a la dimisión de Jrushchov: el dirigente podía despedir a todos sus ayudantes, contratar a otros y reorganizar el Presídium, con lo que otorgaría más poder a sus enemigos, como reconocimiento de que se había equivocado y la promesa de aceptar consejos más sabios en un futuro.

Ocurriera lo que ocurriese, la fugaz trayectoria de Dimka en el Kremlin tocaría a su fin. Pensó con pesimismo que quizá había sido demasiado ambicioso. No cabía duda de que lo aguardaba un destino más humilde.

Se preguntó si la voluptuosa Nina todavía querría pasar una noche con él.

El avión aterrizó en Tiflis, y una pequeña avioneta militar trasladó a Dimka y a Filípov hasta una pista de aterrizaje en la costa.

Natalia Smótrova, del Ministerio de Asuntos Exteriores, estaba esperándolos allí. La humedad del litoral le había encrespado el pelo, lo que le daba un aspecto lascivo.

—Tenemos malas noticias de Pervujin —dijo mientras se alejaban todos del avión. Mijaíl Pervujin era el embajador de la Unión Soviética en la Alemania Oriental—. El flujo de emigrantes hacia Occidente se ha convertido en avalancha.

Filípov pareció disgustado, seguramente porque él no había recibido esa información antes que Natalia.

—¿De qué cifras estamos hablando?

—Unas mil personas diarias.

Dimka se quedó de una pieza.

—¿Mil personas al día? ¿En serio?

Natalia asintió con la cabeza.

—Pervujin asegura que el gobierno de la Alemania Oriental ya no es estable. El país está al borde del colapso. Podría producirse un levantamiento popular.

—¿Lo ves? —le dijo Filípov a Dimka—. Este es el resultado de tu política.

Dimka se quedó sin respuesta.

Natalia condujo por una carretera costera hasta una península boscosa y detuvo el vehículo frente a una imponente verja de hierro instalada en un largo muro de estuco. Una mansión blanca se alzaba en el centro de inmaculadas extensiones de césped, con una alargada terraza en la segunda planta. Junto a la casa había una piscina olímpica. Dimka jamás había visto una vivienda con piscina propia.

—Lo encontrará en la playa —le informó un guardia, señalando con un gesto de la cabeza al extremo más alejado de la casa.

Dimka caminó entre los árboles hasta llegar a una playa de guijarros. Un soldado armado con un fusil ametrallador le dedicó una severa mirada y le indicó que siguiera avanzando.

Encontró a Jrushchov bajo una palmera. El segundo hombre más poderoso del mundo era bajo, gordo, calvo y feo. Llevaba pantalones de traje sujetos con tirantes y una camisa blanca arremangada. Estaba sentado en una tumbona de mimbre, y sobre una mesita que tenía delante había una jarra de agua y un vaso de cristal. Al parecer no estaba haciendo nada.

—¿De dónde has sacado esos pantalones cortos? —preguntó mirando a Dimka.

—Me los ha hecho mi madre.

—Yo debería tener unos pantalones cortos.

Dimka pronunció las palabras que había ensayado.

—Camarada primer secretario, presento mi dimisión inmediata.

Jrushchov lo desoyó.

—Superaremos a Estados Unidos, en potencia militar y en prosperidad económica, durante los próximos veinte años —afirmó como si estuviera retomando una conversación inacabada—. Pero, mientras tanto, ¿cómo evitamos que la potencia más fuerte domine la política mundial y contenga la propagación del comunismo en el mundo?

—No lo sé —respondió Dimka.

—Fíjate en esto —dijo Jrushchov—. Yo soy la Unión Soviética. —Levantó la jarra de agua y fue vertiendo el líquido poco a poco en el vaso hasta tenerlo a punto de rebosar. Luego pasó la jarra a Dimka—. Tú eres Estados Unidos —añadió—. Ahora vierte agua en el vaso.

Dimka obedeció la orden. El vaso rebosó, y el agua empapó el mantel blanco.

—¿Lo ves? —preguntó Jrushchov como si hubiera demostrado una teoría—. Cuando el vaso está lleno, no se puede añadir más sin provocar el desastre.

Dimka estaba desconcertado. Formuló la pregunta evidente.

—¿Qué significado tiene esto, Nikita Serguéyevich?

—La política internacional es como un vaso. Los movimientos agresivos por parte de cualquier bando vierten agua. El rebosamiento es la guerra.

Dimka entendió el argumento.

—Cuando la tensión alcanza su punto álgido, nadie puede mover ficha sin provocar una guerra.

—Bien visto. Los estadounidenses no quieren entrar en guerra, al igual que nosotros. Si mantenemos la tensión internacional al máximo, a punto de rebosar, el presidente estadounidense se verá indefenso. Cualquier cosa que haga provocaría el conflicto, ¡así que no hará nada!

Dimka reconoció la genialidad del plan. Demostraba la posibilidad de que la potencia más débil fuera la dominante.

—Entonces, ¿Kennedy está ahora indefenso? —preguntó.

—¡Porque su próximo movimiento sería la guerra!

Dimka se preguntó si habría sido ese el plan de Jrushchov desde el principio. O tal vez se lo hubiera sacado de la manga como justificación. Si algo se le daba bien, era improvisar. Aunque eso carecía de importancia.

—Bueno, ¿y qué vamos a hacer con la crisis de Berlín? —preguntó.

—Vamos a levantar un muro —respondió Jrushchov.

9

George Jakes llevó a Verena Marquand a almorzar al Jockey Club. En realidad no era un club, sino un restaurante nuevo y lujoso en el interior del hotel Fairfax que gozaba de una gran popularidad entre el clan de los Kennedy. George y Verena formaban la pareja más elegante del lugar: ella estaba deslumbrante con un vestido de algodón a cuadros y un cinturón ancho de color rojo, mientras que él lucía una chaqueta a medida de lino azul oscuro y corbata a rayas. Sin embargo, les dieron una mesa junto a la puerta de la cocina. Washington no era segregacionista, pero en la ciudad todavía imperaban ciertos prejuicios. George no dejó que aquello le afectara en absoluto.

Verena se encontraba en la ciudad en compañía de sus padres, quienes habían sido invitados a la Casa Blanca ese mismo día, más tarde, para asistir a un cóctel en agradecimiento a las personalidades públicas que, como los Marquand, habían apoyado la campaña, y que serviría además —George estaba convencido de ello— para seguir contando con el apoyo de estas con vistas a la siguiente campaña.

Verena miró a su alrededor con admiración.

—Ha pasado mucho tiempo desde la última vez que estuve en un buen restaurante —dijo—. Atlanta es un páramo.

Teniendo en cuenta que sus padres eran estrellas de Hollywood, se había criado pensando que estar rodeada de lujo y platos exquisitos era lo más normal del mundo.

—Deberías venirte a vivir aquí —dijo George, mirándola a sus espectaculares ojos verdes.

El vestido sin mangas resaltaba la perfección de su piel color café con leche, y ella lo sabía perfectamente. Si se trasladaba a vivir a Washington, le pediría que saliera con él una noche.

George estaba tratando de olvidar a Maria Summers. En esos momentos salía con Norine Latimer, una licenciada en Historia que trabajaba como secretaria en el Museo de Historia Americana. Era una mujer atractiva e inteligente, pero la relación no acababa de funcionar porque él todavía pensaba en Maria a todas horas. Tal vez Verena podría ser un remedio más eficaz. Aunque, naturalmente, no expresó aquel pensamiento en voz alta.

—Ahí abajo en Georgia te lo estás perdiendo todo —añadió.

—No estés tan seguro —respondió ella—. Trabajo para Martin Luther King; él va a cambiar Estados Unidos, mucho más que John F. Kennedy.

—Eso es porque el doctor King tiene un solo problema, los derechos civiles. El presidente, en cambio, tiene un millar de otros asuntos de los que ocuparse. Es el defensor del mundo libre. En este momento su principal preocupación es Berlín.

—Es curioso, ¿no te parece? —señaló ella—. Kennedy cree en la libertad y la democracia para los alemanes de Berlín Este, pero no para los negros estadounidenses del Sur.

George sonrió. Ella siempre tan combativa.

—No se trata de en qué cree o no cree el presidente —dijo—, sino de lo que puede conseguir.

Verena se encogió de hombros.

—Entonces, ¿cómo vas a cambiar tú las cosas?

—El Departamento de Justicia cuenta con novecientos cincuenta abogados. Antes de que llegara yo, solo diez de ellos eran negros. Yo solo ya represento una mejora del diez por ciento.

—Bueno, pero ¿qué es lo que has conseguido?

—El Departamento va a adoptar una línea muy dura con la Comisión Interestatal de Comercio. Bobby les ha pedido que prohíban la segregación en el servicio de autobuses.

—¿Y qué te hace pensar que esta vez sí van a acatar la norma y que no pasará lo mismo que con las anteriores?

—Por ahora, no tengo muchas razones para pensarlo, la verdad. —George sentía una gran frustración, pero no tenía intención de que Verena se diera cuenta—. Hay un tipo llamado Dennis Wilson, un joven abogado blanco que trabaja en el equipo de Bobby, que me ve como una amenaza y me mantiene al margen de las reuniones más importantes.

—¿Y cómo es posible que te impida asistir a esas reuniones? Tú fuiste contratado por Robert Kennedy, ¿es que no quiere que lo asesores?

—Tengo que ganarme la confianza de Bobby.

—Solo te tiene a su lado para hacerte figurar —dijo Verena con desdén—. Contigo en su equipo, Bobby puede decirle al mundo que tiene a un negro para aconsejarle sobre la cuestión de los derechos civiles, pero no tiene por qué escucharte.

George temía que estuviese en lo cierto, pero no lo admitió.

—Eso depende de mí. Tengo que conseguir que me escuche.

—Ven a Atlanta —le propuso ella—. El puesto con el doctor King sigue vacante.

George negó con la cabeza.

—Mi carrera está aquí. —Recordó lo que le había dicho Maria y lo repitió—: Los manifestantes pueden causar un gran impacto, pero al final son los gobiernos los que remodelan el mundo.

—Algunos lo hacen, otros no —repuso Verena.

Cuando se fueron, se encontraron con la madre de George esperando en el vestíbulo del hotel. George había quedado allí con ella, pero no se le ocurrió que pudiese estar esperándolos fuera del restaurante.

—¿Por qué no has entrado a reunirte con nosotros? —le preguntó.

Ella hizo caso omiso de la pregunta y se dirigió a Verena.

—Nos conocimos un momento en la ceremonia de graduación de Harvard —dijo—. ¿Cómo estás, Verena?

Estaba haciendo un gran esfuerzo por mostrarse cortés con la chica, lo cual, como su hijo sabía perfectamente, era señal de que no le caía nada bien.

George acompañó a Verena a parar un taxi y la besó en la mejilla.

—Me ha encantado verte otra vez —dijo.

Él y su madre encaminaron sus pasos en dirección al Departamento de Justicia. Jacky Jakes quería ver dónde trabajaba su hijo. George lo había organizado todo para que pudiese ir a visitarlo un día en que las cosas estuviesen tranquilas, cuando Bobby Kennedy se hallaba en la sede de la CIA en Langley, Virginia, a doce o trece kilómetros de la ciudad.

Jacky se había cogido el día libre en el trabajo e iba vestida para la ocasión con sombrero y guantes, como si fuera a la iglesia. Mientras caminaban, su hijo le preguntó:

—¿Qué te parece Verena?

—Es una chica muy guapa —respondió Jacky de inmediato.

—Te gustarían sus ideas políticas —dijo George—. A ti y a Jrushchov. —Estaba exagerando, pero tanto Verena como Jacky eran extremadamente liberales—. Opina que los cubanos tienen todo el derecho del mundo a ser comunistas, si quieren.

—Porque lo tienen —convino Jacky, lo que demostraba que él tenía razón.

—Entonces, ¿qué es lo que no te gusta de ella?

—No hay nada que no me guste.

—Mamá, los hombres no somos muy intuitivos, pero llevo observándote toda mi vida y sé detectar cuándo tienes reservas con alguien.

Jacky sonrió y le tocó el brazo con cariño.

—Te sientes atraído por ella y entiendo perfectamente por qué. Es irresistible. No quiero hablar mal de una chica que te gusta, pero…

—Pero ¿qué?

—Podría ser complicado estar casado con Verena. Tengo la sensación de que siempre tiene en cuenta sus propias prioridades antes, durante y después.

—Crees que es egoísta.

—Todos somos egoístas. En su caso, creo que es caprichosa y consentida.

George asintió y trató de no sentirse ofendido. Seguramente su madre tenía razón.

—No tienes por qué preocuparte —dijo—. Está decidida a quedarse en Atlanta.

—Bueno, tal vez sea lo mejor. Solo quiero que seas feliz.

El Departamento de Justicia tenía su sede en un magnífico edificio clásico justo enfrente de la Casa Blanca. Jacky pareció hincharse un poco de orgullo cuando entraron por la puerta. Le complacía que su hijo trabajase en un lugar tan prestigioso. George se sintió muy satisfecho de ver aquella reacción; su madre tenía todo el derecho a sentirse orgullosa, había consagrado su vida por entero a él, y aquella era su recompensa.

Entraron en el salón principal. A Jacky le gustaron los célebres murales que mostraban escenas cotidianas de la vida estadounidense, pero examinó con recelo la estatua de aluminio del *Espíritu de la Justicia*, que representaba a una mujer mostrando un pecho.

—No soy ninguna mojigata, pero no entiendo por qué la Justicia ha de tener un pecho al descubierto —comentó su madre—. ¿Qué sentido puede tener eso?

George se quedó pensativo un instante.

—¿Para demostrar que la Justicia no tiene nada que ocultar, tal vez?

Ella se echó a reír.

—Buen intento.

Subieron en el ascensor.

—¿Cómo está tu brazo? —preguntó Jacky.

Le habían quitado la escayola y George ya no necesitaba llevarlo en cabestrillo.

—Todavía me duele —contestó—. Creo que me ayuda llevar la mano izquierda metida en el bolsillo. Así tengo un punto de apoyo para el brazo.

Se bajaron en la quinta planta. George acompañó a Jacky hasta el despacho que compartía con Dennis Wilson y otros compañeros. El despacho del secretario de Justicia se encontraba en la sala contigua.

Dennis estaba sentado a su escritorio, cerca de la puerta. Era un hombre pálido cuyo pelo rubio empezaba a ralear de forma acaso un poco prematura.

—¿Cuándo va a volver? —le preguntó George.

Dennis sabía que se refería a Bobby.

—No hasta dentro de una hora, por lo menos.

—Ven y entra a ver el despacho de Bobby Kennedy —le dijo George a su madre.

—¿Estás seguro de que no pasa nada?

—Él no está aquí. Seguro que no le importa.

George condujo a Jacky a través de una antesala, saludó con la cabeza a dos secretarias y entró en el despacho del secretario de Justicia. En realidad parecía el salón de una gran mansión, con las paredes recubiertas de paneles de madera de nogal, una enorme chimenea de piedra, alfombras y cortinas estampadas, y lámparas en alguna que otra mesa. Era un espacio enorme, pero Bobby había conseguido abarrotarla de todos modos. Entre los muebles había incluso un acuario y un tigre de peluche. Su enorme escritorio era un desorden de papeles, ceniceros y fotografías familiares. El estante que había detrás de la silla del escritorio sostenía cuatro teléfonos.

—¿Te acuerdas de aquel sitio en Union Station donde vivíamos cuando eras un niño? —preguntó Jacky.

—Pues claro que me acuerdo.

—En esta habitación cabría la casa entera.

George miró a su alrededor.

—Sí, supongo que sí.

—Y ese escritorio es más grande que la cama donde dormíamos tú y yo hasta que cumpliste los cuatro años.

—Nosotros dos y también el perro.

Había una boina verde encima del escritorio, la gorra de las Fuerzas Especiales del Ejército de Estados Unidos, por las que Bobby sentía tanta admiración. Sin embargo, a Jacky le interesaban mucho más las fotografías. George cogió una foto enmarcada de Bobby y Ethel sentados en el césped enfrente de una casa enorme, rodeados de sus siete hijos.

—Esta la tomaron en el exterior de Hickory Hill, la casa que tienen en McLean, Virginia.

Se la dio.

—Eso me gusta —comentó ella, examinando la foto detenidamente—. Se preocupa por su familia.

Una voz potente y segura de sí misma, con un marcado acento de Boston, intervino en ese momento:

—¿Quién se preocupa por su familia?

George dio media vuelta y vio a Bobby Kennedy entrar en el despacho. Vestía un traje arrugado de verano de color gris claro, se había aflojado la corbata y llevaba el cuello de la camisa desabrochado. No era tan guapo como su hermano mayor, sobre todo por culpa de aquellos enormes dientes delanteros, como los de un conejo.

George estaba nervioso y aturullado.

—Lo siento, señor —dijo—. Creí que no iba a volver hoy.

—No, si no importa —repuso Bobby, aunque George no estaba seguro de que lo dijese de verdad—. Este lugar es propiedad de los ciudadanos de Estados Unidos, pueden venir a verlo si quieren.

—Le presento a mi madre, Jacky Jakes —dijo George.

Bobby le estrechó la mano con vigor.

—Señora Jakes, tiene un hijo excepcional —dijo haciendo uso de todo su encanto, como hacía cada vez que hablaba con un votante.

Jacky se había ruborizado por la vergüenza, pero habló sin titubeos.

—Gracias —contestó—. Usted tiene varios, los estaba mirando en esta foto.

—Cuatro hijos y tres hijas. Son todos maravillosos, y estoy siendo completamente objetivo.

Los tres se echaron a reír.

—Ha sido un placer conocerla, señora Jakes —dijo Bobby—. Venga a vernos cuando quiera.

Había sido un comentario cortés, pero era evidente que los estaba despidiendo, de modo que George y su madre salieron de la habitación y avanzaron por el pasillo en dirección al ascensor.

—Me ha dado mucho apuro, pero Bobby ha sido muy amable —comentó Jacky.

—Lo ha hecho a propósito —repuso George, enfadado, refiriéndose a Dennis—. Bobby nunca llega antes de tiempo a ningún sitio. Dennis nos ha mentido deliberadamente; quería hacerme quedar mal.

Su madre le dio una palmadita en el brazo.

—Si eso es lo peor que nos puede pasar hoy, va a ser un día estupendo.

—No sé. —George recordó el reproche de Verena, cuando le había dicho que su trabajo era la tapadera perfecta para aparentar una actitud progresista—. ¿Tú crees que aquí mi única misión consiste en hacer que parezca que Bobby tiene en cuenta la opinión de los negros cuando no es así?

Jacky se quedó pensativa.

—Podría ser.

—Sería mucho más útil trabajando para Martin Luther King en Atlanta.

—Entiendo cómo te sientes, pero creo que deberías quedarte aquí.

—Sabía que dirías eso.

La acompañó a la salida del edificio.

—¿Cómo es el apartamento donde vives? —preguntó ella—. Tendré que visitarlo un día de estos.

—Está muy bien. —George había alquilado un piso en la planta superior de un edificio alto y estrecho de estilo victoriano en el barrio de Capitol Hill—. Ven el domingo a verlo.

—¿Para poder prepararte la cena en tu cocina?

—Qué bien, muy amable.

—¿Conoceré a tu novia?

—Invitaré a Norine.

Se dieron un beso de despedida. Jacky iba a coger el tren para volver a su casa del condado de Prince George, en Maryland. Antes de irse, añadió:

—No olvides lo que voy a decirte: hay un millar de jóvenes inteligentes dispuestos a trabajar para Martin Luther King, pero solo hay un negro sentado en el despacho contiguo a la oficina de Bobby Kennedy.

George pensó que tenía razón. Como de costumbre.

Cuando volvió al despacho, no le dijo nada a Dennis, sino que se sentó a su escritorio y redactó para Bobby el resumen de un informe sobre la integración escolar.

A las cinco, Bobby y sus ayudantes se subieron a unas limusinas para realizar el corto trayecto hasta la Casa Blanca, donde el secretario de Justicia tenía programada una reunión con el presidente. Era la primera vez que George los acompañaba a una reunión en la Casa Blanca y se preguntó si sería una señal de que cada vez confiaban más en él… o de que, sencillamente, la reunión era menos importante.

Entraron en el Ala Oeste y se dirigieron a la Sala del Gabinete. Era una habitación alargada con cuatro ventanales altos en una pared lateral. Una veintena de sillas de oficina de cuero azul oscuro rodeaban una mesa que tenía forma rectangular. En aquella sala se tomaban decisiones que hacían temblar al mundo, pensó George con aire solemne.

Pasaron quince minutos y seguía sin haber rastro del presidente Kennedy.

—Sal y asegúrate de que Dave Powers sabe que estamos aquí, ¿quieres? —le dijo Dennis a George. Powers era el secretario personal del presidente.

—Claro —contestó George.

«Siete años en Harvard para ser el chico de los recados», pensó.

Antes de la reunión con Bobby, el presidente tenía previsto participar en un cóctel con un nutrido grupo de famosos que lo habían apoyado en su campaña. George se dirigió al edificio principal y siguió la estela del ruido. Bajo las enormes arañas de luces del Salón Este, un centenar de personas llevaban ya dos horas bebiendo. George saludó a los padres de Verena, Percy Marquand y Babe Lee, que estaban hablando con alguien del Comité Nacional Demócrata.

El presidente no estaba en la habitación.

George miró a su alrededor y vio una puerta de entrada a la cocina. Sabía que el presidente muchas veces utilizaba las puertas del personal de servicio y los pasillos secundarios para que no estuvieran parándolo y retrasándolo continuamente.

Cruzó la puerta y encontró al grupo del presidente justo al otro lado. Con solo cuarenta y cuatro años, Jack Kennedy era un hombre joven y atractivo, llevaba un traje azul marino con una camisa blanca y una corbata muy fina. Parecía cansado y nervioso.

—¡No me pueden fotografiar con una pareja interracial! —exclamó con tono airado y frustrado, como si le hubiesen obligado a repetirse—. ¡Perderé diez millones de votos!

George solo había visto a una pareja mixta en el salón de baile: Percy Marquand y Babe Lee. Estaba indignado. ¡Así que el presidente liberal tenía miedo a ser fotografiado con ellos!

Dave Powers era un hombre de mediana edad de gesto amable, con una nariz grande y completamente calvo, por lo que no se parecía en nada a su jefe.

—¿Qué quiere que haga? —le preguntó al presidente.

—¡Haz que se vayan!

Dave era un amigo personal del presidente y no le daba miedo expresarle a Kennedy su irritación cuando no estaba de acuerdo con él.

—¿Y qué voy a decirles, si se puede saber?

De pronto, George dejó su indignación a un lado y empezó a darle vueltas a una idea. ¿Y si aquella era una oportunidad para él? Sin ningún plan definido en mente, intervino en la conversación:

—Señor presidente, soy George Jakes, trabajo para el secretario de Justicia. ¿Quiere que le solucione este problema?

Observó sus rostros y supo lo que estaban pensando: si Percy Marquand iba a ser insultado en la Casa Blanca, sería mucho mejor que quien lo ofendiese fuese otro negro.

—¡Sí, por favor! —exclamó—. Se lo agradezco, George.

—Sí, señor —dijo George, y volvió al salón de baile.

¿Qué iba a hacer ahora? Mientras atravesaba la sala hacia donde estaban Percy y Babe, trató de sopesar todas las posibilidades. Tenía que llevárselos de la sala durante unos quince o veinte minutos, nada más, pero ¿qué podía decirles?

Cualquier cosa menos la verdad, supuso.

Cuando llegó al grupo de gente, que charlaba animadamente, y tocó a Percy Marquand con delicadeza en el brazo, todavía no sabía qué iba a decirle. Percy se volvió y, al reconocerlo, sonrió y le estrechó la mano.

—¡Eh, oídme todos! —exclamó, dirigiéndose al grupo de personas que lo rodeaban—. ¡Os presento a uno de los viajeros de la libertad!

Babe Lee lo agarró del brazo con ambas manos, como si temiera que alguien fuese a llevárselo de su lado.

—Eres un héroe, George —le dijo.

En ese momento George supo lo que tenía que hacer.

—Señor Marquand, señorita Lee, ahora trabajo para Bobby Kennedy, y a él le gustaría hablar con ustedes un momento sobre la cuestión de los derechos civiles. ¿Me permiten que los acompañe hasta él?

—Por supuesto —dijo Percy, y unos segundos después ya estaban fuera de la sala.

George se arrepintió inmediatamente de haberles dicho aquello. El corazón le palpitaba acelerado mientras los dirigía hacia el Ala Oeste. ¿Cómo iba a reaccionar Bobby? ¿Y si decía: «Joder, ni hablar. Ahora no tengo tiempo»? Si aquello terminaba en un incidente embarazoso, George sería el culpable. ¿Por qué no había mantenido la boca cerrada?

—Hoy he almorzado con Verena —comentó por darles conversación.

—Le encanta su trabajo en Atlanta —señaló Babe—. La organización de la Conferencia del Liderazgo Cristiano del Sur es todavía muy pequeña, pero están haciendo grandes cosas.

—El doctor King es un gran hombre. De todos los líderes de los derechos civiles que he conocido, él es el más carismático.

Llegaron a la Sala del Gabinete y entraron. La media docena de hombres estaban sentados en un extremo de la mesa alargada, charlando, algunos de ellos fumando. Miraron a los recién llegados con expresión de sorpresa. George buscó a Bobby con la mirada y observó su reacción. Parecía perplejo e irritado.

—Bobby, ya conoce a Percy Marquand y a Babe Lee. Les encantaría hablar unos minutos con nosotros sobre los derechos civiles.

Por unos segundos, el rostro de Bobby se ensombreció de ira. George se dio cuenta de que era la segunda vez ese día que sorprendía a su jefe con un invitado inesperado. Entonces Bobby sonrió.

—¡Qué privilegio! —exclamó—. Siéntense, amigos, y gracias por apoyar la campaña electoral de mi hermano.

George sintió una oleada de alivio, momentánea. No iba a producirse ninguna situación embarazosa, pues Bobby había desplegado su encanto habitual de forma automática. Pidió sus opiniones a Percy y Babe, y habló con franqueza sobre las dificultades que tenían los Kennedy con los demócratas sureños en el Congreso. Los invitados se sintieron halagados.

Unos minutos más tarde entró el presidente. Estrechó la mano de Percy y Babe y a continuación le pidió a Dave Powers que los acompañara de vuelta a la fiesta.

Nada más cerrar la puerta a sus espaldas, Bobby se encaró con George.

—¡No vuelvas a ponerme en esa situación nunca más! —gritó. Su rostro reflejaba la intensidad de su furia contenida.

George vio a Dennis Wilson sofocar una sonrisa.

—¿Quién cojones te crees que eres? —soltó Bobby.

El joven creyó que Bobby iba a pegarle, y se puso de puntillas para mantener el equilibrio, disponiéndose a esquivar el posible golpe.

—¡El presidente los quería fuera del salón! —se defendió con voz desesperada—. No quería que lo fotografiaran con Percy y Babe.

Bobby miró a su hermano, quien asintió con la cabeza.

—Solo tenía treinta segundos para que se me ocurriera algún pretexto y echarlos de allí sin que se sintieran insultados, así que les dije que usted quería reunirse con ellos —explicó George—. Y ha funcionado, ¿no? No están ofendidos, de hecho ¡creen que los hemos tratado como a personajes realmente importantes!

—Es verdad, Bob —dijo el presidente—. El bueno de George nos ha sacado de una situación un poco peliaguda.

—Quería asegurarme de que no nos retiraran su apoyo para la campaña de reelección —insistió el joven abogado.

Bobby se quedó pensativo un momento, asimilando sus palabras.

—Entonces —dijo— les has contado que quería hablar con ellos para llevártelos y evitar que salieran en las fotografías presidenciales.

—En efecto —confirmó George.

—Pues sí que has sabido reaccionar con rapidez —comentó el presidente.

Bobby suavizó su expresión. Al cabo de un momento, se echó a reír y su hermano lo acompañó. Los demás hombres de la sala hicieron lo mismo.

Bobby pasó el brazo por encima de los hombros de George.

A este aún le temblaban las piernas, creía que habían estado a punto de despedirlo.

—¡Georgie, chico, eres uno de los nuestros! —exclamó Bobby.

George se dio cuenta de que lo habían aceptado en el círculo más íntimo y se desplomó en la silla con alivio.

No estaba tan orgulloso de sí mismo como cabría esperar, pues había alentado una pequeña farsa y había participado en ella para ayudar al presidente a ceder ante los prejuicios raciales. Sintió la necesidad de lavarse las manos.

Entonces vio la expresión de rabia en el rostro de Dennis Wilson y se sintió mucho mejor.

10

Ese mes de agosto llamaron a Rebecca para que acudiera a la jefatura de la policía secreta por segunda vez.

Atemorizada, se preguntó qué querría la Stasi en esa ocasión. Ya le habían destrozado la vida: la habían engañado con un matrimonio que había sido una farsa y se había quedado sin trabajo, sin duda porque ellos mismos ordenaban a las escuelas que no la contrataran. ¿Qué más podían hacerle? Desde luego, no podían meterla en la cárcel cuando ella misma había sido su víctima, ¿no?

Sin embargo, podían hacer lo que les viniera en gana.

Era un día muy caluroso, y ella subió a un autobús en dirección al otro extremo de la ciudad de Berlín. El nuevo edificio de la jefatura era tan feo como la organización a la que representaba, una caja de hormigón de líneas rectas para personas cuyas mentes eran todas cuadradas e igual de rectilíneas. Una vez más, la escoltaron hasta el ascensor y por aquellos pasillos de color amarillento enfermizo, pero en esta ocasión la condujeron a otro despacho, en cuyo interior encontró a su marido, Hans, que la estaba esperando. Cuando lo vio, una oleada de ira aún más fuerte reemplazó al miedo que había sentido hasta entonces. A pesar de que era consciente del daño que podía hacerle, estaba demasiado furiosa para doblegarse ante él.

Hans llevaba un traje de color gris azulado con el que nunca lo había visto. Tenía un despacho amplio con dos ventanas y muebles nuevos y modernos; al parecer, ocupaba un lugar más alto en el escalafón de lo que ella sospechaba.

—Esperaba ver al sargento Scholz —dijo tratando de ganar tiempo para poner sus ideas en orden.

Hans miró hacia otro lado.

—No era el hombre adecuado para realizar tareas relacionadas con la seguridad.

Rebecca se dio cuenta de que Hans le ocultaba algo. Era muy probable que hubiesen despedido a Scholz, o tal vez lo habían degradado a policía de tráfico.

—Supongo que se equivocó interrogándome aquí, en lugar de hacerlo en la comisaría local de policía.

—No debería haberte interrogado, simplemente. Siéntate ahí. —Señaló una silla frente a su escritorio, grande y feo.

La silla estaba hecha de un armazón de tubos de metal y plástico rígido de color naranja, diseñada para que sus víctimas se sintiesen aún más incómodas, dedujo Rebecca. Su furia contenida le daba fuerza para desafiar a Hans, de manera que en lugar de sentarse, se dirigió a la ventana y miró hacia el aparcamiento.

—Ha sido una pérdida de tiempo, ¿no es así? —dijo—. Te tomaste todas esas molestias para vigilar a mi familia y no has descubierto a ningún espía ni a ningún saboteador. —Se volvió para mirarlo—. Tus jefes deben de estar muy enfadados contigo.

—Todo lo contrario —repuso Hans—. Esta se considera una de las operaciones de mayor éxito de la historia de la Stasi.

Rebecca no entendía cómo era eso posible.

—No puedes haber descubierto nada interesante.

—Mi equipo ha elaborado una tabla con todos los socialdemócratas de la Alemania del Este y los vínculos que hay entre ellos —explicó él con orgullo—. Y obtuvimos la información clave en tu casa: tus padres conocen a los contrarrevolucionarios más importantes y muchos iban a visitarlos.

Rebecca arrugó la frente. Era cierto que la mayoría de las personas que iban a la casa eran antiguos socialdemócratas, era natural.

—Pero si son solo unos amigos —dijo.

Hans soltó una carcajada burlona.

—¡Solo unos amigos! —exclamó con desdén—. Por favor, ya sé que no nos consideras muy brillantes que digamos, tú misma lo repetiste muchas veces cuando vivía contigo, pero no somos del todo idiotas.

A Rebecca se le ocurrió que Hans y el resto de la policía secreta estaban obligados a creer —o, al menos, a fingir que así era— en fabulosas conspiraciones contra el gobierno. De lo contrario, su trabajo era una pérdida de tiempo, así que Hans había construido una red imaginaria de socialdemócratas tomando como base el domicilio de la familia Franck, todos tramando un complot para derrocar al gobierno comunista.

Ojalá fuera cierto.

—Por supuesto, la intención no era que acabara casándome contigo —dijo él—. Un flirteo, lo justo para que pudiera entrar en tu casa con libertad, eso era todo lo que teníamos planeado.

—Mi propuesta de matrimonio debió de suponer un auténtico problema para ti.

—Nuestro proyecto iba viento en popa. La información que estaba consiguiendo era crucial. Cada una de las personas que veía en tu casa nos conducía a más socialdemócratas. Si hubiese rechazado tu propuesta, el grifo se habría cerrado.

—Hay que ver qué valiente eres... —se burló Rebecca—. Estarás orgulloso de ti mismo.

Él la miró fijamente. Por un momento no supo interpretar su expresión. Era evidente que estaba pensando en algo, pero ella no acertaba a adivinarlo. Se le pasó por la cabeza que tal vez quisiera tocarla o besarla. La sola idea hacía que se le pusiera la carne de gallina. Luego Hans sacudió la cabeza, como para ahuyentar lo que fuera que estuviera pensando.

—No estamos aquí para hablar sobre nuestro matrimonio —dijo con exasperación.

—¿Por qué estamos aquí?

—Provocaste un incidente en la oficina de empleo.

—¿Un incidente? Le pregunté al hombre que tenía delante de mí en la fila cuánto tiempo llevaba en paro. La mujer del mostrador se levantó y se puso a dar voces, gritándome: «¡En los países comunistas no hay desempleo!». Miré a la cola, a toda la gente que tenía delante y detrás, y me eché a reír. ¿Eso es un incidente?

—Te pusiste a reír como una histérica y no querías dejar de hacerlo, y luego tuvieron que expulsarte del edificio.

—Es verdad que no podía parar de reír. Lo que dijo era tan absurdo...

—¡No era absurdo! —Hans sacó un cigarrillo de una cajetilla de f6. Como todos los matones, se ponía nervioso cuando alguien le plantaba cara—. Esa mujer tenía razón —dijo—. En la Alemania Oriental nadie está en paro. El comunismo ha resuelto el problema del desempleo.

—No, por favor... —exclamó Rebecca—. Vas a hacerme reír otra vez y entonces tendrán que echarme de este edificio también.

—El sarcasmo no te va a ayudar en absoluto.

La joven examinó una fotografía enmarcada en la pared en la que aparecía Hans estrechándole la mano a Walter Ulbricht, el líder de la Alemania Oriental. Ulbricht lucía una calva, además de barba y perilla; el parecido con Lenin resultaba un tanto cómico.

—¿Qué te dijo Ulbricht? —preguntó Rebecca.

—Me felicitó por mi ascenso a capitán.

—Supongo que eso también forma parte de tu recompensa por engañar a tu esposa de una forma tan cruel. Así que dime, si no estoy en el paro, ¿dónde estoy?

—Ahora mismo estás sometida a una investigación por parasitismo social.

—¡Eso es una barbaridad! He trabajado toda mi vida desde que acabé los estudios. Ocho años seguidos, sin un solo día de baja por enfermedad. Me han concedido ascensos y asignado más responsabilidades, incluida la supervisión de los nuevos maestros. Y entonces, un día descubro que mi marido es un espía de la Stasi y poco después me despiden. Desde entonces he acudido a seis entrevistas de trabajo. En todas las ocasiones la escuela estaba desesperada por que empezase lo antes posible, pero a pesar de eso, sin darme explicaciones ni ninguna razón concreta, todas me escribieron poco tiempo después diciéndome que no podían ofrecerme el puesto. ¿Tú sabes por qué?

—No te quiere nadie.

—Todos me quieren. Soy una buena maestra.

—Ideológicamente no eres una persona de fiar. Serías una mala influencia para los jóvenes impresionables.

—Tengo unas referencias impecables de la última escuela en la que trabajé.

—De Bernd Held, querrás decir. Él también está siendo investigado por sus tendencias ideológicas.

Rebecca sintió un escalofrío de miedo en el pecho y trató de mantener el rostro inexpresivo. Sería terrible si Bernd, un hombre tan bueno y competente en su trabajo, se metiese en algún problema por culpa suya. «Tengo que advertirle», pensó.

No logró ocultar sus sentimientos a Hans.

—Eso te ha impresionado, ¿verdad? —dijo su marido—. Siempre he sospechado de ese Bernd. Estoy seguro de que te gustaba.

—Me propuso que tuviera una aventura con él —admitió Rebecca—, pero yo no quería engañarte. Fíjate qué idea más tonta…

—Os habría pillado.

—Y en vez de eso, te pillé yo a ti.

—Yo cumplía con mi deber.

—Así que estás haciendo todo lo posible para que no consiga trabajo y además me acusas de parasitismo social. ¿Qué esperas que haga? ¿Que me vaya a Occidente?

—Emigrar sin permiso es un delito.

—¡Pero si lo hace muchísima gente! He oído que el número ha aumentado a casi mil personas al día: profesores, médicos, ingenieros… ¡incluso agentes de policía! ¡Ah…! —De pronto la asaltó una idea—. ¿Fue eso lo que pasó con el sargento Scholz?

Hans parecía nervioso.

—No es asunto tuyo.

—Lo sé por la cara que pones. Así que Scholz desertó y se fue a Occidente. ¿Por qué crees tú que todas esas personas respetables se vuelven criminales? ¿Es porque quieren vivir en un país donde haya elecciones libres y esas cosas?

Hans levantó la voz con furia.

—Las elecciones libres nos dieron a Hitler. ¿Es eso lo que quieren?

—Tal vez no quieren vivir en un lugar donde la policía secreta puede hacer lo que le da la gana. Como imaginarás, eso pone nerviosa a la gente.

—¡Solo a aquellos que tienen secretos y son culpables!

—Bueno, ¿y qué secreto tengo yo, Hans? Vamos, dímelo.

—Eres un parásito social.

—Así que primero impides que consiga trabajo y luego me amenazas con meterme en la cárcel por no tenerlo. Supongo que me enviarían a un campo de trabajo, ¿verdad? Entonces sí que estaría empleada, solo que no me pagarían. Me encanta el comunismo, ¡es tan lógico! ¿Por qué habrá gente tan desesperada por escapar de él, me pregunto yo?

—Tu madre me dijo muchas veces que nunca emigraría a Berlín Oeste. Para ella sería como huir.

Rebecca se preguntó adónde querría ir a parar con aquello.

—¿Entonces…?

—Si cometes el delito de emigrar de forma ilegal, nunca podrás volver.

Rebecca entendió qué quería decir con aquello y sintió que la invadía la desesperación.

—Nunca volverías a ver a tu familia —dijo él con aire triunfal.

Rebecca se sentía destrozada. Salió del edificio y se dispuso a esperar en la parada del autobús. Hiciese lo que hiciese, se vería obligada a elegir entre perder a su familia o renunciar a su libertad.

Profundamente abatida, se subió al autobús que iba a la escuela donde trabajaba antes. No estaba preparada para soportar la nostalgia que la golpeó como un puñetazo cuando entró en el edificio: el griterío de los chicos jóvenes, el olor a tiza y a limpiador, los tablones de anuncios, las botas de fútbol y los carteles de PROHIBIDO CORRER. Se dio cuenta de lo feliz que había sido como maestra. Era un trabajo de una gran importancia, y a ella se le daba bien. No podía soportar la idea de renunciar a seguir dando clases.

Bernd estaba en el despacho del director y llevaba un traje de pana negro. La tela se veía muy desgastada, pero el color le sentaba bien. Esbozó una sonrisa radiante al verla asomar por la puerta.

—¿Te han nombrado director? —preguntó Rebecca, aunque imaginaba cuál era la respuesta.

—Eso no va a ocurrir —respondió él—, pero hago la función de director de todos modos, y me encanta. Mientras tanto, nuestro antiguo jefe, Anselm, está trabajando de director en una escuela muy grande de Hamburgo… y gana el doble de sueldo que nosotros. ¿Y tú qué tal? Anda, siéntate.

Rebecca tomó asiento y le habló de sus entrevistas de trabajo.

—Es la venganza de Hans —dijo—. No tendría que haber tirado por la ventana su maldita maqueta de cerillas.

—Puede que no se trate de eso —repuso Bernd—. Ya he visto esa misma reacción otras veces: hombres que odian a las personas a quienes han tratado de forma injusta, por paradójico que pueda parecer. Creo que eso se debe a que la víctima es un recordatorio perpetuo de su comportamiento vergonzoso.

Bernd era muy inteligente. Rebecca lo echaba de menos.

—Me da miedo que Hans te odie a ti también —dijo—. Me contó que te están investigando por ideología sospechosa, porque me escribiste unas referencias.

—Oh, mierda.

Bernd se frotó la cicatriz de la frente, una señal de que estaba preocupado. Las relaciones con la Stasi nunca tenían un final feliz.

—Lo siento.

—Pues no lo sientas. Me alegro de haberte escrito esas referencias, y volvería a hacerlo, siempre. Alguien tiene que decir la verdad en este maldito país.

—Hans también descubrió, de alguna manera, que tú… te sentías atraído por mí.

—¿Y está celoso?

—Cuesta imaginarlo, ¿verdad?

—No, en absoluto. Ni siquiera un espía podría evitar enamorarse de ti.

—No digas bobadas.

—¿Para eso has venido? —preguntó Bernd—. ¿Para advertirme?

—Y para decirte… —Tenía que ser discreta, incluso con Bernd—. Para decirte que seguramente no te veré durante algún tiempo.

—Ah. —Asintió para mostrar que la había entendido.

La gente rara vez decía que se iba al otro lado, a Occidente. Podían detenerte solo por planearlo, y si alguien descubría que tenías intención de hacerlo y no informaba de ello a la policía, estaba cometiendo un delito, de manera que nadie salvo la familia más inmediata quería cargar con el peso culpable de conocer esa información.

Rebecca se puso de pie.

—Así que gracias por tu amistad.

Él rodeó el escritorio y le tomó las manos.

—No, gracias a ti. Y buena suerte.

—Buena suerte a ti también.

La joven se dio cuenta de que, en su subconsciente, ella ya había tomado la decisión de desertar, y justo estaba pensando en eso con una mezcla de sorpresa y ansiedad, cuando Bernd inclinó la cabeza de improviso y la besó.

Ella no se lo esperaba. Fue un beso delicado. Bernd mantuvo sus labios unidos a los de ella unos segundos, pero no abrió la boca. Rebecca cerró los ojos. Después de un año viviendo la farsa de su matrimonio, era agradable saber que alguien la encontraba verdaderamente deseable, incluso digna de ser amada. Sintió el impulso de lanzar los brazos alrededor de él, pero lo contuvo. Sería una locura dar pie en ese momento a una relación condenada al fracaso. Al cabo de unos instantes, Rebecca se apartó de él.

Sintió que estaba al borde de las lágrimas, pero tampoco quería que Bernd la viera llorar.

—Adiós —acertó a decir con la voz entrecortada, y acto seguido se dio media vuelta y salió deprisa de la habitación.

Decidió que se marcharía al cabo de dos días, la madrugada del domingo.

Todos se levantaron para despedirse de ella.

No tenía estómago para desayunar nada, se sentía demasiado triste.

—Seguramente me iré a Hamburgo —dijo, fingiendo estar de buen humor—. Anselm Weber es el director de una escuela allí y estoy segura de que me contratará.

—Podrías conseguir trabajo en cualquier parte de la Alemania Occidental —dijo su abuela Maud, enfundada en una bata de seda de color púrpura.

—Pero estaría bien conocer por lo menos a alguien en la ciudad —dijo Rebecca con tristeza.

—Tengo entendido que el panorama musical en Hamburgo está muy animado —intervino Walli—. Me reuniré contigo allí en cuanto pueda dejar los estudios.

—Si dejas los estudios, tendrás que trabajar —le dijo su padre a Walli con un tono sarcástico—. Esa sí sería una experiencia nueva para ti…

—No os peleéis esta mañana —pidió Rebecca.

Su padre le dio un sobre con dinero.

—En cuanto llegues al otro lado, busca un taxi —le indicó—. Vete directamente a Marienfelde. —Había un centro de refugiados en Marienfelde, en el sur de la ciudad, cerca del aeropuerto de Tempelhof—. Pon en marcha el proceso de emigración. Estoy seguro de que tendrás que hacer cola y esperar durante horas, tal vez días. En cuanto tengas todos los papeles en orden, dirígete a la fábrica. Me encargaré de abrirte una cuenta bancaria en la Alemania Occidental y de todos los trámites.

Su madre estaba llorando.

—Volveremos a verte —dijo—. Puedes volar a Berlín Oeste cuando quieras y nosotros cruzaremos la frontera para encontrarnos contigo. Haremos picnics en la playa de Wannsee…

Rebecca estaba haciendo un esfuerzo por contener las lágrimas. Metió el dinero en una pequeña bandolera, que era lo único que iba a llevar. Si cargaba con algo más, cualquier cosa que pudiese parecer un equipaje, los *vopos* podían detenerla en la frontera. Quería quedarse allí unos minutos más, pero si lo hacía, temía arrepentirse y dar marcha atrás en su decisión. Besó y abrazó a cada uno de ellos: a la abuela Maud, a su padre adoptivo, Werner, a sus hermanos adoptivos, Lili y Walli, y por último a Carla, la mujer que le había salvado la vida, la madre que no era su verdadera madre y que por esa misma razón era incluso más preciosa para ella.

Luego, con los ojos anegados en lágrimas, salió de la casa.

Era una mañana radiante de verano, con un cielo azul y despejado. Trató de ver las cosas con optimismo: estaba empezando una nueva vida, lejos de la represión sombría de un régimen comunista, y volvería a ver a su familia de nuevo, de una forma u otra.

Caminó a paso rápido, recorriendo las calles del casco antiguo de la ciudad. Pasó por el extenso campus del hospital universitario de la Charité y torció para enfilar hacia Invalidenstrasse. A su izquierda quedaba el puente de Sandkrug, que soportaba el tráfico que cruzaba el canal de navegación de Berlín-Spandau hasta el Berlín occidental.

Solo que ese día no era así.

Al principio, Rebecca no estaba segura de lo que veían sus ojos: había una fila de vehículos completamente parados a escasos metros del puente. Más allá de los coches, una aglomeración de gente parecía estar mirando algo con mucha atención. Tal vez se había producido un accidente en el puente. Sin embargo, a su derecha, en Platz vor dem Neuen Tor, veinte o treinta soldados de la Alemania Oriental permanecían de brazos cruzados sin hacer nada. Detrás de ellos había dos tanques soviéticos.

La escena era desconcertante y aterradora.

Se abrió paso entre la multitud y vio cuál era el problema: habían levantado una alambrada que bloqueaba el acceso al extremo más próximo del puente. En la alambrada habían abierto un pequeño espacio en el que unos agentes de policía parecían estar negándose a dejar pasar a nadie.

Rebecca sintió la tentación de preguntar qué estaba ocurriendo, pero no quería atraer la atención. No se encontraba muy lejos de la estación de Friedrichstrasse, y desde allí podría ir en metro directamente a Marienfelde.

Dobló una esquina hacia el sur, caminando más rápido, y avanzó en zigzag para sortear una hilera de edificios de la universidad en dirección a la estación.

Allí también pasaba algo raro.

Varias decenas de personas se habían apiñado alrededor de la entrada. Rebecca se abrió paso a codazos hasta llegar al frente y leyó un cartel pegado a la pared que informaba de algo que ya era obvio: la estación estaba cerrada. En lo alto de la escalera, una fila de policías armados formaba una barrera. Estaban impidiendo el acceso a los andenes.

Rebecca empezó a alarmarse. Tal vez solo fuese una coincidencia que los dos primeros puntos que había escogido para cruzar al otro lado estuviesen bloqueados. O tal vez no.

Había ochenta y un sitios por donde la gente podía cruzar del este al oeste de Berlín. El siguiente paso más cercano era la Puerta de Brandemburgo, donde la amplia avenida de Unter den Linden atravesaba el arco monumental hacia el Tiergarten. Rebecca echó a andar en dirección sur por Friedrichstrasse.

En cuanto dobló al oeste por la avenida de Unter den Linden supo que se había metido en un lío; una vez más, había tanques y soldados por todas partes. Cientos de personas se habían congregado frente a la famosa puerta. Cuando llegó a la cabecera de la multitud, Rebecca vio otra valla de alambre. Estaba instalada sobre unos soportes de caballetes de madera y custodiada por la policía de la Alemania Oriental.

Unos jóvenes de aspecto muy similar al de Walli, vestidos con chaquetas de cuero, pantalones estrechos y peinados al estilo de Elvis Presley, gritaban insultos e improperios desde una distancia segura. En el lado oeste de Berlín, otros jóvenes muy parecidos gritaban también, enfurecidos, e iban lanzando piedras de vez en cuando a la policía.

Al observarlos más atentamente, Rebecca vio que los distintos policías —*vopos*, la policía de fronteras y la milicia civil— estaban haciendo socavones en la carretera, plantando pilares de hormigón de gran altura y tensando la alambrada de un pilar al otro para instalarla con un carácter más permanente.

«Permanente», pensó, y se le cayó el alma a los pies.

Habló con un hombre que tenía a su lado.

—¿Está en todas partes? —preguntó—. La valla, me refiero.

—En todas partes —contestó el—. Los muy hijos de puta…

El régimen de la Alemania Oriental había hecho lo que todo el mundo decía que no se podía hacer: había construido un muro que atravesaba el centro de Berlín.

Y Rebecca estaba en el lado equivocado.

Escuchas

1961-1962

11

George no las tenía todas consigo cuando salió a comer con Larry Mawhinney al Electric Diner. No sabía muy bien por qué había propuesto Larry esa comida, pero él había accedido por curiosidad. Los dos tenían la misma edad y trabajos parecidos. Larry era asistente en el despacho del jefe de Estado Mayor de la Fuerza Aérea, el general Curtis LeMay. Sin embargo, los jefes de ambos andaban siempre a la greña: los hermanos Kennedy no se fiaban de los militares.

Larry vestía uniforme de teniente de la fuerza aérea. Todo en él delataba que era soldado: el rasurado reciente, el pelo rubio cortado al rape, la corbata con nudo prieto, los zapatos lustrosos.

—Al Pentágono no le gusta la segregación —dijo.

George arqueó las cejas.

—¿En serio? Pensaba que, tradicionalmente, el ejército prefería no confiar armas a los negros.

Mawhinney alzó una mano apaciguadora.

—Sé lo que quieres decir, pero uno: esa actitud siempre se ha visto superada por la necesidad. Los negros han luchado en todos los conflictos desde la guerra de Independencia. Y dos: es historia. En la actualidad al Pentágono le hacen falta hombres de color en el ejército. Y no nos interesa el gasto y la ineficiencia que trae consigo la segregación: dos instalaciones de baños, dos instalaciones de barracones, prejuicios y odio entre hombres que se supone que deben luchar codo con codo.

—De acuerdo, eso me lo trago —dijo George.

Larry atacó su sándwich de queso gratinado y George se llevó a la boca un tenedor cargado de chile con carne.

—Bueno, pues parece que Jrushchov se ha salido con la suya en Berlín —comentó Larry.

George sintió que ese era el verdadero motivo de la comida.

—Gracias a Dios que no tenemos que entrar en guerra con los soviéticos —repuso.

—Kennedy se ha acojonado —opinó Larry—. El régimen de la Alemania Oriental estaba a punto de venirse abajo. Si el presidente hubiese seguido una línea más dura, podría haberse producido una contrarrevolución. Sin embargo, el Muro ha detenido la marea de refugiados hacia el Oeste, y ahora los soviéticos pueden hacer lo que les plazca en Berlín Este. Nuestros aliados de la Alemania Occidental están muy cabreados.

Ese comentario crispó a George.

—¡Pero si el presidente ha evitado una tercera guerra mundial!

—A expensas de dejar que los soviéticos afiancen su posición. No es que haya sido precisamente una victoria.

—¿Así es como lo ve el Pentágono?

—Más o menos.

Desde luego que lo veían así, pensó George, molesto. De pronto lo entendió: Mawhinney estaba allí para defender la opinión del Pentágono, con la esperanza de ganarse a George como un partidario más. «Debería sentirme halagado —se dijo—. Eso demuestra que ahora me ven como parte del círculo más íntimo de Bobby.»

Sin embargo, no pensaba quedarse sentado escuchando cómo criticaban al presidente Kennedy sin contraatacar.

—Supongo que no podía esperarse menos del general LeMay. ¿No lo llaman «Bombardero» LeMay?

Mawhinney lo miró ceñudo. Si el apodo de su jefe le resultaba gracioso, no pensaba demostrarlo.

A George le parecía que LeMay, un hombre autoritario que siempre mascaba un puro, merecía la burla.

—Tengo entendido que una vez dijo que, si estallara una guerra nuclear y al final quedaran dos americanos y un solo ruso, habríamos ganado.

—Nunca le he oído decir nada semejante.

—Pues por lo visto el presidente Kennedy contestó: «Será mejor que confíe en que esos dos americanos sean un hombre y una mujer».

—¡Tenemos que mostrarnos fuertes! —exclamó Mawhinney, que empezaba a enervarse—. Hemos perdido Cuba, Laos y el Berlín oriental, y ahora Vietnam también peligra.

—¿Qué imaginas que podemos hacer con Vietnam?

—Enviar al ejército —contestó Larry enseguida.

—¿No tenemos ya a miles de consejeros militares allí?

—Con eso no basta. El Pentágono ha pedido en reiteradas ocasiones al presidente que envíe tropas de combate terrestre, pero parece que Kennedy no tiene agallas para hacerlo.

Eso molestó a George, que lo encontró muy injusto.

—Al presidente Kennedy no le falta valor —espetó.

—Entonces, ¿por qué no quiere atacar a los comunistas en Vietnam?

—Porque no cree que podamos ganar.

—Debería hacer más caso a los generales entendidos y experimentados.

—¿Ah, sí? Ellos le aconsejaron que apoyara esa estúpida invasión de bahía de Cochinos. Si en la Junta de Jefes de Estado Mayor son todos tan entendidos y experimentados, ¿cómo es que no le dijeron al presidente que una invasión protagonizada por exiliados cubanos estaba condenada al fracaso?

—Ya le advertimos que enviara refuerzos aéreos…

—Perdóname, Larry, pero la idea era evitar cualquier clase de implicación estadounidense. Aun así, en cuanto la cosa se torció, el Pentágono enseguida quiso enviar a los Marines. Los Kennedy sospechan que planeasteis un golpe a traición. Metisteis al presidente en una nefasta invasión con exiliados porque queríais obligarlo a enviar tropas.

—Eso no es cierto.

—Puede, pero ahora cree que estáis intentando embaucarlo para entrar en Vietnam con el mismo método, y está decidido a no dejarse engañar una segunda vez.

—Muy bien, resulta que nos guarda rencor por lo de bahía de Cochinos. En serio, George, ¿es esa suficiente razón para dejar que Vietnam acabe siendo comunista?

—En lo único que estamos de acuerdo es en que no estamos de acuerdo.

Mawhinney dejó el cuchillo y el tenedor.

—¿Quieres postre?

Se había dado cuenta de que perdía el tiempo, George jamás se convertiría en aliado del Pentágono.

—No, no quiero postre, gracias —repuso George.

Trabajaba en el despacho de Bobby para luchar por la justicia, para que así sus hijos pudieran crecer siendo ciudadanos estadounidenses con igualdad de derechos. Serían otros lo que tendrían que luchar contra el comunismo en Asia.

La cara de Mawhinney se transformó de pronto, y saludó con la mano a alguien que había en la otra punta del restaurante. George se volvió para mirar atrás por encima del hombro y se quedó atónito.

La persona a la que saludaba Mawhinney era Maria Summers.

Ella no lo vio. Ya se había vuelto de nuevo hacia su acompañante, una chica blanca más o menos de su misma edad.

—¿Esa es Maria Summers? —preguntó George con incredulidad.

—Pues sí.

—¿La conoces?

—Claro. Estudiamos juntos en la facultad de derecho de Chicago.

—¿Y qué hace en Washington?

—Es una historia muy curiosa. En un principio la rechazaron para un puesto en la oficina de prensa de la Casa Blanca. Luego la persona que habían elegido no dio buen resultado, y ella era la segunda opción.

George se sentía encantado. Maria estaba allí... ¡viviendo en Washington! Decidió que se acercaría a hablar con ella antes de salir del restaurante.

Se le ocurrió que antes tal vez podría averiguar algo más a través de Mawhinney.

—¿Saliste con ella en la universidad?

—No, ella solo salía con chicos de color, y no con muchos. Tenía fama de ser un témpano de hielo.

George no se tomó eso muy al pie de la letra. Para algunos hombres, cualquier chica que decía «no» era un témpano de hielo.

—¿Tenía a alguien especial?

—Estuvo saliendo con un tipo más o menos un año, pero él rompió la relación porque ella no quería acostarse con él.

—No me sorprende —comentó George—. Creció en una familia muy estricta.

—¿Cómo sabes tú eso?

—Coincidimos en el primer viaje de la libertad. Hablamos un poco.

—Es guapa.

—Sí que lo es.

Les llevaron la cuenta y pagaron a medias. De camino a la salida, George se detuvo en la mesa de Maria.

—Bienvenida a Washington —dijo.

Ella le sonrió con calidez.

—Hola, George. Me preguntaba cuánto tardaría en encontrarme contigo.

—Qué hay, Maria —saludó Larry—. Le estaba comentando a George que en la facultad eras conocida por ser un auténtico témpano de hielo. —Se echó a reír.

Era una típica pulla masculina, nada fuera de lo común, pero Maria se sonrojó.

Larry salió del restaurante, y George se quedó atrás.

—Siento que te haya dicho eso, Maria. Y me avergüenza haberlo oído. La verdad es que ha sido muy grosero.

—Gracias. —Ella gesticuló en dirección a la otra chica—. Te presento a Antonia Capel. También es abogada.

Antonia era una mujer delgada y de aspecto vehemente que llevaba el cabello peinado muy tirante hacia atrás.

—Me alegro de conocerte —dijo George.

—A George le rompieron un brazo con una barra de hierro por protegerme de un segregacionista en Alabama.

Antonia parecía impresionada.

—George, eres todo un caballero —comentó.

Él vio que las chicas estaban listas para irse, en la mesa ya había un platito con la cuenta y unos cuantos billetes encima.

—¿Me permitís que os acompañe hasta la Casa Blanca? —le preguntó a Maria.

—Claro que sí —contestó ella.

—Yo tengo que ir un momento al drugstore —dijo Antonia.

Salieron al aire fresco del otoño de Washington. Antonia se despidió de ellos con la mano, y George y Maria echaron a andar hacia la Casa Blanca.

Él la observó con el rabillo del ojo mientras cruzaban Pennsylvania Avenue. Maria llevaba una elegante gabardina de color negro bajo la que se veía un cuello alto blanco, prendas de seria funcionaria política que no conseguían desmerecer su cálida sonrisa. Era guapa, tenía la nariz y la barbilla pequeñas, sus grandes ojos castaños y sus labios suaves resultaban muy sensuales.

—Estaba discutiendo con Mawhinney sobre Vietnam —explicó George—. Creo que esperaba reclutarme y utilizarme como vía indirecta para llegar hasta Bobby.

—No me extraña —dijo Maria—, pero el presidente no va a claudicar ante el Pentágono en eso.

—¿Cómo lo sabes?

—Esta noche dará un discurso y afirmará que lo que podemos conseguir en el ámbito de la política exterior tiene unos límites. No podemos arreglar todos los males ni solventar cualquier adversidad. Acabo de escribir el comunicado de prensa del discurso.

—Me alegro de que se mantenga firme.

—George, no has oído lo que he dicho. ¡He redactado un comunicado de prensa! ¿No entiendes lo excepcional que es esto? Normalmente los escriben los hombres. Las mujeres solo los pasan a máquina.

George sonrió.

—Felicidades.

Se alegraba de estar con ella, y no habían tardado nada en retomar su relación de amistad.

—Te lo advierto, descubriré qué les ha parecido en cuanto vuelva a la oficina. ¿Cómo va todo por Justicia?

—Pues parece que nuestro viaje de la libertad sí que sirvió para algo —informó George con entusiasmo—. Pronto todos los autobuses interestatales llevarán un cartel en el que se leerá: LOS ASIENTOS DE ESTE VEHÍCULO PUEDEN OCUPARSE SIN DISTINCIÓN DE RAZA, COLOR, CREDO O NACIONALIDAD. Las mismas palabras tendrán que ir impresas en los billetes. —Estaba orgulloso de lo que habían logrado—. ¿Qué te parece?

—Buen trabajo. —Pero Maria hizo entonces la pregunta clave—: ¿Entrará en vigor la normativa?

—De eso debemos ocuparnos desde Justicia, y nos estamos esforzando mucho más que nunca. Ya hemos actuado varias veces para enfrentarnos a las autoridades de Mississippi y Alabama. Y una cantidad sorprendente de ciudades de otros estados la están aplicando sin resistencia.

—Cuesta creer que de veras estemos ganando. Los segregacionistas siempre parecen guardarse otro sucio truco en la manga.

—Nuestra nueva campaña será la inscripción en el censo electoral. Martin Luther King quiere duplicar la cantidad de votantes negros en el Sur a finales de año.

—Lo que necesitamos de verdad es una nueva ley de derechos civiles que les ponga más difícil a los estados sureños desafiar la legalidad vigente —dijo ella, reflexiva.

—Estamos trabajando en ello.

—O sea que ¿me estás diciendo que Bobby Kennedy es un defensor de los derechos civiles?

—No, caray. Hace un año este asunto ni siquiera estaba en su programa, pero a Bobby y al presidente les horrorizaron esas fotografías de violencia y linchamientos por parte de blancos en el Sur. Aquello dejó en mal lugar a los Kennedy en las portadas de los periódicos de todo el mundo.

—Y la política mundial es lo que de veras les importa.

—Exacto.

George quería pedirle que salieran, pero se contuvo. Tenía que romper con Norine Latimer cuanto antes; era inevitable, sabiendo que Maria estaba allí. Sin embargo, sentía que debía decirle a Norine que su relación había terminado antes de pedirle una cita a Maria. Cualquier otra conducta le habría parecido poco honesta. Además, tampoco tendría que esperar mucho, porque iba a ver a Norine al cabo de unos días.

Entraron en el Ala Oeste. Contemplar rostros negros en la Casa Blanca era tan poco corriente que la gente se los quedaba mirando. Entraron en la oficina de prensa, y George se sorprendió al comprobar que era una sala pequeña pero abarrotada de escritorios. Media docena de personas trabajaban concentradas en sus máquinas de escribir grises de la marca Remington y junto a unos teléfonos con hileras de lucecitas que se encendían y se apagaban. Desde una sala adyacente llegaba el soniquete de los teletipos, puntuado de vez en cuando por la campanilla que sonaba para anunciar las noticias especialmente importantes. Había un despacho interior que George supuso que debía de corresponder al jefe de prensa, Pierre Salinger.

Allí todos parecían estar muy atentos a lo suyo, nadie charlaba ni se dedicaba a mirar por la ventana.

Maria le enseñó su escritorio y le presentó a la mujer que se sentaba frente a la máquina de escribir de al lado, una pelirroja atractiva de treinta y tantos años.

—George, te presento a la señorita Fordham, una amiga. Nelly, ¿por qué está todo el mundo tan callado?

Antes de que Nelly pudiera contestar, Salinger salió de su despacho. Era un hombre entrado en carnes y de estatura baja, e iba vestido con un traje a medida de estilo europeo. Con él estaba Kennedy.

El presidente sonrió a todo el mundo, le dirigió a George un saludo con la cabeza y luego habló con Maria.

—Usted debe de ser Maria Summers —dijo—. Ha escrito un buen comunicado de prensa: claro y vehemente. Buen trabajo.

Maria se sonrojó de satisfacción.

—Gracias, señor presidente.

Kennedy no parecía tener ninguna prisa.

—¿A qué se dedicaba usted antes de entrar aquí? —Formuló la pregunta como si no hubiera nada más interesante en el mundo.

—Estudié en la facultad de derecho de Chicago.

—¿Le gusta la oficina de prensa?

—Huy, mucho. Es emocionante.

—Bueno, pues le agradezco su buen trabajo. Siga con ello.

—Lo haré tan bien como pueda.

El presidente salió y Salinger fue tras él.

George, contento, miró a Maria, que seguía azorada.

Fue Nelly Fordham quien habló un momento después.

—Sí, eso es lo que consigue —comentó—. Por un minuto has sido la mujer más bella del mundo.

Maria la miró.

—Sí —coincidió—. Es exactamente como me he sentido.

Maria estaba algo sola, pero por lo demás era feliz.

Le encantaba trabajar en la Casa Blanca, rodeada de personas brillantes y sinceras que solo querían hacer del mundo un lugar mejor. Sentía que podía conseguir mucho colaborando con el gobierno. Sabía que tendría que luchar contra los prejuicios, tanto hacia las mujeres como hacia los negros, pero creía que sería capaz de superarlos gracias a su inteligencia y su determinación.

En su familia siempre habían conseguido vencer las dificultades contra todo pronóstico. Su abuelo, Saul Summers, había llegado a pie a Chicago desde su pequeña ciudad natal de Golgotha, en Alabama. A lo largo del camino lo habían detenido por «vagabundear» y lo sentenciaron a treinta días de trabajo en una mina de carbón. Estando allí, vio cómo los guardias mataban a un hombre de una paliza con sus porras por intentar escapar. Pasados los treinta días no lo liberaron y, cuando fue a protestar, lo azotaron. Se jugó la vida para escapar y por fin llegó a Chicago, donde terminó por convertirse en pastor de la Iglesia del Evangelio Completo de Belén. Ya tenía ochenta años y estaba medio jubilado, pero seguía predicando de vez en cuando.

El padre de Maria, Daniel, había ido a una universidad y a una facultad de derecho para negros. En 1930, durante la Gran Depresión, había abierto un bufete de abogados a pie de calle en el barrio de South Side, donde nadie podía permitirse comprar un sello, así que mucho menos contratar a un abogado. Maria lo había oído recordar muchas veces que sus clientes le pagaban en especie: pasteles caseros, huevos de las gallinas que criaban en el patio de atrás, un corte de pelo gratis, algún arreglo de carpintería en el despacho. Para cuando el *new deal* de Roosevelt empezó a surtir efecto y la economía mejoró, se convirtió en el abogado negro más conocido de todo Chicago.

Así que Maria no le temía a la adversidad, pero se sentía sola. A su alrededor todo el mundo era blanco. «Los blancos no tienen nada de malo; solo que no son negros», solía comentar el abuelo Summers. Y ella sabía qué quería decir con eso. Los blancos no sabían lo que era «vagabundear». De algún modo habían conseguido no enterarse de que en Alabama siguieron enviando a negros a campos de trabajos forzados hasta 1927. Si Maria les hablaba de esas cosas, la miraban un momento con tristeza y luego se volvían hacia otro lado, y ella sabía que lo tomaban por una exageración. Los negros que hablaban sobre prejuicios aburrían a los blancos, como esos enfermos que continuamente recitaban sus síntomas.

Le había gustado muchísimo ver de nuevo a George Jakes. Habría intentado dar con él nada más llegar a Washington, solo que una chica recatada no se ponía a perseguir a un hombre, por muy encantador que fuera; y además, de todas formas no habría sabido qué decirle. George le gustaba más que ningún otro hombre al que hubiera conocido después de romper con Frank Baker, hacía ya dos años. Con Frank se habría casado si él se lo hubiera propuesto, pero en lugar de eso le había pedido sexo antes del matrimonio, algo que ella no estaba dispuesta a darle. Mientras George la acompañaba desde el restaurante hasta la oficina de prensa, Maria había tenido la certeza de que estaba a punto de pedirle una cita, así que se sintió decepcionada cuando no lo hizo.

Compartía apartamento con otras dos chicas negras, pero no tenía mucho en común con ellas. Ambas eran secretarias, y pocas cosas les interesaban más que la moda y el cine.

Maria estaba acostumbrada a ser excepcional. No había coincidido con muchas mujeres negras en su universidad, y en la facultad de derecho había sido la única. En la Casa Blanca también era la única mujer de color, sin contar a las cocineras y al personal de limpieza. Ella no tenía queja alguna, todo el mundo la trataba bien. Pero se sentía sola.

La mañana después de encontrarse con George, estaba estudiando un discurso de Fidel Castro en busca de datos jugosos que la oficina de prensa pudiera aprovechar cuando sonó el teléfono.

—¿Te gustaría venir a nadar? —preguntó una voz de hombre.

El monótono acento de Boston le resultaba conocido, pero en ese momento no logró identificar la voz.

—¿Con quién hablo? —preguntó.

—Con Dave.

Era Dave Powers, el secretario personal del presidente, a quien a veces llamaban «primer amigo». Maria había hablado con él en dos o tres ocasiones. Igual que la mayoría de la gente de la Casa Blanca, era amable y encantador.

En ese momento, sin embargo, la había pillado desprevenida.

—¿Dónde? —dijo.

Él se echó a reír.

—Aquí, en la Casa Blanca, por supuesto.

Maria recordaba que había una piscina en la galería que separaba la Casa Blanca del Ala Oeste. Nunca la había visto, pero sabía que Roosevelt la había mandado construir, y había oído decir que al presidente Kennedy le gustaba ir a nadar al menos una vez al día porque el agua le aliviaba la tensión que padecía en la espalda.

—Vendrán algunas chicas más —añadió Dave.

Lo primero que pensó Maria fue en su cabello. Casi todas las mujeres negras empleadas en una oficina se ponían postizos o pelucas para trabajar. Negros y blancos por igual tenían la sensación de que el aspecto natural del pelo de los negros no resultaba profesional. Ese día Maria se había hecho un moño estilo «colmena» gracias a un postizo trenzado cuidadosa y hábilmente con su propio cabello, que se había tratado con productos químicos para imitar la textura suave y lisa del pelo de las blancas. No era ningún secreto, y cualquier negra que la mirara lo detectaría a la primera. Pero seguro que un hombre blanco como Dave no se habría dado cuenta.

¿Cómo quería que fuera a nadar? Si se mojaba el pelo, acabaría hecho un desastre sin remedio.

Le daba demasiada vergüenza admitir cuál era el problema, pero enseguida se le ocurrió una excusa.

—Es que no tengo traje de baño.

—Nosotros tenemos bañadores —repuso Dave—. Te pasaré a buscar a mediodía. —Y colgó.

Maria consultó su reloj. Eran las doce menos diez.

¿Qué iba a hacer? ¿Dejarían que se metiera poco a poco en el agua por el lado donde no cubría y se bañara sin mojarse la cabeza?

Entonces comprendió que se estaba haciendo las preguntas equivocadas. Lo que de verdad tenía que saber era por qué la habían invitado, qué esperarían de ella... y si el presidente estaría allí.

Miró a la mujer del escritorio de al lado. Nelly Fordham estaba soltera y hacía una década que trabajaba en la Casa Blanca. Una vez había insinuado que, años atrás, había sufrido un desengaño amoroso. Desde el principio había ayudado mucho a Maria, y en ese momento la miraba con curiosidad.

—¿«Es que no tengo traje de baño»? —dijo, repitiendo sus palabras.

—Me han invitado a la piscina del presidente —explicó Maria—. ¿Debo ir?

—¡Claro que sí! Siempre que me lo cuentes todo cuando vuelvas.

Maria bajó la voz.

—Me ha dicho que habrá más chicas. ¿Crees que estará el presidente?

Nelly miró alrededor, pero no había nadie escuchando.

—¿Que si le gusta a Jack Kennedy nadar rodeado de chicas guapas? —dijo—. No te darían ningún premio por acertar esa respuesta.

Maria todavía no estaba segura de si debía ir, pero entonces recordó que Larry Mawhinney le había dicho que era un témpano de hielo. Eso la había herido. No era tan fría. Seguía siendo virgen a los veinticinco años porque aún no había conocido al hombre a quien querría entregarse en cuerpo y alma, pero no era frígida.

Dave Powers apareció por la puerta.

—¿Qué, vienes?

—Qué diablos, sí —respondió Maria.

Dave la llevó por las arcadas que bordeaban la Rosaleda hasta la entrada de la piscina. Dos chicas más llegaron en ese mismo momento. Maria ya las había visto antes, siempre juntas; las dos eran secretarias de la Casa Blanca. Dave se las presentó.

—Estas son Jennifer y Geraldine, pero todos las conocen como Jenny y Jerry —dijo.

Las chicas llevaron a Maria a un vestidor en el que había una decena de bañadores, o más incluso, en unos colgadores. Jenny y Jerry se desvistieron enseguida. Maria se fijó en que las dos tenían una figura magnífica. No solía ver a chicas blancas desnudas; aunque eran rubias, las dos tenían el vello púbico oscuro y arreglado en un pulcro triángulo. Se preguntó si se lo cortarían con tijeras. A ella nunca se le había ocurrido hacer algo así.

Todos los bañadores eran de una pieza y estaban hechos de algodón. Maria rechazó los colores más extravagantes y escogió un discreto azul marino. Luego siguió a Jenny y a Jerry a la piscina.

Tres de las cuatro paredes lucían frescos de escenas caribeñas, palmeras y veleros. La cuarta estaba cubierta por espejos, y Maria contempló su propia imagen. Pensó que no estaba muy gorda, salvo por el trasero, que era demasiado grande. El azul marino le quedaba bien sobre la oscura piel morena.

Vio entonces una mesa con bebidas y sándwiches a un lado, pero se sentía demasiado nerviosa para comer nada.

Dave se había sentado en el borde de la piscina, descalzo y con los pantalones remangados, y movía los pies en el agua. Jenny y Jerry andaban de aquí para allá, charlando y riendo. Maria se sentó frente a Dave y metió los pies en la piscina, que estaba tibia como una bañera.

Un minuto después apareció el presidente Kennedy, y a Maria empezó a latirle más deprisa el corazón.

Llevaba puesto su habitual traje oscuro, una camisa blanca y una corbata estrecha. Se detuvo en el borde de la piscina y sonrió a las chicas. Maria percibió el aroma a cítricos de su colonia 4711.

—¿Os importa que me una a vosotras? —preguntó, como si la piscina fuese de ellas, y no suya.

—¡Por favor! —contestó Jenny.

Ella y Jerry no se sorprendieron al verlo, y Maria dedujo que no era la primera vez que se bañaban con él.

Kennedy entró en el vestidor y salió de nuevo con un bañador azul. Era esbelto y estaba moreno, se le veía en muy buena forma para ser un hombre de cuarenta y cuatro años, seguramente a causa de lo mucho que salía a navegar con su velero desde Hyannis Port, en el cabo Cod, donde tenía una residencia para las vacaciones. Se sentó en el borde, luego se dejó caer en el agua con un suspiro y nadó varios minutos.

Maria se preguntó qué diría su madre. Seguro que no vería con buenos ojos que su hija estuviera en una piscina con un hombre casado, por mucho que fuera el presidente. Pero allí no podía ocurrir nada, en la Casa Blanca, delante de Dave Powers y Jenny y Jerry…, ¿verdad?

El presidente se acercó nadando a donde estaba ella.

—¿Qué tal te van las cosas por la oficina de prensa, Maria? —Formuló la pregunta como si fuera la más importante del mundo.

—Muy bien, gracias, señor.

—¿Pierre es buen jefe?

—Muy bueno. A todos nos cae bien.

—También a mí.

Desde tan cerca, Maria le veía pequeñas arrugas en las comisuras de los ojos y la boca, y ligeras pinceladas grises en su denso cabello castaño rojizo. Se fijó en que no tenía los ojos azules; eran más bien color avellana.

Maria pensó que él se daba cuenta de que lo estaba observando, y que no le importaba. Tal vez estuviera acostumbrado. Tal vez incluso le gustara.

—¿Qué clase de trabajo haces? —preguntó el presidente, sonriendo.

—Una mezcla de varias cosas. —Se sentía abrumadoramente halagada. Era posible que él solo pretendiera ser amable, pero su interés por ella parecía genuino—. Sobre todo me encargo de investigar para Pierre. Esta mañana he estado peinando un discurso de Castro.

—Mejor tú que yo. ¡Sus discursos son larguísimos!

Maria se echó a reír. En su cabeza oía una voz que decía: «¡El presidente está bromeando conmigo sobre Fidel Castro! ¡En una piscina!».

—A veces Pierre me pide que redacte un comunicado de prensa —siguió explicando—, y esa es la mejor parte.

—Dile que te encargue más comunicados. Se te dan muy bien.

—Gracias, señor presidente. No encuentro palabras para decirle lo mucho que eso significa para mí.

—Eres de Chicago, ¿verdad?

—Sí, señor.

—¿Dónde vives ahora?

—En Georgetown. Comparto piso con dos chicas que trabajan en el Departamento de Estado.

—Tiene buena pinta. Bueno, me alegro de que te hayas instalado aquí. Valoro mucho tu trabajo, y sé que Pierre también.

Kennedy se volvió para hablar con Jenny, pero Maria no oyó lo que le dijo. Estaba demasiado emocionada. El presidente recordaba su nombre; sabía que era de Chicago; tenía en alta estima su trabajo. Y, por si fuera poco, era muy atractivo. Se sentía tan liviana que podría haber levitado hasta la luna.

—Son las doce y media, señor presidente —dijo Dave tras consultar su reloj.

Maria no podía creer que llevaran media hora allí. A ella le habían parecido dos minutos, pero Kennedy salió de la piscina y se fue al vestidor.

Las tres chicas salieron también.

—Probad un sándwich —dijo Dave.

Se acercaron a la mesa y Maria intentó comer algo, ya que estaba en su descanso del almuerzo, pero el estómago parecía habérsele encogido y no le cabía nada dentro. Solo bebió un refresco de soda.

También Dave se marchó entonces, y las tres chicas volvieron a cambiarse y ponerse su ropa. Maria se miró en el espejo. Tenía el cabello algo mojado por la humedad de la piscina, pero seguía estando en perfecto estado.

Se despidió de Jenny y de Jerry, y luego regresó a la oficina de prensa. En su escritorio encontró un grueso informe sobre la asistencia sanitaria y una nota de Salinger pidiéndole un resumen de dos páginas para una hora después.

Vio que Nelly la estaba mirando.

—Bueno, ¿de qué se trataba? —preguntó su compañera.

Maria lo pensó un momento antes de contestar.

—No tengo ni idea.

George Jakes recibió un mensaje que le pedía que se pasara por las oficinas centrales del FBI para ver a Joseph Hugo, que trabajaba como ayudante del director del FBI, J. Edgar Hoover. El mensaje decía que la organización disponía de una información importante sobre Martin Luther King que Hugo deseaba compartir con el personal del secretario de Justicia.

Hoover detestaba a Martin Luther King. Ni un solo agente del FBI era negro. Hoover también detestaba a Bobby Kennedy. Detestaba a muchas personas.

George pensó en negarse a ir. Lo último que le apetecía era hablar con ese cabrón de Hugo, que había traicionado el movimiento de los derechos civiles y también a George personalmente. A veces todavía le dolía el brazo a causa de la agresión que había recibido en Anniston mientras Hugo, charlando y fumando con la policía, se limitaba a mirar.

Por otro lado, si había malas noticias, George quería ser el primero en enterarse. Quizá el FBI había pillado a King en plena aventura extramatrimonial o algo por el estilo. George agradecería la oportunidad de gestionar la difusión de cualquier información negativa relacionada con el movimiento de los derechos civiles. No quería que alguien como Dennis Wilson hiciese correr la voz por ahí. Por ese motivo tendría que ir a ver a Hugo, y seguramente soportar su regodeo.

Las oficinas centrales del FBI ocupaban una planta del mismo edificio que albergaba el Departamento de Justicia. George encontró a Hugo en un pequeño despacho cerca de los salones de su director. Llevaba el pelo muy corto, al estilo del FBI, y vestía un traje sencillo y de un gris discreto con una camisa de nailon blanca y corbata azul marino. Sobre su escritorio había una cajetilla de cigarrillos mentolados y un expediente.

—¿Qué quieres? —dijo George.

Hugo sonrió de medio lado. No podía ocultar el placer que le causaba aquello.

—Uno de los asesores de Martin Luther King es comunista —anunció.

George se quedó de piedra. Esa acusación podía echar por tierra todo el movimiento de los derechos civiles. Sintió que lo invadía el frío de la inquietud. Nunca podía demostrarse que alguien «no» era comunista… y de todas formas la verdad poco importaba, la mera insinuación resultaba mortífera. Igual que una acusación de brujería en la Edad Media, era una forma fácil para azuzar el odio entre la gente estúpida e ignorante.

—¿Quién es ese asesor? —preguntó.

Hugo miró su expediente como si tuviera que refrescarse la memoria.

—Stanley Levison.

—No me parece un nombre negro.

—Es judío.

Hugo sacó una fotografía del expediente y se la pasó.

George vio un rostro blanco mediocre, con grandes entradas y gafas enormes. El hombre llevaba pajarita. George había conocido a King y a su gente en Atlanta, y ninguno de ellos tenía esa pinta.

—¿Estás seguro de que trabaja para la Conferencia del Liderazgo Cristiano del Sur?

—Yo no he dicho que trabajara exactamente para King. Es un abogado de Nueva York, y también un próspero hombre de negocios.

—¿Y en qué sentido es «asesor» del doctor King?

—Lo ayudó a conseguir editorial para su libro y lo defendió en un pleito por evasión de impuestos en Alabama. No se ven muy a menudo, pero sí hablan por teléfono.

George se irguió en su silla.

—¿Cómo puedes saber algo así?

—Tengo mis fuentes —respondió Hugo con aires de suficiencia.

—O sea que afirmas que el doctor King habla a veces por teléfono con un abogado de Nueva York y que le pide consejo sobre impuestos y asuntos editoriales.

—Un comunista.

—¿Cómo sabes que es comunista?

—Tengo mis fuentes.

—¿Qué fuentes?

—No podemos revelar la identidad de los informantes.

—Al secretario de Justicia, sí.

—Tú no eres el secretario de Justicia.

—¿Conoces el número de carnet de Levison?

—¿Qué? —Hugo se aturulló por un momento.

—Los miembros del Partido Comunista tienen carnet, como bien sabrás. Cada carnet tiene un número. ¿Cuál es el número de carnet de Levison?

Hugo fingió buscarlo.

—Me parece que no figura en este expediente.

—Es decir, que no puedes demostrar que Levison sea comunista.

—¿Demostrar? No necesitamos demostrar nada —espetó Hugo, molesto—. No vamos a procesarlo. Sencillamente informamos al secretario de Justicia de nuestras sospechas, tal como es nuestro deber.

George levantó la voz.

—Estás desacreditando el nombre del doctor King al afirmar que ha consultado con un abogado que es comunista... ¿y no me ofreces ninguna clase de prueba?

—Tienes razón —dijo Hugo, sorprendiendo a George—. Necesitamos más pruebas. Por eso pediré que intervengan el teléfono de Levison. —Las escuchas telefónicas debían ser autorizadas por el secretario de Justicia—. El expediente es para ti.

Se lo ofreció, pero George no lo aceptó.

—Si pinchas el teléfono de Levison escucharás algunas llamadas del doctor King.

Hugo se encogió de hombros.

—Los que hablan con comunistas corren el riesgo de ver intervenidas sus llamadas. ¿Qué hay de malo en ello?

George pensó que, en un país libre, sí había algo de malo, pero no dijo nada.

—No sabemos si Levison es comunista —insistió.

—Por eso tenemos que descubrirlo.

George cogió el expediente, se puso de pie y abrió la puerta.

—No dudes que Hoover le mencionará esto a Bobby la próxima vez que se vean. Así que no intentes guardártelo.

—Pues claro que no —replicó entonces George, aunque era algo que se le había pasado por la cabeza. De todas formas era una mala idea.

—¿Y qué vas a hacer?

—Se lo diré a Bobby —contestó George—. Él decidirá.

Salió del despacho y subió en ascensor hasta la quinta planta. Varios funcionarios del departamento salían justo entonces del despacho del secretario de Justicia. George asomó por la puerta. Como de costumbre, Bobby se había quitado la americana, iba arremangado y llevaba las gafas puestas. Era evidente que acababan de terminar una reunión. George consultó su reloj: tenía unos cuantos minutos antes de la siguiente. Entró.

Bobby lo saludó con afecto.

—Hola, George, ¿qué tal te va?

Así había sido desde aquel día en que George había imaginado que Bobby estaba a punto de pegarle. El secretario de Justicia lo trataba como si fueran amigos íntimos. George se preguntaba si le sucedía a menudo. Tal vez Bobby tuviera que pelearse primero con alguien para luego poder estrechar la relación.

—Malas noticias —dijo.

—Siéntate y cuéntame.

George cerró la puerta.

—Hoover dice que ha encontrado un comunista en el círculo de Martin Luther King.

—Hoover es un camorrista, además de un soplapollas.

George se sobresaltó. ¿Insinuaba Bobby que Hoover era invertido? Parecía imposible. Quizá solo pretendía insultarlo.

—Se llama Stanley Levison —siguió informando.

—¿Quién es?

—Un abogado al que el doctor King ha consultado sobre impuestos y otros asuntos.

—¿De Atlanta?

—No, Levison trabaja en Nueva York.

—No parece muy cercano a King.

—No creo que lo sea.

—Pero eso poco importa —dijo Bobby, cansado—. Hoover siempre puede hacer que parezca peor de lo que es.

—El FBI afirma que Levison es comunista, pero no quieren decirme qué pruebas tienen, aunque a usted podrían dárselas.

—Yo no quiero saber nada sobre cuáles son sus fuentes de información. —Bobby levantó las manos en un gesto defensivo—. Cargaría con la culpa de cualquier maldita filtración que se produzca de aquí a la eternidad.

—Ni siquiera conocen el número de carnet de Levison.

—Porque no tienen ni puñetera idea —espetó Bobby—. Están dando palos de ciego, pero eso no importa. La gente lo creerá.

—¿Qué vamos a hacer?

—King tiene que romper con Levison —afirmó Bobby con decisión—. Si no, Hoover filtrará la información, King se verá perjudicado y todo este lío de los derechos civiles se enredará más aún.

George no creía que la campaña de los derechos civiles fuera ningún «lío», pero los hermanos Kennedy sí. Sin embargo, la cuestión no era esa. La acusación de Hoover representaba una amenaza que había que afrontar, y Bobby tenía razón: la solución más sencilla era que King se distanciara de Levison.

—Pero ¿cómo vamos a conseguir que el doctor King haga eso? —preguntó.

—Vas a coger un avión a Atlanta para pedírselo —respondió Bobby.

George se sintió intimidado. Martin Luther King era famoso por desafiar la autoridad, y George sabía por Verena que en privado, igual que en público, no era precisamente fácil convencerlo de nada. No obstante, ocultó su aprensión bajo una pátina de calma.

—Llamaré ahora mismo para concertar una cita —dijo, y fue hacia la puerta.

—Gracias, George —contestó Bobby con evidente alivio—. Es genial poder confiar en ti.

El día después de ir a nadar con el presidente, Maria descolgó el teléfono y volvió a oír la voz de Dave Powers.

—Hay una pequeña fiesta de personal a las cinco y media —le anunció—. ¿Te gustaría venir?

Maria y sus compañeras de piso habían quedado para ir a ver a Audrey Hepburn y al bombón de George Peppard en *Desayuno con diamantes*, pero el personal más joven de la Casa Blanca nunca le decía que no a Dave Powers. Las chicas tendrían que babear por Peppard sin ella.

—¿Dónde será? —preguntó.

—Arriba.

—¿Arriba? —Así solían referirse allí a la residencia privada del presidente.

—Pasaré a buscarte —dijo Dave antes de colgar.

En ese mismo instante Maria deseó haberse puesto un conjunto más bonito ese día. Llevaba una falda plisada de cuadros escoceses y una blusa blanca muy sencilla con botones dorados. Se había arreglado el cabello en una melena sencilla, muy corta por detrás y con largos mechones a cada lado de la barbilla, como estaba de moda. Temía parecerse a cualquier otra oficinista de Washington.

—¿Te han invitado a la fiesta de personal de esta tarde? —le preguntó a Nelly.

—A mí no. ¿Dónde se celebra?

—Arriba.

—Qué suerte, chica.

A las cinco y cuarto Maria fue al servicio de señoras para arreglarse el pelo y retocarse el maquillaje. Se fijó en que ninguna de las demás mujeres que había allí se estaba acicalando, así que supuso que no las habían invitado. Quizá la reunión era solo para las nuevas incorporaciones.

A las cinco y media Nelly cogió su bolso para irse.

—Cuídate mucho esta tarde —le dijo a Maria.

—Tú también.

—No, lo digo en serio —insistió Nelly, y salió antes de que María pudiera preguntarle qué quería decir con eso.

Dave Powers se presentó un minuto después. La acompañó fuera de la oficina y la condujo hacia la Columnata Oeste. Pasaron de largo ante la puerta de la piscina y entraron de nuevo para coger un ascensor.

Una vez arriba, las puertas se abrieron a un majestuoso vestíbulo con dos grandes arañas de luz. Las paredes estaban pintadas de un color entre azul y verde que María pensó que podía describirse como *eau de Nil*. Apenas tuvo tiempo para asimilarlo.

—Estamos en el Salón Oeste —dijo Dave, y la condujo por una entrada abierta a una sala informal en la que había varios sofás cómodos y una enorme ventana en arco que daba a la puesta de sol.

Allí estaban las mismas dos secretarias del día anterior, Jenny y Jerry, pero nadie más. María se sentó preguntándose si se les uniría más gente. En la mesita de café había una bandeja con copas de cóctel y una jarra.

—Tómate un daiquiri —dijo Dave, y se lo sirvió sin esperar su respuesta.

María no solía beber alcohol, pero dio unos sorbos y le gustó. Luego cogió un hojaldre de queso de la bandeja de aperitivos. ¿De qué iba todo aquello?

—¿Vendrá también la primera dama? —preguntó—. Me encantaría conocerla.

Se produjo un momento de silencio que le hizo sentir que había tenido muy poco tacto con su comentario.

—Jackie se ha ido a Glen Ora —informó Dave entonces.

Glen Ora era una granja de Middleburg, en Virginia, donde Jackie Kennedy tenía caballos y montaba con la Partida de Caza de Orange County. Quedaba más o menos a una hora de Washington.

—Se ha llevado a Caroline y a John John —dijo Jenny.

Caroline Kennedy tenía cuatro años, y John John, uno.

«Si yo estuviera casada con él —pensó María—, no lo dejaría solo para ir a montar a caballo.»

De pronto entró el presidente y todos se pusieron de pie.

Se lo veía cansado y tenso, pero su sonrisa era tan cálida como siempre. Se quitó la americana, la lanzó sobre el respaldo de una silla, se sentó en el sofá, se reclinó y apoyó los pies en la mesita de café.

María sentía que había sido admitida en el grupo social más exclusivo del mundo. Estaba en casa del presidente, bebiendo y picando algo mientras él se sentaba con los pies en alto. Pasara lo que pasase después, siempre conservaría ese recuerdo.

Apuró su copa y Dave volvió a llenársela.

¿Por qué acababa de pensar «pase lo que pase después»? Allí había gato encerrado. Ella solo era una auxiliar que esperaba que no tardasen en ascenderla a asistente de la oficina de prensa. El ambiente era relajado, pero en realidad no estaba entre amigos. Ninguna de esas personas sabía nada de ella. ¿Qué hacía allí?

El presidente se levantó.

—Maria, ¿te gustaría acompañarme para que te enseñe la residencia? —preguntó.

¿Ver la residencia? ¿Acompañada del mismísimo presidente? ¿Quién se negaría?

—Desde luego.

Se levantó. El daiquiri se le había subido a la cabeza y sintió un ligero mareo, pero pasó enseguida.

Kennedy cruzó una puerta lateral y ella lo siguió.

—Esto era una habitación de invitados, pero la señora Kennedy la convirtió en un comedor —explicó.

Las paredes estaban cubiertas de cuadros de batallas de la guerra de Independencia. La mesa cuadrada del centro le pareció a Maria demasiado pequeña para aquel espacio, y la araña del techo demasiado grande para la mesa. Pero casi lo único que podía pensar era: «¡Estoy a solas con el presidente en la residencia de la Casa Blanca! ¡Yo! ¡Maria Summers!».

Él sonrió y la miró a los ojos.

—¿Qué te parece? —preguntó, como si no pudiera formarse su propia opinión hasta haber escuchado la de ella.

—Me encanta —dijo Maria, aunque deseó que se le hubiera ocurrido un cumplido más inteligente.

—Por aquí. —La llevó de nuevo hasta el Salón Oeste y cruzaron la puerta que había al otro lado—. Este es el dormitorio de la señora Kennedy —explicó el presidente, y cerró la puerta tras ellos.

—Es muy bonito —susurró ella.

En la pared de enfrente había dos ventanas altas con cortinas azul claro. A la izquierda de Maria se abría una chimenea con un sillón dispuesto sobre una alfombra cuyo estampado era de ese mismo azul. En la repisa de la chimenea había una colección de dibujos enmarcados que irradiaban buen gusto e inteligencia, igual que Jackie. Al otro lado, la colcha de la cama y el dosel también hacían juego, igual que el tapete que cubría la mesita auxiliar redonda que había en un rincón. Maria nunca había visto una habitación como aquella, ni siquiera en las revistas.

Pero lo único que podía pensar era: «¿Por qué ha dicho que es "el dormitorio de la señora Kennedy"?». ¿Acaso no dormía él allí? La gran cama de matrimonio estaba compuesta por dos mitades separadas, y Maria recordó que el presidente tenía que dormir sobre un colchón duro por culpa de los problemas de espalda.

Él la condujo hasta la ventana para disfrutar de las vistas. La luz de la tarde caía con suavidad sobre el Jardín Sur y la fuente en la que los hijos de los Kennedy chapoteaban a veces.

—Qué bonito… —comentó Maria.

Él posó la mano en su hombro. Era la primera vez que la tocaba, y ella tembló un poco de emoción. Olía su colonia, estaba tan cerca que podía percibir el romero y el almizcle que subyacían a los cítricos. Kennedy la miró con esa leve sonrisa que era tan cautivadora.

—Esta habitación es muy privada —murmuró el presidente.

Maria lo miró a los ojos.

—Sí —susurró.

Sentía un grado de cercanía muy íntimo con él, como si lo conociera de toda la vida, como si tuviera la absoluta certeza de que podía confiar en él y amarlo sin límites. Por un momento notó una punzada de culpa al pensar en George Jakes, pero George ni siquiera le había pedido una cita, así que lo apartó de su mente.

El presidente le puso la otra mano en el hombro y la empujó hacia atrás con suavidad. Cuando sus piernas tocaron la cama, Maria se sentó.

Él siguió empujando hasta que ella tuvo que apoyarse en los codos. Todavía mirándola fijamente a los ojos, empezó a desabrocharle la blusa. Maria se avergonzó unos segundos de llevar esos botones de color dorado, allí, en aquel dormitorio de elegancia indescriptible. El presidente le puso entonces las manos sobre los pechos.

Maria sintió de pronto que detestaba el sujetador de nailon que separaba las pieles de ambos. Enseguida deshizo los botones que faltaban, se quitó la blusa, se llevó las manos a la espalda para desabrocharse el sostén y lo tiró también a un lado. Él contempló sus pechos con adoración, luego los tomó en sus suaves manos y los acarició con delicadeza al principio, más firmemente después.

Metió una mano bajo la falda escocesa y tiró de sus panties. Maria deseó haber pensado en recortarse el vello púbico como hacían Jenny y Jerry.

La respiración del presidente, como la de Maria, era pesada. Se desabrochó los pantalones del traje, se los bajó y se tumbó encima de ella.

¿Siempre sucedía tan deprisa? Maria no lo sabía.

La penetró con suavidad y entonces, al encontrar resistencia, se detuvo.

—¿No habías hecho esto nunca? —preguntó, sorprendido.

—No.

—¿Estás bien?

—Sí. —Estaba mejor que bien. Estaba feliz, anhelante, ansiosa.

Él empujó con más delicadeza. Algo cedió, y Maria sintió un dolor intenso. No pudo contener un suave sollozo.

—¿Estás bien? —repitió él.

—Sí. —No quería que parara.

Él siguió con los ojos cerrados mientras ella observaba su rostro, la expresión de concentración, la sonrisa de placer. Hasta que soltó un gemido de satisfacción, y todo terminó.

Kennedy se levantó y se subió los pantalones.

—El baño está por ahí —dijo con una sonrisa, señalando la puerta del rincón antes de subirse la cremallera.

De pronto Maria sintió vergüenza, tumbada en la cama con su desnudez bien visible. Se levantó enseguida. Cogió la blusa y el sujetador, se agachó para recoger los panties y corrió al baño.

—¿Qué acaba de ocurrir? —dijo, mirándose en el espejo.

«He perdido la virginidad —pensó—. He tenido relaciones con un hombre maravilloso. Que resulta ser el presidente de Estados Unidos. Y me ha gustado.»

Se vistió y se retocó el maquillaje. Por suerte no le había alborotado el cabello.

«Este es el baño de Jackie», pensó con sentimiento de culpa, y de repente tuvo ganas de salir de allí.

El dormitorio estaba vacío. Cruzó la puerta, luego se volvió y miró otra vez la cama.

Se dio cuenta de que él ni siquiera le había dado un beso.

Cuando acabó de vestirse salió al Salón Oeste, encontró al presidente sentado allí, solo, con los pies sobre la mesita de café. Dave y las chicas se habían marchado y habían dejado allí la bandeja con las copas y los restos del tentempié. Kennedy parecía relajado, como si no hubiese ocurrido nada significativo. ¿Sería algo corriente para él?

—¿Te apetece comer algo? —preguntó—. La cocina está ahí mismo.

—No, gracias, señor presidente.

«Acaba de follarme y yo sigo llamándolo "señor presidente"», pensó.

Kennedy se puso de pie.

—Hay un coche en el Pórtico Sur que espera para llevarte a casa —dijo, y la acompañó al vestíbulo principal—. ¿Estás bien? —preguntó por tercera vez.

—Sí.

El ascensor llegó y ella se preguntó si le daría un beso de despedida. No lo hizo. Maria entró en el ascensor.

—Buenas noches, Maria —dijo Kennedy.

—Buenas noches —repitió ella, y las puertas se cerraron.

Pasó una semana antes de que George tuviera ocasión de decirle a Norine Latimer que su relación había terminado.

Temía que llegara el momento.

Ya había roto antes con alguna chica, desde luego. Después de una o dos citas era fácil: no las volvía a llamar y ya estaba. Tras una relación más larga, por lo que él había vivido, la sensación solía ser mutua: ambos sentían que la emoción se había desvanecido. Pero el caso de Norine se encontraba entre ambos extremos. George salía con ella desde hacía apenas un par de meses, y se llevaban bien. Incluso había llegado a suponer que pronto pasarían la noche juntos. Lo último que esperaría Norine era que se la quitara de encima.

Quedaron para comer. Ella le pidió que la llevara al restaurante del sótano de la Casa Blanca, que todo el mundo conocía como «el comedor», pero no se admitían mujeres. George no quería ir a ningún sitio chic como el Jockey Club por miedo a que ella imaginara que estaba a punto de pedirle matrimonio. Al final fueron al Old Ebbitt's, un tradicional restaurante de políticos que había visto días mejores.

Norine tenía más aspecto de árabe que de africana. Era de una belleza espectacular, con una melena negra y ondulada, la piel aceitunada y la nariz curva. Ese día se había puesto un jersey de punto suave y mullido que en realidad no le favorecía demasiado; George supuso que intentaba no intimidar a su jefe. Los hombres se sentían incómodos cuando tenían en la oficina a mujeres de aspecto autoritario.

—Siento mucho haber cancelado lo de anoche —dijo cuando ya habían pedido—. Me convocaron a una reunión con el presidente.

—Bueno, no puedo competir con el presidente —repuso ella.

A él le pareció un comentario bastante tonto. Por supuesto que no podía competir con el presidente; nadie podía. Sin embargo, no quería entrar en esa discusión. Fue directo al grano.

—Ha ocurrido algo —empezó a decir—. Antes de conocerte, había otra chica.

—Ya lo sé —dijo Norine.

—¿A qué te refieres?

—Me gustas, George. Eres listo, divertido y bueno. Y guapo, salvo por esa oreja.

—Pero…

—Pero sé ver cuándo un hombre bebe los vientos por otra.

—¿Ah, sí?

—Supongo que es Maria —dijo Norine.

George estaba atónito.

—¿Cómo puñetas lo has sabido?

—Has mencionado su nombre cuatro o cinco veces. Y nunca has hablado de ninguna otra chica de tu pasado. Así que no hay que ser un genio para suponer que sigue siendo importante para ti. Pero está en Chicago, así que pensé que tal vez podría lograr que la olvidaras.

De pronto a Norine se le entristeció el semblante.

—Ha venido a Washington —anunció George.

—Una chica lista.

—No por mí. Por trabajo.

—Lo mismo da, vas a dejarme por ella.

¿Cómo podía decirle que sí en ese momento? Sin embargo, era cierto, así que permaneció callado.

Les sirvieron la comida, pero Norine ni siquiera levantó el tenedor.

—Te deseo lo mejor, George —dijo—. Cuídate mucho.

Todo parecía demasiado repentino.

—Hum… tú también.

Ella se levantó.

—Adiós.

Solo había una cosa que decir.

—Adiós, Norine.

—Puedes comerte mi ensalada —añadió ella, y se marchó.

George jugó con la comida unos minutos, se sentía fatal. Norine había sido elegante, a su manera. Se lo había puesto fácil. Esperaba que se encontrara bien. No merecía que le hicieran daño.

Al salir del restaurante se fue a la Casa Blanca. Tenía que asistir a la Comisión para la Igualdad de Oportunidades en el Empleo, instituida por el presidente y dirigida por el vicepresidente Lyndon Johnson. George había formado una alianza con uno de los consejeros de Johnson, Skip Dickerson. Pero tenía media hora libre antes de que comenzara la reunión, así que se acercó a la oficina de prensa para ver a Maria.

Ese día ella llevaba un vestido de lunares con una cinta a juego en el pelo. La cinta seguramente servía para mantener en su sitio una peluca: la preciosa melena corta de Maria sin duda era artificial.

Cuando ella le preguntó cómo estaba, George no supo qué contestar. Se sentía culpable por Norine, pero por fin podía pedirle a Maria que saliera con él sin tener mala conciencia.

—Bastante bien, en general —dijo—. ¿Y tú?

—Hay días en que detesto a los blancos —contestó ella, bajando la voz.

—¿De dónde sale eso?

—No conoces a mi abuelo.

—No conozco a nadie de tu familia.

—Mi abuelo todavía predica en Chicago de vez en cuando, pero pasa la mayor parte del tiempo en su pequeña ciudad natal, Golgotha, en Alabama. Dice que nunca terminó de acostumbrarse al viento frío del Medio Oeste. Sigue siendo un hombre muy batallador. Se puso su mejor traje y se acercó al juzgado de Golgotha para inscribirse en el censo de votantes.

—¿Y qué sucedió?

—Lo humillaron. —Maria sacudió la cabeza—. Ya conoces sus argucias. Le hacen a la gente una prueba de alfabetización: tienen que leer en voz alta un fragmento de la constitución del estado, comentarlo y luego escribirlo. El registrador escoge la cláusula que tienen que leer. A los blancos les pone una frase sencilla, como: «Ninguna persona será encarcelada por una deuda», pero a los negros les asigna párrafos complicados que solo un abogado podría entender. La decisión de si están lo bastante alfabetizados recae en el propio registrador, y desde luego siempre decide que los blancos sí pero los negros no.

—Hijos de perra.

—Y eso no es todo. A los negros que intentan inscribirse en el censo electoral los despiden del trabajo, como castigo, pero a mi abuelo no podían hacerle eso porque ya está jubilado. Así que, cuando salía del juzgado, lo detuvieron por holgazanear. Tuvo que pasar una noche en la cárcel... y eso no es ninguna broma cuando tienes ochenta años.

—Se le saltaron las lágrimas.

Esa historia fortaleció la determinación de George. ¿De qué tenía que quejarse él? Sí, algunas de las cosas que se veía obligado a hacer le daban ganas de lavarse las manos, pero trabajar para Bobby seguía siendo el método más efectivo para ayudar a gente como el abuelo Summers. Algún día esos sureños racistas acabarían machacados.

Consultó su reloj.

—Tengo una reunión con Lyndon.

—Háblale de mi abuelo.

—Puede que lo haga. —A George siempre se le hacía muy corto el tiempo que pasaba con Maria—. Siento irme tan deprisa, pero ¿te apetece que quedemos después del trabajo? —preguntó—. Podríamos ir a tomar algo, ¿y quizá cenar en algún sitio?

Ella le sonrió.

—Gracias, George, pero esta noche tengo una cita.

—Oh. —George se sentía desconcertado. No sabía muy bien por qué, pero no se le había ocurrido que pudiera estar saliendo con alguien—. Hum, mañana tengo que irme a Atlanta, pero regresaré dentro de dos o tres días. ¿Quizá el fin de semana?

—No, gracias. —Maria vaciló y luego explicó—: Es que salgo con alguien más o menos en serio.

George estaba desolado. Lo cual era estúpido: ¿cómo no iba a tener una relación seria con alguien una chica tan atractiva como Maria? Había sido un idiota. Se sintió desorientado, como si hubiese perdido pie.

—Un tipo con suerte —fue cuanto logró decir.

Ella sonrió.

—Es muy amable por tu parte.

George quería saber contra quién competía.

—¿Quién es él?

—No lo conoces.

«No, pero lo conoceré en cuanto sepa cómo se llama.»

—Ponme a prueba.

Ella negó con la cabeza.

—Prefiero no decírtelo.

George estaba frustrado más allá de lo imaginable. Tenía un rival y ni siquiera sabía su nombre. Quería seguir interrogando a Maria, pero se resistía a actuar como un matón y presionarla; las chicas detestaban esa actitud.

—De acuerdo —dijo a regañadientes. Y con una falta de sinceridad monumental, añadió—: Que lo pases bien esta noche.

—Seguro que sí.

Se separaron, Maria regresó a la oficina de prensa y George fue hacia las salas del vicepresidente.

Estaba abatido. Maria le gustaba más que ninguna otra chica que hubiera conocido nunca, y la había perdido a manos de otro hombre.

«Me pregunto quién será.»

Maria se quitó la ropa y se metió en la bañera con el presidente Kennedy.

Jack Kennedy se pasaba el día tomando pastillas, pero no había nada que le aliviara más el dolor de espalda que estar en el agua. Incluso se afeitaba en la bañera por las mañanas, y habría dormido ahí dentro de haber podido.

Aquella era la bañera de él, en el baño de él, con la botella turquesa y dorada de colonia 4711 de él en la repisa del lavabo. Desde aquella primera vez, Maria no había vuelto a estar en las habitaciones de Jackie. El presidente tenía un dormitorio y un cuarto de baño propios, comunicados con los de su esposa por un pequeño pasillo en el que, por algún motivo, guardaban el tocadiscos.

Jackie volvía a estar fuera de la ciudad. Maria había aprendido a no torturarse pensando en la esposa de su amante. Sabía que estaba traicionando de una forma muy cruel a una mujer decente, y eso la consternaba, así que prefería no recordarlo.

Le encantaba aquel baño, que era más lujoso de lo que se pudiera soñar, con toallas suaves y albornoces blancos y jabones caros… y una familia de patitos de goma amarillos.

Ya tenían incluso su propia rutina. Cada vez que Dave Powers la invitaba, que era más o menos una vez a la semana, ella subía en ascensor a la residencia presidencial cuando terminaba de trabajar. Allí siempre encontraba una jarra de daiquiri y una bandeja de tentempiés preparada en el Salón Oeste. A veces estaba Dave, a veces estaban Jenny y Jerry, a veces no había nadie. Maria se servía una copa y esperaba, paciente aunque ansiosa, hasta que llegaba el presidente.

Poco después se trasladaban al dormitorio, que era el lugar preferido de Maria en el mundo entero. Tenía una cama de columnas con un dosel azul, dos sillas delante de una buena chimenea y pilas de libros, revistas y periódicos por todas partes. Maria sentía que podría vivir feliz en esa habitación el resto de su vida.

Él le había enseñado con mucho tacto a practicar el sexo oral, y ella había resultado ser una alumna ávida. Eso era lo que solía querer el presidente nada más llegar. A menudo lo pedía con impaciencia, casi con desesperación, y esa urgencia tenía algo de excitante. Pero Maria disfrutaba más de él después, cuando se relajaba y estaba más tierno y cariñoso.

A veces ponían un disco. A él le gustaban Sinatra, Tony Bennett y Percy Marquand. Nunca había oído hablar de los Miracles o las Shirelles.

Siempre tenían una cena fría preparada en la cocina: pollo, gambas, sándwiches, ensalada. Después de comer algo, se desnudaban y se metían en la bañera.

Ese día estaban sentados dentro de ella, el uno frente al otro.

—Te apuesto veinticinco centavos a que mi pato nada más deprisa que el tuyo —dijo Kennedy tras meter dos patitos en el agua. Su acento de Boston hacía que pronunciara algunas palabras casi como un británico.

Maria cogió un pato. Cuando estaba así era cuando más lo amaba: juguetón, bobo, infantil.

—De acuerdo, señor presidente —repuso—, pero que sea un dólar, si se atreve.

Seguía llamándolo «señor presidente» casi todo el tiempo. Su mujer lo llamaba Jack; sus hermanos lo llamaban Johnny. Maria solo lo llamaba Johnny en momentos de gran pasión.

—No puedo permitirme perder un dólar —dijo él riendo, pero era un hombre sensible y se dio cuenta de que ella no estaba de humor para juegos—. ¿Qué sucede?

—No lo sé. —Maria se encogió de hombros—. Normalmente no te hablo de política.

—¿Por qué no? La política es mi vida, y la tuya también.

—Ya te dan la lata todo el día. El tiempo que pasamos juntos es para relajarnos y divertirnos.

—Haz una excepción.

Buscó el pie de Maria, que estaba en el agua junto al muslo de él, y le acarició los dedos. Tenía unos pies bonitos y ella lo sabía, por eso siempre se pintaba las uñas.

—Algo te ha molestado —dijo él en voz baja—. Dime qué ha sido.

Cuando la miraba tan profundamente con sus ojos color avellana y su media sonrisa, ella estaba perdida.

—Anteayer encarcelaron a mi abuelo por intentar inscribirse en el censo de votantes.

—¿Lo encarcelaron? No pueden hacer eso. ¿De qué lo acusaron?

—De holgazanear.

—Ah. Sucedió en algún lugar del Sur.

—En Golgotha, Alabama. Su ciudad natal. —Vaciló, pero entonces decidió contarle toda la verdad, aunque quizá no le gustara—. ¿Quieres saber lo que dijo cuando salió de la cárcel?

—¿Qué dijo?

—Dijo: «Pensaba que con el presidente Kennedy en la Casa Blanca podría votar, pero supongo que me equivocaba». Eso me explicó mi abuela.

—Joder —dijo el presidente—. Creía en mí, y le he fallado.

—Eso es lo que cree él, supongo.

—¿Y qué crees tú, Maria? —Seguía acariciándole los dedos del pie.

Ella volvió a dudar mientras veía su pie oscuro entre las manos blancas de él. Temía que esa discusión pudiera volverse enconada. Kennedy se mostraba susceptible ante la más leve insinuación de que era falso o poco coherente, o de que no había mantenido sus promesas como político. Si lo presionaba demasiado, tal vez pusiera fin a su relación. Y entonces ella moriría.

Aun así, tenía que ser sincera con él. Inspiró hondo e intentó mantener la calma.

—Tal como yo lo veo, no es un tema complicado —empezó a exponer—. Los sureños lo hacen porque pueden. La ley, según está, deja que se salgan con la suya a pesar de la Constitución.

—No del todo —la interrumpió él—. Mi hermano Bob ha incrementado el número de pleitos del Departamento de Justicia contra las violaciones de los derechos de los votantes. Tiene trabajando con él a un abogado negro joven y brillante.

Ella asintió con la cabeza.

—George Jakes. Lo conozco. Pero lo que hacen no es suficiente.

Él se encogió de hombros.

—Eso no puedo negarlo.

Maria no aflojó.

—Todo el mundo está de acuerdo en que tenemos que cambiar la legislación vigente promulgando una nueva ley de derechos civiles. Mucha gente creyó que lo prometiste durante tu campaña electoral. Y… nadie entiende por qué no lo has hecho ya. —Se mordió el labio y luego se arriesgó a ir más allá—: Yo incluida.

El rostro del presidente se endureció.

Maria se arrepintió al instante de haber sido tan franca.

—No te enfades —suplicó—. Por nada del mundo querría molestarte… pero me has hecho una pregunta, y quería ser sincera. —Se le saltaron las lágrimas—. Y mi pobre abuelo tuvo que pasar toda una noche en la cárcel, con su mejor traje.

Él se obligó a reír.

—No estoy enfadado, Maria. Contigo no, al menos.

—Puedes decirme lo que quieras. Te adoro. Yo jamás te juzgaría, eso tienes que saberlo. Solo dime cómo te sientes.

—Siento rabia porque soy débil, supongo —dijo él—. Solo tenemos mayoría en el Congreso contando a los demócratas sureños, que son muy conservadores. Si presento un proyecto de ley de derechos civiles, lo sabotearán... Y eso no es todo: como venganza, votarán en contra de todo mi programa sobre legislación nacional, incluido el Medicare. Y la protección sanitaria del Medicare podría mejorar las vidas de los estadounidenses de color más aún que una legislación sobre derechos civiles.

—¿Quiere eso decir que has tirado la toalla con los derechos civiles?

—No. El próximo noviembre tenemos las elecciones de mitad de legislatura. Le pediré al pueblo norteamericano que envíe a más demócratas al Congreso para poder cumplir mis promesas de campaña.

—¿Y lo harán?

—Tal vez no. Los republicanos me están atacando por el flanco de la política exterior. Hemos perdido Cuba, hemos perdido Laos y ahora perdemos Vietnam. He tenido que permitir que Jrushchov levante una valla de alambre de espino que cruza todo Berlín. Ahora mismo estoy contra las malditas cuerdas.

—Qué extraño —reflexionó Maria—. No puedes dejar que los negros del Sur voten porque eres vulnerable a causa de la política exterior.

—Todo líder tiene que mostrarse fuerte en el escenario internacional; si no, no conseguirá terminar nada.

—Pero ¿no podrías intentarlo? Presenta un proyecto de ley de derechos civiles, aunque probablemente pierdas. Al menos así la gente sabrá que eres sincero.

Él negó con la cabeza.

—Si presento un proyecto y me derrotan, pareceré débil. Eso pondría en peligro todo lo demás, y jamás tendría una segunda oportunidad con los derechos civiles.

—¿Y qué le digo a mi abuelo?

—Que hacer lo correcto no siempre es tan sencillo como parece, ni siquiera cuando se es presidente.

Se levantó, y ella lo siguió. Cada uno secó al otro con una toalla y luego fueron al dormitorio. Maria se puso una de las suaves camisas de dormir de algodón azul del presidente.

Volvieron a hacer el amor. Cuando él se sentía cansado, duraba poco, como la primera vez; pero esa noche estaba relajado. Volvió a adoptar un ánimo juguetón y se tumbó con ella en la cama para que ambos disfrutasen de sus cuerpos como si en el mundo no importara nada más.

Después se durmió enseguida. Ella, echada a su lado, sonreía de felicidad. No quería que llegara la mañana, el momento en que tendría que vestirse y regresar a la oficina de prensa para empezar su jornada laboral. Vivía en el mundo real como si fuera un sueño, esperando únicamente esa llamada de Dave Powers que significaba que podía despertar y regresar a la única realidad que significaba algo.

Sabía que algunas de sus compañeras debían de haber adivinado lo que hacía. Sabía que él jamás dejaría a su mujer por ella. Sabía que debería inquietarle la posibilidad de quedarse embarazada. Sabía que todo lo que hacía era una locura y estaba mal, y que seguramente no tendría un final feliz.

Y estaba demasiado enamorada para que nada de eso importara.

George comprendía por qué Bobby estaba tan satisfecho con poder enviarlo a él a hablar con King. Si el secretario de Justicia se veía obligado a ejercer presión sobre el movimiento de los derechos civiles, tenía más probabilidades de conseguir lo que buscaba utilizando a un mensajero negro. George pensó que Bobby tenía razón en cuanto a Levison, pero aun así no se sentía del todo cómodo con su papel; una sensación que empezaba a resultarle conocida.

En Atlanta hacía frío y llovía. Verena, que fue a buscar a George al aeropuerto, llevaba puesto un abrigo color tabaco con cuello de pieles negras. Estaba guapa, pero a George seguía doliéndole demasiado el rechazo de Maria para sentirse atraído por ella.

—Conozco a Stanley Levison —explicó Verena mientras llevaba a George en coche por la enorme extensión de la ciudad—. Un tipo muy sincero.

—Es abogado, ¿verdad?

—Más que eso. Ayudó a Martin a escribir *Los viajeros de la libertad*. Son íntimos.

—El FBI dice que Levison es comunista.

—Todo el que esté en desacuerdo con J. Edgar Hoover es comunista, según el FBI.

—Bobby dijo que Hoover es un soplapollas.

Verena se echó a reír.

—¿Crees que lo dijo con segundas?

—No lo sé.

—¿Hoover, un mariposón? —Ella meneó la cabeza sin dar crédito—. Sería demasiado bueno para ser cierto. La vida real nunca es tan divertida.

Verena condujo bajo la lluvia hasta el barrio de Old Fourth Ward, donde había cientos de negocios de propiedad negra. Parecía que en todas las manzanas hubiera una iglesia. Auburn Avenue había llegado a ser conocida como la calle negra más próspera de todo Estados Unidos, y la Conferencia del Liderazgo Cristiano del Sur tenía su sede central en el número 320. Aparcó frente a un edificio de dos pisos construido con ladrillo rojo.

—Bobby cree que el doctor King es arrogante —comentó George.

Ella se encogió de hombros.

—Martin cree que Bobby es arrogante.

—¿Tú qué crees?

—Que ambos tienen razón.

George se echó a reír. Le gustaba el afilado ingenio de Verena.

Corrieron por la acera mojada y entraron en el edificio. Tuvieron que esperar frente al despacho de King unos quince minutos, hasta que los llamaron.

Martin Luther King era un hombre apuesto de treinta y tres años con bigote y entradas prematuras en su pelo negro. No tenía mucha estatura —George le calculó poco más de un metro sesenta y cinco— y era algo grueso. Llevaba puesto un traje gris oscuro bien planchado, con una camisa blanca y una corbata estrecha de satén negro, además de grandes gemelos. Del bolsillo de la americana asomaba un pañuelo blanco de seda. George percibió un leve olor a colonia. Le dio la impresión de que era un hombre a quien le resultaba importante la dignidad. George simpatizó con él; sentía lo mismo.

King le estrechó la mano.

—La última vez que nos vimos participaba usted en un viaje de la libertad e iba de camino hacia Anniston. ¿Qué tal ese brazo?

—Ya está curado del todo, gracias —dijo George—. He dejado la lucha de competición, pero estaba dispuesto a hacerlo de todas formas. Ahora entreno a un equipo de instituto en Ivy City. —Era un barrio negro de Washington.

—Eso está bien —opinó King—. Enseñar a los niños negros a utilizar la fuerza en un deporte disciplinado, con reglas. Siéntese, por favor. —Le indicó una silla y retrocedió hasta el otro lado de su escritorio—. Explíqueme por qué lo ha enviado el secretario de Justicia a hablar conmigo. —En su voz se percibía un deje de orgullo herido.

Quizá King pensaba que Bobby debería haber acudido en persona. George recordó que dentro del movimiento de los derechos civiles había quien llamaba a King «De Lawd», el señorito.

Le expuso resumidamente el problema de Levison, con eficiencia y sin omitir nada, salvo la petición de intervenirle el teléfono.

—Bobby me ha enviado para que le ruegue, con la mayor vehemencia posible, que rompa todos los vínculos que le unen al señor Levison —dijo para concluir—. Es la única forma de protegerse de la acusación de simpatizar con los comunistas, una acusación que puede hacerle un daño incalculable a este movimiento en el que tanto usted como yo creemos.

—Stanley Levison no es comunista —afirmó King tras escuchar a George.

Este abrió la boca para formular una pregunta, pero el pastor levantó una mano para silenciarlo; no era un hombre que tolerara las interrupciones.

—Stanley nunca ha sido miembro del Partido Comunista. El comunismo es ateo, y a mí, como seguidor de Nuestro Señor Jesucristo, me resultaría imposible ser íntimo amigo de un ateo. Sin embargo... —añadió inclinándose hacia delante sobre el escritorio—, esa no es toda la verdad.

Guardó silencio un momento, pero George sabía que no debía tomar la palabra aún.

—Deje que le explique toda la verdad sobre Stanley Levison —prosiguió King.

George tenía la sensación de estar a punto de escuchar un sermón.

—A Stanley se le da bien hacer dinero. Eso lo avergüenza. Siente que debería dedicar su vida a ayudar al prójimo. Así que cuando era joven se sintió... fascinado. Sí, esa es la palabra. Se sintió fascinado por los ideales del comunismo. Aunque nunca se afilió al Partido Comunista de Estados Unidos, sí le ofreció su extraordinario talento de varias formas. No tardó en ver lo equivocado que estaba, rompió su asociación con ellos y entregó su apoyo a la causa de la libertad y la igualdad para los negros. Y así llegó a ser amigo mío.

George esperó hasta estar seguro de que King había terminado.

—Lamento muchísimo saber eso, pastor —dijo entonces—. Si Levison ha sido asesor financiero del Partido Comunista, está marcado para siempre.

—Pero ha cambiado.

—Yo le creo, pero otros no lo harán. Si continúa su relación con Levison estará dando munición a nuestros enemigos.

—Que así sea —dijo King.

George quedó estupefacto.

—¿Qué quiere decir?

—Que las reglas morales deben obedecerse aunque no nos convengan. De otro modo, ¿para qué necesitaríamos reglas?

—Pero si sopesa...

—No sopesamos nada —interrumpió King—. Stanley hizo mal en ayudar a los comunistas. Se ha arrepentido y está reparando el daño que cometió. Yo soy un predicador al servicio del Señor. Debo perdonar igual que hace Jesús y recibir a Stanley con los brazos abiertos. Habrá más gozo en el cielo por un pecador que se arrepiente, que por noventa y nueve justos. Yo mismo me veo a menudo en la necesidad de recibir la gracia de Dios, ¿cómo voy a negarle misericordia a otro?

—Pero el precio…

—Soy un pastor cristiano, George. La doctrina del perdón imbuye mi alma, más aún que la libertad y la justicia. No podría renunciar a ella a cambio de ningún premio.

George se dio cuenta de que su misión estaba condenada al fracaso. King era completamente sincero. No había ninguna posibilidad de hacerle cambiar de opinión, así que se levantó.

—Gracias por dedicar tiempo a explicarme su punto de vista. Se lo agradezco, y también el secretario de Justicia.

—Que Dios le bendiga —dijo King.

George y Verena salieron del despacho y del edificio. Sin decirse nada, subieron al coche de Verena.

—Te llevaré al hotel.

George asintió con la cabeza. Seguía pensando en las palabras de King y no le apetecía hablar.

Recorrieron el trayecto en silencio hasta que ella aparcó a la entrada del hotel.

—¿Y bien? —le preguntó a George.

—King ha conseguido que me avergüence de mí mismo.

—Eso es lo que hacen los predicadores —dijo la madre de George—. Es su trabajo, y es por tu bien.

Le sirvió a su hijo un vaso de leche y un trozo de pastel. A él no le apetecía ni lo uno ni lo otro. Se lo había contado todo, sentados ambos en la cocina.

—Tenía tanta fuerza de espíritu… —dijo George—. En cuanto supo lo que era correcto, se decidió a seguir ese camino sin que le importara nada más.

—No lo idealices demasiado —comentó Jacky—. Nadie es un ángel; sobre todo si se trata de un hombre.

Era última hora de la tarde y ella seguía llevando puesta la ropa del trabajo, un sencillo vestido negro y zapatos planos.

—Ya lo sé, pero ahí estaba yo, intentando convencerlo de que abandonara a un amigo leal por cínicas razones políticas, y él no hizo más que hablar del bien y del mal.

—¿Cómo está Verena?

—Ojalá la hubieras visto, con ese abrigo con cuello negro de pieles.

—¿La invitaste a algo?

—Cenamos juntos. —Aunque George no se había despedido de ella con un beso.

—Me gusta esa tal Maria Summers —dijo de pronto Jacky, sin que viniera a cuento.

George se sobresaltó.

—¿Qué sabes de ella?

—Pertenece al club. —Jacky era la supervisora del personal de color en el Club de Mujeres Universitarias—. No hay muchas socias negras, así que charlamos, por supuesto. Mencionó que trabajaba en la Casa Blanca y yo le hablé de ti, y nos dimos cuenta de que ya os conocíais. Su familia es muy agradable.

George estaba divertido.

—¿Y eso cómo lo sabes?

—Llevó a sus padres a comer. Su padre es un gran abogado de Chicago y conoce al alcalde Daley.

Daley era un gran defensor de Kennedy.

—¡Pero si sabes más que yo!

—Las mujeres escuchamos. Los hombres hablan.

—A mí también me gusta Maria.

—Bien. —Jacky arrugó la frente al recordar el tema inicial de la conversación—. ¿Qué te dijo Bobby Kennedy cuando volviste de Atlanta?

—Que va a autorizar las escuchas telefónicas de Levison. Eso significa que el FBI tendrá acceso a algunas de las conversaciones telefónicas del doctor King.

—¿Importa mucho? Todo lo que hace King está pensado para ser publicitado.

—Puede que descubran con antelación cuál será su siguiente movimiento. Si es así, les pasarán el soplo a los segregacionistas, que podrán planear con tiempo y encontrar formas de echar por tierra el trabajo de King.

—Es malo, pero no es el fin del mundo.

—Podría informar a King de las escuchas, decirle a Verena que lo avise para que tenga cuidado con lo que le explica a Levison por teléfono.

—Estarías traicionando la confianza de tus compañeros de trabajo.

—Eso es lo que me inquieta.

—De hecho, seguramente deberías dimitir.

—Exacto, porque me sentiría como un traidor.

—Además, puede que descubrieran lo del soplo y, cuando miraran alrededor en busca del culpable, solo encontrarían un rostro negro en toda la sala, el tuyo.

—Quizá debería irme de todos modos, si es lo correcto.

—Pero si tú te vas, George, no habrá ningún rostro negro en el círculo más íntimo de Bobby Kennedy.

—Sabía que dirías que tengo que cerrar la boca y quedarme.

—Es duro, pero sí, creo que es lo que deberías hacer.

—Yo también —dijo George.

12

Tu casa es alucinante —le comentó Beep Dewar a Dave Williams.
Dave tenía trece años. Vivía allí desde que tenía uso de razón y jamás se había fijado en la casa. Miró la fachada de ladrillo que daba al jardín delantero, con su hilera de ventanas de estilo georgiano.

—¿Alucinante? —repitió.

—Es muy antigua.

—Creo que del siglo XVIII, así que solo tendrá unos doscientos años.

—¡Solo! —Beep se echó a reír—. ¡En San Francisco no hay nada que tenga doscientos años!

La casa se hallaba en Great Peter Street, a un par de minutos a pie del Parlamento de Londres. Casi todas las residencias del barrio databan del siglo XVIII, y Dave tenía la vaga idea de que se habían construido para los parlamentarios y los pares que debían asistir a la Cámara de los Comunes y la Cámara de los Lores. El padre de Dave, Lloyd Williams, era miembro del Parlamento.

—¿Fumas? —preguntó Beep sacando un paquete.

—Cuando puedo.

La chica le dio un cigarrillo y se encendieron uno cada uno.

Ursula Dewar, conocida como «Beep», también tenía trece años, pero parecía mayor que Dave. Vestía ropa elegante de estilo estadounidense, jerséis ajustados, vaqueros estrechos y botas. Aseguraba que sabía conducir y decía que la radio británica era carca, porque solo tenían tres emisoras, ninguna ponía rock and roll... ¡y dejaban de emitir a medianoche! Cuando sorprendía a Dave con los ojos clavados en los pequeños bultos que despuntaban en la parte delantera de su suéter de cuello alto, Beep no parecía incomodarse; al contrario, sonreía. Sin embargo, todavía no le había dado la oportunidad de besarla.

No habría sido la primera chica a la que besaba. A Dave le habría gustado que ella lo supiera, para que no pensara que le faltaba experiencia. Beep sería la tercera, incluida Linda Robertson, a quien Dave contaba a pesar de que ella no le había correspondido el beso. La cuestión era que él sabía lo que había que hacer.

Sin embargo, no había habido suerte con Beep. Todavía.

Aunque había estado a punto. Una vez, en el asiento trasero del Humber Hawk de su padre, le había pasado el brazo discretamente por encima de los hombros, pero ella había vuelto la cara y se había dedicado a contemplar las calles iluminadas por las farolas. Beep no tenía cosquillas. Habían bailado el swing al son de un tocadiscos Dansette en el dormitorio de la hermana de Dave, Evie, que tenía quince años, pero Beep se había negado a bailar una lenta cuando él había puesto el *Are You Lonesome Tonight?*, de Elvis.

Aun así, no perdía la esperanza. Por desgracia, aquel no era el momento, allí fuera, en el pequeño jardín, mientras Beep cruzaba los brazos para protegerse del frío de aquella tarde de invierno y ambos iban vestidos de etiqueta para asistir a un acto solemne junto con la familia. Aunque después habría una fiesta, y Beep llevaba una botella de vodka en el bolso para echárselo a las bebidas sin alcohol que les servirían a ellos mientras sus padres se atiborraban de whisky y ginebra con total hipocresía. Luego podía ocurrir cualquier cosa. Dave miró fijamente aquellos labios rosados cerrándose alrededor del filtro del Chesterfield e imaginó con anhelo cómo sería besarlos.

—¡Niños, adentro! —los llamó la madre de Dave con su acento estadounidense desde el interior de la casa—. ¡Nos vamos!

Tiraron los cigarrillos al arriate de flores y entraron.

Las dos familias se reunieron en la entrada. La abuela de Dave, Eth Leckwith, iba a ser «presentada» en la Cámara de los Lores. Aquello significaba que se convertiría en baronesa, que habría que dirigirse a ella como «lady Leckwith» y que ocuparía un escaño en la cámara alta del Parlamento en calidad de par laborista. Los padres de Dave, Lloyd y Daisy, estaban esperando junto con su hermana Evie y un joven amigo de la familia, Jasper Murray. Los Dewar, amigos desde los tiempos de la guerra, también se encontraban allí. Woody Dewar era fotógrafo y lo habían destinado durante un año a Londres, adonde se había trasladado con su mujer, Bella, y sus hijos, Cameron y Beep. Todos los estadounidenses parecían fascinados por el boato de la vida pública británica, de ahí que los Dewar se unieran a la celebración. Formaban un nutrido grupo cuando abandonaron la casa y se encaminaron hacia Parliament Square.

Beep se olvidó de Dave y depositó su atención en Jasper Murray mientras paseaban por las neblinosas calles de Londres. El chico tenía dieciocho años y parecía un vikingo: alto, rubio y fornido. Vestía una gruesa chaqueta de tweed. Dave anhelaba tener la edad de Jasper y ser tan masculino como él, y que Beep lo mirara con esa expresión de admiración y deseo.

Dave trataba a Jasper como si fuera un hermano mayor y le pedía consejo. Le había confesado que estaba colado por Beep y que no sabía qué hacer para ganarse su corazón. «Tú insiste, a veces quien la sigue la consigue», le había dicho Jasper.

Dave escuchaba su conversación.

—Entonces, ¿tú eres primo de Dave? —le preguntó Beep a Jasper mientras atravesaban Parliament Square.

—En realidad, no —contestó Jasper—. No somos parientes.

—¿Y cómo es que no pagas alquiler y esas cosas?

—Mi madre iba al colegio con la madre de Dave en Buffalo, que es donde conocieron a tu padre. Todos se hicieron amigos por entonces.

Dave sabía que la cosa no acababa ahí. La madre de Jasper, Eva, era refugiada de la Alemania nazi, y la madre de Dave, Daisy, la había acogido en su casa con la generosidad que la caracterizaba. Sin embargo, Jasper prefirió obviar hasta qué punto su familia estaba en deuda con los Williams.

—¿Qué estudias? —preguntó Beep.

—Francés y alemán. Voy al St. Julian's College, una de las mayores facultades de la Universidad de Londres, aunque principalmente escribo para el periódico universitario. Voy a ser periodista.

Dave lo envidiaba. Él nunca aprendería francés ni iría a la universidad. Era el último de la clase en todo, y su padre estaba desesperado.

—¿Dónde están tus padres? —le preguntó Beep a Jasper.

—En Alemania. Van de aquí para allá junto con el ejército. Mi padre es coronel.

—¡Coronel! —repitió Beep, admirada.

—Pero ¿qué se ha creído esa fresca? —susurró Evie al oído de su hermano—. ¡Primero te tira los trastos y luego coquetea con un hombre que le saca cinco años!

Dave no hizo ningún comentario, sabía que su hermana estaba completamente colada por Jasper, y aunque podría haberse burlado de ella, se contuvo. Le gustaba Evie. Además, era mejor guardarse aquel tipo de cosas y utilizarlas cuando ella se metiera con él.

—¿No hay que ser noble de nacimiento? —estaba preguntando Beep en esos momentos.

—Hasta en las familias más antiguas alguien tuvo que ser el primero —contestó Jasper—, aunque en la actualidad tenemos pares vitalicios cuyo título no es hereditario, y esa es la dignidad que se le concederá hoy a la señora Leckwith.

—¿Tendremos que hacerle reverencias?

Jasper se echó a reír.

—No, tonta.

—¿La reina acudirá a la ceremonia?

—No.

—¡Qué lástima!

—Será zorra… —murmuró Evie.

Accedieron al palacio de Westminster por la entrada de los lores, donde salió a recibirlos un hombre vestido con traje de librea, calzón corto y medias de seda incluidos.

—Los uniformes obsoletos son una clara señal de la necesidad de reforma que tiene una institución —oyó Dave que decía su abuela con su cadencioso acento galés.

Dave y Evie estaban acostumbrados a acudir al Parlamento desde que eran pequeños, pero se trataba de una experiencia nueva para los Dewar, que se habían quedado boquiabiertos.

—¡Está todo decorado! —exclamó Beep olvidando su encantadora coquetería—. ¡Las baldosas, las alfombras, el papel de las paredes, los revestimientos de madera, las vidrieras, la piedra labrada…!

Jasper la miró con mayor interés.

—Típico gótico victoriano.

—¿Ah, sí?

A Dave empezaba a irritarle la manera en que Jasper trataba de impresionar a Beep.

El grupo se dividió. La mayoría de ellos siguieron a un ujier que los acompañó por una escalera hasta una galería que daba a la cámara de debate. Los amigos de Ethel ya habían llegado. Beep se sentó junto a Jasper, pero Dave se las ingenió para colocarse al otro lado de ella, y Evie, a su vez, junto a su hermano. Dave había visitado a menudo la Cámara de los Comunes, en el otro extremo del palacio, pero aquella sala estaba más ornamentada y los escaños eran de cuero rojo en vez de verde.

Tras una larga espera, de pronto se produjo un pequeño revuelo en la parte inferior y su abuela y otras cuatro personas entraron caminando en fila, ataviadas con sombreros extravagantes y mantos sumamente ridículos, con ribetes de piel.

—¡Alucinante! —comentó Beep, aunque Dave y Evie soltaron una risita.

La procesión se detuvo delante de un trono y su abuela se arrodilló, aunque no sin dificultad; tenía sesenta y ocho años. A continuación, empezaron a pasarse unos rollos que los oficiantes fueron leyendo en voz alta. La madre de Dave, Daisy, iba explicándoles la ceremonia en voz baja a los padres de Beep, el alto Woody y la rechoncha Bella, pero Dave desconectó. Aquello era una verdadera tontería.

Al cabo, Ethel y dos de sus acompañantes fueron a ocupar un escaño y entonces empezó la parte más entretenida de todas.

Se sentaron y se levantaron de inmediato. Se quitaron los gorros e hicieron una reverencia. Se sentaron y volvieron a ponerse los gorros. Acto seguido, lo repitieron todo de nuevo como tres marionetas movidas por hilos: arriba, gorros fuera, reverencia, abajo, gorros puestos. Para entonces, Dave y Evie apenas eran capaces de contener las carcajadas. Y empezó la tercera ronda.

—¡Otra vez no, por favor! —oyó Dave que farfullaba su hermana, lo que hizo que aún le resultara más difícil reprimirse.

Daisy los fulminó con la mirada, aunque tenía que admitir que a ella también le resultaba divertido y al final no pudo por menos de sonreír.

La ceremonia terminó por fin y Ethel abandonó la sala. Su familia y sus amigos se levantaron y la madre de Dave los acompañó a través de un laberinto de pasillos y escaleras hasta el sótano, donde se celebraba la fiesta. Al llegar, Dave comprobó que su guitarra estuviera en su sitio, ya que Evie y él iban a actuar, aunque ella era la estrella mientras que él, su simple acompañante.

Un centenar de personas llenó la sala en cuestión de minutos.

Evie acorraló a Jasper y empezó a preguntarle por el periódico universitario. El tema era tan apasionante para él que respondió con entusiasmo, aunque Dave estaba seguro de que Evie no tenía nada que hacer. Jasper era un chico que sabía velar por sus propios intereses. En esos momentos disfrutaba de alojamiento gratuito y de lujo, y la facultad le quedaba a un corto trayecto en autobús. Dave, con su habitual cinismo, dudaba de que Jasper estuviera dispuesto a poner en peligro esa cómoda situación por vivir una aventura con la hija de sus caseros.

Sin embargo, Evie había conseguido que Jasper apartara su atención de Beep, lo cual había dejado el camino libre a su hermano. Dave le llevó una cerveza de jengibre a Beep y, mientras la joven añadía un chorro de vodka a sus refrescos con disimulo, le preguntó qué opinaba de la ceremonia. Un minuto después todo el mundo arrancó a aplaudir ante la entrada de Ethel, que se había cambiado y en esos momentos llevaba un vestido rojo y un abrigo a juego, con un pequeño gorro asentado sobre sus rizos blancos.

—Tuvo que ser toda una belleza en su juventud —comentó Beep en un susurro.

A Dave le resultó un poco raro imaginar a su abuela como una mujer atractiva.

Ethel tomó la palabra.

—Es un placer compartir esta ocasión con todos vosotros —dijo—. Lo único que lamento es que mi querido Bernie no viviera lo suficiente para ser testigo de este día. Nunca he conocido a nadie tan sabio como él.

El abuelo Bernie había muerto el año anterior.

—Es extraño que se dirijan a una llamándola «lady», en especial siendo socialista de toda la vida —prosiguió, y todos rieron—. Bernie me habría preguntado si he vencido a mis enemigos o me he unido a ellos, así que dejadme deciros que podéis estar tranquilos: me he unido a la aristocracia parlamentaria para abolirla.

Aplaudieron.

—En serio, compañeros, renuncié a ser parlamentaria por Aldgate porque sentí que había llegado el momento de pasar el relevo a alguien más joven, pero no me he retirado. Siguen existiendo demasiadas injusticias en nuestra sociedad, demasiados problemas de vivienda, de pobreza, demasiada hambre en el mundo… ¡y puede que solo me queden veinte o treinta años de campaña!

La gente volvió a reír.

—Me han aconsejado que aquí, en la Cámara de los Lores, lo más sensato es escoger una causa y defenderla a capa y espada. Pues ya he decidido cuál será mi causa.

Se hizo el silencio. La gente siempre estaba atenta a las novedades de Eth Leckwith.

—La semana pasada falleció nuestro querido amigo Robert von Ulrich. Luchó en la Primera Guerra Mundial, tuvo problemas con los nazis en la década de 1930 y acabó regentando el mejor restaurante de Cambridge. Una vez, cuando yo era una joven costurera que trabajaba en un taller del East End, me regaló un vestido y me llevó a comer al Ritz. Y… —Alzó la barbilla en actitud desafiante—. Y era homosexual.

Un rumor de sorpresa recorrió la sala.

—¡Caramba! —murmuró Dave.

—Me gusta tu abuela —dijo Beep.

La gente no estaba acostumbrada a debatir aquel tema de manera tan abierta, y menos aún a que lo hiciera una mujer. Dave sonrió complacido. Esta abuela… Seguía dando guerra después de tantos años.

—¿Qué son esos murmullos? No me digáis que os sorprende…
—prosiguió Ethel con resolución—. Todos sabéis que hay hombres
que quieren a otros hombres, gente que no le hace daño a nadie. De
hecho, y lo digo por experiencia propia, suelen ser más amables que el
resto. Sin embargo, según las leyes de nuestro país, están cometiendo
un delito. Incluso peor: hay inspectores de policía que visten de paisano y fingen ser como ellos para tenderles trampas, detenerlos y encar-
celarlos. En mi opinión, es lo mismo que perseguir a la gente por ser
judía, pacifista o católica, y por ese motivo pienso volcar mis esfuerzos
en la Cámara de los Lores en reformar la ley sobre la homosexualidad.
Espero que todos me deseéis suerte. Gracias.

Recibió una ovación prolongada y entusiasta, y Dave supuso que
casi todos los presentes le deseaban suerte de corazón. Estaba impresionado, pues él tampoco creía que tuviera sentido encarcelar a los
maricas. Si podía defenderse ese tipo de cambios en un lugar como
aquel, tal vez la Cámara de los Lores no fuera una institución del todo
ridícula, así que empezó a verla con otros ojos.

—Y ahora, en honor a nuestros parientes y amigos americanos
—dijo Ethel, para finalizar—, una canción.

Evie se dirigió al frente de la sala y Dave la siguió.

—Nadie como la abuela para hacer pensar a la gente —le comentó
Evie a su hermano entre susurros—. Me juego lo que quieras a que
además se saldrá con la suya.

—Por lo general siempre consigue lo que quiere.

Dave cogió la guitarra y tocó un acorde de sol.

Evie empezó a cantar el himno de Estados Unidos:

O, say can you see by the dawn's early light

La mayoría de los presentes eran británicos, no estadounidenses,
pero la voz de Evie captó la atención de todo el mundo.

What so proudly we hail'd at the twilight's last gleaming

Dave pensaba que el orgullo nacionalista era una verdadera gilipollez, pero aun así se le formó un nudo en la garganta. La canción tenía
la culpa.

Whose broad stripes and bright stars, through the perilous fight
O'er the ramparts we'd watched, were so gallantly streaming

Era tal el silencio que reinaba en la sala que Dave oía su propia respiración. Evie tenía aquel don. Cuando ella estaba en el escenario, todo el mundo le prestaba atención.

And the rocket's red glare, the bombs bursting in air
Gave proof through the night that our flag was still there

Dave miró a su madre y vio que se secaba una lágrima.

O say does that star-spangled banner yet wave
O'er the land of the free and the home of the brave?*

La gente aplaudió y los ovacionó. Dave tenía que reconocerlo, a veces su hermana era una pesada insoportable, pero sabía cómo cautivar al público.

Pidió otra cerveza de jengibre y luego fue a buscar a Beep, pero no la vio por ninguna parte, aunque sí a su hermano mayor, Cameron, que era un plasta.

—Eh, Cam, ¿adónde ha ido Beep?

—Supongo que habrá salido a fumar —contestó él.

Dave no sabía si lograría encontrarla, pero lo intentaría. Dejó el vaso.

Se acercó a la salida al mismo tiempo que su abuela y le sujetó la puerta. Dave tenía la vaga impresión de que las mujeres mayores se veían obligadas a visitar a menudo el lavabo de señoras y supuso que era allí adonde se dirigía su abuela. La mujer le sonrió y enfiló una escalera tapizada con una alfombra roja. Dave no tenía ni idea de dónde se encontraba, así que decidió seguirla.

Un anciano con bastón detuvo a Ethel en un rellano. Dave se fijó en que el hombre llevaba un elegante traje de raya diplomática de color gris claro de cuyo bolsillo superior asomaba un pañuelo de seda estampado. El anciano caballero tenía la cara llena de manchas y el pelo blanco, pero era evidente que había sido un hombre atractivo.

—Felicidades, Ethel —dijo este, y le estrechó la mano.

---

* «Dime, ¿ves en la luz del alba / aquello que con tanto orgullo saludamos al caer el sol? / Sus anchas barras y sus brillantes estrellas en la feroz contienda / vimos ondear con gallardía sobre las murallas. / Y el rojo fulgor de los cohetes y los estallidos de las bombas en el aire / dieron fe durante la noche de la resistencia de nuestra bandera. / Dime, ¿sigue ondeando la bandera tachonada de estrellas / sobre la tierra de los libres y el hogar de los valientes?» *(N. de las T.)*

—Gracias, Fitz.

Parecía que se conocían bien.

El hombre no le soltó la mano.

—De modo que ahora eres baronesa.

Ethel sonrió.

—La vida da muchas vueltas, ¿verdad?

—Tantas que marea.

Obstruían el paso, así que Dave esperó sin saber muy bien qué hacer. A pesar de que se trataba de una conversación trivial, las palabras estaban cargadas de una intensidad cuyo origen Dave no conseguía identificar.

—¿No te importa que le hayan otorgado un título nobiliario a tu ama de llaves? —preguntó Ethel.

¿Ama de llaves? Dave sabía que su abuela había empezado de sirvienta en una casa señorial de Gales y supuso que aquel debía de ser el hombre para el que había trabajado.

—Ese tipo de cosas dejaron de importarme hace mucho tiempo —contestó el anciano. Le dio unas palmaditas en la mano y la soltó—. Durante el gobierno de Attlee, para ser precisos.

Ella se echó a reír. Era evidente que le gustaba hablar con él. El tono que empleaban dejaba traslucir a las claras que entre ellos había algo más, y no tenía que ver ni con el amor ni con el odio, sino con algo distinto. De no haber sido tan mayores, Dave habría pensado que se trataba de atracción sexual.

Tosió, impacientándose.

—Te presento a mi nieto, David Williams —dijo Ethel—. Si de verdad ya no te importa, podrías estrecharle la mano. Dave, te presento al conde Fitzherbert.

El conde vaciló y, por un instante, Dave pensó que iba a rechazar su mano, pero entonces pareció que el anciano cambiaba de opinión y le tendió la suya. Dave se la estrechó.

—Encantado —dijo el joven.

—Gracias, Fitz —musitó Ethel. O tal vez fuera eso lo que pretendía decir antes de que el nudo de la garganta le impidiera terminar la frase.

La mujer continuó su camino sin decir más, por lo que Dave saludó cortésmente con la cabeza al viejo conde y la siguió.

Un instante después, su abuela desapareció tras una puerta en la que se leía: SEÑORAS.

Dave imaginó que había existido algo entre Ethel y Fitz, y decidió preguntárselo a su madre, pero en ese momento vio una salida con aspecto de dar al exterior y olvidó por completo todo lo relacionado con los adultos.

Al cruzar la puerta se encontró en un patio interior de forma irregular y lleno de cubos de basura, y pensó que aquel era el sitio ideal para besuquearse a escondidas. No se trataba de un lugar de paso, no había ventanas que dieran allí, y se veía algún que otro rinconcito. Sus esperanzas aumentaron.

No había señal de Beep, pero olió a tabaco.

Pasó junto a los cubos de basura y echó un vistazo en uno de los recovecos.

Allí estaba, como había imaginado, y con un cigarrillo en la mano. Sin embargo, la acompañaba Jasper, y estaban fundidos en un abrazo. Dave se los quedó mirando. Sus cuerpos parecían unidos con pegamento y se besaban apasionadamente mientras Beep pasaba una mano por el pelo de Jasper y este le sobaba el pecho.

—Eres un traidor y un cabrón, Jasper Murray —dijo Dave antes de dar media vuelta y regresar al interior del edificio.

Evie Williams propuso interpretar desnuda la escena en que Ofelia pierde la cordura para la representación teatral de *Hamlet* que preparaban en el instituto.

La sola idea hizo que Cameron Dewar sintiera una turbadora excitación.

Cameron la adoraba, pero no compartía las opiniones de Evie, quien abrazaba cualquier causa perdida que apareciera en las noticias, desde el maltrato a los animales hasta el desarme nuclear. Además, hablaba como si la gente que no hacía lo mismo tuviera que ser cruel y obtusa por fuerza. Sin embargo, el chico estaba acostumbrado a aquel tipo de cosas, ya que solía discrepar con la mayoría de la gente de su edad y con su familia al completo. Sus padres eran liberales a ultranza y su abuela había sido directora de un periódico con un nombre inverosímil: *Buffalo Anarchist*.

Con los Williams ocurría otro tanto: izquierdistas todos y cada uno de ellos. El único habitante medio sensato de la casa de Great Peter Street era el gorrón de Jasper Murray, quien parecía estar de vuelta de todo. Londres era un nido de subversivos, incluso peor que la ciudad natal de Cameron, San Francisco. Le alegraría volver a Estados Unidos en cuanto su padre acabara el trabajo que los había llevado allí.

Aunque echaría de menos a Evie. Cameron tenía quince años y era la primera vez que se enamoraba, pero no quería líos sentimentales, no tenía tiempo para esas cosas. Sin embargo, cuando estaba sentado tras el pupitre del instituto, intentando memorizar el vocabulario de las clases de francés y latín, se descubría recordando a Evie cantando *The Star-Spangled Banner*, el himno de su país.

Él le gustaba, estaba seguro. Evie sabía que era listo y le hacía preguntas serias: ¿cómo funcionaban las centrales nucleares? ¿Existía Hollywood de verdad? ¿Cómo trataban a los negros en California? Y aún mejor, ella escuchaba sus respuestas atentamente. A Evie no le gustaba hablar por hablar y, al igual que él, no perdía el tiempo en conversaciones intrascendentes. En las fantasías de Cameron acababan formando una renombrada pareja de intelectuales.

Ese año Cameron y Beep iban al mismo instituto que Evie y Dave, un centro progresista londinense donde, en opinión de Cameron, la mayoría de los maestros eran comunistas. La controversia que suscitó la escena de la locura de Evie pronto estuvo en boca de todos. Lo cierto era que el profesor de teatro, Jeremy Faulkner, un barbudo con bufanda a rayas, aprobaba la idea, pero el director parecía más sensato y la había rechazado de plano.

Aquella era una de las pocas ocasiones en que a Cameron le habría gustado que prevaleciera la decadencia liberal.

Los Williams y los Dewar fueron juntos a ver la obra. Cameron odiaba Shakespeare, pero estaba ansioso por ver qué haría en el escenario Evie, cuya intensidad emocional parecía florecer ante un público. Según Ethel, Evie era como su bisabuelo, Dai Williams, predicador evangelista y uno de los primeros sindicalistas del país. «Mi padre tenía ese mismo brillo en la mirada, como si estuviera destinado a la gloria», había dicho Ethel.

Cameron había estudiado *Hamlet* a conciencia —del mismo modo en que lo estudiaba todo, para sacar buena nota— y sabía que el papel de Ofelia era de sobra conocido por su dificultad. A pesar de que supuestamente debía despertar lástima, sus canciones obscenas podían acabar haciendo de ella un personaje grotesco con suma facilidad. ¿Cómo iba una chica de quince años a interpretar aquel papel y convencer al público? Cameron no quería ver a Evie darse de bruces... aunque en el fondo alimentaba la pequeña fantasía de rodear sus delicados hombros para consolarla mientras ella lloraba por su humillante fracaso.

Cameron entró detrás de sus padres y su hermana pequeña, Beep, en el salón de actos del instituto. La sala también se utilizaba como gimnasio, de ahí que oliera tanto a cantorales polvorientos como a zapatillas de deporte sudadas. Los Dewar ocuparon sus asientos junto a la familia Williams: Lloyd Williams, el parlamentario laborista; su esposa estadounidense, Daisy; Eth Leckwith, la abuela, y Jasper Murray, el inquilino. El joven Dave, el hermano pequeño de Evie, estaba en alguna parte, montando un puesto de bebidas para el intermedio.

A lo largo de los últimos meses, Cameron había oído varias veces la historia de cómo se habían conocido sus padres durante la guerra, en Londres, en una fiesta que había organizado Daisy. Su padre había acompañado a su madre a casa. Cuando contaba la historia, un brillo extraño le iluminaba el rostro, y entonces su madre lo miraba como queriendo decir que cerrara la boca de inmediato, cosa que él hacía. Cameron y Beep se preguntaban qué habrían hecho sus padres de camino a casa, aunque lo imaginaban.

Unos días después su padre se había lanzado en paracaídas sobre Normandía y su madre había creído que no volvería a verlo jamás. Aun así, Bella había roto el compromiso anterior que tenía con otro hombre. «Mi madre se puso hecha una furia —aseguraba la mujer—. Nunca me lo perdonó.»

Cameron encontraba incómodos los asientos del salón de actos del instituto hasta para los treinta minutos que duraba la asamblea matinal, por lo que esa noche iba a ser un suplicio. Sabía muy bien que la obra completa duraba cinco horas, aunque Evie le había asegurado que ellos harían una versión abreviada. Cameron se preguntó cómo de abreviada.

—¿Qué se va a poner Evie para la escena de la locura? —le preguntó a Jasper, sentado a su lado.

—No lo sé —contestó este—. No se lo ha dicho a nadie.

Las luces se apagaron y el telón se alzó sobre las almenas de Elsinore.

Cameron se había encargado del decorado y había pintado los telones del fondo. Tenía un buen sentido estético, algo que por lo visto había heredado de su padre, el fotógrafo, y se sentía particularmente orgulloso del modo en que la luna ocultaba el foco que iluminaba al centinela.

La obra no tenía nada más que le gustara. Todas las funciones escolares que Cameron había visto habían sido malísimas, y aquella no era una excepción. El chico de diecisiete años que interpretaba a Hamlet intentaba parecer enigmático, pero solo conseguía resultar acartonado. Sin embargo, Evie era otra cosa.

En su primera escena, Ofelia casi no hacía otra cosa que escuchar a su altivo hermano y a su pomposo padre, hasta que al final de esta prevenía a su hermano contra la hipocresía en un breve parlamento que Evie disfrutó pronunciando con mordacidad. Sin embargo, en su segunda escena, cuando Ofelia le cuenta a su padre la demente intrusión de Hamlet en sus aposentos privados, Evie se transformó. Al principio estaba muy nerviosa, pero luego empezó a calmarse, bajó la voz y se concentró, hasta que llegó un momento en que dio la sensación de que el público contenía la respiración mientras ella declamaba el verso de «Exhaló un suspiro tan profundo y triste». En la escena siguiente, cuando el iracundo Hamlet carga contra ella y le dice que ingrese en un convento, Evie parecía tan desconcertada y dolida que Cameron deseó saltar al escenario y darle una paliza a Hamlet. Jeremy Faulkner había decidido con gran tino acabar la primera mitad en ese punto, y el aplauso fue tremendo.

Dave se había encargado de montar un puesto para vender refrescos y dulces durante el intermedio, y tenía a un puñado de amigos atendiendo a la gente todo lo deprisa que podían. Cameron estaba impresionado, nunca había visto trabajar tan duro a unos alumnos.

—¿Les has dado estimulantes? —le preguntó a Dave, mientras le servían un vaso de refresco con sabor de cereza.

—Pues no —contestó este—. Solo el veinte por ciento de comisión de todo lo que vendan.

Cameron esperaba que Evie saliera a charlar con su familia durante el intermedio, pero todavía no había aparecido cuando sonó el timbre que anunciaba la segunda parte, así que regresó a su asiento decepcionado, aunque ansioso por ver qué haría Evie a continuación.

Hamlet mejoró cuando le tocó burlarse de Ofelia contando chistes verdes delante de todo el mundo. Tal vez al actor le saliera con naturalidad, pensó Cameron con mala intención. El azoramiento y la desesperación de Ofelia aumentaron hasta rayar en la histeria.

No obstante, fue la escena de su caída en la locura lo que hizo que la sala casi se viniera abajo con los aplausos.

Salió a escena ataviada con un camisón de algodón fino, sucio y hecho jirones, que solo le llegaba a medio muslo y que le daba aspecto de paciente de manicomio. Lejos de tratar de inspirar lástima, se mostró burlona y agresiva, como una prostituta borracha en medio de la calle. Cuando declamó: «Dicen que la lechuza fue antes una doncella, hija de un panadero», una frase que, en opinión de Cameron, no significaba nada en absoluto, en sus labios sonó como una burla descarnada.

—No puedo creer que esa chica solo tenga quince años —oyó que le susurraba su madre a su padre.

Cuando Ofelia recitó el verso de «¿Qué galán desprecia ventura tan alta?», Evie hizo el gesto de agarrar los genitales del rey, y se oyeron varias risitas nerviosas entre las butacas.

Entonces se operó un cambio brusco. Las lágrimas empezaron a rodar por sus mejillas y su voz se convirtió en un susurro al hablar de su padre fallecido. El público enmudeció. De pronto volvía a ser una niña que decía «Pero yo no puedo menos de llorar considerando que le han dejado sobre la tierra fría».

Cameron también tenía ganas de llorar.

En ese instante Ofelia puso los ojos en blanco, se tambaleó y estalló en roncas carcajadas.

—¡Vamos, la carroza! —exclamó Evie a voces, como una loca. Se llevó las manos al cuello del camisón y lo desgarró de arriba abajo. El público contuvo la respiración—. ¡Buenas noches, señoras, buenas noches! —gritó, dejando caer la prenda al suelo—. ¡Buenas noches, buenas noches, buenas noches! —dijo sin bajar la voz, completamente desnuda.

Y se fue corriendo.

Después de aquello la obra ya no tuvo ningún interés. El enterrador no resultó gracioso y la lucha de espadas del final fue tan artificial que acabó haciéndose aburrida. Cameron no podía dejar de pensar en la Ofelia desnuda desvariando al frente del escenario, con aquellos pechos pequeños y airosos, y el caoba intenso del vello del pubis; una chica hermosa llevada a la locura. Imaginó que a todos los hombres del público les ocurría lo mismo. A nadie le importaba Hamlet.

Cuando cayó el telón, Evie se llevó la mayor ovación, pero el director del instituto no subió al escenario para repartir los generosos halagos y los exhaustivos agradecimientos que solían concederse a aquel tipo de pésimas producciones de teatro amateur.

Todo el mundo miraba a la familia de Evie a medida que abandonaba el salón de actos. Daisy charlaba animadamente con otros padres mientras ponía al mal tiempo buena cara. Lloyd, ataviado con un sobrio traje con chaleco de color gris oscuro, no decía nada, pero no parecía de muy buen humor. La abuela de Evie, Eth Leckwith, esbozaba una sonrisa. Quizá tuviera sus reservas, pero no pensaba quejarse.

En la familia de Cameron las reacciones también fueron variadas. Su madre apretaba los labios a modo de desaprobación. Su padre sonreía divertido. Beep desbordaba admiración.

—Tu hermana es buenísima —le dijo Cameron a Dave.

—A mí también me gusta la tuya —contestó este con una sonrisa burlona.

—¡Ofelia se ha llevado todos los aplausos!

—Evie tiene un talento especial —admitió Dave—. Lleva a nuestros padres por el camino de la amargura.

—¿Por qué?

—Ellos creen que trabajar en el mundo del espectáculo no es algo serio. Quieren que ambos nos dediquemos a la política —contestó con un gesto de exasperación.

El padre de Cameron, Woody Dewar, los había oído.

—Yo tenía el mismo problema —intervino—. Mi padre era un senador americano, igual que lo había sido mi abuelo. No les cabía en la cabeza que yo quisiera ser fotógrafo. No les parecía un trabajo de verdad.

Woody trabajaba para la revista *Life*, tal vez el mejor semanario ilustrado del mundo después de *Paris Match*.

Ambas familias se dirigieron a los bastidores. Evie salió del camerino de las chicas vistiendo una camisa y una rebeca de aspecto recatado y una falda que le llegaba por debajo de la rodilla, un conjunto expresamente escogido para decir: «No soy una exhibicionista, esa era Ofelia». Sin embargo, en su rostro también se leía un triunfo contenido. Daba igual lo que la gente dijera acerca de su desnudo, nadie podía negar que su actuación había cautivado al público.

Su padre fue el primero en hablar.

—Solo espero que no te detengan por escándalo público —dijo Lloyd.

—No lo tenía planeado —contestó Evie, como si su padre le hubiera hecho un cumplido—. Fue algo que decidí en el último minuto. Ni siquiera estaba segura de que el camisón fuera a rasgarse.

«Y una mierda», pensó Cameron.

Jeremy Faulkner apareció con su bufanda a rayas, marca de la casa. Era el único profesor que permitía a los alumnos que lo llamaran por su nombre de pila.

—¡Ha sido fabuloso! —la elogió—. ¡Ha habido un antes y un después!

Los ojos le brillaban de emoción, y a Cameron se le pasó por la cabeza que Jeremy también estaba enamorado de Evie.

—Jerry, te presento a mis padres, Lloyd y Daisy Williams —dijo Evie.

El hombre pareció asustarse al principio, pero enseguida recobró la compostura.

—Señor y señora Williams, ustedes deben de estar incluso más sorprendidos que yo —dijo, eludiendo con destreza cualquier responsabilidad—. Permítanme decirles que Evie es la alumna más brillante que he tenido jamás.

Primero le estrechó la mano a Daisy y luego a Lloyd, visiblemente reacio.

—Puedes venir a la fiesta del reparto —le dijo Evie a Jasper—. Eres mi invitado especial.

Lloyd frunció el ceño.

—¿Una fiesta? —dijo—. ¿Después de eso?

Evidentemente, no creía que hubiera nada que celebrar.

Daisy le tocó el brazo.

—No pasa nada —aseguró su mujer.

Lloyd se encogió de hombros.

—No durará más de una hora. ¡Mañana hay clases! —dijo Jeremy, animado.

—Soy demasiado mayor. Me sentiría fuera de lugar —comentó Jasper.

—Solo les sacas un año a los de bachillerato —protestó Evie.

Cameron se preguntó para qué narices quería Evie que Jasper fuera a esa fiesta. Era muy mayor, un estudiante universitario no pintaba nada en una fiesta de instituto.

Por fortuna, Jasper coincidía con él.

—Te veré en casa —le dijo a Evie con firmeza.

—A las once como muy tarde, por favor —añadió Daisy.

Los padres se fueron.

—¡Dios mío, te has salido con la tuya! —exclamó Cameron.

Evie sonrió de oreja a oreja.

—Lo sé.

Lo celebraron con café y pastel. A Cameron le habría gustado que Beep estuviera allí para echar un poco de vodka en el café, pero su hermana no había participado en la producción, así que había tenido que irse a casa, igual que Dave.

Evie era el centro de atención. Incluso el chico que había interpretado a Hamlet admitió que ella era la estrella de la noche, y Jeremy Faulkner hablaba constantemente del modo en que la desnudez de Evie había expresado la vulnerabilidad de Ofelia. Sus elogios acabaron avergonzándola, y al final incluso repeliéndola.

Cameron esperó con paciencia y permitió que la monopolizaran, consciente de que se guardaba el mejor as en la manga: sería él quien la acompañaría a casa.

Se despidieron de la fiesta a las diez y media.

—Me alegro de que destinaran a mi padre a Londres —dijo Cameron mientras atajaban por las callejuelas—. No me hizo gracia irme de San Francisco, pero este sitio está bastante bien.

—Me alegro —contestó ella sin entusiasmo.

—Lo mejor de todo es haberte conocido.

—Eres un cielo. Gracias.

—Me ha cambiado la vida.

—Venga ya.

Aquello no estaba saliendo como Cameron había imaginado. Caminaban a solas por las calles desiertas, el uno al lado del otro, hablando en voz baja mientras atravesaban charcos de luz y sombras, pero no había sensación de intimidad. Parecían más bien dos personas perdiendo el tiempo en charlas intrascendentes. Aun así, Cameron no pensaba rendirse.

—Me gustaría que fuéramos amigos íntimos —insistió.

—Ya lo somos —contestó ella con cierta impaciencia.

Llegaron a Great Peter Street y él todavía no le había dicho lo que quería decirle. Cameron se detuvo cerca de la casa, pero Evie hizo el ademán de seguir caminando y él la retuvo por el brazo.

—Evie, estoy enamorado de ti —le confesó al fin.

—Venga, Cam, no digas tonterías.

Fue como si le hubieran propinado un puñetazo.

Ella intentó seguir adelante, pero Cameron la sujetó con más fuerza, sin importarle si le hacía daño.

—¿Tonterías? —repitió él con un embarazoso temblor en la voz, que dominó antes de proseguir—: ¿Por qué crees que son tonterías?

—No te enteras de nada —contestó Evie con un tono exasperado.

¿Cómo podía reprocharle aquello? Cameron se enorgullecía de estar enterado de casi todo y creía que a ella le gustaba precisamente por eso.

—¿De qué no me entero? —preguntó.

Evie consiguió que le soltara el brazo con un brusco tirón.

—De que estoy enamorada de Jasper, imbécil —dijo, y entró en la casa.

13

Todavía no había amanecido y Rebecca y Bernd volvieron a hacer el amor.

Hacía tres meses que vivían juntos en la vieja casa adosada del distrito de Berlín-Mitte. Se trataba de un edificio de grandes dimensiones, lo cual agradecían ya que lo compartían con los padres de ella, Werner y Carla, con sus hermanos, Walli y Lili, y con la abuela Maud.

Durante un tiempo el amor les había servido de consuelo por todo lo que habían perdido. A pesar de la acusada escasez de maestros que padecía la Alemania Oriental, ambos estaban en paro y, gracias a la policía secreta, no tenían perspectivas de encontrar trabajo.

Los investigaban por parasitismo social, por estar desempleados, lo cual se consideraba un crimen en un país comunista, y tarde o temprano los condenarían y los encarcelarían. A Bernd lo enviarían a un campo de trabajos forzados, donde probablemente moriría.

Así que pensaban huir.

Ese era el último día que pasarían en el Berlín oriental.

—Estoy muy nerviosa —confesó Rebecca cuando Bernd la acarició con delicadeza por encima del camisón.

—Quizá no tengamos muchas más oportunidades —repuso él.

Rebecca lo abrazó con fuerza y se aferró a él. Sabía que Bernd tenía razón, cabía la posibilidad de que ambos murieran intentando huir.

O peor, podía ser que uno muriera y el otro sobreviviera.

Bernd alargó la mano en busca de un preservativo. Habían acordado que se casarían cuando llegaran al mundo libre y que, hasta entonces, evitarían que ella se quedara embarazada. Si sus planes salían mal, Rebecca no quería criar a un hijo en la Alemania del Este.

A pesar de los temores que la asediaban, el deseo se apoderó de ella y respondió efusivamente a las caricias de Bernd. No hacía mucho tiempo que Rebecca había descubierto la pasión. Podía decirse que había disfrutado en la cama con Hans, aunque no siempre, y también con dos amantes anteriores, pero nunca se había visto arrastrada por el deseo y poseída por este de manera tan absoluta que durante unos minutos perdía el mundo de vista. La idea de que aquella podía ser la última vez redobló la intensidad de su apetito.

—Eres una fiera —comentó Bernd cuando terminaron.

Rebecca se echó a reír.

—No me había pasado nunca. Tú tienes la culpa.

—La tenemos los dos —dijo él—. Formamos un gran equipo.

—Todos los días huye alguien —comentó ella una vez que consiguió recuperar el aliento.

—Nadie sabe cuántos van ya.

Los fugitivos cruzaban canales y ríos a nado, saltaban alambres de espino, se ocultaban en coches y camiones. Los alemanes occidentales, a quienes se les permitía entrar en el Berlín oriental, llevaban pasaportes falsificados para sus parientes. Como los soldados aliados podían pasearse por donde quisieran, un alemán oriental había aprovechado para comprar un uniforme de soldado del ejército de Estados Unidos en una tienda de disfraces y había atravesado un control sin que nadie le diera el alto.

—Y muchos mueren en el intento —añadió Rebecca.

Los guardias de la frontera no conocían ni la compasión ni la vergüenza. Disparaban a matar. En ocasiones dejaban que los heridos se desangraran hasta morir en tierra de nadie, para dar una lección a los demás. La muerte era el precio que se pagaba por intentar huir del paraíso comunista.

Rebecca y Bernd planeaban escapar por Bernauer Strasse.

Una de las tristes ironías del Muro era que los edificios de algunas calles se encontraban en el Berlín oriental, pero la acera pertenecía a la parte occidental. Los habitantes del lado oriental de Bernauer Strasse habían abierto la puerta de sus casas el domingo 13 de agosto de 1961 y habían descubierto que una valla de alambre de espino les impedía pisar la calle. Al principio, muchos habían saltado hacia la libertad desde las ventanas de las plantas superiores; algunos a costa de su integridad física, otros intentando caer en las sábanas que sujetaban los bomberos del otro Berlín. Todos aquellos edificios ya habían sido evacuados y sus puertas y ventanas habían sido clausuradas con tablas.

Rebecca y Bernd tenían un plan distinto.

Se vistieron y bajaron a desayunar con la familia, probablemente el último desayuno que compartirían en mucho tiempo. Fue una tensa repetición de lo mismo que había ocurrido el 13 de agosto del año anterior. En aquella ocasión a la familia le había apenado y entristecido que Rebecca hubiera decidido irse, pero al menos no le iba la vida en ello. Esta vez estaban asustados.

Rebecca intentó mostrarse animada.

—Puede que algún día nos reunamos todos al otro lado de la frontera —dijo.

—Sabes que eso no va a suceder —repuso Carla—. Tú tienes que irte, aquí no hay futuro para ti, pero nosotros nos quedamos.

—¿Y el trabajo de papá?

—Por el momento me las apaño —contestó Werner.

Ya no podía acudir a la fábrica de la que era dueño, porque se hallaba en el Berlín occidental. Intentaba dirigirla a distancia, pero era prácticamente imposible. No había servicio telefónico entre los dos Berlines, de modo que se veía forzado a hacerlo todo por correo, lo cual siempre implicaba la posibilidad de sufrir demoras por culpa de los censores.

Aquello suponía una tortura para Rebecca. Su familia lo era todo para ella, pero la obligaban a abandonarla.

—Bueno, ningún muro dura para siempre —dijo—. Un día Berlín volverá a ser una sola ciudad y todos estaremos juntos de nuevo.

Alguien llamó al timbre de la puerta y Lili se levantó de la mesa de un salto.

—Espero que sea el cartero con las cuentas de la fábrica —comentó Werner.

—Yo también voy a cruzar el Muro en cuanto pueda —anunció Walli—. No pienso desperdiciar mi vida en el Este, donde un vejestorio comunista puede decirme la música que debo tocar.

—Harás lo que te plazca… en cuanto tengas edad —dijo Carla.

Lili regresó a la cocina con expresión angustiada.

—No es el cartero —anunció—. Es Hans.

Rebecca no pudo reprimir un pequeño grito. Era imposible que su marido, con el que ya no vivía, supiera nada sobre sus planes de huida.

—¿Está solo? —preguntó Werner.

—Creo que sí.

—¿Te acuerdas de lo que hicimos con Joachim Koch? —le preguntó la abuela Maud a Carla.

Esta miró a sus hijos. Se suponía que los niños no debían saber qué habían hecho con Joachim Koch.

Werner se acercó a la alacena de la cocina y abrió el cajón inferior, el de las cacerolas pesadas. Lo extrajo por completo, lo dejó en el suelo y a continuación metió las manos en el hueco y sacó una pistola negra de culata marrón y una caja pequeña con balas.

—¡Jesús! —exclamó Bernd.

Rebecca no sabía mucho de armas, pero creyó que se trataba de una Walther P38. Werner debía de haberla conservado después de la guerra.

Rebecca se preguntó qué le habría ocurrido a Joachim Koch. ¿Lo habían asesinado?

¿Su madre? ¿Y la abuela?

—Si Hans Hoffmann te saca de esta casa, no volveremos a verte jamás —le dijo su padre, y a continuación empezó a cargar el arma.

—Tal vez no haya venido a detenerla —repuso Carla.

—Cierto —coincidió Werner, y se volvió hacia su hija—. Habla con él, averigua qué quiere, grita si es necesario.

Rebecca se levantó y Bernd la imitó.

—Tú no —lo detuvo Werner—. Podría enfadarse si te ve aquí.

—Pero…

—Mi padre tiene razón —dijo Rebecca—. Tú estate preparado por si te llamo.

—De acuerdo.

Rebecca inspiró hondo, se tranquilizó y salió al vestíbulo.

Hans llevaba un traje nuevo de color azul grisáceo y la corbata a rayas que Rebecca le había regalado por su último cumpleaños.

—Traigo los papeles del divorcio —anunció.

Ella asintió con la cabeza.

—Estabas esperándolos, claro.

—¿Podemos hablar al respecto? —dijo él.

—¿Queda algo más que decir?

—Tal vez.

Rebecca abrió la puerta del comedor, que solo se utilizaba en ocasiones especiales o para que los chicos hicieran los deberes. Entraron y tomaron asiento, pero no cerró la puerta.

—¿Estás segura de que quieres hacerlo? —preguntó Hans.

A Rebecca se le heló el corazón. ¿Se refería a huir? ¿Lo sabía?

—¿Hacer qué? —consiguió articular.

—Divorciarte —contestó él.

Se quedó desconcertada.

—¿Por qué no? Tú también estás de acuerdo.

—¿Ah, sí?

—Hans, ¿qué es lo que quieres decirme?

—Que no es necesario que nos divorciemos. Podríamos empezar

de nuevo, esta vez sin mentiras. Ahora que sabes que soy agente de la Stasi ya no hay necesidad de mentir.

Aquello parecía un sueño descabellado en el que ocurrían cosas imposibles.

—Pero ¿por qué? —preguntó Rebecca.

Hans se inclinó sobre la mesa.

—¿No lo sabes? ¿Ni siquiera te lo imaginas?

—¡No, no sé de qué me hablas! —contestó ella, aunque empezaba a tener una leve y escalofriante sospecha.

—Te quiero —le confesó Hans.

—¡Por el amor de Dios! —exclamó Rebecca—. ¿Cómo puedes decir eso? ¡Después de lo que has hecho!

—Lo digo en serio —insistió él—. Al principio todo era fingido, pero con el tiempo comprendí que eras una mujer maravillosa y me casé contigo porque quise, no fue únicamente por cuestiones de trabajo. Eres guapa, e inteligente, y una maestra entregada. Admiro la entrega. Nunca he conocido a una mujer como tú. Vuelve conmigo, Rebecca… Por favor.

—¡No! —gritó ella.

—Piénsalo. Tómate un día. Una semana.

—¡No!

Rebecca lo rechazaba a voz en grito, pero él se comportaba como si ella fingiera su resistencia por recato.

—Volveremos a hablar —dijo él con una sonrisa.

—¡No! —chilló ella—. ¡Nunca! ¡Nunca jamás!

Y salió corriendo del comedor.

Todos la esperaban junto a la puerta abierta de la cocina, asustados.

—¿Qué ocurre? ¿Qué ha pasado? —preguntó Bernd.

—No quiere divorciarse —gimió Rebecca—. Dice que me quiere, que volvamos a intentarlo… ¡Que le dé otra oportunidad!

—Voy a matar a ese hijo de puta —soltó Bernd.

Sin embargo, no hizo falta detenerlo ya que en ese momento oyeron que la puerta principal se cerraba de golpe.

—Se ha ido —dijo Rebecca—. Gracias a Dios.

Bernd la abrazó y ella enterró el rostro en su hombro.

—Bueno, eso sí que no me lo esperaba —admitió Carla con voz temblorosa.

Werner descargó la pistola.

—Esto no se ha acabado —aseguró la abuela Maud—. Hans volverá. Los agentes de la Stasi creen que la gente normal no puede decirles que no.

—Y tienen razón —dijo Werner—. Rebecca, tienes que irte hoy mismo.

La joven se separó de Bernd.

—Oh, no… ¿Hoy?

—Ahora —puntualizó su padre—. Corres un grave peligro.

—Tu padre tiene razón —convino Bernd—. Hans podría volver con refuerzos. Debemos hacer ahora lo que teníamos planeado para mañana.

—De acuerdo —accedió Rebecca.

La pareja subió a su habitación. Bernd se puso el traje negro de pana, una camisa blanca y una corbata negra, como si fuera a un entierro. Rebecca también escogió el mismo color. Ambos se calzaron unas zapatillas de deporte negras. Bernd sacó de debajo de la cama una cuerda de tender enrollada que había comprado la semana anterior y se la colocó alrededor del cuerpo en bandolera. A continuación se puso una cazadora de cuero marrón para ocultarla. Rebecca se enfundó un abrigo corto y oscuro encima del suéter de cuello vuelto y los pantalones negros.

Estuvieron listos en cuestión de pocos minutos.

La familia esperaba en el vestíbulo, donde Rebecca abrazó y besó a todo el mundo. Lili lloraba.

—No dejes que te maten —dijo entre sollozos.

Bernd y Rebecca se pusieron los guantes de cuero y salieron por la puerta.

Walli los siguió a cierta distancia.

Quería ver cómo lo hacían. No le habían contado a nadie su plan, ni siquiera a la familia. La madre de Walli decía que el único modo de guardar un secreto era no compartirlo con nadie. Su padre y ella defendían aquella máxima con fervor, cosa que llevaba al chico a sospechar que todo aquello venía de las misteriosas experiencias de los tiempos de guerra que nunca les habían explicado.

Walli le había dicho a la familia que subía a tocar la guitarra a su habitación. En esos momentos tenía una eléctrica, por lo que, al no oír nada, sus padres supondrían que estaba practicando sin enchufarla.

Se escabulló por la puerta trasera.

Rebecca y Bernd caminaban cogidos del brazo. Avanzaban a paso ligero, pero no tanto como para llamar la atención. Eran las ocho y media y la niebla matutina empezaba a levantarse, así que Walli no tenía problemas para seguirlos. La cuerda de tender formaba un bulto en el hombro de Bernd. Él y Rebecca no miraban atrás, y las zapatillas de deporte de Walli no hacían ruido al caminar. Se fijó en que ellos también llevaban el mismo tipo de calzado y se preguntó por qué.

Walli estaba nervioso y asustado. Había sido una mañana llena de sorpresas. Él había estado a punto de desmayarse cuando su padre había extraído aquel cajón y había sacado nada más y nada menos que una pistola. ¡El viejo no habría dudado en disparar a Hans Hoffmann! Después de todo, tal vez su padre no fuera un vejestorio.

Walli se sentía muerto de miedo por su hermana, a la que quería con toda el alma y a quien podían matar en cuestión de minutos, pero también vibraba de emoción. Si ella lograba huir, él también lo haría.

Seguía decidido a escapar de allí. A pesar de haber desafiado a su padre al ir al Minnesänger contraviniendo sus órdenes, no había sufrido represalias. Según su padre, la destrucción de la guitarra era castigo suficiente. De todas formas, todavía tenía que aguantar a dos tiranos, Werner Franck y el secretario general Walter Ulbricht, y estaba decidido a quitarse a ambos de encima a la primera oportunidad.

Rebecca y Bernd llegaron a una calle que conducía directamente al Muro y al final de la cual vieron a dos guardias fronterizos que pateaban el suelo intentando contrarrestar el frío de la mañana. Llevaban subfusiles PPSh-41 soviéticos de tambor cilíndrico colgados al hombro. Walli no conseguía imaginar cómo iba nadie a superar el alambre de espino con aquellos dos vigilando.

Sin embargo, Rebecca y Bernd cambiaron de dirección y entraron en un cementerio.

Walli no podía seguirlos por los caminos que se abrían entre las tumbas porque resultaría demasiado sospechoso entre tanto espacio abierto, así que apretó el paso, tomó una ruta perpendicular a la trayectoria de su hermana y Bernd, y se ocultó detrás de la iglesia que se alzaba en medio del camposanto. Se asomó a la esquina del edificio para echar un vistazo. Era evidente que no lo habían visto.

Comprobó que se dirigían al extremo noroccidental del cementerio.

Allí había una valla de tela metálica y, al otro lado, el patio trasero de una casa.

Rebecca y Bernd la saltaron.

«Eso explica las zapatillas de deporte», pensó Walli.

¿Y la cuerda de tender?

Los edificios de Bernauer Strasse estaban abandonados y en ruinas, pero las calles que desembocaban en esta continuaban habitadas como siempre. Rebecca y Bernd, tensos y asustados, atravesaron con sigilo el patio trasero de una casa adosada situada en una de aquellas vías, a cinco puertas del final de la calle que el Muro cortaba. Rebecca tenía treinta años y era ágil. Bernd era mayor que ella, tenía cuarenta, pero estaba en buena forma y había entrenado al equipo de fútbol del colegio. Por fin llegaron a la parte trasera de la antepenúltima casa.

Habían estado en el cementerio con anterioridad, vestidos también de negro para hacerse pasar por visitantes apesadumbrados, pero con el verdadero propósito de estudiar aquellas casas. Desde allí no disponían de muy buena visión —y no podían arriesgarse a llevar binoculares—, pero estaban bastante seguros de que por la penúltima casa podrían subir al tejado.

Un tejado los conduciría al siguiente, y así sucesivamente hasta llegar a los edificios vacíos de Bernauer Strasse.

Rebecca iba poniéndose más nerviosa a medida que se acercaban.

Para subir hasta allí, primero habían planeado encaramarse a una carbonera no muy alta, y de esta a un retrete exterior de tejado plano. Finalmente treparían por un hastial en el que se divisaba el alféizar de una ventana. Sin embargo, todas las alturas les habían parecido menores desde el cementerio. De cerca, la ascensión era imponente.

No podían entrar en la casa. Sus ocupantes darían la alarma, ya que, si no, se arriesgaban a ser castigados con severidad.

La niebla habría humedecido los tejados, que estarían resbaladizos, pero al menos no llovía.

—¿Estás lista? —preguntó Bernd.

No, no lo estaba. Estaba aterrorizada.

—Qué caray, sí —contestó.

—Eres una fiera.

La carbonera les llegaba a la altura del pecho, y se encaramaron a ella sin hacer apenas ruido gracias a la suela blanda de las zapatillas de deporte.

Desde allí, Bernd apoyó los codos en el borde del tejado plano del retrete exterior y se impulsó para subirse a él. Tumbado boca abajo, le tendió las manos a Rebecca y la izó. Se pusieron de pie. Rebecca tenía la angustiante sensación de que los verían en cualquier momento, pero cuando miró a su alrededor solo distinguió una forma lejana en el cementerio.

La siguiente parte suponía un gran reto. Bernd asentó una rodilla en el alféizar de la ventana, pero era estrecho. Por suerte las cortinas estaban echadas, de manera que si había alguien en la habitación no veía nada, salvo que oyera algo y se acercara a investigar. Bernd subió la otra rodilla no sin esfuerzo, se apoyó en el hombro de Rebecca para no caerse y consiguió erguirse. Con los pies bien plantados a pesar del poco espacio del que disponía, la ayudó a subir.

Ella se arrodilló en el alféizar e intentó no mirar hacia abajo.

Bernd extendió los brazos hacia el borde del tejado inclinado, el siguiente paso de su ascensión. Desde allí no podía izarse, no había nada a lo que agarrarse salvo el canto de las tejas de pizarra. Ya habían debatido aquel problema. Todavía arrodillada, Rebecca se preparó. Bernd apuntaló un pie en uno de los hombros de ella y, sujetándose en el borde del tejado para mantener el equilibrio, descansó todo su peso en Rebecca. Dolía, pero ella aguantó. Bernd subió el otro pie inmediatamente a su otro hombro. En cuanto él se estabilizara, ella podría sostenerlo… aunque solo unos instantes.

Un segundo después, Bernd pasó una pierna por encima de las pizarras y se encaramó al tejado.

Abrió las piernas y los brazos para ejercer la mayor tracción posible, luego bajó una mano enguantada con la que cogió a Rebecca por el cuello del abrigo mientras esta se aferraba a su brazo.

De pronto, las cortinas se descorrieron y Rebecca se encontró a escasos centímetros del rostro de una mujer que se la quedó mirando.

La mujer empezó a chillar.

Con gran esfuerzo, Bernd izó a Rebecca hasta que esta pudo pasar la pierna por encima del borde del tejado en pendiente y a continuación tiró de ella para atraerla hacia sí y ponerla a salvo.

Sin embargo, ambos perdieron el control y empezaron a resbalar.

Rebecca abrió las manos y presionó las palmas enguantadas contra la pizarra, intentando frenar la caída. Aunque Bernd hizo lo mismo, ambos continuaron deslizándose, despacio pero de manera inexorable, hasta que las zapatillas de deporte de Rebecca toparon con un canalón de hierro. No parecía muy firme, pero aguantó y por fin se detuvieron.

—¿Qué ha sido ese chillido? —preguntó Bernd con apremio.

—Había una mujer en el dormitorio y me ha visto, aunque no creo que la hayan oído desde la calle.

—Pero podría dar la alarma.

—No hay nada que podamos hacer. Sigamos.

Avanzaron arrastrándose por el tejado inclinado. Las casas eran viejas y algunas de las pizarras estaban rotas. Rebecca intentaba no descargar demasiado peso en el canalón que tocaba con los pies, pero se movían con una lentitud exasperante.

Imaginó a la mujer de la ventana hablando con su marido: «Si no hacemos nada nos acusarán de colaborar. Podríamos decir que estábamos profundamente dormidos y que no hemos oído nada, pero es probable que nos detengan de todas formas. Aunque llamáramos a la policía, nos detendrían por sospechosos. Cuando las cosas salen mal, detienen a todo el que tienen a mano. Lo mejor es mantenerse al margen. Volveré a echar las cortinas».

La gente corriente evitaba el contacto con la policía, pero ¿y si la mujer de la ventana no era una persona corriente? Si ella o su marido pertenecían al partido y tenían privilegios y un trabajo no demasiado duro, estarían relativamente a salvo del acoso policial, por lo que no cabía duda de que los delatarían.

Sin embargo, pasaron los segundos y Rebecca continuó sin oír nada fuera de lo habitual. Tal vez se hubieran librado.

Llegaron a un punto en que el tejado hacía un ángulo al encontrarse con la siguiente casa y, apuntalando los pies en las vertientes opuestas, Bernd consiguió trepar hasta que logró sujetarse al caballete de lo alto. A pesar de que podía agarrarse mejor, la orientación de ese segundo tejado hacía que corriera el riesgo de que la policía viera los dedos de sus guantes oscuros desde la calle.

Dobló la esquina y continuó adelante, cada vez más cerca de Bernauer Strasse y de la libertad.

Rebecca lo siguió. Echó un vistazo atrás, preguntándose si alguien podría verlos. Sus ropas oscuras no destacaban sobre las pizarras grises, pero no eran invisibles. ¿Estaría alguien observándolos? Vio los patios traseros y el cementerio. La forma oscura que había divisado hacía un minuto se alejaba en esos momentos de la iglesia a la carrera, en dirección a la puerta del camposanto. Un miedo acerado le atenazó el estómago. ¿Los había descubierto y corría a avisar a la policía?

Se dejó llevar por el pánico unos instantes, hasta que cayó en la cuenta de que aquella figura le resultaba familiar.

—¿Walli? —dijo.

¿Qué narices se traía entre manos? Era evidente que los había seguido, pero ¿con qué fin? Además, ¿adónde se dirigía con esas prisas?

Aparte de preocuparse, no podía hacer nada más.

Llegaron a la pared trasera de un edificio de apartamentos de Bernauer Strasse.

Las ventanas estaban tapiadas con tablas. Bernd y Rebecca se habían planteado arrancarlas para entrar y hacer lo propio con las de la parte delantera para salir por allí, pero habían concluido que armarían demasiado jaleo, tardarían una eternidad y encontrarían muchas complicaciones. Al final decidieron que sería más fácil intentarlo por arriba.

El caballete del tejado en el que se encontraban llegaba a la misma altura que los canalones del alto edificio contiguo, de modo que podrían pasar sin dificultad de uno al otro.

A partir de entonces, los guardias armados con subfusiles que vigilaban la calle podrían verlos en cualquier momento.

Había llegado la hora de la verdad.

Bernd se encaramó al caballete, en el que se sentó a horcajadas, y a continuación pasó al tejado del edificio de apartamentos, desde donde siguió ascendiendo.

Rebecca fue tras él. Jadeaba. Tenía las rodillas magulladas y le dolían los hombros de cuando Bernd se había subido a ellos.

Se había sentado en el tejado de menor altura cuando echó un vistazo a la calle. Los policías se encontraban alarmantemente cerca. En esos momentos se encendían un cigarrillo, pero si a uno de ellos le daba por mirar hacia arriba, Bernd y ella estarían perdidos. Ambos ofrecían un blanco fácil para sus subfusiles.

Sin embargo, también se encontraban a pocos pasos de la libertad.

Había empezado a incorporarse para pasar al otro tejado cuando notó que algo cedía bajo uno de sus pies. La suela de la zapatilla resbaló y, al perder el apoyo, Rebecca se golpeó la ingle con dureza. Ahogó un grito y por un instante aterrador se inclinó peligrosamente hacia un lado, pero consiguió recuperar el equilibrio.

Por desgracia, la causa del resbalón, una teja suelta, acabó de desprenderse del tejado, rebotó en el canalón y cayó a la calle, donde se hizo trizas con gran estruendo.

Los policías lo oyeron y contemplaron los fragmentos esparcidos sobre la acera.

Rebecca se quedó helada.

Los guardias miraron a su alrededor. En cualquier momento llegarían a la conclusión de que la teja había caído de arriba y alzarían la vista. Sin embargo, antes de que eso ocurriera, a uno de ellos lo alcanzó una piedra. Un segundo después, Rebecca oyó gritar a su hermano.

—¡Los polis sois unos hijos de puta!

Walli cogió otra piedra y se la lanzó a los policías. Esta vez no acertó a darles.

Acosar a la policía de la Alemania Oriental era un suicidio, y él lo sabía; lo más probable era que lo detuvieran, le dieran una paliza y lo encarcelaran. Pero tenía que hacerlo.

Bernd y Rebecca habían quedado completamente expuestos, y los guardias, que nunca se lo pensaban dos veces a la hora de disparar a los fugitivos, los verían en cualquier momento. Estaban a poca distancia, a unos quince metros, y ambos acabarían acribillados a balazos en cuestión de segundos.

Salvo que alguien distrajera a los policías.

No eran mucho mayores que Walli. Él tenía dieciséis años y ellos no aparentaban más de veinte. Miraban a su alrededor, desconcertados, con el cigarrillo recién encendido entre los labios, incapaces de comprender por qué una teja se había hecho añicos y les habían lanzado dos piedras.

—¡Cerdos! —gritó Walli—. ¡Cabrones! ¡Hijos de puta!

Por fin lo vieron. Estaba a unos cientos de metros de ellos, visible a pesar de la niebla. En cuanto lo divisaron, echaron a andar en dirección a él.

Walli retrocedió.

Ellos empezaron a correr.

Walli dio media vuelta y salió disparado.

Miró atrás al llegar a la puerta del cementerio y vio que uno de los hombres se había detenido. Sin duda acababa de caer en que los dos no podían abandonar su puesto junto al Muro para ir detrás de alguien que solo les había lanzado piedras. Todavía no se habían parado a pensar por qué haría nadie algo tan absurdo.

El segundo policía se arrodilló y apuntó con su arma.

Walli se coló en el cementerio.

Bernd pasó la cuerda de tender por detrás de una chimenea de ladrillo, la tensó e hizo un nudo.

Rebecca estaba tumbada en el caballete del tejado, mirando abajo sin resuello. Vio que un policía perseguía a Walli por la calle, y que Walli cruzaba el cementerio a la carrera. El segundo policía volvió a su puesto de vigilancia, pero por suerte continuó mirando atrás, observando a su compañero. Rebecca no sabía si sentir alivio o terror ante el hecho de que su hermano estuviera arriesgando la vida para desviar la atención de la policía durante los segundos siguientes, cruciales para ellos.

Volvió la vista hacia el otro lado, hacia el mundo libre. En Bernauer Strasse, al otro lado de la calle, una pareja los observaba y hablaba con excitación.

Bernd sujetó la cuerda con fuerza, se sentó y se dejó resbalar sobre el trasero por la vertiente occidental del tejado, en dirección al borde. A continuación se pasó la cuerda por debajo de los brazos, se la enrolló alrededor del pecho un par de veces y aún le sobraron unos quince metros. Así podría inclinarse sobre el borde, sujeto por la cuerda, que estaba atada a la chimenea.

Volvió junto a Rebecca y se sentó en el caballete a horcajadas.

—Ponte recta —dijo.

Le pasó el cabo suelto por debajo de los brazos e hizo un nudo. Luego sujetó fuerte la cuerda con sus manos enguantadas.

Rebecca echó un último vistazo al Berlín oriental y vio a Walli escalando con agilidad la valla del final del cementerio. Su figura cruzó una calzada y se perdió por una calle lateral. El policía tiró la toalla y dio media vuelta, momento en que le dio por levantar la vista hacia el tejado del edificio de apartamentos, y se quedó boquiabierto.

Rebecca no tenía ninguna duda de lo que había visto. Bernd y ella estaban encaramados en lo alto del tejado, recortados contra el cielo con toda nitidez.

El policía gritó y los señaló, luego echó a correr.

Rebecca bajó del caballete y fue dejándose resbalar poco a poco por la vertiente del tejado hasta que sus zapatillas de deporte tocaron el canalón delantero.

Oyó una ráfaga de ametralladora.

Bernd llegó junto a ella y se preparó para sujetar con fuerza la cuerda atada a la chimenea.

Rebecca sintió que él soportaba su peso.

«Allá vamos», pensó.

Rodó por encima del canalón y quedó suspendida en el aire.

La cuerda se le tensó dolorosamente alrededor del tronco, por encima del pecho. Quedó colgando inmóvil un instante, hasta que Bernd comenzó a soltar cuerda poco a poco y ella empezó a descender con pequeñas sacudidas.

Lo habían ensayado en casa de sus padres. Bernd la había ayudado a bajar desde la ventana más alta hasta el jardín trasero. Le dejaba las manos destrozadas, decía él, pero con unos buenos guantes podía hacerlo. En cualquier caso, Rebecca tenía instrucciones de detenerse brevemente siempre que pudiera descansar su peso en una ventana para darle a él un respiro.

Rebecca oyó gritos de ánimo e imaginó que a esas alturas ya se había congregado una pequeña multitud en Bernauer Strasse, en el lado occidental del Muro.

Debajo de ella vio la acera y el alambre de espino que recorría toda la fachada del edificio. ¿Ya estaba en el Berlín occidental? La policía fronteriza podía disparar a quien quisiera en el lado oriental, pero tenían órdenes estrictas de no hacerlo hacia el occidental, ya que los soviéticos querían evitar cualquier incidente diplomático. Sin embargo, se hallaba suspendida justo encima del alambre de espino, ni en un país ni en el otro.

Volvió a oír otra ráfaga de ametralladora. ¿Dónde estaban los policías y a quién disparaban? Supuso que intentarían subir al tejado para abatir a Bernd antes de que fuera demasiado tarde. Si seguían la complicada ruta de sus presas, no lo lograrían a tiempo. Aunque siempre podían atajar entrando en el edificio y subiendo la escalera a la carrera.

Ya casi estaba. Sus pies tocaron el alambre de espino. Se apartó del edificio de un empujón, pero sus piernas no acabaron de librarse del alambre y sintió que las púas le desgarraban los pantalones y la piel, produciéndole un intenso dolor. De pronto se vio rodeada de personas que intentaban ayudarla: la sujetaron, la desengancharon del alambre de espino, le desataron la cuerda que llevaba alrededor del pecho y la dejaron en el suelo.

En cuanto consiguió sostenerse derecha, miró hacia arriba. Bernd permanecía en el borde del tejado, soltando la cuerda que llevaba envuelta alrededor del pecho. Rebecca retrocedió unos pasos para poder verlo mejor. Los policías todavía no habían llegado al tejado.

Bernd asió la cuerda con firmeza entre sus manos y se puso de espaldas a la calle para bajar del tejado. Empezó a descender por la pared haciendo rappel, soltando cuerda poco a poco, algo extremadamente difícil ya que todo su peso descansaba en la fuerza con que sujetaba la cuerda. Lo había practicado en casa, descendiendo la pared trasera de la vivienda familiar, de noche, para que nadie pudiera verlo. Sin embargo, aquel edificio era más alto.

La gente que se había reunido en la calle lo ovacionaba.

En ese momento, un policía apareció en el tejado.

Bernd aceleró el ritmo, arriesgándose a que la cuerda se le escurriera entre las manos al aumentar la velocidad.

—¡Traed una manta! —gritó alguien.

Rebecca sabía que no había tiempo.

El policía apuntó a Bernd con el subfusil, pero vaciló. No podía disparar hacia la Alemania Occidental, ya que podría alcanzarle a alguien que no fuera un fugitivo. Aquel era el tipo de incidente capaz de iniciar una guerra.

El hombre se volvió y miró la cuerda atada alrededor de la chimenea. Podría desatarla, pero para cuando lo consiguiera Bernd ya habría llegado al suelo.

¿Llevaría una navaja?

Por lo visto, no.

En ese momento el policía tuvo una inspiración. Apuntó el cañón del arma contra la tensa cuerda y disparó una sola vez.

Rebecca chilló.

La cuerda se partió y salió volando hacia Bernauer Strasse.

Bernd se precipitó al vacío.

La gente se apartó.

El fugitivo se estrelló contra la acera con un golpe sordo, espeluznante.

Y no se movió.

Tres días después, Bernd abrió los ojos y vio a Rebecca.

—Hola —dijo.

—Oh, gracias a Dios —musitó ella.

Había estado a punto de volverse loca de preocupación. Los médicos le habían dicho que Bernd recuperaría el conocimiento, pero ella no lo creyó hasta que pudo verlo con sus propios ojos. Lo habían sometido a varias operaciones y había permanecido profundamente sedado entre una y otra. Desde entonces, aquella era la primera vez que ella reconocía un atisbo de consciencia en su rostro. Se inclinó sobre la camilla de hospital y lo besó en los labios, tratando de reprimir las lágrimas.

—Has vuelto —dijo—. No sabes cuánto me alegro.

—¿Qué ha ocurrido? —preguntó él.

—Te caíste.

Bernd asintió con la cabeza.

—El tejado. Lo recuerdo. Pero…

—El policía disparó a la cuerda.

Bernd se miró el cuerpo.

—¿Estoy escayolado?

Rebecca llevaba tiempo deseando que despertara, pero también temía ese momento.

—De cintura para abajo —contestó.

—No… No puedo mover las piernas. No las siento. —De pronto pareció que le entraba el pánico—. ¿Me las han amputado?

—No. —Rebecca respiró hondo—. Tienes rotos casi todos los huesos de las piernas, pero no las sientes por culpa de una lesión parcial en la médula espinal.

Bernd guardó silencio largo rato.

—¿Tiene cura?

—Los médicos dicen que los nervios podrían sanar, aunque lentamente.

—Eso quiere decir…

—Eso quiere decir que, con el tiempo, podrías recuperar parte de la sensibilidad por debajo de la cintura. Aunque tendrás que ir en silla de ruedas cuando salgas del hospital.

—¿Han dicho cuánto tiempo?

—Han dicho que… —Tuvo que hacer un esfuerzo para no llorar—. Debes hacerte a la idea de que podría ser permanente.

Bernd apartó la mirada.

—Soy un inválido.

—Pero eres libre. Estás en Berlín Oeste. Hemos escapado.

—Escapado para acabar en una silla de ruedas.

—No lo mires de ese modo.

—¿Y qué coño quieres que haga?

—Ya lo he pensado. —Rebecca adoptó un tono de voz firme y decidido, mucho más de lo que sentía—. Vas a casarte conmigo y vas a volver a enseñar.

—No lo veo muy probable.

—Ya he llamado a Anselm Weber. Recordarás que ahora es director de una escuela en Hamburgo. Tiene trabajo para ambos, empezamos en septiembre.

—¿Un profesor en silla de ruedas?

—¿Y qué más da? Todavía puedes enseñar física y que la entienda hasta el niño menos avispado de la clase. No se necesitan piernas para eso.

—No tienes por qué casarte con un inválido.

—No, pero quiero casarme contigo. Y es lo que voy a hacer.

La voz de Bernd adoptó un tono amargo.

—No puedes casarte con un hombre sin sensibilidad de cintura para abajo.

—Escúchame bien —respondió ella con apasionamiento—, hace tres meses no sabía lo que era el amor. Acabo de encontrarte y no pienso perderte. Hemos escapado, hemos sobrevivido y vamos a vivir. Nos casaremos, daremos clases y nos querremos.

—No sé.

—Solo te pido una cosa —insistió—, no puedes perder la esperanza. Nos enfrentaremos a todas las dificultades juntos y resolveremos todos nuestros problemas juntos. Puedo hacer frente a cualquier cosa siempre que te tenga a mi lado. Bernd Held, prométeme que nunca te rendirás. Nunca.

Se hizo un largo silencio.

—Prométemelo.

—Eres una fiera —dijo Bernd sonriendo.

TERCERA PARTE

Isla

1962

14

Dimka y Valentín subieron a la noria del parque Gorki con Nina y Anna.

Después de que Dimka tuviera que marcharse del campamento de verano, Nina estuvo saliendo varios meses con un ingeniero, pero después rompieron, así que volvía a estar libre. Valentín y Anna eran ya pareja; él dormía en el apartamento de las chicas la mayor parte de los fines de semana, y en un par de ocasiones le había dicho a Dimka algo que a este le pareció muy significativo: que acostarse con una mujer detrás de otra no era más que una fase que los hombres atravesaban cuando eran jóvenes.

«No tendré yo esa suerte…», pensó Dimka.

El primer fin de semana cálido del efímero verano moscovita, Valentín propuso una cita doble, y Dimka accedió entusiasmado. Nina era inteligente y resuelta, y lo desafiaba, algo que a él le gustaba, pero, ante todo, era sexy. Él pensaba a menudo en el fervor con que lo había besado y deseaba que volviera a ocurrir. Recordaba cómo sus pezones se habían erizado en el agua fría y se preguntaba si ella habría pensado alguna vez en aquel día en el lago.

El problema era que no podía compartir la actitud despreocupada y explotadora que Valentín tenía con las chicas, pues era capaz de decirles cualquier cosa para llevárselas a la cama. Dimka creía que estaba mal manipular a la gente o abusar de ella, y también que si alguien decía «No» había que aceptarlo, mientras que Valentín siempre interpretaba un «No» como un «Quizá todavía no».

El parque Gorki era un oasis en el desierto del adusto comunismo, un lugar al que los moscovitas podían ir a divertirse sin más. La gente se ponía sus mejores galas, compraba helados y dulces, flirteaba con desconocidos y se besaba entre los arbustos.

Anna fingía que le daba miedo la noria, y Valentín le seguía la corriente, rodeándola con un brazo y diciéndole que era totalmente segura. Nina parecía cómoda y despreocupada, y Dimka prefería eso al falso terror, aunque no le daba la oportunidad de ponerse más cariñoso con ella.

Nina llevaba un vestido camisero de algodón a rayas naranja y verdes que le favorecía mucho. «Por detrás la hace parecer incluso seductora», pensó Dimka mientras bajaban de la noria. Se las había ingeniado para conseguir unos vaqueros americanos y una camisa azul a cuadros para la cita, a cambio de dos entradas para una función de ballet a la que Jrushchov no pensaba asistir: *Romeo y Julieta* en el Bolshói.

—¿Qué has estado haciendo desde la última vez que te vi? —le preguntó Nina mientras paseaban por el parque tomando un refresco de naranja tibio que habían comprado en un puesto.

—Trabajar —contestó él.

—¿Eso es todo?

—Suelo llegar al despacho una hora antes que Jrushchov para asegurarme de que lo encuentra todo preparado: los documentos que necesita, los periódicos extranjeros que lee y los archivos que va a querer consultar. Generalmente trabaja hasta la noche, y pocas veces me voy antes que él. —Deseó ser capaz de hacer que su trabajo pareciese lo emocionante que en realidad era—. No me queda mucho tiempo para nada más.

—Dimka era igual en la universidad —terció Valentín—: trabajo, trabajo, trabajo.

Por suerte, Nina no parecía considerar que la vida de Dimka fuera aburrida.

—¿De verdad pasas todos los días con el camarada Jrushchov?

—La mayoría.

—¿Dónde vives?

—En la Casa del Gobierno. —Era un edificio de apartamentos destinados a la élite de Moscú y situado cerca del Kremlin.

—Fantástico.

—Con mi madre —añadió.

—Yo viviría con mi madre si pudiera tener un piso en ese edificio.

—Mi hermana melliza también vive con nosotros, aunque ahora está en Cuba… Es periodista de la TASS.

—Me gustaría ir a Cuba —comentó Nina con aire melancólico.

—Es un país pobre.

—Podría soportarlo, en un clima sin invierno. Imagina lo que debe de ser bailar en la playa en enero.

Dimka asintió, aunque a él Cuba lo fascinaba en otro sentido. La revolución de Castro demostraba que la rígida ortodoxia soviética no era la única forma posible de comunismo. Castro tenía ideas nuevas, diferentes.

—Espero que Castro sobreviva —dijo.

—¿Por qué no iba a sobrevivir?

—Los americanos ya han querido invadir el país. Bahía de Cochinos fue un desastre, pero volverán a intentarlo, con más ejército... Probablemente en 1964, cuando el presidente Kennedy se presente a la reelección.

—¡Es horrible! ¿No se puede hacer nada?

—Castro está intentando firmar la paz con Kennedy.

—¿Lo conseguirá?

—El Pentágono se opone y los congresistas conservadores arman jaleo, así que la idea no está llegando a ninguna parte.

—¡Tenemos que apoyar la revolución cubana!

—Estoy de acuerdo... pero a nuestros conservadores tampoco les gusta Castro. No están seguros de que sea un auténtico comunista.

—¿Qué va a pasar?

—Dependerá de los americanos. Podrían dejar en paz a Cuba, pero no creo que sean tan listos. Supongo que seguirán hostigando a Castro hasta que crea que el único país al que puede recurrir en busca de ayuda es la Unión Soviética, así que tarde o temprano acabará pidiéndonos protección.

—¿Qué podemos hacer?

—Buena pregunta.

—Me muero de hambre —los interrumpió Valentín—. Chicas, ¿tenéis comida en casa?

—Claro —contestó Nina—, he comprado un codillo para estofar.

—Entonces, ¿a qué esperamos? Dimka y yo nos encargamos de las cervezas.

Cogieron el metro para ir al apartamento que Anna y Nina compartían en un edificio controlado por el sindicato del acero, para el que trabajaban. El piso era pequeño: una habitación con dos camas individuales, un comedor con un sofá frente a un televisor, una cocina con una mesa diminuta y un cuarto de baño. Dimka supuso que Anna era la responsable de los cojines de encaje que decoraban el sofá y las flores de plástico que había en un jarrón encima del televisor, y que Nina había comprado las cortinas a rayas y los pósteres de paisajes montañosos que colgaban de la pared.

A Dimka le preocupó que solo hubiese un dormitorio. Si Nina

quería acostarse con él, ¿harían el amor las dos parejas en la misma habitación? Situaciones como esa se habían dado cuando Dimka estudiaba en la universidad y vivía en una residencia atestada. Aun así, la idea no le gustaba. Al margen de todo lo demás, no quería que Valentín supiera lo inexperto que era.

Se estaba preguntando dónde dormiría Nina las veces en que Valentín se quedaba, cuando reparó en la pequeña pila de sábanas que había en el suelo del comedor, por lo que dedujo que dormía en el sofá.

Nina puso el codillo en una cazuela, Anna picó un nabo grande, Valentín sacó los cubiertos y los platos, y Dimka sirvió la cerveza. Aunque todos excepto él parecían saber lo que iba a ocurrir a continuación y se sentía un poco nervioso, se dejó llevar.

Nina preparó una bandeja de aperitivos: champiñones en conserva, blinis, salchichas y queso. Dejaron que el estofado acabara de hacerse y fueron al comedor. Nina se dejó caer en el sofá y dio unas palmadas a su lado para indicar a Dimka que se sentara a su lado, Valentín ocupó la butaca y Anna se sentó en el suelo, a sus pies. Escucharon música en la radio mientras tomaban cerveza. Nina había sazonado el guiso con hierbas, y el aroma procedente de la cocina espoleó el apetito de Dimka.

Hablaron de sus padres. Los de Nina estaban divorciados; los de Valentín, separados, y los de Anna se odiaban.

—A mi madre no le gustaba mi padre —dijo Dimka—. A mí tampoco. A nadie le gusta un hombre del KGB.

—Yo he estado casada una vez… y nunca más —comentó Nina—. ¿Conocéis a alguien que esté felizmente casado?

—Sí —contestó Dimka—, mi tío Volodia. La verdad es que mi tía Zoya es maravillosa. Es física, pero parece una estrella de cine. Cuando era pequeño la llamaba «tía de Revista», porque se parecía a esas mujeres tan increíblemente guapas que salen en las fotos de las revistas.

Valentín acarició el cabello de Anna, y ella recostó la cabeza sobre su muslo de un modo que a Dimka le pareció sensual. Quería tocar a Nina, y sin duda a ella no le habría importado —¿por qué, si no, lo había invitado a ir a su apartamento?—, pero se sentía torpe y azorado. Deseaba que ella hiciera algo; en realidad, la experimentada era ella, pero Nina, que lucía una leve sonrisa, parecía contentarse con escuchar música y tomar cerveza.

Al fin la cena estuvo lista. Nina era una buena cocinera y el estofado, que acompañaron con pan negro, quedó delicioso.

Cuando acabaron y recogieron, Valentín y Anna se fueron a la habitación y cerraron la puerta.

Dimka fue al baño. La cara que reflejaba el espejo del lavamanos no era atractiva, pese a sus ojos grandes y azules, sin duda su mejor rasgo. Llevaba el cabello, castaño oscuro, cortado al estilo militar aceptado entre los jóvenes burócratas comunistas, y eso le hacía parecer un hombre serio cuyos pensamientos estaban muy por encima del sexo.

Comprobó que llevaba el preservativo en el bolsillo. Esa clase de artículos escaseaban y le había costado mucho conseguir varios. Sin embargo, no compartía la opinión de Valentín de que el embarazo era un problema de la mujer. Estaba seguro de que no disfrutaría del sexo si tenía la sensación de estar obligando a la chica a dar a luz o a abortar.

Volvió al comedor, donde, para su sorpresa, encontró a Nina con el abrigo puesto.

—Te acompaño al metro —dijo.

Dimka se sentía desconcertado.

—¿Por qué?

—No creo que conozcas el barrio... y no me gustaría que te perdieras.

—Quiero decir que... ¿por qué quieres que me vaya?

—¿Qué otra cosa vas a hacer?

—Me gustaría quedarme y besarte —contestó.

Nina se rió.

—Lo que te falta de sofisticado lo tienes de entusiasta. —Se quitó el abrigo y se sentó.

Dimka se sentó a su lado y la besó, inseguro.

Nina le devolvió el beso con un fervor reconfortante, y él vio con creciente excitación que a ella no le importaba que fuera inexperto, por lo que no tardó en intentar desabotonarle con torpeza el vestido. Tenía unos pechos maravillosamente grandes, y los llevaba protegidos con un práctico pero formidable sujetador que se quitó para ofrecérselos a sus besos.

Luego, todo se precipitó.

Cuando llegó el gran momento, ella se tumbó en el sofá con la cabeza sobre el apoyabrazos y un pie en el suelo, una postura que adoptó con tal disposición que Dimka dedujo que ya lo había hecho antes.

Se apresuró a coger el preservativo y lo sacó con dificultad del envoltorio.

—No lo necesitamos —lo interrumpió Nina.

Él se quedó perplejo.

—¿Qué quieres decir?

—No puedo tener hijos, me lo han dicho los médicos. Por eso se divorció de mí mi ex marido.

Él dejó caer el preservativo al suelo y se tendió sobre ella.

—Tranquilo… —dijo Nina, guiándolo hacia su interior.

«Lo he hecho —pensó Dimka—. Al fin he perdido la virginidad.»

La lancha motora era del mismo tipo de las que en el pasado se habían hecho famosas por llevar ron de contrabando: larga y estrecha, extremadamente rápida y terriblemente incómoda. Cruzó el estrecho de Florida a ochenta nudos, surcando las olas con el impacto de un coche al estrellarse contra una valla de madera. Los seis hombres que la ocupaban iban asegurados con cinturón, el único modo de viajar con cierta seguridad en una lancha a tal velocidad. En la pequeña cubierta de carga llevaban subfusiles M3, pistolas y bombas incendiarias. Se dirigían a Cuba.

Sin duda, George Jakes no tendría que haberse encontrado entre ellos.

Escrutaba el mar iluminado por la luna y se sentía algo mareado. Cuatro de los hombres eran cubanos exiliados en Miami; George solo conocía sus nombres de pila. Detestaban el comunismo, detestaban a Castro y detestaban a cualquiera que no conviniera con ellos. El sexto hombre era Tim Tedder.

Todo había comenzado cuando Tedder entró en el despacho del Departamento de Justicia. A George le resultó conocido y asumió que era un hombre de la CIA, aunque estaba «oficialmente» retirado y trabajaba por cuenta propia como asesor en seguridad.

George se encontraba solo en el despacho.

—¿Puedo ayudarle? —preguntó con amabilidad.

—Vengo a la reunión por la Operación Mangosta.

George había oído hablar de la Operación Mangosta, un proyecto en el que se hallaba implicado el nada fidedigno Dennis Wilson, pero no conocía todos los detalles.

—Pase —le dijo, y señaló una silla.

Tedder entró con una carpeta bajo el brazo. Tendría unos diez años más que George, pero daba la impresión de que se había vestido en la década de 1940: llevaba un traje cruzado y el cabello engominado con la raya al lado, muy marcada.

—Dennis volverá de un momento a otro —le hizo saber George.

—Gracias.

—¿Cómo va? Me refiero a Mangosta.

Tedder parecía cauteloso.

—Informaré en la reunión —contestó.

—Yo no voy a asistir. —George miró el reloj. Insinuaba, engañosamente, que había sido invitado, lo cual no era cierto, pero sentía curiosidad—. Tengo una reunión en la Casa Blanca.

—Lástima.

George recordó cierta información.

—Según el plan original, debería encontrarse en la segunda fase, la propaganda.

El rostro de Tedder se relajó al inferir que George estaba en el ajo.

—Aquí está el informe —dijo mientras abría la carpeta.

George fingía saber más de lo que en realidad sabía. Mangosta era un proyecto destinado a ayudar a los cubanos anticomunistas a fomentar una contrarrevolución. El punto culminante del plan consistía en el derrocamiento de Castro en octubre de ese año, justo antes de las elecciones de mitad de legislatura al Congreso. Equipos de infiltración adiestrados por la CIA se encargarían de la organización política y de la propaganda anticastrista.

—¿Estamos cumpliendo con la agenda? —preguntó George fingiendo menos interés del que en realidad sentía.

Tedder pasó por alto la pregunta.

—Es hora de aumentar la presión —comentó—. Difundir furtivamente panfletos que se mofen de Castro no es lo que queremos.

—¿Y cómo podemos aumentar la presión?

—Está todo ahí —respondió Tedder señalando los documentos.

George empezó a leerlos y lo que encontró en ellos fue peor de lo que esperaba. La CIA proponía sabotear puentes, refinerías de petróleo, plantas energéticas, fábricas de azúcar y barcos.

En ese momento entró Dennis Wilson. Llevaba el cuello de la camisa desabrochado, la corbata floja y las mangas arremangadas, igual que Bobby, observó George, aunque las crecientes entradas de Wilson nunca rivalizarían con la vigorosa cabellera del secretario de Justicia. Cuando Wilson vio a Tedder y a George hablando pareció sorprendido, y a continuación inquieto.

—Si voláis una refinería de petróleo y muere gente —le decía George a Tedder—, todos los que hayan aprobado el proyecto en Washington serán culpables de asesinato.

Dennis se dirigió a Tedder con voz airada:

—¿Qué le has contado?

—¡Creía que estaba autorizado! —contestó Tedder.

—Estoy autorizado —dijo George—. Mi autorización es la misma que la de Dennis. —Se volvió hacia Wilson—: ¿Por qué te has molestado tanto en ocultarme esto?

—Porque sabía que te opondrías.

—Y no te equivocabas. No estamos en guerra con Cuba. Matar cubanos es asesinato.

—Sí estamos en guerra —replicó Tedder.

—¿Perdón? —repuso George—. Entonces, si Castro enviara agentes aquí, a Washington, bombardeara una fábrica y matara a su esposa, ¿no sería eso un crimen?

—No sea ridículo.

—Aparte del hecho de que sería asesinato, ¿se hace una idea de la que se armaría si trascendiera? ¡Sería un escándalo internacional! Imagínese a Jrushchov en las Naciones Unidas pidiéndole a nuestro presidente que deje de financiar el terrorismo internacional. Piense en los artículos que aparecerían en *The New York Times*. Es probable que Bobby tuviera que dimitir. ¿Y qué hay de la campaña de reelección del presidente? ¿Es que nadie ha pensado en las consecuencias políticas de todo esto?

—Por supuesto que sí, por eso es alto secreto.

—¿Y de qué está sirviendo? —George volvió una página—. ¿De verdad estoy leyendo esto? —preguntó—. ¿Estamos intentando asesinar a Fidel Castro con puros envenenados?

—No formas parte del equipo de este proyecto —terció Wilson—, de modo que olvídalo, ¿de acuerdo?

—¡Maldita sea, no! Voy a contárselo a Bobby.

Wilson se echó a reír.

—Imbécil… ¿Es que no lo entiendes? ¡Bobby está al mando de esto!

A George se le cayó el alma a los pies.

Aun así, se lo contó a Bobby, quien respondió con serenidad:

—Ve a Miami y échale un vistazo a la operación, George. Que Tedder te lo enseñe todo. Luego vuelve y dime qué te parece.

Así que George visitó la nueva y enorme base que la CIA tenía en Florida, donde cubanos exiliados recibían entrenamiento para las misiones de infiltración. Y allí habló con Tedder.

—Quizá deberías participar en una misión, verlo en persona —le dijo este.

Era un reto, y Tedder no esperaba que George lo aceptara, pero él creyó que si se negaba estaría colocándose en una posición débil. En ese momento consideraba que su postura era la única correcta: estaba en contra de Mangosta por motivos éticos y políticos. Si se negaba a participar en un asalto, lo tacharían de cobarde, y tal vez hubiera una parte de él incapaz de resistirse al desafío de demostrar su valentía.

—Sí. ¿Tú también vendrás? —contestó con insensatez.

Eso sorprendió a Tedder, y George vio con claridad que por un instante Tedder deseó poder retirar el ofrecimiento. Sin embargo, él también había sido retado. Era lo que Greg Peshkov habría calificado de concurso para ver quién meaba más lejos. Tedder también se sintió incapaz de recular, aunque, como cayendo en la cuenta de algo, dijo:

—Por supuesto, Bobby no puede enterarse de tu participación.

De modo que allí estaban. Era una lástima, pensó George, que a Kennedy le gustaran tanto las novelas del escritor británico Ian Fleming. El presidente parecía creer que James Bond podía salvar el mundo en la vida real y no solo en la ficción. Bond tenía «licencia para matar». Eso era una gilipollez. Nadie tenía licencia para matar.

El destino del trayecto en lancha era La Isabela; la pequeña ciudad se extendía por una estrecha península que asomaba de la costa norte de Cuba como si fuera un dedo. Era, en esencia, un puerto y no tenía más industria que el comercio. El objetivo de la incursión era destruir instalaciones portuarias.

Su llegada estaba prevista al alba. El cielo se tornaba ya gris por el este cuando el patrón, Sánchez, redujo la velocidad del potente motor, cuyo rugido se transformó en un leve burbujeo. Sánchez conocía bien aquel tramo del litoral, ya que su padre había sido dueño de una plantación de azúcar en las proximidades antes de la revolución. La silueta de una ciudad empezó a emerger en el tenue horizonte, y Sánchez apagó el motor y sacó un par de remos.

La marea los arrastraba hacia la ciudad, por lo que solo precisaban los remos para dirigir la lancha. Sánchez calculó a la perfección la maniobra de aproximación. Ante ellos apareció una hilera de embarcaderos de cemento, detrás de los cuales George atisbó almacenes con tejados a dos aguas. A lo largo de la costa se veían amarradas varias barcas pesqueras pequeñas, pero en el puerto no había ningún barco grande. Un ligero oleaje susurraba en la playa; por lo demás, el mundo estaba en silencio. La lancha, muda, tocó el muelle.

La escotilla se abrió y los hombres se armaron. Tedder ofreció a George una pistola, que este rechazó negando con la cabeza.

—Cógela —insistió Tedder—, es peligroso.

George sabía lo que se proponía Tedder: quería que se manchara las manos de sangre y quedara así incapacitado para criticar la Operación Mangosta, pero George no era tan fácil de manipular.

—No, gracias —dijo—. Soy estrictamente un observador.

—Estoy al mando de esta misión y te lo ordeno.

—Y yo te estoy diciendo que te vayas a la mierda.

Tedder cedió.

Sánchez amarró la lancha y todos desembarcaron en silencio. El patrón señaló el almacén más próximo, que también parecía ser el más grande, y todos corrieron hacia él, George cerrando el grupo.

No se veía a nadie. George se fijó en una hilera de casas que semejaban poco más que chozas de madera. Un asno atado pacía la escasa hierba que había en la margen de un camino de tierra. El único vehículo que había a la vista era una camioneta oxidada de los años cuarenta. George advirtió que era un lugar muy pobre, aunque no cabía duda de que en el pasado había sido un puerto con mucha actividad, y supuso que el presidente Eisenhower lo había arruinado con el embargo impuesto al comercio entre Estados Unidos y Cuba de 1960.

En algún lugar, un perro empezó a ladrar.

El almacén tenía paredes de madera, tejado de calamina y ninguna ventana. Sánchez encontró una puerta pequeña y la abrió de una patada, tras lo cual todos corrieron adentro. El lugar estaba vacío, salvo por cierto material de embalaje: cajas de madera rotas, otras de cartón, trozos de cuerda y cordel, sacos desechados y malla deshilachada.

—Perfecto —dijo Sánchez.

Los cuatro cubanos lanzaron al suelo bombas incendiarias que prendieron casi de inmediato. El material ardió al instante y las paredes de madera no tardarían en hacerlo, por lo que todos se apresuraron a salir.

—¡Eh! ¿Qué es eso? —preguntó una voz en español.

George se volvió y vio a un cubano de pelo blanco ataviado con una especie de uniforme. Era demasiado mayor para ser policía o soldado, lo que hizo suponer a George que se trataba del vigilante nocturno. Calzaba sandalias y, sin embargo, llevaba un revólver al cinturón cuya funda intentaba abrir con torpeza.

Antes de que pudiera sacar el arma, Sánchez le disparó. La sangre empezó a empapar la pechera del uniforme blanco y el hombre cayó de espaldas.

—¡Vamos! —ordenó Sánchez, y los cinco hombres corrieron hacia la lancha.

George se arrodilló junto al anciano. Sus ojos escrutaban el cielo, que seguía clareando, sin ver nada.

—¡George! ¡Vamos! —gritó Tedder a su espalda.

La sangre siguió manando unos instantes de la herida del hombre y luego se redujo a un hilillo. George le palpó el cuello en busca del pulso, pero no lo encontró. Al menos había muerto rápido.

El incendio del almacén se propagaba a gran velocidad, y George percibía su calor.

—¡George! —volvió a gritar Tedder—. ¡Te dejaremos atrás!

El motor de la lancha cobró vida con un rugido.

George cerró los ojos del difunto, se levantó y permaneció allí de pie unos segundos antes de correr hacia la embarcación.

En cuanto subió a bordo, la lancha viró en la dirección opuesta al muelle y cruzó la bahía. George se puso el cinturón de seguridad.

—¿Qué cojones crees que hacías? —le bramó Tedder al oído.

—Hemos matado a un hombre inocente —contestó George—. Merecía un momento de respeto.

—¡Trabajaba para los comunistas!

—Era el vigilante nocturno… Es posible que no conociera el comunismo ni de oídas.

—Eres una maldita nenaza.

George echó un vistazo a su espalda. El almacén era una hoguera gigantesca y ya había gente corriendo de un lado a otro, tal vez intentando sofocar las llamas. George devolvió la vista al mar que se extendía frente a él y no volvió a mirar a la isla.

—En la lancha me has llamado nenaza —le dijo George a Tedder cuando llegaron a Miami y desembarcaron. Sabía que aquello era una estupidez, casi tanto como haber participado en la misión, pero su orgullo le impedía pasarlo por alto—. Estamos en tierra, sin protocolos de seguridad. ¿Por qué no lo repites aquí?

Tedder lo miró fijamente. Era más alto que George, pero no tan ancho de espaldas. Debía de haber recibido alguna clase de entrenamiento en combate sin armas, y George advirtió que estaba tanteando sus posibilidades mientras los cubanos los observaban con interés imparcial.

La mirada de Tedder se desvió un momento hacia la oreja con forma de coliflor de George y luego de nuevo a sus ojos.

—Creo que será mejor que lo olvidemos —contestó.

—No esperaba otra cosa —replicó George.

En el vuelo de regreso a Washington redactó un breve informe para Bobby en el que afirmaba que, en su opinión, la Operación Mangosta era ineficaz, dado que no había indicios de que la gente en Cuba (en contraposición a los exiliados) quisiera derrocar a Castro, y que suponía también una amenaza para el prestigio mundial de Estados Unidos, pues provocaría hostilidad antiamericana si llegaba a hacerse público.

—La Operación Mangosta es inútil, y peligrosa —se limitó a decirle a Bobby cuando le entregó el informe.

—Lo sé —repuso este—, pero algo tenemos que hacer.

Dimka veía a todas las mujeres de un modo diferente.

Valentín y él pasaban casi todos los fines de semana con Nina y Anna en el apartamento de las chicas, donde las parejas hacían turnos para dormir en la cama o en el suelo del comedor. En el transcurso de una noche, Nina y él practicaban el sexo dos o incluso tres veces. Sabía con mayor detalle del que jamás habría soñado cómo era, olía y sabía el cuerpo de una mujer.

En consecuencia, miraba a las demás de una forma nueva, más experta. Podía imaginarlas desnudas, especular sobre la curva de sus senos, idear su vello corporal, visualizar sus caras cuando hacían el amor. En cierto sentido, conocía a todas las mujeres conociendo a una.

Se sintió un poco desleal con Nina al contemplar a Natalia Smótrova en la playa de Pitsunda con un bañador de color amarillo canario, el pelo húmedo y los pies cubiertos de arena. Su esbelta figura no tenía tantas curvas como la de Nina, pero no por ello era menos deliciosa. Tal vez su interés fuera excusable, pues hacía ya dos semanas que estaba allí, en el mar Negro, con Jrushchov, llevando una vida de monje. En cualquier caso, no se tomaba en serio la tentación, ya que Natalia lucía una sortija de casada.

Natalia leía un informe mecanografiado mientras él se daba el baño del mediodía. Entonces la chica se puso un vestido encima del bañador al tiempo que él se cambiaba y se ponía sus pantalones cortos hechos a mano, para caminar después juntos por la playa de vuelta a lo que denominaban «el cuartel».

Era un edificio nuevo y feo con dormitorios para visitantes de estatus relativamente bajo, como ellos. Dimka y Natalia se reunieron con los demás asistentes en el comedor vacío, que olía a cerdo hervido y a repollo.

Era una reunión en la que todos intentarían defender su postura en previsión al pleno del Politburó que se celebraría la semana siguiente. Su finalidad, como siempre, era identificar asuntos controvertidos y evaluar el apoyo a un bando o al otro. Así, los asistentes podrían ahorrarles a sus jefes el bochorno de argumentar a favor de una propuesta que después sería rechazada.

Dimka procedió a atacar de inmediato.

—¿Por qué está tardando tanto el ministro de Defensa en enviar armas a nuestros camaradas cubanos? —preguntó—. Cuba es el único Estado revolucionario del continente americano, la prueba de que el marxismo es factible en todo el mundo, no solo en el Este.

La debilidad que Dimka sentía por la revolución cubana era más que ideológica. Le emocionaban los héroes barbudos, con su ropa de combate y sus puros; había un inmenso contraste entre ellos y los líderes soviéticos, con su semblante adusto y sus trajes grises. El comunismo debía ser una jubilosa cruzada para que el mundo fuera mejor. A veces la Unión Soviética parecía más un monasterio medieval donde todo el mundo había hecho voto de pobreza y obediencia.

Yevgueni Filípov era asistente del ministro de Defensa y se enfureció ante las palabras de Dimka.

—Castro no es un auténtico marxista —contestó—. Obvia las directrices correctas establecidas por el Partido Socialista Popular de Cuba. —El PSP era el partido promoscovita—. Sigue su propia línea revisionista.

En opinión de Dimka, el comunismo necesitaba una perentoria revisión, pero no lo dijo.

—La revolución cubana es un golpe colosal al imperialismo capitalista. Deberíamos apoyarla, ¡aunque solo sea por lo mucho que los hermanos Kennedy odian a Castro!

—¿Lo odian? —replicó Filípov—. No lo sabía. Ya ha pasado un año desde la invasión de bahía de Cochinos y ¿qué han hecho los norteamericanos desde entonces?

—Han desdeñado las tentativas de paz de Castro.

—Cierto: los conservadores del Congreso no permitirían que Kennedy llegara a un pacto con Castro aunque Castro quisiera, pero eso no significa que vaya a ir a la guerra.

Dimka miró su alrededor y observó a los asistentes allí congregados con camisas de manga corta y sandalias. Estos, a su vez, los miraban a él y a Filípov, y guardaban un discreto silencio hasta que dedujesen quién iba a ganar aquella contienda de gladiadores.

—Tenemos que asegurarnos de que nadie derroca la revolución cubana —insistió Dimka—. El camarada Jrushchov cree que habrá otra invasión por parte de Estados Unidos, esta vez mejor organizada y con una financiación más generosa.

—Pero ¿dónde están tus pruebas?

Dimka estaba vencido. Se había mostrado agresivo y había hecho cuanto había podido, pero su posición era débil.

—No tenemos pruebas en ningún sentido —admitió—. Solo podemos hablar de probabilidades.

—O podríamos esperar para armar a Castro cuando su postura sea clara.

Varias personas sentadas a la mesa asintieron. Filípov había ganado a Dimka por goleada.

—Casualmente, hay una prueba —intervino en ese momento Natalia, y le pasó a Dimka las hojas que había estado leyendo en la playa.

Dimka hojeó el documento. Era un informe del jefe de la sede del KGB en Estados Unidos y se titulaba *Operación Mangosta*.

—Contrariamente a lo que sostiene el camarada Filípov del Ministerio de Defensa —prosiguió Natalia mientras él lo leía—, el KGB está seguro de que los norteamericanos no han tirado la toalla con Cuba.

Filípov estaba furioso.

—¿Por qué no se nos ha proporcionado este documento a todos?

—Acaba de llegar de Washington —contestó Natalia con frialdad—. Estoy segura de que tendréis una copia esta tarde.

Natalia siempre parecía estar en posesión de la información clave un poco antes que los demás, pensó Dimka, una gran habilidad para ejercer de asistente. Sin duda debía de ser muy valiosa para su jefe, el ministro de Exteriores, Gromiko. Y sin duda por eso ocupaba un puesto en las altas esferas.

Dimka se estaba quedando perplejo con lo que leía. Aquello significaba que ganaría la disputa de ese día, gracias a Natalia, pero eran malas noticias para la revolución cubana.

—¡Esto es aún peor de lo que el camarada Jrushchov temía! —exclamó—. La CIA tiene en Cuba equipos de sabotaje preparados para destruir azucareras y plantas energéticas. ¡Es una guerra de guerrillas! ¡Y están conspirando para asesinar a Castro!

—¿Podemos fiarnos de esa información? —preguntó Filípov, desesperado.

Dimka lo miró.

—¿Cuál es tu opinión del KGB, camarada?

Filípov guardó silencio.

Dimka se puso en pie.

—Lamento poner fin a esta reunión de forma prematura —anunció—, pero creo que el primer secretario debe ver esto inmediatamente. —Y salió del edificio.

Siguió un sendero que surcaba un pinar hasta la mansión de estuco blanco de Jrushchov. La decoración de su interior era sorprendente, con cortinas blancas y muebles de madera decolorada, como de deriva. Se preguntó quién habría elegido aquel estilo contemporáneo tan radical; sin duda, no el campesino Jrushchov, quien, si acaso se hubiera fijado en la decoración, seguro que habría preferido un tapizado de terciopelo y alfombras con motivos florales.

Dimka encontró al líder en el balcón de la planta superior, que daba a la bahía. Jrushchov sostenía unos potentes prismáticos Komz.

No se sentía nervioso; sabía que Jrushchov lo apreciaba. El jefe estaba satisfecho con el modo en que se encaraba a los demás asistentes.

—Supuse que querría ver este informe cuanto antes —dijo Dimka—. La Operación Mangosta...

—Acabo de leerlo —lo interrumpió Jrushchov, y le ofreció los prismáticos—. Mira allí —dijo señalando al otro lado del mar, en dirección a Turquía.

Dimka se los llevó a los ojos.

—Misiles nucleares estadounidenses —añadió Jrushchov—. ¡Apuntando a mi dacha!

Dimka no veía ningún misil, y tampoco veía Turquía, que estaba a doscientos cuarenta kilómetros de allí, pero sabía que tras aquel gesto teatral característico de Jrushchov había, en esencia, una verdad. Estados Unidos había desplegado en Turquía misiles Júpiter, obsoletos pero en absoluto inofensivos; él se mantenía al corriente de ello por su tío Volodia, que trabajaba para el Servicio Secreto del Ejército Rojo.

Dimka no estaba seguro de qué hacer. ¿Debía fingir que veía los misiles por los prismáticos? Pero Jrushchov sin duda sabría que eso era imposible.

Jrushchov resolvió el problema arrebatándole los prismáticos.

—¿Y sabes lo que voy a hacer? —preguntó.

—Dígamelo, por favor.

—Voy a hacer que Kennedy sepa lo que se siente. Voy a desplegar misiles nucleares en Cuba... ¡apuntando a su dacha!

Dimka se quedó sin habla. No esperaba aquello y no le parecía una buena idea. Convenía con su jefe en querer más ayuda militar para Cuba, y había batallado contra el ministro de Defensa con respecto a ese asunto... pero Jrushchov estaba yendo demasiado lejos.

—¿Misiles nucleares? —repitió intentando ganar tiempo para pensar.

—¡Exacto! —Jrushchov señaló el informe del KGB sobre la Operación Mangosta que Dimka seguía sujetando con una mano—. Y eso convencerá al Politburó de apoyarme. Puros envenenados. ¡Ja!

—Nuestro argumento oficial ha sido que no desplegaríamos armas nucleares en Cuba —repuso Dimka como quien ofrece una información irrelevante, en lugar de emplear un tono argumentativo—. Se lo hemos asegurado a los americanos varias veces, y públicamente.

Jrushchov sonrió con pícaro deleite.

—Pues entonces ¡Kennedy se sorprenderá aún más!

El primer secretario asustaba a Dimka cuando adoptaba esta actitud. Su jefe no era insensato, pero sí le gustaba apostar fuerte. Si aquel plan salía mal podría conducir a una humillación pública, desembocar en la caída de Jrushchov y, como daño colateral, acabar con la carrera de Dimka. Peor aún: podría provocar la invasión estadounidense de Cuba que se pretendía evitar... y su querida hermana estaba en la isla. Cabía incluso la posibilidad de que detonara una guerra nuclear que acabaría con el capitalismo, el comunismo y, muy probablemente, con la especie humana.

Por otra parte, Dimka no podía evitar sentir cierta excitación. Menudo golpe supondría aquello contra los ricos y engreídos Kennedy, contra el abuso mundial que constituía Estados Unidos y contra todo el poderoso bloque imperialista capitalista. Si la apuesta era acertada, sería un triunfo para la URSS y para Jrushchov.

¿Qué debía hacer? Recuperó el pragmatismo y se devanó los sesos para dar con posibles formas de reducir los riesgos apocalípticos de aquel plan.

—Podríamos empezar firmando un tratado de paz con Cuba —propuso—. Los americanos no podrían objetar a eso sin admitir que estaban planeando atacar un país pobre del Tercer Mundo. —Jrushchov parecía entusiasmado pero no dijo nada, así que Dimka prosiguió—: Luego podríamos incrementar el suministro de armas convencionales. De nuevo sería embarazoso para Kennedy protestar: ¿por qué no iba a comprar un país armas para su ejército? Y, por último, podríamos enviar los misiles...

—No —replicó Jrushchov bruscamente. Nunca le había gustado avanzar por pasos, pensó Dimka—. Esto es lo que haremos —continuó el primer secretario—: enviaremos misiles por barco en secreto. Los meteremos en cajones etiquetados como «Tuberías de desagüe» o lo que sea. Ni siquiera los capitanes sabrán lo que hay dentro. Después enviaremos a Cuba a nuestros artilleros para montar los lanzamisiles, y los americanos no tendrán la menor idea de lo que nos traemos entre manos.

Dimka se sintió algo mareado, tanto por el miedo como por la emoción. Resultaría extremadamente difícil mantener en secreto un proyecto de tales dimensiones, incluso en la Unión Soviética. Miles de hombres participarían en el embalaje de las armas, su envío por tren hasta los puertos, su apertura en Cuba y su despliegue. ¿Era posible hacer que todos guardaran silencio?

Sin embargo, no dijo nada.

—Y entonces —añadió Jrushchov—, cuando las armas estén listas para lanzarse, efectuaremos un anuncio. Serán hechos consumados; los americanos ya no podrán hacer nada al respecto.

Era justo la clase de gesto dramático y grandilocuente que tanto gustaba a Jrushchov, y Dimka supo que nunca conseguiría disuadirlo con palabras.

—Me pregunto —intervino, cauteloso— cómo reaccionará el presidente Kennedy ante tal anuncio.

Jrushchov chasqueó la lengua con desdén.

—Es un crío: inexperto, tímido, débil.

—Por descontado —convino Dimka, aunque temía que Jrushchov estuviera subestimando al joven presidente—, pero tienen las elecciones de mitad de legislatura el 6 de noviembre. Si revelásemos la presencia de misiles durante la campaña, Kennedy recibiría muchísima presión para hacer algo drástico y evitar así la humillación en las elecciones.

—Entonces tendremos que guardar el secreto hasta el 6 de noviembre.

—¿«Tendremos»? ¿A quién se refiere?

—A ti. Te estoy poniendo al cargo de este proyecto. Serás mi enlace con el Ministerio de Defensa, que deberá llevarlo a la práctica. Parte de tu trabajo consistirá en asegurarte de que el secreto no se filtre antes de que estemos preparados.

—¿Por qué yo? —barboteó Dimka, impactado.

—Odias a ese capullo de Filípov. Por tanto, puedo confiar en que lo mantendrás a raya.

Dimka se sentía demasiado horrorizado para preguntarse cómo sabía que odiaba a Filípov. Se estaba asignando al ejército una tarea casi imposible... y Dimka cargaría con la culpa si salía mal. Era una catástrofe.

Pero sabía que no debía decir nada.

—Gracias, Nikita Serguéyevich —concluyó con formalidad—. Puede confiar en mí.

15

A la limusina GAZ-13 se la conocía como «Gaviota» por sus alerones traseros aerodinámicos de estilo americano. Podía alcanzar los ciento sesenta kilómetros por hora, aunque a velocidades elevadas resultaba incómoda en las carreteras soviéticas. Se vendía en un modelo de dos colores, borgoña y crema, con neumáticos de banda blanca, pero la de Dimka era negra.

Iba sentado en la parte de atrás mientras circulaban por el puerto de Sebastopol, en Ucrania. La ciudad se encontraba en la punta de la península de Crimea, donde asomaba al mar Negro. Veinte años atrás había quedado arrasada por los bombardeos y el fuego de artillería alemanes; después de la guerra se había reconstruido como un alegre complejo turístico costero con balconadas mediterráneas y arcos venecianos.

Dimka se apeó y miró el barco que estaba amarrado en el muelle, un carguero de madera con escotillas inmensas pensadas para el paso de troncos de árbol. Bajo el caliente sol del verano, los estibadores cargaban esquís y cajas de embalaje claramente etiquetadas como ropa de abrigo, con la finalidad de dar la impresión de que el barco se dirigía al gélido norte. Dimka había ideado un nombre en clave deliberadamente engañoso: Operación Anadir, como la ciudad siberiana.

Una segunda Gaviota había aparcado detrás de la de Dimka, y cuatro hombres con el uniforme del Servicio Secreto del Ejército Rojo bajaron de ella y aguardaron a recibir instrucciones.

Una vía férrea recorría el muelle, y una grúa pórtico inmensa la cruzaba a horcajadas para elevar la carga directamente desde el automotor e introducirla en el barco. Dimka consultó su reloj.

—El maldito tren debería haber llegado ya.

Tenía los nervios de punta. En toda su vida había estado tan tenso, ni siquiera había sabido lo que era el estrés hasta poner en marcha ese proyecto.

El veterano del Ejército Rojo era un coronel llamado Pánkov, quien, pese a su rango, se dirigió a Dimka con formalidad:

—¿Quiere que haga una llamada, Dimitri Iliich?

—Creo que ya llega —dijo un segundo oficial, el teniente Meyer.

Dimka miraba hacia el horizonte, siguiendo las vías. En la distancia atisbó, aproximándose despacio, una hilera de vagones bajos y abiertos cargados con largos cajones de madera.

—¿Por qué maldita razón todo el mundo cree que no pasa nada si llegan quince minutos tarde?

A Dimka le preocupaban los espías. Había visitado al jefe de la delegación local del KGB y consultado su listado de sospechosos de la región. Todos eran disidentes: poetas, sacerdotes, pintores de arte abstracto y judíos que querían ir a Israel; típicos desafectos soviéticos, más o menos tan amenazadores como un club ciclista. No cabía duda de que debía de haber agentes de la CIA en Sebastopol, pero el KGB no sabía quiénes eran.

Un hombre con uniforme de capitán bajó por la pasarela del barco y se dirigió a Pánkov.

—¿Está usted al cargo de esto, coronel?

Pánkov inclinó la cabeza hacia Dimka.

El capitán se mostró menos deferente.

—Mi barco no puede ir a Siberia —dijo.

—Su destino es información confidencial —repuso Dimka—. No hable de ello.

Dimka llevaba en el bolsillo un sobre precintado que el capitán debería abrir después de haber abandonado el mar Negro y haberse internado en el Mediterráneo. En ese momento sabría que se dirigía a Cuba.

—Necesito aceite lubricante para temperaturas bajas, anticongelante, equipo de descongelación…

—Que se calle, maldita sea —lo interrumpió Dimka.

—Pero debo protestar. Las condiciones de Siberia…

—Dele un puñetazo en la boca —le dijo Dimka al teniente Meyer.

Meyer era un hombre corpulento y lo golpeó con fuerza. El capitán cayó de espaldas con los labios sangrando.

—Vuelva a bordo de su barco, espere a recibir órdenes y mantenga esa estúpida boca cerrada —zanjó Dimka.

El capitán se alejó, y los hombres apostados en el muelle devolvieron la atención al tren que se acercaba.

La Operación Anadir era colosal. Aquel convoy era el primero de diecinueve similares, los que serían necesarios para transportar solo al primer regimiento de misiles a Sebastopol. En total, Dimka iba a enviar a cincuenta mil hombres y doscientas treinta mil toneladas de equipamiento a Cuba. Para ello contaba con una flota de ochenta y cinco naves.

Aún no veía cómo iba a mantener todo el operativo en secreto.

Muchos de los hombres con cargo en la Unión Soviética eran individuos descuidados, vagos, borrachos y directamente tontos. Malinterpretaban sus instrucciones, las olvidaban, abordaban las tareas complejas con desgana y después las abandonaban, y en ocasiones sencillamente creían tener una idea mejor. Razonar con ellos era inútil; cautivarlos, peor. Ser amable con ellos les hacía creer que uno era un imbécil al que se podía ignorar.

El tren avanzó muy despacio en paralelo al barco, con los frenos de tambor chirriando. Cada vagón, fabricado ex profeso, transportaba un único cajón de madera de veinticuatro metros de longitud y casi tres de anchura. Un operario subió a la grúa y entró en la cabina de control mientras los estibadores saltaban a los vagones y empezaban a preparar los cajones para la carga. Una compañía de soldados había viajado con el tren y en ese momento se dispusieron a ayudar a los estibadores. Dimka sintió alivio al ver que habían respetado sus instrucciones y habían retirado de los uniformes los distintivos del regimiento de misiles.

Un hombre vestido con traje de civil bajó de un coche, y a Dimka lo irritó ver que se trataba de Yevgueni Filípov, su homólogo en el Ministerio de Defensa. Filípov se acercó a Pánkov, como había hecho el capitán.

—El camarada Dvorkin está al cargo de esto —le dijo Pánkov antes de que el otro pudiera hablar.

Filípov se encogió de hombros.

—Solo unos minutos tarde —comentó con aire de satisfacción—. Hemos sufrido un retraso…

Dimka advirtió algo.

—¡Oh, no! —exclamó—. ¡Joder!

—¿Algún problema? —preguntó Filípov.

Dimka dio una patada contra el suelo de cemento del muelle.

—¡Joder, joder, joder!

—¿Qué ocurre?

Dimka lo miró furibundo.

—¿Quién está al mando del tren?

—El coronel Kats.

—Tráeme a ese inútil de mierda ahora mismo.

A Filípov no le gustaba hacerle de criado a Dimka, pero no podía negarse a tal petición y se alejó.

Pánkov miró a Dimka con aire inquisitivo.

—¿Ve lo que hay estampado en los costados de los cajones? —le preguntó Dimka con un enfado hastiado.

Pánkov asintió.

—Es un código numérico del ejército.

—Exacto —contestó Dimka con amargura—. Significa «Misil balístico R-12».

—¡Oh, mierda! —exclamó Pánkov.

Dimka sacudió la cabeza con furia impotente.

—La tortura es un gran invento para ciertas personas.

Sabía que llegaría el día en que tendría un encontronazo con el ejército, y en cierto modo prefería que fuera en ese momento, con el primero de los envíos; además, estaba preparado para ello.

Filípov volvió con un coronel y un comandante.

—Buenos días, camaradas —saludó el hombre de mayor rango—. Soy el coronel Kats. Un leve retraso, pero por lo demás todo va como la seda…

—No, en absoluto, maldito lerdo —lo atajó Dimka.

Kats no daba crédito.

—¿Qué acaba de decir?

—Oye, Dvorkin —intervino Filípov—, no puedes hablarle de ese modo a un oficial del ejército.

Dimka no le hizo caso.

—Ha puesto en peligro la seguridad de toda esta operación con su desobediencia —prosiguió—. Tenía orden de pintar los cajones para eliminar los códigos militares. Se le proporcionaron nuevas plantillas que decían «Tuberías de plástico para la construcción». Tenían que estampar esa leyenda en todos los cajones.

—No había tiempo —repuso Kats, indignado.

—Sé razonable, Dvorkin —terció Filípov.

Dimka sospechaba que Filípov se alegraría si el secreto se filtraba, ya que en tal caso Jrushchov quedaría desacreditado e incluso podría caer.

Dimka señaló hacia el sur, sobre el mar.

—A doscientos cuarenta kilómetros en esa dirección, Kats, se encuentra un país de la OTAN, imbécil. ¿Es que no sabe que los americanos tienen espías? ¿Y que los envían a lugares como Sebastopol, que es una base naval y uno de los principales puertos soviéticos?

—Las leyendas están codificadas…

—¿Codificadas? ¿De qué está hecho su cerebro, majadero? ¿Qué adiestramiento cree que reciben los espías del imperialismo capitalista? Se les enseña a reconocer las insignias de los uniformes… como la del regimiento de misiles que lleva usted en el cuello, lo que también contraviene las órdenes, además de otras insignias militares y leyendas de equipamiento. Es usted un estúpido de mierda; todos los traidores e informantes que la CIA tiene en Europa saben interpretar los códigos del ejército impresos en esos cajones.

Kats intentó conservar la dignidad.

—¿Quién se cree que es? No se atreva a hablarme así. Tengo hijos mayores que usted.

—Queda relevado del mando —espetó Dimka.

—No sea ridículo.

—Muéstreselo, por favor.

El coronel Pánkov sacó un papel de un bolsillo y se lo tendió a Kats.

—Como verá en ese documento, ostento la autoridad necesaria para apartarlo del mando —aclaró Dimka.

Vio que Filípov estaba boquiabierto.

—Queda arrestado por traidor —informó Dimka a Kats—. Acompañe a estos hombres.

El teniente Meyer y otro hombre del grupo de Pánkov se colocaron al instante a ambos lados de Kats, lo tomaron de los brazos y lo llevaron a la limusina.

Filípov recuperó la compostura.

—Dvorkin, pero ¿qué…?

—Si no vas a decir nada útil, cierra la boca, joder —le espetó Dimka.

Se volvió hacia el oficial del regimiento de misiles, que hasta el momento no había pronunciado palabra.

—¿Es usted el segundo al mando de Kats?

El hombre parecía aterrado.

—Sí, camarada. Comandante Spéktor, a su servicio.

—Ahora está usted al mando.

—Gracias.

—Llévese este tren. Al norte de aquí hay un gran complejo de cobertizos ferroviarios. Pacte doce horas con la dirección, mientras pintan los cajones, y traiga de vuelta el tren mañana.

—Sí, camarada.

—El coronel Kats va a estar en un campo de trabajo de Siberia el resto de su vida, que no será muy larga. Así que, comandante Spéktor, no cometa ningún error.

—No lo haré.

Dimka subió a su limusina. Mientras se alejaba, pasó junto a Filípov, que seguía de pie en el muelle con aspecto de no estar muy seguro de lo que acababa de ocurrir.

Tania Dvórkina se encontraba en la dársena de Mariel, en la costa norte de Cuba, a cuarenta kilómetros de La Habana, donde una estrecha ensenada se abría a un inmenso puerto natural oculto entre colinas. Miraba ansiosa un barco soviético amarrado a un embarcadero de cemento, en el que había aparcado un camión ZIL-130 ruso con un tráiler de veinticuatro metros de largo. Una grúa izaba un cajón largo de madera de la cubierta del barco y lo desplazaba en el aire, con una lentitud desquiciante, hacia el camión. El cajón llevaba una inscripción en ruso: «Tuberías de plástico para la construcción».

Varios focos iluminaban la escena, ya que los barcos debían descargarse de noche por orden de su hermano. Las lanchas patrulleras habían cerrado la ensenada y en el puerto no había ninguna otra embarcación; además, un equipo de submarinistas inspeccionaban el fondo alrededor del barco para evitar posibles amenazas subacuáticas. El nombre de Dimka se mencionaba con tono temeroso; su palabra era ley y su ira, un espectáculo horrible de presenciar, según decían.

Tania escribía artículos para la TASS que hablaban de cómo la Unión Soviética estaba ayudando a Cuba y de lo agradecido que estaba el pueblo cubano por la amistad de sus aliados del otro extremo del planeta. Sin embargo, se reservaba la verdad para los cables codificados que enviaba por medio del sistema telegráfico del KGB al despacho de Dimka en el Kremlin. Su hermano le había asignado la tarea extraoficial de garantizar que se siguieran sus instrucciones al pie de la letra y sin margen de error, y ese era el motivo de su nerviosismo.

Con Tania se encontraba el general Paz Oliva, el hombre más guapo que había conocido jamás.

Paz era de una belleza imponente: alto, fuerte y algo intimidatorio, hasta que sonreía y hablaba con una voz tenue y grave que a Tania le hacía pensar en las cuerdas de un violonchelo acariciadas por el arco. Tenía treinta y tantos años; joven, como la mayoría de los militares de Castro. Con su piel oscura y su pelo ondulado parecía más negro que hispano. Era un chico de póster para la política de igualdad racial de Castro, en contraste con la de Kennedy.

Tania adoraba Cuba, aunque le había costado adaptarse al país.

Añoraba a Vasili más de lo que había esperado y por ello había caído en la cuenta de lo prendada que estaba de él, aunque nunca hubieran sido amantes. Le preocupaba cómo se encontraría en el campo de trabajo siberiano; sin duda estaría pasando hambre y frío. La actividad por la que lo habían castigado —difundir públicamente la enfermedad de Ustín Bodián, el cantante— había tenido un éxito relativo: Bodián había sido excarcelado, aunque murió poco después en un hospital de Moscú. Para Vasili la ironía hablaba por sí misma.

Había cosas a las que Tania no se acostumbraba. Aún se ponía el abrigo para salir, aunque nunca hacía frío. Estaba cansada de los frijoles y el arroz, y se sorprendió buscando un cuenco de *kasha* con nata agria. Después de días interminables de sol estival, a veces anhelaba que cayera un chaparrón que refrescase las calles.

Los campesinos cubanos eran tan pobres como los soviéticos, pero parecían más felices, quizá por el clima, y la incontenible alegría vital del pueblo de Cuba había acabado hechizando a Tania. Fumaba puros y bebía ron con tuKola, el sustituto local de la Cola-Cola. Le encantaba bailar con Paz al ritmo irresistiblemente sensual de la música tradicional llamada «trova». Castro había cerrado la mayoría de los clubes nocturnos, pero nadie podía hacer que los cubanos dejasen de tocar la guitarra, y los músicos se habían trasladado a pequeños bares conocidos como «casas de la trova».

Sin embargo, le preocupaba el pueblo cubano. Habían desafiado a su gigante vecino, Estados Unidos, situado a solo ciento cuarenta y cuatro kilómetros al otro lado del estrecho de Florida, y Tania sabía que algún día recibirían un castigo. Cuando pensaba en ello, se sentía como el pájaro que se posa con coraje entre las fauces abiertas del cocodrilo y pica restos de comida en una hilera de dientes que son como cuchillos rotos.

¿Valía el desafío cubano el precio que iban a pagar? Solo el tiempo lo diría. Tania era pesimista con la perspectiva de reformar el comunismo, pero algunas de las cosas que Castro había hecho eran admirables. En 1961, el Año de la Educación, diez mil estudiantes habían acudido al campo para enseñar a leer a los granjeros, una cruzada heroica destinada a erradicar el analfabetismo de una tacada. La primera frase del libro de texto decía: «Los campesinos trabajan en cooperativa», pero ¿y qué? La gente que sabía leer estaba mejor preparada para identificar la propaganda gubernamental como tal.

Castro no era bolchevique. Se mofaba de la ortodoxia y buscaba sin respiro ideas nuevas, y eso era algo que fastidiaba al Kremlin. Pero tampoco era demócrata; su anuncio de que la revolución había hecho que las elecciones fueran innecesarias apesadumbró a Tania. Y había un ámbito en el que había emulado a la Unión Soviética de forma servil: con el asesoramiento del KGB, había creado una policía secreta de una eficacia despiadada para sofocar la disidencia.

Pese a todo, Tania le deseaba lo mejor a la revolución, pues Cuba tenía que escapar del subdesarrollo y el colonialismo. Nadie quería que volvieran los norteamericanos, con sus casinos y sus prostitutas, pero Tania se preguntaba si a los cubanos se les permitiría alguna vez tomar sus propias decisiones. La hostilidad estadounidense los había arrojado a los brazos de los soviéticos, pero cuanto más se acercara Castro a la URSS, tanto más probable sería que Estados Unidos invadiera la isla. Lo que en verdad necesitaba Cuba era que la dejaran tranquila.

Sin embargo, quizá en esos momentos tenía una oportunidad. Paz y ella se contaban entre el puñado de personas que sabían lo que había en aquellos cajones de madera, y Tania informaba directamente a Dimka sobre la eficacia del protocolo de seguridad. Si el plan funcionaba, podría proteger a Cuba de forma permanente contra el peligro de una invasión norteamericana y dar al país el balón de oxígeno que necesitaba para encontrar su propio camino hacia el futuro.

En cualquier caso, eso era lo que ella esperaba.

Conocía a Paz desde hacía un año.

—Nunca hablas de tu familia —le dijo mientras observaban cómo depositaban el cajón en el tráiler.

Se dirigía a él en español; había adquirido ya mucha fluidez en ese idioma, y también se le había contagiado un poco el acento americano del inglés que muchos cubanos hablaban de cuando en cuando.

—La revolución es mi familia —contestó él.

«Chorradas», pensó Tania.

Sin embargo, era probable que acabara acostándose con él.

Paz podía ser una versión con piel oscura de Vasili: atractivo, encantador e infiel. Seguramente había una cola de gráciles jovencitas cubanas con ojos destellantes haciendo turnos para caer en su cama.

Sabía que estaba siendo cínica, ya que el mero hecho de que un hombre fuera espectacular no significaba que tuviera que ser un donjuán descerebrado. Tal vez Paz solo estuviera esperando a que apareciera la mujer adecuada para que se convirtiera en su compañera y trabajase con denuedo a su lado en la misión de construir una nueva Cuba.

Los operarios amarraron el cajón al tráiler. Un teniente menudo y servil llamado Lorenzo se acercó a Paz.

—Listos para marcharnos, general.

—Adelante —contestó este.

El camión se alejó despacio del embarcadero. Un tropel de motocicletas cobraron vida entre rugidos y lo precedieron para despejar la carretera. Tania y Paz subieron a su coche militar, una camioneta Buick Le Sabre verde, y siguieron al convoy.

Las carreteras de Cuba no estaban pensadas para el tránsito de camiones de veinticuatro metros de largo. En los tres meses anteriores, ingenieros del Ejército Rojo habían construido puentes nuevos y modificado el trazado de curvas antes cerradas, pero, aun así, el convoy avanzaba a paso de peatón la mayor parte del tiempo. Tania advirtió con alivio que se había tomado la precaución de que no hubiese más vehículos en las carreteras. En los pueblos por los que pasaban, las típicas casas bajas de madera y dos habitaciones se hallaban a oscuras, y los bares, cerrados. Dimka se sentiría satisfecho.

Tania sabía que en el muelle se estaba descargando ya otro misil en otro camión. El proceso proseguiría hasta el amanecer, y se tardarían dos noches en descargar por completo el barco.

Hasta el momento, la estrategia de Dimka estaba funcionando. Parecía que nadie sospechaba lo que la Unión Soviética se traía entre manos en Cuba. No corría el menor rumor en el circuito diplomático ni en las páginas de periódicos occidentales. La temida explosión de ira en la Casa Blanca todavía no se había producido.

Sin embargo, faltaban aún dos meses para las elecciones de mitad de legislatura, dos meses durante los que esos enormes misiles debían quedar preparados para su lanzamiento en total secretismo. Tania no sabía si lo lograrían.

Después de dos horas, se internaron en un amplio valle que había ocupado el Ejército Rojo. Allí un equipo de ingenieros construía una base de lanzamiento, una de las más de doce que permanecían ocultas entre las montañas a lo largo de los mil doscientos cincuenta kilómetros de extensión de Cuba.

Tania y Paz bajaron del coche para ver cómo descargaban el camión, de nuevo a la luz de los focos.

—Lo hemos conseguido —dijo Paz con satisfacción—. Ahora tenemos armas nucleares. —Sacó un puro y lo encendió.

—¿Cuánto tiempo se tardará en desplegarlos? —preguntó Tania con una nota de cautela en la voz.

—No mucho —respondió él con tono desdeñoso—, un par de semanas.

No estaba de humor para pensar en problemas, pero a Tania le parecía que aquello podría llevar más de quince días. El valle se había convertido en un terreno polvoriento en obras donde, de momento, poco se había avanzado. Con todo, Paz tenía razón: habían hecho lo más difícil, que era llevar armas nucleares a Cuba sin que los estadounidenses se apercibieran.

—Mira qué ricura —comentó Paz—. Un día podría aterrizar en mitad de Miami. ¡Pum!

Tania se estremeció al imaginarlo.

—Espero que no.

—¿Por qué?

¿De verdad tenía que decírselo?

—Estas armas pretenden ser una amenaza. Deberían conseguir que a los americanos les dé miedo invadir Cuba. Si alguna vez se utilizan, habremos fracasado.

—Es posible —repuso él—, pero si nos atacan, podremos arrasar ciudades americanas enteras.

A Tania le enervaba el obvio deleite con que contemplaba aquella espantosa perspectiva.

—¿Qué bien haría eso?

La pregunta pareció sorprenderlo.

—Preservará la dignidad de la nación cubana. —Pronunció la palabra «dignidad» como si fuera sagrada.

Tania apenas podía creer lo que oía.

—De modo que ¿iniciaríais una guerra nuclear por una cuestión de dignidad?

—Por supuesto. ¿Qué puede haber más importante?

—¡La supervivencia de la especie humana, por ejemplo! —respondió ella, indignada.

Él sacudió el puro con gesto desdeñoso.

—A ti te preocupa la especie humana —contestó—. A mí, mi honor.

—Mierda —espetó Tania—. ¿Estás loco?

Paz la miró.

—El presidente Kennedy está preparado para usar armas nucleares si Estados Unidos sufre un ataque —contestó—. El secretario Jrushchov las usará si la Unión Soviética es atacada. Y lo mismo harán De Gaulle en Francia y quienquiera que sea quien gobierna Gran Bretaña. Si uno de ellos dijera otra cosa, sería depuesto en cuestión de horas. —Le dio una chupada al puro, haciendo refulgir el extremo encendido, y exhaló el humo—. Si yo estoy loco —añadió—, todos ellos lo están.

George Jakes no sabía de qué emergencia se trataba, pero Bobby Kennedy lo convocó junto con Dennis Wilson a un gabinete de crisis en la Casa Blanca la mañana del martes 16 de octubre. A George solo se le ocurría que la reunión fuese a girar en torno a la portada del día de *The New York Times* y a su titular:

EISENHOWER TILDA AL PRESIDENTE DE «DÉBIL»
EN POLÍTICA EXTERIOR

La norma tácita era que los ex presidentes no atacaran a sus sucesores. Sin embargo, a George no le sorprendía que Eisenhower hubiese incumplido la convención. Jack Kennedy había ganado llamando «débil» a Eisenhower e inventando la inexistente «brecha de los misiles» a favor de los soviéticos. Era evidente que a Ike aún le dolía aquel golpe bajo. Siendo Kennedy vulnerable a una acusación similar, Eisenhower se vengaba... exactamente tres semanas antes de las elecciones de mitad de legislatura.

La otra posibilidad era peor. El gran temor de George era que la Operación Mangosta se hubiese filtrado, ya que la revelación de que el presidente y su hermano estaban organizando terrorismo internacional sería munición para todo candidato republicano. Sin duda dirían que los Kennedy eran criminales por hacer algo así y necios por permitir que el secreto se aireaste. ¿Y qué represalias podía idear Jrushchov?

George vio que su jefe estaba furioso, a Bobby no se le daba bien ocultar sus sentimientos. La rabia era patente en la tensión de sus mandíbulas, en el encorvamiento de sus hombros y el azul glacial de su mirada.

A George le gustaba Bobby por la franqueza de sus emociones. La gente que trabajaba con él a menudo podía ver sus sentimientos en estado puro, y eso le hacía más vulnerable, aunque también más adorable.

Cuando entraron en la Sala del Gabinete, el presidente Kennedy ya se encontraba allí. Estaba sentado en el lado contrario de una mesa larga en la que había varios ceniceros grandes. Kennedy estaba en el centro, bajo el sello presidencial que colgaba en la pared y a ambos lados del cual se abrían grandes ventanas con forma de arco que daban a la Rosaleda.

Con él se encontraba una niña que llevaba un vestido blanco y que a todas luces era su hija, Caroline, que aún no había cumplido los cinco años. Tenía el pelo castaño claro y lo llevaba corto, con la raya al lado —como su padre— y sujeto hacia atrás con una sencilla horquilla. La niña le explicaba algo con solemnidad, y él la escuchaba arrobado, como si sus palabras fuesen tan trascendentales como todo lo que se decía en aquella sala de poder. A George le impactó mucho la intensidad de la conexión entre padre e hija. «Si algún día tengo una niña —pensó—, la escucharé así, para que sepa que es la persona más importante del mundo.»

Los asistentes ocuparon sus asientos junto a la pared. George se sentó al lado de Skip Dickerson, que trabajaba para el vicepresidente Lyndon Johnson. Skip tenía la piel pálida y el cabello muy recio y claro, casi como un albino, y se apartó un mechón de los ojos antes de hablar con acento sureño.

—¿Alguna idea de dónde está el fuego?

—Bobby no lo ha dicho —contestó George.

Una mujer a la que George no conocía entró en la sala y se llevó a Caroline.

—La CIA tiene noticias para nosotros —anunció el presidente—. Comencemos.

Al fondo, delante de la chimenea, había un caballete con una fotografía grande en blanco y negro. El hombre que estaba de pie junto a ella se presentó como experto en interpretación fotográfica. George no sabía que esa profesión existiera.

—Las fotografías que están a punto de ver se tomaron el domingo desde un avión de la CIA que sobrevoló Cuba, un U-2 de gran altitud.

Todos conocían la existencia de los aviones espía de la CIA. Los soviéticos habían abatido uno en Siberia dos años atrás y habían juzgado al piloto por espionaje.

Todos miraron la foto expuesta en el caballete. Parecía borrosa y granulada, y no mostraba nada que George pudiera reconocer, salvo quizá árboles. Era evidente que necesitaban que un intérprete les dijese qué estaban viendo.

—Este es un valle de Cuba situado a unos treinta y dos kilómetros hacia el interior desde el puerto de Mariel —explicó el hombre de la CIA, que señalaba con un pequeño bastón—. Una carretera nueva y en muy buen estado lleva a un campo abierto. Estas pequeñas formas que lo salpican son vehículos de construcción: topadoras, excavadoras y volquetes. Y aquí… —repiqueteó sobre la fotografía con énfasis— aquí, en el centro, están viendo un conjunto de siluetas que parecen planchas de madera formando una hilera. En realidad son cajones de veinticuatro metros de longitud por casi tres de anchura. Esas son exactamente las dimensiones que debe tener un embalaje para albergar un misil balístico R-12 soviético de medio alcance, que puede incorporar una cabeza nuclear.

George se reprimió de exclamar: «¡Me cago en la puta!», pero otros no fueron tan contenidos, y por un instante la sala se llenó de exabruptos atónitos.

—¿Está seguro? —preguntó alguien.

—Señor —contestó el intérprete—, llevo muchos años estudiando fotografías de reconocimiento aéreo y puedo asegurarle dos cosas: una, que este es el aspecto exacto que tienen los misiles nucleares; y dos, que no existe nada más que tenga este aspecto.

«Que Dios nos asista —pensó George, temeroso—. Los malditos cubanos tienen armas nucleares.»

—¿Cómo demonios han llegado ahí? —preguntó otro.

—Obviamente, los soviéticos los han transportado hasta Cuba con el máximo secretismo —contestó el intérprete.

—Los han colado delante de nuestras puñeteras narices —soltó el mismo hombre.

—¿Qué alcance tienen esos misiles? —preguntó alguien.

—Más de mil quinientos kilómetros.

—Así que podrían destruir…

—Este edificio, señor.

George tuvo que reprimir el impulso de levantarse y salir de allí en ese mismo instante.

—¿Y cuánto tardarían?

—¿En llegar aquí? Trece minutos, calculamos.

George miró hacia la ventana de forma inconsciente, como preparado para ver un misil cruzando la Rosaleda.

—Ese hijo de puta de Jrushchov me mintió —intervino el presidente—. Me dijo que no desplegaría misiles nucleares en Cuba.

—Y la CIA nos aconsejó que lo creyéramos —apostilló Bobby.

—Esto va a dominar lo que queda de la campaña electoral: tres semanas —comentó otro de los presentes.

Con cierto alivio, George dirigió sus pensamientos hacia las consecuencias políticas internas: la posibilidad de una guerra nuclear era una perspectiva demasiado atroz. Pensó en la edición de *The New York Times* de esa mañana. ¡Cuánto podría decir Eisenhower a partir de ese momento! Al menos siendo presidente él, no había permitido a la URSS convertir Cuba en una base nuclear comunista.

Aquello era una catástrofe, y no solo para la política exterior. Una victoria republicana aplastante en noviembre significaría que Kennedy quedaría atado de pies y manos los dos últimos años de presidencia, y eso supondría el fin del programa de derechos civiles. Con más republicanos uniéndose a los demócratas del Sur en la oposición a la igualdad para los negros, Kennedy no tendría oportunidad de presentar un proyecto de ley de derechos civiles. ¿Cuánto tiempo pasaría entonces antes de que al abuelo de Maria se le permitiese votar sin ser detenido?

En política, todo estaba conectado.

«Tenemos que hacer algo con la cuestión de los misiles», pensó George.

No tenía idea de qué.

Por suerte, Jack Kennedy sí.

—En primer lugar, necesitamos intensificar la vigilancia de Cuba mediante los aviones U-2 —dictaminó el presidente—. Es preciso saber cuántos misiles tienen y dónde están. Y después, sabe Dios que los sacaremos de allí.

George se animó al ver que, de pronto, el problema no parecía tan grave. Estados Unidos disponía de centenares de aviones y de miles de bombas, y que el presidente Kennedy tomara medidas contundentes y violentas para proteger el país no perjudicaría a los demócratas en las elecciones.

Todos miraron al general Maxwell Taylor, presidente de la Junta de Jefes de Estado Mayor y el comandante de mayor rango de Estados Unidos después del presidente. Su cabello ondulado, peinado con la raya al medio y engominado, hizo pensar a George que era un hombre vanidoso. Tanto Jack como Bobby confiaban en él, aunque George no estaba seguro de por qué.

—A un ataque aéreo debería seguirle una invasión de Cuba a gran escala —opinó Taylor.

—Y para eso necesitamos un plan de emergencia.

—Podemos movilizar a ciento cincuenta mil hombres durante la semana posterior al bombardeo.

Kennedy seguía pensando en hacer desaparecer los misiles soviéticos de Cuba.

—¿Podríamos garantizar la destrucción de todas las bases de lanzamiento de la isla? —preguntó.

—Nunca puede garantizarse al cien por cien, señor presidente —contestó Taylor.

George no había pensado en ese inconveniente. Cuba tenía una extensión de mil doscientos cincuenta kilómetros, y era posible que la fuerza aérea no lograra encontrar todas las bases, por no hablar de destruirlas.

—Y supongo que los misiles que queden después del ataque aéreo serían lanzados contra Estados Unidos de inmediato —añadió el presidente Kennedy.

—Deberíamos darlo por hecho, señor —repuso Taylor.

El presidente parecía abatido, y de pronto George fue consciente del terrible peso de la responsabilidad que ostentaba.

—Dígame una cosa: si un misil cayera sobre una ciudad americana de tamaño medio, ¿qué daños ocasionaría? —preguntó Kennedy.

Las elecciones desaparecieron de los pensamientos de George, y de nuevo su corazón se estremeció ante la espeluznante idea de una guerra nuclear.

El general Taylor consultó unos momentos con sus asistentes y luego se volvió hacia la mesa.

—Señor presidente —respondió—, calculamos que morirían seiscientas mil personas.

16

La madre de Dimka, Ania, quería conocer a Nina, lo cual sorprendió al joven. Su relación con Nina resultaba emocionante, y se acostaba con ella siempre que podía, pero ¿qué tendría que ver eso con su madre?

Así mismo se lo planteó, y Ania reaccionó con enfado.

—Eras el chico más listo de la clase, pero a veces pareces tonto —le dijo—. Escucha. Cada fin de semana que no te marchas a algún sitio con Jrushchov, estás con esa mujer. Es evidente que te importa. Llevas tres meses saliendo con ella. ¡Por supuesto que tu madre quiere conocerla! ¿Cómo te atreves a preguntármelo?

Dimka supuso que tenía razón. Nina no era un ligue cualquiera, ni siquiera una simple novia. Era su amante. Formaba parte de su vida.

Sin embargo, aunque Dimka quería a su madre, no la obedecía en todo: ella desaprobaba que tuviera moto, que vistiera vaqueros, y también su amistad con Valentín. Aun así, el joven habría accedido a cualquier cosa razonable para contentarla, de manera que invitó a Nina al apartamento.

En un primer momento, ella se negó.

—No pienso ir a que tu familia me inspeccione como si fuera un coche de segunda mano que pretendes comprar —respondió con resentimiento—. Dile a tu madre que no quiero casarme. Perderá el interés en mí.

—No es toda mi familia, es solo ella —aclaró Dimka—. Mi padre murió y mi hermana está en Cuba. De todas formas, ¿qué tienes en contra del matrimonio?

—¿Por qué? ¿Te estás declarando?

Dimka se sintió abochornado. Nina era excitante y sensual, y jamás se había sentido tan unido a una mujer, pero no había pensado en el matrimonio. ¿Deseaba pasar el resto de su vida con ella?

Evadió la pregunta.

—Solo intento comprenderte.

—Ya probé el matrimonio y no me gustó —respondió ella—. ¿Contento?

Nina había nacido para cuestionarlo todo. A él no le importaba. Era una de las características que la hacían tan apasionante.

—Prefieres seguir soltera —afirmó Dimka.

—Evidentemente.

—¿Qué tiene eso de maravilloso?

—No tengo que hacer feliz a ningún hombre y persigo mi propia felicidad. Cuando quiero algo más, siempre puedo buscar un hueco para verte.

—Y yo encajo a la perfección en ese hueco.

Ella sonrió de oreja a oreja por el doble sentido de la frase.

—Exacto.

No obstante, permaneció un rato pensativa.

—¡Maldita sea! No quiero enemistarme con tu madre. Iré —dijo al final.

El día en cuestión, Dimka estaba nervioso. Nina era impredecible. Cuando ocurría algo que la disgustaba —un plato roto por descuido, un desaire real o imaginario, un tono de reproche en la voz de Dimka—, su desaprobación era como las repentinas ráfagas de viento del norte del enero moscovita. Deseó que hiciera buenas migas con su madre.

Nina nunca había estado en la Casa del Gobierno. Le impresionó el vestíbulo, que tenía las dimensiones de una pequeña sala de baile. El piso no era tan grande, pero los acabados eran de lujo en comparación con la mayoría de las casas moscovitas, con sus alfombras mullidas, su papel de calidad en las paredes y la radiogramola: un armarito de madera de nogal con un tocadiscos y una radio. Se trataba de privilegios para los cargos más altos del KGB, como el padre de Dimka.

Ania había preparado una espléndida variedad de aperitivos, que los moscovitas preferían a una cena al uso: caballa ahumada y huevo duro con pimiento rojo sobre rebanadas de pan blanco; bocadillitos de pan de centeno con pepino y tomate; y su plato estrella, una bandeja de «veleros», tostadas redondas con cuñas triangulares de queso ensartadas en un palillo a modo de mástil.

Ania llevaba un vestido nuevo y se había maquillado un poco. Había ganado algo de peso tras la muerte del padre de Dimka, y le sentaba bien. El chico notaba que su madre estaba más feliz desde el fallecimiento de su esposo. Quizá Nina tuviera razón en cuanto al matrimonio.

—Veintitrés años y es la primera vez que Dimka trae a una chica a casa —fue lo primero que Ania le dijo a Nina.

Él deseó que su madre no se lo hubiera contado. El comentario lo dejaba como un novato. Sí, era un novato, y Nina hacía tiempo que lo había descubierto, pero no quería que se lo recordaran. En cualquier caso, aprendía rápido. Nina aseguraba que era un buen amante, mejor que su marido, aunque no había entrado en detalles.

Para sorpresa de Dimka, Nina intentó ser complaciente con su madre y usó el apelativo formal de Ania Grigórievna, la ayudó en la cocina y le preguntó dónde había comprado el vestido que llevaba.

Después de haber bebido algo de vodka, Ania se sintió relajada para hablar de asuntos más íntimos.

—Y bien, Nina, mi Dimka me ha dicho que no quieres casarte.

Dimka soltó un bufido.

—¡Mamá, eso es demasiado personal!

Pero a Nina no pareció molestarle.

—Como usted, ya he estado casada —repuso.

—Pero yo soy una anciana.

Ania tenía cuarenta y cinco años, que en términos generales se consideraba una edad demasiado avanzada para unas segundas nupcias. Se creía que las mujeres como ella ya habían olvidado lo que era el deseo y, si no lo habían hecho, se las miraba con desprecio. Una viuda respetable que contrajera matrimonio en la mediana edad tendría la precaución de decir a todo el mundo que lo hacía «solo por la compañía».

—No parece una anciana, Ania Grigórievna —comentó Nina—. Podría ser la hermana mayor de Dimka.

Era una burda mentira, pero a la madre del joven le gustó de todos modos. Quizá las mujeres disfrutaban siempre de esa clase de cumplidos, fueran o no creíbles. De todas formas, no lo desmintió.

—En cualquier caso, soy demasiado vieja para tener más hijos.

—Yo tampoco puedo tener hijos.

—¡Oh! —Ania se estremeció ante esa confesión, que acabó con sus fantasías. Por un momento olvidó tener tacto—. ¿Por qué no? —preguntó con brusquedad.

—Por motivos médicos.

—¡Ah!

Quedó claro que Ania habría querido preguntar más. Dimka sabía que los detalles médicos interesaban a muchas mujeres, pero Nina se cerró en banda, como hacía siempre al hablar de ese tema.

Alguien llamó a la puerta. El joven lanzó un suspiro, suponía de quién se trataba. Abrió.

En el rellano estaban sus abuelos, que vivían en el mismo edificio.

—¡Oh, Dimka, pero si estás aquí! —exclamó su abuelo, Grigori Peshkov, fingiendo sorpresa.

Iba uniformado. Estaba a punto de cumplir los setenta y cuatro años, pero no quería jubilarse. En opinión de Dimka, que los viejos no supieran cuándo retirarse era un grave problema en la Unión Soviética.

La abuela de Dimka, Katerina, había ido a la peluquería.

—Te hemos traído caviar —anunció.

Saltaba a la vista que no se trataba de la visita improvisada que fingían. Habían averiguado que Nina estaría allí y se presentaron para pasarle revista. La chica estaba siendo inspeccionada por toda la familia, tal como había imaginado.

Dimka los presentó. Su abuela besó a Nina y su abuelo la tuvo abrazada más tiempo del necesario. El joven se sintió aliviado al ver que Nina seguía siendo encantadora y se dirigía al viejo Peshkov llamándolo «camarada general». Se percató de que el anciano tenía debilidad por las chicas guapas y coqueteó con él, para alegría del general; al mismo tiempo, dedicó una mirada cómplice de «mujer a mujer» a la abuela, con la que estaba diciendo: «Ambas sabemos cómo se las gastan los hombres».

El abuelo le preguntó por su trabajo. Hacía poco que la habían ascendido, le contó ella, y en ese momento era directora editorial y organizaba la impresión de varias publicaciones del sindicato del acero. La abuela le preguntó por su familia, y ella respondió que no la veía muy a menudo porque vivían en su tierra natal, en Perm, a veinticuatro horas de viaje en tren hacia el este.

No tardó en hacer buenas migas con el abuelo gracias al tema favorito de este: las imprecisiones históricas en el película de Eisenstein *Octubre*, sobre todo en las escenas del asalto al Palacio de Invierno, en el que el abuelo había participado.

Dimka estaba encantado de ver lo bien que iba todo, aunque al mismo tiempo tenía la desagradable sensación de no controlar lo que ocurría, fuera lo que fuese. Se sentía navegando por aguas tranquilas con rumbo a lo desconocido; por el momento no había turbulencias, pero ¿qué aguardaría en el horizonte?

Sonó el teléfono, y el joven contestó. Siempre lo hacía por las noches; acostumbraban a ser llamadas del Kremlin para él.

—Acabo de recibir noticias de la delegación del KGB en Washington —anunció Natalia Smótrova.

Hablar con su colega mientras Nina se encontraba en la habitación incomodaba a Dimka. Se sintió ridículo; jamás había tocado a Natalia, aunque sí había pensado en hacerlo. ¿Debía sentirse culpable por sus pensamientos?

—¿Qué ha ocurrido? —preguntó.

—El presidente Kennedy ha reservado un espacio televisivo esta noche para dirigirse al pueblo estadounidense.

Como siempre, ella había sido la primera en recibir las últimas noticias.

—¿Por qué?

—No se sabe.

Dimka pensó de inmediato en Cuba. En ese momento, la mayoría de los misiles y sus cabezas nucleares se encontraban allí. Habían enviado toneladas de equipamiento secundario y miles de soldados. Al cabo de unos días, las armas estarían listas para su lanzamiento. La misión estaba casi a punto para ser concluida.

Sin embargo, quedaban dos semanas para las elecciones de mitad de legislatura en Estados Unidos. Dimka se había planteado volar a Cuba —existía conexión aérea regular desde Praga hasta La Habana— para asegurarse de que la caja de Pandora seguía sin abrirse unos días más. Era de vital importancia guardar el secreto durante más tiempo.

Rogó que la inesperada aparición televisiva de Kennedy se centrara en cualquier otro asunto: Berlín, quizá, o Vietnam.

—¿A qué hora se retransmite? —le preguntó Dimka a Natalia.

—A las siete de la tarde, hora de la Costa Este.

Serían las dos de la madrugada del día siguiente en Moscú.

—Llamaré al primer secretario enseguida —dijo—. Gracias. —Cortó la conexión y marcó el número de la residencia de Jrushchov.

Cogió el teléfono Iván Tépper, jefe del servicio doméstico, el equivalente a un mayordomo.

—Hola, Iván —dijo Dimka—. ¿Está en casa?

—A punto de acostarse —respondió Iván.

—Pues dile que vuelva a ponerse los pantalones. Kennedy va a hablar en televisión a las dos de la madrugada, hora rusa.

—Un minuto, lo tengo aquí mismo.

Dimka oyó una conversación entre susurros y luego la voz de Jrushchov:

—¡Han descubierto nuestros misiles!

Al joven ayudante le dio un vuelco el corazón. Las intuiciones de Jrushchov solían ser acertadas. El secreto se había destapado, y Dimka iba a cargar con toda la culpa.

—Buenas noches, camarada primer secretario —dijo, y las cuatro personas que estaban en la habitación con él se quedaron calladas—. Todavía no sabemos sobre qué va a hablar Kennedy.

—Tiene que ser sobre los misiles. Convoca un pleno de emergencia del Presídium.

—¿Para cuándo?

—Dentro de una hora.

—Muy bien.

Jrushchov colgó.

Dimka llamó a casa de su secretaria.

—Hola, Vera —saludó—. Pleno de emergencia del Presídium esta noche a las diez. El primer secretario ya va de camino al Kremlin.

—Los llamaré a todos —respondió ella.

—¿Tienes sus números en casa?

—Sí.

—Claro que los tienes. Gracias. Llegaré al despacho dentro de unos minutos. —Colgó el teléfono.

Todos estaban mirándolo. Le habían oído decir: «Buenas noches, camarada primer secretario». El abuelo parecía orgulloso, la abuela y la madre, preocupadas, y Nina tenía un brillo de emoción en la mirada.

—Tengo que ir a trabajar —explicó Dimka, aunque sobraba la aclaración.

—¿Cuál es la emergencia? —preguntó el abuelo.

—Todavía no lo sabemos.

El viejo general se puso emotivo.

—Con hombres como tú y mi hijo Volodia al mando, sé que la revolución no corre peligro.

Dimka sintió la tentación de decir que ojalá él tuviera la misma certeza.

—Abuelo, ¿conseguirás un vehículo militar para llevar a Nina a su casa?

—Desde luego.

—Siento interrumpir la fiesta...

—No te preocupes —dijo el abuelo—. Tu trabajo es más importante. Ve, ve.

Dimka se puso el abrigo, besó a Nina y se marchó.

Mientras bajaba en el ascensor se preguntaba, angustiado, si habría desvelado algún dato relativo a los misiles de Cuba a pesar de lo discreto que había intentado ser. Había dirigido la operación con una seguridad apabullante. Había demostrado una eficiencia brutal. Había actuado como un verdadero déspota al castigar los errores con severidad, humillar a los incompetentes y arruinar la carrera de hombres que no habían cumplido sus órdenes con meticulosidad. ¿Qué más podía haber hecho?

En el exterior tenía lugar un ensayo nocturno para el desfile militar programado para el día de la Revolución, que se celebraría dos semanas más tarde. Una hilera interminable de tanques, artillería pesada y soldados avanzaba emitiendo un sordo estruendo a orillas del río Moscova. «Todo esto será inútil si estalla la guerra nuclear», pensó Dimka. Los estadounidenses no lo sabían, pero la Unión Soviética tenía pocas armas nucleares, ni de lejos alcanzaba las cifras de Estados Unidos. Los soviéticos podían lastimar a los estadounidenses, sin duda, pero estos tenían la capacidad de borrar la Unión Soviética de la faz de la Tierra.

Como la vía estaba bloqueada por el desfile, y el Kremlin quedaba a menos de un kilómetro y medio, Dimka dejó la moto en casa y fue a pie.

El Kremlin era una fortaleza de base triangular situada en la ribera septentrional del río. Su interior albergaba numerosas edificaciones transformadas en edificios gubernamentales. Dimka entró en el Senado, amarillo con columnas blancas, y subió en ascensor hasta la tercera planta, donde siguió el recorrido de una alfombra roja por un largo pasillo de techos altos hasta el despacho de Jrushchov. El primer secretario todavía no había llegado. Dimka fue dos puertas más allá, hasta la sala del Presídium. Por suerte estaba limpia y ordenada.

El Presídium del Comité Central del Partido Comunista era, en la práctica, el órgano gobernante de la Unión Soviética. Jrushchov era su presidente. Allí residía el poder. ¿Qué haría Jrushchov?

Dimka fue el primero, pero pronto empezaron a llegar los demás asistentes a cuentagotas. Nadie sabía qué iba a decir Kennedy. Yevgueni Filípov apareció con su jefe, el ministro de Defensa Rodión Malinovski.

—Alguien la ha cagado bien —espetó Filípov, apenas capaz de ocultar su satisfacción.

Dimka no le hizo ni caso.

Natalia entró con el ministro de Asuntos Exteriores, Andréi Gromiko, un hombre elegante y de pelo negro. Ella había decidido que una reunión a esas horas de la noche requería una vestimenta informal, y estaba preciosa con unos vaqueros azules ajustados de estilo estadounidense y un jersey holgado de lana con un grueso cuello vuelto.

—Gracias por haberme avisado con antelación —le susurró Dimka—. Te lo agradezco sinceramente.

Ella le tocó un brazo.

—Estoy de tu parte —dijo—. Ya lo sabes.

Jrushchov llegó y dio comienzo a la reunión.

—Creo que Kennedy hablará sobre Cuba en su discurso televisivo.

Dimka se enderezó en el asiento, apoyado contra la pared, detrás de Jrushchov, preparado para atender las necesidades del primer secretario. El líder podía requerir un archivo, un periódico, un informe; podía pedir una taza de té, una cerveza o un bocadillo. Otros dos ayudantes de Jrushchov estaban sentados con Dimka. Ninguno de ellos conocía las respuestas a las preguntas importantes. ¿Los estadounidenses habían descubierto los misiles? De ser así, ¿quién había desvelado el secreto? El futuro del mundo pendía de un hilo, pero Dimka, aunque le avergonzara reconocerlo, sentía tanta angustia o más por su propio destino.

La impaciencia estaba matándolo. Quedaban cuatro horas para que Kennedy hablara. ¿Acaso el Presídium no podía acceder al contenido del discurso antes de su retransmisión? ¿De qué servía el KGB?

El ministro de Defensa Malinovski tenía aspecto de vetusta estrella de cine, con sus rasgos bien definidos y una espesa mata de pelo canoso. Sostenía que Estados Unidos no estaba a punto de invadir Cuba. El Servicio Secreto del Ejército Rojo tenía agentes en Florida. Habían aumentado el número de soldados en la isla, pero, en su opinión, no llegaban a la cifra necesaria, ni de lejos, para llevar a cabo una invasión.

—Es una bravuconada con fines electoralistas —afirmó.

A Dimka le pareció una afirmación cargada de soberbia.

Jrushchov también se mostró escéptico. Tal vez fuera cierto que Kennedy no quería la guerra contra Cuba, pero ¿sería libre de actuar siguiendo el dictado de su voluntad? Jrushchov creía que el presidente estadounidense rendía cuentas, al menos en parte, al Pentágono y a capitalistas imperialistas como la familia Rockefeller.

—Debemos tener un plan de contingencia por si los americanos deciden invadir —sentenció—. Nuestros soldados deben estar preparados para cualquier eventualidad. —Ordenó un descanso de diez minutos para que los miembros del comité deliberasen sobre las posibles opciones.

A Dimka le horrorizó la rapidez con la que el Presídium había empezado a hablar de guerra. ¡Jamás había sido el plan! Cuando Jrushchov decidió enviar misiles a Cuba, no tenía intención de provocar un conflicto. «¿Cómo hemos llegado a la situación actual?», se preguntó Dimka con desesperación.

Vio a Filípov hablando en corrillo con Malinovski y muchos más, y temió lo peor. Filípov estaba escribiendo algo. Cuando volvieron a reunirse, Malinovski leyó una orden provisional para el comandante soviético en Cuba, el general Issá Plíyev, por la que se le autorizaba a emplear «todos los medios disponibles» para la defensa de Cuba.

Dimka quiso exclamar: «¡¿Se ha vuelto loco?!».

Jrushchov compartía su opinión.

—¡Así daríamos a Plíyev autoridad para iniciar una guerra nuclear! —espetó, furioso.

Dimka se sintió aliviado cuando Anastás Mikoyán refrendó la opinión de Jrushchov. Siempre partidario de la vía pacífica, Mikoyán parecía un abogado de pueblo, con un cuidado mostacho y una cabellera que empezaba a ralear. No obstante, era el hombre capaz de disuadir a Jrushchov de llevar a cabo sus planes más insensatos. En ese momento se oponía a Malinovski. Mikoyán era una voz de mayor autoridad porque había visitado Cuba hacía poco, justo después de la revolución.

—¿Y si otorgamos a Castro el control de los misiles? —preguntó Jrushchov.

Dimka había oído a su jefe decir unos cuantos disparates, sobre todo en lo referente a situaciones hipotéticas, pero aquella afirmación resultaba irresponsable incluso para él. ¿En qué estaba pensando?

—¿Puedo desaconsejarlo? —preguntó Mikoyán con cautela—. Los norteamericanos saben que no queremos la guerra nuclear, y mientras tengamos el control de las armas intentarán resolver este problema por la vía diplomática. Pero no se fiarán de Castro. Si saben que tiene el dedo en el gatillo, quizá intenten destruir todos los misiles de Cuba lanzando un primer ataque a gran escala.

Jrushchov lo aceptó, aunque no estaba dispuesto a descartar del todo la posibilidad de emplear las armas nucleares.

—¡Eso supondría que los americanos pueden recuperar Cuba! —replicó con indignación.

En ese preciso instante, Alekséi Kosiguin se decidió a hablar. Era el aliado más próximo a Jrushchov, aunque diez años más joven que el líder. Lucía grandes entradas, pero conservaba en lo alto de la cabeza una zona poblada de pelo canoso que le daba aspecto de proa de barco. Tenía el rostro abotagado de bebedor, pero Dimka opinaba que era el hombre más inteligente del Kremlin.

—No deberíamos estar pensando en cuándo usar las armas nucleares —dijo Kosiguin—. Si llegamos a ese extremo, habremos fracasado estrepitosamente. La cuestión que debemos discutir es la siguiente: ¿qué movimientos podemos hacer hoy para garantizar que la situación no se deteriora hasta derivar en una guerra nuclear?

«Menos mal —pensó Dimka—. Por fin alguien con sentido común.»

—Propongo que el general Plíyev sea autorizado para defender Cuba recurriendo a todos los medios salvo a las armas nucleares —prosiguió Kosiguin.

Malinovski tenía sus dudas, pues temía que los servicios secretos estadounidenses lograran enterarse de aquella orden; pero, a pesar de sus reservas, la propuesta fue admitida, para gran alivio de Dimka, y enviaron el mensaje. El peligro de un holocausto nuclear seguía existiendo, pero al menos el Presídium se centraba en evitar la guerra más que en librarla.

Poco después, Vera Pletner se asomó por la sala e hizo un gesto a Dimka. Él salió a hurtadillas de la reunión. En el ancho pasillo, la secretaria le entregó seis folios.

—Es el discurso de Kennedy —dijo en voz baja.

—¡Menos mal! —Miró el reloj. Era la una y cuarto de la madrugada, quedaban cuarenta y cinco minutos para que el presidente estadounidense apareciera en televisión—. ¿Cómo lo has conseguido?

—El gobierno americano ha tenido la amabilidad de facilitar a nuestra embajada en Washington una copia, y el ministro de Asuntos Exteriores se ha apresurado a traducirlo.

Sin dejar el pasillo, con la única compañía de Vera, Dimka lo leyó a todo correr.

> Este gobierno, como había prometido, ha observado muy de cerca el aumento de armamento militar soviético en la isla de Cuba.

Dimka se fijó en que Kennedy llamaba «isla» a Cuba, como si no fuera un país por derecho propio.

> Durante esta última semana, hemos detectado pruebas incontestables de que se preparan una serie de bases de misiles ofensivos en esa isla cautiva.

«¿Pruebas? —pensó Dimka—. ¿Qué pruebas?»

> El objetivo de estas bases podría ser, nada más y nada menos, que el de convertirse en instalaciones militares con capacidad para lanzar un ataque nuclear contra el hemisferio occidental.

Dimka siguió leyendo, pero se enfureció al no encontrar ninguna mención por parte de Kennedy a su fuente de información, ya se tratara de traidores o de espías, soviéticos o cubanos; tampoco afirmaba haber obtenido las mentadas pruebas por cualquier otro medio. Dimka seguía sin averiguar si la crisis había sido culpa suya.

Kennedy hacía hincapié en el secretismo soviético y lo calificaba de engaño. Dimka pensó que era lógico; Jrushchov habría vertido la misma acusación si la situación hubiera sido a la inversa. Pero ¿qué iba a hacer el presidente estadounidense? Fue pasando las hojas hasta que llegó a la parte importante.

> En primer lugar, para impedir la preparación de la ofensiva, se ha aplicado una cuarentena estricta al envío de todo equipamiento militar a Cuba.

«Ah —pensó Dimka—: un bloqueo.» Eso violaba las leyes internacionales, por eso Kennedy lo llamaba «cuarentena», como si pretendiera combatir una epidemia.

> Todos los barcos, de cualquier naturaleza, con destino a Cuba y procedentes de cualquier nación o puerto, serán obligados a regresar a su puerto de origen si se descubre que transportan armamento ofensivo.

Dimka se dio cuenta enseguida de que se trataba solo de medidas preliminares. Esa cuarentena no cambiaba nada, pues la mayoría de los misiles ya estaban en posición y a punto para su lanzamiento; y Kennedy debía de saberlo si era tan inteligente como parecía. El bloqueo era un gesto simbólico.

El discurso también contenía una amenaza.

> Será la política de esta nación considerar cualquier misil nuclear lanzado desde Cuba contra cualquier país del hemisferio occidental como un ataque de la Unión Soviética a Estados Unidos, al cual responderá con un contundente contraataque a la Unión Soviética.

A Dimka se le hizo un nudo en el estómago. Era una amenaza terrible. Kennedy no se molestaría en averiguar si el misil había sido lanzado por los cubanos o por el Ejército Rojo; le daba lo mismo. Tampoco le importaría el hipotético objetivo. Si bombardeaban Chile lo consideraría igual que si hubieran bombardeado Nueva York.

En cuanto se lanzara uno de los ataques nucleares de Dimka, Estados Unidos convertiría la Unión Soviética en un desierto radiactivo.

Dimka se imaginó a todos sus conocidos bajo la nube con forma de hongo de una bomba nuclear, y en su mente la vio elevarse sobre el centro de Moscú, donde el Kremlin, su hogar y todos los edificios que conocía estarían en ruinas, y los cuerpos desmembrados flotarían como terroríficos residuos tóxicos sobre el agua contaminada del río Moscova.

Una nueva frase llamó su atención.

Resulta difícil solucionar estos problemas o discutirlos siquiera en una atmósfera de amenaza.

La hipocresía de los estadounidenses dejó a Dimka atónito. ¿Qué era la Operación Mangosta sino una amenaza?

Por si fuera poco, había sido esa operación la que había convencido al reticente Presídium de enviar los misiles. Dimka empezaba a sospechar que en política internacional la agresividad era contraproducente.

Ya había leído bastante. Regresó a la sala del pleno, se acercó a toda prisa a Jrushchov y le entregó el pliego de hojas.

—El discurso televisivo de Kennedy —anunció, tan alto y claro que lo oyeron todos—. Una copia previa a su emisión, proporcionada por Estados Unidos.

Jrushchov le arrebató los papeles con brusquedad y empezó a leer. Los presentes guardaron silencio. No tenía sentido manifestar nada hasta que supieran qué decía el documento.

El primer secretario se tomó su tiempo para asimilar el lenguaje abstracto y formal. De tanto en tanto soltaba un bufido socarrón o un gruñido de asombro. Mientras iba avanzando por las páginas, Dimka percibió que su ánimo pasaba de la ansiedad al alivio.

Transcurridos varios minutos, dejó sobre la mesa la última hoja. Aunque siguió sin decir nada, pensativo. Al final levantó la vista. Una sonrisa afloró en su tosco rostro de campesino al tiempo que paseaba la mirada por sus colegas sentados a la mesa.

—Camaradas —dijo—, ¡hemos salvado Cuba!

Como de costumbre, Jacky interrogaba a George sobre su vida amorosa.

—¿Estás saliendo con alguien?

—Acabo de romper con Norine.

—¿Acabas de romper? ¡Si eso fue hace ya seis meses!

—Bueno… Si tú lo dices…

Jacky había preparado pollo frito con quingombó y los buñuelos de harina de maíz que ella llamaba «hush puppies». Era el plato favorito de George cuando era niño. A sus veintisiete años de edad, prefería un filete poco hecho y una ensalada, o pasta con salsa de almejas. Además, tenía la costumbre de cenar a las ocho de la tarde, no a las seis. Pero se zampó la comida de buena gana y no hizo comentario alguno sobre sus hábitos. Prefería ver a su madre feliz por el placer de alimentarlo.

Jacky se sentó frente a él en la mesa, como siempre había hecho.

—¿Cómo está la encantadora Maria Summers?

George intentó no torcer el gesto. La joven estaba con otro.

—Maria tiene novio —respondió.

—¡Oh! ¿Quién es?

—No lo sé.

Jacky gimió de impaciencia.

—¿No se lo has preguntado?

—Claro que sí. Pero no ha querido decírmelo.

—¿Por qué no?

George hizo un gesto de indiferencia.

—Es un hombre casado —dijo su madre con tono confidencial.

—Mamá, tú no lo sabes —repuso George, aunque tenía la horrible sospecha de que su madre no se equivocaba.

—Las chicas suelen presumir del hombre con el que salen. Si se niega a hablar, es que se siente avergonzada.

—Podría ser por otro motivo.

—¿Como por ejemplo?

En ese momento a George no se lo ocurrió ninguno.

—Seguro que es un compañero de trabajo —prosiguió Jacky—. De verdad, espero que su abuelo el pastor no se entere.

George pensó en otra posibilidad.

—A lo mejor es blanco.

—Casado y blanco, seguro. ¿Qué pinta tiene ese periodista, Pierre Salinger?

—Es un tipo agradable de unos treinta y tantos, viste siempre a la última, con trajes franceses, y está más bien rellenito. Está casado, y he oído que anda detrás de su secretaria, así que no creo que le quede mucho tiempo para tener otra novia.

—Siendo francés sería muy posible.

George sonrió de oreja a oreja.

—¿Conoces a algún francés?

263

—No, pero tienen fama de conquistadores.

—Y los negros tenemos fama de vagos.

—Llevas razón, no debería hablar así. Cada persona es un mundo.

—Eso es lo que me has inculcado.

George atendía solo a medias a la conversación. La noticia sobre los misiles de Cuba se había ocultado al pueblo estadounidense durante una semana, pero estaba a punto de salir a la luz. Habían sido siete días de acaloradas discusiones en el reducido círculo al que pertenecía, aunque no hubieran llegado a grandes conclusiones. Echando la vista atrás, George cayó en la cuenta de que, al enterarse del asunto, no le había dado la importancia suficiente. Se había preocupado más por las inminentes elecciones de mitad de legislatura y sus consecuencias para la campaña por los derechos civiles. Por un instante, incluso se había regodeado con la perspectiva de una represalia por parte de Estados Unidos. Solo más adelante entendió la verdadera dimensión de la tragedia: si estallaba la guerra nuclear, los derechos civiles dejarían de importar y no volverían a celebrarse más elecciones.

Jacky cambió de tema.

—El jefe de cocina de mi trabajo tiene una hija encantadora.

—¿Ah, sí?

—Cindy Bell.

—¿Cindy es la abreviación de Cinderella?

—De Lucinda. Se ha licenciado este año por la Universidad de Georgetown.

Georgetown era un barrio de Washington, pero pocos ciudadanos de la mayoría negra estudiaban en la prestigiosa universidad.

—¿Es blanca?

—No.

—Entonces tiene que ser lista.

—Y mucho.

—¿Católica? —La Universidad de Georgetown era una fundación de los jesuitas.

—Ser católico no tiene nada de malo —respondió Jacky con un tono un tanto desafiante. Jacky era feligresa de la Iglesia Evangélica de Betel, pero tenía una mentalidad abierta—. Los católicos también creen en Nuestro Señor.

—Pero los católicos no creen en el control de natalidad.

—Yo tampoco estoy segura de creer en eso.

—¿Cómo? No hablas en serio.

—Si hubiera usado anticonceptivos, no te habría tenido.

—Pero no querrás negar a otras mujeres el derecho a decidir.

—¡Ay, no me vengas con demagogias! No quiero prohibir la anti-concepción. —Sonrió con cariño—. Solo me alegro de haber sido una ignorante y una insensata a los dieciséis. —Se levantó—. Haré el café. —Sonó el timbre—. ¿Vas a ver quién es?

George abrió la puerta y se encontró con una atractiva joven negra de veintitantos años, con ceñidos pantalones Capri y jersey holgado. Ella se sorprendió al verlo.

—¡Oh! —exclamó—. Lo siento, creía que era la casa de la señora Jakes.

—Sí que lo es —dijo George—. Estoy de visita.

—Mi padre me ha pedido que le entregue esto de camino a casa. —Le dio un libro titulado *La nave de los locos*. George ya había oído hablar de ese título; era un éxito de ventas—. Supongo que mi padre se lo pidió prestado a la señora Jakes.

—Gracias —dijo George al tiempo que recibía el libro y, con educación, añadió—: ¿Quieres entrar?

Ella vaciló.

Jacky se asomó por la puerta de la cocina. Desde allí podía ver quién estaba en la entrada, no era una casa grande.

—Hola, Cindy —saludó—. Justo estaba hablando de ti. Adelante, acabo de hacer café.

—Huele de maravilla —comentó la joven, y se decidió a entrar.

—¿Podemos tomar el café en la salita, mamá? Ya es casi la hora del discurso del presidente.

—Ahora no querrás ver la tele, ¿verdad? Siéntate y habla con Cindy.

George abrió la puerta de la salita.

—¿Te importa que veamos al presidente? Va a anunciar algo importante —dijo George.

—¿Cómo lo sabes?

—Colaboré en la redacción del discurso.

—Entonces tengo que verlo —repuso ella.

Entraron. El abuelo de George, Lev Peshkov, había comprado y amueblado la casa para Jacky y George en 1949. Después de aquello, Jacky, movida por el orgullo, rechazó de Lev todo lo que no fuera el pago del colegio y la universidad de George. Con su modesto sueldo no podía permitirse volver a decorar, por eso la salita había cambiado poco en trece años. A George le gustaba así: tapizados con flecos, una alfombra persa y un aparador para la porcelana. Resultaba anticuado pero acogedor.

La principal novedad era el aparato de televisión RCA Victor. George lo encendió, y esperaron a que la pantalla verde se calentara.

—Tu madre trabaja en el Club de Mujeres Universitarias con mi padre, ¿verdad?

—Eso es.

—Así que, en realidad, no necesitaba que yo pasara a devolver el libro. Se lo podría haber dado él a tu madre mañana, en el trabajo.

—Sí.

—Nos han tendido una trampa.

—Lo sé.

Ella soltó una risita nerviosa.

—¡Oh, bueno, qué demonios!

A George le gustó por ese comentario.

Jacky entró con una bandeja. Cuando ya había servido el café, apareció el presidente Kennedy en la pantalla monocroma.

—Buenas noches, queridos compatriotas.

Estaba sentado tras su escritorio. Delante de él había un pequeño atril con dos micrófonos. Llevaba traje oscuro, camisa blanca y una corbata estrecha. George sabía que las ojeras por la terrible tensión que estaba experimentando habían quedado ocultas tras el maquillaje televisivo.

Cuando dijo que Cuba tenía «capacidad para lanzar un ataque nuclear contra el hemisferio occidental», Jacky lanzó un suspiro ahogado.

—¡Oh, Dios mío! —exclamó Cindy.

El presidente iba leyendo el discurso de las hojas apoyadas sobre el atril con su marcado acento de Boston, que recordaba al británico. Su forma de hablar era monótona, casi aburrida, pero sus palabras, electrizantes.

«Cada uno de estos misiles, en resumen, tiene la capacidad de impactar contra Washington...»

Jacky soltó un gritito.

«... el canal de Panamá, Cabo Cañaveral, Ciudad de México...»

—¿Qué vamos a hacer? —preguntó Cindy.

—Espera —dijo George—. Ya lo verás.

—¿Cómo ha podido ocurrir algo así? —preguntó Jacky.

—Los soviéticos son taimados —respondió George.

«No tenemos ninguna intención de dominar ni conquistar ninguna otra nación, ni de imponer nuestro sistema a sus habitantes», afirmó Kennedy.

En otras circunstancias, Jacky habría hecho algún comentario burlón sobre la invasión de bahía de Cochinos, pero estaba demasiado preocupada para sarcasmos políticos.

La cámara enfocó en primer plano el rostro de Kennedy cuando dijo:

«Para impedir la preparación de la ofensiva, se ha aplicado una cuarentena estricta al envío de todo equipamiento militar a Cuba.»

—¿De qué sirve eso? —preguntó Jacky—. Los misiles ya están allí, pero ¡si acaba de decirlo!

Con deliberada parsimonia, el presidente continuó:

«Será la política de esta nación considerar cualquier misil nuclear lanzado desde Cuba contra cualquier país del hemisferio occidental como un ataque de la Unión Soviética a Estados Unidos, al cual responderá con un contundente contraataque a la Unión Soviética.»

—¡Oh, Dios mío! —repitió Cindy—. Si Cuba lanza un solo misil, estallará la guerra nuclear.

—Eso es —repuso George, quien había asistido a las reuniones donde se había debatido el asunto.

En cuanto el presidente dijo «Gracias y buenas noches», Jacky apagó el televisor y se volvió hacia George.

—¿Qué va a pasarnos?

George deseaba transmitirle confianza, conseguir que se sintiera segura, pero no podía.

—No lo sé, mamá.

—Eso de la cuarentena no cambia nada, incluso yo lo sé —dijo Cindy.

—Son solo los preliminares.

—Entonces, ¿qué ocurrirá luego?

—No lo sabemos.

—George, ahora dime la verdad. ¿Estallará la guerra? —preguntó Jacky.

Su hijo dudó un instante. Estaban cargando armamento nuclear en aviones militares para enviarlo a distintos puntos del país y garantizar que al menos algunos quedaran a salvo tras la primera ofensiva soviética. El plan de invasión de Cuba estaba perfeccionándose, y el Departamento de Estado hacía una criba de candidatos para el gobierno proestadounidense que subiría al poder en Cuba tras la invasión.

El Mando Aéreo Estratégico había aumentado el nivel de alerta a DEFCON-3: condición de defensa nivel tres, o disponibilidad para lanzar un ataque nuclear en cuestión de quince minutos.

Sopesando todas las circunstancias, ¿cuál era el resultado más probable?

—Sí, mamá, estallará la guerra —respondió George con el corazón en un puño.

A final, el Presídium envió la orden de que todos los barcos soviéticos cargados con misiles que todavía viajaban rumbo a Cuba dieran media vuelta y regresaran a casa.

Jrushchov consideró que no perdía mucho con esa decisión, y Dimka coincidía con él. Cuba ya tenía armas nucleares; poco importaba cuántas. La Unión Soviética evitaría un enfrentamiento en alta mar, se confirmaría como potencia mediadora en la crisis y seguiría manteniendo una base nuclear a ciento cuarenta kilómetros de Estados Unidos.

Todos sabían que la cuestión no se zanjaría así. Las dos superpotencias seguían sin atender al problema real: qué hacer con el armamento nuclear que ya estaba en Cuba. Todas las opciones de Kennedy continuaban sobre la mesa y, por lo que Dimka infería hasta ese momento, todas conducían a la guerra.

Jrushchov decidió no ir a casa esa noche. Era demasiado peligroso realizar un trayecto en coche, aunque fuera de un par de minutos; si estallaba la guerra, debía estar allí, listo para tomar decisiones al instante.

Junto a su enorme despacho había una pequeña habitación con un cómodo sofá. El primer secretario se tumbó en él con la ropa puesta. La mayoría de los miembros del Presídium tomaron la misma decisión, y los líderes de la segunda potencia del mundo se acomodaron para intentar dormir un poco en sus despachos, aunque les resultara difícil.

Dimka tenía un pequeño cubículo al final del pasillo. En su despacho no había sofá, solo una silla dura, un escritorio funcional y un archivador. Intentaba imaginar cuál sería el lugar menos incómodo para reposar la cabeza cuando alguien tocó a la puerta. Entró Natalia, y el aire se llenó de una delicada fragancia distinta a cualquier perfume soviético.

Había tenido la previsión de ponerse ropa cómoda, reflexionó Dimka: todos iban a dormir vestidos.

—Me gusta ese jersey holgado que llevas —comentó.

—Se llama «Sloppy Joe» —dijo ella usando el término inglés.

—¿Qué significa?

—No lo sé, pero me gusta cómo suena.

Dimka rió.

—Justo ahora estaba intentando pensar dónde dormir.

—Yo también.

—Por otra parte, no estoy muy seguro de si podré dormir.

—¿Por si no vuelves a despertar jamás?

—Exacto.

—Me siento igual.

Dimka se quedó pensativo. Aunque fuera a pasar la noche despierto y preocupado, podía encontrar algún lugar cómodo.

—Esto es un palacio y está vacío —dijo. Vaciló y añadió—: ¿Vamos a echar un vistazo?

No estaba muy seguro de por qué lo había dicho. Era una ocurrencia más propia de Valentín.

—Está bien —accedió Natalia.

Dimka cogió su abrigo para usarlo como manta.

Las espaciosas habitaciones y los salones del palacio habían sido reconvertidos en funcionales despachos para burócratas y mecanógrafas, y decoradas con muebles baratos de plástico y de madera de pino. En algunas de las estancias más espaciosas, destinadas a los hombres más importantes, había sillas tapizadas, pero ningún mueble que sirviera para dormir. Dimka empezó a pensar en formas de montar una cama en el suelo. Al fondo de esa ala del palacio encontraron un pasillo abarrotado de cubos y fregonas donde había también una espaciosa habitación llena de muebles apilados.

La estancia no tenía calefacción, y podía verse el vaho de ambos al respirar. Los enormes ventanales estaban cubiertos de escarcha. Los candelabros bañados en oro de las paredes y las arañas del techo no tenían velas. La única luz era la de dos tenues bombillas peladas que colgaban del techo pintado.

Los muebles apilados tenían aspecto de estar allí desde los días de la revolución. Había mesas desportilladas con las patas carcomidas, sillas con la tapicería de brocado apolillada, y estanterías de madera labrada con baldas vacías. Eran los tesoros de los zares reducidos a escombros.

El mobiliario estaba pudriéndose porque recordaba demasiado al antiguo régimen y no podía destinarse a los despachos de los comisarios, aunque Dimka supuso que esos objetos se habrían vendido por una fortuna en las subastas de antigüedades de Occidente.

Y había una cama con dosel.

Los cortinajes estaban llenos de polvo, pero la colcha azul y descolorida parecía intacta, e incluso había un colchón y almohadas.

—Bueno —dijo Dimka—, hay una cama.

—Podemos compartirla —sugirió Natalia.

A Dimka ya se le había ocurrido, pero había descartado la idea. Las chicas guapas le ofrecían de vez en cuando compartir la cama con él en sus fantasías, nunca en la vida real.

Hasta ese momento.

¿Quería hacerlo? No estaba casado con Nina, pero sabía que ella deseaba que él le fuera fiel, y él esperaba lo mismo de ella. Por otra parte, Nina no se encontraba allí, y Natalia sí.

—¿Estás sugiriendo que nos acostemos juntos? —preguntó de sopetón.

—Solo para darnos calor —respondió ella—. Puedo confiar en ti, ¿verdad?

—Por supuesto —afirmó Dimka. Supuso que eso lo aclaraba todo.

Natalia retiró la antigua colcha. Se levantó una nube de polvo que la hizo estornudar. Las sábanas habían amarilleado con el paso del tiempo, pero estaban intactas.

—A las polillas no les gusta el algodón —señaló.

—No lo sabía.

Se descalzó y se metió entre las sábanas con vaqueros y jersey. Se estremeció de frío.

—Ven —lo invitó—. No seas tímido.

Dimka le puso el abrigo por encima. Luego se desató los cordones y se quitó los zapatos. La situación resultaba extraña aunque excitante. Natalia quería dormir con él, pero sin tener relaciones sexuales.

Nina jamás lo creería.

Pero en algún sitio tenía que dormir.

Se quitó la corbata y se metió en la cama. Las sábanas estaban heladas. Abrazó a Natalia. Ella apoyó la cabeza sobre su hombro y apretó su cuerpo contra el de Dimka. Su abultado jersey y el abrigo de paño hacían imposible que Dimka notara las curvas de su cuerpo, pero de todas formas tuvo una erección. Si ella se dio cuenta, no reaccionó.

Pasados unos pocos minutos, dejaron de temblar y empezaron a entrar en calor. Dimka tenía la cara hundida en el pelo de la joven, una melena ondulada y espesa que olía a jabón con aroma a limón. Tenía las manos en su espalda, aunque no lograba notar su piel a través del grueso jersey. Sentía el aliento de Natalia en el cuello. El ritmo de su respiración iba cambiando, estaba tornándose regular y profunda. La besó en la coronilla, pero ella no hizo nada.

Le resultaba difícil entender a Natalia. Era una simple ayudante, como Dimka, y con solo tres o cuatro años más de experiencia que él, pero conducía un Mercedes de doce años en perfecto estado. Acostumbraba a vestir la aburrida ropa sin estilo del Kremlin, aunque llevaba un carísimo perfume de importación. Era encantadora hasta el punto del coqueteo, pero se iba a casa y le preparaba la cena a su marido.

Había embaucado a Dimka para que se metiera en la cama con él y luego se había quedado dormida.

Él estaba seguro de que no lograría conciliar el sueño, tumbado y abrazado a una chica de cuerpo cálido, pero lo hizo.

Todavía era de noche cuando despertó.

—¿Qué hora es? —masculló Natalia.

Seguía entre los brazos de Dimka. Él alargó el cuello para mirar el reloj, que le quedaba detrás del hombro izquierdo de ella.

—Las seis y media.

—Y aún seguimos vivos.

—Los americanos no nos han bombardeado.

—Todavía no.

—Será mejor que nos levantemos —dijo Dimka, pero se arrepintió enseguida.

Jrushchov no se habría levantado todavía. Y, aunque así fuera, Dimka no tenía por qué poner fin de forma prematura a aquel momento tan delicioso. Se sentía abrumado, pero feliz. ¿Por qué demonios había sugerido que se levantaran?

Pero ella no estaba lista.

—Dentro de un rato —dijo.

A Dimka le encantó la idea de que ella disfrutara de estar entre sus brazos.

Natalia lo besó en el cuello.

Sus labios rozaron con delicadeza la piel de Dimka, como si una polilla hubiera salido revoloteando de uno de los antiguos tapices y lo hubiera acariciado con sus alas; pero no habían sido imaginaciones suyas.

Ella lo había besado de verdad.

Dimka le acarició el pelo.

Natalia echó la cabeza hacia atrás y lo miró. Tenía la boca ligeramente abierta, sus carnosos labios algo separados, y sonreía con timidez, como si hubiera recibido una agradable sorpresa. Dimka no era un experto en mujeres, pero le pareció evidente que se trataba de una invitación. Con todo, dudó si debía besarla.

—Puede que hoy muramos en un bombardeo —dijo ella.

Dimka la besó entonces.

El beso prendió la llama de la pasión. Ella le mordió el labio y le metió la lengua en la boca. Él la tumbó sobre el colchón y le metió las manos por debajo del holgado jersey. Natalia se desabrochó el sujetador con un rápido movimiento. Sus pechos eran pequeños, aunque firmes y suculentos, con grandes pezones en punta que ya estaban erectos entre los dedos de Dimka. Cuando se los chupó, ella lanzó un grito ahogado de placer.

Dimka intentó quitarle los vaqueros, pero a ella se le ocurrió algo distinto. Lo empujó de espaldas y, llevada por el éxtasis, le desabrochó la bragueta. Él temió eyacular al instante —algo que ocurría a algunos hombres, según decía Nina—, pero no le sucedió. Natalia sacó su sexo de la ropa interior. Lo acarició con ambas manos, se lo apoyó contra la mejilla y lo besó, luego se lo metió en la boca.

Cuando Dimka sintió que estaba a punto de explotar, intentó retirarse y le apartó la cabeza a Natalia; así le gustaba a Nina. Pero Natalia emitió un gemido de protesta y acarició y chupó con más fuerza. Al final, él perdió el control y eyaculó en su boca.

Transcurridos unos segundos, ella lo besó. Dimka probó su propio semen en los labios de ella. Qué curioso, le pareció un gesto de afecto.

Entonces ella se quitó los vaqueros y las bragas, y él supo que era su turno de darle placer. Por suerte, Nina lo había aleccionado en ese terreno.

El vello púbico de Natalia era rizado y abundante, como su cabello. Él se sumergió entre sus piernas con el deseo de llevarla hasta el éxtasis, como acababa de hacer ella. La joven lo iba guiando con las manos en su cabeza, le mostraba con una ligera presión cuándo los besos debían ser más tiernos o más intensos, y movía las caderas arriba y abajo para indicarle dónde debía concentrar su atención. Era la segunda mujer a quien se lo hacía, y Dimka disfrutó con lujuria de su sabor y su olor.

Con Nina aquello eran solo los preliminares, pero, en un tiempo sorprendentemente breve, Natalia lanzó un grito; primero le presionó la cabeza contra su propio cuerpo, y luego, como si el placer fuera demasiado, lo apartó.

Se quedaron tumbados uno junto a otro para recuperar el aliento. Había sido una experiencia del todo novedosa para Dimka.

—Todo esto del sexo es mucho más complicado de lo que creía —dijo con tono reflexivo.

Para su sorpresa, el comentario hizo reír a carcajadas a Natalia.

—¿Qué he dicho? —preguntó.

Ella rió con más ganas y lo único que pudo decir fue:

—¡Oh, Dimka, te adoro!

Tania vio que La Isabela era una ciudad fantasma. El que antaño fuera un ajetreado puerto comercial cubano había sido vapuleado por el embargo comercial de Eisenhower. Estaba a kilómetros de distancia de cualquier parte, y rodeado de marismas de agua salobre y manglares. Cabras esqueléticas vagabundeaban por las calles. En el muelle había amarradas un par de barcas pesqueras destartaladas… y el *Aleksandrovsk*, un carguero soviético de cinco mil cuatrocientas toneladas cargado hasta los topes de cabezas nucleares.

El barco viajaba con rumbo a Mariel. Después de que el presidente Kennedy anunciara el bloqueo, la mayoría de los barcos soviéticos habían dado media vuelta, pero los pocos que se encontraban a unas horas de su destino recibieron la orden de fondear en el puerto cubano más próximo a su trayectoria.

Tania y Paz observaban la nave mientras se acercaba lentamente al espigón de cemento bajo un chaparrón. Llevaba los cañones antiaéreos ocultos bajo gruesos rollos de cabo.

Tania estaba aterrorizada. No tenía ni la menor idea de qué iba a ocurrir. Todos los esfuerzos de su hermano para evitar que el secreto saliera a la luz antes de las elecciones de mitad de legislatura de Estados Unidos habían fracasado; y el problema en que podía estar metido Dimka como resultado de ello era la menor de sus preocupaciones. El bloqueo estaba pensado solo para abrir fuego. En ese momento Kennedy debía hacer gala de su fuerza. Y con Kennedy haciéndose el fuerte y los cubanos defendiendo su querida «dignidad», cualquier cosa era posible, desde una invasión estadounidense hasta un holocausto nuclear en todo el mundo.

Tania y Paz iban conociéndose mejor. Habían hablado de sus respectivas infancias, de sus familias y de sus amores. Se tocaban con frecuencia. Reían a menudo. Pero se negaban a iniciar una relación íntima. Tania se sentía tentada, pero se resistía. La idea de acostarse con un hombre solo porque fuera tan guapo le parecía mal. Le gustaba Paz —a pesar de su «dignidad»—, pero no estaba enamorada de él. Ya había besado a hombres a los que no amaba, sobre todo cuando estudiaba en la universidad, pero no se había acostado con ellos. Solo había hecho el amor con uno, y lo había amado, o al menos eso creía entonces. Sin embargo, quizá acabara acostándose con Paz, aunque solo fuera por estar entre los brazos de alguien cuando cayeran las bombas.

El hangar más grande del puerto estaba quemado.

—Me preguntó cómo ocurriría —dijo Tania señalando el edificio.

—La CIA lo incendió —aclaró Paz—. Sufrimos muchos ataques terroristas.

Tania miró a su alrededor. Las edificaciones del muelle se veían vacías y en ruinas. La mayoría de las viviendas eran chabolas de madera de una sola planta. La lluvia dejaba encharcadas e impracticables las carreteras de tierra. Los estadounidenses podían hacer estallar lo que quisieran, y aun así no infligían un daño notable al régimen de Castro.

—¿Por qué? —preguntó ella.

Paz se encogió de hombros.

—Es un blanco fácil, la punta de la península. Llegan desde Florida en una lancha motora, atracan a escondidas, vuelan algo por los aires, matan a un par de inocentes y vuelven a Estados Unidos. —En inglés, añadió—: Putos cobardes.

Tania se preguntó si todos los gobiernos eran iguales. Los hermanos Kennedy hablaban de libertad y democracia y, sin embargo, enviaban comandos por mar para aterrorizar al pueblo cubano. Los comunistas soviéticos hablaban de liberar al proletariado mientras encarcelaban y asesinaban a todo el que no estuviera de acuerdo con ellos, y habían enviado a Vasili a Siberia por protestar. ¿Había en todo el mundo algún régimen honesto?

—Vamos —dijo Tania—. Queda un largo camino hasta La Habana, y tengo que decirle a Dimka que este barco ha llegado sano y salvo.

Moscú había decidido que el *Aleksandrovsk* se encontraba lo bastante cerca y había ordenado que arribara a puerto, pero Dimka estaba impaciente por que se lo confirmara.

Subieron al Buick de Paz y partieron con rumbo a la ciudad. Del otro lado de la carretera se veían los altos matorrales de caña de azúcar. Los buitres cabecirrojos sobrevolaban los cañaverales a la caza de las gordas ratas que correteaban por ellos. A lo lejos, la imponente chimenea de una central azucarera apuntaba como un misil al cielo. El llano paisaje del centro de Cuba estaba surcado por las vías ferroviarias construidas para transportar la caña desde los campos hasta las fábricas. La tierra no cultivada era, en su mayoría, selva tropical: árboles de fuego, jacarandas y altísimas palmeras; o pelados arbustos recortados por las reses. Las garcetas blancas y esbeltas que seguían a las vacas añadían una nota luminosa al paisaje parduzco.

El transporte en la Cuba rural todavía se realizaba mayoritariamente con carros tirados por caballos, pero a medida que se acercaban a La Habana, los caminos estaban abarrotados de camiones y autobuses militares que conducían a los reservistas a sus bases. Castro había declarado la alerta total de combate. La nación se hallaba en pie de guerra. Cuando el Buick de Paz pasaba acelerando, los hombres los saludaban con la mano y gritaban: «¡Patria o muerte! ¡Cuba sí, yanquis no!».

A las afueras de la capital vieron un nuevo cartel que había aparecido por la noche y que de pronto empapelaba todas las paredes. En sencillo blanco y negro, mostraba una mano empuñando una metralleta y el lema A LAS ARMAS. Castro manejaba muy bien la propaganda, pensó Tania; a diferencia de los vejestorios del Kremlin, cuya idea de un lema era «¡Aplicad las resoluciones del vigésimo congreso del partido!».

Tania había escrito y codificado su mensaje unas horas atrás, y solo había indicado la hora exacta a la que había arribado a puerto el *Aleksandrovsk*. Llevó el mensaje a la embajada soviética y se lo entregó al encargado de comunicaciones del KGB, a quien conocía bien.

Dimka se sentiría aliviado, pero Tania seguía asustada. ¿De verdad era una buena noticia que Cuba contara con otro envío naval de armas nucleares? ¿No estaría más seguro el pueblo cubano, y ella misma, si no hubiera más armamento?

—¿Tienes más obligaciones para hoy? —le preguntó a Paz al salir.

—Mi misión es entablar una relación contigo.

—Pero en plena crisis…

—En plena crisis no hay nada más importante que aclarar los términos de la comunicación con nuestros aliados soviéticos.

—Entonces vamos a dar un paseo por el Malecón.

Fueron en coche hasta el paseo marítimo. Paz aparcó frente al Nacional. Había soldados instalando un cañón antiaéreo a la entrada del famoso hotel.

Tania y Paz bajaron del coche y pasearon por el Malecón. El viento del norte azotaba el mar, levantaba furiosas olas que chocaban contra el espigón y lanzaban explosiones de espuma que llovían sobre el paseo marítimo. Era un lugar de recreo muy conocido, pero ese día había más visitantes de lo habitual, y no estaban de ánimo festivo. Se reunían en pequeños grupos; algunos charlaban, pero la mayoría permanecían en silencio. No coqueteaban ni contaban chistes ni presumían de sus mejores galas. Todos miraban en la misma dirección, hacia el norte, hacia Estados Unidos. Oteaban el horizonte en busca de yanquis.

Tania y Paz se quedaron observando con ellos un rato. Ella tenía el presentimiento de que iba a producirse una invasión. Los destructores llegarían surcando las olas; los submarinos emergerían a tan solo unos metros, y los aviones grises con sus estrellas azules y blancas aparecerían entre las nubes, cargados con bombas que lanzarían sobre el pueblo cubano y sus amigos soviéticos.

Al final Tania tomó a Paz de la mano. Él se la apretó con suavidad mientras ella miraba sus ojos marrones.

—Creo que vamos a morir —le dijo con serenidad.

—Sí —afirmó él.

—¿Quieres acostarte conmigo antes?

—Sí.

—¿Vamos a mi piso?

—Sí.

Regresaron al coche y condujeron por una calle angosta hasta el casco antiguo, cerca de la catedral, donde Tania tenía un apartamento en la segunda planta de un edificio colonial.

El primer y único amante de Tania había sido Petr Iloyán, un profesor de su universidad. Él veneraba su cuerpo joven, contemplaba sus pechos, acariciaba su piel y besaba su cabello como si hubiera descubierto algo asombroso. Paz tenía la misma edad que Petr, pero Tania no tardó en darse cuenta de que hacer el amor con él sería distinto. Su cuerpo masculino sería el centro de atención. Él se despojó de la ropa con lentitud, como provocándola, luego se quedó de pie, desnudo delante de ella, para darle tiempo a contemplar su piel tersa y la curvatura de sus músculos. Tania se sentó feliz al borde de la cama para admirarlo. A Paz parecía gustarle exhibirse, pues ya tenía el pene medio erecto, y ella estaba impaciente por acariciarlo.

Petr había sido un amante parsimonioso y delicado. Había sido capaz de llevar al éxtasis a Tania en una escalada de anticipación, y aguantar durante todo el recorrido. Cambiaba de postura varias veces: la hacía dar vueltas en la cama, se arrodillaba tras ella… hasta que la ponía a horcajadas sobre su cuerpo para que lo montara. Paz no era brusco, pero sí enérgico, y Tania se entregó a la excitación y al placer.

Cuando terminaron, ella preparó unos huevos e hizo café. Paz encendió la tele y vieron el discurso de Castro mientras comían.

Castro estaba sentado frente a una bandera cubana, sus intensas barras azules y blancas se veían en blanco y negro en la pantalla del televisor. Como siempre, vestía uniforme de campaña, y el único símbolo de rango militar era una estrella en la charretera; Tania jamás lo había visto vestido de civil, ni siquiera con el pomposo uniforme cubierto de galones que tanto amaban los líderes de todos los demás países comunistas.

Tania sintió una inyección de optimismo. Castro no era idiota. Sabía que no podía vencer a Estados Unidos en una guerra, incluso con la Unión Soviética de su parte. Estaba segura de que se sacaría de la manga algún gesto teatral de reconciliación, alguna iniciativa que transformaría la situación y desactivaría la bomba de relojería.

Tenía una voz aguda y aflautada, pero hablaba con una pasión sobrecogedora. La poblada barba le daba un aire de mesías predicando en el desierto, aunque evidentemente se encontraba en un estudio de televisión. Sus cejas negras se movían de forma expresiva en su frente altiva y despejada. Gesticulaba con sus enormes manos e iba levantando un dedo índice para aleccionar contra la disidencia. A menudo apretaba los puños. A veces se agarraba a los brazos de su asiento como si quisiera reprimir el ansia de salir disparado como un cohete. Al parecer no tenía guión, ni siquiera notas. Su expresión reflejaba indignación, orgullo, soberbia, ira, pero jamás duda. Castro vivía en un universo de certezas.

Punto por punto, Castro atacó el discurso televisivo de Kennedy, que había sido retransmitido en directo por radio en la isla. Se mofó de la referencia que había hecho el presidente estadounidense al «pueblo cautivo de Cuba».

«No somos un pueblo soberano por la gracia de los yanquis», afirmó con desprecio.

Sin embargo, no dijo nada sobre la Unión Soviética ni sobre las armas nucleares.

El discurso duró noventa minutos. Fue un parlamento hipnótico, al más puro estilo de Churchill: la pequeña y osada Cuba desafiaría al bravucón Estados Unidos y jamás se rendiría. Había sido como un apoyo moral para el pueblo cubano. Aunque, por otro lado, no cambiaba nada. Tania estaba profundamente decepcionada e incluso más asustada que antes. Castro ni siquiera había intentado prevenir a sus compatriotas contra una guerra.

«Patria o muerte, ¡venceremos!», gritó al final.

Luego se levantó de un salto de la silla y salió corriendo como si no tuviera un minuto que perder para salvar Cuba.

Tania miró a Paz. A él le brillaban los ojos, empañados por las lágrimas.

Ella lo besó y volvieron a hacer el amor, en el sofá, delante de la pantalla parpadeante. Esta vez fue algo más pausado y placentero. Ella lo trató como había hecho Petr con ella. No era difícil adorar su cuerpo, y no cabía duda de que a él le gustaba que lo adorasen. Tania le apretaba los brazos, le besaba los pezones y hundía los dedos en sus rizos.

—Eres tan guapo… —murmuraba mientras le chupaba el lóbulo de la oreja.

Después, ya tumbados compartiendo un habano, oyeron ruidos en el exterior. Tania abrió la puerta del balcón. La ciudad había permanecido en silencio mientras Castro hablaba en televisión, pero en ese momento la gente empezaba a salir a las angostas calles. Había caído la noche, y algunos portaban velas y antorchas. Tania recuperó su instinto de periodista.

—Tengo que estar ahí fuera —le dijo a Paz—. Esta historia es importante.

—Iré contigo.

Se vistieron a todo correr y salieron del edificio. Las calles estaban húmedas, pero ya había dejado de llover. Cada vez iba apareciendo más gente. Se respiraba un ambiente de carnaval. Todo el mundo lanzaba vítores y coreaba eslóganes. Muchos cantaban el himno nacional, *La Bayamesa*. La melodía no tenía nada de son latino —parecía, más bien, una canción de taberna alemana—, pero la gente cantaba cada palabra con sentimiento.

> *En cadenas vivir, es vivir*
> *en afrenta y oprobio sumidos.*
> *Del clarín escuchad el sonido,*
> *¡a las armas, valientes, corred!*

Mientras Tania y Paz avanzaban por los callejones del casco antiguo, invadido por la multitud, Tania se percató de que muchos hombres iban armados. Como no tenían pistolas, llevaban herramientas de jardinería y machetes, cuchillos de cocina y de carnicero metidos en el cinturón, como si fueran a enfrentarse a los estadounidenses cuerpo a cuerpo en el Malecón.

Tania recordó que un Boeing B-52 Stratofortress de la Fuerza Aérea de Estados Unidos transportaba más de treinta toneladas de bombas.

«Pobres desgraciados —pensó con amargura—; ¿de verdad creéis que con esos cuchillos podréis defenderos de lo que está por llegar?»

17

George nunca había sentido la muerte tan cerca como en la Sala del Gabinete de la Casa Blanca el miércoles 24 de octubre.

La reunión comenzó a las diez de la mañana, y George pensó que la guerra estallaría antes de las once.

En teoría se trataba del Comité Ejecutivo del Consejo de Seguridad Nacional, llamado ExCom para abreviar, pero en la práctica el presidente Kennedy había convocado a cualquiera que creyese que podía ayudar a solucionar la crisis. Su hermano Bobby, como siempre, se contaba entre ellos.

Los asesores estaban sentados en sillones de piel alrededor de la mesa alargada, mientras que los asistentes de estos ocupaban unos sillones similares pegados a las paredes. La tensión en la sala hacía el aire irrespirable.

El estado de alerta del Mando Aéreo Estratégico había pasado a DEFCON-2, el nivel inmediatamente anterior al de guerra inminente. Todos los bombarderos de la fuerza aérea estaban listos. Muchos estaban continuamente en el aire, cargados con armas nucleares, sobrevolando el espacio aéreo de Canadá, Groenlandia y Turquía para acercarse todo lo posible a las fronteras de la URSS. Cada bombardero tenía asignado de antemano un objetivo soviético.

Si estallaba la guerra, los estadounidenses provocarían una tormenta de fuego nuclear que aniquilaría todas las ciudades importantes de la Unión Soviética. Morirían millones de personas. Rusia no se recuperaría ni en un centenar de años.

Y no había duda de que los soviéticos tenían previsto algo similar para Estados Unidos.

Las diez en punto era la hora a la que entraba en vigor el bloqueo. Cualquier buque soviético dentro de un radio de quinientas millas de la costa cubana pasaba a ser un blanco legítimo. Se esperaba que la primera interceptación de un barco de misiles soviéticos por parte del portaviones *USS Essex* tuviese lugar entre las diez y media y las once. A esa hora, las once en punto, tal vez todos estarían muertos.

El jefe de la CIA, John McCone, comenzó realizando una descripción pormenorizada de toda la flota soviética en ruta hacia Cuba. Hablaba con una voz cargante y monótona que acrecentó la tensión impacientando a todos los presentes. ¿Qué barcos soviéticos debía interceptar primero la armada estadounidense? ¿Qué pasaría entonces? ¿Permitirían los soviéticos que sus barcos fuesen inspeccionados? ¿Abrirían fuego contra la flota estadounidense? ¿Qué debía hacer la marina de guerra, entonces?

Mientras el grupo de asesores trataba de anticiparse a sus homólogos de Moscú, un ayudante le entregó a McCone una nota. McCone era un hombre pulcro, de pelo blanco, que tenía unos sesenta años de edad. Era, sobre todo, un hombre de negocios, y George supuso que los profesionales de carrera de la CIA no le contaban todo lo que hacían.

En ese momento, McCone examinó la nota a través de sus gafas sin montura y puso cara de perplejidad.

—Señor presidente —dijo al fin—, acabamos de recibir información de la Oficina de Inteligencia Naval en la que se nos comunica que los seis barcos soviéticos que se encuentran actualmente en aguas cubanas se han detenido o bien han invertido el rumbo.

«¿Qué diablos querrá decir eso?», pensó George.

—¿Qué quiere decir con lo de aguas cubanas? —preguntó Dean Rusk, el secretario de Estado, que lucía una pronunciada calvicie y una nariz respingona.

McCone no lo sabía.

—La mayoría de esos barcos salen de Cuba rumbo a la Unión Soviética… —dijo Bob McNamara, el presidente de la empresa Ford a quien Kennedy había nombrado secretario de Defensa.

—Pues ¿por qué no lo averiguamos? —interrumpió el presidente con irritación—. ¿Estamos hablando de unos barcos que salen de Cuba o que se dirigen a la isla?

—Lo averiguaré —ofreció McCone, y salió de la habitación.

La tensión iba en aumento.

George siempre había imaginado que las reuniones del gabinete de crisis en la Casa Blanca serían encuentros trascendentales de alto voltaje, y que todos los asesores proporcionarían al presidente información precisa y rigurosa a fin de que pudiera tomar una decisión con todos los elementos de juicio a su alcance. Sin embargo, nunca se había producido una crisis como aquella y todo era confusión y malentendidos. Eso hizo que George sintiera aún más miedo.

Cuando McCone regresó, anunció:

—Todos esos buques van rumbo al oeste, todos se dirigen hacia Cuba. —Y enumeró los seis barcos por su nombre.

El siguiente en hablar fue McNamara. Tenía cuarenta y seis años y formaba parte del famoso grupo de veteranos conocidos como los «Whiz Kids», los chicos prodigio, por haber sacado a la empresa fabricante de automóviles Ford de la quiebra y conseguir que empezase a obtener beneficios. Exceptuando a Bobby, era la persona de aquella habitación en la que más confiaba el presidente Kennedy. En ese momento, McNamara recitó de memoria las posiciones de los seis barcos. La mayoría estaban aún a cientos de millas náuticas de Cuba.

El presidente se mostraba impaciente.

—Bueno, ¿y qué es lo que dicen que están haciendo esos barcos, John?

—Se han detenido o han invertido el rumbo —contestó McCone.

—¿Estás hablando de todos los barcos soviéticos o solo de unos cuantos?

—Solo es un grupo concreto de buques. Hay veinticuatro en total.

Una vez más, McNamara interrumpió con la información clave.

—Todo indica que se trata de los navíos más próximos al cerco naval.

—Parece que los soviéticos tratan de alejarse del abismo y dan marcha atrás —le susurró George a Skip Dickerson, sentado a su lado.

—Por el bien de todos, espero que tengas razón —murmuró Skip.

—No tenemos planeado abordar ninguno de esos barcos, ¿verdad? —preguntó el presidente.

—No tenemos planeado interceptar ningún buque que no vaya de camino a Cuba—respondió McNamara.

El general Maxwell Taylor, el presidente de la Junta de Jefes de Estado Mayor, cogió un teléfono y ordenó:

—Póngame con George Anderson.

El almirante Anderson era el jefe de operaciones navales y estaba al mando del bloqueo. Al cabo de unos segundos, Taylor se puso a hablar en voz baja.

Hubo una pausa. Todos trataban de asimilar la noticia e interpretar lo que significaba. ¿Estaban cediendo los soviéticos?

—Primero necesitamos hacer las comprobaciones necesarias para cerciorarnos —dijo el presidente—. ¿Cómo podemos averiguar si seis barcos están desviando el rumbo al mismo tiempo? General, ¿qué dice la armada sobre este informe?

El general Taylor levantó la vista y respondió:

—Definitivamente, tres buques han virado su rumbo y han dado la vuelta.

—Mantenga el contacto con el *Essex* y dígales que esperen una hora. Tenemos que actuar con rapidez, ya que iban a interceptarlos entre las diez y media y las once.

Todos los presentes en la habitación miraron sus relojes de pulsera. Eran las diez y treinta y dos minutos.

George miró a Bobby de soslayo; tenía el aspecto de un hombre que acababa de obtener el indulto de una condena a muerte.

La crisis inmediata había terminado, pero George se dio cuenta a lo largo de los minutos siguientes de que la situación aún estaba lejos de resolverse. Si bien era evidente que los soviéticos estaban maniobrando para evitar la confrontación en el mar, sus misiles nucleares todavía seguían en Cuba. Habían retrasado una hora en el reloj, pero este seguía su avance implacable.

El grupo del ExCom abordó entonces el tema de Alemania. El presidente temía que Jrushchov anunciase un bloqueo del Berlín occidental en paralelo al bloqueo estadounidense de Cuba, y con respecto a eso tampoco podían hacer nada.

La reunión se disolvió en ese momento. Bobby no necesitaba a George en su siguiente cita, así que este se fue con Skip Dickerson.

—¿Cómo está tu amiga Maria? —preguntó Skip.

—Bien, creo.

—Ayer me pasé por la oficina de prensa. Había llamado para decir que estaba enferma.

A George le dio un vuelco el corazón. Había renunciado a toda esperanza de tener una relación amorosa con Maria, pero la noticia de que estaba enferma le hizo sentir pánico de todos modos. Arrugó la frente.

—No lo sabía.

—No es asunto mío, George, pero es una buena chica, y pensé que tal vez alguien debería ir a ver cómo se encuentra.

George apretó el brazo de Skip en señal de agradecimiento.

—Gracias por decírmelo. Eres un buen amigo.

El personal de la Casa Blanca no llamaba para anunciar una baja por enfermedad en mitad de la mayor crisis de la Guerra Fría, reflexionó George, a menos que fuese algo realmente grave. Sintió más ansiedad aún.

Corrió a la oficina de prensa. La silla de Maria estaba vacía. Nelly Fordham, la amable mujer que ocupaba la mesa de al lado, se dirigió a él.

—Maria no se encuentra bien.

—Sí, eso he oído. ¿Ha dicho qué le pasaba?

—No.

George frunció el ceño.

—Me gustaría tomarme una hora libre para ir a verla.

—Te lo agradecería mucho —dijo Nelly—, yo también estoy preocupada.

George consultó su reloj. Estaba seguro de que Bobby no lo necesitaría hasta después del almuerzo.

—Supongo que me dará tiempo. Vive en Georgetown, ¿verdad?

—Sí, pero se ha cambiado de casa.

—¿Por qué?

—Decía que sus compañeras de piso eran demasiado entrometidas.

A George le pareció que aquello tenía sentido, las otras chicas se morirían de ganas de conocer la identidad de su amante clandestino. Maria estaba tan decidida a guardar el secreto que se había ido a vivir a otro sitio, lo cual era una prueba evidente de que lo suyo con aquel hombre iba en serio.

Nelly estaba hojeando su agenda Rolodex.

—Toma, te anotaré la dirección.

—Gracias.

—Tú eres Georgy Jakes, ¿verdad? —preguntó al entregarle el papel.

—Sí. —Sonrió—. Aunque hace mucho tiempo que nadie me llama Georgy.

—Yo conocí al senador Peshkov.

El hecho de que hubiese mencionado a Greg quería decir, casi con toda seguridad, que sabía que él era su padre.

—¿De veras? —exclamó George—. ¿Y de qué lo conoces?

—Pues la verdad es que estuvimos saliendo un tiempo, pero la cosa no pasó de ahí. ¿Cómo está?

—Bastante bien. Almorzamos juntos una vez al mes.

—Supongo que nunca llegó a casarse.

—No, todavía no.

—Y debe de pasar de los cuarenta.

—Tengo entendido que hay una mujer en su vida.

—Oh, no te preocupes, no estoy interesada en él. Tomé esa decisión hace mucho tiempo. De todos modos, le deseo lo mejor.

—Se lo diré. Ahora voy a coger un taxi para ir a ver a Maria.

—Gracias, Georgy… o George, debería decir.

George salió a toda prisa. Nelly era una mujer atractiva y de buen corazón. ¿Por qué Greg no se había casado con ella? Tal vez la vida de soltero encajaba mejor con él.

—¿Trabaja en la Casa Blanca? —le preguntó el taxista a George.

—Trabajo para Bobby Kennedy. Soy abogado.

—¡No puede ser! —El taxista no se molestó en disimular su sorpresa ante el hecho de que un negro pudiera ser un abogado con un trabajo de gran responsabilidad—. Pues dígale a Bobby que deberíamos bombardear Cuba y hacerla picadillo. Eso es lo que debemos hacer. Bombardear la maldita isla y reducirla a cenizas.

—¿Sabe usted qué tamaño tiene Cuba, de punta a punta? —preguntó George.

—¿Esto qué es, un concurso? —replicó el taxista, molesto.

George se encogió de hombros y no dijo nada más. En los últimos tiempos evitaba las discusiones políticas con desconocidos; por lo general, siempre tenían respuestas fáciles para todo: enviar a todos los mexicanos a casa, reclutar a los Ángeles del Infierno para el ejército, castrar a los maricones… Cuanto mayor era su ignorancia, más vehementes eran sus opiniones.

Georgetown quedaba a escasos minutos de distancia en coche, pero el trayecto se le hizo muy largo. George se imaginaba a Maria desplomada en el suelo o en la cama, al borde de la muerte o en estado de coma.

La dirección que Nelly le había dado resultó ser una casa antigua y elegante dividida en apartamentos tipo estudio. Maria no respondió al timbre de la puerta principal, sino que le abrió una chica negra que parecía una estudiante. Lo dejó pasar y le señaló la habitación de Maria.

La joven acudió a la puerta en bata. Desde luego, tenía aspecto de enferma: estaba muy pálida y su expresión era de abatimiento. No lo invitó a pasar sino que se alejó dejando la puerta abierta, y George entró. Por lo menos podía andar, pensó él con alivio. Había temido algo peor.

El espacio era muy reducido, una habitación con una pequeña cocina. Supuso que Maria compartía el baño al fondo del pasillo.

La miró con atención. Le dolía verla así, no solo enferma, sino también con aquella cara de sentirse muy desgraciada. Le dieron ganas de estrecharla en sus brazos, pero sabía que eso no le gustaría.

—Maria, ¿qué te pasa? —preguntó—. Tienes muy mal aspecto.

—Solo son problemas que tenemos las mujeres, eso es todo.

Esa frase normalmente era el lenguaje en código que empleaban para referirse al período menstrual, pero George estaba convencido de que se trataba de algo más.

—Déjame que te prepare una taza de café… ¿o tal vez un té?

Se quitó el abrigo.

—No, gracias —dijo Maria.

Él decidió preparárselo de todos modos, solo para demostrarle que se preocupaba por ella, pero entonces miró a la silla en la que Maria estaba a punto de sentarse y vio que el asiento estaba manchado de sangre.

Ella se dio cuenta al mismo tiempo y se sonrojó.

—Maldita sea… —exclamó.

George sabía algo acerca de la fisiología femenina, de modo que por su cabeza desfilaron distintas posibilidades.

—Maria, ¿has sufrido un aborto espontáneo? —inquirió.

—No —respondió ella con voz apagada, y vaciló antes de seguir hablando.

George aguardó pacientemente.

—No ha sido espontáneo. Ha sido un aborto provocado —dijo Maria al fin.

—Pobrecilla… —Cogió un paño de la cocina, lo dobló y lo puso encima de la mancha de sangre—. Siéntate encima de esto, de momento —le indicó—. Descansa.

Miró al estante que había encima de la nevera y vio un paquete de té de jazmín. Suponiendo que debía de ser la clase que a ella le gustaba, puso agua a hervir. No dijo nada más hasta que hubo preparado la infusión.

La ley que regulaba el aborto variaba en función del estado de Estados Unidos. George sabía que en el Distrito de Columbia era legal abortar con el fin de proteger la salud de la madre. Muchos médicos interpretaban la ley libremente, de forma que la salud de la mujer contemplaba su bienestar en general. En la práctica, cualquiera que tuviese dinero podía encontrar un médico dispuesto a practicar un aborto.

A pesar de que había dicho que no quería té, Maria aceptó la taza que le ofrecía George.

El joven se sentó frente a ella con una taza también.

—Tu amante secreto —dijo—. Imagino que él debe de ser el padre.

Ella asintió con la cabeza.

—Gracias por el té. Supongo que la tercera guerra mundial no ha empezado todavía, de lo contrario no estarías aquí.

—Los rusos han dado instrucciones a sus barcos para que se desvíen, por lo que el peligro de un enfrentamiento en el mar ha pasado, pero los cubanos siguen teniendo armas nucleares que apuntan directamente a nosotros.

Maria parecía demasiado deprimida para que aquello pudiese importarle.

—No va a casarse contigo —dijo George.

—No.

—¿Porque ya está casado?

Maria no respondió.

—Así que te buscó un médico y pagó la factura.

Ella asintió.

A George le pareció un comportamiento despreciable, de una bajeza moral extrema, pero si se lo decía, lo más probable era que lo echara a patadas de allí por insultar al hombre al que amaba.

—¿Dónde está ahora? —dijo George tratando de controlar su ira.

—Me va a llamar por teléfono. —Maria miró el reloj—. Pronto, probablemente.

George decidió no hacer más preguntas. Sería cruel seguir interrogándola, y no le hacía falta que le recordaran lo estúpida que había sido. ¿Qué necesitaba? Decidió preguntárselo.

—¿Necesitas algo? ¿Hay algo que pueda hacer por ti?

La joven se echó a llorar.

—¡Apenas te conozco! —exclamó entre sollozos—. ¿Cómo es que eres mi único amigo de verdad en toda la ciudad?

Él sabía cuál era la respuesta a esa pregunta. Maria tenía un secreto que no estaba dispuesta a compartir con nadie, y eso hacía difícil que los demás se sintieran cerca de ella.

—Por suerte para mí, tú eres muy bueno y amable conmigo.

Su gratitud hizo que se sintiera incómodo.

—¿Te duele? —le preguntó.

—Sí, es un dolor espantoso.

—¿Quieres que llame a un médico?

—No, no es tan grave. Me dijeron que era normal que me doliera.

—¿Tienes aspirinas?

—No.

—¿Por qué no salgo y te compro un bote?

—¿Te importaría? Odio tener que pedirle a un hombre que me haga los recados.

—No pasa nada, esto es una emergencia.

—Hay un drugstore justo en la esquina.

George dejó la taza y se puso el abrigo.

—¿Puedo pedirte un favor aún mayor? —le preguntó ella.

—Por supuesto.

—Necesito compresas higiénicas. ¿Crees que podrías comprarme un paquete?

Vaciló un instante. ¿Un hombre comprando compresas?

—No, eso es demasiado pedir —dijo ella—. Olvídalo.

—Joder, ¿qué van a hacer, detenerme?

—La marca es Kotex.

George asintió.

—Volveré enseguida.

Su arrojo no le duró demasiado: cuando llegó al drugstore, sintió que se moría de vergüenza. Se dijo que no había para tanto. Sí, iba a ser incómodo, pero había hombres de su edad arriesgando la vida en las selvas de Vietnam. ¿Cómo podía compararse una cosa con la otra?

En la tienda había tres pasillos de autoservicio y un mostrador. Las aspirinas no estaban a disposición de la clientela en las estanterías, sino que había que pedirlas en el mostrador.

Para consternación de George, con los productos higiénicos femeninos ocurría exactamente lo mismo.

Cogió un envase de cartón con seis botellas de Coca-Cola. Maria estaba perdiendo sangre, por lo que necesitaba líquidos. Sin embargo, no podía seguir postergando el bochornoso trance por más tiempo, de manera que se acercó al mostrador.

La dependienta era una mujer blanca de mediana edad. «Qué suerte la mía», pensó.

Dejó las Coca-Colas en el mostrador y dijo:

—Necesito un bote de aspirinas, por favor.

—¿De qué tamaño? Tenemos botes pequeños, medianos y grandes.

George se quedó desconcertado. ¿Y si le preguntaba qué tamaño de compresas quería?

—Mmm… grande, supongo —contestó.

La dependienta depositó un bote grande de aspirinas sobre el mostrador.

—¿Algo más?

Se acercó una clienta joven que se puso a hacer cola detrás de George, sosteniendo una cesta que contenía productos cosméticos. Obviamente, iba a oírlo todo.

—¿Algo más? —repitió la dependienta.

«Vamos, George, compórtate como un hombre», pensó él.

—Necesito un paquete de compresas —dijo—. Kotex.

La mujer que tenía detrás sofocó una risita burlona.

La dependienta lo miró por encima de sus gafas.

—Joven, ¿se trata de alguna clase de apuesta?

—¡No! ¡En absoluto, señora! —exclamó, indignado—. Son para una mujer que se encuentra demasiado indispuesta para acudir a la tienda.

Lo repasó de arriba abajo, fijándose en el traje gris oscuro, la camisa blanca, la corbata lisa y el pañuelo blanco doblado en el bolsillo superior de la chaqueta. George se alegró de no tener la pinta del típico estudiante que participa en alguna broma pesada.

—Está bien, le creo —dijo ella. Metió la mano por debajo del mostrador y sacó un paquete.

George lo miró con gesto horrorizado. Llevaba la palabra «Kotex» impresa con letras grandes en un lado. ¿Iba a tener que llevar eso por toda la calle?

La dependienta le leyó el pensamiento.

—Supongo que querrá que se lo envuelva.

—Sí, por favor.

Con movimientos rápidos y expertos, la mujer envolvió el paquete en papel marrón y luego lo metió en una bolsa junto con el bote de aspirinas.

George pagó.

La dependienta lo miró con severidad y luego pareció ablandarse un poco.

—Siento haber dudado de usted —dijo—. Debe de ser un buen amigo de la chica.

—Gracias —musitó él, y salió apresuradamente.

A pesar del frío de octubre, estaba sudando a mares.

Regresó a casa de Maria, quien se tomó tres aspirinas y luego salió al pasillo para ir en dirección al cuarto de baño con el paquete envuelto.

George metió las Coca-Colas en la nevera y miró a su alrededor. Vio una estantería repleta de libros de derecho encima de un pequeño escritorio con fotografías enmarcadas. En una foto de grupo aparecían sus padres, supuso, y un pastor entrado en años que debía de ser su distinguido abuelo. Otra mostraba a Maria con la toga de su graduación. También había una fotografía del presidente Kennedy. Maria tenía un televisor, una radio y un reproductor de discos. George examinó sus discos y descubrió que le gustaba la música pop más reciente: los Crystals, Little Eva y los Booker T & the MG's. En la mesilla de noche que había junto a su cama tenía un ejemplar del best seller *La nave de los locos*.

Mientras ella seguía en el baño, sonó el teléfono y George lo cogió.

—¿Diga? Está llamando al teléfono de Maria.

—¿Puedo hablar con Maria, por favor? —dijo una voz masculina.

La voz le resultaba algo familiar, pero George no la reconoció.

—Ha salido un momento —contestó—. ¿Quiere dejarle un…? Espere, acaba de llegar…

Maria le arrancó el teléfono de las manos.

—¿Diga? Ah, hola… Es un amigo, me ha traído unas aspirinas… No, no muy mal, me pondré bien…

—Voy a salir al pasillo y así tendrás más intimidad —dijo George.

La conducta del amante de Maria le parecía francamente reprochable. Aunque estuviera casado, debería haber estado allí, con ella. La había dejado embarazada, así que debería haber cuidado de ella después del aborto.

Aquella voz… George la había oído antes. ¿Y si resultaba que conocía al amante de Maria? No tendría nada de raro si el hombre era un compañero de trabajo, como había sugerido la madre de George, pero la voz que había oído en el teléfono no era la de Pierre Salinger.

La chica que lo había dejado entrar pasó en ese momento por su lado, de camino a la puerta. Se disponía a salir y le sonrió al verlo allí, plantado delante de la habitación de Maria como un niño travieso.

—¿Es que te has portado mal en clase? —le dijo con tono burlón.

—No, no he tenido esa suerte —contestó George.

Ella se rió y siguió andando.

Maria abrió la puerta y George entró de nuevo en la habitación.

—Tengo que volver ya al trabajo —dijo.

—Lo sé. Has venido a verme en plena crisis de Cuba. Nunca lo olvidaré. —Se notaba a la legua que estaba muy feliz ahora que por fin había hablado con su hombre.

De pronto, George creyó reconocer aquella voz.

—¡Esa voz! —exclamó—. La del teléfono…

—¿La has reconocido?

Se quedó atónito.

—¿Tienes una aventura con Dave Powers?

Para consternación de George, Maria se echó a reír a carcajadas.

—¡Por favor! —soltó.

Se dio cuenta de inmediato de lo absurda que era esa idea: David, el secretario personal del presidente, era un hombre de unos cincuenta años con aspecto entrañable y que todavía llevaba sombrero. No tenía muchas posibilidades de ir por ahí seduciendo a jovencitas hermosas y llenas de vitalidad.

Unos segundos después, George se dio cuenta de con quién estaba teniendo una aventura Maria.

—¡Oh, Dios santo! —dijo mirándola fijamente. Se había quedado perplejo ante aquel descubrimiento.

Maria no dijo nada.

—Te acuestas con el presidente Kennedy —afirmó George con una mezcla de asombro e incredulidad.

—¡Por favor, no se lo digas a nadie! —imploró la joven—. Si lo haces, me dejará. ¡Prométemelo, por favor!

—Te lo prometo —dijo George.

Por primera vez en su vida adulta, Dimka había hecho algo verdadera, indiscutible y vergonzosamente malo.

No estaba casado con Nina, pero ella esperaba que él le fuera fiel, y Dimka suponía que ella le era fiel a él, así que no había duda de que había traicionado su confianza al pasar la noche con Natalia.

En aquel momento había creído que podía ser la última noche de su vida, pero como en realidad no lo había sido, de pronto la excusa parecía débil.

No había llegado a mantener relaciones sexuales completas con Natalia, pero esa también era una excusa insostenible. Lo que habían hecho era, si cabe, aún más íntimo y especial que un coito. Se sentía miserablemente culpable. Nunca en toda su vida se había visto a sí mismo como una persona indigna de confianza, deshonesta y poco de fiar.

Su amigo Valentín sin duda sabría manejar aquella situación con mucha más soltura y seguiría tan feliz sus relaciones con ambas mujeres hasta que lo descubriesen. Dimka ni siquiera se planteó esa opción. Ya se sentía bastante mal después de engañar a Nina una sola noche, así que no podría seguir haciéndolo de forma regular. Terminaría arrojándose de cabeza al río Moscova.

Tenía que decírselo a Nina o romper con ella, o ambas cosas. No podía vivir con un engaño tan gigantesco. Sin embargo, descubrió que estaba asustado. Aquello era ridículo: él era Dimitri Iliich Dvorkin, mano derecha de Jrushchov, odiado por algunos, temido por muchos. ¿Cómo podía tener miedo de una chica? Pero lo tenía.

¿Y qué pasaba con Natalia?

Tenía un centenar de preguntas para Natalia. Quería averiguar cómo se sentía con respecto a su marido. Dimka no sabía nada de él, excepto su nombre, Nik. ¿Iba a divorciarse? Si así era, ¿la ruptura de su matrimonio tenía algo que ver con Dimka? Y lo más importante: ¿veía Natalia a Dimka desempeñando algún papel en su futuro?

Él se la seguía encontrando en el Kremlin, pero no había ninguna posibilidad de que pudieran verse a solas. El Presídium se reunía tres veces todos los martes —por la mañana, por la tarde y por la noche—, y los asistentes estaban aún más ocupados durante las pausas para el almuerzo. Cada vez que Dimka miraba a Natalia le parecía aún más maravillosa. Él todavía llevaba el mismo traje con el que había dormido, al igual que el resto de los hombres, pero Natalia se había puesto un vestido azul oscuro con una chaqueta a juego que la hacía parecer autoritaria y atractiva al mismo tiempo. A Dimka le costaba concentrarse en las reuniones, a pesar de que su tarea consistía en evitar la tercera guerra mundial. Fijaba la mirada en ella, recordaba lo que se habían hecho el uno al otro, y apartaba los ojos, avergonzado, para tan solo un minuto después quedarse mirándola embobado otra vez.

Sin embargo, el ritmo de trabajo era tan intenso que no tenía modo de hablar en privado con ella, ni aunque fuese unos pocos segundos.

A última hora del martes por la noche Jrushchov se había ido a su casa, a dormir en su propia cama, por lo que todos los demás siguieron su ejemplo. A primera hora de la mañana del miércoles, Dimka le dio a Jrushchov la buena noticia —que acababa de recibir de su hermana, en Cuba— de que el *Aleksandrovsk* había atracado sano y salvo en La Isabela. El resto del día lo pasó igual de ocupado. Veía a Natalia a cada momento, pero ninguno de los dos tenía un segundo de respiro.

Para entonces Dimka ya se estaba haciendo sus propias preguntas: ¿qué había significado para él en realidad la noche del lunes? ¿Qué esperaba del futuro? Si alguno de ellos seguía vivo al cabo de una semana, ¿quería pasar el resto de su vida con Natalia, con Nina... o con ninguna de las dos?

El jueves estaba desesperado por obtener una respuesta a esos interrogantes. Sentía, de forma completamente irracional, que no quería morir en una guerra nuclear antes de resolver aquel asunto.

Había quedado con Nina esa noche; irían a ver una película con Valentín y Anna. Si lograba escabullirse de sus obligaciones en el Kremlin y acudir a la cita con ella, ¿qué le diría a Nina?

El pleno del Presídium de la mañana solía empezar a las diez, de forma que los asistentes se reunían de manera informal a las ocho en la Sala Onilova. Ese jueves por la mañana Dimka tenía una nueva propuesta de Jrushchov que presentar a los demás. También esperaba poder mantener una conversación privada con Natalia. Estaba a punto de abordarla cuando Yevgueni Filípov apareció con las primeras ediciones de los periódicos europeos.

—Las portadas son todas igual de terribles —anunció. Fingía sentirse abatido por el dolor, pero Dimka sabía que estaba sintiendo lo contrario—. ¡La marcha atrás de nuestros buques aparece retratada como una humillante derrota para la Unión Soviética!

Al ver los periódicos desplegados sobre las mesas modernas y baratas, Dimka comprendió que no exageraba en absoluto.

Natalia salió de inmediato en defensa de Jrushchov.

—Pues claro que dicen eso —replicó—. Todos esos periódicos son propiedad de los capitalistas. ¿Acaso esperabas que alabasen la sabiduría y la moderación de nuestro líder? Pero qué ingenuo llegas a ser…

—¡La única ingenua eres tú! El *Times* de Londres, el *Corriere della Sera* italiano y *Le Monde* de París: son los periódicos que leen y a cuyos titulares dan crédito los líderes de los países del Tercer Mundo. Los mismos líderes a los que esperamos ganarnos para que se pongan de nuestro lado.

Eso era cierto. Por muy desleal que fuese, la gente de todo el mundo confiaba más en la prensa capitalista que en las publicaciones comunistas.

—No podemos decidir nuestra política exterior basándonos en cuáles serán las reacciones probables de los periódicos occidentales —respondió Natalia.

—Se suponía que esta operación era de alto secreto —dijo Filípov—, y sin embargo, los americanos estaban al corriente. Todos sabemos quién era el responsable de la seguridad. —Se refería a Dimka—. ¿Por qué está esa persona sentada a esta mesa? ¿No deberíamos someterlo a un interrogatorio?

—Es posible que la culpa la tenga la seguridad del ejército —terció Dimka. Filípov trabajaba para el Ministerio de Defensa—. Cuando sepamos cómo se filtró el secreto, entonces podremos decidir a quién hay que interrogar.

Era un argumento débil y él lo sabía, pero seguía sin conocer la causa del error.

Filípov cambió de táctica.

—En el pleno de esta mañana, el KGB informará de que los americanos han intensificado extraordinariamente sus movilizaciones en la zona de Florida. Las vías del tren están abarrotadas de vagones que transportan tanques y artillería. La 1.ª División Acorazada ha tomado la pista de carreras de Hallandale, millares de hombres duermen ahora en las gradas. Las fábricas de munición trabajan las veinticuatro horas del día produciendo balas para que sus aviones disparen contra las tropas soviéticas y cubanas. Las bombas de napalm…

Natalia lo interrumpió.

—Sí, sí, también contábamos con eso.

—Pero ¿qué vamos a hacer cuando invadan Cuba? —inquirió Filípov—. Si respondemos utilizando solo las armas convencionales, no podremos ganar, los americanos son demasiado fuertes. ¿Vamos a responder con armas nucleares? El presidente Kennedy ha declarado que si se lanza una sola arma nuclear desde Cuba, bombardeará la Unión Soviética.

—No puede decirlo en serio —adujo Natalia.

—Lee los informes del Servicio Secreto del Ejército Rojo. ¡Los bombarderos americanos nos están rodeando ahora mismo! —Señaló hacia el techo, como si al mirar arriba fuesen a ver los aviones—. Solo hay dos posibles resultados para nosotros: la humillación internacional, si tenemos suerte, y la muerte nuclear si no somos tan afortunados.

Natalia se quedó en silencio. Nadie en la mesa tenía respuesta para eso.

Nadie excepto Dimka.

—El camarada Jrushchov tiene una solución —anunció.

Todos lo miraron con gesto de sorpresa.

—En la reunión de esta mañana —continuó—, el primer secretario propondrá hacer una oferta a Estados Unidos. —En la sala reinaba un silencio sepulcral—. Vamos a desmantelar nuestros misiles en Cuba…

Lo interrumpió un coro de reacciones de quienes rodeaban la mesa, reacciones que alternaban entre las exclamaciones de asombro y los gritos de protesta. Levantó una mano para que se callasen.

—Desmantelar nuestros misiles… a cambio de que nos ofrezcan una garantía de lo que hemos querido desde el principio: los americanos deben prometer que no invadirán Cuba…

Los asistentes tardaron unos minutos en asimilar aquellas palabras.

Natalia fue la más rápida en conseguirlo.

—Es una idea brillante —dijo—. ¿Cómo puede negarse Kennedy? Eso equivaldría a admitir su intención de invadir un país pobre del Tercer Mundo. Solo conseguiría la reprobación por parte de todos los países por su actitud colonialista y estaría demostrando que tenemos razón cuando aducimos que Cuba necesita misiles nucleares para defenderse. —Era la persona más inteligente de la mesa, además de la más hermosa.

—Pero si Kennedy acepta, tendremos que traernos los misiles a casa —dijo Filípov.

—¡Ya no harán falta! —exclamó Natalia—. La revolución cubana estará a salvo.

Dimka vio que Filípov habría querido argumentar en contra, pero no podía. Aunque Jrushchov había metido a la Unión Soviética en un lío, también había ideado una salida honorable.

Cuando acabó la reunión, Dimka logró al fin estar un momento a solas con Natalia.

—Necesitamos discutir los términos de la oferta de Jrushchov a Kennedy —dijo.

Se retiraron a un rincón de la sala y se sentaron. Dimka le examinó la parte delantera del vestido, recordando sus pequeños pechos con los pezones puntiagudos.

—Tienes que dejar de mirarme así —pidió ella.

Él se sintió como un tonto.

—No… no te estaba mirando a ti —protestó, aunque evidentemente no era cierto.

Ella no le hizo ningún caso.

—Si sigues mirándome así, hasta los hombres se darán cuenta.

—Lo siento, no puedo evitarlo.

Dimka se sintió desanimado; aquella no era la conversación íntima y agradable que había previsto.

—Nadie debe saber lo que hicimos —dijo Natalia, algo asustada.

A Dimka le parecía estar hablando con una persona distinta de la chica sensual y alegre que lo había seducido apenas dos días atrás.

—Bueno, no tengo pensado ir por ahí diciéndoselo a la gente, pero no sabía que fuese un secreto de Estado.

—¡Estoy casada!

—¿Vas a seguir con Nik?

—¿Qué clase de pregunta es esa?

—¿Tenéis hijos?

—No.

—La gente se divorcia.

—Mi marido nunca consentiría en darme el divorcio.

Dimka la miró de hito en hito. Era evidente que el asunto no acababa ahí: una mujer podía pedir el divorcio contra la voluntad de su marido. Sin embargo, en realidad la discusión no giraba en torno a la situación jurídica. Por lo visto, Natalia parecía presa del pánico.

—Bueno, ¿y por qué lo hiciste, entonces? —dijo Dimka.

—¡Creía que todos íbamos a morir!

—¿Y ahora te arrepientes?

—¡Estoy casada! —repitió.

Eso no contestaba a su pregunta, pero supuso que no iba a conseguir sonsacarle nada más.

Borís Kozlov, otro de los ayudantes de Jrushchov, lo llamó desde el otro lado de la sala:

—¡Dimka! ¡Vamos!

Dimka se puso de pie.

—¿Podemos hablar de nuevo pronto? —murmuró.

Natalia bajó la vista y no dijo nada.

—¡Dimka, vámonos! —insistió Borís.

Dimka se fue.

El Presídium discutió la propuesta de Jrushchov durante la mayor parte del día. Había ciertas complicaciones. ¿Insistirían los americanos en inspeccionar las plataformas de lanzamiento para verificar que habían sido desmanteladas? ¿Estaría Castro dispuesto a aceptar esas inspecciones? ¿Prometería Castro no aceptar armas nucleares de cualquier otro proveedor, como por ejemplo China? Aun así, Dimka opinaba que aquella representaba la mejor oportunidad para mantener la paz.

Mientras tanto, Dimka pensaba en Nina y en Natalia. Antes de la conversación de esa mañana, estaba convencido de que dependía de él con cuál de las dos mujeres quería estar, pero de pronto se daba cuenta de que se había engañado a sí mismo pensando que la elección era única y exclusivamente suya.

Natalia no iba a dejar a su marido.

Se dio cuenta también de que estaba loco por Natalia, de que sentía por ella algo mucho más intenso de lo que nunca había llegado a sentir por Nina. Cada vez que alguien llamaba a la puerta de su despacho, esperaba que fuese ella. En su recuerdo, repetía los momentos que habían pasado juntos una y otra vez, rememorando de forma obsesiva todo lo que había dicho ella, incluso aquellas palabras inolvidables: «Oh, Dimka, te adoro…».

No le había dicho que lo amaba, pero era casi lo mismo.

Y sin embargo, no iba a divorciarse. Aun así, a pesar de los pesares, Natalia era la mujer a la que él quería.

Eso significaba que tenía que decirle a Nina que su relación había terminado. No podía seguir saliendo con una chica que le gustaba solo como plato de segunda mesa, no sería justo ni sincero. En su imaginación, ya estaba oyendo a Valentín burlarse de sus escrúpulos, pero no podía evitar sentirlos.

No obstante, Natalia no tenía ninguna intención de separarse de su marido, de manera que Dimka no tendría a nadie.

Se lo diría a Nina esa misma noche. Los cuatro iban a quedar en el apartamento de las chicas. Él se llevaría a Nina a un lado y le diría…

¿qué iba a decirle? Parecía más difícil cuando trataba de verbalizar las palabras. «Vamos —se dijo—, has escrito discursos para Jrushchov; podrás escribirte un discurso para ti mismo, ¿no?»

«Lo nuestro ha terminado…» «No quiero verte más…» «Creía estar enamorado de ti, pero me he dado cuenta de que no es así…» «Estuvo bien mientras duró…»

Todo lo que pensaba sonaba cruel. ¿No había ninguna forma amable de decir aquello? Tal vez no. ¿Y si le decía la verdad cruda? «He conocido a otra persona y estoy enamorado de ella…»

Eso era aún peor que todo lo demás.

Al final de la tarde, Jrushchov decidió que el Presídium debía hacer una exhibición pública de buena voluntad internacional acudiendo al completo al teatro Bolshói, donde el estadounidense Jerome Hines interpretaba *Borís Godunov*, la más popular de las óperas rusas. Los asistentes también estaban invitados. A Dimka le parecía una idea estúpida. ¿A quién querían engañar? Por otra parte, sintió un gran alivio por verse obligado a cancelar su cita con Nina, pues lo cierto es que la temía.

La llamó al trabajo y la pilló justo antes de que se marchara.

—No puedo verte esta noche —dijo—. Tengo que ir al Bolshói con el jefe.

—¿Y no puedes escaparte? —sugirió ella.

—¿Lo dices en serio?

Un hombre que trabajaba para el primer secretario sería capaz de no asistir al funeral de su madre antes que desobedecer.

—Quiero verte.

—Es imposible.

—Ven después de la ópera.

—Se hará muy tarde.

—No importa lo tarde que sea, ven a mi casa. Te esperaré despierta, aunque tenga que quedarme levantada toda la noche.

Estaba perplejo. Normalmente no era tan insistente. Casi parecía desesperada, y eso no era nada propio de ella.

—¿Es que pasa algo?

—Tenemos que hablar.

—¿De qué?

—Te lo diré esta noche.

—Dímelo ahora.

Nina colgó el teléfono.

Dimka se puso el gabán y se fue a pie al teatro, que estaba a solo unos pasos del Kremlin.

Jerome Hines medía un metro noventa y ocho de estatura y llevaba una corona con una cruz en la cabeza; su presencia era apabullante. Su portentosa voz de bajo inundaba todos los rincones del teatro y empequeñecía el espacio allí donde retumbaba. Sin embargo, Dimka presenció toda la ópera de Músorgski sin escuchar prácticamente nada. Apenas prestó atención a cuanto sucedía en el escenario, y pasó la velada alternando su preocupación por cómo iban a responder los americanos a la propuesta de paz de Jrushchov con su inquietud por cómo reaccionaría Nina cuando le dijese que quería romper con ella.

Cuando Jrushchov se despidió al fin y dio las buenas noches a todos, Dimka se fue andando hasta el apartamento de las chicas, que estaba a poco menos de dos kilómetros de distancia del teatro. Por el camino empezó a hacer conjeturas sobre el motivo de Nina para hablar con él. Tal vez ella también quisiese poner fin a su relación; eso sería un alivio. Tal vez le habían ofrecido un ascenso que la obligaba a trasladarse a vivir a Leningrado. Incluso podría haber conocido a otra persona, como le había ocurrido a él, y decidido que era el hombre de su vida. O podía estar enferma, una enfermedad mortal, tal vez relacionada con las misteriosas razones por las que no podía quedarse embarazada. Todas aquellas posibilidades ofrecían a Dimka una salida fácil, y se dio cuenta de que cualquiera de ellas le alegraría, incluida —para su vergüenza— la alternativa de la enfermedad mortal.

«No —pensó—, no es verdad que quiera verla muerta.»

Tal como le había prometido, Nina lo estaba esperando.

Ataviada con una bata de seda verde, parecía como si estuviera a punto de irse a la cama, pero el peinado que llevaba era perfecto y se había puesto un poco de maquillaje. Ella le dio un beso en los labios y él la correspondió, profundamente avergonzado; estaba traicionando a Natalia al disfrutar de aquel beso, y traicionando a Nina al pensar en Natalia. Aquel sentimiento de culpabilidad por partida doble hacía que le doliera el estómago.

Nina le sirvió un vaso de cerveza y él se bebió la mitad de un trago, ansioso por que el alcohol le insuflase un poco de coraje. Ella se sentó a su lado en el sofá. Estaba bastante seguro de que no llevaba nada debajo de aquella bata y sintió que el deseo se apoderaba de su cuerpo. En su cerebro, la imagen de Natalia empezó a difuminarse.

—Todavía no estamos en guerra —dijo Dimka—. Esas son mis noticias. ¿Y las tuyas?

Nina le quitó la cerveza de las manos y la dejó encima de la mesa de café; luego lo tomó de la mano.

—Estoy embarazada —anunció.

Dimka sintió como si le hubieran dado un puñetazo. Se la quedó mirando conmocionado, sin comprender.

—Embarazada —repitió estúpidamente.

—De dos meses y alguna semana.

—¿Estás segura?

—He tenido dos faltas consecutivas en mi período.

—Aun así...

—Mira. —Se abrió la bata para enseñarle los pechos—. Los tengo más grandes.

En efecto, así era, y Dimka sintió una mezcla de deseo y consternación.

—Y me duelen. —Se cerró la bata, pero no se la ciñó demasiado—. Y cuando fumo, me sienta fatal en el estómago. Maldita sea, todo mi cuerpo siente que estoy embarazada.

No podía ser verdad.

—Pero dijiste...

—Que no podía tener hijos. —Apartó la mirada—. Eso es lo que me dijo mi médico.

—¿Has ido a verlo?

—Sí. Me ha confirmado el embarazo.

—¿Y qué dice ahora? —exclamó Dimka, incrédulo.

—Que es un milagro.

—Los médicos no creen en milagros.

—Eso pensaba yo.

Dimka intentó evitar que la habitación siguiera dando vueltas. Tragó saliva y trató de encajar el golpe. Tenía que ser práctico.

—Tú no quieres casarte y yo tampoco, eso seguro —dijo—. ¿Qué vas a hacer al respecto?

—Tienes que darme el dinero para un aborto.

Dimka tragó saliva.

—Está bien. —Podían practicarse abortos en Moscú con relativa facilidad, pero costaban dinero. Dimka pensó en cómo podía conseguirlo. Había estado planeando vender su motocicleta para comprarse un coche usado. Si dejaba eso para más adelante, seguro que podría apañárselas. También podía pedirles algo prestado a sus abuelos—. Sí, puedo dártelo —dijo.

Ella se arrepintió inmediatamente de habérselo pedido.

—Deberíamos pagar la mitad cada uno. Al fin y al cabo, este niño lo hemos hecho juntos.

De pronto, Dimka se sintió distinto. Era por cómo había utilizado ella esa palabra, «niño». Tenía sentimientos encontrados: se imaginó a sí mismo sosteniendo a un bebé en sus brazos, viendo a un niño dar sus primeros pasos, enseñándole a leer, llevándolo a la escuela...

—¿Estás segura de que lo que quieres es abortar?

—¿Tú cómo te sientes?

—Incómodo. —Y de pronto se preguntó por qué—. No creo que sea un pecado, ni nada de eso, pero es que estaba imaginándome... bueno, a un niño pequeño... —No sabía de dónde le venían aquellos sentimientos—. ¿Y no podríamos dar al niño en adopción?

—¿Dar a luz y luego entregarle el bebé a unos extraños?

—Sí, lo sé. A mí tampoco me gusta, pero es difícil criar a un hijo sola. Aunque yo te ayudaría.

—¿Por qué?

—Porque va a ser mi hijo, también.

Ella le cogió la mano.

—Gracias por decir eso. —De repente Nina parecía muy vulnerable y a Dimka el corazón le dio un vuelco. Ella añadió—: Nos queremos, ¿verdad?

—Sí.

En ese momento la quería. Pensó en Natalia, pero de algún modo la imagen que tenía de ella era confusa y distante, mientras que Nina estaba allí, en carne y hueso, pensó, y esa frase hecha le pareció más real que nunca.

—Los dos querremos al niño, ¿no es así?

—Sí.

—Bueno, pues entonces...

—Pero tú no quieres casarte.

—No quería.

—Lo dices en pasado.

—Pensaba así cuando no estaba embarazada.

—¿Has cambiado de opinión?

—Ahora todo parece distinto.

Dimka se sentía desconcertado. ¿Estaban hablando de casarse? Desesperado por encontrar algo que decir, probó a hacer una broma.

—Si me estás pidiendo matrimonio, ¿dónde están el pan y la sal? —La ceremonia de compromiso tradicional requería el intercambio de los regalos del pan y la sal.

Para su sorpresa, ella se echó a llorar.

Se le derritió el corazón. La rodeó con los brazos. Al principio Nina se resistió, pero después de un momento permitió que la abrazase. Sus lágrimas le mojaban la camisa. Le acarició el pelo.

Nina levantó la cabeza para que la besara. Un minuto después, se separó de él.

—¿Quieres hacer el amor conmigo, antes de que me ponga demasiado gorda y fea?

Se le abrió la bata y Dimka vio que le asomaba un pecho suave y turgente, salpicado de pecas.

—Sí —dijo sin pensar, alejando cada vez más la imagen de Natalia de su mente.

Nina lo besó de nuevo y él le acarició un pecho, que al tacto parecía aún más turgente que antes.

Ella se apartó de nuevo.

—No decías en serio eso que has dicho al principio, ¿verdad?

—¿Qué he dicho?

—Que estabas seguro de que no querías casarte.

Dimka sonrió, sin apartar la mano de su pecho.

—No —contestó—. No lo decía en serio.

El jueves por la tarde, George Jakes sentía una leve punzada de optimismo.

Las espadas seguían en alto, pero no había llegado la sangre al río. El cerco naval continuaba en vigor, los buques con proyectiles soviéticos habían dado marcha atrás y no se había producido ningún enfrentamiento en alta mar. Estados Unidos no había invadido Cuba y nadie había disparado ningún arma nuclear. Quizá la tercera guerra mundial pudiera evitarse después de todo.

La sensación se prolongó por un poco más de tiempo.

Los asistentes de Bobby Kennedy disponían de un aparato de televisión en su despacho del Departamento de Justicia, y a las cinco en punto estaban viendo una retransmisión desde la sede de las Naciones Unidas en Nueva York. El Consejo de Seguridad se hallaba reunido en una sesión, veinte sillas alrededor de una mesa con forma de herradura. Dentro de la herradura, los intérpretes se sentaban con unos auriculares en la cabeza. El resto de la sala estaba abarrotada de asistentes y otros observadores, espectadores del enfrentamiento cara a cara entre las dos superpotencias.

El embajador de Estados Unidos ante la ONU era Adlai Stevenson, un intelectual con alopecia que había tratado de conseguir la nominación presidencial demócrata en 1960 y había sido derrotado por Jack Kennedy, mucho más atractivo para las cámaras de televisión.

El representante soviético, el insulso Valerián Zorin, hablaba con su habitual tono monótono de voz, negando la existencia de cualquier tipo de armas nucleares en Cuba.

—¡Es un maldito mentiroso! —exclamó George con exasperación, viendo la televisión desde Washington—. Stevenson debería enseñar las fotografías.

—Eso es lo que el presidente le dijo que hiciera.

—Entonces, ¿por qué no lo hace?

Wilson se encogió de hombros.

—Los hombres como Stevenson siempre creen que ellos saben más que nadie.

En la pantalla, Stevenson se levantó.

—Deje que le haga una pregunta muy sencilla —dijo—. ¿Niega usted, embajador Zorin, que la Unión Soviética haya desplegado y esté desplegando misiles de alcance medio e intermedio en Cuba? ¿Sí o no?

—¡Bien hecho, Adlai! —exclamó George, y se oyó un murmullo de aprobación de los hombres que veían la televisión con él.

En Nueva York, Stevenson miraba a Zorin, que estaba sentado unos pocos asientos más allá en la mesa. El soviético continuó escribiendo notas en su libreta.

—No espere a la traducción: ¿sí o no? —insistió Stevenson, impaciente.

Los asesores en Washington se rieron.

Al final, Zorin contestó en ruso y el intérprete tradujo sus palabras:

—Señor Stevenson, prosiga con su declaración, por favor. Recibirá la respuesta a su pregunta a su debido tiempo, no se preocupe.

—Estoy dispuesto a esperar mi respuesta hasta que se hiele el infierno —repuso Stevenson.

Los asistentes de Bobby Kennedy prorrumpieron en vítores. Por fin, Estados Unidos les iba a dar su merecido.

—También estoy dispuesto a presentar las pruebas en esta sala, ahora mismo —añadió Stevenson en ese momento.

—¡Sí! —exclamó George, y dio un puñetazo en el aire.

—Si me permiten unos instantes —continuó Stevenson—, vamos a colocar un caballete aquí, al fondo de la sala, donde espero que sea visible para todos.

La cámara se desplazó y enfocó a media docena de hombres vestidos con trajes que estaban montando rápidamente una exhibición de fotografías de grandes dimensiones.

—¡Ya tenemos a esos cabrones! —exclamó George.

Stevenson siguió hablando con tono pausado y comedido, pero también con cierto dejo de agresividad.

—La primera de esta serie de fotografías muestra un área al norte de la localidad de Candelaria, cerca de San Cristóbal, al sudoeste de La Habana. La primera fotografía muestra la zona a finales de agosto de 1962, cuando solo era un tranquilo entorno natural.

Los delegados y los demás se agolpaban alrededor de los caballetes, tratando de ver a qué hacía alusión Stevenson.

—La segunda fotografía muestra la misma área un día de la semana pasada. En la zona habían aparecido algunas tiendas de campaña y vehículos, se habían abierto nuevos caminos secundarios y la carretera principal estaba en mejores condiciones.

Stevenson hizo una pausa y la sala se sumió en un silencio expectante.

—La tercera fotografía, tomada solo veinticuatro horas después, muestra las instalaciones para un batallón de misiles de alcance intermedio —dijo.

Las exclamaciones de los delegados se fundieron en un murmullo generalizado de sorpresa.

Stevenson siguió hablando. Se expusieron más fotografías. Hasta ese momento, algunos líderes mundiales habían creído la negativa del embajador soviético. De pronto todo el mundo sabía la verdad.

Zorin permaneció con el rostro impertérrito, sin decir una sola palabra.

George levantó la vista del televisor y vio a Larry Mawhinney entrar en la sala. George lo miró de reojo; la única vez que habían hablado, Larry se había enfadado con él, pero ahora parecía mostrarse amable.

—Hola, George —lo saludó, como si nunca hubiese habido un agrio intercambio entre ambos.

—¿Qué noticias traes del Pentágono? —preguntó George con tono neutro.

—He venido para avisaros de que vamos a interceptar un buque soviético —dijo Larry—. El presidente tomó la decisión hace unos minutos.

A George se le aceleró el corazón.

—Mierda… —soltó—. Justo cuando creíamos que las cosas se estaban calmando.

—Por lo visto —prosiguió Mawhinney—, cree que la cuarentena defensiva no significa nada si no interceptamos e inspeccionamos al menos una embarcación sospechosa. Ya le están lloviendo críticas porque dejamos pasar un petrolero.

—¿Qué tipo de buque vamos a detener?

—El *Marucla*, un carguero libanés con tripulación griega, fletado por el gobierno soviético. Zarpó de Riga con un cargamento de papel, azufre y piezas de repuesto para los camiones soviéticos, supuestamente.

—No me imagino a los rusos confiando sus misiles a una tripulación griega.

—Si tienes razón, no habrá ningún problema.

George consultó el reloj.

—¿Para cuándo está previsto?

—Ahora es de noche en el Atlántico. Tendrán que esperar hasta la mañana.

Larry se marchó y George se preguntó hasta qué punto era una maniobra peligrosa. Era difícil saberlo: si el *Marucla* era tan inocente como pretendía ser, tal vez la interceptación sería como una inspección rutinaria y no habría violencia de ninguna clase. Ahora bien, ¿qué ocurriría si transportaba armas nucleares? El presidente Kennedy había tomado otra decisión arriesgada.

Y había seducido a Maria Summers.

A George no le sorprendía que Kennedy estuviese teniendo una aventura con una chica de color. Si la mitad de las habladurías eran ciertas, el presidente no era en absoluto exigente en materia de mujeres. Todo lo contrario, le gustaban todas: maduras y jóvenes, rubias y morenas, tanto las damas de la alta sociedad —del mismo estrato social que él— como las mecanógrafas más ligeras de cascos.

George se preguntó por un momento si Maria sospecharía siquiera que ella solo era una más del montón.

El presidente Kennedy no tenía ideas firmes sobre las cuestiones raciales, sino que siempre las había considerado un asunto puramente político. A pesar de que no había querido fotografiarse con Percy Marquand y Babe Lee por temor a perder votos, George lo había visto estrechar la mano de forma efusiva a hombres y mujeres negros, charlar y reír con ellos, relajado y cómodo. A George también le habían dicho que Kennedy asistía a fiestas en las que había prostitutas de todas las razas, aunque no sabía si los rumores eran ciertos.

Sin embargo, la falta de sensibilidad del presidente había tomado a George por sorpresa. No se trataba solo por la intervención a la que había tenido que someterse Maria —aunque eso en sí ya era bastante desagradable—, sino por el hecho de que hubiese tenido que ir sola. El hombre que la dejó embarazada debería haberla recogido en coche después de la operación para llevarla a su casa y quedarse con ella hasta asegurarse de que se encontraba bien. No bastaba con una llamada telefónica. Que fuese el presidente no era una excusa aceptable. Jack Kennedy había perdido buena parte de la admiración que George sentía por él.

Justo estaba pensando en los hombres que, de forma completamente irresponsable, dejaban embarazadas a sus chicas cuando su propio padre apareció por la puerta. George se sorprendió; Greg nunca había ido a visitarlo a la oficina.

—Hola, George —saludó, y se estrecharon la mano como si no fueran padre e hijo.

Greg llevaba un traje arrugado de una suave tela azul a rayas que parecía contener algún porcentaje de cachemira en su composición. «Si pudiera permitirme un traje como ese —pensó George—, lo llevaría siempre planchado.» Muchas veces tenía esa clase de pensamientos cuando miraba a Greg.

—Qué sorpresa tan inesperada —le dijo a su padre—. ¿Cómo estás?

—Pasaba por aquí y… ¿Quieres tomar un café?

Fueron a la cafetería. Greg pidió un té y George quiso una botella de Coca-Cola y una pajita.

—Alguien me preguntó por ti el otro día —dijo George cuando se sentaron—. Una señora de la oficina de prensa.

—¿Cómo se llama?

—Nell… y algo más, ahora mismo no lo recuerdo. ¿Nelly Ford?

—Nelly Fordham. —Greg se quedó con la mirada perdida, con una expresión que denotaba nostalgia por otros tiempos de placeres caídos en el olvido.

A George le hizo gracia.

—Una antigua novia, evidentemente.

—Más que eso. Estuvimos prometidos.

—Pero no os casasteis.

—Ella rompió el compromiso.

George vaciló un momento antes de seguir indagando.

—Puede que no sea de mi incumbencia, pero ¿por qué?

—Pues… si quieres saber la verdad, se enteró de tu existencia y dijo que no quería casarse con un hombre que ya tenía una familia.

George se quedó fascinado. Su padre rara vez le hablaba de aquellos tiempos.

Greg parecía pensativo.

—Nelly probablemente tenía razón —dijo—. Tu madre y tú erais mi familia, pero yo no podía casarme con tu madre… No habría tenido ningún porvenir en política con una esposa negra, así que elegí mi carrera. No puedo decir que mi decisión me haya hecho feliz.

—Nunca me habías hablado de eso.

—Lo sé. Me ha hecho falta la amenaza de una tercera guerra mundial para decirte la verdad. Bueno, y dime, ¿cómo crees tú que van a ir las cosas?

—Espera un momento. ¿De verdad llegaste a plantearte alguna vez casarte con mamá?

—Cuando tenía quince años quería hacerlo, más que cualquier otra cosa en el mundo, pero mi padre se aseguró por todos los medios de que no lo consiguiera, ya lo creo que lo hizo… Tuve otra oportunidad, una década más tarde, pero en ese momento ya tenía edad suficiente para darme cuenta de que habría sido una locura. Verás, las parejas mixtas ya lo tienen bastante difícil ahora mismo, en los años sesenta, conque imagínate lo que habría sido en los cuarenta… Lo más probable es que los tres hubiésemos sido muy desgraciados. —Parecía triste—. Además, el caso es que en su momento no tuve agallas… y esa es la verdad. Ahora, háblame de la crisis.

No sin esfuerzo, George se concentró en los misiles cubanos.

—Hace una hora empezaba a creer que podíamos salir de esta, pero el presidente acaba de dar órdenes a la armada para que intercepten un barco soviético mañana por la mañana.

Le habló a Greg sobre el *Marucla*.

—Si en efecto se trata de un buque mercante, no habrá ningún problema —señaló su padre.

—Exacto, los nuestros subirán a bordo e inspeccionarán el cargamento, luego les darán unos caramelos y santas pascuas.

—¿Caramelos?

—Han asignado doscientos dólares a todos nuestros buques en la zona de intercepción para el material de los «intercambios pueblo a pueblo», lo que significa caramelos, revistas y mecheros baratos.

—Que Dios bendiga a América, pero…

—Pero si la tripulación está formada por militares soviéticos y el buque va cargado con cabezas nucleares, lo más probable es que el barco no se detenga cuando le den el alto. Entonces empezarán los tiros.

—Será mejor que te deje volver a tu labor de salvar el mundo.

Se levantaron y salieron de la cafetería. Se despidieron estrechándose la mano de nuevo.

—La razón por la que he venido a verte… —dijo Greg.

George esperó a que continuara.

—Cabe la posibilidad de que después de este fin de semana todos estemos muertos, y antes de que eso pase hay algo que quiero que sepas.

—Muy bien. Dime. —George se preguntó qué diablos iba a decirle a esas alturas.

—Eres lo mejor que me ha pasado en la vida.

—Caramba… —exclamó George en voz baja.

—No he sido un buen padre, y no me porté bien con tu madre, y… ya sabes todo eso. Pero estoy orgulloso de ti, George. El mérito no es mío, desde luego, eso ya lo sé, pero, Dios mío…, me siento muy orgulloso. —Tenía lágrimas en los ojos.

George no tenía ni idea de que Greg albergase unos sentimientos tan intensos. Se quedó atónito. No sabía qué decir en respuesta a aquella reacción emocional tan inesperada.

—Gracias —acertó a decir al final.

—Adiós, George.

—Adiós.

—Que Dios te bendiga y te proteja —dijo Greg, y se marchó.

El viernes por la mañana temprano, George se dirigió a la Sala de Crisis de la Casa Blanca.

El presidente Kennedy había creado aquella sala en el sótano bajo el Ala Oeste donde antes había habido una bolera. Su propósito aparente era acelerar y facilitar las comunicaciones en situaciones de emergencia. La verdad era que Kennedy creía que los militares le habían ocultado información durante la crisis de bahía de Cochinos y quería asegurarse de que no volvieran a tener oportunidad de hacer nada parecido.

Esa mañana las paredes estaban cubiertas de mapas a gran escala de Cuba y sus accesos por mar. Las máquinas del teletipo chirriaban como cigarras en una cálida noche de verano. Allí se recibían los telegramas del Pentágono y el presidente podía escuchar las comunicaciones militares. La implantación de la cuarentena se dirigía desde un centro de mando del Pentágono conocido como «Sala de Control de la Armada», pero las conversaciones por radio entre dicha sala y la flota de barcos podían seguirse desde allí.

Los militares odiaban la Sala de Crisis.

George se sentó en una silla moderna muy incómoda a una mesa de comedor barata y se dispuso a escuchar. Todavía estaba dándole vueltas a la conversación de la noche anterior con Greg. ¿Esperaba su padre que George lo abrazase y le dijese: «¡Papá!»? No, probablemente no. Greg parecía sentirse cómodo con su papel paternalista y George no tenía ninguna intención de cambiar eso. A sus veintiséis años, no podía empezar a tratar a Greg como a un padre normal, así, de repente. En cualquier caso, lo cierto era que se sentía contento por lo que le había dicho Greg. «Mi padre me quiere —pensó—, y eso no puede ser malo.»

Al amanecer, el destructor *USS Joseph P. Kennedy* dio la orden al *Marucla* de que se detuviera.

El *Kennedy* era un destructor de dos mil cuatrocientas toneladas armado con ocho misiles, un lanzador de cohetes antisubmarinos, seis tubos lanzatorpedos y montajes dobles de cinco pulgadas. También tenía capacidad para cargas de profundidad nuclear.

El *Marucla* paró sus motores de inmediato y George respiró más tranquilo.

El *Kennedy* arrió un bote y seis hombres se aproximaron al *Marucla*. El mar estaba agitado, pero la tripulación del carguero tiró amablemente una escalera de cuerda por la borda. Pese a todo, la marejada hacía difícil el abordaje. El oficial al mando no quería hacer el ridículo cayendo al agua, pero al final decidió arriesgarse, saltó a la escalera y subió al navío. Sus hombres lo siguieron.

La tripulación griega les ofreció café.

Estuvieron encantados de abrir las escotillas para que los norteamericanos inspeccionasen su carga, que coincidía más o menos con lo que habían dicho que transportaban. Hubo un momento de tensión cuando los estadounidenses insistieron en la apertura de una caja con la etiqueta de INSTRUMENTAL CIENTÍFICO, pero resultó que solo contenía material de laboratorio no mucho más sofisticado de lo que cabría encontrar en un instituto de secundaria.

Los estadounidenses bajaron del buque y el *Marucla* reanudó su travesía rumbo a La Habana.

George informó de la buena noticia a Bobby Kennedy por teléfono y luego subió a un taxi de un salto.

Le dijo al taxista que lo llevara a la esquina de la calle Quinta con la calle K, en uno de los barrios más deprimidos de la ciudad. Allí, encima de un concesionario de coches, se hallaba el Centro Nacional de Interpretación Fotográfica de la CIA. George quería entender aquel arte y había solicitado una reunión informativa especial y, puesto que trabajaba para Bobby, se la habían concedido. Se abrió camino a través de una acera repleta de botellines de cerveza, entró en el edificio, pasó por un torno de seguridad y luego fue escoltado hasta el cuarto piso.

Un especialista en fotointerpretación le mostró las instalaciones. Era un hombre de pelo gris que se llamaba Claud Henry y que había aprendido su oficio durante la Segunda Guerra Mundial, analizando fotografías aéreas de los daños que habían causado los bombardeos en Alemania.

—Ayer la armada envió aviones de combate Crusader sobre Cuba, por lo que ahora tenemos fotografías desde baja altura, mucho más fáciles de interpretar.

A George no le resultaba tan fácil. Para él las fotos colgadas alrededor de toda la sala de Claud seguían pareciendo arte abstracto, formas sin sentido dispuestas en un patrón aleatorio.

—Eso de ahí es una base militar soviética —dijo Claud, señalando una foto.

—¿Cómo lo sabe?

—Aquí hay un campo de fútbol. Los soldados cubanos no juegan al fútbol. Si fuese una base cubana habría un campo de béisbol.

George asintió. «Muy sagaz», pensó.

—Aquí hay una fila de tanques T-54.

A George le parecían simples cuadrados negros.

—Esas tiendas de campaña albergan misiles en su interior —dijo Claud—. Según nuestros especialistas en tiendas.

—¿Especialistas en tiendas?

—Sí. Yo en realidad soy especialista en cajones. Escribí el manual de la CIA sobre cajones.

George sonrió.

—No me estará tomando el pelo, ¿verdad?

—Cuando los rusos envían aparatos muy grandes, como aviones de combate, estos tienen que ser transportados en cubierta. Los esconden metiéndolos en cajones, pero por lo general podemos calcular las dimensiones de los contenedores. Y un MiG-15 viene en un cajón de tamaño diferente del de un MiG-21.

—Dígame una cosa, ¿los rusos también pueden averiguar esa clase de información? —quiso saber George.

—Creemos que no. Piense lo siguiente: derribaron un avión U-2, así que saben que tenemos aviones capaces de volar a gran altitud con cámaras. Sin embargo, creyeron que podrían enviar misiles a Cuba sin que los descubriéramos. Seguían negando la existencia de los misiles hasta ayer mismo, cuando les mostramos las fotos. Por lo tanto, saben lo de los aviones espía y saben lo de las cámaras, pero hasta ahora no sabían que podíamos ver sus misiles desde la estratosfera. Eso me induce a pensar que van por detrás de nosotros en el terreno de la fotointerpretación.

—Eso parece.

—Pero he aquí la gran revelación de anoche. —Claud señaló un objeto con aletas en una de las fotos—. Mi jefe informará al presidente de esto en breve. Mide diez metros de largo y nosotros lo llamamos FROG, por las siglas en inglés de «cohete de vuelo libre sobre terreno». Es un misil de corto alcance, diseñado para las fuerzas terrestres.

—De manera que lo utilizarán contra las tropas estadounidenses si invadimos Cuba.

—Sí. Y está diseñado para transportar una cabeza nuclear.

—¡Mierda! —exclamó George.

—Probablemente eso es justo lo que va a decir el presidente Kennedy —comentó Claud.

18

Era viernes por la tarde y la radio estaba encendida en la cocina de la casa de Great Peter Street. En todo el mundo la gente había encendido la radio para escuchar con temor las noticias de última hora.

La cocina era grande, con una larga mesa de madera de pino desgastada en el centro. Jasper Murray se había preparado una tostada y leía la prensa. Lloyd y Daisy Williams recibían todos los periódicos londinenses y también varios de Europa. El principal interés de Lloyd como parlamentario eran los asuntos exteriores, igual que lo habían sido desde que luchó en la Guerra Civil española. Jasper iba pasando las páginas en busca de algún motivo para tener esperanza.

El día siguiente, sábado, tendría lugar una marcha de protesta en Londres, si es que Londres seguía en pie por la mañana. Jasper asistiría como reportero del *St. Julian's News*, el periódico universitario. Lo cierto es que no le gustaba dedicarse a los reportajes informativos; prefería los artículos de fondo, piezas más largas, más reflexivas, en las que se permitía un estilo algo más elaborado. Esperaba trabajar para una revista algún día, o quizá incluso en la televisión.

Sin embargo, primero quería llegar a director del *St. Julian's News*. El puesto iba acompañado de un pequeño sueldo y un año sabático en los estudios. Era muy codiciado, ya que prácticamente le garantizaba al universitario un buen trabajo como periodista una vez licenciado. Jasper había presentado una solicitud, pero se había visto derrotado por Sam Cakebread. El apellido Cakebread tenía renombre en el periodismo británico: el padre de Sam era director adjunto de *The Times*, y su tío, un comentarista radiofónico muy apreciado. Tenía una hermana pequeña en el St. Julian's College que había hecho las prácticas en la revista *Vogue*. Jasper sospechaba que era el apellido de Sam, y no sus méritos, lo que había hecho que consiguiera el puesto.

En Inglaterra el mérito nunca era suficiente. El abuelo de Jasper había sido general, y su padre había ido muy bien encarrilado en su carrera militar hasta que cometió el error de casarse con una chica judía, a consecuencia de lo cual jamás lo habían ascendido por encima del rango de coronel. La clase dirigente británica nunca perdonaba a quienes se saltaban sus normas. Jasper había oído decir que en Estados Unidos era diferente.

Evie Williams estaba en la cocina con él, sentada a la mesa haciendo una pancarta en la que decía CUBA NO SE TOCA.

Evie ya no estaba enamorada de Jasper, y él se sentía aliviado. Tenía dieciséis años y una belleza pálida y etérea, pero era una chica demasiado solemne y profunda para su gusto. Cualquiera que saliera con ella tendría que compartir su apasionado compromiso con una amplia serie de campañas en contra de la crueldad y la injusticia, desde el apartheid en Sudáfrica hasta la experimentación con animales. Jasper no estaba comprometido con causa alguna, y de todas formas prefería a chicas como la traviesa de Beep Dewar, que ya a sus tiernos trece años le había metido la lengua en la boca y había frotado su cuerpo contra su erección.

Mientras Jasper miraba, Evie dibujó dentro de la «o» del «no» las cuatro líneas del símbolo de la Campaña para el Desarme Nuclear.

—¡Tu eslogan defiende dos causas idealistas por el precio de una!

—Esto no tiene nada de idealista —repuso ella con brusquedad—. Si esta noche estalla la guerra, ¿sabes cuál será el primer objetivo de las bombas nucleares soviéticas? Gran Bretaña. Eso es porque nosotros también tenemos armas atómicas, y ellos deben eliminarlas antes de atacar Estados Unidos. No bombardearán Noruega, ni Portugal, ni ningún otro país que haya tenido la sensatez de quedarse fuera de la carrera nuclear. Cualquiera que piense con lógica sobre la defensa de nuestro país sabe que las armas nucleares no nos protegen; nos ponen en peligro.

Jasper no había hecho su comentario con una intención tan seria, pero Evie se lo tomaba todo con mucha seriedad.

El hermano pequeño de Evie, Dave, de catorce años, también estaba sentado a la mesa, fabricando banderas cubanas en miniatura. Había usado una plantilla para pintar las franjas azules en hojas de papel grueso, y en ese momento las estaba grapando a unos palitos hechos de contrachapado con una grapadora que le había prestado alguien. Jasper envidiaba la vida privilegiada de Dave y de sus padres ricos y permisivos, pero se esforzaba por ser agradable con él.

—¿Cuántas vas a hacer? —preguntó.

—Trescientas sesenta —contestó el chico.

—Supongo que no es un número al azar.

—Si esta noche las bombas no nos matan a todos, pienso venderlas en la manifestación de mañana a seis peniques cada una. Seis peniques por trescientos sesenta hacen ciento ochenta chelines, o sea nueve libras, que es lo que cuesta el amplificador para guitarra que quiero comprarme.

Dave tenía olfato para los negocios. Jasper recordaba el puesto de refrescos que había montado para la función del colegio, atendido por adolescentes que trabajaban a toda velocidad porque Dave les pagaba a comisión. Las clases, en cambio, no le iban muy bien, y era el último de su curso, o casi, en todas las asignaturas académicas. Eso ponía furioso a su padre, porque en otros aspectos Dave parecía brillante. Lloyd lo acusaba de ser un vago, pero Jasper pensaba que era más complicado que eso. A Dave le costaba comprender cualquier cosa que estuviera por escrito. Su propia caligrafía era espantosa, llena de faltas de ortografía e incluso con letras del revés. A Jasper le recordaba a su mejor amigo del colegio, que era incapaz de cantar el himno escolar y no percibía la diferencia entre su soniquete monótono y la melodía que entonaban los demás. De una forma parecida, Dave tenía que hacer un gran esfuerzo de concentración para ver la diferencia entre las letras «d» y «b». El chico anhelaba cumplir con las expectativas de sus triunfadores padres, pero siempre se quedaba corto.

Mientras grapaba sus banderitas de a seis peniques, era evidente que tenía la cabeza muy lejos de allí, porque su siguiente comentario surgió de la nada.

—Tu madre y la mía no debían de tener mucho en común cuando se conocieron.

—No —dijo Jasper—. Daisy Peshkov era hija de un gángster rusoamericano. Eva Rothmann era hija de un médico, nacida en una familia judía de clase media en Berlín, a la que enviaron a América para que escapara de los nazis. Tu madre acogió a la mía.

—Es que mi madre tiene un gran corazón —dijo Evie, a quien le habían puesto su nombre por Eva.

—Ojalá alguien me enviara a mí a América —murmuró Jasper.

—¿Y por qué no te vas? —espetó la chica—. Podrías decirles que dejen en paz al pueblo cubano.

A Jasper le importaban un comino los cubanos.

—No me lo puedo permitir.

Aun sin tener que pagar un alquiler, estaba tan en la ruina que no le llegaba para comprar un billete a Estados Unidos.

La mujer de gran corazón entró justo entonces en la cocina. Daisy Williams seguía siendo atractiva a sus cuarenta y seis años. Tenía los ojos azules y grandes, y el pelo rubio y rizado, y Jasper pensó que de joven debía de haber sido irresistible. Esa noche se había vestido con recato y había elegido una falda de un azul discreto con chaqueta a juego. No llevaba joyas; debía de ocultar su riqueza, pensó Jasper con sarcasmo, para interpretar mejor el papel de esposa de un político. Todavía tenía una buena figura, aunque no estaba tan delgada como antes. Al imaginarla desnuda, pensó que en la cama debía de ser mejor que su hija, Evie. Daisy sería como Beep, estaría dispuesta a todo. Le sorprendió descubrir que estaba fantaseando con alguien de la edad de su madre. Menos mal que las mujeres no podían leerles el pensamiento a los hombres.

—Qué estampa tan bonita —comentó Daisy con cariño—. Tres niños trabajando en calma. —Seguía teniendo un marcado acento estadounidense, aunque sus filos habían quedado limados después de vivir en Londres un cuarto de siglo. Entonces miró con sorpresa las banderas de Dave—. No sueles interesarte por los asuntos internacionales.

—Voy a venderlas a seis peniques cada una.

—Debí haber supuesto que tu esfuerzo no tenía nada que ver con la paz mundial.

—La paz mundial se la dejo a Evie.

—Alguien tiene que ocuparse de ello —dijo esta con vehemencia—. Podríamos estar todos muertos antes de que empiece la manifestación, ¿sabéis? Y solo porque los americanos son unos hipócritas.

Jasper miró a Daisy, pero vio que no se había ofendido. Estaba acostumbrada a las bruscas declaraciones éticas de su hija.

—Supongo que los americanos se han asustado bastante con los misiles de Cuba —opinó con suavidad.

—Pues tendrían que imaginarse cómo se sienten los demás y retirar sus misiles de Turquía.

—Yo creo que tienes razón, y fue un error que el presidente Kennedy los desplegara allí. De todas formas, hay una diferencia. Aquí, en Europa, estamos acostumbrados a tener misiles apuntándonos… desde ambos lados del Telón de Acero. Pero cuando Jrushchov envió misiles a Cuba en secreto provocó un cambio sorprendente en el statu quo.

—La justicia es la justicia.

—Y la política real es otra cosa. ¡Pero mira cómo se repite la historia! Mi hijo es igual que mi padre, siempre atento por si encuentra la ocasión de ganar unos cuantos billetes, incluso al borde de la tercera guerra mundial. Y mi hija es como mi tío Grigori, el bolchevique, decidida a cambiar el mundo.

Evie levantó la mirada.

—Si era bolchevique, sí que cambió el mundo.

—Pero ¿fue para mejor?

Entonces entró Lloyd. Igual que sus antepasados mineros, era bajo de estatura y de espaldas anchas. Su forma de caminar tenía algo que recordaba a Jasper que había sido campeón de boxeo. Iba vestido con un estilo algo anticuado, se había puesto un traje negro de espiga fina con un pañuelo de hilo blanco almidonado en el bolsillo de la chaqueta. Era evidente que los padres de los Williams iban a un acontecimiento político.

—Si ya estás lista, yo también, cariño —le dijo a Daisy.

—¿De qué va el mitin? —preguntó Evie.

—De Cuba —contestó su padre—. ¿De qué va a ir, si no? —Se fijó en la pancarta—. Veo que ya te has formado una opinión al respecto.

—No es muy difícil, ¿no crees? —repuso ella—. Habría que permitir al pueblo cubano decidir su propio destino. ¿No es ese un principio básico de la democracia?

Jasper vio la que se avecinaba. En aquella familia, la mitad de las peleas eran por asuntos políticos. Aburrido del idealismo de Evie, decidió interrumpir.

—Hank Remington cantará *Poison Rain* en Trafalgar Square mañana —dijo.

Remington, un chico irlandés que en realidad se llamaba Harry Riley, era el cantante de un grupo pop, los Kords. La canción hablaba sobre la lluvia radiactiva.

—Es maravilloso —exclamó Evie—. Piensa con una claridad increíble. —Hank era uno de sus héroes.

—Ha venido a verme —dijo Lloyd.

La voz de Evie cambió de tono al instante.

—¡No me lo habías dicho!

—Es que ha sido hoy mismo.

—¿Qué te ha parecido?

—Es un verdadero genio de la clase trabajadora.

—¿Qué es lo que quería?

—Que alzara la voz en la Cámara de los Comunes para denunciar al presidente Kennedy por belicista.

—¡Y deberías hacerlo!

—Pero ¿qué pasa si los laboristas ganan las próximas elecciones generales? Supongo que me nombrarían secretario del Foreign Office.

Puede que tuviera que ir a la Casa Blanca a pedirle al presidente de Estados Unidos que apoyara algo que el gobierno laborista querría llevar a cabo, tal vez una resolución de las Naciones Unidas contra la discriminación racial en Sudáfrica. Kennedy podría recordar que lo había insultado y decirme que me fuera al cuerno.

—Aun así, deberías hacerlo —insistió su hija.

—Llamar belicista a alguien no suele servir de nada. Si creyera que así solucionaría la crisis actual, lo haría, pero es una carta que solo se juega una vez, y prefiero reservarla para una mano ganadora.

Jasper pensó que Lloyd era un político práctico, cosa que a él le parecía bien. A Evie, por el contrario, no tanto.

—Yo creo que la gente debería alzar la voz y decir la verdad —proclamó.

Lloyd esbozó una sonrisa.

—Estoy orgulloso de tener una hija como tú —dijo—. Espero que sigas teniendo esos ideales toda tu vida, pero ahora he de ir a explicarles esta crisis a mis votantes del East End.

—Adiós, niños, hasta luego —dijo Daisy, y se fue con Lloyd.

—¿Quién ha ganado la discusión? —preguntó Evie.

«Tu padre —pensó Jasper—, y sobradamente.» Pero no dijo nada.

George regresó al centro de Washington en un estado de gran inquietud. Todo el mundo había estado trabajando sobre el supuesto de que la invasión de Cuba iba a tener éxito, pero los FROG lo cambiaban todo. Las tropas estadounidenses se enfrentarían a armas nucleares tácticas. Puede que los americanos se impusieran, pero la guerra sería más dura y se cobraría más vidas, y el resultado ya no era tan fácil de prever.

Bajó del taxi frente a la Casa Blanca y se detuvo en la oficina de prensa. Maria estaba en su escritorio. Él se alegró de ver que tenía mucha mejor cara que tres días atrás.

—Estoy bien, gracias —dijo contestando a la pregunta de George.

Un pequeño peso menos que aligeraba la inquietud de su corazón, aunque todavía seguía cargando con el mayor de todos. Maria se estaba recuperando físicamente, pero George no sabía qué daños emocionales podía estar causándole su aventura amorosa secreta.

No pudo preguntarle nada más íntimo porque no estaban solos. Maria se encontraba acompañada de un joven negro que vestía una americana de tweed.

—Este es Leopold Montgomery —lo presentó ella—. Trabaja para Reuters. Ha venido a buscar un comunicado de prensa.

—Llámame Lee —dijo el joven.

—Supongo que no hay muchos periodistas de color que cubran Washington —comentó George.

—Soy el único —confirmó Lee.

—George Jakes trabaja para Bobby Kennedy —dijo Maria.

De pronto Lee pareció más interesado en él.

—¿Y cómo es tu jefe?

—El trabajo es genial —aseveró George, eludiendo la pregunta—. Sobre todo me dedico a asesorar sobre los derechos civiles. Estamos tomando medidas legales contra los estados sureños que impiden votar a los negros.

—Lo que necesitamos es una nueva ley de derechos civiles.

—Ya lo creo, hermano. —George se volvió hacia Maria—. No puedo quedarme. Me alegro de que te encuentres mejor.

—Te acompaño, si vas al Departamento de Justicia —propuso Lee.

George evitaba la compañía de periodistas, pero sentía cierta camaradería con Lee, que estaba intentando triunfar en el Washington blanco igual que él, así que accedió.

—De acuerdo.

—Gracias por pasarte, Lee. Por favor, llámame si necesitas cualquier aclaración sobre el comunicado —dijo Maria.

—Desde luego —repuso él.

George y Lee salieron del edificio y echaron a andar por Pennsylvania Avenue.

—¿De qué habla ese comunicado de prensa? —preguntó George.

—Aunque los buques han dado la vuelta, los soviéticos siguen construyendo lanzamisiles en Cuba, y a toda máquina, además.

George pensó en las fotografías de reconocimiento aéreo que acababa de ver y se sintió tentado de hablarle a Lee de ellas. Le habría gustado darle una primicia a un joven reportero negro. No obstante, eso habría sido atentar contra la seguridad nacional, así que resistió el impulso.

—Supongo que sí —repuso sin comprometerse.

—La administración no parece estar haciendo nada.

—¿Qué quieres decir?

—Pues que está claro que la cuarentena ha resultado ineficaz, y el presidente no hace nada al respecto.

Ese comentario hirió a George. Él formaba parte de la administración, aunque fuera solo una pequeña pieza, y se sintió injustamente acusado.

—En su discurso televisado del lunes, el presidente afirmó que la cuarentena no había hecho más que empezar.

—¿O sea que tomará más medidas?

—Es evidente que se refería a eso.

—¿Y qué hará?

George sonrió al darse cuenta de que le estaba sonsacando.

—Les mantendremos informados, no cambien de canal —dijo.

Cuando regresó a Justicia, encontró a Bobby furioso. Su jefe no solía gritar, maldecir ni tirar objetos de un lado a otro de la sala. Su ira era fría y perversa. La aterradora mirada de sus ojos azules había dado ya mucho que hablar.

—¿Con quién está enfadado? —le preguntó George a Dennis Wilson.

—Con Tim Tedder. Ha enviado tres equipos de infiltrados a Cuba, de seis hombres cada uno. Y hay más esperando a partir.

—¿Qué? ¿Por qué? ¿Quién le ha dicho a la CIA que haga eso?

—Forma parte de la Operación Mangosta, y por lo visto nadie les ha dicho que paren.

—¡Pero podrían provocar la tercera guerra mundial por su cuenta!

—Por eso Bobby está que echa humo. También han enviado un equipo de dos hombres a dinamitar una mina de cobre… y, por desgracia, hemos perdido el contacto con ellos.

—O sea que esos dos tipos deben de estar ahora mismo en la cárcel, dibujándoles planos de las instalaciones de la CIA en Miami a sus interrogadores soviéticos.

—Pues sí.

—Es un momento muy estúpido para hacer algo así por muchísimas razones —dijo George—. Cuba se está preparando para la guerra. La seguridad de Castro siempre ha sido buena, pero ahora debe de estar en alerta máxima.

—Exacto. Bobby saldrá hacia una reunión de Mangosta en el Pentágono dentro de unos minutos, y supongo que piensa crucificar a Tedder.

George no acompañaba a Bobby al Pentágono. Todavía no lo invitaban a las reuniones de Mangosta… y hasta cierto punto se sentía aliviado; su viaje a La Isabela lo había convencido de que toda aquella operación era criminal, y no quería tener nada más que ver con ella.

Se sentó a su escritorio, pero le resultaba difícil concentrarse. De todas formas los derechos civiles habían quedado relegados a un segundo plano; esa semana nadie pensaba en la igualdad para los negros.

George tenía la sensación de que a Kennedy la crisis se le estaba yendo de las manos. Aun sabiendo que cometía un error, el presidente había ordenado que interceptaran el *Marucla*. El incidente no había tenido mayores complicaciones, pero ¿qué sucedería en la siguiente ocasión? De pronto había armas nucleares tácticas en Cuba; Estados Unidos todavía podía invadir la isla, pero el precio sería muy alto. Y para añadir un elemento de riesgo más, la CIA jugaba su propia partida.

Todo el mundo estaba deseando conseguir que la temperatura bajara, pero no hacía más que suceder lo contrario. La crisis se agudizaba como en una pesadilla que nadie deseaba.

Más avanzada la tarde, Bobby regresó del Pentágono con un teletipo en las manos.

—¿Qué cojones es esto? —preguntó a sus asesores, y empezó a leer—: «En respuesta a la campaña acelerada para construir lanzamisiles en Cuba, se esperan nuevas medidas inminentes por parte del presidente Kennedy…». —Levantó la mano en alto, con el índice apuntando al techo—. «… según fuentes cercanas al secretario de Justicia.» —Bobby recorrió toda la sala con la mirada—. ¿Quién se ha ido de la lengua?

—Joder, mierda —dijo George.

Todos se lo quedaron mirando.

George quería que se lo tragase la tierra.

—Lo siento —se disculpó—. Lo único que hice fue citar el discurso del presidente cuando dijo que la cuarentena no era más que el principio.

—¡A un periodista no se le puede decir algo así! Le has dado una nueva primicia.

—Vaya. Ahora ya lo sé.

—Y mientras aquí todos estamos intentando apaciguar las cosas, tú solo acabas de agravar la crisis. El siguiente artículo especulará con qué acciones está barajando el presidente. Luego, si no hace nada, dirán que titubea.

—Sí, señor.

—¿Cómo es que has hablado con él?

—Me lo han presentado en la Casa Blanca y me ha acompañado un rato por Pennsylvania Avenue.

—¿Es una noticia de Reuters? —preguntó Dennis Wilson.

—Sí, ¿por qué? —contestó Bobby.

—Seguramente lo ha escrito Lee Montgomery.

George gimió por dentro. Sabía qué sería lo siguiente. Wilson estaba haciendo que el incidente pareciera más grave a propósito.

—¿Por qué dices eso, Dennis? —quiso saber Bobby.

Wilson vaciló, así que George respondió la pregunta:

—Porque Montgomery es negro.

—¿Y por eso has hablado con él, George?

—Supongo que no quería decirle que se fuera al cuerno.

—La próxima vez es exactamente eso lo que le dirás, a él y a cualquier otro periodista que intente sonsacarte una primicia, no me importa del color que sea.

George se tranquilizó al oír las palabras «la próxima vez». Significaban que no iban a despedirlo.

—Gracias —dijo—. Lo recordaré.

—Más te vale.

Bobby entró en su despacho.

—Te has librado de una buena —le dijo Wilson a George—. Qué suerte tienes, cabrón.

—Sí —repuso él, y añadió con sarcasmo—: Gracias por tu ayuda, Dennis.

Todo el mundo volvió al trabajo. George casi no daba crédito a lo que acababa de hacer. También él había echado más leña al fuego sin querer.

Todavía estaba algo abatido cuando la centralita le pasó una llamada de larga distancia procedente de Atlanta.

—Hola, George, soy Verena Marquand.

—¿Cómo estás? —Le alegró oír su voz.

—Preocupada —contestó ella.

—Tú y todo el mundo.

—El doctor King me ha pedido que te llame para saber qué está ocurriendo.

—Me parece que sabéis tanto como nosotros —repuso George. Todavía se resentía del rapapolvo de Bobby y no pensaba arriesgarse a cometer otra indiscreción—. En los periódicos puede leerse prácticamente todo.

—¿De verdad vamos a invadir Cuba?

—Eso solo lo sabe el presidente.

—¿Habrá una guerra nuclear?

—Eso ni siquiera el presidente lo sabe.

—Te echo de menos, George. Ojalá pudiera sentarme contigo y, no sé, simplemente charlar.

Eso le sorprendió. En Harvard no había llegado a conocerla demasiado, y hacía medio año que no la veía. No se había dado cuenta de que le tuviera tanto cariño como para llegar a extrañarlo. No sabía qué contestar.

—¿Qué voy a decirle al doctor King? —preguntó ella.

—Dile… —George se interrumpió. Pensó en todas las personas que rodeaban al presidente Kennedy: los generales exaltados que querían la guerra ya, los hombres de la CIA que pretendían ser James Bond, los periodistas que se quejaban de inacción cuando el presidente solo estaba actuando con cautela—. Dile que el hombre más listo de Estados Unidos está al mando, y que no podemos pedir nada mejor que eso.

—De acuerdo —respondió Verena, y colgó.

George se preguntó si de veras creía lo que acababa de decir. Quería odiar a Jack Kennedy por cómo había tratado a Maria, pero ¿había alguien que pudiera gestionar la crisis mejor que él? No. A George no se le ocurría ningún otro hombre con la combinación adecuada de valor, sabiduría, circunspección y calma.

Casi a última hora, Wilson recibió una llamada de teléfono y luego hizo un anuncio ante todos los presentes:

—Va a llegarnos una carta de Jrushchov. Nos la envían a través del Departamento de Estado.

—¿Qué dice? —preguntó alguien.

—No mucho, de momento —dijo Wilson, y consultó su libreta—. Todavía no la tenemos entera. «Nos están amenazando con la guerra, pero saben muy bien que lo mínimo que recibirían en respuesta sería experimentar las mismas consecuencias…» La han entregado en nuestra embajada de Moscú justo antes de las diez de esta mañana, hora de aquí.

—¡Las diez! —exclamó George—. Pero si ya son las seis de la tarde. ¿Cómo es que está tardando tanto?

Wilson respondió con tediosa condescendencia, como si estuviera harto de explicar procedimientos elementales a principiantes.

—Nuestra gente de Moscú tiene que traducir la carta al inglés, luego codificarla y después teclearla. Cuando se recibe aquí en Washington, los funcionarios del Departamento de Estado deben descodificarla y mecanografiarla. Y hay que comprobar tres veces cada palabra antes de que el presidente actúe. Es un procedimiento largo.

—Gracias —dijo George; Wilson era un capullo petulante, pero sabía muchas cosas.

Era viernes por la tarde, pero nadie se iría a casa.

El mensaje de Jrushchov llegó por partes. Como era de esperar, la más importante era la final. Si Estados Unidos prometía no invadir Cuba, decía Jrushchov, «desaparecería la necesidad de contar con la presencia de nuestros especialistas militares».

Era una propuesta de acuerdo bilateral, y eso tenía que ser buena noticia. Sin embargo, ¿qué significaba con exactitud?

Supuestamente, que los soviéticos retirarían sus armas nucleares de Cuba. Ninguna otra cosa contaría para nada.

No obstante, ¿podía Estados Unidos prometer que no invadiría

Cuba? ¿Se plantearía siquiera el presidente Kennedy atarse sus propias manos de esa manera? George pensó que se resistiría a abandonar toda esperanza de librarse de Castro.

¿Y cómo reaccionaría el mundo ante un pacto así? ¿Lo verían como un golpe de la política exterior de Jrushchov? ¿O dirían que Kennedy había forzado a los soviéticos a echarse atrás?

¿Eran buenas noticias? George no podía decidirse.

Larry Mawhinney asomó la rapada cabeza por la puerta.

—Cuba ya dispone de armas nucleares de corto alcance —informó.

—Lo sabemos —dijo George—. La CIA las descubrió ayer.

—Eso significa que también nosotros debemos tenerlas —replicó Larry.

—¿Qué quieres decir?

—Que la fuerza de invasión de Cuba debe ir equipada con armas nucleares tácticas.

—¿De verdad?

—¡Por supuesto! La Junta de Jefes de Estado Mayor está a punto de exigirlo. ¿Enviarías a nuestros hombres a la batalla peor armados que el enemigo?

George veía que aquello tenía sentido; pero la consecuencia era espantosa.

—O sea que ahora cualquier guerra con Cuba tendrá que ser nuclear, desde el principio.

—Ya lo creo —dijo Larry, y se fue.

Lo último que hizo George fue acercarse a casa de su madre. Jacky le sirvió un café y sacó un plato lleno de galletas. Él no cogió ninguna.

—Ayer vi a Greg —dijo.

—¿Cómo está?

—Como siempre. Solo que… solo que me dijo que yo era lo mejor que le había sucedido en la vida.

—¡Hum! —espetó ella con desdén—. ¿A cuento de qué?

—Quería que supiera lo orgulloso que está de mí.

—Vaya, vaya. Todavía queda algo bueno en ese hombre.

—¿Cuánto hace desde que viste a Lev y a Marga por última vez?

Jacky entornó los ojos con suspicacia.

—¿Qué clase de pregunta es esa?

—Te llevas bien con la abuela Marga.

—Eso es porque te quiere. Cuando una persona quiere a tu hijo, te sientes más cerca de ella. Lo comprenderás cuando seas padre.

—No has vuelto a verla desde la ceremonia de graduación de Harvard, hace ya más de un año.

—Es cierto.

—El fin de semana no trabajas.

—El club cierra los sábados y los domingos. Cuando eras pequeño, tenía que librar los fines de semana para cuidarte.

—La primera dama se ha llevado a Caroline y a John Junior a Glen Ora.

—Ah, y supongo que crees que yo también debería irme a Virginia, a mi casa de campo, para pasar unos días montando en mis caballos, ¿no?

—Podrías ir a Buffalo para ver a Marga y a Lev.

—¿Que vaya a Buffalo un fin de semana? —preguntó ella con incredulidad—. ¡Por el amor de Dios, hijo! Me pasaría todo el sábado en el tren de ida y todo el domingo en el tren de vuelta.

—Pues ve en avión.

—No puedo permitírmelo.

—Yo te compro el billete.

—Ay, madre de Dios —dijo Jacky—. Crees que los rusos van a bombardearnos este fin de semana, ¿verdad?

—Nunca han estado tan cerca de hacerlo. Ve a Buffalo.

Ella apuró su taza y luego se levantó para ir al fregadero a lavarla.

—¿Y qué harás tú? —preguntó un momento después.

—Tengo que quedarme aquí y hacer todo lo posible para evitar que ocurra.

Jacky sacudió la cabeza con decisión.

—No pienso irme a Buffalo.

—Me quitarías un peso enorme del alma, mamá.

—Si quieres aligerar tu alma, reza al Señor.

—¿Sabes qué dicen los árabes? «Confía en Alá, pero ata tu camello.» Rezaré si vas a Buffalo.

—¿Cómo sabes que los rusos no bombardearán Buffalo?

—No puedo estar seguro, pero imagino que es un objetivo secundario. Y podría quedar fuera del alcance de esos misiles de Cuba.

—Para ser abogado, tu alegato es muy débil.

—Hablo en serio, mamá.

—Yo también —replicó ella—. Y eres un buen hijo que se preocupa por su madre, pero ahora escúchame. Desde que tenía dieciséis años no he dedicado mi vida a otra cosa más que a educarte. Si todo lo que he hecho va a quedar arrasado por una explosión nuclear, no quiero seguir viva después para saberlo. Me quedo donde estés tú.

—O sobrevivimos los dos, o morimos los dos.

—El Señor dio y el Señor quitó —citó su madre—. Bendito sea su nombre.

Estados Unidos tenía más de doscientos misiles nucleares que podían alcanzar la Unión Soviética, según Volodia, el tío que Dimka tenía en el Servicio Secreto del Ejército Rojo. Su tío también le había dicho que los estadounidenses creían que la Unión Soviética poseía más o menos la mitad de los misiles intercontinentales. En realidad, la URSS tenía exactamente cuarenta y dos.

Y algunos habían quedado obsoletos.

Puesto que Estados Unidos no había respondido de inmediato a la oferta de acuerdo bilateral de la Unión Soviética, Jrushchov ordenó que incluso los más antiguos de esos misiles, muy poco fiables, estuvieran listos para el lanzamiento.

Durante las primeras horas de la mañana del sábado, Dimka llamó por teléfono al cosmódromo de Baikonur, en Kazajistán. Allí la base del ejército contaba con dos Semiorkas de cinco motores, cohetes R-7 obsoletos de la misma clase que los que habían puesto en órbita el *Sputnik* cinco años atrás y que estaban pasando una revisión para enviar una sonda a Marte.

Dimka suspendió la expedición a Marte. Esos dos Semiorkas estaban incluidos en esos cuarenta y dos misiles intercontinentales de la Unión Soviética y los necesitaban para la posible tercera guerra mundial, así que ordenó a los científicos que equiparan ambos cohetes con ojivas nucleares y los cargaran de combustible.

La preparación para el lanzamiento les llevaría veinte horas. Los cohetes se abastecían con un propergol líquido inestable, por lo que no podían tenerlos listos para el lanzamiento durante más de un día; o los utilizaban ese fin de semana o ya quedarían inservibles.

Los Semiorkas explotaban muchas veces durante el despegue. No obstante, si aguantaban, podían llegar hasta Chicago.

Cada uno iría armado con una bomba de 2,8 megatones.

Si alguna lograba alcanzar su objetivo, lo destruiría todo en un radio de once kilómetros alrededor del centro de Chicago, desde la orilla del lago hasta Oak Park, según el atlas de Dimka.

Cuando estuvo seguro de que el oficial al mando había comprendido las órdenes, Dimka se fue a dormir.

19

El teléfono despertó a Dimka. El corazón le dio un vuelco, ¿habría estallado la guerra? ¿Cuántos minutos de vida le quedaban? Descolgó de inmediato. Era Natalia.

—Hay un comunicado urgente de Plíyev —anunció. Siempre era la primera en enterarse de todo.

El general Plíyev estaba al mando de las fuerzas soviéticas en Cuba.

—¿Qué? —preguntó Dimka—. ¿Qué dice?

—Creen que los americanos atacarán hoy al alba, hora de allí.

Todavía no había amanecido en Moscú. Dimka encendió la lamparita de noche y miró el reloj: eran las ocho de la mañana, y ya tendría que estar en el Kremlin. Sin embargo, todavía faltaban cinco horas para que amaneciera en Cuba. Su corazón empezó a recuperar un latido más sosegado.

—¿Cómo lo saben?

—Esa no es la cuestión —dijo Natalia, impaciente.

—¿Cuál es la cuestión?

—Te leo la última frase: «Hemos decidido que, en caso de que se produzca un ataque estadounidense sobre nuestras instalaciones, emplearemos todos los medios de defensa aérea disponibles». Utilizarán armas nucleares.

—¡No pueden hacerlo sin nuestro permiso!

—Pues eso es justo lo que dicen.

—Malinovski no se lo permitirá.

—Yo no estaría tan segura.

Dimka lanzó un juramento entre dientes. A veces parecía que el ejército deseara la aniquilación nuclear.

—Nos vemos en el comedor.

—Estaré allí dentro de media hora.

Dimka se dio una ducha rápida. Su madre se ofreció a prepararle el desayuno, pero él no quiso, así que la mujer le cortó un trozo de pan negro de centeno para que se lo llevara.

—No olvides que hoy es la fiesta de tu abuelo —dijo Ania.

Grigori cumplía setenta y cuatro años, y se celebraría un gran ágape en su apartamento. Dimka había prometido llevar a Nina, y ya habían decidido que sorprenderían a todo el mundo con el anuncio de su compromiso.

Sin embargo, no habría ninguna fiesta si los estadounidenses atacaban Cuba.

Ania detuvo a Dimka cuando este salía.

—Dime la verdad —le pidió—. ¿Qué va a pasar?

Dimka colocó sus manos en los hombros de Ania.

—Lo siento, mamá, no lo sé.

—Tu hermana está allí, en Cuba.

—Lo sé.

—En plena línea de fuego.

—Los americanos tienen misiles intercontinentales, mamá. Todos estamos en la línea de fuego.

La mujer lo abrazó y se dio la vuelta.

Dimka se dirigió al Kremlin en su moto. Cuando llegó al edificio del Presídium, Natalia ya lo esperaba en el comedor. Igual que él, se había vestido con prisas y tenía un aspecto un tanto desaliñado, aunque los mechones de pelo que le caían sobre la cara resultaban cautivadores. «Tengo que dejar de pensar en estas cosas —se dijo Dimka—. Voy a hacer lo correcto, voy a casarme con Nina y criaré a nuestro hijo.»

Se preguntó qué diría Natalia cuando se lo contara.

Sin embargo, aquel no era el momento.

—Ojalá pudiera tomarme un té —comentó mientras sacaba el trozo de pan de centeno del bolsillo.

Las puertas del comedor estaban abiertas, pero no había nadie sirviendo todavía.

—He oído que en Estados Unidos los restaurantes abren cuando a la gente le apetece algo de comer o de beber, no cuando al personal le apetece trabajar —comentó Natalia—. ¿Crees que es verdad?

—Seguramente solo sea propaganda —contestó Dimka, y tomó asiento.

—¿Por qué no escribimos el borrador de la respuesta a Plíyev? —propuso Natalia, y abrió una libreta.

Dimka se puso manos a la obra mientras iba masticando.

—El Presídium debería prohibir a Plíyev lanzar armas nucleares sin órdenes específicas de Moscú.

—Yo incluso le prohibiría montar las cabezas nucleares en los misiles. Así no pueden dispararse por accidente.

—Bien pensado.

Yevgueni Filípov entró en la sala. Llevaba un suéter marrón debajo de una americana gris.

—Buenos días, Filípov, ¿vienes a disculparte? —preguntó Dimka.

—¿Por qué?

—Me acusaste de filtrar el secreto de los misiles cubanos. Incluso dijiste que deberían detenerme. Ahora ya se sabe que fue un avión espía de la CIA el que fotografió los misiles, así que es obvio que me debes una buena disculpa.

—No digas tonterías —espetó Filípov, bravucón—. A nadie se le ocurrió que en sus fotografías de gran altitud pudiera verse algo tan pequeño como un misil. ¿Qué andáis tramando?

Natalia le dijo la verdad.

—Estamos comentando el comunicado urgente de Plíyev de esta mañana.

—Ya he hablado con Malinovski sobre el asunto. —Filípov trabajaba para Malinovski, el ministro de Defensa—. Está de acuerdo con Plíyev.

Dimka se escandalizó.

—¡Plíyev no puede tener la potestad de iniciar una tercera guerra mundial por iniciativa propia!

—Él no iniciará nada; si hace algo, solo estará defendiendo a nuestras tropas de un ataque americano.

—Una respuesta de esas dimensiones no puede derivarse de una decisión tomada de manera unilateral.

—Tal vez no haya tiempo para nada más.

—Pues Plíyev debe encontrarlo, en lugar de desencadenar una guerra nuclear.

—Malinovski cree que debemos proteger las armas que tenemos en Cuba. Si los americanos las destruyen, eso podría mermar la capacidad defensiva de la Unión Soviética.

Dimka no había caído en ello. Una parte significativa de las reservas nucleares soviéticas se encontraba en Cuba en esos momentos. Los estadounidenses podían hacer desaparecer todas esas armas tan costosas y debilitar gravemente la posición de la URSS.

—No, nuestra estrategia debe basarse en no usar armas nucleares —intervino Natalia—. ¿Por qué? Porque disponemos de muy pocas en comparación con el arsenal americano. —Se inclinó sobre la mesa del comedor—. Escúchame, Yevgueni, si al final estalla una guerra nuclear total... ganarán ellos. —Enderezó la espalda—. Podemos fanfarronear, podemos ponernos gallitos, podemos amenazar, pero no podemos disparar nuestras armas. Para nosotros, una guerra nuclear es un suicidio.

—El ministro de Defensa no lo ve así.

Natalia vaciló.

—Lo dices como si ya se hubiera tomado una decisión.

—Así es. Malinovski ha respaldado la propuesta de Plíyev.

—A Jrushchov no va a gustarle —aseguró Dimka.

—Al contrario, está de acuerdo —repuso Filípov.

Dimka comprendió que se había perdido las reuniones de primera hora de la mañana por haberse quedado despierto hasta tan tarde la noche anterior. Aquello lo ponía en desventaja. Se levantó.

—Vamos —le dijo a Natalia.

Salieron del comedor.

—Mierda, tenemos que conseguir revertir esa decisión —comentó Dimka mientras esperaban el ascensor.

—Estoy segura de que Kosiguin querrá plantearlo hoy en el Presídium.

—¿Por qué no pasas a limpio la orden que hemos redactado y le propones a Kosiguin que la presente en la reunión? Yo intentaré convencer a Jrushchov.

—De acuerdo.

Se despidieron y Dimka se dirigió al despacho de Jrushchov. El primer secretario estaba leyendo las traducciones de las crónicas de los periódicos occidentales, cada una de ellas grapada al recorte original.

—¿Has leído el artículo de Walter Lippmann?

Lippmann era un columnista estadounidense de ideas liberales que publicaba en varios medios. Se decía que era una persona muy cercana al presidente Kennedy.

—No.

Dimka todavía no había consultado los periódicos.

—Lippmann propone un intercambio: nosotros retiramos nuestros misiles de Cuba y ellos retiran los suyos de Turquía. ¡Kennedy me envía un mensaje!

—Lippmann solo es un periodista...

—No, no. Es un portavoz del presidente.

Dimka dudaba de que la democracia estadounidense funcionara de esa manera, pero no dijo nada.

—Eso significa que si proponemos ese intercambio, Kennedy lo aceptará —siguió argumentando Jrushchov.

—Pero ya les hemos pedido algo distinto, la promesa de que no invadirán Cuba.

—Bueno, ¡tendremos a Kennedy en ascuas!

«Confundirlo, lo confundiremos, eso seguro», pensó Dimka, pero así era Jrushchov. ¿Para qué ser coherente? Eso solo le facilitaba las cosas al enemigo.

Dimka cambió de tema.

—En el Presídium se harán preguntas sobre el mensaje de Plíyev. Si se le otorga el poder de disparar armas nucleares...

—No te preocupes —lo interrumpió Jrushchov, restándole importancia con un gesto de la mano—. Los americanos no van a atacar en estos momentos. Si incluso están hablando con el secretario general de las Naciones Unidas. Quieren la paz.

—Por supuesto —dijo Dimka con deferencia—. Solo quería que supiera que saldrá a colación.

—Ya, ya.

Los dirigentes de la Unión Soviética se reunieron en la sala del Presídium pocos minutos después. Jrushchov abrió la sesión con un largo discurso en el que defendía que ya no existía la amenaza de un ataque por parte de los estadounidenses. A continuación expuso lo que llamó la «propuesta Lippmann», que no despertó demasiado entusiasmo entre quienes se sentaban alrededor de la larga mesa, aunque nadie se opuso. Allí solía aceptarse que el líder tenía que ejercer la diplomacia a su manera.

Jrushchov estaba tan emocionado con su nueva idea que se dispuso a dictar en ese mismo momento la carta que enviaría a Kennedy, mientras los demás escuchaban. Después ordenó que la difundieran por Radio Moscú, ya que de ese modo la embajada estadounidense podía remitirla a Washington sin el precioso y fastidioso tiempo que se necesitaba para codificarla.

Finalmente Kosiguin mencionó la cuestión del comunicado urgente de Plíyev. Defendió que Moscú debía retener el control de las armas nucleares y leyó en voz alta la orden dirigida a Plíyev que Dimka y Natalia habían redactado.

—Sí, sí, envíala —dijo Jrushchov con impaciencia, y su asistente respiró un poco más tranquilo.

Una hora después, Dimka subía con Nina en el ascensor de la Casa del Gobierno.

—Intentemos olvidar nuestras preocupaciones durante un rato

—propuso Dimka—. No hablaremos de Cuba. Vamos a una fiesta, así que divirtámonos.

—Me gusta la idea —contestó Nina.

Cuando llegaron al apartamento de los abuelos de Dimka, Katerina les abrió la puerta ataviada con un vestido rojo. Dimka se sorprendió al ver que le llegaba hasta la rodilla, a la última moda occidental, y que su abuela seguía conservando unas piernas estilizadas. Había vivido en Occidente mientras su marido estaba en el servicio diplomático y había aprendido a vestir con más elegancia que la mayoría de las mujeres soviéticas.

La mujer miró a Nina de arriba abajo con esa curiosidad exenta de formalismos de la gente mayor.

—No está mal —dictaminó, aunque Dimka se preguntó por la razón de aquella nota extraña en su voz.

Nina se lo tomó como un cumplido.

—Gracias, usted tampoco. ¿Dónde ha comprado ese vestido?

Katerina los acompañó al salón que Dimka tanto recordaba de cuando era niño e iba a visitarlos. Su abuela siempre le daba *pastilá*, una especie de dulce tradicional ruso hecho a base de manzana. La boca se le hizo agua pensando en lo mucho que le gustaría comerse uno en esos momentos.

Katerina caminaba con paso un tanto vacilante con sus zapatos de tacón. Grigori estaba sentado en la butaca que había delante del televisor, como siempre, aunque esta vez el aparato permanecía apagado, y había abierto una botella de vodka. Tal vez aquello explicara el ligero tambaleo de su abuela.

—Felicidades, abuelo —dijo Dimka.

—Bebe un poco —contestó Grigori.

Dimka tenía que ir con cuidado. Borracho, no le serviría de nada a Jrushchov. Apuró el vaso que Grigori le ofrecía y lo dejó fuera del alcance de su abuelo para evitar que volviera a llenarlo.

La madre de Dimka ya estaba allí, se había adelantado para ayudar a Katerina y en esos momentos salía de la cocina con una bandeja de galletas saladas con caviar rojo. Ania no había heredado la elegancia de Katerina. Su madre siempre parecía despreocupadamente rechoncha, llevara lo que llevase.

La mujer besó a Nina.

Oyeron el timbre de la puerta y el tío Volodia entró con su familia. Tenía cuarenta y ocho años y ya hacía un tiempo que peinaba canas, aunque continuaba llevando el pelo cortado casi al rape. Vestía el uniforme, ya que podían llamarlo a las armas en cualquier momento. Lo seguía la tía Zoya, quien a pesar de rondar la cincuentena seguía siendo una diosa rusa de piel blanca como la nieve. Detrás de ella venían sus dos hijos adolescentes, Kotia y Galina, los primos de Dimka.

Dimka les presentó a Nina. Tanto Volodia como Zoya la saludaron con afecto.

—¡Ya estamos todos! —exclamó Katerina.

Dimka miró a su alrededor y contempló a la anciana pareja que lo había empezado todo, a su anodina madre y al apuesto hermano de ojos azules de esta, a su hermosa tía, a sus primos adolescentes y a la voluptuosa pelirroja con la que iba a casarse. Aquella era su familia, y también lo más valioso de todo lo que desaparecería ese día si sus temores se hacían realidad. Todos vivían a menos de dos kilómetros del Kremlin. Si esa noche los estadounidenses lanzaban sus armas nucleares contra Moscú, las personas que en esos momentos ocupaban aquella habitación estarían muertas por la mañana, con el cerebro licuado, el cuerpo arrugado y la piel calcinada. El único consuelo era que no tendría que llorarlos porque él también habría muerto.

Todos brindaron a la salud de Grigori.

—Ojalá Lev, mi hermano pequeño, pudiera estar aquí con nosotros —dijo el abuelo.

—Y Tania —añadió Ania.

—Lev Peshkov ya no es tan pequeño, papá. Tiene sesenta y siete años y es millonario en América.

—Me pregunto si tendrá nietos allí.

—No, en América no —aseguró Volodia. Dimka sabía que el Servicio Secreto del Ejército Rojo podía averiguar ese tipo de cosas sin dificultad—. El hijo ilegítimo de Lev, Greg, el senador, está soltero. Pero su hija legítima, Daisy, vive en Londres y tiene dos hijos adolescentes, chico y chica, más o menos de la edad de Kotia y Galina.

—Entonces tengo dos sobrinos nietos británicos —caviló Grigori con tono complacido—. ¿Cómo se llaman? Puede que John y Bill.

Todos rieron ante la extraña musicalidad de los nombres ingleses.

—David y Evie —contestó Volodia.

—¿Sabéis? En principio era yo quien iba a ir a América —dijo Grigori—, pero tuve que darle mi billete a Lev en el último momento.

Grigori comenzó a explicar una de sus batallitas. La familia ya había oído aquella historia antes, pero aun así todos prestaron atención, sintiéndose condescendientes con él en el día de su cumpleaños.

Al cabo de un rato Volodia se llevó a Dimka aparte.

—¿Cómo ha ido esta mañana en el Presídium? —preguntó.

—Han ordenado a Plíyev que no dispare las armas nucleares sin autorización específica del Kremlin.

Volodia gruñó, insatisfecho.

—Menuda pérdida de tiempo.

—¿Por qué? —quiso saber Dimka, sorprendido.

—No servirá de nada.

—¿Estás diciendo que Plíyev desobedecerá las órdenes?

—Igual que haría cualquier comandante. Tú no has estado en combate, ¿verdad? —Volodia miró a Dimka de manera inquisitiva con sus intensos ojos azules—. Cuando te están atacando y tu vida corre peligro, te defiendes con lo que sea que tengas al alcance de la mano. Es algo instintivo, no puedes evitarlo. Si los americanos invaden Cuba, las fuerzas rusas que se encuentran allí desplazadas responderán con todo lo que tengan a mano, digan lo que digan las órdenes de Moscú.

—Mierda —soltó Dimka.

Si Volodia tenía razón, todo el trabajo de esa mañana había sido una pérdida de tiempo.

La historia del abuelo empezó a perder interés y Nina le tocó el brazo a Dimka.

—Ahora podría ser un buen momento.

Dimka se dirigió a toda la familia.

—Ahora que ya hemos felicitado al abuelo por su cumpleaños, tengo algo que anunciaros. Atención, por favor. —Esperó hasta que los adolescentes guardaron silencio—. Le he pedido a Nina que se case conmigo y ella ha aceptado.

Todos los felicitaron con efusividad y se sirvió otra ronda de vodka, aunque en esa ocasión Dimka se las arregló para no apurar el vaso.

Ania le dio un beso.

—Bien hecho, hijo. Ella no quería casarse… ¡hasta que te conoció!

—¡Puede que pronto tenga bisnietos! —exclamó Grigori, y le lanzó un guiño a Nina sin disimulo alguno.

—Papá, no avergüences a la pobre chica —dijo Volodia.

—¿Avergonzarla? Tonterías, Nina y yo somos amigos.

—No hace falta que te preocupes por eso —intervino Katerina, que ya estaba borracha—. Está embarazada.

—¡Mamá! —protestó Volodia.

—Una mujer sabe esas cosas —repuso ella encogiéndose de hombros.

«Por eso la abuela ha mirado a Nina de arriba abajo con tanta dureza cuando hemos llegado», pensó Dimka. Vio que Volodia y Zoya intercambiaban una mirada. Volodia enarcó una ceja, Zoya asintió ligeramente con la cabeza y a él se le escapó un momentáneo «Oh».

Ania no salía de su asombro.

—Pero me dijiste… —balbució dirigiéndose a Nina.

—Lo sé —repuso Dimka—. Creíamos que Nina no podía tener hijos, ¡pero los médicos se equivocaron!

Grigori alzó un nuevo vaso de vodka.

—¡Brindemos por los médicos que se equivocan! Quiero un niño, Nina. ¡Un bisnieto que perpetúe el linaje Peshkov-Dvorkin!

Nina sonrió.

—Haré lo que pueda, Grigori Serguéyevich.

Ania no parecía tenerlas todas consigo.

—¿Los médicos se equivocaron?

—Ya sabes cómo son, nunca admiten sus errores —contestó Nina—. Dicen que es un milagro.

—Espero vivir lo suficiente para llegar a ver a mi bisnieto —comentó Grigori—. ¡A la mierda los americanos! —soltó, y apuró el vaso.

Kotia, de dieciséis años, se animó a decir algo.

—¿Por qué los americanos tienen más misiles que nosotros?

—Cuando los científicos empezaron a trabajar en la energía nuclear, allá por 1940, y le dijimos al gobierno que podría utilizarse para construir una bomba de gran potencia, Stalin no nos creyó —contestó Zoya—. De ese modo Occidente le tomó la delantera a la Unión Soviética, y ahí siguen. Es lo que ocurre cuando los gobiernos no escuchan a los científicos.

—Pero no repitas lo que dice tu madre cuando vayas al instituto, ¿de acuerdo? —añadió Volodia.

—¿Qué más da? —dijo Ania—. Stalin acabó con la mitad de nosotros y ahora Jrushchov acabará con la otra mitad.

—¡Ania! —protestó Volodia—. ¡Delante de los niños, no!

—Mi pobre Tania… —dijo Ania, haciendo caso omiso de las protestas de su hermano—. Allí, en Cuba, esperando a que ataquen los americanos. —Se echó a llorar—. Ojalá pudiera volver a ver a mi preciosa niñita —dijo mientras unas lágrimas inesperadas resbalaban por sus mejillas—. Solo una vez más antes de morir.

El sábado por la mañana Estados Unidos estaba listo para atacar Cuba.

Larry Mawhinney le dio a George los detalles en la Sala de Crisis de la Casa Blanca, situada en el sótano. Kennedy llamaba «pocilga» a aquel espacio porque le resultaba muy estrecho. Pero el presidente se había criado en hogares espaciosos; la sala era más grande que el apartamento de George.

Según Mawhinney, la fuerza aérea contaba con quinientos setenta y seis aviones en cinco bases distintas, listos para la incursión que convertiría a Cuba en un páramo humeante. El ejército había movilizado ciento cincuenta mil soldados para la invasión subsiguiente. La armada tenía veintiséis destructores y tres portaaviones dando vueltas a la isla. Mawhinney lo contaba henchido de orgullo, como si todo aquello se debiera a un logro personal.

George pensó que Mawhinney era demasiado simplista.

—Todo eso no servirá de nada contra unos misiles nucleares —dijo.

—Por suerte, nosotros también disponemos de armas atómicas —replicó Mawhinney.

Como si eso lo solucionara todo.

—¿Y qué hay que hacer para lanzarlos? —preguntó George—. Es decir, ¿qué ha de hacer el presidente? Físicamente.

—Ha de llamar al Centro Nacional del Mando Militar del Pentágono. El teléfono del Despacho Oval tiene un botón rojo que lo comunica con ellos al instante.

—¿Y qué tiene que decir?

—Tiene que usar varios códigos que se encuentran en un maletín de cuero negro. El maletín va a todas partes con él.

—¿Y luego?

—Es inmediato. Hay un programa que se llama Plan Único Operativo Integrado. Nuestros bombarderos y misiles despegan con alrededor de tres mil armas nucleares en dirección a un millar de objetivos situados en el bloque comunista. —Mawhinney movió la mano como si aplanara una superficie—. Los borran del mapa —añadió, visiblemente satisfecho.

George no compartía su euforia.

—Y ellos hacen otro tanto con nosotros.

El comentario pareció irritar a Mawhinney.

—Escúchame, si somos los primeros en golpear, podemos destruir la mayoría de sus armas antes de que despeguen del suelo.

—Pero no es probable que seamos los primeros en golpear porque no somos unos salvajes y no queremos iniciar una guerra nuclear que acabaría con la vida de millones de personas.

—Ahí es donde os equivocáis los políticos. Para ganar, hay que atacar primero.

—Aunque hiciéramos lo que queréis, solo destruiríamos la mayoría de sus armas, como tú has dicho, pero no todas.

—Obviamente, no acertaremos al cien por cien.

—Así que, en cualquier caso, Estados Unidos sufrirá un ataque nuclear.

—La guerra no es una excursión al campo —contestó Mawhinney, enfadado.

—Si evitamos la guerra, podremos seguir haciendo excursiones al campo.

Larry consultó la hora en su reloj de pulsera.

—ExCom a las diez —dijo.

Salieron de la Sala de Crisis y subieron a la Sala del Gabinete. Los asesores más cercanos del presidente empezaban a llegar, junto con sus asistentes. El presidente Kennedy entró unos minutos después de las diez. Era la primera vez que George lo veía desde el aborto de Maria, y lo miró con otros ojos. Aquel hombre de mediana edad y traje oscuro de raya diplomática se había tirado a una joven y luego había dejado que fuera sola al médico para que le practicaran un aborto. George sintió que lo invadía una rabia repentina e incontenible. En ese momento podría haber matado a Jack Kennedy.

Aun así, el presidente no parecía la encarnación del mal. El destino de la humanidad estaba en sus manos, literalmente, de ahí que se viera sometido a una gran presión, y George, a su pesar, también sintió lástima por él.

Como era habitual, McCone, jefe de la CIA, abrió la sesión con un resumen de la información que tenían los servicios secretos. A pesar de su habitual tono soporífero, las noticias que traía eran lo bastante alarmantes para que todo el mundo permaneciera bien atento. En aquellos momentos Cuba disponía de cinco bases de misiles de medio alcance completamente operativas. Cada una de ellas contaba con cuatro misiles, de modo que en ese preciso instante había veinte armas nucleares apuntando a Estados Unidos y listas para ser disparadas.

George pensó con desánimo que una, como mínimo, debía de estar dirigida hacia aquel edificio, y se le formó un nudo en el estómago.

McCone propuso una vigilancia continua de las bases. Ocho cazas de la armada estadounidense estaban listos para despegar desde Cayo Hueso para sobrevolar las plataformas de lanzamiento a baja altitud. Otros ocho realizarían el mismo recorrido esa tarde y lo repetirían una vez más cuando oscureciera, momento en que iluminarían las bases con bengalas. También se seguiría adelante con los vuelos de reconocimiento a gran altitud de los aviones espía U-2.

George se preguntó qué se conseguía con eso. Los vuelos de reconocimiento podían detectar la actividad previa a un lanzamiento, pero ¿de qué le serviría eso a Estados Unidos? Aunque los bombarderos estadounidenses despegaran de inmediato, no llegarían a Cuba antes de que dispararan los misiles.

Asimismo, existía otro problema. Además de los misiles nucleares que apuntaban a Estados Unidos, el Ejército Rojo en Cuba disponía de misiles tierra-aire diseñados para la defensa antiaérea. Según informó McCone, las veinticuatro baterías de misiles tierra-aire se hallaban operativas y los sistemas de radar estaban en funcionamiento, por lo que los aviones estadounidenses que sobrevolaran Cuba serían localizados y seleccionados como objetivo.

Un asistente entró en la Sala del Gabinete con una larga hoja de papel arrancada de un teletipo, que le tendió al presidente Kennedy.

—Es de la Associated Press de Moscú —dijo el presidente, y la leyó en voz alta—: «El primer secretario Jrushchov le comunicó ayer al presidente Kennedy que retiraría las armas ofensivas de Cuba si Estados Unidos retiraba sus misiles de Turquía».

—Pero si no lo hizo —dijo Mac Bundy, asesor de Seguridad Nacional.

George estaba tan desconcertado como los demás. En la carta del día anterior, Jrushchov pedía que Estados Unidos prometiera no invadir Cuba. No decía nada sobre Turquía. ¿Se habría equivocado Associated Press? ¿O se trataba de una de las artimañas habituales de Jrushchov?

—Puede que vaya a emitir otra carta —dijo el presidente.

Lo cual acabó resultando cierto. Al cabo de pocos minutos, varios comunicados posteriores aclararon la cuestión. Jrushchov presentaba una propuesta completamente distinta, y además la había retransmitido a través de Radio Moscú.

—Nos ha metido en un buen lío —admitió Kennedy—. La mayoría de la gente la considerará bastante razonable.

A Mac Bundy no le gustaba la idea.

—¿Qué «mayoría», señor presidente?

—Yo diría que puede resultar difícil de explicar por qué nos empeñamos en emprender una acción de guerra contra Cuba cuando Jrushchov nos está diciendo: «Sacad vuestros misiles de Turquía y sacaremos los nuestros de Cuba». Creo que es una cuestión bastante peliaguda —contestó.

Bundy abogó por volver a la primera oferta de Jrushchov.

—¿Por qué escoger esa vía cuando no hace ni veinticuatro horas que nos ha ofrecido la otra?

—Porque esta es su última postura… y además la ha hecho pública —repuso el presidente con impaciencia.

La prensa todavía no conocía la carta de Jrushchov, pero la nueva propuesta se había emitido a través de los medios de comunicación.

Bundy insistió y alegó que los aliados de la OTAN se sentirían traicionados si Estados Unidos empezaba a comerciar con misiles.

Bob McNamara, el secretario de Defensa, expresó con palabras el miedo y el desconcierto que sentían todos.

—Primero se nos propuso un trato por carta y ahora se nos presenta otro distinto —dijo—. ¿Cómo vamos a negociar con alguien que cambia de propuesta incluso antes de darnos la oportunidad de contestar?

Nadie sabía la respuesta.

Ese sábado florecieron los flamboyanes de las calles de La Habana, y sus brillantes flores rojas salpicaron el cielo de gotitas de sangre.

Tania fue a la tienda a primera hora de la mañana y se abasteció de provisiones para el fin del mundo: carne ahumada, leche evaporada, queso en lonchas, un cartón de tabaco, una botella de ron y pilas para la linterna. A pesar de que empezaba a amanecer ya había cola, aunque solo tuvo que esperar quince minutos, lo cual no era nada para alguien acostumbrado a las colas de Moscú.

En las estrechas calles del casco viejo se respiraba un aire de fatalidad. Los habaneros ya no blandían sus machetes mientras entonaban el himno nacional, sino que llenaban cubos con arena para extinguir incendios, pegaban papel engomado en las ventanas para que las esquirlas de cristal no salieran volando y cargaban con sacos de harina. Habían cometido la insensatez de desafiar a su todopoderoso vecino e iban a recibir su castigo. Deberían haber actuado con mayor prudencia.

¿Tenían razón? ¿La guerra era inevitable? Tania estaba convencida de que ningún dirigente mundial la quería, ni siquiera Castro, quien empezaba a rayar en la locura, pero aun así podía producirse. Pensó con pesimismo en los acontecimientos de 1914. Nadie deseaba la guerra, pero el emperador austrohúngaro había considerado que la independencia serbia suponía una amenaza del mismo modo que Kennedy consideraba que la independencia cubana suponía una amenaza. Y una vez que el imperio austrohúngaro le declaró la guerra a Serbia, las fichas del dominó cayeron con funesta inevitabilidad hasta que medio planeta se vio envuelto en el conflicto más cruel y sangriento que el mundo hubiera conocido hasta entonces. Sin embargo, ¿en esta ocasión podría evitarse ese desenlace?

Pensó en Vasili Yénkov, en un campo de prisioneros en Siberia. Ironías de la vida, tal vez él tuviera la suerte de sobrevivir a una guerra nuclear. Su castigo podría ser su salvación. Al menos eso esperaba Tania.

Encendió la radio en cuanto llegó a su apartamento y sintonizó una de las emisoras estadounidenses que emitían desde Florida. La noticia era que Jrushchov le había ofrecido un trato a Kennedy: él retiraría los misiles de Cuba si Kennedy estaba dispuesto a hacer lo mismo en Turquía.

Tania miró la lata de leche evaporada con una sensación de profundo alivio. Puede que al final no necesitara las raciones de emergencia, aunque se dijo que era demasiado pronto para sentirse a salvo. ¿Aceptaría Kennedy? ¿Demostraría ser más inteligente que Francisco José, el emperador austrohúngaro ultraconservador?

Oyó un bocinazo en la calle. Ese día tenía una cita acordada hacía tiempo y volaría al extremo oriental de Cuba con Paz para escribir acerca de una batería antiaérea soviética. En realidad no esperaba que Paz se presentara, pero cuando miró por la ventana vio su Buick familiar aparcado junto al bordillo, con los limpiaparabrisas tratando de hacer frente al aguacero tropical. Cogió el impermeable y salió.

—¿Has visto lo que ha hecho tu dirigente? —preguntó Paz de mal humor en cuanto Tania subió al coche.

—¿Te refieres a la oferta de Turquía? —preguntó, sorprendida ante la rabia de él.

—¡Ni siquiera nos ha consultado!

Paz arrancó y recorrió las estrechas calles de la ciudad a toda velocidad.

Tania no había llegado a plantearse si los dirigentes cubanos tenían que formar parte de la negociación, y era evidente que Jrushchov tampoco había considerado necesaria dicha cortesía. El mundo veía la crisis como un conflicto entre superpotencias, pero naturalmente los cubanos continuaban creyendo que ellos tenían mucho que decir, y sentían la remota posibilidad de un acuerdo como una traición.

Tenía que tranquilizar a Paz, aunque solo fuera para evitar un accidente.

—¿Y qué habríais dicho si Jrushchov os hubiera preguntado?

—¡Que no estamos dispuestos a intercambiar nuestra seguridad por la de Turquía! —contestó él, y golpeó el volante con la mano.

Tania pensó que las armas nucleares no habían consolidado la seguridad de Cuba, sino todo lo contrario. La soberanía de la isla se veía más amenazada que nunca, aunque decidió no comentárselo a Paz para no enfurecerlo más aún.

Paz condujo hasta una pista militar de aterrizaje fuera de La Habana, donde les esperaba su avión, un Yákovlev Yak-16 soviético de transporte ligero bimotor. Tania lo miró con interés. Nunca había tenido intención de ser corresponsal de guerra, pero se había esforzado en aprender esas cosas que sabían los hombres, sobre todo a identificar aviones, tanques y barcos, para no parecer una ignorante. Vio que se trataba de un Yak modificado por el ejército, con una ametralladora montada en una torreta dorsal en lo alto del fuselaje.

Compartieron la cabina de diez asientos con dos comandantes del 32.º Regimiento de Cazas de la Guardia, ataviados con las llamativas camisas a cuadros y los holgados pantalones de pinzas que les habían sido entregados en un tosco intento de hacer pasar a los soldados soviéticos por cubanos.

El despegue fue excesivamente emocionante. El Caribe se encontraba en plena estación lluviosa, y además soplaba un fuerte viento. Cuando conseguían atisbar la tierra que quedaba a sus pies a través de los diminutos claros que se abrían entre las nubes, veían un mosaico de campos marrones y verdes recorridos por las tortuosas líneas amarillas de los caminos de tierra. El pequeño aparato se vio zarandeado por la tormenta durante dos horas hasta que el cielo se despejó con la rapidez característica de los cambios tropicales, y pudieron aterrizar sin mayores contratiempos cerca del municipio de Banes.

Un coronel del Ejército Rojo llamado Ivánov, que ya se hallaba al tanto de la visita de Tania y del artículo que estaba escribiendo, fue a su encuentro y los acompañó a la base antiaérea. Llegaron a las diez de la mañana, hora cubana.

La base estaba dispuesta en forma de estrella de seis puntas, con el puesto de mando en el centro y las lanzaderas en cada uno de los extremos. Todas ellas tenían un remolque con un solo misil tierra-aire. Los soldados ofrecían un aspecto calamitoso en las trincheras anegadas de agua. En el puesto de mando, los oficiales no apartaban la vista de las pantallas verdes del radar, que lanzaba pitidos de manera monótona.

Ivánov les presentó al comandante al mando de la batería. Era obvio que estaba tenso. Sin duda habría preferido no tener visitas importantes en un día como aquel.

Pocos minutos después de su llegada, se avistó a gran altitud un avión extranjero que había entrado en el espacio aéreo cubano a unos trescientos kilómetros al oeste. Se le dio el identificador «Objetivo Número 33».

Todo el mundo hablaba ruso, así que Tania tradujo para Paz.

—Tiene que ser un avión espía U-2 —dijo el general cubano—. No hay nada más que vuele a esa altitud.

Tania no las tenía todas consigo.

—¿Se trata de un ejercicio? —le preguntó a Ivánov.

—Habíamos pensado en hacer una simulación para ustedes —contestó este—, pero esto es real.

Parecía tan nervioso que Tania lo creyó.

—No vamos a derribarlo, ¿verdad? —le preguntó.

—No lo sé.

—¡Serán arrogantes esos americanos! —exclamó Paz—. ¡Sobrevolar nuestro espacio! ¿Qué dirían ellos si un avión cubano sobrevolara Fort Bragg? ¡Imagínate su indignación!

El comandante decretó una alerta de combate y los soldados soviéticos empezaron a trasladar los misiles de las plataformas de transporte a las lanzaderas y a fijar los cables. Lo hicieron con suma eficiencia y tranquilidad, y Tania imaginó que lo habían ensayado muchas veces.

Un capitán estaba trazando la trayectoria del U-2 en un mapa. Cuba era alargada y estrecha, medía mil doscientos cincuenta kilómetros de este a oeste, pero solo entre cien y doscientos kilómetros de norte a sur. Tania vio que el avión espía había entrado unos ochenta kilómetros en cielo cubano.

—¿A qué velocidad vuelan? —preguntó.

—A ochocientos kilómetros por hora.

—¿Y a qué altitud?

—A setenta mil pies, más o menos el doble que un avión de una línea aérea regular.

—¿De verdad podemos alcanzar un objetivo tan alejado que se mueve a esa velocidad?

—No es necesario alcanzarlo de pleno. El misil lleva una espoleta de proximidad que explota cuando se acerca.

—Sé que ese avión está identificado como objetivo —dijo Tania—, pero, por favor, dígame que no vamos a dispararle de verdad.

—El comandante está esperando instrucciones.

—Pero los americanos podrían tomar represalias.

—No soy yo quien decide.

El radar seguía la trayectoria del avión intruso mientras un teniente leía en voz alta en una pantalla la altitud, la velocidad y la distancia. Fuera del puesto de mando, los artilleros soviéticos regulaban las lanzaderas para apuntar al Objetivo Número 33. El U-2 cruzó Cuba de norte a sur, y a continuación torció hacia el este siguiendo la costa, cada vez más cerca de Banes. Fuera del puesto de mando, las lanzaderas de misiles se movían lentamente sobre sus bases giratorias, vigilando el objetivo como lobos que olisquean el aire.

—¿Y si disparan por accidente? —le preguntó Tania a Paz.

Sin embargo, los pensamientos de Paz iban por otros derroteros.

—¡Está fotografiando nuestras posiciones! —exclamó—. Esas fotografías se usarán para guiar a su ejército cuando nos invadan... Lo cual podría ocurrir en cuestión de horas.

—¡La invasión será mucho más probable si matáis a un piloto americano!

El comandante estaba pegado a un teléfono y atento al radar de control de tiro.

—Están hablando con Plíyev —dijo mirando a Ivánov.

Tania sabía que Plíyev era el comandante en jefe soviético en Cuba. Pero ¿estaba segura de que Plíyev no derribaría un avión estadounidense sin autorización de Moscú?

El U-2 alcanzó el extremo meridional de Cuba, dio la vuelta y siguió la costa norte. Banes se encontraba cerca del litoral. La trayectoria del avión espía pasaba directamente por encima de ellos. Aunque también podía torcer hacia el norte en cualquier momento y, viajando a casi dos kilómetros por segundo, enseguida quedaría fuera de su alcance.

—¡Derríbenlo! —gritó Paz—. ¡Ahora!

Nadie le hizo caso.

El avión torció hacia el norte. Estaba prácticamente encima de la batería, aunque a casi veintiún mil metros de altitud.

«Solo unos segundos más, por favor», pensó Tania, rezándole no sabía a qué dios.

Tania, Paz e Ivánov no apartaban la vista del comandante, quien a su vez no apartaba la suya de la pantalla. Salvo por el pitido del radar, la sala permanecía en silencio.

—Sí, señor —dijo el comandante en ese momento.

¿Qué era? ¿Salvación o condena?

El oficial se dirigió a sus hombres sin colgar el auricular:

—Destruyan el Objetivo Número 33. Disparen dos misiles.

—¡No! —exclamó Tania.

Se oyó un gran estruendo. La periodista miró por la ventana. Un misil abandonó la lanzadera y desapareció en un abrir y cerrar de ojos. Otro más lo siguió escasos segundos después. Tania se llevó una mano a la boca con la sensación de que iba a vomitar de miedo.

Tardarían aproximadamente un minuto en alcanzar una altitud de veintiún mil metros.

«Algo podría salir mal», pensó. Los misiles podían averiarse, cambiar de dirección y caer al mar sin provocar ningún daño.

En la pantalla del radar, dos puntitos se aproximaban a otro de mayor tamaño.

Tania deseó que fallaran.

Se movían con rapidez, y de pronto los tres puntos confluyeron.

Paz lanzó un grito triunfal.

A continuación, la pantalla quedó salpicada de puntos más pequeños.

—El Objetivo Número 33 ha sido destruido —dijo el comandante al teléfono.

Tania miró por la ventana, como si fuera a ver el U-2 estrellándose contra el suelo.

—Enemigo derribado. Felicidades a todos —añadió el comandante alzando la voz.

—¿Y qué nos hará ahora el presidente Kennedy? —dijo Tania.

El sábado por la tarde, George contemplaba la situación lleno de esperanza. Los mensajes de Jrushchov eran incongruentes y confusos, pero el dirigente soviético parecía estar buscando el modo de salir de la crisis, y el presidente Kennedy desde luego no quería una guerra. Dada la buena voluntad de ambas partes, parecía inconcebible que no lo consiguieran.

De camino a la Sala del Gabinete, George se detuvo en la oficina de prensa y encontró a Maria sentada a su mesa. Llevaba un elegante vestido gris, pero también una cinta de un rosa chillón en la cabeza, como si quisiera informar al mundo de que todo iba bien. George decidió no preguntarle cómo estaba; era evidente que Maria no quería que la trataran como a una inválida.

—¿Estás ocupada? —le preguntó.

—Estamos esperando la respuesta del presidente a Jrushchov —contestó ella—. La oferta soviética se hizo de manera pública, por lo que suponemos que la respuesta americana se anunciará mediante la prensa.

—Esa es la reunión a la que voy con Bobby —dijo George—. Para redactar la respuesta.

—Intercambiar los misiles de Cuba por misiles de Turquía parece una propuesta razonable —comentó ella—. Sobre todo teniendo en cuenta que podría salvarnos la vida.

—Que Dios te oiga.

—Eso lo dice tu madre.

George rió y continuó su camino. Los asesores y sus asistentes empezaban a llegar a la Sala del Gabinete para la reunión del ExCom de las cuatro.

—¡Hay que impedir que entreguen Turquía a los comunistas! —decía Larry Mawhinney junto a la puerta, rodeado por un puñado de asistentes militares.

George soltó un gemido. El ejército lo veía todo como una lucha a muerte. En realidad, nadie iba a entregar Turquía. Lo que les proponían era desmantelar unos misiles que, en cualquier caso, ya estaban obsoletos. ¿De verdad el Pentágono pretendía oponerse a un acuerdo de paz? No daba crédito.

El presidente Kennedy entró y ocupó su lugar habitual, en el centro de la larga mesa y con las ventanas detrás de él. Todos disponían de una copia del borrador de propuesta que habían elaborado con anterioridad, en el que se decía que Estados Unidos no podía discutir la cuestión de los misiles de Turquía hasta que la crisis de Cuba hubiera quedado resuelta. Al presidente no le gustó el redactado de la respuesta al premier soviético.

—Estamos obviando el mensaje de Jrushchov —protestó. Siempre hablaba de su homólogo y no del pueblo al que representaba. Para Kennedy, se trataba de un conflicto personal—. No vamos a conseguir nada. Dirá que hemos rechazado su propuesta. Nuestra postura debería ser la de mostrarnos «encantados» de discutir la cuestión… una vez que dispongamos de una prueba fehaciente de que sus trabajos en Cuba han cesado.

—Pero eso convierte a Turquía en moneda de cambio —dijo alguien.

Mac Bundy, asesor de Seguridad Nacional, metió baza.

—Eso es lo que temo. —Bundy, al que le empezaban a salir entradas aunque solo tenía cuarenta y tres años de edad, procedía de una familia republicana y solía adscribirse a la línea dura—. Si damos a entender, ante la OTAN y otros aliados, que nos interesa el intercambio, estaremos en verdaderos apuros.

A George se le cayó el alma a los pies, Bundy se alineaba con el Pentágono en contra del acuerdo.

—Si da la impresión de que estamos canjeando la defensa de Turquía por la desaparición de la amenaza cubana —prosiguió Bundy—, tendremos que hacer frente a un descenso radical de la eficacia de la Alianza Atlántica.

George comprendió que aquel era el problema. Tal vez los misiles Júpiter estuvieran obsoletos, pero simbolizaban la determinación estadounidense a impedir la expansión del comunismo.

Bundy no convenció al presidente.

—Es a lo que nos lleva la situación, Mac.

—La única justificación para ese mensaje sería que esperamos que los rusos no acepten —insistió Bundy.

«¿En serio?», pensó George. Estaba bastante seguro de que el presidente Kennedy y su hermano no eran de la misma opinión.

—Estamos preparados para tomar medidas contra Cuba mañana o pasado mañana —siguió diciendo Bundy—. ¿Cuál es el plan de ataque?

Ese no era el modo en que George había imaginado que iría la reunión. Tendrían que estar hablando de paz, no de guerra.

Bob McNamara, secretario de Defensa y chico prodigio de Ford, contestó la pregunta:

—Un ataque aéreo a gran escala previo a la invasión. —A continuación, retomó el tema de Turquía—: Para minimizar la respuesta soviética contra la OTAN tras un ataque americano sobre Cuba, sacamos los Júpiter de Turquía antes del ataque a la isla y dejamos que los soviéticos se enteren. De ese modo, no creo que los soviéticos atacaran Turquía.

George pensó que aquello era irónico: para proteger Turquía era necesario desmantelar sus armas nucleares.

—Podrían tomar otro tipo de medidas… En Berlín —advirtió el secretario de Estado Dean Rusk, a quien George consideraba el hombre más inteligente de la sala.

A George le asombraba que el presidente estadounidense no pudiera atacar una isla caribeña sin calcular las repercusiones que eso tendría a ocho mil kilómetros de distancia, en la Europa oriental, lo cual demostraba que el planeta entero era un tablero de ajedrez para las dos superpotencias.

—En estos momentos no puedo recomendar un ataque aéreo sobre Cuba —repuso McNamara—. Lo único que digo es que debemos empezar a considerarlo de manera más realista.

El general Maxwell, que había estado en contacto con la Junta de Jefes de Estado Mayor, intervino entonces:

—Lo que recomiendan es que el ataque, el Plan de Operaciones 312, se lleve a término no más tarde de la mañana del lunes, salvo que en el ínterin aparezca alguna prueba irrefutable de que se han desmantelado las armas ofensivas.

Mawhinney y sus amigos, sentados detrás de Taylor, parecían complacidos. George pensó que eran iguales que los militares: no veían la hora de entrar en combate, aun cuando eso pudiera significar el fin del mundo. Rezó para que los soldados no acabaran guiando a los políticos reunidos en aquella sala.

—Y que a la ejecución de dicho plan de ataque le siga la ejecución del 316, el plan de invasión, siete días después —prosiguió Taylor.

—Vaya, menuda sorpresa —dijo Bobby Kennedy con tono sarcástico.

El comentario provocó carcajadas entre los asistentes a la reunión. Por lo visto, todo el mundo creía que las recomendaciones del ejército eran cómicamente predecibles. George respiró aliviado.

Sin embargo, los ánimos volvieron a ensombrecerse cuando Mc-Namara leyó de pronto una nota que le acababa de pasar uno de sus asistentes.

—El U-2 ha sido derribado.

George ahogó un grito. Sabía que habían perdido el contacto con un avión espía de la CIA durante una misión en Cuba, pero todo el mundo esperaba que hubiera tenido problemas con la radio y que estuviera de vuelta en casa.

Era evidente que el presidente Kennedy no había sido informado acerca del avión desaparecido.

—¿Han derribado un U-2? —preguntó con voz acongojada.

George conocía la razón de la consternación del presidente. Hasta entonces las superpotencias se habían enfrentado cara a cara, pero lo único que habían hecho era lanzarse amenazas mutuas. Sin embargo, de pronto se había producido el primer disparo y desde ese momento sería mucho más difícil evitar una guerra.

—Wright solo ha dicho que lo han encontrado derribado —dijo McNamara. El coronel John Wright pertenecía a la Agencia de Inteligencia de la Defensa.

—¿El piloto ha muerto? —preguntó Bobby.

Como solía ocurrir, había hecho la pregunta clave.

—El cuerpo del piloto está en el avión —contestó el general Taylor.

—¿Alguien ha visto al piloto? —insistió el presidente Kennedy.

—Sí, señor —dijo Taylor—. Los restos del avión están en tierra y el piloto está muerto.

Se hizo el silencio en la sala. Aquello lo cambiaba todo. Un estadounidense había muerto, había sido abatido en Cuba por armas soviéticas.

—Eso plantea la cuestión de las represalias —apuntó Taylor.

Desde luego. El pueblo estadounidense exigiría venganza. George sentía lo mismo. De pronto deseó que el presidente lanzara el ataque aéreo a gran escala que había solicitado el Pentágono. Ya podía imaginar cientos de bombarderos en formación de ataque cruzando a baja altitud el estrecho de Florida y dejando caer su carga letal sobre Cuba como una granizada. Quería que volaran hasta la última lanzadera de misiles, que mataran hasta al último soldado soviético y que acabaran con Castro. Si sufría la nación cubana al completo, que así fuera, eso les enseñaría a no matar estadounidenses.

Hacía ya dos horas que había empezado la reunión, y en la sala se veía una especie de niebla a causa del humo del tabaco. El presidente anunció un descanso y George pensó que era una buena idea. Desde luego, él necesitaba tranquilizarse. Si los demás se sentían tan ávidos de sangre como él, no se encontraban en condiciones de tomar ninguna decisión racional.

George era consciente de que el motivo principal del descanso era que el presidente Kennedy debía tomarse la medicación. Casi todo el mundo estaba al corriente de que sufría dolores de espalda, pero pocos sabían que libraba una batalla constante contra todo un abanico de dolencias entre las que se incluían la enfermedad de Addison y la colitis. Los médicos le inyectaban un cóctel de esteroides y antibióticos dos veces al día para que pudiera seguir adelante.

Bobby se encargó de volver a redactar la carta para Jrushchov con la ayuda del joven redactor de discursos del presidente, el alegre Ted Sorensen. Los dos se encerraron junto con sus asistentes en el estudio del presidente, una pequeña habitación que había junto al Despacho Oval. George cogió un bolígrafo y una libreta y fue tomando nota de todo lo que Bobby le dictaba. Gracias a que solo había dos personas implicadas en su elaboración, el borrador estuvo listo enseguida.

Los párrafos clave eran:

> 1. Ustedes accederán a retirar dichos sistemas de armas de Cuba bajo las debidas vigilancia y supervisión por parte de las Naciones Unidas; y procederán, con las garantías adecuadas, a detener la introducción de tales sistemas de armas en la isla.
>
> 2. Nosotros, por nuestra parte, accederemos —mediante el establecimiento de los acuerdos apropiados a través de las Naciones Unidas para garantizar el cumplimiento y la continuación de estos compromisos— a: *a*) levantar con efecto inmediato las medidas de cuarentena ahora en vigor; y *b*) ofrecer garantías de que no se procederá a la invasión de Cuba. Y estoy convencido de que otras naciones del hemisferio occidental estarán dispuestas a actuar del mismo modo.

Estados Unidos aceptaba la primera oferta de Jrushchov, pero ¿y la segunda? Bobby y Sorensen acordaron lo siguiente:

El efecto de tal acuerdo para la disminución de la tensión mundial debería permitirnos trabajar en pos de un acuerdo más general en cuanto a «otros armamentos», tal como proponen ustedes en su segunda carta.

No era mucho, apenas la insinuación de una promesa de debatir algo, pero seguramente era lo máximo que el ExCom permitiría.

George se preguntaba cómo iba a ser aquello suficiente.

Le entregó el borrador escrito a mano a una de las secretarias del presidente y le pidió que lo mecanografiara. Unos minutos después, Bobby fue convocado al Despacho Oval, donde se había reunido un grupo más reducido: el presidente, Dean Rusk, Mac Bundy y dos o tres hombres más, junto con sus asistentes de confianza. El vicepresidente Lyndon Johnson había quedado excluido. George lo consideraba un político inteligente, pero sus toscas maneras texanas chirriaban con el refinamiento bostoniano de los hermanos Kennedy.

El presidente quería que Bobby entregara la carta en persona al embajador soviético en Washington, Anatoli Dobrinin. Bobby y Dobrinin habían mantenido varias reuniones informales durante los últimos días. No se gustaban demasiado, pero podían hablar con franqueza y habían establecido una vía alternativa de comunicación que esquivaba la burocracia de Washington. En un encuentro cara a cara, Bobby podía concretar la promesa de debatir la cuestión de los misiles de Turquía sin haber obtenido una aprobación previa del ExCom.

Dean Rusk propuso que Bobby fuera un poco más allá con Dobrinin. En la reunión de ese día había quedado claro que nadie quería que los misiles Júpiter continuaran en Turquía. Desde un punto de vista estrictamente militar resultaban inútiles, por lo tanto el problema era estético: el gobierno turco y el resto de los aliados de la OTAN se indignarían si Estados Unidos negociaba la retirada de esos misiles en un acuerdo por Cuba. Rusk sugirió una solución que George encontró muy inteligente.

—Ofrécele sacar los Júpiter más adelante, pongamos que dentro de cinco o seis meses —dijo Rusk—. Entonces podremos hacerlo con calma, con el acuerdo de nuestros aliados, y aumentar la presencia de nuestros submarinos nucleares en el Mediterráneo para compensar. Pero los soviéticos tienen que prometer que mantendrán el acuerdo en absoluto secreto.

George creía que se trataba de una sugerencia sorprendente pero brillante.

Todo el mundo aceptó la propuesta con una velocidad insólita. Los debates con el ExCom se habían alargado durante casi todo el día sin llegar a ninguna conclusión, pero aquel grupo más reducido del Despacho Oval de pronto se había vuelto resolutivo.

—Llama a Dobrinin —le dijo Bobby a George. Consultó la hora en su reloj de pulsera y George hizo otro tanto. Eran las siete y cuarto de la tarde—. Dile que se reúna conmigo en el Departamento de Justicia de aquí a media hora.

—Y entrega la carta a la prensa quince minutos después —añadió el presidente.

George entró en la sala de las secretarias que había junto al Despacho Oval y levantó el auricular del teléfono.

—Póngame con la embajada soviética —le dijo a la operadora.

El embajador aceptó acudir a la reunión al instante.

George le llevó la carta mecanografiada a Maria y le dijo que el presidente quería entregarla a la prensa a las ocho en punto.

Maria consultó la hora con inquietud.

—Muy bien, chicas, será mejor que nos pongamos a trabajar —anunció a sus compañeras.

Bobby y George salieron de la Casa Blanca y un coche los trasladó hasta el Departamento de Justicia, a pocas manzanas de allí. Las estatuas del gran salón de actos parecían observarlos con recelo bajo la débil iluminación de los fines de semana. George explicó al personal de seguridad que una visita importante estaba a punto de llegar para reunirse con Bobby.

Subieron en ascensor. George pensó que Bobby parecía exhausto, e indudablemente lo estaba. Los pasillos desiertos del gigantesco edificio devolvían el eco. El despacho de Bobby permanecía tenebroso, apenas iluminado, pero no se molestó en encender más lámparas. Se desplomó en su sillón y se frotó los ojos.

George miró las farolas del exterior por la ventana. El centro de Washington se hallaba ocupado por un bonito parque lleno de monumentos y palacios, pero el resto era una metrópolis densamente poblada por cinco millones de habitantes, de los que más de la mitad eran negros. ¿Seguiría allí la ciudad a la mañana siguiente? George había visto fotografías de Hiroshima: kilómetros de edificios convertidos en escombros, supervivientes lisiados y con quemaduras en las afueras, mirando con ojos desconcertados el mundo irreconocible que los rodeaba. ¿Washington tendría aquel aspecto por la mañana?

El embajador Dobrinin apareció puntual a las ocho menos cuarto. Se trataba de un hombre calvo de cuarenta y pocos años, y era evidente que disfrutaba de aquellas reuniones informales con el hermano del presidente.

—Quiero exponer la alarmante situación actual tal como la ve el presidente —anunció Bobby—. Uno de nuestros aviones ha sido derribado sobre Cuba y el piloto ha muerto.

—Sus aviones no tienen derecho a sobrevolar Cuba —contestó Dobrinin de inmediato.

Los encuentros entre Bobby y Dobrinin podían tener un talante combativo, pero ese día el secretario de Justicia prefirió darle otro carácter a la reunión.

—Quiero que entienda la realidad política —dijo—. En estos momentos existe una gran presión para que el presidente responda con fuego. No podemos cancelar esos vuelos de reconocimiento, es la única manera que tenemos de comprobar el avance de la construcción de sus bases de misiles, pero si los cubanos disparan contra nuestros aviones, responderemos.

Bobby compartió con Dobrinin el contenido de la carta del presidente Kennedy al primer secretario Jrushchov.

—¿Y Turquía? —preguntó Dobrinin con aspereza.

Bobby contestó con cautela.

—Si ese es el único escollo para alcanzar el acuerdo que he mencionado con anterioridad, el presidente no ve ningún obstáculo insalvable. La mayor dificultad para el presidente es la discusión pública de la cuestión. Si una decisión de esas características se anunciara en estos momentos, la OTAN se vería dividida. Necesitamos cuatro o cinco meses para retirar los misiles de Turquía. Sin embargo, se trata de un tema altamente confidencial, solo un puñado de personas sabe lo que le estoy diciendo.

George observó el rostro de Dobrinin con suma atención. ¿Eran imaginaciones suyas o el diplomático ocultaba un atisbo de excitación?

—George, dale al embajador los números de teléfono que utilizamos para hablar directamente con el presidente —pidió Bobby.

George cogió una libreta, anotó tres números, arrancó la hoja y se la tendió a Dobrinin. Bobby se levantó y el embajador hizo otro tanto.

—Necesito una respuesta mañana —dijo Bobby—. No se trata de un ultimátum, es lo que hay. Nuestros generales están deseando entrar en combate. Y no nos envíen una de esas cartas interminables de Jrushchov que tardan todo un día en traducirse. Necesitamos de usted una respuesta clara y directa, señor embajador. Y la necesitamos ya.

—Muy bien —contestó el ruso, y se fue.

El domingo por la mañana, la delegación principal del KGB en La Habana informó al Kremlin de que los cubanos creían que el ataque estadounidense era inminente.

Dimka se encontraba en la dacha gubernamental de Novo-Ogarevo, una localidad pintoresca en las afueras de Moscú. La dacha era un edificio pequeño con columnas blancas que recordaban las de la Casa Blanca de Washington. Dimka estaba preparándose para la reunión del Presídium que se celebraría allí a las doce del mediodía y para la que faltaban pocos minutos. Rodeó la larga mesa de roble con dieciocho carpetas informativas y fue dejando una en cada sitio. Contenían el último mensaje del presidente Kennedy a Jrushchov, traducido al ruso.

Dimka se sentía optimista. El presidente americano había accedido a todo lo que Jrushchov le había pedido en un principio. Si aquella carta hubiera llegado como por milagro minutos después de que se enviara el primer mensaje de Jrushchov, la crisis se habría zanjado de inmediato. Sin embargo, el retraso había permitido que Jrushchov aumentara sus peticiones y, por desgracia, la carta de Kennedy no mencionaba Turquía de manera directa. Dimka no sabía si aquello sería un escollo para su jefe.

Los miembros del Presídium empezaban a llegar cuando Natalia Smótrova entró en la sala. Lo primero en lo que se fijó Dimka fue en que tenía la melena rizada cada vez más larga y estaba más guapa, y lo segundo fue en que parecía asustada. Dimka había intentado encontrar el momento para contarle lo de su compromiso, pues tenía la sensación de que no podía decírselo a nadie del Kremlin hasta que no se lo hubiera dicho a Natalia. Sin embargo, aquella tampoco era la mejor ocasión. Necesitaba estar a solas con ella.

Natalia se dirigió directa hacia él.

—Esos imbéciles han derribado un avión estadounidense —dijo.

—¡Oh, no!

Natalia asintió con la cabeza.

—Un avión espía U-2. El piloto ha muerto.

—¡Mierda! ¿Quiénes han sido? ¿Los cubanos?

—Nadie dice nada, lo cual significa que seguramente hemos sido nosotros.

—¡Pero si no se ha dado ninguna orden!

—Por eso.

Aquello era precisamente lo que ambos siempre habían temido, que alguien abriera fuego sin autorización.

Los miembros del Presídium estaban tomando asiento, con sus asistentes detrás de ellos, como era habitual.

—Iré a informarlo —dijo Dimka, pero Jrushchov apareció por la puerta en ese mismo instante.

Dimka se apresuró a ponerse al lado del dirigente y le susurró la noticia al oído mientras este se sentaba. Jrushchov no contestó, pero no parecía muy contento.

Abrió la sesión con lo que sin duda era un discurso preparado.

—Hubo un tiempo en que avanzamos, como en octubre de 1917; pero en marzo de 1918 tuvimos que retroceder, tras firmar el tratado de Brest-Litovsk con los alemanes —comenzó a decir—. Ahora hemos de enfrentarnos cara a cara con la amenaza de una guerra y de una catástrofe nuclear que podría tener el posible resultado de la destrucción de la raza humana. Debemos retirarnos para salvar al mundo.

Dimka pensó que sonaba al inicio de un debate en busca de una solución negociada.

Sin embargo, Jrushchov no tardó en dar paso a la cuestión militar. ¿Qué haría la Unión Soviética si los estadounidenses atacaban Cuba ese día, como los propios cubanos estaban convencidos de que ocurriría? El general Plíyev debía recibir órdenes de defender a las fuerzas soviéticas en Cuba, pero también debía pedir permiso antes de utilizar armas nucleares.

Mientras el Presídium discutía aquella posibilidad, Vera Pletner, la secretaria de Dimka, le pidió que saliera de la sala. Tenía una llamada.

Natalia lo siguió fuera.

El Ministerio de Exteriores tenía noticias que debían comunicarse a Jrushchov de inmediato. Sí, en mitad de la reunión. Acababan de recibir un cable del embajador soviético en Washington diciendo que Bobby Kennedy le había asegurado que los misiles de Turquía serían retirados en cuestión de cuatro o cinco meses, aunque debía guardarse en absoluto secreto.

—¡Es una buena noticia! —exclamó Dimka, encantado—. Se lo diré enseguida.

—Una cosa más —añadió el funcionario del Ministerio de Exteriores—. Bobby hizo hincapié en la urgencia de la respuesta. Por lo visto, el presidente americano está sometido a una gran presión por parte del Pentágono para atacar Cuba.

—Como habíamos imaginado.

—Bobby insistió en que apenas queda tiempo. Deben tener una respuesta hoy.

—Se lo diré.

Colgó. Natalia estaba a su lado, con cara expectante. Tenía olfato para las noticias.

—Bobby Kennedy ha ofrecido retirar los misiles de Turquía —informó Dimka.

Natalia sonrió, complacida.

—¡Se acabó! —exclamó—. ¡Hemos ganado!

Y lo besó en la boca.

Dimka regresó a la sala de reuniones, apenas capaz de ocultar su excitación. Malinovski, el ministro de Defensa, estaba hablando en esos momentos. Dimka se acercó a Jrushchov.

—Un cable de Dobrinin —le comunicó al oído—. Ha recibido una nueva oferta de Bobby Kennedy.

—Explícaselo a todos —dijo Jrushchov, interrumpiendo a Malinovski.

Dimka repitió lo que le habían dicho.

Rara era la vez que los miembros del Presídium sonreían, pero Dimka vio amplias sonrisas por toda la mesa. ¡Kennedy les daba todo lo que habían pedido! Se trataba de un triunfo para la Unión Soviética en general y para Jrushchov en particular.

—Tenemos que aceptar lo antes posible —dijo el primer secretario—. Que venga un taquígrafo. Le dictaré la carta de aceptación de inmediato y se retransmitirá a través de Radio Moscú.

—¿Cuándo debo ordenar a Plíyev que empiece a desmantelar las lanzaderas de misiles? —preguntó Malinovski.

Jrushchov lo miró como si el ministro fuera idiota.

—Ya —contestó.

Acabado el pleno del Presídium, Dimka por fin pudo quedarse a solas con Natalia, que estaba sentada en una antesala, repasando las notas que había tomado de la reunión.

—Tengo que contarte algo —dijo Dimka.

A pesar de que no había nada por lo que estar nervioso, notaba cierto malestar en el estómago, y no sabía por qué.

—Adelante.

Natalia volvió una página de la libreta y Dimka vaciló. Tenía la sensación de que ella no le prestaba atención. Natalia dejó la libreta y sonrió.

O entonces o nunca.

—Nina y yo vamos a casarnos —soltó Dimka.

Natalia palideció, boquiabierta.

Él sintió la necesidad de añadir algo más.

—Se lo dijimos ayer a mi familia —prosiguió—. En la fiesta de cumpleaños de mi abuelo. —«Deja de farfullar, cállate», pensó—. Cumplió setenta y cuatro años.

Cuando Natalia habló, sus palabras lo dejaron completamente perplejo.

—¿Y yo qué?

Dimka no comprendió a qué se refería.

—¿Tú?

—Pasamos una noche juntos —dijo Natalia con un hilo de voz.

—Nunca lo olvidaré. —Dimka se sentía desconcertado—. Pero después de aquello lo único que me dijiste fue que estabas casada.

—Tenía miedo.

—¿De qué?

El rostro de Natalia delataba auténtica angustia. Sus labios formaban una mueca, como si sufriera por algo.

—¡No te cases, por favor!

—¿Por qué no?

—Porque no quiero que lo hagas.

Dimka estaba estupefacto.

—¿Por qué no me lo dijiste?

—No sabía qué hacer.

—Pero ahora es demasiado tarde.

—¿Por qué? —Lo miró con ojos suplicantes—. Podrías romper el compromiso… si quisieras.

—Nina está embarazada.

Natalia ahogó un grito.

—Tendrías que haberme dicho algo… antes… —insistió Dimka.

—¿Y si lo hubiera hecho?

Dimka negó con la cabeza.

—Ahora ya no vale la pena hablar de ello.

—No, ya lo veo.

—Bueno, por lo menos hemos evitado una guerra nuclear —dijo Dimka.

—Sí, estamos vivos —contestó ella—. Algo es algo.

20

El aroma del café despertó a Maria, que abrió los ojos. El presidente Kennedy estaba en la cama, a su lado, recostado sobre varias almohadas, bebiendo café y leyendo la edición dominical de *The New York Times*. Llevaba una camisa de dormir de color azul claro, igual que ella.

—¡Vaya! —exclamó Maria.

Él sonrió.

—Pareces sorprendida.

—Lo estoy —contestó—. De estar viva. Creía que no pasaríamos de esta noche.

—Habrá que esperar a la siguiente.

Maria se había ido a dormir casi deseando que ocurriera. Temía que llegara el final de su aventura con el presidente, pues sabía que aquella relación no tenía futuro. Para él, abandonar a su mujer significaría poner fin a su carrera política, y hacerlo por una mujer negra, además, era algo impensable. En cualquier caso, él ni siquiera se planteaba dejar a Jackie. La quería, y quería a sus hijos. Estaba felizmente casado. Maria era su amante y, cuando se cansara de ella, la olvidaría sin más. A veces Maria pensaba que prefería morir antes de que aquello ocurriera, sobre todo si la muerte la visitaba estando a su lado, en la cama, en un destello cegador de destrucción nuclear que habría acabado con todo incluso antes de que se dieran cuenta de lo que sucedía.

No se lo dijo; su función era la de hacerlo feliz, no la de entristecerlo. Ella también se incorporó, lo besó en la sien, echó un vistazo al periódico por encima del hombro de Kennedy, le quitó la taza y bebió un poco de su café. A pesar de todo, agradecía seguir viva.

Él no le había mencionado el aborto, parecía como si lo hubiera olvidado, y ella tampoco lo había sacado a colación delante de él. Había llamado a Dave Powers, le había comunicado que estaba embarazada, y Dave le había dado un número de teléfono y le había dicho que él se ocuparía de los honorarios del médico. La única vez que el presidente había hablado acerca de aquello había sido cuando la había llamado por teléfono después de la intervención. Tenía otras y mayores preocupaciones en la cabeza.

Maria se planteó sacar el tema, pero enseguida decidió no hacerlo. Igual que Dave, quería ahorrarle desvelos al presidente, no cargarlo con más responsabilidades. Estaba segura de que era la decisión correcta, a pesar de que no podía evitar sentirse triste, incluso dolida, por no poder hablar con él de algo tan importante.

Maria temía que las relaciones sexuales fueran dolorosas después de la intervención. Sin embargo, cuando Dave le había pedido que fuera a la residencia la noche anterior, se había sentido tan tentada de aceptar la invitación que había decidido correr el riesgo, y todo había ido bien. En realidad, de maravilla.

—Será mejor que me ponga en marcha —dijo el presidente—. Tengo que ir a la iglesia.

Estaba a punto de levantarse cuando sonó el teléfono de la mesilla de noche. Levantó el auricular.

—Buenos días, Mac —dijo.

Maria supuso que se trataba de McGeorge Bundy, el asesor de Seguridad Nacional, por lo que se levantó de un salto y entró en el baño.

Kennedy solía recibir llamadas en la cama por las mañanas. Maria imaginaba que la gente que lo llamaba no sabía que tenía compañía, o no le importaba. En esas ocasiones, ella le ahorraba al presidente la posibilidad de ponerlo en un aprieto y desaparecía, por si se trataba de cuestiones de alto secreto.

Echó un vistazo por la puerta justo en el momento en que Kennedy colgaba.

—¡Buenas noticias! Radio Moscú ha anunciado que Jrushchov está desmantelando los misiles cubanos y que los va a enviar de vuelta a la Unión Soviética.

Maria tuvo que contenerse para no gritar de alegría. ¡Se había acabado!

—Me siento como un hombre nuevo —dijo el presidente.

Maria lo rodeó con sus brazos y lo besó.

—Has salvado al mundo, Johnny.

Kennedy pareció reflexionar sobre aquello.

—Sí, creo que sí —convino al cabo de unos instantes.

Tania estaba en el balcón, apoyada en la barandilla de hierro, llenándose los pulmones con el aire húmedo de la mañana habanera, cuando el Buick de Paz aparcó a sus pies y bloqueó por completo el paso de la estrecha calle. Paz bajó del vehículo de un salto, levantó la vista y la vio.

—¡Me has traicionado! —vociferó.

—¿Qué? —Tania se quedó boquiabierta—. ¿De qué hablas?

—Ya lo sabes.

Paz tenía un temperamento apasionado y voluble, pero Tania nunca lo había visto tan enfadado, y se alegró de que no hubiera subido la escalera hasta su apartamento. No obstante, seguía sin lograr entender por qué estaba tan enojado.

—No le he contado ningún secreto a nadie y no me he acostado con ningún otro hombre, así que estoy segura de que no te he traicionado —contestó.

—Entonces, ¿por qué están desmantelando las lanzaderas de misiles?

—¿Las están desmantelando? —Si era cierto, la crisis había terminado—. ¿Estás seguro?

—No finjas que no lo sabes.

—No finjo nada, pero si lo que dices es verdad, estamos salvados. —Vio con el rabillo del ojo que varios de sus vecinos abrían puertas y ventanas con una curiosidad nada disimulada para seguir la pelea, pero hizo caso omiso—. ¿Por qué estás enfadado?

—Porque Jrushchov ha cerrado un trato con los yanquis ¡y ni siquiera lo ha comentado con Castro!

Se oyó un murmullo de desaprobación entre los vecinos.

—Pues claro que no lo sabía —dijo Tania, molesta—. ¿O crees que Jrushchov habla conmigo de esas cosas?

—Él te envió aquí.

—No personalmente.

—Habla con tu hermano.

—¿De verdad crees que soy una especie de emisaria especial de Jrushchov?

—¿Por qué crees que te he acompañado a todas partes durante meses?

—Pensé que te gustaba —contestó Tania bajando un poco la voz.

Las mujeres que los escuchaban se compadecieron de ella entre susurros.

—¡Ya no eres bienvenida en esta tierra! —le gritó Paz—. Haz la maleta, tienes que abandonar Cuba de inmediato. ¡Hoy!

Dicho aquello, Paz subió a su vehículo de un salto y se alejó produciendo un gran estruendo.

—Ha sido un placer conocerte —dijo Tania.

Dimka y Nina lo celebraron esa noche yendo a un bar que había cerca del apartamento de ella.

Dimka había decidido dejar de darle vueltas a la desconcertante conversación que había mantenido con Natalia. Aquello no cambiaba nada, por lo que intentó relegarla al fondo de sus pensamientos. Habían tenido una breve aventura y se había acabado. Él quería a Nina e iba a casarse con ella.

Pidió un par de botellines de suave cerveza rusa y tomó asiento a su lado, en un banco.

—Vamos a casarnos —dijo Dimka con ternura—. Quiero que lleves un vestido espectacular.

—Yo preferiría algo sencillo —repuso Nina.

—Yo también, pero no sé si a todo el mundo le parecerá bien —dijo Dimka frunciendo el ceño—. Soy el primero de mi generación que va a casarse. Mi madre y mis abuelos querrán celebrar una gran fiesta. ¿Y tu familia?

Dimka sabía que el padre de Nina había muerto en la guerra, pero su madre seguía viva, y tenía un hermano un par de años más joven que ella.

—Espero que mi madre se encuentre bien para venir.

La madre de Nina vivía en Perm, a mil quinientos kilómetros al este de Moscú. Sin embargo, algo le dijo a Dimka que Nina en realidad no quería que su madre asistiera a la boda.

—¿Y tu hermano?

—Pedirá un permiso, pero no sé si se lo concederán. —El hermano de Nina servía en el Ejército Rojo—. No tengo ni idea de dónde está destinado. Por lo que sé, incluso podría encontrarse en Cuba.

—Lo averiguaré —aseguró Dimka—. El tío Volodia puede tirar de unos cuantos hilos.

—No es necesario que te tomes tantas molestias.

—Quiero hacerlo. ¡No creo que vuelva a casarme!

—¿Qué quieres decir? —preguntó Nina al instante.

—Nada. —Solo se trataba de una broma y sentía haberla molestado—. Olvida lo que he dicho.

—¿Crees que voy a divorciarme de ti como hice con mi primer marido?

—He dicho justo lo contrario, ¿no? ¿Qué te pasa? —Dimka intentó esbozar una sonrisa—. Tendríamos que estar felices. Vamos a casarnos, vamos a tener un hijo y Jrushchov ha salvado al mundo.

—No lo entiendes. No soy virgen.

—Eso ya me lo imaginaba.

—¿Quieres hablar en serio?

—De acuerdo.

—Una boda es algo que normalmente hacen dos personas jóvenes para prometerse amor eterno. Esas cosas no se dicen dos veces. ¿No ves lo mucho que me avergüenza hacer esto por segunda vez después de haberme equivocado la primera?

—¡Ah! Sí, ahora que me lo has explicado, lo comprendo —contestó Dimka.

Mucha gente se divorciaba, pero Nina tenía una visión un poco anticuada, aunque tal vez se debiera a que procedía de una ciudad de provincias.

—Prefieres una celebración acorde con un segundo matrimonio: nada de promesas extravagantes, nada de chistes de recién casados, una reflexión madura de que la vida no siempre sale como uno lo planea.

—Exacto.

—Bien, mi vida, si eso es lo que quieres, me aseguraré de que lo tengas.

—¿De verdad lo harás?

—¿Qué te hace pensar que no querría hacerlo?

—No lo sé —contestó ella—. A veces olvido lo bueno que eres.

Esa mañana, en el último ExCom de la crisis, George oyó a Mac Bundy inventarse un nuevo término para designar las distintas posiciones que defendían los asesores del presidente.

—Todo el mundo sabe quiénes eran los halcones y quiénes las palomas —dijo. Bundy era uno de los halcones—. Hoy ha sido el día de las palomas.

Sin embargo, esa mañana había pocos halcones, todo el mundo se deshacía en halagos ante el presidente Kennedy por cómo había manejado la crisis, incluso algunos que no hacía mucho habían asegurado que estaba volviéndose peligrosamente débil y que lo habían presionado para llevar a Estados Unidos a la guerra.

George reunió el valor para bromear con el presidente.

—Tal vez lo siguiente sería solucionar la guerra sino-india, señor presidente.

—No creo que ellos, ni ningún otro, desee que lo haga.

—Pero hoy es usted un titán.

El presidente Kennedy rió.

—Eso durará una semana como mucho.

—Yo ya casi no sé cómo se vuelve a casa —dijo Bobby, a quien le complacía la perspectiva de ver más a su familia.

Los únicos que no parecían felices eran los generales. La Junta de Jefes de Estado Mayor, reunida en el Pentágono para ultimar el plan de ataque sobre Cuba, estaba furiosa. Sus miembros enviaron al presidente un mensaje urgente en el que afirmaban que la aceptación de Jrushchov era una treta para ganar tiempo. Curtis LeMay afirmó que aquella era la mayor derrota de la historia de Estados Unidos. Nadie le hizo el menor caso.

George había aprendido algo y creyó que tardaría un tiempo en digerirlo. Los conflictos políticos estaban más estrechamente interrelacionados de lo que había imaginado. Él había creído que las cuestiones de Berlín y Cuba no tenían nada que ver entre sí, y menos aún con temas como los derechos civiles y la atención sanitaria. Sin embargo, el presidente Kennedy no había podido volcarse en la resolución de la crisis de los misiles cubanos sin tener en cuenta las repercusiones que eso podría tener en Alemania. Y si no hubiera solucionado lo de Cuba, las inminentes elecciones de mitad de legislatura habrían menoscabado su programa de política interior y le habría resultado imposible aprobar una ley sobre los derechos civiles. Todo estaba vinculado. Aquella revelación tenía unas implicaciones para la carrera de George sobre las que debía reflexionar.

Cuando se disolvió el ExCom, George no se cambió de traje y fue a ver a su madre. Era un soleado día de otoño, y las hojas de los árboles habían adoptado una tonalidad rojiza y dorada. Su madre le preparó la cena, cosa que la mujer adoraba. Le hizo un bistec con puré de patatas. El bistec estaba demasiado hecho, porque todavía no había logrado convencerla de que lo cocinara a la manera francesa, vuelta y vuelta. En cualquier caso, George disfrutó de la comida por el amor con el que estaba preparada.

Después, su madre lavó los platos y él los secó, y una vez terminaron estuvieron listos para asistir al oficio vespertino de la Iglesia Evangélica de Betel.

—Tenemos que dar gracias al Señor por habernos salvado a todos —dijo su madre mientras se miraba en el espejo de la entrada y se colocaba el sombrero.

—Tú dale las gracias al Señor, mamá, yo se las daré al presidente Kennedy —repuso George, de buen humor.

—¿Por qué no se las damos a ambos?

—Me has convencido —dijo George, y salieron.

CUARTA PARTE

Fusil

1963

21

La Orquesta de Baile de Joe Henry tenía una de sus habituales actuaciones de los sábados en el restaurante del hotel Europa, en el Berlín oriental, en las que interpretaban clásicos del jazz y canciones de obras musicales para la élite de la Alemania del Este y sus esposas. Joe, que respondía al verdadero nombre de Josef Heinried, no era un gran batería en opinión de Walli, pero lograba seguir el ritmo incluso bebido, y además era del sindicato de músicos, así que no podían despedirlo.

Joe se presentó en la entrada de servicio del hotel a las seis de la tarde en una vieja camioneta Framo V901 de color negro cuya parte trasera contenía su querida batería, bien atada y protegida con almohadones. Mientras Joe aguardaba tomando una cerveza sentado a la barra, Walli tenía que encargarse de trasladar la batería de la camioneta al escenario, sacar los instrumentos de los estuches de cuero y montarlos según las preferencias de Joe. El conjunto constaba de un bombo con su pedal, dos timbales, una caja, un *charles*, un plato y un cencerro. Walli transportaba la batería con tanta delicadeza como si fueran huevos; era una Slingerland que Joe había ganado a un soldado estadounidense en una partida de cartas durante los años cuarenta, y jamás tendría otra como esa.

Walli recibía una remuneración ínfima, pero a cambio Karolin y él podían actuar durante el intermedio de veinte minutos con el nombre artístico de Bobbsey Twins y, lo más importante, les habían concedido sendas acreditaciones del sindicato de músicos, aunque con diecisiete años él era demasiado joven para formar parte del organismo.

Maud, la abuela inglesa de Walli, había reído con gusto cuando su nieto le dijo el nombre que le habían puesto a su dúo.

—¿Y quiénes sois, Flossie y Freddie o Bert y Nan? —había preguntado la mujer—. Cómo me haces reír, Walli.

Los Bobbsey Twins no se parecían en nada a los Everly Brothers. Su nombre hacía referencia a una antigua colección de novelas infantiles protagonizadas por la familia Bobbsey, perfecta a más no poder, y por sus dos parejas de gemelos de mejillas sonrosadas. Walli y Karolin habían decidido conservarlo de todos modos.

Joe era idiota, pero aun así Walli estaba aprendiendo mucho de él. Joe se aseguraba de que la orquesta tocara a un volumen suficiente para no pasar desapercibida, aunque no tanto para que los clientes se quejaran de que no podían conversar. Asignaba a cada músico el papel de solista en una pieza, de modo que todos quedaban contentos. Siempre comenzaba las actuaciones con una canción conocida, y le gustaba acabar cuando la pista de baile aún estaba de bote en bote para que el público se quedara con ganas de más.

Walli no sabía lo que le depararía el futuro, pero sí cuáles eran sus deseos. Sería músico profesional, líder de una banda, famoso y popular; y tocaría rock and roll. Quizá los comunistas moderaran su actitud con respecto a la cultura estadounidense y permitieran la formación de grupos de música pop. Quizá el comunismo acabara por caer. O, mejor aún, tal vez él encontrara la manera de huir a Estados Unidos.

Sin embargo, aún faltaba mucho para eso. De momento se contentaba con que los Bobbsey Twins adquirieran la popularidad suficiente para que Karolin y él pudieran ejercer de músicos sin tener que compaginarlo con otra actividad profesional.

Los miembros de la orquesta de Joe habían ido entrando en el local mientras Walli disponía la batería en el escenario, y a las siete en punto empezaron a tocar.

Los comunistas albergaban sentimientos encontrados con respecto al jazz. Por una parte, recelaban de todo lo que procedía de Estados Unidos; pero los nazis habían prohibido el jazz, lo cual le daba una connotación antifascista. Al final habían optado por permitirlo puesto que a mucha gente le gustaba. La orquesta de Joe no contaba con ningún vocalista, así que no tenían ningún problema con las canciones cuyas letras defendían los valores burgueses, como *Top Hat, White Tie and Tails* o *Puttin' on the Ritz*.

Karolin llegó al cabo de un momento, y su presencia iluminó el sórdido ambiente de entre bastidores con un resplandor suave como la luz de las velas que tiñó las paredes de un tono rosáceo y desterró a las sombras los sucios rincones del local.

Por primera vez había algo en la vida de Walli que le importaba tanto como la música. Había tenido otras novias; de hecho, no le hacían falta grandes esfuerzos para encontrarlas, y casi siempre estaban dispuestas a tener relaciones con él, así que para Walli el sexo no era el sueño inalcanzable de la mayoría de sus compañeros de estudios. Con todo, jamás había experimentado nada parecido a la pasión y el amor irrefrenables que sentía por Karolin.

—Pensamos igual. A veces incluso decimos las cosas al mismo tiempo —le había explicado a la abuela Maud.

—Claro. Porque sois almas gemelas —había dicho ella.

Walli y Karolin podían hablar de sexo con la misma facilidad con que hablaban de música, y se contaban lo que les gustaba y lo que no; aunque en realidad a Karolin había pocas cosas que no le gustaran.

La orquesta tenía que tocar durante una hora más, así que Walli y Karolin se dirigieron a la parte trasera de la camioneta de Joe para acostarse juntos. El espacio se transformó en un dormitorio íntimo, apenas alumbrado por el brillo amarillento de las farolas. Los almohadones eran un diván de terciopelo y Karolin, una lánguida odalisca que abría sus prendas para ofrecer su cuerpo a los besos de Walli.

Habían probado el sexo con preservativo, pero a ninguno de los dos les gustaba. A veces tenían relaciones sin usar protección y Walli se retiraba en el último momento, pero Karolin decía que no era un método del todo seguro. Esa noche se dieron placer con las manos. Cuando Walli hubo eyaculado en el pañuelo de Karolin, ella le mostró de qué modo complacerla, guiando sus dedos hasta que alcanzó el orgasmo con una ligera exclamación que parecía más de sorpresa que otra cosa.

—El sexo con la persona a la que amas es casi lo mejor del mundo —le había dicho Maud a Walli.

A veces las abuelas explicaban más cosas que las madres.

—Si eso es casi lo mejor, ¿qué va antes? —preguntó él.

—Ver felices a tus hijos.

—Creía que ibas a decir «tocar ragtime» —repuso Walli, y la mujer se echó a reír.

Como siempre, Walli y Karolin pasaron del sexo a la música sin pausa alguna, como si fueran una misma cosa. Walli le enseñó a Karolin una nueva canción. En su dormitorio disponía de una radio y escuchaba emisoras estadounidenses que retransmitían desde el Berlín occidental, así que conocía todas las piezas populares. La que estaba interpretando llevaba por título *If I Had a Hammer*, y era un éxito de un trío estadounidense llamado Peter, Paul and Mary. Tenía un ritmo pegadizo y Walli estaba seguro de que al público le encantaría.

Karolin tenía sus dudas acerca de la letra, que hacía referencia a la justicia y la libertad.

—¡Pues en Estados Unidos consideran comunista a Pete Seeger por haberla escrito! Me parece que saca de quicio a todos los extremistas.

—¿Y eso de qué nos sirve a nosotros? —preguntó Karolin con su obstinado sentido práctico.

—Aquí nadie entenderá la letra. Está en inglés.

—Bueno —accedió ella, poco convencida—. De todos modos, tengo que dejar de cantar —añadió.

Walli se quedó estupefacto.

—¿Qué quieres decir?

Ella adoptó un aire sombrío. Se había reservado la mala noticia para no estropear el momento del sexo, dedujo Walli. Karolin tenía un autocontrol impresionante.

—A mi padre lo ha interrogado la Stasi —confesó.

El padre de Karolin trabajaba como supervisor en una terminal de autobuses. No parecía interesado en política y resultaba poco probable que la policía secreta lo considerara sospechoso.

—¿Por qué? —quiso saber Walli—. ¿Cuál ha sido el motivo del interrogatorio?

—Tú —respondió ella.

—Mierda.

—Le han dicho que eres ideológicamente sospechoso.

—¿Cómo se llama el que lo ha interrogado? ¿Ha sido Hans Hoffmann?

—No lo sé.

—Seguro que sí.

Si no lo había hecho Hans en persona, no cabía duda de que era él quien estaba detrás, pensó Walli.

—Lo han amenazado con quitarle el trabajo si sigo apareciendo en público contigo.

—¿Siempre haces lo que te dicen tus padres? Tienes diecinueve años.

—Claro, pero aún vivo con ellos. —Karolin había dejado los estudios pero asistía a un curso para ser contable—. Da igual, no puedo consentir que despidan a mi padre por mi culpa.

Walli estaba destrozado. Eso echaba por tierra su sueño.

—Es que... ¡somos muy buenos! ¡A la gente le encanta lo que hacemos!

—Ya lo sé. Lo siento mucho.

—¿Cómo es que la Stasi sabe que cantas?

—¿Te acuerdas del hombre de la gorra que anduvo siguiéndonos la noche que nos conocimos? De vez en cuando lo veo.

—¿Crees que me sigue siempre?

—No siempre —dijo ella bajando la voz. La gente hablaba en voz baja de forma sistemática cuando mencionaba a la Stasi, aunque no hubiera nadie cerca—. Solo aparece de vez en cuando. Pero supongo que en algún momento me ha visto contigo, me ha seguido y ha averiguado mi nombre y mi dirección, y así han dado con mi padre.

Walli se negaba a aceptar lo que estaba sucediendo.

—Nos iremos a Berlín Oeste —resolvió él.

Karolin puso cara de desesperación.

—Ay, ojalá pudiéramos.

—Hay mucha gente que escapa.

Walli y Karolin hablaban de ello a menudo. Los fugitivos pasaban a nado los canales, obtenían documentación falsa, se escondían entre la carga de los camiones de exportación o simplemente cruzaban la frontera a toda velocidad. De vez en cuando las emisoras de la Alemania Occidental retransmitían sus historias, aunque lo más habitual era que se propagaran a través de rumores de todo tipo.

—También hay mucha gente que muere.

Aunque Walli estaba ansioso por marcharse, lo angustiaba la posibilidad de que durante la fuga Karolin resultara herida, o algo peor. Los guardias de la frontera disparaban a matar. Y el Muro no dejaba de transformarse; cada vez imponía más. Al principio había sido solo una valla de alambre de espino, pero en muchos puntos se había convertido en una doble barrera de bloques de hormigón cuya parte central estaba iluminada por focos y custodiada por guardias y perros. Incluso contenía obstáculos anticarro. Nadie había intentado cruzar nunca el Muro en tanque, aunque los propios guardias de la frontera sí se daban a la fuga con frecuencia.

—Mi hermana logró escapar —dijo Walli.

—Pero a su marido lo dejaron lisiado.

Rebecca y Bernd se habían casado y vivían en Hamburgo. Los dos eran maestros, aunque Bernd iba en silla de ruedas puesto que no se había recuperado por completo de la caída. Las cartas que enviaban a Carla y Werner siempre sufrían cierto retraso por la censura, pero al final llegaban.

—Sea como sea, no quiero vivir aquí —afirmó Walli con descaro—. Yo me pasaría la vida interpretando las canciones que aprueba el Partido Comunista y tú trabajarías de contable para que tu padre pudiera conservar el empleo en la terminal de autobuses. Para eso, prefiero estar muerto.

—El comunismo no puede durar eternamente.

—¿Por qué no? Llevan en el poder desde 1917. Además, ¿qué sucederá si tenemos hijos?

—¿A qué viene eso ahora? —soltó ella con brusquedad.

—Si nos quedamos aquí, no solo nos estamos condenando a nosotros mismos a vivir en una cárcel. También nuestros hijos lo sufrirán.

—¿Tú quieres tener hijos?

Walli no había previsto sacar ese tema. No sabía si quería tener hijos; antes debía ocuparse de su propia vida.

—Bueno, en esta Alemania seguro que no —respondió.

No lo había pensado antes, pero tras haberlo verbalizado se sentía seguro de ello.

Karolin se puso seria.

—Entonces, tal vez sí que debamos escapar —concluyó—. Pero ¿cómo?

Walli le había dado vueltas a muchas opciones y tenía preferencia por una.

—¿Has visto el puesto de control que hay cerca de mi escuela?

—Nunca me he fijado, la verdad.

—Es para los vehículos que transportan alimentos a la parte oeste: carne, verdura, queso y demás.

Al gobierno de la Alemania Oriental no le gustaba la idea de estar sustentando al Berlín occidental, pero necesitaba dinero, según decía el padre de Walli.

—¿Y...?

Walli había empezado a idear un plan.

—La barrera consiste en un único tablón de madera de unos quince centímetros de grosor. El conductor enseña la documentación y el guardia levanta la barrera para dejar pasar el vehículo. Luego inspeccionan la carga en el recinto fronterizo, y a la salida hay una barrera parecida.

—Sí, lo recuerdo.

—Se me ocurre que si un transportista tuviera problemas con los guardias —siguió explicando Walli con más seguridad de la que sentía—, podría lanzarse contra las barreras y, seguramente, conseguiría atravesar las dos.

—¡Walli! ¡Eso es muy peligroso!

—No hay ninguna forma segura de escapar.

—Tú no tienes camión.

—Robaremos esta camioneta.

Tras las actuaciones, Joe siempre se quedaba un rato en el bar mientras Walli recogía la batería y la cargaba en el vehículo. Cuando terminaba, Joe solía estar algo bebido y Walli lo acompañaba a casa. No tenía carnet, pero eso Joe no lo sabía y nunca estaba lo bastante sobrio para reparar en lo mal que conducía. Después de ayudarlo a entrar en su piso, Walli tenía que guardar la batería en la entrada y aparcar la camioneta en el garaje.

—Podría llevármela esta noche, después de la actuación —le propuso a Karolin—. Nos marcharíamos a primera hora de la mañana, en cuanto abran el puesto de control.

—Si se hace tarde y no he llegado a casa, mi padre saldrá a buscarme.

—Vete a casa, duerme y levántate temprano. Te esperaré en la puerta de la escuela. Joe no pondrá un pie en la calle antes del mediodía, así que para cuando se dé cuenta de que la camioneta ha desaparecido nosotros estaremos paseando por el Tiergarten.

Karolin lo besó.

—Tengo miedo, pero te quiero.

Walli oyó que la orquesta interpretaba *Avalon*, la última pieza de la primera parte, y reparó en que llevaban mucho rato hablando.

—Nos toca actuar dentro de cinco minutos —dijo—. Vamos.

La orquesta abandonó el escenario, y la pista de baile quedó desierta. Walli tardó menos de un minuto en instalar los micrófonos y el pequeño amplificador de la guitarra. El público siguió concentrado en sus copas y sus conversaciones hasta que los Bobbsey Twins salieron a escena. Algunos de los espectadores ni siquiera repararon en ellos, mientras que otros los contemplaron con interés; Walli y Karolin formaban muy buena pareja, y eso siempre era un buen comienzo.

Como de costumbre, empezaron con *Noch Einen Tanz*, que captaba la atención del público y provocaba risas. Interpretaron algunas canciones folk, dos piezas de los Everly Brothers y *Hey, Paula*, un éxito de un dúo estadounidense muy parecido a ellos dos que se hacía llamar Paul and Paula. Walli tenía un timbre muy alto y añadía acordes a la voz de Karolin. Se había acostumbrado a puntear la guitarra de modo que el estilo resultaba rítmico a la vez que melódico.

Terminaron con *If I Had a Hammer*. En general, el público se mostró encantado y se dedicó a seguir el compás con palmadas, aunque hubo alguna que otra mala cara ante ciertas palabras del estribillo como «justicia» y «libertad».

Estalló un fuerte aplauso. A Walli le daba vueltas la cabeza a causa de la euforia que le provocaba saber que había cautivado al auditorio. Era una sensación más embriagadora que el alcohol. Se sentía flotar.

Ya entre bastidores, Joe se acercó a ellos.

—Si volvéis a cantar esa canción, estáis despedidos —dijo.

A Walli le sentó como una patada, y toda su euforia se desvaneció al instante.

Se volvió hacia Karolin, furioso.

—Es la gota que colma el vaso. Yo me marcho hoy mismo.

Regresaron a la camioneta. Muchas veces volvían a hacer el amor, pero esa noche los dos estaban demasiado tensos. Walli echaba chispas.

—¿A qué hora podrías encontrarte conmigo por la mañana? —le preguntó a Karolin.

Ella lo pensó un momento.

—Me iré a casa y les diré a mis padres que quiero acostarme ya porque tengo que levantarme temprano... para ensayar el número del desfile del día del Trabajo que estamos preparando en la escuela.

—Estupendo.

—Podría reunirme contigo a las siete sin levantar sospechas.

—Perfecto. Un domingo a esa hora no habrá mucha caravana en el puesto de control.

—Entonces, vuelve a besarme.

Se dieron un beso largo y apasionado. Walli empezó a acariciarle los pechos, pero enseguida se apartó.

—La próxima vez que hagamos el amor seremos libres.

Bajaron de la camioneta.

—Te espero a las siete en punto —insistió él.

Karolin se despidió con la mano y desapareció en la oscuridad.

Walli pasó el resto de la noche invadido por una mezcla de esperanza y furia. Tenía la constante tentación de darle a entender a Joe el desprecio que sentía por él, pero al mismo tiempo temía que algo le impidiera robar la camioneta. Sin embargo, si dio alguna muestra de su aversión, Joe no lo notó, y a la una de la madrugada Walli había conseguido aparcar el vehículo en la calle de la escuela. Quedaba fuera de la vista del puesto de control, a dos esquinas, lo cual era una suerte; no quería que los guardias lo vieran y empezaran a sospechar.

Se tumbó sobre los almohadones de la parte trasera de la camioneta y cerró los ojos, pero hacía demasiado frío para dormir, así que pasó casi toda la noche pensando en su familia. Su padre llevaba más de un año con un humor de perros. Ya no poseía la fábrica de televisores en el Berlín occidental; se la había cedido a Rebecca para que el gobierno de la Alemania Oriental no hallara manera de arrebatársela a la familia. Aun así, seguía tratando de dirigirla a distancia y había contratado a un contable danés para que le hiciera de enlace. Al ser extranjero, Enok Andersen estaba autorizado a cruzar la frontera que separaba el Berlín Oeste del Berlín Este una vez a la semana para reunirse con el padre de

Walli. Por desgracia, esa no era forma de llevar ningún negocio, y el hombre se estaba volviendo loco.

Walli creía que tampoco su madre era feliz. En general vivía volcada en su trabajo de jefa de enfermeras de un gran hospital. Detestaba a los comunistas tanto como a los nazis, pero no había nada que pudiera hacer al respecto.

La abuela Maud se mostraba tan estoica como siempre. Solía decir que rusos y alemanes habían estado enfrentados desde que ella tenía uso de razón, y que su gran esperanza era vivir lo suficiente para ver quién ganaba a quién. Además, creía que tocar la guitarra era un gran logro, a diferencia de los padres de Walli, que lo consideraban una pérdida de tiempo.

A quien más echaría de menos era a Lili. Su hermana pequeña había cumplido catorce años y le caía mucho mejor que la niña pesada a quien recordaba de la infancia.

Walli intentó no pensar mucho en los peligros que lo aguardaban, no quería perder el valor. De madrugada, cuando sintió que su denuedo flaqueaba, recordó las palabras de Joe: «Si volvéis a cantar esa canción, estáis despedidos». Eso avivó su furia. En el Berlín oriental se pasaría la vida teniendo que obedecer a zopencos como Joe, que le dirían qué podía tocar y qué no, y eso no era vida ni era nada; era un infierno. No cabía otra opción: tenía que marcharse, fueran cuales fuesen las consecuencias. La alternativa resultaba inconcebible.

Ese pensamiento le infundió valor.

A las seis en punto bajó de la camioneta y se fue a buscar una bebida caliente y algo de comer. Sin embargo, no encontró ningún establecimiento abierto, ni siquiera en la estación de tren, así que regresó al vehículo con más hambre que nunca. Por lo menos el paseo lo había reconfortado.

La luz del día le sirvió para entrar en calor. Se trasladó al asiento del conductor para ver llegar a Karolin. No le sería difícil encontrarlo; conocía la camioneta, y de todos modos no había ninguna otra aparcada cerca de la escuela.

Walli repasó mentalmente una y otra vez lo que estaba a punto de hacer. Pillaría por sorpresa a los guardias. Transcurrirían varios segundos antes de que estos se dieran cuenta de lo que estaba sucediendo y, luego, lo más probable era que se liaran a tiros.

Con suerte, cuando los guardias reaccionaran y se pusieran a perseguirlos, se encontrarían disparando a la parte trasera de la camioneta. ¿Hasta qué punto era eso peligroso? En realidad no tenía la más remota idea. Nunca lo habían tiroteado. Tampoco había visto a nadie utilizar un arma de fuego en ninguna circunstancia. No sabía si las balas atravesaban la chapa de los coches o no. Recordó una ocasión en que su padre había dicho que disparar a alguien no era tan fácil como parecía en las películas. Eso era todo cuanto Walli sabía del tema.

Lo asaltó un momento de angustia cuando un coche de la policía pasó a su lado. El agente que ocupaba el asiento del acompañante le clavó la mirada. Si le pedían el carnet de conducir estaba acabado. Pensó que era un imbécil por no haber permanecido oculto en la parte trasera de la camioneta. Sin embargo, los policías siguieron su camino sin detenerse.

Hasta ese instante había imaginado que, si algo salía mal, los guardias los matarían tanto a Karolin como a él. No obstante, por primera vez contemplaba la posibilidad de que los disparos solo alcanzaran a uno y el otro sobreviviera. Era una perspectiva aterradora. Siempre se decían «Te quiero» de forma mecánica, pero en realidad Walli sentía algo muy profundo. Estaba descubriendo que amar a alguien consistía en considerar a esa persona tan valiosa que no podías soportar perderla.

Aún se le ocurrió una opción peor: quizá uno de los dos quedara lisiado, como Bernd. ¿Cómo se sentiría él si Karolin acababa paralítica por su culpa? Le entrarían ganas de suicidarse.

Por fin su reloj marcó las siete en punto. Se preguntó si Karolin se habría planteado alguna de esas opciones. Lo más probable era que sí. ¿En qué otra cosa podría haber pensado durante toda la noche? ¿Era posible que se acercara hasta la camioneta, se sentara junto a él y le confesara con un hilo de voz que no estaba dispuesta a arriesgarse? ¿Qué haría él en ese caso? No podía renunciar al plan y pasar el resto de sus días tras el Telón de Acero. Aunque ¿sería capaz de dejarla allí y marcharse solo?

Se disgustó cuando dieron las siete y cuarto y Karolin seguía sin aparecer.

A las siete y media empezó a preocuparse, y a las ocho estaba desesperado.

¿Cuál había sido el problema?

¿Habría descubierto su padre que no tenía ningún ensayo previsto para el desfile del día del Trabajo? ¿Por qué iba a molestarse en comprobar una cosa así?

¿Habría caído enferma Karolin? Por la noche no se encontraba mal.

¿Habría cambiado de opinión?

Tal vez.

Nunca había mostrado tanta seguridad como él en cuanto a la necesidad de huir. Había expresado sus dudas y preveía dificultades. La noche anterior, cuando habían comentado la idea, Walli tuvo la impresión de que en general era reacia hasta que él le habló de tener hijos en la Alemania del Este. Fue entonces cuando se convenció del punto de vista de Walli. No obstante, al parecer había cambiado de opinión.

Decidió darle tiempo hasta las nueve.

Y luego ¿qué? ¿Se marcharía solo?

Ya no sentía hambre. Estaba tan nervioso que no habría podido probar bocado. Lo que sí tenía era sed. Casi habría regalado la guitarra a cambio de un café caliente con crema de leche.

A las nueve menos cuarto Walli vio a una chica delgada con el pelo largo y rubio andando en dirección a la camioneta, y se le aceleró el pulso. Sin embargo, cuando la chica se fue acercando reparó en que tenía las cejas oscuras, la boca pequeña y dientes de conejo. No era Karolin.

A las nueve seguía sin aparecer.

¿Qué hacer, irse o quedarse?

«Si volvéis a cantar esa canción, estáis despedidos.»

Walli puso en marcha el motor.

Avanzó despacio y torció la primera esquina.

Tendría que coger velocidad para lograr atravesar la barrera. Por otra parte, si se aproximaba demasiado rápido pondría sobre aviso a los guardias. Tenía que iniciar la marcha a velocidad normal, disminuirla un poco para engañarlos y luego pisar a fondo el acelerador.

Por desgracia, en ese vehículo pisar el acelerador no producía un efecto inmediato. La Framo tenía un motor de 900 centímetros cúbicos, tres cilindros y dos tiempos. A Walli se le ocurrió que habría sido mejor dejar la batería en la zona de carga de la furgoneta para que el peso le permitiera embestir la barrera con más ímpetu.

Torció otra esquina y se vio frente al puesto de control. A unos trescientos metros la calle quedaba cortada por una barrera que se elevaba para dar acceso al espacio donde se encontraba la caseta de los guardias. Unos cincuenta metros más allá, otra barrera bloqueaba la salida. Tras ella se extendían treinta metros de calzada desierta que acababan por convertirse en una calle normal del Berlín occidental.

«Berlín Oeste —pensó Walli—. El primer paso hacia la Alemania Occidental. Y luego, América.»

Junto a la barrera más cercana aguardaba un camión. Walli se apresuró a detener la camioneta. Si tenía que hacer cola no podría acelerar hasta la velocidad necesaria.

El camión cruzó la barrera y otro coche se detuvo en ella. Walli esperó. No obstante, vio que un guardia miraba en dirección a él y se dio cuenta de que habían reparado en su presencia. En un intento por disimular, se apeó del vehículo, lo rodeó por detrás y abrió el portón trasero. Eso le permitía observar a través del parabrisas de delante. En cuanto el segundo vehículo hubo cruzado el espacio que separaba ambas barreras, Walli volvió a ocupar el asiento del conductor.

Puso primera y vaciló. Aún no era demasiado tarde para dar media vuelta. Podía volver a aparcar el vehículo en el garaje de Joe y regresar a casa, con lo cual su único problema sería explicarles a sus padres por qué había pasado fuera toda la noche.

Era cuestión de vida o muerte.

Si esperaba más, podía aparecer otro camión y cortarle el paso; o tal vez un guardia podía acercarse y preguntarle qué narices hacía allí, merodeando cerca de un puesto de control. Y habría perdido su oportunidad.

«Si volvéis a cantar esa canción…»

Soltó el embrague y avanzó.

Alcanzó los cincuenta kilómetros por hora y luego aminoró un poco la velocidad. El guardia que estaba apostado junto a la barrera lo observaba, pero al ver que pisaba el freno miró hacia otro lado.

Entonces Walli apretó a fondo el acelerador.

El guardia reparó en el cambio de sonido del motor y se volvió para mirar de nuevo con gesto de desconcierto. Mientras la camioneta adquiría velocidad, el guardia agitó los brazos ante Walli para que redujera, pero él no hizo caso y pisó el pedal más aún. La Framo avanzaba con pesadez, como un elefante. Walli observó el cambio de expresión del guardia a cámara lenta: de la extrañeza a la reprobación, y luego a la alarma. Al hombre lo invadió el pánico. Aunque no se encontraba en la trayectoria de la camioneta, retrocedió dos pasos y pegó todo el cuerpo a la pared.

Walli soltó un alarido que era mitad grito de guerra, mitad de profundo terror.

La camioneta se estrelló contra la barrera con un ruido de choque metálico. La colisión lanzó a Walli contra el volante, y se dio un doloroso golpe en las costillas. Eso no lo había previsto. De pronto sintió que le costaba respirar. Sin embargo, la madera se había quebrado con un estallido similar al de un disparo y la camioneta avanzaba tan solo un poco más lenta a causa del impacto.

Walli redujo a primera y aceleró. Los dos vehículos anteriores se habían hecho a un lado para pasar la inspección y habían dejado vía libre hasta la salida. Los tres guardias y los dos conductores que había allí se volvieron para ver de dónde procedía el ruido. La Framo seguía acelerando.

A Walli lo invadió una oleada de confianza. ¡Iba a conseguirlo! Entonces un guardia con más aplomo del habitual se arrodilló y lo apuntó con el subfusil.

Estaba situado a un lado del camino hacia la salida, y Walli reparó al instante en que pasaría junto a él sin apenas distancia de por medio. Seguro que le dispararía a quemarropa y lo mataría.

Sin pensarlo, dio un volantazo y fue directo hacia el guardia.

El hombre disparó una ráfaga y el parabrisas se hizo añicos, pero, para su propia sorpresa, Walli no resultó herido. Casi estaba encima del guardia cuando de repente lo asaltó el horror de atropellar a un ser humano con un vehículo, así que volvió a girar el volante para esquivarlo. Aun así, ya era demasiado tarde y la cabina de la camioneta golpeó al hombre y lo derribó.

—¡No! —gritó Walli.

El vehículo dio una sacudida cuando la rueda delantera del lado del conductor arrolló al hombre.

—¡Dios mío! —exclamó el chico con un gemido.

No se había propuesto hacer daño a nadie.

La camioneta aminoró la marcha mientras Walli cedía a la desesperación. Le entraron ganas de apearse de un salto para comprobar si el guardia estaba vivo y, de ser así, ayudarle. El subfusil volvió a abrir fuego, y entonces Walli se dio cuenta de que si podían, lo matarían. Tras él, oía las balas rebotar contra la chapa de la camioneta.

Volvió a pisar a fondo el pedal y dio otro golpe de volante, tratando de recuperar la trayectoria inicial. Había perdido velocidad, pero aun así consiguió dirigirse hacia la barrera de salida. Aunque no sabía si iba lo bastante deprisa para atravesarla, resistió el impulso de cambiar de marcha y dejó que el motor chirriara en primera.

De pronto notó una punzada, como si alguien le hubiera clavado un cuchillo en la pierna, y soltó un grito provocado por la impresión y el dolor. Levantó el pie del pedal y la camioneta perdió velocidad al instante, así que tuvo que hacer un esfuerzo para volver a pisarlo a pesar de lo mucho que le dolía la herida. Chilló de nuevo. Notaba que la sangre fresca le resbalaba por la pantorrilla y se le metía en el zapato.

La camioneta topó contra la segunda barrera. Otra vez Walli se vio lanzado hacia delante, chocó contra el volante y se golpeó las costillas; de nuevo la tabla de madera se partió y cayó, y de nuevo la camioneta prosiguió su marcha.

Cruzó un breve tramo de cemento, y los disparos cesaron. Walli vio una calle donde había tiendas, anuncios de Lucky Strike y Coca-Cola, flamantes coches nuevos y, lo mejor de todo, un pequeño grupo de atónitos soldados vestidos con el uniforme estadounidense. Levantó el pie del acelerador y trató de frenar. De repente, el dolor era descomunal. Notaba la pierna paralizada y era incapaz de apretar el pedal del freno. Desesperado, estrelló la camioneta contra una farola.

Los soldados acudieron corriendo, y uno de ellos abrió la puerta.

—¡Buen trabajo, chico, lo has conseguido! —exclamó.

«Lo he conseguido —pensó Walli—. Estoy vivo y soy libre. Pero sin Karolin.»

—Menuda carrera —dijo el soldado con admiración. No era mucho mayor que Walli.

Cuando se relajó, el dolor empezó a resultarle insoportable.

—Me duele la pierna —consiguió balbucir.

El soldado bajó la mirada.

—¡Caray, cuánta sangre! —Se volvió y se dirigió a alguien situado tras él—: ¡Eh! ¡Avisa a una ambulancia!

Walli perdió el conocimiento.

A Walli le suturaron la herida causada por la bala, y al día siguiente salió del hospital con una contusión en las costillas y la pantorrilla izquierda vendada.

Según los periódicos, el guardia atropellado en la frontera había muerto.

Walli se acercó cojeando a la fábrica de televisores Franck y le relató lo sucedido al contable danés, Enok Andersen, quien se comprometió a comunicarles a Werner y Carla que el chico estaba bien. Enok le entregó unos cuantos marcos alemanes, y Walli consiguió una habitación en la Asociación Cristiana de Jóvenes.

Durmió fatal, porque cada vez que se daba media vuelta en la cama le dolían las costillas.

Un día después recuperó la guitarra de la camioneta. El instrumento había resistido el paso de la frontera sin sufrir daños, a diferencia del propio Walli. El vehículo, en cambio, había quedado hecho chatarra.

Walli solicitó un pasaporte de la Alemania Occidental, que a los fugitivos se les concedía de forma automática.

Era libre. Había escapado al puritanismo asfixiante del régimen comunista de Walter Ulbricht. Ya podía tocar y cantar lo que le diera la gana.

No obstante, tenía el ánimo por los suelos.

Echaba de menos a Karolin, se sentía como si le faltara una mano. No dejaba de pensar en las cosas que le diría o le preguntaría esa noche o al día siguiente, pero de repente recordaba que no podría hablar con ella. Y cada vez que lo asaltaba ese espantoso pensamiento, le suponía un duro golpe. Veía a una chica guapa por la calle y pensaba en lo que Karolin y él harían el sábado siguiente en la camioneta de Joe, hasta que se daba cuenta de que ya no compartirían más noches y lo atenazaba la congoja. Pasaba frente a locales en los que podría tratar de conseguir una actuación y se preguntaba si sería capaz de tocar sin Karolin a su lado.

Habló por teléfono con su hermana Rebecca, que lo animó a que se trasladara a vivir a Hamburgo con su marido y con ella. Walli, sin embargo, le dio las gracias y declinó su invitación. No podría abandonar Berlín mientras Karolin siguiera en la parte oriental.

Acompañado por una profunda nostalgia, al cabo de una semana se dirigió con su guitarra al club de música folk Minnesänger, donde había conocido a Karolin dos años atrás. El letrero de la entrada indicaba que cerraban los lunes, pero la puerta estaba entreabierta, así que entró de todos modos.

Danni Hausmann, el joven propietario del local, estaba sentado a la barra anotando cifras en el libro de contabilidad.

—Me acuerdo de ti —dijo Danni—. De los Bobbsey Twins. Erais muy buenos. ¿Por qué no volvisteis?

—Los *vopos* me destrozaron la guitarra —explicó Walli.

—Veo que ya tienes otra.

Walli asintió.

—Pero he perdido a Karolin.

—Un descuido imperdonable. Era una chica muy guapa.

—Vivíamos en la parte este. Yo he escapado, pero ella sigue allí.

—¿Cómo has escapado?

—Echando abajo la barrera con una camioneta.

—¡¿Fuiste tú?! Lo he leído en los periódicos. ¡Eso es fantástico, chaval! Pero ¿por qué no te has traído a la chica?

—Habíamos quedado y no apareció.

—Qué lástima. ¿Te apetece tomar algo?

Danni cruzó al otro lado de la barra para servir dos jarras de cerveza de barril.

—Gracias. Tengo que volver a por ella, pero me buscan por asesinato.

—Los comunistas han armado un buen jaleo con eso. Dicen que eres un criminal peligroso.

También habían exigido la extradición de Walli. El gobierno de la Alemania Occidental se había negado aduciendo que el guardia había disparado contra un ciudadano alemán que solo deseaba cruzar de una calle a otra de Berlín, y que el responsable de la muerte del hombre era el gobierno no electo de la Alemania del Este, que retenía a la población de forma ilegal.

Racionalmente Walli no creía haber hecho nada malo, pero en su fuero interno no lograba acostumbrarse a la idea de haber matado a un hombre.

—Si cruzo la frontera me detendrán —le dijo a Danni.

—Pues estás jodido, chaval.

—Además, aún no sé por qué no apareció Karolin.

—Y no puedes volver y preguntárselo. A menos que…

Walli aguzó el oído.

—¿A menos que qué?

Danni vaciló.

—Nada.

Walli dejó la cerveza sobre la barra. No pensaba desaprovechar una ocasión así.

—Vamos, dime, ¿qué?

—Supongo que si hay un berlinés en quien puedo confiar es el que ha matado a un guardia de la frontera con el Este —soltó Danni con aire pensativo.

La situación era para volverse loco.

—¿De qué me estás hablando?

Danni no terminaba de decidirse.

—Nada, una cosa que he oído por ahí.

Si solo fuera una cosa que había oído, no se andaría con tanto secretismo, pensó Walli.

—¿El qué?

—Parece que hay una forma de cruzar la frontera sin pasar por ningún puesto de control.

—¿Cómo?

—No puedo explicártelo.

Walli se molestó, tenía la impresión de que Danni estaba jugando con él.

—Entonces, ¿para qué puñetas has empezado?

—Cálmate, ¿de acuerdo? No puedo explicártelo, pero puedo acompañarte para que tú mismo lo veas.

—¿Cuándo?

Danni lo pensó unos instantes antes de responder con otra pregunta.

—¿Estás dispuesto a volver hoy mismo? ¿Ahora?

Walli tenía miedo. Sin embargo, no dudó.

—Sí, pero ¿a qué viene tanta prisa?

—Es para que no puedas decírselo a nadie. No son muy estrictos con el tema de la seguridad, pero tampoco son tontos del todo.

Estaba refiriéndose a un grupo organizado. La cosa prometía. Walli bajó del taburete.

—¿Puedo dejar aquí la guitarra?

—Te la guardaré. —Danni cogió el instrumento y lo metió en un armario junto con varios más y un equipo de amplificación—. Vamos —dijo.

El local se encontraba junto a Ku'damm. Danni lo cerró y se dirigieron a pie hasta la parada de metro más próxima. Entonces reparó en que Walli cojeaba.

—Los periódicos dicen que te dispararon en la pierna.

—Sí, no veas cómo duele.

—Supongo que puedo confiar en ti. Un agente de la Stasi no llegaría a pegarse un tiro para pasar de incógnito.

Walli no sabía si alegrarse o morirse de miedo. ¿De veras podría regresar al Berlín oriental? ¿Ese mismo día? Le parecía demasiado bonito para ser cierto, y al mismo tiempo le aterraba la idea. En la Alemania del Este aún seguía vigente la pena de muerte. Si lo detenían, seguramente lo ejecutarían en la guillotina.

Walli y Danni viajaron en metro hasta la otra punta de la ciudad. Entonces a Walli se le ocurrió pensar que podía tratarse de una trampa. La Stasi debía de tener agentes en el Berlín occidental, y tal vez el dueño del Minnesänger fuera uno de ellos. Aunque, ¿para qué tomarse tantas molestias si lo que quería era detenerlo? Menudo tinglado. Claro que, sabiendo lo vengativo que era Hans Hoffmann, lo consideraba posible.

Observó a Danni con disimulo durante el trayecto en metro. ¿En serio cabía la posibilidad de que fuera un agente de la Stasi? Costaba de creer. Danni tenía unos veinticinco años y llevaba el pelo más bien largo y peinado hacia delante, siguiendo la última moda. Calzaba unas botas con elásticos en los costados y puntera afilada. Regentaba un famoso club de música. Era demasiado moderno para ser policía.

Por otra parte, estaba en el lugar perfecto para espiar a los jóvenes anticomunistas del Berlín occidental. A buen seguro la mayoría se dejaban caer por su local, y debía de conocer a todos los cabecillas de los grupos estudiantiles de esa parte de la ciudad. ¿Le importaría a la Stasi lo que se traían entre manos esos jóvenes?

Pues claro que sí. Estaban obsesionados, como los inquisidores durante la caza de brujas en la Edad Media.

Aun así, Walli no podía dejar pasar esa oportunidad si le permitía hablar con Karolin, aunque solo fuera una vez más.

Se prometió a sí mismo que se mantendría alerta.

El sol se estaba poniendo cuando salieron del metro en el barrio de Wedding. Se dirigieron al sur, y Walli enseguida reparó en que iban camino de Bernauer Strasse, el lugar por el que había escapado Rebecca.

A la luz del atardecer vio que la calle había cambiado. En la parte sur, en lugar de la valla de alambre de espino había una pared de hormigón, y los edificios del sector comunista estaban siendo demolidos. En el lado de la libertad, donde se encontraban Walli y Danni, la calle mostraba un aspecto sórdido. Los establecimientos que ocupaban la planta baja de los bloques de pisos tenían un aire decadente. Walli supuso que nadie deseaba vivir cerca del Muro, cuya visión hería los ojos y el alma.

Danni lo guió hasta la parte posterior de un edificio al que accedieron por la entrada trasera de un negocio abandonado. Parecía que en otro tiempo había sido una tienda de comestibles, puesto que de las paredes colgaban anuncios esmaltados de salmón en lata y cacao. No obstante, tanto la tienda como las estancias que la rodeaban estaban llenas de elevados montículos de tierra removida con un estrecho pasillo en medio; Walli empezó a imaginar lo que tenía lugar allí dentro.

Danni abrió una puerta y bajó una escalera de cemento iluminada por una bombilla eléctrica. Walli lo siguió. Entonces Danni pronunció una frase que bien podía ser una contraseña:

—¡Se acercan submarinistas!

La escalera desembocaba en un gran sótano que sin duda el dueño de la tienda de comestibles utilizaba como almacén. En el suelo había un boquete de un metro cuadrado sobre el que pendía un cabrestante de aspecto sorprendentemente profesional.

Habían cavado un túnel.

—¿Cuánto tiempo lleva eso ahí? —preguntó Walli.

Si su hermana hubiera conocido su existencia un año atrás, podría haber escapado de ese modo y evitar la catastrófica caída de Bernd.

—Demasiado —respondió Danni—. Lo terminamos la semana pasada.

—Ah.

Muy tarde para que a Rebecca le hubiera resultado útil.

—Solo lo utilizamos al anochecer o al amanecer. Durante el día llamaríamos demasiado la atención, y por la noche tendríamos que utilizar linternas, lo que también delataría nuestra presencia. De todas formas, cuanta más gente cruza, más riesgo corremos de que nos descubran.

Un joven con vaqueros subió por una escalera de mano que asomaba por el agujero. Con toda probabilidad se trataba de uno de los estudiantes que habían cavado el túnel, y lanzó una severa mirada a Walli.

—¿Quién es este, Danni? —preguntó.

—Yo respondo por él, Becker —dijo Danni—. Ya lo conocía antes de que levantaran el Muro.

—¿Qué está haciendo aquí?

Becker se mostraba hostil y receloso.

—Quiere cruzar.

—¿Quiere ir al Este?

—Me escapé la semana pasada, pero tengo que volver a por mi novia —explicó Walli—. No puedo cruzar por la frontera porque maté a un guardia y me buscan por asesinato.

—¿Eres tú al que buscan? —Becker volvió a mirarlo—. Ah, sí. Me suenas de la foto del periódico. —Cambió de actitud—. Puedes pasar, pero tienes que darte prisa. —Miró el reloj—. Dentro de diez minutos exactamente empezarán a cruzar desde la parte oriental. En el túnel apenas hay espacio para una persona y no quiero que se forme un atasco y los fugitivos pierdan tiempo.

Walli estaba asustado, pero no quería desaprovechar la oportunidad.

—Pasaré ahora mismo —dijo disimulando el miedo.

—De acuerdo. Ve.

Le estrechó la mano a Danni.

—Gracias —dijo—. Volveré a por mi guitarra.

—Buena suerte con tu novia.

Walli descendió por la escalera de mano.

El agujero tenía tres metros de profundidad. En el fondo se encontraba el acceso a un túnel de aproximadamente un metro de diámetro. Walli vio enseguida que lo habían construido a conciencia. El suelo estaba formado por tablas, y habían apuntalado el techo a intervalos. Se puso a cuatro patas y empezó a avanzar.

Al cabo de unos segundos se dio cuenta de que el túnel no estaba iluminado, pero él siguió gateando hasta que la oscuridad fue absoluta. Sentía un miedo visceral. Sabía que no encontraría ningún peligro real hasta que saliera del túnel en la Alemania Oriental, pero su instinto lo impulsaba a sentirse asustado ya allí, mientras se arrastraba sin poder ver nada a más de un centímetro de sus narices.

Para distraerse, trató de imaginar las calles que tenía por encima. Estaba avanzando por debajo de la calzada y en paralelo a ella, luego cruzaría el Muro y las casas medio derruidas de la parte comunista. Lo que no sabía era cuánto duraba el recorrido del túnel ni adónde iba a parar.

Respiraba con dificultad a causa del esfuerzo. Se había rascado las manos y las rodillas de tanto arrastrarse sobre las tablas, y la herida de bala de la pantorrilla le dolía a rabiar. Con todo, lo único que podía hacer era apretar los dientes y continuar la marcha.

El túnel no podía ser interminable, en algún momento acabaría. Tan solo tenía que seguir avanzando. La sensación de estar perdido en una oscuridad infinita no era más que un temor infantil. Debía conservar la calma, podía hacerlo. Karolin lo esperaba al otro lado. No era exactamente así, pero la imagen de su sensual sonrisa de labios carnosos le dio fuerzas para combatir el miedo.

Al fondo divisó un brillo tenue. ¿O eran imaginaciones suyas? Durante bastante rato fue demasiado débil para que Walli pudiera estar seguro de que lo veía, pero poco a poco fue cobrando intensidad, y unos segundos más tarde el chico llegó a un punto iluminado con luz eléctrica.

Encima tenía otro boquete. De nuevo ascendió por una escalera de mano y salió a un sótano en el que se encontró con tres personas de pie, observándolo. Dos de ellas llevaban equipaje. Imaginó que serían fugitivos.

—¡No te conozco de nada! —exclamó la tercera persona, seguramente uno de los estudiantes que formaban parte de la organización.

—Me envía Danni. Soy Walli Franck.

—¡Hay demasiada gente que conoce este túnel! —soltó el otro con la voz crispada por los nervios.

«Claro, es lógico —pensó Walli—. Todo el que escapa por él conoce el secreto.» Comprendía por qué Danni había dicho que el peligro aumentaba cada vez que alguien cruzaba el túnel. Se preguntó si seguiría operativo cuando decidiera regresar. Casi le entraron ganas de dar media vuelta y desandar el camino ante la idea de quedar atrapado otra vez en la Alemania Oriental.

El estudiante se volvió hacia las dos personas que llevaban equipaje.

—Adelante —dijo.

Los fugitivos descendieron por el agujero.

El hombre se volvió entonces hacia Walli y le señaló una escalera de piedra.

—Sube y espera —ordenó—. Cuando el panorama esté despejado, Cristina abrirá la trampilla desde fuera y te dejará salir. El resto es cosa tuya.

—Gracias.

Walli subió la escalera hasta que su cabeza topó con una portezuela metálica situada en el techo. Supuso que originariamente debió de servir para efectuar algún tipo de entrega de mercancías. Se sentó en un peldaño y se obligó a tomárselo con paciencia. Tenía suerte de que en el exterior hubiera alguien vigilando; si no, podrían haberlo descubierto al salir.

Al cabo de unos instantes la portezuela se abrió. A la luz de la luna Walli vio a una joven con la cabeza envuelta en un pañuelo gris. Trepó para salir, y otras dos personas con equipaje se apresuraron a bajar la escalera. La joven llamada Cristina cerró la trampilla. Walli se sorprendió al ver que llevaba una pistola en el cinturón.

Miró a su alrededor. Estaban en el pequeño patio de un edificio de apartamentos en ruinas, rodeado de paredes. Cristina señaló una puerta de madera en una de las paredes.

—Sal por ahí —lo apremió.

—Gracias.

—Desaparece —soltó ella—. Rápido.

Tenían demasiada prisa para preocuparse por las formas.

Walli abrió la puerta y salió a la calle. A su izquierda, a unos cuantos metros de distancia, se encontraba el Muro. Se volvió hacia la derecha y echó a andar.

Al principio no dejaba de mirar en todas direcciones, esperando oír de un momento a otro el frenazo de un coche de policía. Luego trató de actuar con normalidad y caminar por la acera del modo en que solía hacerlo antes de que lo hirieran. Pero no había manera; por mucho que lo intentaba no podía disimular la cojera. La pierna le dolía demasiado.

Su primer impulso fue ir directo a casa de Karolin, pero no podía presentarse ante su puerta. Su padre avisaría a la policía.

No había pensado en eso.

Tal vez fuera mejor esperar al día siguiente e ir a buscarla cuando saliera de clase. No tenía nada de sospechoso que un chico esperara a su novia en la puerta de la escuela, Walli lo había hecho muchas veces. Sin embargo, tenía que arreglárselas de algún modo para que ninguno de los compañeros de clase de Karolin lo reconociera. Se moría de ganas de verla, pero habría sido una estupidez no tomar precauciones.

¿Qué haría mientras tanto?

El túnel daba a Strelitzer Strasse, una calle que descendía en dirección sur hasta el antiguo centro histórico de la ciudad, Berlín-Mitte, donde vivía su familia. Se encontraba a tan solo unas manzanas de la casa de sus padres. Podía ir allí.

Incluso era posible que se alegraran de verlo.

A medida que se iba acercando a su calle, se preguntó si la casa estaría vigilada. De ser así, no podría volver. Pensó de nuevo en cambiar de aspecto, pero no tenía nada con lo que disfrazarse. Aquella mañana, cuando había dejado la habitación de la Asociación Cristiana de Jóvenes, ni por asomo había pensado que esa misma noche regresaría al Berlín oriental. En casa de su familia encontraría sombreros, bufandas y otras prendas útiles para disimular su apariencia; pero antes tenía que llegar hasta allí sano y salvo.

Por suerte ya era de noche. Avanzó por la acera opuesta de la calle, buscando con la mirada a posibles soplones de la Stasi. No vio a nadie merodeando, ni sentado dentro de uno de los coches aparcados, ni asomado a una ventana. De todos modos, siguió caminando hasta el final de la calle, rodeó la manzana de su casa y se metió por el callejón que daba a los patios traseros. Abrió una verja, cruzó el patio de la casa de sus padres y llegó a la puerta de la cocina. Eran las nueve y media y su padre aún no había cerrado con llave. Walli abrió la puerta y entró.

Había luz, pero la cocina estaba desierta. Hacía rato que habrían terminado de cenar y debían de haber subido a la sala de estar. Walli cruzó el recibidor y se dirigió arriba. La puerta de la sala permanecía abierta, así que entró. Su madre, su padre, su hermana y su abuela estaban viendo la televisión.

—Hola, familia —saludó.

Lili dio un grito.

—¡Válgame Dios! —soltó la abuela Maud.

Carla palideció y se cubrió la boca con las manos.

Werner se puso de pie.

—¡Hijo mío! —exclamó. Cruzó la sala en dos zancadas y estrechó a Walli entre sus brazos—. Hijo mío. Gracias a Dios.

La intensa emoción que Walli había estado conteniendo estalló entonces, y se echó a llorar.

Su madre lo abrazó sin poder contener las lágrimas. La siguiente fue Lili; luego, la abuela Maud. Walli se enjugó los ojos con la manga de su camisa vaquera, pero el llanto no cesó. La emoción desbordante lo había cogido por sorpresa. Creía que a sus diecisiete años estaba lo bastante curtido para vivir solo, lejos de su familia. Sin embargo, se dio cuenta de que solo había estado reprimiendo la tristeza.

Al final todos se tranquilizaron y se secaron los ojos. La madre de Walli volvió a vendarle la herida de bala, que en el túnel había empezado a sangrarle de nuevo. Luego hizo café y sirvió un poco de pastel, y Walli reparó en que estaba muerto de hambre. Cuando hubo comido y bebido hasta saciarse, les explicó lo sucedido y, después de responder a todas las preguntas, se fue a la cama.

A las tres y media de la tarde del día siguiente se encontraba apoyado en la pared de enfrente de la escuela de Karolin, con una gorra y unas gafas de sol. Era temprano; las chicas salían a las cuatro.

El brillo del sol bañaba Berlín de optimismo. La ciudad contenía una mezcla de edificios antiguos y majestuosos, construcciones modernas y angulosas de hormigón, y parcelas vacías allí donde habían caído las bombas durante la guerra, aunque esos solares iban desapareciendo poco a poco.

La nostalgia invadía el corazón de Walli. Al cabo de unos minutos vería el rostro de Karolin, enmarcado por dos largos mechones de cabello rubio, y su gran boca sonriente. La saludaría con un beso y notaría contra sí la suave voluptuosidad de sus caderas. Tal vez antes de que cayera la noche se acostarían juntos y harían el amor.

También lo consumía la curiosidad. ¿Por qué no había acudido al lugar acordado nueve días atrás para escapar con él? Estaba casi seguro de que algún imprevisto había truncado sus planes; su padre debía de haber adivinado lo que tenía pensado y la había encerrado en su dormitorio, o debía de haberle sucedido alguna desgracia parecida. Sin embargo, también abrigaba el temor de que a última hora hubiera decidido no huir con él, cosa poco probable pero posible. No lograba figurarse cuál era el motivo. ¿Todavía lo amaba? La gente cambiaba. En la Alemania Oriental los medios de comunicación lo presentaban como un asesino sin escrúpulos. ¿Habría influido eso en ella?

Pronto lo sabría.

Sus padres estaban destrozados por lo ocurrido, pero no habían intentado hacerle cambiar de opinión. No querían que se marchara de casa porque tenían la impresión de que era aún demasiado joven, pero sabían que si se quedaba en la parte oriental acabaría entre rejas. Le preguntaron qué pensaba hacer en Occidente, si estudiar o trabajar, y él respondió que no podía tomar ninguna decisión hasta haber hablado con Karolin. Ellos lo entendieron, y por primera vez su padre no intentó decirle qué tenía que hacer. Lo trataron como a un adulto, cosa que hacía años que él pedía, pero al experimentarlo se sintió perdido y asustado.

Empezaron a salir alumnas de las aulas.

El edificio era un antiguo banco transformado en escuela. Todas eran chicas de menos de veinte años que estudiaban para convertirse en mecanógrafas, secretarias, contables o empleadas de agencias de viajes. Llevaban carteras, libros y carpetas, e iban vestidas con primaverales conjuntos de falda y jersey un poco pasados de moda; de las aspirantes a secretarias se esperaba que vistieran con modestia.

Al final salió Karolin, vestida con un conjunto de jersey y rebeca de color verde, y con los libros en un viejo maletín de piel.

Se la veía distinta, pensó Walli; tenía la cara un poco más llenita. No podía haber engordado mucho en una semana, ¿verdad? Iba charlando con otras dos chicas, aunque al parecer sus comentarios no le hacían gracia. Walli tuvo miedo de que si se dirigía a ella en ese momento, sus compañeras lo reconocieran. Era peligroso. Aunque iba disfrazado, tal vez las chicas supieran que el famoso asesino y fugitivo llamado Walli Franck era el novio de Karolin y cayeran en la cuenta de que era el mismo muchacho de las gafas de sol.

Notó que el pánico se apoderaba de él. Sin duda no echaría por tierra sus propósitos cometiendo una tontería semejante en el último momento, después de todo lo que había soportado. Justo entonces las dos amigas de Karolin torcieron a la izquierda y se despidieron con la mano mientras ella cruzaba sola la calle.

Cuando la tuvo cerca, Walli se quitó las gafas.

—Hola, preciosa —saludó.

Ella levantó la cabeza y, al reconocerlo, dio un grito de sorpresa y se detuvo en seco. Walli percibió en su rostro una mezcla de estupefacción, miedo y algo más; ¿culpa, tal vez? A continuación Karolin echó a correr hacia él, soltó el maletín y se arrojó en sus brazos. Se abrazaron y se besaron, y a Walli le invadió el alivio y la felicidad. Su primera pregunta ya tenía respuesta: todavía lo amaba.

Poco después reparó en que los transeúntes los miraban, algunos con una sonrisa, otros con desaprobación. Volvió a ponerse las gafas.

—Vamos —dijo—. No quiero que la gente me reconozca.

Recogió del suelo el maletín de Karolin, y se alejaron de la escuela cogidos de la mano.

—¿Cómo te las has arreglado para volver? —preguntó ella—. ¿No corres peligro? ¿Qué piensas hacer? ¿Sabe alguien que estás aquí?

—Tenemos muchas cosas que comentar —dijo Walli—. Necesitamos encontrar un sitio donde podamos sentarnos a hablar en privado.

Vio una iglesia al otro lado de la calle. Tal vez estuviera abierta por si alguien buscaba paz espiritual.

Walli guió a Karolin hasta la entrada.

—Cojeas —comentó ella.

—El guardia de la frontera me disparó en la pierna.

—¿Te duele?

—Ya lo creo.

La puerta estaba abierta, y entraron.

Era una austera iglesia protestante con una tenue iluminación e hileras de bancos duros. Al fondo, una mujer con la cabeza envuelta en un pañuelo quitaba el polvo del facistol. Walli y Karolin se sentaron en el último banco y hablaron en voz baja.

—Te quiero —dijo Walli.

—Y yo a ti.

—¿Qué ocurrió el domingo por la mañana? Se suponía que tenías que encontrarte conmigo.

—Tuve miedo —confesó ella.

No era la respuesta que Walli esperaba, y le resultaba difícil comprenderla.

—Yo también —repuso él—. Pero nos habíamos hecho una promesa.

—Ya lo sé.

Walli notaba que los remordimientos atenazaban a Karolin, pero de todos modos allí había algo más. Aunque no quería atormentarla, tenía que averiguar la verdad.

—Me arriesgué muchísimo —siguió diciendo—. No tendrías que haberte echado atrás sin avisarme.

—Lo siento.

—Yo jamás te habría hecho algo así —dijo Walli con un dejo de acusación en la voz—. Te quiero demasiado.

Ella dio un respingo, como si acabara de recibir una bofetada. No obstante, respondió con vehemencia:

—No soy ninguna cobarde.

—Pero, si me quieres, ¿cómo pudiste fallarme?

—Daría mi vida por ti.

—¿Cómo puedes decir eso? Si fuera cierto, habrías venido conmigo.

—Es que no solo estaba en juego mi vida.

—No. La mía también.

—Y la de alguien más.

Walli estaba desconcertado.

—Por el amor de Dios, ¿de qué hablas?

—De la vida de nuestro hijo.

—¡¿Qué?!

—Vamos a tener un hijo. Estoy embarazada, Walli.

Se quedó boquiabierto, incapaz de pronunciar palabra. Su mundo se había vuelto del revés en un instante. Karolin estaba embarazada; un bebé formaría parte de sus vidas.

Un hijo suyo.

—Madre mía… —exclamó al fin.

—Estaba destrozada, Walli —dijo ella, angustiada—. Tienes que procurar comprenderlo. Quería marcharme contigo, pero no podía poner en peligro al bebé. No podía montarme en esa camioneta sabiendo que ibas a estrellarte contra la barrera. Me habría dado igual resultar herida, pero no podía hacerle daño al bebé. —Le hablaba con tono suplicante—. Di que lo comprendes.

—Lo comprendo —respondió él al fin—. Al menos, eso creo.

—Gracias.

Él le cogió la mano.

—Bueno, vamos a pensar qué haremos.

—Yo ya sé lo que haré —repuso ella con determinación—. Le tengo mucho cariño al bebé, no pienso deshacerme de él.

Lo sabía desde hacía unas semanas, por lo que dedujo Walli, y le había dado muchas vueltas al tema. Con todo, su convencimiento lo dejó sorprendido.

—Hablas como si la cosa no tuviera nada que ver conmigo —protestó.

—¡Es mi cuerpo! —exclamó ella, furiosa.

La mujer que limpiaba se volvió para mirarlos, y Karolin bajó la voz aunque siguió hablando con tono enérgico.

—¡No consentiré que ningún hombre, ni mi padre ni tú, me diga lo que tengo que hacer con mi cuerpo!

Walli imaginó que su padre había intentado convencerla para que abortara.

—Yo no soy tu padre. No pienso decirte lo que tienes que hacer, y no pretendo convencerte para que abortes.

—Lo siento.

—Pero ¿el hijo es tuyo o de los dos?

Ella se echó a llorar.

—De los dos —admitió.

—Entonces, vamos a hablar de lo que haremos… juntos. ¿Te parece?

Karolin le estrechó la mano.

—Eres muy maduro —dijo—. Menos mal, porque vas a ser padre antes de cumplir los dieciocho años.

Una imagen chocante, sin duda. Walli pensó en su padre, con su clásico corte de pelo y su chaleco. En adelante él tendría que desempeñar ese mismo papel: dominante, autoritario, responsable, siempre capaz de mantener a su familia. No estaba preparado para eso, dijera lo que dijese Karolin.

Pero tendría que hacerle frente de todos modos.

—¿Cuándo nacerá? —preguntó.

—En noviembre.

—¿Quieres que nos casemos?

Ella esbozó una sonrisa entre las lágrimas.

—¿Quieres casarte conmigo?

—Más que ninguna otra cosa en el mundo.

—Gracias.

Karolin lo abrazó.

La mujer carraspeó con aire reprobatorio. En la iglesia se permitía hablar, pero no tener contacto físico.

—Sabes que no puedo vivir en el Este —dijo Walli.

—¿Tu padre no podría buscarte un abogado? —sugirió ella—. ¿O intentar ejercer presión política? El gobierno podría concederte el indulto si se explican bien tus circunstancias.

La familia de Karolin no estaba metida en política, pero la de Walli sí, y el chico sabía con absoluta certeza que nunca lo indultarían después de haber matado a un guardia fronterizo.

—Eso es imposible —dijo—. Si me quedo aquí, me ejecutarán por asesinato.

—¿Y qué puedes hacer?

—Tengo que volver al sector occidental y quedarme allí, a menos que el comunismo se venga abajo, y no creo que viva para verlo.

—Ya.

—Tienes que venir conmigo a Berlín Oeste.

—¿Cómo?

—Saldremos igual que he entrado yo. Unos estudiantes han excavado un túnel por debajo de Bernauer Strasse. —Walli consultó su reloj, el tiempo pasaba muy deprisa—. Tenemos que llegar antes del anochecer.

Karolin lo miró horrorizada.

—¿Hoy?

—Sí. Hoy mismo.

—Dios mío.

—¿No prefieres que nuestro hijo crezca en un país libre?

Ella hizo una mueca de sufrimiento por la lucha que tenía lugar en su interior.

—Preferiría no arriesgarme tanto.

—Yo también, pero no tenemos elección.

Karolin apartó la mirada para fijarla sucesivamente en las hileras de bancos, la diligente empleada de la limpieza y una placa colgada en la pared que rezaba: YO SOY EL CAMINO, LA VERDAD Y LA VIDA. No resultaba de ayuda, pensó Walli, pero Karolin se decidió.

—Sí, vamos —dijo, y se puso de pie.

Salieron de la iglesia. Walli se dirigió hacia el norte. Karolin parecía apagada y él trató de levantarle el ánimo.

—Una nueva aventura de los Bobbsey Twins... —anunció, y le arrancó una pequeña sonrisa.

Walli se preguntó si alguien los estaría vigilando. Tenía la certeza casi absoluta de que nadie lo había visto salir de la casa de sus padres por la mañana; había utilizado la puerta trasera y no lo habían seguido. Pero ¿y si andaban detrás de Karolin? Tal vez en la puerta de la escuela hubiera alguien más aguardando, alguien experto en pasar inadvertido.

Walli volvía la cabeza cada dos por tres por si veía siempre a la misma persona. No encontró a nadie sospechoso, pero consiguió asustar a Karolin.

—¿Qué estás haciendo? —preguntó, temerosa.

—Comprobar si nos siguen.

—¿Lo dices por el hombre de la gorra?

—Puede ser. Vamos, tomaremos el autobús.

Justo pasaban por una parada, y Walli arrastró a Karolin al final de la cola.

—¿Por qué?

—Para ver si alguien sube y baja al mismo tiempo que nosotros.

Por desgracia era hora punta, y millones de berlineses tomaban el autobús y el tren para regresar a casa. Cuando llegó el vehículo, la cola continuaba por detrás de Walli y Karolin. Él se fijó en todas y cada una de las personas a medida que iban subiendo. Había una mujer con un impermeable, una chica guapa, un hombre con pantalones de peto de color azul y otro con traje y un sombrero de fieltro, además de dos adolescentes.

Dejaron pasar tres paradas en dirección este y luego se apearon. La mujer del impermeable y el hombre de los pantalones de peto bajaron tras ellos. Walli se dirigió hacia el oeste para desandar el camino que acababan de hacer, pensando que cualquiera que los siguiera por una ruta tan ilógica tenía que ser sospechoso.

Sin embargo, nadie lo hizo.

—Estoy casi seguro de que no nos sigue nadie —le dijo a Karolin.

—Tengo mucho miedo —repuso ella.

El sol se estaba poniendo. Tenían que darse prisa. Torcieron hacia el norte en dirección a Wedding. Walli se volvió a mirar de nuevo y vio a un hombre de mediana edad cubierto con un guardapolvo de lona marrón propio de un empleado de almacén, pero a nadie que hubiera visto antes.

—Creo que todo va bien —dijo.

—Volveré a ver a mi familia, ¿verdad? —preguntó Karolin.

—Falta bastante tiempo para eso —respondió Walli—. A menos que ellos también escapen.

—Mi padre no se marchará nunca de aquí. Le encanta su trabajo en la terminal de autobuses.

—En Occidente también hay autobuses.

—Tú no lo conoces.

En efecto, Walli no lo conocía, y Karolin tenía razón. Su padre no podía ser más diferente del inteligente y tenaz Werner. El padre de Karolin no tenía ideas políticas ni tendencias religiosas, a él le importaba muy poco la libertad de expresión. Si hubiera vivido en un país democrático, seguramente ni se habría molestado en votar. Le gustaba su trabajo, su familia y el bar. Su comida favorita era el pan. El comunismo le daba cuanto necesitaba, así que jamás escaparía a la parte occidental.

Había caído el crepúsculo cuando Walli y Karolin llegaron a Strelitzer Strasse.

Karolin estaba cada vez más nerviosa a medida que avanzaban hacia el punto en que la calle quedaba cortada por el Muro.

Frente a ellos, Walli vio a una joven pareja con un niño y se preguntó si también pensaban escapar. Así era; abrieron la puerta que daba al patio y desaparecieron por ella.

—Vamos a entrar por aquí —anunció Walli cuando también ellos llegaron a la puerta.

—Quiero que mi madre esté conmigo cuando dé a luz —dijo Karolin.

—¡Casi lo hemos conseguido! —exclamó Walli—. Al otro lado de esta puerta hay un patio con una trampilla. ¡Solo tenemos que levantarla y cruzar el túnel hacia la libertad!

—No me asusta escapar —dijo ella—. Lo que me asusta es el parto.

—Todo irá bien —trató de animarla Walli, desesperado—. En Berlín Oeste hay hospitales muy buenos. Estarás rodeada de médicos y enfermeras.

—Quiero que esté mi madre —insistió Karolin.

Walli se volvió y vio que a unos cuatrocientos metros, en la esquina de la calle, el hombre del guardapolvo marrón hablaba con un policía.

—¡Mierda! —soltó—. Sí que nos han seguido. —Miró hacia la puerta y luego a Karolin—. Ahora o nunca —dijo—. Yo no tengo elección, he de irme. ¿Vienes conmigo o no?

La chica estaba llorando.

—Quiero irme contigo, pero no puedo —se lamentó.

Por la esquina apareció un coche a toda velocidad que frenó junto al policía y el hombre que los había seguido. Del vehículo bajó alguien que a Walli le resultó familiar. Una figura alta y cargada de espaldas: Hans Hoffmann. Se dirigió al hombre del guardapolvo marrón.

—O me sigues o te marchas corriendo de aquí —le dijo Walli a Karolin—. Va a haber problemas. —Se la quedó mirando—. Te quiero. —Y al instante se coló por la puerta.

Junto a la trampilla aguardaba Cristina, que aún llevaba el pañuelo en la cabeza y la pistola en el cinturón. Cuando vio a Walli le abrió la portezuela.

—Puede que tengas que utilizar la pistola —le advirtió este—. Viene la policía.

Se volvió a mirar una vez más, pero la puerta que daba al patio seguía cerrada. Karolin no lo había seguido. El dolor le atenazaba las entrañas; era el fin.

Bajó la escalera.

En el sótano encontró a la joven pareja con el niño junto a uno de los estudiantes.

—¡Corred! —gritó Walli—. ¡Viene la policía!

Se introdujeron por el agujero; primero la madre, luego el niño y por último el padre. El niño descendía los peldaños muy despacio.

Cristina bajó la escalera que daba al sótano y cerró tras de sí la trampilla con un ruido metálico.

—¿Cómo es que está aquí la policía? —preguntó.

—La Stasi anda siguiendo a mi novia.

—Pedazo de imbécil, nos has traicionado a todos.

—Pues me quedaré el último —dijo Walli.

El estudiante se introdujo en el agujero y Cristina hizo lo propio.

—Dame la pistola —pidió Walli.

Ella vaciló.

—Tú no podrás usarla, conmigo detrás —explicó el chico.

Cristina le entregó el arma y Walli la cogió con cuidado. Se parecía mucho a la que su padre había sacado del escondrijo de la cocina el día que escaparon Rebecca y Bernd.

Ella percibió su intranquilidad.

—¿Has disparado alguna vez? —preguntó.

—No, nunca.

Cristina volvió a coger la pistola y accionó una palanca contigua al percutor.

—Así se retira el cierre de seguridad —explicó—. Lo único que tienes que hacer es apuntar y apretar el gatillo.

La chica volvió a poner el cierre de seguridad y le entregó la pistola a Walli. Luego bajó por la escalera de mano.

Walli oía gritos y motores de coches en el exterior. No sabía lo que estaba haciendo la policía, pero tenía claro que le quedaba poco tiempo.

Comprendió qué era lo que había salido mal. Hans Hoffmann tenía vigilada a Karolin, sin duda con la esperanza de que él volviera a buscarla. El espía la había visto encontrarse con un chico y marcharse con él. Alguien había decidido no detenerlos de inmediato y esperar a ver si los guiaban hasta un grupo de cómplices. Con gran astucia, la persona que los andaba siguiendo había cedido su puesto a otra cuando bajaron del autobús: el hombre del guardapolvo marrón, quien en algún momento reparó en que se dirigían hacia el Muro y dio la voz de alarma.

Allí fuera estaban la policía y la Stasi, inspeccionando la parte trasera de los edificios en ruinas para tratar de averiguar adónde iban Walli y Karolin. Darían con la puerta de un momento a otro.

Walli, pistola en mano, se introdujo por el agujero siguiendo a los demás.

Nada más poner un pie en la escalera de mano oyó el ruido metálico de la puerta. La policía había dado con la entrada del túnel. Al cabo de un momento se oyeron unos gritos ahogados de sorpresa y victoria; habían visto el agujero en el suelo.

Walli tuvo que esperar un instante eterno y angustioso en la boca del túnel, hasta que Cristina desapareció en su interior. Empezó a seguirla, pero se detuvo. Estaba delgado y, por tanto, podía dar la vuelta en el estrecho pasadizo. Se asomó para mirar hacia arriba y vio la figura de un policía poniendo los pies en la escalera de mano.

No había esperanza. Los agentes se hallaban demasiado cerca. Todo cuanto tenían que hacer era apuntar con las pistolas al túnel y disparar. Herirían a Walli, y cuando él cayera las balas alcanzarían al siguiente de la fila, y así sucesivamente. Aquello sería una matanza sangrienta. Además, sabía que no dudarían en disparar, pues nadie tenía piedad con los fugitivos. Jamás. Sería una auténtica carnicería.

Tenía que impedir que bajaran por la escalera de mano.

Claro que tampoco quería matar a otro hombre.

Se arrodilló en la boca misma del túnel y retiró el seguro de la Walther. A continuación extendió el brazo hasta que la pistola quedó fuera del túnel, apuntó hacia arriba y apretó el gatillo.

Notó el retroceso del arma. El disparo resonó con fuerza en el reducido espacio. Un instante después se oyeron gritos de terror y consternación, pero no de dolor, y Walli supuso que los había asustado sin llegar a herir a nadie. Se asomó y vio al agente subir por la escalera de mano y salir del agujero.

Aguardó. Sabía que los fugitivos que tenía por delante iban despacio a causa del niño. Oía a los policías discutir con tono airado sobre lo que debían hacer. Ninguno estaba dispuesto a bajar; era un suicidio, dijo uno. ¡Pero no podían dejar que aquella gente escapara!

Para aumentar la sensación de peligro, Walli volvió a disparar el arma y oyó los movimientos de los agentes asustados, que seguramente habían retrocedido para apartarse de la boca del agujero. Convencido de que los había ahuyentado, se volvió para internarse a gatas por el túnel.

Entonces oyó una voz que conocía bien.

—Necesitamos granadas —dijo Hans Hoffmann.

—¡Mierda! —exclamó Walli.

Se metió la pistola en el cinturón y empezó a arrastrarse por las tablas. Lo único que podía hacer era intentar alejarse lo más posible, pero al instante se topó con los zapatos de Cristina.

—¡Date prisa! —gritó—. ¡La policía va a usar granadas!

—¡No puedo pasar por encima del hombre que tengo delante! —exclamó ella a su vez.

Todo cuanto Walli podía hacer era seguirla. La oscuridad ya era total. No se oía sonido alguno procedente del sótano. Por lo que dedujo, la policía no debía de ir habitualmente equipada con granadas, pero Hans solo tardaría unos minutos en conseguir unas cuantas de los guardias del cercano puesto de vigilancia de la frontera.

Walli no veía nada, pero oía los jadeos de los demás fugitivos y el ruido de las rodillas que se arrastraban sobre las tablas. El niño empezó a llorar. El día anterior le habría dicho de todo por resultar un incordio y un peligro, pero dada su condición de futuro padre no podía dejar de sentir lástima del pequeño asustado.

¿Qué haría la policía con las granadas? ¿Jugarían limpio y se limitarían a lanzar una por el agujero para causar el mínimo daño? ¿O, por el contrario, habría alguien con sangre fría suficiente para bajar por la escalera de mano y arrojar una dentro del túnel de modo que resultara letal? Eso acabaría con todos los fugitivos.

Walli decidió que tenía que hacer algo más para asustar a los agentes. Dio media vuelta rodando por el suelo, sacó la pistola y se apoyó en el codo izquierdo. No veía nada, pero apuntó hacia la boca del túnel y disparó.

Varias personas gritaron.

—¿Qué ha sido eso? —preguntó Cristina.

Walli guardó la pistola y siguió gateando.

—Lo he hecho para asustar a los policías.

—La próxima vez avisa, por el amor de Dios.

Walli vio luz al fondo. El túnel se le había hecho más corto a la vuelta. Al oír las exclamaciones de alivio de quienes se acercaban al otro lado, se apresuró y volvió a toparse con los zapatos de Cristina.

Tras él se produjo una explosión.

Walli sintió la onda expansiva, pero era débil, y de inmediato adivinó que habían lanzado la granada directamente al agujero. Nunca había prestado demasiada atención a las clases de física en la escuela, pero supuso que en esas circunstancias casi toda la potencia del explosivo se habría dirigido hacia arriba.

Aun así, cayó en la cuenta de lo que Hans haría a continuación. Tras haberse asegurado de que ya nadie aguardaba en la boca del túnel, ordenaría a un policía que bajara para lanzar la siguiente granada en su interior.

Los primeros fugitivos empezaban a salir al sótano de la tienda de comestibles abandonada.

—¡Deprisa! —gritó Walli—. ¡Subid!

Cristina salió del túnel y permaneció de pie junto a la entrada, sonriendo.

—Relájate —dijo—. Estamos en la parte oeste. Ya hemos salido. ¡Somos libres!

La pareja y el niño estaban trepando por la escalera de mano con una lentitud exasperante. El estudiante y Cristina los siguieron. Walli esperaba al pie de la escalera, temblando de impaciencia y de miedo. Subió justo después de Cristina, con la cara pegada a sus rodillas. Una vez fuera observó a todos los que habían salido antes que él, que reían y se abrazaban.

—¡Al suelo! —gritó—. ¡Tienen granadas!

Él mismo se lanzó cuerpo a tierra.

Se oyó un estruendo horrible. Dio la impresión de que la onda expansiva sacudía todo el sótano. Luego se oyó el ruido de un chorro, como una fuente, y supuso que la tierra se estaba hundiendo en la boca del túnel. Para confirmar sus sospechas, una lluvia de barro y guijarros cayó sobre él. El cabrestante que pendía sobre el boquete se desprendió y cayó dentro.

El ruido cesó. En el sótano todo era silencio a excepción de los sollozos del niño. Walli miró alrededor. Al pequeño le sangraba la nariz, pero por lo demás parecía ileso y daba la impresión de que nadie más había resultado herido. Se asomó por el agujero y vio que el túnel se había derrumbado.

Se puso en pie, tembloroso. Lo había conseguido. Había sobrevivido y era libre.

Pero estaba solo.

Rebecca había gastado gran parte del dinero de su padre en el piso de Hamburgo. Ocupaba la planta baja de una antigua casa de mercader, majestuosa y grande. Todas las habitaciones eran lo bastante espaciosas para que Bernd pudiera dar la vuelta con la silla de ruedas, incluso el cuarto de baño. Rebecca instaló todos los elementos auxiliares que pudieran resultar útiles a un paralítico de cintura para abajo. De las paredes y los techos colgaban cuerdas y asideros que permitían a Bernd asearse y vestirse solo, y también acostarse y levantarse. Incluso podía cocinar si quería, aunque, como la mayoría de los hombres, no era capaz de preparar gran cosa más que un huevo.

Costara lo que costase, Rebecca estaba decidida a vivir junto a Bernd con la mayor normalidad posible a pesar de su lesión. Disfrutarían de su matrimonio, de su trabajo y de su libertad. Llevarían una vida ajetreada, variada y satisfactoria. Cualquier cosa menos conceder la victoria a los tiranos del otro lado del Muro.

El estado de Bernd no había cambiado desde que salieron del hospital. Los médicos le habían pronosticado una posible mejoría y le aconsejaban que no perdiera la esperanza. Algún día, insistían, incluso era posible que llegara a engendrar hijos. Rebecca no debía dejar de intentarlo.

Ella sentía que tenía mucho por lo que dar gracias. Volvía a ejercer de maestra y podía hacer aquello que tan bien se le daba: abrir la mente de los jóvenes a la riqueza intelectual del mundo en el que vivían. Estaba enamorada de Bernd, cuya amabilidad y buen humor convertían cada día en un auténtico regalo. Eran libres de leer lo que quisieran, de pensar lo que quisieran y de expresar lo que quisieran, sin tener que preocuparse de que la policía los espiara.

Rebecca también tenía un objetivo a largo plazo. Anhelaba reunirse con su familia algún día. No con su primera familia; el recuerdo de sus padres biológicos era conmovedor, pero le resultaba distante y vago. Carla, sin embargo, la había salvado de los horrores de la guerra y había conseguido que sintiera seguridad y cariño, aun cuando todos pasaban hambre, frío y miedo. Con los años, la casa de Berlín-Mitte se había llenado de personas que la querían y se hacían querer: el pequeño Walli; Werner, su nuevo padre, y luego una hermana pequeña, Lili. Incluso la abuela Maud, la distinguida anciana inglesa, había amado y cuidado a Rebecca.

Se reuniría con ellos cuando todos los alemanes del Berlín occidental lograran reunirse con los del Berlín oriental. Muchos creían que ese día no llegaría jamás, y tal vez estuvieran en lo cierto. La cuestión era que Carla y Werner le habían enseñado a Rebecca que, si quería cambiar algo, tenía que meterse en política para conseguirlo.

—En mi familia no hay lugar para la indiferencia —le había dicho Rebecca a Bernd.

Así que se habían afiliado al Partido Liberal Democrático, que era de tendencia liberal pero no tan socialista como el Partido Socialdemócrata de Willy Brandt. Rebecca era secretaria en la sede del partido y Bernd, tesorero.

En la Alemania Occidental era posible afiliarse al partido que se quisiera a excepción del Partido Comunista, que estaba ilegalizado. Rebecca era contraria a la ilegalización. Detestaba el comunismo, pero las prohibiciones formaban parte precisamente del estilo comunista, no del democrático.

Bernd y ella iban juntos en coche al trabajo todos los días. Al salir de clase regresaban a casa, y Bernd ponía la mesa mientras Rebecca preparaba la cena. Algunos días, después de cenar acudía el masajista de Bernd. Como él no podía mover las piernas, tenían que darle masajes con regularidad para mejorar la circulación y evitar el debilitamiento de los nervios y los músculos, o por lo menos reducirlo. Rebecca recogía la mesa mientras Bernd se retiraba al dormitorio junto con el masajista, Heinz.

Esa noche, Rebecca se instaló en la mesa con un montón de cuadernos de ejercicios para corregir. Había pedido a sus alumnos que redactaran un anuncio imaginario sobre los atractivos de Moscú como destino turístico, y a ellos les gustaban las tareas que les permitían ironizar.

Al cabo de una hora Heinz se marchó, y Rebecca entró en el dormitorio.

Bernd estaba desnudo sobre la cama. Tenía la parte superior del cuerpo bien musculada debido a que siempre se impulsaba con los brazos para moverse. Sus piernas, en cambio, parecían las de un anciano: delgadas y pálidas.

Solía estar en buena forma física y mental después de los masajes. Rebecca se tumbó sobre él y lo besó en los labios de forma lenta y prolongada.

—Te quiero —dijo—. Me hace muy feliz estar contigo.

Se lo decía a menudo porque era cierto, y también porque él necesitaba que potenciaran su autoestima. Rebecca sabía que él a veces se preguntaba cómo podía estar enamorada de un paralítico.

Se puso de pie ante él y se quitó la ropa. A Bernd le gustaba que lo hiciera, según decía, aunque no lograra tener una erección. Rebecca había aprendido que los paralíticos rara vez experimentaban erecciones psicogénicas, originadas por imágenes o pensamientos eróticos. Aun así, él la observó con evidente placer mientras se quitaba el sujetador, se bajaba las medias y se despojaba de las bragas.

—Eres preciosa —dijo.

—Y soy toda tuya.

—Qué suerte tengo.

Rebecca se tumbó encima de él y se acariciaron mutuamente con parsimonia. El sexo con Bernd, tanto antes como después del accidente, consistía en besos cariñosos y tiernas palabras pronunciadas a media voz, no solo en el coito. En ese sentido era distinto de su primer marido. Con Hans todo había sido mecánico: besarse, desnudarse, conseguir la erección y correrse. La filosofía de Bernd contemplaba todo aquello que provocara placer, en el orden que fuese.

Al cabo de un rato se sentó a horcajadas sobre él y se colocó de forma que pudiera besarle los pechos y chuparle los pezones. Bernd adoraba sus pechos desde el principio, y seguía disfrutándolos con la misma intensidad y deleite que antes del accidente, cosa que a Rebecca la excitaba como ninguna otra.

Cuando estuvo a punto, le formuló la pregunta:

—¿Quieres que lo intentemos?

—Claro —respondió él—. Siempre hay que intentarlo.

Ella retrocedió para sentarse sobre las debilitadas piernas de él y se inclinó sobre su pene. Lo rodeó con la mano, lo manipuló y consiguió que el miembro creciera un poco, lo cual recibía el nombre de erección refleja. Durante unos instantes estuvo lo bastante rígido para que penetrara en ella, pero se puso flácido enseguida.

—No importa —dijo Rebecca.

—A mí me da igual —repuso él.

Pero Rebecca sabía que no era cierto. A Bernd le habría gustado disfrutar de un orgasmo. Y también deseaba tener hijos.

Se tumbó a su lado, le cogió la mano y la situó sobre su vagina. Él colocó los dedos tal como ella le había enseñado, y entonces Rebecca le presionó la mano con la suya y empezó a moverla de forma rítmica. Era como masturbarse pero con la mano de él. Mientras, con la otra mano Bernd le acariciaba el pelo de forma cariñosa. Funcionó, como siempre, y Rebecca tuvo un orgasmo delicioso.

—Gracias —dijo más tarde, acostada junto a él.

—De nada.

—No lo digo solo por el sexo.

—¿Por qué, entonces?

—Por venir conmigo. Por escaparte. Nunca podré llegar a expresarte lo agradecida que estoy.

—Me alegro.

Sonó el timbre y se miraron, desconcertados. No esperaban a nadie.

—A lo mejor Heinz se ha olvidado algo —dijo Bernd.

Rebecca se enfadó un poco. Habían interrumpido su momento de euforia. Se puso una bata y fue hacia la puerta de mal humor.

Y allí estaba Walli. Se había quedado muy delgado y olía que apestaba. Vestía unos vaqueros, unas zapatillas de béisbol y una camisa sucia. No iba cubierto con ninguna prenda de abrigo. En las manos llevaba una guitarra y nada más.

—Hola, Rebecca —saludó.

Su mal humor se esfumó al instante.

—¡Walli! —exclamó, y lo obsequió con una amplia sonrisa—. ¡Qué sorpresa tan maravillosa! ¡Cuánto me alegro de verte!

Rebecca se hizo a un lado y él entró en el recibidor.

—¿Qué haces aquí? —preguntó.

—He venido para quedarme a vivir con vosotros —respondió el chico.

22

Probablemente la ciudad más racista de Estados Unidos era Birmingham, en el estado de Alabama. George Jakes se desplazó hasta allí en avión en abril de 1963.

Todavía recordaba muy bien que la última vez que visitó Alabama habían intentado matarlo.

Birmingham era una ciudad industrial sucia y decadente, y desde el avión se la veía rodeada de una tenue aura rosada de contaminación, como si fuera un fular de gasa alrededor del cuello de una prostituta entrada en años.

George percibió la hostilidad mientras avanzaba andando por la terminal. Era el único hombre de color enfundado en un traje. Recordó el ataque contra él y Maria y los Viajeros de la Libertad en Anniston, a solo noventa kilómetros de distancia: las bombas incendiarias, los bates de béisbol y las largas cadenas de hierro, pero sobre todo aquellas caras, crispadas y deformadas hasta transformarse en máscaras de odio y locura.

Salió del aeropuerto, localizó la parada de taxis y subió al primer vehículo de la fila.

—Fuera del coche, muchacho —dijo el conductor.

—¿Cómo dice?

—A mi taxi no sube ningún negro de mierda.

George lanzó un suspiro. No quería bajar del taxi, y en realidad le dieron ganas de seguir allí sentado en señal de protesta. No le gustaba ponerles las cosas fáciles a los racistas, pero tenía un trabajo que hacer en Birmingham y no podía hacerlo desde la cárcel, así que se apeó.

Se quedó de pie junto a la puerta abierta y miró a la cola de taxis. El coche de detrás también lo conducía un taxista blanco, de modo que supuso que obtendría la misma respuesta. Entonces, tres coches más atrás, un brazo de piel oscura asomó por la ventanilla y lo saludó con la mano.

Él se apartó del primer taxi.

—¡Y cierra la puerta! —gritó el conductor.

George vaciló un instante antes de contestar.

—Yo no le cierro la puerta a ningún maldito segregacionista. —No era una frase demasiado brillante, pero sintió una punzada de satisfacción y se alejó dejando la puerta abierta.

Subió al coche del taxista negro.

—Yo sé adónde va —dijo el hombre—. A la Iglesia Baptista de la Calle Dieciséis.

La iglesia era la sede del vehemente pastor Fred Shuttlesworth. Él había fundado el Movimiento Cristiano de Alabama por los Derechos Humanos después de que los tribunales estatales prohibieran la Asociación Nacional para el Progreso de las Personas de Color, más moderada. Obviamente, pensó George, allí daban por sentado que cualquier negro que llegase al aeropuerto era un activista de los derechos civiles.

Sin embargo, él no se dirigía a la iglesia.

—Lléveme al hotel Gaston, por favor —dijo.

—Conozco el Gaston —respondió el conductor—. Vi allí a Little Stevie Wonder, en el salón principal. Está a solo una manzana de la iglesia.

Era un día muy caluroso y el taxi no tenía aire acondicionado. George bajó la ventanilla y dejó que la corriente de aire le refrescase la piel sudorosa.

Bobby Kennedy lo había enviado allí con un mensaje para Martin Luther King. El mensaje decía que dejara de ejercer presión, que calmase los ánimos y pusiese fin a sus protestas, que las cosas estaban cambiando. George tenía la sensación de que al doctor King no le iban a gustar sus palabras.

El Gaston era un hotel de construcción moderna y escasa altura. Su propietario, A. G. Gaston, era un minero del carbón que se había convertido en el empresario negro más importante de Birmingham. George sabía que Gaston estaba nervioso por los disturbios que la campaña de King había llevado hasta Birmingham, pero de todos modos ofrecía su apoyo al movimiento en la medida de lo posible. El taxi de George atravesó la entrada y llegó a un aparcamiento.

Martin Luther King se alojaba en la habitación número treinta, la única suite del hotel, pero antes de ir a verlo George almorzó con Verena Marquand en un restaurante cercano, el Jockey Boy. Cuando pidió su hamburguesa al punto, la camarera lo miró como si le hablase en una lengua extranjera.

Verena pidió una ensalada. Estaba más guapa que nunca con aquellos pantalones blancos y una blusa de color negro. George se preguntó si tendría novio.

—Vas de mal en peor —le dijo él mientras esperaban la comida—: primero Atlanta y ahora Birmingham. Vente a Washington, antes de que acabes muerta de asco en algún pueblucho de mala muerte.

La estaba provocando, pero si Verena se iba a vivir a Washington estaba decidido a pedirle que saliera con él.

—Voy a donde me lleva el movimiento —repuso ella con el semblante muy serio.

Llegó la comida.

—¿Por qué ha decidido King marcarse esta ciudad como objetivo? —preguntó George mientras comían.

—El comisario de Seguridad Pública, el jefe de policía en realidad, es un blanco racista y sanguinario llamado Eugene «Bull» Connor.

—He visto su nombre en los periódicos.

—Solo su apodo, «el toro», ya dice todo lo que hace falta saber de él. Por si fuera poco, aquí en Birmingham es donde está la sección más violenta del Ku Klux Klan.

—¿Tienes idea de por qué?

—Esta es una ciudad que vive del acero, y la industria está en declive. Los puestos de trabajo cualificados, los que perciben los salarios más altos, siempre se han reservado para los blancos, mientras que los negros desempeñan las tareas peor remuneradas, como la limpieza. Ahora los blancos intentan desesperadamente mantener su nivel de vida y sus privilegios... justo en el momento en que los negros están empezando a reclamar la parte que les toca por justicia.

Era un análisis brillante, y el respeto que George sentía por Verena fue en aumento.

—¿Cómo se manifiesta eso?

—Los miembros del Klan lanzan bombas de fabricación casera a las casas de los negros más prósperos en los vecindarios mixtos. Hay quienes llaman a esta ciudad «Bombingham». Ni que decir tiene que la policía nunca arresta a nadie por el lanzamiento de los artefactos explosivos, y resulta que el FBI nunca llega a averiguar quién es el responsable de los atentados.

—No me extraña. J. Edgar Hoover tampoco puede dar con la mafia, pero conoce el nombre de todos los comunistas de Estados Unidos.

—Sin embargo, los supremacistas están perdiendo su dominio aquí. Algunas personas han empezado a darse cuenta de que no le hacen ningún bien a la ciudad. Bull Connor acaba de perder las elecciones a la alcaldía.

—Lo sé. La opinión de la Casa Blanca es que los negros de Birmingham obtendrán lo que quieren en su debido momento, si son pacientes.

—La opinión del doctor King es que ahora es el momento de incrementar la presión.

—¿Y qué resultados está teniendo eso?

—Si te soy sincera, estamos un poco decepcionados. Cuando ocupamos los asientos de la barra de un restaurante, las camareras apagan las luces y nos dicen que lo sienten, pero que están cerrando.

—Una maniobra inteligente. Algunas localidades hicieron algo similar con los Viajeros de la Libertad. En lugar de armar un escándalo, se limitaron a ignorar sin más lo que estaba pasando. Aunque ese grado de autocontrol suele ser demasiado para la mayoría de los segregacionistas, y no tardaron en liarse a golpes con todo el mundo.

—Bull Connor no nos da permiso para manifestarnos, por lo que nuestras marchas son ilegales y los manifestantes normalmente acaban en la cárcel, pero son muy pocos para aparecer en las noticias nacionales.

—Entonces, tal vez sea hora de otro cambio de táctica.

Una joven negra entró en la cafetería y se acercó a su mesa.

—El doctor King puede recibirlo ahora, señor Jakes.

George y Verena dejaron el almuerzo a medias. Al igual que ocurría con el presidente, al doctor King no se le pedía que esperase a que uno hubiese terminado de hacer lo que estaba haciendo.

Volvieron al Gaston y subieron a la suite de King. Como de costumbre, iba vestido con un traje oscuro; el calor no parecía afectarle. A George volvió a impresionarle lo menudo que era, y también su atractivo. Esta vez King se mostró menos receloso, más afable.

—Siéntese, por favor —dijo señalando un sofá. Se dirigió a él con voz suave, a pesar de que sus palabras eran afiladas—: ¿Qué tiene que decirme el secretario de Justicia que no puede decírmelo por teléfono?

—Quiere que considere usted aplazar su campaña aquí, en Alabama.

—Supongo que no me sorprende.

—Apoya lo que trata usted de conseguir, pero piensa que tal vez no sea el momento más propicio para alentar la protesta.

—Dígame por qué.

—Bull Connor acaba de perder las elecciones a la alcaldía contra

Albert Boutwell. Hay un nuevo gobierno en el ayuntamiento. Boutwell es reformista.

—Hay quienes piensan que Boutwell solo es una versión más digna de Bull Connor.

—Pastor, es posible que sea así, pero a Bobby le gustaría que le diese a Boutwell la oportunidad de probarse a sí mismo... en un sentido u otro.

—Entiendo. Así que el mensaje es: «Esperar».

—Sí, señor.

King miró a Verena como invitándola a hacer algún comentario, pero la joven guardó silencio.

—El septiembre pasado —dijo King al cabo de un momento—, los comerciantes de Birmingham prometieron retirar de sus tiendas los humillantes carteles que dicen SOLO BLANCOS y, a cambio, Fred Shuttlesworth acordó una moratoria de las manifestaciones. Hemos mantenido nuestra promesa, pero los comerciantes han roto la suya. Como tantas otras veces, han hecho pedazos nuestras esperanzas.

—Lamento oír eso —repuso George—, pero...

King hizo caso omiso de la interrupción.

—La acción directa no violenta persigue crear tanta tensión y sensación de crisis que una comunidad se vea obligada a enfrentarse al problema y abrir la puerta a una negociación sincera. Me está pidiendo que le dé tiempo a Boutwell para que muestre su verdadero rostro. Puede que Boutwell no emplee métodos tan brutales como los de Connor, pero es un segregacionista y está decidido a mantener el statu quo. Es necesario empujarlo a actuar.

Aquello era tan razonable que George ni siquiera podía fingir no estar de acuerdo. Las probabilidades de que lograse convencer a King estaban disminuyendo deprisa.

—En la lucha por los derechos civiles, nunca hemos logrado ningún avance sin presionar —prosiguió King—. Francamente, George, nunca he conseguido poner en marcha una campaña que se ajustase al «momento más propicio» a los ojos de hombres como Bobby Kennedy. Hace años que vengo escuchando la palabra «espera». Resuena en mis oídos con ensordecedora familiaridad; ese «espera» siempre significa «nunca». Llevamos esperando trescientos cuarenta años por nuestros derechos. Las naciones africanas se están moviendo con la velocidad del rayo hacia la independencia, pero nosotros todavía nos arrastramos a paso de tortuga para ganarnos el derecho a que nos sirvan una taza de café en la barra de una cafetería.

George se dio cuenta en ese instante de que estaba asistiendo al ensayo de un sermón, pero se quedó hipnotizado de todos modos. Había abandonado cualquier esperanza de cumplir la misión que Bobby le había encomendado.

—Nuestro principal escollo en el camino hacia la libertad no es el Consejo de Ciudadanos Blancos ni el Ku Klux Klan, sino el blanco moderado, mucho más inclinado al orden que a la justicia; el que dice una y otra vez, al igual que Bobby Kennedy: «Estoy de acuerdo con el objetivo que persigue, pero no puedo aprobar sus métodos». Movido por su paternalismo, cree que puede establecer el calendario para la libertad de otro hombre.

En ese momento George se sintió profundamente avergonzado, puesto que al fin y al cabo él era el mensajero de Bobby.

—Los miembros de esta generación tendremos que lamentarnos no solo por las palabras y los actos odiosos de las malas personas, sino por los clamorosos silencios de las buenas —señaló King, y George tuvo que luchar para contener las lágrimas—. Siempre es el momento propicio para hacer lo correcto. Pero corra el juicio como las aguas y la justicia como arroyo impetuoso, dijo el profeta Amós. Dígaselo a Bobby Kennedy, George.

—Sí, señor, lo haré —contestó George.

Cuando George regresó a Washington llamó a Cindy Bell, la chica con la que su madre había intentado emparejarlo, y le pidió una cita. «¿Por qué no?», le dijo ella.

Iba a ser su primera cita desde que había roto con Norine Latimer llevado por la ingenua esperanza de llegar a mantener una relación amorosa con Maria Summers.

Tomó un taxi para ir a casa de Cindy el siguiente sábado por la noche. Ella seguía viviendo en casa de sus padres, un hogar humilde de clase trabajadora. Su padre abrió la puerta. Llevaba una barba espesa y George supuso que un chef no necesitaba lucir un aspecto demasiado cuidado.

—Encantado, George, es un placer —dijo el hombre—. Tu madre es una de las mejores personas que he conocido. Espero que no te moleste que haga un comentario tan personal.

—Gracias, señor Bell —repuso George—. La verdad es que estoy de acuerdo con usted.

—Pasa. Cindy está casi lista.

George reparó en un pequeño crucifijo en la pared del pasillo y recordó que los Bell eran católicos. Se acordó de los comentarios de su adolescencia, cuando todos decían que las chicas que iban a colegios de monjas eran las más calientes.

Cindy apareció con un jersey ajustado y una falda muy corta que hicieron a su padre arrugar la frente, aunque no dijo nada. George tuvo que sofocar una sonrisa. Era una mujer de curvas voluptuosas y no tenía ninguna intención de ocultarlo. Llevaba colgada una cadenita de plata con una pequeña cruz entre sus generosos pechos, ¿a modo de protección, tal vez?

George le regaló una caja de bombones adornada con una cinta azul.

Una vez en la calle, la joven arqueó las cejas al ver el taxi.

—Me voy a comprar un coche —comentó George—. Es que hasta ahora no he tenido tiempo.

—Mi padre admira a tu madre por haberte criado ella sola —explicó Cindy mientras se dirigían hacia el centro—. Y por haberlo hecho tan bien, además.

—También se prestan libros el uno al otro —señaló George—. ¿A tu madre no le importa?

Cindy se echó a reír. La idea de que la generación de sus padres pudiera sentir celos por causa del sexo resultaba de por sí graciosa.

—Eres muy agudo. Mi madre ya sabe que no hay nada más entre ellos… pero sigue en guardia de todos modos.

George se alegró de haberla invitado a salir. Era inteligente y simpática, y él empezó a darle vueltas a lo agradable que sería besarla. La imagen de Maria comenzaba a difuminarse en su recuerdo.

Fueron a cenar a un restaurante italiano. Cindy confesó que le encantaban todas las clases de pasta. Pidieron *tagliatelle* con setas y luego escalopes de ternera en salsa de jerez.

Cindy tenía un título de la Universidad de Georgetown, pero le contó que trabajaba como secretaria de un corredor de seguros negro.

—A las chicas siempre nos contratan como secretarias, incluso después de haber pasado por la universidad —comentó—. Me gustaría trabajar para el gobierno. Ya sé que la gente piensa que es aburrido, pero Washington es desde donde se dirige todo el país. Por desgracia, el gobierno casi siempre contrata a blancos para los trabajos importantes.

—Eso es cierto.

—¿Cómo lo conseguiste tú?

—Bobby Kennedy quería un rostro negro en su equipo, para aportar credibilidad a su discurso sobre los derechos civiles.

—Entonces solo eres un símbolo.

—Lo fui, al principio. Ahora la cosa va mejor.

Después de cenar fueron al cine a ver a Tippi Hedren y Rod Taylor en la última película de Alfred Hitchcock, *Los pájaros*. Durante las escenas de miedo, Cindy se agarraba a George de una forma que a él le parecía encantadora.

A la salida, discutieron cordialmente sobre el final de la película, pues no se ponían de acuerdo. A Cindy le había parecido horrible.

—¡Menudo chasco! —exclamó—. Me he quedado esperando alguna explicación.

George se encogió de hombros.

—En esta vida no todo tiene una explicación.

—Sí, sí que la tiene, solo que a veces no la conocemos.

Fueron al bar del hotel Fairfax a tomar una copa. Él pidió un whisky escocés y ella un daiquiri. Su cruz de plata llamó la atención de George.

—¿Es una simple joya o significa algo más para ti? —preguntó.

—Significa algo más —respondió ella—. Me hace sentir a salvo.

—A salvo de... ¿algo en particular?

—No, simplemente me protege, en general.

George se mostró escéptico.

—¿No te creerás eso...?

—¿Por qué no?

—Eh... Bueno, no pretendo ofenderte si crees de verdad, pero a mí me parece pura superstición.

—Pensaba que eras religioso. Vas a la iglesia, ¿no?

—Acompaño a mi madre porque es importante para ella, y yo la quiero. Para hacerla feliz, entono himnos y escucho las oraciones y los sermones, y todo eso me parece simple... palabrería.

—¿No crees en Dios?

—Creo que es probable que haya una inteligencia que controla el universo, un ser que decidió cuáles eran las reglas, como «$E = mc^2$» y el valor de pi, pero no creo que a ese ser le preocupe si cantamos sus alabanzas o no, dudo que sus decisiones puedan verse manipuladas por rezarle a una estatua de la Virgen María, y no creo que vaya a dispensarte ningún trato especial en función de lo que lleves colgando alrededor del cuello.

—Ah.

George vio que la había escandalizado. Se dio cuenta de que había hablado como si estuviese en una reunión en la Casa Blanca, donde los temas de discusión eran demasiado importantes para que uno se preocupara por si sus opiniones herían o no los sentimientos de los demás.

—Me parece que no debería ser tan directo —dijo—. ¿Te he ofendido?

—No —contestó ella—. Me alegro de que me lo hayas dicho.

Apuró su copa, y George dejó algo de dinero en la barra y bajó del taburete.

—He disfrutado mucho hablando contigo —comentó.

—Ha sido una buena película, con un final decepcionante —repuso ella.

Esas palabras resumían más o menos toda la velada. Ella era agradable y atractiva, pero George no se veía enamorándose de una mujer cuyas creencias sobre el universo eran tan diametralmente opuestas a las suyas.

Salieron y pararon un taxi.

En el trayecto de vuelta, George se dio cuenta de que en su fuero interno no lamentaba que la cita hubiese sido un desastre. Todavía no había superado del todo su desengaño amoroso con Maria. Se preguntó cuánto tiempo más tardaría en sobreponerse.

—Gracias por esta noche tan agradable —dijo Cindy cuando llegaron a su casa. Lo besó en la mejilla y bajó del coche.

Al día siguiente, Bobby envió a George de nuevo a Alabama.

George y Verena estaban en el parque Kelly Ingram, en el corazón negro de Birmingham, a las doce del mediodía del viernes 3 de mayo de 1963. Al otro lado de la calle se encontraba la famosa Iglesia Baptista de la Calle Dieciséis, un magnífico edificio bizantino de ladrillo rojo diseñado por un arquitecto negro. El parque estaba abarrotado de defensores de los derechos civiles, de espectadores y de padres preocupados.

Se oían los cantos procedentes del interior de la iglesia: *Ain't Gonna Let Nobody Turn Me Round*. Un millar de estudiantes de secundaria negros se preparaban para emprender una marcha de protesta.

Al este del parque, las avenidas que llevaban hasta el centro estaban bloqueadas por cientos de policías. Bull Connor había requisado los autobuses escolares para trasladar en ellos a los manifestantes a la cárcel, y tenía preparados perros de ataque por si alguno se negaba a ir. La policía contaba con el apoyo de los bomberos y sus mangueras de agua a presión.

No había hombres de color ni en el cuerpo de policía ni en el de bomberos.

Siguiendo de forma escrupulosa las normas, los defensores de los derechos civiles siempre solicitaban permiso para manifestarse, pero se lo denegaban todas las veces. Así, cuando se manifestaban a pesar de todo, los detenían y los enviaban a la cárcel.

Como consecuencia, la mayoría de los negros de Birmingham eran reacios a participar en manifestaciones y de ese modo permitían que el gobierno municipal, formado íntegramente por blancos, pudiese asegurar que el movimiento de Martin Luther King no contaba con demasiado apoyo.

El propio King había ido a la cárcel allí hacía tres semanas exactas, el Viernes Santo. George no daba crédito a lo ignorantes que llegaban a ser los segregacionistas: ¿es que no sabían qué otro personaje histórico había sido apresado en Viernes Santo? A King lo habían confinado en una celda de aislamiento por una cuestión de pura maldad.

Sin embargo, el encarcelamiento de King apenas había aparecido en los periódicos. Que un negro fuese maltratado por exigir sus derechos como estadounidense no era noticia. King había sido criticado por ocho clérigos blancos en una carta que recibió mucha publicidad. Él, desde la cárcel, había escrito una respuesta que clamaba enardecidamente contra las leyes injustas. Ningún periódico la había publicado todavía, aunque tal vez alguno lo haría. En general, la campaña había tenido muy poco eco.

Los adolescentes negros de Birmingham habían reclamado sumarse a las manifestaciones y al final King había accedido a permitir que los escolares se incorporasen a las marchas, pero eso no cambió nada; Bull Connor metió en la cárcel a los niños y a nadie le importó.

El sonido de los himnos del interior de la iglesia era emocionante, pero con eso no bastaba. La campaña de Martin Luther King en Birmingham no estaba dando resultados demasiado satisfactorios, igual que la vida amorosa de George.

George se quedó observando a los bomberos en las calles al este del parque. Disponían de un nuevo tipo de arma: el dispositivo parecía tomar agua de dos bocas de entrada y expulsarla a través de una única boquilla. Era lógico suponer que aquello proporcionaba una fuerza mucho más potente al chorro de agua. El artilugio estaba montado sobre un trípode, lo que sugería que era demasiado pesado para que lo sostuviese uno de los bomberos. George se alegró de ser estrictamente un espectador y no participar en la marcha, pues sospechaba que aquel chorro podía hacer algo más que empapar de agua a los manifestantes.

Las puertas de la iglesia se abrieron de golpe y un grupo de estudiantes apareció en los tres arcos de su pórtico. Iban ataviados con sus mejores galas y, sin dejar de cantar, desfilaron por la larga y amplia escalinata hacia la calle. Eran cerca de sesenta, pero George sabía que aquel era solo el primer grupo; había varios centenares más en el interior. La mayoría eran estudiantes de secundaria, acompañados por un puñado de chavales más pequeños.

George y Verena los siguieron a distancia. El público congregado en el parque los vitoreó y los aplaudió mientras avanzaban por la calle Dieciséis, pasando por delante de las tiendas y los comercios regentados en su mayoría por gente de color. Torcieron al este en la Quinta Avenida y llegaron a la esquina de la Diecisiete, donde las barricadas de la policía les impedían el paso.

Un capitán de la policía habló a través de un megáfono.

—¡Dispersaos, despejad la calle! —gritó, y señaló a los bomberos que tenía a su espalda—. De lo contrario os vais a mojar, os lo advierto.

En ocasiones anteriores, la policía se había limitado a conducir a los manifestantes hasta los furgones y los autobuses para llevarlos a la cárcel, pero George sabía que en esos momentos las cárceles estaban abarrotadas y no cabía nadie más, y que Bull Connor tenía la esperanza de limitar el número de detenciones ese día; preferiría que todos se fuesen a sus casas... cuando eso era precisamente lo último que los manifestantes pensaban hacer. Los sesenta muchachos se plantaron en medio de la calle, enfrentados cara a cara a la horda de agentes blancos, y siguieron cantando a pleno pulmón.

El capitán de la policía les hizo una señal a los bomberos, que accionaron el agua. George advirtió que habían desplegado las mangueras convencionales, no el cañón de agua montado sobre el trípode. Sin embargo, el chorro a presión obligó a la mayor parte de los manifestantes a retroceder y puso en fuga a la multitud de espectadores, que corrieron a refugiarse en el parque y los soportales de las casas. El capitán no dejaba de vociferar a través del megáfono:

—¡Evacuad la zona! ¡Evacuad la zona!

La mayoría de los manifestantes se batieron en retirada, pero no todos. Diez de ellos decidieron quedarse sentados en el suelo. Calados hasta los huesos, hicieron caso omiso del agua y siguieron cantando.

Fue entonces cuando los bomberos activaron el cañón.

El efecto fue instantáneo: en lugar de un chorro de agua desagradable pero inofensivo, los estudiantes sentados fueron abatidos por una violenta descarga de potencia extrema. Cayeron de espaldas en el suelo y gritaron de dolor. Su himno se convirtió en un coro de chillidos aterrorizados.

Entre los jóvenes manifestantes, la más pequeña era apenas una niña. El agua llegó a levantarla del suelo y la catapultó hacia atrás. Salió rodando calle abajo como si fuera una hoja arrancada de un árbol, agitando los brazos y las piernas sin cesar, con impotencia. Todos los presentes empezaron a gritar y proferir insultos contra la policía.

George soltó una imprecación y salió corriendo a la calle.

Los bomberos dirigieron entonces implacablemente la manguera montada en el trípode para perseguir a la niña e impedir que escapara a su fuerza. Estaban intentando arrastrarla con el agua como si fuese un resto de basura. George fue el primero de varios hombres en llegar hasta ella. Se interpuso entre la pequeña y la manguera y les dio la espalda a los bomberos.

Fue como si estuviese recibiendo un puñetazo tras otro.

El chorro lo hizo caer de rodillas en el suelo, pero al menos la niña había encontrado un parapeto de protección, de forma que se levantó y corrió hacia el parque. Sin embargo, la manguera la siguió y la derribó de nuevo.

George se enfureció. Los bomberos eran como perros de caza hostigando a un cervatillo. Los gritos de protesta de la multitud le decían que también ellos sentían una ira irrefrenable.

George corrió tras la niña y la protegió de nuevo. Esta vez estaba preparado para recibir el impacto del chorro y se las arregló para no perder el equilibrio. Se arrodilló y cogió a la pequeña en brazos. Llevaba el vestidito rosa, su ropa de los domingos, chorreando. Cargando con ella, se dirigió tambaleante hacia la acera. Los bomberos lo persiguieron con el chorro tratando de derribarlo de nuevo, pero él consiguió tenerse en pie el tiempo suficiente para llegar al otro lado de un coche aparcado.

Dejó a la niña, que gritaba aterrorizada, en la acera.

—Tranquila, ya estás a salvo —dijo George intentando calmarla.

Pero la niña no conseguía serenarse. Entonces una mujer con expresión de angustia se abalanzó corriendo hacia ella y la cogió en brazos. La niña se abrazó a la mujer y George supuso que sería su madre. Llorando, la madre se llevó a la pequeña de inmediato.

George, que estaba magullado y calado hasta los huesos, dio media vuelta para ver qué ocurría. Los manifestantes habían sido instruidos en la protesta no violenta, pero ese no era el caso del resto de la multitud que, enfurecida, estaba tomando represalias y arrojaba piedras a los bomberos. La escena se estaba convirtiendo en una auténtica revuelta.

No veía a Verena por ninguna parte.

La policía y los bomberos avanzaban a lo largo de la Quinta Avenida tratando de dispersar a la multitud, pero una lluvia de proyectiles frenaba su avance. Varios hombres entraron en los edificios de la acera sur de la calle y bombardearon a la policía desde las ventanas superiores lanzándoles piedras, botellas y basura. George se alejó corriendo de los enfrentamientos y se detuvo en la siguiente esquina, en la puerta del restaurante Jockey Boy, para sumarse a un pequeño grupo de periodistas y espectadores formado por blancos y negros.

Al mirar en dirección norte, vio que otros grupos de jóvenes manifestantes salían de la iglesia y enfilaban hacia diferentes calles en dirección sur para esquivar los disturbios. Eso iba a crearle un problema a Bull Connor, pues tendría que dividir sus fuerzas.

El comisario respondió soltando a los perros.

Los animales salieron de los furgones policiales gruñendo, enseñando los dientes y forcejeando con las correas de cuero. Sus adiestradores exhibían la misma ferocidad: blancos de aspecto robusto que llevaban gorras de policía y gafas de sol. Tanto los perros como sus adiestradores eran como bestias salvajes ansiosas por atacar.

Los policías y los perros se precipitaron por las calles en manada. Los manifestantes y los peatones trataron de huir despavoridos, pero la multitud abarrotaba las calles y muchos de ellos no lograron escapar. Los perros estaban fuera de sí, atacaban, mordían y arrancaban a dentelladas trozos de carne de las piernas y los brazos de la gente, malherida y cubierta de sangre.

Algunos huyeron en dirección oeste, hacia el corazón del barrio negro, perseguidos por los policías mientras que otros buscaron refugio en la iglesia. George vio que ya no salían más activistas de los arcos del pórtico; la manifestación estaba llegando a su fin.

Sin embargo, la policía aún no había quedado satisfecha.

De pronto, dos agentes acompañados de sus perros surgieron de la nada junto a George. Uno sujetó a un joven negro y alto; George se había fijado en él porque llevaba una chaqueta de punto de aspecto caro. El chico tenía unos quince años y no había participado en la manifestación más que como simple espectador. Sin embargo, la policía lo obligó a volverse y el perro saltó e hincó los dientes en el torso del muchacho, que lanzó un alarido de miedo y dolor. Uno de los periodistas sacó una fotografía.

George estaba a punto de intervenir cuando el agente apartó al perro. Luego detuvo al chico por participar en una manifestación ilegal.

George reparó en un hombre blanco de barriga oronda, vestido con una camisa y sin chaqueta, que estaba observando la detención del joven, y lo reconoció por las fotografías de los periódicos; era Bull Connor.

—¿Por qué no habéis traído a un perro más fiero? —le preguntó Connor al agente que había efectuado la detención.

Le dieron ganas de encararse con aquel tipo. Se suponía que era el comisario de Seguridad Pública, pero se comportaba como un vulgar matón callejero.

Sin embargo, no tardó en comprobar que corría el peligro de que lo detuvieran a él también, sobre todo ahora que su elegante traje había quedado reducido a un montón de harapos empapados. A Bobby Kennedy no le haría ninguna gracia que George acabase en la cárcel.

No sin gran esfuerzo, reprimió su cólera, cerró la boca, dio media vuelta y echó a andar rápidamente de vuelta al Gaston.

Por suerte, tenía otro par de pantalones en su equipaje. Se dio una ducha, se vistió de nuevo con ropa seca y envió su traje al servicio de tintorería del hotel. Llamó al Departamento de Justicia y le dictó a una secretaria su informe sobre los acontecimientos del día para que lo leyera Bobby Kennedy. Lo redactó con un estilo seco y carente de emociones, obviando el hecho de que él también había recibido el impacto de las mangueras.

En el salón del hotel volvió a encontrar a Verena, que había salido ilesa de los enfrentamientos pero parecía muy afectada.

—¡Pueden hacer lo que quieran con nosotros! —exclamó con un dejo de histeria en la voz.

Él sentía lo mismo, pero para ella era mucho peor. A diferencia de George, Verena no había participado en el movimiento de los Viajeros de la Libertad, y supuso que aquella debía de ser la primera vez que presenciaba un episodio de odio racial violento en su horror más descarnado.

—Deja que te invite a una copa —dijo George, y se fue a la barra.

A lo largo de la hora siguiente trató de apaciguarla. Sobre todo se limitó a escucharla, y de vez en cuando le hacía un comentario comprensivo o tranquilizador. Lo que más la ayudó a sosegarse, sin embargo, fue ver que también él se iba calmando. El esfuerzo hizo que George lograse mantener a raya su propio estado de indignación efervescente, que estaba en ebullición.

Cenaron juntos tranquilamente en el restaurante del hotel, y acababa de anochecer cuando se retiraron.

—¿Quieres venir a mi habitación? —dijo Verena una vez en el pasillo.

George se quedó estupefacto. No había sido una velada romántica ni sensual, él no la había considerado una cita amorosa. Solo eran dos compañeros activistas que se habían ofrecido consuelo mutuo.

Verena advirtió su vacilación.

—Solo quiero que alguien me abrace —explicó—. ¿Te parece bien?

No estaba seguro de entenderla, pero asintió de todos modos.

La imagen de Maria desfiló un instante por su cerebro, pero George la ahuyentó. Ya era hora de que la olvidase por fin.

Una vez dentro de la habitación, ella cerró la puerta a su espalda y lo rodeó con los brazos. Él apretó su cuerpo contra el de ella y la besó en la frente. Verena apartó la cara y apoyó la mejilla en su hombro. «Vaya —pensó George—, quiere que la abrace pero no quiere que la bese.» En ese momento decidió limitarse a seguir sus indicaciones. A él le parecería bien lo que ella desease.

—No quiero dormir sola —dijo Verena al cabo de un minuto.

—Está bien —contestó él con un tono neutro.

—¿Podemos dormir abrazados y ya está?

—Claro —dijo George, aunque no creía que eso fuese posible.

Ella se apartó de él y, acto seguido, se quitó los zapatos rápidamente y se despojó del vestido deslizándoselo por la cabeza. Llevaba bragas y sujetador blancos. George se quedó mirando embobado su piel perfecta y cremosa. Verena se quitó la ropa interior en un abrir y cerrar de ojos. Tenía los pechos planos y firmes, con unos pezones pequeños. Su vello púbico tenía un tono rojizo. Era la mujer más hermosa a la que George había visto desnuda en toda su vida, y con diferencia.

Sus ojos tuvieron que absorber el asombroso espectáculo de su cuerpo en un solo vistazo, porque Verena se metió en la cama de inmediato.

George se volvió y se quitó la camisa.

—¡Tu espalda! ¡Oh, Dios mío! ¡Qué horror! —exclamó Verena.

Sentía la espalda dolorida por el efecto de la manguera, pero no se le había ocurrido que pudiesen haberle dejado marcas visibles. Se volvió de espaldas al espejo que había junto a la puerta, miró por encima del hombro y vio a qué se refería Verena: tenía toda la piel llena de moretones.

Se quitó los zapatos y los calcetines muy despacio, porque tenía una erección y esperaba perderla de un momento a otro, pero no fue así. No podía evitarlo. Se levantó, se quitó los pantalones y los calzoncillos y luego se metió en la cama tan deprisa como lo había hecho ella.

Se abrazaron. Su erección presionaba el vientre de Verena, pero ella no reaccionó de ninguna forma en particular. Su melena le hacía cosquillas en el cuello y sus senos se aplastaban contra su pecho. Estaba muy excitado, enardecido de deseo, pero el instinto le decía que no hiciese nada, así que se quedó quieto.

Verena empezó a llorar. Al principio solo emitía unos gemidos débiles, y George no estaba seguro de si obedecían a alguna reacción de índole sexual, pero entonces sintió sus cálidas lágrimas sobre el pecho y ella se echó a temblar entre sollozos. Él le dio unas palmaditas en la espalda, el gesto primordial para tratar de consolar a otro ser humano.

Una parte de sí observaba perplejo lo que estaba haciendo: se había acostado desnudo en la cama junto a una mujer hermosa y lo único que podía hacer era acariciarle la espalda. Sin embargo, a un nivel más profundo aquello tenía sentido. George sintió, vaga pero certeramente, que se estaban proporcionando el uno al otro una forma de consuelo más poderosa que el sexo. Ambos eran presa de una intensa emoción, aunque se tratase de una emoción para la que George no tenía un nombre.

Los sollozos de Verena fueron apaciguándose poco a poco. Al cabo de un rato, su cuerpo se relajó, su respiración se hizo más acompasada y regular, y cayó en brazos del sueño.

La erección de George remitió. Cerró los ojos y se concentró en el calor de aquel cuerpo femenino contra el suyo, en el tenue aroma a mujer que despedían su piel y su pelo. Con una chica como Verena en sus brazos, estaba seguro de que no lograría conciliar el sueño.

Sin embargo, se durmió.

Cuando despertó a la mañana siguiente, ella ya no estaba.

Ese sábado por la mañana, Maria Summers fue a trabajar sumida en un estado de ánimo muy pesimista.

Mientras Martin Luther King había estado en la cárcel en Alabama, la Comisión de los Derechos Civiles había elaborado un informe terrible sobre los abusos cometidos contra los negros en Mississippi, pero la administración Kennedy hábilmente había restado importancia al informe. Un abogado del Departamento de Justicia llamado Burke Marshall había escrito un memorándum poniendo pegas a sus conclusiones; el jefe de Maria, Pierre Salinger, había calificado sus propuestas de extremistas y la prensa estadounidense había caído en el engaño.

Y el hombre al que ella amaba era el máximo responsable de todo aquello. El presidente Kennedy tenía un buen corazón, Maria estaba convencida de ello, pero siempre tenía los ojos puestos en los votantes. Le había ido bien en las elecciones de mitad de legislatura del año anterior: su astuta gestión de la crisis de los misiles de Cuba le había granjeado una enorme popularidad y habían conseguido evitar la mayoría aplastante con la que todo el mundo esperaba que ganaran los republicanos. Sin embargo, en ese momento le preocupaba la reelección del año siguiente. No le gustaban los segregacionistas del Sur, pero tampoco estaba dispuesto a sacrificarse a sí mismo por luchar contra ellos.

De manera que la campaña por los derechos civiles estaba perdiendo fuelle.

El hermano de Maria tenía cuatro hijos por los que ella sentía un profundo afecto. Ellos, y los hijos que la propia Maria pudiese llegar a tener en el futuro, iban a ser ciudadanos de segunda clase en su propio país. Si viajaban por el Sur, tendrían problemas para encontrar un hotel dispuesto a darles alojamiento; si acudían a una iglesia blanca, les prohibirían la entrada a menos que el pastor fuese liberal y los dirigiese a una zona especial reservada para negros. Verían un cartel que diría SOLO BLANCOS en la puerta de los baños públicos, y una señal con la palabra NEGROS que los dirigiría a un cubo en el patio trasero. Preguntarían por qué nunca salían personas de raza negra en televisión, y sus padres no sabrían qué responderles.

Entonces llegó a la oficina y vio los periódicos.

En la portada de *The New York Times* aparecía una fotografía de Birmingham que le hizo dar un respingo de horror: la imagen mostraba a un policía blanco con un pastor alemán de aspecto salvaje. El perro estaba mordiendo a un adolescente negro de aire inofensivo mientras el policía sujetaba al muchacho agarrándolo de la chaqueta de punto. El agente enseñaba los dientes con una mueca de avidez maliciosa, como si también él quisiera morder a alguien.

Nelly Fordham percibió el sobresalto de Maria y levantó la vista del *Washington Post*.

—Es terrible, ¿verdad? —comentó.

La misma fotografía ocupaba las portadas de muchos otros diarios estadounidenses, así como las ediciones de los periódicos extranjeros que se recibían por correo aéreo.

Maria se sentó a su escritorio y comenzó a leer. Advirtió, con un destello de esperanza, que el tono de los rotativos había cambiado. La prensa ya no podía seguir señalando con un dedo acusador a Martin Luther King y decir que su campaña era inoportuna y que los negros debían ser pacientes. La historia había cambiado gracias a la imparable alquimia de los medios de comunicación, un proceso misterioso que Maria había aprendido a respetar y temer a un tiempo.

Su entusiasmo fue en aumento cuando empezó a sospechar que los sureños blancos habían ido demasiado lejos. La prensa ya estaba hablando de violencia contra los niños en las calles de Estados Unidos. Seguían publicando declaraciones de hombres que afirmaban que era todo culpa de King y sus agitadores, pero no había rastro del habitual tono desdeñoso y soberbio del que solían hacer gala los segregacionistas, que había quedado sustituido por una nota de negación desesperada. ¿Era posible que una fotografía lo cambiase todo?

Salinger entró en la sala.

—Atención todo el mundo —dijo—. El presidente ha abierto los periódicos esta mañana y al ver las fotografías de Birmingham se ha sentido al borde de las náuseas… y quiere que la prensa lo sepa. No se trata de una declaración oficial, sino de un comentario *off-the-record*. Las palabras claves son «al borde de las náuseas». Sacadlo de inmediato, por favor.

Maria miró a Nelly y ambas arquearon las cejas. Eso sí era una novedad.

Maria cogió el teléfono.

El lunes por la mañana George se movía aún como un anciano, con cautela, tratando de mitigar al máximo las punzadas de dolor. Según los periódicos, el cañón de agua del Departamento de Bomberos de Birmingham producía una presión de siete kilos por centímetro cuadrado, y George sentía cada kilo en cada centímetro de su espalda.

Él no era el único que sufría dolores la mañana del lunes, sino que había cientos de manifestantes malheridos. Algunos de ellos presentaban heridas por las mordeduras de los perros de la policía y habían requerido puntos de sutura. Miles de niños en edad escolar estaban todavía en la cárcel.

George rezó por que sus padecimientos hubiesen merecido la pena.

De pronto había esperanza. Los ricos empresarios blancos de Birmingham querían poner fin al conflicto. Nadie iba a comprar a las tiendas; el boicot a los comercios del centro promovido por los negros se había hecho más efectivo aún a causa del temor de los blancos a quedar atrapados en algún disturbio callejero. Incluso los tozudos propietarios de las fábricas de acero pensaban que sus negocios se estaban viendo perjudicados por la reputación de la ciudad como capital mundial del racismo violento.

Y la Casa Blanca detestaba los continuos titulares en la prensa internacional. Los periódicos extranjeros, dando por sentado el derecho de los negros a la justicia y la democracia, no podían entender por qué el presidente de Estados Unidos parecía incapaz de hacer cumplir sus propias leyes.

Bobby Kennedy envió a Burke Marshall para tratar de llegar a un acuerdo con los ciudadanos más respetables de Birmingham. Dennis Wilson lo acompañó como su asistente. George no confiaba en ninguno de los dos. Marshall había puesto pegas al informe de la Comisión de los Derechos Civiles con una serie de argucias legales, y Dennis siempre había sentido celos de George.

La élite blanca de Birmingham no estaba dispuesta a negociar directamente con Martin Luther King, de manera que Dennis y George tendrían que actuar como intermediarios, con Verena como representante del doctor King.

Burke Marshall quería que King desconvocase la manifestación del lunes.

—¿Y dejar de hacer presión, justo cuando estábamos empezando a ganar ventaja? —exclamó Verena con incredulidad, dirigiéndose a Dennis Wilson en el elegante salón del hotel Gaston.

George asintió con la cabeza.

—De todos modos, el gobierno municipal no puede hacer nada en estos momentos —replicó Dennis.

El consistorio estaba pasando por una crisis distinta pero que afectaba a aquel asunto: Bull Connor había impugnado las elecciones que había perdido, por lo que había dos hombres que afirmaban ser el nuevo alcalde.

—Así que están divididos y debilitados. ¡Eso es bueno! —dijo Verena—. Si esperamos a que resuelvan sus diferencias, saldrán fortalecidos y más decididos que nunca. ¿Es que en la Casa Blanca no saben nada de política?

Dennis pretendía dar a entender que los defensores de los derechos civiles estaban confusos con respecto a sus reclamaciones, y eso también enfurecía a Verena.

—Tenemos cuatro exigencias muy simples —explicó—. Primero: la derogación inmediata de la segregación en restaurantes, lavabos, fuentes de agua potable y todas las dependencias interiores de los comercios. Segundo: contratación no discriminatoria y ascensos para los empleados negros en los comercios. Tercero: la puesta en libertad de todos los manifestantes encerrados en la cárcel y la retirada de todos los cargos. Cuarto: para el futuro, la formación de un comité mixto para negociar el fin de la segregación en los cuerpos policiales, las escuelas, los parques, los cines y los hoteles. —Miró a Dennis—. ¿Le parece confusa alguna de ellas?

King estaba reclamando cosas que parecían justas por naturaleza, pero, pese a todo, aquello era demasiado para los blancos. Esa misma tarde Dennis regresó al Gaston y transmitió a George y Verena las contrapropuestas. Los dueños de las tiendas estaban dispuestos a eliminar la segregación en los probadores con efecto inmediato, así como en otras dependencias al cabo de un tiempo. Cinco o seis empleados negros podrían ser ascendidos a puestos «de responsabilidad» en cuanto terminasen las manifestaciones. Los empresarios no podían hacer nada respecto a los manifestantes encarcelados, porque eso era asunto de los tribunales. La segregación en las escuelas y otras instituciones de la ciudad tendría que remitirse al alcalde y al concejo municipal.

Dennis parecía satisfecho. ¡Por primera vez en la historia los blancos estaban negociando!

Sin embargo, Verena mostró una actitud desdeñosa.

—Eso no es nada —dijo—. Nunca piden a dos mujeres que compartan un probador, así que no se puede decir que los probadores estén segregados, para empezar. Y hay más de cinco hombres negros en Birmingham capaces de ponerse una corbata para ocupar un puesto de responsabilidad. En cuanto al resto…

—Dicen que no tienen el poder de revocar las decisiones de los tribunales ni de cambiar las leyes.

—¡Qué ingenuo es usted! —exclamó Verena—. En esta ciudad los tribunales y el gobierno municipal hacen lo que los empresarios les dicen que hagan.

Bobby Kennedy le pidió a George que elaborase una lista de los empresarios blancos más influyentes de la ciudad, con sus números de teléfono. El presidente iba a llamarlos personalmente y decirles que debían hacer concesiones.

George advirtió otras señales esperanzadoras. La noche del lunes las concentraciones masivas en las iglesias de Birmingham recaudaron la asombrosa cantidad de cuarenta mil dólares en donaciones para la campaña; los ayudantes de King tardaron casi toda la noche en contar el dinero, cosa que hicieron en una habitación de hotel alquilada a tal fin. Más dinero aún estaba llegando a raudales a través del correo postal. Hasta entonces, el movimiento siempre había vivido al día y había subsistido de forma más bien precaria, pero Bull Connor y sus perros habían traído consigo unos beneficios imprevistos y extraordinarios.

King y su gente, Verena incluida, se prepararon para celebrar una reunión hasta bien entrada la madrugada en la sala de estar de la suite del líder del movimiento. En ella hablarían de qué podían hacer para seguir manteniendo la presión. George no estaba invitado —no quería enterarse de cosas que pudiese sentirse en la obligación de transmitir a Bobby—, así que se fue a la cama.

Por la mañana se puso su traje y bajó a la rueda de prensa que King iba a dar a las diez en punto. Encontró el patio del hotel abarrotado con más de un centenar de periodistas de todo el mundo, sudando a mares bajo el sol implacable de Alabama. La campaña de King en Birmingham era la noticia del momento, gracias una vez más a Bull Connor.

—Las actividades que han tenido lugar en Birmingham en los últimos días marcan la mayoría de edad del movimiento no violento —dijo King—. Esta es la culminación de un sueño.

George no veía a Verena por ninguna parte y empezó a albergar la sospecha creciente de que la verdadera acción se estaba desarrollando en algún otro lugar. Salió del hotel y dobló la esquina en dirección a la iglesia. No encontró a Verena, pero sí se fijó en que algunos estudiantes salían del sótano del templo y subían a los coches aparcados en fila a lo largo de la Quinta Avenida. Percibió un aire de fingida indiferencia entre los adultos que los vigilaban.

Se tropezó con Dennis Wilson, que tenía noticias.

—El Comité de Ciudadanos va a celebrar una reunión de emergencia en la Cámara de Comercio.

George había oído hablar de aquel grupo no oficial cuyos miembros formaban la comunidad de empresarios blancos que gobernaba la ciudad y que eran conocidos con el apodo de «Big Mules». Eran los hombres que ostentaban el poder real en Birmingham. Si les estaba entrando el pánico, eso significaba que algo iba a tener que cambiar.

—¿Qué tienen planeado los del grupo de King? —preguntó Dennis.

George se alegró de no saberlo.

—No me invitaron a la reunión —respondió—, pero han tramado algo, eso seguro.

Se despidió de Dennis y se fue andando al centro. Sabía que incluso por el mero hecho de pasear a solas podían detenerlo por manifestarse sin permiso, pero tenía que correr el riesgo; no sería de ninguna utilidad para Bobby si se escondía en el Gaston.

A los diez minutos llegó al típico barrio comercial de ciudad sureña: grandes almacenes, cines, edificios institucionales y una línea de ferrocarril que atravesaba el centro.

George no descubrió cuál era el plan de King hasta que vio cómo lo ponían en práctica.

De pronto, varios ciudadanos negros que hasta entonces iban andando solos o en grupos de dos y de tres personas, empezaron a confluir en un mismo punto y a congregarse, blandiendo pancartas que hasta ese momento habían mantenido ocultas. Algunos se sentaron bloqueando la acera, otros se arrodillaron para rezar en las escalinatas del gigantesco ayuntamiento de estilo *art déco*. Unos adolescentes que formaban en fila india y entonaban himnos entraban y salían de las tiendas segregadas. El tráfico fue ralentizándose hasta detenerse por completo.

Los manifestantes habían pillado desprevenida a la policía, que estaba concentrada en las inmediaciones del parque Kelly Ingram, a menos de un kilómetro de distancia. Sin embargo, George estaba convencido de que aquel ambiente de protesta pacífica solo duraría mientras Bull Connor siguiese presa del desconcierto.

Cuando la mañana dio paso a la tarde, George regresó al Gaston, donde encontró a Verena con cara de preocupación.

—Esto es genial, pero se nos escapa de las manos —señaló—. Nuestra gente está entrenada para protestar de forma no violenta, pero hay miles de personas que se están sumando a las manifestaciones y que no tienen esa disciplina.

—Eso aumenta la presión sobre los Big Mules —dijo George.

—Sí, pero no queremos que el gobernador declare la ley marcial.

El gobernador de Alabama, George Wallace, era un segregacionista inflexible.

—La ley marcial implica control federal —puntualizó George—. Entonces el presidente tendría que pedir la integración, al menos parcial.

—Si fuerzan la integración desde fuera, la comunidad de empresarios blancos que gobierna esta ciudad encontrará maneras de sabotearla. Es mejor que tomen ellos mismos la decisión.

George vio que Verena era toda una experta en política, y muy perspicaz, además. Era innegable que había aprendido mucho de King, pero no estaba seguro de si llevaba razón con respecto a aquello.

Se comió un sándwich de jamón y volvió a salir. El ambiente en los alrededores del parque Kelly Ingram estaba más tenso. Había cientos de policías en el parque, blandiendo sus porras y conteniendo a sus perros rabiosos. El cuerpo de bomberos ahuyentaba con sus mangueras a cualquiera que intentase ir al centro. Los negros, rebelándose contra el uso de las mangueras, empezaron a arrojar piedras y botellas de Coca-Cola a la policía. Verena y otros miembros del grupo de King se desplazaban entre la multitud, pidiendo a la gente que mantuviese la calma y se abstuviese de emplear la violencia, pero sus palabras tenían escaso efecto. Un vehículo blanco y extraño al que la gente llamaba «el tanque» recorría arriba y abajo la calle Dieciséis, con Bull Connor gritando a través de un altavoz:

—¡Dispersaos! ¡Despejad las calles!

A George le habían dicho que no era ningún tanque, sino un carro blindado que Connor había adquirido de un excedente de las unidades del ejército.

George vio a Fred Shuttlesworth, el rival de King como líder de la campaña. A sus cuarenta y un años, era un hombre enjuto de aspecto rudo, con un bigote corto y vestido con ropa elegante. Había sobrevivido a dos atentados y su esposa había sido apuñalada por un miembro del Ku Klux Klan, pero él parecía no tener miedo y se negaba a abandonar la ciudad. «No me salvé para luego salir huyendo», le gustaba decir. Aunque era luchador por naturaleza, en ese momento estaba tratando de dar indicaciones a algunos de los jóvenes.

—No hay que provocar ni burlarse de la policía —les decía—. No actuéis como si tuvierais intención de golpearlos.

Era un buen consejo, pensó George.

Los muchachos se reunieron alrededor de Shuttlesworth y él los guió de regreso hacia su iglesia como si fuera el flautista de Hamelín, agitando un pañuelo blanco en el aire en un intento de mostrar a la policía su intención pacífica.

Casi surtió efecto.

Shuttlesworth condujo a los niños más allá de los camiones de bomberos, hasta la entrada del sótano de la iglesia, que estaba a pie de calle, y les hizo entrar y bajar la escalera. Cuando todos estuvieron dentro, se volvió para seguirlos. Sin embargo, en ese momento George oyó una voz que decía:

—Vamos a mojar un poco al pastor.

Shuttlesworth, arrugando la frente, se volvió a mirar atrás. El potente chorro de un cañón de agua le dio de lleno en el pecho. Se tambaleó y cayó de espaldas por la escalera con un estrépito y soltando un alarido.

—¡Oh, Dios mío! ¡Shuttlesworth está herido! —gritó alguien.

George se precipitó al interior de la iglesia. Shuttlesworth yacía al pie de la escalera, jadeando.

—¿Se encuentra bien? —exclamó George, pero Shuttlesworth no podía contestar—. ¡Llamen a una ambulancia, deprisa! —gritó George.

Le parecía increíble que las autoridades hubiesen sido tan estúpidas. Shuttlesworth era un personaje inmensamente popular; ¿de veras querían alentar una revuelta en toda regla?

Se oyeron las sirenas de las ambulancias, y al cabo de unos minutos dos hombres llegaron con una camilla y se llevaron al pastor.

George los siguió hasta la acera. Los manifestantes negros y los agentes blancos de la policía estaban arremolinándose peligrosamente alrededor del templo. Los reporteros habían acudido de inmediato y los fotógrafos de prensa sacaban instantáneas mientras subían la camilla a la ambulancia. Todos observaron al vehículo alejarse por la calle.

Al cabo de un momento apareció Bull Connor.

—He esperado una semana para ver cómo alcanzaban a Shuttlesworth de un manguerazo —dijo con tono jovial—. Siento habérmelo perdido.

George se puso furioso. Esperaba que uno de los manifestantes le diese un puñetazo a Connor en aquella cara gorda y fea.

—Se lo han llevado en ambulancia —dijo uno de los periodistas blancos.

—Ojalá hubiese sido un coche fúnebre —comentó el comisario con sarcasmo.

George tuvo que hacer un gran esfuerzo para controlar su ira. Lo salvó Dennis Wilson, que salió de la nada y lo agarró del brazo.

—¡Buenas noticias! —exclamó—. ¡La comunidad de empresarios ha dado su brazo a torcer!

George se dio media vuelta.

—¿Qué quieres decir con eso de que han dado su brazo a torcer?

—Que han formado un comité para negociar con los activistas.

Desde luego, aquellas sí eran buenas noticias. Algo los había hecho cambiar: las manifestaciones, las llamadas telefónicas del presidente o la amenaza de la ley marcial. Fuera cual fuese la razón, estaban lo bastante desesperados para sentarse con los representantes negros y discutir una tregua. Tal vez podrían alcanzar un acuerdo antes de que los disturbios llegasen a ser realmente graves.

—Pero necesitan un lugar para reunirse —añadió Dennis.

—Verena conocerá alguno. Vamos a buscarla.

George se volvió para marcharse, pero se detuvo y volvió a mirar a Bull Connor. Se dio cuenta de que aquel hombre era cada vez más irrelevante; el comisario estaba en las calles, burlándose de los activistas de los derechos civiles, pero en la Cámara de Comercio los hombres más poderosos de la ciudad habían cambiado el rumbo de la historia… y lo habían hecho sin consultar a Connor. Tal vez se acercaba el día en que aquellos matones blancos y gordos ya no gobernarían el Sur.

Aunque también podía ocurrir todo lo contrario.

El acuerdo se anunció en rueda de prensa el viernes. Fred Shuttlesworth compareció ante los medios con las costillas rotas por el cañón de agua.

—¡Birmingham ha llegado a un acuerdo con su propia conciencia! —afirmó.

Poco después se desmayó y tuvieron que llevárselo de la sala. Martin Luther King declaró la victoria y regresó a su casa en Atlanta.

La élite blanca de Birmingham había accedido al fin a tomar algunas medidas para luchar contra la segregación. Verena se quejó de que no eran muy ambiciosas, y en cierto modo tenía razón, pues las concesiones eran menores, pero George creía que se había producido un cambio radical: los blancos habían aceptado que era necesario negociar con los negros sobre la segregación. Ya no podían seguir imponiendo su propia ley sin más. Las negociaciones continuarían, y no podían ir más que en una sola dirección.

Ya fuese un pequeño avance o un punto de inflexión importante, la noche del sábado todas las personas de raza negra de Birmingham lo estaban celebrando, y Verena invitó a George a su habitación.

No tardó en descubrir que no era una de esas mujeres a las que le gustaba que el hombre tomase la iniciativa en la cama. Ella sabía lo que quería y se sentía cómoda pidiéndolo. A George le pareció perfecto.

De hecho, casi cualquier cosa le habría parecido perfecta. Estaba encantado con su precioso cuerpo de piel cremosa y sus hipnóticos ojos verdes. Verena habló mucho mientras hacían el amor, le decía cómo se sentía, le preguntaba si aquello le gustaba o eso otro lo avergonzaba, y la conversación acentuó la intimidad entre ambos. George se dio cuenta, con más fuerza que nunca, de que el sexo podía ser una forma de conocer el carácter de la otra persona, además de su cuerpo.

Cuando estaban a punto de acabar, ella quiso subirse encima. También aquello era una novedad; nunca lo había hecho así con ninguna mujer. Verena se sentó a horcajadas sobre él, y George la sujetó de las caderas y se movió al compás. Ella cerró los ojos, pero él no. Observó su rostro, entre fascinado y extasiado, y cuando Verena al fin llegó al orgasmo, él también lo alcanzó.

Minutos antes de la medianoche, George se acercó en albornoz a la ventana y contempló las farolas de la Quinta Avenida mientras Verena estaba en el baño. Pensó de nuevo en el acuerdo que King había alcanzado con los blancos de Birmingham. Si aquel era un triunfo para el movimiento de los derechos civiles, los segregacionistas más recalcitrantes no aceptarían la derrota, pero ¿qué iban a hacer? Sin duda Bull Connor tendría algún plan para sabotear el acuerdo, al igual que George Wallace, el gobernador racista.

Ese mismo día el Ku Klux Klan había celebrado una reunión en Bessemer, una pequeña localidad a unos treinta kilómetros de Birmingham. Según los servicios de información de Bobby Kennedy, habían acudido miembros del Klan procedentes de Georgia, Tennessee, Carolina del Sur y Mississippi. Seguro que los oradores habrían pasado la noche exaltando su indignación por lo ocurrido en Birmingham y pronunciando discursos enardecidos por el hecho de que la ciudad hubiese cedido ante los negros. Para entonces las mujeres y los niños ya se habrían ido a casa, pero los hombres habrían empezado a beber y fanfarronear alardeando de todo lo que iban a hacer al respecto.

Al día siguiente, domingo 12 de mayo, era el día de la Madre. George recordó el día de la Madre de hacía dos años, cuando unos blancos habían intentado matarlo a él y a otros viajeros de la libertad lanzando bombas incendiarias a su autobús en Anniston, a unos noventa kilómetros de allí.

Verena salió del baño.

—Vuelve a la cama —dijo ella metiéndose bajo las sábanas.

George la obedeció, ansioso. Tenía la esperanza de hacer el amor con ella al menos una vez más antes del amanecer, pero justo cuando estaba a punto de volverse y dar la espalda a la ventana, algo llamó su atención. Los faros de dos coches avanzaban por la Quinta Avenida. El primer vehículo era un coche patrulla blanco del Departamento de Policía de Birmingham, claramente identificado con el número veinticinco. Iba seguido de un viejo Chevrolet de principios de los cincuenta. Ambos coches aminoraron la velocidad a medida que fueron aproximándose al Gaston.

De repente George se dio cuenta de que los policías y las fuerzas estatales que habían estado patrullando las calles alrededor del hotel habían desaparecido. No había nadie en la acera.

«¿Qué demonios...?»

Al cabo de un segundo, un objeto salió despedido por la ventanilla trasera del Chevrolet, al otro lado de la acera, en dirección a la pared del hotel. El objeto aterrizó justo debajo de las ventanas de la habitación de la esquina, la número treinta, la que Martin Luther King había ocupado hasta ese mismo día, cuando había abandonado la ciudad.

Entonces los dos coches pisaron el acelerador.

George se apartó de la ventana, cruzó la habitación en dos zancadas y se tiró encima de Verena.

Justo empezaba a emitir un gemido de protesta cuando quedó sofocado por el ruido de una potente explosión. Todo el edificio se estremeció como si hubiese un terremoto. El estrépito de los cristales rotos y el estruendo de los cascotes de las paredes inundaron el aire. La ventana de la habitación se hizo añicos produciendo un ruido repiqueteante, como el tañido de unas campanas tocando a muertos. Hubo un momento de silencio aterrador. Cuando el ruido de los dos coches se desvaneció en la distancia, George oyó gritos procedentes del interior del edificio.

—¿Estás bien? —le dijo a Verena.

—¡Joder! ¿Qué diablos ha pasado? —exclamó ella.

—Alguien ha arrojado una bomba desde un coche. —Frunció el ceño—. El coche tenía una escolta policial, ¿te lo puedes creer?

—¿En esta ciudad de mierda? ¡Pues claro que me lo creo!

George se apartó de ella y echó un vistazo a la habitación. Vio cristales rotos por todo el suelo; había un pedazo de tela verde enredada a los pies de la cama, y al cabo de unos segundos se dio cuenta de que era la cortina. La onda expansiva había arrancado una imagen del presidente Roosevelt de la pared, y este yacía boca arriba en la moqueta, con los fragmentos de cristal desperdigados sobre su sonrisa.

—Tenemos que ir abajo —dijo Verena—. Puede haber heridos.

—Espera un momento, voy a buscar tus zapatos.

George apoyó los pies en una zona despejada de la moqueta. Para cruzar la habitación tuvo que recoger los fragmentos de vidrio y apartarlos a un lado. Se alegró de ver sus zapatos junto a los de ella en el vestidor. Se calzó y ató los cordones de cuero negro y luego cogió los zapatos de salón blancos de Verena y se los llevó.

En ese momento se fue la luz.

Los dos se vistieron rápidamente a oscuras. Descubrieron que no había agua en el baño y bajaron la escalera.

El vestíbulo en penumbra estaba abarrotado por el personal del hotel y los huéspedes, todos víctimas del pánico. Había varios heridos sangrando, pero ningún muerto, al parecer. George se abrió paso para salir al exterior. Junto a las farolas vio un agujero de metro y medio de diámetro en la pared del edificio y una voluminosa pila de escombros en la acera; los remolques estacionados en el aparcamiento adyacente habían quedado reducidos a chatarra por la fuerza de la explosión, pero milagrosamente nadie había resultado herido de gravedad.

Llegó un policía acompañado de un perro y luego acudió una ambulancia, a la que siguieron más agentes. De forma harto inquietante, varios grupos de negros empezaron a concentrarse a las puertas del hotel y en el parque Kelly Ingram, una manzana más allá. George advirtió con desasosiego que no se trataba de los mismos cristianos pacíficos que habían salido alegremente de la Iglesia Baptista de la

Calle Dieciséis cantando himnos. Aquellas personas habían pasado el sábado por la noche bebiendo en bares, en salas de billar y en los improvisados garitos negros conocidos como *juke joints*, y no suscribían la filosofía de Gandhi de resistencia pasiva que preconizaba Martin Luther King.

Alguien dijo que habían arrojado otra bomba a escasas manzanas de distancia, en la casa parroquial donde vivía el hermano de Martin Luther King, Alfred, a quien siempre llamaban A. D. King. Un testigo había visto a un policía uniformado colocar un paquete en el porche segundos antes de la explosión. Era evidente que la policía de Birmingham había tratado de asesinar a los dos hermanos King al mismo tiempo.

La muchedumbre se puso aún más furiosa.

No tardaron en empezar a lanzar botellas y piedras. Los perros y los cañones de agua eran sus blancos favoritos. George regresó al interior del hotel. A la luz de las linternas, Verena estaba ayudando a rescatar a una anciana negra de entre un montón de escombros en una habitación de la planta baja.

—Las cosas se están poniendo muy feas ahí fuera —le dijo George a Verena—. Están tirando piedras a la policía.

—Pues me parece muy bien, joder. Son los policías quienes han tirado las bombas.

—Piénsalo un momento —repuso George con tono apremiante—. ¿Por qué quieren los blancos provocar una revuelta esta noche? Para sabotear el acuerdo.

Verena se limpió el polvo del yeso de la frente. George la miró a la cara y vio que una rápida maniobra de cálculo sustituía la expresión de furia.

—Maldita sea, tienes razón —sentenció ella.

—No podemos permitir que lo hagan.

—Pero ¿cómo podemos evitarlo?

—Tenemos que sacar a todos los líderes del movimiento a la calle para que calmen a la gente.

Verena asintió con la cabeza.

—Sí, claro. Buena idea. Empezaré a reunirlos a todos.

George volvió a salir. La tensión iba en aumento: después de volcar un taxi, le habían prendido fuego en mitad de la carretera. A una manzana de allí, una tienda de comestibles ardía en llamas. Los coches patrulla procedentes del centro de la ciudad se veían obligados a detenerse en la calle Diecisiete por una lluvia de proyectiles.

George cogió un megáfono y se dirigió a la multitud.

—¡Atención! ¡Mantened todos la calma! —gritó—. ¡No pongáis en peligro nuestro acuerdo! Los segregacionistas están intentando provocar una revuelta: ¡no les deis lo que quieren! ¡Volved a casa y meteos en la cama!

—¿Por qué tenemos que ser siempre nosotros los que nos vamos a casa cuando son ellos quienes provocan la violencia, eh? —espetó un hombre de color que estaba a su lado.

George subió de un salto al capó de un coche aparcado y se encaramó al techo del vehículo.

—¡Esto no nos ayuda en nada! —vociferó—. ¡Nuestro movimiento no es violento! ¡Todo el mundo a casa!

—¡Nosotros no somos violentos, pero ellos sí! —gritó alguien.

Al punto, una botella de whisky vacía voló por los aires y golpeó a George en la frente. Él bajó del techo del coche y se tocó la cabeza. Le dolía, pero no se había hecho sangre.

Otros empezaron a repetir sus consignas. Verena apareció con varios líderes del movimiento y varios predicadores más, y todos se mezclaron con la multitud para intentar aplacar a la gente. A. D. King subió a un coche.

—¡Acaban de arrojar una bomba a nuestra casa! —gritó—. Nosotros decimos: Padre, perdónalos, porque no saben lo que hacen. Pero vosotros no nos estáis ayudando. ¡Nos estáis perjudicando! Por favor, ¡despejad este parque!

Poco a poco las palabras fueron surtiendo efecto. George advirtió que no se veía a Bull Connor por ninguna parte; el hombre que estaba al mando era el jefe de policía Jamie Moore —un profesional de las fuerzas policiales más que un nombramiento político—, y eso era una ayuda. La actitud de la policía parecía haber cambiado. Ni los adiestradores de perros ni los bomberos parecían tener tantas ganas de pelea como antes. George oyó a un agente gritar a un grupo de negros:

—¡Somos vuestros amigos!

Era mentira, pero una mentira nueva.

George advirtió que había halcones y palomas entre los segregacionistas. Martin Luther King se había aliado con las palomas, por lo que habían desbancado a los halcones. En ese momento, los halcones estaban tratando de reavivar el fuego del odio. No podían permitirles que se salieran con la suya.

Sin el estímulo de la agresión policial, la muchedumbre perdió las ganas de provocar una revuelta. George empezó a oír otro tipo de comentarios. Cuando la tienda de comestibles se derrumbó a causa del incendio, se oyeron voces de arrepentimiento entre la gente.

—Esto es una vergüenza —señaló un hombre.

—Hemos ido demasiado lejos —coincidió otro.

Al final los predicadores consiguieron que todos se pusieran a cantar y George se relajó. Presintió que todo había terminado.

Encontró al jefe de policía Moore en la esquina de la Quinta Avenida y la calle Diecisiete.

—Tenemos que enviar a unos operarios al hotel, jefe, para que hagan reparaciones —dijo con tono cortés—. No hay agua ni luz, y las condiciones de higiene se van a deteriorar muy deprisa.

—Veré lo que puedo hacer —dijo Moore, y se llevó el walkie-talkie a la oreja.

Sin embargo, antes de que pudiera hablar apareció la policía estatal.

Llevaban unos cascos azules y portaban carabinas y escopetas de dos cañones. Llegaron precipitadamente, la mayoría de ellos en coches, algunos a caballo. En cuestión de segundos había doscientos efectivos policiales o más. George los observaba horrorizado. Aquello era una catástrofe porque podían reactivar la revuelta en cualquier momento, pero se dio cuenta de que eso era justo lo que pretendía el gobernador George Wallace. Como Bull Connor y los autores de los lanzamientos de las bombas incendiarias, Wallace veía que la única esperanza para los segregacionistas era alentar el caos y hacer saltar por los aires toda sensación de ley y orden.

De pronto un coche se detuvo y de él salió el director de Seguridad Pública del gobernador Wallace, el coronel Al Lingo, armado con una escopeta. Dos de los hombres que lo acompañaban, al parecer sus guardaespaldas, llevaban subfusiles Thompson.

El jefe Moore enfundó el walkie-talkie. Habló despacio y en voz baja, pero tuvo la precaución de no dirigirse a Lingo por su rango militar.

—Señor Lingo, le agradecería que se fuera de aquí.

Lingo no se molestó en ser cortés.

—Coge tu culo cobarde y llévatelo de vuelta a la comisaría —soltó—. Ahora yo estoy al mando, y voy a dar la orden de meter a esos negros cabrones en la cama.

George suponía que le dirían que se largara de allí, pero estaban demasiado absortos en su discusión para fijarse en él.

—Esas armas no son necesarias —dijo Moore—. ¿Quiere hacer el favor de guardarlas? Alguien va a acabar muerto.

—¡Ya lo creo que sí! —exclamó Lingo.

George se alejó rápidamente en dirección al hotel.

Antes de entrar en el edificio se volvió a mirar, justo a tiempo de ver a los policías estatales cargar contra la multitud.

Entonces los disturbios comenzaron de nuevo.

George encontró a Verena en el patio del hotel.

—Tengo que volver a Washington —anunció.

No quería irse. Quería pasar tiempo con Verena, charlar con ella, ahondar en su recién descubierta intimidad. Quería hacer que se enamorara de él, pero eso tendría que esperar.

—¿Qué vas a hacer en Washington? —preguntó ella.

—Asegurarme de que los hermanos Kennedy entienden lo que está pasando. Alguien tiene que decirles que el gobernador Wallace está provocando la violencia con el fin de sabotear el acuerdo.

—Son las tres de la mañana.

—Me gustaría llegar al aeropuerto lo antes posible y coger el primer vuelo. Puede que tenga que volar vía Atlanta.

—¿Y cómo vas a llegar al aeropuerto?

—Buscaré un taxi.

—Ningún taxi va a aceptar llevar a un negro esta noche, sobre todo a un negro con un chichón en la frente.

George se tocó la cara, palpándosela, y localizó un bulto justo donde ella había dicho.

—¿De dónde habrá salido esto?

—Recuerdo haber visto cómo te golpeaba una botella en la frente.

—Ah, sí. Bueno, puede parecer una estupidez, pero debo tratar de llegar al aeropuerto.

—¿Y tu equipaje?

—No puedo hacer las maletas a oscuras. Además, no tengo muchas cosas. Me iré sin equipaje.

—Ten cuidado —dijo Verena.

George la besó. Ella le rodeó el cuello con los brazos y presionó su cuerpo delgado contra el de él.

—Ha sido fantástico —susurró, y acto seguido lo soltó.

George salió del hotel. Las avenidas que llevaban directamente al centro en dirección este estaban bloqueadas; tendría que dar un rodeo. Caminó hacia el oeste y luego hacia el norte, y luego torció en dirección este cuando le pareció que ya se hallaba lejos de los disturbios. No vio ningún taxi. Tal vez tendría que esperar al primer autobús de la mañana del domingo.

Una luz tenue brillaba en el cielo de levante cuando un coche se detuvo frenando en seco a su lado. George se dispuso a salir corriendo por temor a que se tratase de grupos radicales blancos, pero cambió de idea cuando vio a tres policías estatales bajar del vehículo, fusiles en ristre.

«No les hará falta ninguna excusa si quieren matarme», pensó atemorizado.

El líder era un hombre de baja estatura que se comportaba con actitud arrogante. George reparó en que llevaba los galones de sargento en la manga.

—¿Adónde vas, muchacho? —inquirió.

—Estoy intentando llegar al aeropuerto, sargento —respondió George—. Tal vez ustedes puedan decirme dónde puedo encontrar un taxi.

El líder se dirigió al resto con una sonrisa burlona.

—Que está intentando llegar al aeropuerto, dice —repitió, como si la idea le hiciese mucha gracia—. ¡Cree que podemos ayudarle a encontrar un taxi!

Sus subordinados rieron con ganas.

—¿Y qué vas a hacer en el aeropuerto? —le preguntó el sargento a George—. ¿Limpiar los cuartos de baño?

—Voy a coger un avión a Washington. Trabajo en el Departamento de Justicia. Soy abogado.

—No me digas. Bueno, pues yo trabajo para George Wallace, el gobernador de Alabama, y nosotros no les hacemos mucho caso a los de Washington, por aquí abajo. Métete en el maldito coche antes de que te rompa esa cabeza de chorlito que tienes.

—¿Por qué razón me detienen?

—No te hagas el listo conmigo, muchacho.

—Si me detiene sin una causa justificada es usted un criminal, no un policía.

Con un movimiento ágil y repentino, el sargento blandió su rifle por la culata. George se agachó y levantó la mano instintivamente para protegerse la cara. La culata de madera del fusil le golpeó con fuerza en la muñeca izquierda, causándole mucho dolor. Los otros dos agentes le inmovilizaron los brazos. Él no opuso resistencia, pero lo llevaron a rastras como si estuviera forcejeando. El sargento abrió la puerta trasera del coche y lo arrojó al asiento de atrás. Cerraron la puerta antes de que George hubiera entrado del todo en el vehículo y le pillaron la pierna; profirió un alarido de dolor. Volvieron a abrir, le metieron la pierna herida dentro de un empujón y cerraron.

Permaneció inmóvil, tirado en el asiento trasero del coche. La pierna le dolía horrores, pero la muñeca era aún peor. «Pueden hacer lo que quieran con nosotros —pensó— porque somos negros.» En ese momento deseó haber arrojado piedras y botellas a la policía en lugar de haber corrido por ahí diciéndole a la gente que se calmase y regresase a casa.

Los policías lo llevaron al Gaston. Una vez allí, abrieron la puerta trasera del coche y echaron a George de un empujón. Sujetándose la muñeca izquierda con la mano derecha, entró cojeando en el patio.

Ese domingo por la mañana, más tarde, George encontró por fin un taxi con un conductor negro y se dirigió al aeropuerto, donde tomó un vuelo a Washington. La muñeca izquierda le dolía tanto que no podía mover el brazo, y se guardó la mano en el bolsillo para apoyarla. Tenía la muñeca hinchada, y para aliviar el dolor se quitó el reloj y se desabrochó el puño de la camisa.

Llamó al Departamento de Justicia desde un teléfono público del aeropuerto y se enteró de que iba a haber una reunión de urgencia en la Casa Blanca a las seis de la tarde. El presidente volaba desde Camp David, y habían trasladado a Burke Marshall en helicóptero desde West Virginia. Bobby estaba de camino al Departamento de Justicia, iba a necesitar una reunión informativa inmediatamente y no, no había tiempo para que George fuese a su casa a cambiarse de ropa.

Después de prometerse que a partir de ese momento siempre guardaría una camisa limpia en el cajón de su escritorio, George consiguió un taxi para desplazarse al Departamento de Justicia y fue directamente al despacho de Bobby.

A pesar de la mueca de dolor cada vez que trataba de mover el brazo izquierdo, George insistió en que sus heridas eran demasiado leves para requerir atención médica. Hizo un resumen de los acontecimientos de la noche anterior ante el secretario de Justicia y un grupo de asesores, incluido Marshall. Por alguna razón, el enorme terranova negro de Bobby, Brumus, también estaba allí.

—La tregua que con tanta dificultad se acordó esta semana corre peligro —dijo George como conclusión—. Los atentados y la brutalidad de la policía estatal han debilitado el compromiso de los negros con la no violencia. Por otra parte, los disturbios amenazan con debilitar la posición de los blancos que negociaron con Martin Luther King. Los enemigos de la integración, con George Wallace y Bull Connor a la cabeza, tienen la esperanza de que un bando o ambos renieguen del acuerdo. Tenemos que evitar como sea que esto suceda.

—Bueno, eso está bastante claro —señaló Bobby.

Todos subieron al coche de Bobby, un Ford Galaxie 500. Era verano y llevaba la capota bajada. Recorrieron el breve trayecto hasta la Casa Blanca. Brumus disfrutó del paseo.

En el exterior de la Casa Blanca se habían concentrado varios miles de manifestantes, una mezcla significativa de blancos y negros, con pancartas que decían: PROTEGED A LOS NIÑOS DE BIRMINGHAM.

El presidente Kennedy estaba en el Despacho Oval, sentado en su silla favorita, una mecedora, esperando al grupo del Departamento de Justicia. Con él se encontraba un poderoso trío formado por militares: Bob McNamara, el chico prodigio de Ford y secretario de Defensa, así como el secretario del Ejército y el jefe de Estado Mayor del Ejército.

George se dio cuenta de que aquel grupo se había reunido allí ese día porque la noche anterior los negros de Birmingham habían provocado incendios y arrojado botellas. En todos los años de protestas no violentas por los derechos civiles, nunca se había convocado ninguna reunión de emergencia de tanta trascendencia, ni siquiera cuando el Ku Klux Klan lanzaba bombas incendiarias contra las casas de los negros. Los disturbios daban resultado.

Los militares estaban presentes para discutir el envío del ejército a Birmingham. Como de costumbre, Bobby se centró en la realidad política.

—Los ciudadanos van a exigir que el presidente tome medidas —dijo—, pero he aquí el problema: no podemos admitir que estamos enviando tropas federales para controlar a la policía estatal, eso sería como una declaración de guerra de la Casa Blanca contra el estado de Alabama. Así que tendríamos que decir que es para controlar a los manifestantes… y eso sería como una declaración de guerra de la Casa Blanca contra los negros.

El presidente Kennedy lo entendió de inmediato.

—En cuanto los blancos cuenten con la protección de las tropas federales, podrían romper el acuerdo que acaban de firmar —aseveró.

«En otras palabras —pensó George—, la amenaza de disturbios por parte de los negros es lo que está manteniendo el acuerdo con vida.» No le gustaba aquella conclusión, pero era difícil no llegar a ella.

En ese momento intervino Burke Marshall, quien veía el acuerdo como obra suya.

—Si ese acuerdo se rompe —dijo con cansancio—, los negros se… hum…

El presidente terminó su frase.

—Será imposible controlarlos.

—Y no solo en Birmingham —añadió Marshall.

La sala se quedó en silencio mientras todos contemplaban la posibilidad de que estallasen disturbios similares en otras ciudades de Estados Unidos.

—¿Qué tiene previsto King para hoy? —preguntó el presidente Kennedy.

—Volver a Birmingham —contestó George. Lo había averiguado justo antes de salir del Gaston—. Estoy seguro de que en estos momentos ya está visitando las iglesias más importantes, instando a la gente a que vuelvan a casa en paz después del servicio y a que no salgan a la calle esta noche.

—¿Y harán lo que les pide?

—Sí, siempre y cuando no haya más atentados y los policías estatales estén bajo control.

—¿Y cómo podemos garantizar eso?

—¿Podría enviar a los soldados a las inmediaciones de Birmingham, pero no a la ciudad en sí? Eso demostraría su apoyo al acuerdo. Connor y Wallace sabrían que, si se portan mal, perderán su poder, pero no les daría a los blancos la posibilidad de incumplir el acuerdo.

Estuvieron discutiéndolo durante un rato y al final eso fue lo que decidieron hacer.

George se trasladó a la Sala del Gabinete con un pequeño subgrupo a redactar una declaración para la prensa, mecanografiada por la secretaria del presidente. Las conferencias de prensa solían convocarse en la oficina de Pierre Salinger, pero ese día había demasiados periodistas y cámaras de televisión en la sala y, como era una noche de verano cálida, el anuncio se hizo en la Rosaleda. George vio al presidente Kennedy salir al jardín y situarse delante de la prensa mundial para hacer su declaración.

—El acuerdo de Birmingham ha sido y es un acuerdo justo. El gobierno federal no va a permitir que lo saboteen unos pocos extremistas de uno y otro lado.

«Dos pasos adelante, un paso atrás y dos más adelante —pensó George—, pero vamos haciendo progresos.»

23

Dave Williams tenía planes para el sábado por la noche. Tres chicas de su clase iban a ir al Jump Club, en el Soho, y Dave y otros dos compañeros comentaron, fingiendo indiferencia, que también tenían pensado ir y que las verían allí. Linda Robertson era una de ellas, y Dave creía que se sentía atraída por él. La mayoría de la gente suponía que era un poco tonto, porque siempre sacaba las peores notas de su clase en los exámenes, pero Linda le hablaba de forma inteligente sobre política, un tema del que él sabía gracias a su familia.

Dave iba a ponerse una camisa nueva con las puntas del cuello llamativamente largas. Se le daba bien bailar, incluso sus amigos admitían que tenía mucho estilo con el twist, y aquella podría ser una buena oportunidad para empezar a salir con Linda.

Dave tenía quince años, pero, para su fastidio, la mayoría de las chicas de su edad preferían a los chicos mayores. Aún se estremecía al recordar el día en que, hacía ya más de un año, había seguido a la fascinante Beep Dewar con la esperanza de robarle un beso y la había sorprendido enzarzada en un apasionado abrazo con Jasper Murray, que tenía entonces dieciocho años.

Los sábados por la mañana los hijos de los Williams iban al estudio de su padre para recibir su paga semanal. A Evie, que tenía diecisiete años, le correspondía una libra; a Dave, diez chelines. A menudo ambos tenían que escuchar antes un sermón, como si fuesen indigentes victorianos, pero aquel día Lloyd le dio a Evie su dinero y la despachó, y a Dave le dijo que esperase.

—Has sacado muy malas notas —comentó cuando se quedaron solos.

Era algo que Dave ya sabía. En los diez años que llevaba en la escuela había suspendido todos los exámenes escritos que había hecho.

—Lo siento —se disculpó.

No quería discutir; lo único que quería era coger el dinero y salir de allí.

Su padre llevaba una camisa de cuadros y una chaqueta de punto, su atuendo habitual de los sábados por la mañana.

—Pero no eres tonto —dijo.

—Los profesores creen que soy corto —repuso Dave.

—Yo no creo que lo seas. Eres inteligente, pero vago.

—No soy vago.

—¿Y qué eres, entonces?

Dave no contestó. Leía despacio, aunque lo peor era que en cuanto pasaba la página olvidaba lo que acababa de leer. La escritura tampoco se le daba bien; cuando quería poner «calor» su bolígrafo escribía «claro», y él no advertía la diferencia. Su ortografía era atroz.

—He sacado la nota más alta en las pruebas orales de francés y alemán —se defendió.

—Lo que solo demuestra que cuando te esfuerzas lo consigues.

En absoluto, eso no demostraba nada, pero Dave no sabía cómo explicarlo.

—He pensado mucho en qué es lo que más te conviene —siguió diciendo Lloyd—, y tu madre y yo lo hemos hablado durante horas. —A Dave aquella frase le pareció agorera. ¿Qué demonios iba a soltarle a continuación?—. Eres demasiado mayor para recibir un azote, y de todos modos nunca hemos creído mucho en el castigo físico.

Eso era verdad. A la mayoría de los críos les pegaban cuando se portaban mal, pero la madre de Dave hacía años que no lo tocaba, y su padre no lo había hecho nunca. Sin embargo, lo que en ese momento preocupó a Dave fue la palabra «castigo». Estaba claro que eso era lo que le esperaba.

—Lo único que se me ocurre para obligarte a que te centres en los estudios es retirarte la paga.

Dave no podía creer lo que estaba escuchando.

—¿Qué quieres decir con «retirar»?

—No voy a darte más dinero hasta que vea que tus resultados en la escuela mejoran.

Dave no había previsto aquello.

—Pero ¿cómo voy a salir por Londres? —«Y a comprar cigarrillos, y a ir al Jump Club», pensó, aterrado.

—En cualquier caso ya vas a pie al instituto. Si quieres ir a algún otro sitio, tendrás que trabajar más en clase.

—¡No puedo vivir así!

—Comes gratis y tienes un armario lleno de ropa, así que no te faltará nada importante. Solo recuerda que, si no estudias, nunca tendrás dinero para salir.

Dave estaba furioso. Sus planes para esa noche acababan de irse al traste, y se sintió impotente, como un niño.

—¿Está decidido?

—Sí.

—Entonces estoy perdiendo el tiempo.

—Estás escuchando a tu padre, que intenta orientarte lo mejor que sabe.

—Es la misma mierda —espetó, y se marchó airado.

Cogió su chaqueta de cuero del colgador del recibidor y salió de casa. Era una mañana templada de primavera. ¿Qué iba a hacer? Ese día tenía previsto encontrarse con varios amigos en Piccadilly Circus, pasear por Denmark Street mirando guitarras y tomar una pinta de cerveza en un pub; luego pensaba volver a casa y ponerse la camisa con las puntas del cuello largas.

En un bolsillo tenía calderilla suficiente para media pinta de cerveza, pero ¿cómo podía conseguir el dinero para pagar la entrada del Jump Club? Quizá trabajando. ¿Quién podía contratarlo ese mismo día? Algunos de sus amigos trabajaban los sábados o los domingos en tiendas y restaurantes que necesitaban refuerzos el fin de semana. Tanteó la posibilidad de ir a una cafetería y ofrecerse para fregar los platos y concluyó que valía la pena probar, así que dirigió sus pasos hacia el West End.

Entonces se le ocurrió otra idea.

Tenía parientes que tal vez pudieran contratarlo. La hermana de su padre, Millie, se movía en el ámbito de la moda y tenía tres tiendas en barrios concurridos: Harrow, Golders Green y Hampstead. Podría conseguirle un trabajo para los sábados, aunque Dave no sabía cómo se le daría eso de vender vestidos a mujeres. Millie estaba casada con un mayorista de cuero, Abie Avery, y quizá tuviera más posibilidades en su almacén, en el este de Londres. Pero seguramente la tía Millie y el tío Abie lo consultarían con Lloyd, y este les diría que Dave debía estudiar, no trabajar. Sin embargo, Millie y Abie tenían un hijo de veintitrés años, Lenny, que era empresario y timador de poca monta. Los sábados Lenny regentaba un puesto en el mercado de Aldgate, en el East End. Vendía Chanel N.º 5 y otros perfumes caros a precios ridículamente bajos. Susurraba a los clientes que eran robados, pero en realidad solo se trataba de simples imitaciones, fragancias baratas en frascos de apariencia lujosa.

Tal vez Lenny pudiera conseguirle un trabajo de un día.

Dave tenía el dinero justo para un trayecto en metro, así que fue a la parada que le quedaba más cerca y compró el billete. Si Lenny le fallaba, no sabía cómo iba a volver, aunque suponía que, si se daba el caso, sería capaz de caminar unos kilómetros.

El metro lo trasladó por el subsuelo desde la pudiente zona oeste de Londres hasta la zona este, de clase trabajadora. El mercado ya estaba repleto de clientes ansiosos por comprar a precios más bajos que los de los comercios. Dave sospechó que, en efecto, algunos de los productos eran robados: hervidores eléctricos, maquinillas de afeitar, planchas y radios sacados a hurtadillas de las fábricas. Otros eran excedentes que los fabricantes vendían con descuento: discos que nadie quería, libros que no habían conseguido ser best sellers, marcos de fotos feos, ceniceros con forma de concha… pero la mayoría estaban defectuosos. Había tabletas de chocolate rancio, bufandas de rayas con puntos sueltos, botas de piel de potro teñidas de forma irregular, fuentes de porcelana decoradas con media flor.

Lenny se parecía a su abuelo —que también era el de Dave, el difunto Bernie Leckwith—, con sus ojos castaños y su densa cabellera morena, que llevaba engominada y con tupé al estilo Elvis Presley.

—¡Hola, joven Dave! —lo saludó calurosamente—. ¿Buscas un perfume para tu novia? Prueba con Fleur Sauvage. —Lo pronunció tal cual se escribía—. Te garantizo que se le caerán las bragas al suelo. Es tuyo por dos chelines con sesenta.

—Necesito un trabajo, Lenny —dijo Dave—. ¿Tienes algo para mí?

—¿Necesitas un trabajo? ¿Tu madre no era millonaria? —repuso Lenny, evasivo.

—Mi padre ha dejado de darme la paga.

—¿Por qué?

—Porque voy mal en la escuela, así que estoy pelado. Solo quiero ganar lo suficiente para poder salir esta noche.

Por tercera vez, Lenny contestó con una pregunta:

—¿Qué soy yo, una oficina de empleo?

—Dame una oportunidad. Estoy seguro de que podría vender perfume.

Lenny se volvió hacia una clienta.

—Tiene usted muy buen gusto, señora. Los perfumes Yardley son los de más clase del mercado… aunque el frasco que tiene en la mano cuesta solo tres chelines, y he tenido que pagarle dos con sesenta al tipo que lo robó, quiero decir, que me lo suministró.

La mujer soltó una risilla y compró el perfume.

—No puedo pagarte un sueldo, pero te diré lo que voy a hacer: te daré el diez por ciento de todo lo que vendas —le propuso Lenny a Dave.

—Trato hecho —accedió Dave, y se colocó detrás del mostrador, al lado de Lenny.

Dave cogió un frasco de Yardley, dudó un instante y sonrió a una mujer que pasaba.

—El perfume con más clase del mercado.

Ella le devolvió la sonrisa y se alejó.

Dave siguió intentándolo, imitando la labia de Lenny, y pocos minutos después vendió un frasco de Joy de Patou por dos con sesenta. No tardó en aprenderse todas las frases gancho de su primo: «No todas las mujeres tienen el estilo para llevar este perfume, pero usted...», «Cómprelo solo si hay un hombre al que quiera complacer de verdad...», «Esta fragancia dejaron de fabricarla, el gobierno la prohibió porque es demasiado seductora...».

La clientela siempre se mostraba jovial y dispuesta a reírse. Se arreglaban para ir al mercado, todo un acontecimiento social. Dave descubrió jerga nueva para referirse al dinero: una moneda de seis peniques era un «tilbury»; cinco chelines, un «dólar», y un billete de diez chelines, medio «knicker».

Las horas pasaban deprisa. Una camarera de una cafetería cercana les llevó dos sándwiches de pan blanco y denso con beicon frito y ketchup; Lenny se los pagó y le dio uno a Dave, que se sorprendió de que ya fuera la hora de almorzar. El bolsillo de sus vaqueros de pitillo cada vez pesaba más por las monedas que iban llenándolo, y Dave recordó deleitado que el diez por ciento de aquel dinero era suyo. A media tarde advirtió que apenas había hombres en las calles, y Lenny le explicó que se habían ido todos a ver un partido de fútbol.

A última hora la actividad comercial se redujo al mínimo. Dave calculó que debía de tener unas cinco libras en el bolsillo, en cuyo caso había ganado diez chelines, la cantidad equivalente a su paga habitual... y podría ir al Jump Club.

A las cinco Lenny empezó a recoger el puesto; Dave le ayudó a guardar en cajas de cartón los productos que no habían vendido, y ambos lo cargaron todo en la furgoneta Bedford amarilla de Lenny.

Cuando contaron el dinero de Dave vieron que había vendido perfumes por un valor algo superior a nueve libras. Lenny le dio una libra, un poco más del diez por ciento que habían pactado, «porque me has ayudado a recoger». El chico estaba pletórico, pues había ganado el doble de lo que Lloyd le habría dado aquella mañana. Repetiría encantado todos los sábados, pensó, sobre todo si eso significaba no tener que escuchar los sermones de su padre.

Fueron al pub más cercano y pidieron sendas pintas de cerveza.

—Sabes tocar la guitarra, ¿verdad? —preguntó Lenny mientras se sentaban a una mesa mugrienta con un cenicero lleno.

—Sí.

—¿Qué modelo tienes?

—Una Eko. Es una copia barata de la Gibson.

—¿Eléctrica?

—Semihueca.

Lenny parecía impaciente; quizá no sabía demasiado de guitarras.

—Te estoy preguntando si se puede enchufar.

—Sí... ¿Por qué?

—Porque necesito un guitarrista rítmico para mi grupo.

A Dave aquello le pareció emocionante. Nunca se había planteado entrar en un grupo, pero la idea lo atrajo de inmediato.

—No sabía que tenías un grupo —contestó.

—Sí, los Guardsmen. Yo toco el piano y canto casi todas las canciones.

—¿Qué tipo de música tocáis?

—Solo rock and roll.

—Y con eso te refieres a...

—Elvis, Chuck Berry, Johnny Cash... Todos los grandes.

Dave sabía tocar canciones de tres acordes sin dificultad.

—¿Y los Beatles? —Sus acordes eran más complejos.

—¿Quién? —preguntó Lenny.

—Un grupo nuevo. Son geniales.

—No he oído hablar de ellos.

—Bueno, el caso es que sí, sé tocar la guitarra rítmica y canciones de rock antiguas.

Lenny pareció ofenderse un poco.

—Entonces, ¿quieres hacer una prueba para los Guardsmen? —preguntó pese a todo.

—¡Me encantaría!

Lenny miró el reloj.

—¿Cuánto tardarías en ir a casa y coger la guitarra?

—Media hora, y otra media en volver aquí.

—Quedamos en el Aldgate Workingmen's Club a las siete. Estaremos montando y podremos hacerte la prueba antes de tocar. ¿Tienes amplificador?

—Uno pequeño.

—Tendrá que servir.

Dave cogió el metro. Su éxito como vendedor y la cerveza que había tomado le produjeron una intensa sensación de bienestar. Se fumó un cigarrillo en el vagón, regocijándose con la victoria sobre su padre, y se imaginó diciéndole a Linda Robertson, como si nada: «Toco la guitarra en un grupo beat». Era imposible que eso no la impresionara.

Llegó a casa, entró por la puerta trasera y se las ingenió para subir a su habitación sin que sus padres lo vieran. Tardó solo un momento en guardar la guitarra en la funda y coger el amplificador.

Estaba a punto de marcharse cuando su hermana, Evie, entró en su cuarto vestida ya para la noche con una minifalda y botas hasta las rodillas, y con el pelo recogido al estilo colmena. Se había maquillado los ojos con profusión, a la moda que había impuesto Dusty Springfield. Parecía mayor de los diecisiete años que tenía.

—¿Adónde vas? —preguntó Dave.

—A una fiesta. Creo que también irá Hank Remington.

Remington, líder y cantante de los Kords, simpatizaba con algunas de las causas de Evie y así lo había afirmado en algunas entrevistas.

—Hoy la has liado buena —dijo Evie.

No era una acusación, ya que su hermana siempre se ponía de su parte en las discusiones con sus padres, y él hacía lo mismo por ella.

—¿Por qué lo dices?

—Papá está muy disgustado.

—¿Disgustado? —Dave no estaba seguro de cómo interpretar eso. Su padre podía estar enfadado, decepcionado, serio, autoritario y tiránico, y él sabía cómo reaccionar en cada caso, pero ¿disgustado?—. ¿Por qué?

—Me he enterado de que habéis discutido.

—No ha querido darme la paga porque he suspendido todos los exámenes.

—¿Y tú qué has hecho?

—Nada, me he ido… Seguramente dando un portazo.

—¿Dónde has estado todo el día?

—Trabajando en el mercado, en el puesto de Lenny Avery. He ganado una libra.

—¡Qué bien! ¿Y adónde vas ahora con la guitarra?

—Lenny tiene un grupo y quiere que toque la guitarra con ellos. —Lo cual era una exageración, ya que los Guardsmen aún no lo habían admitido.

—¡Buena suerte!

—Supongo que vas a decirles a mamá y a papá dónde he estado.

—Solo si quieres que se lo diga.

—No me importa. —Dave se dirigió a la puerta, pero al llegar a ella se detuvo—. ¿Está muy disgustado?

—Sí.

Dave se encogió de hombros y se marchó.

Nadie lo vio salir de casa.

Estaba impaciente por hacer la prueba. Tocaba y cantaba mucho con su hermana, pero nunca lo había hecho con un grupo de verdad, con batería. Confiaba en ser lo bastante bueno... aunque tocar la guitarra rítmica era fácil.

En el metro sus pensamientos volvían una y otra vez a su padre. Le sorprendía mucho haber podido disgustarlo, se suponía que los padres eran invulnerables... pero en ese momento empezó a ver que su actitud era infantil. Aunque le fastidiara, iba a tener que cambiarla; no podía seguir comportándose como alguien indignado y resentido. Él no era el único que sufría. Su padre le había hecho daño, pero él también le había hecho daño a su padre, y ambos eran responsables. Sentirse responsable no resultaba tan cómodo como sentirse ultrajado.

Encontró el Aldgate Workingmen's Club y entró con la guitarra y el amplificador. Era un local insulso, con fluorescentes que arrojaban una luz intensa y cruda sobre las mesas de formica y las sillas de plástico alineadas. A Dave le recordó al comedor de una fábrica; no parecía un sitio ideal para tocar rock.

Los Guardsmen afinaban en el escenario: Lenny, sentado al piano; Lew, en la batería; Buzz, al bajo, y Geoffrey, con la guitarra principal y con un micrófono delante, de lo que Dave dedujo que también cantaba algunas canciones. Los tres eran mayores que él, debían de tener veintitantos años, y Dave temió que también fueran mejores músicos. Tocar la guitarra rítmica ya no le parecía tan fácil.

La afinó con el piano y la enchufó al amplificador.

—¿Conoces *Mess of Blues*? —preguntó Lenny.

La conocía, y sintió alivio. Era una melodía en do, de ritmo constante y con un preludio de piano que a Dave no le costó acompañar con la guitarra. Tocando junto a otros experimentó un placer especial que nunca había sentido haciéndolo solo.

Dave pensó que Lenny cantaba bien, Buzz y Lew formaban un equipo muy consistente y compenetrado marcando el ritmo, y Geoff hacía alguna que otra floritura con la guitarra. El grupo era bueno, aunque tal vez le faltaba un poco de imaginación.

—Los acordes redondean bien el sonido del grupo, pero ¿puedes hacer que suene más rítmico? —pidió Lenny cuando llegaron al final de la canción.

A Dave le sorprendió aquella crítica; creía que lo había hecho bien.

—Vale —contestó.

La siguiente pieza fue *Shake, Rattle and Roll*, un éxito de Jerry Lee Lewis que también arrancaba con piano. Geoffrey cantó con Lenny el estribillo, Dave tocó acordes bruscos a contratiempo, y a Lenny pareció gustarle más.

Lenny anunció *Johnny B. Goode* y, sin que se lo pidieran, Dave tocó entusiasmado la introducción de Chuck Berry. Cuando llegó al quinto compás esperaba que el grupo se le sumara, como en el disco, pero los Guardsmen guardaron silencio. Dave dejó de tocar.

—Normalmente me encargo yo de la intro al piano —aclaró Lenny.

—Lo siento —se disculpó Dave, y Lenny inició de nuevo la canción.

Dave se desanimó; no le estaba yendo bien.

La siguiente fue *Wake Up, Little Susie*. Para sorpresa de Dave, Geoffrey no acompañó a Lenny siguiendo la versión de los Everly Brothers, así que tras la primera estrofa se acercó a su micrófono y empezó a cantar. Un minuto después, dos jóvenes camareras que recogían ceniceros de las mesas se detuvieron para escucharlo. Al final de la canción, ambas aplaudieron. Dave sonrió, complacido; era la primera vez que alguien de fuera de la familia lo aplaudía.

—¿Cómo se llama vuestro grupo? —preguntó una de las chicas dirigiéndose a él.

Dave señaló a Lenny.

—Es su grupo. Son los Guardsmen.

—Ah —contestó ella, algo decepcionada.

La última canción que Lenny eligió fue *Take Good Care of My Baby*, y de nuevo fue Dave quien la cantó. Las camareras bailaron por los pasillos que separaban las hileras de mesas.

Al acabar, Lenny se levantó del piano.

—Bueno, no eres un guitarrista excepcional —le dijo a Dave—, pero cantas bien, y a esas chicas les has gustado mucho.

—Entonces, ¿me aceptáis?

—¿Puedes tocar esta noche?

—¡Esta noche!

Dave estaba encantado, pero no esperaba empezar de inmediato. Se sentía ansioso por ver a Linda Robertson más tarde.

—¿Tienes algo mejor que hacer? —Lenny parecía un poco ofendido por que Dave no hubiese aceptado al instante.

441

—Bueno, iba a ver a una chica, pero tendrá que esperar. ¿A qué hora acabaremos?

—Es un local de obreros, no se quedan hasta muy tarde. Solemos acabar a las diez y media.

Dave calculó que podría llegar al Jump Club a las once.

—De acuerdo —accedió.

—Genial —contestó Lenny—. Bienvenido al grupo.

Jasper Murray aún no podía permitirse ir a Estados Unidos. En el St. Julian's College de Londres había un grupo llamado Club Norteamericano que fletaba vuelos y vendía billetes baratos. Un día, a última hora de la tarde, Jasper fue a la pequeña oficina que ocupaban en la sede de la asociación de estudiantes, preguntó por el precio del vuelo a Nueva York y supo que costaba noventa libras. Era demasiado, y se sintió abatido.

Vio a Sam Cakebread en la cafetería. Llevaba varios días esperando una ocasión para hablar con él fuera de la redacción del periódico estudiantil, el *St. Julian's News*. Sam era el director; Jasper, el redactor jefe.

Sam estaba con su hermana pequeña, Valerie, que también era alumna del St. Julian's y llevaba una gorra de tweed y un vestido corto. Escribía artículos de moda para el periódico y era atractiva; en otras circunstancias, Jasper habría flirteado con ella, pero aquel día tenía otros asuntos en mente. Aunque habría preferido hablar con Sam a solas, llegó a la conclusión de que la presencia de Valerie no supondría ningún problema.

Llevó su café a la mesa de Sam.

—Necesito que me aconsejes —dijo.

Quería información, no consejo, pero la gente a veces era reticente a compartir información, en cambio se sentían halagados cuando se les pedía consejo.

Sam llevaba una chaqueta de espiga y corbata, y fumaba una pipa; tal vez quisiera parecer mayor.

—Siéntate —contestó mientras doblaba el periódico que estaba leyendo.

Jasper se sentó. Su relación con Sam era incómoda, ya que habían rivalizado por el puesto de director, y Sam había ganado. Jasper ocultó su resentimiento, y Sam lo había nombrado redactor jefe. Eran colegas, pero no amigos.

—El año que viene quiero ser director —informó Jasper.

Confiaba en que Sam pudiera ayudarlo, bien porque era la persona idónea para el puesto, y creía serlo, o bien por sentimiento de culpa.

—Eso dependerá de lord Jane —respondió Sam, evasivo. Jane era el rector de la universidad.

—Lord Jane te pedirá tu opinión.

—Hay toda una comisión de nombramientos.

—Pero el rector y tú sois los miembros que más contáis.

Sam no cuestionó eso.

—Así que quieres que te aconseje.

—¿Quién más va a optar al puesto?

—Toby, por supuesto.

—¿De veras?

Toby Jenkins era el responsable de los artículos de fondo, un tipo lento pero cumplidor que había encargado una tediosa serie de respetables artículos sobre el trabajo de ciertos funcionarios de la universidad, como el secretario general y el tesorero.

—Sí, lo solicitará.

El propio Sam había conseguido el puesto gracias en parte a los distinguidos periodistas que se contaban entre sus parientes. A lord Jane le impresionaba esa clase de conexiones, algo que irritaba a Jasper, pero prefirió no decir nada.

—El trabajo de Toby es mediocre —comentó Jasper.

—Es un periodista riguroso, aunque le falta imaginación.

Jasper captó la indirecta de esas palabras. Él era lo contrario de Toby: primaba el impacto sobre el rigor. En sus artículos, una refriega siempre se convertía en una batalla campal; un plan, en una conspiración, y un lapsus, cuando menos, en una mentira flagrante. Sabía que la gente leía los periódicos en busca de emoción, no de información.

—Y escribió aquel reportaje sobre las ratas del refectorio.

—Sí.

Jasper lo había olvidado. El artículo había provocado un gran revuelo. En realidad había sido un golpe de suerte, ya que el padre de Toby trabajaba en el ayuntamiento y conocía los esfuerzos que estaba llevando a cabo el departamento de control de plagas para erradicar los bichos en las celdas del siglo XVIII del St. Julian's College. Sin embargo, el artículo le granjeó el puesto de director de artículos de fondo a Toby, que desde entonces no había vuelto a escribir nada tan bueno.

—Así que necesito una primicia —concluyó Jasper con aire reflexivo.

—Es posible.

—Te refieres a, por ejemplo, desvelar que el rector está esquilmando los fondos de la universidad para saldar las deudas que ha contraído con el juego.

—Dudo que lord Jane juegue. —Sam no tenía mucho sentido del humor.

Jasper pensó en Lloyd Williams. ¿Podría él proporcionarle algún soplo? Por desgracia, Lloyd era sumamente discreto.

Luego pensó en Evie. Había solicitado plaza en la Escuela Irving de Arte Dramático, que formaba parte del St. Julian's College, así que era una persona interesante para el periódico estudiantil. Acababa de conseguir su primer papel en una película titulada *En torno a Miranda*, y salía con Hank Remington, de los Kords. Quizá...

Jasper se levantó.

—Gracias por tu ayuda, Sam. Te lo agradezco mucho.

—Ya sabes dónde estoy —contestó Sam.

Cogió el metro para volver a casa. Cuanto más pensaba en entrevistar a Evie, más emocionado se sentía.

Jasper conocía la verdad sobre Evie y Hank: no solo salían, sino que además estaban manteniendo un apasionado idilio. Los padres de ella sabían que quedaba con Hank dos o tres tardes a la semana, y que los sábados volvía a casa a media noche. Sin embargo, Jasper y Dave sabían además que la mayoría de los días, después de clase, Evie iba al piso de Hank, en Chelsea, y se acostaba con él. Hank ya le había dedicado una canción: *Too Young to Smoke*, demasiado joven para fumar.

Pero ¿le concedería una entrevista a Jasper?

Cuando llegó a casa, en Great Peter Street, Evie se encontraba en la cocina de azulejos rojos estudiando el guión. Llevaba el pelo recogido de cualquier manera y una falda vieja y desvaída, y aun así estaba espléndida. La relación de Jasper con ella era cálida. Mientras duró el encaprichamiento infantil de Evie con él, siempre fue amable, aunque nunca le dio esperanzas. El motivo de tal cautela era que no quería provocar una crisis que acabara abriendo una brecha entre los generosos y hospitalarios padres de Evie y él. En ese momento se alegró incluso más de haber conservado su amistad.

—¿Cómo va eso? —preguntó señalando el guión con la cabeza.

Ella se encogió de hombros.

—El papel no es difícil, pero el cine va a ser un reto nuevo.

—Quizá debería entrevistarte.

Ella pareció inquieta.

—Solo puedo hacer la publicidad que decida el estudio.

Jasper sintió una punzada de pánico. ¿Qué clase de periodista iba a ser si ni siquiera conseguía una entrevista con Evie, que vivía en su misma casa?

—Es solo para el periódico estudiantil —insistió.

—Supongo que en realidad eso no cuenta.

Jasper recuperó la esperanza.

—Seguro que no, y podría ayudarte a que te aceptaran en la Escuela Irving de Arte Dramático.

Ella dejó el guión en la mesa.

—De acuerdo. ¿Qué quieres saber?

Jasper contuvo su arrebato triunfal.

—¿Cómo conseguiste el papel de *En torno a Miranda*? —preguntó con tranquilidad.

—Fui a una audición.

—Háblame de eso. —Jasper sacó un cuaderno y empezó a tomar notas.

Tuvo la precaución de no mencionar su desnudo en *Hamlet*, pues temía que ella le pidiera que no hablara de eso. Por suerte, no necesitaba interrogarla al respecto, ya que lo había presenciado, y se dedicó a hacerle preguntas sobre los actores de la película y sobre otros famosos a los que había conocido, y poco a poco fue acercándose a Hank Remington.

Cuando Jasper mencionó a Hank, los ojos de Evie se iluminaron con una intensidad elocuente.

—Hank es la persona más valiente y entregada que conozco —contestó—. Lo admiro mucho.

—Pero no solo lo admiras.

—Lo adoro.

—Y estáis saliendo.

—Sí, pero no quiero hablar mucho de eso.

—Por supuesto, ningún problema.

—Sí —contestó ella, y con eso bastó.

Dave llegó de la escuela y se hizo un café instantáneo con leche hirviendo.

—Creía que no podías hacer publicidad —le dijo a Evie.

«Cierra la boca, privilegiado de mierda», pensó Jasper.

—Es solo para el *St. Julian's News* —respondió ella.

Jasper escribió el artículo esa noche.

En cuanto lo vio redactado, cayó en la cuenta de que podía ser más que un mero artículo para un periódico estudiantil. Hank era una estrella; Evie, una actriz en ciernes, y Lloyd, parlamentario. Aquello podía ser un bombazo, pensó con creciente excitación. Publicar algo en un periódico de tirada nacional supondría un gran empujón a su futura carrera.

Aunque también podría ocasionarle problemas con la familia Williams.

Le entregó el artículo a Sam Cakebread al día siguiente.

Luego, agitado, llamó al periódico sensacionalista *Daily Echo* y preguntó por el redactor jefe. No consiguió hablar con él, pero lo pusieron con un periodista llamado Barry Pugh.

—Estudio periodismo y tengo una exclusiva para ustedes —informó Jasper.

—Muy bien, adelante —contestó Pugh.

Jasper dudó un instante. Sabía que estaba traicionando a Evie y a toda la familia Williams, pero aun así se lanzó.

—Va de la hija de un parlamentario que se acuesta con una estrella del pop.

—Entiendo —dijo Pugh—. ¿Quiénes son?

—¿Podemos vernos?

—Supongo que querrás dinero.

—Sí, pero eso no es todo.

—¿Qué más?

—Quiero que el artículo salga publicado con mi nombre.

—Veamos primero esa exclusiva y luego ya hablaremos.

Pugh intentaba utilizar la clase de señuelos que Jasper había utilizado con Evie.

—No, gracias —respondió Jasper con firmeza—. Si no les gusta el artículo, no tienen que publicarlo, pero si lo hacen, deben firmarlo con mi nombre.

—De acuerdo —accedió Pugh—. ¿Cuándo podemos vernos?

Dos días después, mientras desayunaba en Great Peter Street, Jasper leyó en *The Guardian* que Martin Luther King estaba organizando una manifestación multitudinaria de desobediencia civil en Washington para apoyar la promulgación de una ley de derechos civiles. King pronosticaba que asistirían cien mil personas.

—Uau, me encantaría verlo —comentó Jasper.

—A mí también —coincidió Evie.

Iba a tener lugar en agosto, durante las vacaciones de la universidad, así que Jasper estaría libre, pero no tenía las noventa libras que costaba el vuelo a Estados Unidos.

Daisy Williams abrió un sobre.

—¡Dios mío! —exclamó—. ¡Lloyd, es una carta de tu prima alemana, Rebecca!

Dave, el más joven de la mesa, tragó un bocado de cereales azucarados.

—¿Quién demonios es Rebecca?

Su padre había estado hojeando los periódicos a la velocidad de un político profesional, y en ese momento levantó la mirada.

—En realidad no es tu prima. Unos parientes lejanos la adoptaron durante la guerra, cuando sus padres murieron.

—Había olvidado que teníamos parientes alemanes —terció Dave—. *Gott in Himmel!*

Jasper había observado que Lloyd se mostraba siempre sospechosamente impreciso al hablar de su familia. El difunto Bernie Leckwith había sido su padrastro, pero nadie hablaba nunca de su padre biológico. Jasper estaba seguro de que Lloyd era hijo ilegítimo, aunque aquello tampoco era ningún escándalo, pues la bastardía había dejado de ser la gran desgracia que había supuesto en el pasado. Aun así, Lloyd nunca daba detalles.

—La última vez que vi a Rebecca fue en 1948 —siguió explicando Lloyd—. Tenía unos diecisiete años y para entonces ya la había adoptado mi pariente, Carla Franck. Vivían en Berlín-Mitte, así que su casa debe de estar ahora en el lado equivocado del Muro. ¿Qué ha sido de ella?

—Es evidente que de algún modo ha conseguido salir de la Alemania Oriental, ya que ahora está en Hamburgo —contestó Daisy—. Oh… Su marido resultó herido cuando huyeron y ahora va en silla de ruedas.

—¿Cuál es el motivo de que nos escriba?

—Está intentando encontrar a Hannelore Rothmann. —Daisy miró a Jasper—. Era tu abuela. Al parecer fue muy amable con Rebecca durante la guerra, el día en que sus padres murieron.

Jasper no conocía a la familia de su madre.

—No sabemos exactamente qué fue de mis abuelos alemanes, pero mi madre está segura de que murieron —explicó.

—Le enseñaré esta carta a tu madre —dijo Daisy—. Debería escribir a Rebecca.

Lloyd abrió el *Daily Echo*.

—¡Maldita sea! ¿Qué es esto?

Jasper esperaba que llegara ese momento y unió las manos sobre el regazo para que no le temblaran.

Lloyd desplegó el periódico sobre la mesa. En la página tres había una fotografía de Evie saliendo de un club nocturno con Hank Remington, y el titular:

—¡Yo no he escrito eso! —mintió Jasper.

Tuvo la impresión de que su indignación parecía forzada; lo que en verdad sentía era euforia por ver su nombre firmando un reportaje en un periódico de tirada nacional. Los demás no dieron muestras de percibir sus emociones encontradas.

—«El último amor de la estrella del pop Hank Remington —leyó Lloyd en voz alta— es la hija de diecisiete años de Lloyd Williams, parlamentario por Hoxton. La joven actriz Evie Williams es famosa por haber realizado un desnudo en la lujosa escuela Lambeth, reservada a los hijos de la gente bien.»

—Madre mía, qué bochorno… —dijo Daisy.

—«Evie ha afirmado —siguió leyendo Lloyd—: "Hank es la persona más valiente y entregada que he conocido". Tanto Evie como Hank apoyan la Campaña para el Desarme Nuclear, pese a la oposición del padre de ella, que es portavoz laborista en asuntos militares.» —Lloyd miró a Evie con severidad—. Sabes mucho sobre personas valientes y entregadas, como tu madre, que condujo una ambulancia durante el Blitz, y tu tío abuelo, Billy Williams, que luchó en el Somme. Hank debe de ser extraordinario para eclipsarlos a los dos.

—Eso no importa —repuso Daisy—. Creía que no tenías que conceder entrevistas sin preguntar al estudio, Evie.

—Oh, Dios, es culpa mía —intervino Jasper, y todos lo miraron. Sabía que se produciría una escena como aquella y estaba preparado. No le costó mostrarse consternado, pues lo cierto era que se sentía muy culpable—. Entrevisté a Evie para el periódico estudiantil. El *Echo* debe de haber plagiado mi artículo… y lo han reescrito para hacerlo sensacionalista. —También tenía preparado ese argumento.

—Primera lección de la vida pública —dijo Lloyd—: los periodistas son traicioneros.

«Eso es justo lo que soy —pensó Jasper—: traicionero.» Pero la familia Williams parecía creer que no había tenido intención de que el *Echo* publicase aquello.

Evie estaba al borde de las lágrimas.

—Podría perder el papel.

—No creo que esto vaya a perjudicar a la película en ningún sentido —opinó Daisy—. Más bien al contrario.

—Espero que tengas razón —repuso Evie.

—Lo siento mucho, Evie —se disculpó Jasper con toda la sinceridad que fue capaz de impostar—. Tengo la sensación de que te he fallado.

—No lo has hecho a propósito —repuso Evie.

Jasper se había salido con la suya. Ninguna de las personas sentadas a la mesa lo miraba de forma acusadora, no creían que el artículo del *Echo* fuera culpa de nadie. La única de la que no estaba seguro era Daisy, que arrugaba levemente el entrecejo y evitaba mirarlo, pero quería a Jasper por ser hijo de quien era y no lo acusaría de jugar a dos bandas.

Jasper se puso de pie.

—Voy a la redacción del *Daily Echo* —anunció—. Quiero ver a ese cabrón de Pugh y qué explicación me da.

Se alegró de marcharse. Había salido airoso de una escena difícil mintiendo y sintió un alivio inmenso al liberarse de la tensión.

Una hora después se encontraba en la sala de reuniones del *Echo*. Le emocionaba estar allí. Aquello era exactamente lo que él quería: los escritorios, las máquinas de escribir, los teléfonos sonando, los tubos neumáticos transportando copias por la sala, la atmósfera de excitación.

Barry Pugh rondaba los veinticinco años; era un hombre menudo y bizco, y llevaba un traje arrugado y unos zapatos de ante rozados.

—Lo has hecho bien —dijo.

—Evie no sabe que yo les di la exclusiva.

Pugh no tenía tiempo para los escrúpulos de Jasper.

—No publicaríamos ni un maldito artículo si pidiéramos permiso siempre.

—Evie solo podía conceder las entrevistas que hubiese pactado el publicista del estudio.

—Los publicistas son tus enemigos. Puedes estar orgulloso de haber burlado a uno.

—Lo estoy.

Pugh le tendió un sobre. Jasper lo abrió y vio que contenía un cheque.

—Tu remuneración —informó Pugh—. Eso es lo que pagamos por un artículo de página tres.

Jasper miró la cantidad: noventa libras.

Recordó la marcha de Washington. Noventa libras era lo que costaba el billete a Estados Unidos, así que ya podía ir.

Pletórico, se guardó el cheque en el bolsillo.

—Muchas gracias —dijo.

Barry asintió.

—Si tienes más primicias como esa, háznoslo saber.

Dave Williams estaba nervioso ante la perspectiva de tocar en el Jump Club. Se encontraba justo al lado de Oxford Street y era uno de los locales del centro de Londres que más de moda estaban. Era conocido por descubrir a nuevos talentos, y había lanzado a varios grupos que en esos momentos copaban las listas de éxitos. Músicos famosos iban allí a escuchar a artistas desconocidos.

No tenía nada de especial; en un extremo del bar había un pequeño escenario y en el otro, una barra. Entre ambos quedaba espacio para que unas doscientas personas bailaran, si bien bastante apretadas. El suelo era un cenicero, y por toda decoración tenía varios pósters maltrechos de cantantes famosos que habían actuado allí en el pasado, excepto en el camerino, donde las paredes lucían las pintadas más obscenas que Dave había visto nunca.

Dave había mejorado con los Guardsmen, gracias en parte a los útiles consejos de su primo. Lenny sentía ternura por él y le hablaba como si fuera su tío, aunque solo tenía ocho años más. «Escucha al batería —le había instruido—. Así siempre seguirás el ritmo.» Y también: «Aprende a tocar sin mirar la guitarra; eso te permitirá mirar al público a los ojos». Dave agradecía cualquier propina que le daban, pero sabía que aún estaba muy lejos de parecer profesional. Aun así, se sentía de maravilla sobre el escenario, donde no había que leer ni escribir nada y donde no era un zopenco; de hecho, allí era competente y seguía mejorando. Incluso había fanteaseado con hacerse músico y no tener que volver a estudiar jamás, pero sabía que tenía pocas posibilidades de conseguirlo.

El grupo también mejoraba. Cuando Dave cantaba con Lenny, el resultado era un sonido moderno, como el de los Beatles, y le había convencido para probar con otro material, auténtico blues de Chicago y soul bailable de Detroit, los estilos que tocaban los grupos jóvenes. Y gracias a eso habían conseguido más actuaciones y pasado de tocar solo cada quince días a hacerlo todas las noches de los viernes y los sábados.

Sin embargo, Dave tenía otro motivo para estar nervioso: había conseguido aquella actuación pidiéndole al novio de Evie, Hank Remington, que recomendara el grupo, pero Hank arrugó la nariz al oír el nombre de la banda.

—Guardsmen suena anticuado, como Four Aces y Jordanaires —dijo.

—Podríamos cambiarlo —contestó Dave, dispuesto a hacer lo que fuera por tocar en el Jump Club.

—El último grito son los nombres salidos de algún blues clásico, como Rolling Stones.

Dave recordó una canción de Booker T. & the M.G.'s que había escuchado unos días antes. Le había sorprendido su excéntrico nombre.

—¿Qué tal Plum Nellie? —propuso.

A Hank le gustó, y le dijo al club que debían probar con un grupo nuevo llamado Plum Nellie. Una sugerencia de alguien tan famoso como Hank era como una orden, y el grupo consiguió la actuación.

Sin embargo, cuando Dave propuso el cambio de nombre, Lenny se negó en redondo.

—Somos los Guardsmen y seguiremos siendo los Guardsmen —contestó, testarudo, y cambió de tema.

Dave no se atrevió a decirle que en el Jump Club ya creían que se llamaban Plum Nellie.

Y se acercaba el momento de la crisis.

Para la prueba de sonido tocaron *Lucille*. Después de la primera estrofa, Dave paró y se volvió hacia el guitarrista principal, Geoffrey.

—¿Qué mierda era eso? —preguntó.

—¿Qué?

—Has hecho algo raro.

Geoffrey esbozó una sonrisa complacida.

—Ah, nada, solo era un acorde de paso.

—En el álbum no lo hacen.

—¿Qué pasa? ¿Es que no sabes tocar un do sostenido disminuido?

Dave sabía perfectamente lo que estaba ocurriendo: Geoffrey intentaba dejarlo en evidencia como novato, pero, por desgracia, Dave nunca había oído hablar de un acorde disminuido.

—Conocido por los pianistas de pub como un doble bemol, Dave —terció Lenny.

—Enséñamelo —le pidió Dave a Geoffrey tragándose el orgullo.

Geoffrey puso cara de exasperación y suspiró, pero le enseñó el acorde.

—Así, ¿vale? —dijo con tono tedioso, como cansado de tratar con aficionados.

Dave copió el acorde; no era difícil.

—La próxima vez dímelo antes de que empecemos a tocar la puñetera canción —le recriminó.

Después de aquello, todo fue bien. Phil Burleigh, propietario del club, entró a mitad de canción y se quedó a escucharlos. Su calvicie prematura le había granjeado el mote de «el Greñas». Cuando acabaron de tocar, Phil asintió, satisfecho.

—Gracias, Plum Nellie —dijo.

Lenny le dirigió una mirada asesina a Dave.

—Somos los Guardsmen —replicó con firmeza.

—Bueno, hemos hablado de cambiar el nombre... —intervino Dave.

—Vosotros habéis hablado, yo me he negado.

—Guardsmen es un nombre malísimo, colega —opinó el Greñas.

—Es como nos llamamos.

—Oye, Byron Chesterfield va a venir esta noche —le informó el Greñas con una nota de desesperación en la voz—. Es el promotor más importante de Londres, quizá de Europa. Podría daros trabajo... pero no con ese nombre.

—¿Byron Chesterfield? —repitió Lenny riéndose—. Lo conozco de toda la vida. En realidad se llama Brian Chesnowitz. Su hermano tiene un puesto en el mercado de Aldgate.

—Lo que me preocupa es vuestro nombre, no el suyo —replicó el Greñas.

—Nuestro nombre no tiene nada de malo.

—No puedo presentar a un grupo como «los Guardsmen», tengo una reputación. —El Greñas se levantó—. Lo siento, chicos —añadió—. Recoged vuestro equipo.

—Vamos, Greñas, no querrás cabrear a Hank Remington... —dijo Dave.

—Hank es colega desde hace mucho tiempo —contestó el Greñas—. Tocamos skiffle juntos en el 2i's Coffee Bar en los cincuenta, pero él me recomendó un grupo llamado Plum Nellie, no los Guardsmen.

Dave estaba consternado.

—¡Van a venir todos mis amigos! —exclamó. Pensaba en Linda Robertson en particular.

—Pues lo siento —respondió el Greñas.

Dave se volvió hacia Lenny.

—Sé razonable —le instó—. ¿Qué importancia tiene el nombre?

—Es mi grupo, no el tuyo —espetó Lenny, obcecado.

Así que se trataba de eso.

—Pues claro que es tu grupo —contestó Dave—, pero tú me enseñaste que el cliente siempre tiene la razón. —Tuvo un arranque de inspiración—: Y si quieres, mañana puedes volver a cambiarle el nombre.

—Que no…. —Pese a su negativa, Lenny empezaba a ablandarse.

—Es mejor que no tocar —insistió Dave, exprimiendo su ventaja—. Sería humillante irnos a casa ahora.

—Bah, a la mierda. De acuerdo —accedió Lenny.

La crisis concluyó, y Dave sintió un alivio enorme.

Tomaron unas cervezas en la barra mientras empezaban a llegar los primeros clientes. Dave se limitó a una pinta, lo suficiente para relajarse sin aturdir sus dedos sobre las cuerdas. Lenny se tomó dos y Geoffrey, tres.

Linda Robertson apareció, para deleite de Dave, con un vestido corto de color púrpura y botas blancas hasta la rodilla. Ella y todos sus amigos eran legalmente demasiado jóvenes para beber alcohol en bares, pero se esforzaban al máximo para aparentar más edad, y de todos modos nadie observaba la ley de forma estricta.

La actitud de Linda hacia Dave había cambiado. Hasta entonces lo había tratado como a un hermano pequeño brillante, aunque tenían la misma edad. El hecho de que tocara en el Jump Club lo convirtió de pronto en una persona diferente a sus ojos; Linda lo veía mayor y sofisticado, y le preguntó emocionada sobre la banda. Si eso era lo que se conseguía tocando en el grupo de mala muerte de Lenny, pensó Dave, ¿cómo sería ser una auténtica estrella del pop?

Volvió con los demás al camerino para cambiarse. Los grupos profesionales solían actuar con trajes idénticos, pero eso era caro. Lenny acordó con los demás que llevarían camisas rojas. Dave pensó que los grupos de uniforme estaban pasados de moda; los anárquicos Rolling Stones vestían como se les antojaba.

Los Plum Nellie eran los últimos del cartel, por lo que tocaron los primeros. Lenny, como líder del grupo, presentaba las canciones. Estaba sentado a un lado del escenario, con el piano de pie ladeado para poder mirar al público. Dave ocupaba el centro, tocando y cantando, y la mayoría de los ojos estaban puestos en él. Después de liberarse de la preocupación por el nombre del grupo —al menos de momento—, consiguió relajarse. Se movía mientras tocaba, balanceaba la guitarra como si fuera su pareja de baile, y cuando cantaba imaginaba que le hablaba al público, enfatizando las palabras con expresiones faciales y movimientos de cabeza. Como siempre, las chicas se lo quedaban mirando embobadas y sonreían mientras bailaban al ritmo.

Cuando el concierto acabó, Byron Chesterfield fue al camerino.

No debía de pasar de los cuarenta años y llevaba un bonito traje azul claro, chaleco y corbata con estampado de margaritas. Tenía unas prominentes entradas a ambos lados de un tupé desfasado y engominado, y lo envolvía una nube de colonia.

—Tu grupo no está mal —dijo dirigiéndose a Dave.

Dave señaló a Lenny.

—Gracias, señor Chesterfield, pero es el grupo de Lenny.

—Hola, Brian, ¿no te acuerdas de mí? —preguntó este.

Byron dudó un momento.

—¡Mi madre! —exclamó—. ¡Pero si eres Lenny Avery! —Su acento londinense se agudizó—. No te había reconocido. ¿Cómo te va en el mercado?

—Mejor que nunca.

—El grupo es bueno, Lenny: bajo y batería consistentes, guitarras y piano armónicos, y me gustan las voces. —Señaló a Dave con el pulgar—. Además, las chicas adoran al chaval. ¿Tenéis mucho trabajo?

Dave estaba emocionado. ¡A Byron Chesterfield le gustaba el grupo!

—Tocamos todos los fines de semana —contestó Lenny.

—Si os interesa, podría conseguir que actuarais en un local fuera de la ciudad durante seis semanas, en verano —dijo Byron—. Cinco noches por semana, de martes a sábado.

—No sé —respondió Lenny con indiferencia—. Tendría que pedirle a mi hermana que se encargara del puesto del mercado mientras estuviera fuera.

—Noventa libras a la semana, limpias.

Era más de lo que habían cobrado nunca, calculó Dave. Y con suerte coincidiría con las vacaciones escolares.

Se irritó al ver que Lenny seguía dudando.

—¿Qué hay de la manutención y el alojamiento? —preguntó.

Dave comprendió que no era que no le interesara, sino que estaba negociando.

—Tendréis alojamiento pero no manutención —contestó Byron.

Dave se preguntó si se trataría de algún centro turístico de la costa, en los que había trabajo de temporada para artistas y animadores.

—No puedo dejar el puesto del mercado por esa cantidad, Brian —dijo Lenny—. Es una lástima que no sean ciento veinte por semana. En tal caso me lo pensaría.

—El local podría subir a noventa y cinco, como favor personal.

—Pongamos ciento diez.

—Si renuncio a mi comisión puede quedar en cien.

Lenny miró al resto del grupo.

—¿Qué decís, chicos?

Todos querían aceptar la oferta.

—¿Qué local es? —preguntó Lenny.

—Un club llamado The Dive.

Lenny sacudió la cabeza.

—No he oído hablar de él. ¿Dónde está?

—¿No os lo he dicho? —contestó Byron Chesterfield—. En Hamburgo.

Dave apenas podía contener la emoción. Actuar durante seis semanas… ¡en Alemania! Desde el punto de vista legal, tenía edad suficiente para abandonar la escuela. ¿Sería aquello una oportunidad para llegar a convertirse en músico profesional?

Eufórico, volvió con Linda a la casa de Great Peter Street con la intención de dejar allí la guitarra y el amplificador y acompañarla después a casa de sus padres, en Chelsea. Por desgracia, sus padres aún estaban despiertos, y su madre lo abordó en el recibidor.

—¿Cómo ha ido? —le preguntó, impaciente.

—Muy bien —contestó él—. He venido a dejar el equipo y voy a acompañar a Linda a su casa.

—Hola, Linda —dijo Daisy—. Me alegro de volver a verte.

—Hola, encantada —contestó Linda con cortesía, transformándose en una recatada estudiante, aunque Dave vio que su madre se fijaba en el vestido corto y en las sexis botas.

—¿Volveréis a actuar en el club? —preguntó Daisy.

—Bueno, un promotor llamado Byron Chesterfield nos ha ofrecido un trabajo de verano en otro club. Es fantástico porque será durante las vacaciones escolares.

Su padre salió del salón; llevaba aún el traje con el que había asistido al mitin de turno, como hacía tantos sábados por la noche.

—¿Qué pasa con las vacaciones escolares?

—Nuestro grupo tiene una oferta para tocar seis semanas seguidas.

Lloyd arrugó el entrecejo.

—Deberías repasar durante las vacaciones. El año que viene tendrás los importantísimos exámenes de bachillerato. De momento tus notas ni se acercan al mínimo para que puedas tomarte el verano libre.

—Podría estudiar durante el día. Solo tocaremos por la noche.

—Hum… Es evidente que no te importa perderte las vacaciones de todos los años con tu familia en Tenby.

—Sí me importa —mintió Dave—. Me encanta Tenby, pero es una gran oportunidad.

—Bueno, no creo que pueda dejarte solo en esta casa dos semanas mientras estoy en Gales. Solo tienes quince años.

—Eh… El club no está en Londres —dijo Dave.

—¿Dónde está?

—En Hamburgo.

—¿Qué? —exclamó Daisy.

—No seas ridículo —contestó Lloyd—. ¿De verdad crees que vamos a dejarte hacer eso a tu edad? Para empezar, debe de ser ilegal según la legislación laboral alemana.

—No todas las leyes se aplican de manera estricta —replicó Dave—. Me apuesto algo a que tú tomabas copas ilegalmente en los pubs antes de cumplir los dieciocho.

—Cuando tenía dieciocho fui a Alemania con mi madre. Y puedo asegurarte que nunca pasé seis semanas solo en un país extranjero a los quince.

—No estaré solo. El primo Lenny vendrá conmigo.

—No me parece una carabina de fiar.

—¿Una carabina? —repitió Dave, indignado—. ¿Qué soy yo, una doncella victoriana?

—Para la ley eres un niño, y en la vida real, un adolescente. Lo que no eres es un adulto.

—Pero tienes una prima en Hamburgo —insistió Dave, desesperado—. Rebecca. Ha escrito a mamá. Podrías pedirle que me acogiera.

—Es una prima lejana y de adopción, y hace dieciséis años que no la veo. No me parece alguien lo bastante cercano para cargarla con un adolescente rebelde durante el verano. No estoy seguro de que le hiciera algo así ni a mi hermana.

Daisy adoptó un tono conciliador.

—En la carta me ha dado la impresión de que es una persona amable, Lloyd, cariño, y no creo que tenga hijos. Quizá no le importe que se lo pidamos.

Lloyd parecía molesto.

—¿De verdad quieres que Dave haga esto?

—No, claro que no. Si tuviera que decidir yo, vendría a Tenby con nosotros, pero está creciendo, y deberíamos empezar a aflojar la cuerda. —Miró a Dave—. Le va a resultar más duro y menos divertido de lo que imagina, pero podría aprender algunas lecciones vitales.

—No —repuso Lloyd con tono terminante—. Si tuviera dieciocho años, es posible que accediera, pero es muy joven, demasiado joven.

Dave quería gritar de rabia y romper a llorar al mismo tiempo. No podían arruinarle aquella oportunidad…

—Es tarde —concluyó Daisy—. Ya hablaremos de esto por la mañana. Dave tiene que acompañar a Linda a casa antes de que sus padres empiecen a preocuparse.

Dave dudó, reticente a marcharse con la discusión sin resolver.

Lloyd se encaminó a la escalera.

—Mejor no albergues muchas esperanzas —añadió dirigiéndose a Dave—, no va a pasar.

Dave abrió la puerta principal. Si salía en ese momento, sin decir nada más, los dejaría con la impresión equivocada. Tenía que hacerles saber que no le impedirían tan fácilmente ir a Hamburgo.

—Escúchame —dijo, y su padre se sobresaltó; Dave estaba decidido—, por primera vez mi vida se me da bien algo, papá. Tienes que entenderme: si intentas arrebatarme esto, me iré de casa. Y te juro que, si me marcho, jamás volveré.

Salió para acompañar a Linda y cerró de un portazo.

24

Tania Dvórkina había regresado a Moscú, pero no Vasili Yénkov. Después de que los detuvieran a ambos en la lectura poética de la plaza Mayakovski, Vasili fue acusado por participación en «actos subversivos y reparto de propaganda contraria a la Unión Soviética» y condenado a dos años en un campo de trabajos forzados en Siberia. Tania se sentía culpable: había sido cómplice del delito de Vasili pero había quedado impune.

Suponía que su amigo había sido torturado e interrogado. Sin embargo, ella seguía en libertad y trabajando como periodista, así que no la había delatado. Quizá se había negado a hablar. O, lo que era más probable, había dado nombres de colaboradores falsos aunque creíbles, y el KGB había asumido sencillamente que eran difíciles de localizar.

Llegado el verano de 1963, Vasili ya había cumplido su condena. Si estaba vivo —si había sobrevivido al frío, al hambre y la enfermedad que acababan con la vida de tantos prisioneros en los campos de trabajo—, debía de estar libre. Por desgracia, no había dado señales de vida.

Por lo general se permitía a los reos enviar y recibir una carta mensual que pasaba por una férrea censura, pero Vasili no había podido escribir a Tania porque eso habría supuesto delatarla al KGB. Por eso ni ella ni la mayoría de los amigos del disidente tenían ninguna información sobre él. Quizá hubiera escrito a su madre, en Leningrado. Tania no había llegado a conocerla; su relación con Vasili seguía siendo un secreto incluso para la madre de este.

Yénkov había sido el mejor amigo de Tania, y ella pasaba las noches en vela preocupada por él. ¿Estaría enfermo o incluso muerto? Quizá lo habían acusado de otro delito y su condena se había alargado. La incertidumbre la torturaba y le provocaba jaquecas.

Una tarde corrió el riesgo de hablar de Vasili a su jefe, Daniíl Antónov. El departamento de artículos de fondo de la TASS era una sala espaciosa, ruidosa, con periodistas escribiendo a máquina, hablando por teléfono, leyendo periódicos y entrando y saliendo de la biblioteca de documentación. Si hablaba en voz baja, no la oirían.

—¿Al final qué ocurrió con Ustín Bodián? —preguntó.

Los malos tratos infligidos a Bodián, un cantante de ópera disidente, habían sido el tema de la edición de *Disidencia* que Vasili estaba repartiendo cuando lo detuvieron, y Tania había escrito el artículo.

—Bodián murió de neumonía —respondió Daniíl.

Tania ya lo sabía, solo fingía ignorancia para sacar el tema de su amigo.

—Ese día detuvieron a un periodista conmigo, Vasili Yénkov —dijo entre susurros—. ¿Sabes qué le ocurrió?

—El guionista de radio. Le cayeron dos años.

—Ahora ya debe de estar libre.

—Tal vez. No he oído nada. No recuperará su antiguo puesto, así que no estoy seguro de dónde habrá ido.

Regresaría a Moscú, Tania estaba convencida de ello. Pero se encogió de hombros fingiendo indiferencia y regresó a mecanografiar un artículo sobre una mujer albañil.

Había hecho varias consultas discretas entre las personas que quizá supieran si Vasili había regresado. La respuesta fue la misma en todos los casos: nadie había oído nada.

Una tarde Tania recibió noticias.

Al salir del edificio de la TASS cuando acabó la jornada laboral, la abordó un desconocido.

—¿Tania Dvórkina?

Al volverse, vio a un hombre delgado con el rostro pálido y ropa mugrienta.

—¿Sí? —respondió un tanto inquieta, ya que no imaginaba qué podía querer aquel hombre de ella.

—Vasili Yénkov me salvó la vida.

La pilló tan desprevenida que en ese momento no supo qué responder. Se le pasaban demasiadas preguntas por la cabeza: «¿Cómo conoce a Vasili? ¿Dónde y cuándo le salvó la vida? ¿Para qué ha acudido a mí?».

El hombre le puso un sobre tamaño folio en la mano y dio media vuelta.

A Tania le costó un rato reaccionar. Al final se dio cuenta de que había una pregunta mucho más importante que todas las demás.

—¿Vasili sigue vivo? —dijo, pues el hombre todavía estaba lo bastante cerca para oírla.

El desconocido se detuvo y se volvió. Ese instante de silencio encogió de miedo el corazón de Tania.

—Sí —respondió.

Ella sintió la repentina ligereza del alivio mientras el hombre se alejaba.

—¡Espere! —gritó.

Pero el desconocido apretó el paso, dobló una esquina y desapareció.

El sobre no estaba sellado. Tania miró en su interior y vio varios folios garabateados con la letra de Vasili. Los sacó solo hasta la mitad. En la primera hoja vio un encabezamiento:

CONGELACIÓN
DE IVÁN KUZNETSOV

Volvió a meter el escrito en el sobre y caminó hasta la parada del autobús. Sentía miedo y emoción al mismo tiempo. «Iván Kuznetsov» era, evidentemente, un seudónimo. El nombre más común imaginable, como Hans Schmidt en alemán o Jean Lefèvre en francés. Vasili había escrito algo, un artículo o un relato. Tania se moría de impaciencia por leerlo, aunque tuvo que resistir el impulso de tirarlo como si fuera algo tóxico, porque tenía la certeza de que se trataba de material subversivo.

Se lo metió en el bolso a toda prisa. Cuando el autobús llegó estaba abarrotado, ya que era la hora de salida del trabajo, así que no podría leer el manuscrito de camino a casa sin correr el riesgo de que alguien más lo leyera también de forma soslayada. Debía contener la curiosidad.

Pensó en el hombre que se lo había entregado. Vestía harapos, estaba famélico y medio enfermo, tenía una mirada permanente de miedo y recelo; como un hombre recién salido de una prisión, pensó. Parecía contento de haberse liberado del sobre y se mostró reticente a decirle cualquier otra cosa que no fuera lo estrictamente necesario. Aunque al menos le había explicado el porqué de prestarse a realizar un encargo tan peligroso. Estaba saldando una deuda. «Vasili Yénkov me salvó la vida», había dicho. Una vez más, Tania se preguntó cómo.

Bajó del autobús y se dirigió a la Casa del Gobierno. Al regresar de Cuba había vuelto a vivir en el piso de su madre. No había razón para tener un apartamento propio y, de haberlo tenido, habría sido una vivienda mucho menos lujosa.

Cruzó un par de palabras con Ania, se fue a su dormitorio y se sentó sobre la cama para leer lo que había escrito Vasili.

Su caligrafía había cambiado. Las letras eran más pequeñas, los trazos verticales más cortos, los trazos circulares con menos florituras. ¿Respondía eso a un cambio de personalidad, se preguntó, o era por el racionamiento del papel de carta?

Empezó a leer.

> Iósif Ivánovich Máslov, llamado Soso, se sintió contentísimo cuando la comida llegó podrida. Por lo general, los guardias robaban la mayoría de las raciones y las vendían. A los prisioneros solo les quedaba engrudo para el desayuno y sopa de nabo para la cena. Los alimentos rara vez se descomponían en Siberia, donde la temperatura ambiente solía estar por debajo del punto de congelación; pero los comunistas podían obrar milagros. Cuando, de tanto en tanto, la carne estaba plagada de gusanos y tenía la grasa rancia, el cocinero lo echaba todo a la olla, y los prisioneros se relamían. Soso engulló la *kasha*, chorreante de pegajosa grasa, y deseó más.

Tania sintió ganas de vomitar, pero al mismo tiempo debía seguir leyendo.

Con cada página que avanzaba estaba más impresionada. El relato trataba de la peculiar relación entre dos presos, un disidente intelectual y un mafioso analfabeto. Vasili tenía un estilo sencillo y directo que llegaba con efectividad al lector. La vida en el campo de trabajo estaba descrita con un lenguaje vívido y brutal, pero era algo más que descriptivo. Tal vez por su experiencia en la radionovela, Vasili dominaba el ritmo del relato, y Tania sintió que su interés no decaía.

El campo ficticio se hallaba situado en un bosque de alerces siberianos, y el trabajo que realizaban los prisioneros era la tala de árboles. No había normas de seguridad, ni prendas adecuadas para el trabajo a la intemperie, ni equipo de protección, así que los accidentes eran frecuentes. Tania quedó especialmente impresionada por un episodio en el que el mafioso se cortaba una arteria del brazo con una sierra y era salvado por el intelectual, que le hacía un torniquete para que no se desangrara. ¿Fue así como Vasili había salvado la vida al mensajero que había llevado su manuscrito desde Siberia hasta Moscú?

Tania leyó el relato dos veces. Era casi como hablar con su amigo; las expresiones le resultaban familiares por las múltiples discusiones que habían mantenido y los argumentos que solía dar Vasili. Reconoció esos comentarios que él consideraba divertidos, dramáticos o irónicos. Lo echaba tanto de menos que se le encogía el corazón al pensarlo.

Saber que Vasili seguía vivo despertó en ella la necesidad de averiguar por qué no había regresado a Moscú. El relato no aclaraba esa cuestión, pero Tania conocía a alguien capaz de averiguarlo casi todo: su hermano.

Guardó el manuscrito en el cajón de su mesilla de noche y salió del dormitorio.

—Tengo que ir a ver a Dimka, no tardaré mucho —le dijo a su madre.

Bajó en el ascensor hasta el piso donde vivía su hermano.

Le abrió la puerta Nina, su esposa, embarazada de nueve meses.

—¡Qué buen aspecto tienes! —exclamó Tania.

No era cierto. Hacía ya tiempo que Nina había dejado de estar «radiante», como solía decirse de las mujeres encintas. Estaba gordísima, los pechos le colgaban y tenía el vientre a punto de reventar. Su piel clara se veía pálida bajo las pecas, y su melena castaña con reflejos pelirrojos estaba grasienta. Parecía mayor de los veintinueve años que tenía.

—Pasa —dijo con voz cansada.

Dimka estaba viendo las noticias. Apagó el televisor, besó a Tania y le ofreció una cerveza.

La madre de Nina, Masha, se encontraba allí; había llegado desde Perm en tren para ayudar a su hija con el bebé. Masha era una campesina menuda y envejecida de forma prematura que vestía de negro y rezumaba orgullo de madre por su hija urbanita y su elegante apartamento. Tania se había sorprendido la primera vez que vio a Masha, pues suponía que la madre de Nina era profesora de escuela; resultó que sí trabajaba en la escuela del pueblo, pero como señora de la limpieza. Nina les había hecho creer que sus padres eran de clase más alta, una costumbre tan común que debía de ser casi universal, supuso Tania.

Mientras hablaban sobre el embarazo de Nina, ella pensaba en cómo quedarse a solas con Dimka. De ninguna manera iba a hablar de Vasili delante de su cuñada ni de la madre de esta. Nina tenía algo que la hacía desconfiar de ella.

¿Por qué no se fiaba de su cuñada?, se preguntó con culpabilidad. Decidió que era por el embarazo. Nina no era una intelectual, pero sí era lista; no era probable que se hubiera quedado embarazada por accidente. Aunque nunca lo había dicho, Tania tenía la sospecha de que Nina había embaucado a Dimka para que se casara con ella. Sabía que su hermano era sofisticado y experto en casi todo; solo en cuestión de mujeres era ingenuo y romántico. ¿Por qué había querido pillarlo Nina? ¿Porque los Dvorkin eran una familia de la élite y Nina, ambiciosa?

«No seas tan bruja», se dijo.

Estuvo charlando con todos durante media hora y luego se levantó.

No había nada sobrenatural en el vínculo de Dimka y Tania como hermanos mellizos, simplemente se conocían tan bien que solían adivinar lo que el otro estaba pensando. Dimka intuyó que Tania no había ido de visita para hablar del embarazo de Nina, así que también él se levantó.

—Tengo que sacar la basura —dijo—. Tania, ¿me echas una mano?

Bajaron en el ascensor con un cubo cada uno. Cuando ya estaban en la calle, en la parte trasera del edificio y sin nadie cerca, Dimka preguntó:

—¿Qué ocurre?

—La condena de Vasili Yénkov ha finalizado, pero él no ha regresado a Moscú.

Dimka torció el gesto. Quería a su hermana, y ella lo sabía, pero no coincidían en política.

—Yénkov hizo cuanto pudo por minar el gobierno para el que yo trabajo. ¿Por qué iba a importarme lo que le haya ocurrido?

—Él cree en la libertad y en la justicia, como tú.

—Esas actividades subversivas son la excusa perfecta de la línea dura del régimen para oponerse a una reforma.

Tania sabía que no solo estaba defendiendo a su amigo, sino a sí misma.

—Si no hubiera personas como Vasili, la línea dura afirmaría que todo va bien, y nadie forzaría el cambio. Por ejemplo, ¿cómo se habría sabido, si no, que mataron a Ustín Bodián?

—Bodián murió de neumonía.

—Dimka, no me vengas con esas. Murió por abandono y tú lo sabes.

—Cierto. —Dimka parecía escarmentado. Con un tono más moderado, dijo—: ¿Estás enamorada de Vasili Yénkov?

—No, aunque me gusta. Es divertido, inteligente y valiente. Pero es la clase de hombre que necesita un harén de jovencitas.

—O lo era. No hay ninfas en los campos de trabajo.

—En cualquier caso, es amigo mío y ha cumplido su condena.

—El mundo está lleno de injusticias.

—Quiero saber qué le ha ocurrido, y tú puedes averiguarlo por mí. Si quieres.

Dimka lanzó un suspiro.

—¿Qué pasa con mi carrera? En el Kremlin la compasión por los disidentes maltratados injustamente no está muy bien considerada.

Tania sintió crecer sus esperanzas.

—Por favor. Significa mucho para mí.

—No puedo prometerte nada.

—Haz cuanto esté en tu mano.

—Está bien.

Tania se sintió enormemente agradecida y lo besó en la mejilla.

—Eres un buen hermano —dijo—. Gracias.

Al igual que los esquimales tenían muchas palabras para describir la nieve, los moscovitas contaban con infinidad de expresiones para referirse al mercado negro. Todo lo que no fueran necesidades básicas debía comprarse «a la izquierda». Muchas de esas compras eran claramente delictivas: el interesado encontraba a un hombre que pasaba vaqueros de Occidente de contrabando y le pagaba un altísimo precio. Otras estaban sujetas a un vacío legal. Para comprar una radio o una alfombra había que inscribirse en una lista de espera, pero se podía pasar al primer lugar de la lista «por influencia», si se era un personaje de peso y se tenía la capacidad de devolver el favor, o «por amistad», si se tenía un pariente o un colega con capacidad de modificar el orden de las peticiones. La costumbre de saltarse posiciones en la lista estaba tan extendida que la mayoría de los moscovitas creían que nadie podía llegar al primer puesto limitándose a esperar.

Un día Natalia Smótrova le pidió a Dimka que la acompañara a comprar algo en el mercado negro.

—Por lo general se lo pido a Nik —dijo ella. Nikolái era su marido—. Pero es para su regalo de cumpleaños, y quiero que sea una sorpresa.

Dimka sabía poco sobre la vida de Natalia fuera del Kremlin. Estaba casada y no tenía hijos, pero hasta ahí llegaba su conocimiento. Los burócratas del Kremlin formaban parte de la élite soviética, pero el Mercedes de Natalia y su perfume de importación indicaban la existencia de alguna otra fuente de privilegios y dinero. No obstante, si existía algún Nikolái Smótrov en los escalafones más altos de la jerarquía comunista, Dimka jamás había oído hablar de él.

—¿Qué vas a regalarle? —preguntó Dimka.

—Una grabadora. Quiere una Grundig, es una marca alemana.

Un ciudadano soviético solo podía comprar una grabadora alemana en el mercado negro.

Dimka se preguntó cómo podía permitirse Natalia pagar un regalo tan caro.

—¿Dónde la vas a encontrar? —preguntó.

—Hay un tipo llamado Max en el Mercado Central.

Ese bazar, en Sadóvaya Samotióchnaya, era una alternativa legal a las tiendas estatales. Allí la producción de huertas privadas se vendía a precios más elevados. En lugar de largas colas y puestos deslucidos, se ofrecían pilas de coloridos vegetales, aunque solo para quienes podían permitírselos. En muchos puestos la venta de productos legales era la tapadera para negocios ilegales mucho más rentables.

Dimka entendía el porqué de que Natalia quisiera ir acompañada. Algunos de los hombres encargados de esos trapicheos eran mafiosos, y una mujer hacía bien en tomar precauciones.

Esperaba que ese fuera el único motivo. No quería caer en la tentación. En ese momento se sentía muy unido a Nina, que estaba a punto de dar a luz. Llevaban un par de meses sin mantener relaciones sexuales, lo que lo hacía vulnerable a los encantos de Natalia, pero no había nada más importante que el embarazo. Lo último que quería Dimka era flirtear con su compañera, pero no podía negarse a hacerle aquel sencillo favor.

Llegaron a la hora de la comida. Habían ido al mercado en el viejo Mercedes de ella, que a pesar de los años que tenía era rápido y cómodo. ¿Cómo conseguiría los recambios?, se preguntó Dimka.

Durante el trayecto ella le preguntó por Nina.

—El bebé está a punto de nacer —respondió él.

—Dime si necesitáis algo —dijo Natalia—. La hermana de Nik tiene un niño de tres años que ya no usa ni biberones ni todo lo demás.

Dimka se sorprendió. Los biberones eran un lujo que escaseaba más que las grabadoras.

—Gracias, ya te lo diré.

Aparcaron y recorrieron el mercado hasta una tienda de muebles usados. Se trataba de un establecimiento semilegal. Estaba permitido que la gente vendiera sus posesiones, pero era ilegal hacer de intermediario, y eso provocaba que las transacciones fueran torpes e ineficientes. Para Dimka, las dificultades que imponían esas normas comunistas eran un claro ejemplo de la necesidad de muchas prácticas capitalistas; de ahí la urgencia de una liberalización comercial.

Max era un hombre obeso de unos treinta años e iba vestido al estilo estadounidense, con vaqueros y camiseta blanca. Estaba sentado a una mesa de cocina tomando una taza de té y fumando. A su alrededor había viejos sofás, armarios y camas de segunda mano, la mayoría ajados y rotos.

—¿Qué quieren? —preguntó con brusquedad.

—Hablé con usted la semana pasada sobre una grabadora marca Grundig —dijo Natalia—. Me pidió que regresara dentro de siete días.

—Las grabadoras son difíciles de conseguir —se excusó el hombre.

465

—No me venga con esas, Max —intervino Dimka poniendo una voz tan ronca y con un tono tan despectivo como el del vendedor—. ¿Tiene la grabadora o no?

Los hombres como Max consideraban un signo de debilidad dar una respuesta directa a una pregunta simple.

—Tendrá que pagarme en dólares americanos.

—Ya acordamos un precio —dijo Natalia—. Lo he traído justo. No pagaré más.

—A ver esos billetes.

Natalia sacó un fajo de dólares estadounidenses del bolsillo de su vestido.

Max tendió una mano, pero Dimka agarró a Natalia por la muñeca para impedir que entregara el dinero antes de tiempo.

—¿Dónde está la grabadora? —preguntó.

Max volvió la cabeza.

—¡Iósif!

Se oyó trajín en la trastienda.

—¿Sí?

—La grabadora.

—Sí.

Iósif apareció con una simple caja de cartón. Era un hombre más joven que Max, tenía unos diecinueve años, y llevaba un cigarrillo colgando del labio. Aunque menudo, estaba musculado. Dejó la caja sobre la mesa.

—Pesa —dijo—. ¿Tienen coche?

—Aparcado a la vuelta de la esquina.

Natalia contó los billetes.

—Me ha costado más de lo que pensaba —informó Max.

—No llevo más dinero encima —dijo Natalia.

Max agarró los billetes y los contó.

—Está bien —accedió con resentimiento—. Es suya. —Se levantó y se embutió el fajo en el bolsillo de los vaqueros—. Iósif se la llevará hasta el coche. —Y entró en la trastienda.

El joven fue a levantar la caja.

—Un segundo —dijo Dimka.

—¿Qué? —preguntó Iósif—. No tengo tiempo que perder.

—Abra la caja —ordenó Dimka.

Iósif fue a coger la caja sin hacer caso de sus palabras, pero Dimka le puso la mano encima e hizo fuerza sobre ella, lo cual impidió que la levantara. Entonces le lanzó una mirada enfurecida, y por un momento Dimka se preguntó si llegarían a las manos, pero Iósif retrocedió.

—Abra usted la maldita caja —dijo el muchacho.

La tapa estaba grapada y sellada con cinta adhesiva. Dimka y Natalia la abrieron con cierta dificultad. Dentro había una grabadora de carrete. Era de la marca Magic Tone.

—Esto no es una Grundig —dijo Natalia.

—Son mejores que las Grundig —repuso Iósif—. Tienen mejor sonido.

—He pagado por una Grundig —protestó ella—. Esta es una mala imitación japonesa.

—Hoy en día no se pueden conseguir grabadoras Grundig.

—Entonces devuélvame el dinero.

—Imposible, ya ha abierto la caja.

—Sin abrir la caja no podíamos saber que estaban estafándonos.

—Nadie los ha estafado. Usted quería una grabadora.

—A la mierda —espetó Dimka, y fue hacia la puerta de la trastienda.

—¡No puede entrar ahí! —exclamó Iósif.

Dimka no hizo caso y entró. La habitación estaba llena de cajas de cartón. Había unas cuantas abiertas y en su interior se veían televisores, grabadoras y radios, todas de marcas extranjeras. El vendedor no estaba, pero Dimka vio una puerta trasera.

Regresó a la tienda.

—Ha huido con el dinero —le dijo a Natalia.

—Es un hombre ocupado. Tiene muchísimos clientes —lo excusó Iósif.

—No me venga con esas, imbécil —repuso Dimka—. Max es un ladrón y usted también.

Iósif lo amenazó señalándolo con un dedo.

—No me llame imbécil —dijo con tono amenazador.

—Devuélvale el dinero —advirtió Dimka—, antes de que se meta en un buen lío.

—¿Qué va a hacer? —preguntó Iósif con sonrisa maliciosa—. ¿Llamar a la policía?

No podían hacer eso. Estaban implicados en una transacción ilegal, y la policía detendría con toda seguridad a Dimka y a Natalia, pero no a Iósif ni a Max, quienes sin duda untaban a los agentes para proteger su negocio.

—No podemos hacer nada —repuso Natalia—. Vamos.

—Llévese su grabadora —dijo Iósif.

—No, gracias. No la quiero.

Natalia se dirigió a la puerta.

—Volveremos… para recuperar el dinero —advirtió Dimka.

—¿Qué van a hacer? —preguntó Iósif riendo.

—Ya lo verá —respondió Dimka de manera poco convincente, y siguió a Natalia hasta la salida.

En el trayecto de regreso al Kremlin, en el coche de Natalia, estaba que echaba humo de frustración.

—Pienso recuperar tu dinero —le dijo.

—Por favor, no lo intentes —suplicó ella—. Esos hombres son peligrosos. No quiero que te hagan daño. Olvídalo.

No pensaba olvidarlo, pero no dijo nada más.

Cuando llegó a su despacho, tenía sobre la mesa la carpeta con el expediente de Vasili Yénkov redactado por el KGB.

No era muy voluminoso. Yénkov era un guionista que nunca se había metido en líos y que ni siquiera había estado bajo sospecha hasta ese día del mes de mayo de 1961, cuando lo habían detenido por llevar encima cinco ejemplares de una hoja informativa de contenido subversivo titulada *Disidencia*. Durante el interrogatorio afirmó que le habían entregado una docena de copias unos minutos antes y que había empezado a repartirlos por el impulso repentino de compasión hacia el cantante de ópera afectado de neumonía. Tras un registro exhaustivo de su piso, el KGB no había conseguido recabar ninguna prueba que contradijera su declaración. Su máquina de escribir no coincidía con el modelo que se había utilizado para escribir la hoja informativa. Tras aplicarle pinzas de carga eléctrica en los labios y en los dedos de las manos, Yénkov había dado los nombres de otros disidentes; tanto inocentes como culpables hacían lo mismo al ser sometidos a tortura. Como era habitual, algunas de las personas nombradas eran miembros intachables del Partido Comunista, mientras que otras no habían sido localizadas por el KGB. Finalmente la policía secreta llegó a la conclusión de que Yénkov no era el director de la publicación ilegal *Disidencia*.

Dimka no podía por menos de admirar la resistencia de un hombre capaz de sostener una mentira durante un interrogatorio del KGB. Yénkov había protegido a Tania incluso sufriendo indecibles torturas. Quizá mereciera la libertad.

Él conocía la verdad que había ocultado Yénkov. La noche de su detención, el propio Dimka había llevado a Tania en su moto hasta el piso de su amigo, donde ella había recogido una máquina de escribir, que sin duda era la que habían utilizado para redactar *Disidencia*. Dimka la había arrojado al río Moscova media hora más tarde. Las máquinas de escribir no flotaban. Tania y él lo habían librado de una condena mucho más larga.

Yénkov ya no se encontraba en el campo de tala de árboles del bosque de alerces, según su expediente. Alguien había averiguado que tenía cierta experiencia como técnico. Su primer trabajo en Radio Moscú había sido de ayudante de producción en el estudio, por lo que sabía algo sobre micrófonos y conexiones eléctricas. La escasez de técnicos en Siberia era tan grande que esa mínima práctica había bastado para procurarle un trabajo como electricista en una central.

Seguramente al principio estuvo encantado de desempeñar una ocupación en la que no corría el riesgo de perder una extremidad por culpa de un hacha manejada con despiste. Pero había un aspecto negativo. Las autoridades se mostraban reticentes a permitir que un técnico competente abandonara Siberia. Una vez cumplida su condena, Yénkov había solicitado por las vías habituales el visado para regresar a Moscú. Su petición había sido denegada y eso no le dejaba más alternativa que seguir en su trabajo. Estaba atrapado.

Era injusto, pero la injusticia era un mal endémico, como él mismo le había recordado a su hermana.

Dimka analizó la fotografía del expediente. Yénkov, con su rostro sensual, sus labios carnosos, sus cejas negras y su espesa cabellera negra, parecía una estrella de cine. Pero había algo más en él. Una leve expresión de ironía asomaba por el rabillo de sus ojos y sugería que no se tomaba a sí mismo demasiado en serio. No le habría extrañado que Tania estuviera enamorada de ese hombre, a pesar de que lo había negado.

En cualquier caso, Dimka intentaría liberarlo por su hermana.

Hablaría con Jrushchov sobre el caso. Sin embargo, tenía que esperar a que el jefe estuviera de buen humor. Guardó el expediente en el cajón del escritorio.

No tuvo oportunidad de hablar con él esa tarde. Jrushchov se había marchado pronto, y Dimka estaba preparándose para irse a casa cuando Natalia asomó la cabeza por la puerta de su despacho.

—¿Vienes a tomar una copa? —propuso—. La necesitamos después de lo que hemos sufrido en el Mercado Central.

Dimka dudó un instante.

—Tengo que volver a casa con Nina. Está a punto de dar a luz.

—Una copa rápida.

—Está bien. —Dimka enroscó el tapón de su estilográfica y se dirigió a su eficiente secretaria de mediana edad—. Podemos irnos, Vera.

—Todavía me quedan un par de cosas que hacer —contestó ella, que era muy meticulosa.

El Moskvá Bar era frecuentado por la élite joven del Kremlin, por lo que no era tan deprimente como el típico tugurio moscovita de bebedores. Los asientos eran cómodos, los aperitivos se dejaban comer, y para los burócratas comunistas mejor pagados, de gustos exóticos, había una selección de whisky escocés y bourbon detrás de la barra. Esa noche estaba abarrotado de personas que Dimka y Natalia conocían, la mayoría ayudantes como ellos. Alguien puso una jarra de cerveza en manos de Dimka y él la bebió con gratitud. El ambiente era bullicioso. Borís Kozlov, también asistente de Jrushchov, contó un chiste un tanto arriesgado.

—¡Escuchad todos! ¿Qué ocurrirá cuando llegue el comunismo a Arabia Saudí?

Unos y otros lanzaron vítores y le rogaron que siguiera.

—Al cabo de un tiempo, ¡habrá racionamiento de arena!

La concurrencia rió. Las personas de aquel grupo eran leales trabajadores del comunismo soviético, al igual que Dimka, pero no ignoraban las carencias del sistema. La brecha entre las aspiraciones del partido y la realidad soviética incomodaba a todo el mundo, y los chistes relajaban la tensión.

Dimka terminó su cerveza y pidió otra.

Natalia levantó su jarra como si quisiera hacer un brindis.

—La gran esperanza para la revolución mundial es una empresa americana llamada United Fruit —dijo. Las personas que la rodeaban rieron—. No, hablo en serio —añadió, aunque estaba sonriendo—. Ha convencido al gobierno de Estados Unidos para que apoye brutales dictaduras de derechas en toda Sudamérica y Centroamérica. Si United Fruit actuara con lógica, apoyaría un progreso creciente hasta alcanzar las libertades burguesas: el imperio de la ley, la libertad de expresión, la existencia de sindicatos. Sin embargo, por suerte para el comunismo mundial, son demasiado imbéciles para darse cuenta. Reprimen con fuerza los movimientos reformistas, y así la gente no tiene más remedio que volverse comunista, tal como había predicho Karl Marx. —Hizo chocar su jarra con la de la persona que tenía más cerca—. ¡Larga vida a United Fruit!

Dimka rió. Natalia era una de las personas más inteligentes del Kremlin, y de las más atractivas. Estaba adorable, sonrojada por el júbilo, y con su amplia boca abierta mientras reía. No pudo evitar compararla con la mujer cansada, hinchada y reticente a tener relaciones sexuales que lo esperaba en casa, aunque sabía que ese pensamiento era injusto y cruel.

Natalia fue a la barra para pedir algo de picar. Dimka se dio cuenta de que llevaban más de una hora allí; debía marcharse. Se acercó a su compañera con la intención de despedirse, pero había bebido suficiente cerveza para comportarse como un incauto y, cuando ella le sonrió con calidez, la besó.

Natalia lo correspondió con pasión.

Dimka no la entendía. Había pasado una noche con él, luego le había gritado que estaba casada, y después le pedía que se tomara una copa con ella y lo besaba. ¿Qué sería lo siguiente? Aunque poco le importó la inconsistencia de su colega cuando esta posó su cálida boca sobre los labios de él y jugueteó con la punta de la lengua para que los abriese.

Entonces Natalia se apartó, y Dimka vio a su secretaria justo al lado.

La expresión de Vera era bastante seria y crítica.

—He estado buscándolo —dijo con tono acusatorio—. Alguien lo ha llamado por teléfono justo cuando se ha ido.

—Lo siento —dijo Dimka, no muy seguro de si se disculpaba por lo difícil que había sido localizarlo o por haber besado a otra mujer.

Natalia tomó un platillo de pepinillos en vinagre de manos del camarero y regresó con el grupo.

—Era su suegra —explicó Vera.

La euforia de Dimka se había esfumado.

—Su esposa se ha puesto de parto —siguió informando su secretaria—. Va todo bien, pero debería reunirse con ella en el hospital.

—Gracias —contestó Dimka, y se sintió el marido más infiel del mundo.

—Buenas noches —se despidió Vera antes de salir del bar.

Dimka la siguió hasta la calle, donde se quedó respirando el aire gélido de la noche un instante. Luego subió a la moto y se dirigió al hospital. Qué mala suerte que lo hubieran pillado besando a una colega. Se sentía humillado con razón, había cometido una estupidez.

Dejó la moto en el aparcamiento del hospital y entró. Encontró a Nina en la planta de maternidad, sentada en la cama. Masha estaba en la silla de al lado, sujetando un bebé envuelto en un arrullo blanco.

—¡Felicidades! —dijo su suegra—. Es un niño.

—Un niño —repitió Dimka.

Miró a Nina, que estaba sonriendo, agotada pero satisfecha.

Luego miró al bebé. Tenía muchísimo pelo, negro y mojado. Sus ojos eran de un azul que le recordó a los de su abuelo, Grigori. Todos los bebés tenían los ojos azules, se dijo. ¿Serían solo imaginaciones suyas o la criatura ya miraba el mundo con la intensa expresión del abuelo Grigori?

Masha acercó el bebé a Dimka, que recibió el arrullo como si estuviera sujetando un enorme cascarón. En presencia de aquel milagro, olvidó todos los momentos dramáticos del día.

«Tengo un hijo», pensó, y se le anegaron los ojos.

—Es guapísimo —dijo Dimka—. Vamos a llamarlo Grigor.

Dos cosas tuvieron desvelado esa noche a Dimka. Una era la culpa; justo cuando su mujer paría entre un mar de sangre y sufrimiento, él estaba besando a Natalia. La otra era la rabia por la forma en que Max y Iósif lo habían timado y humillado. No le habían robado a él, sino a Natalia, pero no por ello se sentía menos indignado y furioso.

A la mañana siguiente, de camino al trabajo, se acercó con la moto hasta el Mercado Central. Se había pasado la mitad de la noche ensayando lo que le diría a Max. «Me llamo Dimitri Iliich Dvorkin. Compruebe quién soy. Compruebe para quién trabajo. Compruebe quién es mi tío y quién fue mi padre. Y luego reúnase conmigo aquí mañana para entregarme el dinero de Natalia, y tendrá que suplicarme para que no le dé su merecido.» Se preguntó cómo tendría valor para decir todo eso; si Max se quedaría atónito o sacaría pecho; si el discurso sonaría lo bastante amenazante para recuperar el dinero de Natalia y su herido orgullo masculino.

Max no estaba sentado a la mesa de pino. No estaba en la tienda. Dimka no supo si sentirse decepcionado o aliviado.

Iósif se encontraba de pie junto a la puerta de la trastienda. Dimka se planteó soltarle el discurso al joven. Seguramente él no tendría la autoridad para devolverle el dinero, pero así podría aliviar hasta cierto punto sus sentimientos de frustración. Mientras vacilaba se dio cuenta de que Iósif ya no tenía ese aire amenazante y arrogante del que había hecho gala el día anterior. Para asombro de Dimka, antes de poder abrir la boca el muchacho dio media vuelta y se alejó con cara de susto.

—¡Lo siento! —exclamó Iósif—. ¡Lo siento!

Dimka no lograba explicarse aquella transformación. Si Iósif había descubierto de la noche a la mañana que Dimka trabajaba en el Kremlin y que pertenecía a una poderosa familia de políticos, podría haber querido disculparse y reconciliarse con él, incluso podría haberle devuelto el dinero, pero no habría puesto cara de temer por su vida.

—Solo quiero el dinero de Natalia —dijo Dimka.

—¡Lo hemos devuelto! ¡Ya lo hemos devuelto!

Dimka se sentía confuso. ¿Habría estado allí Natalia antes que él?

—¿A quién se lo han dado?

—A esos dos hombres.

Dimka no lograba entender nada.

—¿Dónde está Max? —preguntó.

—En el hospital —respondió Iósif—. Le han roto los dos brazos, ¿es que no han tenido suficiente?

Dimka pensó un instante. A menos que aquello fuera una pantomima, parecía que dos desconocidos le habían propinado una paliza brutal a Max y lo habían obligado a devolver el dinero que le había quitado a Natalia. ¿Quiénes serían? ¿Y por qué lo habrían hecho?

Estaba claro que Iósif no lo sabía. Desconcertado, Dimka dio media vuelta y salió de la tienda.

No había sido la policía, pensó mientras regresaba a la moto, ni el ejército, ni el KGB. Cualquier miembro de los organismos oficiales habría detenido a Max, lo habría llevado a la cárcel y allí, en la intimidad, le habría roto los brazos. Tenían que ser civiles.

Y si eran civiles, debían de ser de la mafia. Así que entre los familiares o amigos de Natalia había criminales deleznables.

No le extrañaba que no hablara mucho sobre su vida personal.

Dimka condujo a toda prisa hasta el Kremlin, y aun así descubrió con consternación que Jrushchov había llegado antes que él. Sin embargo, el jefe estaba de buen humor; Dimka lo oyó reír. Tal vez fuera el momento de sacar el tema de Vasili Yénkov. Abrió el cajón del escritorio y sacó la carpeta con el expediente del KGB sobre el preso. Luego tomó otra carpeta con documentos que Jrushchov debía firmar y dudó un instante. Lo que iba a hacer era una tontería, aunque fuera por su querida hermana, pero controló la ansiedad y entró en el despacho del jefe.

El secretario general estaba sentado tras su gran escritorio, hablando por teléfono. No le gustaban mucho las llamadas. Él prefería el cara a cara; de esa forma, según decía, sabía cuándo estaban mintiéndole. No obstante, la conversación parecía distendida. Dimka le puso los documentos delante, y Jrushchov empezó a firmar mientras seguía hablando y riendo con el auricular en la oreja.

—¿Qué es eso que tienes en la mano? Parece un expediente del KGB —dijo Jrushchov al colgar.

—Vasili Yénkov. Condenado a dos años en un campo de trabajos forzados por posesión de una hoja de propaganda que versaba sobre el caso de Ustín Bodián, el cantante de ópera disidente. Ha cumplido su condena, pero lo tienen retenido en Siberia.

Jrushchov dejó de firmar y levantó la vista.

—¿Tienes algún interés personal?

A Dimka lo recorrió un escalofrío de miedo.

—En absoluto —mintió, y logró que no se le notara la angustia al hablar.

Revelar la relación de su hermana con un disidente condenado podía suponer el final de su carrera y la de ella.

Jrushchov entrecerró los ojos.

—Entonces, ¿por qué deberíamos dejarlo volver a casa?

Dimka deseó haberse negado a la petición de Tania. Debería haber imaginado que Jrushchov lo calaría: nadie llegaba a líder de la Unión Soviética sin ser un paranoico suspicaz. Reculó a la desesperada.

—No estoy solicitando que lo devolvamos a casa —repuso con la máxima serenidad posible—, pero se me ha ocurrido que quizá le interesara el caso. Su delito fue menor, ha recibido su castigo, y que usted garantice un trato justo a un disidente de poca monta sería algo coherente con su política general de liberalización gradual.

Jrushchov no se dejó engañar.

—Alguien te ha pedido que le hagas un favor. —Dimka tuvo la intención de defender su inocencia, pero Jrushchov levantó una mano para silenciarlo—. No lo niegues, no me importa. Tener influencia es tu recompensa por el duro trabajo.

Dimka tuvo la sensación de que lo habían absuelto de la pena capital.

—Gracias —dijo con un tono de agradecimiento más lamentable de lo que hubiera deseado.

—¿Qué trabajo desempeña Yénkov en Siberia? —preguntó Jrushchov.

Dimka se dio cuenta de que le temblaba la mano con la que sostenía la carpeta del expediente. Pegó el brazo al costado del cuerpo para frenar el temblor.

—Es electricista en una central. No está cualificado, pero había trabajado en la radio.

—¿A qué se dedicaba en Moscú?

—Era guionista.

—¡Me tomas el pelo! —Jrushchov tiró el bolígrafo—. ¿Guionista? ¿Para qué narices sirve un guionista? En Siberia están desesperados por encontrar electricistas. Déjalo allí. Está haciendo algo útil.

Dimka se quedó mirándolo, consternado. No sabía qué decir.

Jrushchov volvió a coger el bolígrafo y reanudó la firma de documentos.

—Guionista —masculló—. ¡Estupideces!

Tania pasó a máquina el relato de Vasili, *Congelación*, con dos copias en papel carbón.

Pero era demasiado bueno para destinarlo únicamente a una publicación *samizdat* clandestina. Vasili no solo describía el mundo de los campos de reclusión con gráfica brutalidad, sino que iba más allá. Al copiarlo, Tania se había dado cuenta, con el corazón en un puño, de que el campo era una metáfora de la URSS, y que el relato era una crítica feroz a la sociedad soviética. Vasili contaba la verdad de una forma en que ella no podía, y la reconcomía el remordimiento. A diario escribía artículos que se publicaban en periódicos y revistas de todo el país; a diario eludía con cautela contar la verdad. No contaba mentiras propiamente dichas, pero siempre evitaba hablar de la pobreza, la injusticia, la represión y el despilfarro, que eran las verdaderas características de la Unión Soviética. El escrito de Vasili le hizo ver que su vida era un engaño.

Llevó la copia a máquina a su redactor jefe, Daniíl Antónov.

—Esto me ha llegado por correo, con remitente anónimo —dijo. Seguramente él sabría que le mentía, pero no la traicionaría—. Es un relato ambientado en un campo de prisioneros.

—No podemos publicarlo —respondió él enseguida.

—Lo sé. Pero es muy bueno… Es la obra de un gran escritor, en mi opinión.

—¿Por qué me lo enseñas a mí?

—Conoces al director de la revista *Novi Mir*.

Daniíl puso expresión pensativa.

—En ocasiones publica cosas poco ortodoxas.

—No sé hasta dónde pretende llegar Jrushchov con su liberalización —dijo Tania bajando la voz.

—Esa política avanza con paso irregular, pero la orden general es que los excesos del pasado deberían discutirse y condenarse.

—¿Puedes leerlo y, si te gusta, enseñárselo al editor?

—Claro. —Daniíl leyó un par de líneas—. ¿Por qué crees que te lo han enviado a ti?

—Seguramente lo habrá escrito alguien a quien conocí hace dos años, cuando estuve en Siberia.

—Ah. —Daniíl asintió en silencio—. Eso lo explicaría todo. —Lo cual quería decir: «Sirve como coartada».

—El autor seguramente revelaría su verdadera identidad si aceptaran publicar su relato.

—Está bien —accedió él—. Haré todo lo que pueda.

25

La Universidad de Alabama era la última institución académica estatal solo para blancos de Estados Unidos. El martes 11 de junio, dos jóvenes negros llegaron al campus de Tuscaloosa para matricularse como estudiantes. George Wallace, el diminuto gobernador de Alabama, se encontraba ante las puertas de la universidad con los brazos cruzados y las piernas separadas, y juró que no los dejaría pasar.

En el Departamento de Justicia de Washington, George Jakes permanecía sentado con Bobby Kennedy y otras personas escuchando los partes telefónicos de quienes se hallaban presentes en la universidad. Tenían el televisor encendido, pero por el momento ninguna de las cadenas retransmitía imágenes en directo de lo que sucedía.

Hacía menos de un año, dos personas habían muerto tiroteadas durante los altercados de la Universidad de Mississippi tras la matriculación del primer alumno de color. Los hermanos Kennedy estaban decididos a evitar que se repitiera la tragedia.

George había estado en Tuscaloosa y había visitado el campus arbolado. Allí lo habían mirado con mala cara mientras paseaba por la zona de césped, pues era el único rostro de color entre las guapas chicas con calcetines cortos de colegiala y los elegantes chicos vestidos con americana. Después le había dibujado a Bobby un esquema de los pórticos señoriales del Auditorio Foster, con sus tres puertas, delante de las que se encontraba el gobernador Wallace en ese preciso instante con un atril portátil, rodeado por la Policía de Carreteras. La temperatura del mes de junio en Tuscaloosa superaba con creces los treinta grados. George imaginaba a los reporteros y a los fotógrafos apiñados delante de Wallace, sudando a mares bajo el sol a la espera del estallido de violencia.

Ambos bandos habían anticipado y planificado el enfrentamiento hacía tiempo.

George Wallace era un demócrata sureño. Abraham Lincoln, quien abolió la esclavitud, había sido republicano, mientras que los sureños partidarios de la esclavitud habían sido demócratas. Y esos mismos sureños seguían en el partido, contribuyendo a la elección de presidentes demócratas para minar su trayectoria una vez en el poder.

Wallace era un hombre menudo y feo, que se estaba quedando calvo salvo por un mechón de pelo justo encima de la frente que engominaba y peinaba con forma de ridículo tupé. Sin embargo, era astuto, y George Jakes no lograba imaginar qué estaría tramando ese día. ¿Qué resultado esperaba obtener Wallace? ¿Un altercado? ¿O quizá algo más sutil?

El movimiento de los derechos civiles, que dos meses atrás parecía agonizar, había remontado el vuelo tras los disturbios en Birmingham. No paraban de llegarles donativos; en un acto para la recaudación de fondos celebrado en Hollywood, estrellas de cine como Paul Newman y Tony Franciosa habían extendido cheques por valor de mil dólares cada uno. La Casa Blanca tenía pánico a que aumentaran los desórdenes y se mostraba desesperada por apaciguar a los manifestantes.

Bobby Kennedy había accedido a presentar un proyecto de ley de derechos civiles. Ya admitía que había llegado la hora de que el Congreso prohibiera la segregación racial en todos los establecimientos públicos —hoteles, restaurantes, autobuses y aseos— y que debía garantizarse el derecho al voto de los negros. Sin embargo, todavía no había convencido a su hermano, el presidente.

Esa mañana Bobby fingía estar tranquilo y tener controlada la situación. Un equipo de televisión estaba grabándolo, y tres de sus siete hijos correteaban por su despacho. Pero George sabía lo deprisa que la relajada amplitud de miras de Bobby podía mutar en furia cuando las cosas se torcían.

El secretario de Justicia estaba decidido a que no se produjeran disturbios, pero también lo estaba a conseguir que los dos estudiantes se matriculasen. Un juez había emitido una orden judicial para la admisión de los jóvenes, y Bobby no podía permitir verse derrotado por parte de un gobernador estatal resuelto a saltarse la ley. Estaba dispuesto a enviar al ejército para llevarse a Wallace por la fuerza; pero eso también habría supuesto un final indeseado: Washington amenazando al Sur.

Bobby estaba en mangas de camisa, inclinado sobre el teléfono con altavoz de su amplia mesa de escritorio y con rodetes de sudor en las axilas. El ejército había instalado unidades móviles de comunicación, y un miembro del equipo iba informando a Bobby de lo que ocurría. «Nick ha llegado», dijo la persona que hablaba por el teléfono. Nicholas Katzenbach era el ayudante del secretario de Justicia y rostro visible de Bobby en el lugar de los acontecimientos. «Está acercándose a Wallace... Va a entregarle la orden de cese de actividades ilegales.» Katzenbach iba armado con una proclama presidencial donde se ordenaba a Wallace que dejara de desafiar una orden judicial. «Ahora Wallace pronuncia un discurso.»

George Jakes llevaba el brazo izquierdo en un discreto cabestrillo de seda negra. La policía estatal le había roto un hueso de la muñeca en Birmingham, Alabama. Dos años atrás, un agitador racista le había roto el mismo brazo en Anniston, también en Alabama. George esperaba no tener que regresar a ese estado nunca más.

«Wallace no está hablando de segregación —dijo la voz del teléfono—. Está hablando de derechos estatales. Dice que Washington no puede interferir en los centros educativos de Alabama. Intentaré acercarme para escucharlo.»

George frunció el ceño. En su discurso inaugural como gobernador, Wallace había dicho: «Segregación hoy, segregación mañana, segregación siempre». Pero en aquella ocasión se había dirigido a los habitantes blancos de Alabama. ¿A quién intentaba impresionar en ese momento? Algo estaba ocurriendo que escapaba a la comprensión tanto de los hermanos Kennedy como de sus asesores.

El discurso de Wallace fue largo. Cuando por fin terminó, Katzenbach pidió una vez más al gobernador que acatara la orden judicial, pero este se negó. Habían quedado en tablas.

Katzenbach abandonó el lugar, pero el drama no había terminado. Los dos estudiantes, Vivian Malone y James Hood, estaban esperando en un coche. Como ya se había acordado de antemano, Katzenbach acompañó a Vivian hasta la residencia universitaria y otro abogado del Departamento de Justicia hizo lo mismo con James. Solo era una medida temporal. Para matricularse formalmente, debían acceder al Auditorio Foster.

Empezaron las noticias del mediodía en televisión, y alguien subió el volumen del aparato en el despacho de Bobby Kennedy. Wallace estaba frente al atril y parecía más alto de lo que en realidad era. No dijo nada sobre la gente de color, ni sobre la segregación ni sobre los derechos civiles. Se refirió al poder del gobierno central, que oprimía la soberanía del estado de Alabama. Habló con indignación sobre libertad y democracia como si no hubiera negros a los que se les negara el derecho a votar. Citó la Constitución estadounidense como si él no la despreciara cada día de su vida. Fue una bravata en toda regla, y eso dejó a George preocupado.

Burke Marshall, el abogado blanco que dirigía la división de los derechos civiles, se encontraba en el despacho de Bobby. George seguía sin fiarse de él, pero Marshall había tomado una deriva más radical desde lo sucedido en Birmingham y proponía solucionar las tablas de Tuscaloosa con el envío de militares.

—¿Por qué no lo hacemos directamente? —le preguntó a Bobby. Este accedió.

Aquello requería su tiempo. Los ayudantes del secretario de Justicia pidieron bocadillos y café. En el campus todos resistían en sus puestos.

Llegaron noticias de Vietnam. En una encrucijada de caminos de Saigón, un monje budista llamado Thich Quang Duc se había bañado con veinte litros de gasolina, había encendido tranquilamente una cerilla y se había prendido fuego. Su inmolación fue un acto de denuncia contra la persecución de la mayoría budista por parte del presidente puesto en el poder por Estados Unidos, Ngo Dinh Diem, que era católico.

No paraban de abrirse frentes para Kennedy.

Al final, la persona que se comunicaba con Bobby por el teléfono con altavoz dijo: «El general Graham ha llegado… con cuatro militares».

—¿Con cuatro? —preguntó George—. ¿Esa es nuestra demostración de fuerza?

Oyeron una nueva voz y supusieron que era el general dirigiéndose a Wallace.

«Señor, es mi triste deber pedirle que se retire, en cumplimiento de las órdenes del presidente de Estados Unidos.»

Graham era el comandante en jefe de la Guardia Nacional de Alabama, y quedó claro que estaba cumpliendo su deber en contra de sus principios.

Sin embargo, la voz del teléfono dijo: «Wallace se marcha… ¡Wallace se va! ¡Wallace se va! ¡Se acabó!».

Hubo vítores y apretones de mano en el despacho.

Transcurridos unos minutos, los demás se percataron de que George no se unía a la celebración.

—¿Y a ti qué te pasa? —preguntó Dennis Wilson.

En opinión de George, las personas que lo rodeaban no estaban dándose cuenta de lo sucedido.

—Wallace ya lo había planeado así —dijo—. Desde el principio tenía pensado abandonar en cuanto enviásemos a los militares.

—Pero ¿por qué? —preguntó Dennis.

—Eso es lo que me tiene con la mosca detrás de la oreja. Llevo toda la mañana sospechando que estaba utilizándonos.

—¿Y qué gana Wallace con esta pantomima?

—Publicidad. Acaba de salir en televisión como el típico hombre de a pie que resiste a las amenazas de un gobierno opresor.

—¿El gobernador Wallace protestando por ser víctima de la opresión? —dijo Wilson—. ¡Eso sí que tiene gracia!

Bobby había estado siguiendo la conversación y en ese momento se decidió a intervenir.

—Escuchad lo que dice George —sugirió—. Está planteando las preguntas adecuadas.

—A nosotros nos parece ridículo —dijo George—, pero muchos americanos de clase trabajadora tienen la sensación de que los hipócritas bienhechores de Washington, como todos los que estamos presentes en esta sala, quieren obligarlos a tragar con la integración.

—Lo sé —admitió Wilson—. Aunque no es muy común que algo así lo diga un… —iba a decir «negro», pero cambió de opinión— defensor de los derechos civiles. ¿Dónde quieres ir a parar?

—Lo que ha hecho hoy Wallace ha sido dirigirse a esos votantes de clase trabajadora. Lo recordarán resistiendo allí, desafiando a Nick Katzenbach, «el típico liberal de la Costa Este», dirán, y recordarán a los militares obligando al gobernador Wallace a retirarse.

—Wallace es el gobernador de Alabama. ¿Por qué iba a querer dirigirse a toda la nación?

—Sospecho que se presentará contra Jack Kennedy en las primarias demócratas del año que viene. Quiere presentarse a presidente, amigos. Y ha inaugurado su campaña electoral hoy en la televisión nacional, con nuestra ayuda.

Se hizo un silencio generalizado en el despacho mientras los presentes asimilaban aquella afirmación. George supo que los había convencido con su teoría y que les preocupaban sus consecuencias.

—Ahora mismo Wallace es la noticia más destacada y ha quedado como un héroe —concluyó George—. Quizá el presidente Kennedy debería tomar cartas en el asunto.

Bobby presionó el botón del intercomunicador que tenía sobre la mesa del escritorio.

—Póngame con el presidente —dijo, y se encendió un habano.

Dennis Wilson contestó una llamada por otro teléfono.

—Los dos estudiantes han entrado en el auditorio y se han matriculado.

Pasado un rato, Bobby cogió el teléfono para hablar con su hermano. Le informó de la victoria pacífica y luego escuchó.

—¡Sí! —exclamó en un momento determinado—. George Jakes ha dicho lo mismo… —Se produjo otra larga pausa—. ¿Esta noche? Pero si no tenemos ningún discurso… Claro que puede redactarse. No, creo que has tomado la decisión correcta. Hagámoslo. —Colgó y miró a los presentes en la sala—. El presidente va a presentar un nuevo proyecto de ley de derechos civiles —anunció.

George no cabía en sí de alegría. Eso era lo que Martin Luther King, él mismo y todos los defensores del movimiento por los derechos civiles habían pedido desde un principio.

—Y lo anunciará por televisión, en directo, esta noche —siguió diciendo Bobby.

—¿Esta noche? —preguntó George, sorprendido.

—Dentro de un par de horas.

Era lo lógico, pensó George, aunque habría que hacerlo a todo correr. El presidente volvería a encabezar los titulares, y ese era el lugar que debía ocupar; por delante de George Wallace y Thich Quang Duc.

—Y quiere que vayas para allá y redactes el discurso con Ted —añadió Bobby.

—Sí, señor —dijo George.

Salió del Departamento de Justicia como en una nube. Caminó tan deprisa que al llegar a la Casa Blanca estaba jadeando. Se tomó un instante para recuperarse en la planta baja del Ala Oeste y luego subió al primer piso. Encontró a Ted Sorensen en su despacho con un grupo de compañeros. George se quitó la chaqueta y se sentó.

Entre los documentos esparcidos sobre la mesa había un telegrama de Martin Luther King dirigido al presidente Kennedy. En Danville, Virginia, cuando sesenta y cinco negros habían protestado en contra de la segregación, cuarenta y ocho de ellos habían recibido una paliza tan brutal por parte de la policía que habían acabado en el hospital. «El aguante de los negros está al límite», decía el telegrama de King. George subrayó esa frase.

El grupo trabajó a marchas forzadas para redactar el discurso. Se iniciaría con una mención a los acontecimientos de ese mismo día en Alabama y haría hincapié en que los militares habían entregado una orden judicial. No obstante, el presidente no entraría en detalles sobre la trifulca, sino que a renglón seguido haría un apasionado llamamiento a los valores morales de todos los estadounidenses de bien. Cada pocos minutos, Sorensen iba entregando las hojas manuscritas a las mecanógrafas para que las pasaran a limpio.

George se sentía frustrado por el hecho de que algo tan importante tuviera que hacerse con tantas prisas, pero entendía el motivo. La redacción de un proyecto de ley era un proceso racional; la política, por el contrario, era un juego donde gobernaba la intuición. Jack Kennedy había nacido para ello, y su instinto le decía que ese día debía tomar la iniciativa.

El tiempo volaba. El discurso todavía estaba redactándose cuando los equipos de televisión se trasladaron al Despacho Oval y empezaron a instalar los focos. El presidente Kennedy recorrió el pasillo hasta el despacho de Sorensen y le preguntó cómo iba. Sorensen le enseñó un par de hojas, y al presidente no le gustaron. Entraron en el despacho de las mecanógrafas, y Kennedy empezó a dictar los cambios para que los introdujeran. Eran las ocho de la tarde y el discurso seguía inacabado, pero el presidente ya se hallaba en antena.

George estaba viendo la televisión en el despacho de Sorensen, al borde de un ataque de nervios.

El presidente Kennedy bordó su interpretación.

Empezó a hablar en un tono demasiado formal, aunque solo un poco, pero se dejó llevar por la pasión cuando habló de lo que le deparaba el futuro a un bebé negro: la mitad de posibilidades que uno blanco de acabar el instituto, una tercera parte de posibilidades de licenciarse en la universidad, el doble de posibilidades de estar en el paro, y siete años menos de esperanza de vida.

—Nos hallamos esencialmente ante una cuestión moral —afirmó—. Es tan antigua como las Sagradas Escrituras y tan clara como la Constitución estadounidense.

George estaba maravillado. Gran parte de lo que decía no estaba en el discurso, y era la expresión de un nuevo Jack Kennedy. El elegante y moderno presidente había descubierto el poder de hablar como un predicador. Quizá lo hubiera aprendido de Martin Luther King.

—¿Quién de nosotros estaría dispuesto a cambiar de color de piel? —preguntó pasando a expresiones más breves y sencillas—. ¿Quién de nosotros se conformaría con el consejo de tener paciencia y aguantar los aplazamientos?

Habían sido Jack Kennedy y su hermano Bobby quienes habían aconsejado tener paciencia y aplazar el proceso, pensó George. Se alegraba mucho de que al final se hubieran dado cuenta del dolor tan innecesario que provocaba ese consejo.

—Predicamos la libertad allá donde vamos —afirmó el presidente. George sabía que estaba a punto de viajar a Europa—. Pero ¿vamos a decirle al mundo y, lo que es mucho más importante, a nosotros mismos que esta es la tierra de los hombres libres, a menos que sean negros? ¿Que no tenemos ciudadanos de segunda, a menos que sean negros? ¿Que no tenemos sistema de clases ni de castas, ni guetos, ni raza superior, salvo en relación con los negros?

George se sentía pletórico. Eran palabras contundentes, sobre todo la referencia a la raza superior, que evocaba a los nazis. Era el tipo de discurso que siempre había querido que el presidente pronunciara.

—Las llamas de la frustración arden en todas las ciudades, de norte a sur, donde no se puede recurrir a soluciones por la vía legal —afirmó Kennedy—. La semana que viene pediré al Congreso de Estados Unidos que actúe, que se comprometa como jamás lo ha hecho nadie en este siglo, con la propuesta de que... —se había puesto formal, pero entonces retomó el discurso directo— el racismo no tenga cabida ni en la vida ni en la ley estadounidenses.

Esa frase se convertiría en un titular, pensó George enseguida: «El racismo no tiene cabida ni en la vida ni en la ley estadounidenses». Estaba emocionado hasta la lágrima. Estados Unidos estaba cambiando, en ese mismo instante, por segundos, y él formaba parte de ese cambio.

—Aquellos que no hacen nada provocan tanto bochorno como violencia —siguió diciendo el presidente, y George sintió que lo decía de corazón, aunque no hacer nada hubiera sido su política hasta hacía solo unas horas—. Pido el apoyo de todos nuestros compatriotas —finalizó Kennedy.

La retransmisión llegó a su fin. A lo largo del pasillo, los focos de televisión se apagaron y los equipos empezaron a recoger el material de grabación. Sorensen felicitó al presidente.

George se sentía eufórico, aunque estaba agotado. Regresó a su piso, comió unos huevos revueltos y vio las noticias. Tal como había esperado, la retransmisión del discurso presidencial era la noticia más destacada. Se fue a la cama y durmió a pierna suelta.

El teléfono lo despertó. Era Verena Marquand. Hablaba entre sollozos y no decía cosas muy coherentes.

—¿Qué ha pasado? —preguntó George.

—Medgar —respondió ella, y luego añadió algo que él no logró entender.

—¿Te refieres a Medgar Evers?

George lo conocía, era un activista negro de Jackson, Mississippi. Medgar era empleado fijo de la Asociación Nacional para el Progreso de las Personas de Color, el más moderado entre los grupos de defensa de los derechos civiles. Había investigado el asesinato de Emmett Till y había organizado un boicot contra los comercios blancos. Su labor lo había convertido en un héroe nacional.

—Le han disparado —dijo Verena entre sollozos—. En la entrada de su casa.

—¿Ha muerto?

—Sí. Deja tres hijos, George, ¡tres! Sus niños oyeron el disparo, salieron y encontraron a su padre desangrándose en el camino de entrada a la casa.

—¡Por el amor de Dios!

—¿Qué le pasa a esa gente? ¿Por qué nos hacen esto, George? ¿Por qué?

—No lo sé, nena —respondió George—. No lo sé.

Por segunda vez, Bobby Kennedy envió a George a Atlanta con un mensaje para Martin Luther King.

George llamó a Verena para concertar la cita.

—Me encantaría verte en tu piso —aprovechó para decirle.

No lograba entender a Verena. Aquella noche en Birmingham habían hecho el amor y habían sobrevivido a la bomba del atentado racista. George se había sentido muy unido a ella. Pero habían pasado los días y las semanas, no habían vuelto a acostarse, y la intimidad entre ellos se había evaporado. Con todo, al sentirse angustiada por la noticia del asesinato de Medgar Evers, Verena no había llamado ni a Martin Luther King ni a su padre, sino a George. En ese momento, el joven no sabía qué clase de relación tenían.

—Claro —accedió ella—. ¿Por qué no?

—Llevaré una botella de vodka. —Sabía que era su destilado favorito.

—Comparto el piso con otra chica.

—¿Llevo dos botellas?

Ella rió.

—Tranquilo, fiera. Laura estará encantada de salir por la noche. Yo le he hecho varias veces el mismo favor.

—¿Eso quiere decir que prepararás la cena?

—No soy muy buena cocinera.

—¿Y si fríes un par de filetes y yo preparo una ensalada?

—Tienes gustos refinados.

—Por eso me gustas tú.

—Zalamero.

George llegó al día siguiente en avión. Esperaba poder pasar la noche con Verena, pero no quería que ella creyese que lo daba por sentado, así que se registró en un hotel y luego cogió un taxi para ir a su apartamento.

Tenía algo más que la seducción en mente. La última vez que había llevado un mensaje de Bobby a King, se había sentido indeciso. En esa ocasión Bobby tenía razón y King se equivocaba, y George estaba decidido a hacer cambiar de idea al pastor. Para ello, debería convencer antes a Verena.

En junio hacía calor en Atlanta, y ella le abrió la puerta con un vestido corto y sin mangas que dejaba a la vista sus brazos estilizados y morenos. Iba descalza, y eso hizo que él pensara si llevaba algo debajo del vestido. Lo besó en los labios, aunque brevemente, por lo que George no supo cómo interpretarlo.

Tenía un piso elegante y moderno, con mobiliario contemporáneo. George supuso que no podía pagárselo con el modesto sueldo que recibía de Martin Luther King. Los *royalties* de los discos de Percy Marquand debían de cubrir los gastos del alquiler.

Dejó la botella de vodka sobre la encimera de la cocina y ella le pasó una botella de vermut y una coctelera.

—Quiero estar seguro de que entiendes una cosa —dijo George antes de preparar las copas—: el presidente Kennedy se ha metido en el lío más gordo de toda su carrera política. Esto es muchísimo peor que lo de bahía de Cochinos.

Verena se quedó atónita, tal como él pretendía.

—Cuéntame por qué —dijo.

—Por su proyecto de ley de derechos civiles. La mañana siguiente a su discurso televisado, después de que tú me llamaras para contarme lo del asesinato de Medgar, el portavoz del partido en la Cámara telefoneó al presidente. Le dijo que iba a ser imposible aprobar el proyecto de ley agrícola, la asignación de fondos para el transporte público, las ayudas internacionales y el presupuesto espacial. El programa legislativo de Kennedy ha quedado totalmente destruido. Tal como temíamos, esos demócratas sureños están vengándose. Y, de la noche a la mañana, la valoración en las encuestas de opinión sobre el presidente ha caído diez puntos.

—Pero le ha ido muy bien en el plano internacional —comentó ella—. Quizá deberíais actuar con más mano dura en el ámbito nacional.

—Créeme, lo estamos haciendo —dijo George—. Lyndon Johnson ha tomado cartas en el asunto.

—¿Johnson? ¿Es una broma?

—No, no es broma. —George tenía amistad con uno de los ayudantes del vicepresidente, Skip Dickerson—. ¿Sabías que la ciudad de Houston cortó la electricidad del puerto para protestar contra la nueva política de la armada sobre integración en los permisos para bajar a tierra?

—Sí, los muy cabrones.

—Lyndon ha resuelto el problema.

—¿Cómo?

—La NASA planea construir una base de seguimiento aeroespacial por valor de millones de dólares en Houston. Lyndon acaba de amenazar con cancelar el proyecto. La ciudad ha restablecido el suministro eléctrico del puerto en cuestión de segundos. Jamás subestimes el poder de Lyndon Johnson.

—No nos vendría mal que en la administración tuvierais a más gente con ese talante.

—Cierto.

Pero los hermanos Kennedy estaban molestos. No querían mancharse las manos. Preferían ganar la discusión por la vía de la conciliación. Así que no recurrían mucho a Johnson, y en realidad no lo tenían en muy buena estima por sus técnicas de coacción.

George llenó la coctelera con hielo, luego echó algo de vodka y la agitó. Verena abrió la nevera y sacó dos copas de cóctel. Él vertió una cucharadita de vermut en cada copa helada, lo removió para repartirlo por las paredes y luego añadió el vodka frío. Verena colocó una aceituna en cada copa.

A George le gustó la sensación de estar haciendo algo juntos.

—Formamos un buen equipo, ¿no crees? —dijo.

Verena alzó su copa y bebió.

—Preparas unos martinis deliciosos —comentó.

George sonrió con desgana. Había esperado otra respuesta, una que le confirmase su relación.

—Sí que me quedan buenos —dijo después de probar un sorbo.

Verena sacó de la nevera la lechuga, los tomates y dos filetes de solomillo de ternera. George empezó a lavar las hojas. Mientras lo hacía llevó la conversación por los derroteros que le interesaban, hacia el verdadero motivo de su visita.

—Sé que ya lo hemos hablado, pero a la Casa Blanca no le conviene que el doctor King tenga aliados comunistas.

—¿Quién dice que los tiene?

—El FBI.

Verena resopló con suficiencia.

—Esa famosa y fiable fuente de información sobre el movimiento de los derechos civiles. Déjate de bobadas, George. Ya sabes que John Edgar Hoover cree que cualquiera que no esté de acuerdo con él es comunista, incluido Bobby Kennedy. ¿Dónde están las pruebas?

—Al parecer el FBI tiene pruebas.

—¿Al parecer? Entonces no las has visto. ¿Las ha visto Bobby?

George se sintió avergonzado.

—Hoover dice que es una fuente que no se puede revelar.

—¿Hoover se ha negado a enseñarle las pruebas al secretario de Justicia? ¿Para quién cree que trabaja? —Dio un sorbo a su copa con expresión pensativa—. ¿Y el presidente, él sí ha visto las pruebas?

George se quedó callado.

La incredulidad de Verena aumentaba por momentos.

—Hoover no puede negarse a enseñárselas al presidente.

—Creo que el presidente ha decidido no forzar el asunto para evitar un enfrentamiento.

—¿Cómo podéis ser tan ingenuos? George, escúchame bien: no existen pruebas.

George decidió darle la razón.

—Seguramente estás en lo cierto. No creo que Jack O'Dell y Stanley Levison sean comunistas, aunque antes puede que sí lo fueran. Pero ¿no ves que la verdad no importa? Hay motivos para la sospecha, y con eso basta para desacreditar al movimiento de los derechos civiles. Y ahora que el presidente ha propuesto un proyecto de ley, él también es víctima del descrédito. —George envolvió las hojas lavadas de lechuga con un trapo de cocina y lo estrujó para secarlas. El enfado lo hizo apretar más de lo necesario—. Jack Kennedy ha puesto su vida política en la cuerda floja por los derechos civiles, y nosotros no podemos permitir que lo acusen de tener aliados comunistas. —Puso la lechuga en una ensaladera—. ¡Hay que librarse de esos dos tipos y resolver el problema!

Verena habló con paciencia.

—O'Dell trabaja para la organización de Martin Luther King, como yo, pero Levison ni siquiera está en plantilla. Solo es amigo y consejero de Martin. ¿De verdad quieres dar a John Edgar Hoover el poder de escoger a los amigos de Martin?

—Verena, están interponiéndose en el camino del proyecto de ley de derechos civiles. Dile al doctor King que se deshaga de ellos, por favor.

La joven lanzó un suspiro.

—Creo que lo hará. Por su conciencia cristiana está costándole un poco asimilar la idea de rechazar a dos partidarios tan antiguos y leales, pero acabará haciéndolo.

—Gracias a Dios.

George se sintió más animado, por fin podía regresar y darle buenas noticias a Bobby.

Verena sazonó los filetes y los puso en la sartén.

—Pero te diré algo —añadió—. Eso no cambiará absolutamente nada. Hoover seguirá filtrando historias a la prensa para acusar al movimiento de los derechos civiles de ser un frente comunista. Lo haría aunque fuéramos republicanos de toda la vida. John Edgar Hoover es un mentiroso patológico que odia a los negros, y es una puñetera vergüenza que tu jefe no tenga huevos para despedirlo.

George quería protestar pero, por desgracia, la acusación era cierta. Cortó un tomate para echarlo a la ensalada.

—¿Te gusta el filete muy hecho? —preguntó Verena.

—No demasiado.

—¿Al punto? A mí también.

George preparó un par de copas más y se sentaron a la pequeña mesa a comer. Entonces él empezó con la segunda parte de su mensaje.

—Al presidente le ayudaría que el doctor King desconvocara esa maldita sentada en Washington.

—Eso es imposible.

King había convocado una «sentada masiva, militante y monumental» en Washington, coincidiendo con actos de desobediencia civil en todo el país. Los hermanos Kennedy estaban horrorizados.

—Piénsalo bien —dijo George—. En el Congreso hay personas que siempre votarán por los derechos civiles y otras que jamás lo harán. Los que importan son los votantes que podrían decidir una cosa u otra.

—Los indecisos —dijo Verena, usando una expresión que se había puesto de moda.

—Exacto. Saben que el proyecto es correcto desde un punto de vista moral, pero impopular desde el punto de vista político, y buscan excusas para votar en contra de él. Esa manifestación vuestra les dará la oportunidad de decir: «Estoy a favor de los derechos civiles, pero en contra si me encañonan para que los acepte». No es buen momento.

—Como dice Martin, para los blancos nunca es buen momento.

George torció el gesto.

—Tú eres más blanca que yo.

Ella echó la cabeza hacia atrás.

—Y más guapa.

—Eso es cierto. Eres lo más bonito que he visto en toda mi vida.

—Gracias. Venga, come.

George cogió el tenedor y el cuchillo. Cenaron prácticamente en silencio. El joven le hizo un cumplido a Verena por los filetes y ella dijo que él, para ser un hombre, preparaba una ensalada muy buena.

Al terminar llevaron las copas al salón, se sentaron en el sofá, y George retomó la discusión.

—Ahora es distinto, ¿es que no lo ves? La administración está de vuestra parte. El presidente intenta que se admita como sea el proyecto de ley que hemos exigido durante años.

Ella negó con la cabeza.

—Si algo hemos aprendido es que el cambio se produce antes si no dejamos de presionar. ¿Sabes que ahora hay negros en Birmingham que consiguen que les sirvan camareras blancas?

—Sí, ya lo sabía. ¡Qué giro de los acontecimientos tan increíble!

—Y no se ha conseguido esperando con paciencia. Ha ocurrido porque se lanzaron piedras y se provocaron incendios.

—La situación ha cambiado.

—Martin no desconvocará la manifestación.

—¿La modificaría?

—¿A qué te refieres?

Era el plan alternativo de George.

—¿No podría ser una marcha respetuosa con la ley en lugar de una sentada? Los congresistas se sentirían menos amenazados.

—No lo sé. Podría planteárselo.

—Celebrada un miércoles, para que la gente no quiera quedarse a pasar el fin de semana en la ciudad, y que termine pronto para que los manifestantes se marchen antes de que anochezca.

—Intentas poner el parche antes de la herida.

—Si tiene que haber una manifestación, deberíamos hacer todo lo posible para que fuera un acto no violento y conseguir dar una buena impresión, sobre todo en televisión.

—En ese caso, ¿qué te parece instalar aseos portátiles por todo el camino? Supongo que Bobby puede conseguirlo, aunque no pueda despedir a Hoover.

—Gran idea.

—¿Y qué te parece conseguir el apoyo de unos cuantos blancos? Todo quedará mejor en la tele si hay tanto manifestantes blancos como negros.

George lo pensó.

—Apuesto a que Bobby podría conseguir que los sindicatos enviaran a unos cuantos hombres.

—Si puedes prometer esas dos condiciones como compensación, creo que tenemos alguna posibilidad de que Martin cambie de parecer.

George se dio cuenta de que Verena se había dejado convencer y que habían pasado a hablar de cómo persuadir a King. Eso suponía una victoria a medias.

—Y si el doctor King accede a transformar la sentada en una marcha, creo que podríamos lograr que el presidente la respaldara. —Eso era de cosecha propia, aunque tal vez ocurriera.

—Haré cuanto esté en mi mano —respondió ella.

George la rodeó con un brazo.

—¿Lo ves? Formamos un gran equipo —dijo. Verena sonrió pero no dijo nada. Él insistió—: ¿No estás de acuerdo?

En lugar de contestar, lo besó. Fue como el último beso que le había dado: un beso de algo más que amigos, aunque no del todo sensual.

—Después de que aquella bomba rompiera la ventana de mi habitación en el hotel, tú fuiste descalzo a recoger mis zapatos —dijo ella, pensativa.

—Lo recuerdo —dijo George—. El suelo estaba cubierto de cristales rotos.

—Eso es —afirmó ella—. Y ese fue tu error.

George frunció el ceño.

—No lo entiendo. Creí que estaba siendo amable.

—Exacto. Eres demasiado bueno para mí, George.

—¿Cómo? ¡Eso es una locura!

Ella hablaba en serio.

—Me acuesto con cualquiera, George. Me emborracho. Soy infiel. Una vez lo hice con Martin.

George puso expresión de sorpresa, pero no dijo nada.

—Mereces algo mejor —siguió diciendo Verena—. Vas a tener una carrera maravillosa. Podrías convertirte en nuestro primer presidente negro. Necesitas una mujer que te sea fiel, que trabaje contigo, que te apoye y te haga destacar. Y esa no soy yo.

A George le enternecieron sus palabras.

—No estaba pensando en un futuro tan lejano —dijo—. Solo quería besarte un poco más.

Verena sonrió.

—Eso sí puedo hacerlo.

Él la besó larga y pausadamente. Al cabo de un rato empezó a acariciarle el muslo y luego metió la mano por debajo de su vestido sin mangas. Ascendió hasta la cadera y descubrió que no se había equivocado: Verena no llevaba ropa interior.

Ella supo qué estaba pensando.

—¿Lo ves? —dijo—. Soy mala.

—Lo sé —respondió él—. Y aun así me vuelves loco.

26

A Walli le había costado mucho abandonar Berlín. Karolin estaba allí y él quería estar cerca de ella, pero eso no habría tenido sentido, porque los habría separado el Muro. Aunque solo estuviesen a un kilómetro y medio de distancia, no habría podido verla. No podía arriesgarse a cruzar la frontera otra vez porque, si se había librado de la muerte en la ocasión anterior, había sido gracias a la suerte. Pese a todo, le había resultado difícil irse a Hamburgo.

Walli se dijo que entendía por qué Karolin había elegido quedarse con su familia para dar a luz al hijo de ambos. ¿Quién estaba mejor preparado para ayudarla cuando se pusiese de parto, su madre o un guitarrista de diecisiete años? Pero la lógica de su decisión le servía de poco consuelo.

Pensaba en ella cuando se iba a la cama por las noches y en cuanto abría los ojos por las mañanas. Cuando veía a alguna chica guapa por la calle, solo conseguía entristecerlo, pues le recordaba a Karolin. Se preguntó cómo se encontraría. ¿Tendría náuseas por las mañanas? ¿Estaría radiante por el embarazo o se sentiría incómoda a todas horas? ¿Estaban sus padres enfadados con ella o emocionados ante la perspectiva de tener un nieto?

Se enviaban cartas y los dos siempre escribían «Te quiero», pero ambos dudaban a la hora de expresar más cosas acerca de sus emociones, conscientes de que cada palabra iba a ser examinada por un funcionario de la policía secreta en la oficina de censura, tal vez incluso por alguien a quien conocían, como Hans Hoffmann. Era como declarar sus sentimientos delante de un público lleno de desprecio.

Estaban en lados opuestos de un mismo Muro, pero para el caso era como si estuviesen a miles de kilómetros de distancia.

Así que Walli llegó a Hamburgo y se fue a vivir al espacioso piso de su hermana.

Rebecca nunca lo incordiaba. Sus padres, en sus cartas, lo atosigaban diciéndole que tenía que volver a la escuela, o tal vez prepararse para ir a la universidad. Entre sus absurdas sugerencias le decían que estudiase para ser electricista, abogado o maestro de escuela, como Rebecca y Bernd. Sin embargo, la propia Rebecca nunca le decía nada parecido. Si se pasaba todo el día en su cuarto practicando con la guitarra, ella no ponía ninguna objeción, solo le pedía que lavase su taza de café en vez de dejarla sucia en el fregadero. Si alguna vez le hablaba de su futuro, ella le contestaba: «¿Qué prisa hay? Tienes diecisiete años. Haz lo que quieras y a ver qué pasa». Bernd se mostraba igual de tolerante que ella. Walli adoraba a Rebecca, y Bernd le gustaba cada día más.

Todavía no se había acostumbrado a la Alemania Occidental. La gente tenía coches más grandes, ropa más nueva y casas más bonitas. Se criticaba abiertamente al gobierno en los periódicos e incluso en televisión. Cuando leía alguna diatriba en contra del canciller Adenauer, que estaba cada vez más mayor, Walli se sorprendía mirando por encima de su espalda con aire de culpabilidad, temiendo que alguien lo viera leyendo material subversivo, y tenía que recordarse a sí mismo que estaba en Occidente, donde disfrutaba de libertad de expresión.

Le entristeció tener que marcharse de Berlín, pero había descubierto con gran regocijo que Hamburgo era el centro neurálgico del panorama musical alemán. Era una ciudad portuaria que proporcionaba entretenimiento y diversión a los marineros de todo el mundo. Una calle llamada Reeperbahn era el centro del barrio rojo, con bares, antros de striptease, clubes homosexuales semiclandestinos y muchos locales de música.

Walli anhelaba solo dos cosas en la vida: vivir con Karolin y ser músico profesional.

Un día, poco después de trasladarse a vivir a Hamburgo, echó a andar por Reeperbahn con su guitarra al hombro y entró en cada uno de los bares a preguntar si necesitaban un cantante y guitarrista para entretener a sus clientes. Creía que era bueno. Sabía cantar, sabía tocar y sabía complacer al público. Lo único que necesitaba era una oportunidad.

Después de que lo rechazaran varias veces, la suerte le sonrió en una cervecería llamada El Paso. Saltaba a la vista que la decoración pretendía evocar el Oeste americano, con una cabeza de buey texano de cuernos largos colgada encima de la puerta y carteles de películas de vaqueros en las paredes. El dueño llevaba un sombrero Stetson, pero su nombre era Dieter y hablaba con acento alemán del norte.

—¿Sabes tocar música de Estados Unidos? —preguntó.

—Ya lo creo —contestó Walli forzando un fuerte acento americano.

—Vuelve a las siete y media. Te haré una prueba.

—¿Cuánto me pagaría? —dijo Walli.

A pesar de que seguía recibiendo una asignación de Enok Andersen, el contable de la fábrica de su padre, estaba desesperado por demostrar que podía ser independiente económicamente y justificar su negativa a seguir los consejos de sus padres en relación con su carrera laboral.

Sin embargo, Dieter parecía un poco ofendido, como si Walli hubiese dicho algo poco educado.

—Toca una media hora o así —contestó con despreocupación—. Si me gusta cómo lo haces, entonces podemos hablar de dinero.

Walli era inexperto pero no estúpido, y estaba seguro de que aquella actitud evasiva era una señal de que la paga iba a ser más bien baja. Sin embargo, era la única oferta que había conseguido en dos horas y la aceptó.

Se fue a casa y pasó la tarde preparando un repertorio de media hora de canciones norteamericanas. Empezaría con *If I Had a Hammer*, decidió, porque al público del hotel Europa le había gustado. Seguiría con *This Land is Your Land* y *Mess of Blues*. Practicó todas las canciones varias veces, a pesar de que casi no le hacía falta.

Cuando Rebecca y Bernd llegaron a casa del trabajo y escucharon la noticia, Rebecca anunció que lo acompañaría.

—Nunca te he visto tocar para el público —señaló—. Solo te he oído tocar estrofas sueltas en casa, sin que llegaras nunca a acabar la canción.

Era todo un detalle por su parte, sobre todo teniendo en cuenta que aquella noche ella y Bernd estaban emocionados por algo más: la visita a Alemania del presidente Kennedy.

Los padres de Walli y Rebecca creían que solo la firmeza de los estadounidenses había impedido a la Unión Soviética apoderarse del Berlín occidental para incorporarlo a la Alemania del Este. Kennedy era un héroe para ellos. El propio Walli sentía simpatía por cualquiera que hiciese pasar un mal rato al gobierno de la Alemania Oriental.

Walli puso la mesa mientras Rebecca preparaba la cena.

—Mamá siempre nos enseñó que si quieres algo hay que unirse a un partido político y hacer campaña por ello —dijo—. Bernd y yo queremos que las Alemanias Oriental y Occidental se reunifiquen, para que nosotros y otros miles de alemanes más podamos reunirnos con nuestras familias de nuevo. Por eso nos hemos afiliado al Partido Liberal Democrático.

Walli quería lo mismo, con todo su corazón, pero no concebía cómo podía hacerse realidad.

—¿Qué crees que hará Kennedy? —preguntó.

—Puede decir que tenemos que aprender a vivir con la Alemania del Este, al menos por ahora. Eso es cierto, aunque no es lo que queremos oír. Si quieres que te diga la verdad, espero que les meta el dedo en el ojo a los comunistas.

Vieron las noticias después de comer. La imagen en la pantalla de su televisor Franck último modelo era en nítidos tonos grises, no se veía borrosa como en los aparatos viejos.

Ese día Kennedy había estado en el Berlín occidental y había pronunciado un discurso desde la escalera del ayuntamiento de Schöneberg. Delante del edificio había una plaza enorme, repleta de personas. Según el presentador de las noticias, se había reunido una multitud de cuatrocientas cincuenta mil personas.

El joven y apuesto presidente habló al aire libre con una gigantesca bandera de barras y estrellas detrás mientras la brisa le alborotaba el pelo espeso. Empezó su discurso con tono combativo.

«Hay quienes dicen que el comunismo es el movimiento del futuro. ¡Decidles que vengan a Berlín! —El público manifestó su acuerdo con un rugido, y los vítores se hicieron aún más potentes cuando repitió la frase en alemán—: *Lass' sie nach Berlin kommen!*»

Walli vio que Rebecca y Bernd estaban entusiasmados con aquello.

—No está hablando de normalización ni de aceptar el statu quo con resignación y realismo —dijo Rebecca con tono de aprobación.

Kennedy se mostró desafiante.

«La libertad tiene muchas dificultades y la democracia no es perfecta», proclamó.

—Se está refiriendo a los negros —comentó Bernd.

A continuación, Kennedy habló con desdén:

«¡Pero nunca hemos tenido que levantar un muro para encerrar dentro a nuestro pueblo!»

—¡Muy bien dicho! —gritó Walli.

El sol de junio brillaba sobre la cabeza del presidente.

«Todos los hombres libres, dondequiera que vivan, son ciudadanos de Berlín —dijo—. Y por lo tanto, como hombre libre, me enorgullezco de decir estas palabras: *Ich bin ein Berliner!*»

La multitud enloqueció. Kennedy se apartó del micrófono y guardó sus notas en el bolsillo de la chaqueta.

Bernd sonreía complacido.

—Creo que los rusos captarán el mensaje —dijo.

—Jrushchov se va a poner furioso —comentó Rebecca.

—Cuanto más furioso, mejor —señaló Walli.

Él y Rebecca estaban de muy buen humor mientras se dirigían a Reeperbahn en la furgoneta que ella había adaptado para Bernd y su silla de ruedas. El Paso había estado vacío durante la tarde y en ese momento solo había allí un puñado de clientes. Dieter, con su sombrero Stetson, se había mostrado poco amable la primera vez, pero esa noche estaba de mal humor. Hizo como que había olvidado su petición a Walli de que volviera, y este temía que retirase su oferta de hacerle una prueba, pero el dueño señaló con el pulgar hacia un pequeño escenario que había en la esquina.

Además de Dieter, en la cervecería había una camarera de mediana edad con una generosa delantera, vestida con una camisa a cuadros y una bandana; la mujer de Dieter, supuso Walli. Estaba claro que querían dotar a su bar de una personalidad distintiva, pero ninguno de los dos tenía mucho encanto y no estaban atrayendo a demasiados clientes, ni estadounidenses ni de cualquier otra nacionalidad.

Walli esperaba ser el ingrediente mágico que atrajese a la clientela.

Rebecca pidió dos cervezas. Walli enchufó su amplificador y conectó el micrófono. Estaba entusiasmado. Aquello era lo que le gustaba y lo que se le daba bien. Miró a Dieter y su mujer, preguntándose cuándo querían que empezara, pero ninguno mostraba ningún interés en él, así que tocó un acorde y empezó a cantar *If I Had a Hammer*.

Los escasos parroquianos lo miraron con curiosidad un momento y luego volvieron a enfrascarse en sus conversaciones. Rebecca aplaudió al ritmo de la canción con aire entusiasta, pero nadie más lo hizo. Sin embargo, Walli dio lo mejor de sí, rasgueando rítmicamente y cantando a pleno pulmón. Tal vez hiciesen falta dos o tres canciones más, pero podía meterse a aquel público en el bolsillo, se dijo.

A mitad de la canción, el micrófono enmudeció. También el amplificador quedó en silencio. Era evidente que había fallado el suministro eléctrico del escenario, pero Walli terminó la canción sin amplificador, pensando que sería un poco menos embarazoso que parar a la mitad.

Soltó la guitarra y se fue a la barra.

—No hay corriente eléctrica en el escenario —le dijo a Dieter.

—Ya lo sé —contestó este—. La he apagado yo.

Walli se quedó patidifuso.

—¿Por qué?

—No quiero oír esa porquería de música.

Walli sintió como si le hubieran dado una bofetada. Cada vez que había actuado en público, a la gente le gustaba lo que hacía. Nunca le habían dicho que su música fuera una porquería. Se quedó paralizado de estupor. No sabía qué hacer ni qué decir.

—Te he pedido música de Estados Unidos —añadió Dieter.

Eso no tenía sentido.

—¡Esa canción fue un número uno en Estados Unidos! —exclamó Walli, indignado.

—Este local se llama El Paso por la canción de Marty Robbins, la mejor canción que se haya escrito jamás. Pensaba que ibas a tocar esa clase de música. *Tennessee Waltz* u *On Top of Old Smoky*, canciones de Johnny Cash, Hank Williams, Jim Reeves…

Jim Reeves era el músico más aburrido de la historia mundial.

—Está hablando de música country y western —señaló Walli.

Dieter no sentía la necesidad de que nadie lo ilustrase.

—Estoy hablando de música americana —dijo con la confianza que daba la ignorancia.

No tenía sentido discutir con un idiota. Aunque Walli hubiese sabido qué canciones esperaban que tocase, no lo habría hecho: él no era músico para acabar tocando *On Top of Old Smoky*.

Regresó al escenario y metió la guitarra en su estuche.

Rebecca lo miró desconcertada.

—¿Qué ha pasado? —preguntó.

—Al jefe no le ha gustado mi repertorio.

—¡Pero si ni siquiera ha escuchado una canción entera!

—Se cree que sabe mucho de música.

—Pobrecillo Walli…

A Walli no le molestaba el desprecio ignorante de Dieter, pero la compasión de Rebecca le dio ganas de llorar.

—No importa —dijo—. No quiero trabajar para semejante imbécil.

—Voy a hablar con él. ¡Me va a oír! —exclamó Rebecca.

—No, por favor, no lo hagas —trató de disuadirla Walli—. No va a servir de nada que mi hermana mayor le cante las cuarenta.

—No, supongo que no.

—Vamos. —Walli cogió su guitarra y el amplificador—. Volvamos a casa.

Dave Williams y Plum Nellie llegaron a Hamburgo con grandes expectativas. Últimamente tenían un éxito apabullante, su popularidad crecía cada vez más en Londres y estaban decididos a conquistar a los alemanes.

El gerente del club The Dive se llamaba Herr Fluck, cosa que a Plum Nellie le parecía graciosísima. Menos gracioso era el hecho de que Plum Nellie no le gustase demasiado. Y lo que era aún peor, después de actuar dos noches, Dave pensó que tenía razón, el grupo no le estaba dando al público lo que quería.

—¡Haced bailar! —dijo Herr Fluck en un inglés rudimentario—. ¡Haced bailar!

Los asiduos del club, casi todos adolescentes y veinteañeros, iban allí más que nada para bailar. Las canciones de mayor éxito eran las que sacaban a todas las chicas a la pista a bailar en grupos para que después los chicos pudiesen incorporarse y quedar emparejados.

Sin embargo, en general el grupo no conseguía transmitir la energía o el entusiasmo necesarios para ponerlos a todos en marcha. Dave se sentía horrorizado; aquella era su gran oportunidad y la estaban desperdiciando. Si no mejoraban, los mandarían a casa. «Por primera vez en mi vida tengo éxito en algo», le había dicho a su escéptico padre, y al final este le había dejado ir a Hamburgo. ¿Tendría que volver a casa y admitir que había fracasado en aquello también?

No entendía cuál era el problema, pero Lenny sí.

—Es Geoff —dijo. Geoffrey era el guitarra solista—. Echa de menos a los suyos. Tiene nostalgia.

—¿Y eso le hace tocar mal?

—No, eso le hace darse a la bebida, y el alcohol le hace tocar mal.

Dave decidió entonces situarse de pie al lado de la batería y tocar las cuerdas de su guitarra con más fuerza y más ritmo, pero no hubo mucha diferencia. Se dio cuenta de que cuando un músico no daba lo mejor de sí, arrastraba con él a toda la banda.

Al cuarto día de estar en Hamburgo, fue a visitar a Rebecca.

Se alegró enormemente al descubrir que no tenía uno sino dos parientes en Hamburgo, y que el segundo era un chico de diecisiete años que tocaba la guitarra. Dave había estudiado nociones básicas de alemán en el colegio y Walli había aprendido algo de inglés de su abuela Maud, pero los dos hablaban el lenguaje de la música y se pasaron toda la tarde ensayando acordes y punteos cortos con la guitarra. Esa noche Dave llevó a Walli a The Dive y sugirió al dueño del club que lo contratase para tocar en los descansos entre una actuación y otra de Plum Nellie. Walli tocó uno de los éxitos más recientes en Estados Unidos que llevaba por título *Blowin' in the Wind*, al gerente le gustó y consiguió el trabajo.

Al cabo de una semana, Rebecca y Bernd invitaron al grupo a cenar. Walli les explicó que los chicos trabajaban hasta altas horas de la noche y se levantaban a mediodía, por lo que les gustaba cenar en torno a las seis de la tarde, antes de salir al escenario. A Rebecca le pareció bien.

Cuatro de los cinco componentes del grupo aceptaron la invitación: Geoff no iba a ir.

Rebecca había cocinado una gran cantidad de chuletas de cerdo en una salsa muy jugosa, acompañadas de unos generosos cuencos de patatas fritas, setas y col. Dave supuso que, siguiendo su instinto maternal, quería asegurarse de que comiesen bien al menos una vez esa semana. Tenía razón en preocuparse, porque básicamente vivían de cerveza y cigarrillos.

Su marido, Bernd, la ayudó a cocinar y servir los platos, moviéndose con sorprendente agilidad. A Dave le impresionó ver lo feliz que era Rebecca y lo mucho que amaba a Bernd.

El grupo se abalanzó sobre la comida con avidez. Iban mezclando frases en alemán e inglés, y el ambiente era cordial y agradable, aunque no entendiesen todo lo que se decía.

Después de cenar, todos dieron las gracias muy efusivamente a Rebecca y luego subieron al autobús que iba a Reeperbahn.

El barrio rojo de Hamburgo era como el Soho de Londres pero más abierto, menos discreto. Hasta que llegó allí, Dave no sabía que existiesen los «chaperos», prostitutos masculinos, además de mujeres prostitutas.

The Dive era un sótano mugriento. Comparado con aquello, el Jump Club era el no va más del lujo. En The Dive, el mobiliario estaba roto, no había calefacción ni ventilación y los baños estaban en el patio trasero.

Cuando llegaron, con el estómago aún lleno por la comida de Rebecca, se encontraron a Geoff en la barra, bebiendo cerveza.

El grupo salió al escenario a las ocho. Con pausas para descansar, iban a tocar hasta las tres de la mañana. Cada noche tocaban todo el repertorio de canciones que conocían al menos una vez, y sus favoritas tres veces. Herr Fluck los hacía trabajar duro.

Esa noche tocaron peor que nunca.

En la primera parte, al principio Geoff no estaba nada concentrado, tocaba las notas al tuntún y metía la pata en sus solos de guitarra, y eso los arrastró a todos. En lugar de concentrarse en entretener al público, se pasaban el rato tratando de tapar los errores de Geoff. Hacia el final, Lenny estaba muy enfadado.

Durante el descanso, Walli se sentó en un taburete encima del escenario y empezó a tocar la guitarra y cantar las canciones de Bob Dylan. Dave se sentó y observó. Walli tenía una armónica barata en un soporte que llevaba alrededor del cuello, para poder tocarla al mismo tiempo que la guitarra, igual que hacía Dylan. Walli era un buen músico, pensó Dave, y lo bastante inteligente para reconocer que Dylan era la última moda. La clientela de The Dive prefería sobre todo el rock and roll, pero algunos lo escucharon atentamente y, cuando Walli bajó del escenario, lo recibió una ronda de aplausos entusiastas procedente de una mesa de chicas que había en una esquina.

Dave acompañó a Walli a los camerinos y allí se encontraron con un caos monumental: Geoff estaba en el suelo, borracho e incapaz de levantarse sin ayuda. Lenny, arrodillado a su lado, iba dándole fuertes bofetadas para ver si despertaba. Probablemente eso suponía un desahogo para Lenny, aunque no consiguiera despertar a Geoff. Dave llevó una taza de café del bar y obligó a Geoff a bebérselo, pero eso tampoco sirvió de nada.

—Mierda, vamos a tener que seguir sin guitarra solista —soltó Lenny—. A menos que tú puedas tocar los solos de Geoff, Dave.

—Puedo tocar lo de Chuck Berry, pero eso es todo —contestó Dave.

—Pues tendremos que olvidarnos del resto. Aunque seguro que este público de las narices ni siquiera se dará cuenta.

Dave no estaba seguro de que Lenny tuviese razón. Los solos de guitarra formaban parte de la dinámica de una buena música para bailar, creaban un contraste de luces y sombras y evitaban que las repetitivas melodías pop se hicieran demasiado aburridas.

—Yo puedo tocar la parte que toca Geoff —ofreció Walli.

Lenny lo miró con aire desdeñoso.

—Tú nunca has tocado con nosotros.

—He oído vuestro repertorio tres noches —insistió Walli—. Puedo tocar todas esas canciones.

Dave miró a Walli y vio en sus ojos un entusiasmo que resultaba conmovedor. Era evidente que ansiaba aquella oportunidad.

Lenny se mostró escéptico:

—¿En serio?

—Puedo tocarlas. No es difícil.

—¿Ah, conque no es difícil? —Lenny parecía un poco molesto.

Dave estaba dispuesto a darle una oportunidad a Walli.

—Es mejor guitarrista que yo, Lenny.

—Joder, para eso no hace falta mucho.

—También es mejor que Geoff.

—¿Ha estado alguna vez en un grupo?

Walli entendió la pregunta.

—En un dúo. Con una cantante femenina.

—No ha trabajado con ningún batería, entonces.

Dave sabía que aquel era un punto clave. Recordó cuánto le sorprendió, la primera vez que tocó con los Guardsmen, descubrir la férrea disciplina que le imponía el ritmo de la percusión. Pero se había adaptado, y Walli seguramente podría hacer lo mismo.

—Deja que lo intente, Lenny —insistió Dave—. Si no te gusta cómo lo hace, puedes decirle que lo deje después de la primera canción.

Herr Fluck asomó la cabeza por la puerta.

—*Raus! Raus!* ¡Es hora de salir al escenario! —exclamó.

—Está bien, está bien, *wir kommen* —respondió Lenny, y se puso de pie—. Coge tus bártulos y sube al escenario, Walli.

Walli hizo lo que le decía.

La primera canción de la segunda actuación era *Dizzy Miss Lizzy*, basada en los acordes de guitarra.

—¿Quieres empezar con algo más fácil? —le dijo Dave a Walli.

—No, gracias —contestó él.

Dave esperaba que aquella seguridad en sí mismo estuviese justificada.

Lew, el batería, contó:

—Tres, cuatro, ¡uno!

Walli entró justo en su momento y tocó el *riff*.

El grupo entró un poco más tarde. Tocaron la introducción. Justo antes de que Lenny se pusiera a cantar, Dave lo miró y Lenny asintió con la cabeza.

Walli tocó la parte de la guitarra a la perfección y sin esfuerzo aparente.

Al acabar la canción, Dave le guiñó un ojo a Walli.

Tocaron todo el repertorio. Walli interpretó cada canción correctamente, e incluso se sumó a alguno de los coros. Su actuación levantó el ánimo y la energía del grupo y lograron sacar a las chicas a la pista.

Fue su mejor actuación desde que habían llegado a Alemania.

Cuando salieron del local, Lenny rodeó a Walli con el brazo.

—Bienvenido al grupo —dijo.

Walli casi no pegó ojo esa noche. Tocando con Plum Nellie se había sentido realizado musicalmente, parte del grupo; había sentido que este incluso mejoraba con él. Le había hecho tan feliz que empezó a temer que no fuese a durar. ¿De verdad le había dicho en serio Lenny eso de «Bienvenido al grupo»?

Al día siguiente Walli fue a la económica pensión del barrio de St. Pauli, donde se hospedaba el grupo. Llegó a mediodía, justo cuando se estaban levantando.

Estuvo un par de horas con Dave y Buzz, el bajista, repasando el repertorio, puliendo el comienzo y el final de las canciones. Parecían dar por sentado que volvería a tocar con ellos, pero él quería que se lo confirmasen.

Lenny y Lew, el batería, se levantaron a eso de las tres de la tarde. Lenny fue muy directo.

—Entonces, ¿estás decidido a unirte al grupo?

—Sí —contestó Walli.

—Pues no se hable más —dijo Lenny—. Ya eres uno de nosotros.

Walli no parecía convencido.

—¿Qué pasa con Geoff?

—Hablaré con él cuando se levante.

Fueron a una cafetería llamada Harald's, en Grosse Freiheit, y estuvieron tomando café y fumando durante una hora. Luego regresaron a la pensión y despertaron a Geoff. Parecía enfermo, lo cual no era de extrañar teniendo en cuenta lo mucho que había bebido; tanto, que había perdido el conocimiento. El guitarra se sentó en el borde de la cama mientras Lenny hablaba con él y los demás escuchaban desde la puerta.

—Ya no formas parte del grupo —anunció Lenny—. Lo siento, pero anoche nos dejaste tirados. Te emborrachaste tanto que ni siquiera estabas en condiciones de aguantarte de pie, conque mucho menos de tocar la guitarra. Walli te sustituyó y le he pedido que se una al grupo a partir de ahora, de forma permanente.

—¡Pero si solo es un maldito crío! —soltó Geoff.

—No solo sabe estar sobrio, es mejor guitarrista que tú.

—Necesito un café —dijo Geoff.

—Pues vete al Harald's.

No volvieron a verlo antes de salir de la pensión para ir al club.

Estaban preparándose en el escenario justo antes de las ocho cuando Geoff entró en el local, sobrio, guitarra en mano.

Walli lo miró con consternación. Antes había tenido la impresión de que Geoff había aceptado que lo echaban del grupo. Tal vez en ese momento la resaca que sufría era tan monumental que no tuvo ganas de discutir.

Fuera cual fuese la razón, no había hecho las maletas y no se había marchado, así que Walli empezó a ponerse nervioso. Había sufrido demasiados reveses: cuando la policía le rompió la guitarra para que no pudiese presentarse en el Minnesänger; cuando Karolin no acudió a la cita tras la actuación en el hotel Europa; cuando el propietario de El Paso le desconectó el suministro eléctrico en mitad de su primera canción… ¿Sería posible que fuese a llevarse otra decepción?

Todos dejaron lo que estaban haciendo y vieron que Geoff subía al escenario y abría la funda de su guitarra.

—¿Qué estás haciendo, Geoff? —dijo Lenny en ese momento.

—Te voy a demostrar que soy el mejor guitarrista que has escuchado en tu vida.

—¡Joder, Geoff! Estás despedido y no hay más que hablar. Lárgate cagando leches a la estación y coge el tren a Hook.

Geoff cambió de tono y pasó a la adulación.

—Llevamos tocando juntos seis años, Lenny. Eso tiene que contar para algo, tienes que darme una oportunidad.

Sus palabras parecían tan razonables que Walli, alarmado, estaba seguro de que Lenny se mostraría de acuerdo. Sin embargo, este negó con la cabeza.

—Sabes tocar bien la guitarra, sí, pero no eres ningún prodigio. Además, te has comportado como un cabrón: desde que llegamos aquí has estado tocando tan mal que anoche estuvieron a punto de despedirnos… hasta que reclutamos a Walli.

Geoff miró a su alrededor.

—¿Qué piensan los demás? —inquirió.

—¿Quién te ha dicho que en este grupo hay democracia? —repuso Lenny.

—¿Quién te ha dicho que no es así? —Geoff se volvió hacia Lew, el batería, que estaba ajustando un pedal—. ¿Tú qué opinas?

Lew era el primo de Geoff.

—Dale otra oportunidad —dijo Lew.

Geoff se dirigió al bajista.

—¿Y tú, Buzz?

Buzz era un tipo afable que siempre daba la razón a quienquiera que gritase más fuerte.

—Yo le daría una oportunidad.

Geoff exhibió una expresión triunfal.

—Eso hace tres contra uno, Lenny.

—No, no es así —intervino Dave—. En una democracia hay que saber contar. Sois vosotros tres contra Lenny, Walli y yo…, lo que convierte esto en un empate.

—No te preocupes por los votos —dijo Lenny—. Este es mi grupo y soy yo quien toma las decisiones. Geoff se va. Guarda tu instrumento, Geoff, o lo tiro ahora mismo a la calle por esa puerta de mierda.

Llegados a ese punto, Geoff pareció aceptar que Lenny iba en serio. Guardó la guitarra en su estuche y cerró la tapa.

—Os prometo una cosa, panda de cabrones —dijo mientras la cogía—. Si me voy yo, os iréis todos.

Walli se preguntó qué significaba eso. Tal vez solo fuese una vana amenaza. En cualquier caso, no había tiempo de pensar en ello. Un par de minutos después empezaron a tocar.

A Walli se le disiparon todos sus miedos. Se dio cuenta de que era bueno y de que el grupo era mejor con él como miembro. El tiempo pasó muy deprisa. En el descanso volvió a subirse él solo al escenario e interpretó las canciones de Bob Dylan. Incluyó una pieza que había escrito él mismo, llamada *Karolin*. Al parecer, al público le gustó. Después volvió a subir directamente al escenario para abrir la segunda parte con *Dizzy Miss Lizzy*.

Mientras tocaba *You Can't Catch Me* vio a un par de policías de uniforme en la parte de atrás del club hablando con el propietario, Herr Fluck, pero no le dio importancia.

Cuando acabaron, a medianoche, Herr Fluck los estaba esperando en su camerino. Se dirigió a Dave sin preámbulos de ninguna clase.

—¿Cuántos años tienes?

—Veintiuno —contestó el chico.

—No me vengas con esas.

—¿Y a usted qué más le da?

—En Alemania tenemos leyes sobre emplear a menores de edad en los bares.

—Tengo dieciocho años.

—La policía dice que tienes quince.

—¿Qué sabrá la policía?

—Han estado hablando con el guitarrista al que acabáis de despedir, Geoff.

—El muy hijo de puta… —dijo Lenny—. Nos ha vendido.

—Dirijo un club nocturno —explicó Herr Fluck—. Aquí vienen prostitutas, traficantes de drogas y delincuentes de todo tipo. Debo demostrar constantemente a la policía que hago todo lo posible por cumplir con la ley. Dicen que tengo que mandaros a casa, a todos vosotros. Así que… adiós.

—¿Cuándo tenemos que irnos? —preguntó Lenny.

—Os vais del club ahora mismo. Os iréis de Alemania mañana.

—¡Eso es una barbaridad! —exclamó Lenny.

—Cuando eres el propietario de un club, haces lo que te dice la policía. —Señaló a Walli—. Él no tiene que marcharse del país, siendo alemán.

—A la mierda —dijo Lenny—. He perdido dos guitarristas en un mismo día.

—No, no es verdad —repuso Walli—. Yo me voy con vosotros.

27

Jasper Murray se enamoró de Estados Unidos. Disfrutaban de las emisiones de radio durante toda la noche, disponían de tres canales de televisión y tenían un periódico de la mañana distinto en cada ciudad. La gente era generosa, sus casas muy amplias y sus modales relajados e informales. En su país, los ingleses se comportaban como si a todas horas estuvieran tomando té en un salón victoriano, incluso cuando firmaban un trato por negocios, cuando daban entrevistas por televisión o cuando practicaban deporte. El padre de Jasper, un oficial del ejército, no se daba cuenta de aquello, pero su madre, que era judía alemana, sí. Allí, en Estados Unidos, la gente era directa. En los restaurantes los camareros eran eficientes y serviciales, sin tanta parafernalia ni ceremonia de ninguna clase. Nadie mostraba una actitud servil.

Jasper estaba planeando una serie de artículos sobre sus viajes para el *St. Julian's News*, pero también tenía mayores ambiciones. Antes de salir de Londres había hablado con Barry Pugh y le había preguntado si el *Daily Echo* podría estar interesado en echarles un vistazo a sus escritos. «Sí, claro, sobre todo si encuentras algo… ya sabes, especial», le había contestado Pugh sin demasiado entusiasmo. La semana anterior, en Detroit, Jasper había conseguido una entrevista con Smokey Robinson, el vocalista de los Miracles, y había enviado el artículo al *Echo* por correo exprés. Calculó que para entonces ya debería de haberles llegado. Les había dado el número de los Dewar, pero Pugh no había llamado. Sin embargo, Jasper aún albergaba esperanzas, así que tenía pensado llamar a Pugh ese mismo día.

Se alojaba en el apartamento de la familia Dewar, en Washington. Era un piso muy espacioso en un edificio elegante a pocas manzanas de distancia de la Casa Blanca.

—Mi abuelo, Cameron Dewar, compró este piso antes de la Primera Guerra Mundial —le explicó Woody Dewar a Jasper en la mesa del desayuno—. Tanto él como mi padre eran senadores.

Una criada negra llamada Miss Betsy sirvió a Jasper un zumo de naranja y le preguntó si le apetecían unos huevos.

—No, gracias, solo café —contestó él—. He quedado dentro de una hora con un amigo de la familia para desayunar.

Jasper había conocido a los Dewar en la casa de Great Peter Street durante el año que la familia había pasado en Londres. No es que hubiese hecho mucha amistad con ellos, salvo brevemente con Beep, pero a pesar de eso lo habían recibido en su casa, más de un año después, con los brazos abiertos. Al igual que los Williams, mostraban una generosidad sin formalismos, sobre todo para con los jóvenes. Lloyd y Daisy estaban siempre dispuestos a acoger a adolescentes que no tenían a donde ir, ya fuese para una noche o una semana entera o, como en el caso de Jasper, incluso varios años. Al parecer, los Dewar hacían gala de la misma hospitalidad.

—Es muy amable por su parte dejar que me quede aquí —le dijo Jasper a Bella.

—Bah, de eso nada, no es ninguna molestia —repuso ella, y lo decía en serio.

Jasper se dirigió a Woody.

—Supongo que hoy irá a sacar fotografías de la marcha por los derechos civiles para la revista *Life*, ¿verdad?

—Exacto —dijo Woody—. Me mezclaré entre la multitud y sacaré fotos discretas, con toda naturalidad, con una pequeña cámara de treinta y cinco milímetros. Otro fotógrafo se encargará de hacer las fotos oficiales de los personajes famosos de la tribuna.

Iba vestido con aire informal, con pantalones de algodón y una camisa de manga corta, pero a un hombre tan alto de todos modos le sería difícil pasar desapercibido. Sin embargo, las impactantes fotografías de prensa de Woody eran mundialmente conocidas.

—He seguido de cerca su trabajo, como cualquiera al que le interese el periodismo —comentó Jasper.

—¿Y te atrae algún tema en particular? —preguntó Woody—. ¿La delincuencia, la política, la guerra?

—No. Me encantaría cubrirlo todo… como parece que hace usted.

—A mí me interesan los rostros. Cualquiera que sea la historia, un funeral, un partido de fútbol, una investigación por asesinato… Yo siempre fotografío las caras.

—¿Qué cabe esperar de hoy?

—Nadie lo sabe. Martin Luther King habla de cien mil personas. Si consigue reunir a tanta gente, será la marcha por los derechos civiles más multitudinaria de la historia. Todos esperamos que sea plácida y pacífica, que transcurra con normalidad, pero yo no me haría muchas ilusiones. Mira lo que pasó en Birmingham.

—Washington es diferente —intervino Bella—. Aquí tenemos agentes de policía negros.

—No muchos —señaló Woody—. Aunque me apuesto lo que quieras a que hoy estarán en la cabecera, delante de todos.

Beep Dewar entró en el comedor. Tenía quince años y era una chica menuda.

—¿Quién va a ir en la cabecera de la marcha? —preguntó.

—Tú no, espero —contestó su madre—. Tú no te metas en líos, por favor, ¿quieres?

—Por supuesto, mamá.

Jasper advirtió que Beep había ganado cierta madurez en los dos años que hacía desde la última vez que la había visto. Ese día estaba guapa, pero no especialmente sexy, con unos vaqueros de color canela y una camisa holgada, también vaquera, un atuendo muy adecuado para una jornada en la que podían desencadenarse algunos disturbios.

Por la actitud que mostraba con Jasper, era como si la chica hubiese olvidado por completo el coqueteo entre ambos en Londres. Le enviaba señales con las que quería transmitir el mensaje de que Jasper no debía esperar que lo retomasen allí donde lo habían dejado. Saltaba a la vista que ella había tenido algún que otro novio desde entonces. Por su parte, Jasper se sintió aliviado de que ella no creyese que le pertenecía.

El último miembro de la familia Dewar en aparecer en el desayuno fue Cameron, el hermano de Beep, dos años mayor que ella. Iba vestido como un hombre de mediana edad, con una chaqueta de lino y camisa blanca con corbata.

—Tú tampoco te metas en ningún lío, Cam —dijo su madre.

—No tengo ninguna intención de acercarme al recorrido de la marcha —repuso él con aire remilgado—. Hoy he hecho planes de visitar el Smithsonian.

—¿Es que no crees que la gente de color debería tener derecho a votar? —inquirió Beep.

—No creo que tengan derecho a causar problemas.

—Si se les permitiera votar, no tendrían que defender su postura por otros medios.

—Vosotros dos, ya basta —intervino Bella.

Jasper se terminó el café.

—Tengo que hacer una llamada telefónica transatlántica —anunció—. La pagaré yo, por supuesto —se sintió obligado a añadir, aunque no estaba seguro de tener suficiente dinero.

—Adelante —dijo Bella—. Usa el teléfono del estudio. Y, por favor, no te preocupes por pagar la llamada.

Jasper se sintió aliviado.

—Son ustedes muy amables.

Bella hizo un movimiento con la mano, restándole importancia.

—Me parece que la revista *Life* es la que se ocupa de nuestra factura de teléfono, de todos modos —añadió con vaguedad.

Jasper entró en el estudio. Llamó al *Daily Echo* de Londres y localizó a Barry Pugh.

—¡Hola, Jasper! —exclamó Pugh—. ¿Qué te parece Estados Unidos?

—Es un país estupendo. —Jasper tragó saliva con nerviosismo—. ¿Recibió mi artículo sobre Smokey Robinson?

—Sí, gracias. Buen trabajo, Jasper, pero no encaja en el *Echo*. Prueba en el *New Musical Express*.

Aquello fue como un jarro de agua fría para Jasper, pues no tenía ningún interés en escribir para la prensa pop.

—Está bien —dijo. Como no estaba dispuesto a darse por vencido, añadió—: Creía que el hecho de que Smokey sea el cantante favorito de los Beatles haría la entrevista más interesante.

—No es suficiente, pero ha sido un buen intento.

Jasper se esforzó por impedir que su voz le traicionase y dejase traslucir la decepción que sentía.

—Gracias.

—Oye, ¿no hay una manifestación o algo así hoy en Washington?

—Sí, una marcha por los derechos civiles. —Jasper sintió renacer la esperanza—. Tengo previsto ir. ¿Quiere que redacte una crónica?

—Hummm… Danos un toque si la cosa se pone fea.

«Pero de lo contrario, no hace falta», dedujo Jasper.

—Está bien, así lo haré —repuso, decepcionado.

Jasper colgó el teléfono y se lo quedó mirando con aire pensativo. Había puesto mucho esmero en el artículo de Smokey Robinson y creía que la conexión con los Beatles lo hacía especial, pero se había equivocado y lo único que podía hacer era intentarlo de nuevo.

Regresó al comedor.

—Tengo que irme —dijo—. He quedado con el senador Peshkov en el hotel Willard.

—El Willard es donde se hospeda Martin Luther King —señaló Woody.

Jasper pareció animarse al oír aquello.

—Tal vez podría conseguir una entrevista con él.

Seguramente al *Echo* le interesaría.

Woody sonrió.

—Va a haber cientos de periodistas esperando hacerle una entrevista a King hoy.

Jasper se volvió hacia Beep.

—¿Te veré más tarde?

—Nosotros hemos quedado en el monumento a Washington a las diez —contestó ella—. Se rumorea que va a cantar Joan Baez.

—Te buscaré por allí.

—¿Has dicho que vas a verte con Greg Peshkov? —preguntó Woody.

—Sí, es el hermanastro de Daisy Williams.

—Lo sé. La vida familiar del padre de Greg, Lev Peshkov, era la comidilla de la ciudad cuando tu madre y yo éramos adolescentes en Buffalo. Por favor, dale recuerdos a Greg de mi parte.

—Por supuesto —dijo Jasper, y se fue.

George Jakes entró en la cafetería del hotel Willard y miró a su alrededor para buscar a Verena, pero ella aún no había llegado. Sin embargo, sí vio a su padre, Greg Peshkov, desayunando con un apuesto joven de unos veinte años con el pelo rubio cortado al estilo Beatle. George se sentó a su mesa.

—Buenos días —saludó.

—Te presento a Jasper Murray —dijo Greg—, un estudiante de Londres, Inglaterra. Es hijo de una vieja amiga. Jasper, te presento a George Jakes.

Se estrecharon la mano. Jasper reaccionó con un gesto de leve sorpresa, como hacía a menudo la gente cuando veían a Greg y a George juntos, pero, como la mayoría, era demasiado educado para hacer preguntas indiscretas.

—La madre de Jasper era una refugiada de la Alemania nazi —le explicó Greg a George.

—Mi madre nunca ha olvidado cómo la acogió el pueblo estadounidense aquel verano —abundó Jasper.

—Así que el tema de la discriminación racial te resulta familiar, supongo —le dijo George a Jasper.

—Pues no demasiado, en realidad. A mi madre no le gusta hablar de los viejos tiempos. —Esbozó una sonrisa radiante—. Cuando iba a la escuela, en Inglaterra, me llamaron «Jasper el Judío» durante un tiempo, pero no llegó a cuajar. ¿Vas a participar en la marcha de hoy, George?

—Más o menos. Trabajo para Bobby Kennedy. Nuestra máxima preocupación es asegurarnos de que la jornada transcurra sin incidencias.

Jasper se mostró interesado.

—¿Y cómo lo vais a hacer?

—Hemos llenado el National Mall con multitud de fuentes de agua potable, casetas de primeros auxilios, baños portátiles e incluso una oficina provisional para canjear cheques por dinero efectivo. Una iglesia de Nueva York ha preparado ochenta mil sándwiches para que los organizadores los distribuyan de forma gratuita. Todos los discursos deben tener una duración máxima de siete minutos, para que la concentración termine a su hora y los visitantes puedan irse de la ciudad antes de que oscurezca. Y Washington ha prohibido la venta de bebidas alcohólicas durante todo el día.

—¿Y dará resultado?

George no lo sabía.

—Francamente, todo depende de los blancos. Basta con que un par de policías se pongan a hacer valer su autoridad, utilizando las porras o las mangueras o los perros de ataque, para convertir una oración multitudinaria en una revuelta.

—Washington no es el Sur profundo —señaló Greg.

—Tampoco es el Norte —repuso George—, así que es imposible saber lo que va a suceder.

Jasper insistió con sus preguntas.

—¿Y si hay una revuelta?

Greg se encargó de responderle.

—Hay cuatro mil soldados movilizados en las afueras de la capital, y quince mil paracaidistas cerca de allí, en Carolina del Norte. Los hospitales de Washington han cancelado todas las operaciones quirúrgicas no urgentes para hacer sitio a los heridos.

—¡Caramba! —exclamó Jasper—. Pues sí que es serio.

George frunció el ceño. Aquellas medidas de precaución no eran de dominio público. Greg había sido informado, como senador, pero no debería haberlo compartido con Jasper.

Verena apareció y se acercó a su mesa. Los tres hombres se levantaron. Ella se dirigió a Greg.

—Buenos días, senador. Es un placer verlo de nuevo.

Greg le presentó a Jasper, que la miraba con ojos desorbitados. Verena producía ese efecto en los hombres, ya fuesen blancos o negros.

—Verena trabaja para Martin Luther King —dijo Greg.

Jasper le dedicó a Verena la mejor de sus sonrisas.

—¿Y podrías conseguirme una entrevista con él?

—¿Por qué? —espetó George.

—Soy estudiante de periodismo. ¿Es que no lo había dicho?

—Pues no, no lo has hecho —repuso George con irritación.

—Lo siento.

Verena no era inmune al encanto de Jasper.

—Lo siento mucho —respondió ella con una sonrisa triste—. Una entrevista con el doctor King hoy es absolutamente imposible.

George estaba molesto. Greg debería haberle advertido de que Jasper era periodista. La última vez que habló con un reportero había dejado en evidencia a Bobby Kennedy. Esperaba no haber dicho ninguna indiscreción ese día.

Verena se dirigió a George con tono enfadado.

—Acabo de hablar con Charlton Heston. Los agentes del FBI están llamando por teléfono a los famosos que apoyan nuestra campaña para decirles que se queden en sus habitaciones del hotel durante el día porque va a haber disturbios violentos.

George lanzó un gruñido de disgusto.

—Lo que le preocupa al FBI no es que la marcha sea violenta, sino que sea un éxito.

Aun así, Verena no estaba satisfecha.

—¿No podéis impedirles que dejen de intentar sabotear todo el evento?

—Hablaré con Bobby, pero no creo que quiera enfrentarse a J. Edgar Hoover por un asunto tan menor. —George le dio a Greg unas palmaditas en el hombro—. Verena y yo tenemos que hablar. Disculpadnos, por favor.

—Mi mesa está allí —dijo Verena.

Atravesaron la sala, y George se olvidó del astuto Jasper Murray.

—¿Cómo van los preparativos? —le preguntó a Verena cuando se sentaron.

Ella se inclinó sobre la mesa y habló en voz baja, pero su voz estaba llena de entusiasmo.

—Va a ser más multitudinaria de lo que pensábamos —dijo con los ojos chispeantes—. Cien mil personas es un cálculo aproximado, pero se queda corto.

—¿Cómo lo sabes?

—Todos los autobuses, trenes y aviones con servicio a Washington para hoy están llenos —explicó—. Por lo menos veinte trenes fletados han llegado esta mañana. En Union Station nadie puede oír ni sus propios pensamientos, con toda esa gente cantando *We Shall Not Be Moved*. Están llegando autobuses especiales a través del túnel de Baltimore, a razón de cien por hora. Mi padre ha fletado un avión desde Los Ángeles para todas las estrellas de cine. Marlon Brando está aquí, y también James Garner. La CBS va a retransmitir toda la marcha en directo.

—¿Cuántas personas crees que van a venir en total?

—Ahora mismo calculamos que el doble de la estimación inicial.

George se quedó estupefacto.

—¿Doscientas mil personas?

—Es lo que creemos ahora. La cifra podría aumentar.

—No sé si eso es bueno o malo.

Ella frunció el ceño con gesto de irritación.

—¿Por qué iba a ser malo?

—Pues porque no habíamos hecho una planificación para un número tan elevado de manifestantes, simplemente. No quiero problemas.

—George, este es un movimiento de protesta; de eso es justo de lo que se trata, de nuestros problemas.

—Yo quería demostrarles que cien mil negros podían reunirse en un parque sin necesidad de que se arme ni una maldita pelea.

—Ya estamos en plena pelea, y la empezaron los blancos. Joder, George, que te rompieron la muñeca por intentar llegar al aeropuerto…

George se tocó el brazo izquierdo con aire pensativo. El médico le había dicho que lo tenía curado, pero todavía sentía punzadas de dolor de vez en cuando.

—¿Viste *Meet the Press*? —le preguntó a Verena. El doctor King había respondido a las preguntas de un grupo de periodistas en el programa de noticias de la NBC.

—Pues claro que lo vi.

—Todas las preguntas giraban en torno a la violencia de los negros o a los comunistas en el seno del movimiento por los derechos civiles. ¡No debemos permitir que esos sean los temas de discusión!

—No podemos dejar que un programa como *Meet the Press* dicte nuestra estrategia. ¿De qué crees tú que van a hablar los periodistas blancos? ¡No esperarás que le pregunten a Martin sobre policías violentos blancos, jurados del Sur deshonestos, jueces corruptos blancos y el Ku Klux Klan!

—Te lo diré de otro modo —insistió George con calma—. Imaginemos que hoy todo se desarrolla pacíficamente, pero el Congreso rechaza el proyecto de ley de derechos civiles, y luego estallan los disturbios. El doctor King podrá decir: «Cien mil negros vinieron hasta aquí a manifestarse pacíficamente, cantando himnos, dándoos la oportunidad de hacer lo correcto… pero vosotros desperdiciasteis la oportunidad que os ofrecimos y ahora veis las consecuencias de vuestra intransigencia. Si ahora hay disturbios, los únicos culpables sois vosotros». ¿Qué te parece eso?

Verena sonrió de mala gana y asintió con la cabeza.

—Eres muy inteligente, George —dijo—, ¿lo sabías?

Con un área de ciento veinte hectáreas, el National Mall era un parque alargado y estrecho, con una extensión de unos tres kilómetros desde el Capitolio, en un extremo, hasta el monumento en conmemoración a Lincoln, en el otro. Los manifestantes se congregaron en el centro, alrededor del monumento a Washington, un obelisco de más de cuarenta y cinco metros de altura. Habían montado un escenario y, cuando George llegó, la voz pura y electrizante de Joan Baez estaba entonando *Oh, Freedom*.

Jasper buscó a Beep Dewar, pero ya se habían reunido al menos una multitud de cincuenta mil personas, así que no era de extrañar que no pudiese verla.

Aquel era el día más interesante de su vida, y no eran aún las once de la mañana. Greg Peshkov y George Jakes eran figuras importantes en las esferas de Washington que, sin querer, le habían proporcionado en exclusiva una información en la que esperaba que el *Daily Echo* estuviese interesado. Y aquella joven de ojos verdes, Verena Marquand, era posiblemente la mujer más hermosa que Jasper había visto jamás. ¿Se estaría acostando George con ella? Si la respuesta era afirmativa, era un hombre afortunado.

Después de Joan Baez salieron al escenario Odetta y Josh White, pero la multitud se volvió loca cuando apareció el trío Peter, Paul and Mary. Jasper no podía creer que estuviese viendo a aquellas grandes estrellas en vivo en un escenario sin ni siquiera haber pagado una entrada. Peter, Paul and Mary cantaron su éxito más reciente, *Blowin' in the Wind*, una canción escrita por Bob Dylan que parecía hablar del movimiento de los derechos civiles. «¿Cuántos años pueden algunas personas vivir, antes de que se les permita ser libres?», decía.

El público se volvió aún más loco de entusiasmo cuando el propio

Dylan salió a escena. Cantó una canción nueva sobre el asesinato de Medgar Evers, titulada *Only a Pawn in their Game*. La canción sonaba enigmática a oídos de Jasper, pero el público era ajeno a la ambigüedad y se alegraba de que la nueva estrella de la música, la más popular de todo el país, pareciese estar de su parte.

La multitud iba aumentando minuto a minuto. Jasper era alto y podría mirar por encima de la mayoría de las cabezas, pero ya no veía el límite de la congregación. Hacia el oeste, el famoso y alargado estanque del reflejo llevaba hasta el templo griego en memoria de Abraham Lincoln. Se suponía que los manifestantes debían continuar la marcha hasta el monumento a Lincoln después, pero Jasper veía que muchos de ellos ya se estaban desplazando al extremo más occidental del parque, probablemente con la intención de conseguir los mejores asientos para oír los discursos.

Hasta entonces no había habido el menor atisbo de violencia, a pesar del pesimismo de los medios de comunicación. ¿O acaso era lo que esos mismos medios deseaban en secreto?

Parecía haber cientos de reporteros gráficos y cámaras de televisión por todas partes. Con frecuencia enfocaban a Jasper, por su corte de pelo tal vez, típico de una estrella del pop.

Empezó a redactar un artículo mentalmente. Pensó que el acontecimiento era como un picnic en el bosque, con los grupos de excursionistas almorzando en un claro iluminado por el sol, mientras los depredadores sedientos de sangre se ocultaban en la frondosa sombra de los bosques de alrededor.

Jasper se dirigió hacia el oeste con la multitud. Se fijó en que los negros vestían sus mejores galas de los domingos, los hombres con corbata y sombreros de paja, y las mujeres con vestidos estampados de vivos colores y pañuelos en la cabeza, mientras que los blancos iban con ropa informal. Las reivindicaciones habían trascendido el problema de la segregación, y los carteles reclamaban el derecho a voto, empleo y vivienda. Había delegaciones de sindicatos, iglesias y sinagogas.

Cuando se aproximaban al monumento a Lincoln se encontró con Beep, que estaba con un grupo de chicas que iban en la misma dirección. Dieron con un lugar desde donde se veía perfectamente la tribuna que habían instalado en las escalinatas.

Las chicas bebían todas de una misma botella de Coca-Cola caliente. Jasper descubrió que algunas eran amigas de Beep, mientras que otras solo se habían sumado al grupo a última hora. Mostraban interés por él, porque era un extranjero algo exótico, y Jasper se tumbó bajo el sol de agosto a charlar tranquilamente con ellas hasta que empezaron los discursos. En ese momento la muchedumbre de gente se extendía más allá de hasta donde Jasper alcanzaba a ver. Estaba seguro de que había más de las cien mil personas que se esperaban.

El atril estaba delante de la estatua gigante de un pensativo presidente Lincoln, sentado en un gran trono de mármol con sus enormes manos sobre los brazos de la silla, las pobladas cejas enarcadas, la expresión severa.

La mayoría de los oradores eran negros, pero también había algunos blancos, incluido un rabino. Marlon Brando estaba en la tribuna, blandiendo una picana eléctrica como las que la policía de Gadsden, Alabama, había utilizado contra los negros. A Jasper le gustó el líder sindicalista de lengua afilada Walter Reuther.

—No podemos defender la libertad en Berlín si negamos la libertad en Birmingham —dijo en un momento de su discurso.

Pero la multitud se impacientó y empezó a gritar reclamando la presencia de Martin Luther King.

Era casi el último orador.

Jasper reconoció de inmediato que King era un predicador, y uno bueno, además. Su dicción era clara, con una voz de barítono vibrante. Tenía la capacidad de apelar a las emociones de la multitud, una habilidad valiosa que Jasper admiraba.

Sin embargo, probablemente King nunca había pronunciado un sermón delante de tanta gente. Pocos hombres lo habían hecho.

Advirtió que aquella manifestación, victoriosa como era, no significaba nada si no daba lugar a un cambio real.

—Aquellos que piensan que los negros solo necesitaban dar rienda suelta a la frustración y que ahora se quedarán satisfechos, tendrán un rudo despertar si el país regresa a su rutina habitual. —El público aplaudió y gritó de júbilo con cada frase resonante—. No habrá ni descanso ni tranquilidad en Estados Unidos hasta que a los negros se les garanticen sus derechos como ciudadanos —avisó King—. Los remolinos de la revuelta continuarán sacudiendo los cimientos de nuestra nación hasta que nazca el luminoso día de la justicia.

A medida que se aproximaba el final de sus siete minutos, el tono de King adquirió tintes más bíblicos.

—Nunca estaremos satisfechos mientras a nuestros hijos les sea arrancado su ser y robada su dignidad por carteles que dicen SOLO BLANCOS —vociferó—. No estaremos satisfechos hasta que corra el juicio como las aguas y la justicia como arroyo impetuoso.

En la plataforma que había detrás de él, la cantante de gospel Mahalia Jackson exclamó:

—¡Señor mío! ¡Oh, mi Señor!

—A pesar de las dificultades y frustraciones de hoy y del mañana, aún tengo un sueño —dijo King.

Jasper presintió que el predicador había dejado de lado su discurso preparado, porque ya no estaba manipulando a su público emocionalmente. En lugar de eso, parecía estar sacando sus palabras de un pozo frío y profundo de sufrimiento y dolor, un pozo creado por siglos de crueldad. Jasper se dio cuenta de que los negros describían su sufrimiento con las palabras de los profetas del Antiguo Testamento, y soportaban su dolor con el consuelo de la esperanza del evangelio de Jesús.

La voz de King temblaba de emoción cuando dijo:

—Sueño que un día esta nación se alzará y vivirá de acuerdo con el verdadero sentido de su credo: «Sostenemos como certeza manifiesta que todos los hombres fueron creados por igual».

»Sueño que un día, en las colinas rojizas de Georgia, los hijos de los antiguos esclavos y los hijos de los antiguos esclavistas podrán sentarse juntos a la mesa de la hermandad... Yo tengo un sueño.

»Sueño que un día, incluso el estado de Mississippi, un estado sofocado por el calor de la injusticia, sofocado por el calor de la opresión, se convertirá en un oasis de libertad y justicia... Yo tengo un sueño.

Había conseguido orquestar un ritmo, y doscientas mil personas sentían cómo sus palabras mecían sus almas. Era algo más que un discurso: era un poema y un cántico, y una oración tan profunda como la tumba. Las palabras desgarradoras de «Yo tengo un sueño» llegaban como un «amén» al final de cada frase que retumbaba en el aire.

—Sueño que mis cuatro hijos pequeños vivirán un día en una nación en la que no serán juzgados por el color de su piel sino por su personalidad.... ¡Hoy tengo un sueño!

»Sueño que un día, en Alabama, con sus racistas resentidos, donde de los labios del gobernador brotan palabras de obliteración y negación, que un día, allí mismo en Alabama, los niños negros y las niñas negras podrán darle la mano a los niños blancos y las niñas blancas como hermanas y hermanos... ¡Hoy tengo un sueño!

»Con esta fe podremos arrancar de la montaña de la desesperación una piedra de esperanza.

»Con esta fe podremos transformar el sonido discordante de nuestra nación en una hermosa sinfonía de hermandad.

»Con esta fe podremos trabajar juntos, rezar juntos, luchar juntos, ir a la cárcel juntos, defender juntos la libertad, sabiendo que un día seremos libres.

Mirando a su alrededor, Jasper vio que por todos los rostros, blancos y negros por igual, corrían las lágrimas. Incluso él se sintió conmovido, y eso que se creía inmune a aquella clase de cosas.

—Y cuando eso ocurra, cuando dejemos resonar la libertad, cuando la dejemos resonar desde cada pueblo y cada aldea, desde cada estado y cada ciudad, podremos adelantar la llegada del día en que todos los hijos de Dios, blancos y negros, judíos y gentiles, protestantes y católicos, sean capaces de unir sus manos…

En ese momento el ritmo de su discurso se hizo más lento, y la multitud se sumió en un silencio casi absoluto.

La voz de King se estremeció con la fuerza del terremoto de su pasión.

—… Y cantar, con las palabras de uno de los más antiguos espirituales negros:

»¡Por fin somos libres!

»¡Por fin somos libres!

»Gracias a Dios Todopoderoso, ¡por fin somos libres!

Dio un paso atrás desde el micrófono.

La multitud lanzó un rugido ensordecedor, Jasper nunca había oído nada parecido. Se pusieron de pie en una oleada de esperanza entusiasta. Los aplausos se prolongaban sin cesar, en sucesiones tan infinitas como las olas del mar.

Los aplausos duraron hasta que el distinguido profesor de pelo blanco Benjamin Mays se acercó al micrófono y pronunció una bendición. Entonces el público supo que todo había terminado, y al final la gente se alejó de mala gana de la tribuna para volver a casa.

Jasper se sentía como si acabase de sobrevivir a una tormenta, o a una batalla, o a una historia de amor; estaba exhausto y exultante a la vez.

Él y Beep se dirigieron al apartamento de los Dewar casi sin intercambiar una palabra. Sin duda el *Echo* tendría que estar interesado en aquello, pensó Jasper. Cientos de miles de personas habían escuchado un apasionado y conmovedor alegato por la justicia. Era imposible que la política británica, con sus deprimentes escándalos sexuales, pudiese competir con algo así por el espacio de primera plana de un periódico.

Tenía razón.

La madre de Beep, Bella, estaba sentada a la mesa de la cocina, desgranando guisantes mientras Miss Betsy pelaba patatas.

—El *Daily Echo* de Londres ha llamado dos veces preguntando por ti —dijo Bella en cuanto Jasper entró por la puerta—. Un tal señor Pugh.

—Gracias —respondió Jasper con el corazón acelerado—. ¿Le importa si le devuelvo la llamada?

—Por supuesto que no, adelante.

Jasper fue al estudio y llamó a Pugh.

—¿Has participado en la marcha? —preguntó Pugh—. ¿Has oído el discurso?

—Sí, sí —contestó Jasper—. Ha sido increíble.

—Lo sé. Todos vamos a salir con eso en portada. ¿Puedes enviarnos una crónica con tu testimonio en primera persona? Algo tan personal e impresionista como quieras. No te preocupes mucho por los hechos y las cifras, que eso ya lo incluiremos en el artículo principal.

—Estaré encantado de hacerlo —dijo Jasper. Se había quedado muy corto; estaba algo más que encantado, daba saltos de alegría.

—Que sea largo. Alrededor de mil palabras. Siempre podemos cortar si es necesario.

—Muy bien.

—Llámame dentro de media hora y te pondré con una mecanógrafa.

—¿No podría darme un poco más de tiempo? —dijo Jasper, pero Pugh ya había colgado—. ¡Caray…! —exclamó Jasper hablando con la pared.

Había un bloc de notas amarillo de estilo americano en el escritorio de Woody Dewar. Jasper lo acercó hacia él y cogió un lápiz. Se quedó pensativo un minuto y luego escribió: «Hoy he estado entre una multitud formada por doscientas mil personas y he escuchado a Martin Luther King redefinir lo que significa ser estadounidense».

Maria Summers estaba exultante.

El televisor permanecía encendido en la sala de prensa, y ella había dejado de trabajar para ver a Martin Luther King, al igual que casi todos los demás en la Casa Blanca, entre ellos el presidente Kennedy.

Cuando terminó el discurso, Maria se sentía como en el séptimo cielo. Se moría de ganas de oír la opinión del presidente acerca de las palabras de King. Unos minutos más tarde la convocaron al Despacho Oval. La tentación de abrazar a Kennedy le resultó aún más difícil de resistir de lo habitual.

—King es increíblemente bueno —fue la reacción un tanto fría del presidente. A continuación, añadió—: Ahora viene de camino hacia aquí.

Maria se alegró muchísimo.

Jack Kennedy había cambiado. Cuando Maria se enamoró de él, el presidente estaba a favor de los derechos civiles en un plano intelectual, pero no emocional. El cambio no se debía solo a su relación con ella. Había sido más bien la implacable brutalidad y el desprecio de los segregacionistas por la legalidad lo que había conmocionado a Kennedy y lo había movido a establecer un compromiso personal sincero; lo había arriesgado todo por presentar el nuevo proyecto de ley sobre los derechos civiles. Ella sabía mejor que nadie lo mucho que le preocupaba ese proyecto de ley.

Justo entonces entró George Jakes, vestido impecablemente, como de costumbre, con un traje azul oscuro, una camisa gris claro y corbata a rayas. Le dedicó una cálida sonrisa. Ella sentía mucho aprecio por él; se había portado como un verdadero amigo en un momento de necesidad. Pensó que era el segundo hombre más atractivo que había conocido.

Maria sabía que George y ella estaban allí por motivos puramente accesorios, porque se hallaban entre el reducido número de personas de color de la administración. Ambos ya tenían asimilado el hecho de que los utilizaran como símbolos. No era algo de mala fe; aunque su número seguía siendo escaso, Kennedy había nombrado a más negros para puestos de alto nivel que cualquier otro presidente.

Cuando entró Martin Luther King, Kennedy le estrechó la mano.

—¡Hoy tengo un sueño! —exclamó el presidente.

Maria sabía que lo decía con toda su buena intención, pero le pareció que no había sido muy acertado por su parte. El sueño de King nacía de lo más hondo de una represión feroz, mientras que Jack Kennedy había nacido en el seno de la élite privilegiada de Estados Unidos, poderosa y rica: ¿cómo podía pretender tener un sueño de libertad e igualdad? Obviamente, el doctor King pensaba lo mismo, porque pareció sentirse azorado y cambió de tema. Maria sabía que más tarde, en la cama, el presidente le preguntaría cuándo había dado un paso en falso, y ella tendría que encontrar una forma cariñosa y tranquilizadora de explicárselo.

King y los demás líderes de los derechos civiles no habían comido nada desde el desayuno. Cuando el presidente se enteró, pidió café y bocadillos para ellos a la cocina de la Casa Blanca.

Maria les hizo formar a todos para tomar una fotografía oficial y luego empezó el debate.

King y los demás estaban eufóricos. Le transmitieron al presidente su opinión de que, después de la manifestación de ese día, el proyecto de ley de derechos civiles podía endurecerse; debía incluir una nueva sección que prohibiese la discriminación racial en el empleo. Los jóvenes negros estaban abandonando los estudios a un ritmo alarmante, pues no veían ningún futuro.

El presidente Kennedy sugirió que los negros debían copiar a los judíos, que valoraban la educación y obligaban a sus hijos a estudiar. Maria venía de una familia negra que había hecho exactamente eso, y ella estaba de acuerdo con él. Si los niños negros abandonaban la escuela, ¿era eso problema del gobierno? Sin embargo, también reparó en que Kennedy, con mucha habilidad, había desviado el foco de atención del verdadero problema, que eran los millones de puestos de trabajo que estaban reservados única y exclusivamente para los blancos.

Los líderes negros pidieron a Kennedy que liderase la cruzada por los derechos civiles. Maria sabía que el presidente estaba pensando algo que no podía decir: que si llegaban a identificarlo de forma demasiado directa con la causa negra, entonces todos los blancos votarían a los republicanos.

El astuto Walter Reuther le ofreció un consejo diferente: que identificase a los empresarios que había detrás del Partido Republicano y los abordase en pequeños grupos. Que les dijese que, si no cooperaban, sus beneficios se resentirían, y mucho. Maria llamaba a aquella clase de consejos «la estrategia Lyndon Johnson», una combinación de halagos y amenazas, pero el presidente no acababa de entender esa táctica. Simplemente no era su estilo.

Kennedy hizo un repaso de las intenciones de voto de los congresistas y senadores, contando con los dedos a aquellos más proclives a oponerse al proyecto de ley de derechos civiles. Era una amalgama deprimente de prejuicios, apatía y falta de audacia. Dejó muy claro que ya iba a tener problemas para que aprobasen incluso una versión descafeinada del proyecto de ley, de modo que cualquier propuesta un poco más dura iba a ser imposible.

Un estado de ánimo sombrío se apoderó de Maria, como si se hubiese cubierto los hombros con un chal en un funeral. Estaba cansada, deprimida y pesimista. Le dolía la cabeza y quería irse a casa.

La reunión se prolongó más de una hora. Para cuando terminó, el sentimiento de euforia se había desvanecido por completo. Los líderes de los derechos civiles fueron saliendo; sus rostros eran un reflejo de su desencanto y su frustración. Estaba muy bien que King tuviese un sueño, pero, al parecer, el pueblo estadounidense no lo compartía.

A Maria le resultaba algo casi imposible de creer, pero, a pesar de todo lo ocurrido ese día, parecía que la gran causa de la igualdad y la libertad en realidad no había avanzado.

28

Jasper Murray estaba seguro de que conseguiría el puesto de director del *St. Julian's News*. Había enviado junto a su solicitud un recorte con su artículo en el *Daily Echo* sobre el discurso de «Tengo un sueño» pronunciado por Martin Luther King. Todo el mundo le decía que era una pieza magnífica. Le habían pagado veinticinco libras, menos de lo que había cobrado por la entrevista con Evie; la política no era tan lucrativa como los escándalos de los famosos.

—Toby Jenkins no ha publicado nunca ni un solo párrafo en ningún medio ajeno a la prensa estudiantil —le dijo Jasper a Daisy Williams mientras estaban sentados en la cocina de Great Peter Street.

—¿Es tu único rival? —preguntó ella.

—Que yo sepa, sí.

—¿Cuándo sabrás cuál es la decisión?

Jasper consultó su reloj, a pesar de que sabía qué hora era.

—El comité se está reuniendo justo en estos momentos. Colgarán una nota en la puerta del despacho de lord Jane cuando hagan una pausa para el almuerzo a las doce y media. Mi amigo Pete Donegan está allí. Va a ser mi director adjunto. Me llamará en cuanto sepa algo.

—¿Por qué estás tan desesperado por conseguir ese puesto?

«Porque sé que soy increíblemente bueno —pensó Jasper—, el doble de bueno que Cakebread y diez veces mejor que Toby Jenkins. Me merezco ese trabajo.» Sin embargo, no compartió sus pensamientos con Daisy Williams. Sentía cierto recelo con respecto a ella; Daisy quería a su madre, no a él. Cuando la entrevista con Evie apareció en el *Echo* y Jasper había fingido consternación, le había parecido que Daisy no acababa de tragarse el engaño. Le preocupaba que supiese ver cómo era él en realidad. Sin embargo, siempre lo trataba con amabilidad por la amistad que la unía a su madre.

En ese momento optó por darle una versión suavizada de la verdad.

—Puedo convertir el *St. Julian's News* en un periódico mejor. Ahora mismo es como una revista parroquial: te cuenta lo que pasa, pero huye de los conflictos y la polémica. —Pensó en algo que pudiese apelar a los ideales de Daisy—. Por ejemplo, el St. Julian's College está dirigido por un patronato, alguno de cuyos miembros tiene inversiones en la Sudáfrica del apartheid. Yo publicaría esa información y preguntaría qué hacen esos hombres dirigiendo una famosa universidad liberal.

—Buena idea —aprobó Daisy, complacida—. Eso los pondrá nerviosos.

Walli Franck entró en la cocina. Era mediodía, pero saltaba a la vista que acababa de levantarse. Seguía los horarios del rock and roll.

—Ahora que Dave ha vuelto a estudiar, ¿qué piensas hacer? —preguntó Daisy.

Walli se echó una cucharada de café instantáneo en la taza.

—Practicar con la guitarra —contestó el chico.

Daisy sonrió.

—Si tu madre estuviera aquí, supongo que te preguntaría si no sería mejor que intentases ganar algo de dinero.

—No quiero ganar dinero. Sin embargo, debo hacerlo. Por eso tengo un trabajo.

La gramática de Walli a veces era tan correcta que costaba trabajo entender sus frases.

—Vamos a ver —dijo Daisy—, ¿no quieres dinero pero tienes un trabajo?

—Lavando jarras de cerveza en el Jump Club.

—¡Enhorabuena!

Sonó el timbre de la puerta y al cabo de un momento una criada condujo a Hank Remington a la cocina. El joven desplegaba un encanto típicamente irlandés; era un pelirrojo alegre con una sonrisa radiante siempre a punto en los labios.

—Hola, señora Williams —dijo—. He venido a invitar a almorzar a su hija. ¡A menos que usted esté disponible!

Las mujeres sabían apreciar las galanterías de Hank.

—Hola, Hank —contestó Daisy con entusiasmo. Se volvió hacia la criada y le dijo—: Dile a Evie que el señor Remington está aquí.

—¿Ahora soy el «señor» Remington? —exclamó Hank—. No dé pie a que la gente crea que soy respetable, eso podría destrozar mi reputación. —Estrechó la mano de Jasper—. Evie me enseñó tu artículo sobre Martin Luther King. Una maravilla, buen trabajo. —Luego se volvió hacia Walli—. Hola, soy Hank Remington.

Walli estaba anonadado, pero acertó a encontrar las palabras para presentarse.

—Soy el primo de Dave, y toco la guitarra en Plum Nellie.

—¿Cómo os fue en Hamburgo?

—Muy bien, hasta que nos echaron porque Dave era demasiado joven.

—Los Kords tocamos en Hamburgo —dijo Hank—. Fue una época maravillosa. Nací en Dublín, pero me crié en Reeperbahn, si sabes a lo que me refiero.

Jasper encontró fascinante a Hank. Era rico y famoso, una de las mayores estrellas del pop del mundo, y aun así se esforzaba por mostrarse amable con todos los presentes en aquella habitación. ¿Tenía un deseo insaciable de caerle bien a todo el mundo y ese era el secreto de su éxito?

Justo en ese momento Evie entró en la cocina con un aspecto espléndido. Llevaba el pelo cortado a lo paje, imitando a los Beatles, y lucía un sencillo vestido trapecio de la diseñadora Mary Quant con el que enseñaba las piernas. Hank fingió estar apabullado.

—Madre mía, con ese aspecto voy a tener que invitarte a un lugar elegante —comentó—. ¡Y yo que pensaba llevarte a una hamburguesería Wimpy!

—Vayamos donde vayamos, tendrá que ser algo rápido —repuso Evie—. Tengo una prueba a las tres y media.

—¿Para qué?

—Es para una obra nueva que se llama *Juicio a una mujer*. Es un drama judicial.

Hank se puso muy contento.

—¡Vas a hacer tu debut en el teatro!

—Eso será si consigo el papel.

—Pues claro que lo vas a conseguir. Vamos, será mejor que nos vayamos ya, tengo el Mini aparcado en la zona amarilla.

Se marcharon y Walli regresó a su habitación. Jasper miró su reloj: eran las doce y media. Iban a anunciar de un momento a otro quién ocuparía el puesto de director.

—Me encantó Estados Unidos —dijo Jasper para dar un poco de conversación.

—¿Te gustaría vivir allí? —preguntó Daisy.

—Más que nada en el mundo. Y quiero trabajar en televisión. El *St. Julian's News* va a ser un primer paso muy importante, pero en realidad los periódicos están obsoletos. Ahora mismo, los noticiarios de televisión son el no va más.

—Estados Unidos es mi hogar —explicó Daisy con aire pensativo—, pero encontré el amor en Londres.

Sonó el teléfono. Habían escogido al nuevo director. ¿Sería Jasper o Toby Jenkins?

Daisy respondió.

—Lo tengo aquí a mi lado —dijo, y le pasó el teléfono a Jasper, cuyo corazón palpitaba con fuerza.

Era Pete Donegan.

—Se lo han dado a Valerie Cakebread.

Al principio, Jasper no entendió lo que le decía.

—¿Qué? —exclamó—. ¿Quién?

—Valerie Cakebread es la nueva directora del *St. Julian's News*. Sam Cakebread lo ha arreglado todo para que le den el puesto a su hermana.

—¿A Valerie? —Cuando Jasper lo comprendió, se quedó perplejo—. ¡Pero si nunca ha escrito otra cosa más que columnas de moda!

—Y se encargaba del té en la revista *Vogue*.

—¿Cómo han podido hacer eso?

—Ni idea.

—Sabía que lord Jane era un cretino, pero esto…

—¿Quieres que te pase a buscar por tu casa?

—¿Para qué?

—Tenemos que salir a ahogar nuestras penas.

—Está bien. —Jasper colgó el teléfono.

—Malas noticias, obviamente —dijo Daisy—. Lo siento.

Jasper estaba fuera de sí.

—¡Le han dado el trabajo a la hermana del actual director! No me lo esperaba, la verdad.

Recordó su conversación con Sam y Valerie en la cafetería del sindicato de estudiantes. Menuda pareja de traidores…, ni siquiera le habían dado el menor indicio de que Valerie compitiese por el puesto.

Se dio cuenta con amargura de que había sido engañado hábilmente por alguien más astuto que él mismo.

—¡Qué pena! —exclamó Daisy.

Aquello era una típica maniobra británica, pensó Jasper con resentimiento; el parentesco era más importante que el talento. Su padre había sido víctima del mismo síndrome y, como consecuencia, nunca había ascendido más allá de coronel.

—¿Qué vas a hacer? —preguntó Daisy.

—Emigrar —respondió Jasper. Su determinación era más fuerte que nunca.

—Termina primero la universidad —le aconsejó Daisy—. En Estados Unidos se valoran mucho los estudios.

—Supongo que tiene razón —dijo Jasper. Sin embargo, sus estudios siempre habían ocupado un segundo plano respecto a su labor periodística—. No puedo trabajar para el *St. Julian's News* a las órdenes de Valerie. Ya cedí bastante el año pasado, cuando Sam se me adelantó y consiguió el puesto, pero no puedo volver a hacerlo.

—Estoy de acuerdo —convino Daisy—. Eso te haría parecer un reportero de segunda fila.

A Jasper se le ocurrió una idea y empezó a urdir un plan.

—Lo peor de todo es que ahora no va a haber ningún periódico que denuncie cosas como el escándalo del patronato de la universidad y sus inversiones en Sudáfrica.

Daisy mordió el anzuelo.

—Tal vez alguien decida abrir un periódico rival.

Jasper se hizo el escéptico.

—Lo dudo.

—Es lo que hicieron la abuela de Dave y la abuela de Walli en 1916. Se llamaba *The Soldier's Wife*. Si ellas pudieron hacerlo...

Jasper puso cara de inocente e hizo la pregunta clave:

—¿De dónde sacaron el dinero?

—La familia de Maud era rica, pero no puede costar mucho imprimir un par de miles de ejemplares. Luego pagas la segunda edición con los ingresos de la primera.

—Tengo las veinticinco libras que me pagaron en el *Daily Echo* por mi artículo sobre Martin Luther King, pero no creo que eso sea suficiente...

—Podría ayudarte yo.

Jasper hizo como si tuviese sus reservas ante la oferta.

—Es posible que nunca llegue a recuperar su dinero.

—Elabora un presupuesto.

—Pete viene de camino hacia aquí. Podríamos hacer algunas llamadas...

—Si tú inviertes tu propio dinero, yo igualaré la cantidad.

—¡Gracias! —Jasper no tenía ninguna intención de invertir su propio dinero. Sin embargo, un presupuesto era como la columna de sociedad del periódico: la mayor parte podía ser pura ficción, porque nadie llegaba nunca a saber la verdad—. Si nos damos prisa, podríamos tener preparado el primer ejemplar para principios del trimestre.

—Deberías publicar esa historia sobre las inversiones sudafricanas en portada.

Jasper volvía a estar pletórico de optimismo. Aquello podía ser incluso mejor.

—Sí… El *St. Julian's News* tendrá una portada insulsa en la que diga «Bienvenidos a Londres» o algo así. El nuestro será el periódico de verdad.

Empezó a sentirse entusiasmado.

—Enséñame el presupuesto lo antes posible —dijo Daisy—. Estoy segura de que se nos ocurrirá algo.

—Gracias —dijo Jasper.

29

George Jakes se compró un coche en otoño de 1963. Podía permitírselo y le gustaba la idea, aun cuando era bastante fácil moverse por Washington en transporte público. Prefería los coches extranjeros porque pensaba que tenían más clase, y de ahí que se decantara por un elegante Mercedes-Benz 220S descapotable de dos puertas, color azul oscuro y que solo tenía cinco años. El tercer domingo de septiembre fue a ver a su madre al condado de Prince George, en el estado de Maryland, la zona residencial de Washington donde vivía. Ella prepararía la comida y luego irían en coche a la Iglesia Evangélica de Betel para asistir al oficio vespertino. Últimamente apenas tenía tiempo para visitar a su madre, ni siquiera los domingos.

Mientras conducía por la carretera arbolada de Suitland Parkway con la capota bajada para disfrutar del templado sol de septiembre, iba pensando en las preguntas que su madre le haría y en qué le respondería él. La mujer se interesaría primero por Verena. «Dice que no es lo bastante buena para mí, mamá —contestaría él—. ¿Qué te parece?» Su madre seguramente diría que Verena tenía razón. En su opinión, había muy pocas chicas lo bastante buenas para su hijo.

Querría saber qué tal le iba con Bobby Kennedy. No cabía duda de que Bobby era un hombre de extremos. Había gente a la que odiaba de manera visceral, y J. Edgar Hoover era una de esas personas. A George le parecía bien, Hoover era un ser despreciable. Sin embargo, Lyndon Johnson también estaba metido en el mismo saco. George lamentaba que Bobby odiara a Johnson, quien podría haber sido un poderoso aliado, pero por desgracia eran como el agua y el aceite. George intentó imaginar al enorme y escandaloso vicepresidente saliendo a pasear en barco por Hyannis Port con el clan Kennedy, la quintaesencia del refinamiento y la elegancia. La imagen le hizo sonreír. Lyndon parecería un rinoceronte en una clase de ballet.

Bobby amaba con la misma intensidad con la que odiaba y, por fortuna, George le caía bien. Era uno de los escasos integrantes de un círculo restringido en el que confiaba de tal modo que, incluso cuando alguno de ellos cometía un error, se daba por sentado que la intención había sido buena y, por lo tanto, se le perdonaba. ¿Qué le diría a su madre acerca de Bobby? «Es un hombre inteligente que desea de corazón hacer de América un país mejor.»

Ella querría saber por qué los hermanos Kennedy apenas avanzaban en la cuestión de los derechos civiles. A lo que George respondería que si aumentaban la presión se produciría una reacción contraria y enconada de los blancos, y que aquello tendría dos resultados. Uno: perderían el proyecto de ley de derechos civiles en el Congreso. Y dos: Jack Kennedy perdería las elecciones a la presidencia de 1964. Y si Kennedy perdía, ¿quién ganaría? ¿Dick Nixon? ¿Barry Goldwater? Incluso podía ser George Wallace, Dios no lo quisiera.

Ensimismado en aquellas cuestiones, aparcó en el camino de entrada de la pequeña y agradable casa de estilo ranchero de Jacky Jakes, en la que entró con su llave.

Todos esos pensamientos abandonaron su mente en cuanto oyó llorar a su madre.

Por un instante lo asaltó un miedo infantil. No estaba acostumbrado a ver llorar a su madre, a la que siempre había considerado un pilar firme en el que poder apoyarse a lo largo de su vida. Sin embargo, en las contadas ocasiones en que esta había cedido a la presión y había expresado su pesar y su miedo de manera incontrolable, el desconcierto y el pánico habían invadido al pequeño Georgy. Ese día, aunque solo fuera por un segundo, George tuvo que poner freno a la reaparición de ese terror de su infancia y recordarse que era un hombre adulto para que las lágrimas de su madre no lo paralizaran.

Cerró de un portazo y atravesó el pequeño recibidor a grandes zancadas hasta el salón. Jacky estaba sentada en el sofá de terciopelo beige que había delante del televisor, con las manos en las mejillas como si se aguantara la cabeza. Las lágrimas no dejaban de caer por su cara. Tenía la boca abierta y de ella salía un continuo lamento mientras miraba el televisor con ojos desorbitados.

—Mamá, ¿qué ocurre? Por el amor de Dios, ¿qué ha pasado?

—¡Cuatro chiquillas! —contestó su madre entre sollozos.

George miró la imagen en blanco y negro de la pantalla, donde vio dos coches que parecían haberse estrellado. A continuación la cámara enfocó un edificio y tomó un plano panorámico de las paredes dañadas y de las ventanas rotas. Cuando el plano se amplió, George reconoció el edificio, y el corazón le dio un vuelco.

—¡Dios mío, es la Iglesia Baptista de la Calle Dieciséis de Birmingham! —exclamó—. ¿Qué ha pasado?

—¡Los blancos han puesto una bomba en la escuela dominical! —contestó su madre.

—¡No! ¡No!

El cerebro de George se negaba a aceptarlo. Ni siquiera en Alabama se atreverían a poner una bomba en una escuela dominical.

—Han muerto cuatro niñas —dijo Jacky—. ¿Por qué permite Dios que pasen estas cosas?

«Las víctimas han sido identificadas como Denise McNair, de once años…», decía en esos momentos la voz en off del locutor en la televisión.

—¡Once! —exclamó George—. ¡Esto no puede ser verdad!

«… Addie Mae Collins, de catorce; Carole Robertson, de catorce, y Cynthia Wesley, también de catorce.»

—¡Pero si son niñas! —dijo George, horrorizado.

«Más de veinte personas han resultado heridas en la explosión», prosiguió el locutor con una voz desprovista de emoción en el momento en que la cámara enfocaba una ambulancia que partía del lugar del suceso.

George se sentó junto a su madre y la rodeó con sus brazos.

—¿Qué vamos a hacer? —preguntó.

—Rezar —contestó ella.

El locutor continuó, implacable:

«Se trata del vigésimo primer atentado con bomba contra la población negra de Birmingham en los últimos ocho años. La policía local nunca ha llevado a los autores ante la justicia por ninguno de ellos.»

—¿Rezar? —repitió George con voz temblorosa a causa de la desesperación.

En ese momento deseaba matar a alguien.

La bomba de la escuela dominical horrorizó al mundo. En un lugar tan alejado como Gales, un grupo de mineros del carbón iniciaron una colecta para sufragar una nueva vidriera con que reemplazar la de la Iglesia Baptista de la Calle Dieciséis, que había quedado destruida.

«A pesar de estas horas sombrías, no debemos perder la fe en nuestros hermanos blancos», había dicho Martin Luther King en el funeral. George intentó seguir aquel consejo, pero le resultó difícil.

Durante un tiempo tuvo la impresión de que la opinión pública se inclinaba cada vez más a favor de los derechos civiles. Un comité parlamentario endureció el proyecto de ley de Kennedy y añadió la prohibición de la discriminación laboral, por la que los defensores del proyecto abogaban con tanto ahínco.

Sin embargo, unas semanas después los segregacionistas abandonaron su rincón con ganas de pelea.

Un sobre llegó al Departamento de Justicia a mediados de octubre y le fue entregado a George. Contenía un informe encuadernado y no muy extenso del FBI con el título:

EL COMUNISMO Y EL MOVIMIENTO NEGRO
ANÁLISIS DE LA SITUACIÓN ACTUAL

—¿Qué narices es esto? —murmuró George para sí.

Lo leyó de inmediato. El informe constaba de once páginas y era demoledor. Tildaba a Martin Luther King de «hombre sin principios». Afirmaba que se hacía asesorar por comunistas «de manera consciente, gustosa y habitual». Añadía, con la seguridad de quien habla con conocimiento de causa, que «los representantes del Partido Comunista ven la posibilidad de crear una situación en la que pudiera decirse que, aquello que postula el Partido Comunista, Martin Luther King lo refrenda».

Aquellas aseveraciones tan contundentes no estaban respaldadas ni por una sola prueba.

George descolgó el teléfono y llamó a Joe Hugo a las oficinas centrales del FBI, que se encontraban en otra planta del mismo edificio que el Departamento de Justicia.

—¿Qué mierda es esta? —preguntó.

Joe ni siquiera se molestó en fingir que no sabía de qué le hablaba.

—No es culpa mía que tus amigos sean comunistas —contestó—. No mates al mensajero.

—Esto no es un informe, es una calumnia llena de acusaciones infundadas.

—Tenemos pruebas.

—Las pruebas que no pueden presentarse no son pruebas, Joe; son rumores. ¿No prestabas atención en la facultad de derecho?

—Deben protegerse las fuentes de los servicios secretos.

—¿A quién le has enviado esta basura?

—Déjame ver. Ah, sí… A la Casa Blanca, al secretario de Estado, al secretario de Defensa, a la CIA, al ejército, a la armada y a la fuerza aérea.

—Así que lo tiene todo Washington. Eres un cabrón.

—Está claro que no vamos a ocultar información sobre los enemigos de nuestro país.

—Se trata de un intento deliberado de sabotear el proyecto de ley de derechos civiles del presidente.

—Nosotros nunca haríamos algo así, George. Solo somos un cuerpo de seguridad del Estado.

Joe colgó.

George necesitó varios minutos para recuperar la calma. A continuación repasó el informe, subrayó las acusaciones más indignantes y compuso a máquina una lista con los departamentos gubernamentales que, según Joe, habían recibido la información. Luego le llevó el documento a Bobby.

Como siempre, el secretario de Justicia estaba sentado a su escritorio en mangas de camisa, con el nudo de la corbata aflojado y las gafas puestas, fumando un puro.

—Esto no le va a gustar —dijo George, y le hizo un resumen después de tenderle el informe.

—Ese soplapollas de Hoover... —masculló Bobby.

Era la segunda vez que George le oía llamar «soplapollas» a Hoover.

—No lo dirá literalmente... —apuntó George.

—¿Ah, no?

George se quedó parado.

—¿Hoover es homosexual?

Era difícil de imaginar. El director del FBI era un hombre de corta estatura, con sobrepeso, medio calvo, de nariz aplastada, facciones asimétricas y cuello grueso. Lo opuesto a un mariquita.

—He oído decir que la mafia tiene fotos de él vestido de mujer.

—¿Por eso va diciendo por ahí que la mafia no existe?

—Es una teoría.

—¡Jesús!

—Conciértame una cita con él para mañana.

—De acuerdo. Mientras tanto, deje que repase las escuchas telefónicas de Levison. Si está influyendo en King para que abrace el comunismo, tiene que haber pruebas en esas llamadas. En algún momento tendrá que hablar de la burguesía, de las masas, de la lucha de clases, de la revolución, de la dictadura del proletariado, de Lenin, de Marx, de la Unión Soviética y de cosas por el estilo. Anotaré todas las referencias de ese tipo y a ver qué resulta.

—No es mala idea. Pásame un informe antes de que vaya a ver a Hoover.

George regresó a su despacho y pidió las transcripciones de las escuchas telefónicas de Stanley Levison que el FBI de Hoover grababa religiosamente para el Departamento de Justicia. Media hora después, un archivero entró en la sala empujando un carrito.

George se puso manos a la obra y no volvió a levantar la cabeza hasta que una señora de la limpieza abrió la puerta y le preguntó si podía barrer el despacho. Permaneció sentado mientras la mujer trabajaba a su alrededor, lo que le recordó las noches que había pasado estudiando cuando iba a la facultad de derecho, sobre todo durante el primer año, extremadamente arduo.

Mucho antes de que terminara, vio con claridad que las conversaciones de Levison con King no tenían nada que ver con el comunismo. No habían utilizado ni una sola de las palabras claves de George; ninguna, desde «alienación» hasta «Zapata». Hablaban acerca del libro que King estaba escribiendo, discutían sobre la captación de fondos y planeaban la marcha de Washington. King le confesaba sus dudas y temores a su amigo; aun cuando abogaba por la no violencia, ¿no podía culpársele de los disturbios y los ataques con bombas que provocaban las manifestaciones pacíficas? Casi nunca tocaban temas políticos más generales, y en ninguna ocasión se mencionaba Berlín, Cuba o Vietnam, los conflictos surgidos de la Guerra Fría que obsesionaban a todos los comunistas.

A las cuatro de la madrugada George descansó la cabeza en la mesa y echó un sueñecito. A las ocho sacó del cajón una camisa limpia, que seguía en el envoltorio de la lavandería, y fue al lavabo de hombres para asearse. A continuación redactó el informe que Bobby le había pedido, donde aseguraba que, en dos años de conversaciones telefónicas, Stanley Levison y Martin Luther King jamás habían hablado sobre comunismo ni sobre ningún otro tema ni remotamente relacionado con este. «Si Levison es un propagandista de Moscú, debe de ser el peor de la historia», concluía George.

Ese mismo día, más tarde, Bobby fue a ver a Hoover al FBI.

—Ha accedido a retirar el informe —le comunicó a George cuando regresó de la cita—. Sus oficiales de enlace visitarán mañana a todos los destinatarios y recuperarán las copias con la excusa de que tienen que revisarlas.

—Bien —dijo George—, aunque es demasiado tarde, ¿no?

—Sí —confirmó Bobby—. El daño ya está hecho.

Por si el presidente Kennedy no había tenido suficientes preocupaciones ese otoño de 1963, la crisis de Vietnam estalló el primer sábado de noviembre.

Respaldado por el dirigente estadounidense, el ejército sudvietnamita había depuesto a su impopular presidente, Ngo Dinh Diem. En Washington, McGeorge Bundy, el asesor de Seguridad Nacional, despertó a Kennedy a las tres de la madrugada para comunicarle que había tenido lugar el golpe de Estado que él había autorizado. Habían arrestado a Diem y a su hermano, Nhu. Kennedy ordenó que se procurara la salida segura hacia el exilio de Diem y de su familia.

Bobby llamó a George para que lo acompañara a la reunión que se celebraría en la Sala del Gabinete a las diez de la mañana.

Durante la sesión un asistente entró con un cable y anunció que los hermanos Ngo Dinh se habían suicidado.

George nunca había visto tan conmocionado al presidente Kennedy. Parecía muy afectado. Palideció bajo su bronceado, se puso de pie de un salto y salió rápidamente de la habitación.

—No se han suicidado —le dijo Bobby a George después—. Son católicos devotos.

George sabía que Tim Tedder se encontraba en Saigón actuando de enlace entre la CIA y el Ejército de la República de Vietnam, conocido por sus siglas en inglés, ARVN, y pronunciado como «Arvin». A nadie le habría sorprendido si al final resultaba que Tedder había metido la pata.

Hacia el mediodía, un cable de la CIA informó de que los hermanos Ngo Dinh habían sido ejecutados en la parte trasera de un vehículo militar para transporte de personal.

—Allí no podemos controlar nada —le dijo George a Bobby, frustrado—. Intentamos ayudar a esa gente a encontrar el camino hacia la libertad y la democracia, pero nada de lo que hacemos da resultado.

—Esperaremos un año más —repuso Bobby—. Ahora no podemos entregar Vietnam a los comunistas. Si lo hacemos, mi hermano perderá las elecciones a la presidencia de noviembre del año que viene. Pero en cuanto salga reelegido, se retirará de allí a marchas forzadas. Ya lo verás.

Una noche de ese mismo mes de noviembre, un abatido grupo de asistentes se reunía en el despacho que había junto al de Bobby. La intervención de Hoover había funcionado y el proyecto de ley de derechos civiles corría peligro. Los congresistas que se avergonzaban de ser racistas buscaban un pretexto para votar en contra, y Hoover se lo había dado.

El proyecto de ley había seguido el cauce habitual y había sido presentado en el Comité de Reglas, cuyo presidente, Howard W. Smith, de Virginia, era uno de los demócratas sureños más conservadores. Envalentonado por las acusaciones del FBI acerca de las simpatías comunistas del movimiento de los derechos civiles, Smith había anunciado que el comité mantendría retenido el proyecto de ley de manera indefinida.

George estaba furioso. ¿Aquellos hombres no comprendían que su actitud había conducido al asesinato de las niñas de la escuela dominical? Mientras la gente respetable dijera que estaba bien tratar a los negros como si no fueran del todo humanos, habría matones ignorantes que creerían tener permiso para matar niños.

Y eso no era todo. A un año de las elecciones presidenciales, Jack Kennedy perdía popularidad. Bobby y él estaban especialmente preocupados por Texas. Kennedy había ganado en aquel estado en 1960 gracias a su compañero de candidatura, Lyndon Johnson, un texano que disfrutaba de gran aceptación entre los electores. Por desgracia, tres años de asociación con la administración liberal de Kennedy habían acabado con la credibilidad de la que Johnson gozaba entre la élite empresarial conservadora.

—No se trata solo de los derechos civiles —argumentó George—. Hemos propuesto suprimir la exención impositiva por agotamiento de los pozos petrolíferos. Los magnates texanos del petróleo llevan décadas sin contribuir con unos impuestos que, por otro lado, deberían haber pagado, y nos odian por querer abolir sus privilegios.

—Da igual la razón —dijo Dennis Wilson—, el caso es que miles de texanos conservadores han dado la espalda a los demócratas y se han unido a los republicanos. Además, adoran al senador Goldwater.

—Barry Goldwater era un republicano derechista que quería suprimir la seguridad social y lanzar bombas atómicas sobre Vietnam—. Si Barry se presenta a las elecciones a la presidencia, Texas es suyo.

—El presidente tiene que pasearse por allí y camelarse a esos pueblerinos —comentó otro de los asistentes.

—Lo hará —aseguró Dennis—. Y lo acompañará Jackie.

—¿Cuándo?

—Estarán en Houston el 21 de noviembre —contestó Dennis—. Y luego, al día siguiente, irán a Dallas.

30

Desde la oficina de prensa de la Casa Blanca, Maria Summers veía por televisión cómo el *Air Force One* aterrizaba en Love Field, el aeropuerto de Dallas, con un sol radiante.

Colocaron una escalerilla junto a la puerta trasera, y el vicepresidente Lyndon Johnson y su esposa, Lady Bird Johnson, ocuparon sus puestos al pie de la escalerilla y aguardaron para saludar al presidente. Una valla de tela metálica impedía el acceso a una multitud de dos mil personas.

La portezuela del avión se abrió, y se produjo una emocionante pausa hasta que apareció Jackie Kennedy vestida con un traje de Chanel y un casquete a juego. Justo detrás iba su marido, el amante de Maria, el presidente John F. Kennedy. En secreto, cuando Maria pensaba en él lo llamaba Johnny, tal como hacían sus hermanos de vez en cuando.

«¡Incluso desde aquí se le nota el bronceado!», dijo el comentarista de televisión, un periodista local. Maria dedujo que era novato; por televisión las imágenes se veían en blanco y negro, y no se le había ocurrido explicar a los televidentes de qué color eran las cosas. Toda mujer pendiente del programa querría saber que el traje de Jackie era rosa.

Maria se preguntó si estaría dispuesta a ocupar el lugar de Jackie, de ofrecérsele la oportunidad. En su fuero interno se moría de ganas de que Kennedy le perteneciera, de poder decirle a todo el mundo que lo amaba, de señalarlo y decir: «Es mi marido». Sin embargo, ese matrimonio conllevaba tanto satisfacción como tristeza. El presidente Kennedy engañaba a su esposa continuamente, y no solo con Maria. Aunque él jamás se lo había confesado, poco a poco ella se había dado cuenta de que solo era una más de sus amantes, tal vez de varias decenas. Si ya resultaba bastante duro ser su querida y tener que compartirlo, cuánto más debía de resultarlo ser su esposa y saber que mantenía relaciones íntimas con otras mujeres, que las besaba y les acariciaba sus partes, que les metía su sexo en la boca a la menor oportunidad. Maria podía darse por contenta: tenía lo que le correspondía como amante; Jackie, en cambio, no tenía lo que le correspondía como esposa. Maria no sabía qué era peor.

La pareja presidencial bajó la escalerilla y se dispuso a estrechar la mano de los peces gordos texanos que los estaban esperando. Maria se preguntó cuántos de quienes se mostraban tan satisfechos de aparecer en público junto a Kennedy lo apoyarían en las elecciones del año siguiente. Y cuántos, tras su sonrisa, estaban ya planeando traicionarlo.

La prensa de Texas lo trataba con hostilidad. En los últimos dos años *The Dallas Morning News*, propiedad de un conservador acérrimo, había calificado a Kennedy de sinvergüenza, de filocomunista, de ladrón y de «imbécil rematado». Esa mañana se esforzaba por dar con algo negativo que decir sobre el exitoso viaje oficial de Jack y Jackie, y al final había optado por un titular con muy poca fuerza: «El estruendo de la controversia política acompaña a Kennedy durante su visita oficial». En el interior, no obstante, había un agresivo anuncio a toda plana financiado por un supuesto Comité Estadounidense de Investigación en el que se planteaban una serie de preguntas maliciosas dirigidas al presidente, como: «¿Por qué Gus Hall, líder del Partido Comunista de Estados Unidos, ha elogiado casi todas sus políticas?». Esas ideas eran de lo más estúpido, pensó Maria. En su opinión, cualquiera que opinara que el presidente Kennedy era comunista en secreto tenía que estar loco de remate. Sin embargo, el tono era muy cruel, cosa que la hizo estremecerse.

Un redactor de la oficina de prensa interrumpió sus pensamientos.

—Maria, si no estás ocupada…

No lo estaba, era evidente puesto que se encontraba viendo la televisión.

—¿En qué puedo ayudarte? —preguntó.

—Quiero que vayas a los archivos. —El edificio de los Archivos Nacionales se encontraba a menos de un kilómetro y medio de la Casa Blanca—. Esto es lo que me hace falta.

Le tendió una hoja de papel. Maria solía redactar notas de prensa, por lo menos los borradores, pero no la habían ascendido a redactora de la oficina; ninguna mujer obtenía ese puesto. Llevaba más de dos años como auxiliar. Con gusto habría cambiado de trabajo hacía tiempo de no haber sido por su aventura amorosa.

—Iré ahora mismo —dijo mirando la lista.

—Gracias.

Echó un último vistazo al televisor. El presidente se apartó del grupo de representantes oficiales, se dirigió a la multitud y estiró el brazo por encima de la valla para estrechar manos mientras Jackie se apostaba tras él con su casquete. La muchedumbre rugió con entusiasmo ante la posibilidad de llegar a tocar a la pareja de oro. Maria vio a los agentes de los servicios secretos, a quienes conocía tan bien, intentando mantenerse cerca del presidente y escrutando la multitud con ojos severos, atentos a cualquier peligro.

«Por favor, cuidad de mi Johnny», dijo para sí.

Después se marchó.

Esa mañana George Jackes se dirigía en su Mercedes descapotable a McLean, Virginia, una población situada a doce kilómetros de la Casa Blanca. Allí vivían Bobby Kennedy y su familia, en una casa de ladrillos pintada de blanco que tenía trece dormitorios y se conocía con el nombre de Hickory Hill. El secretario de Justicia tenía prevista una reunión a la hora de comer para hablar del crimen organizado. El tema quedaba fuera de las competencias de George, pero a medida que se estrechaba su vínculo con Bobby lo invitaban a reuniones que abarcaban más ámbitos.

George aguardaba en la sala de estar junto con su rival, Dennis Wilson, viendo por televisión las imágenes que se emitían desde Dallas. El presidente y Jackie estaban haciendo lo que todos los miembros de la administración deseaban: meterse en el bolsillo a los texanos, charlar con ellos y dejarse tocar. Jackie los obsequiaba con su popular e irresistible sonrisa mientras les tendía la mano enguantada para que se la estrecharan.

George divisó a su amigo Skip Dickerson detrás de ellos, cerca del vicepresidente Johnson.

Al final los Kennedy se retiraron a su limusina. Era una larga Lincoln Continental de cuatro puertas descapotable, y tenía la capota bajada. La gente acudía para ver a su presidente en carne y hueso, sin siquiera una ventanilla de por medio. El gobernador de Texas, John Conally, los esperaba junto a la puerta abierta ataviado con un sombrero vaquero de color blanco. El presidente y Jackie ocuparon el asiento trasero, y Kennedy apoyó el codo derecho sobre el lateral con aire relajado y feliz. El coche arrancó despacio, y el resto de los vehículos desfilaron tras él. Tres autobuses de prensa cerraban la marcha.

La comitiva salió del aeropuerto y siguió avanzando por la carretera, y la retransmisión televisiva finalizó. George apagó el aparato.

En Washington también hacía buen tiempo, y Bobby había decidido celebrar la reunión al aire libre, así que todos juntos salieron por la puerta trasera y cruzaron el césped hasta la zona de la piscina, donde había mesas y sillas preparadas. Al volverse para mirar la casa, George vio que habían construido una nueva ala. No estaba terminada, y los pintores que la estaban decorando tenían un transistor encendido cuyo sonido parecía un mero susurro desde tanta distancia.

George admiraba el trabajo de Bobby con respecto al crimen organizado. Tenía diferentes departamentos gubernamentales trabajando en equipo para acabar con ciertos dirigentes de clanes mafiosos. Había reforzado la Oficina Federal de Narcóticos, y también había incluido en el equipo operativo a la de Alcohol, Tabaco y Armas de Fuego. Bobby había ordenado al Servicio de Impuestos Internos que investigara las declaraciones de la renta de los gángsteres, y había conseguido que el Servicio de Inmigración y Nacionalización deportara a aquellos que no eran ciudadanos estadounidenses. Todo ello en conjunto suponía la ofensiva federal contra el crimen organizado más efectiva de todos los tiempos.

Solo le falló el FBI. El que debería ser aliado incondicional del secretario de Justicia en la batalla, J. Edgar Hoover, se había mantenido al margen alegando que la mafia no existía, tal vez porque, tal como George sabía, lo estaban amenazando con hacer pública su homosexualidad.

La cruzada de Bobby, como casi todo lo que emprendía la administración Kennedy, no había recibido ningún apoyo en Texas. El juego ilegal, la prostitución y las drogas tenían gran éxito entre muchos ciudadanos destacados. *The Dallas Morning News* había criticado a Bobby por dotar de demasiado poder al gobierno federal, y argüía que el crimen debía seguir siendo responsabilidad de las fuerzas del orden locales; aunque, como todo el mundo sabía, la mayoría eran incompetentes o corruptas.

La esposa de Bobby, Ethel, interrumpió la reunión para servir la comida: sándwiches de atún y crema de marisco. George la observó con admiración. Era una mujer delgada y atractiva de treinta y cinco años, y costaba creer que hacía tan solo cuatro meses había dado a luz a su octavo hijo. Vestía con la discreta elegancia que George ya reconocía como el sello distintivo de las mujeres Kennedy.

El teléfono situado junto a la piscina empezó a sonar y Ethel contestó.

—Sí —dijo, y extendió el largo cable del auricular hasta Bobby—. Es J. Edgar Hoover —anunció.

George se quedó de piedra. ¿Era posible que Hoover se hubiera enterado de que estaban hablando del crimen organizado sin él, y llamara para reprenderlo? ¿Era posible que hubiera colocado micrófonos en el jardín de Bobby?

El secretario de Justicia cogió el teléfono.

—¿Diga?

Al otro lado del césped, George observó que uno de los pintores se comportaba de forma extraña. Con la radio portátil en las manos, había dado media vuelta y se dirigía a toda velocidad hacia Bobby y el grupo reunido junto a la piscina.

George volvió a mirar al secretario de Justicia. Una expresión de horror demudó el rostro de Bobby, y de repente George tuvo miedo. Bobby se apartó del grupo y se cubrió la boca con la mano.

«¿Qué le estará diciendo ese cabrón de Hoover?», pensó.

En ese momento Bobby regresó junto al grupo que disfrutaba de la comida.

—¡Han disparado a Jack! —gritó—. ¡Podría perder la vida!

Los pensamientos de George se sucedieron a cámara lenta. Jack. O sea el presidente. Le habían disparado. En Dallas, se suponía. Podía perder la vida. Podía haber muerto.

El presidente podía haber muerto.

Ethel fue corriendo hasta Bobby. Todos se pusieron de pie al instante. El pintor se acercó a la zona de la piscina radio en mano, incapaz de pronunciar palabra.

Entonces todo el mundo empezó a hablar al mismo tiempo.

George continuaba viviéndolo todo a cámara lenta. Pensó en las personas para quienes Jack era importante. Verena se hallaba en Atlanta y oiría la noticia por la radio. Su madre estaba trabajando en el Club de Mujeres Universitarias y se enteraría en cuestión de minutos. El Congreso se encontraba reunido, y Greg estaba allí. Maria...

Maria Summers. Habían disparado a su amante secreto. Debía de estar consternada... y no tendría a nadie que le ofreciera consuelo.

Tenía que acudir a su lado.

Cruzó el césped y la casa corriendo, se dirigió al aparcamiento situado en la parte delantera, subió al Mercedes descapotable y se marchó a toda velocidad.

Faltaban pocos minutos para las dos de la tarde en Washington, la una en Dallas, y las once de la mañana en San Francisco, donde Cam Dewar, en plena clase de matemáticas, estaba estudiando las ecuaciones diferenciales y tenía grandes dificultades para entenderlas. Para él se trataba de una experiencia nueva, ya que hasta ese momento no había tenido ningún problema con los estudios.

El año que había pasado en la escuela de Londres no le había hecho ningún mal. De hecho, en Inglaterra los chicos de su edad iban un poco más adelantados porque empezaban la escuela siendo más pequeños. Lo único que había supuesto un golpe para su amor propio había sido el desdén con que Evie Williams le había dado calabazas.

Cameron sentía poco respeto por el profesor de matemáticas, Mark «Fabian» Fanshore, un joven moderno con el pelo cortado al rape y corbatas de punto. Quería hacerse amigo de sus alumnos, pero Cameron creía que un profesor debía demostrar autoridad.

El director, el señor Douglas, entró en el aula. Era un maestro adusto y distante a quien no le preocupaba caer bien o mal mientras lo obedecieran. A Cameron, sin embargo, le resultaba más simpático que el profesor de matemáticas.

Fabian levantó la cabeza, sorprendido; el señor Douglas no solía interrumpir las clases. El director le dijo algo en voz baja, y debía de ser una noticia terrible, porque el atractivo rostro de Fabian palideció a pesar de su bronceado. Hablaron unos momentos, hasta que el profesor asintió y Douglas salió del aula.

Sonó el timbre que anunciaba el descanso de media mañana, pero Fabian anunció con tono firme:

—Permaneced sentados, por favor, y escuchadme con atención, ¿de acuerdo? —Tenía la mala costumbre de añadir a media voz expresiones como «¿De acuerdo?» y «¿Vale?» con una frecuencia innecesaria—. Debo daros una mala noticia. De hecho, es una noticia horrible. Ha ocurrido una cosa espantosa en Dallas, Texas.

—Hoy el presidente está en Dallas —señaló Cameron.

—Cierto, pero no me interrumpáis, ¿vale? La terrible noticia es que han disparado al presidente. Aún no sabemos si ha muerto, ¿de acuerdo?

—¡Joder! —exclamó alguien en voz alta.

Sin embargo, para sorpresa de todos, Fabian no hizo caso de la imprecación.

—Bueno, quiero que conservéis la calma. Es posible que algunas chicas se disgusten mucho. —En la clase de matemáticas no había chicas—. Los más pequeños necesitarán que los tranquilicemos. Vosotros ya sois mayorcitos, así que espero que sepáis comportaros y ayudéis a los más débiles, ¿vale? Ahora, salid tal como hacéis siempre a la hora del recreo, y más tarde comprobad las posibles variaciones en los horarios de las clases. Vamos, salid.

Cameron recogió los libros y salió al pasillo, y allí toda esperanza de tranquilidad y orden se desvaneció en cuestión de segundos. Las voces de los niños y los adolescentes que salían de las aulas se convirtieron en un auténtico fragor. Unos corrían, otros se habían quedado pasmados, algunos lloraban y la mayoría gritaban.

Todo el mundo preguntaba si el presidente había muerto.

A Cam no le gustaba la política liberal de Kennedy, pero de repente eso dejó de importarle. Si hubiera tenido la edad suficiente, habría votado a Nixon. Aun así, lo ocurrido le producía una gran indignación. Kennedy era el presidente de Estados Unidos, lo había elegido el pueblo, y un atentado contra su persona era un atentado contra el pueblo estadounidense.

«¿Quién ha disparado al presidente? —pensó—. ¿Habrán sido los rusos? ¿Fidel Castro? ¿La mafia? ¿El Ku Klux Klan?»

En ese momento divisó a su hermana pequeña.

—¿Ha muerto el presidente? —gritó Beep.

—No se sabe —respondió Cam—. ¿Quién tiene una radio?

Su hermana lo pensó un momento.

—El señor Duggie tiene una.

Era cierto, en el despacho del director había un antiguo aparato de radio de caoba.

—Voy a ver —dijo Cam.

Avanzó por los pasillos hasta el despacho del director y llamó a la puerta.

—¡Pase! —anunció la voz del señor Douglas, y Cameron entró. El director estaba escuchando la radio junto con tres profesores—. ¿Qué quieres, Dewar? —preguntó Douglas con su habitual tono de irritación.

—Señor, en la escuela todo el mundo quiere escuchar la radio.

—Verás, chico, no puedo dejaros entrar a todos.

—He pensado que a lo mejor podría poner la radio en el vestíbulo y subir el volumen.

—¿Conque eso habías pensado? —soltó Douglas, dispuesto a darle una negativa rotunda.

—No es mala idea —musitó no obstante la subdirectora, la señora Elcot.

Douglas lo consideró un momento y luego asintió.

—De acuerdo, Dewar. Bien pensado. Sal al vestíbulo y yo llevaré la radio.

—Gracias, señor —dijo Cameron.

Jasper Murray estaba invitado al estreno de *Juicio a una mujer*, que tendría lugar en el King's Theatre del West End de Londres. Los estudiantes de periodismo no solían asistir a esa clase de acontecimientos, pero Evie Williams actuaba en la obra y se había asegurado de que Jasper formara parte de la lista de invitados.

El periódico de Jasper, *The Real Thing*, iba bien; tanto, que había dejado los estudios durante un año para dedicarse a dirigir la publicación. El primer número se había agotado después de que lord Jane, en un inusitado arrebato, lo criticase durante la semana de inicio de las clases por desprestigiar a los miembros del cuerpo de gobierno de la universidad. Jasper estaba encantado de haber conseguido sacar de quicio a lord Jane, uno de los pilares de la clase dirigente británica que perjudicaba a personas como Jasper y su padre. Con el segundo número, que contenía más revelaciones sobre los peces gordos de la universidad y sus turbias inversiones, habían cubierto gastos, y el tercero les había reportado beneficios. Jasper se había visto obligado a ocultarle la magnitud de su éxito a Daisy Williams, que tal vez habría exigido que le devolviera el préstamo.

Enviarían el cuarto número a imprenta al día siguiente. Con ese Jasper no estaba tan contento, pues no contenía nada especialmente polémico.

Decidió olvidarse de eso por el momento y se arrellanó en la butaca. La carrera profesional de Evie había cobrado mayor importancia que sus estudios; no tenía sentido asistir a la escuela de arte dramático cuando ya se obtenían papeles en películas y en teatros del West End. La chica que en la adolescencia había estado chiflada por Jasper se había convertido en una adulta muy segura de sí misma, alguien que todavía estaba descubriendo sus capacidades pero a quien no le cabía ninguna duda sobre cuál era su meta.

Su distinguido novio, Hank Remington, estaba sentado junto a Jasper. Tenía la misma edad que él. Aunque Hank era millonario y famoso en el mundo entero, no miraba por encima del hombro a un simple estudiante. De hecho, como había dejado los estudios a los quince años, solía respetar a quienes consideraba personas cultas. Eso complacía a Jasper, por lo que no decía lo que sabía que era cierto: que la genialidad de Hank valía mucho más que unos buenos resultados académicos.

Los padres de Evie se encontraban sentados en la misma fila que ellos, y también su abuela, Eth Leckwith. El gran ausente era su hermano, Dave, que tenía una actuación con su grupo musical.

Se abrió el telón. La obra representaba un juicio. Jasper había oído a Evie ensayar su papel y sabía que el tercer acto tenía lugar en la sala de un tribunal. Sin embargo, el inicio de la acción se situaba en el despacho de un abogado. Evie, que interpretaba el papel de su hija, salía a escena en mitad del primer acto y tenía una pelea con su padre.

Jasper estaba impresionado por la seguridad de Evie y la autoridad de su interpretación. Cada dos por tres tenía que recordarse que aquella era la misma persona con quien había convivido cuando eran niños. Descubrió que le molestaba la actitud petulante del padre y que se sentía igual de indignado y frustrado que la hija. Evie cada vez estaba más enfadada, y cuando se aproximaba el final del primer acto inició una vehemente súplica de piedad que mantuvo al auditorio embelesado y en silencio.

Entonces ocurrió algo.

La gente empezó a hacer comentarios.

Al principio los actores no lo notaron. Jasper miró a su alrededor, preguntándose si alguien se había desmayado o había vomitado, pero no vio nada que justificara los murmullos. En el otro extremo del teatro, dos personas abandonaron sus asientos y salieron acompañados de un hombre que parecía haber acudido para avisarlos.

—¿Por qué no se callan esos cabrones? —susurró Hank, sentado junto a Jasper.

Al cabo de unos instantes, la brillante actuación de Evie empezó a decaer, y Jasper supo que se había dado cuenta de que ocurría algo. Intentó volver a captar la atención del público con recursos histriónicos: habló más alto y con la voz quebrada por la emoción, y caminó de un lado a otro del escenario con gestos exagerados. Fue un intento valiente, y la admiración de Jasper aumentó más aún, pero no funcionó. Los susurros de fondo se convirtieron en un rumor, y luego en un rugido.

Hank se puso de pie, dio media vuelta y se dirigió a las personas sentadas detrás de él.

—¿Quieren hacer el favor de cerrar la boca, puñetas?

En el escenario, Evie se tambaleaba.

—Piensa en lo mucho que esa mujer… —Vaciló—. Piensa en lo que esa mujer ha vivido, lo que ha sufrido, lo que ha tenido que… —Y enmudeció.

El veterano actor que hacía el papel de padre y abogado se levantó del escritorio.

—Calma, calma, querida —declamó.

Era difícil saber si la frase formaba o no parte del guión. El hombre se acercó al frente del escenario, donde Evie aguardaba de pie, y le pasó el brazo por los hombros. Luego se volvió, entornó los ojos ante los focos e interpeló directamente al público.

—Si fueran tan amables, damas y caballeros —empezó a decir con la sonora voz de barítono que lo había hecho famoso—, ¿alguien podría explicarnos qué es lo que ocurre?

Rebecca Held tenía prisa. Había salido del trabajo con Bernd, había preparado la cena para los dos y se estaba arreglando para acudir a una reunión mientras su marido recogía la mesa. Hacía poco que la habían elegido miembro del Parlamento que gobernaba la ciudad-estado de Hamburgo, lo cual contribuía a engrosar el cada vez más numeroso grupo de voces femeninas en la política.

—¿Seguro que no te importa que tenga que salir ya? —le preguntó a Bernd.

Él dio media vuelta con la silla de ruedas para mirarla.

—Nunca dejes de hacer nada por mí —respondió—. Nunca sacrifiques nada. Nunca digas que no puedes ir a un sitio o hacer algo porque tienes que cuidar de tu marido paralítico. Quiero que disfrutes de una vida plena que te ofrece todo lo que siempre has deseado. De esa forma serás feliz, te quedarás a mi lado y seguirás queriéndome.

Rebecca había formulado la pregunta más bien por cortesía, pero era evidente que Bernd le había estado dando vueltas al tema. Su respuesta la conmovió.

—Qué bueno eres —dijo—. Igual que Werner, mi padrastro. Eres un hombre fuerte, y seguramente tienes razón, porque lo cierto es que te quiero, te quiero más que nunca.

—Hablando de Werner —comentó él—, ¿qué entiendes de la carta de Carla?

Todo el correo de la Alemania Oriental tenía muchas probabilidades de ser revisado por la policía secreta, y el remitente podía acabar en la cárcel por decir algo indebido, sobre todo en las cartas que se enviaban a Occidente. Cualquier mención a los apuros que pasaban, a la escasez o a la falta de empleo, por no hablar de las alusiones directas a la policía secreta, podían ocasionar problemas. Por eso Carla escribía entre líneas.

—Dice que Karolin está viviendo con Werner y con ella —explicó Rebecca—. Así que imagino que a la pobre chica sus padres la echaron de casa. Seguramente presionados por la Stasi, tal vez por el propio Hans.

—¿Es que la venganza de ese hombre no tiene límites? —exclamó Bernd.

—En fin. La cuestión es que Karolin se ha hecho amiga de Lili, que tiene casi quince años, o sea la edad perfecta para que le fascine un embarazo. Y la futura madre recibirá un montón de buenos consejos de la abuela Maud. Esa casa será un refugio para Karolin, igual que lo fue para mí cuando mataron a mis padres.

Bernd asintió.

—¿No te sientes tentada de intentar reencontrar tus raíces? —preguntó—. Nunca hablas de que eres judía.

Ella negó con la cabeza.

—Mis padres eran laicos. Sé que Walter y Maud solían ir a la iglesia, pero Carla abandonó la costumbre y la religión nunca ha significado gran cosa para mí. En cuanto a la raza, es mejor olvidarla. Prefiero honrar la memoria de mis padres trabajando por la democracia y la libertad en toda Alemania, tanto la Oriental como la Occidental. —Sonrió con gesto irónico—. Siento el discurso. Tendría que haberlo reservado para el Parlamento.

Rebecca cogió el maletín que contenía los documentos de la reunión, y Bernd consultó su reloj.

—Pon las noticias antes de irte, por si hay algo que te convenga saber.

Rebecca encendió el televisor. El informativo estaba a punto de empezar.

«El presidente de Estados Unidos, John F. Kennedy, ha recibido hoy un disparo que le ha causado la muerte en Dallas, en el estado de Texas», anunció el presentador.

—¡No! —La exclamación de Rebecca sonó casi como un grito.

«El joven presidente y su esposa, Jackie, estaban recorriendo la ciudad en un descapotable cuando un hombre armado ha efectuado varios disparos y ha herido al presidente, que ha muerto al cabo de pocos minutos en un hospital de la ciudad.»

—¡Su pobre esposa! —dijo Rebecca—. ¡Sus hijos!

«Se cree que el vicepresidente Lyndon B. Johnson, que también formaba parte de la comitiva, va de camino a Washington para tomar el relevo como nuevo presidente.»

—Kennedy era el defensor del Berlín occidental. —Rebecca estaba consternada—. Él mismo dijo *Ich bin ein Berliner*. Era nuestro héroe.

—Sí que lo era —afirmó Bernd.

—¿Qué nos pasará ahora?

—Cometí un terrible error —le dijo Karolin a Lili mientras estaban sentadas en la cocina de la casa de Berlín-Mitte—. Tendría que haberme escapado con Walli. ¿Me preparas una bolsa de agua caliente? Vuelve a dolerme la espalda.

Lili sacó una bolsa de goma del armario y la llenó en el grifo del agua caliente. Tenía la impresión de que Karolin era demasiado dura consigo misma.

—Hiciste lo que creías que era lo mejor para tu hijo.

—Estaba asustada —repuso Karolin.

Lili le colocó la bolsa de agua en la espalda.

—¿Quieres un poco de leche templada?

—Sí, por favor.

La niña vertió leche en un cazo y lo puso a calentar.

—Me dejé llevar por el miedo —siguió diciendo Karolin—. Creía que Walli era demasiado joven para fiarme de él. En cambio, mis padres me parecían dignos de confianza, y ha resultado ser al revés.

El padre de Karolin la había echado de casa después de que la Stasi lo amenazara con dejarlo sin su trabajo de supervisor en una terminal de autobuses. Lili había quedado consternada. No comprendía cómo unos padres podían hacer algo así.

—No me imagino a mis padres dándome la espalda —dijo.

—Nunca lo harían —opinó Karolin—. Cuando me presenté en la puerta de su casa sin un lugar donde dormir, sin dinero y embarazada de seis meses, no dudaron ni un segundo en acogerme.

Se estremeció al notar otra contracción.

Lili sirvió un poco de leche caliente en una taza y se la dio.

—Os estoy muy agradecida a tu familia y a ti —dijo Karolin tras dar un sorbo—. Aunque la verdad es que nunca volveré a creer en nadie. La única persona en quien puedes confiar es en ti mismo, es lo que he aprendido. ¡Dios mío! —exclamó a continuación, frunciendo el ceño.

—¿Qué pasa?

—Estoy mojada.

Una mancha de humedad se extendía por el delantero de su falda.

—Has roto aguas —dedujo Lili—. Eso quiere decir que vas a tener al bebé.

—Tengo que asearme. —Karolin se puso de pie, pero soltó un gemido—. No creo que me dé tiempo a llegar al cuarto de baño —dijo.

Lili oyó que alguien abría la puerta de la entrada.

—Ha llegado mi madre. ¡Gracias a Dios!

Al cabo de un momento Carla entró en la cocina y no le hizo falta más que un vistazo para entender lo que estaba ocurriendo.

—¿Con cuánta frecuencia tienes las contracciones? —preguntó.

—Cada dos minutos más o menos —respondió Karolin.

—Madre mía, no tenemos mucho tiempo —dijo Carla—. Ni siquiera intentaré llevarte arriba. —Empezó a extender toallas en el suelo a toda prisa—. Túmbate ahí. Yo tuve a Walli aquí mismo, en este suelo —añadió con tono alegre—, supongo que también valdrá para ti.

Karolin se tumbó y Carla le retiró la ropa interior mojada.

Lili estaba asustada a pesar de que tenía al lado a su madre, una mujer muy competente. La niña no podía imaginar cómo pasaría el cuerpo del bebé por un agujero tan pequeño. Al cabo de unos minutos vio que la abertura empezaba a ensancharse, pero sus temores aumentaron en lugar de disminuir.

—Será fácil y rápido —anunció Carla con tranquilidad—. Qué suerte tienes.

Parecía que Karolin contenía los gritos de dolor. Lili pensó que ella en su lugar se habría puesto a dar alaridos.

—Pon la mano aquí y sujeta la cabeza cuando salga —le dijo Carla a Lili.

Lili dudaba, pero su madre la animó.

—Vamos, todo irá bien.

La puerta de la cocina se abrió y entró Werner.

—¿Habéis oído las noticias? —preguntó.

—Este no es lugar para hombres —soltó Carla sin mirarlo—. Ve al dormitorio, abre el primer cajón de la cómoda y tráeme el chal de cachemira azul cielo.

—De acuerdo —dijo Werner—. Pero han disparado al presidente Kennedy y ha muerto.

—Luego me lo cuentas —insistió Carla—. Tráeme el chal.

Werner desapareció.

—¿Qué ha dicho de Kennedy? —preguntó Carla al cabo de un momento.

—Me parece que el bebé empieza a salir —dijo Lili, temerosa.

Karolin profirió un grito larguísimo a causa del dolor y del esfuerzo, y la cabeza del bebé salió. Lili la sujetó con una mano y la notó mojada, viscosa y cálida.

—¡Está vivo! —exclamó.

De repente la embargó una mezcla de amor y ansias de protección por aquel diminuto pedazo de vida.

Y todo su miedo desapareció.

El periódico de Jasper se elaboraba en un pequeño despacho del edificio de la asociación de estudiantes. En el cubículo había un escritorio, dos teléfonos y tres sillas. Jasper se reunió allí con Pete Donegan media hora después de salir del teatro.

—En esta facultad hay cinco mil estudiantes, y otros veinte mil o más en el resto de las facultades de Londres. Muchos de ellos son estadounidenses —dijo Jasper en cuanto Pete entró—. Debemos avisar a todos nuestros articulistas y pedirles que se pongan a trabajar de inmediato. Tienen que hablar con todos los estudiantes procedentes de Estados Unidos que puedan localizar, a poder ser esta misma noche y como máximo mañana por la mañana. Si hacemos esto bien, obtendremos unos beneficios descomunales.

—¿Cuál será el titular de primera plana?

—Seguramente «Consternación entre los estudiantes estadounidenses». Ve y consigue una foto de alguien que sirva de ejemplo. Yo me encargaré de los profesores norteamericanos. Está Heslop, de inglés, Rawlings, de ingeniería… Y seguro que Cooper, el de filosofía, hará alguna declaración escandalosa, como siempre.

—A un lado tenemos que poner la biografía de Kennedy —opinó Donegan—. Y tal vez incluir una página con fotografías de su vida: Harvard, la armada, su boda con Jackie…

—Espera —dijo Jasper—. ¿No estudió en Londres en algún momento? Su padre fue embajador estadounidense en la ciudad, y al parecer era un cabrón de derechas que apoyaba a Hitler. Pero creo recordar que su hijo estudió en la London School of Economics.

—Es cierto, ahora me acuerdo —dijo Donegan—. Pero dejó los estudios al cabo de muy poco tiempo, unas semanas, me parece.

—Da igual —repuso Jasper, emocionado—. Seguro que alguien de la plantilla llegó a conocerlo. No importa que su conversación con él durara menos de cinco minutos. Con una frase me basta, y me da igual si solo es: «Era bastante alto». El titular de portada será: «"El JFK al que conocí de alumno", por un profesor de la LSE».

—Me pongo manos a la obra de inmediato —dijo Donegan.

Cuando George Jakes estaba a un kilómetro y medio de la Casa Blanca, empezó a haber retenciones y el tráfico se detuvo sin motivo aparente. El joven dio un golpe en el volante a causa de la frustración. Imaginaba a Maria llorando a solas en alguna parte.

La gente comenzó a tocar el claxon. Varios coches por delante, un conductor bajó de su vehículo y se puso a hablar con alguien en la acera. En una esquina, media docena de transeúntes estaban reunidos junto a un coche aparcado que tenía la ventanilla bajada, seguramente para escuchar la radio. George vio que una mujer bien vestida se tapaba la boca con la mano, horrorizada.

Frente a su Mercedes había un Chevrolet Impala nuevo de color blanco. La puerta se abrió y el conductor bajó del vehículo. Vestía traje y llevaba sombrero, parecía un comercial haciendo visitas. Miró a su alrededor y vio a George en el descapotable.

—¿Es verdad? —preguntó.

—Sí —respondió George—. Han disparado al presidente.

—¿Ha muerto?

—No lo sé.

El coche de George no tenía radio.

El comercial se acercó a la ventanilla abierta de un Buick.

—¿Ha muerto el presidente?

George no oyó la respuesta.

El tráfico no avanzaba.

Apagó el motor, bajó del coche y echó a correr.

Se desanimó mucho al comprobar que había perdido su buena forma física. Siempre estaba demasiado ocupado para hacer ejercicio. Intentó pensar en la última vez que se había entrenado a conciencia, pero no lo recordaba. Empezó a sudar y a jadear, y a pesar de las prisas no tuvo más remedio que alternar la carrera con trechos a paso ligero.

Cuando llegó a la Casa Blanca, tenía la camisa empapada de sudor. Maria no se encontraba en la oficina de prensa.

—Ha ido a los Archivos Nacionales a buscar información —explicó Nelly Fordham con la cara húmeda por las lágrimas—. Es probable que ni siquiera se haya enterado todavía.

—¿Se sabe si el presidente ha muerto?

—Sí —le confirmó Nelly, y empezó a sollozar de nuevo.

—No quiero que Maria se entere por boca de un extraño —dijo George.

Salió del edificio y echó a correr por Pennsylvania Avenue en dirección a los Archivos Nacionales.

Dimka llevaba un año casado con Nina, y su hijo Grigor tenía seis meses, cuando por fin reconoció que estaba enamorado de Natalia.

Natalia solía reunirse con sus amigas para tomar una copa en el Moskvá Bar después del trabajo, y Dimka había cogido por costumbre unirse al grupo cuando Jrushchov no lo tenía ocupado hasta tarde. A veces tomaban más de una copa, y Dimka y Natalia siempre eran los últimos en marcharse.

Descubrió que era capaz de hacerla reír. En general no tenía fama de ser muy gracioso, pero sí se tomaba a risa las continuas ironías de la vida en el mundo soviético, igual que ella.

—Un obrero ha demostrado que las fábricas de bicicletas pueden producir guardabarros más deprisa dando forma primero a una tira de metal y cortándola después, en lugar de cortarla primero y tener que dar forma a las piezas de una en una —explicó Dimka—. Pues se ha ganado una reprimenda y una sanción por poner en peligro el plan quinquenal.

Natalia se echó a reír y abrió su boca de labios carnosos tanto que hasta enseñó los dientes. Esa risa sugería un potencial para abandonarse más allá de los límites dictados por la prudencia, lo cual hizo que a Dimka se le acelerara el pulso. La imaginó echando la cabeza hacia atrás de esa misma forma mientras hacían el amor. Luego la imaginó riendo de esa misma forma durante los siguientes cincuenta años, y se dio cuenta de que aquella era la vida que deseaba.

Pero no se lo dijo. Ella estaba casada y parecía feliz con su marido. Por lo menos no había dicho nada malo de él, aunque nunca tenía prisa por volver a casa y regresar a su lado. Sin embargo, lo más importante de todo era que Dimka tenía esposa y un hijo, y les debía lealtad.

Aun así, se moría de ganas de decirle: «Te quiero. Voy a dejar a mi familia. ¿Quieres dejar a tu marido para venir a vivir conmigo y ser mi amiga y mi amante durante el resto de nuestra vida?».

—Es tarde. Será mejor que me vaya —dijo en lugar de eso.

—Deja que te acompañe en coche —se ofreció ella—. Hace demasiado frío para ir en moto.

Se detuvieron en una esquina, cerca de la Casa del Gobierno. Él se inclinó para despedirse de ella con un beso, y Natalia le permitió que se lo diera en los labios, aunque solo un instante, y se apartó. Dimka bajó del coche y entró en el edificio.

Mientras subía en el ascensor, pensó en la excusa que le daría a Nina por llegar tarde. En el Kremlin se estaba viviendo una auténtica crisis: la cosecha de cereales del último año había sido catastrófica y el gobierno soviético estaba intentando por todos los medios importar trigo para alimentar a la población.

Cuando entró en el piso, Grigor estaba durmiendo y Nina veía la televisión.

—Me han entretenido en el despacho, lo siento —dijo, y le dio un beso en la frente—. Teníamos que acabar un informe sobre los problemas con las cosechas.

—Eres un mentiroso de mierda —soltó Nina—. Te han estado llamando del despacho cada diez minutos. Intentaban localizarte para decirte que han asesinado al presidente Kennedy.

A Maria le rugía el estómago. Miró el reloj y se dio cuenta de que se había olvidado del almuerzo. El trabajo que estaba llevando a cabo la absorbía, y durante dos o tres horas nadie se había acercado a molestarla. Aun así, como casi había terminado, decidió llegar hasta el final antes de salir a comer un sándwich.

Volvió a inclinarse sobre el antiguo libro de contabilidad que estaba consultando, pero enseguida levantó la cabeza porque había oído un ruido, y se quedó de piedra al ver entrar a George Jakes jadeando, con la chaqueta del traje empapada de sudor y los ojos ligeramente desorbitados.

—¡George! —exclamó—. ¿Qué narices...? —Se interrumpió.

—Maria —empezó a decir él—. Lo siento mucho.

Rodeó la mesa y le posó las manos en los hombros con un gesto que sobrepasaba un poco los límites de intimidad permitidos en una relación estrictamente platónica.

—¿Qué es lo que sientes? —preguntó ella—. ¿Qué has hecho?

—Nada.

Maria intentó retroceder, pero él la retuvo sujetándole los hombros.

—Le han disparado —dijo.

Maria vio que George estaba al borde de las lágrimas. Dejó de resistirse y se acercó más a él.

—¿A quién han disparado? —preguntó.

—En Dallas.

Entonces empezó a comprender, y un tremendo temor se abrió paso en sus entrañas.

—No —dijo.

George asintió.

—El presidente ha muerto. Lo siento mucho —añadió en voz baja.

—Ha muerto —repitió Maria—. No puede ser.

Le flaquearon las piernas y cayó de rodillas. George se arrodilló a su lado y la estrechó en sus brazos.

—No, mi Johnny no —exclamó ella, y un sollozo enorme brotó

de su interior—. Johnny, mi Johnny —gimió—. No me dejes, por favor. Por favor, Johnny. Por favor, no te vayas.

El mundo se volvió gris, y Maria se derrumbó sin poder remediarlo, cerró los ojos y perdió el conocimiento.

En el escenario del Jump Club de Londres, Plum Nellie interpretó una atrevida versión de *Dizzy Miss Lizzy* y se retiró del escenario entre gritos de «¡Otra, otra!».

—¡Ha estado muy bien, chicos! ¡Es lo mejor que hemos tocado! —exclamó Lenny entre bastidores.

Dave miró a Walli, y ambos sonrieron. El éxito del grupo aumentaba deprisa, y cada una de sus actuaciones era la mejor hasta el momento.

A Dave le sorprendió descubrir que su hermana lo esperaba en el camerino.

—¿Qué tal ha ido la obra? —preguntó—. Siento no haber podido ir a verte.

—Se ha interrumpido en el primer acto —dijo ella—. Han disparado al presidente Kennedy, y ha muerto.

—¡El presidente! —exclamó Dave—. ¿Cuándo ha sido?

—Hace unas horas.

Dave pensó en su madre, que era estadounidense.

—¿Cómo se lo ha tomado mamá?

—Fatal.

—¿Quién le ha disparado?

—No se sabe. Estaba en Texas, en una ciudad que se llama Dallas.

—No había oído nunca ese nombre.

—¿Qué tocamos como bis? —terció Buzz, el bajista.

—No podemos tocar ningún bis, sería una falta de respeto. Han asesinado al presidente Kennedy. Tenemos que pedir un minuto de silencio o algo así.

—Podemos tocar una canción triste —propuso Walli.

—Dave, tú sabes lo que deberíamos hacer —dijo Evie.

—¿Yo? —Lo pensó un segundo y respondió—: Ah, claro.

—Pues vamos allá.

Dave salió al escenario con Evie y enchufó la guitarra. Se acercaron juntos al micrófono de pie mientras el resto del grupo observaba desde el lateral.

Dave habló al micrófono.

—Mi hermana y yo somos medio británicos y medio americanos, pero esta noche nos sentimos sobre todo americanos. —Hizo una pausa—. La mayoría de vosotros seguramente sabréis que hoy han disparado al presidente Kennedy, y ha muerto.

Se oyeron varios gritos ahogados entre el público que indicaban que algunas personas no sabían nada, luego todos callaron.

—Por eso nos gustaría interpretar una canción especial, para todos los presentes pero sobre todo para los americanos.

Dave tocó un acorde en sol.

Evie cantó:

Oh, say can you see by the dawn's early light
What so proudly we hail'd at the twilight's last gleaming

En la sala reinaba un silencio absoluto.

Whose broad stripes and bright stars, through the perilous fight
O'er the ramparts we'd watched, were so gallantly streaming

La voz de Evie ascendió hasta resultar estremecedora:

And the rocket's red glare, the bombs bursting in air
Gave proof through the night that our flag was still there

Dave vio que varias personas del público se habían echado a llorar.

O say does that star-spangled banner yet wave
O'er the land of the free and the home of the brave?

—Gracias por escucharnos —dijo Dave—, y que Dios bendiga a América.

QUINTA PARTE

Canción

1963-1967

31

A Maria no se le permitió asistir al funeral.

El día siguiente al asesinato era sábado, pero, al igual que la mayor parte del personal de la Casa Blanca, fue a trabajar y cumplió con sus obligaciones en la oficina de prensa. Tenía la cara surcada de lágrimas, pero nadie lo advirtió, ya que la mitad de sus compañeros también lloraban.

No obstante, estaba mejor allí que en casa, sola. El trabajo la distraía un poco del dolor, y no tenía fin: la prensa mundial quería conocer hasta el último detalle de los preparativos del funeral.

La televisión lo retransmitió todo. Millones de familias norteamericanas pasaron el fin de semana sentadas frente al televisor. Las tres cadenas cancelaron su programación habitual. Los informativos se compusieron únicamente de historias relacionadas con el asesinato, y entre una edición y la siguiente se emitieron documentales sobre John F. Kennedy: su vida, su familia, su trayectoria profesional y su presidencia. Con un patetismo despiadado, se repusieron una y otra vez las felices secuencias de Jack y Jackie saludando a la muchedumbre congregada en Love Field el viernes por la mañana, una hora antes de que él muriese. Maria recordaba haberse preguntado ensimismada si se cambiaría por Jackie. Las dos lo habían perdido ya.

El domingo a mediodía, en el sótano de la comisaría de policía de Dallas, el principal sospechoso, Lee Harvey Oswald, también fue asesinado, y asimismo en presencia de cámaras que lo retransmitieron en directo, a manos de un gángster de poca monta llamado Jack Ruby, y aquel siniestro misterio se sumó a una tragedia insoportable.

El domingo por la tarde Maria le preguntó a Nelly Fordham si se necesitaba un pase para ir al funeral.

—Oh, cielo, lo siento, no han invitado a nadie de esta oficina —contestó Nelly con delicadeza—. Solo a Pierre Salinger.

A Maria la atenazó el pánico y se le aceleró el corazón. ¿Cómo era posible que no fuera a estar presente cuando enterrasen al hombre al que había amado?

—¡Tengo que ir! —exclamó—. Hablaré con Pierre.

—Maria, no puedes ir —repuso Nelly—. De ninguna de las maneras.

Algo en el tono de Nelly disparó una alarma en su interior. Aquello no era un consejo.

—¿Por qué no? —Su voz delataba temor.

—Jackie sabe lo vuestro —le susurró Nelly.

Aquella era la primera vez que alguien de la oficina admitía estar al corriente de su relación con el presidente, pero la angustia le impidió reparar del todo en ese importante detalle.

—¡Es imposible que lo sepa! Siempre fui con mucho cuidado.

—A mí no me preguntes, no tengo ni idea.

—No te creo.

Nelly podría haberse ofendido, pero se limitó a mirarla con pesadumbre.

—Aunque entiendo poco de esas cosas, creo que la esposa siempre lo sabe.

Maria, indignada, quería negarlo, pero entonces pensó en las secretarias Jenny y Jerry; en Mary Meyer y Judith Campbell, que no se perdían ninguna reunión social, y en algunas chicas más. Maria estaba segura de que todas habían mantenido relaciones sexuales con el presidente Kennedy. No tenía pruebas, pero al verlas con él de algún modo lo había sabido. Y Jackie también tenía intuición femenina.

Aquello significaba que Maria no podría asistir al funeral. En ese momento lo vio claro. No podía obligar a la viuda a enfrentarse a la amante de su marido en unas circunstancias como aquellas. Maria lo comprendió con absoluta y deprimente certeza.

Así pues, el lunes se quedó en casa para ver las exequias por televisión.

La capilla ardiente se había instalado en la rotonda del Capitolio. A las diez y media el ataúd, envuelto con la bandera, fue sacado del edificio y colocado sobre una cureña, un armón donde se montan los cañones, tirada por seis caballos blancos. Acto seguido, el cortejo se dirigió a la Casa Blanca.

Dos hombres destacaban en la comitiva fúnebre por ser varios centímetros más altos que los demás: el presidente francés, Charles de Gaulle, y el nuevo presidente estadounidense, Lyndon Johnson.

A Maria ya se le habían agotado las lágrimas y hacía tres días que solo podía gimotear. A esas alturas lo que estaba viendo en la televisión ya no era más que un desfile, un espectáculo organizado para satisfacer al mundo. Para ella aquello no era una cuestión de tambores, banderas y uniformes. Había perdido a un hombre, un hombre cálido, risueño, sensual, un hombre con problemas de espalda, leves arrugas en la comisura de unos ojos color avellana y una colección de patitos de goma en la bañera. Nunca volvería a verlo, y la vida sin él se le antojaba larga y vacía.

Cuando las cámaras captaron un primer plano de Jackie, cuyo hermoso rostro se veía con claridad a pesar del velo, Maria pensó que también ella parecía aturdida.

—Me equivoqué contigo —le dijo a la cara que llenaba la pantalla—. Que Dios me perdone.

La sobresaltó el timbre de la puerta. Era George Jakes.

—No deberías pasar por esto sola —dijo.

Ella sintió un aflujo de gratitud e impotencia. Siempre que necesitaba un amigo de verdad, George estaba ahí.

—Entra —lo invitó—. Disculpa la dejadez… —Llevaba un camisón y un albornoz viejo.

—Para mí estás guapa. —George la había visto bastante más desaliñada.

Había comprado una bolsa de bollos glaseados, y Maria los puso en un plato. No había desayunado, pero no los probó; no tenía apetito.

Un millón de personas se aglomeraban a lo largo de la ruta, según el presentador. El ataúd fue trasladado desde la Casa Blanca hasta la catedral de St. Matthew, donde se había congregado otra muchedumbre.

A las doce se guardaron cinco minutos de silencio y el tráfico se detuvo en todo el país. Las cámaras enfocaron multitudes enmudecidas, de pie en las calles de las ciudades. Resultaba extraño estar en Washington y no oír coches fuera. Maria y George permanecieron sentados frente al televisor en el pequeño apartamento de ella, con la cabeza inclinada. George la tomó de la mano y se la sostuvo; ella sintió un arrebato de afecto hacia él.

Cuando concluyeron los cinco minutos de silencio, Maria hizo café. Recuperó el apetito y ambos comieron los bollos. No se permitió el acceso de las cámaras dentro de la catedral, de modo que durante un rato no hubo nada que ver.

George habló para distraerla, y ella lo agradeció.

—¿Seguirás en la oficina de prensa? —preguntó.

Maria apenas había pensado en ello, pero tenía clara la respuesta.

—No. Voy a dejar la Casa Blanca.

—Buena idea.

—Al margen de todo lo demás, no veo futuro en la oficina de prensa. Nunca ascienden a las mujeres, y me pasaría la vida como auxiliar. Estoy en el gobierno porque quiero que se hagan cosas.

—En el Departamento de Justicia hay una vacante que podría interesarte —comentó George como si se le acabara de ocurrir, aunque Maria sospechó que ya tenía planeado decírselo—. El trabajo consiste en el trato con corporaciones que contravienen la reglamentación gubernamental, el «cumplimiento», según lo llaman ellos. Podría ser interesante.

—¿Crees que tendría posibilidades?

—¿Con un doctorado en Derecho por la Universidad de Chicago y dos años de experiencia en la Casa Blanca? Por supuesto.

—Aunque no contratan a muchos negros…

—¿Sabes? Creo que Lyndon podría cambiar eso.

—¿De verdad? ¡Pero si es sureño!

—No lo prejuzgues. Hay que admitir que nuestra gente lo ha tratado mal. Bobby lo odia, no me preguntes por qué. Tal vez porque llama Jumbo a su polla.

Maria rió por primera vez en tres días.

—Bromeas…

—Al parecer la tiene grande. Si quiere intimidar a alguien, se la saca y dice: «Te presento a Jumbo». Eso es lo que se comenta.

Maria sabía que los hombres contaban esa clase de historias, y aquella podía ser tan cierta como falsa. Recuperó la seriedad.

—En la Casa Blanca todos creen que Johnson ha sido despiadado, especialmente con los Kennedy.

—No me lo trago. Verás, cuando el presidente acababa de morir y nadie sabía qué hacer, Estados Unidos estuvo en una situación de máxima vulnerabilidad. ¿Y si los soviéticos elegían ese momento para invadir el Berlín occidental? Somos el gobierno del país más poderoso del mundo y tenemos que hacer nuestro trabajo, sin detenernos ni un minuto, por muy tristes que estemos. Lyndon cogió las riendas de inmediato, ¡y suerte que lo hizo!, porque nadie más lo pensó.

—¿Ni siquiera Bobby?

—Bobby el que menos. Lo aprecio, ya lo sabes, pero se ha rendido al dolor. Se ha centrado en consolar a Jackie y en organizar el funeral de su hermano, en lugar de gobernar el país. Francamente, la mayoría de los nuestros están igual de mal. Puede que crean que Lyndon está siendo despiadado; yo creo que está ejerciendo de presidente.

Al otro lado de la muchedumbre, de nuevo sacaron el ataúd de la catedral y lo colocaron sobre la cureña para trasladarlo al Cementerio Nacional de Arlington. En esa ocasión la comitiva se desplazó en una larga fila de limusinas negras. El cortejo dejó atrás el monumento a Lincoln y cruzó el río Potomac.

—¿Qué hará Johnson con el proyecto de ley de derechos civiles?

—Esa es la gran pregunta. Ahora mismo la ley está condenada al fracaso, en manos del Comité de Reglas; su presidente, Howard Smith, ni siquiera está dispuesto a decir cuándo empezarán a estudiarla.

Maria pensó en el atentado de la escuela dominical. ¿Cómo podía respaldar nadie a aquellos sureños racistas?

—¿Y ese comité no puede invalidarlo como presidente?

—Teóricamente sí, pero cuando los republicanos se alían con los demócratas del Sur tienen mayoría, y siempre se oponen a los derechos civiles, opine lo que opine la gente. No sé cómo son capaces de fingir que creen en la democracia.

Las cámaras enfocaron a Jackie Kennedy prendiendo una llama que ardería a perpetuidad sobre el sepulcro. George volvió a cogerle la mano a Maria, y esta vio lágrimas en sus ojos. Observaron en silencio cómo el ataúd descendía lentamente hacia la tumba.

Jack Kennedy se había ido.

—Dios mío, ¿qué va a ser ahora de todos nosotros? —dijo Maria.

—No lo sé —contestó George.

George se despidió de Maria de mala gana. Estaba mucho más sensual de lo que ella creía con el camisón y el albornoz viejo, y con los rizos al natural y desaliñados, en lugar de concienzudamente alisados. Pero ella ya no lo necesitaba; esa noche había quedado con Nelly Fordham y varias chicas más de la Casa Blanca en un restaurante chino para celebrar una especie de velatorio privado, de modo que no estaría sola.

George cenó con Greg en el Occidental Grill, un restaurante con paredes revestidas de madera oscura y situado a un tiro de piedra de la Casa Blanca. George sonrió cuando vio aparecer a su padre. Como siempre, Greg lucía su ropa cara como si se tratase de harapos: llevaba la corbata fina de satén negro torcida, los puños de la camisa desabotonados y una marca blanquecina en la solapa del traje negro. Por suerte, George no había heredado su aire descuidado.

—Creía que necesitarías que alguien te animara un poco —dijo Greg.

Adoraba los restaurantes de lujo y cocina refinada, y aquella era una característica que George sí había heredado. Ambos pidieron langosta, y una botella de chablis.

George se sentía más cerca de su padre desde la crisis de los misiles de Cuba, cuando la amenaza de una aniquilación inminente había llevado a Greg a abrirle su corazón. Hasta entonces George había vivido con la sensación de que el hecho de ser hijo ilegítimo había supuesto siempre un motivo de bochorno, y que cuando Greg asumía el rol de padre lo hacía con diligencia pero sin entusiasmo. En cambio, tras aquella sorprendente conversación George había comprendido que Greg lo quería de verdad. Su relación seguía siendo escasa y más bien distante, pero George sabía que estaba fundamentada sobre algo auténtico y duradero.

Mientras esperaban a que les sirvieran, Skip Dickerson, amigo de George, se acercó a su mesa. Iba vestido para el funeral, con un traje oscuro y una corbata negra que contrastaban de forma drástica con su cabello rubio y su tez pálida.

—Hola, George —saludó con su acento sureño—. Buenas noches, senador. ¿Puedo sentarme un momento?

—Te presento a Skip Dickerson —le dijo George a su padre—. Trabaja para Lyndon… Para el presidente, debería decir.

—Acerca una silla —lo invitó Greg.

Skip llevó a su mesa una silla tapizada en cuero, se inclinó hacia delante y se dirigió a Greg con determinación:

—El presidente sabe que usted es científico.

«Pero ¿de qué demonios va esto?», pensó George. Skip nunca malgastaba el tiempo con chismorreos.

Greg sonrió.

—Estudié Física en la universidad, sí.

—Se licenció *summa cum laude* en Harvard.

—A Lyndon esas cosas le impresionan más de lo que deberían.

—Pero fue uno de los científicos que desarrolló la bomba atómica.

—Trabajé en el proyecto Manhattan, es cierto.

—El presidente Johnson quiere asegurarse de que aprueba los planes para el estudio del lago Erie.

George sabía de qué hablaba Skip. El gobierno federal estaba financiando un estudio de la zona lacustre de la ciudad de Buffalo que con toda probabilidad derivaría en un proyecto de construcción de un puerto de grandes dimensiones. Aquello supondría millones de dólares para varias compañías del norte del estado de Nueva York.

—Verás, Skip —contestó Greg—, antes queremos estar seguros de que el presupuesto del estudio no va a sufrir recortes.

—Puede estarlo, señor. El presidente lo considera de máxima prioridad.

—Me alegra saberlo, gracias.

A George no le cabía la menor duda de que aquella conversación no tenía nada que ver con la ciencia y que estaba relacionada con lo que los congresistas denominaban «barriles de tocino»: favoritismos hacia ciertos estados en la asignación de proyectos financiados con fondos públicos nacionales.

—De nada. Disfrute de la cena. Ah, antes de irme... ¿Podemos contar con su apoyo al presidente en el puñetero proyecto de ley del trigo?

Los soviéticos habían tenido una mala cosecha y necesitaban cereal de forma perentoria. Como parte del proceso de intentar mejorar algo las relaciones con la Unión Soviética, el presidente Kennedy les había vendido a crédito excedentes de trigo.

Greg se reclinó en la silla.

—Algunos miembros del Congreso —comentó con aire reflexivo— creen que si los comunistas no son capaces de alimentar a su pueblo no tenemos por qué ayudarlos. El proyecto de ley del trigo del senador Mundt anulará el pacto de Kennedy, y en cierto modo opino que Mundt hace bien.

—¡Y el presidente Johnson coincide con usted! —exclamó Skip—. De ningún modo quiere ayudar a los comunistas, pero eso será lo primero que se vote después del funeral. ¿Acaso queremos ser una bofetada para el difunto presidente?

—¿Es eso lo que de verdad preocupa al presidente Johnson? —terció George—. ¿O quiere enviar un mensaje dejando claro que él está ahora al cargo de la política exterior y que no va a permitir que el Congreso cuestione cada decisión que tome, por nimia que sea?

Greg chascó la lengua.

—A veces olvido lo inteligente que eres, George. Eso es exactamente lo que quiere Lyndon.

—En realidad lo que quiere el presidente es trabajar mano a mano con el Congreso en política exterior —aclaró Skip—, pero agradecería mucho poder contar con su apoyo mañana. Considera que la aprobación del proyecto de ley del trigo supondría una terrible deshonra a la memoria del presidente Kennedy.

George advirtió que ninguno de los tres estaba dispuesto a decir lo que en verdad estaba ocurriendo allí y que se resumía sencillamente en que Johnson amenazaba con cancelar el proyecto del puerto de Buffalo si Greg votaba a favor del proyecto de ley del trigo.

Y Greg cedió.

—Por favor, dile al presidente que comprendo su preocupación y que puede contar con mi voto.

Skip se puso de pie.

—Gracias, senador. Estará muy complacido.

—Antes de que te vayas, Skip… —intervino George—. Sé que el presidente está muy ocupado, pero en algún momento de los próximos días tendrá que pensar en el proyecto de ley de derechos civiles. Por favor, llámame si crees que puedo ayudar en algo.

—Gracias, George. Es muy amable de tu parte.

Skip se marchó.

—Has sido muy hábil —comentó Greg.

—Solo me he asegurado de que sepa que la puerta está abierta.

—Algo muy importante en política.

Llegó la cena y, cuando los camareros se retiraron, George cogió el tenedor y el cuchillo.

—Estoy con Bobby y creo en él —dijo mientras empezaba a trinchar la langosta—, pero no deberíamos subestimar a Johnson.

—Tienes razón, aunque tampoco lo sobrevalores.

—¿Qué quieres decir?

—Lyndon tiene dos defectos. Por un lado, es intelectualmente débil. Bueno, sí, es astuto como un turón de Texas, pero eso es otra cosa. Solo estudió Magisterio y nunca dominó el pensamiento abstracto. Se siente inferior a nosotros, los formados en Harvard, y con motivo. No acaba de entender la política internacional. Los chinos, los budistas, los cubanos, los bolcheviques… Todos tienen formas de pensar diferentes que él nunca entenderá.

—¿Cuál es el otro defecto?

—También es moralmente débil. No tiene principios. Su defensa de los derechos civiles es auténtica, pero no ética. Simpatiza con la gente de color como si estuviera desvalida, y cree que él también lo está porque procede de una familia pobre de Texas. Es una reacción visceral.

George sonrió.

—Ha conseguido que hicieras justo lo que quería.

—Correcto. Lyndon sabe cómo ir manipulando a la gente, uno por uno. Es el político parlamentario más hábil que he conocido, pero no es un estadista. Jack Kennedy era todo lo contrario: incompetente para manejar al Congreso, soberbio en el escenario internacional. Lyndon será impecable en su trato con el Congreso, pero ¿como líder del mundo libre? No lo sé.

—¿Crees que existe alguna posibilidad de que el comité del congresista Howard Smith apruebe el proyecto de ley de derechos civiles?

Greg esbozó una sonrisa maliciosa.

—Estoy impaciente por ver lo que hará Lyndon. Cómete la langosta.

Al día siguiente, el proyecto de ley del trigo del senador Mundt fue rechazado por 57 votos a 36.

El titular del día después rezaba:

LEY DEL TRIGO: PRIMERA VICTORIA DE JOHNSON

El funeral concluyó. Kennedy ya no estaba y Johnson era presidente. El mundo había cambiado, pero George no sabía lo que eso significaba; en realidad, nadie lo sabía. ¿Qué clase de presidente sería Johnson? ¿Sería diferente? ¿En qué sentido? Un hombre al que la mayoría de la gente no conocía se había convertido de la noche a la mañana en el líder del mundo libre y en el gobernante de su país más poderoso. ¿Qué iba a hacer?

Johnson estaba a punto de anunciarlo.

La Cámara de Representantes se hallaba a rebosar. Los focos de la televisión brillaban sobre los congresistas y los senadores. Los magistrados de la Corte Suprema llevaban togas negras, y los miembros de la Junta de Jefes de Estado Mayor refulgían con sus medallas.

George estaba sentado al lado de Skip Dickerson en la tribuna, tan concurrida que incluso los escalones de los pasillos estaban ocupados. George observó a Bobby Kennedy, que se encontraba abajo, al final de la hilera reservada para el gabinete, con la cabeza gacha y la mirada clavada en el suelo. Bobby había perdido peso en los cinco días transcurridos desde el magnicidio. Asimismo, había empezado a ponerse la ropa de su difunto hermano, que no le sentaba bien y acrecentaba la imagen de hombre hundido.

En el palco presidencial estaban sentadas Lady Bird Johnson y sus dos hijas, una poco agraciada, la otra guapa; las tres llevaban peinados pasados de moda. Las acompañaban varias lumbreras del Partido Demócrata: Daley, alcalde de Chicago; Lawrence, gobernador de Pennsylvania, y Arthur Schlesinger, el intelectual del equipo de Kennedy, quien ya estaba conspirando para derrocar a Johnson en las elecciones presidenciales del año siguiente, algo que George casualmente sabía. Para sorpresa de todos, había también dos rostros negros en el palco. George sabía quiénes eran: Zephyr y Sammy Wright, la cocinera y el chófer de la familia Johnson. ¿Era aquello una buena señal?

Las grandes puertas batientes se abrieron. Un portero de nombre William Miller y al que todos conocían por el cómico sobrenombre de «Fishbait», cebo, anunció en voz muy alta:

—¡Señor presidente de la Cámara, el presidente de Estados Unidos!

Lyndon entró, y todos los presentes se pusieron de pie y aplaudieron.

George tenía dos turbadores interrogantes en relación con Lyndon Johnson, y ambos se despejarían aquel día. El primero era: ¿abandonaría el problemático proyecto de ley de derechos civiles? Los pragmáticos del Partido Demócrata lo urgían a hacerlo, aunque si Johnson quería una buena excusa la tenía: el presidente Kennedy no había conseguido el apoyo del Congreso a la ley, lo cual la condenaba al fracaso. El nuevo presidente tenía potestad para abandonarla por considerarla un trabajo mal hecho. Johnson podría alegar que la legislación sobre el tema de la segregación, que provocaba divisiones tan atroces, debería esperar a después de las elecciones.

Si decía eso, el movimiento por los derechos civiles retrocedería años. Los racistas celebrarían la victoria, el Ku Klux Klan creería que todo lo que había hecho estaba justificado, y los sectores blancos y corruptos de la policía, los jueces, los líderes eclesiásticos y los políticos del Sur sabrían que podían continuar persiguiendo, golpeando, torturando y matando a negros sin temer a la justicia.

Pero si Johnson no decía eso, si confirmaba su apoyo a los derechos civiles, surgiría el otro interrogante: ¿tendría autoridad para seguir los pasos de Kennedy? Esa pregunta también iba a recibir respuesta en la siguiente hora, y las probabilidades eran ínfimas. Lyndon era muy hábil en el cara a cara, pero apenas impresionaba cuando se dirigía a grupos grandes en actos formales…, justo lo que iba a tener que hacer unos momentos después. Para el pueblo estadounidense aquella sería su primera gran comparecencia como líder del país, y la que lo definiría, para bien o para mal.

Skip Dickerson se mordía las uñas.

—¿Has escrito tú el discurso? —preguntó George.

—Solo algunas frases. Ha sido un trabajo de equipo.

—¿Qué va a decir?

Skip sacudió la cabeza, ansioso.

—Espera y verás.

Los círculos más enterados de Washington esperaban que Johnson fracasara. Era un orador pésimo, tedioso y envarado. Unas veces precipitaba sus palabras; otras, parecía arrastrarlas. Cuando quería enfatizar algo, sencillamente gritaba. Sus gestos eran de un torpe bochornoso: alzaba una mano y disparaba un dedo al aire, o levantaba los dos brazos y agitaba los puños. Por lo general, los discursos desvelaban la peor faceta de Lyndon.

George fue incapaz de deducir nada por el porte de Johnson mientras este avanzaba entre los aplausos de los presentes, se dirigía al estrado, se situaba frente al atril y abría un cuaderno negro. No dio muestras ni de seguridad ni de nerviosismo mientras se ponía unas gafas sin montura y esperaba paciente a que los aplausos amainaran y el público se sentara.

Cuando al fin habló, lo hizo con un tono de voz uniforme y comedido:

—De buena gana habría dado todo lo que tengo por no estar aquí hoy.

La Cámara quedó en silencio. Había tocado la nota exacta de humildad y aflicción. Era un buen comienzo, pensó George.

Johnson prosiguió en la misma línea, hablando con lenta dignidad. Si sentía el impulso de precipitarse, lo estaba controlando con firmeza. Llevaba traje y corbata azules, y una camisa con cuello de presilla, un estilo considerado formal en el Sur. De cuando en cuando miraba de un lado al otro, dirigiéndose a la totalidad de la Cámara y dando la impresión al mismo tiempo de estar al mando de ella.

Haciéndose eco de Martin Luther King, habló de sueños: los sueños de Kennedy de conquistar el espacio, de hacer llegar la educación a todos los niños, de crear un Cuerpo de Paz.

—Ese es nuestro reto —prosiguió—. No dudar, no cejar, no desviarnos y rezagarnos en este funesto momento, sino persistir en nuestro camino para cumplir con el destino que la Historia nos ha reservado.

Los aplausos lo obligaron a hacer una pausa.

—Nuestras tareas más inmediatas —añadió— están aquí, en esta colina.

Era la hora de la verdad. La colina del Capitolio, donde se encontraba el Congreso, había estado en guerra con el presidente durante la mayor parte de 1963. El Congreso tenía potestad para demorar la legislación, y la ponía en práctica a menudo aunque el presidente hubiera hecho campaña y obtenido el respaldo de la ciudadanía para sus planes. Sin embargo, desde que John Kennedy anunció su proyecto de ley de derechos civiles se había declarado en huelga, como una fábrica llena de obreros militantes, postergándolo todo, negándose con terquedad a aprobar incluso leyes rutinarias, desdeñando la opinión pública y el proceso democrático.

—En primer lugar —anunció Johnson, y George contuvo el aliento mientras esperaba a escuchar lo que el nuevo presidente iba a priorizar—, ninguna oración ni ningún elogio podría honrar con mayor elocuencia la memoria del presidente Kennedy que aprobar lo antes posible la ley de derechos civiles, por la que él luchó tanto tiempo.

En un arrebato de alegría, George se levantó de un salto y aplaudió. No fue el único que lo hizo, porque volvió a estallar una ovación, y en esta ocasión se prolongó aún más.

Johnson esperó a que cesaran para proseguir con su discurso:

—Ya hemos hablado suficiente sobre derechos civiles en este país. Hemos hablado durante cien años o más. Ahora ha llegado el momento de escribir el siguiente capítulo... y escribirlo en los libros de la ley.

El público volvió a aplaudir.

George miró eufórico los pocos rostros negros que había en la Cámara: cinco congresistas, entre ellos Gus Hawkins, de California, que en realidad parecía blanco; el señor y la señora Wright en el palco presidencial; varios espectadores en la tribuna. Sus semblantes transmitían alivio, esperanza y regocijo.

Luego su mirada se dirigió a las hileras de asientos situados detrás del gabinete, ocupados por los senadores veteranos, la mayoría de ellos sureños, de aspecto hosco y resentido.

Ninguno de ellos se había sumado a los aplausos.

Skip Dickerson se lo expuso a George seis días después en el pequeño estudio situado al lado del Despacho Oval.

—Nuestra única oportunidad es presentar una solicitud de relevo.

—¿Qué es eso?

Dickerson se apartó de los ojos el cabello rubio.

—Es una resolución aprobada por el Congreso que releva al Comité de Reglas del control del proyecto de ley y lo obliga a enviarlo al hemiciclo para someterlo a debate.

George se sintió frustrado al ver los farragosos procedimientos que habría que seguir para que no encarcelaran al abuelo de Maria por votar.

—Nunca había oído hablar de eso.

—Necesitamos mayoría de votos. Los demócratas sureños se opondrán, así que calculo que nos faltarán cincuenta y ocho.

—Mierda. ¿Necesitamos que nos apoyen cincuenta y ocho republicanos para poder hacer lo correcto?

—Sí, y ahí es donde entras tú.

—¿Yo?

—Muchos republicanos afirman defender los derechos civiles. A fin de cuentas, su partido es el de Abraham Lincoln, que liberó a los esclavos. Queremos que Martin Luther King y todos los líderes negros llamen a sus partidarios republicanos, les expliquen la situación y les pidan que voten la solicitud. El mensaje es que no se puede estar a favor de los derechos civiles si no se está a favor de la solicitud.

George asintió.

—Muy bien.

—Algunos dirán que están a favor de los derechos civiles pero no de este procedimiento tan precipitado. Deben entender que el senador Howard Smith es un segregacionista acérrimo, y que se asegurará de que el comité debata las reglas hasta que sea demasiado tarde para aprobar el proyecto de ley. Lo que está haciendo no es retrasar, es sabotear.

—De acuerdo.

En ese momento un secretario asomó la cabeza por la puerta.

—Ahora puede recibirlos —anunció.

Los dos jóvenes se pusieron de pie y entraron en el Despacho Oval.

Como siempre, a George le impactó la mera corpulencia de Lyndon Johnson. Medía metro noventa y dos, pero no era solo la estatura. Tenía la cabeza grande, la nariz larga y los lóbulos de las orejas como tortitas. Le estrechó la mano a George y luego la sostuvo y le puso la otra mano sobre el hombro, acercándose lo bastante para que lo incomodara aquella intimidad.

—George —dijo Johnson—, he pedido al equipo de Kennedy que se quede en la Casa Blanca y me ayude. Todos os habéis formado en Harvard y yo fui a la Escuela Superior de Magisterio del Sudoeste de Texas. Ya ves, os necesito más que él.

George no sabía qué contestar. Aquel grado de humildad era bochornoso.

—Estoy aquí para ayudarle en todo cuanto esté en mi mano, señor presidente —repuso tras dudar unos instantes.

Para entonces ya debían de haber dicho lo mismo un millar de personas, pero Johnson reaccionó como si lo oyera por primera vez.

—Me alegra mucho que digas eso, George —repuso con fervor—. Gracias. —Y acto seguido entró en materia—: Muchas personas me han pedido que ablande el proyecto de ley de derechos civiles para que a los sureños les cueste menos tragarla. Me han sugerido que retire la prohibición de la segregación en lugares y servicios públicos, pero no estoy dispuesto a hacerlo, George, por dos motivos: el primero es que detestarán la ley al margen de lo dura o lo blanda que sea, y no creo que acaben apoyándola por mucho que yo le corte las uñas.

A George aquello le pareció bien.

—Si no se puede evitar la lucha, mejor luchar por lo que realmente se desea.

—Exacto. Y te diré la segunda razón: tengo una amiga y empleada, la señora Zephyr Wright.

George recordaba al señor y a la señora Wright, que se habían sentado en el palco presidencial de la Cámara de Representantes.

—En una ocasión en que estaba a punto de irse a Texas en coche —siguió diciendo Johnson—, le pedí que se llevara a mi perro. Ella me contestó: «Por favor, no me pida que haga eso». Y yo tuve que preguntarle por qué. «Conducir por el Sur ya es bastante duro siendo negro», dijo. «Es muy difícil encontrar un sitio donde comer o dormir, o incluso ir al servicio. Con un perro sería imposible.» Eso me dolió, George; casi me hizo llorar. La señora Wright tiene estudios universitarios, como ya sabes. Fue entonces cuando caí en la cuenta de lo importante que son los lugares y los servicios públicos cuando hablamos de segregación. Sé lo que es sentirse despreciado, George, y puedes estar seguro de que no se lo deseo a nadie.

—Me alegra oír eso —repuso él.

Sabía que lo estaba embaucando. Johnson seguía sosteniéndole la mano y el hombro, seguía estando un poco demasiado cerca, con sus ojos oscuros mirándolo con notable intensidad. A George no se le escapaba lo que pretendía Johnson, pero aun así estaba funcionando. Lo conmovió la historia de Zephyr, creyó que el presidente sabía lo que era sentirse despreciado, y sintió un aflujo de afecto y admiración por aquel hombretón torpe y sensible que parecía estar de parte de los negros.

—Va a ser duro, pero creo que podemos conseguirlo —concluyó Johnson—. Haz todo lo que puedas, George.

—Sí, señor —contestó él—. Lo haré.

George le explicó a Verena Marquand la estrategia del presidente Johnson poco antes de que Martin Luther King fuese al Despacho Oval. Ella estaba arrebatadora con un impermeable de PVC rojo, pero por una vez George no se dejó distraer por su belleza.

—Tenemos que poner toda la carne en el asador con este asunto —dijo con apremio—. Si la solicitud fracasa, la ley fracasa, y los negros del Sur volverán a donde empezaron.

Entregó a Verena un listado de congresistas republicanos que todavía no habían firmado la solicitud.

Ella estaba impresionada.

—El presidente Kennedy nos hablaba de votos, pero nunca tuvo un listado como este —comentó.

—Así es Lyndon —repuso George—. Si los congresistas encargados de la disciplina de partido le dicen cuántos votos creen que tienen, él contesta: «No basta con creerlo. ¡Necesito saberlo!». Tiene que disponer de todos los nombres. Y hace bien, esto es demasiado importante para conjeturar.

Le dijo que los líderes de los derechos civiles tendrían que presionar a los liberales republicanos.

—Todos y cada uno de estos hombres deben recibir una llamada de alguien interesado por su aprobación.

—¿Es eso lo que el presidente va a decirle al doctor King esta mañana?

—Sí.

Johnson había quedado, uno por uno, con todos los líderes más importantes. Jack Kennedy los habría reunido a todos a la vez, pero Lyndon era incapaz de obrar su magia tan bien en grupos grandes.

—¿Cree Johnson que los líderes de los derechos civiles podrán hacer cambiar de opinión a todos estos republicanos? —preguntó Verena, escéptica.

—Solos no, pero está reclutando a más gente. Se está entrevistando con todos los líderes sindicales. Esta mañana ha desayunado con George Meany.

Verena sacudió su hermosa cabeza, maravillada.

—Al menos hay que reconocerle que le sobra energía. —Parecía pensativa—. ¿Por qué no pudo hacer algo así el presidente Kennedy?

—Por el mismo motivo por el que Lyndon no puede patronear un yate: no sabía hacerlo.

La reunión de Johnson con King fue bien, pero a la mañana siguiente el optimismo de George se vio truncado por un revés segregacionista.

Varios republicanos destacados se pronunciaron en contra de la solicitud. McCullough, de Ohio, afirmó que había irritado a gente que, de no haber sido por ella, habría apoyado el proyecto de ley de derechos civiles. Gerald Ford les dijo a los periodistas que el Comité de Reglas debía disponer de tiempo para llevar a cabo audiencias, lo cual era una patraña, pues todos sabían que Smith quería acabar con el proyecto de ley, no debatirlo. En cualquier caso, se informó a los periodistas de que la solicitud había fracasado.

Sin embargo, Johnson no se desalentó. El miércoles por la mañana se dirigió al Consejo Asesor de Negocios, ochenta y nueve de los empresarios más importantes de Estados Unidos.

—Soy el único presidente que tienen. Si me hacen fracasar, ustedes también fracasarán, ya que el país habrá fracasado.

Luego hizo lo propio con el consejo ejecutivo de la AFL-CIO, la mayor federación de sindicatos:

—Los necesito, los quiero a mi lado y creo que deberían apoyarme.

Recibió una gran ovación, y los treinta y tres miembros del *lobby* de la siderurgia asaltaron el Capitolio.

George compartía cena con Verena en un restaurante cercano cuando Skip Dickerson pasó junto a su mesa.

—Clarence Brown ha ido a ver a Howard Smith —susurró.

George se lo explicó a Verena.

—Brown es el republicano más veterano del comité de Smith; le estará diciendo a Smith que no ceda e ignore a los grupos de presión, o bien que los republicanos no van a poder soportar esta tensión durante mucho más tiempo. Si dos personas del comité se posicionasen en contra de Smith, sus decisiones quedarían invalidadas por una mayoría de votos.

—¿Sería posible que todo acabara tan deprisa? —se sorprendió Verena.

—Smith podría saltar antes de que lo empujen. Sería más digno.

George apartó el plato a un lado. La tensión le había quitado el apetito.

Media hora después Dickerson volvió a pasar por su lado.

—¡Smith ha cedido! —vociferó—. Mañana habrá una declaración formal. —Y se alejó, propagando la noticia.

George y Verena se miraron, sonrientes.

—Bueno, que Dios bendiga a Lyndon Johnson —dijo Verena.

—Amén —repuso George—. Tenemos que celebrarlo.

—¿Qué podemos hacer?

—Ven a mi apartamento —propuso George—. Pensaré en algo.

32

En el instituto de Dave no se usaba uniforme, pero los chicos se burlaban de quienes iban demasiado elegantes. Dave fue objeto de esas mofas el día que apareció con una chaqueta de cuatro botones, camisa blanca con cuello de picos largos, corbata con estampado de cachemira, pantalones azules de cintura baja y cinturón blanco de plástico. Pero las burlas lo traían sin cuidado; él tenía una misión.

El grupo de Lenny llevaba años coqueteando con el mundo del espectáculo. Tal como estaban las cosas, podían pasarse otra década tocando rock and roll en clubes nocturnos y tabernas, pero llegado 1964 Dave aspiraba a algo mejor, y el camino directo para lograrlo era grabar un disco.

Al salir del instituto cogió el metro hasta Tottenham Court Road y fue caminando desde allí hasta una dirección de Denmark Street que había conseguido. En la planta baja del edificio había una tienda de guitarras, pero justo al lado se veía una puerta que conducía a un despacho en el piso de arriba, y una placa en la que se leía CLASSIC RECORDS.

Dave había hablado con Lenny sobre la posibilidad de conseguir un contrato para grabar un disco, pero Lenny no se había mostrado muy animado. «Yo ya lo he intentado —le había dicho su primo—. No podrás ni cruzar la puerta. Es un mundo muy cerrado.»

Eso no tenía sentido. Debía existir una forma de acceder; de no ser así, nadie grabaría discos. Sin embargo, Dave conocía demasiado bien a Lenny para rebatir sus argumentos sirviéndose de la lógica, de manera que decidió actuar por su cuenta.

Empezó estudiándose los nombres de las compañías discográficas que encabezaban las listas de éxitos. Fue un ejercicio complicado, porque había muchos sellos, todos pertenecientes a unas pocas productoras. El listín telefónico lo había ayudado a localizarlas, y había escogido Classic Records como objetivo.

Al final se decidió a telefonear.

—Llamo de la oficina de objetos perdidos de Ferrocarriles de Gran Bretaña. Tenemos una casete en una caja con una etiqueta que dice «Director de artistas y grabaciones, Classic Records». ¿A quién debo enviárselo?

La joven que respondió al teléfono le había dado un nombre y esa dirección en Denmark Street.

Al final de la escalera encontró a una recepcionista, seguramente la misma chica con la que había hablado por teléfono. Adoptando una actitud confiada, pronunció el nombre que ella le había facilitado.

—He venido para ver a Eric Chapman —dijo.

—¿A quién debo anunciar?

—A Dave Williams. Dígale que me envía Byron Chesterfield.

Era mentira, pero el muchacho no tenía nada que perder.

La recepcionista desapareció por una puerta. Dave miró a su alrededor. El recibidor estaba decorado con discos de oro y de plata enmarcados. Una fotografía de Percy Marquand, el Bing Crosby negro, tenía escrita una dedicatoria: «Para Eric, gracias por todo». Dave se fijó en que todos los discos eran de al menos cinco años atrás. Eric necesitaba nuevos talentos.

Dave se sentía nervioso. No estaba acostumbrado al fracaso. Se obligó a tragarse la timidez. No cometía ningún delito. Si lo pillaban, lo peor que podía pasar era que le pidieran que se marchase y no les hiciera perder el tiempo. Valía la pena correr ese riesgo.

La secretaria volvió a salir, y un hombre de mediana edad se asomó por la puerta. Llevaba una chaqueta de punto de color verde sobre una camisa blanca y una corbata anodina. Tenía el cabello canoso y ralo. Se apoyó en el dintel y miró a Dave de arriba abajo.

—¿Así que vienes recomendado por Byron? —preguntó transcurridos unos segundos.

Lo dijo con tono de escepticismo, resultaba evidente que no se lo creía. Dave evitó repetir ese cuento contando otro.

—Byron me dijo: «EMI tiene a los Beatles, Decca a los Rolling Stones, Classic necesita a Plum Nellie» —mintió.

Byron no había dicho nada parecido. Dave se lo había inventado a partir de conclusiones extraídas tras leer artículos sobre grupos musicales.

—¿Plum qué?

Dave entregó a Chapman una foto del grupo.

—Hemos estado en Hamburgo, en The Dive, como los Beatles, y hemos tocado en el Jump Club de Londres, como los Stones.

Le sorprendía que todavía no lo hubieran echado y se preguntó cuánto duraría su suerte.

—¿De qué conoces a Byron?

—Es nuestro representante. —Otra mentira.

—¿Qué tipo de música tocáis?

—Rock and roll, pero con muchas armonías vocales.

—Igual que todos los grupos de pop en la actualidad.

—Pero nosotros somos mejores.

Se hizo un largo silencio. Dave se sentía encantado por el simple hecho de que Chapman estuviera hablando con él. «No podrás ni cruzar la puerta», había dicho Lenny. Dave había demostrado que se equivocaba.

—Eres un puñetero mentiroso —espetó Chapman.

Dave iba a protestar, pero el productor levantó la mano para silenciarlo.

—No me cuentes más trolas. Byron no es vuestro representante y no te ha enviado él. Puede que lo hayas conocido, pero no te ha dicho que Classic Records necesita a Plum Nellie.

Dave no contestó nada. Lo habían pillado y resultaba humillante. Había intentado marcarse un farol para entrar en una discográfica y había fracasado.

—¿Cómo te llamabas? —preguntó Chapman.

—Dave Williams.

—¿Qué quieres de mí, Dave?

—Un contrato para grabar un disco.

—¡Menuda sorpresa!

—Háganos una audición. Le prometo que no se arrepentirá.

—Te contaré un secreto, Dave. Cuando tenía dieciocho años, conseguí mi primer trabajo en un estudio de grabación diciendo que era electricista cualificado. Mentí. La única cualificación que tenía era el título de séptimo curso de piano.

Dave se sitió esperanzado.

—Me gusta que tengas tanta jeta —dijo el productor. Algo triste, añadió—: Si pudiera retroceder en el tiempo, no me importaría volver a ser un joven que persigue su sueño.

Dave contuvo la respiración.

—Os haré una audición.

—¡Gracias!

—Venid al estudio de grabación después de las vacaciones de Navidad. —Señaló con el pulgar a la recepcionista—. Cherry, dale hora al chico.

Chapman regresó a su despacho y cerró la puerta.

Dave no daba crédito a la suerte que había tenido. Habían descubierto sus burdas mentiras, pero había conseguido una audición de todas formas.

Acordó una fecha provisional con Cherry y dijo que llamaría para confirmarla cuando hubiera hablado con el resto de los componentes del grupo. Luego volvió a casa flotando en una nube.

En cuanto llegó a Great Peter Street cogió el teléfono del vestíbulo y llamó a Lenny.

—¡He conseguido para el grupo una audición con Classic Records! —exclamó con tono triunfal.

Lenny no se mostró tan entusiasmado como Dave esperaba.

—¿Quién te ha dicho que hicieras eso? —soltó, mosqueado porque su primo había tomado la iniciativa.

Dave no pensaba dejar que lo desanimara.

—¿Qué tenemos que perder?

—¿Cómo lo has conseguido?

—He ido de farol y he logrado entrar. He visto a Eric Chapman, y me ha dicho que sí.

—Pura suerte —dijo Lenny—. A veces pasa.

—Sí —repuso Dave, aunque estaba pensando: «No habría tenido suerte si me hubiera quedado en casa con el culo pegado a la silla».

—En realidad, Classic no es un sello de música pop —objetó Lenny.

—Por eso nos necesitan. —Al muchacho estaba agotándosele la paciencia—. Lenny, ¿me puedes explicar qué tiene de malo?

—No, está bien, iremos para ver si nos sale algo.

—Ahora tenemos que decidir qué tocamos en la audición. La secretaria me ha dicho que grabaremos dos canciones.

—Vale, pues deberíamos ir con *Shake, Rattle and Roll*, por supuesto.

A Dave se le cayó el alma a los pies.

—¿Por qué?

—Es nuestro mejor tema. Siempre tiene mucho éxito.

—¿No crees que está un poco pasada de moda?

—Es un clásico.

Dave sabía que no podía discutir con Lenny sobre eso, no en ese momento. Lenny ya había tenido que tragarse su orgullo en una ocasión. Podía presionarlo, pero no demasiado. No obstante, tocarían dos canciones, quizá la segunda podía ser más original.

—¿Qué te parece seguir con un blues? —preguntó Dave, ya desesperado—. Por escoger algo distinto. Para que se vea nuestro nivel.

—Sí. *Hoochie Coochie Man*.

Esa estaba un poco mejor, era un material más parecido a lo que tocaban los Rolling Stones.

—Vale —accedió Dave.

Entró en la sala de estar. Walli estaba allí con una guitarra apoyada en la rodilla. Vivía en casa de la familia Williams desde que había llegado de Hamburgo con el grupo. Dave y él solían ensayar en aquella habitación, tocaban y cantaban para aprovechar el rato que les quedaba desde que Dave salía del instituto hasta la cena.

Dave le contó las novedades. Walli estaba encantado, aunque le preocupó la elección de repertorio de Lenny.

—Dos canciones que fueron superéxitos en los cincuenta —dijo; cada día se expresaba mejor en inglés.

—El grupo es de Lenny —comentó Dave con impotencia—. Si crees que puedes hacerle cambiar de opinión, por favor, inténtalo.

Walli se encogió de hombros. Era un gran músico, aunque un poco pasivo, en opinión de Dave. Sin embargo, Evie decía que todo el mundo parecía pasivo en comparación con la familia Williams.

Estaban juzgando el gusto de Lenny cuando llegó Evie con Hank Remington. *Juicio a una mujer* era un gran éxito a pesar de su deslucido estreno justo el día en que asesinaron al presidente Kennedy, y Hank estaba grabando un nuevo álbum con los Kords. Evie y él pasaban las tardes juntos y luego salían en dirección a sus respectivos trabajos.

Hank llevaba unos pantalones de terciopelo arrugado con la cintura baja y una camisa de lunares. Se sentó con Dave y Walli mientras Evie subía a cambiarse. Como siempre, se mostró encantador y divertido y contó anécdotas de la gira de los Kords.

Cogió la guitarra de Walli y rasgueó un par de acordes sin prestar mucha atención.

—¿Queréis escuchar una canción nueva? —preguntó pasado un rato.

Por supuesto que querían.

Era una balada romántica titulada *Love Is It*. Los sedujo al instante: una melodía maravillosa con un toque de *shuffle*, estilo blues. Le pidieron que volviera a tocarla, y Hank lo hizo.

—¿Cuál era el acorde del principio del estribillo? —preguntó Walli.

—Do sostenido menor.

Hank se lo enseñó y luego le pasó la guitarra.

Walli tocó y Hank cantó la canción por tercera vez. Dave improvisó una armonía.

—Eso ha sonado muy bien —dijo Hank—. Es una pena que no vayamos a grabarla.

—¿Cómo? —Dave no podía creerlo—. ¡Si es preciosa!

—Los Kords creen que es muy cursi. Dicen que somos una banda de rock y que no podemos sonar como Peter, Paul and Mary.

—Pues yo creo que es un número uno —afirmó Dave.

Su madre asomó la cabeza por la puerta.

—Walli —dijo—. Tienes una llamada… de Alemania.

Dave supuso que debía de ser la hermana de Walli, desde Hamburgo. La familia que tenía Walli en el Berlín oriental no podía telefonearlo porque el régimen prohibía las llamadas a Occidente.

Mientras Walli estaba ausente, Evie reapareció. Se había recogido la melena y llevaba unos vaqueros y una camiseta. Estaba lista para que los estilistas y los maquilladores se encargaran de ella. Hank iba a llevarla al teatro de camino al estudio de grabación.

Dave estaba distraído pensando en *Love Is It*, una canción maravillosa que los Kords no querían.

Walli volvió a entrar, seguido por Daisy.

—Era Rebecca —explicó.

—Me gusta Rebecca —comentó Dave mientras recordaba sus costillas de cerdo con patatas fritas.

—Acaba de recibir una carta, con mucho retraso, enviada por Karolin desde Berlín Este. —Walli hizo una pausa. Parecía atenazado por una honda emoción. Al final consiguió decir—: Karolin ha dado a luz. Es una niña.

Todos saltaron de alegría y lo felicitaron. Daisy y Evie incluso lo besaron.

—¿Cuándo nació? —preguntó Daisy.

—El 22 de noviembre. Es fácil de recordar, fue el día en que mataron a Kennedy.

—¿Cuánto pesó? —preguntó Daisy.

—¿Que cuánto pesó? —repitió Walli como si fuera una pregunta incomprensible.

Daisy se echó a reír.

—La gente siempre habla del peso de los recién nacidos.

—No le he preguntado cuánto había pesado.

—Da igual. ¿Y cómo se va a llamar?

—Karolin ha sugerido Alice.

—Es un nombre precioso —comentó Daisy.

—Me enviará una fotografía —dijo Walli—. De mi hija —añadió como absorto—. Pero la enviará a través de Rebecca, porque las cartas con destino Inglaterra se retienen incluso durante más tiempo en la oficina de censura.

—¡Me muero de impaciencia por ver la foto! —exclamó Daisy.

Hank, inquieto, jugueteaba con las llaves del coche. Quizá estuviera aburriéndose de tanto hablar de niños. O tal vez, pensó Dave, no le gustaba que la recién nacida le quitara el protagonismo.

—¡Oh, Dios mío, mirad qué hora es ya! —dijo Evie—. Adiós a todos. Felicidades otra vez, Walli.

—Hank, ¿de verdad que los Kords no van a grabar *Love Is It*? —preguntó Dave cuando se marchaban.

—De verdad. Cuando la toman con alguna canción, son muy cabezotas.

—En ese caso… ¿podríamos Walli y yo aprovecharla para Plum Nellie? En enero tenemos una audición con Classic Records.

—Claro —respondió Hank con gesto de indiferencia—. ¿Por qué no?

El sábado por la mañana, Lloyd Williams le pidió a Dave que entrara en su despacho.

El muchacho estaba a punto de salir de casa. Llevaba un jersey a rayas horizontales azules y blancas, vaqueros y chaqueta de cuero.

—¿Por qué? —preguntó con agresividad—. No me vas a dar la paga.

El dinero que ganaba tocando con Plum Nellie no era demasiado, pero sí suficiente para pagar los billetes de metro y las copas, y para comprarse alguna camisa o un par de botas nuevas.

—¿El dinero es la única razón para hablar con tu padre?

Dave se encogió de hombros y lo siguió hasta el despacho, que tenía un escritorio antiguo y un par de butacas de piel. El fuego ardía en la chimenea. En la pared había una foto de Lloyd en Cambridge, en la década de 1930. La habitación era un templo de culto a todo cuanto estaba pasado de moda. Olía a obsoleto.

—Me encontré con Will Furbelow en el Reform Club ayer —dijo Lloyd.

Will Furbelow era el director del instituto de Dave. Siendo calvo, era inevitable que lo llamaran «Bola de Billar».

—Dice que corres el riesgo de suspender todos los exámenes.

—Nunca ha sido un gran admirador mío.

—Si suspendes, te echarán del centro. Eso supondría el fin de tu educación académica.

—Pues doy gracias a Dios.

Lloyd no iba a permitir que lo sacara de quicio.

—Se te cerrarán las puertas de cualquier profesión, desde abogado hasta zoólogo. Para cualquiera de ellas tienes que aprobar los exámenes. La posibilidad que te quedaría es la formación profesional. Podrías aprender a hacer algo útil, y deberías optar por algo que te apeteciera: albañilería, cocina, mecánica del motor...

Dave se preguntó si su padre se habría vuelto loco.

—¿Albañilería? —preguntó—. ¿Es que no me conoces? ¡Soy Dave!

—No te asombres tanto. Son los trabajos que hace la gente que no aprueba los exámenes. Por debajo de ese nivel, podrías ser dependiente de una tienda o mano de obra en una fábrica.

—No puedo creer lo que estoy oyendo.

—Temía que reaccionarías así, que te negarías a ver la realidad.

Era su padre el que no quería ver lo que pasaba, pensó Dave.

—Soy consciente de que ya eres muy mayor para esperar que siempre me hagas caso.

Dave estaba asombrado con esa nueva actitud, pero no dijo nada.

—Aun así, quiero que tengas claro cuál será tu situación. Si dejas el instituto, espero que te pongas a trabajar.

—Ya estoy trabajando, y muy duro. Toco entre tres y cuatro noches a la semana, y Walli y yo hemos empezado a componer canciones.

—Lo que digo es que espero que te mantengas por tu cuenta. Aunque tu madre haya heredado una fortuna, acordamos hace tiempo que no costearíamos la ociosidad de nuestros hijos.

—No soy un ocioso.

—Crees que lo que haces es un trabajo, pero quizá el resto del mundo no opine igual. En cualquier caso, si quieres seguir viviendo aquí tendrás que poner dinero.

—¿Te refieres a que pague un alquiler?

—Si es así como quieres llamarlo, sí.

—Jasper nunca ha pagado el alquiler, ¡y lleva años viviendo aquí!

—Él sigue estudiando. Y aprueba los exámenes.

—¿Qué pasa con Walli?

—Walli es un caso especial, por su pasado, pero tarde o temprano tendrá que empezar a pagar también.

Dave estaba sopesando las posibles consecuencias.

—Así que, si no me hago albañil o dependiente, y no gano dinero suficiente con el grupo para pagarte el alquiler, entonces...

—Entonces tendrás que buscarte otro lugar donde vivir.

—Me echarás de casa.

Lloyd parecía dolido.

—Toda tu vida has tenido lo mejor servido en bandeja: una casa bonita, un colegio buenísimo, la mejor comida, los mejores juguetes y libros, clases de piano, vacaciones de esquí. Pero eso fue cuando eras niño. Ahora ya eres casi un adulto y debes enfrentarte a la realidad.

—A mi realidad, no a la tuya.

—Desprecias los trabajos que realizan la mayoría de las personas. Eres diferente, eres un rebelde. Bien. Los rebeldes pagan un precio. Tarde o temprano tendrás que aprenderlo. Eso es todo.

Dave se quedó sentado con expresión pensativa durante un minuto. Luego se levantó.

—Está bien —dijo—. Mensaje recibido. —Se dirigió hacia la puerta.

Al salir del despacho se volvió y vio a su padre mirándolo con una expresión extraña.

Cuando salió de casa iba pensando en eso y cerró la puerta de golpe. ¿Qué había sido esa mirada? ¿Qué significaba?

Seguía pensando en ello mientras compraba el billete de metro. Al bajar por la escalera mecánica vio el anuncio de una obra de teatro titulada *La casa de los corazones rotos*. Eso significaba, pensó. Eso quería decir la expresión de su padre.

Le había roto el corazón.

Llegó por correo una pequeña fotografía en color de Alice, y Walli la observó con detenimiento. Era un bebé como cualquier otro: carita rosada, ojos azules y vivarachos, una fina capa de pelo castaño oscuro y cuello regordete. El resto de su anatomía estaba oculta y embutida en un arrullo de color azul celeste. De todos modos Walli sintió un arrebato de amor y la necesidad repentina de proteger y cuidar a la criatura indefensa que había engendrado.

Se preguntó si llegaría a verla algún día.

La foto iba acompañada de una nota de Karolin. Decía que lo amaba, que lo echaba de menos y que iba a pedir al gobierno de la Alemania Oriental el permiso para emigrar a Occidente.

En la foto Karolin sujetaba a Alice y miraba a la cámara. La joven había engordado y tenía la cara más redonda. Llevaba el pelo peinado hacia atrás, en lugar de pegado a la cara como dos cortinas que enmarcaban su rostro. Ya no se parecía a las demás chicas guapas del Minnesänger, el local de música folk. Era madre, y eso la hacía aún más deseable a ojos de Walli.

Le enseñó la fotografía a la madre de Dave, Daisy.

—Pero ¡mira qué criaturita más bonita! —exclamó ella.

Walli sonrió, aunque en su opinión no había bebés bonitos, ni siquiera su hija.

—Me parece que tiene tus ojos, Walli —siguió diciendo Daisy.

Walli tenía los ojos ligeramente rasgados e imaginaba que algún antepasado suyo debió de ser chino. No lograba distinguir si los ojos de Alice se parecían o no a los suyos.

Daisy siguió hablando embelesada.

—Y esta es Karolin. —Daisy no la había visto antes, Walli no tenía fotos de ella—. ¡Qué mujer tan guapa!

—Espere a verla bien vestida —comentó Walli, orgulloso—. La gente se vuelve para mirarla.

—Ojalá lleguemos a conocerla algún día.

El nostálgico comentario empañó la felicidad del chico, como si una nube hubiera ocultado el sol.

—Yo también lo espero —dijo.

Seguía las noticias del Berlín oriental, pues leía los periódicos alemanes en la biblioteca pública, y a menudo le hacía preguntas a Lloyd Williams, cuya especialidad como político eran los asuntos exteriores. Walli sabía que salir de la Alemania Oriental era cada vez más complicado: el Muro seguía creciendo en altura y longitud, y lo estaban dotando de más guardias y más torres de vigilancia. Karolin jamás intentaría escapar, y mucho menos teniendo un bebé. No obstante, podía existir una alternativa. El gobierno de la Alemania Oriental nunca reconocería oficialmente la existencia de la emigración legal; de hecho, ni siquiera estaba dispuesto a especificar qué departamento gestionaba aquellas solicitudes. Pero gracias a la embajada británica en Bonn, Lloyd se había enterado de que cerca de un millar de personas al año recibían un permiso para salir del país. Quizá Karolin fuera una de ellas.

—Algún día, estoy segura —dijo Daisy, aunque solo estaba siendo amable.

Walli enseñó la foto a Evie y a Hank Remington, que estaban sentados en la sala de estar leyendo un guión. Los Kords esperaban hacer una película, y Hank quería que Evie actuara en ella. Dejaron los papeles para hacer comentarios sobre lo adorable que era el bebé.

—Hoy tenemos la audición en Classic Records —le dijo Walli a Hank—. Voy a encontrarme con Dave después del instituto.

—Oye, buena suerte con eso —dijo Hank—. ¿Vais a probar con *Love Is It*?

—Eso espero. Lenny quiere tocar *Shake, Rattle and Roll*.

Hank negó con la cabeza sacudiendo su cabellera pelirroja de una forma que habría hecho gritar de júbilo a millones de adolescentes.

—Demasiado anticuada.

—Ya lo sé.

En la casa de Great Peter Street siempre había mucho trasiego de gente, y en ese momento entró Jasper con una mujer a quien Walli no conocía.

—Esta es mi hermana, Anna —la presentó el chico.

Anna era una belleza de ojos negros de veintitantos años. Jasper también era guapo; debía de ser una familia atractiva, pensó Walli. Anna tenía un cuerpo voluptuoso, lo cual no estaba en absoluto de moda, pues las modelos del momento tenían todas el pecho plano, como Jean Shrimpton.

Jasper los presentó a todos, y Hank se levantó para estrechar la mano de Anna.

—Esperaba conocerte. Jasper me ha dicho que eres editora.

—Eso es.

—Estoy dándole vueltas a escribir mi autobiografía.

Walli pensó que Hank, con solo veinte años, era un poco joven para ponerse a escribir su autobiografía; pero Anna opinaba de otra forma.

—¡Qué idea tan maravillosa! —dijo—. Millones de personas querrían leerla.

—¡Oh! ¿De verdad lo crees?

—Lo sé, aunque la autobiografía no es el género al que me dedico. Estoy especializada en traducciones del alemán y literatura de la Europa del Este.

—Yo tenía un tío polaco, ¿eso cuenta?

Anna rió con una carcajada fresca, y Walli se entusiasmó con ella. También Hank, y se sentaron para hablar del libro. Walli esperaba poder enseñarles la fotografía de Alice, pero decidió que ese no era el momento. De todas formas tenía que marcharse.

Salió de casa cargado con dos guitarras.

Hamburgo ya le había parecido asombrosamente distinto a la Alemania Oriental, pero Londres era tan diferente que lo desconcertaba, un caos anárquico. La gente vestía con estilos muy distintos, se llevaban desde bombines hasta minifaldas. Los chicos de pelo largo eran demasiado comunes para que nadie se volviera para mirarlos. Los comentarios políticos no solo se hacían con total libertad, sino que eran escandalosos; Walli se había quedado impresionado al ver en la televisión a un hombre imitando al primer ministro, Harold Macmillan, hablando con su voz, disfrazado con un pequeño bigote canoso y haciendo declaraciones estúpidas. La familia Williams se había desternillado de risa.

Walli también estaba impresionado por la cantidad de rostros de tez oscura que se veían. En Alemania había algunos inmigrantes morenos de origen turco, pero Londres contaba con miles de personas de islas caribeñas y del subcontinente indio. Llegaban para trabajar en hospitales y fábricas, o para conducir autobuses y trenes. Walli se había fijado en que las chicas caribeñas vestían con mucho estilo y eran muy sensuales.

Se reunió con Dave a la puerta del instituto y cogieron el metro en dirección a la zona norte de Londres.

Walli notó que Dave estaba nervioso. Él no; él sabía que era un buen músico. Como trabajaba en el Jump Club todas las noches, escuchaba a docenas de guitarristas, y era raro topar con alguno más virtuoso que él. La mayoría se las apañaban con un par de acordes y mucho entusiasmo. Cuando por fin tocaba alguien que valía la pena, Walli dejaba de limpiar vasos y escuchaba al grupo para estudiar la técnica del guitarrista hasta que el jefe le decía que volviera al trabajo; después, al llegar a casa, se sentaba en su habitación e imitaba lo que había escuchado hasta que lograba tocarlo a la perfección.

Por desgracia, no bastaba con el virtuosismo para convertirse en estrella del pop. Se necesitaba algo más que eso: encanto, atractivo, la vestimenta adecuada, publicidad, una promoción inteligente y, sobre todo, buenas canciones.

Plum Nellie tenía una buena canción. Walli y Dave habían tocado *Love Is It* para los demás miembros del grupo, y la habían interpretado en varios conciertos durante la concurrida época navideña. Aunque funcionaba bien —tal como señaló Lenny—, no era bailable.

Por eso Lenny no quería tocarla en la audición.

—No es un material de nuestro estilo —había dicho.

Opinaba lo mismo que los Kords: era demasiado bonita y romántica para un grupo de rock.

Desde la estación de metro, Walli y Dave fueron caminando hasta una casona vieja cuyo interior habían revestido con paneles de aislamiento sonoro para convertirla en estudio de grabación. Esperaron en el vestíbulo. Los demás llegaron al cabo de unos minutos. Una recepcionista les pidió que firmaran un documento que, según dijo, era «para el seguro». A Walli le pareció más bien un contrato. Dave frunció el ceño al leerlo, pero todos lo firmaron.

Un par de minutos después se abrió una puerta y por ella salió a toda prisa un joven más bien soso. Llevaba jersey con cuello de pico, camisa y corbata, y estaba fumando un cigarrillo de liar.

—Vale —dijo a modo de saludo, y se apartó el pelo de los ojos—.

Ya estamos casi listos para lo vuestro. ¿Es la primera vez que venís a un estudio de grabación?

Reconocieron que así era.

—Bueno, nuestro trabajo consiste en que sonéis mejor que nunca, así que tenéis que hacer lo que os digamos, ¿os parece? —Daba la sensación de creer que estaba haciéndoles un gran favor—. Entrad en el estudio y conectad los instrumentos; a partir de ahí, nosotros nos encargamos de todo.

—¿Cómo te llamas? —preguntó Dave.

—Laurence Grant.

No aclaró a qué se dedicaba exactamente, y Walli pensó que sería un ayudante de poca monta intentando hacerse el interesante.

Dave se presentó y presentó a los demás miembros del grupo mientras Laurence no hacía más que moverse con impaciencia; por fin entraron todos.

El estudio era una gran sala con iluminación tenue. En un lateral había un piano de cola Steinway, muy parecido al que Walli tenía en su casa del Berlín oriental. Estaba protegido por una funda acolchada y oculto a medias detrás de una pantalla envuelta en mantas. Lenny se sentó al piano y tocó una serie de acordes hacia las octavas más agudas. Tenía la tonalidad cálida característica de los Steinway. Lenny parecía impresionado.

Ya había una batería montada, pero Lew había llevado su propia caja y se puso a sustituir la del estudio por la suya.

—¿Pasa algo con nuestra batería? —preguntó Laurence.

—No, es que estoy acostumbrado a mi caja.

—La nuestra es más adecuada para la grabación.

—Ah, bueno.

Lew retiró su caja y volvió a colocar la del estudio sobre el soporte.

Había tres amplificadores en el suelo, y las luces indicaban que estaban encendidos y listos para empezar. Walli y Dave se enchufaron a los dos Vox AC-30, y Buzz se quedó con el amplificador para bajo Ampeg, más grande. Afinaron con el piano.

—No veo al resto del grupo. ¿Esa pantalla hace falta? —preguntó Lenny.

—Sí, hace falta —dijo Laurence.

—¿Para qué sirve?

—Es un bafle.

Por la expresión de Lenny, Walli vio que él tampoco sabía qué era eso, pero no hizo comentario alguno al respecto.

Un hombre de mediana edad con chaqueta de punto entró por otra puerta. Estaba fumando. Estrechó la mano de Dave, quien evidentemente ya lo conocía, y se presentó al resto del grupo.

—Soy Eric Chapman y voy a producir vuestra audición —anunció.

«Este es el hombre del que depende nuestro futuro —pensó Walli—. Si cree que somos buenos, grabaremos un disco. Si no, habrá sido nuestra última oportunidad. ¿Cómo será? No tiene pinta de rockero. Es más del estilo Frank Sinatra.»

—Deduzco que no habéis hecho esto antes —dijo Eric—. En realidad no es muy complicado. Al principio lo mejor es que hagáis como si el equipo técnico no estuviera, intentad relajaros y tocad igual que si fuera un concierto normal y corriente. Aunque cometáis un pequeño error, seguid tocando. —Señaló a Laurence—. Larry es nuestro «botones», así que pedidle lo que queráis: té, café, un alargador, lo que sea.

Walli nunca había oído usar la palabra «botones» en ese sentido, pero suponía lo que significaba.

—Hay una cosa, Eric. Nuestro batería, Lew, ha traído su propia caja porque se siente más cómodo con ella —dijo Dave.

—¿De qué clase es?

—Es una Ludwig Oyster Black Pearl —respondió Lew.

—Podría estar bien —opinó Eric—. Adelante, móntala.

—¿Hay que tener ese bafle ahí? —preguntó Lenny.

—Me temo que sí —contestó el productor—. Hace que el piano no se acople con la batería.

«Bueno —pensó Walli—, entonces Eric sabe de lo que habla y Larry es un bocazas.»

—Si me gustáis —dijo Eric—, hablaremos de seguir colaborando. Si no, no me andaré con rodeos: os diré que no sois lo que estamos buscando. ¿Le parece bien a todo el mundo?

Todos respondieron que sí.

—Pues venga, vamos a darle caña.

Eric y Larry salieron por la puerta de aislamiento sonoro y reaparecieron al otro lado de una ventana de cristal que daba a la sala de grabación. Eric se puso los auriculares y habló por un micrófono, y el grupo oyó su voz a través de un pequeño altavoz colgado en la pared.

—¿Estáis listos?

Estaban listos.

—La cinta está en marcha. Audición de Plum Nellie, toma uno. Cuando queráis, chicos.

Lenny empezó a tocar el piano con ritmo de *boogie-woogie*. Sonaba de maravilla en el Steinway. Cuatro compases después, el grupo entró como un reloj. Tocaban esa canción en todos los conciertos, podían hacerlo con los ojos cerrados. Lenny lo dio todo y consiguió emular las florituras vocales de Jerry Lee Lewis. Cuando terminaron, Eric puso la grabación sin hacer comentario alguno.

Walli pensó que habían sonado bien, pero ¿qué le parecería al productor?

—No habéis tocado mal —dijo por el intercomunicador cuando acabó la canción—. Bueno, ¿tenéis algo más moderno?

Tocaron *Hoochie Coochie Man*. Una vez más, el piano sonó a la perfección según Walli, los acordes menores resonaban con mucha potencia.

Eric les pidió que volvieran a tocar ambas canciones, y lo hicieron. Luego salió de la cabina de control, se sentó sobre un amplificador y encendió un cigarrillo.

—Os he dicho que no me andaría con rodeos y así lo haré —dijo, y Walli supo entonces que iba a rechazarlos—. Tocáis bien, pero estáis anticuados. El mundo no necesita ni otro Jerry Lee Lewis ni otro Muddy Waters. Estoy buscando el próximo gran éxito, y vosotros no lo sois. —Dio una calada al cigarrillo y echó el humo—. Podéis quedaros con la maqueta y haced lo que queráis con ella. Gracias por venir. —Y se levantó.

Se miraron unos a otros. Todos tenían la decepción escrita en la cara.

Eric regresó a la cabina de control, y Walli, que a través del cristal lo vio sacar la cinta del equipo de grabación, se levantó con la intención de meter la guitarra en la funda.

Dave sopló en el micrófono, y el sonido se oyó amplificado. Tocó un acorde. Walli vaciló. ¿Qué estaba tramando?

Dave empezó a cantar *Love Is It*.

Walli se unió a él de inmediato, y cantaron en armonía. Lew entró con un ritmo de percusión lenta, y Buzz marcó un sencillo *walking bass*. Al final Lenny se sumó al piano.

Tocaron durante dos minutos, hasta que Larry lo desconectó todo y el grupo fue silenciado.

Era el fin, habían fracasado. Walli se sentía más decepcionado de lo que habría imaginado. Estaba seguro de que el grupo era bueno. ¿Por qué no lo veía Eric? Se quitó la cincha de la guitarra.

Entonces Eric volvió a entrar.

—¿Qué puñetas ha sido eso? —preguntó.

—Es una canción nueva que hemos aprendido —respondió Dave.

—Es totalmente diferente —dijo Eric—. ¿Por qué habéis parado?

—Larry nos ha desconectado.

—Vuelve a encenderlo todo, Larry, imbécil —espetó el productor, y se volvió hacia Dave—: ¿De dónde habéis sacado esa canción?

—Nos la ha escrito Hank Remington.

—¿El de los Kords? —Eric parecía escéptico—. ¿Por qué iba a escribiros una canción?

Dave contestó con sincera ingenuidad.

—Porque sale con mi hermana.

—Ah. Eso lo explica todo.

Antes de regresar a la cabina Eric habló en voz baja con Larry.

—Ve a telefonear a Paulo Conti —dijo—. Vive a la vuelta de la esquina. Si está en casa, dile que venga enseguida.

Larry salió del estudio.

Eric entró en la cabina de grabación.

—Cinta en marcha —dijo por el intercomunicador—. Cuando estéis listos.

Volvieron a tocar la canción.

—Otra vez, por favor —fue lo único que dijo cuando acabaron.

Después de la segunda prueba salió de nuevo. Walli temió que les comunicara que, al final, no era tan buena.

—Repitámosla —sugirió Eric—. Esta vez grabaremos primero el acompañamiento y luego la voz.

—¿Por qué? —preguntó Dave.

—Porque se toca mejor cuando no se tiene que cantar, y se canta mejor cuando no se tiene que tocar.

Grabaron la parte instrumental, después cantaron la canción mientras oían la melodía por los auriculares. A continuación, Eric salió de la cabina para escucharlo con ellos. Entonces se les unió un joven elegantemente vestido y con un corte de pelo al estilo Beatle; Paulo Conti, supuso Walli. ¿Por qué estaría allí?

Escucharon la mezcla. Eric estaba sentado en un amplificador y fumando.

—Me gusta. Es una canción bonita —dijo Paulo con acento londinense cuando terminó la grabación.

Parecía seguro y autoritario, aunque no debía de tener más de veinte años. Walli se preguntó quién le habría dado vela en ese entierro.

Eric dio una nueva calada al cigarrillo.

—Puede que tengamos algo —dijo—, pero hay un problema. El piano no suena bien. No te ofendas, Lenny, pero ese estilo a lo Jerry Lee Lewis es un poco machacón. Paulo ha venido para demostrártelo. Volvamos a grabarla con Paulo al piano.

Walli miró a Lenny. Sabía que su amigo estaba enfadado, pero estaba controlándose.

—Vamos a dejar algo claro, Eric —dijo Lenny sin moverse de la banqueta del piano—. Este es mi grupo. No puedes librarte de mí y sustituirme por Paulo.

—Yo en tu lugar no me preocuparía mucho por eso, Lenny —repuso Eric—. Paulo toca en la Real Orquesta Filarmónica y ha publicado tres discos con sonatas de Beethoven. No quiere unirse a ningún grupo de pop. A mí me gustaría, conozco a media docena de grupos que se lo quedarían en menos de lo que tú tardas en decir «superéxito».

—Está bien, mientras nos entendamos —dijo Lenny con agresividad, pues sabía que había hecho el ridículo.

Volvieron a tocar la canción, y Walli entendió de inmediato a qué se refería Eric. Paulo producía trinos sutiles con la mano derecha y acordes sencillos con la izquierda, y ese estilo encajaba mucho mejor con el tema.

Volvieron a grabar con Lenny, que intentó tocar como Paulo y lo hizo bastante bien, aunque no le dio el mismo matiz a la canción.

Grabaron el acompañamiento dos veces más, una con Paulo y otra con Lenny; luego grabaron tres veces la voz. Al final Eric quedó satisfecho.

—Bien, necesitamos una cara B. ¿Qué tenéis que sea del mismo estilo? —preguntó.

—Un momento —dijo Dave—. ¿Esto quiere decir que hemos pasado la audición?

—Pues claro que sí —aclaró Eric—. ¿Crees que me tomo tantas molestias con los grupos a los que voy a rechazar?

—Entonces... ¿*Love Is It* de Plum Nellie saldrá publicada en un disco?

—Eso espero, joder. Si mi jefe la rechaza, dejo el negocio.

A Walli le sorprendió saber que Eric tenía un jefe. Hasta ese momento había dado la impresión de ser el mandamás. Era un engaño sin importancia, pero Walli lo tuvo en cuenta.

—¿Crees que será un éxito? —preguntó Dave.

—Yo no hago predicciones, llevo demasiado tiempo en esto. Pero si creyera que iba a ser un fracaso, no estaría aquí hablando con vosotros, estaría en el bar.

Dave echó un vistazo al grupo, sonriente.

—Hemos pasado la audición —dijo.

—Ya lo creo —dijo Eric con impaciencia—. Venga, ¿qué tenéis para la cara B?

—¿Estás listo para una buena noticia? —le preguntó Eric Chapman a Dave Williams un mes después en una llamada telefónica—. Os vais a Birmingham.

Al principio Dave no sabía a qué se refería.

—¿Para qué? —preguntó. Birmingham era una ciudad industrial doscientos kilómetros al norte de Londres—. ¿Qué hay en Birmingham?

—El estudio de televisión donde graban *It's Fab!*, ¡tarugo!

—¡Oh! —Dave se quedó sin aliento por la emoción. Eric hablaba de un famoso programa donde aparecían grupos pop tocando sus temas en playback—. ¿Vamos a salir en la tele?

—¡Por supuesto que sí! *Love Is It* será su recomendación de la semana.

El disco había salido hacía cinco días. Lo habían retransmitido una vez en BBC Light Programme, y varias en Radio Luxemburgo. Para sorpresa de Dave, Eric no sabía cuántas copias se habían vendido ya; el negocio de las discográficas no era muy bueno haciendo el seguimiento de las ventas.

Eric había publicado la versión con Paulo al piano, y Lenny había fingido no advertirlo.

El productor trataba a Dave como si fuera el líder del grupo, a pesar de lo que le había dicho Lenny.

—¿Tenéis ropa apropiada para salir en el programa? —preguntó.

—Solemos llevar camisa roja y vaqueros negros.

—La televisión es en blanco y negro, así que seguramente con eso bastará. Que no se os olvide lavaros el pelo.

—¿Cuándo nos vamos?

—Pasado mañana.

—Tendré que faltar al instituto —dijo Dave con preocupación; podría ser un problema.

—Tal vez tengas que dejar el instituto, Dave.

El muchacho tragó saliva y se preguntó si el productor hablaría en serio.

—Reuníos conmigo en Euston Station a las diez de la mañana. Os daré los billetes —dijo Eric para acabar.

Dave colgó el teléfono y se quedó mirándolo. ¡Iba a salir en *It's Fab!*

Empezaba a parecer que de verdad se ganaría la vida cantando y tocando la guitarra. A medida que esa posibilidad se hacía más real, su miedo a las alternativas crecía. Menuda decepción sentiría si, después de todo, tuviera que dedicarse a un trabajo normal.

Llamó al resto del grupo enseguida, pero decidió no contárselo a su familia hasta más tarde. No quería arriesgarse a que su padre intentara impedirle viajar.

Se guardó el emocionante secreto toda la noche. Al día siguiente, a la hora de la comida pidió cita con el director del instituto, el viejo Bola de Billar.

A Dave le intimidaba estar en ese despacho. Allí, durante sus primeros días como alumno en el centro lo habían azotado en el trasero varias veces por faltas como correr por los pasillos.

Le explicó la situación al director y mintió al decir que no le había dado tiempo a presentar una autorización de su padre.

—Me parece que has decidido entre obtener una educación como Dios manda y convertirte en cantante de música pop —dijo el señor Furbelow, que pronunció las palabras «cantante de música pop» con cara de asco y poniendo gesto de que le hubieran pedido que se comiera una lata fría de comida para perros.

Dave pensó en decir: «En realidad mi sueño es convertirme en proxeneta», pero el sentido del humor de Furbelow era tan escaso como su pelo.

—Le ha dicho a mi padre que iba a suspender todos los exámenes y que iba a dejar el colegio.

—Si tu trabajo no mejora pronto y, por tanto, no apruebas los exámenes de bachillerato, no podrás completar tu formación preuniversitaria —dijo el director con retintín—. Razón de más para que no pierdas ni un solo día de clase por aparecer en un estúpido programa de televisión.

Dave pensó en rebatir el concepto de «estúpido programa», pero decidió que era una causa perdida.

—En mi opinión, un viaje a un plató de televisión podría considerarse una experiencia educativa —argumentó, cargado de razón.

—No. Hoy en día se habla demasiado de las «experiencias» educativas. La educación se imparte en las aulas.

A pesar de la cabezonería cerril de Furbelow, Dave siguió intentando razonar con él.

—Me gustaría dedicarme a la música.

—Pero si ni siquiera perteneces a la orquesta de la escuela.

—No usan ningún instrumento inventado hace menos de cien años.

—Pues mucho mejor.

A Dave le costaba cada vez más no perder los nervios.

—Yo toco la guitarra eléctrica bastante bien.

—Para mí eso no es un instrumento.

A pesar de no querer perder los nervios, Dave no pudo evitar elevar el tono de voz.

—Y entonces, ¿qué es?

Furbelow levantó la barbilla con aire de superioridad.

—Un artefacto ruidoso de esos que usan los negros.

Durante un instante el muchacho se quedó mudo. Al final perdió la paciencia.

—¡Eso es de ignorantes! —espetó.

—No te atrevas a hablarme de esa manera.

—¡No solo es usted un ignorante, sino que es un racista!

Furbelow se levantó.

—¡Sal de aquí ahora mismo!

—¡Se cree que puede ir expresando tan felizmente sus malditos prejuicios, joder, solo porque es el director quemado de un colegio para niños ricos!

—¡Calla!

—¡Jamás! —exclamó Dave, y salió del despacho.

Una vez en el pasillo pensó que no podía volver a clase.

Pasado un instante cayó en la cuenta de que no podía seguir en el instituto.

No había planeado aquello, pero en un arrebato de locura lo abandonó.

«Ya no hay vuelta atrás», pensó; y salió del edificio.

Fue a una cafetería cercana y pidió un huevo con patatas fritas. Se había cavado su propia tumba. Después de haber llamado al director «ignorante», «quemado» y «racista», no lo readmitirían bajo ningún concepto. Se sentía asustado y liberado al mismo tiempo.

Sin embargo, no se arrepentía de lo que había hecho. Tenía la oportunidad de convertirse en estrella del pop, ¡y el director del instituto quería que la dejara pasar!

Resultaba irónico, pero se sentía perdido y no sabía qué hacer con su recién descubierta libertad. Deambuló por las calles durante un par de horas y luego regresó a la puerta del instituto para esperar a Linda Robertson.

La acompañó hasta casa al salir de clase. Como era de esperar, todos los compañeros de Dave se habían percatado de su ausencia, pero los profesores no habían hecho ningún comentario al respecto. Cuando el muchacho le contó a Linda lo que había ocurrido, ella se quedó de piedra.

—¿Y de todas formas vas a ir a Birmingham?

—Ya te digo.

—Tendrás que dejar el instituto.

—Ya lo he dejado.

—¿Qué piensas hacer?

—Si el disco es un éxito, podré alquilar un piso con Walli.

—¡Vaya! ¿Y si no lo es?

—Pues entonces estoy metido en un buen lío.

Linda lo invitó a entrar en su casa. Sus padres habían salido, así que fueron al dormitorio de la chica, como ya habían hecho otras veces. Se besaron y ella dejó que le tocara los pechos, pero Dave notó que se sentía incómoda.

—¿Qué ocurre? —preguntó.

—Vas a convertirte en una estrella —dijo—. Lo sé.

—¿Y no te alegras?

—Te acosarán un montón de admiradoras guapas que te dejarán llegar hasta el final.

—¡Eso espero!

Ella rompió a llorar.

—¡Era broma! —exclamó Dave—. ¡Lo siento!

—Antes eras un niño mono con el que me gustaba hablar —dijo ella—. Ninguna chica quería besarte. Luego te uniste al grupo y te convertiste en el chico más popular del instituto, y todas me envidiaban. Ahora serás famoso y te perderé.

Dave pensó que Linda quería oírlo decir que siempre le sería fiel y se sintió tentado de jurarle amor eterno, pero se contuvo. Ella le gustaba de verdad, pero no había cumplido todavía los dieciséis años, y sabía que era demasiado joven para comprometerse tan pronto. Sin embargo, no quería herir sus sentimientos.

—Vamos a ver qué ocurre, ¿vale? —dijo al final.

Percibió la decepción en el rostro de la chica, aunque ella lo disimuló enseguida.

—Buena idea —respondió, y se secó las lágrimas.

Bajaron a la cocina y tomaron té con galletas de chocolate hasta que la madre de Linda llegó a casa.

Cuando Dave regresó a Great Peter Street nada parecía distinto, por eso supuso que no habían llamado a sus padres del instituto. Sin duda Bola de Billar preferiría anunciar algo así por carta. Eso concedía a Dave un día de gracia.

No les dijo nada a sus progenitores hasta la mañana siguiente. Su padre se marchaba a las ocho, así que Dave habló con su madre.

—No voy a volver al instituto —anunció.

Ella no perdió los estribos.

—Intenta entender la vida que ha tenido que vivir tu padre —le dijo—. Fue hijo ilegítimo, como sabes. Su madre trabajó en una fábrica del East End, donde la explotaban, antes de entrar en política. Su abuelo fue minero del carbón. A pesar de todo, tu padre estudió en una de las mejores universidades del mundo y a los treinta y un años ya era ministro del gobierno británico.

—Pero ¡yo soy diferente!

—Por supuesto que sí, pero a él le parece que quieres tirar por la borda todo lo que sus padres y sus abuelos lograron.

—Debo vivir mi propia vida.

—Ya lo sé.

—He dejado el instituto. Tuve una discusión con Bola de Billar. Seguramente recibiréis una carta de él hoy mismo.

—Oh, por Dios. A tu padre le costará perdonártelo.

—Lo sé. Por eso me voy de casa.

Su madre empezó a llorar.

—¿Y adónde irás?

Dave también tenía miedo, pero se controló.

—Me quedaré en la residencia de la Asociación Cristiana de Jóvenes unos días y luego alquilaré un piso con Walli.

Su madre le puso una mano en el brazo.

—No te enfades con tu padre. Te quiere muchísimo.

—No estoy enfadado —dijo Dave, aunque en realidad sí lo estaba—, pero no pienso dejar que me corte las alas, eso es todo.

—¡Ay, Dios mío! —exclamó ella—. Eres tan alocado como yo, e igual de cabezota.

Dave se sorprendió. Sabía que ella había sido infeliz en su primer matrimonio, pero de todas formas le costaba imaginar a su madre siendo una joven alocada.

—Espero que tus errores no sean tan graves como los míos —añadió ella.

Cuando su hijo se disponía a salir, le dio algo de efectivo que llevaba en el monedero.

Walli lo estaba esperando en el recibidor con las guitarras. En cuanto pisaron la calle desapareció todo el remordimiento, y Dave empezó a sentirse tan emocionado como asustado. ¡Iba a salir en la tele! Pero había apostado todo a esa jugada. La cabeza le daba vueltas cada vez que recordaba que había dejado el instituto y se había marchado de casa.

Cogieron el metro hasta Euston. Dave debía conseguir que la aparición en televisión fuera un éxito. Era fundamental. Si el disco no se vendía, pensó con temor, y Plum Nellie fracasaba, ¿qué ocurriría? Tendría que lavar vasos en el Jump Club, como Walli.

¿Qué podía hacer él para que la gente comprara el disco?

No tenía ni idea.

Eric Chapman estaba esperando en la estación de trenes vestido con un traje a rayas. Buzz, Lew y Lenny ya habían llegado. Cargaron sus guitarras en el tren. La batería y el amplificador no viajaban con ellos; Larry Grant los llevaba a Birmingham en una furgoneta. Sin embargo, nadie confiaba en él para el transporte de las valiosas guitarras.

—Gracias por comprar los billetes —le dijo Dave a Eric una vez en el tren.

—No me lo agradezcas. Os los descontaré del dinero que os paguen.

—Entonces… ¿la cadena de televisión te pagará a ti lo nuestro?

—Sí, yo me quedo con un veinticinco por ciento más gastos y os doy lo que sobre.

—¿Por qué? —preguntó Dave.

—Porque soy vuestro representante, por eso.

—¿Lo eres? No lo sabía.

—Bueno, pues firmaste el contrato.

—¿Lo hice?

—Sí. De no ser así no os habría grabado. ¿Tengo cara de hermanita de la caridad?

—Ah, ¿era ese papel que nos hicieron firmar antes de la audición?

—Sí.

—La recepcionista dijo que era para el seguro.

—Entre otras cosas.

Dave tuvo la sensación de que lo habían timado.

—El programa es el domingo, Eric —dijo Lenny—. ¿Por qué viajamos en jueves?

—Gran parte del programa es grabado. Solo uno o dos grupos tocan en directo el día de la emisión.

Dave estaba sorprendido. *It's Fab!* parecía una fiesta para chicos que bailaban y se lo pasaban de maravilla.

—¿Habrá público? —preguntó.

—Hoy no. Tenéis que fingir que cantáis para mil chicas chillonas que mojan las bragas por vosotros.

—Eso es fácil —dijo Buzz, el bajista—, llevo tocando para chicas imaginarias desde los trece años.

—No, si tiene razón —dijo Eric a pesar de saber que era broma—.

Mirad a cámara e imaginad a la chica más guapa que conozcáis ahí de pie quitándose el sujetador. Os prometo que os arrancará la sonrisa perfecta.

Dave se dio cuenta de que ya estaba sonriendo. Quizá el truco de Eric funcionara.

Llegaron al plató a la una. No era muy elegante. En general resultaba lóbrego, como una fábrica. Las partes que aparecían en plano eran de un glamour chabacano, pero todo lo que quedaba fuera de cámara estaba desgastado y mugriento. Había gente muy atareada por todas partes y nadie hizo caso a Plum Nellie. Dave se sintió como si todo el mundo supiera que era un novato.

Un grupo llamado Billy & the Kids estaba en el escenario cuando llegaron. Sonaba un disco a todo volumen, y ellos cantaban y tocaban en playback, porque no tenían ni micrófonos ni los instrumentos conectados a ningún amplificador. Dave sabía por sus amigos que la mayoría de los televidentes no se daban cuenta de que las actuaciones eran en playback, y se preguntó cómo podían ser tan tontos.

Lenny criticó la actuación de los alegres Billy & the Kids, pero Dave estaba impresionado. Sonreían y gesticulaban para un público inexistente, y cuando terminó la canción saludaron haciendo reverencias y agitando las manos como agradeciendo una gran ovación. Luego lo repitieron todo desde el principio sin que les faltara un ápice de energía y encanto. Dave se dio cuenta de que eran unos profesionales.

El camerino de Plum Nellie era espacioso y se veía limpio, tenía grandes espejos rodeados de bombillas al estilo Hollywood y una nevera llena de bebidas.

—Esto es mejor que a lo que estamos acostumbrados —dijo Lenny—. ¡Hay incluso papel de váter en el trono!

Dave se puso la camisa roja y luego volvió a ver cómo iba la grabación. En ese momento actuaba la cantante Mickie McFee. En los cincuenta había grabado muchos éxitos y, pasados los años, había decidido regresar a los escenarios. Tenía por lo menos treinta años, calculó Dave, pero lucía muy sexy con su jersey rosa ajustado marcando delantera. Su voz era maravillosa. Estaba interpretando una balada de soul titulada *It Hurts too Much*, y parecía negra al cantar. ¿Cómo debía de ser tener tanta confianza en uno mismo?, se preguntó Dave. Él estaba tan nervioso que sentía como gusanos en el estómago.

A los cámaras y a los técnicos les gustaba Mickie —eran casi todos de su misma generación— y la aplaudieron al terminar.

Bajó del escenario y vio a Dave.

—Hola, chico —saludó.

—Has estado genial —dijo Dave, y se presentó.

Ella le preguntó por el grupo. El muchacho estaba contándole lo de Hamburgo cuando lo interrumpió un hombre con jersey de rombos.

—Plum Nellie al escenario, por favor —dijo el hombre en voz baja—. Siento interrumpir, Mickie, cariño. —Se volvió hacia Dave—: Soy Kelly Jones, el productor. —Miró a Dave de arriba abajo—. Estás genial. Coge la guitarra. —Se volvió hacia Mickie—: Ya te lo zamparás luego.

—Deja que una chica se haga la difícil —protestó ella.

—No caerá esa breva, guapa.

Mickie hizo un gesto de despedida y se marchó.

Dave se preguntó si algo de lo que acababan de decirse iría en serio.

No tuvo mucho tiempo para seguir pensando en ello. El grupo subió al escenario y les indicaron sus posiciones. Como siempre, Lenny se levantó el cuello de la camisa, al estilo de Elvis. Dave se obligó a no estar nervioso: iba a actuar en playback, ¡ni siquiera tenía que tocar bien la canción! Entonces empezaron; Walli estaba punteando la introducción cuando entró la grabación.

Dave miró a las filas de asientos vacíos e imaginó a Mickie McFee quitándose el jersey rosa para dejar al descubierto un sujetador negro de lencería fina. Sonrió con felicidad a la cámara y cantó el estribillo.

La grabación duraba dos minutos, pero le dio la sensación de que terminaba en cinco segundos. Pensó que les pedirían que lo repitieran. Todos se quedaron esperando sobre el escenario y vieron que Kelly Jones estaba hablando acaloradamente con Eric. Transcurridos unos minutos, ambos se acercaron al grupo.

—Problemas técnicos, chicos —dijo Eric.

Dave temía que hubiera salido algo mal en la actuación, y que la retransmisión televisiva se anulara.

—¿Qué problema técnico? —preguntó Lenny.

—Eres tú, Lenny, lo siento —respondió Eric.

—¿A qué te refieres?

Eric miró a Kelly.

—Este programa —dijo Kelly— va de chavales con ropa molona y corte de pelo al estilo Beatle que enloquecen a las masas con los últimos superéxitos. Lo siento, Lenny, pero ya no eres un chaval, y tu peinado es de hace cinco años.

—Bueno, pues lo siento mucho —replicó Lenny, airado.

—Quieren que el grupo actúe sin ti, Lenny —dijo Eric.

—Olvidadlo —insistió él—. El grupo es mío.

Dave estaba aterrorizado. ¡Lo había sacrificado todo por esa oportunidad!

—Escuchad, ¿y si Lenny se peina hacia delante y se baja el cuello de la camisa? —sugirió.

—No pienso hacerlo —respondió su primo.

—Además, seguiría pareciendo demasiado mayor —comentó Kelly.

—Me da igual —dijo Lenny—. O todos o ninguno. —Echó un vistazo al grupo—. ¿Verdad, chicos?

Ninguno dijo nada.

—¿Verdad? —repitió Lenny.

Dave estaba asustado, pero se obligó a hablar.

—Lo siento, Lenny, pero no podemos perder esta oportunidad.

—¡Malditos cabrones! —espetó Lenny, furioso—. No debería haberos dejado cambiar el nombre jamás. Los Guardsmen eran un grupito de rock and roll maravilloso. Ahora somos un jodido grupo de niñatos llamado Plum Nellie.

—Bien —dijo Kelly con impaciencia—. Volveréis al escenario sin Lenny y repetiréis la actuación.

—¿Y a mí me echan de mi propio grupo? —preguntó Lenny.

Dave se sentía como un traidor.

—Es solo por hoy —dijo.

—No, no es solo por hoy —replicó Lenny—. ¿Cómo voy a decirles a mis amigos que mi grupo sale por la tele y que yo no aparezco? ¡A la mierda! O todo o nada. Si me voy ahora, me voy para siempre.

Todos callaron.

—Está bien —dijo Lenny, y salió del estudio.

Los miembros del grupo estaban abochornados.

—Ha sido brutal —dijo Buzz.

—Así es el mundo del espectáculo —repuso Eric.

—Vamos a por otra toma, por favor —añadió Kelly.

Dave tenía miedo de no poder actuar igual de contento que antes después de una escena tan trágica, pero, para su sorpresa, logró hacerlo bien.

Tocaron la canción dos veces, y Kelly dijo que le había encantado su actuación. Agradeció su comprensión y añadió que esperaba volver a tenerlos pronto en el programa.

Cuando el resto del grupo regresó al camerino, Dave se quedó un rato en el plató y se sentó en la parte del público, donde no había nadie. Estaba emocionalmente agotado. Se había estrenado en televisión y había traicionado a su primo. No podía evitar recordar los sabios consejos que le había dado Lenny. «Soy un maldito desagradecido», pensó.

Cuando fue a reunirse con los demás, se asomó por una puerta abierta y vio a Mickie McFee en su camerino, con una copa en la mano.

—¿Te gusta el vodka? —preguntó ella.

—No sé a qué sabe —respondió Dave.

—Yo te lo enseñaré.

Cerró la puerta de una patada, le rodeó el cuello con los brazos y lo besó abriendo la boca. Le sabía la lengua a alcohol, algo parecido a la ginebra. Dave correspondió el beso con entusiasmo.

Ella se apartó, sirvió más vodka en el vaso y se lo ofreció al chico.

—No, bebe tú —dijo Dave—. Yo lo prefiero así.

Mickie vació el vaso y volvió a besarlo.

—Eres un auténtico muñequito, ¡cariño! —exclamó después de un rato.

Retrocedió un paso y, para asombro y deleite de Dave, se quitó el jersey rosa y lo lanzó a un lado.

Llevaba un sujetador negro.

33

La abuela de Dimka, Katerina, murió de un ataque al corazón a la edad de setenta años. La enterraron en el cementerio de Novodévichi, un pequeño parque lleno de monumentos y discretas capillas. Todas las lápidas estaban cubiertas por una hermosa capa de nieve, como si fueran porciones de pastel con cobertura de nata.

Ese prestigioso lugar de reposo estaba reservado a los ciudadanos más destacados; Katerina tenía un sepulcro allí porque un día el abuelo Grigori, héroe de la Revolución de Octubre, acabaría enterrado en esa misma tumba. Habían estado casados durante casi cincuenta años. El abuelo de Dimka parecía aturdido, como si no entendiera nada mientras veía cómo metían a la compañera de toda su vida en la tierra helada.

Dimka se preguntó qué debía de sentirse al haber amado a una mujer durante medio siglo y perderla de pronto, en lo que dura un latido.

—Qué afortunado he sido de tenerla. Qué afortunado… —no dejaba de repetir Grigori.

Un matrimonio así debía de ser lo mejor del mundo, pensó Dimka. Se habían querido y habían sido felices juntos. Su amor había sobrevivido a dos guerras mundiales y a una revolución. Habían tenido hijos y nietos.

¿Qué comentaría la gente sobre su propio matrimonio, se preguntó, cuando lo enterraran en Moscú, quizá al cabo de otros cincuenta años? «No digas que un hombre es feliz hasta que haya muerto», había escrito el dramaturgo Esquilo. Dimka había escuchado esa cita en la universidad y siempre la recordaba. Las promesas de juventud podían verse malogradas por una tragedia posterior; el sufrimiento solía verse recompensado por la sabiduría. Según la leyenda familiar, la joven

Katerina había preferido al hermano de Grigori, el maleante Lev, que había huido a Estados Unidos y la había abandonado estando ella embarazada. Grigori se había casado con Katerina y había criado a Volodia como si fuera su hijo. La felicidad de la pareja había tenido unos comienzos adversos, lo cual demostraba que Esquilo tenía razón.

Un embarazo inesperado había motivado también el matrimonio del propio Dimka, así que tal vez Nina y él pudieran terminar siendo tan felices como Grigori y Katerina. Eso era lo que Dimka anhelaba, a pesar de lo que sentía por Natalia. Cómo le habría gustado olvidarla...

Miró al otro lado de la tumba, donde estaban su tío Volodia y su tía Zoya con sus dos hijos adolescentes. Zoya, a sus cincuenta años de edad, era una mujer de belleza serena. Ahí tenía otro matrimonio que parecía haber encontrado una felicidad duradera.

En el caso de sus padres no lo tenía tan claro. Su difunto padre había sido un hombre frío. Quizá fuera a consecuencia de haber trabajado para la policía secreta: ¿cómo podía alguien que desempeñaba una labor tan cruel mostrarse cariñoso y comprensivo? Dimka contempló a su madre, Ania, que lloraba por haber perdido a la suya. Le parecía que era más feliz desde que había muerto su marido.

Miró a Nina con el rabillo del ojo. Se la veía solemne, pero no había llorado. ¿Era feliz casada con él? Ya se había divorciado en una ocasión, y cuando conoció a Dimka le dijo que no quería volver a casarse y que no podía tener hijos. Pero allí estaba, a su lado, en calidad de esposa y sosteniendo a Grigor, su hijo de nueve meses, envuelto en una manta de piel de oso. Dimka a veces tenía la sensación de que no sabía ni remotamente lo que le pasaba por la cabeza.

Puesto que el abuelo Grigori había participado en el asalto al Palacio de Invierno de 1917, mucha gente había acudido a darle el último adiós a su esposa. Algunos eran importantes dignatarios soviéticos, como Leonid Brézhnev, el secretario del Comité Central con sus pobladas cejas, que estrechó la mano a todos los dolientes. También había acudido el mariscal Mijaíl Pushnói, que de joven había sido protegido de Grigori durante la Segunda Guerra Mundial. Pushnói, un donjuán con sobrepeso, se acariciaba el abundante bigote gris mientras desplegaba todos sus encantos ante la tía Zoya.

En previsión de esa distinguida concurrencia, el tío Volodia había organizado una recepción en un restaurante que quedaba cerca de la Plaza Roja. Los restaurantes eran lugares deprimentes, con camareros huraños y comida pobre. Dimka había oído decir, tanto a Grigori como a Volodia, que en Occidente eran diferentes. Sin embargo, aquel era un local típicamente soviético. Los ceniceros ya rebosaban cuando llegaron, y los aperitivos estaban rancios: blinis secos y trocitos de pan tostado curvos, con rodajas casi transparentes de huevo duro y pescado ahumado. Por suerte, ni siquiera los rusos podían estropear el vodka, y de eso había para dar y tomar.

La crisis soviética de los alimentos había terminado. Jrushchov había conseguido importar cereales de Estados Unidos y otros países, de modo que no pasarían hambre ese invierno. Con todo, la emergencia había puesto de manifiesto un desencanto que venía de antiguo. Jrushchov había depositado todas sus esperanzas en la modernización de la agricultura soviética para hacerla más productiva… y había fracasado. Siempre despotricaba contra la ineficacia, la ignorancia y la torpeza, pero no había hecho ningún progreso en la lucha contra esos males. La agricultura, además, simbolizaba la ineficacia generalizada de sus reformas. A pesar de las ideas de línea disidente de Jrushchov y sus repentinos cambios radicales, la URSS seguía yendo décadas por detrás de Occidente en todo salvo en potencia militar.

Sin embargo, lo peor era que la oposición a Jrushchov dentro del Kremlin procedía de hombres que no deseaban más reformas sino menos, conservadores retrógrados como Pushnói, el acicalado mariscal, y Brézhnev, que no dejaba de dar palmaditas en la espalda a todo el mundo. Ambos rugieron de risa en ese preciso instante tras escuchar una de las batallitas de guerra del abuelo Grigori. Dimka nunca había estado tan preocupado por el futuro de su país, su dirigente y su propia carrera.

Nina le pasó al niño y fue a por algo de beber. Un minuto después ya estaba con Brézhnev y el mariscal Pushnói, y se sumó a sus carcajadas. Dimka se había fijado en que la gente siempre reía mucho en los funerales, era la reacción natural tras la solemnidad del entierro.

Pensó entonces que Nina tenía derecho a pasárselo bien. Después de haber llevado a Grigor en su vientre, haber dado a luz y haberlo amamantado, hacía un año entero que no se divertía mucho.

Ya no estaba enfadada con Dimka por que le hubiera mentido la noche en que mataron a Kennedy. Dimka la había apaciguado con otro embuste. «Sí que he estado en el trabajo, solo que luego he ido a tomar una copa con algunos compañeros», le había dicho. Ella había seguido molesta un tiempo, pero cada vez menos, y por fin parecía haber olvidado el incidente. Dimka estaba bastante seguro de que no sospechaba de sus sentimientos ilícitos hacia Natalia.

Decidió ir a buscar a su familia con Grigor en brazos para presumir con orgullo del primer diente del niño. El restaurante ocupaba la planta baja de una casa vieja y tenía las mesas repartidas por diversas salas, cada una de un tamaño diferente. Dimka terminó en la habitación más alejada, con el tío Volodia y la tía Zoya.

Fue allí donde su hermana lo arrinconó.

—¿Has visto cómo se está comportando Nina? —preguntó Tania.

Dimka se echó a reír.

—¿Se está emborrachando?

—Y coquetea.

Él ni se inmutó. De todas formas no era quién para condenar a Nina; él hacía lo mismo cuando iba al Moskvá Bar con Natalia.

—Esto es una celebración —dijo.

Tania nunca medía sus palabras cuando hablaba con su hermano mellizo.

—Me he dado cuenta de que se ha dirigido directamente a los hombres de mayor rango de la sala. Bréžnev acaba de irse, pero tu mujer sigue dedicándole caídas de ojos al mariscal Pushnói... que debe de tener veinte años más que ella.

—A algunas mujeres el poder les resulta atractivo.

—¿Sabías que su primer marido la trajo de Perm a Moscú y le consiguió el trabajo en el sindicato del acero?

—No, no lo sabía.

—Y después ella lo dejó.

—¿Cómo sabes eso?

—Me lo contó su madre.

—Lo único que Nina ha conseguido de mí es a nuestro hijo.

—Y un piso en la Casa del Gobierno.

—¿Crees que es una cazafortunas o algo así?

—Me preocupo por ti. Eres muy listo en todo... salvo en cuestiones de mujeres.

—Nina es un poco materialista. No es el peor de los defectos.

—O sea que no te importa...

—En absoluto.

—De acuerdo, pero si le hace daño a mi hermano le arranco los ojos.

Daniíl entró en el comedor del edificio de la TASS y se sentó frente a Tania. Dejó su bandeja y se introdujo una esquina del pañuelo por el cuello de la camisa a modo de servilleta para protegerse la corbata.

—A la gente de *Novi Mir* le ha gustado *Congelación* —dijo.

Tania estaba entusiasmada.

—¡Bien! —exclamó—. Han tardado bastante... Debe de hacer ya seis meses. ¡Pero es una noticia estupenda!

Daniíl sirvió agua en un vaso de plástico.

—Será una de las piezas más atrevidas que hayan publicado jamás.

—¿O sea que van a publicarlo?

—Sí.

Deseó poder contárselo a Vasili, pero tendría que enterarse por sí solo. Tania se preguntó si conseguiría encontrar la revista; debía de estar disponible en las bibliotecas de Siberia.

—¿Cuándo?

—Todavía no lo han decidido, pero no les gusta hacer nada con prisa.

—Tendré paciencia.

El timbre del teléfono despertó a Dimka.

—No me conoce, pero tengo información para usted —anunció una voz de mujer.

Dimka estaba desconcertado. La voz era la de Natalia, y él lanzó una mirada culpable a su esposa, Nina, que estaba tumbada a su lado. Todavía tenía los ojos cerrados. Dimka miró el reloj: eran las cinco y media de la madrugada.

—No haga preguntas —dijo Natalia.

El cerebro de Dimka empezó a elucubrar. ¿Por qué fingía Natalia que no lo conocía? Era evidente que quería que él hiciera lo mismo. ¿Sería por miedo a que el tono de sus respuestas desvelara su relación íntima ante su esposa, que yacía en la cama junto a él?

—¿Quién es? —inquirió él siguiéndole el juego.

—Están conspirando contra su jefe.

Dimka se dio cuenta de que su primera suposición no era correcta. Lo que Natalia temía era que el teléfono estuviera intervenido, y quería asegurarse de que Dimka no revelase a los espías del KGB la identidad de quien llamaba.

Sintió el frío del miedo. Fuera verdad o no, aquello suponía problemas para él.

—¿Quién está conspirando? —preguntó.

A su lado, Nina abrió los ojos.

—No tengo ni idea de lo que pasa... —murmuró Dimka encogiéndose de hombros con impotencia en dirección a su mujer.

—Leonid Brézhnev está tanteando a otros miembros del Presídium sobre un posible golpe de Estado.

—Mierda.

Brézhnev era uno del puñado de hombres más poderosos que estaban por debajo de Jrushchov. También era un personaje conservador y falto de imaginación.

—Ya tiene a Podgorni y a Shelepin de su lado.

—¿Cuándo? —dijo Dimka desobedeciendo una vez más la instrucción de que no hiciera preguntas—. ¿Cuándo atacarán?

—Arrestarán al camarada Jrushchov cuando regrese de Suecia.

Jrushchov tenía previsto un viaje a Escandinavia en junio.

—Pero ¿por qué?

—Creen que está perdiendo la cabeza —respondió Natalia.

Entonces se cortó la comunicación.

Dimka colgó el teléfono.

—Mierda —volvió a mascullar.

—¿Qué sucede? —preguntó Nina, medio dormida.

—Nada, problemas de trabajo. Duerme.

Jrushchov no estaba perdiendo la cabeza, pero sí estaba deprimido y oscilaba entre una alegría frenética y una pesadumbre profunda. La raíz de su desasosiego se encontraba en la crisis agrícola. Por desgracia, a Jrushchov enseguida lo seducían las soluciones instantáneas: fertilizantes milagro, polinización especial, cepas nuevas. La única propuesta que se negaba a considerar era relajar el control central. Y sin embargo, esa era la mejor opción que tenía la Unión Soviética. Brézhnev no era reformista. Si se convertía en el nuevo líder, el país retrocedería.

No era solo el futuro de Jrushchov lo que preocupaba a Dimka en esos momentos, sino también el suyo. Tenía que hablarle a su jefe de esa llamada. Tras sopesarlo, decidió que eso era menos peligroso que ocultarla. No obstante, Jrushchov seguía teniendo lo bastante de campesino para castigar al mensajero que le llevara una mala noticia.

Dimka se preguntó si no había llegado el momento de saltar del barco y abandonar el servicio del primer secretario. No sería sencillo, pues los burócratas soviéticos solían ir allí donde se les ordenaba. Aun así, siempre había una forma de eludir las órdenes; tal vez pudiera convencer a otra figura prominente de que solicitara el traslado de un joven asistente a su oficina, quizá porque necesitara las habilidades especiales de ese asistente en concreto. Era una posibilidad. Dimka podía intentar conseguir un puesto trabajando para alguno de los conspiradores, tal vez Brézhnev, pero ¿qué sentido tendría aquello? Aunque salvara su carrera, ¿con qué propósito lo haría? Dimka no pensaba pasarse la vida ayudando a Brézhnev a detener el progreso.

Sin embargo, si querían sobrevivir, el primer secretario y él tenían que adelantarse a esa conspiración. Lo peor que podían hacer era esperar a ver qué ocurría.

Estaban a 17 de abril de 1964, el septuagésimo cumpleaños de Jrushchov. Dimka sería el primero en felicitarlo.

Grigor se echó a llorar en la habitación contigua.

—Lo ha despertado el teléfono —dijo Dimka.

Nina bostezó y se levantó.

Él se lavó y se vistió deprisa, después sacó la moto del garaje y se acercó con ella a la residencia de Jrushchov en las Colinas de Lenin, un barrio del extrarradio.

Llegó al mismo tiempo que una camioneta con un regalo de cumpleaños y observó a los hombres de seguridad que entraban en el salón cargando con una enorme consola con radio y televisor. Llevaba una placa metálica con una inscripción:

DE SUS CAMARADAS EN EL TRABAJO
DEL COMITÉ CENTRAL
Y EL CONSEJO DE MINISTROS

Jrushchov solía decirle malhumorado a la gente que no despilfarrara el dinero público para comprarle regalos, pero todo el mundo sabía que en el fondo le encantaba recibirlos.

Iván Tépper, el mayordomo, acompañó a Dimka al piso de arriba y lo condujo hasta el vestidor del jefe. Allí un traje oscuro nuevo colgaba listo para ser estrenado el día de las celebraciones en su honor. Las tres estrellas de Héroe del Trabajo Socialista del primer secretario ya estaban colgadas en la pechera de la chaqueta. Jrushchov estaba sentado en bata, bebiendo té y hojeando los periódicos.

Dimka le habló de la llamada telefónica mientras Iván Tépper lo ayudaba a ponerse la camisa y la corbata. El micrófono del KGB en el teléfono de Dimka, si es que lo había, confirmaría su versión de que la llamada había sido anónima, suponiendo que Jrushchov quisiera comprobarlo. Natalia había sido inteligente, como siempre.

—No sé si es importante o no, y creo que no soy yo quién para juzgarlo —expuso Dimka con cautela.

Jrushchov reaccionó con desdén.

—Aleksandr Shelepin no está preparado para ser líder —opinó. Shelepin era viceprimer ministro y antiguo jefe del KGB—. Nikolái Podgorni es estrecho de miras, y Brézhnev tampoco está hecho para el cargo. ¿Sabías que solían llamarlo «primera bailarina»?

—No —contestó Dimka.

Resultaba difícil imaginar a alguien menos parecido a una bailarina que Brézhnev, un hombre bajo, fornido y desgarbado.

—Antes de la guerra, cuando era secretario de la provincia de Dni-propetrovsk.

Dimka comprendió que debía hacer la pregunta evidente:

—¿Por qué?

—¡Porque cualquiera podía hacerlo girar hacia donde quisiera! —soltó Jrushchov, que rió con ganas y se puso la chaqueta.

De manera que la amenaza de golpe de Estado le parecía un chiste. Dimka se sintió aliviado al ver que no lo acusaba de dar crédito a rumores estúpidos, pero una preocupación sustituyó a la otra. ¿Acertaría Jrushchov con su intuición? Hasta el momento sus instintos habían sido certeros, pero Natalia siempre era la primera en enterarse de todo, y Dimka no la había visto equivocarse jamás.

Entonces su jefe tiró de otro hilo y entornó sus ojos de campesino astuto antes de hablar.

—¿Tienen esos conspiradores algún motivo para estar desconten-tos? Ese informante anónimo debe de haberte dicho algo.

Era una pregunta embarazosa. Dimka no se atrevía a decirle a Jrushchov que la gente creía que estaba loco.

—Las cosechas —dijo improvisando a la desesperada—. Lo culpan a usted por la sequía del año pasado.

Esperó que algo tan poco convincente resultara inofensivo.

Jrushchov no se ofendió, pero sí se molestó.

—¡Tenemos nuevos métodos! —exclamó con rabia—. ¡Tienen que hacer más caso a Lisenko!

Toqueteó los botones de la chaqueta y luego dejó que Tépper se los abrochara.

Dimka mantenía el semblante impertérrito. Trofim Lisenko era un charlatán con palabrería científica, un arribista inteligente que se había granjeado el favor del primer secretario aunque sus investigaciones valían menos que nada. Su promesa de aumentar las cosechas no se había materializado, pero aun así había logrado convencer a los líderes políticos de que sus oponentes eran «antiprogreso», una acusación tan letal en la URSS como la de «comunista» en Estados Unidos.

—Lisenko está realizando experimentos con vacas —siguió dicien-do Jrushchov—. ¡Sus rivales usan moscas de la fruta! ¿A quién le im-portan un comino las moscas de la fruta?

Dimka recordó a su tía Zoya hablando sobre la investigación cien-tífica.

—Tengo entendido que los genes evolucionan más rápidamente en las moscas de la fruta…

—¿Genes? —espetó Jrushchov—. ¡Tonterías! Nadie ha visto nunca un gen.

—Nadie ha visto nunca un átomo, pero aquella bomba destruyó Hiroshima. —Dimka lamentó esas palabras nada más haberlas pronunciado.

—¡Qué sabrás tú de eso! —rugió Jrushchov—. ¡No haces más que repetir lo que has oído como si fueras un loro! La gente sin escrúpulos utiliza a ingenuos como tú para difundir sus mentiras. —Agitó un puño en el aire—. Conseguiremos mejores cosechas. ¡Ya lo verás! Quita de en medio.

Jrushchov apartó a Dimka y salió de la habitación.

Iván Tépper se encogió de hombros como ofreciendo una disculpa.

—No te preocupes —dijo Dimka—. Ya se ha enfadado conmigo otras veces. Mañana no se acordará de esto.

Esperó que así fuera.

La ira de Jrushchov no era tan preocupante como sus errores de cálculo. Se había equivocado con la agricultura. Alekséi Kosiguin, que era el mejor economista del Presídium, tenía planes para una reforma que consistían, entre otras cosas, en relajar la presión que los ministerios ejercían sobre la agricultura y otros sectores. Esa era la forma correcta de proceder, en opinión de Dimka; no había curas milagrosas.

¿Se equivocaba Jrushchov también con los conspiradores? Dimka no lo sabía. Había hecho todo lo posible por advertir a su jefe, pero no podía organizar un contragolpe él solo.

Mientras bajaba a la planta principal oyó los aplausos que salían por la puerta abierta del comedor. Jrushchov recibía las felicitaciones del Presídium. Dimka se detuvo en el vestíbulo y, cuando el aplauso remitió, oyó la lenta voz de bajo de Brézhnev.

—¡Querido Nikita Serguéyevich! Nosotros, sus camaradas de armas, miembros del Presídium y candidatos a él, así como secretarios del Comité Central, le hacemos llegar nuestras felicitaciones especiales y nos congratulamos con fervor de acompañar a nuestro íntimo amigo personal, además de camarada, en su septuagésimo cumpleaños.

Era un parlamento empalagoso, aun para una celebración soviética.

Lo cual era mala señal.

Unos días después a Dimka le asignaron una dacha.

Tenía que pagar un alquiler, pero era simbólico. Igual que sucedía con la mayoría de los lujos en la Unión Soviética, lo complicado no era el precio sino llegar al primer puesto de la lista.

Una dacha —una residencia vacacional para el fin de semana— era la primera ambición de todas las parejas soviéticas que ascendían en el escalafón; la segunda era un coche. Las dachas solían asignarse solo a miembros del Partido Comunista, evidentemente.

—Me pregunto cómo lo habremos conseguido —se extrañó Dimka tras abrir la carta.

Nina no creía que hubiera ningún misterio.

—Trabajas para Jrushchov —dijo—. Hace tiempo que deberían habértela asignado.

—No creas. Suelen requerirse varios años más de servicio. No se me ocurre nada que haya hecho yo recientemente y que haya complacido en especial al primer secretario. —Recordó la discusión sobre los genes—. De hecho, ha sido justo al contrario.

—Le caes bien. Alguien le pasó una lista de dachas vacías y él escribió tu nombre junto a una. No dedicó ni cinco segundos a pensarlo.

—Seguro que tienes razón.

Una dacha podía ser tanto un palacio junto al mar como un cobertizo en una parcela de campo. El domingo siguiente Dimka y Nina fueron a averiguar cómo era la suya. Prepararon algo de comida para llevar y luego tomaron un tren con el pequeño Grigor hacia un pueblo que quedaba a cincuenta kilómetros de Moscú. Estaban impacientes y llenos de curiosidad. Un empleado de la estación les dijo cómo llegar a su dacha, que era conocida por el nombre de La Caseta. Tardaron quince minutos a pie.

La casa era una cabaña de madera de una sola planta. Tenía un salón grande, donde también estaba la cocina, y dos dormitorios. Se levantaba en un pequeño jardín que descendía hasta un riachuelo. A Dimka aquello le pareció el paraíso. De nuevo se preguntó qué había hecho para tener tanta suerte.

A Nina también le gustó. Estaba emocionada y no dejaba de recorrer las habitaciones y abrir los armarios. Hacía meses que Dimka no la veía tan contenta.

Grigor, que no caminaba del todo pero sí se tambaleaba dando pasitos, parecía encantado de tener un lugar nuevo en el que tropezar y caer.

Dimka se sintió imbuido de optimismo. Vislumbraba un futuro en el que Nina y él iban a esa casa todos los fines de semana del verano, un año tras otro. Con cada estación que pasara quedarían maravillados de lo cambiado que estaría Grigor respecto al año anterior. Medirían lo que había crecido su hijo en veranos: el pequeño empezaría a hablar en la siguiente estación, un verano después sería capaz de atrapar una pelota, luego de leer, luego de nadar. En esa dacha sería un bebé que daría sus primeras carreras, luego un niño que treparía a un árbol del jardín, luego un adolescente con granos, luego un joven que conquistaría a las chicas del pueblo.

Hacía más de un año que nadie habitaba la casa, así que abrieron todas las ventanas de par en par y se pusieron a quitar el polvo de las superficies y a barrer el suelo. Estaba medio amueblada, y empezaron a hacer una lista de cosas que llevarían en la siguiente ocasión: una radio, un samovar, un cubo.

—En verano yo podría venir con Grigor los viernes por la mañana —dijo Nina mientras lavaba unos cuencos de cerámica en el fregadero—, y tú podrías venir por la noche, o el sábado por la mañana, si tuvieras que trabajar hasta tarde.

—¿No te dará miedo estar aquí sola de noche? —preguntó Dimka, que intentaba quitar con un estropajo la capa de grasa que cubría los fogones—. Esto está un poco apartado.

—No soy asustadiza, ya lo sabes.

Grigor gritó de hambre, y Nina se sentó con él a darle de comer. Dimka salió fuera a echar un vistazo. Pensó que tendría que levantar una valla al final del jardín para evitar que Grigor se cayera al río. No era muy profundo, pero en alguna parte había leído que un niño podía ahogarse en solo ocho centímetros de agua.

También había un muro con una verja por la que se pasaba a otro jardín, más grande. Dimka se preguntó quiénes serían sus vecinos. La verja no estaba cerrada con candado, de modo que la abrió y pasó. Se encontró en un pequeño bosque y decidió explorarlo. Así llegó a una casa bastante grande, y supuso que su dacha debió de ser antaño la vivienda del jardinero de la gran casa.

Como no quería invadir la intimidad de nadie, dio media vuelta… y se encontró cara a cara con un soldado de uniforme.

—¿Quién es usted? —preguntó el hombre.

—Dimitri Dvorkin. Voy a ocupar la casita de al lado.

—Qué suerte… Es una joya.

—Estaba explorando, espero no haber entrado donde no debía.

—Será mejor que se quede en su lado del muro. Esta casa pertenece al mariscal Pushnói.

—¡Ah! —exclamó Dimka—. ¿Pushnói? Es amigo de mi abuelo.

—Entonces por eso le han dado la dacha —opinó el soldado.

—Sí —repuso Dimka, aunque se sentía algo inquieto—. Supongo que sí.

34

El apartamento de George estaba en la última planta de una casa victoriana adosada, estrecha y alta, en el barrio de Capitol Hill. Él prefería esa vivienda a un edificio moderno; le gustaban las proporciones de las habitaciones decimonónicas. Tenía sillas de cuero, un tocadiscos de alta fidelidad, muchas estanterías para libros y estores de lona lisa en las ventanas, en lugar de cortinas recargadas.

El piso tenía mucha mejor pinta cuando Verena estaba allí.

A George le encantaba verla haciendo cosas cotidianas en su casa: sentarse en el sofá, quitarse los zapatos, servirse un café en bragas y sujetador, cepillarse los dientes perfectos desnuda en el baño. Lo que más le gustaba era verla dormida en su cama, como estaba en ese momento, con la boca de suaves labios entreabierta, su preciosa cara en reposo, un brazo largo y estilizado echado hacia atrás de manera que dejaba ver la imagen extrañamente sensual de su axila. Se inclinó sobre ella y la besó en ese punto. Verena dejó escapar un gemido pero no despertó.

La joven se quedaba en su piso cada vez que se desplazaba a Washington, lo cual sucedía una vez al mes. A George lo estaba volviendo loco. La quería a su lado todos los días, pero ella no estaba dispuesta a dejar su trabajo con Martin Luther King en Atlanta, y George no podía abandonar a Bobby Kennedy. Así que se hallaban atascados.

Se levantó y fue desnudo a la cocina. Puso en marcha la cafetera y pensó en Bobby, que se vestía con la ropa de su hermano y pasaba demasiado tiempo dándole la mano a Jackie junto a la tumba mientras dejaba que su carrera política se fuera al garete.

Bobby era la opción preferida de la opinión pública para ocupar el cargo de vicepresidente. El presidente Lyndon Johnson no le había pedido aún que fuera su compañero de candidatura para las elecciones del noviembre siguiente, pero tampoco lo había descartado. Los dos hombres no se llevaban nada bien, pero eso no implicaba necesariamente que no pudieran formar equipo para conseguir una victoria demócrata.

Sea como fuere, Bobby no tenía más que realizar un pequeño esfuerzo para hacerse amigo de Johnson. Con un poco de adulación, se conseguía mucho de Lyndon. George lo había planeado todo con su amigo Skip Dickerson, alguien muy cercano al nuevo presidente. Una cena en honor a Johnson en la mansión que Bobby y Ethel tenían en Virginia, Hickory Hill; unos cuantos apretones de mano efusivos a la vista de todos en los pasillos del Capitolio; un discurso en el que Bobby dijera que Lyndon era un digno sucesor de su hermano. Podía lograrse sin dificultad.

George esperaba lograrlo. Una campaña electoral podía sacar a Bobby del letargo de su duelo. Y a él mismo le entusiasmaba la perspectiva de trabajar en la campaña de unas elecciones presidenciales.

Bobby podía convertir en algo especial el puesto de vicepresidente, que normalmente era irrelevante, igual que había revolucionado antes el papel del secretario de Justicia. Se transformaría en un defensor destacado de las causas en las que creía, como los derechos civiles.

Sin embargo, antes había que reanimarlo de alguna forma.

George sirvió dos tazas de café y regresó al dormitorio. Antes de volver a meterse bajo las sábanas encendió el televisor. Tenía un aparato en todas las habitaciones, igual que Elvis; se sentía inquieto si pasaba mucho tiempo sin enterarse de las noticias.

—Vamos a ver quién ha ganado las primarias republicanas en California —dijo.

—Me vas a matar con tanto romanticismo, cariño —repuso Verena, medio dormida.

George soltó una carcajada. Verena le hacía reír a menudo. Era una de las cosas que más le gustaban de ella.

—¡Mira quién habla! —preguntó—. Si tú tampoco quieres perderte las noticias…

—Vale, tienes razón.

Verena se sentó en la cama y tomó un sorbo de café. La sábana resbaló sobre su cuerpo, y George tuvo que obligarse a apartar la mirada para fijarse en la pantalla del televisor.

Los candidatos principales al nombramiento republicano eran Barry Goldwater, el senador derechista de Arizona, y Nelson Rockefeller, el gobernador liberal de Nueva York. Goldwater era un extremista que abominaba de los sindicatos de trabajadores, la seguridad social, la Unión Soviética y, sobre todo, los derechos civiles. Rockefeller era integracionista y admirador de Martin Luther King.

Hasta entonces habían estado muy igualados en la batalla, pero el resultado de las primarias de California, que se habían celebrado el día anterior, sería decisivo. El ganador se quedaría con todos los delegados de ese estado, aproximadamente un quince por ciento del total de los asistentes a la convención republicana. Quienquiera que hubiese ganado la noche anterior sería, casi con total seguridad, el candidato republicano a las elecciones presidenciales.

La pausa publicitaria acabó entonces, y empezó el informativo, que abrió con las primarias. Goldwater había ganado. La victoria había sido ajustada —un 52 por ciento frente a un 48 por ciento—, pero Goldwater tenía todos los delegados de California.

—Mierda —exclamó George.

—Amén a eso —dijo Verena.

—Es una noticia espantosa. Tendremos a un racista recalcitrante como candidato a la presidencia.

—Puede que en realidad sea una buena noticia —arguyó ella—. Quizá todos los republicanos sensatos voten al Partido Demócrata para impedir que Goldwater sea presidente.

—Espero que tengas razón.

Sonó el teléfono, y George contestó desde el supletorio que tenía junto a la cama. De inmediato reconoció el arrastrado acento sureño de Skip Dickerson.

—¿Has visto el resultado?

—Ha ganado ese maldito Goldwater —dijo George.

—Creemos que es una buena noticia —explicó Skip—. Rockefeller podría haber vencido a nuestro hombre, pero Goldwater es demasiado conservador. Johnson lo hará trizas en noviembre.

—Eso mismo opina la gente de Martin Luther King.

—¿Cómo lo sabes?

Lo sabía porque se lo había dicho Verena.

—He hablado con… algunos de ellos.

—¿Ya? Pero si acaban de anunciar el resultado. No estarás metido en la cama con el doctor King, ¿verdad, George?

George se echó a reír.

—¿A ti qué te importa con quién me meto en la cama? Bueno, ¿qué ha dicho Johnson cuando le has dado el resultado?

Skip vaciló antes de contestar.

—No te va a gustar.

—Después de eso, tienes que decírmelo.

—Está bien, ha dicho: «Ahora ya puedo ganar sin la ayuda de ese cabrón». Lo siento, pero has preguntado.

—Maldita sea.

El «cabrón» era Bobby. George comprendió enseguida el cálculo político que había hecho Johnson. Si Rockefeller hubiese sido su oponente, él habría tenido que luchar por los votos liberales, y llevar a Bobby en la lista lo habría ayudado a conseguirlos. Sin embargo, enfrentándose a Goldwater podía contar automáticamente con todos los liberales, tanto los demócratas como muchos de los republicanos. Su problema sería, por el contrario, asegurar los votos de los blancos de clase trabajadora, muchos de los cuales eran racistas. De manera que ya no necesitaba a Bobby; de hecho, Bobby se había convertido en un lastre.

—Lo siento, George, pero, ya sabes, esto es *realpolitik*.

—Sí, bueno. Se lo diré a Bobby, aunque seguramente ya lo sospechará. Gracias por comunicármelo.

—Faltaría más.

George colgó.

—Johnson ya no quiere a Bobby como compañero de candidatura —informó a Verena.

—Lógico. Bobby no le gusta, y ahora ya no lo necesita. ¿A quién escogerá en su lugar?

—A Gene McCarthy, a Hubert Humphrey o a Thomas Dodd.

—¿Dónde deja eso a Bobby?

—Ahí está el problema. —George se levantó y bajó el volumen del televisor hasta que no se oyó más que un murmullo, luego volvió a la cama—. Desde el asesinato, Bobby no vale nada como secretario de Justicia. Yo sigo presionándolo para que se querelle contra los estados del Sur que impiden votar a los negros, pero él no está muy interesado. También se ha olvidado por completo del crimen organizado… ¡y eso que le estaba yendo muy bien! Conseguimos condenar a Jimmy Hoffa, pero Bobby casi ni se enteró.

—¿Y dónde te deja eso a ti? —preguntó Verena con sagacidad.

Era una de las pocas personas capaces de adelantarse a los acontecimientos más deprisa que el propio George.

—Puede que dimita —dijo George.

—Caray.

—Llevo seis meses achicando agua y no pienso hacerlo durante mucho tiempo más. Si de verdad Bobby está en las últimas, tendré que seguir mi camino. Lo admiro más que a ningún otro hombre, pero no pienso sacrificar mi vida por él.

—¿Qué quieres hacer?

—Seguramente podría conseguir un buen empleo en un bufete de abogados de Washington. Tengo tres años de experiencia en el Departamento de Justicia, y eso está muy buscado.

—No contratan a demasiados negros.

—Es cierto, y muchos bufetes ni siquiera me concederían una entrevista. Aun así, otros tal vez quieran ficharme solo para demostrar que son liberales.

—¿De verdad?

—Las cosas están cambiando. Lyndon apuesta fuerte por la igualdad de oportunidades. Le envió a Bobby una nota quejándose de que el Departamento de Justicia contrata a muy pocas abogadas.

—¡Bien por Johnson!

—Bobby se puso hecho una furia.

—O sea que trabajarás para un bufete de abogados.

—Si me quedo en Washington.

—¿Adónde irías, si no?

—A Atlanta. Si el doctor King todavía está dispuesto a aceptarme.

—Te irías a vivir a Atlanta… —dijo Verena, pensativa.

—Podría hacerlo.

Se produjo un silencio y ambos miraron la pantalla del televisor. Ringo Starr tenía amigdalitis, decía el presentador.

—Si me fuera a vivir a Atlanta, podríamos estar siempre juntos.

Ella parecía meditabunda.

—¿Te gustaría? —preguntó George.

Verena seguía sin responder.

Y él sabía por qué. No le había dicho en calidad de qué estarían juntos. George no lo tenía planeado, pero habían llegado a un punto en que debían decidir si se casaban o no.

Verena esperaba que le propusiera matrimonio.

Por la mente de George cruzó la imagen de Maria Summers. Fue algo espontáneo y no deseado. Algo que le hizo dudar.

Sonó el teléfono.

George descolgó. Era Bobby.

—Hola, George, despierta —dijo con tono jocoso.

Él se concentró e intentó desterrar la idea del matrimonio de su pensamiento durante un minuto. Bobby parecía más contento de lo que había estado en mucho tiempo.

—¿Ha visto el resultado de California? —preguntó George.

—Sí. Eso quiere decir que Lyndon no me necesita. Así que voy a presentarme a senador. ¿Qué te parece?

George se quedó de piedra.

—¡Senador! ¿Por qué estado?

—Nueva York.

De manera que Bobby entraría en el Senado. Tal vez lograra espabilar a aquella panda de conservadores viejos y gruñones tan aficionados a las maniobras dilatorias.

—¡Es estupendo! —exclamó George.

—Quiero que formes parte de mi equipo de campaña. ¿Qué dices?

George miró a Verena.

Había estado a punto de pedirle que se casara con él, pero de pronto ya no se iría a vivir a Atlanta. Iba a participar en la campaña, y si Bobby ganaba regresaría a Washington y trabajaría para el senador Kennedy. Todo había cambiado, una vez más.

—Digo que sí —contestó George—. ¿Cuándo empezamos?

35

El lunes 12 octubre de 1964, Dimka estaba con Jrushchov en el centro de veraneo de Pitsunda, en el mar Negro, cuando llamó Brézhnev.

El primer secretario no se hallaba en su mejor momento. Le faltaba energía y hablaba de la necesidad de que los mayores se retiraran y dejaran paso a la siguiente generación. Dimka echaba de menos al Jrushchov de antes, el enano gordinflón lleno de ideas maquiavélicas, y se preguntó cuándo iba a volver.

El estudio era una habitación con las paredes recubiertas de paneles de madera que tenía una alfombra oriental y también un surtido de teléfonos encima de un escritorio de madera de caoba. El teléfono que sonaba en esos momentos era un aparato especial de alta frecuencia que conectaba las oficinas del partido y el gobierno. Dimka descolgó, oyó el estruendo subterráneo de la voz de Brézhnev y le pasó el auricular a Jrushchov.

Solo oía una parte de la conversación, la mitad de Jrushchov. Fuera lo que fuese lo que le estaba diciendo Brézhnev, sus palabras hicieron que el líder reaccionara con una retahíla de exclamaciones:

—¿Por qué? ¿Sobre qué tema…? Estoy de vacaciones, ¿qué puede haber que sea tan urgente? ¿Qué quiere decir con eso de que se han reunido todos? ¿Mañana? ¡Muy bien!

Después de colgar le explicó el resto. El Presídium quería que regresara a Moscú para discutir problemas agrícolas muy urgentes. Brézhnev se había mostrado insistente.

Jrushchov se sentó pensativo durante largo rato, pero no le pidió a Dimka que se fuera.

—No tienen ningún problema agrícola urgente —dijo al fin—. Se trata de algo de lo que ya me advertiste hace seis meses, en mi cumpleaños. Quieren deshacerse de mí.

Dimka se sorprendió. Así pues, Natalia había estado en lo cierto.

Dimka había creído las palabras con que Jrushchov había querido tranquilizarlo, y su fe había parecido justificada en junio, cuando el líder regresó de Escandinavia y la amenaza de detención no llegó a materializarse. En aquel momento Natalia había admitido que ya no sabía qué estaba ocurriendo, y Dimka había supuesto que la conspiración no había prosperado.

Sin embargo, por lo visto solo se había aplazado.

—¿Qué va a hacer usted? —preguntó Dimka pensando que Jrushchov siempre había sido un luchador.

—Nada —respondió Jrushchov.

Eso era aún más chocante.

—Si Brézhnev cree que puede hacerlo mejor —continuó explicando—, que lo intente, el muy gilipollas.

—Pero ¿qué pasará si él se pone al mando? No tiene imaginación ni energía para impulsar las reformas a través de la burocracia.

—Ni siquiera ve que haya mucha necesidad de cambio —dijo el primer secretario—, y tal vez tenga razón.

Dimka estaba horrorizado.

Ya en abril se había planteado la posibilidad de dejar a Jrushchov y tratar de buscar trabajo con otro alto funcionario del Kremlin, pero al final había desistido de su idea. De pronto empezaba a parecer un error.

Jrushchov se puso práctico.

—Nos iremos mañana. Cancela mi almuerzo con el ministro del Interior francés.

Sumido en un estado de ánimo muy sombrío, Dimka se dispuso a organizar los preparativos pertinentes: conseguir que la delegación francesa acudiera antes, asegurarse de que el avión y el piloto personal de Jrushchov estuviesen listos y modificar la agenda del día siguiente. Sin embargo, lo hizo todo como si estuviera en trance. ¿Cómo podía llegar el fin tan fácilmente?

Ningún líder soviético anterior se había retirado. Tanto Lenin como Stalin habían muerto mientras ocupaban todavía el cargo. ¿Sería asesinado Jrushchov? ¿Qué pasaría con sus asistentes?

Dimka se preguntó cuánto tiempo le quedaría de vida a él mismo.

Se preguntó si le dejarían siquiera ver al pequeño Grigor de nuevo.

Decidió ahuyentar aquel pensamiento. No podría hacer las cosas bien si estaba paralizado por el miedo.

Se marcharon a la una de la tarde del día siguiente.

El vuelo a Moscú duraba dos horas y media, y no se cambiaba de zona horaria. Dimka no tenía ni idea de lo que les aguardaba al final del viaje.

Aterrizaron en Vnúkovo-2, en el sur de Moscú, el aeropuerto para los vuelos oficiales. Cuando Dimka bajó del avión detrás de Jrushchov, un pequeño grupo de funcionarios de rango inferior acudió a darles la bienvenida en lugar de la habitual multitud de ministros del gobierno. En ese momento Dimka supo a ciencia cierta que todo había terminado.

Había dos coches estacionados en la pista: una limusina ZIL-111 y un Moskvich 403 de cinco plazas. Jrushchov se dirigió a la limusina, mientras que Dimka fue conducido al modesto utilitario.

El primer secretario se dio cuenta entonces de que iban a separarlos. Antes de entrar en su coche, se volvió y dijo:

—Dimka.

Este estaba al borde de las lágrimas.

—¿Sí, camarada primer secretario?

—Es posible que no volvamos a vernos.

—Pero ¡eso no puede ser!

—Hay algo que debería decirte.

—¿Sí, camarada?

—Tu mujer se acuesta con Pushnói.

Dimka lo miró boquiabierto; se había quedado sin habla.

—Es mejor que lo sepas —dijo Jrushchov—. Adiós.

Se metió en su coche y se fue.

Dimka se sentó en la parte de atrás del Moskvich, aturdido. Tal vez nunca volvería a ver al simpático granuja de Nikita Jrushchov, y Nina se acostaba con un militar de mediana edad rechoncho y de bigote gris. Era demasiado para asimilarlo todo de golpe.

—¿A casa o al despacho? —preguntó el conductor al cabo de un minuto.

Dimka se sorprendió de que le diesen opción. Eso significaba que no iban a llevarlo a la prisión de los sótanos de la Lubianka, al menos no ese día. Acababan de indultarlo.

Sopesó sus opciones; desde luego, no iba a poder trabajar, pues no tenía ningún sentido concertar citas ni elaborar informes para un líder que estaba a punto de ser depuesto.

—A casa —dijo.

Cuando llegó, descubrió sorprendentemente que se sentía reacio a acusar a Nina. En lugar de eso estaba avergonzado, como si hubiese sido él quien había hecho algo malo.

Además, sí que era culpable. Una noche de sexo oral con Natalia no era lo mismo que una aventura en toda regla, que era lo que sugerían las palabras de Jrushchov sobre Nina, pero seguía siendo algo digno de reproche.

Dimka no dijo nada mientras Nina daba de comer a Grigor. Después él lo bañó y lo metió en la cama mientras su mujer preparaba la cena. Cenando le contó que Jrushchov iba a renunciar esa misma noche o al día siguiente. Suponía que la noticia aparecería en los periódicos al cabo de un par de días.

Nina se alarmó.

—¿Y qué pasará con tu trabajo?

—No sé qué va a pasar —respondió él, no sin ansiedad—. Ahora mismo a nadie le preocupan los asistentes. Seguramente estarán decidiendo si matar o no a Jrushchov. Ya se ocuparán de la gente irrelevante más tarde.

—No te pasará nada —dijo ella después de quedarse pensativa un instante—. Tu familia es influyente.

Dimka no estaba tan seguro.

Recogieron la mesa. Nina advirtió que él no había comido mucho.

—¿Es que no te ha gustado el estofado?

—No me entra nada en el estómago —se excusó. Y entonces estalló—: ¿Eres la amante del mariscal Pushnói?

—No digas tonterías —soltó ella.

—No, lo digo en serio —insistió Dimka—. ¿Lo eres o no?

Nina dejó los platos en el fregadero con gran estrépito.

—¿De dónde has sacado esa idea tan ridícula?

—Me lo ha dicho el camarada Jrushchov. Supongo que obtuvo la información del KGB.

—¿Y cómo iban a saber eso ellos?

Dimka advirtió que le estaba contestando a sus preguntas con otras preguntas, lo cual solía ser una señal de engaño.

—Vigilan los movimientos de todas las personalidades importantes del gobierno, tratando de descubrir indicios de conductas subversivas.

—No digas tonterías —repitió ella. Se sentó y sacó la cajetilla de tabaco.

—Estuviste coqueteando con Pushnói en el funeral de mi abuela.

—Coquetear es una cosa…

—Y luego nos dieron una dacha justo al lado de la suya.

Nina se metió un cigarrillo en la boca y encendió una cerilla, pero se le apagó.

—Eso fue una coincidencia…

—Tienes mucha desfachatez, Nina, pero te tiemblan las manos.

Arrojó la cerilla apagada al suelo.

—Bueno, ¿cómo te crees que me siento? —exclamó, enfadada—. Me paso todo el día encerrada en este apartamento sin nadie con quien hablar más que con un bebé y con tu madre. ¡Yo quería una dacha y tú no ibas a conseguírnosla!

Dimka no salía de su asombro.

—¿Así que admites que te prostituiste?

—Oh, vamos, sé un poco realista, ¿de qué otra forma, si no, consigue alguien algo en Moscú? —Encendió el cigarrillo al fin y chupó con fuerza—. Tú trabajas para un primer secretario que está loco. Yo me abro de piernas para un mariscal que está cachondo. No hay mucha diferencia.

—Entonces, ¿por qué te abriste de piernas para mí?

Nina no respondió, pero paseó la mirada involuntariamente por la habitación.

Dimka lo comprendió al instante.

—¿Para tener un apartamento en la Casa del Gobierno?

Ella no lo negó.

—Creía que me querías —dijo él.

—Oh, claro que me gustabas, pero ¿desde cuándo ha bastado con eso? No seas ingenuo. Esto es el mundo real. Si quieres algo, tienes que pagar el precio.

Dimka, que se sentía un hipócrita acusándola, decidió confesar.

—Bueno, ya que estamos, más vale que te diga que yo también te he sido infiel.

—¡Ajá! —exclamó ella—. Creía que no tenías valor para hacer algo así. ¿Con quién?

—Preferiría no decírtelo.

—Alguna mecanógrafa de tres al cuarto del Kremlin, por supuesto.

—Solo fue una noche, y no llegamos hasta el final, pero no me siento mejor por eso.

—Bah, por favor, Dimka, ¿crees que me importa? ¡Adelante! ¡Disfruta!

¿Estaba Nina fuera de sí o revelaba sus verdaderos sentimientos? Dimka se sentía desconcertado.

—Nunca imaginé que el nuestro sería de esa clase de matrimonios.

—Pues créeme, no hay ninguna otra clase.

—Sí, sí que la hay —repuso él.

—Tú tienes tus sueños y yo los míos —dijo Nina, y encendió el televisor.

Dimka se quedó con la mirada fija en la pantalla durante largo rato sin ver ni oír el programa. Al cabo de unos minutos se fue a la cama, pero no durmió. Más tarde Nina se acostó a su lado, pero no se tocaron.

Al día siguiente Nikita Jrushchov dejó el Kremlin para siempre.

Dimka siguió yendo al trabajo todas las mañanas. Yevgueni Filípov, que se paseaba por ahí con un traje azul nuevo, había recibido un ascenso. Obviamente él había formado parte de la conspiración contra Jrushchov y se había ganado su recompensa.

Dos días después, el viernes, el periódico *Pravda* anunció la renuncia del primer secretario.

Sentado a su escritorio con muy poco que hacer, Dimka se fijó en que los periódicos occidentales de ese mismo día anunciaban que el primer ministro británico también había sido depuesto. Sir Alec Douglas-Home, un conservador de clase alta, había sido sustituido por Harold Wilson, el líder del Partido Laborista, en unas elecciones nacionales.

Para un Dimka sumido en el cinismo, había algo retorcido en el hecho de que un país salvajemente capitalista pudiese despedir a su aristocrático primer ministro e instalar a un socialdemócrata en el poder obedeciendo a la voluntad del pueblo, mientras que en el Estado comunista más importante del mundo una pequeña élite gobernante urdía en secreto esos mismos tejemanejes, que luego, días más tarde, se anunciaban a una población impotente y dócil.

Los británicos ni siquiera prohibían el comunismo. Treinta y seis candidatos comunistas se habían presentado a las elecciones del Parlamento; ninguno había sido elegido.

Una semana atrás Dimka habría rebatido aquellos pensamientos alegando la abrumadora superioridad del sistema comunista, sobre todo cuando este se hubiese sometido al proceso de reformas. Sin embargo, de pronto toda esperanza de reforma se había disipado y la Unión Soviética encaraba el futuro inmediato con todos sus defectos intactos. Sabía bien lo que le diría su hermana: que poner trabas a los cambios formaba parte intrínseca del sistema, era uno más de sus defectos. Pero él se negaba a aceptarlo.

Al día siguiente el *Pravda* condenaba el subjetivismo y la deriva de Jrushchov, sus planes descabellados, su jactancia y sus bravatas, entre varios defectos graves más. Todo eso eran tonterías, en opinión de Dimka. Lo que estaba ocurriendo suponía un paso atrás. La élite soviética rechazaba el progreso y optaba por lo que mejor conocía: el rígido control de la economía, la represión de las voces disidentes y la prohibición de cualquier experimento. Así se sentirían cómodos y mantendrían a la URSS por detrás de Occidente en riqueza, poder e influencia mundial.

A Dimka le asignaron tareas de escasa relevancia que realizar para

Brézhnev. Al cabo de unos días estaba compartiendo su pequeño despacho con otro de los asistentes del nuevo líder. Su destitución era solo cuestión de tiempo. Sin embargo, Jrushchov todavía estaba en su residencia de las Colinas de Lenin, por lo Dimka empezó a abrigar la esperanza de que tal vez su jefe y él podrían conservar la vida.

Al cabo de una semana reasignaron a Dimka.

Vera Pletner le llevó sus órdenes en un sobre cerrado, pero su gesto era tan triste que Dimka ya sabía que contenía malas noticias antes de abrirlo. Leyó su contenido de inmediato. En la carta lo felicitaban por haber sido nombrado subsecretario del Partido Comunista de Járkov.

—Járkov —dijo—. Mierda.

Era evidente que su asociación con el líder caído en desgracia había tenido mucho más peso que la influencia de su distinguida familia. Aquello era una degradación en toda regla. No iba a tener ningún aumento de sueldo, aunque el dinero no servía de mucho en la Unión Soviética. Le asignarían un apartamento y un coche, pero estaría en Ucrania, muy lejos del centro del poder y de los privilegios.

Y lo peor de todo: viviría a setecientos veinte kilómetros de Natalia.

Sentado a su escritorio, se sumió en un profundo estado de depresión. Jrushchov estaba acabado, la carrera de Dimka había sufrido un duro revés, la Unión Soviética iba directa a la hecatombe, su matrimonio con Nina era un desastre y a él lo iban a enviar lejos de Natalia, el único rayo de luz en su vida. ¿Dónde se había equivocado?

No había mucho ambiente en el Moskvá Bar esos días, pero esa noche se encontró con Natalia allí por primera vez desde que había regresado de Pitsunda. El jefe de ella, Andréi Gromiko, no se había visto afectado por el golpe de Estado y mantenía su cargo como ministro de Exteriores, por lo que ella había conservado su puesto de trabajo.

—Jrushchov me hizo un regalo de despedida —explicó Dimka.

—¿Cuál?

—Me dijo que Nina tiene una aventura con el mariscal Pushnói.

—¿Y lo crees?

—Supongo que se lo dijo el KGB.

—Aun así, podría ser un error.

Dimka negó con la cabeza.

—Ella lo admitió. Esa maravillosa dacha que tenemos está justo al lado de la casa de Pushnói.

—Vaya, Dimka. Lo siento.

—Me pregunto quién cuida de Grigor mientras están en la cama.

—¿Qué vas a hacer?

—No tengo derecho a sentirme indignado. Estaría manteniendo una aventura contigo si tuviera agallas.

Natalia lo miró preocupada.

—No hables así —dijo, y por su rostro desfilaron distintas emociones en rápida sucesión: simpatía, tristeza, nostalgia, miedo e incertidumbre.

Se apartó el pelo rebelde de la cara con un ademán nervioso.

—Bueno, ahora es demasiado tarde de todos modos —se lamentó Dimka—. Van a enviarme a Járkov.

—¿Qué?

—Me he enterado hoy. Me han nombrado subsecretario del Partido Comunista de Járkov.

—Pero ¿cuándo voy a verte?

—Nunca, imagino.

Los ojos de Natalia se llenaron de lágrimas.

—No puedo vivir sin ti —dijo.

Dimka se quedó atónito. Él sabía que a ella le gustaba, pero nunca le había hablado de esa manera, ni siquiera la única noche que habían pasado juntos.

—¿Qué quieres decir? —preguntó como un idiota.

—Te quiero, ¿no lo sabías?

—No, no lo sabía —respondió, estupefacto.

—Hace mucho tiempo que te quiero.

—¿Por qué no me lo habías dicho?

—Tengo miedo.

—¿Por...?

—Mi marido.

Dimka ya sospechaba algo así. Suponía, aunque no tenía ninguna prueba, que Nik era el responsable de la brutal paliza al vendedor del mercado negro que había tratado de engañar a Natalia. No le extrañaba que a la mujer de Nik le aterrorizase declarar su amor por otro hombre. Esa era la razón de los cambios en la actitud de Natalia, que pasaba de mostrarse sensual y cariñosa un día a tratarlo con fría distancia al siguiente.

—Supongo que a mí también me asusta Nik —dijo Dimka.

—¿Cuándo te vas?

—El furgón de la mudanza llegará el viernes.

—¡Tan pronto!

—En el despacho soy un peligro importante para ellos. No saben lo que podría llegar a hacer. Me quieren quitar de en medio.

Natalia sacó un pañuelo blanco y se secó los ojos con él. Luego se inclinó hacia Dimka por encima de la pequeña mesa.

—¿Te acuerdas de aquella habitación, con todos los muebles viejos de la época zarista?

Dimka sonrió.

—Nunca lo olvidaré.

—¿Y de la cama con dosel?

—Por supuesto.

—Tenía tanto polvo encima…

—Y estaba muy fría.

Su estado de ánimo había vuelto a cambiar; de repente estaba risueña, juguetona.

—¿Qué es lo que más recuerdas?

De inmediato le vino una respuesta a la mente: sus pequeños pechos con sus grandes pezones puntiagudos, pero se contuvo.

—Vamos, me lo puedes decir… —insistió ella.

¿Qué tenía que perder?

—Tus pezones —respondió, medio avergonzado y medio encendido de deseo.

Ella se echó a reír con aire travieso.

—¿Quieres volver a vérmelos?

Dimka tragó saliva.

—Supongo… —admitió tratando de mostrar la misma alegre despreocupación que ella.

Natalia se puso de pie y, de pronto, adquirió un aire decidido.

—Nos vemos allí a las siete —dijo, y acto seguido se marchó.

Nina estaba furiosa.

—¿Járkov? —exclamó—. ¿Y qué coño se supone que voy a hacer yo en Járkov?

Normalmente no utilizaba palabras soeces, le parecía una vulgaridad. Ella estaba por encima de esas costumbres tan ordinarias. Su lapsus era una señal de la indignación que sentía por dentro.

Dimka se mostró indiferente.

—Estoy seguro de que el sindicato del acero de allí te dará un trabajo.

De todos modos ya era hora de que Nina llevase a Grigor a una guardería y volviese a trabajar, que era lo que se esperaba de las madres soviéticas.

—No quiero un exilio en una ciudad de provincias.

—Ni yo tampoco. ¿O acaso te crees que me ofrecí voluntario?

625

—¿No sabías que iba a pasar esto?

—Sí, y hasta pensé en cambiar de trabajo, pero creí que se habían echado atrás con el golpe, cuando en realidad solo lo habían pospuesto. Naturalmente, los conspiradores hicieron todo lo posible para mantenerme a oscuras.

Ella lo miró con aire calculador.

—Supongo que la noche de ayer la pasaste despidiéndote de tu mecanógrafa.

—Me dijiste que no te importaba.

—Muy bien, sabelotodo. ¿Cuándo tenemos que irnos?

—El viernes.

—Mierda.

Enfurecida, Nina empezó a hacer las maletas.

El miércoles Dimka habló con su tío Volodia sobre el traslado.

—No se trata solo de mi carrera —dijo—. No estoy en el gobierno por mí; quiero demostrar que el comunismo puede funcionar, pero eso significa que tiene que cambiar y mejorar. Ahora temo que vamos a ir hacia atrás.

—Te traeremos de vuelta a Moscú tan pronto como nos sea posible —aseguró Volodia.

—Gracias —respondió Dimka con sincera gratitud. Su tío siempre lo había apoyado.

—Te lo mereces —dijo Volodia con cariño—. Eres listo y eficiente, y no nos sobran las personas como tú. Ojalá te tuviese en mi despacho.

—Nunca tuve un perfil militar.

—Tú hazme caso: después de algo como esto, debes demostrar tu lealtad trabajando duro y sin protestar, pero sobre todo sin estar suplicando constantemente que te envíen de vuelta a Moscú. Si te comportas como te digo durante cinco años, podré empezar a trabajar para conseguir que vuelvas.

—¿Cinco años?

—Como mínimo hasta que pueda empezar… No cuentes con que sean menos de diez. De hecho, no cuentes con nada. No sabemos cómo se las va a gastar Brézhnev.

En diez años la Unión Soviética podía retroceder con pasos de gigante hacia la pobreza y el subdesarrollo más absolutos, pensó Dimka. Sin embargo, no tenía ningún sentido expresar aquello en voz alta. Volodia no era su mejor opción; era su única opción.

Dimka volvió a ver a Natalia el jueves. Tenía el labio partido.

—¿Ha sido Nik quien te ha hecho eso? —exclamó Dimka, furioso.

—Me resbalé en los escalones y me di de bruces contra el suelo —dijo ella.

—No te creo.

—Es verdad —dijo, pero ya no quiso reunirse con él una tercera vez en aquella sala que hacía las veces de almacén de muebles.

El viernes por la mañana un camión ZIL-130 llegó y aparcó delante de la Casa del Gobierno, y dos hombres vestidos con monos empezaron a llevar las posesiones de Dimka y de Nina al ascensor.

Cuando el camión estaba casi lleno, se detuvieron a hacer un descanso. Nina les preparó unos bocadillos y les ofreció un té. Sonó el teléfono.

—Ha venido alguien del Kremlin para entregarle algo personalmente —anunció el portero.

—Que suba —indicó Dimka.

Dos minutos más tarde Natalia apareció en la puerta con un abrigo de visón de color champán. Con el labio partido, parecía una diosa magullada.

Dimka la miró sin comprender. Luego miró a Nina.

Ella captó su mirada culpable y fulminó a Natalia con los ojos. Dimka temía que las dos mujeres fueran a abalanzarse la una sobre la otra. Se dispuso a intervenir.

Nina cruzó los brazos sobre el pecho.

—Bueno, Dimka —dijo—, supongo que esta es esa mecanógrafa tuya...

¿Qué se suponía que debía decir Dimka? ¿Sí? ¿No? ¿«Es mi amante»? Natalia le devolvió una mirada desafiante.

—No soy ninguna mecanógrafa —replicó.

—No, descuida —dijo Nina—; sé exactamente lo que eres.

Ese era un golpe muy bajo, pensó Dimka, sobre todo viniendo de la mujer que se había acostado con un militar viejo y gordinflón con el único propósito de que le asignaran una dacha. Pero no lo dijo en voz alta.

Natalia exhibió una expresión altiva y le entregó un sobre de aspecto oficial.

Él lo abrió. Era de Alekséi Kosiguin, el economista proclive a las reformas. Su base de poder era muy fuerte, de manera que pese a sus ideas radicales lo habían nombrado presidente del Consejo de Ministros en el gobierno de Brézhnev.

Dimka sintió que se le aceleraba el corazón; en la carta le ofrecían un trabajo como asistente de Kosiguin... allí mismo, en Moscú.

—¿Cómo lo has conseguido? —le preguntó a Natalia.

—Es una larga historia.

—Bueno, pues gracias. —Le dieron ganas de abrazarla y besarla, pero se abstuvo. Se volvió hacia Nina—. Me he salvado —dijo—. Puedo quedarme en Moscú. Natalia me ha conseguido un trabajo con Kosiguin.

Las dos mujeres se lanzaron mutuamente una mirada cargada de odio. Nadie sabía qué decir.

Tras una larga pausa se oyó la voz de uno de los hombres de la mudanza.

—¿Significa eso que tenemos que descargar el camión?

Tania voló con Aeroflot a Siberia y aterrizó en Omsk de camino hacia Irkutsk. El avión era un cómodo Túpolev Tu-104. El vuelo nocturno duraba ocho horas, y estuvo durmiendo la mayor parte del trayecto.

Oficialmente se hallaba cubriendo un encargo de la TASS, pero en realidad iba a buscar a Vasili en secreto.

Dos semanas antes Daniíl Antónov se había acercado a su escritorio y le había entregado con discreción una copia mecanografiada de *Congelación*.

—Después de todo, *Novi Mir* no puede publicarlo —le había dicho—. Brézhnev ha establecido pautas de censura muy drásticas. Ahora la consigna es la ortodoxia.

Tania metió las hojas en un cajón. Estaba decepcionada, pero era algo que más o menos ya había esperado.

—¿Te acuerdas de los artículos que escribí hace tres años sobre la vida en Siberia? —dijo ella.

—Pues claro —contestó su jefe—. Fue una de las series más populares que sacamos, y el gobierno recibió una oleada de solicitudes de familias que querían ir allí.

—Tal vez debería hacer un seguimiento. Hablar con algunas de esas mismas personas y preguntarles cómo les va. También entrevistar a algunos recién llegados.

—Una idea magnífica. —Daniíl bajó la voz—. ¿Sabes dónde está él?

Así que ya lo había adivinado. No era de extrañar.

—No —contestó ella—, pero puedo averiguarlo.

Tania seguía viviendo en la Casa del Gobierno. Tras la muerte de Katerina, ella y su madre se habían mudado a la planta de arriba, al inmenso apartamento de sus abuelos, para poder cuidar del abuelo Grigori. Él insistía en que no era necesario que nadie lo asistiera, había cocinado y limpiado para él y para su hermano menor, Lev, cuando eran trabajadores de una fábrica, antes de la Primera Guerra Mundial, y vivían en un cuartucho de un barrio pobre de San Petersburgo, según explicaba con orgullo. Sin embargo, la verdad era que tenía setenta y seis años y no había cocinado un plato ni barrido el suelo ni una sola vez desde la revolución.

Esa noche Tania bajó en el ascensor y llamó a la puerta del apartamento de su hermano.

Nina acudió a abrir.

—Ah, eres tú —espetó de malos modos, y regresó al interior del piso dejando la puerta abierta.

Ella y Tania nunca habían hecho buenas migas.

Tania entró en el pequeño vestíbulo. Dimka se asomó desde el dormitorio y sonrió, contento de verla.

—¿Podemos hablar un momento a solas? —pidió ella.

Su hermano cogió las llaves de una mesita y la condujo fuera, cerrando la puerta del apartamento a su espalda. Bajaron en el ascensor y se sentaron en un banco del amplio vestíbulo.

—Quiero que averigües dónde está Vasili —dijo Tania.

Él sacudió la cabeza.

—No.

A Tania le entraron ganas de llorar.

—¿Por qué no?

—Acabo de librarme del exilio en Járkov por los pelos. Tengo un trabajo nuevo. ¿Qué impresión voy a causar si empiezo a indagar sobre el paradero de un disidente criminal?

—¡Tengo que hablar con Vasili!

—Pues no entiendo por qué.

—Imagínate cómo debe de sentirse. Cumplió su condena hace más de un año, y pese a todo todavía está allí. ¡Tal vez tema que lo obliguen a permanecer en Siberia el resto de su vida! Tengo que decirle que no nos hemos olvidado de él.

Dimka la tomó de la mano.

—Lo siento, Tania. Sé que estás enamorada de él, pero ¿de qué va a servir que corra yo semejante riesgo?

—Basándome en la fuerza de *Congelación*, sé que Vasili podría llegar a ser un gran autor. Y escribe sobre nuestro país sintetizando todo aquello que está mal. Tengo que decirle que escriba más.

—¿Y qué?

—Que tú trabajas en el Kremlin; tú no puedes cambiar nada. Brézhnev nunca va a reformar el comunismo.

—Lo sé. Es desesperante.

—La política en este país está acabada. A partir de ahora, la literatura podría ser nuestra única esperanza.

—¿Y un relato va a cambiar en algo las cosas?

—¿Quién sabe? Pero ¿qué otra cosa podemos hacer? Vamos, Dimka. Nunca hemos estado de acuerdo sobre si el comunismo debería ser reformado o abolido, pero ninguno de los dos ha tirado la toalla.

—No lo sé.

—Averigua dónde vive y trabaja Vasili Yénkov. Di que se trata de una investigación política confidencial para un informe en el que estás trabajando.

Dimka suspiró.

—Tienes razón, no podemos tirar la toalla y renunciar.

—Gracias.

Consiguió la información dos días después. Vasili había salido del campo de trabajo, pero por alguna razón no aparecía ninguna dirección nueva en el registro. Sin embargo, trabajaba en una central eléctrica a escasos kilómetros de Irkutsk. La recomendación de las autoridades era que se le denegara cualquier visado de viaje en el futuro cercano.

Tania fue recibida en el aeropuerto por una representante de la agencia de contratación de Siberia, una mujer de unos treinta años de edad llamada Irina. Tania habría preferido a un hombre. Las mujeres eran intuitivas, e Irina podía sospechar cuál era su verdadera misión.

—He pensado que podríamos empezar por los Almacenes Centrales —anunció Irina con entusiasmo—. Tenemos un montón de cosas que no se pueden comprar fácilmente en Moscú, ¿sabe?

Tania fingió sentir un gran interés.

—¡Estupendo!

La mujer la llevó a la ciudad en un cuatro por cuatro Moskvich 410. Tania dejó su maleta en el hotel Central y luego permitió que le mostraran los almacenes. Dominando su impaciencia, entrevistó al director y a una dependienta.

—Quisiera ver la central de Chenkov —dijo después.

—¡Ah! —exclamó Irina—. Pero ¿por qué?

—Fui a verla la última vez que estuve aquí. —Era mentira, pero Irina no podía saberlo—. Uno de los temas principales de mi crónica será cómo han cambiado las cosas. Además, espero volver a entrevistar a las mismas personas que vi en la otra ocasión.

—Pero nadie ha avisado a la central de su visita.

—No pasa nada. Prefiero no interrumpir su trabajo. Así echaremos un vistazo y ya hablaré con la gente durante la hora del almuerzo.

—Como quiera. —A Irina no le gustó la idea, pero no tenía más remedio que hacer todo lo posible por complacer a una periodista importante—. Llamaré para decírselo.

La Chenkov era una vieja central que empleaba carbón como combustible para generar energía eléctrica. Había sido construida en los años treinta, cuando la contaminación no era un factor que hubiese que tener en cuenta. El olor del carbón inundaba el aire, y su polvo recubría todas las superficies convirtiendo el blanco en gris y el gris en negro. Las recibió el director, con un traje y una camisa sucios. Era evidente que lo habían pillado desprevenido.

Mientras le enseñaban las instalaciones, Tania buscó a Vasili. No podía ser difícil dar con él, un hombre alto de abundante cabello oscuro y un físico de estrella de cine. Sin embargo, no podía dejar entrever, ni a Irina ni a cualquier otra persona cercana, que lo conocía de antes y que había ido a Siberia en su busca. «Su cara me suena —le diría—. Creo que debí de entrevistarlo la última vez que estuve aquí.» Vasili era inteligente y no tardaría en entender lo que estaba pasando, pero ella seguiría hablando el máximo de tiempo posible a fin de darle unos minutos para recobrarse de la sorpresa de verla.

Siendo técnico electricista, probablemente trabajaría en la sala de control o en la planta del horno, supuso, aunque luego se dio cuenta de que podía estar arreglando una toma de corriente o un circuito eléctrico en cualquier parte del complejo.

Se preguntó si Vasili habría cambiado en aquellos años. Era lógico suponer que todavía la consideraba una amiga; al fin y al cabo, le había enviado a ella su historia. Seguro que tendría novia allí; quizá varias, conociéndolo. ¿Se habría tomado su prolongada reclusión con filosofía o estaría enfurecido por la injusticia cometida contra él? ¿Estaría dolido o se enfadaría con ella por no haberlo sacado de allí?

Tania realizó su trabajo a conciencia, preguntando a los trabajadores cómo llevaban ellos y sus familias la vida en Siberia. Todos mencionaban los altos salarios y los rápidos ascensos debido a la escasez de personal cualificado. Muchos hablaban alegremente de las dificultades; se respiraba un espíritu de camaradería entre pioneros.

A mediodía todavía no había visto ni rastro de Vasili. Era frustrante; no podía estar muy lejos.

Irina se la llevó al comedor de los directivos, pero Tania insistió en almorzar en la cantina, con los trabajadores. Todos se relajaron mientras comían, se soltaron mucho más y hablaron con confianza y naturalidad. Tania tomaba notas de lo que decían y no dejaba de mirar alrededor en la sala para elegir al siguiente entrevistado mientras, al mismo tiempo, seguía ojo avizor para ver si reconocía a Vasili.

Sin embargo, la hora del almuerzo pasó y todavía no había aparecido. La cantina empezó a vaciarse. Irina le propuso que siguieran con su agenda: una visita a una escuela donde Tania podría hablar con las madres jóvenes. A Tania no se le ocurría ninguna razón para negarse.

Tendría que preguntar por él dando su nombre. Se imaginó diciendo: «Me parece recordar a un hombre muy interesante al que conocí la última vez, un electricista, creo, llamado Vasili... Vasili... Mmm... ¿Yénkov? ¿Podría averiguar si todavía trabaja aquí?». No era demasiado verosímil. Irina haría la consulta, pero no era estúpida y seguro que se preguntaría por qué Tania tenía un interés tan especial en ese hombre. No tardaría en descubrir que Vasili había llegado a Siberia como preso político, y en ese momento la cuestión sería si Irina decidiría callarse y no meterse en los asuntos de los demás —una reacción frecuente en la Unión Soviética— o si, para ganarse el favor de algún superior, mencionaría la pregunta de Tania a alguien importante en la jerarquía del Partido Comunista.

Durante años nadie había estado nunca al corriente de la amistad que unía a Tania y Vasili, cosa que los había protegido a ambos. Por eso no los habían condenado a cadena perpetua por publicar una revista subversiva. Después de la detención de Vasili, Tania había confiado el secreto a una sola persona, su hermano mellizo. Y Daniíl lo había adivinado. Sin embargo, de pronto corría el peligro de despertar las sospechas de una extraña.

Se armó de valor y, justo cuando se disponía a formular la pregunta, vio a Vasili.

Tania se tapó la boca con la mano para sofocar un grito.

Vasili parecía un anciano. Estaba muy delgado y encorvado. Tenía el pelo largo y despeinado, salpicado de canas. El rostro, antes carnoso y sensual, se veía demacrado y surcado de arrugas. Llevaba un mono sucio con los bolsillos llenos de destornilladores. Arrastraba los pies al caminar.

—¿Le pasa algo, camarada Tania?

—Tengo dolor de muelas —contestó ella improvisando.

—Lo siento mucho.

Tania no estaba segura de que Irina la creyese.

El corazón le latía con fuerza. Se alegraba inmensamente de haber encontrado a Vasili, pero se sentía horrorizada por su aspecto cadavérico. Y tenía que disimular y ocultar aquel cúmulo de emociones ante los ojos de Irina.

Se puso de pie para que Vasili la viera. Quedaban muy pocas personas en la cantina, así que era imposible que la pasara por alto. Tania volvió la cara a un lado, sin mirarlo, para desviar la atención de Irina, y cogió su bolso como si se dispusiera a marchar.

—Tengo que ir a ver a un dentista tan pronto como vuelva a casa —comentó.

Con el rabillo del ojo vio a Vasili detenerse de repente, mirándola fijamente.

—Hábleme de la escuela a la que vamos —dijo Tania para que Irina no se diese cuenta—. ¿Qué edad tienen los alumnos?

Echaron a andar hacia la puerta mientras la mujer respondía a su pregunta. Tania intentó observar a Vasili sin mirarlo de frente. Él se quedó contemplándola, paralizado durante unos momentos. Cuando las dos mujeres se acercaron a él, Irina le lanzó una mirada de curiosidad.

Entonces Tania volvió a mirar a Vasili.

Su rostro hundido reflejaba en ese momento una expresión de perplejidad. Tenía la boca abierta y se la quedó mirando sin pestañear, pero había algo en sus ojos más allá de la conmoción. Tania se dio cuenta de que era una mirada de esperanza, una esperanza fascinada, incrédula, llena de anhelo. No estaba completamente derrotado, algo le había dado a aquel espectro de hombre la fuerza para escribir su maravillosa historia.

Recordó las palabras que ella misma había preparado:

—Su cara me suena. ¿Lo entrevisté la última vez que estuve aquí, hace tres años? Me llamo Tania Dvórkina y trabajo para la TASS.

Vasili cerró la boca y empezó a recobrar la compostura, pero todavía parecía estupefacto.

Tania siguió hablando:

—Estoy escribiendo una segunda parte de mi serie de artículos sobre los emigrantes a Siberia, pero me temo que no recuerdo su nombre, ¡he entrevistado a cientos de personas en estos últimos tres años!

—Yénkov —dijo él al fin—. Vasili Yénkov.

—Tuvimos una charla muy interesante —añadió Tania—. Ahora lo recuerdo. Quisiera entrevistarlo de nuevo.

Irina miró su reloj.

—Vamos justos de tiempo. Aquí las escuelas cierran temprano.

Tania asintió y se dirigió a Vasili:

—¿Podríamos vernos esta tarde? ¿Le importaría venir al hotel Central? Tal vez podríamos tomar algo juntos.

—El hotel Central —repitió Vasili.

—¿A las seis?

—A las seis en el hotel Central.

—Nos vemos luego, entonces —dijo Tania, y se fue.

Tania quería que Vasili supiera que no lo habían olvidado. Eso ya lo había conseguido, pero ¿era suficiente? ¿Podría ofrecerle alguna esperanza? También quería decirle que su historia era maravillosa y que debería escribir más, pero, de nuevo, no podía ofrecerle ninguna garantía: *Congelación* no podía publicarse y probablemente ocurriría lo mismo con cualquier otra cosa que escribiese. Temía que por su culpa acabara sintiéndose peor en lugar de mejor.

Lo esperó en el bar. El hotel no estaba mal. Todos los visitantes de Siberia eran personalidades importantes, nadie iba allí de vacaciones, por lo que el lugar ostentaba la clase de lujo que cabía esperar entre la élite comunista.

Cuando entró, Vasili lucía mejor aspecto que antes. Se había peinado y se había puesto una camisa limpia. Todavía parecía un hombre en proceso de recuperación tras una convalecencia por enfermedad, pero la luz de la inteligencia brillaba en sus ojos.

Tomó las manos de ella entre las suyas.

—Gracias por venir hasta aquí —dijo con la voz trémula de emoción—. No sabes lo mucho que significa para mí. Eres una amiga de verdad. Tu amistad es para mí tan valiosa y sólida como el oro.

Ella lo besó en la mejilla.

Pidieron cerveza. Vasili devoró los cacahuetes de cortesía como si no hubiese comido en siglos.

—Tu relato es maravilloso —dijo Tania—. No solo es bueno, sino extraordinario.

Él sonrió.

—Gracias. Tal vez pueda salir algo bueno de este lugar tan terrible.

—No soy la única persona que siente esa admiración por tu obra. Los editores de *Novi Mir* lo aceptaron para su publicación. —El rostro de Vasili se iluminó de alegría, y ella no tuvo más remedio que desilusionarlo de nuevo—. Pero luego cambiaron de opinión, cuando Jrushchov fue depuesto.

Vasili puso cara de decepción y luego cogió otro puñado de cacahuetes.

—No me sorprende —dijo recobrando la serenidad—. Por lo menos les gustó, eso es lo importante. Valió la pena escribirlo.

—He hecho copias y las he enviado por correo, de forma anónima, por supuesto, a algunas de las personas que solían recibir *Disidencia* —agregó Tania, y vaciló antes de continuar. Lo que pensaba anunciar a continuación era un movimiento audaz. Una vez dicho, no podría retirarlo. Decidió arriesgarse—. Lo único que puedo hacer es tratar de sacar una copia para pasarla a Occidente de forma clandestina.

Vio un destello de optimismo brillar en los ojos de Vasili, pero su amigo hizo como si tuviese reparos.

—Eso sería peligroso para ti.

—Y para ti también.

Vasili se encogió de hombros.

—¿Qué me van a hacer a mí? ¿Mandarme a Siberia? Pero tú podrías perderlo todo.

—¿Podrías escribir algunas historias más?

Vasili sacó un sobre usado de gran tamaño del interior de su chaqueta.

—Ya lo he hecho —dijo, y le dio el sobre.

Bebió un poco más de cerveza, apurando su vaso.

Tania miró dentro del sobre. Las páginas estaban escritas con la letra pequeña y pulcra de Vasili.

—¡Caramba! —exclamó con alborozo—. ¡Es suficiente para un libro entero!

Entonces se dio cuenta de que, si la pillaban con aquel material encima, también a ella la deportarían a Siberia. Guardó el sobre en la bandolera rápidamente.

—¿Qué vas a hacer con ellas? —quiso saber Vasili.

Tania ya lo había pensado.

—Hay una feria anual del libro en Leipzig, en la Alemania del Este. Podría arreglármelas para que la TASS me envíe a cubrir el acontecimiento. Hablo alemán, o al menos lo chapurreo. A la feria acude gente del mundo editorial occidental: editores de París, Londres y Nueva York. Podría conseguir que publiquen la traducción de tu obra.

A Vasili se le iluminó el rostro.

—¿Lo crees posible?

—Creo que *Congelación* es lo bastante buena.

—Eso sería maravilloso, pero estarías corriendo un riesgo terrible.

Ella asintió con la cabeza.

—Y tú también. Si las autoridades soviéticas descubriesen de alguna manera quién es el autor, tendrías serios problemas.

Vasili se echó a reír.

—Mírame: muerto de hambre, vestido con harapos, viviendo solo en un frío albergue para hombres… No me preocupa.

A Tania no se le había ocurrido que tal vez Vasili no comía lo suficiente.

—Hay un restaurante aquí —dijo—. ¿Quieres que cenemos?

—Sí, por favor.

Vasili pidió ternera Stróganoff con patatas guisadas. La camarera dejó un cestito con panecillos en la mesa, como se hacía en los banquetes, y Vasili se los comió todos. Después de la ternera pidió *pirozhki*, una empanadilla rellena de ciruelas guisadas. También se comió todo cuanto Tania se dejó en el plato.

—Pensaba que los profesionales cualificados cobraban un buen sueldo aquí.

—Los voluntarios sí, pero no los ex convictos. Las autoridades acatan el mecanismo que rige los salarios solo cuando se ven obligadas.

—¿Puedo enviarte comida?

Vasili negó con la cabeza.

—Todo lo roba el KGB. Los paquetes llegan abiertos, marcados como «Paquete sospechoso, sometido a inspección oficial», y todo lo bueno desaparece. El tipo de la habitación contigua a la mía recibió un paquete con seis tarros de mermelada, todos vacíos.

Tania pagó la cuenta de la cena.

—¿Tu habitación de hotel tiene su propio cuarto de baño? —preguntó Vasili.

—Sí.

—¿Y tiene agua caliente?

—Por supuesto.

—¿Puedo ducharme? En el albergue solo hay agua caliente una vez por semana, y además hemos de darnos prisa antes de que se acabe.

Subieron a la habitación.

Vasili permaneció mucho tiempo en el baño. Tania se sentó en la cama y miró por la ventana hacia la nieve sucia. Estaba atónita. Tenía una vaga noción de lo que eran los campos de trabajos forzados, pero viendo a Vasili se había hecho una idea mucho más desgarradoramente nítida. Su imaginación no había tenido en cuenta hasta entonces la magnitud del sufrimiento de los presos. Y sin embargo, pese a todo Vasili no había sucumbido a la desesperación. De hecho, había logrado sacar de alguna parte la fuerza y el coraje para escribir sobre sus experiencias con pasión y humor. Tania lo admiraba más que nunca.

Cuando al fin salió del baño, se despidieron. En los viejos tiempos él le habría hecho alguna insinuación, pero ese día el pensamiento no pareció pasársele por la cabeza.

Tania le dio todo el dinero que llevaba en el bolso, una tableta de chocolate y dos pares de calzoncillos largos que a él le quedarían demasiado cortos, pero que por lo demás le servirían a la perfección.

—Quizá sean mejores que los que tienes —dijo.

—Desde luego que sí —repuso él—. No tengo ropa interior.

Cuando Vasili se fue, ella se echó a llorar.

36

Cada vez que ponían *Love Is It* en Radio Luxemburgo, Karolin lloraba.

Lili, que ya tenía dieciséis años, creía saber cómo se sentía Karolin. Era como tener a Walli de vuelta en casa, cantando y tocando en la habitación de al lado, salvo que no podían entrar y verlo y decirle lo bien que sonaba.

Si Alice estaba despierta, la sentaban cerca de la radio y le decían: «¡Ese es tu papá!». Ella no lo entendía, pero sabía que era algo emocionante. A veces Karolin le cantaba la canción y Lili la acompañaba a la guitarra y hacía la segunda voz.

La misión en la vida de Lili era ayudar a Karolin y a Alice a emigrar a Occidente y reunirse con Walli.

Karolin vivía en la casa familiar de los Franck, en Berlín-Mitte, desde que sus padres se habían desentendido de ella. Decían que los había deshonrado al dar a luz a una hija ilegítima. Sin embargo, lo cierto era que la Stasi había amenazado al padre de Karolin con perder su puesto de trabajo como supervisor de una estación de autobuses por culpa de la relación de su hija con Walli, por lo que habían decidido echarla de casa, y de ahí que ella se hubiera ido a vivir con los Franck.

A Lili le encantaba tenerla allí. Karolin era como la hermana mayor que había perdido tras la marcha de Rebecca y, además, adoraba a la niña. Siempre que volvía del instituto cuidaba de Alice un par de horas para que Karolin pudiera tomarse un respiro.

Ese día celebrarían el primer cumpleaños de la pequeña y Lili preparaba un pastel. Alice estaba sentada en su trona y aporreaba un cuenco con una cuchara de madera la mar de feliz mientras Lili mezclaba los ingredientes para hacer un bizcocho ligero que su sobrina pudiera comer.

Karolin estaba arriba, en su habitación, escuchando Radio Luxemburgo.

El cumpleaños de Alice también era el aniversario del magnicidio. La radio y la televisión de la Alemania Occidental emitían programas sobre el presidente Kennedy y el impacto que causó su asesinato. Las emisoras alemanas orientales le restaban importancia.

Lyndon Johnson había sido presidente sustituto durante casi un año, pero hacía tres semanas que había ganado las elecciones por una mayoría aplastante y había derrotado al republicano ultraconservador Goldwater. Lili estaba encantada. A pesar de que Hitler había muerto antes de que ella naciera, conocía la historia de su país y temía a los políticos que excusaban el odio racial.

Johnson no despertaba tanto interés como Kennedy, pero parecía igual de decidido a defender el Berlín oriental, que era lo que les importaba a la mayoría de los alemanes a ambos lados del Muro.

Lili estaba sacando el bizcocho del horno cuando su madre llegó a casa después de trabajar. A pesar de su conocido pasado socialdemócrata, Carla había conseguido conservar su puesto de jefa de enfermeras de un gran hospital. En cierta ocasión en que había empezado a correr el rumor de que iban a despedirla, las enfermeras habían amenazado con ir a la huelga y al director del hospital no le quedó más remedio que asegurarles la continuidad de Carla en su puesto para evitar problemas.

Al padre de Lili lo habían obligado a aceptar un trabajo, a pesar de que él no cejaba en su empeño de continuar dirigiendo su empresa, situada en el Berlín occidental, por mucho que fuera a distancia. Tenía que trabajar de ingeniero en una fábrica de titularidad pública en el Berlín oriental, donde se producían televisores de calidad muy inferior a los aparatos alemanes occidentales. Al principio había hecho algunas sugerencias para mejorar el producto, pero aquello había sido considerado una forma de crítica hacia sus superiores y había dejado de hacerlo. Esa noche, en cuanto llegó a casa del trabajo entró en la cocina y todos cantaron *Hoch soll sie leben*, la canción de cumpleaños tradicional alemana con la que se deseaba larga vida al homenajeado.

Luego se sentaron alrededor de la mesa y hablaron de si Alice llegaría a conocer a su padre algún día.

Karolin había solicitado un permiso de salida, ya que cada vez era más difícil cruzar de manera clandestina. A pesar de todo, podría haberlo intentado de haber estado sola, pero no estaba dispuesta a poner en peligro la vida de Alice. Todos los años varias personas obtenían autorización para emigrar de manera legal, aunque todavía nadie había conseguido averiguar cuáles eran los criterios que se utilizaban para resolver las solicitudes. Sin embargo, todo parecía indicar que la mayoría de la gente a quien se le permitía salir se encontraba dentro de las categorías de niños, ancianos y personas que eran consideradas cargas improductivas.

Karolin y Alice eran cargas improductivas, pero sus solicitudes habían sido rechazadas.

Como siempre, no se les había ofrecido ninguna explicación y, por descontado, el gobierno tampoco informaba de si cabía apelación alguna. Una vez más, los rumores suplían la desinformación y decían que podía presentarse una petición al dirigente del país, Walter Ulbricht.

Ulbricht, con su corta estatura, una barbita idéntica a la de Lenin y su servilismo ortodoxo en todos los aspectos de la vida, encarnaba la imagen contraria a la de un salvador. Se rumoreaba que estaba a favor del golpe de Estado de Moscú porque, en su opinión, Jrushchov no era suficientemente doctrinario. En cualquier caso, Karolin le había escrito una carta personal en la que le explicaba que necesitaba emigrar para casarse con el padre de su hija.

—Dicen que es un gran defensor de los valores tradicionales de la familia —comentó Karolin—. Si eso es cierto, debería ayudar a una mujer que solo quiere que su hija tenga un padre.

Los alemanes orientales se pasaban la mitad de la vida intentando adivinar lo que el gobierno planeaba, quería o pensaba. El régimen era impredecible. Al principio estaba permitido poner algunos discos de rock and roll en los clubes juveniles y luego, de pronto, los prohibieron por completo. Durante un tiempo se mostraron tolerantes con el modo de vestir y luego, de pronto, empezaron a detener a los chicos que llevaban pantalones vaqueros. La Constitución del país garantizaba el derecho a viajar, pero muy poca gente conseguía el permiso necesario para visitar a sus parientes en la Alemania Occidental.

La abuela Maud se unió a la conversación.

—Es imposible saber lo que hará un tirano —sentenció—. La incertidumbre es una de sus armas. He vivido en la Alemania de los nazis y en la de los comunistas, y son tristemente parecidas.

En ese momento alguien llamó a la puerta y Lili, que fue a ver quién era, se quedó de piedra al descubrir a Hans Hoffmann, su antiguo cuñado, en los escalones de la entrada.

—¿Qué quieres, Hans? —preguntó abriendo apenas un resquicio.

Era un hombre corpulento y podría haber apartado a Lili de en medio de un empujón, pero no lo hizo.

—Abre, Lili —pidió con un cansancio teñido de impaciencia—. Soy de la policía, no puedes impedirme el paso.

Lili tenía el corazón desbocado, pero no se apartó.

—¡Mamá! ¡Hans Hoffmann está en la puerta! —gritó volviendo la cabeza hacia la cocina.

Carla apareció corriendo.

—¿Has dicho Hans?

—Sí.

Carla ocupó el lugar de Lili.

—No eres bienvenido en esta casa, Hans —espetó. Lo había dicho con calma, en actitud desafiante, pero Lili oía su respiración, rápida y angustiada.

—No me digas… —contestó Hans con frialdad—. De todas maneras vengo a hablar con Karolin Koontz.

Lili dejó escapar un grito de miedo. ¿Por qué con Karolin?

Carla lo verbalizó.

—¿Por qué?

—Le ha escrito una carta al camarada secretario general, Walter Ulbricht.

—¿Acaso es un crimen?

—Al contrario. Es el líder del pueblo, cualquiera puede escribirle. Le gusta saber cosas de sus conciudadanos.

—Entonces, ¿por qué vienes aquí a intimidar y a asustar a Karolin?

—Le explicaré mis motivos a fräulein Koontz. ¿No sería mejor que me invitaras a entrar?

—Puede que tenga alguna noticia sobre el permiso de salida de Karolin. Será mejor enterarse —le susurró Carla a Lili, y abrió la puerta del todo.

Hans pasó al recibidor. Era un hombre robusto y algo encorvado, que rondaba los cuarenta. Llevaba un grueso abrigo cruzado de color azul oscuro, de una calidad que no solía encontrarse en las tiendas de la Alemania Oriental. La prenda le daba un aire imponente y amenazador, por lo que Lili se apartó de él instintivamente.

Hans conocía la casa y se condujo como si todavía viviera allí. Se quitó el abrigo y lo dejó en uno de los colgadores del recibidor antes de dirigirse a la cocina sin esperar una invitación.

Lili y Carla lo siguieron.

Werner estaba allí de pie y Lili se preguntó con miedo si habría sacado la pistola de su escondite, detrás del cajón de los cazos. ¿Y si Carla había estado discutiendo en la entrada para que le diera tiempo a cogerla? Lili intentó detener el temblor de sus manos.

Werner no hizo nada por ocultar la antipatía que sentía hacia Hans.

—Me sorprende verte en esta casa —dijo—. Después de lo que hiciste, debería darte vergüenza presentarte aquí.

Al ver la expresión de angustia y desconcierto de Karolin, Lili comprendió que no sabía quién era Hans, por lo que se lo explicó en un aparte.

—Es de la Stasi. Se casó con mi hermana y vivió aquí durante un año, mientras nos espiaba.

Karolin se llevó una mano a la boca y ahogó un grito.

—¿Es ese? —preguntó en un susurro—. Walli me contó lo que pasó. ¿Cómo pudo hacer algo así?

—Tú debes de ser Karolin —dijo Hans viendo que cuchicheaban—. Le has escrito al camarada secretario general.

Karolin parecía asustada, pero se mostró desafiante.

—Quiero casarme con su padre —dijo señalando a la niña—. ¿Podré?

Hans se volvió hacia Alice, que estaba en su trona.

—Qué ricura —comentó—. ¿Es niño o niña?

Un escalofrío recorrió el cuerpo de Lili al ver cómo Hans miraba a su sobrina.

—Niña —contestó Karolin de mala gana.

—¿Y cómo se llama?

—Alice.

—Alice. Sí, creo que lo decías en la carta.

En cierto modo, que fingiera alguna deferencia hacia la niña resultaba incluso más aterrador que una amenaza.

Hans retiró una silla y se sentó a la mesa de la cocina.

—Veamos, Karolin, parece que quieres irte del país.

—Pensé que a todo el mundo le parecería bien, teniendo en cuenta que el gobierno no aprueba mi música.

—¿Por qué te empeñas en tocar canciones pop americanas y decadentes?

—El rock and roll lo inventaron los negros americanos. Es la música de los oprimidos, es revolucionaria. Por eso me extraña tanto que el camarada Ulbricht odie el rock and roll.

Cuando Hans se quedaba sin argumentos para rebatir un razonamiento lógico, siempre fingía no haber oído nada.

—Pero en Alemania tenemos una preciosa música tradicional —dijo.

—Me gustan las canciones alemanas tradicionales, estoy segura de que conozco muchas más que usted, pero la música es internacional.

—Como el socialismo, camarada —intervino la abuela Maud inclinándose hacia delante.

Hans no le hizo caso.

—Y mis padres me han echado de casa —añadió Karolin.

—Por culpa de tu estilo de vida inmoral.

Lili no pudo más.

—¡La echaron de casa porque tú amenazaste a su padre!

—De ninguna manera —respondió él sin inmutarse—. ¿Qué quieres que hagan unos padres respetables cuando su hija se vuelve una persona antisocial y promiscua?

La rabia azuzó las lágrimas de Karolin.

—Nunca he sido promiscua.

—Pero tienes una hija ilegítima.

—Parece que necesitas que te aclaren algunos conceptos de biología, Hans —intervino de nuevo Maud—. Hace falta un solo hombre para tener un hijo, sea legítimo o no. La promiscuidad no tiene nada que ver.

A Hans pareció molestarle el comentario, pero una vez más se negó a picar en el anzuelo.

—El hombre con el que deseas casarte está acusado de asesinato —añadió Hans dirigiéndose a Karolin en todo momento—. Mató a un guardia fronterizo y huyó a Occidente.

—Le quiero.

—Entonces, Karolin, lo que pides es que el secretario general te conceda el privilegio de emigrar.

—No es un privilegio —saltó Carla—, es un derecho. La gente libre debería poder ir a donde quisiera.

Aquello fue la gota que colmó el vaso para Hans.

—¡Vosotros creéis que podéis hacer lo que os plazca! No comprendéis que formáis parte de una sociedad que debe actuar unida. ¡Hasta los peces del mar saben que hay que nadar en bancos!

—No somos peces.

Hans hizo caso omiso y se volvió hacia Karolin una vez más.

—Eres una mujer inmoral a la que sus propios padres han rechazado por culpa de un comportamiento indecoroso, te has refugiado en una familia conocida por sus inclinaciones antisociales y quieres casarte con un asesino.

—No es un asesino —dijo Karolin con un hilo de voz.

—Cuando la gente escribe a Ulbricht, sus cartas pasan por la Stasi para ser objeto de una primera evaluación —siguió diciendo Hans—. La tuya, Karolin, llegó a manos de un oficial subalterno que, debido a su juventud e inexperiencia, se apiadó de una madre soltera y recomendó la concesión del permiso.

Lili pensó que parecía una buena noticia, pero estaba convencida de que habría un giro inesperado. Y tenía razón.

—Por fortuna, su superior me remitió el informe al recordar que yo ya había tenido trato anteriormente con este… —Hans miró a su alrededor con gesto de disgusto—. Con este atajo de alborotadores, indisciplinados e inconformistas.

Lili sabía lo que venía a continuación y se le partió el corazón. Hans había ido allí para decirles que era el responsable de la denegación de la solicitud de Karolin… Y restregárselo por la cara en persona.

—Recibirás una respuesta oficial, como todo el mundo —dijo—, pero te puedo asegurar que no se te concederá el permiso de salida.

—¿Me dejarán ir a visitar a Walli? —suplicó Karolin—. Solo unos días. ¡Alice ni siquiera conoce a su padre!

—No —contestó Hans apretando los labios—. A la gente que ha solicitado un permiso de salida no se le conceden unas vacaciones en el extranjero. —Su odio se dejó entrever un instante al añadir—: ¿Crees que somos imbéciles?

—Volveré a solicitarlo el año que viene —insistió Karolin.

Hans se levantó con una sonrisa de superioridad triunfante en los labios.

—La respuesta será la misma de aquí a un año, y al siguiente, y al otro. —Miró a su alrededor—. Ninguno de vosotros obtendrá jamás permiso para irse. Nunca. Os lo prometo.

Y se fue sin más.

Dave Williams telefoneó a Classic Records.

—Hola, Cherry, soy Dave —dijo—. ¿Podría hablar con Eric?

—Ha salido —contestó ella.

Dave estaba frustrado e indignado.

—¡Es la tercera vez que llamo!

—Mala suerte.

Dave colgó.

No, él nunca tenía mala suerte. Algo iba mal.

1964 había sido un buen año para Plum Nellie. *Love Is It* había alcanzado el número uno de la lista de éxitos, y el grupo, sin Lenny, había realizado una gira por Gran Bretaña junto con un paquete integrado por estrellas del pop, además del legendario Chuck Berry. Dave y Walli se habían mudado a un apartamento de dos habitaciones cerca de los teatros del West End.

Sin embargo, las cosas se habían enfriado. Era descorazonador.

Plum Nellie tenía un segundo disco en el mercado. Classic había publicado a toda prisa *Shake, Rattle and Roll*, con *Hoochie Coochie Man* en la cara B, para que estuviera en las tiendas en Navidad. Eric no lo había consultado con el grupo y a Dave le habría gustado incluir una canción distinta.

Al final las ventas le habían dado la razón a Dave. *Shake, Rattle and Roll* había sido un fracaso. Era enero de 1965, y cuando Dave pensaba en el año que tenían por delante lo invadía algo similar al pánico. Por las noches soñaba que se caía (de un tejado, de un avión, de una escalera) y despertaba con la sensación de que había estado a punto de morir. Era el mismo vértigo que lo asaltaba cuando se planteaba su futuro.

Se había convencido a sí mismo de que iba a ser músico y había abandonado la casa de sus padres y sus estudios. Tenía dieciséis años, por lo que era lo bastante mayor para casarse y pagar impuestos. Creía tener una carrera y, de pronto, todo se derrumbaba. No sabía qué hacer. No se le daba bien nada salvo la música, y no podía soportar la humillación de volver a vivir con sus padres. En los relatos de antaño, el joven héroe se habría «hecho a la mar». A Dave le atraía la idea de desaparecer y regresar al cabo de cinco años, bronceado, con barba y contando historias sobre parajes remotos. Sin embargo, en el fondo sabía que aborrecería la disciplina de la armada. Sería peor que el instituto.

Ni siquiera tenía novia. Al dejar los estudios también había dejado la relación que tenía con Linda Robertson, quien le dijo que se lo esperaba, aunque lloró de todos modos. En cuanto Dave recibió el dinero de la aparición de Plum Nellie en *It's Fab!*, le pidió a Eric el número de teléfono de Mickie McFee y la llamó para preguntarle si quería salir con él a cenar, o tal vez ir al cine. Mickie se lo había pensado mucho antes de contestar, pero al final le había dicho: «No. Eres un verdadero encanto, pero no puedo dejarme ver con un quinceañero. Ya tengo mala reputación, pero no quiero parecer tan descerebrada». A Dave le había dolido.

Walli estaba sentado a su lado, guitarra en mano, como era habitual. Tocaba con un tubo metálico en el dedo corazón y cantaba un blues.

—«He despertado de nuevo… Me largo, empezaré de cero…»

Dave frunció el ceño.

—¡Pareces Elmore James! —dijo al cabo de un rato.

—Se le llama técnica *bottleneck* —explicó Walli—. Le pusieron ese nombre porque solían tocar con el cuello de una botella rota, pero ahora hacen estas cosas de metal.

—Pues suena genial.

—¿Por qué sigues llamando a Eric?

—Quiero saber cuántas copias hemos vendido de *Shake, Rattle and Roll*, qué ocurre con el lanzamiento americano de *Love Is It* y si hay fechas para salir de gira... ¡Y nuestro representante no quiere hablar conmigo!

—Despídelo —dijo Walli—. Es una cabra. —Walli empezaba a dominar el idioma, pero aún cometía errores.

—Querrás decir un cabrón —corrigió Dave—. Se dice «cabrón».

—Gracias.

—¿Cómo voy a despedirlo si no se pone al teléfono? —protestó Dave de mal humor.

—Ve a su despacho.

Dave miró a Walli.

—¿Sabes? No eres tan tonto como pareces. —Dave empezó a sentirse mejor—. Eso es justo lo que voy a hacer.

El abatimiento se desvaneció en cuanto puso un pie en la acera. Las calles de Londres tenían algo que siempre lo animaban. Todo era posible en una de las mayores ciudades del mundo.

Apenas lo separaban dos kilómetros de Denmark Street, por lo que Dave se plantó allí en quince minutos y subió la escalera que conducía a Classic Records.

—Eric ha salido —informó Cherry.

—¿Estás segura? —preguntó Dave, y abrió la puerta del despacho de Eric en un arranque de audacia.

Allí estaba, sentado detrás de su mesa. En un primer momento se le quedó cara de idiota al comprender que lo habían cogido en un renuncio, aunque el enfado no tardó en sustituir a la sorpresa.

—¿Qué quieres?

Dave no contestó de inmediato. Su padre solía decir que solo porque alguien hiciera una pregunta no significaba que hubiera que responder. Lo había aprendido en política.

Dave entró en el despacho y cerró la puerta.

Pensó que quedándose de pie daba la impresión de estar esperando a que lo invitaran a salir en cualquier momento, así que tomó asiento delante de Eric y cruzó las piernas.

—¿Por qué me evitas? —preguntó a continuación.

—He estado ocupado, pequeño cabrón engreído. ¿Qué pasa?

—Yo diría que de todo —contestó Dave con elocuencia—. ¿Qué ocurre con *Shake, Rattle and Roll*? ¿Qué vamos a hacer este año? ¿Qué se sabe de Estados Unidos?

—Nada, nada y nada —contestó Eric—. ¿Satisfecho?

—¿Por qué iba a estar satisfecho?

—Mira. —Eric se metió la mano en el bolsillo y sacó un fajo de billetes enrollado—. Aquí tienes veinte libras. Eso es lo que ha dado *Shake, Rattle and Roll*. —Le lanzó cuatro billetes de cinco libras sobre la mesa—. ¿Satisfecho ahora?

—Me gustaría ver las cifras.

Eric se echó a reír.

—¿Las cifras? ¿Quién te crees que eres?

—Soy tu cliente y tú eres mi representante.

—¿Representante? No hay nada que representar, so memo. Habéis sido grupo de un solo éxito. En este negocio ocurre a todas horas. Tuvisteis un golpe de suerte y Hank Remington os compuso una canción, pero nunca habéis tenido verdadero talento. Se acabó, olvídalo y vuelve al colegio.

—No puedo.

—¿Y se puede saber por qué no? ¿Qué tienes, dieciséis, diecisiete años?

—Nunca he aprobado un examen.

—Entonces búscate un trabajo.

—Plum Nellie va a ser uno de los grupos más famosos del mundo y voy a dedicarme a la música el resto de mi vida.

—Sigue soñando, hijo.

—Eso haré. —Dave se levantó. Estaba a punto de irse cuando cayó en un posible inconveniente. Había firmado un contrato con Eric y, si al grupo acababa yéndole bien, este reclamaría un porcentaje—. Bueno, Eric, así que ya no eres el representante de Plum Nellie, ¿es eso lo que estás diciéndome?

—¡Aleluya! Por fin lo has captado.

—Entonces devuélveme el contrato.

De pronto Eric se puso receloso.

—¿Qué? ¿Por qué?

—Supongo que no querrás para nada el contrato que firmamos el día que grabamos *Love Is It*, ¿no?

El hombre vaciló.

—¿Por qué quieres que te lo devuelva?

—Acabas de decirme que no tengo talento. Claro que si le ves un gran futuro al grupo…

—No me hagas reír. —Eric levantó el auricular del teléfono—. Cherry, cariño, saca el contrato de Plum Nellie del archivador y dáselo al joven Dave, que ya se va. —Volvió a colgar.

Dave cogió el dinero que había en la mesa.

—Uno de los dos está metiendo la pata, Eric —dijo—. ¿Quién crees tú que será…?

A Walli le encantaba Londres. La música estaba por todas partes: en los locales de folk, en los de música beat, en los teatros, en las salas de concierto, en los teatros de ópera… Las noches que Plum Nellie no tocaba, Walli iba a ver a otros grupos, unas veces con Dave y otras solo, y en alguna ocasión asistía a algún recital de música clásica, donde oía acordes nuevos.

Los ingleses eran gente extraña. Cuando descubrían que Walli era alemán, siempre empezaban a hablar de la Segunda Guerra Mundial. Creían que habían ganado el conflicto y se ofendían si les hacía notar que en realidad habían sido los soviéticos quienes habían vencido a los alemanes. Por eso de vez en cuando decía que era polaco, y así se ahorraba la misma conversación tediosa de siempre.

De todas maneras, la mitad de quienes vivían en Londres tampoco eran ingleses: o eran irlandeses, o escoceses, galeses, caribeños, indios o chinos. Todos los traficantes de drogas procedían de islas: los malteses vendían estimulantes, los camellos que pasaban heroína provenían de Hong Kong, y a los jamaicanos se les podía comprar marihuana. A Walli le gustaba ir a los locales caribeños, donde sonaba música con un ritmo distinto. En todos aquellos lugares se le acercaban muchas chicas, pero él siempre les decía que estaba comprometido.

El teléfono sonó un día que Dave se había ausentado.

—¿Podría hablar con Walter Franck? —preguntó la persona que llamaba.

Walli estuvo a punto de contestar que su abuelo llevaba muerto más de veinte años.

—Yo soy Walli —dijo al final, tras una pequeña vacilación.

El interlocutor pasó entonces al alemán.

—Soy Enok Andersen y llamo desde Berlín Oeste.

Andersen era el contable danés que administraba la fábrica de su padre. Walli recordaba a un hombre calvo con gafas que siempre tenía un bolígrafo en el bolsillo superior de la chaqueta.

—¿Ocurre algo?

—Tu familia está bien, pero debo comunicarte una triste noticia. Karolin y Alice no han obtenido el permiso de salida.

Fue como si lo hubieran golpeado. Walli se dejó caer en una silla.

—¿Por qué? —preguntó—. ¿Por qué razón?

—El gobierno de la Alemania Oriental no justifica sus decisiones. Aunque un hombre de la Stasi visitó su casa... Hans Hoffmann, a quien ya conoces.

—Es un chacal.

—Le dijo a la familia que ninguno de ellos obtendrá jamás permiso para emigrar o para viajar a Occidente.

Walli se cubrió los ojos con una mano.

—¿Jamás?

—Eso es lo que dijo. Tu padre me ha pedido que te lo transmita. Lo siento.

—Gracias.

—¿Quieres que le diga algo a tu familia? Todavía visito el Berlín oriental una vez a la semana.

—Dígales que los quiero, por favor. —A Walli se le rompió la voz.

—Muy bien.

El chico tragó saliva.

—Y dígales que volveré a verlos a todos algún día. Estoy seguro.

—Se lo diré. Adiós.

—Adiós. —Walli colgó el teléfono, destrozado.

Un minuto después cogió la guitarra y tocó un acorde menor. La música era su único consuelo. Se trataba de algo abstracto, compuesto de notas y las relaciones que se establecían entre ellas. No había espías, ni traidores, ni policías, ni muros.

—«Te echo de menos, Alice...» —cantó.

A Dave le gustó volver a ver a su hermana, que ese día llevaba puesto un bombín de color morado. Se encontró con ella en la puerta del despacho de su agencia, International Stars.

—En casa es todo muy aburrido desde que no estás —dijo Evie.

—¿Nadie discute con papá? —preguntó Dave con una sonrisa burlona.

—Anda muy ocupado desde que el Partido Laborista ganó las elecciones. Ahora está en el gabinete ministerial.

—¿Y tú?

—Voy a hacer otra película.

—¡Felicidades!

—¿Cómo es que has despedido a tu representante?

—Eric creía que Plum Nellie era grupo de un solo éxito, aunque nosotros no nos hemos rendido. Lo que ocurre es que necesitamos encontrar más bolos, y ahora mismo lo único que tenemos en la agenda son unas cuantas noches en el Jump Club. Con eso no nos llega ni para pagar el alquiler.

—No puedo prometerte que International Stars vaya a contratarte —le advirtió Evie—. Accedieron a hablar contigo, nada más.

—Lo sé.

Sin embargo, Dave imaginaba que los agentes no perdían el tiempo con artistas que no pudieran interesarles. Además era evidente que la agencia quería quedar bien con Evie Williams, la joven actriz más popular de Londres, así que Dave albergaba grandes esperanzas.

Entraron. El lugar no se parecía a la oficina de Eric Chapman. La recepcionista no mascaba chicle y no había trofeos en las paredes del vestíbulo, solo unas cuantas acuarelas de buen gusto. Era elegante, aunque no demasiado rockero.

No tuvieron que esperar. La recepcionista los acompañó al despacho de Mark Batchelor, un hombre alto de unos veintitantos años que llevaba una camisa moderna de corte clásico y una corbata de punto. Su secretaria les sirvió un café.

—Adoramos a Evie y nos gustaría ayudar a su hermano —dijo Batchelor cuando acabaron con las cortesías de rigor—, pero no sé si podremos. *Shake, Rattle and Roll* no le ha hecho ningún bien a Plum Nellie.

—No se lo discuto, pero ¿a qué se refiere exactamente?

—Si quieres que te sea sincero…

—Por descontado —dijo Dave pensando en lo distinta que estaba siendo aquella conversación de la que había mantenido con Eric Chapman.

—Parecéis un grupo de pop más, que ha tenido la suerte de echar mano a una de las canciones de Hank Remington. La gente piensa que lo genial es la canción, no vosotros. Vivimos en un mundo pequeño, unas pocas compañías de discos, un puñado de promotores de giras, dos programas de televisión, y todo el mundo piensa lo mismo. No puedo venderos a ninguno de ellos.

Dave tragó saliva. No esperaba que Batchelor fuera a ser tan sincero, aunque intentó disimular el chasco que se había llevado.

—Tuvimos suerte de que nos cayera una canción de Hank Remington en las manos —admitió—, pero no somos un grupo de pop más. Contamos con una base rítmica de primera y un guitarrista virtuoso, y tampoco tenemos mala pinta.

—Entonces debéis demostrar al público que no sois un grupo de un solo éxito.

—Lo sé, pero no estoy seguro de cómo vamos a hacerlo sin un contrato discográfico ni buenas actuaciones.

—Os hace falta otra buena canción. ¿No podríais encargársela a Hank Remington?

Dave negó con la cabeza.

—Hank no compone canciones para otra gente. *Love Is It* fue algo excepcional, una balada que los Kords no quisieron grabar porque no era de su estilo.

—Pues que os escriba otra balada. —Batchelor abrió las manos como diciendo «¿Quién sabe?»—. No soy creativo, por eso me hice agente, pero llevo en esto lo suficiente para saber que Hank es un prodigio.

—Bueno… —Dave miró a Evie—. Supongo que podría preguntárselo.

—No se pierde nada por probar, ¿no? —dijo Batchelor jovialmente.

—Por mí no hay problema —aseguró Evie encogiéndose de hombros.

—De acuerdo —decidió Dave.

Batchelor se levantó y le tendió una mano.

—Buena suerte.

—¿Podemos ir a ver a Hank ahora? —le preguntó Dave a Evie en cuanto salieron del edificio.

—Tengo que comprar algunas cosas —contestó ella—. Le he dicho que nos veríamos esta noche.

—Esto es muy importante, Evie. Mi vida se va al garete.

—De acuerdo —accedió su hermana—. Tengo el coche a la vuelta de la esquina.

Fueron a Chelsea en el Sunbeam Alpine de Evie. Dave se mordía el labio. Batchelor le había hecho un favor siendo descarnadamente sincero con él; sin embargo, el agente no creía en el talento de Plum Nellie, solo en el de Hank Remington. Tanto daba: si Dave conseguía una sola canción más de Hank, el grupo volvería a estar bien encaminado.

¿Qué iba a decirle? «Eh, Hank, ¿tienes más baladas?» Aquello era demasiado informal. «Hank, estoy en apuros.» Demasiado desesperado. «Nuestra compañía de discos cometió un error garrafal al lanzar *Shake, Rattle and Roll*, pero podríamos enderezar la situación… con un poco de ayuda por tu parte.» A Dave no le gustaba ninguno de aquellos enfoques, principalmente porque odiaba suplicarle nada a nadie.

Aun así, lo haría.

El novio de su hermana tenía un apartamento junto al río. Evie iba delante cuando entraron en un enorme y antiguo edificio y se dirigieron al ascensor chirriante. Desde hacía un tiempo Evie pasaba allí casi todas las noches, por lo que abrió la puerta del apartamento con su propia llave.

—¡Hank! —llamó—. Soy yo.

Dave entró detrás de ella y se encontró en un recibidor con un cuadro moderno y ostentoso. Pasaron junto a una cocina impoluta y echaron un vistazo en el salón, donde llamaba la atención un piano de cola. No había nadie.

—Habrá salido —comentó Dave con desánimo.

—Tal vez esté echando una siesta —dijo Evie.

De pronto se abrió una puerta y Hank salió de lo que a todas luces era el dormitorio, poniéndose los vaqueros. Cerró la puerta detrás de él.

—Hola, cariño —saludó a Evie—. Estaba en la cama. Hola, Dave, ¿qué haces aquí?

—Evie me ha traído porque quiero pedirte un favor bastante grande —contestó Dave.

—Ya —dijo Hank mirando a Evie—. Te esperaba más tarde.

—Dave tenía prisa.

—Necesitamos una canción —se explicó el chico.

—No es un buen momento, Dave —dijo Hank.

Dave esperaba que aclarara la razón, pero no lo hizo.

—Hank, ¿pasa algo? —preguntó Evie.

—Sí, en realidad sí —contestó Hank.

Dave se quedó de piedra. Nadie respondía nunca que sí a esa pregunta.

La intuición femenina de Evie le tomó la delantera a su hermano.

—¿Hay alguien en la habitación?

—Lo siento, cariño —contestó Hank—. No te esperaba tan pronto.

En ese momento se abrió la puerta del dormitorio y por ella apareció Anna Murray.

Dave se quedó boquiabierto. ¡La hermana de Jasper se había acostado con el novio de Evie!

Anna vestía su ropa de ejecutiva, con medias y tacones altos incluidos, pero llevaba el pelo revuelto y los botones de su chaqueta estaban mal abrochados. No dijo nada y evitó mirarlos a la cara mientras se dirigía al salón, del que volvió a salir con un maletín. A continuación se encaminó hacia el vestíbulo, cogió un abrigo del colgador y se marchó sin pronunciar ni una sola palabra.

—Se ha pasado por aquí para hablar de mi autobiografía y una cosa ha llevado a la otra… —se excusó Hank.

Evie estaba llorando.

—Hank, ¿cómo has podido?

—No lo había planeado —contestó él—. Ha ocurrido sin más.

—Creía que me querías.

—Claro que te quería. Te quiero. Esto solo ha sido…

—¿Qué?

Hank miró a Dave en busca de apoyo.

—Hay ciertas tentaciones a las que un hombre no puede resistirse.

Dave pensó en Mickie McFee y asintió con la cabeza.

—Dave es un crío, pensaba que tú eras un hombre, Hank —espetó Evie con rabia.

—¡Eh, cuidado con lo que dices! —contestó él con repentina agresividad.

Evie no daba crédito.

—¿Que tenga cuidado con lo que digo? Acabo de encontrarte en la cama con otra ¿y eres tú el que me dice que cuidado con lo que digo?

—Va en serio —insistió Hank con tono amenazador—. No te pases.

Dave empezó a tener miedo. Parecía que Hank iba a pegar a Evie en cualquier momento. ¿Era así como solía comportarse la clase obrera irlandesa? Además, ¿qué se suponía que debía hacer él? ¿Proteger a su hermana de su amante? ¿Pegarse con el mayor genio musical desde Elvis Presley?

—¡¿Que no me pase?! —gritó Evie—. Pues voy a pasarme ahora mismo, pero por esa puñetera puerta. ¿Qué te parece?

Dio media vuelta y se encaminó hacia la salida con paso airado.

Dave miró a Hank.

—Esto… ¿En cuanto a lo de la canción…?

Hank negó con la cabeza, en silencio.

—Vale —dijo Dave. No se le ocurría cómo continuar la conversación—. De acuerdo.

Hank le sostuvo la puerta y Dave salió.

Evie estuvo llorando en el coche cinco minutos y luego se secó los ojos.

—Te llevo a casa —se ofreció su hermana.

—Sube un rato. Te prepararé una taza de café —le dijo Dave cuando estuvieron de vuelta en el West End.

—Gracias.

Walli estaba en el sofá, tocando la guitarra.

—Evie está un poco disgustada —informó Dave—. Acaba de romper con Hank.

Entró en la cocina y encendió el hervidor de agua.

—Cuando vosotros decís «un poco disgustado» queréis decir muy triste. Si estuvierais un poco tristes, no sé, porque me he olvidado de vuestro cumpleaños, diríais que estáis terriblemente disgustados, ¿verdad?

Evie sonrió.

—Madre mía, Walli, qué lógico eres.

—Y creativo —añadió Walli—. Te animaré un poco. Escucha esto. —Empezó a tocar y cantó—: «Me falta tu caricia, Alicia».

Cuando Dave salió de la cocina se encontró a Walli interpretando una balada triste en re menor con un par de acordes que no reconoció.

—Es una canción muy bonita —comentó cuando Walli terminó de cantar—. ¿La has oído en la radio? ¿De quién es?

—Mía —contestó Walli—. La he compuesto yo.

—¡Uau! —exclamó Dave—. Tócala otra vez.

En esa ocasión Dave improvisó una segunda voz.

—Sois la leche —dijo Evie—. No necesitáis al cabrón de Hank.

—Quiero que la oiga Mark Batchelor —anunció Dave.

Consultó la hora en su reloj de pulsera y levantó el teléfono para llamar a International Stars. Batchelor todavía seguía en su despacho.

—Tenemos una canción. ¿Podemos ir a tocársela al despacho?

—Me encantaría, pero ya me marchaba.

—¿Podría pasarse por Henrietta Street de camino a casa?

Se hizo un breve silencio.

—Sí, podría, está cerca de mi parada de tren —dijo Batchelor al fin.

—¿Qué suele beber?

—Ginebra con tónica, por favor.

Veinte minutos después Batchelor estaba sentado en el sofá con un vaso en la mano mientras Dave y Walli interpretaban la canción a dos guitarras y dos voces. Evie los acompañaba en el estribillo.

—Tocadla otra vez —pidió el agente cuando acabaron.

Volvieron a tocarla y, al terminar, lo miraron con actitud expectante. Se hizo un silencio.

—No estaría en este negocio si no supiera reconocer un éxito en cuanto lo oigo. Y esto es un éxito —sentenció al final.

Dave y Walli sonrieron complacidos.

—Es lo que pensaba —dijo Dave.

—Me encanta. Con esto puedo conseguiros un contrato discográfico —añadió Batchelor.

Dave dejó la guitarra, se levantó y le estrechó la mano para cerrar el acuerdo.

—Trato hecho —dijo.

Mark dio un largo sorbo a su bebida.

—¿Y Hank os ha compuesto la canción al momento, o la tenía en algún cajón?

Dave sonrió de oreja a oreja. Después del apretón de manos podía sincerarse con Batchelor.

—No es de Hank Remington.

El agente enarcó las cejas.

—Ha dado por sentado que era suya, y le pido disculpas por no haberlo sacado de su error, pero quería que la escuchara con una mentalidad abierta —confesó Dave.

—La canción es buena y eso es lo único que importa. Pero ¿de dónde la habéis sacado?

—La ha compuesto Walli —contestó Dave—. Esta tarde, mientras yo estaba en su despacho.

—Genial —dijo Batchelor volviéndose hacia Walli—. ¿Qué tienes para la cara B?

—Tendrías que salir —le dijo Lili Franck a Karolin.

No había sido idea de Lili. De hecho, había sido idea de su madre, Carla, a quien le preocupaba la salud de Karolin. La joven había perdido peso desde la visita de Hans Hoffmann y estaba pálida y apática. «Karolin solo tiene veinte años —había dicho Carla—. No puede encerrarse en casa como una monja para el resto de su vida. ¿No podrías sacarla y llevarla a algún sitio?»

Estaban en el dormitorio de Karolin, tocando la guitarra y cantándole a Alice, que estaba sentada en el suelo, rodeada de juguetes. De vez en cuando la niña aplaudía con entusiasmo, pero la mayoría de las veces ni les prestaba atención. La canción que más le gustaba era *Love Is It*.

—No puedo salir, tengo que cuidar de Alice —dijo Karolin.

Lili estaba preparada para rebatir sus objeciones.

—Mi madre puede ocuparse de ella —contestó—. O incluso la abuela Maud. Alice ya no da tanto trabajo.

La niña tenía catorce meses y dormía toda la noche de un tirón.

—No sé. No me sentiría bien.

—Hace años que no sales. Literalmente.

—¿Qué pensaría Walli?

—No esperará que te recluyas en casa y no vuelvas a divertirte nunca más, ¿no?

—No sé.

—Esta noche iré al Club Juvenil de St. Gertrud. ¿Por qué no te vienes conmigo? Ponen música, se puede bailar y suele haber debates… No creo que a Walli le importara.

Walter Ulbricht, el dirigente de la Alemania Oriental, sabía que los jóvenes necesitaban divertirse, pero tenía un problema: todo lo que les gustaba (la música pop, la moda, los cómics, las películas de Hollywood) o no podía conseguirse o estaba prohibido. El deporte estaba autorizado, aunque por lo general los chicos y las chicas debían practicarlo por separado.

Lili sabía que la mayoría de la gente de su edad odiaba al gobierno. Los adolescentes apenas mostraban interés en el comunismo o el capitalismo, pero les apasionaban los cortes de pelo, la moda y la música pop. La aversión puritana de Ulbricht hacia todo lo que ellos apreciaban había alienado a la generación de Lili. Peor aún: los había empujado a crear una fantasía, probablemente del todo irreal, acerca del estilo de vida de sus contemporáneos en Occidente, a quienes imaginaban con un tocadiscos en el dormitorio, con armarios llenos de ropa nueva y moderna, y tomando helado todos los días.

Se permitían los clubes juveniles de las parroquias a modo de leve intento de llenar aquel hueco en la vida de los adolescentes. Tales asociaciones estaban a salvo de la controversia, aunque no alcanzaban el grado de rectitud de organizaciones juveniles comunistas como los Jóvenes Pioneros.

Karolin pareció pensárselo.

—Quizá tengas razón —dijo al fin—. No quiero ser una víctima el resto de mi vida. He tenido mala suerte, pero no debo permitir que eso me defina. La Stasi cree que solo soy la novia de un chico que ha matado a un guardia fronterizo, pero no tengo por qué aceptar sin más lo que ellos digan.

—¡Exacto! —Lili estaba encantada.

—Escribiré a Walli para explicárselo, pero iré contigo.

—Entonces vamos a cambiarnos.

Lili fue a su habitación y se puso una falda corta; no tan corta como la que llevaban las chicas que aparecían en los programas de la televisión occidental y que todo el mundo veía en la Alemania Oriental, pero sí por encima de la rodilla. Ahora que Karolin había decidido acompañarla, Lili se preguntó si aquello era lo mejor. Karolin debía rehacer su vida, tenía toda la razón del mundo en lo que había dicho acerca de que no podía permitir que la Stasi definiera quién era, pero ¿qué diría Walli cuando se enterara? ¿Le preocuparía que Karolin se olvidara de él? Casi hacía dos años que Lili no veía a su hermano, que en esos momentos ya había cumplido los diecinueve y era una estrella del pop. Lili no sabía qué pensaría él de todo aquello.

Karolin tomó prestados unos vaqueros de Lili y luego se maquillaron juntas. La hermana mayor de Lili, Rebecca, les había enviado desde Hamburgo un perfilador negro y una sombra de ojos de color azul que milagrosamente la Stasi no había confiscado.

Fueron a la cocina a despedirse. Carla estaba dándole la cena a Alice. La niña le dijo adiós a su madre con la manita, tan encantada de la vida que Karolin incluso se molestó un poco.

Fueron dando un paseo hasta una iglesia protestante situada a pocas calles de allí. Solo la abuela Maud asistía a los oficios de manera regular, pero Lili había acudido en un par de ocasiones a los encuentros que el club juvenil organizaba en la cripta. La asociación estaba dirigida por el nuevo pastor, un joven llamado Odo Vossler que llevaba el pelo como los Beatles. Era un chico atractivo, pero Lili consideraba que era demasiado mayor para ella; tendría al menos veinticinco años.

Odo disponía de un piano, dos guitarras y un tocadiscos para amenizar las veladas con música. Empezaron con un baile tradicional, algo a lo que el gobierno no podía oponerse. Lili acabó emparejada con Berthold, que tenía más o menos su misma edad, dieciséis años. Berthold no estaba mal, pero tampoco mataba; además, Lili tenía el ojo puesto en Thorsten, que era algo mayor y se parecía a Paul McCartney.

Los pasos de aquel baile eran enérgicos, con muchas palmadas y giros. A Lili le complació ver que Karolin se imbuía del espíritu festivo y que sonreía. Su sonrisa parecía indicar que ya estaba mejor.

Sin embargo, los bailes tradicionales solo eran una cortina de humo para tener algo que contestar cuando les hicieran preguntas insidiosas. Alguien puso entonces *I Feel Fine*, de los Beatles, y todos empezaron a bailar el twist.

Una hora después hicieron una pausa para descansar y tomar un vaso de Vita Cola, el refresco de cola de la Alemania Oriental. Para gran satisfacción de Lili, Karolin tenía las mejillas coloradas y parecía contenta. Odo se paseaba por el recinto y hablaba con todo el mundo. Siempre decía que si alguien tenía algún problema, aunque estuviera relacionado con cuestiones sentimentales o el sexo, él estaba allí para escuchar y aconsejar.

—Mi problema es que el padre de mi hija se marchó a Occidente —le confesó Karolin, y mantuvieron una larga conversación hasta que el baile empezó de nuevo.

A las diez, cuando apagaron el tocadiscos, Lili se sorprendió al ver que Karolin cogía una de las guitarras y que le hacía un gesto para que la imitara. Las dos tocaban y cantaban juntas en casa, pero Lili nunca se había imaginado haciéndolo en público. Karolin empezó a tocar una canción de los Everly Brothers, *Wake Up, Little Susie*. Las dos guitarras sonaban bien juntas, y Karolin y Lili cantaron a dúo. Todo el mundo estaba bailando el swing antes de que acabaran, y cuando lo hicieron la gente les pidió más.

Interpretaron *I Want to Hold Your Hand* y *If I Had a Hammer* y luego, para las lentas, *Love Is It*. Los jóvenes querían que siguieran tocando, pero Odo dijo que solo una canción más y luego les pidió que se fueran a casa antes de que se presentara la policía y lo arrestaran. Lo había dicho con una sonrisa, pero no bromeaba.

Como final, Karolin y Lili se decidieron por *Back in the USA*.

37

A principios de 1965, mientras Jasper Murray se preparaba para los exámenes finales de la universidad, escribió a todas las cadenas de televisión estadounidenses cuya dirección pudo encontrar.

Todas recibieron la misma carta. Les envió su artículo sobre la relación entre Evie y Hank, su texto sobre Martin Luther King y la edición especial publicada con motivo del asesinato del presidente en *The Real Thing*. Les pedía trabajo. Cualquier trabajo, mientras fuera en una televisión de Estados Unidos.

Jamás había deseado nada con tantas ganas. La noticias en televisión eran mejores que en la prensa escrita: más inmediatas, más llamativas y más directas, y la televisión estadounidense era mejor que la británica. Además, sabía que a él se le daría bien. Solo necesitaba que le ofrecieran la oportunidad de acceder al medio. Lo deseaba de forma tan intensa que llegaba a dolerle.

Una vez hubo enviado las cartas —tras pagar un elevado precio— dejó que su hermana Anna lo invitara a comer. Fueron a The Gay Hussar, un restaurante húngaro frecuentado por escritores y políticos de izquierdas.

—¿Qué harás si no consigues trabajo en Estados Unidos? —preguntó Anna cuando ya habían pedido.

Esa posibilidad lo entristeció.

—De verdad que no lo sé. En este país se espera que empieces a trabajar en algún periódico local, cubriendo concursos de belleza de gatos y funerales de viejos ediles, pero no creo que pudiera soportarlo.

Anna tomó la sopa de cereza que daba fama al restaurante. Jasper pidió champiñones salteados con salsa tártara.

—Escucha, te debo una disculpa —dijo Anna.

—Sí —repuso Jasper—. Y que lo digas.

—Mira, Hank y Evie ni siquiera estaban prometidos, y mucho menos casados.

—Pero sabías perfectamente que eran pareja.

—Sí, e hice mal acostándome con él.

—Pues sí.

—No tienes derecho a echarme el sermón, joder. No suelo actuar así, pero son cosas que pasan.

Su hermano no rebatió el argumento porque era cierto. Él mismo se había acostado con mujeres que estaban casadas o prometidas.

—¿Lo sabe mamá? —preguntó en lugar de protestar.

—Sí, y está furiosa. Hace treinta años que Daisy Williams es su mejor amiga y ha sido muy amable contigo al dejarte vivir en su casa sin pagar un alquiler, y ahora yo voy y le hago eso a su hija. ¿Qué te dijo Daisy?

—Está enfadada porque le has hecho mucho daño a Evie, pero también dijo que cuando ella se enamoró de Lloyd estaba casada con otro, y que por eso cree que no tiene derecho a escandalizarse.

—Bueno, de todas formas lo siento.

—Gracias.

—Aunque en realidad no lo siento.

—¿Qué quieres decir?

—Me acosté con Hank porque me he enamorado de él. Desde aquella primera vez, hemos pasado casi todas las noches juntos. Es el hombre más maravilloso del mundo, y voy a casarme con él, si logro retenerlo.

—Como hermano, me veo obligado a preguntar qué demonios ve él en ti.

—¿Además de un buen par de tetas, quieres decir? —Anna soltó una carcajada.

—No es que no seas guapa, pero eres unos años mayor que él, y hay casi un millón de jovencitas solteras en Inglaterra a las que podría meter en su cama con solo chasquear los dedos.

Ella asintió en silencio.

—Dos cosas. Primera: es inteligente pero no tiene estudios. Soy su guía turística en el mundo del intelecto: arte, teatro, política, literatura. Está asombrado de que alguien le hable de todas esas cosas sin prepotencia.

Jasper no se sorprendió.

—Ya hablaba de todo eso con Daisy y Lloyd. Pero ¿qué es la otra cosa?

—Ya sabes que es mi segundo amante.

Jasper asintió con la cabeza. Las chicas no solían reconocer algo así, pero Anna y él siempre se habían contado los detalles de todas sus conquistas.

—Bueno, pues con Sebastian estuve casi cuatro años —siguió diciendo ella—. Durante todo ese tiempo una chica aprende un montón. Hank sabe muy poco de sexo, porque nunca ha estado el tiempo suficiente con una novia para llegar a una relación realmente íntima. Evie fue la pareja que le duró más tiempo, y era demasiado joven para enseñarle gran cosa a un hombre.

—Entiendo.

Jasper jamás había pensado así en las relaciones, pero le resultó lógico. Se parecía un poco a Hank, y se preguntó si las mujeres pensarían de él que era poco sofisticado en la cama.

—Hank aprendió mucho con una cantante llamada Mickie McFee, aunque solo se acostó con ella dos veces.

—¿De veras? Dave Williams se lo montó con ella en un camerino.

—¿Y Dave te lo contó?

—Creo que se lo contó a todo el mundo. Debió de ser su primer polvo.

—Mickie McFee sí que sabe.

—Bueno, así que eres la maestra de Hank en el amor.

—Aprende rápido, y está madurando a marchas forzadas. No volverá a hacerle a nadie lo que le hizo a Evie.

Jasper no estaba seguro de poder creerlo, pero no verbalizó sus recelos.

Dimka Dvorkin voló a Vietnam en febrero de 1965 junto con un nutrido grupo de funcionarios y asistentes del Ministerio de Asuntos Exteriores, entre los que se contaba Natalia Smótrova.

Era el primer viaje de Dimka fuera de la Unión Soviética, pero lo que más le emocionaba era la posibilidad de estar con Natalia. No sabía muy bien qué iba a ocurrir, pero lo invadía una placentera sensación de liberación y percibía que ella sentía lo mismo. Se encontrarían lejos de Moscú, fuera del alcance de su mujer y del marido de Natalia. Todo era posible.

Dimka se sentía más optimista en términos generales. Kosiguin, su jefe desde la caída de Jrushchov, entendía que la Unión Soviética estaba perdiendo la Guerra Fría por culpa de la economía. La industria soviética era ineficaz, y sus ciudadanos eran pobres. El objetivo de Kosiguin era conseguir que la URSS fuera más productiva. Los soviéticos tenían que aprender a fabricar objetos que personas de otros países quisieran comprar. Debían competir con los estadounidenses en prosperidad, no solo en número de tanques y misiles. Esa era la única esperanza de convertir el mundo a su forma de vida, y era una actitud que animaba a Dimka. Brézhnev, el líder, era tristemente conservador, pero quizá Kosiguin lograra reformar el comunismo.

Parte del problema económico residía en que un gran volumen de los beneficios nacionales se invertía en presupuesto militar. Con la voluntad de reducir ese creciente gasto, Jrushchov se había sacado de la manga la política de la convivencia pacífica para coexistir con los capitalistas sin entrar en conflictos bélicos. El antiguo líder no se había esmerado mucho en aplicar la idea: sus rifirrafes con Berlín y Cuba habían requerido un mayor gasto militar, y no al contrario. Sin embargo, los pensadores progresistas del Kremlin seguían creyendo en la estrategia pacífica.

Vietnam sería una prueba de fuego.

Cuando salió del avión, Dimka recibió el impacto de la atmósfera cálida y húmeda, distinta a todo cuanto había experimentado hasta entonces. Hanoi era la antigua capital de un país antiguo y oprimido durante largo tiempo por extranjeros: primero por los chinos, luego por los franceses y finalmente por los estadounidenses. Vietnam estaba más poblado y era más colorido que ningún otro lugar que Dimka hubiera visto.

También estaba dividido en dos.

El líder vietnamita Ho Chi Minh había derrotado a Francia en una guerra anticolonialista durante la década de los cincuenta. Pero Ho era un comunista antidemocrático, y los estadounidenses se negaban a someterse a su autoridad. El presidente Eisenhower había financiado el gobierno títere del sur, con sede en la capital provincial de Saigón. El régimen nombrado a dedo de Saigón era tiránico e impopular, y sufría los ataques constantes de una organización guerrillera, el Vietcong. El ejército de Vietnam del Sur era tan endeble que en esos momentos de 1965 debía recurrir al apoyo de veintitrés mil soldados estadounidenses.

Los norteamericanos trataban Vietnam del Sur como un país por derecho propio, al igual que la Unión Soviética trataba la Alemania Oriental como una nación. Vietnam era el reflejo de Alemania, aunque Dimka no habría osado expresarlo en voz alta.

Mientras los ministros acudían a un banquete con los líderes norvietnamitas, los ayudantes soviéticos disfrutaban de una cena menos formal con sus homólogos del país, todos los cuales hablaban ruso, y algunos incluso habían visitado Moscú. La comida consistía esencialmente en verduras y arroz con pequeñas cantidades de carne y pescado, pero era sabrosa. No había presencia de funcionarias, y los hombres parecieron sorprendidos al ver a Natalia y a otras dos mujeres soviéticas entre los comensales.

Dimka se sentó junto a un taciturno miembro de la élite del partido vietnamita de mediana edad que se llamaba Pham An. Natalia, sentada justo enfrente, le preguntó qué esperaba extraer de las conversaciones.

Pham respondió con la lista de la compra.

—Necesitamos aviones, artillería, radares, sistemas de defensa aérea, armas de pequeño calibre, munición y equipo sanitario —dijo.

Era exactamente lo que los soviéticos esperaban evitar.

—Pero no necesitarán todo eso si la guerra toca a su fin —comentó Natalia.

—Cuando hayamos derrotado a los imperialistas americanos nuestras necesidades cambiarán.

—A todos nos gustaría presenciar la victoria aplastante del Vietcong —dijo Natalia—, pero podría haber otros resultados posibles. —Intentaba introducir la idea de la convivencia pacífica.

—La victoria es la única posibilidad —respondió Pham An con desdén.

Dimka estaba abatido. Pham rechazaba con tozudez participar en la conversación para la que los soviéticos se encontraban allí. Quizá pensara que discutir con una mujer rebajaba su dignidad. Dimka esperaba que esa fuera la única razón de su cabezonería. Si los vietnamitas no contemplaban alternativas a la guerra, la misión soviética habría fracasado.

Natalia no se dejó disuadir tan pronto de su objetivo.

—La victoria militar, sin duda, no es el único resultado posible —estaba afirmando en ese instante.

Dimka descubrió que se sentía orgulloso de su valiente insistencia.

—¿Se refiere a la derrota? —preguntó Pham, enfurecido, o al menos fingiendo estarlo.

—No —respondió ella con tranquilidad—, pero la guerra no es el único camino hacia la victoria. Las negociaciones son una alternativa.

—Hemos negociado con los franceses en muchas ocasiones —repuso Pham con enfado—. Todos los acuerdos fueron ideados solo para ganar tiempo mientras se preparaban para un ataque futuro. Esa fue la lección que aprendió nuestro pueblo, una lección sobre cómo negociar con los imperialistas, una lección que jamás olvidaremos.

Dimka había leído la historia de Vietnam y sabía que la rabia de

Pham estaba justificada. Los franceses habían sido tan deshonestos y pérfidos como los demás colonialistas. Pero ahí no acababa todo.

Natalia insistió en su argumento, y con bastante razón, puesto que se trataba del mensaje que Kosiguin quería transmitir a Ho Chi Minh a toda costa.

—Los imperialistas son traidores, todos lo sabemos. Pero los revolucionarios también podemos sacar partido de las negociaciones. Lenin negoció en Brest-Litovsk. Hizo algunas concesiones, siguió en el poder e invalidó esas concesiones en cuanto tuvo una posición más fuerte.

Pham reprodujo al pie de la letra una frase de Ho Chi Minh:

—No nos plantearemos la participación en las negociaciones hasta que exista un gobierno neutral de coalición en Saigón que incluya a representantes del Vietcong.

—Sea razonable —sugirió Natalia con cautela—. Exigir tanto como condición previa no es más que una forma de evitar las negociaciones. Deben plantearse una solución intermedia.

—Cuando los alemanes invadieron Rusia y marcharon hasta las puertas de Moscú, ¿buscaron ustedes soluciones intermedias? —preguntó Pham, airado, y dio un puñetazo sobre la mesa, un gesto que sorprendió a Dimka viniendo de un oriental supuestamente sutil—. ¡No! ¡Nada de negociaciones, ni soluciones intermedias! ¡Y nada de americanos!

Poco después finalizó el banquete.

Dimka y Natalia regresaron al hotel. Él la acompañó hasta la habitación.

—Entra —se limitó a decir ella cuando estuvieron en la puerta.

Iba a ser solo su tercera noche juntos. Las dos primeras las habían pasado en una cama con dosel en una polvorienta habitación llena de muebles viejos del Kremlin. Aun así, por algún motivo, estar juntos en el dormitorio les resultaba tan natural como si llevaran años siendo amantes.

Se besaron y se descalzaron, volvieron a besarse, fueron a lavarse los dientes y se besaron de nuevo. No estaban dejándose llevar por una lujuria incontrolable, más bien se sentían relajados y juguetones.

—Tenemos toda la noche para hacer lo que queramos —dijo Natalia, y Dimka pensó que era lo más sensual que había oído jamás.

Hicieron el amor, dieron buena cuenta del caviar y del vodka que ella había llevado consigo y luego volvieron a hacer el amor.

Después se quedaron tumbados entre las sábanas revueltas, mirando el ventilador del techo, que giraba con parsimonia.

—Supongo que alguien estará vigilándonos a través de escuchas —comentó Natalia.

—Eso espero —dijo Dimka—. Enviamos un equipo del KGB que nos salió muy caro para enseñarles a colocar micros en las habitaciones de los hoteles.

—Quizá sea el mismísimo Pham An el encargado de las escuchas —dijo Natalia, y soltó una risita nerviosa.

—De ser así, espero que lo haya disfrutado más que la cena.

—Mmm… Ha sido un verdadero desastre.

—Tendrán que cambiar de actitud si quieren que les demos armas. Incluso Brézhnev rechaza la idea de que participemos en un conflicto a gran escala en el Sudeste Asiático.

—Pero si nos negamos a proporcionarles armamento pueden pedírselo a los chinos.

—Odian a los chinos.

—Ya lo sé. Aun así…

—Sí.

Se quedaron profundamente dormidos hasta que los despertó el teléfono. Natalia levantó el auricular y, tras decir su nombre, se quedó escuchando un rato.

—Mierda —dijo. Transcurrido un minuto, colgó—. Noticias de Vietnam del Sur —anunció—. El Vietcong atacó una base americana anoche.

—¿Anoche? ¿Solo unas horas después de que Kosiguin llegara a Hanoi? No ha sido una coincidencia. ¿Dónde?

—En un lugar llamado Pleiku. Ocho americanos muertos y casi un centenar de heridos. Y han destruido diez de sus aviones que estaban en tierra.

—¿Cuántas bajas del Vietcong?

—En la base solo dejaron un cadáver.

Dimka negó con la cabeza, estupefacto.

—Hay que reconocerles el mérito a los vietnamitas, son unos combatientes asombrosos.

—Lo son los del Vietcong. El ejército sudvietnamita es un desastre. Por eso necesitan el apoyo de los soldados americanos.

Dimka frunció el ceño.

—¿No hay un pez gordo americano justo ahora en Vietnam del Sur?

—McGeorge Bundy, asesor de Seguridad Nacional, uno de los capitalistas imperialistas que más han instigado esta guerra.

—Estará hablando por teléfono con el presidente Johnson ahora mismo.

—Sí —dijo Natalia—. Me gustaría saber qué le dice.

Obtuvo la respuesta a última hora de ese mismo día.

Los aviones estadounidenses del portaaviones *USS Ranger* bombardearon un campamento militar llamado Dong Hoi en el litoral de Vietnam del Norte. Era la primera vez que los estadounidenses bombardeaban ese país, y se inició una nueva etapa del conflicto.

A lo largo del día Dimka contempló con desesperación cómo se desmoronaba la posición ocupada por Kosiguin.

Tras el bombardeo, la agresión estadounidense fue condenada por los países comunistas y los neutrales de todo el mundo.

Los líderes del Tercer Mundo esperaban que Moscú acudiera en ayuda de Vietnam, un país comunista directamente atacado por el imperialismo estadounidense.

Kosiguin no quería participar en la guerra de Vietnam, y el Kremlin no podía permitirse prestar apoyo militar a gran escala a Ho Chi Minh, aunque fue justo lo que hicieron.

No tenían otra opción. Si se retiraban, los chinos entrarían en el conflicto, ansiosos por suplantar a la URSS como poderoso amigo de los pequeños países comunistas. La posición de la Unión Soviética como defensora del comunismo mundial estaba en peligro, y todos lo sabían.

Las conversaciones sobre convivencia pacífica habían caído en el olvido.

Dimka y Natalia se sentían descorazonados, como el resto de los miembros de la delegación soviética. Su postura en las negociaciones con los vietnamitas había quedado herida de muerte. Kosiguin no tenía cartas con las que jugar; debía garantizar todo cuanto Ho Chi Minh pidiera.

Se quedaron en Hanoi tres días más. Dimka y Natalia hacían el amor todas las noches, pero durante el día solo se dedicaban a tomar nota de la lista de la compra de Pham An. Incluso antes de que la delegación se marchara, un envío de misiles tierra-aire ya estaba de camino.

Dimka y Natalia se sentaron juntos en el avión de regreso a casa. Él se quedó adormilado evocando con deleite las húmedas noches de amor bajo el ventilador de giro parsimonioso.

—¿Por qué sonríes? —preguntó Natalia.

Dimka abrió los ojos.

—Ya lo sabes.

Ella soltó una risita.

—Aparte de eso…

—¿Qué?

—Cuando haces un repaso mental de este viaje, ¿no tienes la sensación de que...?

—¿De que nos han llevado por donde han querido y se han aprovechado de nosotros? Sí, desde el primer día.

—De hecho, el tal Ho Chi Minh ha manipulado con destreza a los dos países más poderosos del mundo y ha acabado consiguiendo todo lo que quería.

—Sí —dijo Dimka—. Eso es exactamente lo que creo.

Tania fue al aeropuerto con la copia mecanografiada del texto subversivo de Vasili en la maleta. Estaba asustada.

Ya había hecho cosas peligrosas antes. Había escrito en una publicación sediciosa; la habían detenido en la plaza Mayakovski y la habían llevado hasta el conocido sótano del KGB en el edificio de la Lubianka; había contactado con un disidente en Siberia. Pero lo que se disponía a hacer en ese instante era lo más aterrador de todo.

La comunicación con Occidente era un delito grave. Tania iba a llevar el manuscrito de Vasili a Leipzig, donde esperaba poder pasárselo a alguna editorial occidental.

La hoja informativa que habían publicado Vasili y ella solo se había distribuido en la URSS. Las autoridades se enfurecerían mucho más si averiguaban que alguien intentaba sacar material disidente del país para llevarlo a Occidente. Los culpables serían considerados no solo rebeldes, sino traidores.

Pensando en el peligro mientras iba sentada en la parte trasera del taxi, el miedo le revolvió el estómago y Tania se tapó la boca con la mano para no vomitar, hasta que desapareció la sensación.

Al llegar estuvo a punto de decirle al conductor que diera media vuelta y la llevara a casa. Entonces pensó en Vasili atrapado en Siberia, pasando hambre y frío; se armó de valor y llevó la maleta hasta la terminal del aeropuerto.

El viaje a Siberia la había cambiado. Antes de realizarlo consideraba el comunismo como un experimento bienintencionado que había fracasado y que debía desecharse. Tras su estancia allí lo consideraba una tiranía brutal cuyos líderes eran seres malvados. Cada vez que pensaba en Vasili, solo podía sentir odio hacia las personas que le habían hecho aquello. Incluso le costaba hablar con su hermano, que todavía esperaba que el comunismo fuera reformado y no erradicado. Quería a Dimka, pero él se negaba a ver la realidad. Tania también se había dado cuenta de que en todos los lugares donde existía una opresión cruel —en el profundo Sur de Estados Unidos, en la británica Irlanda del Norte y en la Alemania Oriental— tenía que haber personas normales y buenas, como su familia, que miraran hacia otro lado para no ver la cruda realidad. Sin embargo, Tania se negaba a ser una de esas personas. Iba a combatir la crueldad hasta las últimas consecuencias.

No importaba el riesgo que tuviera que correr.

Al llegar al mostrador de embarque entregó la documentación y colocó su maleta sobre la balanza. De haber creído en Dios, se habría encomendado a él.

El personal de facturación pertenecía en su totalidad al KGB. Ese funcionario en concreto era un hombre de unos treinta años con la sombra de una barba poblada en el rostro. En muchas ocasiones Tania juzgaba a las personas imaginando cómo serían en una entrevista. Ese hombre sería vehemente hasta llegar a la agresividad, pensó, respondería a preguntas neutras como si fueran hostiles y buscaría sin cesar significados ocultos y acusaciones veladas.

La miró de forma implacable a la cara, comparándola con la fotografía. Tania intentó no parecer asustada, aunque pensó que incluso los ciudadanos soviéticos inocentes sentían miedo cuando los miraban los hombres del KGB.

—Abra la maleta —dijo el funcionario al tiempo que dejaba su pasaporte sobre el mostrador.

No había forma de saber cuál sería la razón. Podían hacerlo porque uno parecía sospechoso, porque no tenían nada mejor que hacer o porque querían fisgonear en la ropa interior de las mujeres. No tenían por qué dar explicaciones.

Con el corazón desbocado, Tania abrió la maleta.

El funcionario se arrodilló y empezó a revolver sus cosas. Le llevó menos de un minuto descubrir el manuscrito de Vasili. Lo sacó y leyó la portada: «*Stalag: una novela sobre los campos de concentración nazis*, de Klaus Holstein».

Era un título falso, igual que el índice, el prefacio y el prólogo.

—¿Qué es esto? —preguntó el funcionario.

—Una traducción parcial de una obra de la Alemania Oriental. Voy a la feria del libro de Leipzig.

—¿Ha sido autorizado?

—En la Alemania Oriental, por supuesto. De no ser así ni siquiera lo habrían publicado.

—¿Y en la Unión Soviética?

—Todavía no. Las obras no se pueden presentar para su aprobación sin estar finalizadas, como es evidente.

Intentó respirar con normalidad mientras el funcionario revisaba las páginas.

—Estos personajes tienen nombres rusos —comentó.

—Había muchos rusos en los campos de concentración nazis, como ya sabrá —argumentó Tania.

Si intentaban cotejar su coartada la pillarían de inmediato, y lo sabía. Solo con que el funcionario se tomara la molestia de leer algo más que las primeras cinco páginas, vería que los relatos no trataban de los nazis, sino de un gulag; al KGB le bastarían entonces un par de horas para averiguar que no había ni libro ni editorial de la Alemania Oriental, momento en el que Tania sería llevada otra vez a una celda de la Lubianka.

El hombre pasaba las páginas con despreocupación, como preguntándose si debía molestarse en armar un lío o no, pero justo entonces empezó un revuelo en el mostrador de al lado: estaban confiscándole un icono a un pasajero. El funcionario que atendía a Tania le devolvió su documentación y su tarjeta de embarque, y la despidió con un gesto brusco para ir a ayudar a su colega.

Ella sentía las piernas tan flojas que tenía miedo de no poder caminar.

Recobró fuerzas y consiguió terminar con todas las formalidades. El avión era el Túpolev Tu-104 que Tania ya conocía, pero este había sido adaptado para el traslado de pasajeros civiles, que viajaban un tanto hacinados en sus hileras de seis asientos. El vuelo a Leipzig recorría unos mil seiscientos kilómetros y duraba algo más de tres horas.

Cuando Tania recogió su maleta al llegar, la observó con cuidado pero no percibió señal alguna de que la hubieran abierto. Sin embargo, todavía corría peligro. La llevó a la zona de aduanas e inmigración con la sensación de que transportaba algo radiactivo. Recordaba que el gobierno de la Alemania Oriental era conocido por ser más cruento que el régimen soviético. La Stasi era incluso más omnipresente que el KGB.

Mostró sus documentos. Un funcionario los analizó con detenimiento y luego la despidió con un gesto brusco de la mano.

Se dirigió a la salida sin mirar la cara de los funcionarios uniformados, todos hombres, que observaban de cerca a los pasajeros.

Entonces uno de ellos se interpuso en su camino.

—¿Tania Dvórkina?

Estuvo a punto de romper a llorar por el sentimiento de culpa.

—S-sí...

El hombre le habló en alemán:

—Por favor, acompáñeme.

«Se acabó —pensó ella—. Estoy muerta.»

Lo siguió hasta una puerta lateral. Para su sorpresa, esta conducía a una zona de aparcamiento.

—El director de la feria del libro ha enviado un coche a buscarla —anunció el funcionario.

Un chófer estaba esperándola. Tania se presentó y metió la incriminatoria maleta en el maletero de una limusina Wartburg 311 de color verde y blanco.

Tania se dejó caer en el asiento trasero y se desplomó como si estuviera borracha.

Empezó a recuperarse cuando el coche estaba entrando en el centro de la ciudad. Leipzig era un antiguo cruce de caminos que acogía ferias comerciales desde la Edad Media. Su estación de trenes era la más grande de Europa. En su artículo Tania hablaría de la consolidada tradición comunista de la ciudad y de su resistencia a la ocupación nazi, que se prolongó hasta la década de 1940. No incluiría la idea que se le ocurrió en ese momento: que los magníficos edificios decimonónicos de Leipzig parecían incluso más elegantes comparados con la brutalidad de la arquitectura de la era soviética.

El taxista la condujo hasta la feria. En un gran espacio con aspecto de hangar, los editores procedentes de Alemania y del extranjero habían instalado puestos donde exponían sus libros. El director de la feria acompañó a Tania en una visita al recinto ferial. Le explicó que el principal objetivo comercial de la feria consistía en comprar y vender, no los libros en sí, sino los derechos para traducirlos y publicarlos en otros países.

Hacia el final de la tarde, la joven consiguió deshacerse de él y dar un paseo en solitario.

Le asombró el gran número de libros y su espectacular variedad: manuales automovilísticos, revistas científicas, almanaques, libros infantiles, Biblias, libros de arte, atlas, diccionarios, libros de texto escolares y las obras completas de Marx y Lenin en las principales lenguas europeas.

Ella necesitaba encontrar a alguien que quisiera traducir literatura rusa y publicarla en Occidente.

Empezó a mirar con detenimiento los puestos en busca de novelas rusas traducidas a otros idiomas.

El alfabeto occidental era distinto al cirílico, pero Tania había aprendido alemán e inglés en el instituto y había estudiado alemán en la universidad, así que podía leer los nombres de los autores y, en general, acabar descifrando los títulos.

Habló con varios editores, les dijo que era periodista de la TASS y les preguntó qué beneficios obtenían de la feria. Tomó nota de algunas declaraciones interesantes para su artículo, pero ni siquiera insinuó que tenía un libro ruso que ofrecerles.

En el puesto de un editor londinense llamado Rowley se fijó en una traducción al inglés de *La joven guardia*, una conocida novela soviética de Aleksandr Fadéyev. La había leído varias veces y se entretuvo en descifrar la primera página en inglés hasta que alguien la interrumpió. Una atractiva mujer de más o menos su misma edad se dirigió a ella en alemán:

—Por favor, si necesita que le responda alguna pregunta, dígamelo.

Tania se presentó y entrevistó a la mujer sobre la feria. Pronto descubrieron que la editora hablaba ruso mejor de lo que la periodista hablaba alemán, y pasaron a la lengua de la URSS. Tania se interesó sobre las traducciones al inglés de novelas rusas.

—Me gustaría publicar otras —dijo la editora—, pero muchas novelas soviéticas contemporáneas, incluida la que tiene en las manos, son demasiado pro comunistas.

Tania fingió una actitud recelosa.

—¿Quiere publicar propaganda contraria al régimen soviético?

—En absoluto —respondió la editora con una sonrisa tolerante—. Es lícito que los escritores estén de acuerdo con sus gobiernos. Mi editorial publica muchos libros que celebran la existencia del Imperio británico y sus triunfos. Pero un autor que no ve nada malo en la sociedad en la que vive quizá no sea tomado en serio. Es más inteligente incluir una pizca de crítica, aunque solo sea por dar más credibilidad a la historia.

A Tania le gustaba esa mujer.

—¿Podemos volver a vernos?

La editora vaciló.

—¿Tiene algo para mí?

Tania no respondió la pregunta.

—¿Dónde se hospeda?

—En el Europa.

La periodista tenía una habitación reservada en el mismo hotel. Era una coincidencia muy conveniente.

—¿Cómo se llama?

—Anna Murray. ¿Y usted?

—Volveremos a hablar —dijo Tania, y se marchó.

Su instinto, afinado por un cuarto de siglo de vida en la Unión Soviética, le indicaba que confiara en Anna Murray; y había pruebas, además, que refrendaban esa sensación. En primer lugar, Anna era sin duda británica, y no una rusa o alemana oriental fingiendo serlo. En segundo lugar, ni era comunista ni fingía a toda costa estar en contra del régimen. Su relajada neutralidad no era la impostura de una espía del KGB. En tercer lugar, no usaba ningún tipo de jerga. Las personas educadas en la ortodoxia soviética no podían evitar hablar del partido, las clases, los cuadros de funcionarios oficiales y la ideología. Anna no había utilizado esa terminología.

La Wartburg verde y blanca estaba esperando en la calle. El conductor la llevó hasta el Europa, donde Tania se registró. Casi de inmediato salió de su habitación y regresó al vestíbulo del hotel.

No quería llamar la atención ni siquiera por preguntar el número de la habitación de Anna Murray en recepción. Solo con que uno de los recepcionistas fuese informador de la Stasi, tomaría nota de la presencia de una periodista soviética que buscaba a una editora inglesa.

Sin embargo, detrás del mostrador de recepción había un tablón con casillas numeradas donde el personal colocaba las llaves de las habitaciones y dejaba los mensajes. Tania cerró un sobre vacío, escribió en él «Frau Anna Murray» y lo entregó sin mediar palabra. El recepcionista lo colocó de inmediato en la casilla de la habitación 305.

Había una llave en ese hueco, lo cual significaba que Anna Murray no estaba en su habitación en ese momento.

Tania entró en el bar, pero no vio a Anna. Estuvo sentada en el mismo lugar durante una hora, bebiendo cerveza a sorbos y redactando el borrador de su artículo en una libreta. Después fue al restaurante. Anna tampoco estaba allí. Seguramente habría salido a cenar con sus compañeros a algún local de la ciudad. Tania se sentó sola y pidió una especialidad local, *Allerlei*, un plato de verduras. Se quedó tomando el café durante una hora, luego se marchó.

Al cruzar el vestíbulo volvió a echar un vistazo rápido a las casillas. La llave de la 305 no estaba.

Tania regresó a su habitación, cogió el manuscrito mecanografiado y se dirigió a la puerta de la habitación de Anna.

Una vez allí vivió un instante de duda. En cuanto lo hubiera hecho, se habría comprometido. No tendría tapadera para explicar ni excusar sus actos. Estaría distribuyendo propaganda contra la Unión Soviética en Occidente. Si la pillaban, su vida se habría acabado.

Llamó a la puerta.

Anna abrió. Iba descalza y tenía el cepillo de dientes en la mano; era evidente que se estaba preparando para acostarse.

Tania se llevó un dedo a los labios para pedirle silencio. Luego le entregó a Anna el manuscrito.

—Volveré dentro de dos horas —dijo entre susurros, y se marchó.

Regresó a su habitación y se sentó en la cama, temblorosa.

Si Anna se limitaba a rechazar la obra, ya sería malo de por sí. Pero si Tania se había equivocado al juzgarla, la editora podría sentirse obligada a dar parte a las autoridades de que le habían ofrecido el libro de un disidente. Tal vez temiera ser acusada de participar en una conspiración. Quizá creyera que lo único razonable era informar de la ilegalidad en la que habían querido involucrarla.

Sin embargo, Tania estaba convencida de que la mayoría de los occidentales no pensaban así. A pesar de las grandes precauciones de la periodista, seguramente Anna no tendría la sensación de ser culpable de un delito por el simple hecho de leer un manuscrito.

De modo que la cuestión principal era si a la editora le gustaría la obra de Vasili. A Daniíl le había parecido buena, y también al director de *Novi Mir*. Pero eran las únicas personas que habían leído los relatos, y ambos eran rusos. ¿Cómo reaccionaría un extranjero? Tania tenía la certeza de que Anna sabría apreciar que se trataba de buena literatura, pero ¿la conmovería? ¿Le partiría el corazón?

A las once y unos minutos, Tania regresó a la habitación 305.

Anna abrió la puerta con el manuscrito en la mano.

Tenía el rostro surcado de lágrimas.

Habló entre susurros.

—Esto es algo inaguantable —dijo—. Debemos contárselo al mundo.

Un viernes por la noche Dave descubrió que Lew, el batería de Plum Nellie, era homosexual.

Hasta ese momento había creído que su amigo era simplemente tímido. Muchas chicas deseaban acostarse con los chicos que tocaban en un grupo, y el camerino en numerosas ocasiones era como un burdel, pero Lew jamás se aprovechaba de la situación. No era tan sorprendente: algunos lo hacían y otros no. Walli nunca se liaba con las admiradoras. Dave lo hacía de vez en cuando, y Buzz, el bajista, jamás decía que no.

Plum Nellie volvía a tocar en concierto. *I Miss Ya, Alicia* estaba dentro de los veinte primeros superéxitos: en el número diecinueve y subiendo. Dave y Walli componían canciones juntos y esperaban grabar un LP. Una tarde, a última hora, fueron a los estudios de la BBC en Portland Place y grabaron una actuación en la radio. Apenas les pagaban calderilla, pero era una oportunidad para publicitar *I Miss Ya, Alicia*. Quizá la canción alcanzara el primer puesto. Y como decía Dave en ocasiones, a base de calderilla también se podía vivir.

Salieron parpadeando al sol de la tarde y decidieron ir a tomar una copa a un pub cercano llamado Golden Horn.

—No me apetece una copa —dijo Lew.

—No seas aburrido —repuso Buzz—. ¿Cuándo has dicho que no a una pinta?

—Pues vamos a otro pub —sugirió Lew.

—¿Por qué?

—No me gusta el ambiente de ese.

—Si tienes miedo de que te acosen, ponte las gafas de sol.

Habían salido en televisión en varias ocasiones, y a veces los reconocían admiradores en bares y restaurantes, pero no solían producirse problemas. Habían aprendido a mantenerse alejados de los lugares donde se reunían los adolescentes, como las cafeterías cercanas a algún instituto, porque la cosa podía acabar en disturbios callejeros; pero estaban cómodos en los pubs.

Entraron en el Golden Horn y se acercaron a la barra. El barman sonrió a Lew.

—Hola, Lucy, cariño, ¿qué vas a tomar, tu vodka con tónica?

El grupo miró a Lew con sorpresa.

—¿Eres habitual del local? —preguntó Buzz.

—¿Cómo que tu vodka con tónica? —preguntó Walli.

—¿Lucy? —preguntó Dave.

El barman parecía nervioso.

—¿Quiénes son tus amigos, Lucy?

Lew miró a los otros tres.

—Malditos cabrones, me habéis descubierto.

—¿Eres mariquita? —preguntó Buzz.

Ya que lo habían pillado, Lew dejó de disimular:

—Sí, soy mariquita. Soy una florecilla, un mariposón, un unicornio violeta y un sarasa. Si no estuvierais tan ciegos ni fuerais tan idiotas lo sabríais desde hace años. Sí, beso a hombres y me acuesto con ellos siempre que puedo hacerlo sin que nos pillen. Pero no temáis, no pienso intentarlo con vosotros: sois todos jodidamente feos. Y ahora vamos a tomar una copa.

Dave lanzó vítores y empezó a dar palmas. Tras un instante de duda e impacto, Buzz y Walli hicieron lo mismo.

Dave sentía curiosidad. Sabía algo de mariquitas, pero solo la teoría. Jamás había tenido un amigo homosexual, que él supiera; aunque la mayoría de ellos lo mantenían en secreto, tal como había hecho Lew, pues su orientación sexual era considerada delito. La abuela de Dave, lady Leckwith, estaba haciendo campaña para cambiar la ley, pero hasta ese momento no había tenido éxito.

Él era partidario de la campaña de su abuela, sobre todo porque odiaba a todas las personas que estuvieran en contra de lady Leckwith: pastores pomposos, derechistas indignados y coroneles jubilados. Jamás había reflexionado en serio sobre la ley como algo que pudiera afectar a sus amigos.

Tomaron una segunda ronda de copas, y luego una tercera. A Dave empezaba a escasearle el dinero, pero le sobraba optimismo. *I Miss Ya, Alicia* iba a ser lanzada en Estados Unidos. Si allí se convertía en número uno, el grupo saltaría al estrellato. Y él no tendría que volver a preocuparse por los exámenes de ortografía.

El pub se llenó enseguida. La mayoría de los hombres tenían algo en común, una forma de caminar y de hablar que resultaba un tanto teatral. Entre ellos se llamaban «cariño» y «guapa». Después de un rato, a Dave le resultó fácil saber quién era mariquita y quién no. Quizá por eso se comportaban así. También había unas cuantas parejas de chicas, la mayoría con el pelo corto y pantalones. Dave se sintió como si estuviera viendo un nuevo mundo.

Sin embargo, los parroquianos del pub no parecían excluir a nadie, y se los veía contentos de compartir su pub favorito con hombres y mujeres heterosexuales. Más o menos la mitad de los presentes conocían a Lew, y el grupo se convirtió en el centro de un grupito de conversación. Los mariquitas cotorreaban de una forma peculiar que hacía reír a Dave.

—¡Uuuh, Lucy! ¡Llevamos la misma camisa! ¡Qué gozada! —exclamó un hombre con una camisa parecida a la de Lew. Luego añadió con un susurro teatral—: Eres una zorra sin imaginación.

Todos rieron, incluido Lew.

Dave fue abordado por un hombre alto.

—Oye, colega, ¿sabes quién me vendería unas pastillas? —preguntó en voz baja.

El muchacho sabía a qué se refería. Muchos músicos consumían píldoras estimulantes. Se podían comprar de varias clases en el Jump Club. Dave había probado algunas, pero no acababa de gustarle el efecto que producían.

Miró con detenimiento al desconocido. Aunque llevaba vaqueros y jersey a rayas, los pantalones eran de los baratos y no pegaban con el jersey, y el hombre llevaba el pelo rapado al estilo militar.

—No —respondió con tono cortante, y se volvió. Tuvo un mal presentimiento.

En un rincón había un diminuto escenario con un micrófono. A las nueve en punto apareció un humorista, y fue recibido con una calurosa ovación. Era un hombre vestido de mujer, aunque el peinado y el maquillaje eran tan buenos que, de haber estado en otro lugar, Dave no habría sabido apreciar la diferencia con una auténtica actriz.

—¿Me atendéis todos, por favor? —dijo el humorista—. Quería hacer un importante anuncio en público. Jerry Robertson tiene una ETS.

Todos rieron.

—¿Qué es una ETS? —le preguntó Walli a Dave.

—Enfermedad de Transmisión Sexual —respondió Dave—. Se te llena la polla de manchas.

—Lo sé porque se la pegué yo —dijo el humorista tras una pausa.

Esto provocó una nueva risa del público, y a continuación se oyó alboroto procedente de la puerta. Dave miró en esa dirección y vio a varios policías uniformados que entraban apartando a la gente a empujones.

—¡Oooh, son las fuerzas de la ley! —exclamó el humorista—. Me gustan los uniformes. La poli viene mucho por aquí, ¿os habéis fijado? Me gustaría saber qué les atrae de este lugar.

Estaba burlándose de la situación, pero los agentes no estaban de humor. Se abrían paso a golpes entre la multitud y parecía que disfrutaban de aquella innecesaria demostración de fuerza. Cuatro de ellos se dirigieron a los aseos de hombres.

—A lo mejor solo han entrado a mear —dijo el humorista. Un agente subió al escenario—. Es usted inspector, ¿verdad? —preguntó el humorista con coquetería—. ¿Ha venido a inspeccionarme?

Otros dos policías se llevaron al humorista.

—¡Tranquilos! —gritó—. ¡Me dejaré cachear!

El inspector cogió el micrófono con brusquedad.

—Está bien, maricones de mierda —espetó—. Me han dado el chivatazo de que en este local se venden sustancias ilegales. Si no queréis que os hagamos daño, poneos de cara a la pared y preparaos para el cacheo.

La policía seguía entrando en masa en el local. Dave echó un vistazo a su alrededor en busca de una salida, pero todas las puertas estaban bloqueadas por los uniformes azules. Algunos clientes se habían colocado de cara a la pared y tenían una expresión resignada, como si no fuera la primera vez que les ocurría. La policía nunca hacía redadas en el Jump Club, pensó Dave, aunque allí vendían droga casi sin ningún disimulo.

Los policías que habían entrado en el aseo salieron empujando a dos hombres, uno de los cuales sangraba por la nariz.

—Estaban juntos en el mismo retrete, jefe.

—Acúsalos de escándalo público.

—Eso está hecho, jefe.

Dave recibió un doloroso golpe en la espalda y lanzó un grito.

—De cara a la pared —ordenó un policía blandiendo una porra.

—¿Por qué ha hecho eso? —preguntó Dave.

El agente pegó la porra a la nariz del chico.

—Cierra el pico, mariquita, o te lo cierro yo a golpes con esto.

—Yo no soy…

Dave calló. Pensó que era mejor dejarles creer lo que quisieran. Además, prefería estar del lado de los mariquitas que con la policía. Se dirigió hacia la pared y se colocó como le habían ordenado mientras se frotaba el punto de la espalda donde le habían pegado.

Entonces vio a Lew a su lado.

—¿Estás bien? —preguntó su amigo.

—Solo tengo un golpe. ¿Y tú?

—No mucho más.

Dave empezaba a entender por qué su abuela quería cambiar la ley. Se sintió culpable por haber vivido durante tanto tiempo en la ignorancia.

—Al menos la poli no ha reconocido al grupo —dijo Lew en voz baja.

Dave asintió en silencio.

—No se les ve pinta de reconocer a estrellas del pop.

Con el rabillo del ojo vio al inspector dirigirse al hombre mal vestido que le había preguntado dónde comprar pastillas. En ese momento entendió lo de los vaqueros baratos y el corte de pelo al estilo militar: era un detective de incógnito, aunque muy mal disfrazado. En esos momentos se encogía de hombros y agitaba los brazos con gesto de impotencia, y Dave supuso que no había logrado que nadie le vendiera droga.

La policía registró a todo el mundo y los obligó a vaciarse los bolsillos. El agente que registró a Dave le manoseó la entrepierna mucho más tiempo del necesario. «¿Serán mariquitas estos polis también? —se preguntó el chico—. ¿Por eso son los que hacen esto?»

Varios hombres protestaron por el cacheo de sus partes íntimas. Los agentes los golpearon con las porras y los detuvieron por desacato a la autoridad. Un hombre llevaba un bote de pastillas que, según dijo, le había recetado su médico, pero lo detuvieron de todas formas.

Al final la policía se marchó. El barman anunció que las copas corrían por cuenta de la casa, pero fueron pocos los que aprovecharon la oferta. Los miembros de Plum Nellie abandonaron el local. Dave decidió retirarse pronto esa noche.

—¿Estas cosas os pasan mucho a los mariquitas? —le preguntó a Lew cuando estaban despidiéndose.

—Todo el tiempo, colega —respondió Lew—. Todo el tiempo. Joder.

Jasper fue a visitar a su hermana al piso de Hank Remington en Chelsea una tarde a las siete, cuando estaba seguro de que Anna habría llegado a casa del trabajo pero que la pareja todavía no habría salido. Estaba nervioso. Quería pedirles algo a Anna y a Hank, algo esencial para su futuro.

Se sentó en la cocina y observó a su hermana mientras preparaba la comida favorita de Hank: un bocadillo de patatas fritas.

—¿Cómo te va el trabajo? —preguntó para darle conversación.

—De maravilla —respondió ella, y le brilló la mirada de entusiasmo—. He descubierto a un autor nuevo, un disidente ruso. Ni siquiera sé cómo se llama en realidad, pero es un genio. Voy a publicar sus relatos sobre un campo de trabajos forzados en Siberia. El libro se titula *Congelación*.

—No suena muy cómico.

—Tiene partes divertidas, pero te partirá el corazón. Ya he encargado la traducción.

Jasper se mostró escéptico.

—¿Y quién va a querer leer algo sobre los presos de un campo de trabajo?

—El mundo entero —respondió Anna—. Tú espera y verás. ¿Y qué me dices de ti? ¿Ya sabes qué harás después de la graduación?

—Me han ofrecido un trabajo como articulista en prácticas en el *Western Mail*, pero no quiero aceptarlo. Ya he sido redactor y director de mi propio periódico, por el amor de Dios.

—¿Has recibido alguna respuesta de Estados Unidos?

—Una —respondió Jasper.

—¿Solo una? ¿Y qué te proponen?

Jasper se sacó la carta del bolsillo y se la enseñó a su hermana. Era de un programa de televisión llamado *This Day*.

Anna la leyó.

—Solo dice que no contratan a nadie sin entrevista previa. Qué decepción.

—He pensado en tomarles la palabra.

—¿Qué quieres decir?

Jasper señaló la dirección del membrete.

—Que pienso presentarme en ese despacho con la carta en la mano y decir: «Vengo por lo de mi entrevista».

Anna rió.

—Se quedarán impresionados por la jeta que tienes.

—Solo hay una pega. —Jasper tragó saliva—. Necesito noventa libras para el billete de avión. Y solo tengo veinte.

Anna sacó la cesta de patatas de la freidora y las puso a escurrir. Luego miró a Jasper.

—¿Por eso has venido?

Su hermano asintió en silencio.

—¿Puedes prestarme setenta libras?

—Desde luego que no —respondió ella—. No tengo setenta libras. Soy editora. Eso es casi mi sueldo de un mes.

Jasper sabía que esa sería la respuesta de su hermana, pero no el final de la conversación. Apretó los dientes y dijo:

—¿No puedes pedírselas a Hank?

Anna dispuso las patatas fritas sobre una rebanada de pan blanco untada con mantequilla. Las roció con unas gotas de vinagre de malta y les echó un montón de sal. Puso otra rebanada encima y cortó el bocadillo en dos mitades.

Hank salió entonces del baño entremetiéndose la camisa en unos pantalones de pana de color naranja y cintura baja. Su larga melena pelirroja estaba húmeda por el agua de la ducha.

—¡Qué pasa, Jasper! —saludó con su acostumbrada simpatía. Luego besó a Anna y dijo—: ¡Vaya, nena, eso huele de maravilla!

—Hank, puede que este sea el bocadillo más caro que te comas en toda tu vida —repuso Anna.

38

Dave Williams estaba deseando conocer a su famoso abuelo, Lev Peshkov.

En otoño de 1965 Plum Nellie se hallaba de gira en Estados Unidos. La organización de la All-Star Touring Beat Revue pagaba a los músicos una habitación de hotel cada dos noches. Las noches alternas las pasaban en el autobús.

Daban un concierto, subían al vehículo a medianoche y conducían hasta la siguiente ciudad. Dave nunca dormía bien en el autobús. Los asientos eran incómodos y había un retrete maloliente en la parte de atrás. La única posibilidad de refrescarse la ofrecía una nevera llena de las bebidas gaseosas azucaradas que Dr. Pepper, el patrocinador de la gira, les proporcionaba de forma gratuita. Un grupo de soul de Filadelfia que se llamaba los Topspins organizaba partidas de póquer a bordo; Dave perdió diez dólares una noche y ya no volvió a jugar.

Por la mañana llegaban al hotel. Si tenían suerte, podían entrar en la habitación de inmediato. Si no era así, tenían que quedarse remoloneando en el vestíbulo, de mal humor y sin poder asearse, esperando a que los huéspedes de la noche anterior abandonaran sus habitaciones. Daban el concierto de la noche siguiente, dormían luego en el hotel y volvían al autobús por la mañana.

A Plum Nellie le encantaba aquello.

El dinero no era nada del otro mundo, pero ¡estaban de gira por Estados Unidos! Lo habrían hecho gratis.

Y además, estaban las chicas.

Buzz, el bajista, solía recibir las visitas de numerosas admiradoras en su habitación de hotel durante el transcurso de un solo día con su respectiva noche. Lew se dedicaba a explorar con entusiasmo los locales de ambiente homosexual, aunque los norteamericanos preferían usar la palabra «gay». Walli se mantenía fiel a Karolin, pero incluso él se sentía feliz viviendo su sueño de ser una estrella del pop.

A Dave no le entusiasmaba practicar el sexo con las admiradoras, pero había unas cuantas chicas maravillosas que participaban en la gira. Se insinuó a la rubia Joleen Johnson, de las Tamettes, pero ella lo rechazó explicándole que llevaba felizmente casada desde los trece años de edad. Luego probó suerte con Little Lulu Small, a quien le gustaba coquetear con él pero no pensaba ir a su habitación. Al final, una noche se puso a charlar con Mandy Love, de Love Factory, un grupo de chicas negras de Chicago. Tenía unos enormes ojos castaños, la boca amplia y una piel suave y tostada con un tacto como el de la seda entre los dedos de Dave. Ella le enseñó a fumar marihuana, que le gustó más que la cerveza. Después de Indianápolis pasaron todas las noches de hotel juntos, aunque tenían que ser discretos: el sexo interracial era delito en algunos estados.

El autobús llegó a Washington, D. C., la mañana del miércoles. Dave tenía una cita para almorzar con el abuelo Peshkov. El encuentro lo había organizado su madre, Daisy.

Se vistió para la cita como la estrella del pop que era: camisa roja, pantalones azules de cintura baja, una chaqueta de tweed gris con estampado a cuadros rojos y botas de punta estrecha y tacón. Pidió un taxi desde el hotel barato donde se alojaban los grupos para ir hasta aquel lugar tan elegante donde su abuelo ocupaba una suite.

Dave estaba intrigado. Había oído muchas cosas malas sobre el anciano. Si las leyendas que contaba su familia eran ciertas, Lev había matado a un policía en San Petersburgo y luego huido de Rusia después de dejar embarazada a su novia. En Buffalo, tras dejar preñada a la hija de su jefe, se casó con ella y heredó una fortuna. Había sido sospechoso del asesinato de su suegro, pero nunca habían llegado a acusarlo formalmente. Durante la Ley Seca había sido contrabandista. Mientras estuvo casado con la madre de Daisy tuvo numerosas amantes, entre ellas la estrella de cine Gladys Angelus. La lista era interminable.

Mientras esperaba en el vestíbulo del hotel, Dave se preguntó qué aspecto tendría Lev. Nunca se habían visto. Al parecer Lev había visitado Londres una vez, para la boda de Daisy con su primer marido, Boy Fitzherbert, pero no había regresado nunca.

Daisy y Lloyd iban a Estados Unidos cada cinco años más o menos, sobre todo para ver a la madre de ella, Olga, que ya vivía en una residencia de ancianos en Buffalo. Dave sabía que Daisy no sentía demasiado aprecio por su padre. Lev había estado ausente durante la mayor parte de la infancia de esta, mientras paralelamente había formado otra familia en la misma ciudad —con su amante, Marga, de quien había tenido un hijo ilegítimo, Greg—, y al parecer siempre los había preferido a ellos en lugar de a Daisy y a su madre.

Al otro lado del vestíbulo Dave vio a un hombre de unos setenta años vestido con un traje gris plata y una corbata a rayas rojas y blancas. Recordó a su madre diciendo que su padre siempre había sido un dandi.

—¿Es usted el abuelo Peshkov? —dijo Dave, sonriente.

Se estrecharon la mano.

—¿Es que no tienes ninguna corbata? —exclamó Lev.

Dave siempre provocaba esa clase de reacciones. Por alguna razón la gente mayor se creía con el derecho de meterse con la forma de vestir de los jóvenes. Dave tenía todo un surtido de respuestas para aquellas ocasiones, desde una hostilidad manifiesta hasta unas palabras amables.

—Cuando era usted un muchacho joven en San Petersburgo, abuelo, ¿qué ropa llevaban los chicos modernos como usted?

La expresión severa de Lev se iluminó con una sonrisa.

—Yo llevaba una chaqueta con botones de madreperla, un chaleco, una cadena de reloj de bronce y una gorra de terciopelo. Y me peinaba el pelo, largo, con la raya en medio, como tú.

—Así que nos parecemos —señaló Dave—. Solo que yo nunca he matado a nadie.

Lev se sobresaltó por un momento y luego se echó a reír.

—Eres un chico listo —repuso—. Has heredado mi inteligencia.

Una mujer con un abrigo azul y un sombrero muy chic se acercó a ellos caminando como si fuera una modelo, a pesar de que debía de rondar la edad de Lev.

—Te presento a Marga. Ella no es tu abuela.

«La amante», pensó Dave.

—Obviamente, es usted demasiado joven para ser la abuela de nadie —la halagó con una sonrisa—. ¿Cómo debo llamarla?

—¡Qué zalamero eres! —respondió ella—. Puedes llamarme Marga. Yo también era cantante, ¿sabes? Aunque nunca tuve el éxito que tenéis vosotros. —Parecía sentir nostalgia—. En aquellos tiempos me comía a los chicos guapos como tú para desayunar.

«Las cantantes no han cambiado nada», pensó Dave, acordándose de Mickie McFee.

Entraron en el restaurante. Marga le hizo multitud de preguntas sobre Daisy, Lloyd y Evie. Ambos se alegraron mucho al saber del éxito de la carrera como actriz de Evie, sobre todo teniendo en cuenta que Lev era el propietario de unos estudios en Hollywood. Sin embargo, el abuelo estaba más interesado en Dave y el negocio de la música.

—Dicen que eres millonario, Dave —comentó.

—Mienten —replicó el chico—. Estamos vendiendo muchos discos, eso es verdad, pero no da tanto dinero como la gente se imagina. Apenas nos pagan un centavo por disco. Así que si vendemos un millón de copias, a lo mejor ganamos lo suficiente para que cada uno de nosotros pueda comprarse un utilitario.

—Alguien te está robando —dijo Lev.

—No me extrañaría —opinó Dave—, pero no sé qué hacer al respecto. Despedí a nuestro primer representante, y este es mucho mejor, pero sigo sin poder permitirme el lujo de comprarme una casa.

—Yo estoy metido en la industria del cine, y a veces vendemos discos de nuestras bandas sonoras, así que he visto cómo trabaja la gente del mundillo de la música. ¿Quieres un consejo?

—Sí, por favor.

—Funda tu propia compañía discográfica.

Dave sentía curiosidad. Había estado dándole vueltas a esa misma idea, pero le parecía una fantasía.

—¿Cree que es posible?

—Puedes alquilar un estudio de grabación, supongo, durante un día o dos, o el tiempo que sea necesario.

—Podemos grabar la música, y supongo que también podemos conseguir que una fábrica nos haga los discos, pero no tengo tan claro lo de la comercialización. No me gustaría tener que perder tiempo dirigiendo a un equipo de comerciales, aunque supiera cómo hacerlo.

—No es necesario que te encargues de eso. Consigue que la compañía discográfica mayor se ocupe de las ventas y la distribución a cambio de un porcentaje. Ellos se quedarán con las migajas y tú con los beneficios.

—Me pregunto si estarían de acuerdo con eso.

—No les va a gustar, pero no tendrán más remedio que aceptar porque no pueden darse el lujo de perderos.

—Supongo.

Dave sintió simpatía por aquel astuto anciano, a pesar de su reputación de criminal.

Lev no había terminado.

—¿Qué pasa con la composición? Tú escribes las canciones, ¿no?

—Walli y yo lo hacemos juntos, por lo general. —En realidad era Walli quien trasladaba las canciones al papel, porque la letra y la ortografía de Dave eran tan malas que nadie podía leer nunca lo que escribía; pero el acto creativo era una colaboración entre ambos—. Sacamos algo de dinero extra con los derechos de autor de las letras.

—¿Algo de dinero? Deberíais sacar mucho. Seguro que vuestro editor musical contrata a un agente extranjero que se lleva una parte.

—Es verdad.

—Si investigaras un poco, verías que el agente extranjero también emplea a un subagente que se lleva otra parte, y así sucesivamente. Pero todas esas personas que se llevan un porcentaje forman parte de la misma empresa y, cuando se hayan llevado el veinticinco por ciento tres o cuatro veces, ¡zas!, ya te has quedado sin nada. —Lev sacudió la cabeza con expresión asqueada—. Monta tu propia empresa editora. Nunca vas a ganar dinero hasta que te hagas con el control.

—¿Cuántos años tienes, Dave? —preguntó Marga.

—Diecisiete.

—Muy joven, pero al menos eres lo bastante inteligente para prestar atención a los negocios.

—Me gustaría ser más inteligente.

Después de comer se fueron al salón principal.

—Tu tío Greg va a reunirse con nosotros para tomar el café —anunció Lev—. Es el hermanastro de tu madre.

Dave recordó que Daisy hablaba con cariño de Greg. Su madre decía que había hecho algunas locuras en su juventud, pero ella también. Greg era senador republicano, pero incluso eso le perdonaba ella.

—Mi hijo, Greg, nunca se casó, pero tiene un hijo propio que se llama George —explicó Marga.

—Es un secreto a voces —añadió Lev—. Nadie lo comenta, pero en Washington todo el mundo lo sabe. Greg no es el único miembro del Congreso que tiene un hijo bastardo.

Dave sabía lo de George. Su madre se lo había contado, y Jasper Murray había llegado a conocerlo. A Dave le parecía genial tener un primo de color.

—Así que George y yo somos sus dos nietos —dijo.

—Sí.

—Mira, ahí vienen Greg y George —señaló Marga.

Dave levantó la vista. Un hombre de mediana edad con un elegante traje de franela gris que necesitaba un buen planchado estaba atravesando la sala. A su lado iba un apuesto joven negro de unos treinta años, impecablemente vestido con un traje de mohair gris oscuro y una corbata estrecha.

Se acercaron a la mesa. Ambos hombres besaron a Marga.

—Greg, este es tu sobrino, Dave Williams —dijo Lev—. George, te presento a tu primo inglés.

Tomaron asiento. Dave reparó en que George mostraba una actitud serena y segura de sí, a pesar de ser la única persona de piel oscura de la sala. Las estrellas del pop negras se dejaban crecer el pelo, igual que todos los demás en el mundo del espectáculo, pero George seguía luciendo el cabello corto, quizá porque estaba metido en política.

—Bueno, papá —dijo Greg—, ¿te habías imaginado alguna vez que llegarías a tener una familia como esta?

—Escucha, voy a decirte algo —respondió Lev—. Si pudieras volver atrás en el tiempo, a cuando yo tenía la edad que tiene Dave ahora, y vieses al joven Lev Peshkov y le dijeses cómo iba a ser su vida, ¿sabes lo que haría él? ¡Te diría que has perdido del todo la chaveta!

Esa noche George llevó a Maria Summers a cenar para celebrar que cumplía veintinueve años.

Estaba preocupado por ella. Maria había cambiado de trabajo y se había ido a vivir a otro piso, pero todavía no tenía novio. Salía con las chicas del Departamento de Estado una vez a la semana, y quedaba con George de vez en cuando, pero no tenía vida amorosa. George temía que todavía siguiera de luto. Hacía casi dos años del asesinato de Kennedy, pero era normal que una persona tardase más de ese tiempo en recuperarse de la muerte de su amante.

Definitivamente, el afecto que sentía por Maria no era un cariño fraternal. Le parecía una mujer muy sensual y de una belleza deslumbrante, y así había sido desde aquel viaje en autobús hacia Alabama. Sentía por ella lo mismo que por la esposa de Skip Dickerson, que era guapísima y encantadora. Al igual que la mujer de su mejor amigo, Maria no estaba disponible, y punto. Si la vida hubiera sido diferente, estaba seguro de que estaría casado con ella y sería feliz. Sin embargo, él tenía a Verena, y Maria no quería a nadie a su lado.

Fueron al Jockey Club. Maria llevaba un vestido de lana gris, elegante pero sencillo. No lucía joyas de ninguna clase y no se quitó las gafas en ningún momento. Su peinado era un poco anticuado. Tenía una cara bonita y una boca sugerente y, lo que era aún más importante, era una persona cariñosa. Podría haber encontrado a un hombre fácilmente si lo hubiese intentado. Sin embargo, la gente empezaba a decir que era una mujer entregada en cuerpo y alma a su carrera, alguien cuyo trabajo ocupaba el lugar más importante de su vida. En el fondo George no creía que el trabajo la hiciese feliz, y se preocupaba por ella.

—Acaban de ascenderme —anunció ella cuando se sentaron a la mesa del restaurante.

—¡Felicidades! —exclamó George—. Vamos a celebrarlo con champán.

—Oh, no, gracias, que mañana tengo que trabajar.

—Pero ¡si es tu cumpleaños!

—Da lo mismo, no quiero. Puede que me tome luego una copita de licor, para que me ayude a dormir.

George se encogió de hombros.

—Bueno, supongo que tanta formalidad explica tu ascenso. Sé que eres inteligente, capaz y muy culta, pero por lo general nada de eso cuenta si tienes la piel oscura.

—Desde luego. Siempre ha sido casi imposible para las personas de color conseguir puestos de responsabilidad en el gobierno.

—Pues te felicito por haber conseguido superar ese prejuicio. Es todo un logro.

—Las cosas han cambiado desde que dejaste el Departamento de Justicia, ¿y sabes por qué? El gobierno está tratando de convencer a los cuerpos de policía del Sur para que contraten a negros, pero los sureños dicen: «¡Mirad a vuestro propio personal: son todos blancos!». Así que los altos funcionarios están bajo presión. Para demostrar que no tienen prejuicios, tienen que ascender a personas de color.

—Seguramente creen que con un ejemplo es suficiente.

Maria se echó a reír.

—Pues claro.

Pidieron la cena. George se quedó pensando que tanto él como Maria habían logrado romper la barrera de la segregación racial, pero eso no demostraba que no siguiese allí. Por el contrario, ellos dos eran las excepciones que confirmaban la regla.

Maria estaba pensando en la misma línea.

—Bobby Kennedy parece un hombre íntegro —comentó.

—Cuando lo conocí, consideraba el asunto de los derechos civiles una distracción de asuntos más importantes, pero lo bueno de Bobby es que es capaz de entrar en razón y de cambiar de opinión si es necesario.

—¿Cómo le va?

—Todavía es pronto para decirlo —contestó George con evasivas.

Bobby había sido elegido senador por Nueva York, y George era uno de sus asistentes más cercanos. A George le parecía que Bobby no se estaba adaptando bien a su nuevo papel. Su carrera había atravesado tantas etapas distintas —primero había estado en primera línea, asesorando a su hermano, el presidente; luego había sido apartado por el presidente Johnson, y de pronto era un joven senador— que corría el peligro de perder la noción de quién era.

—¡Debería pronunciarse en contra de la guerra de Vietnam! —Maria mostraba una actitud muy vehemente al respecto, y George presintió que ya tenía planeado de antemano presionarlo sobre el tema—. Lo que hizo el presidente Kennedy fue reducir nuestra participación activa en Vietnam, y se negó una y otra vez a enviar efectivos de combate terrestre —dijo—. Pero en cuanto Johnson salió elegido, envió tres mil quinientos marines, y el Pentágono de inmediato pidió más. En junio exigieron otros ciento setenta y cinco mil soldados… ¡y el general Westmoreland dijo que probablemente no sería suficiente! Pero Johnson solo hace que mentir al respecto todo el tiempo.

—Lo sé. Y se suponía que el bombardeo del norte se efectuaría con el fin de sentar a Ho Chi Minh a la mesa de negociaciones, pero parece que solo ha conseguido que los comunistas se muestren más firmes todavía.

—Qué es exactamente lo que se preveía cuando el Pentágono barajó los distintos escenarios con sus simulaciones militares.

—¿El Pentágono? No creo que Bobby sepa eso. —George se lo diría al día siguiente.

—No quieren que se sepa, pero llevaron a cabo dos simulaciones sobre el efecto del bombardeo sobre Vietnam del Norte. En ambos casos obtuvieron el mismo resultado: un aumento de los ataques del Vietcong en el sur.

—Esa es justo la espiral de fracaso y la escalada de violencia que temía Jack Kennedy.

—Y el hijo mayor de mi hermano se acerca a la edad para ser llamado a filas. —El rostro de Maria reflejaba el miedo que sentía por su sobrino—. ¡No quiero que maten a Stevie! ¿Por qué no se pronuncia de una vez el senador Kennedy?

—Sabe que eso lo hará impopular.

Maria no estaba dispuesta a aceptarlo.

—¿De veras? A la gente no le gusta esta guerra.

—A la gente no le gustan los políticos que minan la moral de nuestros soldados cuestionando la guerra.

—No puede permitir que la opinión pública le dicte lo que tiene que hacer.

—En una democracia los hombres que hacen caso omiso de la opinión pública no permanecen en política mucho tiempo.

Maria levantó la voz manifestando su frustración:

—¿Así que aquí nadie puede oponerse nunca a una guerra?

—Tal vez por eso tenemos tantas.

Les sirvieron sus platos, y ella cambió de tema.

—¿Cómo está Verena?

George tenía la suficiente confianza con Maria para hablarle con franqueza.

—La adoro —dijo—. Se queda en mi casa cada vez que viene a la ciudad, que suele ser una vez al mes, pero por lo visto no quiere formalizar la relación.

—Si formalizase la relación contigo, tendría que venirse a vivir a Washington.

—¿Y qué tendría eso de malo?

—Su trabajo está en Atlanta.

George no veía el problema.

—La mayoría de las mujeres viven donde trabajan sus maridos.

—Las cosas están cambiando. Si los negros pueden ser iguales, ¿por qué no las mujeres?

—¡Anda! ¡Venga ya! —exclamó George con indignación—. No es lo mismo.

—Desde luego que no. El sexismo es peor. La mitad de la raza humana está esclavizada.

—¿Esclavizada?

—¡Piensa en cuántas amas de casa trabajan duro todo el día sin que nadie les pague por ello! Y en la mayoría de los países del mundo, una mujer que abandona a su marido se arriesga a que la policía la detenga y la lleve de vuelta a su casa. Alguien que trabaja sin recibir ninguna contraprestación y que no puede dejar su trabajo es un esclavo, George.

Se sentía incómodo con aquella discusión, sobre todo porque Maria parecía llevar todas las de ganar, pero vio la oportunidad de sacar el tema que realmente le preocupaba.

—¿Por eso estás sola? —preguntó.

Maria parecía violenta.

—En parte —contestó sin mirarlo a los ojos.

—¿Cuándo crees que vas a empezar a salir con hombres de nuevo?

—Pronto, supongo.

—¿Es que no quieres?

—Sí, pero trabajo mucho y no tengo demasiado tiempo libre.

George no se tragaba aquella excusa.

—Crees que nadie estará nunca a la altura del hombre que perdiste.

Maria no lo negó.

—¿Acaso me equivoco? —repuso.

—Yo creo que podrías encontrar a alguien que se portase mejor contigo de lo que se portó él. Alguien inteligente, atractivo y que además te fuese fiel.

—Tal vez.

—¿Aceptarías tener una cita a ciegas?

—Puede.

—¿Te importa si es blanco o negro?

—Prefiero un negro. Salir con chicos blancos es demasiado complicado.

—Está bien. —George estaba pensando en Leopold Montgomery, el periodista, pero no le dijo nada a ella todavía—. ¿Cómo estaba tu filete?

—Se me derretía en la boca. Gracias por traerme aquí, y por acordarte de mi cumpleaños.

Se comieron el postre y luego tomaron un coñac con el café.

—¿Sabes qué? Tengo un primo blanco —dijo George—. ¿Qué te parece eso? Dave Williams. Lo he conocido hoy.

—¿Y cómo es que no lo habías conocido hasta ahora?

—Es un cantante británico de música pop que está aquí de gira con su grupo, Plum Nellie.

Maria nunca había oído hablar de ellos.

—Hace diez años me sabía todas las canciones de las listas de éxitos. ¿Me estoy haciendo vieja?

George sonrió.

—Hoy cumples veintinueve años.

—¡Solo me falta un año para los treinta! ¿Cómo puede pasar tan rápido el tiempo?

—Su canción más famosa se titula *I Miss Ya, Alicia*.

—Ah, sí, claro. La he oído en la radio. ¿Así que tu primo está en ese grupo?

—Sí.

—¿Te ha caído bien?

—Sí. Es joven, todavía no tiene los dieciocho, pero se le ve maduro, y el cascarrabias de nuestro abuelo ruso se ha quedado prendado de él.

—¿Lo has visto actuar?

—No. Me ofreció una entrada, pero solo tocan en la ciudad esta noche, y yo ya tenía una cita.

—Vaya, George, podrías haberme llamado para anular la cena.

—¿En tu cumpleaños? De eso ni hablar. —Pidió la cuenta.

La llevó a casa en su viejo Mercedes. Ella se había mudado a un apartamento más grande en el mismo barrio, en Georgetown.

Se sorprendieron al ver un coche patrulla en la puerta del edificio con sus luces parpadeantes.

George acompañó a Maria hasta la puerta. Había un policía blanco fuera.

—¿Ocurre algo, agente? —dijo George.

—Esta noche han entrado a robar en tres pisos de este edificio —contestó el policía—. ¿Viven ustedes aquí?

—¡Yo sí! —exclamó Maria—. ¿Han robado en el número cuatro?

—Vamos a comprobarlo.

Entraron en el edificio. La puerta de Maria había sido forzada, y ella se puso muy pálida cuando entró en el apartamento. George y el policía la siguieron.

Maria miró a su alrededor con expresión de desconcierto.

—Todo parece estar igual a como lo dejé. —Al cabo de un segundo añadió—: Salvo que todos los cajones están abiertos.

—Es necesario que compruebe si falta algo.

—No tengo nada que merezca la pena robar.

—Por lo general se llevan dinero, joyas, licores y armas de fuego.

—Llevo encima mi reloj y mi anillo, no bebo alcohol, y desde luego no tengo ningún arma. —Se dirigió a la cocina y George la observó a través de la puerta abierta. Maria abrió un bote de café—. Aquí tenía ochenta dólares —le dijo al policía—. Han desaparecido.

El agente lo anotó en su libreta.

—¿Ochenta dólares exactos?

—Tres billetes de veinte y dos de diez.

Todavía faltaba por comprobar una habitación más. George cruzó el salón y abrió la puerta del dormitorio.

—¡No, George! ¡No entres ahí! —gritó Maria.

Demasiado tarde.

George estaba en la puerta, contemplando la habitación con gesto de asombro.

—Oh, Dios mío… —dijo.

De pronto entendió por qué ella no salía con nadie.

Maria dio media vuelta, muerta de vergüenza.

El policía pasó junto a George y entró en el dormitorio.

—¡Uau! —exclamó—. ¡Debe de tener al menos cien fotos del presidente Kennedy aquí dentro! Supongo que era una gran admiradora suya, ¿no?

Maria hizo un esfuerzo para que le salieran las palabras.

—Sí, eso es —contestó con un nudo en la garganta—. Una gran admiradora.

—Bueno, con las velas y las flores y todo eso... Es increíble.

George apartó la vista.

—María, siento haber entrado —se disculpó en voz baja.

Ella sacudió la cabeza como dando a entender que no tenía por qué disculparse; había sido sin querer. Sin embargo, George sabía que había violado un lugar sagrado y secreto para ella. Le daban ganas de abofetearse.

El policía seguía hablando:

—Es casi como... ¿cómo lo llaman en la iglesia católica? Un santuario, esa es la palabra.

—En efecto —dijo María—. Es un santuario.

El programa *This Day* pertenecía a una cadena de emisoras y estudios de radio y televisión, algunos de los cuales tenían su sede en un rascacielos del centro. En el departamento de personal trabajaba una mujer atractiva y de mediana edad que se llamaba señora Salzman y que cayó rendida ante los encantos de Jasper Murray. Cruzó unas piernas bien torneadas, lo miró con aire de superioridad por encima de sus gafas de montura azul y lo llamó «señor Murray». Él le encendió un cigarrillo y la llamó «Ojos Azules».

La mujer sintió lástima por él. Había ido hasta allí nada menos que desde el Reino Unido con la esperanza de mantener una entrevista para un trabajo que no existía. *This Day* nunca contrataba a principiantes, todo su personal estaba integrado por reporteros de televisión, productores, cámaras y documentalistas con suma experiencia. Varios de ellos eran nombres muy reconocidos en su profesión. Incluso las secretarias eran veteranas de las redacciones de informativos. Jasper protestó en vano aduciendo que él no era ningún principiante: había sido director de su propio periódico. La prensa estudiantil no contaba, le contestó la señora Salzman, que rezumaba compasión.

Jasper no podía volver a Londres, sería demasiado humillante. El joven estaba dispuesto a hacer cualquier cosa con tal de permanecer en Estados Unidos. Su puesto en el *Western Mail* ya lo habría ocupado otra persona a esas alturas.

Le suplicó a la señora Salzman que le encontrase un trabajo, el que fuese, por ingrato que pareciera, en algún departamento de la cadena a la que pertenecía *This Day*. Le enseñó su permiso de residencia y trabajo, obtenido de la embajada de Estados Unidos en Londres, lo que significaba que tenía autorización oficial para buscar empleo en el país. Ella le dijo que volviera al cabo de una semana.

Jasper se alojaba en un hostal para estudiantes internacionales del Lower East Side, pagando un dólar la noche. Pasó una semana explorando Nueva York, yendo a pie a todas partes para ahorrar dinero. Luego volvió a ver a la señora Salzman. Él le llevó una rosa, y ella le dio un trabajo.

Desde luego era un puesto realmente ingrato: Jasper trabajaría como mecanógrafo en una emisora local de radio, y su tarea consistiría en escuchar la radio todo el día y dejar escrito a máquina todo lo que ocurriera: qué anuncios se emitían, qué discos sonaban, a quién entrevistaban, la duración de los boletines de noticias, los partes meteorológicos y los avisos del tráfico. A Jasper no le importaba. Había puesto un pie dentro; estaba trabajando en Estados Unidos.

El departamento de personal, la emisora de radio y el estudio de *This Day* estaban todos en el mismo rascacielos, y Jasper esperaba poder llegar a conocer en persona al equipo de *This Day*, pero eso no llegó a suceder. Formaban una élite que se mantenía al margen de los demás.

Una mañana Jasper se encontró en el ascensor con Herb Gould, redactor jefe de *This Day*, un hombre de unos cuarenta años con la sombra perpetua de una barba incipiente.

Jasper se presentó.

—Soy un gran admirador de su programa —dijo.

—Gracias —contestó Gould con educación.

—Mi ambición es trabajar para usted —continuó Jasper.

—No necesitamos a nadie ahora mismo —replicó Gould.

—Algún día, si tiene usted tiempo, me gustaría enseñarle mis artículos en periódicos nacionales británicos. —El ascensor se detuvo, pero Jasper siguió hablando desesperadamente—. He escrito…

Gould levantó la mano para silenciarlo y salió del ascensor.

—Gracias de todos modos —dijo, y se alejó.

Al cabo de unos días, Jasper estaba sentado frente a su máquina de escribir con los auriculares puestos y oyó la voz meliflua de Chris Gardner, el locutor del programa de media mañana, diciendo: «El grupo británico Plum Nellie estará en la ciudad hoy para dar un concierto como parte de la gira All-Star Touring Beat Revue».

Jasper aguzó el oído.

«Teníamos la esperanza de ofreceros una entrevista con estos chicos, a quienes llaman los nuevos Beatles, pero el promotor ha dicho que no habría tiempo. Así que en vez de eso, os presentamos su último éxito, compuesto por Dave y Walli: *Goodbye London Town*.»

Cuando empezó la canción, Jasper se arrancó los auriculares, se levantó de su escritorio, que estaba en un pequeño cubículo en el pasillo, y entró en el estudio.

—Yo puedo conseguir una entrevista con Plum Nellie —anunció.

En antena Gardner tenía la voz del típico galán de cine, pero en realidad era un hombre de aspecto anodino, con los hombros de la chaqueta de punto llenos de caspa.

—¿Y se puede saber cómo piensas conseguirla, Jasper? —dijo con moderado escepticismo.

—Conozco a los del grupo. Crecí con Dave Williams. Mi madre y la suya son amigas íntimas.

—¿Puedes hacer que vengan al estudio?

Jasper seguramente podía, pero no era eso lo que quería.

—No —respondió—. Pero si me da un micrófono y una grabadora, le garantizo que podré entrevistarlos en su camerino.

Hubo un momento de crisis burocrática —el director de la emisora no quería que una grabadora muy cara saliera del edificio—, pero a las seis de la tarde Jasper estaba entre bastidores con el grupo.

Chris Gardner solo quería unos pocos minutos de declaraciones insulsas de aquellos chicos: si les gustaba Estados Unidos, lo que pensaban de las chicas que gritaban como locas en sus conciertos, si echaban de menos su país… Sin embargo, Jasper esperaba darle a la emisora algo más que eso. Su intención era conseguir que aquella entrevista fuese su pasaporte a un verdadero trabajo en televisión. Tenía que ser una sensación que estremeciese a Norteamérica entera.

Primero los entrevistó a todos juntos, formuló las preguntas más inocentes y les hizo recordar sus inicios en Londres para que se relajaran un poco. Les dijo que la emisora quería presentarlos como seres de carne y hueso, lo cual era un eufemismo entre periodistas para hacer preguntas indiscretas, pero ellos eran demasiado jóvenes e inexpertos para saberlo. Se mostraron francos y abiertos con él, salvo Dave, que tenía sus recelos, tal vez recordando el revuelo causado por el artículo de Jasper sobre Evie y Hank Remington. Los demás se fiaron de él. Otra cosa que aún tenían que aprender era que no se podía confiar en ningún periodista.

Luego les pidió entrevistas individuales. El primero fue Dave, dado que era el líder de la banda. Jasper tuvo mucho tacto con él, evitó hacerle preguntas delicadas y no cuestionó ninguna de sus respuestas. Dave regresó al camerino con aspecto más relajado y eso inspiró más confianza en los demás.

Jasper entrevistó a Walli el último.

Walli era quien tenía una verdadera historia que contar, pero ¿se abriría a él? Toda la estrategia de Jasper iba encaminada a ese resultado.

Colocó las sillas muy juntas y le habló a Walli en voz baja, para crear un ambiente de intimidad a pesar de que sus palabras iban a escucharlas millones de radioyentes. Puso un cenicero junto a la silla de Walli para animarle a fumar, adivinando que un cigarrillo le haría sentirse más a gusto. Walli encendió un pitillo.

—¿Qué clase de niño fuiste? —preguntó Jasper sonriendo como si fuese una pregunta la mar de inocente—. ¿Te portabas bien o eras muy travieso?

Walli esbozó una sonrisa maliciosa.

—Travieso —contestó, y se rió.

Habían empezado con buen pie.

Walli le habló de su infancia en Berlín después de la guerra y su temprano interés por la música, y luego le contó lo del club Minnesänger, donde había quedado en segundo lugar en el concurso. Aquello hizo que Karolin saliese a relucir en la conversación de una manera natural, ya que ella y Walli se habían conocido esa noche. Walli habló apasionadamente de ambos como dúo musical, de la elección de las canciones y de cómo actuaban juntos, y quedó claro lo mucho que la amaba, a pesar de que no lo dijo.

Aquello era material de primera, mucho mejor que la entrevista con cualquier otra estrella del pop, pero aún no era suficiente para Jasper.

—Estabais disfrutando, hacíais buena música y gustabais al público —comentó Jasper—. ¿Qué fue lo que salió mal?

—Cantamos *If I Had a Hammer*.

—Explícame por qué eso fue un error.

—A la policía no le gustó. El padre de Karolin tenía miedo de perder su trabajo por nuestra culpa, así que la obligó a dejar el dúo.

—O sea que, al final, el único lugar donde pudiste tocar tu música fue en Occidente.

—Sí —fue la lacónica respuesta de Walli.

Jasper presintió que Walli estaba intentando contenerse.

En efecto, tras un instante de vacilación, el chico añadió:

—No quiero hablar demasiado sobre Karolin… podría causarle problemas.

—No creo que la policía secreta de la Alemania del Este escuche nuestra emisora de radio —señaló Jasper con una sonrisa.

—No, pero aun así…

—No emitiremos nada peligroso, te lo garantizo.

Era una promesa hueca, pero Walli se aferró a ella.

—Gracias —dijo.

Jasper maniobró rápidamente.

—Tengo entendido que lo único que te llevaste contigo cuando te fuiste fue la guitarra.

—Sí, así es. Fue una decisión repentina.

—Robaste un vehículo…

—Hacía de conductor para el líder de la banda. Usé su camioneta.

Jasper sabía que aquella historia, a pesar de haber ocupado portadas en la prensa alemana, no era demasiado conocida en Estados Unidos.

—Llegaste al puesto de control…

—Y atravesé la barrera de madera.

—Y los guardias dispararon contra ti.

Walli se limitó a asentir.

Jasper bajó la voz:

—Y atropellaste a uno de los guardias con la camioneta.

Walli asintió de nuevo. A Jasper le dieron ganas de gritarle: «¡Esto es la radio! ¡Deja ya de asentir con la cabeza!».

—Y… —añadió en vez de gritarle.

—Lo maté —confesó Walli por fin—. Atropellé a ese muchacho y lo maté.

—Pero él intentaba matarte a ti.

Walli negó con la cabeza, como si Jasper no lo entendiera.

—Era de mi edad —dijo Walli—. Luego leí la noticia en los periódicos: tenía novia.

—Y eso es importante para ti…

Walli asintió de nuevo.

—¿Qué quieres decir con eso? —preguntó Jasper.

—Era un chico como yo —explicó Walli—. Solo que a mí me gustaban las guitarras y a él le gustaban las armas.

—Pero él trabajaba para el régimen que te tenía prisionero en la Alemania del Este.

—Éramos solo dos críos. Yo escapé porque tenía que hacerlo. Él me disparó porque tenía que hacerlo. Es el Muro lo que está mal.

Aquella era una frase tan magnífica que Jasper tuvo que reprimir su júbilo. Ya estaba redactando en su cabeza el artículo que ofrecería al tabloide *New York Post*. Podía ver el titular:

LA SECRETA AGONÍA DE WALLI,
LA ESTRELLA DEL POP

Pero él todavía quería más.

—Karolin no se fue contigo.

—No acudió a la cita, y yo no tenía ni idea de por qué. Me llevé una gran decepción y no podía entenderlo. Así que me escapé de todos modos.

Perdido en el dolor de sus recuerdos, Walli había olvidado la precaución de mostrarse cauteloso.

—Pero volviste a buscarla —insistió Jasper.

—Conocí a unas personas que habían excavado un túnel para fugitivos. Tenía que saber por qué Karolin no había aparecido, así que atravesé el túnel hacia el otro lado, hacia el Este.

—Eso era muy peligroso.

—Si me hubiesen cogido, sí.

—Y te encontraste con Karolin, y entonces…

—Me dijo que estaba embarazada.

—Y no quiso escapar contigo.

—Temía por el bebé.

—Alicia.

—Se llama Alice. En la canción lo cambié para que rimara mejor, ya sabes.

—Lo entiendo. ¿Y cuál es vuestra situación ahora, Walli?

A Walli se le hizo un nudo en la garganta.

—Karolin no consigue el permiso para salir de la Alemania del Este, ni siquiera para una visita corta, y yo no puedo volver.

—Así que sois una familia partida en dos por el Muro de Berlín.

—Sí. —Walli dejó escapar un sollozo—. Puede que nunca llegue a ver a Alice.

«Ya te tengo», pensó Jasper.

Dave Williams no había visto a Beep Dewar desde la visita de esta a Londres hacía cuatro años. Estaba ansioso por reencontrarse con ella.

La última ciudad en la gira de la Beat Revue era San Francisco, donde vivía Beep. Dave había conseguido la dirección de los Dewar a través de su madre, y les había enviado cuatro entradas y una nota invitándolos a ir entre bastidores después del concierto. Como él estaba en una ciudad distinta cada día, no habían podido responderle, así que no sabía si aparecerían en el concierto o no.

Dave ya no se acostaba con Mandy Love, muy a su pesar. Ella le había enseñado muchas cosas, entre ellas el sexo oral, pero nunca se había sentido cómoda al lado de un novio británico blanco, y en ese momento había vuelto con su amante de tiempo atrás, un cantante de Love Factory. Era muy probable que se casaran en cuanto acabase la gira, pensó Dave.

Desde entonces él no había estado con nadie.

A aquellas alturas Dave ya sabía qué cosas le gustaban en materia de sexo. En la cama las mujeres podían ser ardientes, lujuriosas, tiernas, dulcemente sumisas o enérgicamente prácticas. A Dave las que más le gustaban eran las juguetonas.

Tenía la sensación de que Beep iba a ser de esas.

Se preguntó qué pasaría si ella aparecía esa noche.

La recordó a los trece años, fumando cigarrillos Chesterfield en el jardín de Great Peter Street. Era guapa y menuda, y más sexy de lo que ninguna chica tenía derecho a serlo a esa edad. A aquel Dave de trece años, con las hormonas adolescentes revolucionadas, le había parecido más que atractiva y se volvió loco por ella. Sin embargo, a pesar de que se llevaban bien, ella no demostró ningún interés sentimental por él. Para su inmensa frustración, había preferido a Jasper Murray, mayor que ambos.

Sus pensamientos se desviaron hacia Jasper. Walli se había enfadado mucho cuando retransmitieron la entrevista por la radio. Lo peor había sido el artículo en el *New York Post*:

«PUEDE QUE NUNCA LLEGUE A VER A MI HIJA»,
DECLARA JOVEN PADRE ESTRELLA DEL POP
Por Jasper Murray

Walli temía que la publicidad pudiese causarle problemas a Karolin en la Alemania Oriental. Dave recordó la entrevista de Jasper con Evie, y tomó buena nota de no volver a confiar ni en una sola palabra de lo que le dijese ese traidor.

Se preguntó si Beep habría cambiado mucho en cuatro años. Podía ser más alta, o podía haber engordado. ¿Seguiría encontrándola irresistiblemente deseable? ¿Estaría más interesada en él ahora que era mayor?

Podía tener novio, por supuesto. Y podía salir con ese chico esa noche en vez de ir al concierto.

Plum Nellie disponía de un par de horas para visitar la ciudad antes del concierto, y enseguida se dieron cuenta de que San Francisco era la ciudad más alucinante de todas. Estaba llena de gente joven vestida con ropa muy moderna y original. Las minifaldas habían quedado pasadas de moda. Las chicas llevaban vestidos que arrastraban por el suelo, flores en el pelo y campanillas que tintineaban cuando se movían.

Los hombres llevaban el pelo mucho más largo que en ningún otro sitio, ni siquiera en Londres. Algunos de los chicos y chicas negros se lo habían dejado crecer en una enorme nube muy encrespada que tenía un aspecto increíble.

A Walli en particular le encantó la ciudad. Dijo que allí se sentía como si pudiera hacer cualquier cosa. Estaba en el extremo opuesto del universo que el Berlín oriental.

En la Beat Revue actuaban doce grupos. La mayoría de ellos tocaban dos o tres canciones y luego se iban, pero los nombres más importantes disponían de veinte minutos al final. Plum Nellie era un grupo lo bastante famoso para cerrar la primera mitad con quince minutos durante los cuales interpretaban cinco canciones cortas. No se llevaban los amplificadores en las giras, sino que tocaban utilizando lo que estuviese disponible en el lugar en sí, muchas veces rudimentarios altavoces diseñados para los acontecimientos deportivos. Ese día el público, formado casi en su totalidad por quinceañeras, se pasó todo el concierto gritando a pleno pulmón, por lo que los músicos ni siquiera se oían a sí mismos. Poco importaba, nadie estaba escuchando.

El entusiasmo de actuar nada menos que en Estados Unidos empezaba a disiparse. Los integrantes de Plum Nellie se aburrían y tenían ganas de volver a Londres, donde debían grabar un nuevo álbum.

Después del concierto se quedaron entre bastidores. El concierto había tenido lugar en un teatro, por lo que su camerino era lo bastante grande, y el baño estaba limpio, una situación muy distinta de la que solían encontrar en los clubes de baile de Londres y Hamburgo. El único refresco disponible eran los botellines gratis de Dr. Pepper, el patrocinador, pero al portero no le importaba mandar a alguien a por cerveza.

Dave anunció a sus compañeros que tal vez unos amigos de sus padres irían a verlo al camerino, así que tenían que comportarse. Todos lanzaron un gemido de protesta; eso significaba que nada de drogas ni de enrollarse con las admiradoras hasta que se hubiesen ido los viejos.

Durante la segunda mitad del concierto, Dave vio al portero en la entrada del camerino de los artistas y se aseguró de que tuviese anotados los nombres de sus invitados: Woody Dewar, Bella Dewar, Cameron Dewar y Ursula «Beep» Dewar.

Quince minutos después del final, aparecieron todos en la puerta de su camerino.

Dave comprobó con regocijo que Beep apenas había cambiado. Seguía siendo una chica menuda, no era más alta de lo que medía a los trece años, aunque sí exhibía más curvas. Llevaba los vaqueros ajustados a la altura de las caderas, pero acampanados por debajo de la rodilla, la última moda, y se había puesto un suéter muy ceñido a rayas anchas, blancas y azules.

¿Se habría arreglado para Dave? No necesariamente. ¿Qué adolescente no se vestiría para ir al camerino de los artistas en un concierto de pop?

Dave estrechó las manos de los cuatro visitantes y se los presentó al resto del grupo. Temía que sus compañeros lo dejasen en evidencia, pero ellos hicieron gala de sus mejores modales. Todos invitaban a amigos de la familia de vez en cuando, de manera que agradecían que los demás se mostrasen comedidos en presencia de familiares mayores y amistades de sus padres.

Dave tuvo que hacer un gran esfuerzo para dejar de mirar a Beep. Todavía tenía aquel brillo en los ojos. Igual que Mandy Love. La gente lo llamaba *sex appeal*, o «un no sé qué», o simplemente «algo». Beep tenía una sonrisa pícara, contoneaba las caderas al andar y exhibía cierto aire de curiosidad vital. Dave sintió que lo consumía un deseo desesperado, justo igual que cuando era un muchacho virgen de trece años de edad.

Intentó hablar con Cameron, que era dos años mayor que Beep y ya estudiaba en la Universidad de California, en Berkeley, a las afueras de San Francisco, pero Cam era difícil. Estaba a favor de la guerra de Vietnam, opinaba que los derechos civiles debían progresar de una forma más gradual y le parecía bien que las relaciones homosexuales se considerasen delito. También prefería el jazz.

Dave estuvo con los Dewar quince minutos y luego anunció:

—Esta es la última noche de nuestra gira. Hay una fiesta de despedida en el hotel dentro de unos minutos. Beep y Cam, ¿os gustaría venir?

—Yo no puedo —dijo Cameron inmediatamente—. Pero gracias de todos modos.

—Es una pena —contestó Dave con educada hipocresía—. ¿Y tú, Beep?

—Me encantaría ir —dijo la chica, y miró a su madre.

—A medianoche en casa —advirtió Bella.

—Utiliza nuestro servicio de taxi para regresar a casa, por favor —sugirió Woody.

—Me aseguraré de que así sea —los tranquilizó Dave.

El matrimonio Dewar y Cameron se marcharon, y los músicos subieron al autobús con sus invitados para recorrer el corto trayecto hasta el hotel.

La fiesta se celebraba en el bar del hotel, pero en el vestíbulo Dave murmuró algo al oído de Beep:

—¿Has fumado marihuana alguna vez?

—¿Te refieres a los porros? —dijo—. ¡Pues claro!

—No grites, ¡es ilegal!

—¿Es que tienes alguno?

—Sí. Aunque deberíamos fumárnoslo en mi habitación. Podemos unirnos a la fiesta después.

—Vale.

Subieron a su habitación. Dave lió un porro mientras Beep buscaba una emisora de rock en la radio. Se sentaron en la cama y fueron pasándose el canuto por turnos.

—Cuando viniste a Londres… —dijo Dave con una sonrisa, completamente relajado.

—¿Qué?

—No demostraste ningún interés por mí.

—Me gustabas, pero eras demasiado joven.

—Eras tú la que era demasiado joven para las cosas que quería hacer contigo…

Ella esbozó una sonrisa traviesa.

—¿Qué es lo que querías hacer conmigo?

—Era una larga lista.

—¿Qué era lo primero?

—¿Lo primero? —Dave no tenía ninguna intención de decírselo, pero entonces pensó: «¿Y por qué no?». Así que soltó—: Quería verte las tetas.

Ella le pasó el porro y luego se quitó el suéter a rayas por la cabeza con un movimiento rápido. No llevaba nada debajo.

Dave se quedó anonadado y encantado. Tuvo una erección solo con mirar.

—Son preciosas… —dijo.

—Sí, lo son —repuso ella con tono soñador—. Tan bonitas que muchas veces tengo que tocármelas yo misma…

—Oh, Dios… —exclamó Dave con voz ronca.

—En tu lista —dijo Beep—, ¿qué iba lo segundo?

Dave retrasó su vuelo hasta la semana siguiente y se quedó en el hotel. Vio a Beep después de clase todos los días laborables, y durante todo el sábado y el domingo. Iban al cine, compraban ropa de moda y paseaban por el zoo. Hacían el amor dos o tres veces al día, siempre con preservativo.

Una tarde, mientras él se desnudaba, ella dijo:

—Quítate los vaqueros.

Dave la miró, acostada en la cama del hotel únicamente con las bragas puestas y una gorra de tela vaquera.

—¿De qué estás hablando?

—Esta noche tú eres mi esclavo. Haz lo que yo te diga. Quítate los vaqueros.

Él ya se los estaba quitando, y estaba a punto de señalarlo cuando se dio cuenta de que se trataba de una fantasía. La idea le hizo gracia y decidió seguirle el juego.

—Ah, ¿conque tengo que hacer lo que tú me digas? —dijo fingiendo mostrarse reacio.

—Tienes que hacer todo lo que te diga, porque me perteneces —insistió ella—. Quítate los malditos vaqueros te digo.

—Sí, señora —accedió Dave.

Ella se incorporó, observándolo, y Dave vio el brillo travieso de la lujuria en su débil sonrisa.

—Muy bien —dijo ella.

—¿Qué debo hacer ahora?

Dave sabía por qué se había rendido con tanta facilidad a los encantos de Beep, tanto cuando tenía trece años como de nuevo unos días atrás. Era muy divertida y estaba dispuesta a probarlo todo, hambrienta de nuevas experiencias. Con algunas chicas, Dave se había aburrido después de un par de polvos. Intuía que nunca podría aburrirse con Beep.

Hicieron el amor, Dave fingiendo reticencia mientras Beep le ordenaba hacer las cosas que él ya anhelaba en secreto. Era excitante y raro a la vez.

—Oye, ¿de dónde viene tu apodo, si puede saberse? —le preguntó él luego, distraídamente.

—¿No te lo he contado nunca?

—No. Hay muchas cosas que no sé de ti. Sin embargo, me siento como si fuésemos viejos amigos.

—Cuando era pequeña tenía un coche de juguete, de esos en los que te sientas y funcionan a pedales. Ni siquiera lo recuerdo, pero por lo visto me encantaba. Me pasaba horas conduciéndolo y gritando «¡Beep! ¡Beep!», como pitan los coches ingleses.

Se vistieron y salieron a comer una hamburguesa. Dave la observó mientras Beep daba un mordisco a la suya, vio el jugo que le resbalaba por la barbilla y se dio cuenta de que estaba enamorado.

—No quiero volver a Londres —dijo.

Ella tragó saliva antes de decir:

—Entonces quédate.

—No puedo. Plum Nellie tiene que grabar un nuevo álbum. Luego nos vamos de gira por Australia y Nueva Zelanda.

—Te adoro —dijo ella—. Cuando te vayas, voy a pasarme los días llorando. Pero no quiero estropear el presente preocupándome por el mañana. Cómete la hamburguesa. Necesitas proteínas.

—Siento que somos almas gemelas. Sé que soy joven, pero he tenido un montón de novias.

—No hace falta que me lo restriegues por las narices. Yo tampoco me quedo corta.

—No pretendía restregártelo. Ni siquiera estoy orgulloso de ello, es demasiado fácil cuando eres un cantante pop. Lo que trato de explicar, a mí mismo y a ti también, es por qué estoy tan seguro.

Beep hundió una patata frita en el ketchup.

—¿Seguro de qué?

—De que quiero que vayamos en serio.

Ella se quedó inmóvil, con la patata frita casi en la boca, y luego la devolvió al plato.

—¿Qué quieres decir?

—Quiero que estemos juntos siempre. Quiero que vivamos juntos.

—Vivir juntos… ¿cómo?

—Beep —dijo él.

—Sigo aquí.

Dave se inclinó por encima de la mesa y le tomó la mano.

—¿Considerarías la posibilidad de casarte conmigo?

—Oh, Dios mío —exclamó ella.

—Sé que es una locura, lo sé.

—No es una locura —repuso ella—, pero es precipitado.

—¿Significa eso que quieres? ¿Que nos casemos?

—Tienes razón. Somos almas gemelas. Nunca lo he pasado ni la mitad de bien con ninguno de mis novios.

Pero seguía sin responder a la pregunta. Él se lo dijo despacio y con voz clara:

—Te quiero. ¿Quieres casarte conmigo?

Beep se quedó pensativa durante largo rato.

—¡Joder, sí! —exclamó al fin.

—No hace falta que me lo preguntéis siquiera —dijo Woody Dewar airadamente—. Vosotros dos no os vais a casar.

Era un hombre alto, vestido con una chaqueta de tweed, una camisa y corbata. Dave tenía que hacer un gran esfuerzo para no dejarse intimidar.

—¿Cómo lo has sabido? —dijo Beep.

—No importa.

—Esa sabandija de mi hermano te lo ha dicho —adivinó Beep—. Qué idiota fui al confiar en él.

—No hay necesidad de insultar a nadie.

Estaban en el salón de la mansión victoriana de los Dewar en Gough Street, en el barrio de Nob Hill. Los hermosos muebles antiguos y las cortinas caras pero descoloridas le recordaban a Dave la casa de Great Peter Street. Dave y Beep estaban sentados en el sofá de terciopelo rojo, Bella estaba en una silla de cuero antigua, y Woody de pie frente a la chimenea de piedra tallada.

—Ya sé que parece un poco precipitado, pero tengo obligaciones —dijo Dave—. Tengo una grabación en Londres, una gira por Australia, y más cosas…

—¿Precipitado? —exclamó Woody—. ¡Es una irresponsabilidad absoluta! El mero hecho de que puedas sugerir una cosa así después de apenas una semana de noviazgo demuestra que no eres ni mucho menos lo bastante maduro para el matrimonio.

—No me gusta presumir —replicó Dave—, pero me obliga a decirles que llevo viviendo de forma independiente de mis padres desde hace dos años, y en ese tiempo he construido un negocio internacional multimillonario. Aunque no soy tan rico como imagina la gente, puedo mantener a su hija cómodamente.

—¡Beep tiene diecisiete años! Y tú también. Ella no puede casarse sin mi permiso, y no os lo pienso dar. Y apuesto a que Lloyd y Daisy tendrán la misma actitud contigo, jovencito.

—En algunos estados se puede contraer matrimonio a los dieciocho años —señaló Beep.

—Tú no vas a ir a ninguno de esos estados.

—¿Y qué vas a hacer, papá? ¿Encerrarme en un convento?

—¿Amenazas con fugarte?

—Solo estoy señalando que, en el fondo, no tienes la potestad de detenernos.

Beep llevaba razón. Dave ya lo había comprobado en la biblioteca pública de San Francisco en Larkin Street. La mayoría de edad se alcanzaba a los veintiún años, pero varios estados permitían a las mujeres casarse a los dieciocho sin el consentimiento de los padres. Y en Escocia la edad eran dieciséis años. En la práctica era difícil para unos padres impedir el matrimonio entre dos personas que estaban decididas a casarse.

—Yo no apostaría por eso. No va a suceder —insistió Woody.

—No queremos pelearnos con usted —terció Dave con ánimo conciliador—, pero creo que Beep solo dice que la suya no es la única opinión que cuenta aquí.

Dave creía que sus palabras eran del todo inofensivas y que había hablado en un tono cortés, pero Woody parecía aún más furioso que antes.

—¡Fuera de esta casa antes de que te eche de una patada!

Bella intervino por primera vez.

—Quédate donde estás, Dave.

Dave no se había movido. Woody tenía una pierna maltrecha por una herida de guerra, así que no podía echar a nadie de una patada de ningún sitio.

Bella se volvió hacia su marido.

—Cariño, hace veintiún años entraste en este salón y te enfrentaste a mi madre.

—No tenía diecisiete años, tenía veinticinco.

—Mi madre te acusó de provocar la ruptura de mi compromiso con Victor Rolandson. Y tenía razón: tú fuiste la causa, aunque en ese momento tú y yo habíamos pasado solo una noche juntos. Nos habíamos conocido en la fiesta de la madre de Dave, y al día siguiente te fuiste a invadir Normandía y no te vi durante un año entero.

—¿Una sola noche? ¿Qué le hiciste, mamá? —exclamó Beep.

Bella miró a su hija, vaciló, y luego contestó:

—Le hice una felación en un parque, cariño.

Dave se quedó anonadado. ¿Bella y Woody? ¡Era inimaginable!

—¡Bella! —protestó Woody.

—No es momento para andarse con remilgos, Woody, querido.

—¿En la primera cita? —dijo Beep—. ¡Uau, mamá! Muy bien hecho.

—Por el amor de Dios… —murmuró Woody.

—Amor mío, solo intento recordar cómo era ser joven —repuso Bella.

—¡Yo no te propuse matrimonio inmediatamente!

—Eso es verdad, te lo tomaste con una calma exasperante.

A Beep se le escapó la risa y Dave sonrió.

—¿Se puede saber por qué me desautorizas? —le dijo Woody a Bella.

—Porque te estás poniendo un poco insoportable. —Lo tomó de la mano, sonrió y dijo—: Estábamos enamorados, y ellos también. Por suerte para nosotros, por suerte para ellos.

A Woody empezaba a pasársele el enfado.

—¿Así que tenemos que dejar que hagan lo que quieran?

—Por supuesto que no, pero tal vez podríamos llegar a un compromiso.

—No veo cómo.

—Supongamos que les decimos que nos lo vuelvan a preguntar dentro de un año. Mientras tanto, Dave podrá venir a vivir aquí, en nuestra casa, siempre que pueda tomarse un descanso de su trabajo con el grupo. Mientras esté con nosotros, puede compartir la cama de Beep, si eso es lo que quieren.

—¡De ninguna manera!

—Van a hacerlo de todos modos, ya sea aquí o en otro lugar. No luches batallas que no puedes ganar. Y no seas hipócrita. Te acostaste conmigo antes de casarnos, y te acostaste con Joanne Rouzrokh antes de conocerme a mí.

Woody se levantó.

—Lo pensaré —dijo, y salió de la habitación.

Bella se dirigió a Dave:

—No os voy a dar órdenes, Dave, ni a ti ni a Beep, pero os pido, os suplico, que tengáis paciencia. Eres un buen chico de buena familia, y me hará muy feliz verte casado con mi hija. Pero, por favor, espera un año.

Dave miró a Beep. Ella asintió con la cabeza.

—Muy bien —contestó Dave—. Un año.

Cuando iba a salir del hostal por la mañana, Jasper examinó su casillero. Había dos cartas. Una era un sobre de correo aéreo azul con la elegante caligrafía de su madre. El otro llevaba una dirección mecanografiada. Antes de que pudiera abrirlos, oyó que alguien lo llamaba.

—¡Teléfono para Jasper Murray!

Jasper metió los dos sobres en el bolsillo interior de su chaqueta.

Era la señora Salzman.

—Buenos días, señor Murray.

—Hola, Ojos Azules.

—¿Lleva usted corbata hoy, señor Murray? —le preguntó.

Las corbatas estaban pasadas de moda y, de todos modos, un mecanógrafo no estaba obligado a vestir de forma elegante.

—No —contestó.

—Póngase una. Herb Gould quiere verlo a las diez.

—¿En serio? ¿Por qué?

—Hay una vacante para un puesto de documentalista en *This Day*. Le enseñé sus recortes.

—¡Muchas gracias! ¡Es usted un ángel!

—Póngase corbata —insistió la señora Salzman antes de colgar.

Jasper regresó a su habitación y se puso una camisa blanca limpia y una corbata oscura y sobria. Luego volvió a ponerse la chaqueta y el abrigo y se dirigió al trabajo.

En el puesto de periódicos del vestíbulo del rascacielos compró una cajita de bombones para la señora Salzman.

Se presentó en las oficinas de *This Day* a las diez menos diez. Quince minutos más tarde, una secretaria lo acompañaba al despacho de Gould.

—Encantado de conocerle —dijo Gould—. Gracias por venir.

—Me alegro de estar aquí. —Jasper supuso que Gould no recordaba su conversación en el ascensor.

Gould estaba leyendo la edición de *The Real Thing* sobre el asesinato de Kennedy.

—En su currículum dice que fundó este diario.

—Sí.

—¿Y cómo fue eso?

—Trabajaba en el periódico universitario oficial, el *St. Julian's News*. —El nerviosismo de Jasper empezó a desaparecer en cuanto se puso a hablar—. Solicité el puesto de director, pero se lo dieron a la hermana del anterior director.

—Así que fue un ataque de resentimiento.

Jasper sonrió.

—En parte, sí, aunque estaba seguro de que podía hacerlo mejor que Valerie, por lo que cogí prestadas veinticinco libras y fundé un periódico rival.

—¿Y cómo fue la aventura?

—Después de tres ediciones ya vendíamos más que el *St. Julian's News*. Y sacábamos beneficios, mientras que el *St. Julian's News* estaba subvencionado.

Solo estaba exagerando un poco. *The Real Thing* solo había cubierto gastos a lo largo del año.

—Eso es un verdadero logro.

—Gracias.

Gould levantó en el aire el recorte del *New York Post* con la entrevista a Walli.

—¿Cómo consiguió esta historia?

—Lo que le ocurrió a Walli no era ningún secreto. Ya había aparecido en la prensa alemana, pero en aquellos días no era una estrella del pop. Si se me permite decirlo…

—Siga.

—Creo que el arte del periodismo no siempre consiste en averiguar nuevos hechos. A veces es cuestión de tener olfato y darse cuenta de que ciertos hechos ya conocidos, escritos de la forma correcta, pueden llegar a componer una gran historia.

Gould asintió con la cabeza.

—Bien. ¿Por qué quiere pasar de la prensa a la televisión?

—Sabemos que una buena fotografía en portada vende más ejemplares que el mejor titular. Las imágenes en movimiento son aún más atrayentes. No hay duda de que siempre habrá un mercado para largos reportajes periodísticos, pero en el futuro inmediato la mayoría de la gente verá las noticias por televisión.

Gould sonrió.

—Eso es indiscutible.

Se oyó el ruido del altavoz de su escritorio.

—El señor Thomas lo llama desde la oficina de Washington —anunció su secretaria.

—Gracias, cielo. Jasper, un placer hablar con usted. Seguiremos en contacto. —Descolgó el teléfono—. Dime, Larry, ¿qué pasa?

Jasper salió del despacho. La entrevista había ido bien, pero había terminado con una rapidez frustrante. Deseó haber tenido la oportunidad de preguntarle cuándo iba a ponerse en contacto con él otra vez, pero él no era más que un aspirante, a nadie le preocupaban sus sentimientos.

Regresó a la emisora de radio. Mientras estaba en la entrevista, la secretaria que normalmente lo relevaba a la hora del almuerzo se había encargado de su trabajo. Jasper le dio las gracias y tomó el relevo. Se quitó la chaqueta y se acordó de las cartas que llevaba en el bolsillo. Se puso los auriculares y se sentó al pequeño escritorio. En la radio, un periodista deportivo retransmitía un partido de béisbol. Jasper sacó las cartas y abrió la que llevaba la dirección escrita a máquina.

Era del presidente de Estados Unidos.

Se trataba de una carta tipo con su nombre escrito a mano en un recuadro, y decía así:

Apreciado conciudadano:
Por la presente se ordena su incorporación a filas en las Fuerzas Armadas de Estados Unidos…

—¿Qué? —exclamó Jasper en voz baja.

... y que se presente en la dirección abajo indicada el 20 de enero de
1966 a las siete de la mañana para su reasignación a una oficina de reclutamiento de las Fuerzas Armadas.

Jasper luchó por dominar el pánico. Era evidente que tenía que
tratarse de un error burocrático. Él era británico, el ejército estadounidense no podía reclutar a ciudadanos extranjeros.

Sin embargo, necesitaba aclarar aquello lo antes posible. Los burócratas norteamericanos eran tan exasperantemente incompetentes
como cualesquiera otros, e igual de capaces de causar un sinfín de
problemas innecesarios. Era mejor fingir que se los tomaba uno en
serio, como un semáforo rojo en un cruce desierto.

La oficina de reclutamiento estaba a escasas manzanas de la emisora de radio. Cuando la secretaria volvió para relevarlo durante el
almuerzo, él se puso la chaqueta y el abrigo y salió del edificio.

Se subió el cuello para protegerse del frío viento de Nueva York y
echó a andar con paso apresurado por las calles en dirección al edificio
federal. Una vez allí, entró en una oficina del ejército en el tercer piso
y encontró a un hombre con uniforme de capitán sentado a un escritorio. El pelo cortado a cepillo le pareció más ridículo que nunca,
porque hasta los hombres de mediana edad se lo dejaban largo ya.

—¿En qué puedo ayudarle? —preguntó el capitán.

—Estoy seguro de que me han enviado esta carta por error —dijo
Jasper, y le entregó el sobre.

El capitán lo examinó.

—¿Sabe usted que es un sistema que funciona por lotería? —dijo—.
El número de hombres aptos para el servicio es mayor que el número de
soldados necesarios, por lo que los reclutas son seleccionados al azar.

Le devolvió la carta.

—Pero es que no creo que yo sea apto para el servicio, ¿sabe? —repuso Jasper, sonriente.

—¿Y se puede saber por qué no?

Tal vez el capitán no le hubiera notado el acento.

—No soy ciudadano estadounidense —explicó Jasper—. Soy británico.

—¿Qué hace en Estados Unidos?

—Soy periodista. Trabajo para una emisora de radio.

—Y tiene permiso de trabajo, supongo.

—Sí.

—Es usted extranjero residente.

—Exacto.

—Entonces es usted susceptible de ser llamado a filas.

—¡Pero si no soy estadounidense!

—Eso no importa.

Aquella situación era cada vez más desesperante. El ejército había metido la pata, Jasper habría puesto la mano en el fuego. El capitán, al igual que muchos funcionarios de poca monta, simplemente se negaba a admitir el error.

—¿Está diciéndome que el ejército de Estados Unidos recluta extranjeros?

El capitán se mostró impertérrito.

—El servicio militar obligatorio se basa en la residencia, no en la ciudadanía.

—Eso no puede ser.

El capitán empezaba a impacientarse.

—Si no me cree, compruébelo.

—Eso es exactamente lo que voy a hacer.

Jasper salió del edificio y regresó a la emisora. El departamento de personal sabría cómo funcionaban aquellas cosas. Iría a ver a la señora Salzman.

Le dio la caja de bombones.

—Es usted muy amable —dijo la mujer—. Al señor Gould también le ha caído bien.

—¿Qué ha dicho?

—Solo me ha dado las gracias por habérselo enviado. No ha tomado ninguna decisión todavía, pero sé que no ha concertado ninguna otra entrevista para el puesto.

—¡Eso es una noticia estupenda! Pero tengo un pequeño problema con el que tal vez podría usted ayudarme. —Le mostró la carta del ejército—. Esto debe de ser un error, ¿no?

La señora Salzman se puso las gafas y leyó la carta.

—Vaya —exclamó la mujer—. Qué mala suerte. ¡Y justo ahora que le iba todo tan bien!

Jasper no podía dar crédito a lo que oía.

—No estará diciendo que pueden llamarme a filas...

—Pues sí —respondió ella con tristeza—. Ya hemos tenido este problema antes con los empleados extranjeros. El gobierno dice que si quieren vivir y trabajar en Estados Unidos, deben ayudar a defender el país de la agresión comunista.

—¿Me está diciendo que voy a incorporarme al ejército?

—No necesariamente.

Jasper sintió renacer un rayo de esperanza en su corazón.

—¿Cuál es la alternativa?

—Podría volver a su casa. No pueden impedirle que se marche del país.

—¡Esto es un escándalo! ¿No se le ocurre ninguna manera de ayudarme?

—¿Tiene algún problema médico de alguna clase? Pies planos, tuberculosis, un soplo en el corazón…

—Nunca he estado enfermo.

—Y supongo que no es homosexual —dijo la mujer bajando la voz.

—¡No!

—¿Su familia no pertenece a una religión que prohíba el servicio militar?

—Mi padre es coronel del ejército británico.

—Pues lo siento mucho.

Jasper empezó a creérselo.

—Me van a reclutar. Aunque consiga el trabajo en *This Day*, no podré aceptarlo. —De pronto le asaltó un pensamiento—. ¿Y no tienen que devolverte tu trabajo cuando terminas el servicio militar?

—Solo si llevas un año en el puesto.

—¡Así que tal vez ni siquiera pueda recuperar mi trabajo como mecanógrafo en la emisora de radio!

—No hay ninguna garantía.

—Mientras que si me voy de Estados Unidos ahora…

—Puede irse a su país, pero nunca volverá a trabajar en Estados Unidos.

—Mierda.

—¿Qué va a hacer? ¿Marcharse o alistarse en el ejército?

—La verdad es que no lo sé —dijo Jasper—. Gracias por su ayuda.

—Gracias por los bombones, señor Murray.

Jasper salió del despacho completamente aturdido. No podía volver a su escritorio, tenía que pensar. Salió de nuevo a la calle. Por lo general le encantaban las calles de Nueva York: los edificios altos, los potentes camiones Mack, los coches de estilo extravagante, los escaparates deslumbrantes de las fabulosas tiendas… Ese día todo estaba cubierto por una pátina de amargura.

Se dirigió andando hacia la zona de East River y se sentó en un parque desde el que podía ver el puente de Brooklyn. Pensó en abandonar todo aquello y volver a su casa, a Londres, con el rabo entre las piernas; pensó en pasar dos largos años trabajando para un periódico británico de provincias; pensó en no poder trabajar nunca más en Estados Unidos.

Entonces pensó en el ejército: el pelo corto, las marchas militares, los sargentos que gustaban de intimidar a los reclutas, la violencia... Pensó en la espesa jungla del Sudeste Asiático. Tal vez tendría que disparar a campesinos menudos y delgados vestidos con harapos. Podía acabar muerto o lisiado.

Pensó en todos sus conocidos de Londres, que lo habían envidiado por irse a Estados Unidos. Anna y Hank lo habían llevado a cenar al Savoy para celebrarlo. Daisy había organizado una fiesta de despedida en su honor en la casa de Great Peter Street. Su madre había llorado.

Sería como la novia que vuelve a casa después de la luna de miel y anuncia que se divorcia. La humillación parecía aún peor que el riesgo de morir en Vietnam.

¿Qué iba a hacer?

39

El Club Juvenil de St. Gertrud había cambiado.

Lili recordaba que había empezado siendo algo más o menos inocente. El gobierno de la Alemania Oriental aprobaba los bailes tradicionales, aunque tuvieran lugar en el sótano de una iglesia, y no le importaba que un pastor protestante como Odo Vossler charlara con la juventud sobre relaciones personales y sexo, dado que cabía esperar que su punto de vista fuera tan puritano como el de ellos.

Dos años después el club ya no era algo tan cándido. Ya no inauguraban las noches con una danza tradicional. Ponían música rock y practicaban un estilo de baile enérgico e individualista que los jóvenes de todo el mundo identificaban con el desenfreno. Después Lili y Karolin tocaban la guitarra y cantaban canciones que hablaban de libertad. La noche siempre acababa con un debate conducido por el pastor Odo en el que se discutían cuestiones que solían adentrarse en territorio prohibido: democracia, religión, las deficiencias del gobierno de la Alemania Oriental y la atracción irresistible del estilo de vida occidental.

Aquel tipo de conversaciones eran el pan de cada día en casa de Lili, pero para algunos jóvenes constituía una experiencia nueva y liberadora oír que se criticaba al gobierno o que se ponían en entredicho los postulados del comunismo.

No era el único lugar donde ocurría. Tres o cuatro noches a la semana Lili y Karolin iban con sus guitarras a otra iglesia o a una vivienda particular, ya fuera en Berlín o en los alrededores. Ambas eran conscientes del peligro que entrañaba aquello, pero estaban convencidas de que no tenían nada que perder. Karolin sabía que no volvería a ver a Walli mientras el Muro de Berlín siguiera en pie. Después de que en los periódicos estadounidenses aparecieran artículos sobre Walli y

Karolin, la Stasi había castigado a la familia haciendo que expulsaran a Lili de la universidad, por lo que en esos momentos la joven trabajaba de camarera en la cafetería del Ministerio de Transporte. Ambas habían decidido que no permitirían que el gobierno les cortara las alas. Disfrutaban de bastante popularidad entre los jóvenes que se oponían a los comunistas en secreto, y grababan sus canciones, que pasaban de mano en mano entre sus admiradores. Lili tenía la sensación de que mantenían viva la llama.

Para Lili, St. Gertrud ofrecía un aliciente adicional: Thorsten Greiner. El chico tenía veintidós años, aunque aparentaba menos gracias a su cara de crío, como Paul McCartney. Además compartía con Lili la pasión por la música. Hacía poco que el joven había roto con Helga, una chica que no le llegaba a la suela de los zapatos… en opinión de Lili.

Una noche de 1967, Thorsten llevó el último disco de los Beatles al club. En una de las caras había una canción alegre titulada *Penny Lane*, que todos bailaron con entusiasmo, mientras que en la otra aparecía una canción rara y fascinante, *Strawberry Fields Forever*, y Lili y los demás se lanzaron a una especie de danza lenta e hipnótica, balanceándose al son de la música y moviendo los brazos como si fueran plantas acuáticas. Escucharon el disco una y otra vez.

Cuando la gente le preguntó a Thorsten cómo lo había conseguido, el joven se dio unos golpecitos en un lado de la nariz con un gesto misterioso y no dijo nada. Sin embargo, Lili sabía la verdad. Una vez a la semana Horst, tío de Thorsten, cruzaba la frontera al Berlín occidental en una furgoneta cargada de rollos de tela y ropa barata, los mayores artículos de exportación del lado oriental. Horst siempre daba a los guardias fronterizos una parte de los cómics, los discos de música pop, el maquillaje y la ropa moderna con los que regresaba.

Los padres de Lili pensaban que la música era algo frívolo. Para ellos lo único serio era la política. Sin embargo, no alcanzaban a entender que, para Lili y su generación, la música era política, incluso cuando las canciones hablaban de amor. Los nuevos estilos de guitarra y de canto estaban íntimamente relacionados con llevar el pelo largo y vestir de una forma distinta, con la tolerancia racial y la libertad sexual. Las canciones de los Beatles o de Bob Dylan le decían a la generación anterior: «No hacemos las cosas a vuestra manera». Para los adolescentes de la Alemania Oriental, aquello era un mensaje eminentemente político, cosa que el gobierno sabía y era la razón por la que prohibía los discos.

Todo el mundo estaba bailando al son de *Strawberry Fields Forever* cuando llegó la policía.

Lili, que tenía delante a Thorsten, sabía inglés y estaba intrigada por la parte en la que Lennon cantaba: «Vivir es fácil con los ojos cerrados, sin entender nada de lo que ves». Pensó que aquellas palabras describían a la perfección a la mayoría de los habitantes de la Alemania Oriental.

Lili fue de las primeras en atisbar los uniformes en la puerta de entrada y enseguida comprendió que la Stasi por fin había descubierto lo que realmente ocurría en el Club Juvenil St. Gertrud. Era inevitable, la gente joven siempre acababa hablando de las cosas emocionantes que hacían allí. Nadie sabía cuántos ciudadanos de la Alemania Oriental eran confidentes de la policía secreta, pero la madre de Lili decía que eran más de los que había tenido la Gestapo. «Ahora no podríamos hacer lo que hacíamos en la guerra», había dicho Carla. Aunque cuando Lili le había preguntado qué hacía en la guerra, su madre se había cerrado en banda, como siempre. En cualquier caso, desde el principio habían sido conscientes de que tarde o temprano la Stasi acabaría enterándose de lo que sucedía en el sótano de la iglesia de St. Gertrud.

Lili dejó de bailar de inmediato y miró a su alrededor en busca de Karolin, pero no la vio. Tampoco vio a Odo por ninguna parte. Debían de haber ido a algún lado. En uno de los extremos de la sala, justo enfrente de la puerta de entrada, había una escalera que conducía a la vicaría, aledaña a la iglesia. Seguramente habrían salido por allí por alguna razón.

—Voy a buscar a Odo —le dijo a Thorsten.

Consiguió abrirse camino entre la gente que bailaba y escabullirse por la escalera antes de que la mayoría se diera cuenta de que la policía estaba haciendo una redada. Thorsten la siguió. Llegaron a lo alto de los escalones justo en el momento en que Lennon cantaba: «Campos de fresas...», y de pronto la música se interrumpió.

La voz áspera de un agente de policía empezó a dar órdenes mientras ellos dos atravesaban el recibidor de la vicaría. Se trataba de una casa bastante grande para un hombre soltero; Odo tenía suerte. Lili había estado allí en contadas ocasiones, pero sabía que tenía un despacho en la planta baja que daba a la parte delantera y supuso que sería allí donde encontraría al pastor. La puerta permanecía entornada, ella la abrió del todo y entró.

Allí, en una habitación revestida de madera de roble y con estanterías llenas de obras de contenido bíblico, Odo y Karolin estaban fundidos en un apasionado abrazo mientras se besaban con la boca abierta. Karolin le cogía la cabeza con las manos y tenía los dedos enterrados en el largo y tupido pelo de Odo, quien le acariciaba y sobaba los pechos mientras el cuerpo de ella, arqueado y tenso como un arco, se pegaba al suyo.

Lili se quedó muda de la sorpresa. Consideraba a Karolin la esposa de su hermano, creía que era un mero tecnicismo que no estuvieran casados de verdad. Nunca se le había pasado por la cabeza que Karolin pudiera sentir algo por otro hombre… ¡Y mucho menos por un pastor! Por un momento su cerebro buscó con desesperación una explicación alternativa, como que estuvieran ensayando una obra o haciendo gimnasia.

—¡Dios mío! —exclamó Thorsten en ese momento.

Odo y Karolin dieron un respingo y se separaron con una rapidez que casi resultó cómica. La sorpresa y la culpa se dibujaron en sus rostros. Al cabo de un instante ambos empezaron a hablar a la vez.

—Íbamos a contártelo… —dijo Odo.

—Ay, Lili, lo siento mucho… —dijo Karolin a su vez.

Durante un instante en que pareció congelarse el tiempo, Lili fue vívidamente consciente de todos los detalles: el estampado a cuadros de la chaqueta de Odo; los pezones de Karolin, que se marcaban bajo su vestido; el título de Teología de Odo, colgado en la pared en su marco de latón; la anticuada alfombra de flores, con un trozo desgastado delante de la chimenea.

En ese momento recordó qué la había llevado hasta allí.

—Ha venido la policía —informó Lili—. Están en el sótano.

—¡Mierda! —exclamó Odo, y salió de la habitación a grandes pasos.

Lili oyó que bajaba la escalera a toda prisa.

Karolin no apartaba la mirada de ella. Ninguna de las dos sabía qué decir, hasta que Karolin rompió el hechizo:

—Debo ir con él. —Y a continuación fue tras Odo.

Lili y Thorsten se quedaron en el despacho. Lili pensó con tristeza que era un lugar bonito para besarse: el revestimiento de madera de roble, la chimenea, los libros, la alfombra… Pensó en Walli. Pobre Walli.

Los gritos procedentes del sótano la sacaron de su ensimismamiento y en ese momento comprendió que no hacía falta que volviera a la cripta. El abrigo había quedado allí abajo, pero no hacía demasiado frío, así que podría arreglárselas sin él. Tenía que salir de allí.

La puerta principal de la vicaría daba al lado contrario de la entrada del sótano y Lili se preguntó si la policía habría rodeado todo el edificio. Concluyó que no era probable.

Cruzó el recibidor y abrió la puerta de la calle, pero no había policía a la vista.

—¿Nos vamos? —le preguntó a Thorsten.

—Sí, deprisa.

Salieron y cerraron sin hacer ruido.

—Te acompaño a casa —dijo Thorsten.

Apretaron el paso hasta la esquina del edificio y recuperaron un ritmo normal en cuanto perdieron la iglesia de vista.

—Debe de haber sido toda una sorpresa para ti —comentó Thorsten.

—¡Creía que Karolin quería a Walli! —exclamó Lili—. ¿Cómo ha podido hacerle algo así?

Se echó a llorar.

Thorsten le pasó un brazo sobre los hombros y continuaron caminando.

—¿Cuánto hace que Walli se fue?

—Casi cuatro años.

—¿Y han mejorado las perspectivas que tiene Karolin de emigrar?

Lili negó con un gesto de cabeza.

—No, son aún peores.

—Necesita que alguien la ayude a criar a Alice.

—¡Nos tiene a mi familia y a mí!

—Tal vez piensa que Alice necesita un padre.

—Pero… ¡el pastor!

—La mayoría de los hombres ni siquiera se plantearían la posibilidad de casarse con una madre soltera. Odo es distinto precisamente porque es pastor.

Cuando llegaron a su casa, Lili tuvo que llamar al timbre de la puerta porque las llaves estaban en el abrigo.

—¿Qué narices ha ocurrido? —preguntó su madre cuando fue a abrir y le vio la cara.

Lili y Thorsten entraron.

—La policía ha hecho una redada en la iglesia, y cuando he ido a avisar a Karolin ¡me la he encontrado besándose con Odo!

Volvió a echarse a llorar. Carla cerró la puerta.

—¿Te refieres a que estaban besándose de verdad?

—¡Sí, y con pasión! —contestó Lili.

—Pasad los dos a la cocina, os haré un poco de café.

Una vez que explicaron lo que había ocurrido, el padre de Lili se marchó con la intención de hacer lo que pudiera para que Karolin no pasara la noche en la cárcel. Carla aprovechó ese momento para señalar que tal vez Thorsten también debía irse a casa, por si sus padres se habían enterado de la redada y estaban preocupados. Lili lo acompañó a la puerta y le plantó un beso en los labios, breve aunque delicioso, antes de volver a entrar.

Las tres mujeres, Lili, Carla y la abuela Maud, se habían quedado solas en la cocina. Alice, que tenía tres años, dormía arriba.

—No seas demasiado dura con Karolin —le dijo Carla a Lili.

—¿Por qué no? ¡Ha traicionado a Walli! —repuso ella.

—Hace cuatro años...

—La abuela esperó cuatro años al abuelo Walter —la interrumpió Lili—. ¡Y ella ni siquiera tenía hijos!

—Eso es cierto —dijo Maud—. Aunque pensaba en Gus Dewar.

—¿El padre de Woody? —preguntó Carla, sorprendida—. Eso no lo sabía.

—Walter también se vio tentado —siguió diciendo Maud con la jovial indiscreción característica de la gente demasiado mayor para ruborizarse ante nada—. Por Monika von der Helbard, aunque no ocurrió nada.

El modo en que su abuela le quitaba hierro al asunto molestó a Lili.

—Para ti es fácil, abuela, todo eso ya queda muy lejos —protestó.

—A mí también me entristece, Lili, pero ¿qué derecho tenemos a enfadarnos? Es posible que Walli no vuelva nunca a casa y que Karolin no pueda dejar la Alemania Oriental jamás. ¿De verdad podemos pedirle que se pase la vida esperando a alguien que tal vez no vuelva a ver?

—Creía que esa era su intención. Creía que estaba dispuesta a hacerlo.

Sin embargo, Lili cayó en la cuenta de que no recordaba habérselo oído decir nunca.

—Creo que ha esperado mucho tiempo.

—¿Cuatro años es mucho tiempo?

—El suficiente para que una mujer joven empiece a preguntarse si desea sacrificar su vida por un recuerdo.

Lili comprendió con consternación que tanto Carla como Maud se compadecían de Karolin.

Estuvieron discutiendo el tema hasta medianoche, cuando Werner llegó a casa acompañado de Karolin... y Odo.

—Dos chicos han acabado peleándose con la policía, pero me alegra decir que, aparte de ellos, nadie más ha ido a la cárcel. Aunque han cerrado el club juvenil —anunció Werner.

Todo el mundo se sentó a la mesa de la cocina. Odo lo hizo junto a Karolin, a quien, para horror de Lili, le tomó la mano delante de todos.

—Lili, siento que te hayas enterado de esta manera justo cuando habíamos decidido contártelo —dijo Odo.

—¿Contarme qué? —preguntó Lili con sequedad, aunque se dijo que podía adivinarlo.

—Que nos queremos —contestó el pastor—. Supongo que no te será fácil aceptarlo, y lo siento, pero lo hemos meditado y hemos rezado mucho.

—¡Rezado! —repitió Lili, incrédula—. ¡Nunca he visto a Karolin rezar por nada!

—La gente cambia.

«Las mujeres débiles cambian para complacer a los hombres», pensó Lili, pero su madre habló antes de que ella pudiera decirlo en voz alta:

—Esto es difícil para todos, Odo. Walli quiere a Karolin y a la niña, a quien nunca ha visto. Lo sabemos por sus cartas y es fácil adivinarlo por las canciones de Plum Nellie, ya que casi todas ellas hablan de la separación y el sentimiento de pérdida.

—Si lo preferís, me iré de aquí esta noche —dijo Karolin.

Carla negó con la cabeza.

—Es difícil para nosotros, pero lo es mucho más para ti, Karolin. No puedo pedirle a una mujer joven que consagre su vida a alguien que tal vez no vuelva a ver nunca más… Aun cuando esa persona sea nuestro querido hijo. Werner y yo ya hemos hablado de esto y sabíamos que ocurriría tarde o temprano.

Lili se quedó pasmada. ¡Sus padres lo habían visto venir! Y no le habían dicho nada. ¿Cómo podían ser tan desconsiderados?

¿O simplemente eran más sensatos que ella? Prefería creer que no se trataba de eso.

—Queremos casarnos —dijo Odo.

—¡No! —gritó Lili poniéndose de pie.

—Y esperamos que todos nos deis vuestra bendición: Maud, Werner, Carla y sobre todo tú, Lili, que te has portado como una verdadera amiga con Karolin a lo largo de todos estos años tan duros.

—Idos al infierno —espetó Lili, y salió de la cocina.

Dave Williams paseaba a su abuela en silla de ruedas por Parliament Square seguido de un tropel de fotógrafos. El publicista de Plum Nellie había avisado a los periódicos, por lo que Dave y Ethel estaban preparados para las cámaras, y de ahí que posaran de buen grado durante diez minutos.

—Gracias, caballeros —dijo Dave una vez que terminaron, y dobló hacia el aparcamiento del palacio de Westminster.

Se detuvo en la entrada de los pares, saludó para una última foto y luego empujó la silla hasta la Cámara de los Lores.

—Buenas tardes, milady —saludó el ujier.

La abuela Ethel, la baronesa Leckwith, tenía cáncer de pulmón. A pesar de la fuerte medicación que tomaba para mantener el dolor a raya, conservaba la mente despejada. Aún caminaba si las distancias no eran largas, aunque enseguida se quedaba sin resuello. Le sobraban razones para retirarse de la política activa, pero ese día se debatiría el proyecto de ley de delitos sexuales en la Cámara de los Lores.

Para Ethel se trataba de un tema de suma importancia, lo cual en parte se debía a su amigo homosexual Robert. Para sorpresa de Dave, su propio padre, a quien el joven consideraba un viejo carroza, también era un ferviente partidario de reformar la ley. Por lo visto, Lloyd había sido testigo de las persecuciones que los homosexuales habían sufrido por parte de los nazis y no lo había olvidado nunca, aunque se negaba a entrar en detalles.

Ethel no intervendría en el debate (estaba demasiado enferma para ello), pero se había empeñado en votar. Y cuando Eth Leckwith se empeñaba en algo, no había nada que la detuviera.

Dave empujó la silla de su abuela por el vestíbulo de entrada, una especie de guardarropa en el que los colgadores disponían de un lazo de color rosa donde los parlamentarios podían dejar sus espadas. La Cámara de los Lores ni siquiera se molestaba en simular que avanzaba con los tiempos.

En Gran Bretaña, que un hombre mantuviera relaciones sexuales con otro hombre era delito, y todos los años cientos de personas eran procesadas, encarceladas y —lo peor de todo— humilladas en los periódicos por cometer dicha infracción. El proyecto de ley que se debatía ese día pretendía despenalizar aquel tipo de relaciones homosexuales siempre que estas se practicaran entre adultos, de manera consentida por ambas partes y en privado.

Se trataba de una cuestión controvertida y el proyecto de ley no disfrutaba de demasiadas simpatías entre el gran público; sin embargo, la marea estaba cambiando a favor de la reforma. La Iglesia de Inglaterra había decidido no oponerse a la modificación de la ley. Continuaba defendiendo que la homosexualidad era un pecado, pero reconocía que no debía considerarse un delito. El proyecto de ley parecía estar bien encaminado, aunque sus defensores temían una reacción en contra en el último minuto, y de ahí el empeño de Ethel en votar.

—¿Por qué tenías tantas ganas de ser tú quien me trajera a este debate? —le preguntó Ethel a Dave—. Nunca te ha interesado la política.

—Nuestro batería, Lew, es gay —contestó Dave utilizando el término que usaban los estadounidenses—. Una vez estuve con él en un pub llamado Golden Horn y la policía hizo una redada. Me indignó tanto el modo en que se comportaron los polis que desde entonces busco el modo de demostrar que estoy de parte de los homosexuales.

—Bien hecho —dijo Ethel, y a continuación añadió con la mordacidad característica de su avanzada edad—: Me alegra ver que el rock and roll no ha sofocado por completo el espíritu combativo de tus predecesores.

Plum Nellie tenía más éxito que nunca. Habían lanzado un «álbum conceptual» titulado *For Your Pleasure Tonight*, que simulaba ser la grabación de una actuación en la que participaban grupos de distintos estilos musicales: music-hall, folk, blues, swing, góspel, Motown... Aunque en realidad todos eran Plum Nellie. Estaban vendiendo millones de copias en todo el mundo.

Un agente de policía ayudó a Dave a subir la silla de ruedas por un tramo de escalera. Dave se lo agradeció, preguntándose si habría participado alguna vez en una redada en un pub gay. Cuando llegaron a la sala de los pares, Dave llevó a Ethel hasta el umbral de la cámara de debate.

Ethel ya lo había hablado con el líder de la Cámara de los Lores y había obtenido su consentimiento para acceder en silla de ruedas; sin embargo, a Dave no se le permitía la entrada, así que esperó a que uno de los amigos de su abuela se percatara de su presencia y la acompañara al interior.

El debate ya se había iniciado, y los pares ocupaban sus escaños de cuero rojo a ambos lados de una sala de decoración ridículamente suntuosa, como los palacios de las películas de Disney.

Estaba hablando un par, por lo que Dave prestó atención.

—El proyecto de ley concede un fuero especial a los invertidos y fomentará la existencia de la más abyecta de las criaturas: el prostituto masculino —decía el hombre con pomposidad—. Solo aumentará las tentaciones que se hallan en el camino de los adolescentes.

A Dave le resultó un razonamiento extraño. ¿Aquel tipo creía que todos los hombres eran invertidos, pero que la mayoría sencillamente se resistían a la tentación?

—No es que no me compadezca del desafortunado homosexual,

como tampoco carezco de compasión por aquellos que acaban atrapados entre sus garras.

«¿Atrapados entre sus garras? Menuda sarta de gilipolleces», pensó Dave.

Un hombre del lado laborista se levantó y se hizo cargo de la silla de ruedas de Ethel. Dave salió de la cámara y subió la escalera que conducía a la galería de espectadores.

Cuando llegó allí, hablaba un par distinto.

—La semana pasada apareció en uno de los periódicos dominicales más populares un relato, que tal vez hayan visto algunas de Sus Señorías, acerca de la unión matrimonial entre unos homosexuales, celebrada en un país del continente.

Dave había leído el artículo en *News of the World*.

—Creo que deberíamos felicitar a la publicación en cuestión por poner de relieve un suceso tan repugnante.

¿Cómo podía ser una boda un suceso repugnante?

—En el caso de que este proyecto de ley resulte aprobado, solo espero que se vigilen muy de cerca las prácticas semejantes. No creo que estas cosas puedan llegar a ocurrir en este país, pero todo es posible.

«¿De dónde sacan a estos dinosaurios?», se preguntó Dave.

Por fortuna, no todos los pares eran así. Una mujer de aspecto imponente y pelo blanco se puso en pie. Dave la había conocido en casa de su madre. Se llamaba Dora Gaitskell.

—Como sociedad, restamos importancia a muchas perversiones que se practican en privado entre hombres y mujeres. La ley, al igual que la sociedad, es muy tolerante con dichas prácticas, ante las que hace la vista gorda.

Dave estaba atónito. ¿Qué sabía aquella señora sobre las perversiones que se practicaban entre hombres y mujeres?

—A los hombres que nacen o se ven condicionados o tentados de manera irrevocable hacia la homosexualidad se les debería conceder el mismo grado de tolerancia que se le concede a cualquier otra pretendida perversión que se practica entre hombres y mujeres.

«Bien dicho, Dora», pensó Dave.

Sin embargo, el ponente favorito de Dave fue otra mujer mayor de pelo blanco y con un brillo en la mirada. Ella también había visitado la casa de Great Peter Street. Se llamaba Barbara Wootton. Después de que uno de los hombres hubiera pronunciado un largo discurso sobre la sodomía, Wootton aportó una nota de ironía.

—Yo me pregunto: ¿qué temen los que se oponen a este proyecto de ley? —dijo—. No pueden temer que les obligue a presenciar unas prácticas tan repugnantes, porque únicamente se consideran legales si se llevan a cabo en privado. No pueden temer que induzca a la corrupción de la juventud, porque dichas prácticas únicamente serán legales si se realizan entre adultos y con consenso mutuo. Solo me cabe suponer que quienes se oponen a este proyecto de ley temen que su imaginación se vea atormentada por imágenes de lo que pueda estar ocurriendo en otras partes.

Las palabras de Wootton insinuaban a las claras que quienes intentaban que la homosexualidad siguiera considerándose un delito lo hacían para que la ley continuara poniendo coto a sus fantasías personales, razonamiento ante el que Dave no pudo reprimir una carcajada, por lo que enseguida fue reprendido por un ujier.

La votación se inició a las seis y media. Dave tenía la impresión de que había más gente que había hablado en contra que a favor del proyecto de ley. El proceso de votación llevaba un tiempo desmesuradamente largo. En vez de introducir trocitos de papel en una urna o de apretar botones, los pares tenían que levantarse y abandonar la cámara a través de uno de los dos pasillos, o bien por el de «Conforme» o el de «No conforme». Un parlamentario empujó la silla de ruedas de Ethel hacia el pasillo de «Conforme».

El proyecto de ley se aprobó por 111 votos a favor y 48 en contra. A Dave le entraron ganas de ponerse a gritar de alegría, pero le habría parecido tan fuera de lugar como aplaudir en una iglesia.

Dave se reunió con Ethel en la entrada de la cámara y se hizo cargo de la silla de ruedas que empujaba uno de los amigos de su abuela. La mujer tenía una expresión triunfante pero estaba agotada, y Dave no pudo evitar preguntarse cuánto tiempo le quedaría.

Mientras la acompañaba por los recargados pasillos en dirección a la salida, el joven iba pensando en la increíble vida que había tenido su abuela. Su propia transformación del último de la clase a estrella del pop no era nada en comparación con la trayectoria de la mujer: de una humilde casa de dos habitaciones junto al escorial de Aberowen al dorado salón de debate de la Cámara de los Lores. Ethel, además, no solo había vivido una transformación, sino que también había participado en la de su país. Había librado y ganado batallas políticas por el voto femenino, por el bienestar social, por la atención sanitaria gratuita, por la educación de las mujeres y, en esos momentos, por la libertad de una minoría perseguida, la de los hombres homosexuales. Dave había compuesto canciones apreciadas en todo el mundo, pero eso carecía de importancia al lado de lo que había logrado su abuela.

Un anciano apoyado en dos bastones los detuvo en medio de un pasillo revestido de paneles de madera. Lo rodeaba un aire de elegancia decrépita que a Dave le sonó de algo, y entonces recordó haberlo visto antes allí, en la Cámara de los Lores, hacía cinco años, el día que Ethel había sido investida baronesa.

—Bueno, Ethel, veo que has conseguido que aprueben tu proyecto de ley de sodomía. Felicidades —dijo el hombre de buen talante.

—Gracias, Fitz —contestó ella.

En ese momento cayó en la cuenta. Se trataba del conde Fitzherbert, antiguo dueño de una gran mansión en Aberowen llamada Tŷ Gwyn, que en esos momentos albergaba una escuela de formación profesional.

—Lamento enterarme de que has estado enferma, querida mía —comentó Fitz con evidente aprecio.

—No pienso andarme con rodeos contigo —dijo Ethel—. No me queda mucho, es probable que no volvamos a vernos.

—Una tristísima noticia.

Para sorpresa de Dave, las lágrimas resbalaron por el rostro arrugado del anciano conde, que extrajo un enorme pañuelo blanco de su bolsillo superior para secarse los ojos. Fue entonces cuando Dave recordó que en la anterior ocasión en que había presenciado un encuentro similar, le había sorprendido la corriente soterrada de emoción intensa y casi incontrolable que había percibido entre ambos.

—Me alegro de haberte conocido, Fitz —dijo Ethel. El tono que empleó insinuaba que tal vez él tuviera motivos para pensar lo contrario.

—¿En serio? —contestó Fitz, y para asombro de Dave, añadió—: Nunca he querido a nadie como te he querido a ti.

—Yo tampoco —confesó ella, redoblando la estupefacción de su nieto—. Ahora que mi querido Bernie ya no está, puedo decirlo. Él fue mi alma gemela, pero tú fuiste algo más.

—Te lo agradezco.

—Aunque arrastro un único pesar —dijo Ethel.

—Lo sé —aseguró Fitz—. El chico.

—Sí. Si me concedieran un último deseo, sería que le estrecharas la mano.

Dave se preguntó quién sería ese «chico». Era evidente que él no.

—Sabía que me lo pedirías —dijo el conde.

—Por favor, Fitz.

El hombre asintió con la cabeza.

—A mi edad tendría que saber admitir cuándo me he equivocado.

—Gracias —repuso Ethel—. Ahora ya puedo morir tranquila.

—Espero que haya otra vida.

—Lo desconozco. Adiós, Fitz.

El anciano se inclinó hacia la silla de ruedas, con dificultad, y la besó en los labios.

—Adiós, Ethel —dijo tras ponerse derecho.

Dave empujó la silla y continuaron su camino.

—Era el conde Fitzherbert, ¿verdad? —preguntó al cabo de un minuto.

—Sí —contestó Ethel—. Es tu abuelo.

Las chicas eran el único problema de Walli.

Eran jóvenes, guapas, sensuales y con un aire saludable que a él se le antojaba característicamente norteamericano, y desfilaban por su puerta a decenas, todas ellas ávidas de sexo. El hecho de que él continuara siéndole fiel a su novia del Berlín oriental solo parecía hacerlo más deseable.

«Compraos una casa —les había aconsejado Dave un día a los miembros del grupo—. Luego, cuando la burbuja estalle y nadie quiera saber nada de Plum Nellie, al menos tendréis un sitio donde vivir.»

Walli estaba empezando a darse cuenta de que Dave era muy inteligente. Desde que había creado sus dos compañías, Nellie Records y Plum Publishing, el grupo ganaba mucho más dinero. Walli todavía no era el millonario por el que la gente lo tomaba, aunque lo sería en cuanto empezaran a llegar las regalías derivadas de *For Your Pleasure Tonight*. Mientras tanto, disponía de suficiente para poder permitirse una casa.

A principios de 1967 se compró una de estilo victoriano y con fachada de salientes semicirculares en San Francisco, en Haight Street, cerca de la esquina con Ashbury. El valor de las viviendas de aquel barrio había caído en picado a causa de la larga batalla que se había librado durante años contra el proyecto de una autopista que nunca llegó a construirse. Los bajos alquileres atraían a estudiantes y gente joven, quienes creaban un ambiente relajado que, a su vez, atraía a músicos y actores. Varios miembros de Grateful Dead y Jefferson Airplane vivían en el barrio. Era habitual ver a estrellas del rock por la calle, y Walli podía pasear por allí casi como alguien normal y corriente.

Los Dewar, las únicas personas que Walli conocía en San Francisco, esperaban que remodelara por completo el interior de la casa y la modernizara, pero él pensaba que los antiguos techos artesonados y los revestimientos de madera eran geniales y lo dejó todo como estaba, aunque sí mandó pintar las paredes de blanco.

Instaló dos baños lujosos y una cocina a medida, con lavavajillas incluido, y compró un televisor y lo último en tocadiscos, pero aparte de eso el resto del mobiliario destacaba por su sencillez. Puso alfombras y cojines en los suelos de madera pulida, y colchones y percheros con ruedas en los dormitorios. No tenía más asientos que seis taburetes de los que utilizaban los guitarristas en los estudios de grabación.

Tanto Cameron como Beep Dewar estudiaban en Berkeley, un campus dependiente de la Universidad de California, con sede en San Francisco. Cam era un bicho raro que vestía como un hombre de mediana edad y tenía ideas más conservadoras que las de Barry Goldwater. Sin embargo, Beep era genial, y le había presentado sus amigos a Walli, algunos de los cuales vivían en el barrio.

Walli se trasladaba a San Francisco siempre que no estaba de gira con el grupo o grabando en Londres. Mientras se encontraba allí, ocupaba la mayor parte del tiempo con la guitarra. Tocar en el escenario con el aparente desenfado con que él lo hacía exigía un alto grado de maestría y nunca dejaba pasar un día sin practicar durante un par de horas como mínimo. A continuación se concentraba en las canciones: probaba acordes y mezclaba fragmentos melódicos mientras trataba de decidir cuáles sonaban increíbles y cuáles no pasaban de armoniosos.

Escribía a Karolin una vez a la semana, aunque le resultaba difícil saber qué decirle. Le parecía desconsiderado hablarle de películas, conciertos y restaurantes que ella nunca podría disfrutar.

Con la ayuda de su padre, Walli había encontrado el modo de enviar cierta cantidad de dinero a Karolin todos los meses para que ella y Alice pudieran salir adelante. Un ingreso modesto en moneda extranjera alcanzaba para pagar muchas cosas en la Alemania Oriental.

Karolin le escribía una vez al mes. Había aprendido a tocar la guitarra y formaba un dúo con Lili. Cantaban canciones protesta, que grababan y distribuían. Fuera de eso, su vida parecía vacía en comparación con la de Walli, y casi todas sus novedades hacían referencia a Alice.

Igual que la mayoría de la gente de aquel barrio, Walli no cerraba la puerta con llave. Amigos y extraños entraban y salían de su casa a su antojo, aunque Walli guardaba las guitarras a buen recaudo en la última planta. Aparte de sus instrumentos, apenas tenía nada más que valiera la pena robar. Una tienda del lugar le llenaba la nevera y los armarios con provisiones una vez a la semana. Los invitados cogían lo que les apetecía y, cuando ya no quedaba nada, Walli salía a comer de restaurante.

Por las noches veía películas de cine y obras de teatro, iba a escuchar a grupos o se juntaba con otros músicos, con los que bebía cerveza y fumaba marihuana, ya fuera en su casa o en la de ellos. Las calles ofrecían un espectáculo continuo: actuaciones improvisadas, teatro callejero y otras formas de expresión artística que la gente llamaba *happenings*. En el verano de 1967 el barrio se hizo repentinamente famoso al convertirse en el epicentro del movimiento hippy. Cuando los colegios y las universidades cerraban por vacaciones, jóvenes de todos los rincones de Estados Unidos hacían autoestop hasta San Francisco y se dirigían a la esquina de Haight con Ashbury. La policía decidió hacer la vista gorda ante el consumo generalizado de marihuana y LSD, y ante quienes mantenían relaciones sexuales de manera más o menos pública en el parque Buena Vista. Y todas las chicas tomaban la píldora anticonceptiva.

Ellas eran el único problema de Walli.

Como Tammy y Lisa había muchas. Habían llegado de Dallas, Texas, en un autobús de la Greyhound. Tammy era rubia, Lisa era hispana, y ambas tenían dieciocho años de edad. Su única intención era pedirle a Walli un autógrafo, pero se quedaron maravilladas al encontrar la puerta abierta y a él sentado en el suelo sobre un cojín gigantesco, tocando una guitarra acústica.

Le dijeron que necesitaban una ducha después del viaje en autobús y él les indicó que siguieran recto. Se bañaron juntas sin cerrar la puerta del baño, tal como Walli descubrió en cierto momento en que, ensimismado en sus armonías, entró a mear. ¿Había sido coincidencia que en ese preciso momento Tammy estuviera enjabonando los pequeños pechos morenos de Lisa con sus manos blancas?

Walli salió y utilizó el otro baño, aunque necesitó reunir toda su fuerza de voluntad.

El cartero llegó con el correo, entre el que había varias cartas que Mark Batchelor, el representante de Plum Nellie, le enviaba desde Londres. En otra, que llevaba un sello de la Alemania Oriental, reconoció la letra de Karolin. Walli la dejó a un lado para leerla más tarde.

Fue un día normal en Haight-Ashbury. Un amigo músico se acercó hasta su casa dando un paseo y empezaron a componer una canción juntos, pero no sacaron nada. Dave Williams y Beep Dewar se dejaron caer por allí. Dave vivía con los padres de ella mientras buscaba una propiedad para comprar. Un camello llamado Jesus fue a llevarle medio kilo de marihuana, y Walli la escondió casi toda en la caja de un amplificador de guitarra. No le importaba compartirla, pero si no la racionaba no le quedaría nada para cuando se pusiera el sol.

Por la noche fue a cenar con unos amigos y se llevó a Tammy y a Lisa. Habían pasado ya cuatro años desde que había dejado el bloque soviético y todavía se maravillaba ante la abundancia de comida que había en Estados Unidos: filetes enormes, hamburguesas jugosas, montañas de patatas fritas, ensaladas gigantescas, batidos espesos, todo por casi nada, ¡y te rellenaban el café cuantas veces quisieras sin cobrarte más! No era que ese tipo de comida fuera cara en la Alemania Oriental; simplemente allí no existía. En las carnicerías siempre escaseaban los mejores cortes de carne, y los restaurantes servían de mala gana raciones escasas y poco apetitosas. Walli nunca había visto un batido en su país natal.

Durante la cena se enteró de que el padre de Lisa era médico de la comunidad mexicana de Dallas y que ella pretendía estudiar Medicina y seguir sus pasos. La familia de Tammy tenía una gasolinera bastante rentable, pero sus hermanos la dirigirían y ella iba a la escuela de Bellas Artes para estudiar diseño de moda con el objetivo de abrir una tienda de ropa. Eran chicas normales y corrientes, pero estaban en 1967, tomaban la píldora y querían echar un polvo.

Era una noche cálida. Después de cenar todos se fueron al parque y se sentaron con un grupo de gente que cantaba canciones de góspel. Walli se unió a ellos, y nadie lo reconoció en la oscuridad. Tammy estaba cansada tras el viaje en autobús, por lo que se tumbó y apoyó la cabeza en el regazo de Walli, que le acarició el largo pelo rubio hasta que se durmió.

Poco después de medianoche la gente empezó a marcharse. Walli fue dando un paseo hasta su casa, aunque no se percató de que Tammy y Lisa todavía lo acompañaban hasta que llegó allí.

—¿Tenéis algún sitio donde pasar la noche? —preguntó.

—Podríamos dormir en el parque —contestó Tammy con su acento texano.

—Podéis sobar en el suelo, si queréis.

—¿No te gustaría dormir con una de nosotras? —preguntó Lisa.

—¿O con las dos? —dijo Tammy.

Walli sonrió.

—No, tengo novia en Berlín. Karolin.

—¿Lo dices en serio? —se asombró Lisa—. Lo leí en el periódico, pero...

—En serio.

—¿Y tienes una hija pequeña?

—Ha cumplido tres años. Se llama Alice.

—Pero si ya nadie cree en la fidelidad y en todas esas tonterías, ¿no? Sobre todo en San Francisco. Lo único que necesitas es amor, ¿no crees?

—Buenas noches, chicas.

Walli subió al dormitorio que solía utilizar y se desnudó. Oyó que ellas andaban por abajo. Era la una y media cuando se metió en la cama, temprano para un músico.

Aquel era el momento del día en que le gustaba leer y releer las cartas de Karolin. Le tranquilizaba pensar en ella y solía dormirse imaginando que la tenía entre sus brazos. Se tumbó en el colchón, apoyó la espalda en un cojín apuntalado contra la pared y se subió la sábana hasta la barbilla. A continuación abrió el sobre.

Y leyó:

Querido Walli:

Aquello era extraño. Normalmente escribía «Mi amado Walli» o «Mi amor».

Sé que esta carta te producirá dolor y sufrimiento, y lo siento tanto que casi se me parte el corazón.

¿Qué narices podía haber ocurrido? Se apresuró a continuar leyendo:

Hace cuatro años que te fuiste y ya no quedan esperanzas de que volvamos a estar juntos en un futuro próximo. Soy débil y no puedo enfrentarme a pasar el resto de mi vida sola.

Karolin estaba poniendo fin a su relación, estaba rompiendo con él. Era lo último que Walli esperaba.

He conocido a alguien, un buen hombre, y me quiere.

¡Tenía novio! Aquello era incluso peor. Lo había traicionado y Walli empezó a enfadarse. Lisa tenía razón: ya nadie creía en la fidelidad y en todas esas tonterías.

Odo es el pastor de la iglesia de St. Gertrud, en Berlín-Mitte.

—¡Joder, un cura! —exclamó Walli en voz alta.

Él amará y cuidará de mi hija.

—La llama «mi hija», ¡pero Alice también es hija mía!

Vamos a casarnos. Tus padres están disgustados, pero siguen portándose muy bien conmigo, igual que lo hacen siempre con todos. Incluso tu hermana Lili intenta hacerse cargo, aunque le resulta difícil.

«Pues claro», pensó Walli. Lili habría aguantado mucho más.

Gracias a ti fui feliz durante un tiempo y me diste a mi preciosa Alice, y eso es algo por lo que siempre te querré.

Walli sintió unas lágrimas calientes en sus mejillas.

Espero que con los años seas capaz de perdonarme, a mí y a Odo, y que algún día podamos volver a encontrarnos como amigos, tal vez cuando seamos viejos y tengamos el pelo blanco.

—Sí, en el infierno —masculló Walli.

Con cariño,
KAROLIN

La puerta se abrió en ese momento, y entraron Tammy y Lisa.

Las lágrimas emborronaban la visión de Walli, pero creyó entrever que ambas iban desnudas.

—¿Qué ocurre? —preguntó Lisa.

—¿Por qué lloras? —dijo Tammy.

—Karolin ha roto conmigo. Se va a casar con otro —contestó Walli.

—Lo siento mucho —dijo Tammy—. Pobrecito.

A Walli le avergonzaba que lo vieran llorar, pero era incapaz de detener las lágrimas. Dejó la carta, se volvió y se tapó la cabeza con la sábana.

Las chicas se metieron en la cama con él, cada una a un lado. Walli abrió los ojos. Tammy, frente a él, le secó las lágrimas con un dedo delicado. Detrás de él, Lisa apretó su cuerpo cálido contra su espalda.

—No es el momento —consiguió decir él.

—No deberías estar solo, tan triste como estás —dijo Tammy—. Solo te abrazaremos. Cierra los ojos.

Walli se rindió y cerró los ojos. Poco a poco su angustia se convirtió en aturdimiento hasta que vació su mente y se dejó arrastrar hacia el sueño.

Cuando despertó, Tammy le besaba los labios y Lisa estaba chupándosela.

Hizo el amor con ellas, primero con una y luego con la otra. Tammy era tierna y dulce; Lisa era enérgica y apasionada. Les agradecía que intentaran consolarlo.

Pero aun así, por mucho que lo intentó, no consiguió correrse.

40

El perro antiminas empezaba a cansarse.

Era un delgado niño vietnamita que solo vestía unos pantalones cortos de algodón. Jasper calculó que tendría unos trece años de edad. El pobre había sido un imprudente y esa mañana se había adentrado en la jungla en busca de frutos secos justo cuando una sección de la Compañía D, «Desperadoes», se disponía a salir de misión.

Llevaba las manos atadas a la espalda, y de ellas partía la cuerda de unos treinta metros que un cabo se había anudado al cinturón. El chico avanzaba por el camino, al frente de la compañía. Sin embargo, había sido una mañana larga y el muchacho no dejaba de ser un crío, por lo que sus pasos eran cada vez menos firmes y los hombres tropezaban con él sin darse cuenta. Cuando eso ocurría, el sargento Smithy le tiraba una bala que lo alcanzaba en la cabeza o en la espalda, y el crío lloraba y caminaba más deprisa.

La resistencia, los insurgentes del Vietcong, al que solían referirse como «Charlie», había minado y llenado de bombas trampa los caminos de la jungla. Las minas eran improvisadas: proyectiles de artillería estadounidenses recargados; viejas bombas antipersona conocidas como «Bouncing Betties»; bombas defectuosas que reparaban para que fueran efectivas; incluso minas de presión del ejército francés abandonadas en la década de los cincuenta.

No era raro utilizar a un campesino vietnamita como perro antiminas, aunque nadie lo reconocería en Estados Unidos. A veces los amarillos conocían los tramos del camino que habían sido minados. Otras, no se sabía cómo, descubrían señales de advertencia invisibles para los soldados. Además, si el perro antiminas no localizaba la trampa, era él quien moría en lugar de ellos. Todo eran ventajas.

Jasper estaba asqueado, pero había visto cosas peores en los seis meses que llevaba en Vietnam. Según él, los hombres eran capaces de los mayores actos de barbarie independientemente de la nación a la que pertenecieran, sobre todo cuando tenían miedo. Sabía que el ejército británico había cometido atrocidades en Kenia. Su padre había estado allí, y todavía había ocasiones en que, cuando le mencionaban el país africano, empalidecía y musitaba algo entre dientes sobre la brutalidad que habían demostrado ambos bandos.

Sin embargo, la Compañía D era especial.

Formaba parte de la Tiger Force, la unidad de las Fuerzas Especiales de la 101.ª División Aerotransportada que el general William Westmoreland, comandante en jefe del ejército, llamaba con orgullo «mi cuerpo de bomberos». En vez de los uniformes habituales, vestían un atuendo de campaña sin insignia que imitaba las rayas de un tigre. Se les permitía dejarse barba y llevar pistolas de manera ostensible. Su especialidad era la pacificación.

Hacía una semana que Jasper se había incorporado a la Compañía D. Era probable que su asignación a aquel grupo se debiera a un error burocrático, ya que no estaba especialmente preparado para la labor que desempeñaban, aunque la Tiger Force aunaba a hombres de unidades y divisiones distintas. Aquella era su primera misión con ellos. La sección estaba compuesta por veinticinco hombres, más o menos la mitad blancos y la otra mitad negros.

Nadie sabía que Jasper era inglés. Casi ningún soldado estadounidense había conocido jamás a un británico, y Jasper se había cansado de ser objeto de curiosidad, por lo que había cambiado el acento y había conseguido que lo tomaran por canadiense o algo parecido. No quería volver a explicar ni una sola vez más que no conocía a los Beatles.

La misión de ese día era «limpiar» una aldea.

Se hallaban en la provincia de Quang Ngai, en la zona septentrional de Vietnam del Sur que el ejército conocía como Zona Táctica del I Cuerpo, o simplemente «región norte». Cerca de la mitad de Vietnam del Sur estaba dirigido, no por el régimen de Saigón, sino por las guerrillas del Vietcong, que organizaban el gobierno de los pueblos e incluso recaudaban impuestos.

—Es que los vietnamitas no entienden la forma de hacer de los americanos —comentó el hombre que caminaba junto a Jasper. Se llamaba Neville, un texano bastante alto y con un sentido del humor muy irónico—. Cuando el Vietcong se hizo con esta región había mucha tierra sin cultivar y sus dueños, ricachones de Saigón, ni se molestaban en trabajarla, así que Charlie se la dio a los campesinos. Luego, cuando empezamos a recuperar territorio, el gobierno de Saigón le devolvió la tierra a sus antiguos dueños y ahora los campesinos están enfadados con nosotros, ¿te lo puedes creer? No entienden el concepto de propiedad privada. Mira si son idiotas...

El cabo John Donellan, un soldado negro al que todos conocían como Donny, había estado escuchándolo.

—Eres un maldito comunista, Neville —dijo.

—No lo soy, voté a Goldwater —contestó Neville con suma tranquilidad—. Prometió poner en su sitio a los negros que se dan aires.

Quienes lo oyeron se echaron a reír. A los soldados les gustaban aquel tipo de bromas, les ayudaban a sobrellevar su miedo.

A Jasper también le gustaba el sarcasmo subversivo de Neville, aunque durante la primera parada que habían hecho para descansar se había fijado en que el texano se liaba un porro y espolvoreaba sobre la marihuana un poco de heroína sin refinar, a la que llamaban «azúcar moreno». Si Neville no estaba enganchado, pronto lo estaría.

Los guerrilleros se movían entre la gente como los peces en el agua, según el líder chino comunista, el presidente Mao. La estrategia del general Westmoreland para derrotar a los peces del Vietcong era eliminar esa agua. Trescientos mil campesinos de Quang Ngai estaban siendo reunidos y trasladados a sesenta y ocho campos de concentración fortificados para despejar el paisaje y aislar al Vietcong.

Sin embargo, la estrategia no estaba dando resultado. Como decía Neville: «¡Qué gente! Se comportan como si no tuviéramos derecho a venir a su país y ordenarles que abandonen sus casas y sus tierras y se vayan a vivir a un campo de concentración. ¿Están idiotas o qué?». Muchos campesinos burlaban las redadas y permanecían cerca de sus tierras. Otros se dejaban apresar, pero luego escapaban de los atestados e insalubres campos y regresaban a sus hogares. En cualquier caso, en ese momento eran objetivos legítimos desde el punto de vista del ejército. «Si hay personas ahí fuera, y no en los campos, por lo que respecta a nosotros son rojos —había sentenciado el general Westmoreland—. Simpatizantes comunistas.» El teniente de la sección lo había dejado incluso más claro durante la sesión informativa. «No hay amigos —había dicho—. ¿Me oís? No hay amigos. Se supone que no debe haber nadie ahí fuera. Disparad a todo lo que se mueva.»

El objetivo de esa mañana era una aldea que había sido evacuada y que habían vuelto a ocupar. Su trabajo consistía en limpiarla y arrasarla.

Aunque primero tenían que encontrarla. Era difícil orientarse en la jungla, ya que apenas había puntos de referencia y la visibilidad era escasa.

Además Charlie podía estar en cualquier parte, tal vez a un metro de ellos, cosa que les hacía tener los nervios a flor de piel en todo momento. Jasper había aprendido a mirar a través del follaje, de capa en capa, buscando un color, una forma o una textura que desentonara. Era difícil mantenerse alerta cuando se estaba cansado, chorreando de sudor y acribillado por los bichos, pero los hombres que bajaban la guardia en el momento equivocado acababan muertos.

También había distintos tipos de jungla. Los matorrales de bambú y de miscanto eran impracticables, aunque el alto mando del ejército se negaba a admitirlo. Las selvas frondosas no presentaban tantas dificultades gracias a que la poca luz que se colaba entre las copas limitaba el crecimiento de la maleza. Las plantaciones de caucho eran el mejor terreno: árboles en hileras perfectas, sin maleza, caminos transitables. Ese día Jasper se encontraba en una selva mixta, con banianos, mangles y yacas, y un telón de fondo salpicado de flores tropicales, orquídeas, calas y crisantemos de vivos colores. Jasper iba pensando que el infierno nunca había sido tan hermoso cuando explotó la bomba.

El ruido lo ensordeció y se vio arrojado al suelo, aunque enseguida se recuperó de la conmoción. Se apartó del camino rodando sobre sí mismo, se detuvo junto a un arbusto que apenas le procuraba refugio, colocó su M16 en posición de tiro y miró a su alrededor.

Cinco cuerpos yacían en el suelo al principio de la hilera de hombres. Ninguno se movía. No era la primera vez que Jasper presenciaba la muerte en combate desde que había llegado a Vietnam, pero jamás se acostumbraría a ello. Apenas un segundo antes había cinco seres humanos caminando y charlando, hombres que le habían contado chistes o le habían pagado una copa o le habían tendido una mano para salvar un árbol caído, y de pronto solo quedaba de ellos un amasijo de trozos de carne mutilados y sanguinolentos esparcidos por el suelo.

No le costó imaginar lo que había sucedido. Alguien había pisado una mina de presión escondida. ¿Por qué no la había accionado el perro antiminas? El chico debía de haberla visto y había tenido el aplomo de callar y rodearla. No se lo veía por ninguna parte. Al final, le había ganado la batalla a sus captores.

Otro de los hombres llegó a la misma conclusión. Era Jack Baxter, un soldado del Medio Oeste, alto y con barba negra, al que todos llamaban «el Loco».

—¡Ese amarillo de mierda nos ha llevado hasta la mina! —gritó al tiempo que echaba a correr y disparaba a la vegetación sin ton ni son, gastando balas—. ¡Voy a matar a ese cabrón!

Se detuvo cuando vació el cargador de veinte cartuchos.

Todos estaban enfadados, pero otros reaccionaron con mayor sensatez. El sargento Smithy ya había sacado la radio para pedir una evacuación médica. El cabo Donny se había arrodillado y le buscaba el pulso a uno de los cuerpos que estaba boca abajo sin perder la esperanza. Jasper comprendió que era imposible que un helicóptero aterrizara en aquel camino tan estrecho.

—¡Voy a buscar un claro! —le gritó a Smithy mientras se levantaba de un salto.

Smithy asintió con la cabeza.

—¡McCain y Frazer, id con Murray! —ordenó.

Jasper comprobó que llevaba un par de granadas de fósforo blanco, a las que llamaban «Willie Petes», y se apartó del camino seguido por sus otros dos compañeros.

Buscó señales de un terreno más pedregoso o arenoso donde la vegetación escaseara y acabara formando un claro mientras prestaba atención a todos los puntos de referencia posibles, para no perderse. Unos minutos después salieron de la jungla y se encontraron en los márgenes de un arrozal.

Jasper distinguió en el otro extremo del campo tres o cuatro figuras vestidas con el sencillo conjunto de algodón fino en que consistía la indumentaria diaria de los campesinos. Antes de que pudiera contarlas, ya se habían percatado de su presencia y habían desaparecido en el interior de la jungla.

Se preguntó si serían de la aldea que buscaban. En caso afirmativo, acababa de avisarlos sin querer de la aproximación de la compañía. En fin, mala suerte; lo prioritario en esos momentos era salvar a los heridos.

McCain y Frazer recorrieron los márgenes del arrozal para asegurar el perímetro. Jasper hizo explotar un Willie Pete que prendió fuego al arroz, pero los brotes estaban muy verdes y las llamas no tardaron en extinguirse. Sin embargo, una espesa columna de humo blanco fosfórico se elevó hacia el cielo para indicar su posición.

Jasper miró a su alrededor. Charlie sabía que cuando los estadounidenses estaban ocupándose de sus muertos y sus heridos era un buen momento para atacar, así que Jasper sujetó el M16 con las dos manos y escudriñó la jungla, preparado para tirarse al suelo y abrir fuego si les disparaban. Vio que McCain y Frazer hacían lo mismo. Era muy probable que ninguno de los tres llegara siquiera a agacharse, ya que un francotirador apostado entre los árboles dispondría de todo el tiempo que quisiera para apuntar y disparar una bala certera y mortal. Jasper pensó que aquella maldita guerra era siempre así. «Charlie nos ve a nosotros, pero nosotros no lo vemos a él. Ataca y sale corriendo. Y al día siguiente el francotirador está arrancando hierbas en un arrozal fingiendo que es un sencillo campesino que no sabe ni por dónde se coge un Kaláshnikov.»

Pensó en casa mientras esperaba. «Ahora podría estar trabajando para el *Western Mail* —se dijo—, echando una cabezada en una cómoda sala consistorial mientras un concejal suelta una perorata sobre los peligros de un alumbrado deficiente, en vez de aquí, sudando en un arrozal, preguntándome si van a meterme una bala en el cuerpo en cualquier momento.»

Pensó en su familia y en sus amigos. Su hermana Anna se había convertido en un pez gordo del mundo editorial tras haber descubierto a un brillante escritor y disidente ruso que utilizaba el seudónimo de Iván Kuznetsov. Evie Williams, quien en su adolescencia había estado colada por Jasper, era una estrella de cine y vivía en Los Ángeles. Dave y Walli eran estrellas del rock millonarias. Sin embargo, Jasper no pasaba de soldado de infantería del bando de los perdedores en medio de una guerra cruel y absurda a miles de kilómetros de ninguna parte.

Se preguntó qué sería del movimiento en contra de la guerra, en Estados Unidos. ¿Habrían logrado algún avance? ¿O la gente seguiría dejándose engañar por la propaganda que calificaba a los manifestantes de comunistas y drogadictos que solo deseaban debilitar el país? Al año siguiente, en 1968, habría elecciones a la presidencia. ¿Derrotarían a Johnson? ¿El ganador pondría fin a la guerra?

El helicóptero aterrizó y Jasper guió al equipo de camilleros a través de la jungla hasta el lugar de la explosión. Recordó los puntos de referencia que se había marcado y encontró a su sección sin dificultad, aunque, por la actitud de los hombres que los esperaban, enseguida comprendió que no había sobrevivido ningún herido. El equipo de evacuación médica regresaría con cinco bolsas para cadáveres.

Los demás hombres estaban encendidos.

—Ese amarillo nos ha llevado directos a una maldita trampa —dijo el cabo Donny—. ¿Pues no nos ha jodido...?

—Jodido pero bien —dijo el Loco.

Como siempre, Neville simuló estar de acuerdo con ellos, aunque sus palabras insinuaban justo lo contrario.

—El pobre crío seguramente pensaba que nos lo cargaríamos cuando ya no lo necesitáramos —dijo—. El muy tonto no sabía que el sargento Smithy había planeado llevárselo con él de vuelta a Filadelfia y pagarle la universidad.

Nadie rió.

Jasper le contó a Smithy lo de los campesinos que había visto en el arrozal.

—Nuestra aldea debe de estar en esa dirección —dijo el sargento.

La compañía llevó los cuerpos hasta el helicóptero y, después de que el aparato despegara, Donny se descolgó del hombro un lanzallamas M2 para arrasar el arrozal con napalm y quemó todo el campo en pocos minutos.

—Buen trabajo —dijo Smithy—. Ahora saben que si vuelven, no tendrán nada que comer.

—Supongo que el helicóptero habrá puesto a los aldeanos sobre aviso —comentó Jasper—. Seguro que ya no queda nadie.

«O podríamos encontrarnos con una emboscada», pensó, aunque no lo dijo.

—Pues mejor que mejor —concluyó Smithy—. De todas formas arrasaremos el lugar. Además, los servicios de inteligencia dicen que hay túneles. Tenemos que encontrarlos y volarlos.

Los vietnamitas llevaban excavando túneles desde el inicio de la guerra contra los colonos franceses en 1946. Bajo la jungla había, literalmente, cientos de kilómetros de corredores, arsenales, dormitorios, cocinas, talleres e incluso hospitales, difíciles de destruir. Unos sifones construidos a intervalos regulares protegían a sus habitantes del humo con que los soldados pretendían sacarlos de su refugio, y los bombardeos aéreos solían errar el blanco, así que el único modo de acabar con ellos era desde el interior.

Sin embargo, primero había que encontrar el túnel.

El sargento Smithy condujo a la sección por un camino que llevaba del arrozal a una pequeña plantación de cocoteros, y cuando salieron de esta vieron la aldea: un centenar de casas que daban a campos cultivados. No había señales de vida, pero aun así avanzaron con cautela.

El lugar parecía desierto.

Los hombres fueron de casa en casa gritando «*Didi mau!*», es decir, «¡Fuera, rápido!» en vietnamita. Jasper echó un vistazo en una de las viviendas y vio el altar que solía ocupar un lugar prominente en la mayoría de los hogares, donde se colocaban rollos, velas, recipientes de incienso y tapices en honor a los antepasados de la familia. El cabo Donny echó mano del lanzallamas. Las paredes de la casa estaban hechas de bambú recubierto de barro, y habían utilizado hojas de palmera para el tejado, por lo que el napalm prendió con suma facilidad.

Jasper se adentraba en el poblado con el fusil preparado cuando le sorprendió un ruido rítmico y seco. Enseguida comprendió que se trataba de un instrumento de percusión, tal vez un *mõ*, un bloque de madera hueco que se tocaba con un palo, e imaginó que alguien había utilizado el *mõ* para avisar a los habitantes de que huyeran. Aunque ¿por qué seguían tocándolo?

Tanto Jasper como los demás siguieron el sonido hasta el centro del poblado, donde encontraron un estanque ceremonial con flores de loto delante de un pequeño *đình*, el edificio que constituía el centro neurálgico de la vida de la aldea: templo, casa comunal y escuela.

En el interior, sentado con las piernas cruzadas en un suelo de tierra batida, encontraron a un monje budista con la cabeza afeitada, golpeando un pez de madera de unos cincuenta centímetros de longitud. El monje los vio entrar, pero no se detuvo.

Había un soldado en la compañía que chapurreaba un poco de vietnamita, un estadounidense blanco, de Iowa, aunque lo llamaban «el Chino».

—Chino, pregúntale al amarillo dónde están los túneles —dijo Smithy.

El Chino le gritó al monje en vietnamita. El hombre lo desoyó y continuó tocando su *mõ*.

Smithy le hizo una señal con la cabeza al Loco, que se adelantó y pateó al monje en la cara con su pesada bota de combate para jungla M-1966 del ejército de Estados Unidos. El hombre cayó hacia atrás sangrando por la boca y la nariz, y el instrumento y el palo salieron volando en direcciones opuestas. El monje continuó callado de una manera sobrecogedora.

Jasper tragó saliva. Había visto torturar a guerrilleros del Vietcong para extraerles información, era algo habitual. A pesar de que no le gustaba, lo aceptaba; al fin y al cabo se trataba de hombres que querían matarlo. Cualquier persona de veintitantos años capturada en aquella zona pertenecía casi con total seguridad a las guerrillas o las apoyaba de manera activa, por lo que Jasper se había resignado a ver cómo se torturaba a esos hombres aunque se careciera de pruebas de que habían luchado alguna vez contra los estadounidenses. Puede que aquel monje no pareciera un combatiente, pero Jasper había visto a una niña de diez años lanzar una granada a un helicóptero en tierra.

Smithy levantó al monje y lo sostuvo de pie, de cara a los soldados. El hombre tenía los ojos cerrados, pero respiraba. El Chino volvió a hacerle la misma pregunta.

El monje no contestó.

El Loco cogió el pez de madera, lo agarró por la cola y empezó a golpear al monje con él en la cabeza, los hombros, el pecho, la entrepierna y las rodillas, deteniéndose de vez en cuando para que el Chino le repitiera la pregunta.

Jasper comenzó a sentirse incómodo. Solo por ser testigo de lo que ocurría estaba cometiendo un crimen de guerra, aunque no era la ilegalidad lo que le preocupaba. Sabía que cuando el ejército de Estados Unidos investigaba acusaciones acerca de aquel tipo de atrocidades, las pruebas siempre eran insuficientes. Lo que sucedía era que Jasper no creía que el monje se mereciera aquello. Estaba tan asqueado que se dio la vuelta.

No culpaba a los hombres. En ciertas circunstancias, en cualquier parte, en cualquier momento, en cualquier país había hombres dispuestos a hacer aquel tipo de barbaridades. A quien culpaba Jasper era a los oficiales que sabían lo que sucedía y no hacían nada, a los generales que mentían a la prensa y a la gente de Washington, y a la mayoría de todos esos políticos que no tenían el valor para plantarse y decir: «Esto no está bien».

—Déjalo, Loco, el cabrón está muerto —espetó el Chino al cabo de un momento.

—Mierda —masculló Smithy, y soltó al monje, que cayó al suelo sin vida—. Hay que encontrar esos malditos túneles.

El cabo Donny y cuatro hombres más entraron en el templo arrastrando a tres vietnamitas: un hombre, una mujer de mediana edad y una chica de unos quince años.

—Esta familia creía que nos la iba a dar escondiéndose en el cobertizo de los cocos —dijo Donny.

Los tres vietnamitas contemplaron horrorizados el cuerpo del monje, cuya ropa estaba empapada de sangre. Su rostro se había convertido en una masa carnosa que a duras penas parecía humana.

—Diles que acabarán igual a no ser que nos enseñen los túneles —ordenó Smithy.

El Chino tradujo. El campesino contestó.

—Dice que no hay túneles en esta aldea.

—Cabrón mentiroso... —gruñó Smithy.

—¿Quieres que...? —preguntó Jack el Loco.

Smithy lo consideró unos instantes.

—Tírate a la chica, Jack —dijo—. Que lo vean los padres.

A Jack pareció complacerle la idea. La chica se puso a gritar cuando le arrancó la ropa y la tiró al suelo. Era una muchacha esbelta y de piel pálida. Donny la sujetó mientras Jack se sacaba el pene, que ya tenía medio erecto, y se lo frotaba para que se le endureciera.

Una vez más, la escena horrorizó a Jasper, pero no le sorprendió.

A pesar de que las violaciones no eran habituales, ocurrían con demasiada frecuencia. Había hombres que las denunciaban, por lo general aquellos que llevaban poco tiempo en Vietnam. El ejército las investigaba, concluía que no había pruebas que respaldaran las acusaciones —lo que significaba que los demás soldados habían dicho que no querían problemas y que, de todos modos, no habían visto nada— y el asunto se acababa ahí.

La mujer de mediana edad empezó a hablar en un imparable e histérico torrente de palabras teñidas de súplica.

—Dice que la chica es virgen y que solo es una niña —tradujo el Chino.

—No es ninguna niña —repuso Smithy—. Mira cuánto pelo negro hay en ese coñito.

—La madre jura por todos los dioses que aquí no hay túneles. Dice que no apoya al Vietcong porque antes era la prestamista de la aldea y Charlie le impidió seguir con su negocio.

—Venga, Jack —ordenó Smithy.

Jack se tumbó encima de la chica, que casi desapareció bajo la gran corpulencia del soldado. El hombre parecía tener dificultades para penetrarla mientras los demás lo jaleaban y bromeaban. Jack el Loco embistió con fuerza y la chica gritó.

Estuvo empujando con energía durante un minuto. La madre seguía suplicando, aunque el Chino ya ni se molestaba en traducir. El padre no decía nada, pero Jasper vio las lágrimas que le resbalaban por la cara. Jack gruñó un par de veces, luego se detuvo y se retiró. Había sangre en los muslos de la chica, un líquido de un rojo vivo sobre una piel de marfil.

—¿Quién es el siguiente? —preguntó Smithy.

—Dejadme a mí —dijo Donny bajándose la cremallera.

Jasper salió del templo.

Aquello no era normal. El pretexto de hacer hablar al padre no justificaba de ninguna manera lo que estaba ocurriendo. Si el hombre hubiera sabido algo lo habría dicho antes de que violaran a su hija. Jasper se había quedado sin argumentos con que excusar las acciones de aquella sección. Estaban fuera de control. El general Westmoreland había creado un monstruo y lo había soltado a propósito. Habían traspasado el umbral de la cordura. Eran incluso peores que los animales, eran bestias dementes y desalmadas.

Neville salió con él.

—Recuerda, Jasper: esto es necesario para ganarnos los corazones y la comprensión del pueblo vietnamita —dijo.

Jasper sabía que aquel era el modo que tenía Neville de soportar lo insoportable, pero aun así sus bromas le sentaron como una patada en el estómago.

—¿Por qué no cierras la puta boca? —contestó, y se alejó.

No era el único al que le asqueaba la escena del templo. Cerca de la mitad de la sección estaba fuera, contemplando las llamas que devoraban el pueblo. Una cortina de humo negro se tendía sobre la aldea como un manto. Jasper continuó oyendo los chillidos de la chica en el templo, hasta que al cabo de un rato cesaron. Minutos después oyó un disparo, y luego otro.

¿Qué iba a hacer él? Si presentaba una queja lo único que conseguiría sería que el ejército encontrase el modo de castigarlo por crear problemas. Sin embargo, pensó que tal vez debía hacerlo de todos modos. En cualquier caso prometió volver a Estados Unidos y dedicar el resto de su vida a desenmascarar a los mentirosos y a los imbéciles responsables de que se cometieran aquellas atrocidades.

En ese momento Donny salió del templo y se dirigió a él.

—Smithy quiere verte —dijo.

Jasper siguió al cabo al interior del templo.

La chica estaba tendida en el suelo, con un agujero de bala en la frente, y a Jasper tampoco se le pasó por alto la marca sanguinolenta de una mordedura que tenía en uno de los pequeños pechos.

El padre también estaba muerto.

La madre se había arrodillado y seguía hablando, seguramente suplicando por su vida.

—Todavía no has perdido la virginidad, Murray —dijo Smithy.

Jasper sabía que se refería a que aún no había cometido ningún crimen de guerra, y adivinó lo que venía a continuación.

—Mata a la vieja —ordenó Smithy.

—Que te den, Smithy —contestó Jasper—. Mátala tú.

El Loco levantó el fusil y apoyó el extremo del cañón contra el cuello de Jasper.

De pronto todo el mundo dejó lo que estaba haciendo y guardó silencio.

—O acabas con la vieja o Jack acaba contigo —dijo Smithy.

Jasper no dudaba de que Smithy era capaz de dar la orden, y de que Jack obedecería. Y entendía por qué: necesitaban convertirlo en cómplice. Cuando hubiera matado a la mujer, sería tan culpable como cualquiera de ellos y eso evitaría que diera problemas.

Jasper miró a su alrededor. Todos los ojos estaban puestos en él. Nadie protestó, ni siquiera parecía violentarles la situación, por lo que supuso que no era la primera vez que llevaban a cabo aquel rito. Sin duda lo hacían con todos los recién llegados a la compañía. Se preguntó cuántos hombres se habían negado a acatar la orden y habían muerto. Seguro que habían pasado a engrosar las listas de abatidos por el fuego enemigo. Todo eran ventajas.

—No tardes mucho en decidirte, hay trabajo que hacer —dijo Smithy.

Jasper sabía que matarían a la mujer de todos modos. Aunque se negara a hacerlo, ella estaba condenada, y encima él habría sacrificado su propia vida para nada.

Jack lo empujó con el fusil.

Jasper levantó el M16 y apuntó a la frente de la mujer. Vio que tenía los ojos de color castaño oscuro y que alguna cana asomaba entre el pelo negro. Ella no se apartó del arma, ni siquiera se inmutó, simplemente continuó suplicando con palabras que él no entendía.

Jasper tocó el selector de la parte izquierda del arma y lo movió de «Seguro» a «Semi» para que el fusil disparara una sola bala.

Las manos apenas le temblaban.

Y apretó el gatillo.

SEXTA PARTE

Flor

1968

41

Jasper Murray había pasado dos años en el ejército, uno de adiestramiento en Estados Unidos y otro combatiendo en Vietnam. Lo licenciaron en enero de 1968 sin que hubiese siquiera resultado herido. Se sentía afortunado.

Daisy Williams le sufragó un vuelo a Londres para que visitara a la familia. Su hermana Anna era ya directora editorial de Rowley Publishing. Al fin se había casado con Hank Remington, cuyo éxito estaba perdurando más que el de la mayoría de las estrellas del rock. En la residencia de Great Peter Street reinaba una insólita quietud; los jóvenes no vivían ya con ellos, y Lloyd y Daisy se habían quedado solos. Lloyd era ministro del gobierno laborista, por lo que pasaba muy poco tiempo en casa. Ethel murió ese mes de enero, y su funeral se celebró pocas horas antes de que Jasper volviera a Nueva York.

El oficio religioso tuvo lugar en el Calvary Gospel Hall de Aldgate, apenas una choza de madera donde Ethel se había casado con Bernie Leckwith cincuenta años atrás, cuando su hermano Billy e innumerables chicos como él luchaban en las trincheras de barro congelado de la Primera Guerra Mundial.

La pequeña capilla tenía aforo para un centenar de fieles sentados y una veintena de pie, pero aquel día más de mil personas fueron a despedir a Eth Leckwith.

El pastor trasladó la ceremonia al exterior y la policía cerró la calle al tráfico. Los oradores se subieron en sillas para dirigirse a la multitud. Los dos hijos de Ethel, Lloyd Williams y Millie Avery, ambos en la cincuentena, se situaron en la primera fila junto con la mayor parte de los nietos de Ethel y un puñado de bisnietos.

Evie Williams leyó la parábola del buen samaritano, del Evangelio de san Lucas. Dave y Walli llevaron las guitarras y cantaron *I Miss Ya*,

Alicia. La mitad del gabinete estaba allí, y también el conde Fitzherbert. Dos autobuses procedentes de Aberowen habían trasladado a un centenar de voces galesas para que se sumaran al canto de los himnos.

No obstante, la mayoría de los dolientes eran simples londinenses en cuyas vidas había influido Ethel. Atendieron al funeral de pie, indiferentes al frío, los hombres sujetándose los sombreros con ambas manos, las mujeres haciendo callar a los niños y los ancianos temblando bajo sus abrigos baratos, y cuando el pastor rezó por que Ethel descansara en paz, todos dijeron «Amén».

George Jakes tenía un sencillo plan para 1968: que Bobby Kennedy fuera presidente y pusiera fin a la guerra.

No todos los asistentes de Bobby aprobaban su posible candidatura. Dennis Wilson se contentaba con que siguiera siendo senador por Nueva York.

—La gente dirá que ya tenemos un presidente demócrata y que Bobby debería respaldar a Lyndon Johnson, no competir contra él —dijo—. Es inaudito.

Se encontraban en el Club Nacional de Prensa de Washington el 30 de enero de 1968 esperando a Bobby, que estaba a punto de desayunar con quince periodistas.

—Eso no es verdad —repuso George—. Truman tuvo como opositores a Strom Thurmond y a Henry Wallace.

—Eso fue hace veinte años. En cualquier caso, Bobby no conseguirá el apoyo demócrata.

—Pues yo creo que será más popular que Johnson.

—La popularidad no tiene nada que ver con esto —replicó Wilson—. La mayoría de los delegados del congreso demócrata están controlados por las figuras de poder del partido: líderes obreros, gobernadores y alcaldes. Hombres como Daley. —El alcalde de Chicago, Richard Daley, era la peor clase de político: desfasado, despiadado y corrupto—. Y lo único que se le da bien a Johnson son las luchas internas.

George sacudió la cabeza, asqueado. Estaba en política para desafiar las viejas estructuras de poder, no para ceder a ellas. Y, en el fondo, Bobby también.

—Habrá tanta gente en todo el país que se subirá al tren de Bobby que esas figuras de poder no podrán ignorarlo.

—¿No has hablado de esto con él? —Wilson fingía incredulidad—. ¿No le has oído decir que la gente lo considerará egoísta y ambicioso si compite contra un titular demócrata?

—Hay más gente que cree que es el heredero natural de su hermano.

—Cuando habló en el Brooklyn College, los alumnos llevaban una pancarta en la que se leía: ¿HALCÓN, PALOMA O... GALLINA?

Aquella pulla había escocido a Bobby y consternado a George, quien, pese a ello, en ese momento intentaba imbuirse de optimismo.

—¡Eso significa que quieren que se presente como candidato! —dijo—. Saben que es el único que puede unir a jóvenes y a mayores, a blancos y a negros, a ricos y a pobres, y conseguir que todos aúnen esfuerzos para acabar con la guerra y conceder a los negros la justicia que merecen.

La boca de Wilson dibujó una mueca desdeñosa, pero, antes de que pudiera despreciar el idealismo de George, Bobby entró y todos los presentes se sentaron para desayunar.

Los sentimientos de George con respecto a Wilson habían sufrido un revés. Johnson había empezado muy bien, aprobando la Ley de Derechos Civiles de 1964 y la Ley de Derecho al Voto de 1965, y había propuesto una «guerra a la pobreza», pero no había conseguido entender la política exterior, tal como había pronosticado el padre de George, Greg. Lo único que Johnson sabía era que no quería ser el presidente que perdiera Vietnam a manos de los comunistas. En consecuencia, en esos momentos se encontraba irremediablemente enfangado en una guerra sucia y engañaba al pueblo norteamericano diciéndole que la estaban ganando.

Las palabras también habían cambiado. Cuando George era joven había oído descalificativos como «negro de mierda»; en otros ámbitos se hablaba de «personas de color», un concepto elegante, y el término más correcto era «Negro», el que empleaba el liberal *The New York Times*, siempre en mayúscula, como «Judío». Con el tiempo esa mayúscula de «Negro» había pasado a considerarse condescendiente, y la expresión «personas de color», evasiva, así que todo el mundo hablaba ya de personas negras, comunidad negra, orgullo negro e incluso poder negro. «Lo negro es bello», se decía. George no estaba seguro de qué diferencia suponían las palabras.

Apenas probó el desayuno; estaba demasiado ocupado anotando las preguntas y las respuestas de Bobby en previsión del comunicado de prensa que tendría que redactar.

—¿Qué tal lleva la presión que está recibiendo para presentarse como candidato a la presidencia? —preguntó uno de los periodistas.

George alzó la mirada y vio que Bobby forzaba una sonrisa antes de contestar:

—Mal, mal.

George se tensó. La puñetera sinceridad de Bobby a veces era excesiva.

—¿Qué opina de la campaña del senador McCarthy? —siguió preguntando el periodista.

No se refería al senador Joe McCarthy, de pésimo renombre, que había perseguido a los comunistas en los años cincuenta, sino a un individuo totalmente opuesto: el senador Eugene McCarthy, un liberal que, además de político, era poeta. Dos meses antes, Gene McCarthy había declarado su intención de optar a la designación demócrata y competir contra Johnson como candidato contrario a la guerra. La prensa ya lo había desestimado por considerarlo perdedor.

—Creo que la campaña de McCarthy va a ayudar a Johnson —contestó Bobby, que seguía sin referirse a Lyndon como «el presidente». Skip Dickerson, el amigo de George que trabajaba para Johnson, se mofaba de ello.

—Y bien, ¿se presentará?

Bobby tenía mil maneras de no responder a esa pregunta, todo un repertorio de evasivas, pero ese día no recurrió a ninguna de ellas.

—No —dijo.

George dejó caer el lápiz. ¿A qué demonios venía aquello?

—No me presentaré bajo ningún concepto —añadió Bobby.

George sintió el impulso de decir: «En ese caso, ¿qué cojones estamos haciendo aquí?».

Advirtió la sonrisa satisfecha de Dennis Wilson y estuvo tentado de marcharse en ese mismo instante, pero era demasiado educado. Permaneció en su silla tomando notas hasta que el desayuno concluyó.

De vuelta en el despacho de Bobby, en el Capitolio, redactó el comunicado de prensa como si fuera un autómata. Al citar sus palabras, hizo un sutil cambio: «No me presentaré en ninguna circunstancia previsible», aunque no iba a suponer una gran diferencia.

Tres miembros de su equipo dimitieron esa tarde. No habían ido a Washington para trabajar al servicio de un fracasado.

George estaba lo bastante enfadado para renunciar, pero mantuvo la boca cerrada. Antes quería pensar. Y quería hablar con Verena.

Ella se encontraba en la ciudad y, como siempre, se alojaba en su piso. Ya disponía de un armario propio en el dormitorio de George, donde tenía ropa de abrigo que no necesitaba en Atlanta.

Aquella noche se quedó tan disgustada que estuvo a punto de llorar.

—¡Es nuestra única baza! —dijo—. ¿Sabes cuántas bajas tuvimos en Vietnam el año pasado?

—Claro que lo sé —repuso George—: ochenta mil. Lo incluí en un discurso de Bobby, aunque él no utilizó ese dato.

—Ochenta mil bajas entre muertos, heridos y desaparecidos —insistió Verena—. Es horrible, y ahora seguirá ocurriendo.

—Sin duda habrá más este año.

—Bobby ha perdido la oportunidad de brillar. Pero ¿por qué? ¿Por qué lo ha hecho?

—Estoy demasiado enfadado para hablar con él de esto, pero creo que recela de sus propias motivaciones. Se pregunta si de verdad quiere esto por el bien de su país o por su ego. Esas dudas lo atormentan.

—Martin está igual —repuso Verena—. Se pregunta si no será culpable de los disturbios que ha habido en la ciudad.

—Pero el doctor King se reserva esas dudas. Como líder, debe hacerlo.

—¿Crees que Bobby tenía previsto hacer el anuncio?

—No, ha sido una reacción impulsiva, estoy seguro. Es una de las cosas que hacen que sea tan difícil trabajar para él.

—¿Qué vas a hacer?

—Seguramente renunciar. Lo estoy meditando.

Empezaron a cambiarse para salir a disfrutar de una cena tranquila, esperando a que la televisión emitiera el informativo. Mientras se anudaba una corbata de llamativas rayas, George contempló en el espejo cómo Verena se ponía la ropa interior. Su cuerpo había cambiado en los cinco años que habían transcurrido desde que la vio desnuda por primera vez. Ese año cumpliría los veintinueve, y ya no tenía la figura esbelta de una yegua. Sin embargo, había adquirido aplomo y elegancia. George pensó que su apariencia madura era incluso más hermosa. Se había dejado crecer el tupido cabello en un estilo que se denominaba «natural» y que de algún modo acentuaba el atractivo de sus ojos verdes.

Verena se sentó delante del espejo frente al que él se afeitaba y empezó a maquillarse.

—Si al final renuncias, podrías venir a Atlanta y trabajar para Martin —dijo.

—No —contestó George—. El doctor King aboga por una sola causa. Quienes protestan solo hacen eso, protestar, pero los políticos cambian el mundo.

—Entonces, ¿qué has pensado hacer?

—Es posible que me presente al Congreso.

Verena dejó el cepillo de rímel y se volvió hacia George para mirarlo a los ojos.

—¡Vaya! —exclamó—. Menuda sorpresa.

—Vine a Washington para luchar por los derechos civiles, pero la injusticia que han sufrido los negros no es solo una cuestión de derechos —dijo George; era algo que llevaba mucho tiempo pensando—. Es una cuestión de acceso a la vivienda, de desempleo y de una guerra, la de Vietnam, en la que todos los días mueren jóvenes negros. La vida de los negros se ve afectada a largo plazo incluso por acontecimientos que tienen lugar en Moscú y Pekín. Un hombre como el doctor King inspira a la gente, pero hay que ser un político completo para hacer el bien de verdad.

—Supongo que necesitamos las dos cosas —concluyó Verena, y empezó a maquillarse los ojos.

George se puso su mejor traje, que siempre hacía que se sintiera mejor. Más tarde se tomaría un martini, tal vez dos. Durante siete años su vida había estado inextricablemente unida a la de Robert Kennedy. Quizá había llegado el momento de avanzar.

—¿Alguna vez has pensado en lo peculiar que es nuestra relación? —preguntó.

Ella se rió.

—¡Claro! Vivimos separados y nos vemos una vez al mes o cada dos meses para disfrutar como locos de un sexo apasionado. ¡Y llevamos años así!

—Cualquier hombre podría hacer lo que tú haces y encontrarse con su amante en los viajes de trabajo —dijo George—. Más aún si estuviera casado. Eso sería lo normal.

—No me disgusta la idea —replicó ella—. Carne y patatas en casa, y un poco de caviar fuera.

—En cualquier caso, me alegro de ser el caviar.

Ella se lamió los labios.

—Mmm, salado.

George sonrió y decidió que no volvería a pensar en Bobby aquella noche.

Llegó la hora del informativo, y George subió el volumen. Esperaba que abriera con la noticia del anuncio de Bobby, pero había otra más importante: durante la celebración del Año Nuevo, al que los vietnamitas denominaban *Tét*, el Vietcong había lanzado una ofensiva a gran escala. Habían atacado cinco de las seis ciudades más grandes, treinta y seis capitales de provincia y sesenta poblaciones pequeñas. El asalto había dejado atónito al ejército estadounidense por su magnitud; nadie había imaginado que aquellos guerrilleros fuesen capaces de llevar a cabo una operación de semejante calibre.

El Pentágono afirmó que las fuerzas del Vietcong habían sido repelidas, pero George no lo creyó.

El presentador dijo que se esperaban importantes ataques para el día siguiente.

—Me pregunto hasta qué punto contribuirá esto a la campaña de Gene McCarthy —le dijo George a Verena.

Beep Dewar convenció a Walli Franck para que diese una charla política.

En un primer momento él se negó. Era guitarrista y temía hacer el ridículo, como lo haría un senador cantando temas pop en público. Sin embargo, procedía de una familia con inclinaciones políticas, y la educación que había recibido le impedía mostrarse apático. Recordaba la mofa de sus padres hacia aquellos alemanes occidentales que no habían protestado contra la política del Muro de Berlín y el represivo gobierno de la Alemania Oriental. Su madre decía que eran tan culpables como los comunistas. Walli comprendió en ese momento que si rechazaba una oportunidad de pronunciar unas palabras a favor de la paz sería tan malvado como Lyndon Johnson.

Además, Beep le parecía absolutamente irresistible.

De modo que accedió.

Ella lo recogió con el Dodge Charger rojo de Dave y lo llevó a la sede de la campaña de Gene McCarthy, en San Francisco, donde habló para un pequeño batallón de jóvenes entusiastas que se habían pasado el día llamando puerta por puerta.

Se sintió nervioso al situarse frente al público. Había preparado la primera frase.

—Algunas personas me han dicho que debería mantenerme alejado de la política porque no soy estadounidense —dijo con voz pausada y tono informal. Luego se encogió levemente de hombros y prosiguió—: Pero a esas personas les parece bien que los estadounidenses vayan a Vietnam y maten a gente, así que supongo que también está bien que un alemán venga a San Francisco y hable…

Para su sorpresa, el público estalló en risas y aplausos. Quizá aquello no saliera del todo mal.

La gente joven se había unido desde la Ofensiva del *Tét* para apoyar la campaña de McCarthy. Todos vestían con pulcritud. Los chicos iban afeitados y con media melena; las chicas, conjuntadas y con zapatos de cordones. Habían cambiado su aspecto con el fin de persuadir a los votantes de que McCarthy era el presidente adecuado no solo para los hippies sino también para los norteamericanos de clase media. Su eslogan era: «Pulcros y limpios para Gene».

Walli hizo una pausa deliberada y luego se tocó las puntas de los mechones, que le llegaban por los hombros.

—Disculpad mi pelo.

El público volvió a reír y a aplaudir. Walli cayó en la cuenta de que aquello era como un espectáculo más. Si uno era una estrella, la gente lo adoraba por ser más o menos normal. En un concierto de Plum Nellie el público estallaría en vítores desaforados ante, literalmente, cualquier cosa que Walli o Dave dijesen al micrófono. Y un chiste resultaba diez veces más gracioso cuando lo contaba alguien famoso.

—No soy político, no sé hacer discursos políticos…, pero supongo que ya escucháis todos los que queréis.

—¡De sobra! —gritó uno de los chicos, y todos volvieron a reír.

—Pero ¿sabéis?, tengo algo de experiencia. Viví en un país comunista. Un día la policía me pilló cantando una canción de Chuck Berry titulada *Back in the USA* y me destrozaron la guitarra.

La concurrencia enmudeció.

—Era mi primera guitarra. En aquellos tiempos solo tenía una. Me rompieron la guitarra, y con ella el corazón. Así que, ya veis, sé un poco sobre el comunismo. Es probable que sepa más sobre el comunismo que Lyndon Johnson. Odio el comunismo. —Alzó sutilmente la voz—. Y aun así estoy en contra de la guerra.

El público volvió a ovacionarlo.

—Como sabéis, hay gente que cree que Jesús volverá a la Tierra un día. No sé si es verdad o no. —Aquello incomodó un poco a los presentes, que no sabían cómo interpretarlo, y entonces Walli añadió—: Si viene a Estados Unidos, seguramente lo llamarán comunista.

Miró de reojo a Beep, que se reía junto con los demás. Ella llevaba un jersey y una falda corta pero decente, y una media melena bien peinada. Sin embargo, seguía estando sexy; era algo que no podía evitar.

—El FBI detendría a Jesús por actividades antiamericanas —prosiguió Walli—, pero a él no le sorprendería: sería algo muy parecido a lo que le ocurrió la primera vez que vino a la Tierra.

Walli apenas había preparado nada que decir después de la primera frase y estaba improvisando, pero el público parecía encantado. No obstante, decidió no extenderse demasiado.

Sí había preparado la conclusión:

—Solo he venido para deciros una cosa, y es: gracias. Gracias de parte de millones de personas de todo el mundo que quieren que esta nefasta guerra acabe. Agradecemos el duro trabajo que estáis haciendo aquí. Seguid con vuestro empeño, confío de todo corazón en que ganaréis. Buenas noches.

Retrocedió un paso. Beep se acercó a él, lo tomó de un brazo, y juntos salieron por la puerta trasera sin que cesaran los vítores ni los aplausos.

—¡Dios mío! ¡Has estado impresionante! ¡Deberías presentarte a presidente! —dijo Beep en cuanto subieron al coche de Dave.

Walli sonrió y se encogió de hombros.

—A la gente siempre le gusta descubrir que una estrella del pop es humana. En realidad todo se reduce a eso.

—Pero has hablado con sinceridad, ¡y has estado muy ingenioso!

—Gracias.

—Quizá lo hayas heredado de tu madre. ¿No me dijiste que era política?

—En realidad, no. En la Alemania del Este no existe una política normal. Era concejala antes de que los comunistas apretaran el puño. Por cierto, ¿me has notado el acento?

—Solo un poquito.

—Me lo temía. —Le preocupaba mucho su acento. La gente lo asociaba a los nazis de las películas bélicas. Intentaba hablar como un norteamericano, pero le costaba.

—En realidad, a mí me parece encantador —dijo Beep—. Ojalá hubiera podido escucharte Dave.

—¿Dónde está, por cierto?

—En Londres, creo. Suponía que lo sabías.

Walli se encogió de hombros.

—Sé que tenía que hacer algo en algún sitio. Aparecerá en cuanto tengamos que componer canciones o rodar una película o echarnos otra vez a la carretera. Tenía entendido que ibais a casaros.

—Sí, así es, pero aún no nos hemos puesto; él ha estado demasiado ocupado. Y, ya sabes, a mis padres les parece bien que compartamos habitación cuando viene, así que tampoco es que estemos desesperados por librarnos de ellos.

—Genial. —Llegaron a Haight-Ashbury, y Beep detuvo el coche frente a la puerta de Walli—. ¿Te apetece tomar un café o algo? —No sabía por qué había dicho eso; las palabras sencillamente escaparon de su boca.

—Vale.

Beep apagó el ronco motor.

La casa estaba vacía. Tammy y Lisa habían ayudado a Walli a superar el mal trago del compromiso de Karolin, y él siempre les estaría agradecido, pero habían estado viviendo una fantasía que solo había durado lo mismo que las vacaciones. Cuando el verano dio paso al otoño, las chicas se fueron de San Francisco para volver a la universidad, como la mayoría de los hippies de 1967.

Había sido una época idílica.

Walli puso el nuevo álbum de los Beatles, *Magical Mystery Tour*; luego hizo café y lió un porro. Se sentaron en un cojín enorme, Walli con las piernas cruzadas y Beep sobre los talones, y se fueron pasando el canuto. Él enseguida se sumió en ese apacible estado de ánimo que tanto le gustaba.

—Odio a los Beatles —dijo al cabo de un rato—. Son jodidamente buenos.

Beep se rió.

—Y las letras, rarísimas —añadió Walli.

—¡Lo sé!

—¿Qué significa ese verso de «Cuatro de pescado con postre de dedo»? Suena a… no sé, canibalismo.

—Dave me lo explicó —contestó Beep—. En Inglaterra hay restaurantes que venden pescado rebozado y patatas fritas para llevar. El «cuatro de» significa «pescado y patatas por valor de cuatro peniques».

—¿Y el «postre de dedo»?

—Se refiere a cuando un chico le mete el dedo a una chica en la… ya sabes, en la vagina.

—¿Y qué conexión hay entre las dos cosas?

—Significa que si le compras pescado con patatas a una chica, ella dejará que le metas el dedo.

—¿Te acuerdas de cuando eso era algo atrevido? —preguntó Walli con nostalgia.

—Ahora todo es diferente… por suerte —contestó Beep—. Las viejas normas ya no sirven. El amor es libre.

—Ahora, sexo oral en la primera cita.

—¿Qué prefieres? —caviló Beep—. ¿Hacerlo o que te lo hagan?

—¡Qué pregunta más difícil! —Walli no estaba seguro de si debía hablar de aquello con la novia de su mejor amigo—. Pero creo que me gusta que me lo hagan. —No pudo resistir la tentación de preguntar—: ¿Y tú?

—Yo prefiero hacerlo —respondió Beep.

—¿Por qué?

Ella dudó. Por un instante pareció sentirse culpable; tal vez tampoco ella estuviera segura de que aquella conversación fuera correcta, pese a su cháchara hippy sobre el amor libre. Le dio una larga calada al canuto y exhaló el humo. Su expresión se relajó.

—A la mayoría de los chicos se les da tan mal el sexo oral que nunca es tan excitante como debería —dijo, y le pasó el porro a Walli.

—Si tuvieras que decirles a los chicos americanos lo que deben saber sobre el sexo oral para hacerlo bien, ¿qué les dirías? —preguntó él.

Beep se rió.

—Bueno, en primer lugar que no empiecen lamiendo.

—¿No? —Walli estaba sorprendido—. Creía que se trataba de lamer.

—En absoluto. Al principio hay que ser delicado, ¡solo besar!

En ese momento Walli supo que estaba perdido.

Miró las piernas de Beep, que mantenía las rodillas apretadas. ¿Era una postura defensiva? ¿O una señal de excitación?

¿O ambas cosas?

—Ninguna chica me lo había dicho nunca —comentó él, y le devolvió el canuto.

Empezaba a notar una creciente excitación. ¿Le ocurría lo mismo a ella o solo estaba jugando con él?

Beep se acabó el porro y lo apagó en el cenicero.

—La mayoría de las chicas son demasiado tímidas para hablar de lo que les gusta —dijo—. La verdad es que incluso un beso puede ser demasiado al principio. En realidad… —Le miró directamente a los ojos, y Walli supo que también ella estaba perdida. Beep bajó la voz—: En realidad puedes excitarla solo respirando justo encima.

—Dios mío…

—Y mejor aún —añadió ella—: respirando justo encima a través de las bragas.

Ella se movió sutilmente, separando al fin las rodillas, y él vio que debajo de la falda corta llevaba unas bragas blancas.

—Increíble —dijo con voz ronca.

—¿Quieres probarlo? —propuso Beep.

—Sí —contestó Walli—, por favor.

Cuando Jasper Murray volvió a Nueva York fue a ver a la señora Salzman. Ella le había conseguido una entrevista con Herb Gould para un puesto de investigador en la televisión, en el programa informativo *This Day*.

Su perfil era ya muy diferente. Dos años atrás había ido a suplicar siendo un estudiante de periodismo desesperado por encontrar trabajo, alguien a quien nadie debía nada. En esos momentos era un veterano que había arriesgado la vida por Estados Unidos. Era mayor y más sabio, y esta vez sí le debían algo, sobre todo los hombres que no habían combatido. Consiguió el trabajo.

Jasper había olvidado lo que era el frío y se sentía extraño. Le molestaba la ropa: un traje y una camisa blanca con cuello abotonado y corbata. Sus zapatos formales eran tan ligeros que en todo momento tenía la impresión de ir descalzo. En el camino desde su piso hasta el despacho se sorprendió escrutando el suelo en busca de minas ocultas.

También le resultaba extraño estar ocupado. En el mundo civil apenas existían los largos y exasperantes períodos de inactividad que caracterizaban la vida militar: esperar órdenes, esperar transporte, esperar al enemigo. Desde el mismo día de su regreso, Jasper se había dedicado a llamar por teléfono, estudiar archivos, buscar información en bibliotecas y llevar a cabo entrevistas previas.

En las oficinas de *This Day* le aguardaba una pequeña sorpresa: Sam Cakebread, su antiguo rival en el periódico estudiantil, trabajaba para el mismo programa. Era un periodista hecho y derecho, puesto que no había tenido que hacer un alto en su carrera para ir a luchar en la guerra. A Jasper lo irritaba tener que realizar trabajo de investigación para temas que luego Sam presentaba ante la cámara.

Él cubría temas de moda, delitos, música, literatura y negocios. Había investigado para un reportaje sobre un best seller publicado por su hermana, *Congelación*. El autor había firmado con seudónimo y él había tratado de averiguar, a partir del estilo y de las experiencias en campos de prisioneros que describía, cuál de los conocidos disidentes soviéticos podía haberlo escrito, y concluyó que probablemente había sido alguien de quien nadie había oído hablar nunca.

Luego decidieron dedicar un programa a aquella pasmosa operación del Vietcong, que había acabado conociéndose como la «Ofensiva del *Tét*».

Jasper seguía furioso por Vietnam. La rabia le ardía en las entrañas como una hoguera remojada, pero no había olvidado nada, y aún menos su promesa de poner en evidencia a los hombres que habían mentido al pueblo norteamericano.

Sam dijo que la Ofensiva del *Tét* había supuesto un fracaso para los norvietnamitas en tres sentidos:

—Primero: las fuerzas comunistas recibieron una orden general de «Avanzar hasta obtener la victoria final». Lo sabemos por documentos que llevaban encima soldados enemigos capturados. Segundo: aunque se sigue combatiendo en Hue y en Khe Sanh, el Vietcong ha demostrado ser incapaz de conservar una sola ciudad. Y tercero: han perdido a más de veinte mil hombres, y para nada.

Herb Gould miró a su alrededor esperando comentarios.

Jasper era el más inexperto del grupo, pero se sintió incapaz de contenerse.

—Tengo una pregunta para Sam.

—Adelante, Jasper —dijo Herb.

—¿En qué mierda de planeta vives?

Hubo un momento de silencio atónito por su grosería.

—Mucha gente es escéptica con esto, Jasper —intervino Herb con tono conciliador—, pero ¿puedes explicar tu postura... tal vez sin improperios?

—Lo que Sam acaba de darnos es solo el argumento del presidente Johnson con respecto al *Tét*. ¿Desde cuándo este programa se ha convertido en la agencia propagandística de la Casa Blanca? ¿No deberíamos estar desafiando la postura del gobierno?

Herb no discrepó.

—¿Cómo la desafiarías?

—Primero: los documentos encontrados en manos de los soldados capturados no pueden considerarse incuestionables. Las órdenes que se entregan por escrito a los soldados no son una guía fidedigna de los objetivos estratégicos del enemigo. Esta es mi traducción: «Demostrad al máximo vuestro heroísmo revolucionario superando todas las penurias y dificultades». Eso no es una estrategia, son palabras de aliento.

—Entonces, ¿cuál era su objetivo? —preguntó Herb.

—Hacer gala de su poder y su alcance, y desmoralizar así al régimen de Vietnam del Sur, a nuestros soldados y al pueblo americano. Y lo han conseguido.

—Aun así, no tomaron ninguna ciudad.

—No necesitan tomar ciudades, ya están allí. ¿Cómo crees que llegaron a la embajada estadounidense en Saigón? No se tiraron en paracaídas: ¡fueron andando! Es probable que vivieran en el edificio de al lado. No toman ciudades porque ya las tienen.

—¿Y qué hay del tercer punto de Sam, las bajas? —preguntó Herb.

—Ninguna cifra del Pentágono sobre las bajas del enemigo es fiable —contestó Jasper.

—Para nuestro programa sería un desafío decirle al pueblo americano que el gobierno nos está mintiendo al respecto.

—Todo el mundo, desde Lyndon Johnson hasta el soldado raso de patrulla en la jungla, nos está mintiendo al respecto porque todos necesitan cifras elevadas para justificar lo que están haciendo. Pero yo conozco la verdad porque estuve allí. En Vietnam, cualquier muerto cuenta como baja enemiga. Lanza una granada a un refugio, mata a todos sus ocupantes (dos jóvenes, cuatro mujeres, un anciano y un bebé), y ya tienes ocho muertos del Vietcong en el informe oficial.

Herb parecía vacilante.

—¿Cómo podemos estar seguros de que eso es verdad?

—Pregunte a cualquier veterano —respondió Jasper.

—Cuesta creerlo.

Jasper tenía razón y Herb lo sabía, pero le inquietaba aceptar un argumento de esa magnitud. Sin embargo, Jasper creyó que conseguiría convencerlo.

—Mire —dijo—, hace cuatro años que enviamos a las primeras tropas terrestres a Vietnam del Sur. A lo largo de este tiempo, el Pentágono ha estado anunciando una victoria tras otra, y *This Day* ha estado repitiendo sus declaraciones ante el pueblo americano. Si llevamos ganando cuatro años, ¿cómo es posible que el enemigo pueda penetrar en el corazón de la capital y rodear la embajada estadounidense? ¡Abran los ojos!

Herb parecía reflexivo.

—Entonces, Jasper, si tú tienes razón y Sam se equivoca, ¿cuál sería el eje del reportaje?

—Muy sencillo —contestó Jasper—: la credibilidad de la administración después de la Ofensiva del *Tét*. El pasado noviembre el vicepresidente Humphrey nos dijo que estábamos ganando. En diciembre el general Palmer nos dijo que el Vietcong había sido derrotado. En enero el secretario de Defensa, McNamara, nos dijo que los norvietnamitas estaban perdiendo la voluntad de combatir. El general Westmoreland en persona les dijo a los periodistas que los comunistas eran incapaces de organizar una ofensiva a gran escala. Y entonces, una mañana, el Vietcong ataca todas nuestras capitales y ciudades en Vietnam del Sur.

—Nunca hemos cuestionado la sinceridad de nuestro presidente —comentó Sam—. Ningún programa de televisión lo ha hecho.

—Pues ha llegado el momento de hacerlo. ¿Está mintiendo el presidente? La mitad del país se lo pregunta.

Los dos miraron a Herb. La decisión era suya. Herb guardó silencio unos minutos.

—De acuerdo —dijo al fin—. Ese será el título del reportaje: «¿Está mintiendo el presidente?». Hagámoslo.

A primera hora Dave Williams cogió un vuelo de Nueva York a San Francisco y, sentado en primera clase, pidió un desayuno norteamericano: tortitas con beicon.

La vida le iba bien. Plum Nellie tenía éxito y él no tendría que hacer ningún examen más en toda su vida. Quería a Beep e iba a casarse con ella en cuanto encontrara tiempo.

Era el único miembro del grupo que todavía no se había comprado una casa, pero esperaba hacerlo ese día. Aunque sería más que una simple casa. Tenía la intención de adquirir una residencia en el campo con un pequeño terreno y construir en él un estudio de grabación. Todo el grupo podría vivir allí mientras estuvieran produciendo un álbum, para lo cual se tardaban varios meses a causa de la técnica moderna. Dave solía recordar con una sonrisa que habían grabado su primer álbum en un solo día.

Estaba entusiasmado; nunca había comprado una casa. Se sentía más que impaciente por ver a Beep, pero había decidido ocuparse primero de los negocios para que nada los interrumpiera el tiempo que estuvieran juntos. Mortimer Schulman, su gerente comercial, fue a buscarlo al aeropuerto. Dave había contratado a Morty para que se encargara de sus finanzas personales aparte de las del grupo. Morty era un hombre de mediana edad ataviado con ropa cómoda de estilo californiano, americana azul marino y camisa azul celeste con el cuello abierto. Puesto que Dave solo tenía veinte años de edad, a menudo se encontraba con que abogados y contables lo trataban con condescendencia e intentaban darle instrucciones, más que información. Morty lo trataba como lo que era, su jefe, y le planteaba opciones, consciente de que era Dave de quien dependía tomar las decisiones.

Subieron al Cadillac de Morty, cruzaron el Puente de la Bahía y se dirigieron al norte pasando por la ciudad universitaria de Berkeley, donde estudiaba Beep.

—He recibido una oferta para ti. La verdad es que no es mi papel, pero supongo que creyeron que soy lo más parecido que tienes a un representante —dijo mientras conducía.

—¿Qué propuesta?

—Un productor de televisión que se llama Charlie Lacklow quiere hablar contigo para que presentes tu propio programa en la tele.

Dave estaba sorprendido; eso sí que no se lo esperaba.

—¿Qué clase de programa?

—Ya sabes, como *The Danny Kaye Show* o *The Dean Martin Show*.

—¿No es broma?

Era una noticia estupenda. A veces a Dave le parecía que el éxito le caía como llovido del cielo: canciones que se convertían en éxitos, discos de platino, giras con todas las entradas agotadas, películas que triunfaban… y de pronto, eso.

Había una decena de programas de variedades en la televisión estadounidense todas las semanas, puede que más, y la mayoría estaban conducidos por una estrella del cine o un cómico. El anfitrión presentaba a un invitado y charlaba con él un minuto, después el invitado, o invitada, cantaba su último éxito musical o hacía un número cómico. Su grupo había participado en muchos de esos programas, pero Dave no veía cómo podían encajar en ese formato siendo los anfitriones.

—Entonces, ¿sería *The Plum Nellie Show*?

—No. *Dave Williams and Friends.* No quieren al grupo, solo a ti.

Dave no lo veía claro.

—Es muy halagador, pero…

—Es una gran oportunidad, si te interesa mi opinión. Los grupos de pop suelen tener una vida corta, pero esta es tu ocasión de convertirte en un artista para toda la familia, un papel que puedes interpretar hasta cumplir los setenta.

Con eso dio en el blanco. Dave ya le había dado vueltas a qué hacer cuando Plum Nellie dejara de ser popular. Les sucedía a todos los artistas pop, aunque había excepciones: Elvis seguía siendo grande. Dave pensaba casarse con Beep y tener hijos, una perspectiva que le resultaba sobrecogedora. Tal vez llegara un día en que necesitara otra forma de ganarse la vida. Había pensado en hacerse productor discográfico y representante de artistas, le había ido bien en ambos papeles con Plum Nellie.

Pero esa oferta llegaba demasiado pronto. El grupo seguía teniendo un éxito enorme y por fin ganaba dinero de verdad.

—No puedo aceptar —le dijo a Morty—. Es posible que provocara la ruptura del grupo, y no puedo arriesgarme a algo así ahora que nos va tan bien.

—¿Le digo a Charlie Lacklow que no te interesa?

—Sí. Y que lo siento.

Cruzaron otro gran puente y se internaron en un paisaje lleno de colinas con plantaciones de frutales en las laderas menos escarpadas; los ciruelos y los almendros espumeaban de flores rosas y blancas.

—Esto es el valle del río Napa —informó Morty antes de doblar por una carretera secundaria cubierta de tierra que ascendía serpenteando.

Al cabo de un rato cruzaron una valla abierta y aparcaron el coche a la puerta de una gran casa de estilo rancho.

—Esta es la primera de la lista, y la que queda más cerca de San Francisco —dijo Morty—. No sé si es algo así lo que tenías en mente.

Bajaron del coche. Aquella casa con entramado de madera era un edificio laberíntico que no se terminaba nunca. Parecía que hubieran añadido dos o tres edificios a la residencia principal en diferentes momentos de su historia. La rodearon para llegar a la parte de atrás y se encontraron con una vista espectacular de todo el valle.

—¡Caray! —exclamó Dave—. A Beep le va a encantar.

Los campos de labranza descendían desde el terreno de la casa.

—¿Qué se cultiva aquí? —preguntó.

—Uva.

—No quiero ser agricultor.

—Serías hacendado. Doce hectáreas están arrendadas.

Entraron en la casa. Las estancias apenas contaban con alguna mesa y unas cuantas sillas desparejadas. No había camas.

—¿Vive alguien aquí? —quiso saber Dave.

—No. En otoño los vendimiadores usan la casa unas cuantas semanas como dormitorio.

—Y si yo me instalo…

—El agricultor buscará otro alojamiento para sus jornaleros.

Dave miró a su alrededor. La casa estaba destartalada, era casi una ruina, pero una ruina hermosa. La carpintería parecía sólida. El edificio principal tenía techos altos y una escalera elegante.

—Me muero de ganas de que Beep la vea.

El dormitorio de matrimonio disfrutaba de la misma vista espectacular del valle. Dave se imaginó junto a Beep, levantándose todas las mañanas y mirando juntos por la ventana, haciendo café y desayunando con dos o tres niños descalzos. Era perfecto.

Tendrían espacio para una media docena de habitaciones de invitados. El enorme granero separado, que en esos momentos estaba lleno de maquinaria agrícola, tenía el tamaño adecuado para un estudio de grabación.

Dave quería comprar la propiedad enseguida, pero se dijo que era mejor no entusiasmarse tan pronto.

—¿Qué precio piden?

—Sesenta mil dólares.

—Eso es mucho.

—Cinco mil dólares por hectárea suele ser el precio de mercado de un viñedo productivo —explicó Morty—. Te están dando la casa gratis.

—Sí, pero necesita muchas reformas.

—Tú lo has dicho. Calefacción central, recableado eléctrico, aislamiento, baños nuevos… Podrías gastarte casi la misma cantidad solo en arreglarla.

—Digamos que unos cien mil dólares en total, eso sin incluir equipo de grabación.

—Es mucho dinero.

Dave sonrió de oreja a oreja.

—Por suerte, puedo permitírmelo —dijo.

—Desde luego que sí.

Cuando salieron, una camioneta estaba aparcando en la entrada. El hombre que bajó de ella tenía las espaldas anchas y un rostro curtido. Parecía mexicano, pero hablaba sin acento.

—Soy Danny Medina, el agricultor de estas tierras —se presentó, y se limpió la mano en los vaqueros antes de ofrecérsela.

—Estoy pensando en comprar la propiedad —dijo Dave.

—Bien. Será agradable tener un vecino.

—¿Dónde vive usted, señor Medina?

—Tengo una casita al otro extremo del viñedo. Queda justo al otro lado de la colina, oculta tras la cresta. ¿Es usted de Europa?

—Sí, inglés.

—A los europeos suele gustarles el vino.

—¿Aquí hacen vino?

—Un poco. La mayoría de las uvas las vendemos. A los americanos no les gusta el vino, menos a los italoamericanos, y ellos lo importan. Casi todo el mundo prefiere beber cócteles, o cerveza. Pero nuestro vino es bueno.

—¿Tinto o blanco?

—Tinto. ¿Quiere que le dé un par de botellas para que lo pruebe?

—Claro.

Danny metió los brazos en la cabina de la camioneta, sacó dos botellas y se las acercó a Dave.

Él miró la etiqueta.

—¿«Tinto Daisy Farm»? —leyó.

—Así se llama esto. ¿No te lo había dicho? Daisy Farm —explicó Morty.

—Mi madre se llama Daisy.

—Tal vez sea una señal —opinó Danny, que volvió a subir a su vehículo—. ¡Buena suerte!

Mientras se alejaba, Dave se decidió.

—Me gusta este sitio. Vamos a comprarlo.

—¡Pero si me quedan cinco más que enseñarte! —protestó Morty.

—Tengo prisa por ver a mi prometida.

—Puede que alguna de las otras casas te guste más que esta.

Dave abarcó los viñedos con un gesto del brazo.

—¿Alguno tiene esta vista?

—No.

—Pues volvamos a San Francisco.

—Tú mandas.

Durante el trayecto de vuelta Dave empezó a sentirse intimidado por el proyecto en el que acababa de embarcarse.

—Supongo que tendré que encontrar constructor —dijo.

—O un arquitecto —opinó Morty.

—¿De verdad? ¿Solo para reformar una casa?

—Un arquitecto hablará contigo de lo que quieres, diseñará planos y luego sacará el trabajo a concurso entre una serie de constructores. También supervisará la obra, en teoría… aunque, por lo que yo he vivido, suelen perder el interés.

—De acuerdo —dijo Dave—. ¿Conoces a alguien?

—¿Quieres un despacho de probada reputación, o a alguien nuevo y moderno?

Dave lo sopesó.

—¿Qué te parece alguien joven y moderno que trabaje para un despacho de probada reputación?

Morty se echó a reír.

—Daré voces.

Llegaron a San Francisco poco después de mediodía, y Morty dejó a Dave en la casa que tenía la familia Dewar en Nob Hill.

La madre de Beep le abrió la puerta.

—¡Bienvenido! —exclamó—. Llegas temprano… lo cual es estupendo, solo que Beep aún no está aquí.

Dave se sintió decepcionado, pero no le sorprendió. Había previsto pasar todo el día visitando propiedades con Morty y le había dicho a Beep que no llegaría hasta bien entrada la tarde.

—Supongo que estará en la universidad —dijo Dave.

Beep estudiaba en Berkeley y estaba en segundo curso. Él sabía —aunque los padres de ella no— que estudiaba muy poco y corría el peligro de suspender los exámenes y que la expulsaran.

El chico fue al dormitorio que compartían y dejó su maleta. Las píldoras anticonceptivas estaban en la mesilla de noche. Beep era descuidada y a veces olvidaba tomárselas, pero a Dave no le importaba. Si se quedaba embarazada, lo único que harían sería adelantar la boda.

Volvió a bajar y se sentó en la cocina con Bella para hablarle de la propiedad de Daisy Farm. La mujer se contagió de su entusiasmo y enseguida quiso ver la casa.

—¿Te apetece comer algo, Dave? —ofreció—. Estaba a punto de prepararme una sopa y un sándwich.

—No, gracias, en el avión he desayunado muchísimo. —Dave estaba revolucionado—. Iré a contarle a Walli lo de Daisy Farm.

—Tienes el coche en el garaje.

El chico sacó su Dodge Charger rojo y fue recorriendo las calles de San Francisco haciendo zigzags desde el barrio más acomodado hasta el más pobre.

A Walli le encantaría la idea de tener una casa de campo donde todos pudieran vivir mientras hacían música, pensó Dave. Dispondrían de todo el tiempo del mundo para perfeccionar sus grabaciones. Walli se moría por trabajar con uno de esos nuevos grabadores de cinta de ocho pistas —y la gente hablaba ya de aparatos aún más sofisticados, de hasta dieciséis pistas—, pero la música más compleja que se hacía con los nuevos adelantos técnicos tardaba más en grabarse. Las horas de estudio eran caras, y los músicos a veces sentían que tenían que ir a toda prisa. Dave creía haber encontrado la solución.

Mientras conducía le acudió a la mente un fragmento de melodía y se puso a cantar:

—«Nos vamos a Daisy Farm…» —Sonrió. Quizá acabase siendo una canción. *Daisy Farm Red* sería un buen título. Podía tratarse de una chica, de un color o de un tipo de marihuana. Siguió cantando—: «Vámonos ya. Daisy Farm Red, la uva saciará nuestra sed…».

Aparcó frente a la casa de Walli en Haight-Ashbury. La puerta de entrada no estaba cerrada con llave, como de costumbre. El salón de la planta baja estaba vacío, pero en él se veían los restos de la noche anterior, que lo habían convertido en un vertedero: cajas de pizza, tazas de café sucias, ceniceros llenos y botellas de cerveza vacías.

A Dave le molestó que Walli no estuviera levantado. Estaba ansioso por hablarle de Daisy Farm, así que decidió despertarlo.

Subió al piso de arriba. La vivienda estaba en silencio. Era posible que Walli se hubiera levantado antes y hubiera salido sin recoger la casa.

La puerta del dormitorio permanecía cerrada. Dave llamó, la abrió y entró cantando:

—«Nos vamos a Daisy Farm…» —Pero calló de golpe.

Walli estaba en la cama, medio incorporado y claramente sobresaltado.

Junto a él, en el colchón, estaba Beep.

Por un momento la sorpresa inicial dejó a Dave sin habla.

—Qué pasa, tío… —empezó a decir Walli.

Dave notó una sacudida en el estómago, como si estuviera en un ascensor que descendía demasiado deprisa. El pánico lo dejó en un estado de ingravidez. Beep estaba en la cama con Walli, y Dave de pronto sentía que ya no hacía pie.

—¿Qué coño es esto? —preguntó como un estúpido.

—No es lo que parece, tío…

La sorpresa se transformó en ira.

—¿Qué me estás diciendo? ¡Acabo de encontrarte en la cama con mi prometida! ¿Cómo no va a ser lo que parece?

Beep se sentó en la cama. Tenía el pelo alborotado. La sábana cayó y dejó sus pechos al descubierto.

—Dave, deja que te lo expliquemos —pidió.

—Vale, explícamelo —dijo él cruzándose de brazos.

Beep se levantó. Estaba desnuda, y la belleza perfecta de su cuerpo hizo que Dave comprendiera, con la misma fuerza y la misma conmoción que si hubiera recibido un puñetazo en la cara, que la había perdido. Quería echarse a llorar.

—Vamos a tomarnos un café y… —dijo Beep.

—Nada de cafés —interrumpió Dave, que hablaba con severidad para ahorrarse la humillación de las lágrimas—. Explícamelo y punto.

—¡Es que no llevo nada puesto!

—Eso es porque te has estado tirando al mejor amigo de tu prometido. —Dave descubrió que hablar con rabia ocultaba su dolor—. Acabas de decirme que me lo ibas a explicar. Sigo esperando.

Beep se apartó el cabello de los ojos.

—Mira, los celos están pasados de moda, ¿vale?

—¿Y eso qué quiere decir?

—Que te quiero y quiero casarme contigo, pero también me gusta Walli, y me gusta acostarme con él, y el amor es libre, ¿o no? Así que ¿por qué vamos a mentirnos?

—¿Y ya está? —dijo Dave sin dar crédito a lo que estaba escuchando—. ¿Esa es tu explicación?

—Frena un poco, tío —intervino Walli—, creo que todavía estoy un poco flipado.

—Os metisteis ácido anoche… ¿Es así como ocurrió?

Dave sintió un destello de esperanza. Si solo lo habían hecho una vez…

—Beep te quiere, tío. Conmigo solo pasa el rato cuando tú no estás, ya sabes.

La esperanza de Dave se desvaneció. No había sido la única vez. Era algo habitual.

Walli se levantó y se puso unos vaqueros.

—Me han crecido los pies durante la noche —dijo—. Qué raro…

Dave no hizo caso de su comentario alucinado.

—Ni siquiera habéis dicho que lo sentís… ¡Ninguno de los dos!

—No lo sentimos —repuso Walli—. Nos apetecía follar y lo hicimos. Eso no cambia nada. Ya nadie es fiel. «Todo lo que necesitas es amor…» ¿Es que no entiendes la canción? —Se quedó mirando a Dave fijamente—. Oye, ¿sabías que tienes aura? Es como una especie de halo. Nunca me había dado cuenta. Es azul, creo.

Dave también había probado el LSD y sabía que tenía muy pocas probabilidades de sacarle nada con sentido a Walli en esas condiciones. Se volvió hacia Beep, que parecía estar saliendo del viaje.

—¿De verdad no lo sientes?

—No creo que hayamos hecho nada malo. He madurado y he dejado atrás esa mentalidad.

—O sea que ¿volverías a hacerlo?

—Dave, no rompas conmigo.

—¿Qué hay que romper? —espetó él con furia—. No tenemos ninguna relación. Te tiras a todo bicho viviente. Vive así si es lo que quieres, pero eso no es un matrimonio.

—Tienes que dejar atrás esas viejas ideas.

—Tengo que salir de esta casa. —La ira de Dave se estaba convirtiendo en dolor. Se dio cuenta de que había perdido a Beep: se la habían llevado las drogas y el amor libre, se la había llevado la cultura hippy que su música había ayudado a crear—. Tengo que alejarme de ti.

Dio media vuelta.

—No te vayas —dijo Beep—. Por favor.

Dave salió de la habitación.

Corrió escalera abajo y llegó a la calle. Subió al coche, arrancó y se alejó a toda velocidad. Estuvo a punto de atropellar a un chico de pelo largo que cruzaba Ashbury Street tambaleándose con una sonrisa perdida, completamente colocado a media tarde. A la mierda todos los hippies, pensó Dave; sobre todo, Walli y Beep. No quería volver a ver a ninguno de los dos.

Se dio cuenta de que Plum Nellie estaba acabado. Walli y él eran la esencia del grupo, y con ellos peleados no había grupo que valiera. «Bueno, pues que así sea», pensó Dave. Empezaría su carrera en solitario ese mismo día.

Vio una cabina telefónica y paró el coche. Abrió la guantera y sacó el tubo de monedas de veinticinco centavos que guardaba allí. Después marcó el número del despacho de Morty.

—Eh, Dave, ya he hablado con el agente inmobiliario. Le he ofrecido cincuenta mil y hemos llegado a un acuerdo por cincuenta y cinco, ¿qué te parece?

—Una gran noticia, Morty —contestó Dave. Necesitaría el estudio de grabación para su trabajo en solitario—. Escucha, ¿cómo se llamaba ese productor de televisión?

—Charlie Lacklow. Pero creía que te preocupaba dividir al grupo.

—Pues de repente ya no me preocupa tanto. Concierta una cita.

Llegado el mes de marzo el futuro se presentaba inhóspito para George y para Estados Unidos.

George estaba en Nueva York con Bobby Kennedy el martes día 12, cuando se celebraban las primarias de New Hampshire, el primer choque importante entre aspirantes demócratas rivales. Bobby había salido a cenar algo tarde porque había quedado con unos viejos amigos en un restaurante de moda de la calle Cincuenta y dos, el «21». Mientras Bobby cenaba en el piso de arriba, George y el resto de su equipo lo hacían en la planta baja.

Al final no había dimitido. Bobby parecía sentirse liberado desde que había anunciado que no se presentaría a las elecciones presidenciales. Después de la Ofensiva del *Têt*, George había redactado un discurso en el que atacaba abiertamente al presidente Johnson, y por primera vez Bobby no se censuró, sino que pronunció cada una de sus ingeniosas frases. «¡Medio millón de soldados estadounidenses con setecientos mil aliados vietnamitas, apoyados por ingentes recursos y las armas más modernas, son incapaces de asegurar una sola ciudad siquiera y evitar los ataques de un enemigo que solo cuenta con unos doscientos cincuenta mil hombres!»

Al tiempo que Bobby parecía ir recuperando su ardor, el desencanto de George con Lyndon Johnson había llegado a su punto culminante con la reacción del presidente ante la Comisión Kerner, designada para examinar las causas de las detenciones raciales efectuadas durante el largo y candente verano de 1967. Su informe no se andaba con miramientos: la causa de los disturbios había sido el racismo de los blancos, afirmaba. Hacía una dura crítica al gobierno, a los medios de comunicación y a la policía, y llamaba a tomar medidas radicales para solventar los problemas de la vivienda, el empleo y la segregación. Se había publicado en edición de bolsillo y había vendido dos millones de ejemplares. Sin embargo, Johnson lo rechazaba sin más. El hombre que tan heroicamente había defendido la Ley de Derechos Civiles de

1964 y la Ley de Derecho al Voto de 1965 —hitos del progreso del movimiento negro— de pronto había abandonado la lucha.

Bobby, que había tomado la decisión de no presentarse, seguía atormentándose con la duda de si había hecho o no lo correcto… como era típico en él. Hablaba de ello con sus amigos más íntimos y con los conocidos más casuales, con sus consejeros más fieles, George entre ellos, y con reporteros de diferentes periódicos. Empezaron a circular rumores de que había cambiado de opinión. George no lo creería hasta que no lo escuchara de boca del propio Bobby.

Las primarias eran carreras locales entre individuos del mismo partido que querían ser el candidato de las siguientes elecciones presidenciales. Las primeras demócratas se celebraron en New Hampshire. Gene McCarthy era la esperanza de los jóvenes, pero le estaba yendo muy mal en los sondeos de opinión, que lo dejaban muy por detrás del presidente Johnson, quien quería presentarse a la reelección. McCarthy tenía poco dinero. Diez mil voluntarios jóvenes y entusiastas habían aterrizado en New Hampshire para hacer campaña por él, pero George y los demás asistentes que estaban sentados a la mesa del «21» esperaban confiados que el resultado de esa noche fuese una victoria para Johnson por un amplio margen.

George aguardaba con inquietud a que llegaran las presidenciales de noviembre. El moderado que iba en cabeza en el lado republicano, George Romney, había caído de la competición y le había dejado la pista despejada al excéntrico conservador Richard Nixon. Así que las elecciones presidenciales se disputarían casi sin lugar a dudas entre Johnson y Nixon, ambos defensores de la guerra.

Hacia el final de una cena lúgubre George recibió una llamada de un empleado que tenía los resultados de New Hampshire.

Todo el mundo se había equivocado. El resultado era el menos esperado. McCarthy había conseguido un 42 por ciento de los votos y había quedado asombrosamente cerca del 49 por ciento de Johnson.

George cayó en la cuenta de que Johnson, al fin y al cabo, podía ser derrotado.

Corrió al piso de arriba para darle la noticia a Bobby.

La reacción de su jefe fue pesimista.

—¡Es demasiado! —dijo—. ¿Cómo voy a conseguir ahora que McCarthy abandone?

Fue entonces cuando George comprendió que, al final, Bobby sí iba a presentarse.

Walli y Beep fueron al mitin de Bobby Kennedy para reventarlo.

Ambos estaban enfadados con él. Llevaba meses negándose a presentarse como candidato a la presidencia. No pensaba que pudiera ganar y, según ellos, no tenía agallas para intentarlo. Así que Gene McCarthy había sacado pecho, y le había ido tan bien que de pronto tenía una oportunidad real de vencer al presidente Johnson.

Hasta ese momento. Porque Bobby Kennedy había anunciado su candidatura y había dado un paso al frente para aprovecharse de todo el trabajo que habían realizado los seguidores de McCarthy y apropiarse de su victoria. Walli y Beep pensaban que era un cínico y un oportunista.

Él lo despreciaba; ella estaba que echaba chispas. La respuesta de Walli era más moderada porque entendía la realidad política que se escondía tras la ética personal. La base de McCarthy consistía sobre todo en estudiantes e intelectuales. Su golpe maestro había sido reclutar a sus seguidores jóvenes y formar un ejército de voluntarios que hicieran campaña para las primarias, y así había conseguido un éxito que nadie había esperado. Sin embargo, ¿bastarían esos voluntarios para llevarlo hasta la Casa Blanca? Durante toda su juventud Walli había oído a sus padres emitir juicios de ese estilo cuando hablaban de elecciones… no las de la Alemania Oriental, que eran una farsa, sino las de la Alemania Occidental, Francia y Estados Unidos.

Bobby contaba con un apoyo más amplio. Arrastraba consigo a los negros, que creían que estaba de su lado, y a la ingente clase trabajadora católica: irlandeses, polacos, italianos e hispanos. Walli detestaba la superficialidad moral de Bobby, pero, por mucho que enfadara a Beep, tenía que reconocer que contaba con mejores probabilidades que Gene de derrotar al presidente Johnson.

Aun así, habían acordado que lo que había que hacer era abuchear a Bobby Kennedy esa noche.

Entre el público vieron a muchas personas como ellos mismos: jóvenes con pelo largo y barba, y chicas hippy que iban descalzas. Walli se preguntó cuántos de ellos estaban allí para reventar el acto. También había negros de todas las edades, los jóvenes con el cabello en un estilo que había dado en llamarse «a lo afro», sus padres con los vestidos coloridos y los trajes elegantes que se ponían para ir a la iglesia. La amplitud del poder de convocatoria de Bobby quedaba demostrada por la sustancial minoría de blancos de mediana edad y clase media, vestidos con pantalones de algodón con pinzas y jerséis para protegerse de la fresca primavera de San Francisco.

Walli se había recogido el cabello dentro de una gorra vaquera y llevaba gafas de sol para ocultar su identidad.

El escenario estaba sorprendentemente vacío. Walli había esperado banderas, serpentinas, pósters y fotografías gigantes del candidato como los que había visto por televisión en mítines de otras campañas. Bobby solo contaba con un escenario desnudo, un atril y un micrófono. En otro candidato, eso habría sido señal de que se había quedado sin dinero, pero todo el mundo sabía que Bobby tenía acceso ilimitado a la fortuna de los Kennedy. Así pues, ¿qué significaba? Para Walli, decía: «Nada de pirotecnia, este soy yo de verdad». Interesante, pensó.

En esos momentos el atril estaba ocupado por un demócrata local que preparaba a los presentes para la gran estrella. Walli reflexionó que aquello se parecía mucho al mundo del espectáculo. El público iba perdiendo la timidez para reír y aplaudir, y al mismo tiempo se iba impacientando cada vez más por ver aparecer a la gran figura. Por ese mismo motivo, los conciertos de Plum Nellie contaban con un grupo más modesto que hacía de telonero.

Sin embargo, Plum Nellie ya no existía. El grupo debería estar trabajando en un nuevo álbum para Navidad, y Walli tenía algunas canciones que habían llegado a ese punto en que quería tocárselas a Dave para que este pudiera componer algún puente y quizá cambiar un acorde o decir: «Genial, vamos a titularla *Soul Kiss*». Pero Dave había desaparecido.

Le había enviado a la madre de Beep una nota fría y formal dándole las gracias por haberle dejado hospedarse en su casa y pidiéndole que recogiera sus cosas y las dejara listas para que un ayudante pasara a buscarlas. Walli, después de llamar a Daisy a Londres, sabía que Dave estaba reformando una granja en el valle de Napa y que pensaba construir allí un estudio de grabación. Y Jasper Murray le había llamado por teléfono para intentar corroborar un rumor que decía que Dave iba a aparecer en un programa especial en televisión sin el grupo.

Dave padecía celos a la antigua, algo que la cultura hippy veía muy desfasado. Tenía que darse cuenta de que no se podía atar a las personas, que todo el mundo debía poder hacer el amor con quien quisiera. Sin embargo, por mucho que lo creyera firmemente, Walli no podía dejar de sentirse culpable. Dave y él habían sido muy buenos amigos, se caían bien, confiaban el uno en el otro y se habían mantenido unidos desde los días de Reeperbahn. Walli no estaba contento por haber hecho daño a su amigo.

Además, no es que Beep fuera el amor de su vida. Le gustaba mucho: era guapa, divertida y genial en el catre, y formaban una pareja muy admirada. Pero no era la única chica del mundo. Walli no se la habría tirado de haber sabido que eso acabaría destruyendo el grupo.

Sin embargo, no había pensado en las consecuencias; en lugar de eso, había vivido el momento tal como debería hacer todo el mundo. Y estando colocado era especialmente fácil ceder a esos impulsos.

Beep seguía frágil después de que Dave la hubiese dejado. Tal vez por eso Walli y ella se sentían cómodos juntos: ella había perdido a Dave y él había perdido a Karolin.

Estaba dándole vueltas a todo eso cuando de pronto anunciaron a Bobby Kennedy, y regresó al presente.

Bobby era más bajo de lo que había imaginado, y menos seguro. Se acercó al atril con una sonrisa débil que casi parecía tímida. Se metió una mano en el bolsillo de la chaqueta, y Walli recordó al presidente Kennedy haciendo exactamente eso mismo.

Muchas personas del público levantaron carteles enseguida. Walli vio uno que decía ¡BÉSAME, BOBBY! y otro en el que se leía BOBBY ESTÁ EN LA ONDA. Beep se sacó entonces una pancarta de papel enrollado de la pernera del pantalón, y entre los dos la levantaron en alto. Solo contenía una palabra: TRAIDOR.

Bobby empezó a hablar consultando un pequeño montón de fichas que se había sacado del bolsillo interior de la chaqueta.

—Dejen que empiece con una disculpa —dijo—. Participé en muchas de las primeras decisiones que se tomaron sobre Vietnam, decisiones que nos colocaron en el camino en que nos encontramos hoy.

—¡Ya lo creo, joder! —gritó Beep, y la gente que había a su alrededor se rió.

Bobby siguió hablando con su monótono acento de Boston:

—Estoy dispuesto a aceptar mi parte de responsabilidad, pero un error pasado no es excusa para que se perpetúe. La tragedia es una herramienta para que los vivos adquiramos sabiduría. «Todos los hombres cometen errores», dijo el filósofo griego Sófocles. «Pero un hombre bueno cede cuando sabe que se ha equivocado, y repara el mal que ha hecho. El único pecado es el orgullo.»

Al público le gustó eso, y aplaudió. Mientras lo hacían Bobby consultó sus notas, y Walli vio que estaba cometiendo un error escénico. El mitin debería ser un diálogo. Los asistentes querían que su estrella los mirara a los ojos y agradeciera sus aplausos. Bobby, en cambio, parecía sentirse avergonzado de ellos. Walli comprendió que esa clase de acto político no le resultaba fácil.

Bobby siguió hablando sobre Vietnam, pero no le fue muy bien, a pesar del éxito inicial de su sincera confesión. Vacilaba, tartamudeaba y se repetía. Estaba inmóvil en el escenario, como si fuera de madera, y parecía reacio a mover el cuerpo o gesticular con las manos.

Unos cuantos opositores que se encontraban en el recinto lo interrumpieron, pero Walli y Beep no se unieron a ellos. No había necesidad. Bobby se estaba suicidando sin ayuda.

Durante un momento de silencio se oyó llorar a un bebé, y Walli, con el rabillo del ojo, vio a una mujer que se levantaba para dirigirse a la salida. Bobby se interrumpió a media frase y dijo:

—¡Por favor, señora, no se vaya!

El público rió con disimulo. La mujer se volvió en el pasillo y miró a Bobby, en el escenario.

—Estoy acostumbrado a oír llorar a los niños —dijo el candidato.

Todo el mundo rió entonces a carcajadas, sabían que tenía diez hijos.

—Además —añadió—, si se va los periódicos dirán que tuve la desfachatez de echar del mitin a una madre con su hijo.

La multitud estalló en vítores; muchos jóvenes detestaban a la prensa por su cobertura tendenciosa de las manifestaciones.

La mujer sonrió y regresó a su asiento.

Bobby bajó la mirada hacia sus notas. Por un momento había transmitido la imagen de ser un ser humano cálido. En ese momento podría haberse ganado al público, pero volvería a perderlo al retomar el discurso que tenía preparado. Walli pensó que había desaprovechado su oportunidad.

Entonces el candidato pareció llegar a esa misma conclusión. Levantó la mirada y anunció:

—Hace frío aquí. ¿No tienen frío?

La gente rugió para darle la razón.

—Demos palmas —dijo Bobby—. Venga, vamos a entrar en calor.

Se puso a aplaudir y el público siguió su ejemplo, riendo.

Al cabo de un minuto paró.

—Ya me siento mejor. ¿Y ustedes?

La gente gritó para hacerle llegar de nuevo su respuesta.

—Quisiera hablarles de la decencia —dijo Bobby. Había regresado a su discurso, pero ya no consultaba las notas—. Hay gente que cree que llevar el pelo largo es indecente, igual que ir descalzo o acaramelarse en el parque. Les diré lo que pienso yo. —Alzó la voz—. ¡La pobreza es indecente! —El público bramó, exultante—. ¡El analfabetismo es indecente! —Volvieron a aplaudir—. Y yo les digo que aquí mismo, en California, es indecente que un hombre trabaje el campo con sus propias manos y doblando la espalda sin tener jamás la oportunidad de enviar a su hijo a la universidad.

Nadie en el recinto dudaba de que Bobby creía lo que estaba diciendo. Había guardado sus fichas. Se había transformado en un orador apasionado que gesticulaba con las manos, señalaba, castigaba el atril con un puñetazo; y sus oyentes respondían a la fuerza de su emotividad aclamándolo en cada una de sus frases fervientes. Walli escrutó sus rostros y reconoció en ellos las expresiones que él mismo veía cuando estaba en el escenario: jóvenes que miraban cautivados, ojos como platos, bocas abiertas, rostros que resplandecían de adoración.

Nadie miró a Gene McCarthy así nunca.

En algún momento Walli se dio cuenta de que Beep y él habían dejado discretamente en el suelo la pancarta de TRAIDOR.

Bobby hablaba de pobreza.

—En el delta del Mississippi he visto a niños con el vientre hinchado y úlceras en la cara a causa de la inanición. —Volvió a levantar la voz—. ¡No creo que eso sea aceptable!

»Los indios que viven en sus reservas, míseras y precarias, tienen tan poca esperanza en el futuro que la mayor causa de mortalidad entre sus adolescentes es el suicidio. ¡Yo creo que podemos hacerlo mejor!

»La gente de los guetos negros no hace más que oír cada vez mayores promesas de igualdad y justicia, mientras siguen en las mismas escuelas en ruinas y se hacinan en las mismas habitaciones insalubres, alejando a las ratas. ¡Estoy convencido de que América puede hacerlo mejor!

Walli vio que estaba llegando al clímax de su discurso.

—He venido hoy aquí para pedirles su ayuda durante los próximos meses —dijo Bobby—. Si también ustedes creen que la pobreza es indecente, denme su apoyo.

El público gritó que sí, lo haría.

—Si también ustedes creen que es inaceptable que en nuestro país haya niños que mueren de hambre, colaboren con mi campaña.

La gente volvió a vitorearlo.

—¿Creen, como yo creo, que América puede hacerlo mejor?

La muchedumbre rugió de entusiasmo.

—Pues únanse a mí… ¡y América lo hará mejor!

Dio un paso atrás desde el atril y el público enloqueció.

Walli miró a Beep y percibió que sentía lo mismo que él.

—Va a ganar, ¿verdad? —preguntó Walli.

—Sí —contestó Beep—. Va directo a la Casa Blanca.

La gira de diez días llevó a Bobby a trece estados del país. Al final del último día su séquito y él subieron a un avión en Phoenix para volar a

Nueva York. Para entonces George Jakes estaba convencido de que Bobby iba a llegar a la presidencia.

La respuesta del público había sido sobrecogedora. Miles de personas lo recibían en los aeropuertos. Abarrotaban las calles para ver pasar su desfile de vehículos, y Bobby siempre iba de pie en el asiento trasero de un descapotable, con George y otros ayudantes sentados en el suelo para sujetarle las piernas de modo que la gente no pudiera tirar de él y sacarlo del coche. Bandas de niños corrían a su lado gritando «¡Bobby! ¡Bobby!». Cada vez que el vehículo se detenía la gente se lanzaba a él. Le arrancaban los gemelos, los alfileres de las corbatas y los botones de los trajes.

En el avión Bobby se sentó y vació los bolsillos. De ellos salió una nevada de papeles, como si fuera confeti. George recogió algunos pedazos de la moqueta. Eran notas, decenas de ellas, escritas con esmero y cuidadosamente dobladas para metérselas a Bobby en el bolsillo. En ellas le suplicaban que fuera a graduaciones universitarias o que visitara a niños enfermos de los hospitales de la ciudad, y le decían que rezaban por él en sus hogares de las afueras y que encendían velas en iglesias rurales.

Bobby se quitó la chaqueta del traje y se arremangó, como era su costumbre. Fue entonces cuando George se fijó en sus brazos. Bobby tenía unos antebrazos velludos, pero no fue eso lo que le llamó la atención. Tenía las manos hinchadas y la piel surcada de arañazos rojos y furiosos. Había sucedido mientras la muchedumbre lo tocaba, comprendió George. No había sido su intención herirlo, pero lo adoraban tanto que lo habían hecho sangrar.

La gente había encontrado al héroe que necesitaba... pero también Bobby se había encontrado a sí mismo. Por eso George y los demás asistentes empezaron a referirse a aquella campaña como la gira del «Libre al fin». Bobby había encontrado un estilo propio. Había dado con una nueva versión del carisma Kennedy. Su hermano había sido encantador pero contenido, sereno, reservado; el carácter adecuado para 1963. Bobby era más abierto. En sus mejores momentos transmitía al público la sensación de que les estaba desnudando su propia alma, confesando que era un ser humano imperfecto que deseaba hacer lo correcto pero no siempre estaba seguro de qué era lo correcto. La frase de moda de 1968 era: «Suéltate la melena». Bobby se sentía cómodo haciendo justamente eso, y la gente lo adoraba.

La mitad de las personas que volaban en ese avión a Nueva York eran periodistas. Durante diez días habían estado fotografiando y grabando a muchedumbres extasiadas y habían enviado sus crónicas sobre cómo el nuevo, el renacido Bobby Kennedy se ganaba el corazón de los votantes. Puede que a los poderes en la sombra del Partido Demócrata no les gustara el joven liberalismo de Bobby, pero no serían capaces de cerrar los ojos al fenómeno de su popularidad. ¿Cómo iban a tomar la insulsa decisión de elegir a Lyndon Johnson para que se presentara en una segunda ocasión cuando el pueblo estadounidense clamaba por Bobby? Y si proponían a otro candidato defensor de la guerra —el vicepresidente Hubert Humphrey, por ejemplo, o el senador Muskie—, le quitaría votos a Johnson sin hacerle cosquillas siquiera al apoyo de Bobby. George no veía cómo podía quedarse Bobby sin la nominación.

Y también derrotaría a los republicanos. Estaba prácticamente decidido que su aspirante a presidente sería Dick Nixon, al que apodaban «Tricky», tramposo, un hombre del pasado que ya había visto cómo lo derrotaba un Kennedy una vez.

El camino a la Casa Blanca parecía libre de obstáculos.

Cuando el avión se acercó al aeropuerto John F. Kennedy de Nueva York, George se preguntó qué harían los rivales de Bobby para intentar detenerlo. El presidente Johnson tenía anunciada una comparecencia televisiva para todo el país esa noche, mientras el avión seguía aún en el aire. George estaba impaciente por enterarse de lo que habría dicho Johnson. No se le ocurría nada que pudiera afectar a Bobby.

—Debe de ser algo especial —le dijo uno de los periodistas a Bobby— aterrizar en un aeropuerto que lleva el nombre de su hermano, ¿verdad?

Era una pregunta muy desagradable y entrometida de un reportero que esperaba provocar una respuesta desaforada con la que obtener un titular, pero Bobby ya estaba acostumbrado.

—Preferiría que se siguiera llamando Idlewild —fue lo único que dijo.

El avión rodó por la pista hasta la puerta de la terminal. Antes de que se apagara la señal de los cinturones de seguridad, un personaje conocido subió a bordo y recorrió el pasillo hasta Bobby. Era el presidente del Partido Demócrata del estado de Nueva York.

—¡El presidente no irá a las primarias! ¡El presidente no irá a las primarias! —gritó al llegar junto a él.

—Repite eso —dijo Bobby.

—¡El presidente no irá a las primarias!

—Tiene que ser una broma.

George se había quedado de piedra. Lyndon Johnson, que odiaba a los Kennedy, se había dado cuenta de que no podía ganar las primarias de su partido, sin duda por todas las razones que ya se le habían ocurrido a George. Pero esperaba que otro demócrata defensor de la guerra pudiera derrotar a Bobby. De manera que Johnson había calculado que la única forma de sabotear la candidatura de Bobby a la presidencia era retirarse de la competición.

La suerte estaba echada.

42

Dave Williams sabía que su hermana se traía algo entre manos.

El joven estaba grabando el programa piloto de *Dave Williams and Friends*, su propio show para la televisión. Cuando se lo propusieron por primera vez no se lo había tomado muy en serio, en aquel momento se le había antojado un lastre innecesario que sumar al éxito arrollador de Plum Nellie. Sin embargo, el grupo había acabado separándose y Dave necesitaba el programa. Era el inicio de su carrera en solitario y tenía que salir bien.

El productor había propuesto como invitada a la hermana de Dave, una estrella de cine. Evie gozaba de mayor popularidad que nunca. Su última película, una comedia sobre una chica presuntuosa que contrataba a un abogado negro, había tenido una enorme aceptación.

Evie se había ofrecido a cantar a dúo con el coprotagonista de la película, Percy Marquand, y a Charlie, el productor, le había encantado la idea, aunque le preocupaba la elección de la canción. Charlie era un hombre de corta estatura, maneras agresivas y voz chillona.

—Tiene que ser una pieza cómica —había dicho—. No pueden cantar *True Love* ni *Baby, It's Cold Outside*.

—Como si eso fuera tan fácil —respondió Dave—. La mayoría de los dúos son románticos.

Charlie había dicho que no con un gesto de cabeza.

—Olvídalo, esto es la televisión, no podemos hacer ni la menor alusión a que exista una atracción sexual entre una mujer blanca y un hombre negro.

—¿Qué te parece *Anything You Can Do, I Can Do Better*? Es divertida.

—No, en cuanto empezaran a cantar eso de: «Todo lo que tú puedas hacer, yo puedo hacerlo mejor», la gente creería que están hablando de los derechos civiles.

Charlie Lacklow era listo, pero a Dave no le caía bien. En realidad ni a Dave ni a nadie. Era un fanfarrón de mal carácter, y las contadas ocasiones en que intentaba parecer amable lo hacía de manera tan obsequiosa que incluso era peor.

—¿Qué tal *Mockingbird*? —propuso Dave.

Charlie lo sopesó unos instantes.

—«Si ese ruiseñor no canta, él me comprará un anillo de diamantes» —canturreó, y añadió con tono normal a continuación—: Creo que podría funcionar.

—Claro que funcionará —aseguró Dave—. La pieza original era de un dúo compuesto por dos hermanos, Inez y Charlie Foxx, y nadie pensó que hubiera nada incestuoso en la canción.

—De acuerdo.

Dave había hablado con Evie acerca de la sensibilidad del público televisivo estadounidense y, después de explicarle por qué habían escogido aquella pieza, ella había accedido… Sin embargo, su hermana tenía un brillo en la mirada que Dave conocía muy bien, un brillo que anunciaba problemas, el mismo que le había visto justo antes de la representación escolar de *Hamlet*, en la que Evie había interpretado a Ofelia en cueros.

También habían hablado de la ruptura con Beep.

—Todo el mundo se comporta como si se hubiera tratado de uno de esos típicos amores de adolescencia que no duran —se quejó Dave—, pero dejé los amores de adolescencia mucho antes de dejar de ser adolescente, y nunca me ha gustado demasiado ir por ahí tirándome a todo lo que se mueve. Iba en serio con Beep. Quería tener hijos con ella.

—Maduraste antes que ella —dijo Evie—. Y yo maduré antes que Hank Remington. Aunque Hank ha sentado la cabeza con Anna Murray, y he oído que ya no va por ahí tirándose a todo lo que se mueve. Puede que Beep haga lo mismo.

—Pero ya será demasiado tarde para mí, como lo fue para ti —contestó Dave con un deje de amargura.

La orquesta estaba ensayando, Evie se encontraba en maquillaje y Percy estaba vistiéndose. El director, Tony Peterson, le pidió a Dave que grabara la presentación mientras tanto.

El programa era en color y Dave llevaba un traje de terciopelo en un tono burdeos. Miró a la cámara, imaginó que Beep volvía a entrar en su vida tendiéndole los brazos y sonrió afectuosamente.

—Y ahora, para todos sus admiradores, una sorpresa especial. Tenemos con nosotros a las dos estrellas que protagonizan el último éxito de la gran pantalla, *Mi cliente y yo*: ¡Percy Marquand y nada más y nada menos que mi propia hermana, Evie Williams!

Y aplaudió. El estudio estaba en silencio, pero antes de que se emitiera el programa añadirían a la banda de sonido los aplausos de un público ficticio.

—Me encanta esa sonrisa, Dave —dijo Tony—. Repitámoslo.

Dave lo hizo tres veces más, hasta que el director se dio por satisfecho.

En ese momento Charlie entró acompañado de un hombre de unos cuarenta y tantos años que vestía un traje de color gris. Dave enseguida vio que Charlie se mostraba obsequioso.

—Dave, me gustaría presentarte a nuestro patrocinador —dijo—. Albert Wharton, jefazo de National Soap y uno de los empresarios más destacados de Norteamérica. Ha volado hasta aquí desde Cleveland, Ohio, para conocerte. ¿No es todo un detalle por su parte?

—Desde luego —contestó Dave.

La gente atravesaba medio mundo para verlo cada vez que daba un concierto, pero él siempre actuaba como si el gesto lo honrara.

—Tengo dos hijos adolescentes, un chico y una chica —dijo Wharton—. No sabe lo que van a envidiarme cuando sepan que le he conocido.

Dave intentaba concentrarse en hacer un buen programa y lo último que necesitaba era hablar con un magnate del detergente. Sin embargo, sabía que debía comportarse con amabilidad con aquel hombre.

—Le firmaré un par de autógrafos para sus hijos.

—Les hará mucha ilusión.

Charlie chascó los dedos para atraer la atención de la señorita Pritchard, su secretaria, que los seguía.

—Jenny, cariño —la llamó, a pesar de que se trataba de una cuarentona seria y formal—. Ve al despacho a buscar un par de fotos de Dave.

Wharton parecía el típico empresario conservador de pelo corto y ropa aburrida, cosa que impulsó a Dave a decir:

—¿Cómo es que se ha animado a patrocinar mi programa, señor Wharton?

—Nuestro producto estrella es un detergente llamado «Espuma» —contestó Wharton.

—He visto los anuncios —dijo Dave con una sonrisa—. ¡Espuma lo deja todo más blanco!

Wharton asintió con la cabeza. Seguramente todo el mundo le iba con la misma cantinela cuando el hombre nombraba la marca.

—Espuma es un producto muy conocido y de confianza, y esto es así desde hace muchos años —explicó—. Por esa razón, también está un poco anticuado. Las amas de casa jóvenes suelen decir: «Espuma, sí, es el que usaba siempre mi madre». Cosa que está bien, pero tiene sus riesgos.

A Dave le divertía oírlo hablar del carácter de una caja de detergente como si fuera una persona, aunque Wharton lo hacía sin rastro de humor ni ironía, por lo que Dave reprimió el impulso de tomárselo a la ligera.

—Así que estoy aquí para hacerles saber que Espuma es joven y está en la onda.

—Exacto —confirmó Wharton sonriendo al fin—. Y, de paso, para llevar un poco de música popular y humor sano a los hogares americanos.

Dave esbozó una sonrisa.

—¡Menos mal que no soy de los Rolling Stones!

—Desde luego —dijo Wharton completamente en serio.

Jenny regresó con dos fotografías en color de Dave de veinte centímetros por veinticinco y un rotulador.

—¿Cómo se llaman sus hijos? —le preguntó Dave a Wharton.

—Caroline y Edward.

Dave dedicó una a cada uno y las firmó.

—Listos para el bloque de *Mockingbird* —anunció Tony Peterson.

Habían construido un pequeño escenario para la actuación. Parecía un rincón de una tienda elegante, con vitrinas de cristal repletas de artículos de lujo. Percy apareció con un traje oscuro y una corbata plateada, como un jefe de planta. Evie era una clienta ricachona con sombrero, guantes y bolso. Cada uno se situó en un extremo del mostrador. Dave sonrió ante las molestias que Charlie se había tomado para asegurarse de que nadie pudiera calificar su relación de amorosa.

Ensayaron con la orquesta. La canción era de carácter optimista y alegre, y la voz de barítono de Percy y la de contralto de Evie armonizaban a la perfección. En los momentos adecuados, Percy sacaba un pájaro enjaulado y una bandeja de anillos de detrás del mostrador.

—Añadiremos risas enlatadas en ese punto, para que el público sepa que pretende ser gracioso —dijo Charlie.

Cantaron para las cámaras. La primera toma fue perfecta, pero la repitieron por si acaso, como siempre.

Dave se sentía mejor a medida que se acercaban al final. Aquello era el entretenimiento familiar ideal para el público estadounidense y empezó a creer que el programa podía tener éxito.

En el último compás de la canción, Evie se inclinó sobre el mostrador, se puso de puntillas y besó a Percy en la mejilla.

—¡Maravilloso! —aseguró Tony acercándose al escenario—. Gracias a todos. Preparad la siguiente presentación de Dave, por favor.

De pronto Tony parecía tener prisa, como si se sintiera incómodo, y Dave se preguntó por qué sería.

Evie y Percy bajaron de la tarima.

—No podemos emitir ese beso —anunció el señor Wharton, que estaba junto a Dave.

—Claro que no —se apresuró a decir Charlie Lacklow con tono adulador antes de que a Dave le diera tiempo a abrir la boca—. No se preocupe, señor Wharton, no es necesario incluirlo, seguramente pasaremos a un plano de Dave aplaudiendo.

—A mí me ha parecido un beso simpático y bastante inocente —comentó Dave con suma tranquilidad.

—¿Ah, sí? —dijo Wharton, muy serio.

El chico se preguntó con preocupación si aquello iba a ser un problema.

—Déjalo, Dave —insistió Charlie—. No podemos retransmitir un beso interracial en la televisión americana.

Dave se quedó pasmado, aunque pensándolo bien se dio cuenta de que los blancos casi nunca tocaban a los pocos negros que aparecían en televisión, si es que lo hacían alguna vez.

—¿Es una especie de política o algo así? —preguntó.

—Más bien una norma tácita —contestó Charlie—. Tácita e inquebrantable —añadió con firmeza.

—¿Y eso por qué? —preguntó con tono desafiante Evie, que había estado escuchando la conversación.

Dave vio la expresión de su hermana y gimió para sus adentros. Evie no iba a dejarlo pasar. Buscaba pelea.

Sin embargo, se hizo el silencio durante unos segundos. Nadie sabía qué decir, sobre todo con Percy delante.

Fue Wharton quien finalmente contestó a la pregunta de Evie.

—El público no lo aprobaría —dijo con su aburrido tono de contable—. La mayoría de los americanos creen que no deberían existir los matrimonios interraciales.

—Exacto, lo que ocurre en la televisión ocurre en tu casa, en tu salón —añadió Charlie Lacklow—. Lo ven los niños, y tu suegra.

Wharton miró a Percy y recordó que estaba casado con Babe Lee, una mujer blanca.

—Disculpe si le he ofendido, señor Marquand —dijo.

—Estoy acostumbrado —contestó Percy con tranquilidad.

No negó que estuviera ofendido, pero rehusó darle mayor importancia. A Dave le pareció una actitud sorprendentemente magnánima.

—Pues tal vez la televisión tendría que esforzarse en combatir los prejuicios de la gente —dijo Evie, indignada.

—No seas ingenua —le espetó Charlie con grosería—. Si les enseñamos algo que no les gusta, se limitarán a cambiar el puñetero canal.

—Entonces todas las cadenas deberían hacer lo mismo y mostrar una América donde todos los hombres son iguales.

—No funcionaría —aseguró Charlie.

—Quizá, pero habría que intentarlo, ¿no? —replicó Evie—. Tenemos una responsabilidad.

Miró a quienes la rodeaban: a Charlie, a Tony, a Dave, a Percy y a Wharton. Dave se sintió culpable cuando los ojos de su hermana se detuvieron en él porque sabía que Evie tenía razón.

—Todos nosotros hacemos programas de televisión que influyen en el modo de pensar de la gente —insistió la joven.

—No necesariamente… —dijo Charlie antes de que Dave lo interrumpiera.

—Venga ya, Charlie. Influimos en la gente. Si no lo hiciéramos, el señor Wharton estaría malgastando su dinero.

A Charlie no pareció gustarle eso, pero tampoco supo qué contestar.

—Ahora, hoy mismo, tenemos la oportunidad de hacer de este un mundo mejor —sostuvo Evie—. A nadie le importaría que besara a Bing Crosby en la televisión en una franja horaria de máxima audiencia. Ayudemos a la gente a comprender que no pasa nada si la mejilla que beso es un poco más oscura.

Todos miraron al señor Wharton.

Dave sintió que empezaba a sudar debajo de su ajustada camisa con volantes. No quería que Wharton se ofendiera.

—Sabe cómo defender una causa, jovencita —dijo Wharton—, pero yo debo responder ante mis accionistas y mis empleados. No estoy aquí para hacer de este un mundo mejor, estoy aquí para vender Espuma a todas las amas de casa, y no lo conseguiré si asocio mi producto al sexo interracial, con todos mis respetos al señor Marquand, de quien, por cierto, soy un gran admirador. Percy, tengo todos sus discos.

A Dave le dio por pensar en Mandy Love. Había estado colado por ella, y Mandy era negra, no de un color tostado como Percy, sino de un bello e intenso marrón oscuro. Dave había besado su piel hasta que le habían dolido los labios. Incluso habría acabado pidiéndole que se casara con él, si ella no hubiera vuelto con su antiguo novio, y entonces se habría encontrado en la situación de Percy, haciendo esfuerzos por tolerar una conversación que degradaba su matrimonio.

—Creo que el dúo funciona bien como bonito símbolo de armonía interracial sin meterse en el jodido tema de las relaciones sexuales entre personas de distinta raza —insistió Charlie—. Estoy convencido de que hemos hecho un magnífico trabajo... Siempre que dejemos fuera lo del beso.

—Buen intento, Charlie, pero eso no son más que tonterías, y lo sabes —replicó Evie.

—Es la realidad.

—¿Acabas de decir que el sexo es «jodido», Charlie? —intervino Dave tratando de quitar hierro al asunto—. Tiene gracia.

Nadie rió.

Evie miró a Dave.

—Y tú, Dave, ¿qué piensas a hacer, además de contar chistes? —preguntó rozando la provocación—. A los dos nos educaron para luchar contra las injusticias. Nuestro padre estuvo en la Guerra Civil española. Nuestra abuela consiguió el voto para las mujeres. ¿Y tú vas a rendirte?

—Tú eres la estrella, Dave —añadió Percy Marquand—. Te necesitan, sin ti no hay programa. Tienes poder. Úsalo para hacer lo correcto.

—Seamos realistas: no hay programa sin National Soap —dijo Charlie—. Nos costará encontrar otro patrocinador, sobre todo después de que la gente se entere de por qué se ha retirado el señor Wharton.

Dave cayó en la cuenta de que, en realidad, Wharton no había dicho que fuese a retirar su patrocinio por el beso. Y Charlie tampoco había dicho que encontrar un nuevo patrocinador fuera imposible, solo difícil. Si Dave decidía conservar el beso, el programa tal vez seguiría adelante y su carrera televisiva sobreviviría.

Tal vez.

—¿De verdad tengo la última palabra? —preguntó Dave.

—Eso parece —contestó Evie.

¿Estaba preparado para asumir ese riesgo?

No, no lo estaba.

—El beso queda fuera —decidió.

Jasper Murray voló a Memphis en abril para cubrir la huelga de los trabajadores del servicio de recogida de basuras, que estaba tomando tintes violentos.

Jasper sabía bien qué era la violencia. Opinaba que todos los hombres, él incluido, podían actuar de manera pacífica o brutal según las circunstancias. La tendencia natural era llevar una vida tranquila y atenerse a la ley, pero con el estímulo adecuado la mayoría de los hombres eran capaces de cometer torturas, violaciones y asesinatos. Lo sabía muy bien.

Por eso escuchó a ambos bandos cuando llegó a Memphis. El portavoz del ayuntamiento aseguraba que unos agitadores llegados de fuera estaban incitando el comportamiento violento de los manifestantes; los manifestantes, a su vez, culpaban a la policía de brutalidad.

—¿Quién está al mando? —preguntó Jasper.

Le respondieron que Henry Loeb.

Jasper se enteró de que Loeb, el alcalde demócrata de Memphis, era un racista declarado. Defendía la segregación, apoyaba instalaciones y servicios «separados, pero iguales» para blancos y negros, y clamaba públicamente contra las sentencias judiciales que favorecían la integración.

Y casi todos los basureros eran negros.

Los sueldos eran tan bajos que muchos dependían además de un subsidio adicional del estado, los trabajadores estaban obligados a realizar horas extras no remuneradas y la ciudad no reconocía su sindicato.

Sin embargo, el tema de la seguridad laboral era lo que había motivado la manifestación. Dos hombres habían muerto aplastados por culpa de un camión averiado, pero Loeb se había negado a retirar los camiones obsoletos y a incrementar las normas de seguridad.

El consejo municipal había votado a favor del reconocimiento del sindicato para poner fin a la huelga, pero Loeb había anulado su decisión.

Las protestas se habían generalizado.

El caso captó la atención de todo el país cuando Martin Luther King tomó partido por los trabajadores del servicio de recogida de basuras.

King había volado a Memphis por segunda vez el mismo día que Jasper llegó a la ciudad, el miércoles 3 de abril de 1968. Bajo una lluvia torrencial, Jasper fue a oír hablar a King a una concentración en Mason Temple.

Ralph Abernathy actuaba como maestro de ceremonias. Más alto y de tez más oscura que King, menos atractivo y más agresivo, Abernathy era, según los rumores, su compañero de correrías, con el que compartía su afición por el alcohol y las faldas, así como su aliado y amigo íntimo.

El público estaba compuesto por trabajadores del servicio de recogida de basuras, familiares y simpatizantes. Tras un breve vistazo a los zapatos gastados y los abrigos y sombreros deslucidos, Jasper comprendió que se encontraba ante algunas de las personas más pobres de Estados Unidos. Apenas habían recibido educación, hacían trabajos sucios y vivían en una ciudad que los consideraba ciudadanos de segunda clase y los llamaba «negros» y «muchachos» con un dejo despectivo. Sin embargo, habían perdido el miedo. No iban a tolerarlo ni un minuto más. Creían en una vida mejor. Tenían un sueño.

Y a Martin Luther King.

A pesar de sus treinta y nueve años, King parecía mayor. El pastor estaba algo metido en carnes cuando Jasper lo oyó hablar por primera vez, en Washington, pero el hombre había ganado peso en los cinco años que habían transcurrido desde entonces y en esos momentos se lo veía rollizo. Si el traje que llevaba no hubiera sido tan elegante, podría haber pasado por tendero. Sin embargo, aquella era la impresión que daba antes de abrir la boca, porque cuando hablaba se convertía en un gigante.

Esa noche estaba de un humor apocalíptico. Mientras los relámpagos centelleaban a través del cristal de las ventanas y el rugir de los truenos interrumpía su discurso, King contó a los asistentes que, esa mañana, su avión había sufrido un retraso por culpa de una amenaza de bomba.

—Aunque ahora ya no me importa, porque he estado en la cima de la montaña —dijo, y la gente lo vitoreó—. Solo deseo cumplir la voluntad del Señor. —En ese momento se vio traicionado por la emoción de sus propias palabras y le tembló la voz, como lo había hecho en los escalones del monumento a Lincoln—. Y Él me ha permitido subir a la montaña —vociferó—. Y he mirado a mi alrededor. —Volvió a alzar la voz—. ¡Y he visto la Tierra Prometida!

Jasper percibió que King estaba sinceramente conmovido. Sudaba con profusión y derramaba lágrimas. El público se contagiaba de su pasión y respondía gritando «¡Sí!» y «¡Amén!».

—Puede que yo no llegue allí con vosotros —prosiguió el pastor con la voz quebrada a causa de la emoción, y Jasper recordó que, en la Biblia, Moisés no había llegado a Canaán—, pero esta noche quiero que sepáis que nosotros, como pueblo, llegaremos a la Tierra Prometida. —Dos mil asistentes rompieron a aplaudir y a soltar amenes—. Y por eso esta noche me siento feliz. Nada me preocupa. No temo a ningún hombre. —Hizo una pausa y, a continuación, añadió lentamente—: Mis ojos han visto la gloria de la venida del Señor.

Dicho aquello, dio la impresión de que se apartaba del púlpito con paso tambaleante, y Ralph Abernathy, que estaba detrás de él, se acercó de un salto para sostenerlo y acompañarlo hasta su asiento en medio de un vendaval de vítores que rivalizaba con la tormenta del exterior.

Jasper pasó todo el día siguiente cubriendo una disputa legal. La ciudad quería que los juzgados prohibieran la manifestación que King había convocado para el lunes, y King se esforzaba por alcanzar un acuerdo que les autorizara a realizar una marcha pequeña y pacífica.

Al final de la tarde Jasper habló con Herb Gould, que se encontraba en Nueva York. Decidieron que Jasper intentaría conseguirle una entrevista a Sam Cakebread tanto con Loeb como con King el sábado o el domingo, y que Herb enviaría a un equipo para grabar imágenes de la manifestación del lunes, que incluirían en un reportaje que se emitiría ese mismo día por la noche.

Después de hablar con Gould, Jasper fue al motel Lorraine, donde se alojaba King. Se trataba de un edificio bajo de solo dos plantas y con balcones que daban al aparcamiento. Jasper vio el Cadillac blanco que sabía que una funeraria de Memphis, cuyos dueños eran negros, le había prestado a King con conductor incluido. Cerca del coche había un grupo de asistentes del pastor entre los que Jasper entrevió a Verena Marquand.

Seguía tan guapa y arrebatadora como hacía cinco años, aunque estaba distinta. Llevaba el cabello a lo afro, collares de cuentas y un caftán. Jasper distinguió unas pequeñas arrugas de cansancio alrededor de sus ojos y se preguntó cómo sería trabajar para un hombre tan fervientemente idolatrado y al mismo tiempo tan profundamente odiado como Martin Luther King.

Jasper le dedicó su mejor sonrisa y se presentó.

—Ya nos conocemos —dijo.

—Creo que no —contestó ella con recelo.

—Le aseguro que sí, aunque no la culpo por no recordarlo. Fue el 28 de agosto de 1963, y ese día pasaron muchas otras cosas.

—Básicamente el discurso de «Tengo un sueño» de Martin.

—Yo era estudiante de periodismo y le pedí que me concediera una entrevista con el doctor King. No me hizo ni caso.

Jasper también recordaba de qué modo lo cautivó la belleza de Verena. La misma fascinación que sentía en esos momentos.

Verena se ablandó.

—Y supongo que todavía quiere esa entrevista —dijo con una sonrisa.

—Sam Cakebread estará aquí el fin de semana para hablar con Henry Loeb. Sería perfecto que también pudiera entrevistar al doctor King.

—Haré lo que pueda, señor Murray.

—Por favor, llámeme Jasper.

Verena vaciló.

—Solo por curiosidad: ¿cómo nos conocimos ese día en Washington?

—Yo estaba desayunando con el senador Greg Peshkov, un amigo de la familia, y usted estaba con George Jakes.

—¿Y dónde ha estado desde entonces?

—En Vietnam, en parte.

—¿En primera línea?

—Sí, a veces en primerísima. —Odiaba hablar de aquello—. ¿Le importa que le haga una pregunta personal?

—Adelante, aunque no le prometo que responda.

—¿George y usted siguen siendo pareja?

—No voy a responder.

En ese momento oyeron a King y ambos levantaron la vista. Estaba en el balcón de su habitación, mirando abajo, y le dijo algo a uno de los asistentes que estaban en el aparcamiento, junto a Jasper y Verena. King estaba remetiéndose la camisa, como si se vistiera después de darse una ducha, y Jasper pensó que seguramente se preparaba para salir a cenar.

King apoyó ambas manos en la barandilla y se inclinó hacia delante mientras bromeaba con alguien de abajo.

—Ben, esta noche quiero que cantes *My Precious Lord* para mí como nunca antes. Quiero que suene como los ángeles.

—Empieza a refrescar, pastor —le advirtió el conductor del Cadillac blanco—. Esta noche no le vendría mal un abrigo.

—De acuerdo, Jonesy —contestó King, y se irguió.

Entonces se oyó un disparo.

King se tambaleó hacia atrás, levantó los brazos en cruz, se golpeó con la pared de detrás y cayó.

Verena lanzó un chillido.

Los asistentes de King se protegieron detrás del Cadillac blanco.

Jasper apoyó una rodilla en el suelo y envolvió con los brazos a Verena, agachada delante de él, arrimándole la cabeza a su pecho en actitud protectora mientras buscaba el origen del disparo. Al otro lado de la calle había un edificio que parecía una pensión.

No hubo un segundo tiro.

Por un momento Jasper se vio atrapado en un dilema, hasta que decidió soltar a Verena.

—¿Estás bien? —preguntó.

—¡Oh, Martin! —exclamó ella alzando la vista hacia el balcón.

Se pusieron de pie con cautela, pero parecía que ya había pasado el peligro.

Sin intercambiar palabra, ambos echaron a correr hacia la escalera exterior que conducía al balcón.

King estaba tendido de espaldas, con los pies apoyados en la barandilla. Ralph Abernathy se había inclinado sobre él, igual que otro de los acompañantes del pastor, el afable Billy Kyles con sus enormes gafas. Desde allí se oían los gritos y los lamentos de la gente que estaba en el aparcamiento en el momento del disparo.

La bala había destrozado el cuello y la mandíbula del pastor y le había arrancado la corbata. La herida era espantosa y Jasper supo de inmediato que King había sido alcanzado por una bala explosiva, conocida como «dum-dum». La sangre empezaba a formar un charco alrededor de sus hombros.

—¡Martin! ¡Martin! ¡Martin! —gritaba Abernathy mientras le daba palmaditas en la mejilla. Jasper creyó atisbar una débil señal de consciencia en el rostro de King—. Martin, soy Ralph, no te preocupes, todo va a salir bien.

King movió los labios, pero no emitió ningún sonido.

Kyles fue el primero en llegar al teléfono de la habitación. Lo levantó, pero por lo visto no había nadie en centralita, y empezó a aporrear la pared con el puño mientras gritaba:

—¡Contestad al teléfono! ¡Contestad al teléfono! ¡Contestad al teléfono!

Hasta que se rindió y volvió corriendo al balcón.

—¡Llamad a una ambulancia, han disparado al doctor King! —le gritó a la gente del aparcamiento.

Alguien envolvió la cabeza destrozada de King en una toalla de baño.

Kyles cogió una colcha de color naranja de la cama y se la echó al pastor por encima para cubrirle el cuerpo hasta el cuello.

Jasper sabía de heridas. Sabía cuánta sangre podía perder un hombre y cuándo podía salir adelante o no.

Para él, Martin Luther King no tenía salvación.

Kyles levantó la mano del moribundo, le separó los dedos y le quitó el paquete de cigarrillos. Jasper nunca había visto fumar a King, por lo que supuso que lo hacía en privado. Incluso en aquellas circunstancias Kyles protegía a su amigo, un gesto que conmovió al joven.

Abernathy seguía hablando con King.

—¿Puedes oírme? —decía—. ¿Puedes oírme?

Jasper vio que el rostro del pastor mudaba de color de manera drástica. Empalideció y su tez adquirió una tonalidad grisácea. Los atractivos rasgos adoptaron una serenidad antinatural.

Jasper también conocía la muerte y sabía que la tenía delante.

Verena vio lo mismo. Dio media vuelta y se metió en la habitación, sollozando.

Jasper la rodeó con los brazos.

La mujer se derrumbó sobre su pecho, llorando, y sus lágrimas calientes empaparon la camisa blanca de Jasper.

—Lo siento mucho —dijo en un susurro—. Lo siento mucho.

Lo sentía por Verena. Lo sentía por Martin Luther King.

Lo sentía por Estados Unidos.

Esa noche estallaron las áreas más degradadas de las grandes ciudades de Estados Unidos.

Dave Williams, en el bungalow del hotel Beverly Hills en el que vivía, seguía horrorizado la cobertura televisiva. Había disturbios en ciento diez ciudades. En Washington veinte mil personas habían arrollado a la policía y prendido fuego a edificios. En Baltimore habían muerto seis personas y se habían producido setecientos heridos. En Chicago un tramo de tres kilómetros de West Madison Street había quedado reducido a escombros.

Dave no abandonó su habitación en todo el día siguiente y lo pasó sentado en el sofá, delante del televisor, sin parar de fumar. ¿Quién tenía la culpa? No solo la persona que había disparado, sino también los racistas blancos que incitaban al odio. Y la gente que no hacía nada ante las injusticias sangrantes.

Gente como Dave.

Había tenido una oportunidad única de alzarse contra el racismo. Había ocurrido hacía unos días, en un estudio de televisión de Burbank. Le habían dicho que una mujer blanca no podía besar a un hombre negro en la televisión estadounidense. Su hermana le había pedido que se opusiera a aquella política racista y, sin embargo, él había cedido ante los prejuicios.

Él había matado a Martin Luther King de igual modo que lo habían hecho Henry Loeb, Barry Goldwater y George Wallace.

El programa se emitiría sin el beso al día siguiente, sábado, a las ocho de la tarde.

Dave pidió una botella de whisky al servicio de habitaciones y se durmió en el sofá.

Por la mañana despertó temprano y sabiendo lo que tenía que hacer.

Se duchó, tomó un par de aspirinas para la resaca y se vistió con su ropa más conservadora: un traje a cuadros verdes de solapas anchas y pantalones acampanados. Después pidió una limusina que lo llevó al estudio de Burbank, donde llegó a las diez.

Sabía que Charlie Lacklow estaría en el despacho aunque se tratara de un festivo. El sábado era el día de emisión y seguro que surgían contratiempos de última hora, como el que Dave estaba a punto de provocar.

La secretaria de mediana edad de Charlie, Jenny, estaba sentada a su mesa en la antesala del despacho de Lacklow.

—Buenos días, señorita Pritchard —saludó Dave. La trataba con un respeto especial porque Charlie era muy grosero con ella, de ahí que la mujer adorara a Dave y estuviera dispuesta a hacer lo que fuera por él—. ¿Le importaría buscarme un vuelo a Cleveland?

—¿Ohio?

Dave la miró con una amplia sonrisa.

—¿Conoce otro Cleveland?

—¿Para hoy?

—Lo antes posible.

—¿Sabe lo lejos que está?

—A unos tres mil kilómetros.

La mujer levantó el teléfono.

—Y que una limusina me recoja en el aeropuerto.

La señorita Pritchard tomó nota y luego se puso al aparato.

—¿Cuándo sale el próximo vuelo a Cleveland? Gracias, espero. —Volvió a mirar a Dave—. ¿A qué parte de Cleveland desea ir?

—Dele al conductor la dirección de Albert Wharton.

—¿El señor Wharton lo espera?

—Será una sorpresa.

Dave le guiñó un ojo y entró en el despacho de Lacklow.

Charlie estaba sentado a su mesa. Como era sábado, se había decidido por una chaqueta de tweed y no llevaba corbata.

—¿Podrías hacer dos copias del programa? —preguntó Dave—. ¿Una con el beso y otra sin él?

—Podría —contestó Charlie—. Ya tenemos una sin el beso lista para emitirse, y podríamos montar la otra esta mañana, pero no vamos a hacerlo.

—Hoy mismo recibirás una llamada de Albert Wharton para pedirte que dejes el beso. Es solo para que estemos preparados. No querrás disgustar a nuestro patrocinador, ¿verdad?

—Claro que no, pero ¿por qué estás tan seguro de que va a cambiar de opinión?

Dave no estaba nada seguro, pero no se lo dijo a Charlie.

—Si tuviéramos listas las dos copias, ¿hasta qué hora estaríamos a tiempo de hacer el cambio?

—Más o menos hasta las ocho menos diez, horario de la Costa Este.

Jenny Pritchard asomó la cabeza por la puerta.

—Tiene una reserva para las once en punto, Dave. El aeropuerto está a unos diez kilómetros de aquí, así que debería salir cuanto antes.

—Ya voy.

—Es un vuelo de cuatro horas y media y hay una diferencia horaria de tres, así que aterrizará a las seis y media. —Le tendió una hoja de papel con la dirección del señor Wharton—. Debería estar allí a las siete.

—Tiempo de sobra —dijo Dave, y se despidió de Charlie con un gesto de la mano—. No te separes del teléfono.

Charlie parecía desconcertado, poco acostumbrado como estaba a que lo mangonearan.

—No voy a ir a ningún sitio —contestó.

—Su mujer se llama Susan y sus hijos son Caroline y Edward —dijo la señorita Pritchard, ya en la antesala del despacho.

—Gracias. —Dave cerró la puerta de Charlie—. Señorita Pritchard, si alguna vez se harta de Charlie, yo necesito una secretaria.

—Ya estoy harta —afirmó—. ¿Cuándo empiezo?

—El lunes.

—¿En el hotel Beverly Hills a las nueve?

—Que sean las diez.

La limusina del hotel llevó a Dave al LAX, el aeropuerto principal de Los Ángeles. La señorita Pritchard había llamado a la línea aérea y ya tenía a una azafata esperando para acompañarlo a través de la zona VIP y así evitar el asedio de la multitud en la sala de espera de salidas.

No había desayunado nada salvo por las aspirinas, así que agradeció la comida que le sirvieron a bordo. Dave meditaba lo que iba a decirle al señor Wharton mientras el avión descendía hacia la llana ciudad junto al lago Erie. Iba a ser complicado, pero si planteaba bien la situación tal vez conseguiría que Wharton cambiase de opinión, lo cual compensaría su cobardía anterior. Deseaba decirle a su hermana que se había redimido.

Los trámites de la señorita Pritchard habían dado resultado y el coche que debía llevarlo a la zona residencial y arbolada, no muy lejos de allí, estaba esperándolo a su llegada al aeropuerto de Hopkins. La limusina se detuvo pocos minutos después de las siete en el camino de entrada de una casa de grandes dimensiones estilo rancho, aunque nada ostentosa. Dave se acercó a la puerta y llamó al timbre.

Estaba nervioso.

Fue el propio Wharton quien acudió a abrir, vestido con un suéter gris de cuello de pico y unos pantalones anchos.

—¿Dave Williams? —dijo—. ¿Qué demon…?

—Buenas tardes, señor Wharton —lo interrumpió Dave—. Siento molestarlo, pero me gustaría hablar con usted.

El hombre pareció complacido cuando se recuperó de la sorpresa.

—Pase —dijo—. Le presentaré a la familia.

Wharton acompañó a Dave al comedor, donde daba la impresión de que estaban terminando de cenar. El empresario tenía una mujer de treinta y tantos años, bastante guapa, una hija de unos dieciséis y un hijo con acné un par de años menor que su hermana.

—Tenemos una visita sorpresa —anunció Wharton—. Os presento al señor Dave Williams, de Plum Nellie.

La señora Wharton se tapó la boca con una mano blanca y pequeña.

—Ay, Dios —musitó.

Dave le estrechó la mano y luego se volvió hacia los jóvenes.

—Vosotros debéis de ser Caroline y Edward.

A Wharton pareció complacerle que Dave recordara el nombre de sus hijos.

Los chicos estaban atónitos ante la visita sorpresa de una estrella del pop a la que habían visto en la televisión. Edward se había quedado sin habla y Caroline había enderezado la espalda para que sus pechos destacaran un poco más, mientras le lanzaba esa mirada que Dave ya había visto antes en un millar de chicas adolescentes y que decía «puedes hacerme lo que quieras».

Decidió no darse por enterado.

—Por favor, Dave, tome asiento y acompáñenos —dijo Wharton.

—¿Le apetece un trozo de tarta? —preguntó la señora Wharton—. Es de fresa.

—Sí, gracias —dijo Dave—. Vivo en un hotel, así que los postres caseros son todo un lujo.

—Ay, pobre —se lamentó la mujer, y se dirigió a la cocina.

—¿Ha llegado hoy de Los Ángeles? —preguntó Wharton.

—Sí.

—Seguro que no habrá venido solo a visitarme.

—Pues en realidad sí. Me gustaría volver a hablar con usted sobre el programa de esta noche.

—Adelante —accedió Wharton, no demasiado convencido.

La señora Wharton regresó con el postre presentado en una fuente y empezó a servir.

Dave intentó ponerse a los hijos de su lado.

—En el programa que vuestro padre y yo hemos grabado hay una sección en la que Percy Marquand hace un dúo con mi hermana, Evie Williams.

—He visto su película —dijo Edward—. ¡Es una pasada!

—Al final de la canción, Evie besa a Percy en la mejilla. —Dave hizo una pausa.

—¿Y? ¡Pues vaya cosa! —comentó Caroline.

La señora Wharton enarcó una ceja con gesto coqueto mientras le pasaba a Dave un buen trozo de tarta de fresa.

—Vuestro padre y yo hablamos sobre si ese beso ofendería a nuestro público —prosiguió Dave—, algo que ninguno de los dos queremos, y por eso concluimos que lo mejor era dejarlo fuera.

—Creo que fue una buena decisión —dijo Wharton.

—Señor Wharton, hoy he venido a verlo hasta aquí porque creo que las cosas han cambiado desde que tomamos esa decisión.

—Se refiere al asesinato de Martin Luther King.

—Han asesinado al doctor King, pero América se desangra.

Aquella frase se le había ocurrido de repente, como a veces le sucedía con las letras de las canciones.

Wharton negó con la cabeza y apretó los labios en un gesto testarudo. El optimismo de Dave perdió fuelle.

—Tengo más de un millar de empleados —dijo Wharton con cansancio—, muchos de ellos son negros, por cierto. Si las ventas de Espuma caen en picado porque ofendemos a los telespectadores, parte de esa gente perderá su empleo. No puedo asumir ese riesgo.

—Lo asumiríamos ambos —repuso Dave—. Mi popularidad también está en juego, pero quiero hacer algo para contribuir a cerrar las heridas de este país.

Wharton sonrió con indulgencia, como lo haría si uno de sus hijos dijera algo completamente idealista.

—¿Y cree que lo conseguirá con un beso?

Dave adoptó un tono de voz más duro y grave.

—Es sábado por la noche, Albert. Imagine lo siguiente: ahora mismo hay jóvenes negros por toda América planteándose si salir a prenderle fuego a algo y a romper ventanas, o relajarse y no meterse en líos. Antes de decidirse, muchos de ellos verán *Dave Williams and Friends* solo porque lo presenta una estrella del rock. ¿Cómo quiere que se sientan al final del programa?

—Bueno, obviamente...

—Piense en el escenario que les construimos a Percy y a Evie. Todo en ese decorado dice que los blancos y los negros deben estar separados: el vestuario, el papel que interpreta cada uno, el mostrador que hay entre ambos...

—Esa era la intención —admitió Wharton.

—Pusimos énfasis en esa separación y no es eso lo que quiero restregarle por la cara a la comunidad negra, y menos esta noche, después de que hayan asesinado a su gran ídolo. Sin embargo, el beso de Evie, justo al final, le da la vuelta a ese mensaje. El beso dice que no debemos aprovecharnos unos de otros, ni maltratarnos, ni matarnos. Dice que podemos tocarnos, algo que no debería ser tan extraño, pero lo es.

Dave contuvo la respiración. En realidad no estaba seguro de que aquel beso fuera a detener muchos altercados. Quería que se incluyera en el programa porque era lo correcto, pero creyó que tal vez podría convencer a Wharton con aquel argumento.

—Dave tiene toda la razón, papá —intervino Caroline—. Tenéis que hacerlo.

—Sí —la apoyó Edward.

Wharton no parecía demasiado dispuesto a cambiar de parecer empujado por lo que opinaran sus hijos, pero se volvió hacia su mujer y, hasta cierto punto para sorpresa de Dave, lo consultó con ella.

—¿Tú qué crees, cariño?

—Jamás te diré que hagas nada que pueda perjudicar a la compañía —contestó ella—, ya lo sabes, pero creo que esto incluso podría beneficiar a National Soap. Si recibes críticas, diles que lo hiciste por Martin Luther King. Podrías acabar siendo un héroe.

—Son las ocho menos cuarto, señor Wharton —dijo Dave—, y Charlie Lacklow espera junto al teléfono. Si lo llama en los próximos cinco minutos, aún habrá tiempo de cambiar las cintas. La decisión es suya.

Se hizo el silencio en el comedor. Wharton lo meditó unos minutos y luego se levantó.

—¡Qué demonios! Puede que tengáis razón —dijo, y se dirigió al recibidor.

Todos lo oyeron llamar. Dave se mordió el labio.

—Con el señor Lacklow, por favor... Hola, Charlie... Sí, está aquí, tomando el postre con nosotros... Hemos tenido una larga charla y llamo para pedirle que vuelva a incluir el beso en el programa… Sí, eso es lo que he dicho. Gracias, Charlie. Buenas noches.

Dave oyó que colgaba el teléfono y dejó que lo embargara una cálida sensación de triunfo.

El señor Wharton regresó al comedor.

—Bueno, ya está hecho —anunció.

—Gracias, señor Wharton —dijo Dave.

—El beso ha recibido muchísima publicidad, casi toda ella buena —le comentó Dave a Evie el martes mientras comían en el Polo Lounge.

—¿National Soap ha salido beneficiado?

—Eso es lo que dice mi nuevo amigo, el señor Wharton. Las ventas de Espuma han subido, no bajado.

—¿Y el programa?

—También es un éxito. Ya nos han encargado una temporada.

—Y todo porque hiciste lo correcto.

—Mi carrera en solitario no puede empezar mejor. No está mal para un crío que no aprobaba ni un examen.

Charlie Lacklow se sentó a su mesa.

—Siento llegar tarde —dijo con muy poca convicción—. He estado trabajando en un comunicado de prensa conjunto con National Soap. Es un poco tarde, tres días después del programa, pero quieren aprovechar la publicidad.

Le tendió un par de hojas a Dave.

—¿Puedo verlo? —preguntó Evie.

La joven sabía que su hermano tenía problemas para leer, y este le pasó los papeles.

—¡Dave! —exclamó Evie al cabo de un minuto—. Quieren que digas: «Deseo expresar mi admiración por el coraje y la visión de futuro del director ejecutivo de National Soap, el señor Albert Wharton, a la hora de insistir en la inclusión del controvertido beso en la emisión del programa». ¡Tendrán cara…!

Dave recuperó la hoja.

Charlie le alcanzó un bolígrafo.

Dave escribió «OK» en lo alto de la página, la firmó y luego se lo devolvió todo a Charlie.

—¡Esto es un escándalo! —protestó Evie hecha una furia.

—Por supuesto que lo es —admitió Dave—. Así es el mundo del espectáculo.

43

El día en que el divorcio de Dimka fue definitivo, hubo una reunión de los principales asistentes del Kremlin para tratar la crisis de Checoslovaquia.

Dimka se sentía animado. Ansiaba casarse con Natalia, y uno de los grandes obstáculos había desaparecido ya. Estaba impaciente por contarle la noticia, pero cuando llegó a la Sala Nina Onilova vio que varios asistentes ya se hallaban allí, y tuvo que esperar.

Cuando Natalia entró, con los rizos cayéndole alrededor de la cara de ese modo que a él le parecía tan encantador, Dimka le dedicó una amplia sonrisa. Ella no sabía a qué se debía, pero se la devolvió, alegre.

Dimka se sentía casi igual de feliz con respecto a Checoslovaquia. El nuevo líder de Praga, Alexander Dubček, había resultado ser un reformista con el que se identificaba. Por primera vez desde que trabajaba en el Kremlin, el satélite soviético había declarado que su versión del comunismo podría no ser exactamente la misma que la del modelo de la URSS. El 5 de abril Dubček había anunciado un Programa de Acción que incluía la libertad de expresión, el derecho a viajar a Occidente, el fin de las detenciones arbitrarias y una mayor independencia para el sector industrial.

Si funcionaba en Checoslovaquia, también podría funcionar en la Unión Soviética.

Dimka siempre había creído que era posible reformar el comunismo, a diferencia de su hermana y los disidentes, que opinaban que debía abolirse.

La reunión dio comienzo, y Yevgueni Filípov presentó un informe del KGB que afirmaba que elementos burgueses estaban intentando socavar la revolución checoslovaca.

Dimka exhaló con fuerza. Aquello era típico del Kremlin bajo el mandato de Brézhnev: cuando la gente se resistía a su autoridad, nunca les preguntaban si lo hacían por causas legítimas, sino que siempre buscaban —o inventaban— motivos perversos.

La respuesta de Dimka fue desdeñosa:

—Dudo que queden muchos elementos burgueses en Checoslovaquia, después de veinte años de comunismo.

A modo de prueba, Filípov extrajo dos hojas de papel. Una era la carta de Simon Wiesenthal, director del Centro de Documentación Judía de Viena, en la que alababa el trabajo de los colegas sionistas de Praga. La otra era un folleto impreso en Checoslovaquia que clamaba por la secesión de Ucrania de la URSS.

Al otro lado de la mesa, Natalia Smótrova se mostró irónica.

—¡Es tan evidente que esos documentos son falsos que dan ganas de reír! No es ni remotamente verosímil que Simon Wiesenthal esté organizando una contrarrevolución en Praga. Por favor, seguro que el KGB sabe hacerlo mejor...

—¡Dubček ha acabado siendo una serpiente entre la hierba! —replicó Filípov, airado.

Había un ápice de verdad en aquello. Cuando el anterior líder checo perdió la popularidad, Brézhnev aprobó a Dubček como sustituto porque parecía un hombre gris y fidedigno, pero su radicalismo había supuesto una terrible conmoción para los conservadores del Kremlin.

—¡Dubček ha permitido que los periódicos ataquen a líderes comunistas! —añadió Filípov con indignación.

Filípov pisaba terreno pantanoso. El predecesor de Dubček, Novotný, utilizaba licencias de importación gubernamentales para comprar coches de la marca Jaguar que después vendía a sus colegas del partido con un enorme margen de beneficios, según los periódicos recientemente oportunistas.

—¿De verdad quieres proteger a hombres de esa calaña, camarada Filípov? —inquirió Dimka.

—Quiero que los países comunistas se gobiernen con disciplina y rigor —contestó él—. Los periódicos subversivos pronto empezarán a exigir esa presunta democracia de Occidente en la que los partidos políticos que representan a facciones burguesas rivales crean la ilusión de diversidad y al mismo tiempo unidad para reprimir a la clase trabajadora.

—Nadie quiere eso —replicó Natalia—, pero sí que Checoslovaquia sea un país culturalmente avanzado para los turistas occidentales. Si aplicamos una política represora y el turismo decae, la Unión Soviética se verá obligada a desembolsar aún más dinero para salvaguardar la economía checa.

—¿Es esa la postura del Ministerio de Exteriores? —repuso Filípov con desdén.

—Lo que quiere el Ministerio de Exteriores es negociar con Dubček para garantizar que el país siga siendo comunista, no propone una intervención bruta que distancie a países tanto capitalistas como comunistas —respondió Natalia.

Al final los argumentos económicos prevalecieron entre la mayoría de los presentes, quienes recomendaron al Politburó que otros miembros del Pacto de Varsovia interrogasen a Dubček en la siguiente reunión, que se celebraría en Dresde, en la Alemania Oriental. Dimka estaba exultante: habían eludido la amenaza de una purga radical, al menos de momento. El emocionante experimento checo del comunismo reformado podía proseguir.

Ya fuera de la sala, Dimka se dirigió a Natalia:

—El divorcio ya es efectivo. No estoy casado con Nina, y es oficial.

—Bien —musitó; parecía nerviosa.

Dimka llevaba un año sin vivir con Nina y el pequeño Grigor. Tenía un apartamento modesto donde él y Natalia disfrutaban de cierta intimidad durante varias horas una o dos veces a la semana. Era un apaño insatisfactorio para ambos.

—Quiero casarme contigo —dijo él.

—Yo también quiero casarme contigo.

—¿Hablarás con Nik?

—Sí.

—¿Esta noche?

—Pronto.

—¿De qué tienes miedo?

—No tengo miedo por mí —contestó Natalia—, no me importa lo que me haga. —Dimka se estremeció al pensar en su labio partido—. Eres tú quien me preocupa —añadió—. Recuerda al hombre de la grabadora.

Dimka lo recordaba: el comerciante del mercado negro que había estafado a Natalia había recibido tal paliza que acabó en el hospital. Natalia temía que a Dimka le ocurriera lo mismo si le pedía el divorcio a Nik.

Él no lo creía así.

—Pero yo no soy un delincuente de los bajos fondos, soy la mano derecha del presidente del Consejo de Ministros. Nik no puede tocarme. —Estaba seguro de ello al noventa y nueve por ciento.

—No lo sé —repuso Natalia, abatida—. Nik también tiene contactos en las altas esferas.

Dimka bajó la voz.

—¿Aún te acuestas con él?

—Muy pocas veces. Tiene otras chicas.

—¿Lo disfrutas?

—¡No!

—¿Y él?

—No mucho.

—Entonces, ¿cuál es el problema?

—Su orgullo. Le enfurecería saber que yo podría preferir a otro hombre.

—No me asusta su furia.

—A mí sí, pero hablaré con él. Te lo prometo.

—Gracias. —Dimka redujo su voz a un susurro—. Te quiero.

—Yo también te quiero.

Dimka volvió a su despacho y le resumió la reunión a su jefe, Alekséi Kosiguin.

—Yo tampoco creo al KGB —dijo Kosiguin—. Andrópov quiere eliminar las reformas de Dubček y está inventando pruebas para conseguirlo. —Yuri Andrópov era el nuevo director del KGB, y un fanático de la línea dura. Kosiguin prosiguió—: Pero necesito información secreta fidedigna desde Checoslovaquia. Si el KGB no es de fiar, ¿a quién puedo recurrir?

—Envíe a mi hermana —propuso Dimka—. Es periodista de la TASS. En la crisis de los misiles cubanos le transmitió a Jrushchov información valiosísima desde La Habana por medio del sistema de telégrafos del Ejército Rojo. Podría hacer lo mismo desde Praga.

—Buena idea —convino Kosiguin—. Encárgate de organizarlo, ¿quieres?

Dimka no vio a Natalia al día siguiente, pero al otro ella lo llamó por teléfono justo antes de salir del despacho, a las siete.

—¿Has hablado con Nik? —preguntó él.

—Aún no. —Antes de que Dimka pudiera expresar su decepción, ella añadió—: Pero ha pasado algo. Filípov ha ido a verlo.

—¿Filípov? —Dimka estaba atónito—. ¿Qué puede querer un alto cargo del Ministerio de Defensa de tu marido?

—Nada bueno. Creo que le ha hablado a Nik de nosotros.

—¿Por qué iba a hacer eso? Sé que siempre chocamos en las reuniones, pero aun así…

—Hay algo que no te he contado. Filípov se me insinuó.

—¡Será cabrón…! ¿Cuándo?

—Hace dos meses, en el Moskvá Bar. Tú estabas fuera con Kosiguin.

—Increíble. ¿Creía que ibas a acostarte con él solo porque yo no estaba en la capital?

—Algo así. Fue bochornoso. Le dije que no me acostaría con él aunque fuera el último hombre que quedara en Moscú. Seguramente tendría que haber sido menos dura.

—¿Crees que ha hablado con Nik para vengarse?

—Estoy segura.

—¿Qué te ha dicho Nik?

—Nada. Eso es lo que me preocupa. Ojalá hubiese vuelto a partirme el labio.

—No digas eso.

—Tengo miedo por ti.

—Tranquila, no me pasará nada.

—Ten cuidado.

—Lo tendré.

—No vuelvas a casa andando. Coge el coche.

—Siempre vuelvo en coche.

Se despidieron y colgaron. Dimka se puso el pesado abrigo y el gorro de pieles y salió del edificio. Tenía su Moskvich 408 en el aparcamiento del Kremlin, y allí no corría peligro. Durante el trayecto se preguntó si Nik tendría valor para embestir contra su coche, pero no ocurrió nada.

Llegó a casa y aparcó en la calle, en la siguiente manzana. Aquel era el momento de mayor vulnerabilidad. Tenía que andar desde el coche hasta su portal a la luz de las farolas. Si tenían previsto atacarlo, podrían hacerlo allí.

No vio a nadie, aunque tal vez estuvieran escondidos.

No sería Nik quien llevaría a cabo la agresión, supuso Dimka. Enviaría a algunos de sus matones. Dimka se preguntó a cuántos. ¿Debería defenderse? Contra dos tendría alguna posibilidad, no era tan blando. Pero si eran tres o más, lo mejor que podía hacer era tirarse al suelo y aguantar la paliza.

Bajó del coche y lo cerró con llave.

Caminó por la acera. ¿Aparecerían por sorpresa desde detrás de aquella furgoneta aparcada? ¿O por la esquina del siguiente edificio? ¿Acecharían en el portal?

Llegó a su edificio y entró. Tal vez estuvieran en el vestíbulo.

Tuvo que esperar mucho rato hasta que llegó el ascensor.

Cuando por fin estuvo dentro y las puertas se cerraron, se preguntó si habrían entrado en su piso.

Abrió la puerta. En el apartamento reinaba el silencio. Dimka miró en el dormitorio, en el salón, en la cocina y en el baño.

No había nadie.

Echó el pasador de la puerta.

Durante dos semanas Dimka vivió con el miedo de que lo atacaran en cualquier momento. Al final concluyó que no pasaría. Tal vez a Nik no le importaba que su esposa tuviera una aventura, o quizá era demasiado prudente para enemistarse con alguien que trabajaba en el Kremlin. Fuera como fuese, Dimka empezó a sentirse más seguro.

Aún se maravillaba de la inquina de Yevgueni Filípov. ¿Cómo podía haberse sorprendido incluso de que Natalia lo rechazara? Era un hombre gris y conservador, de aspecto vulgar y mal vestido; ¿qué cualidades imaginaría poseer para tentar a una mujer atractiva que ya tenía un amante, además de un marido? Sin embargo, era evidente que se sentía profundamente herido, aunque su venganza parecía no haber dado fruto.

No obstante, la principal preocupación de Dimka era el movimiento de reforma que se estaba pidiendo con la Primavera de Praga y que había provocado la división más amarga en el Kremlin desde la crisis cubana de los misiles. El jefe de Dimka, el presidente soviético Alekséi Kosiguin, lideraba a los optimistas que confiaban en que los checos acabarían encontrando una vía para salir de la ciénaga de ineficacia y derroche que constituía la típica economía comunista. Acallando su entusiasmo por motivos tácticos, proponían que se vigilara de cerca a Dubček, pero que se evitara la confrontación en la medida de lo posible. En cambio, los conservadores como el jefe de Filípov, el ministro de Defensa Andréi Grechko, y el director del KGB, Andrópov, estaban incómodos con la situación de Praga. Temían que las ideas radicales socavaran su autoridad, contagiaran a otros países y acabaran con la alianza militar del Pacto de Varsovia. Querían enviar los tanques, deponer a Dubček e instalar un régimen comunista rígido con una lealtad servil a Moscú.

El verdadero líder, Leonid Brézhnev, nadaba entre dos aguas, como solía hacer, esperando a que se alcanzara un consenso.

Pese a contarse entre las personas más poderosas del mundo, a los hombres que estaban al mando del Kremlin les daba miedo mostrar disconformidad. El marxismo leninismo daba respuesta a todas las preguntas, de modo que la decisión final siempre era infaliblemente correcta. Cualquiera que argumentase a favor de alguna otra solución era por consiguiente declarado culpable de separarse del pensamiento ortodoxo. Dimka se preguntaba a veces si sería igual de terrible en el Vaticano.

Dado que ninguno de ellos quería ser el primero en expresar una opinión, encargaban a sus asistentes una discusión informal previa a todos los plenos del Politburó.

—No se trata solo de que Dubček tenga ideas revisionistas con respecto a la libertad de prensa —le comentó Yevgueni Filípov a Dimka una tarde en el amplio pasillo que daba acceso a la sala del Presídium—. Es un eslovaco que quiere conceder más derechos a la minoría oprimida de la que procede. Imagina que esa idea empieza a propagarse por lugares como Ucrania y Bielorrusia.

Como siempre, Filípov parecía vivir con una década de retraso. En aquellos momentos casi todo el mundo se dejaba crecer más el cabello, pero él seguía llevándolo al rape. Dimka intentó olvidar por un momento que era un cabrón liante.

—Esos peligros son remotos —argumentó—. No existe una amenaza inmediata para la Unión Soviética, sin duda nada que justifique una torpe intervención militar.

—Dubček ha desprestigiado al KGB. Ha expulsado a varios agentes de Praga y ha aprobado la investigación de la muerte del antiguo ministro de Exteriores, Jan Masaryk.

—¿Está autorizado el KGB para asesinar a ministros de gobiernos amigos? —preguntó Dimka—. ¿Es ese el mensaje que queréis enviar a Hungría y a la Alemania del Este? Eso dejaría al KGB en peor lugar que a la CIA. Al menos los americanos solo asesinan en países enemigos, como Cuba.

—¿Qué se puede ganar permitiendo esa estupidez en Praga? —preguntó Filípov, irritado.

—Si invadimos Checoslovaquia, se congelarán las relaciones diplomáticas. Lo sabes.

—¿Y qué?

—Eso perjudicará nuestras relaciones con Occidente. Estamos intentando reducir la tensión con Estados Unidos para gastar menos en el ejército. Ese esfuerzo podría ser saboteado. Una invasión podría incluso ayudar a Richard Nixon a ser elegido presidente, y Nixon podría aumentar el gasto en defensa. ¡Piensa cuánto nos costaría eso!

Filípov intentó interrumpirlo, pero Dimka se le adelantó:

—La invasión también sacudiría al Tercer Mundo. Estamos intentando fortalecer nuestros lazos con países no alineados por la rivalidad con China, que quiere reemplazarnos como líder del comunismo global. Por eso estamos organizando una conferencia comunista mundial en noviembre. Esa conferencia podría resultar un fracaso humillante si invadimos Checoslovaquia.

—Entonces, ¿tú sencillamente dejarías que Dubček hiciera lo que quisiera? —se mofó Filípov.

—Todo lo contrario. —Dimka desveló la propuesta por la que abogaba su jefe—: Kosiguin irá a Praga y negociará una solución intermedia… Una salida no militar.

Era el turno de Filípov para poner las cartas sobre la mesa.

—El ministro de Defensa apoyará esa propuesta en el pleno del Politburó con la condición de que iniciemos de inmediato los preparativos para una invasión en caso de que las negociaciones fracasen.

—De acuerdo —dijo Dimka, que estaba seguro de que el ejército procedería con esos preparativos de cualquier modo.

Tomada la decisión, se encaminaron en direcciones opuestas. Dimka volvió a su despacho justo cuando su secretaria, Vera Pletner, descolgaba el teléfono, y vio que su cara se tornaba del color del papel que tenía en la máquina de escribir.

—¿Ha ocurrido algo? —preguntó Dimka.

Ella le pasó el auricular.

—Su ex esposa —dijo.

Dimka contuvo un gruñido y cogió el teléfono.

—¿Qué pasa, Nina?

—¡Ven ahora mismo! —gritó ella—. ¡Grisha no está!

Dimka tuvo la sensación de que se le paraba el corazón. Grigor, a quien llamaban Grisha, aún no había cumplido los cinco años ni había empezado a ir al colegio.

—¿Qué quieres decir con que no está?

—No lo encuentro, ha desaparecido. ¡He mirado en todas partes!

Dimka sintió una punzada en el pecho y se esforzó por conservar la calma.

—¿Dónde lo has visto por última vez?

—Ha subido a ver a tu madre. Le he dejado ir solo, como siempre, no son más que tres pisos en ascensor.

—¿Cuándo ha sido eso?

—Hace menos de una hora. ¡Tienes que venir!

—Voy. Llama a la policía.

—¡Ven cuanto antes!

—Llama a la policía, ¿de acuerdo?

—De acuerdo.

Dimka dejó caer el auricular y salió a toda prisa del despacho y del edificio. No se había parado a ponerse el abrigo, pero apenas notó el frío en el aire de Moscú. Saltó a su Moskvich, puso primera y se alejó del recinto. Incluso dando gas a fondo, el coche no corría mucho.

Nina conservaba el piso que habían compartido en la Casa del Gobierno, a un kilómetro aproximadamente del Kremlin. Dimka aparcó en doble fila y subió.

En el vestíbulo había un hombre del KGB.

—Buenas tardes, Dimitri Iliich —saludó el hombre con cortesía.

—¿Ha visto a Grisha, mi hijo? —preguntó Dimka.

—Hoy no.

—Ha desaparecido… ¿Podría haber salido?

—No desde que volví de almorzar a la una.

—¿Ha entrado algún extraño en el edificio hoy?

—Varios, como siempre. Tengo la lista…

—La miraré después. Si ve a Grisha, llame al piso de inmediato.

—Sí, por supuesto.

—La policía llegará de un momento a otro.

—Los enviaré arriba en cuanto estén aquí.

Dimka esperó el ascensor. Transpiraba con profusión. Estaba tan nervioso que pulsó el botón equivocado y tuvo que volver a esperar mientras se detenía en una planta intermedia. Cuando llegó a la de Nina, la encontró en el pasillo con su madre, Ania.

Ania se frotaba las manos de forma compulsiva contra el delantal de flores que llevaba puesto.

—No llegó a mi piso —dijo—. ¡No entiendo qué ha pasado!

—¿Podría haberse perdido? —preguntó Dimka.

—Ya había subido unas veinte veces antes —contestó Nina—. Conoce el camino… Pero, sí, podría haberse distraído con algo y haber ido a otro sitio. Tiene cinco años.

—El portero está seguro de que no ha salido del edificio, así que solo tenemos que buscar. Llamaremos a la puerta de todos los pisos. No, esperad, la mayoría de los residentes tienen teléfono. Bajaré y los llamaré desde el del portero.

—Podría no estar en un piso —opinó Ania.

—Vosotras buscad en todos los pasillos, las escaleras y los armarios de la limpieza.

—De acuerdo —dijo Ania—. Subiremos en el ascensor a la última planta e iremos bajando.

Mientras lo hacían, Dimka bajó corriendo la escalera. Una vez en el vestíbulo le explicó al portero lo que estaban haciendo y empezó a llamar por teléfono a todos los apartamentos. No estaba seguro de cuántos había en el edificio, ¿un centenar, tal vez? «Se ha perdido un niño, ¿lo han visto?», decía cada vez que alguien contestaba a su llamada. En cuanto escuchaba «No» colgaba y llamaba al siguiente piso. Anotó los apartamentos en los que no contestaban o que no tenían teléfono.

Había cubierto cuatro plantas sin el menor atisbo de esperanza cuando llegó la policía: un sargento gordo y un agente joven. Su calma era exasperante.

—Echaremos un vistazo —dijo el sargento—. Conocemos el edificio.

—¡Se necesitan más de dos para buscar bien! —exclamó Dimka.

—Solicitaremos refuerzos si es necesario, señor —repuso el sargento.

Dimka no quería malgastar tiempo discutiendo con ellos. Reanudó las llamadas, pero empezaba a pensar que eran Nina y Ania quienes tenían más probabilidades de encontrar a Grisha. Si el niño hubiera ido al apartamento equivocado, sin duda su ocupante habría llamado ya al portero. Grisha podía estar subiendo y bajando la escalera, perdido. Dimka sintió ganas de llorar al imaginar lo asustado que estaría el pequeño.

Después de otros diez minutos de llamadas, los dos agentes de la policía aparecieron en la escalera procedentes del sótano con Grisha entre ambos, de la mano del sargento.

Dimka dejó caer el teléfono y corrió hasta él.

—¡No podía abrir la puerta y lloraba! —dijo el niño.

Dimka lo cogió en brazos y lo estrechó contra sí, luchando por no derramar lágrimas de alivio.

—¿Qué ha pasado, Grisha? —preguntó un minuto después.

—La policía me ha encontrado —contestó él.

Ania y Nina bajaron la escalera y también corrieron hacia ellos con un alivio inmenso. Nina arrebató a Grisha de los brazos de Dimka y lo apretó con fuerza contra su pecho.

Dimka se volvió hacia el sargento.

—¿Dónde lo han encontrado?

El hombre parecía muy satisfecho consigo mismo.

—En el sótano, en una despensa. La puerta no estaba cerrada con llave, pero el crío no alcanzaba a la manilla. Estaba asustado, pero por lo demás no parece haber sufrido ningún daño.

Dimka se dirigió al niño:

—Dime, Grisha, ¿por qué has bajado al sótano?

—El hombre me dijo que había un cachorrito… ¡pero no he encontrado el cachorrito!

—¿El hombre?

—Sí.

—¿Alguien a quien conoces?

Grisha sacudió la cabeza.

El sargento se puso la gorra para marcharse.

—Bien está lo que bien acaba.

—Un momento —lo detuvo Dimka—, acaba de oír al niño. Un hombre lo convenció para que bajara con el señuelo de un cachorro.

—Sí, señor, es también lo que me ha dicho a mí, pero no parece haberse cometido ningún delito, hasta donde puedo ver.

—¡El niño ha sido secuestrado!

—Es difícil saber con exactitud qué ha pasado, más aún cuando la información proviene de un niño tan pequeño.

—No, no es nada difícil. Un hombre ha inducido al niño a bajar al sótano y después lo ha abandonado allí.

—Pero ¿qué sentido tendría eso?

—Mire, le agradezco mucho que lo haya encontrado, pero ¿no cree que se está tomando esto demasiado a la ligera?

—Todos los días se pierde algún niño.

Dimka empezó a sospechar.

—¿Cómo ha sabido dónde buscar?

—Un golpe de suerte. Como ya le he dicho, conocemos el edificio.

Dimka decidió no verbalizar sus sospechas mientras se encontrara tan alterado. Se volvió hacia Grisha de nuevo.

—¿Te dijo el hombre cómo se llamaba?

—Sí —contestó Grisha—. Se llamaba Nik.

La mañana siguiente Dimka encargó que le llevasen el expediente del KGB correspondiente a Nik Smótrov.

Estaba iracundo. Quería conseguir una pistola y matarlo. Tenía que recordarse a todas horas que debía mantener la calma.

A Nik no le habría resultado difícil eludir al portero el día anterior. Podría haber fingido que iba a entregar algo, haber entrado justo detrás de algún residente para parecer parte de un grupo o haber mostrado una tarjeta del Partido Comunista. A Dimka le costaba un poco más imaginar cómo Nik podía saber que Grisha iba a ir solo de un punto a otro del edificio, pero, meditándolo, concluyó que Nik probablemente habría inspeccionado el edificio unos días atrás. Podía haber charlado con algunos vecinos, averiguado los hábitos del niño y elegido la mejor oportunidad. Seguro que también había sobornado a aquellos dos policías locales. Su intención era darle un susto de muerte a Dimka.

Y lo había conseguido.

Pero iba a lamentarlo.

En teoría Alekséi Kosiguin, como presidente, podía consultar cualquier expediente que quisiera. En la práctica el director del KGB, Yuri Andrópov, decidía lo que Kosiguin podía y no podía ver. Sin embargo, Dimka estaba seguro de que las actividades de Nik, si bien delictivas, no tenían dimensiones políticas, de modo que no había motivo para que le denegasen el expediente. Y, en efecto, esa misma tarde llegó a su escritorio.

Era grueso.

Tal como Dimka sospechaba, Nik comerciaba en el mercado negro. Al igual que la mayoría de los hombres como él, era un oportunista. Compraba y vendía cualquier cosa que cayera en sus manos: camisas de flores, perfumes caros, guitarras eléctricas, lencería, whisky escocés... cualquier lujo importado ilegalmente y difícil de conseguir en la Unión Soviética. Dimka leyó con atención los informes, buscando algo con que pudiera destruir a Nik.

El KGB operaba con rumores, y Dimka necesitaba algo incontestable. Podía acudir a la policía, informar de lo que contenía el expediente del KGB y exigir una investigación. Sin embargo, no cabía duda de que Nik estaba sobornando a la policía; de lo contrario no habría salido impune de sus delitos tanto tiempo. Y sus protectores obviamente querrían que los sobornos continuasen, así que se asegurarían de que la investigación no llegara a ningún puerto.

El expediente contenía cuantioso material sobre la vida personal de Nik. Tenía una amante y varias amigas, entre ellas una con la que fumaba marihuana. Dimka se preguntó cuánto sabría Natalia sobre aquellas amigas. Nik se reunía con colegas de sus negocios la mayoría de las tardes en el Bar Madrid, cerca del Mercado Central. Tenía una esposa guapa, que...

Dimka se quedó perplejo al leer que la mujer de Nik hacía tiempo que tenía una aventura con Dimitri Iliich «Dimka» Dvorkin, asistente del presidente Kosiguin.

Era horrible ver su nombre allí. Al parecer, la intimidad no existía. Al menos no había fotografías ni grabaciones.

Sin embargo, sí había una foto de Nik, a quien Dimka nunca había visto. Era un hombre atractivo con una sonrisa encantadora. En la foto llevaba una chaqueta con hombreras, muy de moda. Según las notas que la acompañaban, medía un metro ochenta y tenía complexión atlética.

Dimka quería machacarlo a puñetazos.

Apartó de sus pensamientos las fantasías de venganza y siguió leyendo.

No tardó en encontrar un filón.

Nik compraba televisores al Ejército Rojo.

El ejército soviético disponía de un presupuesto colosal que nadie se atrevía a cuestionar por temor a ser considerado antipatriota. Parte del dinero se gastaba en equipos de alta tecnología que se compraban a Occidente. En particular, todos los años el Ejército Rojo adquiría centenares de televisores caros. Su marca predilecta era Franck, del Berlín occidental, cuyos aparatos tenían una calidad de imagen superior y un sonido excelente. Según el expediente, el ejército no necesitaba la mayor parte de esos televisores. Los encargaba un reducido grupo de oficiales de rango medio, cuyos nombres figuraban en esas páginas. Los oficiales luego declaraban obsoletos los aparatos y se los vendían a bajo precio a Nik, quien los revendía por una suma exorbitante en el mercado negro y repartía los beneficios.

Casi todos los negocios de Nik eran de poca monta, pero ese chanchullo le había reportado importantes cantidades de dinero durante años.

No había pruebas de que fuera verdad, pero para Dimka tenía lógica. El KGB había informado al ejército, pero la investigación que este llevó a cabo no desveló ninguna prueba. Dimka pensó que lo más probable era que el investigador hubiese sido incluido en el trato.

Llamó por teléfono al despacho de Natalia.

—Una pregunta rápida —dijo—: ¿de qué marca es el televisor que tenéis en casa?

—Franck —contestó ella de inmediato—. Es fantástico. Si quieres puedo conseguirte uno.

—No, gracias.

—¿Por qué lo preguntas?

—Luego te lo explico. —Dimka colgó.

Miró el reloj. Eran las cinco. Salió del Kremlin y fue en coche hasta la calle Sadóvaya Samotióchnaya.

Tenía que amedrentar a Nik. No iba a ser fácil, pero tenía que conseguirlo y hacerle entender que nunca, jamás, debía amenazar a su familia.

Aparcó su Moskvich pero no bajó. Se tomó unos instantes para recordar la actitud que había adoptado durante todo el proyecto de los misiles cubanos, con la obligación de mantenerlo en secreto a cualquier precio. Había destruido la carrera de no pocos hombres y les había destrozado la vida sin vacilar porque tenía que hacer su trabajo. En ese momento iba a destrozar a Nik.

Entonces cerró el coche con llave y se encaminó al Bar Madrid.

Empujó la puerta y entró. Se detuvo y miró a su alrededor. Era un lugar lóbrego y moderno, frío y plástico, apenas caldeado por una estufa eléctrica y con varias fotografías de bailaores de flamenco en las paredes. El puñado de clientes que había lo miraron interesados. Todos tenían aspecto de criminales. Ninguno se parecía a la fotografía de Nik que incluía el expediente.

Al fondo de la sala había una barra que hacía esquina y, junto a ella, una puerta con el cartel de PRIVADO.

Dimka avanzó por el local como si fuera su propietario. Sin detenerse, se dirigió al hombre que había detrás de la barra.

—¿Está Nik ahí dentro?

El hombre lo miró como a punto de decirle que esperase, pero entonces volvió a mirarlo a la cara y cambió de opinión.

—Sí —contestó.

Dimka abrió la puerta.

En una pequeña estancia cuatro hombres jugaban a las cartas. Sobre la mesa había mucho dinero. A un lado, en un sofá, dos jóvenes ataviadas con vestidos de fiesta y muy maquilladas fumaban cigarrillos americanos largos y parecían aburrirse.

Dimka reconoció a Nik al instante. Era atractivo, como sugería la fotografía, pero la cámara no había captado la frialdad de su semblante. Nik alzó la mirada.

—Esta sala es privada. Largo —dijo.

—Te traigo un mensaje —repuso Dimka.

Nik dejó las cartas boca abajo en la mesa y se reclinó en la silla.

—¿Quién cojones eres?

—Te va a pasar algo malo.

Dos jugadores se levantaron y se pusieron de cara a Dimka. Uno se llevó una mano al interior de la chaqueta. Dimka pensó que estaba a punto de sacar una pistola, pero Nik levantó una mano en un gesto de cautela, y el hombre dudó.

Nik seguía mirando a Dimka.

—¿De qué estás hablando?

—Cuando te pase, preguntarás quién ha sido.

—¿Y tú me lo dirás?

—Te lo estoy diciendo ahora. Dimitri Iliich Dvorkin. Él es la causa de tus problemas.

—Yo no tengo ningún problema, imbécil.

—No lo tenías hasta ayer, cuando cometiste un error… imbécil.

Los hombres que acompañaban a Nik se pusieron tensos, pero él mantuvo la calma.

—¿Ayer? —Entornó los ojos—. ¿Eres tú el mamón al que se está follando?

—Cuando te encuentres en un aprieto tan grande que no sepas qué hacer, recuerda mi nombre.

—¡Eres Dimka!

—Volverás a verme —dijo Dimka; dio media vuelta lentamente y salió de la sala.

Mientras cruzaba el bar todos los ojos estaban clavados en él, pero Dimka no dejó de mirar al frente, esperando que una bala le impactase en la espalda en cualquier momento.

Alcanzó la puerta y salió.

Sonrió para sí. «Lo he conseguido», pensó.

Lo siguiente era cumplir su amenaza.

Condujo unos diez kilómetros desde el centro de la ciudad hasta el aeródromo de Jodinka, y aparcó frente al cuartel general del Servicio Secreto del Ejército Rojo. El viejo edificio era un estrambótico ejemplo de la arquitectura de la era de Stalin: una torre de nueve plantas rodeada por un anillo exterior de dos. La directiva se había ampliado hasta ocupar otro edificio próximo, más nuevo, de quince plantas; las organizaciones de inteligencia nunca iban a menos.

Dimka entró en el edificio antiguo con el expediente de Nik del KGB bajo el brazo y preguntó por el general Volodia Peshkov.

—¿Tiene cita? —preguntó un guardia.

Dimka alzó la voz.

—¡No me jodas, chaval! Llama a la secretaria del general y dile que estoy aquí.

Tras un torbellino de inquieta actividad —pocas personas se dejaban caer por aquel lugar sin que las hubiesen citado—, le hicieron pasar por un detector de metal y lo acompañaron en el ascensor hasta un despacho situado en la última planta.

Era el edificio más alto de la zona y tenía excelentes vistas de los tejados de Moscú. Volodia recibió a Dimka y le ofreció té. A él siempre le había gustado su tío. Con sus cincuenta y tantos años, Volodia tenía ya el pelo cano. Pese a su dura mirada azul, era reformista, algo insólito entre los militares, por lo general conservadores. Pero él había estado en Estados Unidos.

—¿Qué te preocupa? —preguntó Volodia—. Pareces dispuesto a matar a alguien.

—Tengo un problema —contestó Dimka—. Me he ganado un enemigo.

—Algo nada raro en los círculos en los que trabajas.

—No tiene nada que ver con la política. Nik Smótrov es un gángster.

—¿Cómo te has enemistado con un hombre así?

—Me acuesto con su mujer.

Volodia le dirigió una mirada reprobatoria.

—Y te está amenazando.

Probablemente su tío nunca le había sido infiel a Zoya, su esposa científica, que era tan hermosa como inteligente, y eso significaba que no mostraría mucha empatía para con Dimka. Volodia habría pensado de un modo distinto de haber sido tan insensato para casarse con alguien como Nina.

—Nik secuestró a Grisha —dijo Dimka.

Volodia se envaró.

—¿Qué? ¿Cuándo?

—Ayer. Lo encontramos. Estaba encerrado en el sótano de la Casa del Gobierno. Pero ha sido una advertencia.

—¡Tienes que dejar de ver a esa mujer!

Dimka pasó por alto sus palabras.

—He venido a verte por un motivo en particular, tío. Hay algo en lo que puedes ayudarme, y hacerle un favor al ejército al mismo tiempo.

—Sigue.

—Nik está detrás de un fraude que le cuesta al ejército millones todos los años. —Dimka le habló de los televisores. Cuando acabó, dejó el expediente sobre el escritorio de Volodia—. Está todo aquí, también los nombres de los oficiales que lo organizan.

Su tío no cogió el expediente.

—No soy policía. No tengo autoridad para detener a ese tal Nik. Y si está sobornando a agentes de la policía, no puedo hacer gran cosa.

—Pero puedes arrestar a los oficiales implicados.

—Sí, eso sí. Estarán en la prisión militar antes de que pasen veinticuatro horas.

—Y puedes acabar con este negocio.

—En un santiamén.

«Y entonces Nik quedará arruinado», pensó Dimka.

—Gracias, tío —dijo—. Me has sido de mucha ayuda.

Dimka estaba en su piso, haciendo la maleta para viajar a Checoslovaquia, cuando Nik fue a verlo.

El Politburó había aprobado el plan de Kosiguin. Dimka iba a volar con él a Praga para negociar una solución no militar a la crisis. Encontrarían el modo de permitir que el experimento de liberalización prosiguiera y asegurarse a la vez de que los reaccionarios no supusieran una amenaza esencial para el sistema soviético. Sin embargo, en lo que Dimka confiaba era que a largo plazo el sistema soviético cambiara.

En mayo el clima en Praga era templado y lluvioso. Dimka estaba doblando el chubasquero cuando oyó el timbre de la puerta.

En su edificio no había portero ni interfonos. La puerta de la calle nunca se cerraba con llave, y las visitas subían por la escalera sin llamar. No era tan lujoso como la Casa del Gobierno, donde se encontraba su antiguo apartamento, en el que vivía su ex esposa. De cuando en cuando Dimka sentía cierto rencor, pero le alegraba que Grisha estuviera cerca de su abuela.

Abrió la puerta y se quedó petrificado al encontrarse frente al marido de su amante.

Nik era un centímetro más alto que él, y también más corpulento, pero Dimka estaba preparado para plantarle cara. Retrocedió un paso y cogió el primer objeto pesado que vio, un cenicero de vidrio, para usarlo a modo de arma.

—No vas a necesitarlo —dijo Nik, tras lo cual entró en el recibidor y cerró la puerta a su paso.

—Vete a la mierda —replicó Dimka—. Márchate ahora, antes de que te metas en más problemas. —Consiguió que su voz transmitiera más seguridad de la que sentía.

Nik lo fulminó con una mirada cargada de odio.

—Te has salido con la tuya —dijo—. No me tienes miedo. Eres lo bastante poderoso para convertir mi vida en una mierda. Yo debería tenerte miedo a ti. De acuerdo, lo admito: estoy asustado.

No lo parecía.

—¿Para qué has venido? —preguntó Dimka.

—Esa puta me importa un rábano. Solo me casé con ella para complacer a mi madre, que ya está muerta. Pero el orgullo de un hombre se resiente cuando otro atiza su lumbre. Ya sabes a lo que me refiero.

—Ve al grano.

—Mi negocio se ha ido a pique. En el ejército nadie me dirige la palabra, por no hablar de venderme televisores. Los mismos hombres que se han construido dachas de cuatro habitaciones con el dinero que han ganado gracias a mí pasan por mi lado en la calle sin mirarme siquiera... Me refiero a los que no están en la cárcel.

—No deberías haber amenazado a mi hijo.

—Ahora lo sé. Creía que mi mujer se abría de piernas para algún burócrata de medio pelo. No sabía que se estaba follando a un caudillo. Te subestimé.

—Pues lárgate de aquí y lámete las heridas.

—Tengo que ganarme la vida.

—Prueba trabajando.

—Nada de bromas, por favor. He encontrado otro suministrador de televisores occidentales… Nada que ver con el ejército.

—¿Y por qué debería importarme?

—Puedo reconstruir el negocio que has destruido.

—¿Y?

—¿Me invitas a pasar y a sentarme?

—No seas tan imbécil.

La rabia volvió a refulgir en los ojos de Nik, y Dimka temió haber ido demasiado lejos, pero la llama se apagó enseguida.

—Vale, este es el trato —dijo Nik con docilidad—: te daré el diez por ciento de los beneficios.

—¿Quieres que me meta en el negocio contigo? ¿En un negocio delictivo? Debes de estar loco.

—De acuerdo, el veinte por ciento. Y no tienes que hacer nada, excepto dejarme en paz.

—No quiero tu dinero, idiota. Esto es la Unión Soviética. No puedes comprar todo lo que te dé la gana como en América. Mis conexiones valen infinitamente más de lo que tú podrías pagarme jamás.

—Tiene que haber algo que desees…

Hasta entonces Dimka solo había discutido con Nik para desconcertarlo, pero en ese momento vio una oportunidad.

—Ah, sí —contestó—. Hay algo que deseo.

—Tú dirás.

—Divórciate de tu mujer.

—¿Qué?

—Quiero que te divorcies.

—¿Divorciarme de Natalia?

—Divórciate de tu mujer —repitió Dimka—. ¿Cuál de esas cuatro palabras te cuesta entender?

—¡Joder! ¿Eso es todo?

—Sí.

—Puedes casarte con ella. De todos modos, tampoco volvería a tocarla.

—Si te divorcias, te dejaré en paz. No soy poli ni encabezo una cruzada contra la corrupción en la Unión Soviética. Tengo trabajo más importante que hacer.

—Trato hecho. —Nik abrió la puerta—. Le diré que suba.

Eso pilló a Dimka desprevenido.

—¿Está aquí?

—Esperando en el coche. Haré que mañana os envíen sus cosas. No quiero volver a verla en mi casa.

—No te atrevas a hacerle daño —dijo Dimka alzando la voz—. Si le haces aunque sea un moretón, se acaba el trato.

Nik se dio la vuelta y lo señaló con un dedo amenazador.

—Y tú cumple tu palabra. Si intentas joderme, le cortaré los pezones con unas tijeras de cocina.

Dimka lo creyó capaz de hacerlo. Contuvo un escalofrío.

—Sal de mi piso.

Nik se marchó sin cerrar la puerta.

Dimka respiraba con dificultad, como si hubiese estado corriendo. Se quedó inmóvil en el pequeño recibidor del apartamento mientras oía a Nik bajar por la escalera. Luego devolvió el cenicero a la mesita de donde lo había cogido. Tenía los dedos empapados en sudor y estuvo a punto de caérsele.

Lo que acababa de ocurrir parecía un sueño. ¿De verdad había estado Nik en su recibidor y había accedido a divorciarse? ¿De verdad lo había ahuyentado él?

Un minuto después volvió a oír pasos en la escalera, aunque diferentes de los anteriores: más ligeros, más rápidos. Dimka no salió del apartamento, se sentía clavado al suelo.

Natalia apareció en el umbral con una amplia y radiante sonrisa. Se lanzó a sus brazos, y él hundió la cara entre sus rizos.

—Estás aquí —dijo.

—Sí —contestó ella—, y nunca me iré.

44

Rebecca tenía la tentación de serle infiel a Bernd, pero no podía mentirle, de manera que en un arranque de mala conciencia se lo contó todo.

—He conocido a alguien que me gusta mucho —confesó—. Y le he besado. Dos veces. Lo siento mucho, no volveré a hacerlo nunca más.

Le daba miedo lo que Bernd fuese a decirle a continuación: podía pedirle el divorcio de inmediato; eso sería lo que harían la mayoría de los hombres, aunque Bernd era mejor que la mayoría. Pero, desde luego, a Rebecca le rompería el corazón si no reaccionaba con enfado, sino simplemente con humillación; le habría hecho daño a la persona a la que más quería en el mundo.

Sin embargo, por asombroso que pareciera, la respuesta de Bernd a su confesión fue muy distinta de lo que ella esperaba.

—Deberías seguir adelante —la animó—. Deberías tener una aventura con ese hombre.

Estaban en la cama a última hora de la noche, y Rebecca se volvió de improviso y se lo quedó mirando con cara de perplejidad.

—Pero ¿cómo puedes decir eso?

—Estamos en 1968, la era del amor libre. Todo el mundo se acuesta con todo el mundo. ¿Por qué ibas tú a ser menos?

—No hablas en serio.

—Bueno, no pretendía parecer tan frívolo.

—¿Qué pretendías entonces?

—Sé que me quieres —dijo Bernd— y sé que te gusta el sexo conmigo, pero no tienes por qué pasar el resto de tu vida sin llegar a experimentar el sexo de verdad.

—No creo en el sexo de verdad —repuso ella—. Es distinto para cada persona. El sexo es mucho mejor contigo de lo que era con Hans.

—Siempre será sexo del bueno porque nos queremos, pero creo que necesitas echar un buen polvo de verdad.

«Y tiene razón», pensó Rebecca. Ella amaba a Bernd y le gustaba el sexo tan singular que practicaban, pero cuando se imaginaba a Claus tumbado encima de ella, besándola y moviéndose en su interior, y pensaba en cómo ella levantaría las caderas para acudir al encuentro de sus embestidas, se ponía húmeda inmediatamente. Le avergonzaba su reacción. ¿Acaso era un animal? Quizá lo fuese, pero Bernd tenía razón en que eso era lo que necesitaba.

—Creo que soy un bicho raro —dijo ella—. Tal vez sea por lo que me pasó en la guerra.

Le había contado a Bernd, solo a él y a nadie más, su traumática experiencia con los soldados del Ejército Rojo, cuando habían estado a punto de violarla y Carla se había ofrecido a ellos en su lugar. Las mujeres alemanas casi nunca hablaban de aquella época, ni siquiera entre ellas, pero Rebecca jamás olvidaría la imagen de Carla subiendo por aquella escalera, con la cabeza bien alta, y los soldados soviéticos siguiéndola como perros ansiosos. Rebecca, a sus trece años, había sabido lo que iban a hacerle y había llorado de alivio al saber que no iba a sucederle a ella.

—¿También te sientes culpable por haber escapado mientras Carla sufría? —preguntó Bernd intuitivamente.

—Sí, ¿no es extraño? —repuso ella—. Yo era una niña, y una víctima, pero me siento como si hubiera hecho algo vergonzoso.

—Es algo bastante frecuente —señaló Bernd—. Los hombres que sobreviven a las batallas sienten remordimientos porque otros murieron y ellos no.

Bernd se había hecho la cicatriz que llevaba en la frente durante la batalla de las colinas de Seelow.

—Me sentí mejor después de que Carla y Werner me adoptaran —explicó Rebecca—. Por alguna razón, eso puso en perspectiva lo ocurrido. Los padres hacen sacrificios por sus hijos, ¿no? Las mujeres sufren para traer hijos al mundo. Tal vez no tenga mucho sentido, pero cuando me convertí en la hija de Carla, me sentí en paz.

—Tiene sentido.

—¿De verdad quieres que me vaya a la cama con otro hombre?

—Sí.

—Pero ¿por qué?

—Porque la alternativa es peor. Si no lo haces, siempre sentirás en el fondo de tu corazón que te has perdido algo por mi culpa, que has hecho un sacrificio por mí y solo por mí. Preferiría que siguieses adelante y lo probases. No tienes que contarme los detalles; simplemente vuelve a casa después y dime que me quieres.

—No sé... —vaciló Rebecca, y esa noche tuvo el sueño muy inquieto.

Al día siguiente, por la tarde, Rebecca estaba sentada junto al hombre que quería ser su amante, Claus Krohn, en una sala de reuniones del ayuntamiento de estilo neorrenacentista de Hamburgo, un edificio gigantesco con tejado verde. Ella era miembro del Parlamento que dirigía la ciudad-estado de Hamburgo, y la comisión estaba discutiendo una propuesta para demoler un barrio pobre y construir un nuevo centro comercial. Sin embargo, Rebecca solo pensaba en Claus.

Estaba segura de que, tras la reunión de esa noche, Claus la invitaría a un bar a tomar una copa. Sería la tercera vez. Después de la primera, la había besado antes de despedirse y darle las buenas noches. La segunda había terminado con un apasionado abrazo en un aparcamiento, se habían besado abriendo la boca y él le había tocado los pechos. Estaba convencida de que esa noche Claus le pediría que fuera a su apartamento.

Rebecca no sabía qué hacer. No podía concentrarse en el debate y se dedicó a trazar garabatos en su agenda. Estaba aburrida y ansiosa a la vez; la reunión era soporífera, pero no quería que acabase porque tenía miedo de lo que pudiera pasar después.

Claus era un hombre atractivo: inteligente, amable y encantador. Además, tenía justo su edad, treinta y siete años. Su esposa había muerto en un accidente de coche dos años atrás y no tenía hijos. No era guapo en el sentido estricto del término, como podía serlo una estrella de cine, pero tenía una sonrisa cálida. Esa noche llevaba un traje azul, el uniforme habitual de un político, pero era el único hombre de la sala con la camisa desabotonada a la altura del cuello. Rebecca quería hacer el amor con él, se moría de ganas. Y al mismo tiempo le daba miedo hacerlo.

La reunión llegó a su fin y, tal como se figuraba, Claus le preguntó si quería reunirse con él en el Yacht Bar, un local tranquilo del puerto deportivo, lejos del consistorio. Se dirigieron allí en coches separados.

El bar era pequeño y oscuro, más bullicioso durante el día, cuando lo frecuentaban los dueños de los veleros, pero tranquilo y casi desierto a esas horas. Claus pidió una cerveza, mientras que Rebecca pidió una copa de vino espumoso.

—Le he contado lo nuestro a mi marido —dijo en cuanto se hubieron sentado.

Claus se sorprendió.

—¿Por qué? —exclamó. Luego añadió—: Aunque no es que haya mucho que contar.

Sin embargo, parecía sentirse culpable de todos modos.

—No puedo mentirle a Bernd —dijo ella—. Lo amo.

—Y es obvio que tampoco puedes mentirme a mí —señaló Claus.

—Lo siento.

—No tienes por qué disculparte, sino todo lo contrario. Gracias por ser sincera. Te lo agradezco de corazón. —Claus parecía abatido, y además del resto de sus emociones, Rebecca se sintió complacida al ver que le gustaba lo bastante como para estar tan decepcionado—. Y si se lo has confesado a tu marido, ¿por qué estás aquí conmigo ahora? —añadió Claus con tristeza.

—Bernd me ha dado permiso para seguir adelante —dijo.

—¿Tu marido quiere que me beses?

—Quiere que sea tu amante.

—Eso es enfermizo. ¿Tiene que ver con su parálisis?

—No —mintió ella—. Las circunstancias de Bernd no interfieren para nada con nuestra vida sexual.

Esa era la historia que le había contado a su madre y a otras mujeres con las que tenía confianza. Las había engañado por Bernd, pues sentía que sería humillante para él que la gente supiera la verdad.

—Bueno —dijo Claus—, pues si este es mi día de suerte, ¿nos vamos directamente a mi casa?

—No tengas prisa, si no te importa.

Él puso la mano sobre la de ella.

—Es normal que estés nerviosa.

—No he hecho esto muchas veces, la verdad.

Claus sonrió.

—Eso no es nada malo, ¿sabes? Aunque estemos viviendo en la era del amor libre.

—Me acosté con dos chicos en la universidad. Luego me casé con Hans, que resultó ser un espía de la policía secreta. Después me enamoré de Bernd y nos escapamos juntos. Ya está, esa es toda mi vida amorosa.

—Hablemos de otra cosa un rato —propuso él—. ¿Tus padres siguen todavía en el Este?

—Sí, nunca obtendrán permiso para salir. Cuando te conviertes en enemigo de alguien como Hans Hoffmann, mi primer marido, él nunca olvida.

—Debes de echarlos mucho de menos.

No había palabras capaces de expresar lo mucho que añoraba a su familia. Los comunistas habían bloqueado todas las llamadas a Occidente el día que se levantó el Muro, por lo que ni siquiera podía hablar con sus padres por teléfono. Lo único que tenía eran cartas... abiertas y leídas por la Stasi, cartas que casi siempre llegaban con retraso, a menudo censuradas, y cualquier cosa de valor que contuvieran habría sido robada por la policía. Unas cuantas fotos habían pasado la censura y Rebecca las tenía junto a su cama: su padre, con el pelo cada vez más lleno de canas; su madre, cada vez más gruesa, y Lili convirtiéndose en una preciosa mujercita.

—Pero háblame de ti —dijo ella en lugar de tratar de explicarle su dolor—. ¿Qué hiciste tú en la guerra?

—No mucho, salvo morirme de hambre, como la mayoría de los niños —explicó—. La casa vecina quedó destruida y todos sus ocupantes murieron, pero nosotros salimos ilesos. Mi padre es perito de la propiedad y bienes inmuebles; pasó gran parte de la guerra evaluando los daños ocasionados por las bombas y asegurándose de que la construcción de edificios era segura.

—¿Tienes hermanos?

—Un hermano y una hermana. ¿Y tú?

—Mi hermana, Lili, sigue todavía en el Berlín oriental. Mi hermano, Walli, escapó poco después que yo. Toca la guitarra en un grupo llamado Plum Nellie.

—¿Ese Walli? ¿Es tu hermano?

—Sí. Yo estaba presente cuando nació, en el suelo de la cocina, que era la única habitación caliente en la casa. Toda una experiencia para una chica de catorce años.

—Así que escapó.

—Y se vino a vivir conmigo aquí, a Hamburgo. Se unió al grupo cuando actuaban en un club de mala muerte de Reeperbahn.

—Y ahora es una estrella del pop. ¿Lo ves a menudo?

—Por supuesto. Cada vez que Plum Nellie viene a tocar a la Alemania Occidental.

—¡Qué emocionante! —Claus miró su vaso y vio que estaba vacío—. ¿Quieres más espumoso?

Rebecca sintió una opresión en el pecho.

—No, gracias, me parece que no.

—Escucha —dijo Claus—. Hay algo que quiero que entiendas. Me muero de ganas de hacer el amor contigo, pero sé que te sientes indecisa. Recuerda simplemente que puedes cambiar de opinión en cualquier momento. No quiero que pienses que no hay vuelta atrás. Si te sientes incómoda, dilo y ya está. No voy a enfadarme ni a insistir, te lo prometo. No me gustaría pensar que te estoy empujando a hacer algo para lo que no estás lista.

Era justo lo que ella necesitaba oír, y Rebecca sintió que se aliviaba la tensión. Tenía miedo de llegar hasta el final y darse cuenta de que se había equivocado sin posibilidad de rectificar o echarse atrás. La promesa de Claus la tranquilizó.

—Vámonos —dijo ella.

Subieron a los coches y Rebecca siguió a Claus. Mientras conducía, sintió una especie de euforia salvaje: estaba a punto de entregarse a él. Se imaginó su cara mientras se despojaba de la blusa; llevaba un sujetador nuevo, negro y con encaje. Pensó en cómo se iban a besar, con verdadero frenesí al principio y más amorosamente después. Imaginó el suspiro que exhalaría él cuando ella engullese su pene con la boca. Rebecca sentía que nunca había deseado algo con tanta intensidad, y tuvo que apretar los dientes con fuerza para reprimir un grito de impaciencia.

Claus tenía un pequeño apartamento en un edificio moderno. Mientras subían en el ascensor, a Rebecca la asaltaron las dudas de nuevo. ¿Y si a él no le gustaba lo que veía cuando ella se quitara la ropa? A sus treinta y siete años ya no tenía los pechos firmes y la piel perfecta de la adolescencia. ¿Y si él escondía un lado oscuro? Podía sacar unas esposas y un látigo, y luego cerrar la puerta con llave…

Se dijo que no debía seguir pensando esas tonterías. Tenía la capacidad de cualquier mujer para saber cuándo estaba con un «rarito», y Claus era maravillosamente normal. De todos modos, sintió cierta aprensión cuando él abrió la puerta del apartamento y la invitó a entrar.

Era la típica casa habitada por un hombre, un poco desangelada y sin elementos decorativos, con unos muebles funcionales a excepción de un televisor enorme y un tocadiscos de aspecto caro.

—¿Cuánto tiempo hace que vives aquí? —preguntó Rebecca.

—Un año.

Como había imaginado, no era la casa que había compartido con su difunta esposa.

Desde luego, era evidente que tenía planeado lo que iba a hacer a continuación. Desplazándose por la sala con rapidez, encendió la chimenea de gas, puso un cuarteto de cuerda de Mozart en el plato giradiscos y preparó una bandeja con una botella de *schnapps*, dos vasos y un platito de frutos secos salados.

Se sentaron juntos en el sofá.

Quiso preguntarle a cuántas chicas más había seducido en aquel sofá. Era una pregunta sumamente indiscreta, pero sentía curiosidad.

¿Disfrutaba Claus de su condición de soltero o ansiaba volver a casarse? Otra pregunta que no iba a formularle.

Claus sirvió las bebidas y ella tomó un sorbo solo por hacer algo.

—Si nos besamos ahora —dijo él—, saborearemos el licor en la lengua del otro.

Ella sonrió.

—Está bien.

Él se inclinó hacia ella.

—Es que no me gusta malgastar el dinero —murmuró.

—Me alegro mucho de que seas tan ahorrador —repuso Rebecca.

Durante unos minutos no pudieron besarse de lo mucho que se estaban riendo.

Y entonces, por fin, lo hicieron.

A todos les pareció una locura que Cameron Dewar invitara a Richard Nixon a hablar en Berkeley. Era el campus universitario más radical del país. Iban a crucificar a Nixon, decían. Habría altercados en las calles y se armaría una revuelta en la universidad. A Cam no le importaba.

Él pensaba que Nixon era la única esperanza para su país. Era un candidato fuerte y decidido. La gente decía que era un hombre taimado y sin escrúpulos, pero ¿y qué? Estados Unidos necesitaba un líder. Dios mediante, no podía ser presidente un hombre como Bobby Kennedy, que siempre se preguntaba, una y otra vez, lo que estaba bien y lo que estaba mal. El siguiente líder tenía que destruir a los alborotadores en los guetos y al Vietcong en la jungla, y no hurgar en su propia conciencia.

En su carta a Nixon, Cam decía que los liberales y los criptocomunistas del campus acaparaban toda la atención de los medios de izquierdas, pero que en realidad la mayoría de los estudiantes eran conservadores y respetuosos con la ley, y que habría una afluencia masiva para ver a Nixon.

La familia de Cam estaba furiosa. Tanto su abuelo como su bisabuelo habían sido senadores demócratas, sus padres siempre habían votado al Partido Demócrata, y su hermana estaba tan indignada que apenas podía hablarle.

—¿Cómo puedes hacer campaña por la injusticia, la falta de honradez y la guerra? —preguntó Beep.

—No hay justicia sin orden en las calles, y no habrá paz mientras vivamos bajo la amenaza del comunismo internacional.

—¿Se puede saber en qué país has vivido tú estos últimos años?

¡Cuando los negros se manifestaban pacíficamente los atacaban con porras y les echaban los perros! ¡El gobernador Reagan elogia a la policía por golpear a los manifestantes universitarios!

—Siempre estás en contra de la policía.

—No, no es verdad. Estoy en contra de los criminales. Los policías que pegan a manifestantes son delincuentes y deberían ir a la cárcel.

—¿Lo ves? Por eso apoyo a hombres como Nixon y Reagan, porque sus opositores quieren meter a los policías en la cárcel en lugar de encerrar a los alborotadores.

Cam se llevó una alegría cuando el vicepresidente Hubert Humphrey declaró que se presentaría a la candidatura demócrata. Humphrey había sido el perrito faldero de Johnson durante cuatro años, y nadie confiaría en que pudiese ganar la guerra o negociar la paz, por lo que era poco probable que saliese elegido, pero podía estropearle la victoria a Bobby Kennedy, mucho más peligroso.

La carta de Cam a Nixon obtuvo respuesta de uno de los miembros del equipo de campaña, John Ehrlichman, proponiéndole una reunión, y Cam estaba encantado. Quería trabajar en política y tal vez aquel fuera un buen comienzo.

Ehrlichman era el hombre de confianza de Nixon y el encargado de ultimar los detalles de la organización de sus mítines. Su metro ochenta y ocho de estatura era intimidante, tenía las cejas negras y entradas prominentes.

—A Dick le ha encantado su carta —dijo.

Habían quedado en una aromática cafetería de Telegraph Avenue y se sentaron fuera, en la terraza, bajo un árbol con hojas nuevas, viendo a los estudiantes pasar en bicicleta bajo el sol.

—Un buen lugar para estudiar —comentó Ehrlichman—. Yo fui a la UCLA.

A continuación hizo a Cam montones de preguntas, pues estaba intrigado por sus antepasados demócratas.

—Mi abuela fue la directora de un periódico llamado *Buffalo Anarchist* —admitió Cam.

—Es una señal de que Estados Unidos es un país cada vez más conservador —señaló Ehrlichman.

Cam sintió un gran alivio al comprobar que su familia no iba a ser un obstáculo para hacer carrera en el Partido Republicano.

—Dick no hablará en el campus de Berkeley —dijo Ehrlichman—. Es demasiado arriesgado.

Cam se llevó una decepción. Pensó que el asesor de Nixon se equivocaba, pues el acontecimiento podía ser un gran éxito.

Cuando estaba a punto de objetar a aquella decisión, Ehrlichman se le adelantó.

—Pero quiere que fundes un grupo que se llame «Estudiantes de Berkeley a favor de Nixon». Así demostraremos que no todos los jóvenes se dejan engañar por Gene McCarthy ni beben los vientos por Bobby Kennedy.

Cam se sintió muy halagado por que el especialista en la campaña presidencial lo tomara tan en serio y rápidamente accedió a hacer lo que le pedía Ehrlichman.

Su mejor amigo en el campus era Jamie Mulgrove, quien al igual que Cam se había especializado en Filología Rusa y era miembro de los Jóvenes Republicanos. Anunciaron la formación del grupo y consiguieron un poco de publicidad en *The Daily Californian*, el periódico universitario, aunque solo diez personas se unieron a él.

Cam y Jamie organizaron un mitin a la hora del almuerzo para captar a más miembros. Con la ayuda de Ehrlichman, Cam consiguió que tres representantes destacados del Partido Republicano de California participaran como oradores y reservó una sala con capacidad para doscientas cincuenta personas.

Envió una nota de prensa y en esa ocasión obtuvo una respuesta más amplia por parte de periódicos y emisoras de radio locales, intrigados por la idea peregrina de que los estudiantes de Berkeley pudieran ofrecer apoyo a Nixon. Varios publicaron artículos sobre el mitin y se comprometieron a enviar a sus reporteros.

Sharon McIsaac, del *San Francisco Examiner*, llamó a Cam.

—¿Cuántos miembros tienen hasta ahora? —preguntó.

Cam reaccionó con una aversión instintiva a su tono agresivo de voz.

—No puedo decírselo —contestó—. Esto es como un secreto militar. Antes de una batalla nadie deja que el enemigo sepa cuántas armas tiene.

—Entonces eso significa que no muchos —repuso ella con sarcasmo.

El mitin se estaba perfilando como un acontecimiento mediático a pequeña escala.

Por desgracia, no habían conseguido vender todas las entradas.

Podrían haberlas regalado, pero era una maniobra arriesgada, pues cabía la posibilidad de que atrajesen a estudiantes de izquierdas que armaran alboroto y saboteasen el acto.

Cam seguía creyendo que miles de estudiantes eran conservadores, pero se dio cuenta de que no estaban dispuestos a admitirlo con el ambiente que imperaba ese día. Eso era de cobardes, pero la política no importaba demasiado a la mayoría de la gente, ya lo sabía.

¿Qué iba a hacer?

El día antes del mitin todavía le quedaban más de doscientas entradas... y Ehrlichman lo telefoneó.

—Solo llamaba a ver qué tal, Cam —dijo—. ¿Cómo se presenta lo de mañana?

—Va a ir de maravilla, John —mintió él.

—¿Ha despertado el interés de la prensa?

—Sí, de algunos medios. Espero que acudan unos cuantos periodistas.

—¿Has vendido muchas entradas?

Era casi como si Ehrlichman pudiese leerle la mente a través del teléfono.

Cam había quedado atrapado en su propio engaño y ya no podía dar marcha atrás.

—Solo quedan unas cuantas por vender y ya las habremos agotado.

Con un poco de suerte, Ehrlichman nunca llegaría a saber nada.

Sin embargo, en ese momento Ehrlichman dejó caer su bomba:

—Mañana estaré en San Francisco, así que me acercaré a veros.

—¡Genial! —exclamó Cam sintiendo que se le caía el mundo encima.

—Nos vemos mañana, entonces.

Esa misma tarde, después de una clase sobre Dostoievski, Cam y Jamie se quedaron en el aula magna dándole vueltas al asunto para tratar de hallar una solución. ¿Dónde iban a encontrar a doscientos estudiantes republicanos?

—No tienen que ser estudiantes de verdad —dijo Cam.

—Pero no queremos que la prensa salga diciendo que el mitin estaba lleno de figurantes —repuso Jamie con ansiedad.

—No serán figurantes, solo republicanos que no son estudiantes.

—Sigo pensando que es arriesgado.

—Ya lo sé, pero es mejor que un fracaso.

—¿De dónde vamos a sacar a tanta gente?

—¿Tienes el número de teléfono de los Jóvenes Republicanos de Oakland?

—Sí.

Fueron a una cabina de teléfono y Cam llamó al número.

—Necesito doscientas personas para que el acto parezca un éxito —confesó.

—Veré lo que puedo hacer —dijo el interlocutor.

—Pero dígales que no hablen con los periodistas. No queremos que la prensa descubra que los Estudiantes de Berkeley a favor de Nixon se componen principalmente de miembros que no son estudiantes.

—¿Eso no es hacer trampa? —dijo Jamie cuando Cam colgó.

—¿Qué quieres decir?

Cam sabía muy bien lo que quería decir, pero no pensaba admitirlo. No estaba dispuesto a poner en peligro su gran oportunidad con Ehrlichman solo por una mentirijilla de nada.

—Pues que le estamos diciendo a la gente que los estudiantes de Berkeley apoyan a Nixon, pero es mentira —repuso Jamie.

—¡Pero ahora no podemos echarnos atrás!

Cameron temía que Jamie quisiese cancelar todo el plan.

—No, supongo que no —respondió Jamie, dubitativo.

Cam pasó la mañana siguiente en un estado de suspense. A las doce y media solo había siete personas en la sala. Cuando llegaron los oradores, Cam se los llevó a una habitación contigua y les ofreció café y galletas horneadas por la madre de Jamie. A la una menos cuarto el lugar todavía estaba casi desierto, pero entonces, a la una menos diez, empezó a llegar gente. A la una la sala estaba casi llena y Cam respiró con alivio.

Invitó a Ehrlichman a presidir la reunión.

—No —contestó Ehrlichman—. Es mejor que lo haga un estudiante.

Cam presentó a los oradores, pero apenas escuchó lo que decían. Su discurso fue un éxito y Ehrlichman quedó impresionado, pero las cosas todavía podían torcerse.

Al final hizo un resumen y dijo que el éxito de aquel mitin era una prueba del rechazo de los estudiantes a las manifestaciones, el liberalismo y las drogas. Sus palabras cosecharon una entusiasta ronda de aplausos.

Cuando terminó, estaba impaciente por que se fueran todos.

La reportera Sharon McIsaac estaba allí. Tenía un aspecto desafiante, y a Cam le recordó a Evie Williams, que había rechazado su amor adolescente. Sharon estaba haciéndoles preguntas a los estudiantes. Una pareja se negó a hablar con ella y acto seguido, para alivio de Cam, la reportera acorraló a uno de los pocos republicanos auténticos de Berkeley. Para cuando terminó la entrevista, el resto del público ya se había marchado.

A las dos y media, Cam y Ehrlichman estaban en una sala vacía.

—Bien hecho —dijo el asesor de Nixon—. ¿Estás seguro de que toda esa gente eran estudiantes?

Cam vaciló antes de contestar.

—¿Quiere una respuesta oficial o extraoficial?

Ehrlichman se echó a reír.

—Escucha —dijo—, cuando termine el semestre, ¿querrás venir a trabajar en la campaña presidencial de Dick? Nos vendría bien un tipo como tú.

Cam sintió que se le aceleraba el corazón.

—Me encantaría —dijo.

Dave estaba en Londres, en la casa de sus padres en Great Peter Street, cuando Fitz llamó a la puerta.

La familia estaba en la cocina: Lloyd, Daisy y Dave; Evie se encontraba en Los Ángeles. Eran las seis, la hora a la que los niños solían cenar —ellos lo llamaban «tomar el té»— cuando eran pequeños. En aquellos tiempos sus padres siempre se sentaban un rato con ellos a hablar del día antes de salir por la noche, por lo general a alguna reunión política. Daisy fumaba y Lloyd a veces preparaba un cóctel. El hábito de reunirse en la cocina a esa hora para charlar había perdurado hasta mucho después de que los niños fueran demasiado mayores para tomar su «té» de la cena.

Dave estaba hablando con sus padres de su ruptura con Beep cuando la criada entró y anunció:

—Es el conde Fitzherbert.

Dave vio que su padre se ponía tenso.

Daisy puso la mano en el brazo de Lloyd.

—Tranquilo, todo irá bien —dijo.

A Dave lo devoraba la curiosidad. Ya sabía que el conde había seducido a Ethel cuando ella era su ama de llaves, y que Lloyd era el fruto ilegítimo de su relación. También sabía que Fitz se había negado airadamente a reconocer a Lloyd como hijo suyo durante más de medio siglo. Entonces, ¿qué estaba haciendo allí el conde esa noche?

Fitz entró en la cocina apoyándose sobre dos bastones.

—Mi hermana, Maud, ha muerto —dijo.

Daisy se levantó de golpe.

—Siento mucho oír eso, Fitz —se lamentó—. Venga y siéntese. —Lo tomó del brazo.

El conde, sin embargo, titubeó y miró a Lloyd.

—No tengo derecho a sentarme en esta casa —dijo.

Era evidente para Dave que la humildad no era una de las cualidades innatas de Fitz.

Lloyd estaba conteniendo unas emociones muy intensas. Aquel era el padre que lo había rechazado toda su vida.

—Siéntese, por favor —dijo Lloyd con aire tenso.

Dave acercó una silla de la cocina y Fitz se sentó a la mesa.

—Voy a ir a su entierro —anunció—, dentro de dos días.

—Vivía en la Alemania Oriental, ¿no es así? —preguntó Lloyd—. ¿Cómo se ha enterado de su muerte?

—Maud tiene una hija, Carla. Ella llamó por teléfono a la embajada británica en el Berlín oriental. Han tenido la amabilidad de llamarme para darme la noticia. Fui ministro del Foreign Office hasta 1945, y me alegra decir que eso aún cuenta para algo.

Sin que nadie se lo pidiera, Daisy sacó una botella de whisky de un armario, sirvió dos dedos en un vaso y lo puso delante de Fitz con una pequeña jarra de agua del grifo. Fitz añadió un poco de agua al whisky y bebió un sorbo.

—Muy detallista por tu parte que te acuerdes todavía, Daisy —dijo.

Dave recordó que Daisy había vivido con Fitz durante un tiempo, cuando estaba casada con su hijo, Boy Fitzherbert, por eso sabía cómo le gustaba el whisky al conde.

—Lady Maud era la mejor amiga de mi difunta madre —dijo Lloyd, ya un poco menos tenso—. La última vez que la vi fue cuando mamá me llevó a Berlín en 1933. En esa época Maud era periodista y escribía artículos que molestaban a Hitler.

—No he visto a mi hermana ni hablado con ella desde 1919 —explicó el conde—. Estaba enfadado con ella por haberse casado sin mi permiso, y con un alemán, además, y pasé casi cincuenta años sin hablarle. —Su rostro ajado y desvaído reflejaba una profunda tristeza—. Ahora es demasiado tarde para perdonarla. ¡Qué tonto he sido! —Miró directamente a Lloyd—. Un tonto con eso y con otras cosas.

Lloyd hizo una breve inclinación con la cabeza, una forma tácita de reconocimiento.

Dave miró a su madre de reojo. Sentía que acababa de suceder algo importante y su expresión se lo confirmó. La tristeza de Fitz era tan profunda que apenas tenía palabras para expresarla, pero se había acercado todo lo que era capaz a una disculpa.

Costaba trabajo imaginar que aquel débil anciano se hubiese visto arrastrado alguna vez por las olas impetuosas de la pasión, pero Fitz había amado a Ethel, y Dave sabía que esta había sentido lo mismo por él, pues se lo había oído decir en voz alta. Fitz había rechazado a su hijo y, después de toda una vida renegando de él, de pronto echaba la vista atrás y comprendía lo mucho que había perdido. Era insoportablemente triste.

—Iré con usted —dijo Dave de forma impulsiva.

—¿Cómo?

—Al funeral. Voy a ir a Berlín con usted.

Dave no estaba seguro de por qué quería hacer aquello, salvo que intuía que podía tener un efecto reparador.

—Eres muy amable, joven Dave —dijo Fitz.

—Eso sería maravilloso, Dave —intervino Daisy.

Dave miró a su padre, nervioso por que Lloyd no diese su aprobación, pero, asombrosamente, había lágrimas en los ojos de Lloyd.

Al día siguiente Dave y Fitz volaron a Berlín. Pasaron la noche en un hotel del sector Oeste.

—¿Le importa si lo llamo Fitz? —dijo Dave durante la cena—. Siempre llamábamos «abuelo» a Bernie Leckwith, a pesar de que sabíamos que era el padrastro de mi padre. Y de niño nunca llegué a conocerlo a usted, así que parece un poco tarde para cambiar ahora.

—No estoy en situación de decirte cómo debes llamarme —respondió Fitz—. Además, de todos modos, de verdad que no me importa.

Hablaron de política.

—Nosotros, los conservadores, teníamos razón con respecto al comunismo —comentó Fitz—. Dijimos que no funcionaría, y no funciona, pero estábamos equivocados con la socialdemocracia. Cuando Ethel decía que debíamos dar a todo el mundo educación y atención sanitaria gratuitas y también un seguro de desempleo, yo le contestaba que vivía en un mundo de fantasía. Pero mira ahora: todo por lo que ella hizo campaña ha salido adelante, e Inglaterra sigue siendo Inglaterra.

Fitz tenía una capacidad admirable para admitir sus errores, pensó Dave. Era evidente que el conde no había sido siempre así, pues sus peleas con su familia habían durado décadas. Tal vez era una cualidad que se adquiría con la vejez.

A la mañana siguiente, un Mercedes negro con chófer, solicitado por la secretaria de Dave, Jenny Pritchard, estaba esperándolos para llevarlos al otro lado de la frontera, al Este.

Llegaron a Checkpoint Charlie.

Atravesaron una barrera y entraron en una nave de grandes dimensiones donde tuvieron que entregar sus pasaportes. Luego les pidieron que esperaran.

El guardia fronterizo que les había pedido los pasaportes se fue. Al cabo de un rato un hombre alto y encorvado, vestido con ropa de civil, les ordenó salir de su Mercedes y seguirle.

El hombre iba delante, pero entonces miró atrás, irritado por la lentitud de Fitz.

—Por favor, dese prisa —dijo en inglés.

Dave recordó el alemán que había aprendido en la escuela y mejorado durante su estancia en Hamburgo.

—Mi abuelo es mayor —protestó, indignado.

Fitz habló en voz baja.

—No discutas —indicó a Dave—. Ese cabrón arrogante está con la Stasi. —Dave enarcó una ceja: no había oído a Fitz usar palabras malsonantes hasta entonces—. Son como el KGB, solo que no tienen tan buen corazón —añadió el conde.

Los condujeron a un despacho austero, amueblado únicamente con una mesa metálica y unas sillas de madera rígidas. No les pidieron que se sentaran, pero Dave le acercó una silla a Fitz, quien, agradecido, se desplomó sobre ella.

El hombre alto hablaba en alemán a un intérprete, que fumaba cigarrillos mientras traducía las preguntas.

—¿Por qué quieren entrar en la Alemania del Este?

—Para asistir al funeral de un familiar cercano. Tendrá lugar a las once de la mañana —respondió Fitz. Miró su reloj de pulsera, un Omega de oro—. Ahora son las diez. Espero que este trámite no nos lleve mucho tiempo.

—Estaremos aquí el tiempo que sea necesario. ¿Cómo se llamaba su hermana?

—¿Por qué lo pregunta?

—Dice que desea asistir al funeral de su hermana. ¿Cómo se llamaba?

—Le he dicho que quería asistir al funeral de un pariente cercano. No he dicho que fuese mi hermana. Es evidente que ya lo saben todo al respecto.

Dave se dio cuenta de que el agente de la policía secreta los estaba esperando. Le costaba imaginar por qué.

—Responda a la pregunta. ¿Cómo se llamaba su hermana?

—Era frau Maud von Ulrich, como sus espías, obviamente, ya le habrán informado.

Dave advirtió que Fitz se estaba poniendo cada vez más furioso e infringía su propia regla de decir cuanto menos, mejor.

—¿Cómo es posible que lord Fitzherbert tenga una hermana alemana?

—Mi hermana se casó con un amigo mío llamado Walter von Ulrich, diplomático alemán en Londres. Fue asesinado por la Gestapo durante la Segunda Guerra Mundial. ¿Qué hizo usted en la guerra?

Por la expresión de ira en el rostro del hombre alto, Dave vio que había entendido lo que decía, pero no respondió a la pregunta. En lugar de eso se volvió hacia Dave.

—¿Dónde está Walli Franck?

Dave se quedó perplejo.

—No lo sé.

—Pues claro que lo sabe. Pertenece a su grupo de música.

—El grupo se ha disuelto. Hace meses que no veo a Walli. No sé dónde está.

—Eso no tiene credibilidad. Son ustedes compañeros.

—A veces los compañeros se pelean.

—¿Cuál ha sido el motivo de su pelea?

—Diferencias en el terreno personal y musical.

En realidad las diferencias habían sido únicamente personales. Dave y Walli nunca habían tenido diferencias en cuanto a su concepto de la música.

—Sin embargo, ahora desea asistir al funeral de la abuela de este.

—También era mi tía abuela.

—¿Dónde vio a Walli Franck por última vez?

—En San Francisco.

—La dirección, por favor.

Dave vaciló antes de contestar. Aquello empezaba a resultar desagradable.

—Conteste, por favor. Las autoridades buscan a Walli Franck por asesinato.

—Lo vi por última vez en el parque Buena Vista. Eso está en Haight Street. No sé dónde vive.

—¿Se da cuenta usted de que obstruir a la policía en el ejercicio de sus funciones constituye un delito?

—Por supuesto.

—¿Y de que si comete un delito en la Alemania del Este puede ser detenido, juzgado y encerrado en la cárcel aquí?

De pronto Dave se sintió asustado, pero trató de mantener la calma.

—Y entonces millones de admiradores de todo el mundo exigirían mi puesta en libertad.

—No se les permitirá que interfieran con la justicia.

Fitz decidió intervenir en ese momento.

—¿Está seguro de que sus camaradas de Moscú van a ver con buenos ojos su ocurrencia de provocar un incidente diplomático internacional de primer orden por esto?

El hombre alto rió con desdén, pero su risa no fue convincente.

Dave tuvo un destello de intuición.

—Es usted Hans Hoffmann, ¿no es así?

El intérprete no tradujo aquellas palabras, sino que se apresuró a decir:

—Su nombre no es de su incumbencia.

Sin embargo, Dave supo por la cara del hombre alto que había dado en el clavo con su corazonada.

—Walli me habló de usted. Su hermana lo echó de su vida y lleva vengándose de su familia desde entonces.

—Limítese a responder a la pregunta.

—¿Forma esto parte de su venganza? ¿Hostigar a dos hombres inocentes que van de camino a un funeral? ¿Es esa la clase de gente que son ustedes, los comunistas?

—Esperen aquí, por favor.

Hans y su intérprete salieron de la habitación, y Dave oyó desde el otro lado de la puerta el ruido de un cerrojo al cerrarse.

—Lo siento —se lamentó Dave—. Por lo que parece, todo esto es por Walli. Le habría ido mucho mejor si hubiese venido usted solo.

—No es culpa tuya. Solo espero que no nos perdamos el funeral. —Fitz sacó su cigarrera—. Tú no fumas, ¿verdad, Dave?

Dave negó con la cabeza.

—Bueno, al menos no fumo tabaco.

—La marihuana es mala para la salud.

—¿Y entiendo entonces que los puros, en cambio, sí son buenos para la salud?

Fitz sonrió.

—*Touché*.

—Ya he tenido la misma discusión con mi padre. Él bebe whisky. Ustedes los parlamentarios tienen una política clara: todas las drogas peligrosas son ilegales, salvo las que les gustan. Y luego se quejan de que los jóvenes no los escuchen.

—Tienes razón, por supuesto.

Era un cigarro enorme y Fitz se lo fumó entero y dejó caer la colilla en un cenicero de estaño repujado. El reloj señalaba las once pasadas. Se habían perdido el funeral para el que habían ido expresamente en avión desde Londres.

A las once y media la puerta se abrió de nuevo. Hans Hoffmann apareció en el umbral.

—Tienen permiso para entrar en la Alemania del Este —anunció con una sonrisa, y luego desapareció.

Dave y Fitz encontraron su coche.

—Será mejor que vayamos directos a la casa, ya mismo —dijo Fitz, y le dio la dirección al conductor.

Recorrieron Friedrichstrasse hacia Unter den Linden. Los viejos edificios gubernamentales se conservaban en buen estado, pero las aceras estaban desiertas.

—Dios santo… —exclamó Fitz—. Esta antes era una de las calles comerciales más concurridas de Europa. Mírala ahora. Es como estar en Merthyr Tydfil un lunes cualquiera.

El coche se detuvo frente a una casa en mejores condiciones que las contiguas.

—Parece que a la hija de Maud le va mejor que a sus vecinos —comentó Fitz.

—El padre de Walli es propietario de una fábrica de televisores en Berlín Oeste —explicó Dave—. Se las arregla para dirigirla desde aquí, de algún modo. Supongo que la fábrica aún funciona y les da dinero.

Entraron en la casa y se hicieron las presentaciones de rigor: los padres de Walli eran Werner y Carla, un hombre apuesto y una mujer normal con facciones muy marcadas. Su hermana, Lili, tenía diecinueve años y era muy atractiva; no se parecía en nada a Walli. Dave sentía curiosidad por conocer a Karolin, que tenía el pelo largo y claro, con la raya en medio. Con ella estaba Alice, que había inspirado la canción de Walli, una tímida niña de cuatro años con un lazo negro en el pelo en señal de luto. El marido de Karolin, Odo, era un poco mayor, debía de tener unos treinta años. Llevaba el pelo largo, a la moda, pero también lucía un alzacuellos.

Dave explicó por qué no habían asistido al funeral. Mezclaban ambos idiomas todo el tiempo, aunque los alemanes hablaban mejor inglés que los ingleses alemán. Dave percibió que la actitud que mostraba la familia hacia Fitz era equívoca, aunque no dejaba de ser comprensible: después de todo, había sido muy duro con Maud, y su hija podía pensar que ya era demasiado tarde para hacer las paces. Sin embargo, también era demasiado tarde para reproches, de modo que nadie mencionó los cincuenta años de distanciamiento.

Una decena de amigos y vecinos que habían asistido al funeral estaban tomado café y algún refrigerio servidos por Carla y Lili. Dave habló con Karolin sobre guitarras. Resultó que ella y Lili eran auténticas estrellas en los circuitos contestatarios y clandestinos. No les permitían grabar discos porque sus canciones hablaban sobre la libertad, pero la gente grababa en cintas sus actuaciones y se las prestaban entre sí. En cierto modo se parecía a las publicaciones *samizdat* de la Unión Soviética. Hablaron de las cintas de casete, un nuevo formato más cómodo, aunque con mala calidad de sonido. Dave se ofreció a enviarle a Karolin algunas casetes y una pletina, pero ella le dijo que solo conseguiría que se los quedase la policía secreta.

Dave había dado por sentado que Karolin sería una mujer dura e insensible por haber roto su relación con Walli y casarse con Odo, pero para su sorpresa le cayó bien. Parecía amable e inteligente. Hablaba de Walli con mucho afecto y quería saberlo todo sobre su vida.

Dave le contó que él y Walli se habían peleado, y Karolin se quedó conmocionada con la historia.

—No es propio de él —dijo—. Walli no ha sido nunca de los que van tonteando por ahí. Todas las chicas se volvían locas por él, y podría haberse liado con una distinta cada fin de semana, pero nunca lo hizo.

Dave se encogió de hombros.

—Ha cambiado.

—¿Y qué hay de tu ex prometida? ¿Cómo se llama?

—Ursula, pero todos la llaman Beep. Para serte sincero, no es de extrañar que no me fuera fiel. Es un poco salvaje. Precisamente eso forma parte de su atractivo.

—Creo que todavía sientes algo por ella.

—Estaba loco por ella. —Dave respondió con una evasiva porque no sabía qué sentía en ese momento.

Estaba enfadado con Beep, enfurecido por su traición, pero si ella quisiera volver con él, no estaba seguro de cuál sería su propia reacción.

Fitz se acercó a donde los dos estaban sentados.

—Dave —dijo—, me gustaría ver la tumba antes de regresar al Berlín occidental. ¿Te importa?

—Por supuesto que no. —Dave se puso de pie—. Creo que será mejor que nos vayamos pronto.

—Si llegas a hablar con Walli —le dijo Karolin a Dave—, por favor, dile que le mando todo mi cariño. Dile que ansío el día en que pueda conocer a Alice. Se lo contaré todo sobre su padre cuando tenga edad suficiente.

Todos tenían mensajes para Walli: Werner, Carla y Lili. Dave supuso que tendría que hablar con Walli aunque solo fuese para transmitírselos.

—Debería llevarse usted algo de Maud —le dijo Carla a Fitz cuando se iban.

—Me encantaría.

—Hay algo que será perfecto.

Desapareció un momento y regresó con un viejo álbum de fotos con tapas de cuero. Fitz lo abrió. Las fotografías eran todas en blanco y negro, algunas sepia, muchas desvaídas. Todas llevaban al pie una pequeña anotación con letra clara y elegante, seguramente de Maud. La más antigua se había tomado en una enorme mansión. Dave leyó el pie de foto: «Tŷ Gwyn, 1905». Era la casa de campo de los Fitzherbert, reconvertida ya en Escuela de Formación Profesional de Aberowen.

Al ver las fotos de él y Maud cuando eran jóvenes, Fitz se puso a llorar. Las lágrimas resbalaron por la piel de pergamino de su rostro surcado de arrugas y le empaparon el cuello de la camisa, blanca e inmaculada.

—Los buenos tiempos se van para no volver nunca más —dijo hablando con dificultad.

Se despidieron. El chófer los llevó a un gigantesco cementerio municipal de aspecto muy frío y crudo, y allí encontraron la tumba de Maud. Ya habían cubierto la fosa con tierra, formando un pequeño montículo que, tristemente, tenía el tamaño y la forma aproximada de un ser humano. Permanecieron de pie uno al lado del otro durante unos minutos, sin decir nada. El único sonido era el canto de los pájaros.

Fitz se enjugó el rostro con un pañuelo blanco grande.

—Vamos —dijo.

Los detuvieron de nuevo en el puesto de control. Hans Hoffmann, con cara sonriente, observaba la escena mientras los guardias los registraban a conciencia, a ellos y a su coche.

—¿Qué es lo que buscan? —preguntó Dave—. ¿Por qué íbamos a sacar algo de contrabando de la Alemania Oriental? ¡Aquí no tienen nada que alguien pueda querer!

Nadie contestó.

Un oficial uniformado sacó el álbum de fotos y se lo entregó a Hoffmann, que lo hojeó con aire distraído.

—Esto tendrá que ser examinado por nuestro departamento forense —dijo.

—Por supuesto —contestó Fitz con tristeza.

No les quedó más remedio que marcharse sin él.

Cuando se alejaban con el coche, Dave miró atrás y vio a Hans tirar el álbum a un cubo de basura.

George Jakes voló de Portland a Los Ángeles para reunirse con Verena con un anillo de diamantes en el bolsillo.

Había estado de gira con Bobby Kennedy y no había visto a Verena desde el funeral de Martin Luther King en Atlanta, siete semanas antes.

George estaba destrozado por el asesinato del líder negro. El doctor King había sido la brillante esperanza de los negros estadounidenses, y de pronto había desaparecido, asesinado por un racista blanco con un rifle de caza. El presidente Kennedy había dado esperanza a los negros, y él también había sido asesinado por un hombre blanco con un arma. ¿Qué sentido tenía la política si los grandes hombres podían ser eliminados tan fácilmente? «Al menos todavía tenemos a Bobby», pensó George.

El golpe aún había sido más duro para Verena. En el funeral había sentido una rabia y una ira abrumadoras, y estaba desconcertada y perdida. El hombre al que había admirado, apreciado y servido durante siete años había muerto.

Para consternación de George, no había querido que él la consolara, y eso lo había herido en lo más hondo. Vivían a casi mil kilómetros de distancia el uno del otro, pero él era el hombre de su vida. Suponía que su rechazo hacia él formaba parte de su dolor, y que se le pasaría.

Ya no había nada que la atase a Atlanta —no quería trabajar para el sucesor de King, Ralph Abernathy—, de manera que había dimitido. George había pensado que tal vez se iría a vivir a su apartamento de Washington; sin embargo, sin dar ninguna explicación, había vuelto a casa de sus padres en Los Ángeles. Tal vez necesitaba tiempo a solas para pasar el duelo.

O tal vez quería algo más que una simple invitación a que se fuera a vivir con él.

De ahí el anillo.

Las siguientes primarias eran en California, lo cual le daba a George la oportunidad de visitar a Verena.

En el aeropuerto de Los Ángeles alquiló un Plymouth Valiant blanco, un utilitario económico, ya que pagaba la campaña, y se dirigió a North Roxbury Drive, en Beverly Hills.

Atravesó las altas verjas y aparcó frente a una casa de ladrillo de estilo Tudor que calculó que debía de ser del tamaño de cinco casas Tudor auténticas. Los padres de Verena, Percy Marquand y Babe Lee, vivían como las estrellas de cine que eran.

Una criada lo dejó entrar y lo condujo a una sala de estar que no tenía nada de Tudor: moqueta blanca, aire acondicionado y un ventanal que iba del suelo al techo y que daba a una piscina. La criada le preguntó si le apetecía beber algo.

—Un refresco, por favor —dijo él—, de lo que sea.

Cuando Verena entró, George sufrió una conmoción.

Se había cortado su maravillosa melena afro y ahora llevaba el pelo casi rapado al cero, tan corto como el de él. Vestía pantalones negros, una camisa azul, una chaqueta de cuero y una boina negra. Era el uniforme del Partido Pantera Negra de Autodefensa.

George reprimió su indignación para darle un beso. Ella le ofreció sus labios, pero solo un instante, y él supo de inmediato que seguía sumida aún en la rabia y la tristeza que la acompañaban desde el funeral. Esperaba que su propuesta pudiese sacarla de ese estado.

Se sentaron en un sofá con un estampado de aguas color naranja oscuro, amarillo y marrón chocolate. La criada sirvió a George una Coca-Cola con hielo en un vaso alto sobre una bandeja de plata. Cuando se fue, él tomó la mano de Verena.

—¿Por qué llevas ese uniforme? —preguntó con ternura, conteniendo su enfado.

—¿Acaso no es obvio?

—No para mí.

—Martin Luther King encabezó una campaña no violenta y le pegaron un tiro.

Sus palabras fueron una decepción para George, esperaba un argumento más convincente que ese.

—Abraham Lincoln libró una guerra civil y también le dispararon —replicó.

—Los negros tienen derecho a defenderse. Nadie más lo va a hacer, y desde luego la policía menos que nadie.

George no consiguió disimular el desprecio que sentía por esas ideas.

—Lo único que quieres es asustar a los blancos, pero nunca se ha conseguido nada con esa clase de discurso.

—¿Y se puede saber qué ha conseguido la no violencia? Centenares de negros linchados y asesinados, millares golpeados y encarcelados.

George no quería discutir con ella, todo lo contrario, quería conseguir que recobrase el juicio, pero no pudo evitar levantar la voz.

—¡Además de la Ley de Derechos Civiles de 1964, la Ley de Derecho al Voto de 1965, y seis congresistas y un senador negros!

—Y ahora los blancos opinan que ya hemos ido demasiado lejos. Nadie ha sido capaz de aprobar una ley contra la discriminación en el acceso a la vivienda.

—Tal vez los blancos temen encontrarse a panteras negras paseándose con el uniforme de la Gestapo y empuñando armas de fuego por sus bonitos y apacibles barrios.

—La policía lleva armas. Nosotros también las necesitamos.

George se dio cuenta de que aquella discusión, que parecía girar en torno a la política, en el fondo era sobre su relación. Estaba perdiendo a Verena. Si no podía convencerla de que abandonase las Panteras Negras, no podría recuperarla y llevarla de vuelta a su vida.

—Mira, ya sé que las fuerzas policiales de todo Estados Unidos están llenas de racistas violentos, pero la solución a este problema es mejorar la policía, no disparar contra ellos. Tenemos que deshacernos de políticos como Ronald Reagan, que alientan la brutalidad policial.

—Me niego a aceptar una situación en la que los blancos tienen armas y nosotros no.

—Entonces pelea y haz campaña por el control de armas y por que haya más policías negros en puestos de responsabilidad.

—Martin creía en eso y ahora está muerto.

Las palabras de Verena eran desafiantes, pero no pudo aguantar más la tensión y se echó a llorar.

George quiso abrazarla y ella lo rechazó, pero él siguió poniendo todo su empeño en hacerla entrar en razón.

—Si quieres proteger a los negros, ven a trabajar en nuestra campaña —dijo—. Bobby va a ser presidente.

—Aunque gane, el Congreso no le dejará hacer nada.

—Intentarán detenerlo y libraremos una batalla política, y un lado ganará y el otro perderá. Así es como cambiamos las cosas en Estados Unidos. Es un sistema pésimo, pero todos los demás son peores. Y dispararnos unos a otros es el peor de todos.

—No vamos a ponernos de acuerdo.

—Está bien. —Bajó la voz—. Ya hemos estado en desacuerdo otras veces, pero siempre nos hemos seguido queriendo, ¿no?

—Esta vez es diferente.

—No digas eso.

—Toda mi vida ha cambiado.

George la miró fijamente a la cara y vio en ella una mezcla de desafío y de culpa que le dio una pista de lo que ocurría.

—Te estás acostando con uno de los Panteras Negras, ¿no es así?

—Sí.

George sintió un vacío en las entrañas, como si se hubiera bebido una jarra de cerveza demasiado fría.

—Deberías habérmelo dicho.

—Te lo estoy diciendo ahora.

—Dios mío… —Estaba desconsolado. Palpó el anillo que llevaba en el bolsillo. ¿Iba a quedarse allí guardado?—. ¿Te das cuenta de que hace siete años desde que nos graduamos de Harvard? —Luchaba por contener las lágrimas.

—Lo sé.

—Los perros de la policía en Birmingham, el «Tengo un sueño» en Washington, el presidente Johnson respaldando los derechos civiles, dos asesinatos…

—Y los negros siguen siendo los estadounidenses más pobres, viven en las casas más cochambrosas, reciben la atención sanitaria de peor calidad... y, a cambio, cumplen de sobra con sus deberes patrióticos combatiendo en Vietnam.

—Bobby va a cambiar todo eso.

—No, no es verdad.

—Sí, sí lo es. Y yo te voy a invitar a la Casa Blanca para que admitas que estabas equivocada.

Verena se dirigió a la puerta.

—Adiós, George.

—No puedo creer que lo nuestro vaya a terminar de esta manera.

—La criada te acompañará a la salida.

A George le costaba pensar con claridad. Había amado a Verena durante años y había dado por sentado que se casarían tarde o temprano. Ahora lo dejaba por un miembro de los Panteras Negras. Se sentía perdido. Aunque habían vivido separados, siempre había podido pensar en lo que le diría y en cómo iba a acariciarla la siguiente vez que volvieran a estar juntos. De súbito se encontraba solo.

—Por aquí, señor Jakes. Acompáñeme, por favor —dijo la criada al entrar.

Él la siguió al vestíbulo como si fuera un autómata, y la mujer abrió la puerta principal.

—Gracias —dijo él.

—Adiós, señor Jakes.

George subió al coche de alquiler y se fue.

El día de las primarias de California, George estaba con Bobby Kennedy en la casa de la playa de Malibú de John Frankenheimer, el director de cine. Esa mañana el cielo estaba nublado, pero pese a ello Bobby había salido a bañarse en el mar con su hijo de doce años, David. Ambos se vieron atrapados por la resaca de las olas y emergieron con los brazos y las piernas llenas de arañazos y magulladuras tras haber sido arrastrados sobre los guijarros del fondo. Después del almuerzo, Bobby se quedó dormido junto a la piscina, tumbado sobre dos sillas y con la boca abierta. Mirando a través de las puertas de cristal del patio, George reparó en una marca en la frente de Bobby, testimonio del incidente en la playa.

No le había hablado a su jefe de la ruptura con Verena. Solo se lo había contado a su madre. Apenas tenía tiempo de pensar en nada durante la campaña electoral, y California había sido un no parar:

afluencias masivas de gente en los aeropuertos, caravanas de coches, las multitudes histéricas y mítines a reventar de personas. George se alegró de estar tan ocupado. Solo se permitía el lujo de sentirse triste unos pocos minutos cada noche antes de dormirse, y entonces se sorprendía imaginando conversaciones con Verena en las que la convencía para que volviera a la política legítima e hiciese campaña por Bobby. Tal vez sus enfoques distintos siempre habían sido una manifestación de las incompatibilidades sustanciales que había entre ambos. Él nunca había querido creerlo.

A las tres en punto se retransmitieron por televisión los resultados de la primera encuesta a pie de urna. Bobby llevaba ventaja con 49 puntos porcentuales frente a los 41 de Gene McCarthy. George se sentía eufórico. «No puedo ganarme el corazón de mi chica, pero puedo ganar las elecciones», pensó.

Bobby se duchó, se afeitó y se puso un traje azul de raya diplomática y una camisa blanca. George pensó que, ya fuese por el traje o por su confianza, que era cada vez mayor, su jefe tenía un aire más presidencial que nunca.

El moretón en la frente de Bobby tenía mal aspecto, pero John Frankenheimer encontró un poco de maquillaje profesional en la casa y le cubrió la marca.

A las seis y media la comitiva de Kennedy subió a los coches y se dirigió a Los Ángeles. Fueron al hotel Ambassador, en cuyo salón de baile ya se estaba preparando la celebración de la victoria. George fue con Bobby a la Suite Royal, en el quinto piso. Allí, en un salón de grandes dimensiones, un centenar aproximado de amigos, asesores y unos cuantos periodistas privilegiados estaban bebiendo cócteles y felicitándose unos a otros. Todos los aparatos de televisión de la suite permanecían encendidos.

George y los asesores más cercanos siguieron a Bobby a través del salón hasta uno de los dormitorios. Como siempre, Bobby mezclaba las celebraciones con conversaciones muy serias sobre política. Ese día, además de California había ganado las primarias de Dakota del Sur, lugar de nacimiento de Hubert Humphrey, aunque estas eran de menor importancia. Después de California estaba seguro de que ganaría en Nueva York, donde contaba con la ventaja de ser uno de los senadores del estado.

—¡Estamos ganando a McCarthy, maldita sea! —exclamó con tono exultante, sentado en el suelo en un rincón de la habitación sin apartar la mirada del televisor.

George estaba empezando a preocuparse por la convención. ¿Cómo podía asegurarse de que la popularidad de Bobby se viese reflejada en los votos de los delegados de los estados donde no había primarias?

—Humphrey está trabajando con mucho ahínco en estados como Illinois, donde el alcalde Daley controla los votos de los delegados.

—Sí —dijo Bobby—, pero al final los hombres como Daley no pueden ignorar el sentimiento popular: quieren ganar. Hubert no puede derrotar a Dick Nixon, y yo sí.

—Es verdad, pero ¿saben eso los agentes influyentes demócratas?

—Lo sabrán en agosto.

George compartía la sensación de Bobby de que estaban remontando una ola, pero veía con demasiada claridad los peligros que tenían por delante.

—Necesitamos que McCarthy se retire para poder concentrarnos en vencer a Humphrey. Tenemos que hacer un trato con McCarthy.

Bobby negó con la cabeza.

—No le puedo ofrecer la vicepresidencia. Él es católico. Los protestantes podrían votar por un católico, pero no por dos.

—Podría ofrecerle el máximo cargo del gabinete.

—¿Secretario de Estado?

—Si se retira ahora.

Bobby frunció el ceño.

—Me cuesta trabajo imaginarme trabajando con él en la Casa Blanca.

—Si no gana, no estará usted en la Casa Blanca. ¿Quiere que tantee el terreno?

—Déjame pensarlo un poco más.

—Por supuesto.

—¿Sabes otra cosa, George? —dijo Bobby—. Por primera vez no siento que estoy aquí por ser el hermano de Jack.

George sonrió. Ese era un gran paso.

George salió a la sala principal a hablar con la prensa, pero no bebió nada. Cuando estaba con Bobby prefería mantenerse alerta, completamente despejado. A Bobby, sin ir más lejos, le gustaba el bourbon, pero no toleraba la incompetencia entre los miembros de su equipo y era capaz de subirse por las paredes cuando alguien lo defraudaba. George solo se sentía cómodo bebiendo alcohol lejos de él.

Todavía estaba sobrio minutos antes de la medianoche, cuando acompañó a su jefe a la sala de baile para que pronunciara su discurso de victoria. La esposa de Bobby, Ethel, estaba deslumbrante con un vestido muy corto de color naranja y blanco con medias blancas, a pesar de estar embarazada de su undécimo hijo.

La multitud enloqueció, como de costumbre. Todos los jóvenes llevaban sombreros de paja de Kennedy, mientras que las chicas lucían un uniforme: falda azul, blusa blanca y la banda roja de Kennedy. Un grupo de música tocaba una canción de la campaña. Los potentes focos de la televisión contribuían a caldear la temperatura de la sala. Guiados por Bill Barry, el guardaespaldas, Bobby y Ethel se abrieron paso entre la multitud mientras sus jóvenes seguidores alargaban el brazo para tocarlos y tirarles de la ropa, hasta que llegaron a una pequeña plataforma. Los empujones de los fotógrafos aumentaban la sensación de caos.

La histeria del público suponía un problema para George y los demás, pero era el punto fuerte de Bobby; su capacidad para conseguir aquella reacción emocional de la gente iba a llevarlo a la Casa Blanca.

Bobby se colocó detrás de una nube de micrófonos. No había pedido un discurso escrito, solo algunas notas. Sus palabras no estaban muy bien hilvanadas, pero a nadie le importaba.

—Somos un gran país, un país generoso y un país compasivo —dijo—. Tengo la intención de hacer de eso la base de mi candidatura.

No eran palabras en exceso motivadoras, pero la multitud lo adoraba demasiado para que eso importara.

George decidió que no iría con Bobby a la discoteca Factory después. Ver a las parejas bailando solo le recordaría que él estaba solo, así que resolvió que se iría a dormir temprano antes de volar a Nueva York por la mañana para poner en marcha la campaña allí. El trabajo era la cura para su mal de amores.

—Doy las gracias a todos los que habéis hecho posible esta noche —dijo Bobby.

Hizo el signo de la uve de victoria de Churchill y, por toda la sala, cientos de jóvenes repitieron el gesto. Se agachó desde la tribuna para estrechar algunas de las manos extendidas.

Entonces surgió un problema técnico. Su siguiente cita era con la prensa en una sala contigua, y el plan era que pasase a través del público al marcharse, pero George vio que Bill Barry no lograba despejar una vía entre las adolescentes histéricas que no dejaban de chillar: «¡Queremos a Bobby! ¡Queremos a Bobby!».

Un empleado del hotel vestido con uniforme de maître solucionó el problema señalando a Bobby un par de puertas basculantes que, evidentemente, conducían a través de un espacio reservado al personal del hotel hasta la sala de prensa. Bobby y Ethel siguieron al hombre a un pasillo oscuro, y George, Bill Barry y el resto de la comitiva se apresuraron a ir tras ellos.

George se preguntó cuándo podría volver a hablar con Bobby de la necesidad de hacer un trato con Gene McCarthy. En su opinión era la prioridad estratégica, pero las relaciones personales eran muy importantes para los Kennedy. Si Bobby hubiese logrado hacerse amigo de Lyndon Johnson, todo habría sido diferente.

El pasillo llevaba a una zona de despensa bien iluminada con mesas de vapor de acero inoxidable con aspecto reluciente y una máquina de gran tamaño para fabricar hielo. Un reportero de la radio iba entrevistando a Bobby mientras caminaban.

—Senador —le decía—, ¿cómo va a enfrentarse al señor Humphrey?

Por el camino Bobby le estrechó la mano a varios empleados del hotel, sonrientes y alborozados. En ese momento un joven pinche de cocina se volvió junto a una columna de bandejas apiladas, como si quisiera saludar a Bobby.

De pronto, en un relámpago de terror, George vio una pistola en la mano del joven.

Era un pequeño revólver negro de cañón corto.

El hombre apuntó con la pistola a la cabeza de Bobby.

George abrió la boca para gritar, pero el disparo resonó primero.

La pequeña arma emitió un ruido más parecido al corcho de una botella al abrirse que a un estallido.

Bobby se llevó las manos a la cara, se tambaleó hacia atrás y luego cayó al suelo de cemento.

—¡No! ¡No! —gritó George.

Aquello no podía estar sucediendo… ¡No podía estar sucediendo otra vez!

Al cabo de un momento se oyó una andanada de disparos, como si fuera una traca de petardos. A George se le clavó algo en el brazo, pero no hizo caso.

Bobby estaba tendido boca arriba al lado de la máquina de hielo, con las manos sobre la cabeza, los pies separados. Tenía los ojos abiertos.

La gente chillaba aterrorizada. El reportero de la radio estaba balbuceando por el micrófono:

—¡Han disparado al senador Kennedy! ¡Han disparado al senador Kennedy! ¿Es eso posible? ¿Es eso posible?

Varios hombres se abalanzaron sobre el pistolero.

—¡Coged el arma! ¡Coged el arma! —gritó alguien.

George vio a Bill Barry darle un puñetazo en la cara al agresor.

Se arrodilló junto a Bobby. Estaba vivo, pero le salía sangre de una herida justo detrás de la oreja. Tenía muy mal aspecto. George le aflojó la corbata para ayudarlo a respirar. Alguien puso un abrigo doblado bajo la cabeza de Bobby.

—Dios, no... Por Dios, no... —gemía una voz de hombre.

Ethel se abrió paso entre la multitud, se arrodilló junto a George y le habló a su marido. Hubo un destello de reconocimiento en la cara de Bobby, que intentó hablar.

—¿Están bien los demás? —creyó oírle decir George.

Ethel le acarició la cara.

George miró a su alrededor. No sabía si alguien más había recibido el impacto de la lluvia de balas. Entonces reparó en su antebrazo. Tenía la manga del traje desgarrada y le manaba sangre de una herida. Lo había alcanzado uno de los disparos, y al darse cuenta de ello, empezó a dolerle horrores.

Se abrió la puerta del fondo, y entraron los periodistas y los fotógrafos de la sala de prensa. Los cámaras asediaron al grupo que rodeaba a Bobby, empujándose unos a otros y subiéndose a los fogones y los fregaderos para obtener mejores fotos de la víctima que se desangraba y de su afligida esposa.

—¡Dejadle un poco de aire, por favor! —exclamó Ethel—. ¡Dejadlo respirar!

Apareció un equipo de emergencias con una camilla, que levantó a Bobby sujetándolo por los hombros y los pies.

—Oh, no, no... —pidió Bobby con voz débil.

—¡Con cuidado! —rogó Ethel al personal sanitario—. Cuidado...

Lo subieron a la camilla y le ataron las correas de sujeción.

Bobby cerró los ojos.

Ya nunca más volvió a abrirlos.

45

E se verano Dimka y Natalia pintaban el piso mientras los rayos del sol se colaban por las ventanas abiertas. Tardaron más tiempo del necesario porque iban parando para hacer el amor. Natalia llevaba su gloriosa cabellera recogida en un moño y cubierta por un trapo, y vestía una camisa vieja de Dimka con el cuello deshilachado; pero los pantalones cortos le quedaban ceñidos y, cada vez que subía a la escalera, él tenía que besarla. Le bajaba los pantalones tan a menudo que al cabo de un rato ella decidió quedarse solo con la camisa, tras lo cual empezaron a hacer más aún el amor.

No podían casarse hasta que el divorcio de Natalia se hubiera formalizado y, para guardar las apariencias, ella tenía su propio piso por allí cerca, pero en la intimidad ya habían iniciado su nueva vida juntos en el apartamento de Dimka. Recolocaron el mobiliario al gusto de Natalia y compraron un sofá. Establecieron una dinámica propia: él preparaba el desayuno, ella hacía la cena; él le lustraba los zapatos, ella le planchaba las camisas; él compraba la carne y ella, el pescado.

Nunca veían a Nik, pero Natalia inició una relación con Nina. La ex mujer de Dimka era la amante reconocida del mariscal Pushnói y pasaba muchas semanas con él en su dacha, donde celebraban cenas con sus amigos más íntimos, algunos de los cuales iban acompañados también de sus queridas. Dimka no sabía qué acuerdo tenía Pushnói con su esposa, una mujer madura de aspecto agradable que siempre aparecía junto a él en los acontecimientos de Estado. Durante los fines de semana que Nina pasaba en el campo, Dimka y Natalia cuidaban de Grisha. Al principio Natalia se sentía algo nerviosa, porque ella no había tenido hijos; Nik odiaba a los niños. Pero no tardó en enamorarse del pequeño, que se parecía mucho a Dimka; y, como era de esperar, Natalia acabó descubriendo su instinto maternal.

La vida personal de Dimka era feliz, pero no su vida pública. Los conservadores del Kremlin solo fingían aceptar el compromiso de Checoslovaquia. En cuanto Kosiguin y Dimka regresaron de Praga, los conservadores se pusieron manos a la obra para minar el acuerdo y ejercieron presión para provocar una invasión que acabara con Dubček y sus reformas. La discusión fue encendiéndose en Moscú al calor de los meses estivales de junio y julio, y a pesar del soplo de la brisa del mar Negro en las dachas a las que migraban las élites del Partido Comunista durante sus vacaciones de verano.

Para Dimka aquello no era una cuestión checoslovaca. Él lo relacionaba todo con su hijo y el mundo en el que crecería. Cuando hubieran transcurrido quince años, Grisha ya iría a la universidad; pasados veinte, estaría trabajando; veinticinco años después, quizá tuviera sus propios hijos. ¿Tendría Rusia un sistema mejor, algo similar a la idea del comunismo más humano de Dubček? ¿O seguiría siendo la Unión Soviética una tiranía en la que la inamovible autoridad del partido sería impuesta con puño de hierro por el KGB?

A Dimka le enfurecía que Leonid Brézhnev, el secretario general, lo observara todo desde la barrera. Había llegado a despreciarlo. Por miedo a acabar en el bando perdedor, Brézhnev jamás tomaba partido hasta saber a ciencia cierta cuál sería la decisión colectiva más probable. No tenía visión de futuro, ni valentía, ni planes para mejorar la Unión Soviética como país. No era un líder.

El conflicto alcanzó un punto decisivo durante una reunión del Politburó que se inició el 15 de agosto y duró dos días. Como siempre, constó de conversaciones formales que giraban en torno a opiniones formales plagadas de clichés, mientras las verdaderas batallas se libraban fuera.

A plena luz del día, en la explanada del palacio amarillo y blanco del Senado, Dimka tuvo un enfrentamiento cara a cara con Yevgueni Filípov entre los coches aparcados y las limusinas que esperaban a los altos cargos reunidos.

—¡Lee los informes del KGB que llegan desde Praga! —espetó Filípov—. ¡Concentraciones de estudiantes contrarrevolucionarios! ¡Clubes donde se discute abiertamente sobre el derrocamiento del comunismo! ¡Alijos secretos de armas!

—No me creo ninguna de esas patrañas —dijo Dimka—. Sí que se habla de reforma, cierto, pero los antiguos líderes fracasados, a los que ahora se deja al margen, están exagerando los peligros.

La verdad era que el conservador Andrópov, director del KGB, encargaba a los servicios secretos la redacción de informes inverosímiles para azuzar al resto de los conservadores; pero Dimka no era tan inconsciente para decirlo en voz alta.

Él contaba con una fuente fiable de información, su hermana. Tania se encontraba en Praga, desde donde enviaba artículos a la TASS de contenido nada comprometedor y, al mismo tiempo, proporcionaba a Dimka y a Kosiguin informes en los que afirmaba que Dubček era un héroe para todos los checos salvo para los viejos burócratas del partido.

En una sociedad tan cerrada, al pueblo le resultaba casi imposible acceder a la verdad. Los rusos contaban muchas mentiras. En la Unión Soviética casi toda la información oficial estaba sesgada: las cifras sobre productividad, los estudios sobre política internacional, los interrogatorios policiales a sospechosos, las previsiones económicas. En la intimidad los rusos comentaban que la única página creíble del periódico era la de la programación televisiva y radiofónica.

—No sé en qué dirección van a ir las cosas —le dijo Natalia a Dimka el viernes por la noche. Ella seguía trabajando para el ministro de Asuntos Exteriores Andréi Gromiko—. Todas las noticias procedentes de Washington apuntan a que el presidente Johnson no hará nada si invadimos Checoslovaquia. Ya tiene demasiados problemas tal como está la situación: revueltas, asesinatos, Vietnam y las elecciones presidenciales a la vuelta de la esquina.

Habían terminado de pintar por esa tarde y estaban sentados en el suelo compartiendo una botella de cerveza. Natalia tenía una mancha de pintura amarilla en la frente. Por algún motivo, eso hizo que Dimka sintiera ganas de hacerle el amor. Estaba preguntándose si abandonarse a su impulso o ir a ducharse primero, cuando ella dijo:

—Antes de que nos casemos…

Aquella frase empezaba mal.

—¿Sí?

—Deberíamos hablar de los hijos.

—Deberíamos haberlo hablado antes de pasarnos el verano follando como locos. —Jamás habían usado ningún método anticonceptivo.

—Sí, pero tú ya tienes un hijo.

—Ambos lo tenemos. Es de los dos. Serás su madrastra.

—Y me encanta. Es fácil querer a un niño que se parece tanto a ti, pero ¿qué opinas de tener más?

Dimka percibió que, por algún motivo, a ella le preocupaba el tema, y sintió la necesidad de tranquilizarla. Dejó la cerveza y la abrazó.

—Te adoro —dijo—. Y me encantaría tener hijos contigo.

—¡Oh, menos mal! —exclamó ella—. Porque estoy embarazada.

Resultaba difícil encontrar periódicos en Praga, según descubrió Tania. Era una irónica consecuencia de la abolición de la censura aplicada por Dubček. Antes de ello, pocas personas se habían molestado en leer la información falsa y anodina de la prensa controlada por el Estado. Sin embargo, desde que los rotativos podían contar la verdad, la tirada no era suficiente para satisfacer la demanda. Tania debía levantarse a primera hora de la mañana para comprarlos antes de que se agotaran.

La televisión también gozaba de libertad. En los programas sobre la actualidad, trabajadores y estudiantes cuestionaban y criticaban a los ministros del gobierno. Los presos políticos liberados tenían permiso para enfrentarse a los agentes de la policía secreta que los habían encarcelado. Alrededor del televisor del vestíbulo de cualquier gran hotel siempre había un pequeño corrillo de televidentes ansiosos siguiendo la discusión de turno en la pantalla.

Discusiones similares tenían lugar en las cafeterías, en los comedores de las empresas y en el ayuntamiento. El pueblo que había reprimido sus verdaderos sentimientos durante veinte años de pronto podía expresarlos con libertad.

El ambiente de liberación era contagioso. Tania se sentía tentada de creer que los viejos tiempos ya se habían superado y que no existía peligro. Debía recordarse de forma constante que Checoslovaquia seguía siendo un país comunista con policía secreta y sótanos de tortura.

Llevaba consigo el manuscrito mecanografiado de la primera novela de Vasili.

Le había llegado poco antes de marcharse de Moscú de la misma forma que el primer relato: un desconocido que no deseaba responder pregunta alguna se lo había entregado en plena calle al salir del trabajo. Como el primer manuscrito, el segundo estaba escrito con letra pequeña, sin duda para ahorrar papel. Su irónico título era *Un hombre libre*.

Tania lo había mecanografiado en papel de carta. Debía contar con que le abrirían el equipaje. A pesar de ser periodista autorizada de la TASS, era posible que cualquier habitación de hotel en la que se hospedase fuera registrada, y que el piso que le habían asignado para alojarla en Praga fuese examinado a fondo. Por ello había ideado un escondite ocurrente, o eso le parecía a ella. Sin embargo, vivía con el miedo constante metido en el cuerpo. Era como estar en posesión de una bomba nuclear. Deseaba pasársela a otro cuanto antes.

En Praga había trabado amistad con un corresponsal de un periódico británico.

—Hay una editora en Londres especializada en la traducción de novelas de la Europa del Este —le comentó a la primera oportunidad que tuvo—. Se llama Anna Murray, de Rowley Publishing. Me encantaría hacerle una entrevista sobre literatura checa. ¿Crees que podrías entregarle un mensaje?

Era una maniobra peligrosa, pues suponía establecer una conexión rastreable entre Anna y ella, pero Tania debía arriesgarse y creía que aquel era un riesgo menor.

—Anna Murray llegará a Praga el próximo martes —le dijo dos semanas después el periodista británico—. No pude darle tu teléfono porque no lo tenía, pero se alojará en el hotel Palace.

El martes Tania llamó al hotel y dejó un mensaje para Anna en el que decía: «Reúnete con Jakub en el monumento a Jan Hus a las cuatro». Jan Hus era un filósofo medieval a quien el Papa había ordenado quemar en la hoguera por haber defendido que la misa debía oficiarse en lengua vernácula, y se había convertido en un símbolo de la resistencia checa al control extranjero. Su monumento conmemorativo se encontraba en la plaza de la Ciudad Vieja de Praga.

Los agentes de la policía secreta de todos los hoteles tenían un especial interés en los huéspedes de Occidente, y Tania debía contar con que les enseñarían todos sus mensajes y que, por tanto, se presentarían en el monumento para ver con quién iba a reunirse Anna. Por eso la periodista no acudió a la cita. En cambio abordó a Anna por la calle y le entregó con disimulo una tarjeta donde había escrito la dirección de un restaurante del casco antiguo y el mensaje: «Hoy a las ocho. Mesa reservada a nombre de Jakub».

Todavía existía la posibilidad de que siguieran a la editora desde su hotel hasta el restaurante. Aunque era improbable porque la policía secreta no contaba con suficientes hombres como para seguir a todos los extranjeros durante toda su estancia. No obstante, Tania siguió tomando precauciones. Esa noche se puso una chaqueta holgada de cuero, a pesar de que el tiempo era cálido, y fue al restaurante antes de la hora acordada. Se sentó a una mesa distinta a la que había reservado. Mantuvo la cabeza gacha cuando Anna entró, y se quedó mirando la puerta mientras la editora tomaba asiento.

Anna tenía un aspecto de extranjera innegable. Nadie en la Europa del Este iba tan bien vestido. Llevaba un traje sastre de color burdeos que resaltaba su voluptuosa figura, y lo había complementado con un maravilloso fular multicolor, parisino sin duda alguna. Anna tenía el pelo y los ojos oscuros, seguramente herencia de su madre judeoalemana. Debía de rondar la treintena, calculó Tania, pero era una de esas mujeres que embellecían con el paso de los años.

Nadie parecía haberla seguido hasta el restaurante. Tania permaneció en su sitio durante quince minutos observando a las personas que iban entrando, mientras Anna pedía una botella de riesling húngaro e iba bebiendo de su copa a sorbos. Entraron cuatro personas, una pareja de ancianos y dos jóvenes en una cita romántica; ninguno de ellos tenía pinta de policía ni por asomo. Al final Tania se levantó, fue a reunirse con Anna en la mesa reservada y dejó la chaqueta doblada en el respaldo de la silla de la editora.

—Gracias por venir —dijo Tania.

—Por favor, no hay de qué. Me alegra haber venido.

—Ha sido un largo viaje.

—Viajaría diez veces más lejos para reunirme con la mujer que me entregó *Congelación*.

—Ha escrito una novela.

Anna se arrellanó en el asiento con sonrisa de satisfacción.

—Eso era justo lo que esperaba que me dijeras. —Sirvió vino en la copa de Tania—. ¿Dónde está?

—Escondida. Te la entregaré antes de que nos vayamos.

—Está bien. —Anna se sentía confusa porque no veía ni rastro del manuscrito, pero confió en las palabras de Tania—. Me has hecho muy feliz.

—Siempre supe que *Congelación* era un relato maravilloso —comentó Tania con gesto pensativo—, pero nunca imaginé que tendría tanto éxito. En el Kremlin están furiosos con lo ocurrido, sobre todo porque no logran averiguar quién la escribió.

—Deberías saber que al autor le corresponde una fortuna en derechos.

Tania negó con la cabeza.

—Recibir dinero del extranjero lo delataría.

—Bueno, pues quizá algún día pueda cobrarlos. He pedido a la casa de agentes literarios más importante de Londres que lo represente.

—¿Qué es un agente literario?

—Alguien que vela por los intereses del autor, negocia los contratos y se asegura de que el editor pague a tiempo.

—Jamás había oído hablar de algo así.

—Han abierto una cuenta corriente a nombre de Iván Kuznetsov, pero deberías pensar si debe invertirse el dinero en algo.

—¿Cuánto es?

—Más de un millón de libras.

Tania quedó impactada. Vasili sería el hombre más rico de la Unión Soviética si pudiera echar mano a ese dinero.

Pidieron la cena. Los restaurantes de Praga habían mejorado en los últimos meses, pero la comida seguía siendo tradicional. Su ternera y las bolas de masa hervida cortadas en rodajas se servían bien cubiertas de contundente salsa aderezada con crema de leche y una cucharada de mermelada de arándanos.

—¿Qué ocurrirá aquí, en Praga? —preguntó Anna.

—Dubček es un comunista sincero que quiere que el país siga formando parte del Pacto de Varsovia, por ello no representa una amenaza importante para Moscú; pero los dinosaurios del Kremlin no lo ven así. Nadie sabe qué va a ocurrir.

—¿Tienes hijos?

Tania sonrió.

—La pregunta clave. Quizá nosotros hayamos decidido sufrir el sistema soviético a cambio de una vida tranquila, pero ¿tenemos derecho a transmitir esa pobreza y esa opresión a la generación futura? No, no tengo hijos. Tengo un sobrino, Grisha, al que quiero mucho. Es hijo de mi hermano mellizo. Y esta mañana mi hermano me contaba por carta que la mujer que pronto se convertirá en su segunda esposa está embarazada, así que tendré otro sobrino o sobrina. Por el bien de ambos espero que Dubček tenga éxito, y que otros países comunistas sigan el ejemplo checo. Pero el sistema soviético es inherentemente conservador, mucho más reticente al cambio que el capitalismo. Ese puede ser su fallo fundamental, a largo plazo.

—Aunque no podamos pagar a nuestro autor —dijo Anna cuando hubieron terminado—, ¿podríamos entregarte un regalo para que se lo hagas llegar? Si es que hay algo de Occidente que a él le guste.

Lo que necesitaba era una máquina de escribir, pero eso hubiera acabado con su anonimato.

—Un jersey —contestó Tania—. Un jersey grueso que abrigue. Siempre pasa frío. Y algo de ropa interior: camisetas de manga larga y calzoncillos largos.

Anna parecía horrorizada ante ese atisbo de la vida íntima de Iván Kuznetsov.

—Viajaré mañana a Viena y le compraré las prendas de mejor calidad.

Anna asintió, encantada.

—¿Podemos volver a encontrarnos aquí mismo el viernes?

—Sí.

Tania se levantó.

—Deberíamos salir por separado.

En el rostro de Anna afloró una mirada de pánico.

—¿Y el manuscrito?

—Ponte mi chaqueta —dijo la periodista. Tal vez fuera algo peque-ña para Anna, que estaba más gruesa que Tania, pero podría ponérse-la—. Cuando llegues a Viena, descose el forro. —Le dio un apretón de manos a la editora—. No lo pierdas —le advirtió—. Es la única copia.

Tania despertó en plena noche porque algo agitaba su cama. Se incor-poró, aterrorizada, creyendo que la policía secreta había llegado para detenerla. Cuando encendió la luz vio que estaba sola, pero el movi-miento de la cama no había sido un sueño. La foto enmarcada de Grisha que tenía sobre la mesilla de noche parecía estar bailando, y se oía el repiqueteo de los pequeños botes de maquillaje que vibraban sobre la superficie de cristal de la cómoda.

Bajó de un salto de la cama y fue a abrir la ventana. Estaba amane-ciendo y se oía un ruido atronador procedente de la cercana calle prin-cipal, aunque Tania no lograba ver qué estaba provocándolo. La inva-dió un ligero temor.

Buscó su chaqueta de cuero y recordó que se la había dado a Anna. Se puso unos vaqueros y un jersey a toda prisa, se calzó los zapatos y salió corriendo. A pesar de lo temprano que era ya había gente en la calle. Caminó con paso ligero hacia el lugar de donde procedía el ruido.

En cuanto llegó a la calle principal supo qué ocurría.

El estruendo lo causaban unos tanques. Rodaban por el asfalto con lentitud aunque imparables, y sus ruedas de oruga emitían un estrépi-to horrendo. A los mandos de los pesados vehículos iban soldados soviéticos uniformados, la mayoría jóvenes, casi unos niños. Al echar un vistazo a lo largo de la calle iluminada por la luz del alba, Tania vio que había docenas de tanques, quizá cientos, y que la hilera se extendía hasta el puente de Carlos y más allá. En las aceras había pequeños grupos de hombres y mujeres checos, muchos de ellos todavía en pi-jama, observando con desesperación y desconcierto cómo invadían su ciudad.

Tania entendió que los conservadores del Kremlin habían ganado. La Unión Soviética había invadido Checoslovaquia. La breve tempo-rada de reforma y esperanza había finalizado.

Vio a una mujer de mediana edad de pie junto a ella. La señora llevaba en el pelo una anticuada redecilla como la que su madre se ponía por las noches, y tenía el rostro surcado de lágrimas.

Fue entonces cuando la propia Tania percibió la humedad de sus mejillas y se dio cuenta de que también ella estaba llorando.

Una semana después de que los tanques entraran en Praga, George Jakes se encontraba sentado en su sofá de Washington, en ropa interior, viendo por televisión el seguimiento informativo de la convención demócrata de Chicago.

Se había calentado una lata de sopa de tomate y se la había tomado directamente del cazo, que en ese momento se hallaba sobre la mesa de centro con los rojos restos de líquido espeso solidificándose en su interior.

George sabía lo que debía hacer. Debía ponerse un traje y salir a buscar un trabajo nuevo, una novia nueva y una vida nueva.

Pero por algún motivo no le veía ningún sentido.

Había oído hablar de la depresión y sabía que eso era lo que le ocurría.

Apenas le conmovía el espectáculo de la policía de Chicago causando estragos. Centenares de manifestantes se encontraban pacíficamente sentados en el asfalto frente al centro de convenciones. Los agentes cargaban contra ellos con las porras, golpeaban a todo el mundo con violencia, como si no fueran conscientes de que estaban cometiendo un delito violento ante las cámaras de televisión o, más bien, como si lo supieran pero les trajera sin cuidado.

Alguien, supuestamente el alcalde Richard Daley, había soltado a los perros.

George especulaba distraído sobre las consecuencias políticas de esa actuación y llegó a la conclusión de que se trataba del final de la no violencia como estrategia política. Tanto Martin Luther King como Bobby Kennedy se habían equivocado, y en ese momento ambos estaban muertos. Los Panteras Negras tenían razón. El alcalde Daley, el gobernador Ronald Reagan, el candidato a la presidencia George Wallace y todos sus jefes de policía racistas usarían la violencia contra cualquiera cuyas ideas considerasen deleznables. Los negros necesitaban armas para protegerse. Como las necesitaba cualquiera que quisiera enfrentarse a los grandes mastodontes de la sociedad estadounidense. En ese preciso instante, en Chicago, la policía estaba tratando a los chavales blancos de clase media como había tratado siempre a los negros. Eso tenía que cambiar ciertas actitudes.

Alguien llamó al timbre. George frunció el ceño, contrariado. No esperaba ninguna visita y no deseaba hablar con nadie. Desoyó el timbrazo con la esperanza de que la persona que había llamado se marchara. El timbre volvió a sonar. «Podría haber salido —pensó—; ¿cómo saben que estoy en casa?» Sonó una tercera vez, de forma prolongada y con insistencia, y George se dio cuenta de que el visitante inesperado no iba a desistir.

Fue hacia la puerta. Era su madre, y llevaba una cazuela tapada con un plato.

Jacky lo miró de arriba abajo.

—Lo que yo creía —dijo, y entró sin que la invitara a pasar.

Dejó la cacerola sobre la cocina de su hijo y encendió el fogón.

—Ve a ducharte —ordenó—. Aféitate esa cara de lástima y ponte algo decente.

George pensó en protestar, pero no tenía fuerzas. Le pareció más fácil obedecer a su madre.

Ella empezó a recoger la sala, llevó el cazo con la sopa de tomate al fregadero, dobló los periódicos y abrió las ventanas.

George se retiró a su dormitorio. Se quitó la ropa interior, se duchó y se afeitó. Era un gesto inútil. Al día siguiente volvería a estar hecho un asco.

Se puso unos pantalones de algodón y una camisa azul, y regresó al comedor. El guiso olía bien, no podía negarlo. Jacky había puesto la mesa.

—Siéntate —dijo su madre—. La cena está lista.

Había preparado un guiso de pollo de granja con salsa cremosa de tomate, chiles verdes y queso gratinado por encima. George no pudo resistirse y se comió dos platos llenos. Después su madre lavó y secó los platos, y se sentó con él para ver las noticias sobre la convención.

Estaba hablando el senador Abraham Ribicoff, que proponía a George McGovern como candidato de última hora por la alternativa pacífica, y provocó un gran revuelo al manifestar: «Con George McGovern como presidente de Estados Unidos no tendríamos que aguantar las tácticas de la Gestapo desplegadas en las calles de Chicago».

—Vaya, eso sí que es acusarlos con todas las letras —dijo Jacky.

La sala de convenciones quedó en silencio. El realizador televisivo pasó a un primer plano del alcalde Daley. Parecía un sapo gigante, con ojos saltones, papada y un cuello formado por rollos de grasa. Durante un instante olvidó que estaba saliendo en televisión, como sus policías, y le gritó injurias a Ribicoff.

Los micrófonos no captaron sus palabras.

—Me pregunto qué habrá dicho —murmuró George.

—Ya te lo digo yo —repuso Jacky—. Sé leer los labios.

—No lo sabía.

—A los nueve años me quedé sorda. Tardaron mucho tiempo en saber qué me ocurría. Al final me sometieron a una operación que me devolvió la audición, pero nunca he olvidado cómo leer los labios.

—Muy bien, mamá, pues demuéstralo. ¿Qué le ha dicho el alcalde Daley a Abe Ribicoff?

—Le ha dicho: «Que te den por culo, judío hijo de puta». Eso ha dicho.

Walli y Beep estaban hospedados en el Hilton de Chicago, en la decimoquinta planta, donde el equipo de campaña de McCarthy había instalado su oficina central. La medianoche del jueves, último día de la convención, regresaron a su dormitorio sintiéndose cansados y desilusionados. Habían perdido: Hubert Humphrey, el vicepresidente de Johnson, había sido elegido como candidato demócrata. Las elecciones enfrentarían a dos hombres que apoyaban la guerra de Vietnam.

Ni siquiera tenían hierba para fumar. Lo habían dejado por miedo a dar a la prensa un motivo para desprestigiar a McCarthy. Vieron la tele durante un rato y luego se fueron a la cama, demasiado tristes para hacer el amor.

—Mierda —dijo Beep—, vuelvo a clase dentro de un par de semanas. No sé si podré aguantarlo.

—Supongo que yo grabaré un disco —señaló Walli—. Tengo nuevas canciones.

Beep tenía sus dudas al respecto.

—¿Crees que puedes arreglar las cosas con Dave?

—No. Me gustaría, pero él no querrá. Cuando me llamó para contarme que había visto a mis padres en Berlín Este me habló con mucha frialdad, aunque el gesto fue muy amable.

—Ay, Dios, le hicimos mucho daño —se lamentó Beep con tristeza.

—Además, le va bien solo, con su programa de televisión y todo lo demás.

—Entonces, ¿grabarás un álbum?

—Iré a Londres. Sé que Lew querrá tocar la batería para mí, y Buzz, el bajo: los dos están cabreados con Dave por haberse cargado el grupo. Grabaré las pistas básicas con ellos, luego añadiré la voz yo solo y pasaré un tiempo retocando, colocando punteos de guitarra y armonías vocales, y quizá algo de cuerda y viento.

—Vaya, sí que lo tienes pensado.

—He tenido tiempo. Llevo medio año sin pisar un estudio.

Se oyó un estruendo y el ruido de algo que se rompía; la habitación se inundó de una luz procedente de la entrada. Aterrorizado y sin dar crédito, Walli se dio cuenta de que alguien había echado la puerta abajo. Retiró las sábanas y saltó de la cama.

—Pero ¿qué coño...? —gritó.

Alguien encendió la lámpara del dormitorio, y vio a dos policías de Chicago uniformados entrando por la puerta derribada.

—¿Qué coño está pasando? —preguntó.

A modo de respuesta uno de los agentes lo atacó con la porra.

Walli consiguió apartarse, aunque de todas formas recibió el golpe; en lugar de darle en la cabeza, la porra impactó con violencia sobre su hombro. Empezó a gritar y a retorcerse de dolor mientras Beep chillaba.

Sujetándose el hombro lesionado, Walli regresó caminando de espaldas a la cama. El policía volvió a agitar la porra, y él saltó hacia atrás, cayó sobre el colchón y recibió un nuevo golpe en la pierna. Aulló de dolor.

Los dos agentes blandieron sus armas y Walli rodó sobre la cama para proteger a Beep. Una porra le dio en la espalda y la otra en la cadera.

—¡Basta ya, por favor, basta! —gritó la chica—. ¡No hemos hecho nada malo, dejen de pegarle!

Walli sintió otros dos golpes lacerantes y pensó que iba a morir, pero la paliza se interrumpió de pronto, y oyó las pisadas firmes de las botas saliendo del dormitorio.

Se apartó de Beep.

—¡Ah, joder, cómo duele! —dijo.

Ella se arrodilló para intentar verle las heridas.

—¿Por qué lo han hecho? —preguntó.

Walli oyó ruidos procedentes del exterior: estaban derribando otras puertas y sacando a más personas a rastras de la cama entre golpes y chillidos.

—La policía de Chicago puede hacer lo que le venga en gana —contestó—. Esto es peor que Berlín Este.

En octubre, durante un vuelo con destino a Nashville, Dave Williams iba sentado junto a un partidario de Nixon.

Él se dirigía a Nashville para grabar un disco. Su propio estudio en Napa, Daisy Farm, todavía estaba en obras, y en la capital de Tennessee encontraría a algunos de los mejores músicos del momento. Dave opinaba que la música rock estaba volviéndose demasiado cerebral, con esos sonidos psicodélicos y esos solos de guitarra de veinte minutos de duración, así que había pensado en grabar un disco con las clásicas canciones pop de dos minutos: *The Girl of My Best Friend*, *I Heard it through the Grapevine* y *Woolly Bully*. Además, sabía que Walli estaba grabando un álbum en solitario y él no quería ser menos.

También tenía otra razón. Little Lulu Small, quien había coqueteado con él en la gira de la All-Star Beat Revue, vivía en Nashville en ese momento y hacía los coros para varios grupos. Dave necesitaba a alguien que lo ayudara a olvidar a Beep.

En la primera plana del periódico que estaba leyendo había una fotografía de los Juegos Olímpicos de Ciudad de México. Era de la ceremonia de entrega de medallas a los atletas de los doscientos metros lisos. El oro había sido para Tommie Smith, un estadounidense negro que había batido el récord mundial. Un australiano blanco había ganado la plata y otro estadounidense negro, el bronce. Los tres lucían el emblema de los derechos humanos en la chaqueta oficial de las olimpiadas. Mientras sonaba el himno nacional de Estados Unidos de fondo, los dos atletas negros habían agachado la cabeza y levantado el puño en el saludo del Poder Negro, y esa era la foto de primera plana en todos los rotativos.

—Qué vergüenza —comentó el hombre que estaba sentado junto a Dave en primera clase.

Debía de tener unos cuarenta años e iba vestido con atuendo formal: traje, camisa blanca y corbata. Había sacado de su maletín un voluminoso documento mecanografiado y estaba tomando notas con un bolígrafo.

Dave no solía hablar con sus compañeros de asiento en los aviones. La conversación acababa convirtiéndose en un interrogatorio sobre qué se sentía al ser una estrella del pop, y eso lo aburría. Sin embargo, ese hombre en cuestión parecía no conocerlo, y Dave sintió curiosidad por saber qué tendría un tipo así en la cabeza.

—Veo que el presidente del Comité Olímpico Internacional —siguió comentando su vecino— los ha expulsado de los juegos. Pues bien hecho, sí señor.

—El presidente se llama Avery Brundage —dijo Dave—. En este periódico dice que en 1936, cuando los juegos se celebraron en Berlín, defendió el derecho de los alemanes a realizar el saludo nazi.

—Pues tampoco estoy de acuerdo con eso —replicó el hombre de negocios—. Los Juegos Olímpicos no son políticos. Nuestros atletas compiten como estadounidenses.

—Son estadounidenses cuando ganan carreras y cuando los llaman a filas —dijo Dave—, pero son negros cuando quieren comprarse la casa que está junto a la suya.

—Bueno, yo estoy a favor de la igualdad, pero los cambios graduales suelen ser mejor que los drásticos.

—Quizá deberíamos tener un ejército formado solo por soldados blancos en Vietnam, hasta que nos aseguremos de que la sociedad estadounidense está preparada para la igualdad total.

—También estoy en contra de la guerra —repuso el hombre—. Si los vietnamitas son tan tontos para querer ser comunistas, pues que lo sean. Lo que tendría que preocuparnos son los comunistas de Estados Unidos.

Dave pensó que era de otro planeta.

—¿A qué se dedica usted?

—Vendo espacio publicitario para las emisoras de radio. —Le tendió una mano—. Ron Jones.

—Dave Williams. Estoy en el mundo de la música. Si no le importa que le pregunte, ¿a quién votará en noviembre?

—A Nixon —respondió Jones sin vacilar.

—Pero si está en contra de la guerra y cree que los negros deben tener derechos, aunque no sea ya, estará de acuerdo con lo que propone el programa de Humphrey para esos problemas.

—Al diablo con esos problemas. Tengo mujer y tres hijos, una hipoteca y un préstamo que pedí para comprar el coche; esos son mis problemas. He luchado para ascender hasta ser director regional de ventas y tengo la oportunidad de convertirme en director nacional dentro de un par de años. Me he dejado la vida trabajando como un burro para conseguirlo y nadie va a quitármelo: ni esos negros alborotadores, ni esos hippies drogadictos, ni esos comunistas que trabajan para Moscú, ni mucho menos un liberal sensiblero como Hubert Humphrey. Me da igual lo que diga sobre Nixon, ese hombre lucha por personas como yo.

En ese momento Dave, con la abrumadora sensación de no poder escapar al destino, tuvo el presentimiento de que Nixon iba a ganar.

George Jakes se puso un traje, camisa blanca y corbata por primera vez desde hacía varios meses, y salió a comer con Maria Summers al Jockey Club. Ella lo había invitado.

Podía suponer qué iba a ocurrir. Maria habría estado hablando con su madre, esta le habría dicho a Maria que George se pasaba el día tirado en su piso sin hacer nada, y Maria le diría que reaccionara de una vez por todas.

Él no le veía el sentido. Su vida estaba acabada. Bobby había muerto y el futuro presidente sería o bien Humphrey o bien Nixon. No había nada que hacer, ni para detener la guerra, ni para conseguir la igualdad de los negros, ni para impedir que la policía golpeara a cualquiera que no le gustara.

Aun así, había accedido a comer con Maria. Ellos dos habían pasado por muchas cosas juntos.

Maria había conservado su atractivo en la madurez. Llevaba un vestido negro con chaqueta a juego y un collar de perlas. Irradiaba confianza y autoridad. Parecía lo que era: una mujer con éxito, burócrata de nivel medio del Departamento de Justicia. No quiso tomar un cóctel, así que pidieron la comida.

—Nunca se supera —le dijo a George cuando el camarero se hubo marchado.

Su amigo supo que estaba comparando la pena que él sentía por la muerte de Bobby con su propio dolor por la pérdida de Jack.

—Es una herida en el corazón que no se cierra jamás —añadió.

George asintió en silencio. Tenía tanta razón que le costaba no romper a llorar.

—El trabajo es la mejor cura —siguió diciendo Maria—. El trabajo y el tiempo.

George se dio cuenta de que ella había sobrevivido. Su pérdida había sido aún mayor, puesto que Jack Kennedy había sido su amante, no solo su amigo.

—Tú me ayudaste. Me conseguiste un empleo en el Departamento de Justicia. Esa fue mi salvación: un ambiente nuevo, un reto nuevo.

—Pero no un nuevo novio.

—No.

—¿Todavía vives sola?

—Tengo dos gatos —aclaró ella—. Julius y Loopy.

George asintió en silencio. Ser soltera la había ayudado en el Departamento de Justicia, donde habrían dudado a la hora de ascender a una mujer casada que podía quedarse embarazada y dejar el trabajo. Sin embargo, una solterona tenía más posibilidades.

Les sirvieron los platos y comieron en silencio durante unos minutos. Entonces Maria soltó el tenedor.

—Quiero que vuelvas al trabajo, George.

Lo conmovía la cariñosa preocupación de su amiga y admiraba la fuerte determinación con la que había rehecho su vida, pero él no conseguía sentir ningún entusiasmo. Hizo un impotente gesto de indiferencia.

—Bobby está muerto, McCarthy ha perdido la candidatura. ¿Para quién voy a trabajar?

—Para Fawcett Renshaw. —Maria lo sorprendió con esa respuesta.

—¿Para esos cabrones?

Fawcett Renshaw era el bufete de Washington que le había ofrecido un puesto a George cuando se licenció, pero que había retirado la oferta cuando el joven se convirtió en miembro de los Viajeros de la Libertad.

—Serías su experto en derechos civiles —añadió ella.

A George le gustó la ironía de la situación. Siete años atrás su implicación en la lucha por los derechos civiles le había impedido trabajar en Fawcett Renshaw; en ese momento, lo convertía en experto. «Hemos ganado algunas batallas —pensó—, a pesar de todo.» Y empezó a sentirse mejor.

—Has trabajado en el Departamento de Justicia y en el Capitolio, conoces su funcionamiento interno y eso vale mucho —siguió argumentando Maria—. Además, ¿sabes qué? De pronto se ha puesto de moda que los bufetes de Washington cuenten con un abogado negro en su equipo.

—¿Cómo sabes lo que quiere Fawcett Renshaw? —preguntó George.

—En el Departamento de Justicia tenemos mucha relación con ellos. Por lo general intentamos que sus clientes acaten la legislación gubernamental.

—Acabaría defendiendo a empresas que incumplen la legislación de los derechos civiles.

—Piensa en ello como una experiencia de formación. Aprenderás de primera mano cómo funciona la legislación para la igualdad sobre el terreno. Eso te resultaría muy valioso si algún día decides regresar a la política. Mientras tanto ganarás un buen sueldo.

George se preguntó si algún día regresaría a la política.

Levantó la vista y vio a su padre acercándose a la mesa.

—He terminado ahora mismo de comer —dijo Greg—. ¿Puedo unirme a vosotros?

Su hijo se preguntó si ese encuentro aparentemente casual había sido planeado por Maria. Recordaba que el viejo Renshaw, el socio más antiguo del bufete, había sido amigo de la infancia de su padre.

—Justo ahora estábamos hablando de la vuelta al trabajo de George —le comentó Maria a Greg—. Fawcett Renshaw lo quiere en su equipo.

—Renshaw me dijo algo. Para ellos no tienes precio. Tus contactos son increíbles.

—Parece que va a ganar Nixon —apuntó George con vacilación—. La mayoría de mis contactos son demócratas.

—Aun así son útiles. De todas formas no creo que Nixon dure mucho. La pifiará a las primeras de cambio.

George puso cara de sorpresa. Greg era un republicano liberal que hubiera preferido a alguien como Nelson Rockefeller para candidato a la presidencia. Aun así, su comentario era de una deslealtad asombrosa con el partido.

—¿Crees que el movimiento pacifista acabará con Nixon? —preguntó George.

—Eso ni lo sueñes. Es más probable que ocurra todo lo contrario. Nixon no es Lyndon Johnson. Nixon entiende de política internacional, seguramente más que muchas personas de Washington. No te dejes engañar por todas las tonterías que dice sobre los rojos, eso es solo para contentar a los paletos blancos que viven en caravanas. —Greg era un esnob—. Nixon nos sacará de Vietnam y dirá que hemos perdido la guerra porque el movimiento pacifista ha minado al ejército.

—¿Y qué acabará con él?

—Dick Nixon es un mentiroso —afirmó Greg—. Miente más que habla. Cuando la administración republicana subió al poder en 1952, Nixon afirmó que habíamos descubierto miles de elementos subversivos en el gobierno.

—¿Cuántos encontrasteis?

—Ninguno. Ni uno solo. Lo sé porque yo era un joven senador por aquel entonces. Luego les contó a los medios que había encontrado un informe sobre cómo convertir Estados Unidos al socialismo entre los archivos de la administración demócrata saliente. Los periodistas exigieron verlo.

—Y él no tenía ninguna copia.

—Correcto. También dijo que había dado con una circular secreta distribuida por los comunistas sobre un plan para infiltrarse en el Partido Demócrata. Tampoco llegó a verla nadie. Sospecho que la madre de Dick nunca le dijo que mentir estaba mal.

—Hay mucha falacia en política —afirmó George.

—Y en muchos otros ámbitos de la vida. Pero hay pocas personas que mientan con tanto descaro como Nixon. Es un mentiroso y un estafador, y hasta ahora se ha librado. Hay mucho mentiroso por ahí, pero todo cambia si eres presidente. Los periodistas saben que les han mentido sobre Vietnam y miran con lupa todo cuanto les cuenta el gobierno. A Dick lo pillarán, y entonces caerá. Y ¿sabes qué más? Nunca entenderá por qué. Dirá que la prensa ha conseguido echarlo del cargo.

—Espero que tengas razón, de verdad.

—Acepta el trabajo, George —suplicó Greg—. Queda mucho por hacer.

George asintió en silencio.

—Quizá lo haga.

Claus Krohn era pelirrojo. En la cabeza tenía el pelo castaño cobrizo, pero en el resto del cuerpo su vello era de una tonalidad anaranjada. A Rebecca le gustaba especialmente el triángulo que le crecía desde la entrepierna hasta un punto próximo al ombligo, que era donde miraba cuando le practicaba sexo oral, de lo cual disfrutaba como mínimo tanto como él.

En ese momento yacía con la cabeza reposada en su vientre y jugueteaba con los tersos rizos de vello. Se encontraban en el piso de él un lunes por la noche. Rebecca no tenía reuniones ese día de la semana, pero mentía diciendo lo contrario, y su marido fingía creerla.

Las relaciones físicas eran fáciles, pero los sentimientos eran más difíciles de gestionar. A Rebecca le resultaba tan complicado mantener a esos dos hombres en compartimentos separados de su cabeza que a menudo sentía ganas de dejarlo todo. Se sentía terriblemente culpable por serle infiel a Bernd. Sin embargo, como contrapartida recibía la recompensa de un sexo apasionado y satisfactorio con un hombre encantador que la adoraba. Y su marido le había dado permiso. Se lo recordaba a sí misma una y otra vez.

Además, ese año el amor estaba de moda. Todo lo que se necesitaba era amor. Rebecca no era hippy —era maestra, y una respetada política municipal—, pero de todas formas participaba de la atmósfera de promiscuidad, casi como si inhalara sin querer un humo de marihuana que inundara el ambiente. ¿Por qué no?, se preguntaba. ¿Qué tenía de malo?

Al hacer balance de sus treinta y siete años de vida solo se arrepentía de las cosas que no había hecho: no había sido infiel al desgraciado de su primer marido; no se había quedado embarazada de Bernd cuando todavía habría podido; no había huido de la tiranía de la Alemania Oriental años antes.

Al menos jamás se arrepentiría de no haberse acostado con Claus.

—¿Eres feliz? —preguntó él.

«Sí —se dijo ella—, cuando consigo no pensar en Bernd durante unos minutos.»

—Por supuesto —respondió—. Si no, no estaría jugueteando con tu vello púbico.

—Me encanta el tiempo que pasamos juntos, aunque siempre es tan breve…

—Ya lo sé. Me gustaría tener una segunda vida para poder pasarla entera contigo.

—Yo me conformaría con un fin de semana.

Rebecca intuyó demasiado tarde hacia dónde iba la conversación. Durante un segundo se quedó sin aliento.

Ya se lo había temido. Las noches de los lunes no eran suficientes. Quizá nunca había existido la posibilidad de que Claus se conformase con un solo encuentro semanal.

—Ojalá no hubieras dicho eso —murmuró.

—Podrías contratar a una enfermera para que cuidara de Bernd.

—Ya lo sé.

—Podríamos ir en coche hasta Dinamarca, donde nadie nos conoce. Alojarnos en un hotelito de la costa. Pasear por esas playas interminables y respirar el aire salado.

—Sabía que esto ocurriría. —Rebecca se levantó y buscó su ropa interior a toda prisa—. Solo era cuestión de tiempo.

—¡Oye, para el carro! No estoy obligándote a nada.

—Ya sé que no me obligas; eres un hombre tierno y considerado.

—Si no te sientes bien pasando un fin de semana fuera, pues no lo haremos.

—No, no lo haremos.

Rebecca encontró las bragas y se las puso, luego recogió el sujetador.

—Entonces, ¿por qué te vistes? Nos queda al menos media hora.

—Cuando empezamos con esto juré que le pondría fin en cuanto se pusiera serio.

—¡Escúchame! Siento mucho haber querido pasar un fin de semana fuera contigo. No volveré a mencionarlo, lo prometo.

—Ese no es el problema.

—¿Y cuál es?

—El problema es que sí quiero irme contigo. Eso es lo que me descoloca. Lo deseo más que tú.

Claus parecía confuso.

—¿Entonces…?

—Pues que tengo que elegir. No puedo seguir amándoos a los dos.

Rebecca se subió la cremallera del vestido y se calzó.

—Elígeme a mí —suplicó él—. A Bernd le has dado seis largos años de tu vida. ¿Es que no es suficiente? ¿Cómo no va a estar satisfecho?

—Le hice una promesa.

—Incúmplela.

—Alguien que incumple sus promesas se deprecia. Es como perder un dedo. Peor que acabar paralítico, que es algo meramente físico. Alguien cuyas promesas se quedan en nada tiene el alma tullida.

Él parecía avergonzado.

—Tienes razón.

—Gracias por amarme, Claus. No olvidaré jamás ni un solo segundo de nuestras noches de los lunes.

—No puedo creerme que esté perdiéndote —susurró él, y se volvió de espaldas.

Ella deseó besarlo una vez más, pero decidió no hacerlo.

—Adiós —dijo, y se marchó.

Al final las elecciones presidenciales se resolvieron con un margen de votaciones tan ajustado que se vivieron momentos de infarto.

En septiembre Cam tenía una confianza ciega en que Richard Nixon ganaría. Gozaba de una gran ventaja en las encuestas. La revuelta policial en el Chicago gobernado por los demócratas, muy vívida aún en la memoria de los televidentes, había manchado el buen nombre de su contrincante, Hubert Humphrey. Después, a lo largo de septiembre y octubre, Cam descubrió que los votantes tenían una memoria muy efímera y observó con horror cómo Humphrey empezaba a ganar puntos. El viernes previo a las elecciones el sondeo de la empresa Harris Poll sobre intención de voto situaba a Nixon como ganador con un 40 por ciento de los votos frente al 37 de su oponente; el lunes, el sondeo de Gallup presentaba como triunfador a Nixon por un 42 por ciento frente a un 40; el día de la votación, Harris Poll daba como ganador al candidato demócrata «por una cabeza».

La noche de la votación, Nixon se registró en una suite del Waldorf Towers de Nueva York. Cam y otros voluntarios imprescindibles se reunieron en una habitación más modesta con un televisor y una nevera repleta de cervezas. El joven echó un vistazo a la habitación y se preguntó emocionado cuántos de ellos ocuparían un cargo en la Casa Blanca si Nixon resultaba elegido esa noche.

Cam había conocido a una chica sencilla y formal llamada Stephanie Maple, y esperaba que se acostara con él, bien para celebrar la victoria de Nixon, bien para consolarlo por su derrota.

A las once y media de la noche estaban viendo al eterno portavoz de Nixon, Herb Klein, hablar desde la tenebrosa sala de prensa, situada varios pisos por debajo de donde se encontraban:

«Seguimos pensando que podemos ganar con una ventaja de entre tres y cinco millones de votos, aunque a estas alturas de la noche todo apunta a que será un resultado más próximo a los tres millones.»

Cam miró a Stephanie y enarcó las cejas con gesto de perplejidad. Sabían que Herb mentía. Con los votos que se llevaban recontados a medianoche, Humphrey iba ganando por unos seiscientos mil. Luego, a las doce y diez de la madrugada, llegaron noticias que desinflaron aún más las esperanzas de Cam: la CBS informaba de que Humphrey había ganado en el estado de Nueva York, y no por los pelos, sino por medio millón de votos.

Todas las miradas se volvieron hacia California, donde la votación se prolongaba hasta tres horas después de que se hubieran cerrado los colegios electorales de la Costa Este. Ese estado fue para Nixon, así que el resultado final estaba en manos de Illinois.

Nadie podía predecir el resultado de Illinois. La maquinaria del Partido Demócrata del alcalde Daley siempre mentía descaradamente, pero ¿había disminuido el poder del gobernante municipal a causa de la imagen que había dado su cuerpo de policía al golpear a los jóvenes ante las cámaras de televisión? ¿Sería su apoyo a Humphrey fiable siquiera? El candidato demócrata se había mostrado muy comedido a la hora de reprochar a Daley su comportamiento: «El pasado mes de agosto, Chicago se llenó de dolor», había declarado. No obstante, los matones no encajaban bien las críticas, y corrió el rumor de que Daley se había enfadado tanto que su apoyo al demócrata era más bien endeble.

Fuera cual fuese el motivo, Daley no pudo prestar su apoyo a Humphrey ya que no ganó en Illinois.

Cuando la televisión anunció que Nixon se había hecho con ese estado por apenas ciento cuarenta mil votos, los voluntarios de campaña del republicano estallaron de júbilo. El escrutinio había acabado y ellos habían ganado.

Se felicitaron los unos a los otros durante un rato, luego el grupo se deshizo y cada cual se fue a su habitación a dormir un poco antes del discurso de la victoria que el nuevo presidente pronunciaría por la mañana.

—¿Te apetece otra copa? —le preguntó Cam a Stephanie en voz baja—. Tengo una botella en mi habitación.

—Ay, Dios mío, no, gracias —respondió ella—. Estoy destrozada.

Él tuvo que aceptar la derrota.

—Quizá otro día.

—Claro.

De camino a su habitación, Cam se topó con John Ehrlichman.

—¡Felicidades, señor!

—Y a ti también, Cam.

—Gracias.

—¿Cuándo te gradúas?

—En junio.

—Ven a verme entonces. Puede que te ofrezca un trabajo.

Ese era el sueño de Cam.

—¡Gracias!

Entró en su habitación muy animado a pesar de las calabazas que le acababa de dar Stephanie. Puso la alarma del despertador y cayó en la cama, agotado pero victorioso. Nixon había ganado. La década de los sesenta, decadente y liberal, estaba tocando a su fin. A partir de ese momento la gente tendría que trabajar para conseguir lo que quisiera; se acabó lo de exigirlo en manifestaciones. Estados Unidos volvería a ser un país poderoso, conservador y rico. Se instauraría un nuevo régimen en Washington.

Y Cam formaría parte de él.

SÉPTIMA PARTE

Cintas

1972-1974

46

Jacky Jakes preparó pollo frito, boniatos, col y pan de maíz.

—¡A la porra con la dieta! —exclamó Maria Summers, y comió con apetito.

Le encantaba esa comida, y entonces reparó en que George iba probando algo de pollo y de col, pero no tocaba el pan. Él siempre había tenido gustos refinados.

Era domingo, y Maria había ido de visita a casa de los Jakes casi como si fuera de la familia. La costumbre había empezado cuatro años atrás, después de que Maria ayudara a George a conseguir su empleo en Fawcett Renshaw. Cuando llegó el siguiente día de Acción de Gracias, él la invitó a comer el pavo tradicional en casa de su madre, en un intento por levantarles los ánimos a todos después de que sus esperanzas se frustraran con la victoria electoral de Nixon. Maria echaba de menos a su familia, que se encontraba muy lejos, en Chicago, y le quedó muy agradecida. Adoraba la combinación de calidez y energía de Jacky, que parecía haberle tomado mucho cariño. Desde entonces, Maria los visitaba cada pocos meses.

Tras la cena fueron a sentarse al salón.

—Hay algo que te reconcome, niña —le dijo Jacky a Maria cuando George salió un momento—. ¿Qué tienes en la cabeza?

Ella suspiró; Jacky era muy perspicaz.

—Debo tomar una decisión difícil —confesó.

—¿Es sentimental o de trabajo?

—De trabajo. Al principio parecía que no nos iba a ir tan mal como temíamos con el presidente Nixon. Ha hecho más cosas por los negros de lo que nadie esperaba. —Empezó a enumerar con los dedos—. Primero: ha obligado a los sindicatos de la construcción a aceptar a más negros en el sector. Los sindicatos se oponían de forma rotunda, pero él insistió. Segundo: ha impulsado el negocio de las minorías. En cuestión de tres años, los fondos del gobierno destinados a la contratación de empresas de minorías han ascendido de ocho millones de dólares a doscientos cuarenta y dos. Tercero: ha eliminado la segregación en las escuelas. Las leyes ya existían, pero Nixon ha obligado a que se cumplan. Cuando termine su primer mandato, la proporción de niños que van a escuelas solo para negros en el Sur habrá disminuido a menos del diez por ciento, en comparación con el sesenta y ocho por ciento inicial.

—De acuerdo, me has convencido. ¿Cuál es el problema?

—Que la administración también hace cosas que están mal, punto. Y me refiero a delitos. ¡El presidente actúa como si él no tuviera que respetar la ley!

—Créeme, cariño, eso es lo que piensan todos los delincuentes.

—Pero los funcionarios debemos ser prudentes. La discreción forma parte de nuestro código de honor. No se puede delatar a un político solo por no estar de acuerdo con lo que hace.

—Mmm… Dos principios morales que entran en conflicto. La lealtad a tu jefe está reñida con la lealtad a tu país.

—Podría dejar el puesto y todo solucionado. Seguramente ganaría más dinero fuera del gobierno, pero Nixon y sus secuaces continuarían haciendo de las suyas, como si fueran matones de la mafia. Y no me apetece nada trabajar en el sector privado. Quiero contribuir a mejorar la sociedad norteamericana, sobre todo por el bien de los negros. He consagrado mi vida a eso. ¿Tengo que abandonar solo porque Nixon sea un sinvergüenza?

—Muchos miembros del gobierno hablan con la prensa. Los periódicos siempre dicen que han obtenido la información de «fuentes gubernamentales».

—Lo que más sorprende es que Nixon y Agnew llegaron al poder prometiendo ley y orden. Es esa hipocresía descarada lo que nos saca de quicio a todos.

—O sea que tienes que decidir si filtras o no filtras información a los medios.

—Supongo que es lo que me estoy planteando.

—Si lo haces —dijo Jacky, preocupada—, por favor, ten cuidado.

Maria y George fueron con ella al oficio de la Iglesia Evangélica de Betel. Después George acompañó a Maria a su casa en coche. Todavía tenía el viejo Mercedes descapotable azul oscuro que había adquirido al llegar a Washington.

—A este coche le he cambiado casi todas las piezas —comentó—. Me he gastado una fortuna en él.

—Pues menos mal que eso es lo que ganas en Fawcett Renshaw, una fortuna.

—Sí, no me va mal.

Maria se dio cuenta de que le dolía la espalda de lo tensos que tenía los hombros y trató de relajar la musculatura.

—George, quiero que hablemos de una cosa importante.

—De acuerdo.

Ella vaciló; tenía que lanzarse.

—Durante el último mes, en el Departamento de Justicia se han cancelado investigaciones antimonopolio a tres grandes corporaciones empresariales por orden directa de la Casa Blanca.

—¿Algún motivo en particular?

—No, que se sepa. Pero las tres financiaron gran parte de la campaña de Nixon en 1968, y se espera que este año financien la de su reelección.

—¡Pero eso es obstruir directamente el curso de la justicia! ¡Es un delito!

—Exacto.

—Sabía que Nixon era un mentiroso, pero no creía que fuera un sinvergüenza semejante.

—Cuesta creerlo, ya lo sé.

—¿Por qué me lo cuentas?

—Porque quiero filtrar la información a la prensa.

—Escucha, Maria: eso es muy peligroso.

—Estoy dispuesta a correr el riesgo, pero quiero ir con muchísimo cuidado.

—Bien.

—¿Conoces a algún periodista?

—Claro. A Lee Montgomery, para empezar.

Maria sonrió.

—Salí con él unas cuantas veces.

—Ya lo sé… Fue cosa mía.

—Eso significa que conoce el vínculo que hay entre tú y yo. Si le filtras una noticia y se pregunta de dónde la has sacado, yo seré la primera persona en la que pensará.

—Tienes razón, no es buena idea. ¿Qué tal Jasper Murray?

—¿El jefe de las oficinas de *This Day* en Washington? Es la persona ideal. ¿De qué lo conoces?

—Nos presentaron hace años, cuando estudiaba periodismo y estuvo dándole la lata a Verena para que le consiguiera una entrevista con Martin Luther King. Después, hace seis meses, se me acercó durante una rueda de prensa de uno de mis clientes. Resulta que el día que mataron al doctor King estaba hablando con ella en aquel motel de Memphis, y ambos lo vieron todo. Me preguntó qué había sido de Verena, y tuve que decirle que no tenía ni idea. Creo que estaba prendado de ella.

—Como casi todos los hombres.

—Yo incluido.

—¿Hablarás con Murray? —Maria estaba tensa, temía que George se negara aduciendo que no quería verse implicado en algo así—. ¿Le explicarás lo que te he contado?

—O sea que quieres que haga de recadero para que no haya ninguna relación directa entre Jasper y tú.

—Sí.

—Parece una película de James Bond.

—Pero ¿lo harás?

Maria contuvo la respiración hasta que George sonrió.

—Por supuesto —dijo.

El presidente Nixon estaba hecho una furia.

Se puso de pie detrás de su mesa del Despacho Oval, un gran escritorio sostenido sobre dos pedestales y enmarcado por las cortinas doradas del fondo. Estaba encorvado y cabizbajo, y sus pobladas cejas se juntaban en una expresión ceñuda. Su rostro mofletudo se mostraba sombrío, como de costumbre, siempre con esa barba incipiente que no conseguía terminar de afeitarse. El labio inferior le sobresalía en el más característico de sus gestos y denotaba una rebeldía que siempre parecía a punto de convertirse en autocompasión.

Tenía la voz grave, crispada, áspera.

—El cómo me importa una mierda —dijo—. Haced lo que tengáis que hacer para que dejen de filtrarse noticias y evitad más revelaciones no autorizadas.

Cam Dewar y su jefe, John Ehrlichman, escuchaban callados. Cam era alto, como su padre y su abuelo, pero Ehrlichman superaba su estatura. Era asesor del presidente en cuestiones nacionales, pero el modesto nombre de su cargo inducía a error, pues era uno de los hombres de mayor confianza de Nixon.

Cam sabía por qué estaba furioso el presidente. Todos habían visto el programa de *This Day* la noche anterior. Jasper Murray había centrado el foco de su chismosa cámara en quienes prestaban apoyo financiero a Nixon y afirmaba que el presidente había detenido las investigaciones antimonopolio en tres grandes empresas que habían efectuado jugosas donaciones durante su campaña electoral.

Era cierto.

Aún peor, Murray dejaba entrever que cualquier compañía que deseara eludir una investigación durante ese año de elecciones presidenciales solo tenía que hacer una contribución económica lo bastante importante al Comité para la Reelección del Presidente, más conocido como «CREEP», aduladores, en clara burla a su acrónimo.

Cam suponía que también aquello era cierto.

Nixon utilizaba su influencia como presidente para ayudar a sus amigos y, del mismo modo, atacaba a sus enemigos ordenando que se llevaran a cabo auditorías tributarias y otras investigaciones en empresas que financiaban a los demócratas.

Sin embargo, Cam consideraba que la información difundida por Murray era tan hipócrita que daba asco. Todo el mundo sabía que la política funcionaba así. ¿De dónde, si no, creían que salía el dinero para las campañas electorales? Los hermanos Kennedy habrían hecho lo mismo de no ser porque ya estaban forrados.

Las filtraciones a la prensa habían socavado el mandato de Nixon. *The New York Times* había sacado a la luz los bombardeos altamente secretos en Camboya, país vecino a Vietnam, aludiendo a fuentes anónimas de la Casa Blanca. Seymour Hersh, un periodista que firmaba artículos en diversas publicaciones, había revelado la matanza de centenares de personas inocentes por parte de tropas estadounidenses en una aldea vietnamita llamada Mỹ Lai, mientras que el Pentágono había tratado de tapar por todos los medios semejante brutalidad. Era enero de 1972, y la popularidad de Nixon había caído hasta un punto sin precedentes.

Dick Nixon se lo había tomado como una cuestión personal, igual que se lo tomaba todo. Esa mañana se sentía dolido, traicionado e indignado. Pensaba que el mundo estaba lleno de gente que le tenía manía, y esas filtraciones confirmaban su obsesión.

También Cam estaba furioso. Cuando obtuvo el empleo en la Casa Blanca, había esperado formar parte de un colectivo que contribuiría a cambiar Estados Unidos. Sin embargo, todos los intentos de la administración Nixon fracasaban a causa de las declaraciones de los liberales en los medios de comunicación, y de los traidores del propio gobierno que actuaban como supuestas fuentes. Era terriblemente frustrante.

—Ese tal Jasper Murray… —dijo Nixon.

Cam recordaba a Jasper. Cuando la familia Dewar fue a visitar a los Williams a Londres, hacía ya diez años, él vivía con ellos; aquello sí que era un nido de criptocomunistas.

—¿Es judío? —preguntó el presidente.

Cam estaba nervioso y mantenía la cara rígida e inexpresiva. Nixon tenía muchas ideas peregrinas, y una de ellas decía que los judíos eran espías innatos.

—No lo creo —respondió Ehrlichman.

—Hace años conocí a Murray en Londres —terció Cam—. Su madre es medio judía y su padre es oficial del ejército británico.

—¿Murray es inglés?

—Sí, pero no podemos atacarlo con ese argumento porque luchó con el ejército estadounidense en Vietnam. Estuvo en el campo de batalla, y tiene medallas que lo demuestran.

—Bueno, buscad la manera de detener esas filtraciones. No quiero oír que es imposible. No quiero excusas, quiero resultados. Se hará, cueste lo que cueste.

Era el tipo de mensaje agresivo que le gustaba a Cam.

—Gracias, señor presidente —respondió Ehrlichman, y ambos salieron del despacho.

—Bueno, ha hablado bastante claro —exclamó Cam con entusiasmo cuando hubieron abandonado el Despacho Oval.

—Necesitamos tener vigilado a Murray —dijo Ehrlichman con tono contundente.

—Yo me encargaré —se ofreció Cam, animado.

Ehrlichman se retiró a su despacho, y Cam salió de la Casa Blanca y avanzó por Pennsylvania Avenue en dirección al Departamento de Justicia.

Tener vigilado a Murray podía significar muchas cosas. Colocar micrófonos ocultos en una sala no era ilegal. Sin embargo, el hecho de entrar para colocarlos sí solía implicar un allanamiento de morada. También las escuchas telefónicas eran ilegales, con alguna excepción. La administración Nixon las consideraba legales si las autorizaba el secretario de Justicia. En los últimos dos años la Casa Blanca había intervenido un total de diecisiete aparatos telefónicos, y en todos los casos la instalación de micrófonos la había efectuado el FBI con la aprobación del secretario de Justicia por motivos de seguridad nacional. Cam estaba a punto de pedir la autorización para intervenir el decimoctavo.

El recuerdo que tenía del joven Jasper Murray era vago. En cambio, conservaba una vívida imagen de Evie Williams, la guapa chica que a los quince años le había dado calabazas sin la menor contemplación.

«No digas tonterías», le había soltado Evie cuando él le confesó que la quería. Y luego, tras insistir en que le diera explicaciones, había añadido: «Estoy enamorada de Jasper, imbécil».

Cam se dijo que aquello no había sido más que una tragedia adolescente. Evie se había convertido en una estrella de cine y apoyaba todas las causas comunistas, desde los derechos civiles hasta la educación sexual. En un famoso episodio emitido en el programa de televisión de su hermano, Evie había besado a Percy Marquand y había escandalizado al público, que no estaba acostumbrado a ver siquiera el menor contacto entre blancos y negros. Sin duda ya no quería a Jasper. Durante mucho tiempo había estado saliendo con Hank Remington, la famosa estrella del pop, aunque ya no estaban juntos.

No obstante, el recuerdo del desdén con que lo había rechazado aún consumía a Cam. Además, las mujeres seguían rehuyéndole. Incluso Stephanie Maple, que no era precisamente guapa, lo había mandado a paseo la noche de la victoria de Nixon. Más tarde, cuando ambos encontraron empleo en Washington, por fin accedió a acostarse con él; pero Stephanie había puesto fin a la relación después de esa única noche, cosa que en cierto modo era aún peor.

Cam sabía que era alto y desgarbado, pero su padre también lo era y no parecía que hubiera tenido problemas para atraer a las mujeres. El chico le había planteado el tema a su madre de forma indirecta.

—¿Cómo te enamoraste de papá? —preguntó—. No es guapo ni nada por el estilo.

—Bueno, es que era muy agradable —respondió ella.

Cam no tenía ni idea de a qué se refería.

Llegó al Departamento de Justicia y entró en su gran vestíbulo con elementos de iluminación estilo *art déco* realizados en aluminio. No preveía ningún problema con la autorización: el secretario de Justicia, John Mitchell, era muy amigo de Nixon y había dirigido su campaña electoral en 1968.

La puerta metálica del ascensor se abrió. Cam entró y apretó el botón de la quinta planta.

En los diez años que llevaba al servicio de la burocracia de Washington, Maria había aprendido a andarse con cuidado. Su despacho daba al pasillo que conducía a las salas del secretario de Justicia, y siempre dejaba la puerta abierta para ver quién entraba y quién salía. Ese día estaba especialmente alerta; la noche anterior se había emitido la edición de *This Day* basada en su filtración, y sabía que la reacción de la Casa Blanca sería furibunda, así que esperaba a ver cómo estallaba.

En cuanto vio pasar a uno de los asistentes de John Ehrlichman saltó de la silla.

—El secretario de Justicia está en una reunión y no quiere interrupciones —dijo al alcanzarlo. Lo había visto antes. Era un joven blanco, alto, delgaducho y desgarbado, cuyos hombros parecían una percha de alambre para colgar el traje. Lo conocía: era inteligente a la vez que ingenuo, y le dedicó su sonrisa más cordial—. ¿En qué puedo ayudarle?

—No es algo que pueda hablarse con la secretaria —respondió él de mal talante.

A Maria se le dispararon las alarmas. Presentía peligro. No obstante, fingió estar deseosa de ser útil.

—Pues es una suerte que no sea la secretaria —dijo—. Soy abogada. Me llamo Maria Summers.

Era evidente que a él le costaba concebir que una mujer negra fuera abogada.

—¿Dónde estudió? —preguntó con escepticismo.

Seguramente esperaba oírla pronunciar el nombre de alguna extraña universidad para negros, así que Maria se deleitó con su respuesta.

—En la facultad de derecho de Chicago —dijo como sin darle importancia, y no pudo resistirse a añadir—: ¿Y usted?

—Yo no soy abogado —reconoció él—. Estudié Filología Rusa en Berkeley. Me llamo Cam Dewar.

—He oído hablar de usted, trabaja para John Ehrlichman. ¿Por qué no entramos en mi despacho?

—Prefiero esperar al secretario de Justicia.

—¿Tiene que ver con el programa de televisión de anoche?

Cam echó un vistazo furtivo a su alrededor. No había nadie escuchando.

—Tenemos que hacer algo al respecto —dijo Maria con vehemencia—. El gobierno no puede funcionar con normalidad si no dejan de filtrarse noticias —comentó fingiendo indignación—. ¡Es imposible!

La actitud del joven se suavizó.

—Eso mismo piensa el presidente.

—Pero ¿qué vamos a hacer?

—Tenemos que intervenir el teléfono de Jasper Murray.

Maria tragó saliva. «Menos mal que me he enterado», pensó.

—Estupendo. Por fin se actúa con decisión —dijo en cambio.

—Un periodista que reconoce que recibe información confidencial desde el propio gobierno representa un claro peligro para la seguridad nacional.

—Desde luego. Bueno, no se preocupe por los trámites burocráticos. Hoy le pediré a Mitchell que firme una autorización, y seguro que lo hará encantado.

—Gracias.

Maria descubrió a Cam mirándole los pechos. Primero le había parecido una secretaria, luego se había fijado en que era negra y al final solo veía unos pechos. Los jóvenes eran de lo más previsible.

—Estas cosas se consideran trabajo sucio —comentó Maria. Se refería a que implicaba un allanamiento de morada—. El que se encarga de eso en el FBI es Joe Hugo.

—Iré a verlo ahora mismo.

La central del FBI estaba en el mismo edificio.

—Gracias por su ayuda, Maria.

—De nada, señor Dewar.

Lo observó alejarse por el pasillo y luego cerró la puerta de su despacho. Descolgó el teléfono y marcó el número de Fawcett Renshaw.

—Me gustaría dejar un mensaje para George Jackes —dijo.

Joe Hugo era un hombre de tez pálida con los ojos azules y saltones. Tenía entre treinta y cuarenta años. Como todos los agentes del FBI, llevaba una indumentaria espantosamente clásica: un traje gris y anodino, camisa blanca, corbata sin gracia y zapatos negros con puntera. Cam también era de gustos convencionales, pero su corriente traje marrón con raya blanca, de solapas anchas y perneras acampanadas, parecía extremado en comparación.

Cam le explicó a Hugo que trabajaba para Ehrlichman.

—Necesito intervenir el teléfono de Jasper Murray, el periodista de televisión —expuso sin rodeos.

Joe arrugó el entrecejo.

—¿Pinchar las oficinas de *This Day*? Si eso llegara a saberse, sí que...

—No, su despacho no, su casa. Lo más probable es que los soplones de los que hablamos salgan bien entrada la noche para llamarlo a casa desde un teléfono público.

—En cualquier caso, es un problema. El FBI ya no hace trabajos sucios.

—¿Cómo? ¿Por qué?

—El señor Hoover cree que corremos el riesgo de pagar el pato por lo que hacen otros desde el gobierno.

Cam no podía llevarle la contraria. Si pillaban al FBI entrando sin permiso en casa de un periodista, no cabía duda de que el presidente se desentendería del asunto por completo. Así era como funcionaban las cosas. J. Edgar Hoover llevaba años saltándose la ley, pero por algún motivo, desde hacía un tiempo parecía fastidiarle sobremanera. Y no había forma de discutir con él; Hoover era un anciano de setenta y siete años que no había ganado sensatez precisamente.

Cam alzó la voz.

—El presidente ha ordenado la intervención telefónica, y el secretario de Justicia está dispuesto a firmar la autorización. ¿Piensa negarse usted?

—Relájese —respondió Hugo—. Siempre hay una forma de darle al presidente lo que quiere.

—¿Está diciendo que lo hará?

—Estoy diciendo que hay una forma de hacerlo.

Hugo anotó algo en un cuaderno y arrancó la hoja.

—Llame a este tipo, solía encargarse de estas cosas por la vía legal. Ahora está jubilado y sigue haciendo lo mismo pero extraoficialmente.

A Cam le incomodaba la idea de estar haciendo algo ilegal. ¿Qué implicaciones tenía?, se preguntó. Con todo, intuía que no era buen momento para poner pegas.

Aceptó la hoja y vio en ella escrito el nombre de «Tim Tedder» y un número de teléfono.

—Lo llamaré hoy mismo.

—Pero hágalo desde un teléfono público —recalcó Hugo.

El alcalde de Roath, una ciudad del estado de Mississippi, estaba sentado en el despacho de George Jakes en Fawcett Renshaw. Se llamaba Robert Denny.

—Llámeme Denny —pidió—. Todo el mundo conoce a Denny. Incluso mi mujercita me llama así.

Era el tipo de persona contra el que George llevaba una década luchando: un blanco estúpido y racista, feo, obeso y malhablado.

En su ciudad estaban construyendo un aeropuerto con la ayuda del gobierno. Sin embargo, los destinatarios de los fondos federales debían garantizar la igualdad de oportunidades, y Maria se había enterado en el Departamento de Justicia de que el nuevo aeropuerto solo emplearía a negros como maleteros.

Era justo el tipo de trabajo que solían darle a George.

Denny era condescendiente a más no poder.

—En el Sur hacemos las cosas de otra manera, George —dijo.

«Como si no lo supiera, joder —pensó este—. Vuestros matones me rompieron el brazo hace once años y aún me muero de dolor cuando hace frío.»

—La gente de Roath no se fiaría de un aeropuerto dirigido por negros —explicó Denny—. Tendrían miedo de que no se estuvieran haciendo las cosas bien, ya sabe, desde el punto de vista de la seguridad. Me entiende, ¿verdad?

«Claro que te entiendo, racista de mierda.»

—El viejo Renshaw es un buen amigo mío.

George sabía que Renshaw no era amigo de Denny. El socio fundador solo se había entrevistado dos veces con su cliente, pero Denny intentaba poner nervioso a George. Como si le estuviera diciendo: «Si la fastidias, tu jefe se pondrá hecho una auténtica furia».

—Dice que usted es el más adecuado de todo Washington para quitarme de encima al Departamento de Justicia.

—El señor Renshaw tiene razón —confirmó George—. Lo soy.

Junto a Denny había dos concejales y tres asistentes, todos blancos, que se recostaron en su asiento visiblemente aliviados. George acababa de tranquilizarlos al afirmar que su problema tenía solución.

—Bueno —siguió diciendo—, hay dos maneras de conseguirlo. Podemos ir a juicio y atacar la resolución del Departamento de Justicia. No son muy listos, y podríamos encontrar fallos en su metodología, errores en los informes y sesgos. Los litigios le van bien a mi empresa, porque así aumentan nuestros honorarios.

—Podemos pagar —dijo Denny.

El aeropuerto era claramente un proyecto lucrativo.

—Los litigios tienen dos pegas —repuso George—. Primero, que siempre hay retrasos, y seguro que ustedes quieren que el aeropuerto se construya y esté operativo cuanto antes. Y segundo, que ningún abogado puede prometerles cuál será la sentencia del tribunal. Nunca se sabe.

—Eso será aquí, en Washington —dijo Denny.

Era evidente que en Roath los tribunales estaban más atentos a los deseos de Denny.

—La otra opción es que negociemos —propuso George.

—¿Qué implica eso?

—Que se empiece a contratar a más personal negro en todas las categorías de forma gradual.

—¡Prométales lo que sea! —exclamó Denny.

—No son tontos del todo, y los pagos estarán sujetos al cumplimiento de los acuerdos.

—¿Qué cree que querrán?

—Al Departamento de Justicia ni siquiera le importará, siempre que pueda decir que ha contribuido a cambiar las cosas. Pero se pondrá en contacto con las organizaciones negras de su ciudad. —George bajó la vista a la carpeta que tenía sobre el escritorio—. Este caso llegó al Departamento de Justicia desde Cristianos de Roath por la Igualdad de Derechos.

—Malditos comunistas —renegó Denny.

—Es probable que el Departamento de Justicia se avenga a cualquier acuerdo que cuente con la aprobación de ese grupo. Eso les evitaría problemas tanto a ellos como a ustedes.

Denny se sonrojó.

—Será mejor que no me diga que tengo que negociar con esos puñeteros Cristianos de Roath.

—Es la opción más razonable si quiere obtener una solución rápida a su problema.

A Denny se le pusieron los pelos de punta.

—Pero no tiene que hablar con ellos personalmente —añadió George—. De hecho, le recomiendo que no establezca ningún tipo de comunicación.

—Entonces, ¿quién pactará con ellos?

—Yo —respondió George—. Mañana cogeré un vuelo hacia allí.

El alcalde sonrió.

—Y siendo usted como es, ya sabe…, negro, conseguirá que se echen atrás.

A George le entraron ganas de estrangular a aquel imbécil.

—No me malinterprete, señor alcalde… Denny, quiero decir. En realidad sí que tendrá que cambiar algunas cosas. Mi trabajo consiste en que resulten lo menos dolorosas posible. Claro que usted es un político con experiencia y ya conoce la importancia de las relaciones públicas.

—Es cierto.

—Si hace algún comentario sobre que los Cristianos de Roath se han echado atrás, puede que todo el acuerdo se vaya a pique. Es mejor que adopte la postura de haber hecho pequeñas concesiones de buen grado, aun en contra de su voluntad, para que por el bien de la ciudad pueda construirse el aeropuerto.

—Ya entiendo —dijo Denny guiñando un ojo.

Sin darse cuenta, el alcalde había accedido a cambiar una práctica con décadas de historia y a contratar a más negros en su aeropuerto. Era tan solo una pequeña victoria, pero George la saboreó. Con todo, Denny no se daría por satisfecho mientras no pudiera alardear, ante sí mismo y ante otros, de haberse salido con la suya. Tal vez lo mejor fuera seguirle la corriente.

Optó por responder con otro guiño.

Cuando la delegación de Tennessee salió del despacho, la secretaria de George lo miró de forma extraña y le pasó un papelito.

Era un mensaje telefónico mecanografiado: «Mañana a las seis se celebrará una oración colectiva en la Iglesia del Evangelio Completo de Barney Circle».

La mirada de la secretaria indicaba que era muy extraño que un poderoso abogado de Washington dedicara la hora del cóctel a semejante actividad.

George sabía que el mensaje era de Maria.

A Cam no le cayó bien Tim Tedder. Llevaba un traje de safari y el pelo cortado al rape, y no se dejaba crecer las patillas en una época en que casi todo el mundo lo hacía. Lo encontraba demasiado exaltado. Era evidente que Tedder disfrutaba de todo lo clandestino, y Cam se preguntó qué habría respondido si le hubiera propuesto que asesinara a Jasper Murray en lugar de limitarse a intervenirle el teléfono.

Tedder no tenía escrúpulos a la hora de quebrantar la ley, pero estaba acostumbrado a trabajar con el gobierno, y en cuestión de veinticuatro horas se presentó en el despacho de Cam con un plan por escrito y un presupuesto.

El plan consistía en que tres hombres vigilaran el piso de Jasper Murray durante dos días para observar sus hábitos. Luego entrarían a una hora en que supieran que era seguro hacerlo y le instalarían un transmisor en el teléfono. También colocarían cerca una grabadora, seguramente en el tejado del edificio, dentro de una caja marcada con la advertencia de «50.000 VOLTIOS. NO TOCAR», para evitar cualquier intento de inspección. Cambiarían la cinta cada veinticuatro horas durante un mes, y Tedder les proporcionaría la transcripción de todas las conversaciones.

El precio total ascendía a cinco mil dólares, pero obtendrían el dinero de los fondos para sobornos que manejaba el Comité para la Reelección del Presidente.

Cam le comunicó la propuesta a Ehrlichman con plena conciencia de que estaba traspasando una frontera. Jamás había cometido un delito y de pronto estaba a punto de convertirse en cómplice de un allanamiento de morada. No obstante, era necesario; tenían que frenar las filtraciones. «El cómo me importa una mierda», había dicho el presidente. Aun así, Cameron no tenía la conciencia tranquila. Se sentía como si estuviera saltando de un trampolín en plena noche y no pudiera ver el agua.

John Ehrlichman firmó con una «E» en la casilla de aprobación.

Luego añadió una pequeña nota con nerviosismo: «Si puedes garantizar que no será rastreado».

Cam sabía lo que significaba eso.

Si la cosa salía mal, tendría que cargar con la culpa.

George salió de su despacho a las cinco y media y cogió el coche para dirigirse a Barney Circle, un suburbio pobre situado al este de Capitol Hill. La iglesia era una casucha con algo de terreno rodeado por una valla alta de tela metálica. Dentro, las hileras de rígidos bancos estaban medio llenas. Todos los feligreses eran negros y, en general, mujeres. Era un buen lugar para una cita clandestina; allí un agente del FBI llamaría tanto la atención como una boñiga en un mantel.

Una de las mujeres se volvió para mirarlo. George reconoció a Maria Summers y se sentó a su lado.

—¿Qué ocurre? —murmuró—. ¿Cuál es la urgencia?

Maria se llevó un dedo a los labios.

—Luego —dijo.

Él sonrió con gesto irónico. Tendría que aguantar una hora de oraciones. Bueno, probablemente le haría bien a su conciencia.

George se sentía encantado de formar parte de esa trama de intrigas y misterio junto a Maria. El trabajo que desempeñaba en Fawcett Renshaw no satisfacía su pasión por la justicia. Estaba contribuyendo al progreso de la causa de la igualdad para los negros, pero el avance era lento y poco sistemático. Él ya tenía treinta y seis años, edad suficiente para darse cuenta de que los sueños de juventud de un mundo mejor no solían cumplirse, pero aun así creía que debía ser capaz de hacer algo más que conseguir que contrataran a unos cuantos negros en el aeropuerto de Roath.

Un pastor con túnica entró e inició una plegaria improvisada que duró diez o quince minutos. Luego invitó a la congregación a que permaneciera sentada en silencio y mantuviera su propio diálogo con Dios.

—Nos alegraremos mucho de oír la voz de cualquier hombre a quien el Espíritu Santo impulse a compartir sus plegarias con el resto. Según las enseñanzas del apóstol Pablo, las mujeres deben guardar silencio en la iglesia.

George dio un codazo a Maria, consciente de que se sentiría molesta por esa consagrada práctica sexista.

La madre de George adoraba a Maria. Él sospechaba que era porque creía que podría haber sido como ella si hubiera pertenecido a la siguiente generación. Podría haber tenido buenos estudios, un trabajo importante y un vestido negro con un collar de perlas.

Durante la oración George dejó vagar la mente y acabó pensando en Verena. Los Panteras Negras la habían engullido. A él le habría gustado convencerse de que Verena se encargaba de la parte más humana de sus misiones, como preparar desayunos gratis para los escolares de las zonas deprimidas, cuyas madres pasaban las primeras horas de la mañana limpiando despachos de blancos. Sin embargo, conociéndola, era igual de posible que se dedicara a robar bancos.

El pastor finalizó el encuentro con otra larga plegaria. En cuanto dijo «Amén», los miembros de la congregación se volvieron unos hacia otros y empezaron a charlar. El murmullo de las conversaciones era intenso y George tuvo la sensación de que podía hablar con Maria sin miedo a que nadie los oyera.

—Van a pincharle el teléfono de casa a Jasper Murray —dijo Maria de inmediato—. Uno de los chicos de Ehrlichman ha venido desde la Casa Blanca.

—Resulta evidente que es por su último programa.

—Puedes apostar lo que quieras.

—Y no andan exactamente detrás de Jasper.

—Ya lo sé. Lo que quieren es descubrir a la persona que le pasó la información, o sea a mí.

—Esta noche he quedado con Jasper y le advertiré de que tenga cuidado con lo que dice desde el teléfono de casa.

—Gracias. —Maria miró a su alrededor—. No pasamos tan desapercibidos como me habría gustado.

—¿Por qué?

—Porque vamos demasiado bien vestidos. Salta a la vista que no somos del barrio.

—Y mi secretaria cree que de repente me he reencontrado con Dios. Salgamos de aquí.

—No podemos salir juntos. Ve tú primero.

George salió de la pequeña iglesia y regresó en su coche a la Casa Blanca.

Maria no era la única que filtraba información a la prensa, pensó; de hecho, muchos otros lo hacían. George imaginaba que el evidente desprecio que el presidente sentía por la ley había escandalizado a muchos funcionarios del gobierno hasta el punto de hacerles olvidar la discreción a la que estaban obligados. Los delitos de Nixon horrorizaban sobre todo porque los cometía un presidente que había convertido la ley y el orden en su bandera durante la campaña electoral. George sentía que los norteamericanos habían sido víctimas de un engaño colosal.

Intentó pensar cuál era el mejor lugar para quedar con Jasper. La otra vez se había limitado a pasar por las oficinas de *This Day*. Aquella primera ocasión no había resultado peligroso, pero tenía que evitar una segunda visita. No quería que nadie de los círculos cercanos a Washington lo viera en compañía de Jasper demasiado a menudo. Por otra parte, la reunión tenía que parecer informal, no furtiva, por si alguien reparaba en ellos.

Se dirigió al aparcamiento más cercano al despacho de Jasper. En la tercera planta había unas cuantas plazas reservadas para el personal de *This Day*. George estacionó cerca y se dirigió a un teléfono público.

Jasper estaba sentado a su escritorio.

—Es viernes por la noche —dijo George sin preámbulos y sin revelar su nombre—. ¿Cuándo piensas salir del trabajo?

—Pronto.

—Es mejor que lo hagas ya.

—De acuerdo.

George colgó.

Al cabo de unos minutos Jasper salió del ascensor. Era un hombre corpulento con una gran mata de pelo rubio, y llevaba puesta una gabardina. Se dirigió a su coche, un Lincoln Continental de color bronce con el techo de tela negra.

George tomó asiento a su lado y le habló de las escuchas.

—Tendré que desmontar el teléfono y quitar el micrófono —dijo Jasper.

George negó con la cabeza.

—Si haces eso lo sabrán, porque no recibirán ninguna transmisión.

—¿Y qué?

—Que encontrarán otra forma de espiarte, y puede que la próxima vez no tengamos la suerte de descubrirlo.

—Mierda. Tengo desviadas todas las llamadas delicadas a casa. ¿Qué voy a hacer?

—Cuando te llame alguien importante, di que estás ocupado y que ya lo llamarás en otro momento, y luego hazlo desde un teléfono público.

—Supongo que ya se me ocurrirá algo. Gracias por el soplo. ¿Viene de la fuente habitual?

—Sí.

—Está bien informada.

—Ya lo creo —dijo George—. Sí que lo está.

47

Beep Dewar fue a ver a Dave Williams a Daisy Farm, su estudio de grabación en el valle de Napa.

Las habitaciones eran sencillas pero cómodas, mientras que el estudio, en cambio, no tenía nada de sencillo, pues disponía de lo último en tecnología punta. Allí se habían grabado varios álbumes de éxito, y alquilar el espacio a otros grupos se había convertido en un negocio pequeño pero rentable. A veces los grupos le pedían a Dave que fuese su productor, y este descubrió que parecía tener talento para ayudarles a conseguir el sonido que querían.

Y menos mal que era así, porque Dave ya no ganaba tanto dinero como antes. Desde la disolución de Plum Nellie habían sacado al mercado un álbum de grandes éxitos, un álbum en vivo y un recopilatorio de versiones y canciones que no se habían publicado nunca. Cada uno de ellos había vendido aún menos que su predecesor. Los discos en solitario de los ex miembros habían conseguido unas ventas modestas. Dave no pasaba apuros económicos, pero ya no podía comprarse un Ferrari nuevo cada año. Y la tendencia era a la baja.

Cuando Beep lo llamó para preguntarle si podía ir a verlo al día siguiente, se había quedado tan sorprendido que no le había preguntado si tenía alguna razón especial para visitarlo.

Esa mañana se lavó la barba en la ducha con champú, se puso unos vaqueros limpios y eligió una camisa azul brillante. Luego se preguntó por qué diablos estaba emperifollándose de aquella manera. Ya no estaba enamorado de Beep, así que ¿por qué le importaba lo que pensase de su apariencia? Se dio cuenta de que quería que ella lo viera y se arrepintiese de haberlo dejado.

—Maldito idiota —dijo en voz alta, y se puso una camiseta vieja.

De todos modos se preguntó qué tripa se le habría roto a Beep.

Dave estaba en el estudio, trabajando con un joven cantautor en la grabación de su primer álbum, cuando el intercomunicador de la puerta de entrada parpadeó sin hacer ruido. Dejó al músico concentrado en el puente de la canción y salió a abrir la puerta. Beep había llegado hasta la entrada de la casa al volante de un Mercury Cougar rojo con la capota bajada.

Dave esperaba encontrarla cambiada y sentía curiosidad por ver qué aspecto tendría, pero en realidad estaba igual, tan guapa y menuda como siempre, y con aquel brillo travieso en los ojos. No parecía en nada distinta de la Beep que había conocido hacía una década, cuando era una cría de trece años insultantemente sexy. Ese día llevaba unos pantalones pirata y una camiseta a rayas, y el pelo corto a lo paje.

Primero la llevó a la parte trasera de la casa y le mostró la vista del otro lado del valle. Era invierno y las viñas estaban desnudas, pero brillaba el sol y las hileras de vides de color pardo oscuro proyectaban sombras azuladas a su alrededor, dibujando trazos curvilíneos como si fueran pinceladas.

—¿Qué tipo de uva cultivas?

—Cabernet sauvignon, la uva tinta clásica. Es resistente y se adapta muy bien a este suelo pedregoso.

—¿Haces vino?

—Sí. No es nada del otro mundo, pero vamos mejorando. Entra y prueba una copa.

A Beep le gustó la cocina revestida de madera por todas partes, con aquel aire tradicional a pesar de contar con los electrodomésticos más modernos. Los armarios eran de madera de pino natural, barnizados con una leve capa de color para conferir a la madera un brillo dorado. Dave había quitado el falso techo y había elevado la altura de la habitación hasta la parte interior del tejado a dos aguas.

Había empleado mucho tiempo en el diseño de aquella estancia porque quería que fuera como la cocina de la casa de Great Peter Street, una habitación donde todo el mundo se reunía a pasar el rato, comer, beber y charlar.

Se sentaron a la mesa de pino antigua, y Dave abrió una botella de Daisy Farm Red de 1969, el primer vino que Danny Medina y él habían producido como socios. Todavía contenía demasiado tanino, y Beep hizo una mueca. Dave se echó a reír.

—Supongo que hay que saber apreciar su potencial.

—Tendré que fiarme de tu palabra.

Ella sacó un paquete de Chesterfield.

—Ya fumabas Chesterfield cuando tenías trece años —comentó Dave.

—Tendría que dejarlo.

—Era la primera vez que veía unos cigarrillos tan largos.

—Eras tan tierno a esa edad...

—Y ver tus labios chupando un Chesterfield me resultaba extrañamente excitante, aunque no sabía por qué.

Beep se echó a reír.

—Yo podría habértelo dicho.

Dave tomó otro sorbo de vino. Tal vez mejoraría al cabo de un par de años más.

—¿Cómo está Walli?

—Bien. Se mete más drogas de lo que debería, pero ¿qué quieres que te diga? Es una estrella del rock.

Dave sonrió.

—Yo mismo me fumo un porro casi todas las noches.

—¿Estás saliendo con alguien?

—Con Sally Dasilva.

—La actriz. Vi una foto de vosotros dos juntos llegando a algún estreno, pero no sabía si ibais en serio.

No iban en serio.

—Está en Los Ángeles, y los dos trabajamos mucho, pero pasamos juntos algún fin de semana de vez en cuando.

—Por cierto, tengo que decirte lo mucho que admiro a tu hermana.

—Evie es muy buena actriz.

—Me hizo llorar de risa en esa película en la que interpretaba a una policía novata, pero es su activismo lo que la convierte en una heroína. Hay mucha gente que está en contra de la guerra, pero no todos tienen las agallas de ir hasta Vietnam del Norte.

—Estaba muerta de miedo.

—Me lo imagino.

Dave dejó la copa y miró a Beep fijamente. Ya no podía seguir conteniendo la curiosidad por más tiempo.

—¿Qué es lo que te ha traído por aquí en realidad, Beep?

—En primer lugar, gracias por haber accedido a verme. No tenías por qué hacerlo, y te lo agradezco.

—No tienes que agradecérmelo.

Había estado a punto de negarse a verla, pero al final la curiosidad había vencido al resentimiento.

—En segundo lugar, quiero pedirte disculpas por lo que hice en

1968. Siento haberte hecho daño. Fui muy cruel, y es algo de lo que siempre me avergonzaré.

Dave asintió. No pensaba quitarle la razón: dejar que su prometido la encontrara en la cama con su mejor amigo era la crueldad máxima a la que podía llegar una mujer, y el hecho de que solo tuviese veinte años en ese momento no era excusa para justificarlo.

—En tercer lugar, Walli también lo siente. Él y yo todavía nos amamos, no me malinterpretes, pero somos conscientes de lo que hicimos. Walli te lo dirá también, si le das la oportunidad algún día.

—Está bien.

Con sus palabras, Beep estaba empezando a remover los sentimientos de Dave, que sintió los ecos de emociones olvidadas desde hacía tiempo: ira, resentimiento, pérdida... Estaba impaciente por saber adónde llevaba todo aquello.

—¿Podrías llegar a perdonarnos algún día?

No estaba preparado para aquella pregunta.

—No lo sé, la verdad es que no lo he pensado —contestó con voz débil. Antes de ese día podría haberle dicho que el pasado ya no le importaba, pero de algún modo las preguntas de Beep estaban despertando un dolor latente en lo más hondo de su ser—. ¿Qué implicaría el hecho de perdonaros?

Beep respiró profundamente.

—Walli quiere volver a reunir el grupo.

—¡Ah!

Dave no esperaba eso.

—Echa de menos trabajar contigo.

Esas palabras resultaron gratificantes para él, en un sentido malicioso y retorcido.

—Los discos en solitario no le han ido muy bien —añadió Beep.

—Él ha vendido mucho más que yo, eso desde luego.

—Pero no son las ventas lo que le inquieta. A él no le preocupa el dinero, no se gasta ni la mitad de lo que gana. Lo que le importa es que la música era mejor cuando vosotros dos componíais juntos las canciones.

—En eso estoy de acuerdo —coincidió Dave.

—Tiene un par de canciones que le gustaría compartir contigo. Podrías hacer que Lew y Buzz viniesen de Londres. Todos podríamos vivir aquí, en Daisy Farm. Luego, cuando saliese el disco, tal vez podríais dar un concierto para celebrar el regreso del grupo o incluso hacer una gira.

Muy a pesar suyo, Dave sintió que lo invadía el entusiasmo. Nunca había vivido una etapa más emocionante que la de los años de Plum Nellie, desde Hamburgo hasta los días de Haight-Ashbury. El grupo había sido víctima de la explotación, del engaño y de la estafa, y les había encantado vivir todas esas experiencias, cada minuto de ellas. En ese momento Dave era una personalidad respetada y bien pagada, un personaje célebre de la televisión, un artista que gustaba a toda la familia y un empresario del mundo del espectáculo. Sin embargo, no era ni la mitad de divertido.

—¿Volver a la carretera? —reflexionó—. Pues no lo sé, la verdad.

—Piénsatelo —insistió Beep—. No digas sí o no.

—Está bien —dijo Dave—. Lo pensaré.

Pero ya sabía cuál iba a ser su respuesta.

La acompañó hasta el coche. Había un periódico en el asiento del pasajero. Beep lo cogió y se lo dio.

—¿Has visto esto? Es una foto de tu hermana.

La imagen mostraba a Evie Williams en uniforme de camuflaje.

Lo primero que llamó la atención de Cam Dewar era lo atractiva y seductora que estaba. La ropa holgada solo hacía que recordarle que bajo ella se escondía el cuerpo perfecto que el mundo había visto en la película *La modelo del artista*. Las pesadas botas y la práctica gorra le daban un aspecto aún más adorable.

Estaba sentada en un tanque. Cam no sabía mucho de armamento y carros de combate, pero leyó en el pie de foto que se trataba de un tanque soviético T-54 con cañón de cien milímetros.

A su alrededor se concentraban unos soldados uniformados del ejército de Vietnam del Norte. Evie parecía estar diciéndoles algo gracioso, y tenía el rostro iluminado con una expresión de risa y alegría. Los soldados reían alborozados, como hacía la gente de cualquier rincón del mundo en torno a una estrella de Hollywood.

Según el artículo que acompañaba a la fotografía, Evie había acudido allí en una misión de paz y había descubierto que los vietnamitas no querían estar en guerra con Estados Unidos.

—Joder, menuda sorpresa —exclamó Cam con sarcasmo.

Lo único que querían era que los dejaran vivir tranquilos, decía Evie en el reportaje.

La fotografía era una victoria de las relaciones públicas del movimiento contra la guerra. La mitad de las chicas de Estados Unidos querían ser Evie Williams, la mitad de los chicos querían casarse con ella, y todos admiraban su valentía por ir a Vietnam del Norte. Lo que era aún peor, los comunistas no le estaban haciendo ningún daño, sino que charlaban animadamente con ella y le decían que querían ser amigos del pueblo norteamericano.

¿Cómo podía el malvado presidente arrojar bombas sobre aquella gente tan simpática?

A Cam le daban ganas de vomitar.

Sin embargo, la Casa Blanca no pensaba quedarse de brazos cruzados.

Cam estaba colgado del teléfono llamando a los periodistas amigos. No había demasiados; los medios liberales odiaban a Nixon, y una parte de los medios más conservadores lo encontraban demasiado moderado. Aun así, Cam consideraba que contaban con un número suficiente de simpatizantes para plantar cara, si accedían a seguirles el juego.

Tenía ante sí una lista donde figuraban distintos hechos y afirmaciones, e iba escogiendo de esa lista en función de la persona con quien estuviese hablando.

—¿A cuántos soldados estadounidenses cree usted que ha matado ese tanque? —le preguntó a un guionista que trabajaba en un programa de entrevistas.

—No sé, dígamelo usted —respondió el hombre.

La respuesta correcta era que probablemente a ninguno, ya que los tanques norvietnamitas en general no se enfrentaban a las fuerzas estadounidenses, sino que combatían contra el ejército de Vietnam del Sur. Sin embargo, esa no era la cuestión.

—Es una pregunta que debería hacerles a los liberales en su programa —sugirió Cam.

—Tiene razón, es una buena pregunta.

Luego llamó a un columnista de un diario sensacionalista de derechas.

—¿Sabía que Evie Williams es inglesa? —preguntó.

—Su madre es estadounidense —replicó el periodista.

—Pero odia tanto Estados Unidos que dejó su país en 1936 y no ha vuelto a vivir aquí desde entonces.

—¡Tiene razón!

A continuación habló con un periodista liberal que solía dirigir sus diatribas contra Nixon.

—Hasta usted tiene que admitir que Evie Williams ha sido una ingenua al dejarse utilizar así por los norvietnamitas para la propaganda antiamericana —dijo Cam—. ¿O acaso se ha tomado en serio lo de su misión de paz?

Los resultados fueron espectaculares. Al día siguiente se levantó una ola de clamor popular contra Evie Williams mucho mayor, en comparación, que su victoria inicial. Se convirtió en la enemiga pública número uno, arrebatándole el puesto a Eldridge Cleaver, el violador en serie y líder de los Panteras Negras. Una lluvia de cartas reprochándole su conducta inundó la Casa Blanca, y no todas estaban instigadas por los partidos republicanos locales del país; se había convertido en una figura odiada por todos los votantes de Nixon, personas que se aferraban a la creencia de que o estabas con Estados Unidos o estabas contra él.

A Cam todo aquello le parecía profundamente gratificante. Cada vez que leía otro ataque contra ella en los tabloides, se acordaba de cuando se había burlado del amor que sentía por ella tachándolo de «tonterías».

Pero aún no había terminado con Evie.

En el momento de mayor apogeo de las reacciones adversas, Cam llamó a Melton Faulkner, un empresario partidario de Nixon que formaba parte del consejo de una cadena de televisión. Hizo que fuese la centralita la que realizase la llamada, de manera que cuando la secretaria de Faulkner le puso con su jefe, se oyó:

—¡La Casa Blanca al teléfono!

Después de escuchar la voz de Faulkner al otro extremo del hilo, Cam se presentó y abordó la cuestión:

—El presidente me ha pedido que le llame, señor, para hablarle de una película sobre Jane Addams que está preparando su cadena.

Jane Addams, fallecida en 1935, había sido una activista progresista, sufragista y ganadora del Premio Nobel de la Paz.

—Efectivamente, así es —dijo Faulkner—. ¿Es el presidente admirador suyo?

«Y un cuerno admirador suyo…», pensó Cam. Jane Addams era la típica liberal cabeza hueca que el presidente detestaba.

—Sí, en efecto —mintió—, pero en *The Hollywood Reporter* dicen que está pensando en darle a Evie Williams el papel de Jane.

—Así es.

—Seguramente habrá visto las noticias recientes sobre Evie Williams y la forma en que se ha dejado manipular para fomentar la propaganda de los enemigos de Estados Unidos.

—Claro, leí el reportaje.

—¿Y está seguro de que esa actriz inglesa y antiamericana, de ideología socialista, es la persona adecuada para interpretar el papel de una heroína de nuestro país?

—Como miembro del consejo no tengo nada que decir en el reparto…

—El presidente no tiene potestad para tomar ninguna medida al respecto, desde luego que no, pero he pensado que tal vez usted estaría interesado en escuchar su opinión.

—¡Por supuesto que lo estoy!

—Me alegro de haber hablado con usted, señor Faulkner.

Cam colgó el teléfono. Había oído que la venganza era dulce, pero nadie le había dicho cuánto...

Dave y Walli se hallaban en el estudio de grabación sentados en taburetes altos y con las guitarras en la mano. Tenían una canción que se titulaba *Back Together Again*. La canción constaba de dos partes, cada una en diferentes claves, y necesitaban un acorde para la transición. Interpretaron el tema una y otra vez, probando versiones diferentes.

Dave estaba muy contento. Todavía compartían aquella chispa especial. Walli tenía un talento innato para componer canciones, y se le ocurrían melodías y progresiones armónicas que nadie más utilizaba. Intercambiaban ideas sin cesar y el resultado era mejor que cualquier cosa que hubiesen podido hacer cada uno por su cuenta. Iba a ser un regreso triunfal.

Beep no había cambiado, pero Walli sí. Tenía un aspecto demacrado. Su delgadez extrema acentuaba sus pómulos marcados y sus ojos almendrados; tenía un atractivo vampírico.

Buzz y Lew estaban sentados cerca de ellos, fumando, escuchando y esperando. Eran pacientes. En cuanto Dave y Walli hubiesen compuesto la canción, los dos se pondrían al frente de sus instrumentos y se concentrarían en las partes de la batería y el bajo.

Eran las diez de la noche y llevaban tres horas trabajando, pero seguirían hasta las tres o las cuatro de la madrugada y luego dormirían hasta el mediodía. Esas eran las horas del rock and roll.

Aquel era su tercer día en el estudio. Habían pasado el primero improvisando, interpretando sus viejas canciones favoritas, disfrutando de acostumbrarse a estar juntos de nuevo. Walli había tocado unos maravillosos fragmentos melódicos a la guitarra. Por desgracia, el segundo día había sufrido un fuerte dolor de estómago y se había retirado temprano, así que aquella era su primera jornada de trabajo en serio.

Junto a Walli, encima de un amplificador, había una botella de Jack Daniels y un vaso alto con cubitos de hielo. En los viejos tiempos solían beber alcohol o fumar marihuana mientras trabajaban en las canciones. Formaba parte de la diversión. Esta vez, en cambio, Dave prefería trabajar estando sobrio, pero Walli no había cambiado sus hábitos.

Beep entró con cuatro cervezas en una bandeja. Dave imaginó que quería que Walli bebiese cerveza en lugar de whisky. De vez en cuando les llevaba comida al estudio: arándanos con helado, tarta de chocolate, platos de cacahuetes, plátanos... Quería que Walli se alimentase de algo más que de alcohol. Él tomaba una cucharada de helado o un puñado de cacahuetes y luego volvía a aferrarse a su vaso de Jack Daniels.

Por suerte seguía siendo un músico brillante, tal como demostraba la nueva canción; sin embargo, Dave se impacientaba cada vez más con la incapacidad de ambos para conseguir el acorde de transición adecuado.

—¡Mierda! —exclamó—. Lo tengo aquí en la cabeza, ¿sabes? Pero no le da la gana de salir.

—Estreñimiento musical, tío —repuso Buzz—. Necesitas un laxante de rock. ¿Cuál sería el equivalente de un plato de ciruelas?

—Una ópera de Schönberg —dijo Dave.

—Un solo de batería de Dave Clark —propuso Lew.

—Un álbum de Demis Roussos —fue el comentario de Walli.

El teléfono parpadeó y Beep respondió.

—Entra —dijo, y colgó. Entonces le dijo a Walli—: Es Hilton.

—Muy bien.

Walli bajó del taburete, dejó la guitarra en un soporte y salió.

Dave miró a Beep con aire interrogador.

—Un camello —explicó ella.

Dave siguió tocando la canción. No tenía nada de raro que un traficante de marihuana asomase por un estudio de grabación. No sabía por qué los músicos recurrían a las drogas mucho más que la población general, pero siempre había sido así: Charlie Parker había sido adicto a la heroína, y eso que pertenecía a dos generaciones atrás.

Mientras Dave tocaba, Buzz cogió su bajo y lo acompañó, Lew se sentó tras la batería y empezó a golpear sin hacer mucho ruido, buscando el ritmo. Llevaban quince o veinte minutos improvisando cuando Dave paró de pronto y dijo:

—¿Qué coño le ha pasado a Walli?

Salió del estudio seguido por los demás y regresó al edificio principal.

Encontraron a Walli en la cocina. Estaba tendido en el suelo, completamente colocado y con una jeringuilla hipodérmica todavía clavada en el brazo. Se había pinchado en cuanto había llegado el suministro.

Beep se agachó junto a él y sacó la aguja con cuidado.

—Estará fuera de combate hasta mañana —dijo—. Lo siento.

Dave soltó un taco. Ese fue el final de la jornada de trabajo.

—¿Nos vamos a la cantina? —le propuso Buzz a Lew.

Al pie de la colina había un bar que solían frecuentar sobre todo los jornaleros mexicanos. Tenía el ridículo nombre de The Mayfair Lounge, por lo que siempre se referían a él como «la cantina».

—Vale —dijo Lew.

La sección rítmica se marchó.

—Ayúdame a llevarlo a la cama —le pidió Beep a Dave.

Este cogió a Walli de los hombros mientras Beep lo agarraba de las piernas, y se lo llevaron al dormitorio. Luego regresaron a la cocina. Beep se apoyó en la encimera mientras Dave hacía café.

—Está enganchado, ¿verdad? —preguntó jugueteando con el filtro.

Beep asintió.

—¿De verdad crees que podremos grabar este álbum?

—¡Sí! —respondió ella de inmediato—. Por favor, no lo abandones. Tengo miedo de que…

—Está bien, tranquilízate.

Encendió la cafetera.

—Puedo controlarlo —dijo ella con desesperación—. Aguanta mucho por las noches, solo se coloca con pequeñas cantidades mientras trabaja, y luego, ya de madrugada, se chuta y se queda fuera de juego. Lo de hoy no ha sido algo habitual. No se queda así, colgado, de repente. Normalmente yo se lo preparo y le dosifico las cantidades…

Dave la miró horrorizado.

—Te has convertido en la niñera de un yonqui.

—Tomamos decisiones cuando somos demasiado jóvenes para saber lo que implican, y luego tenemos que vivir con ellas —dijo, y se le saltaron las lágrimas.

Dave la abrazó y ella se echó a llorar en su pecho. Él le dejó tiempo mientras la parte delantera de su camisa iba empapándose y el aroma a café inundaba toda la cocina. Luego la apartó con delicadeza y sirvió dos tazas.

—No te preocupes —la tranquilizó—. Ahora que sabemos cuál es el problema, podremos afrontarlo. Mientras Walli esté lúcido haremos las cosas más difíciles: componer las canciones, los solos de guitarra, las armonías vocales… Cuando esté en horas bajas y desaparezca, nos centraremos en los acompañamientos y en hacer una mezcla provisional. Podemos conseguirlo.

—Dave, muchas gracias. Le has salvado la vida. No te imaginas el alivio que siento. Eres tan bueno…

Se puso de puntillas y lo besó en los labios.

Dave se sintió raro. Beep le estaba dando las gracias por salvar la vida de su novio y, al mismo tiempo, lo besaba.

—Fui una idiota al dejarte —dijo ella entonces.

Aquello era una deslealtad hacia el hombre que estaba en el dormitorio, pero la lealtad nunca había sido el punto fuerte de Beep.

Esta le rodeó la cintura con los brazos y apretó su cuerpo contra el suyo.

Por un momento Dave permaneció con las manos suspendidas en el aire, sin tocarla, pero luego se rindió y volvió a rodearla con los brazos. Tal vez la lealtad tampoco fuera su propio punto fuerte.

—Los yonquis no practican mucho sexo —dijo Beep—. Ha pasado mucho tiempo desde la última vez...

Dave sintió que le temblaban las piernas. Se dio cuenta de que de algún modo, en el fondo, él había sabido que aquello iba a suceder desde el instante en que Beep se presentó en su casa al volante de aquel descapotable rojo.

Temblaba de deseo por ella. Un deseo irresistible.

Siguió sin decir nada.

—Llévame a la cama, Dave —pidió Beep—. Vamos a echar un polvo como los de antes, solo una vez, por los viejos tiempos.

—No —dijo él.

Pero lo hizo.

Terminaron el álbum el día que murió el director del FBI, J. Edgar Hoover.

—Mi abuelo es senador y dice que a J. Edgar le iban las pollas —soltó Beep durante el desayuno, a mediodía del día siguiente, en la cocina de Daisy Farm.

Todos se quedaron boquiabiertos.

Dave sonrió. Estaba seguro de que el viejo Gus Dewar nunca le había dicho a su nieta que a Hoover «le iban las pollas», pero a Beep le gustaba hablar así delante de los chicos. Sabía que eso los excitaba. Era mala y traviesa, y esa era una de las cosas que la hacían aún más interesante.

—El abuelo me dijo que Hoover vivía con su subdirector, un tipo llamado Tolson. Iban juntos a todas partes, como si fueran marido y mujer —siguió explicando Beep.

—La gente como Hoover es la que nos da mala prensa a los maricas —dijo Lew.

—Oíd, chicos, daremos un concierto de regreso cuando salga el álbum, ¿no? —propuso Walli, que se había levantado insólitamente temprano.

—Sí, genial. ¿En qué habías pensado? —preguntó Dave.

—Organizaremos un concierto para recaudar fondos para George McGovern.

La idea de que las bandas de rock recaudasen dinero para los políticos liberales estaba cobrando cada vez más ímpetu, y McGovern era el contrincante favorito para la candidatura demócrata a las elecciones presidenciales de ese año, como aspirante a favor de la paz.

—Me parece una gran idea. Eso doblaría nuestra publicidad y también ayudaría a poner fin a la guerra —señaló Dave.

—Contad conmigo —dijo Lew.

—Está bien, estoy en minoría, me rindo —fue la respuesta de Buzz.

Lew y Buzz se marcharon poco después para coger un avión a Londres. Walli se fue al estudio para guardar sus guitarras en las fundas, una tarea de la que prefería encargarse personalmente.

—No puedes irte —le dijo Dave a Beep.

—¿Por qué no?

—Porque llevamos las últimas seis semanas follando como locos cada vez que Walli se coloca.

Ella sonrió.

—Ha estado muy bien, ¿verdad?

—Y porque nos queremos.

Dave esperó a ver si ella lo confirmaba o lo negaba.

Beep no hizo ninguna de las dos cosas.

—No puedes irte —insistió él.

—¿Qué voy a hacer, si no?

—Habla con Walli. Dile que se busque otra niñera. Vente a vivir aquí conmigo.

Beep negó con la cabeza.

—Te conocí hace una década —dijo Dave—. Hemos sido amantes. Estuvimos prometidos. Creo que te conozco bien.

—¿Y?

—Sientes un gran afecto por Walli, te preocupas por él y quieres que esté bien, pero rara vez mantenéis relaciones sexuales y, lo que es aún más revelador, no parece importarte. Eso me dice que en realidad no lo amas.

Una vez más, Beep ni confirmó ni negó sus palabras.

—Creo que me amas a mí —insistió Dave.

Ella se quedó mirando la taza vacía de café como si en sus posos pudiera hallar respuestas.

—¿Quieres que nos casemos? —dijo Dave—. ¿Por eso dudas? ¿Quieres que te lo pida? Entonces lo haré. Cásate conmigo, Beep. Te quiero. Te quería cuando teníamos trece años y creo que no he dejado de quererte desde entonces.

—¿Qué? ¿Ni siquiera cuando estabas en la cama con Mandy Love?

Dave sonrió con expresión culpable.

—Puede que me olvidase de ti solo unos momentos, de vez en cuando.

Beep sonrió.

—Ahora sí te creo.

—¿Y los niños? ¿Te gustaría tener hijos? A mí sí.

Ella no dijo nada.

—Vamos a ver, te estoy abriendo mi corazón y no recibo nada a cambio. ¿Se puede saber qué está pasando por tu cabeza?

Ella levantó la mirada y Dave vio que estaba llorando.

—Si dejo a Walli, morirá.

—No creo que ocurra eso —dijo él.

Beep levantó la mano para silenciarlo.

—Me has preguntado qué es lo que está pasando por mi cabeza. Si de verdad quieres saberlo, no me repliques.

Dave calló.

—He hecho un montón de cosas malas y egoístas en mi vida. Algunas tú ya sabes cuáles son, pero hay más.

Dave la creía, pero quería decirle que también había llevado risas y alegría a las vidas de mucha gente, incluso a la suya propia. Sin embargo, ella le había pedido que se limitase a escucharla, así que fue lo que hizo.

—Tengo la vida de Walli en mis manos.

Dave reprimió una réplica, pero Beep dijo lo que él tenía en la punta de la lengua.

—Está bien, no es culpa mía que sea drogadicto, no soy su madre, no tengo que salvarlo.

Dave pensaba que Walli podía ser más duro y fuerte de lo que creía Beep, aunque, por otra parte, Jimi Hendrix había muerto, Janis Joplin había muerto, Jim Morrison había muerto…

—Quiero cambiar —afirmó Beep—. Es más, quiero compensar mis errores. Ya es hora de que haga algo que no sea lo que me dé la gana en cada momento. Es hora de que haga algo bueno… Así que voy a quedarme al lado de Walli.

—¿Es tu última palabra?

—Sí.

—Entonces, adiós —dijo Dave, y se apresuró a salir de la cocina para que ella no lo viera llorar.

48

—En el Kremlin ha cundido el pánico por la visita de Nixon a China
—le dijo Dimka a Tania.

Estaban en el apartamento de él. Su hija de tres años, Katia, estaba
en el regazo de Tania, hojeando un libro ilustrado con dibujos de animales de granja.

Dimka y Natalia habían vuelto a mudarse a la Casa del Gobierno,
de modo que el clan Peshkov-Dvorkin ocupaba tres apartamentos del
mismo edificio. El abuelo Grigori seguía viviendo en su antiguo piso,
que compartía con su hija, Ania, y su nieta, Tania. La ex mujer de Dimka, Nina, vivía allí con Grisha, que a sus ocho años de edad ya era todo
un hombrecito que iba a la escuela. Y Dimka, Natalia y la pequeña
Katia se habían trasladado allí también. Tania adoraba a sus sobrinos
y siempre estaba dispuesta a quedarse con ellos y cuidarlos. A veces le
daba por pensar que la Casa del Gobierno era casi como una aldea de
campesinos, donde todo el clan familiar se ocupaba de los niños.

Muchas veces la gente le preguntaba si no quería tener hijos propios. «Todavía me queda mucho tiempo para eso», respondía siempre
Tania. Aún tenía solo treinta y dos años, pero no se sentía libre para
casarse con quien quisiera. Vasili no era su amante, pero ella se había
entregado en cuerpo y alma al trabajo secreto que hacían juntos, primero con la publicación de *Disidencia* y luego con la introducción en
Occidente de los libros de Vasili de forma clandestina. De vez en cuando la cortejaba uno de los cada vez más escasos solteros de su edad, y
a veces salía a cenar e incluso se acostaba con alguno de ellos. Sin embargo, no podía hacerlos partícipes de su otra vida en la sombra.

La vida de Vasili había llegado a ser más importante que la suya
propia. Con la publicación de *Un hombre libre* se había convertido en
uno de los escritores más importantes del mundo, pues presentaba su

visión de la Unión Soviética al resto del planeta. Después de su tercer libro, *La era del estancamiento*, empezaron a correr rumores de una posible concesión del Premio Nobel, solo que por lo visto no podían darle el galardón a alguien que escribía bajo seudónimo. Tania era la vía mediante la cual su obra llegaba a Occidente, por lo que sería imposible ocultarle a un eventual marido un secreto tan grande y de tal trascendencia.

Los comunistas odiaban a «Iván Kuznetsov». Todo el mundo sabía que no podía revelar su verdadero nombre por miedo a que le impidieran trabajar, y eso dejaba en evidencia a los dirigentes del Kremlin demostrando lo ignorantes que eran. Cada vez que se mencionaban las obras de Vasili en los medios occidentales, todos señalaban que nunca habían sido publicadas en ruso, el idioma en el que habían sido escritas, a causa de la censura soviética. Eso enfurecía al Kremlin.

—El viaje de Nixon ha sido todo un éxito —le dijo Tania a Dimka—. En nuestro despacho recibimos noticias de Occidente. Todo el mundo felicita efusivamente a Nixon por su clarividencia. Dicen que es un paso enorme hacia la estabilidad mundial. Además, sus índices de popularidad han subido… y este año hay elecciones en Estados Unidos.

La idea de que los capitalistas imperialistas pudiesen aliarse con disidentes comunistas chinos para conspirar contra la URSS era una perspectiva aterradora para los dirigentes soviéticos, así que de inmediato invitaron a Nixon a visitar Moscú en un intento de restablecer el equilibrio.

—Ahora están desesperados por asegurarse de que la visita de Nixon aquí también sea un éxito rotundo —señaló Dimka—. Serán capaces de hacer lo que sea con tal de evitar que Estados Unidos se alíe con China.

A Tania se le ocurrió una idea.

—¿Lo que sea?

—Estoy exagerando, pero ¿qué has pensado?

Tania sintió que se le aceleraba el corazón.

—¿Serían capaces de liberar a los disidentes?

—Ah. —Dimka sabía, aunque no pensaba decirlo, que Tania estaba pensando en Vasili. Pocas personas más conocían la conexión de Tania con un disidente político, y Dimka era demasiado prudente para mencionarlo en voz alta, aunque solo fuese de pasada—. El KGB está proponiendo lo contrario: medidas drásticas y contundentes. Quieren meter en la cárcel a cualquiera que pueda agitar una pancarta de protesta cuando pase la limusina del presidente de Estados Unidos.

—Eso es de idiotas —dijo Tania—. Si de repente encerramos en la cárcel a centenares de personas, los americanos lo descubrirán, porque también tienen espías, y no les gustará un pelo.

Dimka asintió.

—Nixon no querrá que las voces críticas de su país digan que ha venido aquí y ha hecho caso omiso del problema de los derechos humanos, sobre todo en un año electoral.

—Exactamente.

Dimka se quedó pensativo.

—Debemos aprovechar al máximo esta oportunidad. Tengo una reunión mañana con miembros del personal de la embajada de Estados Unidos. Me pregunto si puedo valerme de eso…

Dimka había cambiado. La invasión de Checoslovaquia fue la gota que colmó el vaso. Hasta ese momento se había aferrado con tozudez a la creencia de que el comunismo podía ser reformado, pero en 1968 había visto que en cuanto algunas personas empezaban a lograr avances para cambiar la naturaleza del gobierno comunista, sus esfuerzos eran aplastados por aquellos que tenían un interés personal en que las cosas se quedasen como estaban. Hombres como Bréznev y Andrópov gozaban de poder, estatus y privilegios; ¿por qué iban a arriesgar todo eso? Dimka coincidía con su hermana: el mayor problema del comunismo era que el poder absoluto del partido siempre sofocaba el cambio. El sistema soviético estaba irremediablemente paralizado en la forma de un conservadurismo aterrorizado, al igual que lo había estado el régimen zarista sesenta años atrás, cuando su abuelo había sido capataz en la fábrica Putílov de San Petersburgo.

Resultaba irónico, reflexionaba Dimka, que el primer filósofo en explicar el fenómeno del cambio social hubiese sido Karl Marx.

Al día siguiente Dimka presidió otra de la larga serie de discusiones sobre la visita de Nixon a Moscú. Natalia estaba allí, pero por desgracia también estaba Yevgueni Filípov. La delegación estadounidense la encabezaba Ed Markham, un diplomático de carrera de mediana edad. Todos hablaban por medio de intérpretes.

Nixon y Bréznev iban a firmar dos tratados de limitación de armamento y un acuerdo de protección del medio ambiente. Las cuestiones medioambientales no preocupaban en la esfera de la política soviética, pero al parecer era un tema que Nixon se tomaba muy en serio, e incluso había promovido una legislación pionera en Estados Unidos. Esos tres documentos bastarían para garantizar que la visita fuese aclamada como un triunfo histórico y suponía un avance importante como salvaguarda ante los peligros de una alianza entre China y Estados Unidos. La señora Nixon visitaría escuelas y hospitales. Nixon insistía en mantener un encuentro con un poeta disidente, Yevgueni Yevtushenko, a quien ya había conocido en Washington.

En la reunión de ese día, soviéticos y estadounidenses discutieron los detalles de seguridad y protocolo, como de costumbre. En mitad de la reunión, Natalia dijo las palabras que había acordado previamente con Dimka.

—Hemos considerado muy en serio su exigencia de que liberemos a un buen número de supuestos presos políticos, como gesto simbólico en favor de lo que ustedes denominan «los derechos humanos» —dijo Natalia dirigiéndose a los estadounidenses en un tono informal.

Ed Markham miró con expresión de sorpresa a Dimka, que presidía la reunión. Markham no sabía nada de aquello, y eso se debía a que en realidad Estados Unidos no había hecho semejante demanda. Dimka realizó un gesto rápido y disimulado con la mano, indicándole a Markham que no dijese nada. Como el negociador hábil y experimentado que era, el estadounidense guardó silencio.

Filípov se mostró igual de sorprendido.

—No tengo conocimiento de ninguna…

Dimka elevó el tono de voz.

—¡Por favor! ¡Yevgueni Davídovich, no interrumpa a la camarada Smótrova! Insisto en que hable una sola persona a la vez.

Filípov parecía furioso, pero su formación en el Partido Comunista lo obligaba a acatar las reglas.

Natalia siguió hablando:

—No tenemos presos políticos en la Unión Soviética, y no le vemos la lógica a la decisión de poner en la calle a unos delincuentes justamente coincidiendo con la visita de un jefe de Estado extranjero.

—Desde luego que no —comentó Dimka.

El desconcierto de Markham era absoluto. ¿Por qué plantear una demanda ficticia para después rechazarla? Sin embargo, esperó en silencio para ver adónde quería ir a parar Natalia. Mientras tanto Filípov tamborileaba con los dedos sobre su cuaderno de notas con gesto de frustración.

—Sin embargo, a un reducido número de personas se les niega el visado para realizar viajes internos a causa de su relación con grupos antisocialistas y otros alborotadores.

Esa era precisamente la situación del amigo de Tania, Vasili. Dimka había intentado conseguir su liberación una vez, pero había fracasado. Quizá tuviera más suerte en esta ocasión.

Dimka observó a Markham con atención. ¿Se daría cuenta de lo que estaba pasando y le seguiría el juego? Dimka necesitaba que los estadounidenses fingiesen que habían exigido la puesta en libertad de los disidentes; así él podría volver luego al Kremlin y decir que Estados Unidos insistía en ese punto como condición previa para la visita de Nixon. Y entonces cualquier objeción del KGB o de otro grupo caería en saco roto, pues el Kremlin estaba desesperado por conseguir que Nixon viajase a Moscú para así apartarlo de los odiados chinos.

Natalia continuó con su discurso:

—Puesto que en realidad esas personas no han sido condenadas por los tribunales, no existe ningún impedimento legal para que el gobierno realice dicha acción, por lo que ofrecemos levantar las restricciones y permitirles viajar, como gesto de buena voluntad.

Dimka se dirigió a los estadounidenses.

—¿Satisface a su presidente esa acción por nuestra parte?

El rostro de Markham ya no reflejaba desconcierto; había entendido el juego de Natalia y Dimka, y se alegraba de que lo utilizasen de aquel modo.

—Sí, creo que con eso bastaría.

—De acuerdo, entonces —dijo Dimka, y se recostó en su silla con la profunda satisfacción de haber conseguido un verdadero logro.

El presidente Nixon llegó a Moscú en mayo, cuando la nieve se había derretido y el sol brillaba en el cielo.

Tania esperaba ver una liberación masiva de presos políticos coincidiendo con la visita, pero se había llevado una decepción. Era la mejor oportunidad en años para conseguir sacar a Vasili de su destierro siberiano y llevarlo de vuelta a Moscú. Tania sabía que su hermano lo había intentado, pero al parecer había fracasado. Sentía unas ganas inmensas de llorar.

—Hoy sigue a la esposa del presidente Nixon durante todo el día, por favor, Tania —dijo su jefe, Daniíl Antónov.

—Vete a la mierda —espetó ella—. Que sea una mujer no significa que tenga que pasarme el día escribiendo reportajes sobre mujeres.

A lo largo de toda su carrera Tania había peleado mucho para que no le encomendaran tareas consideradas «femeninas». Unas veces ganaba y otras veces perdía.

Ese día, perdió.

Daniíl era un buen tipo, pero no se dejaba amilanar fácilmente.

—No te pido que te pases el día escribiendo artículos femeninos y nunca lo he hecho, así que no me vengas con esas. Te estoy pidiendo que hoy cubras a Pat Nixon. Ahora solo tienes que hacer lo que te digo.

En realidad Daniíl era un jefe estupendo, y Tania acabó dando su brazo a torcer.

Ese día Pat Nixon iba a visitar la Universidad Estatal de Moscú, un edificio de piedra amarilla de treinta y dos plantas y con miles de salas. Parecía prácticamente vacío.

—¿Dónde están todos los estudiantes? —preguntó la señora Nixon.

—Es época de exámenes, están todos estudiando —contestó el rector de la universidad hablando mediante un intérprete.

—No voy a conocer al pueblo ruso —protestó la mujer.

A Tania le dieron ganas de decir: «Pues claro que no; si lo conociese, podrían contarle la verdad».

La señora Nixon lucía un porte conservador incluso para los parámetros de Moscú. Llevaba el pelo recogido en lo alto de la cabeza y rociado con tanta laca que tenía el aspecto, y casi la misma dureza, de un casco vikingo. Llevaba ropa demasiado juvenil para ella, pero al mismo tiempo pasada de moda, y exhibía una firme sonrisa que rara vez le fallaba, incluso cuando los reporteros que la seguían se ponían pesados.

La condujeron a una sala de estudio donde había tres estudiantes sentados a unas mesas. Parecieron sorprenderse al verla, y era evidente que no sabían quién era... Como también lo era que no querían conocerla.

La pobre señora Nixon probablemente no tenía ni idea de que cualquier contacto con occidentales era peligroso para los ciudadanos soviéticos corrientes, porque después podían ser detenidos e interrogados acerca de lo que habían dicho y de si la reunión había sido acordada con anterioridad. Solo los moscovitas más temerarios se atrevían a intercambiar palabras con los visitantes extranjeros.

Tania redactó su artículo mentalmente mientras seguía a la visitante por las instalaciones: «La señora Nixon quedó a todas luces impresionada por la nueva y moderna Universidad Estatal de Moscú. Estados Unidos no cuenta con un recinto universitario de dimensiones comparables».

La noticia de verdad se hallaba en el Kremlin, que era la razón por la que Tania se había mostrado tan arisca con Daniíl. Nixon y Brézhnev estaban firmando unos tratados que harían del mundo un lugar más seguro, y esa era la historia que Tania quería cubrir.

Por la lectura de la prensa extranjera sabía que la visita de Nixon a

China y aquel viaje a Moscú habían cambiado radicalmente sus posibilidades con vistas a las elecciones presidenciales de noviembre. Desde el mínimo alcanzado en enero, su nivel de popularidad se había disparado y de pronto tenía muchas probabilidades de ser reelegido.

«La señora Nixon iba vestida con un traje dos piezas de pata de gallo, con chaqueta corta y falda discreta, justo por debajo de la rodilla. Sus zapatos blancos eran de tacón bajo, y un fular de gasa completaba su atuendo.» Tania odiaba redactar textos que hablaban de moda. ¡Pero si había cubierto la crisis de los misiles cubanos, por el amor de Dios! ¡Desde Cuba, nada menos!

Por fin la primera dama se marchó en una limusina Chrysler LeBaron, y el enjambre de periodistas se dispersó.

En el aparcamiento Tania vio a un hombre alto que llevaba un abrigo largo y raído bajo el sol de primavera. Tenía el pelo gris y despeinado, y en su rostro surcado de arrugas aún se apreciaban indicios de que había sido atractivo en el pasado.

Era Vasili.

Tania se metió el puño en la boca y se mordió la mano para reprimir el grito que le brotaba de la garganta.

Vasili vio que lo había reconocido y sonrió mostrando sus encías con algún que otro diente de menos.

Ella avanzó despacio hacia él con las manos metidas en los bolsillos del abrigo. Vasili no llevaba sombrero y entrecerraba los ojos a causa del brillo cegador del sol.

—Te han dejado salir —dijo Tania.

—Para complacer al presidente de Estados Unidos —respondió él—. Gracias, Dick Nixon.

En realidad tenía que agradecérselo a Dimka Dvorkin, pero seguramente era mejor no decirle eso a nadie, ni siquiera a Vasili.

Tania miró a su alrededor con cautela, pero no había nadie más a la vista.

—No te preocupes —dijo Vasili—. Esto lleva dos semanas abarrotado de policías y agentes de seguridad, pero todos se han ido hace cinco minutos.

Ella ya no pudo contenerse más y se arrojó a sus brazos. Vasili le dio unas palmaditas en la espalda, como si quisiera consolarla. Tania respondió abrazándolo con fuerza.

—Caramba… —exclamó él—. Qué bien hueles…

Tania se apartó de él. Quería hacerle miles de preguntas, pero no tuvo más remedio que contener su entusiasmo y elegir solo una.

—¿Dónde vives?

—Me han asignado un apartamento de Stalin, es viejo pero acogedor.

Los apartamentos de la época de Stalin tenían habitaciones más grandes y techos más altos que los pisos compactos construidos a finales de los años cincuenta y sesenta.

Tania estaba rebosante de alegría.

—¿Quieres que vaya a visitarte allí?

—Todavía no. Comprobemos primero si me vigilan de cerca.

—¿Tienes trabajo?

Uno de los trucos favoritos de los comunistas consistía en asegurarse de que un hombre no pudiese conseguir trabajo para luego acusarlo de ser un parásito social.

—Estoy en el Ministerio de Agricultura. Escribo folletos para los campesinos donde se explican las nuevas técnicas agrícolas. No sientas lástima por mí, es un trabajo importante y se me da bien.

—¿Y tu salud?

—¡Estoy gordo!

Se abrió el abrigo para demostrárselo.

Tania se echó a reír con alegría. No estaba gordo, pero tal vez no tan delgado como antes.

—Llevas el jersey que te envié. Me sorprende que te llegara.

Era el que Anna Murray había comprado en Viena. Tania tendría que explicarle todo aquello. No sabía ni por dónde empezar.

—Casi ni me lo he quitado en estos cuatro años. Aquí en Moscú, y en mayo, no lo necesito, pero me cuesta acostumbrarme a la idea de que no siempre va a hacer un frío glacial.

—Puedo conseguirte otro.

—¡Debes de ganar mucho dinero!

—No, yo no —contestó ella con una sonrisa de oreja a oreja—. Pero tú sí.

Vasili arrugó la frente, perplejo.

—¿Y eso?

—Vayamos a un bar —dijo ella tomándolo del brazo—. Tengo un montón de cosas que explicarte.

La mañana del domingo 18 de junio la portada de *The Washington Post* publicaba una noticia un tanto extraña. Para la mayoría de los lectores resultaba un poco desconcertante, pero para un puñado de ellos era extremadamente inquietante.

DETENIDAS CINCO PERSONAS POR UNA CONSPIRACIÓN
PARA INSTALAR ESCUCHAS EN LAS OFICINAS DEL
PARTIDO DEMÓCRATA
Por Alfred E. Lewis, redactor de *The Washington Post*

Cinco hombres, uno de los cuales se dice que es un antiguo empleado de la Agencia Central de Inteligencia, fueron arrestados a las dos y
media de la madrugada de ayer en lo que las autoridades describieron
como una elaborada trama para colocar micrófonos en las oficinas locales del Comité Nacional Demócrata.

Tres de ellos eran de origen cubano y se cree que otro fue entrenado por exiliados cubanos para actividades de guerrilla después de la
invasión de bahía de Cochinos en 1961.

Tres agentes de paisano del departamento de policía los sorpren-
dieron a punta de pistola en una oficina del sexto piso del lujoso edificio
Watergate, en el 2600 de Virginia Avenue, en Washington, donde el
Comité Nacional Demócrata ocupa la totalidad de la planta.

No ha trascendido ninguna explicación inmediata sobre por qué los
cinco sospechosos querían espiar las oficinas del Comité Nacional Demócrata o si estaban trabajando para otras personas u organizaciones.

Cameron Dewar leyó el artículo y exclamó:

—¡Oh, mierda!

Apartó los copos de maíz de su desayuno, estaba demasiado tenso
para comer. Sabía exactamente de qué iba todo aquello, y suponía una
terrible amenaza para el presidente Nixon. Si la gente sabía, o creía
siquiera, que el presidente defensor de la ley y el orden había ordenado un allanamiento de las oficinas de los demócratas, aquello podía
incluso dinamitar por los aires toda esperanza de reelección.

Cam leyó todos los párrafos hasta llegar a los nombres de los acusados. Temía que Tim Tedder pudiese estar entre ellos, pero sintió un
gran alivio al comprobar que no aparecía su nombre.

Sin embargo, la mayoría de los hombres mencionados eran amigos
y socios de Tedder.

Este y un grupo de ex agentes del FBI y de la CIA formaban la
Unidad de Investigaciones Especiales de la Casa Blanca. Tenían una
oficina de alta seguridad en la planta baja del Edificio de la Oficina
Ejecutiva, frente a la Casa Blanca. Colgado en la puerta había un cartel
que decía FONTANEROS. Era una broma: su trabajo consistía en detener
las filtraciones.

Cam no sabía que hubieran planeado colocar micrófonos en las
oficinas de los demócratas, aunque lo cierto es que no le sorprendía;

era muy buena idea y podría haberles dado pistas e información sobre las fuentes de las filtraciones.

Sin embargo, se suponía que los muy idiotas no tenían que haber acabado detenidos por la maldita policía de Washington.

El presidente se encontraba en las Bahamas, y su vuelta estaba prevista para el día siguiente.

Cam llamó a la oficina de los Fontaneros. Tim Tedder respondió al teléfono.

—¿Qué estáis haciendo? —preguntó.

—Destruyendo archivos.

Cam oyó el ruido de fondo de una máquina trituradora de documentos.

—Bien —dijo.

Luego se vistió y fue a la Casa Blanca.

Al principio parecía que ninguno de los sospechosos tenía conexión directa alguna con el presidente, y durante todo el domingo Cam pensó que podrían controlar el escándalo. Luego resultó que uno de ellos había dado un nombre falso. «Edward Martin» era en realidad James McCord, un agente de la CIA retirado y empleado a tiempo completo por el CREEP, el Comité para la Reelección del Presidente.

—Ya está —sentenció Cam.

Estaba hundido, destrozado. Aquello era una catástrofe.

El lunes *The Washington Post* publicó la información sobre McCord en un artículo elaborado y firmado por Bob Woodward y Carl Bernstein.

Aun así, Cam todavía conservaba la esperanza de que pudiesen encubrir la participación de Nixon.

Entonces intervino el FBI, que se puso a investigar a los cinco sospechosos. Cam pensó con amargura que en los viejos tiempos J. Edgar Hoover nunca habría hecho tal cosa, pero Hoover había muerto. Nixon había colocado a un amigo y colaborador, Patrick Gray, como director en funciones, pero Gray no sabía cómo funcionaba la organización y le estaba costando mucho controlarla. El resultado fue que el FBI estaba empezando a actuar como la fuerza del orden público que era.

En el momento de su detención los cinco individuos llevaban encima grandes cantidades de efectivo en billetes nuevos numerados, lo que significaba que tarde o temprano el FBI podría rastrear el origen del dinero y averiguar quién se lo había dado.

Cam ya lo sabía. Ese dinero, al igual que los pagos de todos los proyectos secretos del gobierno, procedía de los fondos reservados del CREEP.

Era imprescindible cerrar la investigación del FBI.

Cuando Cam Dewar entró en el despacho de Maria Summers en el Departamento de Justicia, esta sufrió un ataque de pánico momentáneo. ¿La habrían descubierto? ¿Habría averiguado de algún modo la Casa Blanca que ella era la fuente de la información privilegiada de Jasper Murray? Estaba de pie junto al archivador y por un instante le flaquearon tanto las piernas que temió caer redonda al suelo.

Sin embargo, Cam se mostró muy amable y ella se tranquilizó. El joven le sonrió, se sentó y la repasó de arriba abajo con un brillo adolescente en los ojos que indicaba que la encontraba atractiva.

«Sigue soñando, chico blanco», pensó ella.

¿Qué se traería entre manos? Maria se sentó a su escritorio, se quitó las gafas y le ofreció una cálida sonrisa.

—Hola, señor Dewar —dijo—. ¿Cómo salió aquella intervención telefónica?

—Al final no sacamos mucha información —respondió Cam—. Creemos que Murray podría tener un teléfono seguro en algún otro lugar que utiliza para las llamadas confidenciales.

«Gracias a Dios», pensó Maria.

—Pues qué lástima —exclamó.

—Le agradecemos su ayuda, de todos modos.

—Es muy amable. ¿Hay algo más que pueda hacer por usted?

—Sí. El presidente quiere que el secretario de Justicia ordene al FBI que detenga la investigación del intento de robo en el Watergate.

Maria trató de disimular su estupor mientras su cerebro interpretaba a toda velocidad las implicaciones de aquellas palabras. Así que, efectivamente, era la Casa Blanca la que estaba detrás de todo aquello. No salía de su asombro. Ningún presidente más que Nixon podría haber sido tan arrogante y estúpido.

De nuevo, extraería mucha más información del joven si fingía mostrarle apoyo.

—Está bien —dijo—, vamos a pensarlo con calma. Kleindienst no es Mitchell, ¿sabe usted? —John Mitchell había dimitido como secretario de Justicia para poder dirigir el CREEP. Su sustituto, Richard Kleindienst, era otro viejo amigo de Nixon, pero no tan dócil y manejable—. Kleindienst querrá una razón —aseguró Maria.

—Y nosotros le podemos dar una. La investigación del FBI puede llevar hasta asuntos confidenciales de política exterior. En particular, podría revelar información muy sensible sobre la implicación de la CIA en la invasión de bahía de Cochinos por parte del presidente Kennedy.

«Muy típico de Dick el Tramposo», pensó Maria, asqueada. Todos fingían estar protegiendo los intereses estadounidenses cuando en realidad solo estaban salvándole el pellejo al maldito presidente.

—Así que es una cuestión de seguridad nacional.

—Sí.

—Bien. Eso servirá de justificación para que el secretario de Justicia ordene al FBI que suspenda la investigación. —Pero Maria no quería ponérselo tan fácil a la Casa Blanca—. Sin embargo, puede que Kleindienst quiera garantías concretas.

—Podemos proporcionárselas. La CIA está dispuesta a elaborar una solicitud formal. Lo hará Walters. —El general Vernon Walters era el director adjunto de la CIA.

—Si la solicitud es formal, creo que podemos dar luz verde y hacer exactamente lo que quiere el presidente.

—Gracias, Maria. —El joven se puso de pie—. Ha sido de gran ayuda, una vez más.

—De nada, señor Dewar.

Cam salió del despacho.

Maria se quedó mirando con aire pensativo la silla que había dejado vacía. El presidente debía de haber autorizado el allanamiento y el intento de robo en las oficinas demócratas, o al menos había hecho la vista gorda. Esa era la única razón posible para que Cam Dewar estuviese dispuesto a llegar tan lejos para encubrirlo. Si alguien de la administración hubiese dado el visto bueno a la operación contraviniendo los deseos de Nixon, esa persona ya habría sido puesta en evidencia y despedida. A Nixon no le temblaba el pulso a la hora de deshacerse de compañeros de camino embarazosos. La única persona a la que le importaba proteger era a él mismo.

¿Iba a dejar Maria que se saliera con la suya?

«Y un cuerno.»

Descolgó el teléfono de su despacho.

—Con Fawcett Renshaw, por favor —dijo.

49

Dave Williams se sentía nervioso. Habían pasado casi cinco años desde la última vez que Plum Nellie había tocado en directo, y estaban a punto de hacerlo frente a sesenta mil admiradores en el estadio de Candlestick Park, en San Francisco.

Tocar en un estudio no era ni mucho menos parecido. La cinta era indulgente: si alguien se equivocaba con una nota, soltaba un gallo u olvidaba la letra, se podía borrar el error y volver a grabar.

Si algo iba mal esa noche, todos los presentes en el estadio lo oirían y no podría corregirse.

Dave intentó relajarse. Había hecho aquello un centenar de veces. Recordaba haber tocado con los Guardsmen en pubs del East End de Londres cuando apenas conocía un puñado de acordes. Volviendo la vista atrás, se maravillaba de su osadía juvenil. Rememoró la noche en que Geoffrey se había desmayado, borracho, en The Dive de Hamburgo, y Walli había salido al escenario y había tocado la guitarra hasta el final sin haber ensayado. Tiempos felices y despreocupados.

Dave contaba ya con nueve años de experiencia. Eso era más que toda la carrera de muchas estrellas del pop. Sin embargo, los admiradores llegaban por hordas y compraban camisetas, cerveza y perritos calientes, confiando en que él les regalara una noche fantástica, y eso lo inquietaba.

Una joven de la discográfica que distribuía los álbumes de Nellie Records entró en su camerino para preguntarle si necesitaba algo. Llevaba pantalones de campana y una camiseta corta que resaltaban su figura perfecta.

—No, gracias, cielo —contestó él.

Todos los camerinos tenían un minibar con cerveza, licores, refrescos y hielo, y una cajetilla de cigarrillos.

—Si quieres algo que te relaje, tengo —ofreció ella.

Dave sacudió la cabeza. En ese momento no quería drogas. Tal vez se fumara un canuto más tarde.

—O si puedo… ya sabes, hacer algo… —insistió la chica.

Le estaba ofreciendo sexo. Era tan magnífica como podía serlo una californiana rubia y delgada, y muy guapa, pero Dave no estaba de humor.

No había estado de humor desde la última vez que había visto a Beep.

—Quizá después del concierto —dijo. «Si me emborracho lo suficiente», pensó—. Te lo agradezco, pero ahora mismo lo que quiero es que te pierdas —añadió con firmeza.

La joven no se ofendió.

—Avísame si cambias de opinión —contestó alegremente, y se marchó.

Los beneficios que devengara el concierto de esa noche se cederían a George McGovern. Su campaña electoral había conseguido atraer de nuevo a los jóvenes a la política. Dave sabía que en Europa habría sido una figura moderada, pero allí lo consideraban de izquierdas. Sus duras críticas a la guerra de Vietnam deleitaban a los liberales, y hablaba con autoridad por su experiencia en combate durante la Segunda Guerra Mundial.

La hermana de Dave, Evie, fue al camerino para desearle suerte. Iba vestida de incógnito, con el cabello recogido bajo una gorra de tweed, gafas de sol y chaqueta de motorista.

—Vuelvo a Inglaterra —anunció.

Dave se sorprendió.

—Sé que has tenido un poco de mala prensa desde aquella foto en Hanoi, pero…

Ella negó con la cabeza.

—Es algo peor que mala prensa. Hoy me odian con el mismo fervor con que me amaban hace años. Es el fenómeno que observó Oscar Wilde: una cosa se convierte en la otra con una rapidez apabullante.

—Creía que lo superarías.

—Y así fue, durante un tiempo, pero hace seis meses que no me ofrecen un papel decente. Puedo elegir entre interpretar a la chica valiente en un espagueti western, a una stripper en una improvisación fuera de Broadway o al personaje que yo quiera en la gira australiana de *Jesucristo Superstar*.

—Lo siento… No lo sabía.

—No ha sido exactamente espontáneo.

—¿Qué quieres decir?

—Un par de periodistas me han dicho que recibieron llamadas de la Casa Blanca.

—¿Ha sido deliberado?

—Creo que sí. Verás, yo era una estrella famosa que atacaba a Nixon a la menor ocasión. No es de extrañar que me clavara el puñal cuando fui lo bastante tonta para darle una oportunidad. Ni siquiera es injusto: estoy haciendo lo imposible por que también él pierda su trabajo.

—Y eso te honra.

—Aunque podría no ser cosa de Nixon. ¿A quién conocemos que trabaje en la Casa Blanca?

—¿El hermano de Beep? —Dave no podía creerlo—. ¿Cam te ha hecho esto?

—Se enamoró de mí hace muchos años, en Londres, y yo lo rechacé de un modo un poco brusco.

—¿Y te ha guardado rencor todo este tiempo?

—Jamás podré demostrarlo.

—¡Será cabrón!

—Así que he puesto en venta mi despampanante casa de Hollywood, he vendido el descapotable y he empaquetado toda mi colección de arte moderno.

—¿Qué vas a hacer?

—Para empezar, interpretar a lady Macbeth.

—¡Estarás fantástica! ¿Dónde?

—En Stratford-upon-Avon, con la compañía Royal Shakespeare.

—Cuando se cierra una puerta se abre una ventana.

—Me alegro de volver a interpretar a un personaje de Shakespeare. Hace diez años que hice de Ofelia en la escuela.

—En cueros.

Evie sonrió, pesarosa.

—Qué exhibicionista era.

—También eras una buena actriz, incluso tan joven.

Ella se levantó.

—Te dejo para que te prepares. Disfruta mucho esta noche, hermanito. Estaré entre el público, bailando.

—¿Cuándo te vas a Inglaterra?

—Mañana.

—Avísame cuando se estrene *Macbeth*. Iré a verte.

—Me encantaría.

Dave salió con Evie. El escenario se había montado sobre un andamio provisional en un extremo del campo. Tras él, multitud de técnicos de montaje y sonido, empleados de la discográfica y periodistas privilegiados deambulaban por el césped. Los camerinos eran carpas montadas en una zona acordonada.

Buzz y Lew ya habían llegado, pero no se veía a Walli por ninguna parte. Dave confiaba en que Beep lo llevara a tiempo. Se preguntaba, inquieto, dónde estarían.

Poco después de que Evie se fuera, los padres de Beep aparecieron detrás del escenario. Dave volvía a tener buena relación con Bella y Woody, y decidió no contarles lo que Evie le había dicho sobre Cam y sus tácticas para poner a la prensa en contra de ella. Con su larga tradición demócrata, ya les irritaba bastante que su hijo trabajase para Nixon.

Dave quería saber lo que Woody opinaba de las posibilidades de McGovern.

—George McGovern tiene un problema —contestó Woody—. Para derrotar a Hubert Humphrey y conseguir la candidatura, tuvo que quebrantar el poder de los viejos barones del Partido Demócrata: los alcaldes, los gobernadores y los líderes sindicales.

Dave no conocía los detalles.

—¿Cómo lo consiguió?

—Después del desastre de 1968 en Chicago, el partido reescribió las normas, y McGovern presidió la comisión que se encargó de hacerlo.

—¿Y por qué supone eso un problema?

—Porque las viejas figuras de poder no quieren trabajar para él. Algunos lo odian tanto que han puesto en marcha un movimiento llamado Demócratas por Nixon.

—Hay gente joven que piensa como él.

—Tenemos que confiar en que eso sea suficiente.

Al fin llegaron Beep y Walli. Los Dewar acompañaron a Walli al camerino. Dave se puso la ropa con la que actuaría, un mono rojo y botas recias, e hizo algunos ejercicios para calentar la voz. Mientras entonaba escalas, Beep se acercó a él.

Le dedicó una sonrisa espléndida y lo besó en la mejilla. Como siempre, iluminó el espacio nada más entrar. «No debería haberla dejado marchar —pensó Dave—. ¡Soy un idiota!»

—¿Cómo está Walli? —preguntó, inquieto.

—Se ha colocado un poco, lo justo para aguantar el concierto. Se chutará en cuanto acabéis, pero está bien para tocar.

—Menos mal.

Beep llevaba pantalones cortos de satén y un sostén de lentejuelas.

Dave advirtió que había ganado un poco de peso desde la grabación del álbum; sus pechos parecían más grandes e incluso lucía una barriguita muy mona. Le preguntó si quería beber algo, y ella pidió una Coca-Cola.

—Coge un cigarrillo si quieres —ofreció Dave.

—Lo he dejado.

—¿Por eso has engordado?

—No.

—No era una crítica. Estás preciosa.

—Voy a dejar a Walli.

Eso descolocó a Dave, que se volvió desde el minibar y la miró.

—Vaya —dijo—. ¿Lo sabe él?

—Se lo voy a decir después del concierto.

—Menudo alivio. Pero… ¿y todo aquello que me dijiste sobre ser una persona menos egoísta y salvarle la vida a Walli?

—Tengo una vida más importante que salvar.

—¿La tuya?

—La de mi bebé.

—¡Dios! —Dave se sentó—. Estás embarazada.

—De tres meses.

—Por eso te ha cambiado el cuerpo.

—Y el tabaco me provoca náuseas. Ya ni siquiera fumo maría.

El altavoz Tannoy de los camerinos crujió, y una voz anunció: «Cinco minutos para el comienzo. Que todos los técnicos de escenario ocupen ya sus puestos».

—Si estás embarazada, ¿por qué vas a dejar a Walli? —preguntó Dave.

—No pienso educar a un niño en ese entorno. Una cosa es sacrificarme yo y otra obligar a que lo haga un crío. Y este va a tener una vida normal.

—¿Adónde vas a ir?

—Volveré con mis padres. —Sacudió la cabeza con expresión maravillada—. Es increíble, durante diez años he hecho todo lo que he podido para fastidiarlos, pero cuando he necesitado su ayuda no han dudado ni un segundo en ofrecérmela. Joder, es increíble.

El altavoz volvió a sonar: «Un minuto. Se invita amablemente a los miembros de la banda a ir a los bastidores cuando estén preparados».

A Dave lo asaltó un pensamiento.

—Tres meses…

—No sé de quién es el bebé —dijo Beep—. Me quedé embarazada mientras grababais el álbum. Tomaba la píldora, pero a veces se me olvidaba, sobre todo cuando iba puesta.

—Pero me dijiste que Walli y tú apenas os acostabais.

—Apenas no equivale a nunca. Diría que hay un diez por ciento de probabilidades de que sea hijo de Walli.

—Así que hay un noventa por ciento de que sea mío.

Lew asomó a la carpa de Dave.

—En marcha —dijo.

—Ya voy —contestó Dave.

Lew desapareció.

—Ven a vivir conmigo —le dijo Dave a Beep.

Ella lo miró fijamente.

—¿Lo dices en serio?

—Sí.

—¿Aunque no sea tuyo?

—Estoy seguro de que querré a tu hijo. Te quiero. Joder, y quiero a Walli. Ven a vivir conmigo, por favor.

—Oh, Dios. —Beep rompió a llorar—. Rezaba por que dijeras eso.

—¿Es eso un sí?

—¡Pues claro! Es lo que más deseo.

Dave se sintió como si hubiera salido el sol.

—Bueno, pues eso es lo que haremos —dijo.

—¿Y qué va a ser de Walli? No quiero que muera.

—Se me ocurre una idea —contestó Dave—. Te la cuento después del concierto.

—Ve, te están esperando.

—Lo sé. —La besó con ternura en los labios.

Beep lo rodeó con los brazos y lo estrechó con fuerza.

—Te quiero —dijo Dave.

—Yo también te quiero, y fui una estúpida por dejarte marchar.

—No vuelvas a hacerlo.

—Jamás.

Dave salió. Corrió por el césped y subió la escalerilla hasta donde los demás lo esperaban. Y en ese instante lo asaltó un pensamiento.

—He olvidado algo —dijo.

—¿Qué? Las guitarras están en el escenario —replicó Buzz, irritado.

Dave no contestó. Corrió de vuelta al camerino. Beep seguía allí, sentada, enjugándose los ojos.

—¿Nos casamos?

—Vale —respondió ella.

—Genial.

Echó a correr de nuevo hacia los andamios.

—¿Todos preparados?

Todos lo estaban.

Dave precedió al grupo al escenario.

Claus Krohn le pidió a Rebecca que tomasen una copa después de un pleno del Parlamento de Hamburgo.

Aquello la pilló desprevenida. Hacía cuatro años que habían dejado su aventura. Ella sabía que durante los últimos doce meses Claus se había estado viendo con una mujer atractiva, responsable de los afiliados de un sindicato, y su poder en el Partido Liberal Democrático, al que también pertenecía Rebecca, había ido creciendo. Claus y su novia hacían buena pareja. De hecho, Rebecca había oído que tenían previsto casarse.

De modo que le dirigió una mirada desalentadora.

—En el Yacht Bar no —se apresuró a añadir Claus—. En algún sitio menos sospechoso.

Ella rió, algo más tranquila.

Fueron a un bar del centro, no lejos del ayuntamiento. Rebecca pidió una copa de vino espumoso por los viejos tiempos.

—Iré al grano —dijo Claus en cuanto les sirvieron las bebidas—. Quiero que te presentes a las elecciones del parlamento nacional.

—¡Oh! —exclamó ella—. Me habría sorprendido menos que te me hubieras insinuado.

Claus sonrió.

—No te sorprendas tanto. Eres inteligente y atractiva, hablas bien y le gustas a la gente. Te respetan hombres de todos los partidos de Hamburgo. Tienes casi una década de experiencia en política. Serías una buena baza.

—Pero es muy repentino…

—Las elecciones siempre parecen repentinas.

El canciller, Willy Brandt, había convocado elecciones para ocho semanas después. Si Rebecca accedía, podría ser parlamentaria antes de Navidad.

Cuando se recuperó de la sorpresa, la invadió el ansia. Lo que más deseaba era la reunificación de Alemania, para que tanto ella como miles de alemanes más pudieran reencontrarse con sus familias. Nunca lo conseguiría desde la política local… pero como miembro del parlamento nacional podría ejercer cierta influencia.

Su partido, el FDP, formaba parte del gobierno de coalición con los socialdemócratas liderados por Willy Brandt. Rebecca estaba de acuerdo con la *Ostpolitik* de Brandt, que intentaba mantener contacto con el Este a pesar del Muro. Creía que era la forma más rápida de socavar el régimen de la Alemania Oriental.

—Tendré que consultarlo con mi marido —dijo.

—Sabía que dirías eso. Las mujeres siempre lo hacéis.

—Significaría dejarlo solo mucho tiempo.

—Es algo que les ocurre a todas las esposas de los parlamentarios.

—Pero mi marido es especial.

—Por supuesto.

—Hablaré con él esta noche.

Rebecca se levantó.

—En un plano más personal... —dijo Claus tras ponerse también de pie.

—¿Qué?

—Nos conocemos bastante bien.

—Sí...

—Este es tu destino. —Su semblante era adusto—. Tienes que ser una política de ámbito nacional. Cualquier cosa por debajo de eso sería un desperdicio de tus cualidades. Un desperdicio imperdonable. Y hablo muy en serio.

A Rebecca le sorprendió aquella intensidad.

—Gracias —dijo.

Se sentía tan eufórica como aturdida mientras conducía de vuelta a casa. Un nuevo futuro se había abierto de pronto frente a ella. Alguna vez había pensado en la política nacional, pero había temido que fuera demasiado difícil para ella, como mujer y como esposa de un hombre discapacitado. Sin embargo, en ese momento la perspectiva era ya algo más que una fantasía, y ella se sentía ansiosa e impaciente.

Por otro lado, ¿qué diría Bernd?

Aparcó y subió a toda prisa al apartamento. Bernd estaba sentado a la mesa de la cocina en la silla de ruedas, corrigiendo trabajos de la escuela con un afilado lápiz rojo. No llevaba nada bajo el albornoz, que podía ponerse solo. Para él la prenda más complicada eran los pantalones.

Rebecca le comentó de inmediato la propuesta de Claus.

—Antes de que me contestes, deja que te diga otra cosa —añadió—: si no quieres que lo haga, no lo haré. Sin discusiones, sin lamentos, sin reproches. Somos una pareja, un equipo, y eso significa que ninguno tiene derecho a cambiar nuestra vida en común de forma unilateral.

—Gracias —repuso él—, pero hablemos de los detalles.

—El Bundestag se reúne de lunes a viernes unas veinte semanas al año, y la asistencia es obligatoria.

—Así que pasarías fuera un promedio de ochenta noches al año. Podría sobrellevarlo, sobre todo si contratáramos a una enfermera que me ayudara por la mañana.

—¿Te importaría?

—Claro que sí, pero estoy seguro de que tus noches en casa serán mucho más dulces.

—Bernd, eres tan bueno…

—Tienes que hacerlo —dijo él—. Es tu destino.

Ella dejó escapar una carcajada.

—Es lo mismo que me ha dicho Claus.

—No me sorprende.

Tanto su marido como su ex amante consideraban que eso era lo que tenía que hacer. Ella también lo pensaba, aunque se sentía un poco ansiosa; creía que podía hacerlo, pero supondría un gran reto. La política nacional era más dura y sucia que el gobierno local. La prensa podía ser despiadada.

Su madre se sentiría orgullosa de ella, pensó. Carla debería haber sido una líder, y probablemente lo habría sido de no haber quedado atrapada en la prisión que era la Alemania del Este. Le emocionaría que su hija hiciera realidad su aspiración frustrada.

Rebecca y Bernd siguieron hablando del tema tres noches más, y a la cuarta llegó Dave Williams.

No lo esperaban. Rebecca se quedó atónita al verlo en el umbral de la puerta con un abrigo de ante marrón y una maleta pequeña que llevaba una etiqueta del aeropuerto de Hamburgo.

—¡Podrías haber llamado! —le dijo Rebecca en inglés.

—He perdido vuestro número —contestó él en alemán.

Ella le dio un beso en la mejilla.

—¡Qué sorpresa tan maravillosa!

Dave le había caído bien en la época en que Plum Nellie tocaba en Reeperbahn y los chicos iban a aquel piso para disfrutar de su única comida completa de la semana. Dave había sido una buena influencia para Walli, cuyo talento había aflorado en su compañía.

El joven entró en la cocina, dejó la maleta en el suelo y le estrechó la mano a Bernd.

—¿Acabas de llegar de Londres? —le preguntó este.

—De San Francisco. Llevo veinticuatro horas viajando.

Conversaban en su habitual mezcla de inglés y alemán.

Rebecca hizo café. Cuando empezó a recuperarse de la sorpresa, pensó que Dave debía de tener algún motivo especial para visitarlos, y se inquietó. Dave le estaba hablando a Bernd sobre su estudio de grabación, pero Rebecca lo interrumpió.

—¿Por qué has venido, Dave? ¿Algo va mal?

—Sí —contestó Dave—. Es Walli.

A Rebecca se le paró el corazón.

—¿Qué ocurre? ¡Dímelo! No estará muerto...

—No, está vivo, pero es heroinómano.

—Oh, no. —Rebecca se dejó caer en una silla—. Oh, no.

Hundió la cara entre las manos.

—Hay más —prosiguió Dave—. Beep va a dejarlo. Está embarazada y no quiere que el niño crezca en un ambiente de drogas.

—Oh, mi pobre hermano...

—¿Qué va a hacer Beep? —preguntó Bernd.

—Se va a instalar conmigo en Daisy Farm.

—Ah. —Rebecca advirtió que Dave se azoraba y supuso que había reanudado su relación con Beep. Eso solo lo empeoraba todo para su hermano—. ¿Qué podemos hacer por Walli?

—Tiene que dejar la heroína, obviamente.

—¿Crees que podrá?

—Con la ayuda adecuada. Hay programas, tanto en Estados Unidos como en Europa, que combinan terapia y un sustituto químico, por lo general metadona. Pero Walli vive en Haight-Ashbury. Allí hay un camello en cada esquina y, aunque lo deje, si no se marcha de allí, uno de ellos llamará a su puerta cualquier día. Es muy fácil recaer.

—Así que tiene que irse a otro sitio.

—Creo que tendría que venir aquí.

—Oh, Dios...

—Viviendo con vosotros creo que podría dejarlo.

Rebecca miró a Bernd.

—Me preocupas tú —dijo su marido—. Tienes un trabajo y una carrera en la política. Aprecio mucho a Walli, y no solo porque tú lo quieras, pero no estoy dispuesto a que sacrifiques tu vida por él.

—No será para siempre —intervino rápidamente Dave—, pero si consiguieseis que pasara un año limpio y sobrio...

Rebecca seguía mirando a Bernd.

—No sacrificaré mi vida, pero podría aplazarlo todo un año.

—Si renuncias ahora a un escaño en el Bundestag, es posible que nunca vuelvan a ofrecértelo.

—Lo sé.

—Quiero que vengas conmigo a San Francisco y convenzas a Walli —le dijo Dave a Rebecca.

—¿Cuándo?

—Mañana sería perfecto. Ya he reservado los billetes.

—¡Mañana!

Sin embargo, no había alternativa, pensó Rebecca. La vida de Walli estaba en juego, y nada era comparable a eso. Sería su prioridad, por supuesto que lo sería. No necesitaba ni pensarlo.

Aun así, le entristecía renunciar a la emocionante perspectiva que tan efímeramente se le había presentado.

—¿Qué has dicho hace un momento sobre el Bundestag? —preguntó Dave.

—Nada —contestó Rebecca—. Es solo algo que estaba planteándome, pero iré contigo a San Francisco. Claro que iré.

—¿Mañana?

—Sí.

—Gracias.

Rebecca se puso de pie.

—Voy a hacer la maleta —dijo.

50

Jasper Murray se sentía deprimido. El presidente Nixon —mentiroso, estafador y ladrón— había sido reelegido por una apabullante mayoría tras ganar en cuarenta y nueve estados. George McGovern, uno de los candidatos con menos éxito de la historia de Estados Unidos, solo ganó en Massachusetts y en el Distrito de Columbia.

Y lo que era peor: a pesar de las nuevas revelaciones sobre el caso Watergate, que escandalizaban a la intelectualidad liberal, la popularidad de Nixon se mantenía intacta. Cinco meses después de las elecciones, en abril de 1973, el índice de popularidad del presidente seguía siendo de un 60 por ciento frente a un 33 por ciento de detractores.

«¿Qué tenemos que hacer?», preguntaba Jasper, frustrado, a cualquiera que estuviera dispuesto a escucharlo. Los medios de comunicación, liderados por *The Washington Post*, desvelaban un delito presidencial tras otro mientras Nixon hacía lo imposible por encubrir su implicación en el robo. Uno de los ladrones del Watergate había escrito una carta, que el juez leyó en el tribunal, quejándose de que los acusados habían sufrido presión política para que se declarasen culpables y guardasen silencio. De ser cierto, eso significaba que el presidente estaba intentando obstruir el curso de la justicia. Sin embargo, a los votantes parecía no importarles.

Jasper se encontraba en la sala de prensa de la Casa Blanca el martes 17 de abril, cuando las tornas se invirtieron.

En un extremo de la sala había una discreta tarima con un atril delante de una especie de telón gris azulado, un color muy adecuado para la televisión. Nunca había suficientes sillas, por lo que algunos periodistas se sentaban sobre la moqueta marrón, y los cámaras tenían dificultades para encontrar un hueco.

La Casa Blanca había anunciado que el presidente efectuaría una breve declaración, pero que no aceptaría preguntas. Los periodistas se habían congregado a las tres en punto. Eran ya las cuatro y media y no había ocurrido nada.

Nixon apareció a las cuatro y cuarenta y dos, y Jasper creyó ver que le temblaban las manos. El presidente anunció la resolución de la disputa entre la Casa Blanca y Sam Ervin, presidente de la comisión del Senado que investigaba el caso Watergate: al personal de la Casa Blanca se le permitiría testificar ante la comisión de Ervin, aunque estarían autorizados a no responder las preguntas cuando lo considerasen oportuno. No era una gran concesión, pensó Jasper, pero sin duda un presidente inocente no habría llegado a verse siquiera en un conflicto semejante.

—A ningún individuo que esté o haya estado en posesión de un cargo relevante en la administración se le debe conceder inmunidad ante una acusación, sea del cariz que sea —dijo Nixon.

Jasper arrugó el entrecejo. ¿Qué significaba aquello? Alguien debía de estar exigiendo inmunidad, alguien cercano a Nixon. Y en ese momento Nixon se la rechazaba públicamente. Estaba cargándole el muerto a alguien. Pero ¿a quién?

—Condeno toda tentativa de encubrimiento, al margen de quién esté implicado —añadió el presidente que había intentado archivar la investigación del FBI, y luego abandonó la sala.

El secretario de prensa, Ron Ziegler, subió a la tarima y recibió una avalancha de preguntas. Jasper no hizo ninguna; estaba intrigado por la afirmación sobre la inmunidad.

Ziegler dijo que el anuncio que el presidente acababa de efectuar era la declaración «operativa». Jasper supo al instante que aquella palabra era elusiva, deliberadamente imprecisa con la intención de enturbiar la verdad en lugar de aclararla. Los demás periodistas también lo advirtieron.

Fue Johnny Apple, de *The New York Times*, quien preguntó si aquello significaba que las anteriores declaraciones habían sido «inoperantes».

—Sí —respondió Ziegler.

La prensa enfureció. Aquella respuesta implicaba que hasta el momento les habían mentido. Durante años habían reproducido fielmente las declaraciones de Nixon, concediéndoles la credibilidad que se le suponía al gobernante del país. Los habían tratado como a tontos.

Nunca volverían a confiar en él.

Jasper regresó a las oficinas de *This Day* preguntándose aún quién sería el verdadero blanco de la declaración de Nixon sobre la inmunidad.

Conoció la respuesta dos días después. Su teléfono sonó y al otro lado de la línea una mujer le dijo con voz trémula que era la secretaria de John Dean, asesor de la Casa Blanca, y que estaba llamando a periodistas de renombre para leerles una declaración de su jefe.

Era algo insólito. Si el asesor legal del presidente quería comunicar algo a la prensa, debía hacerlo por mediación de Ron Ziegler. Era evidente que existía una escisión.

—«Algunos creerán que me convertiré en el chivo expiatorio del caso Watergate, o lo desearán —leyó la secretaria—, pero quien crea eso no me conoce…»

«Ajá —pensó Jasper—. La primera rata abandona el barco.»

Maria estaba perpleja con Nixon. Era un hombre sin dignidad. Cada vez más gente veía que era un farsante, pero él, lejos de dimitir, se aferraba a la Casa Blanca soltando bravatas, ofuscando, amenazando y mintiendo, mintiendo y mintiendo.

A finales de abril, John Ehrlichman y Bob Haldeman dimitieron a la vez. Los dos habían pertenecido al círculo más próximo a Nixon. Sus apellidos alemanes les habían granjeado el apodo de «Muro de Berlín» por parte de aquellos que se habían sentido excluidos por ellos. Habían organizado actividades delictivas para Nixon, como robo y perjurio; ¿era posible que alguien creyera que lo habían hecho contra la voluntad del presidente y sin informarle? La idea era irrisoria.

Al día siguiente, el Senado votó de forma unánime el nombramiento de un fiscal especial, independiente del mancillado Departamento de Justicia, que investigaría si había que imputar al presidente por algún delito.

Diez días más tarde, el índice de popularidad de Nixon cayó a un 44 por ciento frente a un 45; era la primera vez que obtenía un resultado negativo.

El fiscal designado trabajó deprisa. Empezó contratando a un equipo de abogados. Maria conocía a uno de ellos, una antigua funcionaria del Departamento de Justicia llamada Antonia Capel. Antonia vivía en Georgetown, no lejos del piso de Maria, y una noche esta llamó a su puerta.

Antonia abrió y pareció sorprenderse.

—No menciones mi nombre —dijo Maria.

Antonia estaba confusa, pero era perspicaz.

—De acuerdo —contestó.

—¿Podemos hablar?

—Por supuesto. Entra.

—¿Te importaría reunirte conmigo en la cafetería de la esquina?

Antonia parecía aún más sorprendida.

—Claro —respondió, no obstante—. Le pediré a mi marido que bañe a los niños… ¿Me das quince minutos?

—Sí, desde luego.

Un cuarto de hora después Antonia entró en la cafetería.

—¿Hay micrófonos ocultos en mi piso? —preguntó mientras se sentaba.

—No lo sé, pero es posible, ahora que trabajas para el fiscal especial.

—Vaya…

—Iré al grano —dijo Maria—: no trabajo para Dick Nixon. Debo mi lealtad al Departamento de Justicia y al pueblo estadounidense.

—Bien.

—Ahora mismo no tengo nada en particular que decirte, pero quiero que sepas que si hay alguna forma de ayudar al fiscal, lo haré.

Antonia era lo bastante inteligente para saber que le estaban ofreciendo la posibilidad de tener una espía dentro del Departamento de Justicia.

—Eso podría ser muy importante —comentó—, pero ¿cómo estaremos en contacto sin delatarnos?

—Llámame desde un teléfono público. Nunca digas tu nombre. Haz cualquier comentario sobre una taza de café y me reuniré contigo aquí ese mismo día. ¿A esta hora te va bien?

—Sí, perfecto.

—¿Cómo van las cosas?

—Solo estamos empezando, buscando a los abogados adecuados para formar el equipo.

—A ese respecto, tengo una sugerencia: George Jakes.

—Creo que lo conozco. Recuérdame quién es.

—Colaboró durante siete años con Bobby Kennedy, primero en Justicia cuando Bobby era secretario del departamento, y después en el Senado. Cuando lo mataron, entró a trabajar en Fawcett Renshaw.

—Parece idóneo. Lo llamaré.

Maria se levantó.

—Salgamos por separado, así habrá menos probabilidades de que nos vean juntas.

—¿No es horrible que tengamos que comportarnos de una forma tan furtiva cuando estamos haciendo lo correcto?

—Sí, lo es.

—Gracias por venir a verme, Maria. Te lo agradezco mucho.

—Adiós. Y no le digas a tu jefe quién soy.

Cameron Dewar tenía un televisor en su despacho. Cuando las audiencias de la Comisión Ervin empezaron a transmitirse en directo desde el Senado, el televisor de Cam estuvo permanentemente encendido, al igual que casi todos los que había en el centro de Washington.

La tarde del lunes 17 de julio Cam trabajaba en un informe para su nuevo jefe, Al Haig, que había sustituido a Bob Haldeman como secretario de Estado de la Casa Blanca. En ese momento no prestaba demasiada atención al testimonio de Alexander Butterfield, una figura mediocre en la Casa Blanca que se había encargado de organizar la agenda diaria del presidente durante la primera legislatura y luego se había marchado para dirigir la Administración Federal de Aviación.

Un abogado de la comisión llamado Fred Thompson interrogaba a Butterfield.

«¿Estaba usted al corriente de la instalación de algún sistema de escucha en el Despacho Oval del presidente?»

Cam alzó la mirada. Eso era algo nuevo. ¿Un sistema de escucha —es decir, micrófonos ocultos— en el Despacho Oval? Seguro que no.

Butterfield tardó mucho en responder. La sala guardó silencio.

—Dios mío —susurró Cam.

«Sí, señor, estaba al corriente», dijo al fin Butterfield.

Cam se puso de pie.

—¡Joder, no! —gritó.

«¿Cuándo se instaló ese sistema en el Despacho Oval?», preguntó Thompson.

Butterfield vaciló y suspiró antes de contestar.

«Aproximadamente en el verano de 1970.»

—¡Madre de Dios! —chilló Cam en su sala vacía—. ¿Cómo es posible? ¿Cómo pudo ser tan idiota el presidente?

«Háblenos un poco de cómo funcionaba ese sistema —siguió interrogando Thompson—. De cómo se activaba, por ejemplo.»

—¡Cierra la boca! ¡Cierra esa maldita boca! —gritó Cam.

Butterfield procedió a ofrecer una larga explicación del sistema y acabó revelando que se activaba por la voz.

Cam volvió a sentarse. Aquello era una catástrofe. Nixon había grabado en secreto todo cuanto había acontecido en el Despacho Oval. Había hablado de robos, sobornos y chantajes sabiendo en todo momento que aquellas palabras incriminatorias estaban siendo grabadas.

—¡Idiota, idiota, idiota! —exclamó Cam en voz alta.

Ya adivinaba lo que ocurriría a continuación: tanto la Comisión Ervin como el fiscal especial exigirían escuchar las grabaciones. Con toda probabilidad obligarían al presidente a entregarlas, pues eran la prueba clave de varias investigaciones delictivas. Y entonces el mundo entero conocería la verdad.

Sin embargo, cabía la posibilidad de que Nixon lograra retener las grabaciones, o tal vez destruirlas, pero eso sería casi igual de malo. Si era inocente, las grabaciones lo confirmarían; así pues, ¿por qué iba a esconderlas? Y destruirlas equivaldría a admitir su culpa y constituiría uno más en la larga lista de delitos que se le atribuían.

Su presidencia había acabado.

Nixon seguramente se aferraría a ella, Cam lo conocía bien. No sabía reconocer cuándo perdía, nunca había sabido. En el pasado aquel había sido uno de sus puntos fuertes; en ese momento podía llevarlo a sufrir durante semanas, quizá meses, una creciente pérdida de credibilidad y una humillación cada vez mayor antes de que se rindiera.

Cam no tenía intención de participar en ello.

Descolgó el teléfono y llamó a Tim Tedder. Ambos se encontraron una hora después en el Electric Diner, un restaurante anticuado.

—¿No te preocupa que te vean conmigo? —preguntó Tedder.

—Ya no importa. Voy a dejar la Casa Blanca.

—¿Por qué?

—¿No has visto la televisión?

—Hoy no.

—En el Despacho Oval hay instalado un sistema de escucha que se activa con la voz y que ha grabado todo cuanto se ha dicho en esa sala durante los últimos tres años. Es el fin. Nixon está acabado.

—Un momento… ¿Se ha estado grabando a sí mismo durante el tiempo que se ha pasado organizando todo esto?

—Sí.

—¿Incriminándose?

—Sí.

—¿Qué clase de idiota hace eso?

—Yo creía que era inteligente. Supongo que nos ha engañado a todos, al menos a mí sí.

—¿Qué vas a hacer?

—Por eso te he llamado. Voy a empezar de cero. Quiero un trabajo nuevo.

—¿Quieres trabajar para mi empresa de seguridad? Yo soy el único empleado…

—No, no. Escucha, tengo veintisiete años, y cinco de experiencia en la Casa Blanca. Hablo ruso.

—¿Así que quieres trabajar para…?

—La CIA. Estoy capacitado.

—Sí, lo estás. Tendrás que someterte a su adiestramiento básico.

—Ningún problema. Será parte de mi nuevo comienzo.

—Estaré encantado de llamar a los amigos que tengo allí y hablarles bien de ti.

—Te lo agradezco. Y… hay algo más.

—¿Qué?

—No quiero darle mucha importancia a esto, pero sé dónde están enterrados los cuerpos. La CIA ha quebrantado algunas normas en todo este asunto del Watergate, y yo estoy al corriente de su implicación.

—Lo sé.

—Lo último que querría hacer sería chantajear a nadie. Ya sabes a quiénes soy leal, pero debes insinuar a tus amigos de la agencia que, obviamente, no haría saltar la liebre sobre mi nuevo jefe.

—Lo pillo.

—Entonces, ¿qué opinas?

—Que el puesto es tuyo.

George estaba feliz y orgulloso de integrarse en el equipo del fiscal especial. Se sentía parte del nuevo grupo que lideraba la política estadounidense, la misma sensación que había tenido trabajando para Bobby Kennedy. Su único problema era que no sabía cómo iba a poder volver después a los casos de poca monta en los que había trabajado con Fawcett Renshaw.

Al fiscal le llevó cinco meses, pero al final consiguió obligar a Nixon a entregarle tres cintas, sin editar, grabadas por el sistema de escucha instalado en el Despacho Oval.

George Jakes estaba en el despacho con el resto del equipo cuando escucharon la grabación correspondiente al 23 de junio de 1972, menos de una semana después del robo del Watergate.

Oyó la voz de Bob Haldeman: «El FBI no está controlado porque Gray no sabe exactamente cómo controlarlo».

El sonido era reverberante, pero la cultivada voz de barítono de Haldeman se oía con claridad.

«¿Por qué necesita el presidente tener controlado al FBI?», preguntó alguien. Era una pregunta retórica, pensó George. El único motivo era impedir que investigara sus delitos.

Haldeman prosiguió: «La investigación está llegando ahora a terrenos productivos porque han conseguido rastrear el dinero».

George recordó que los ladrones del Watergate llevaban encima gran cantidad de dinero en efectivo, billetes nuevos con número de serie. Eso significaba que tarde o temprano el FBI lograría averiguar quién se lo había dado.

Todo el mundo sabía ya que aquel dinero procedía del CREEP. Sin embargo, Nixon seguía negando que en aquel entonces supiera nada al respecto. Y allí estaba, ¡comentándolo seis días después del robo!

La voz grave de contrabajo de Nixon irrumpió en la grabación: «La gente que donó dinero podría decir simplemente que se lo dio a los cubanos».

—¡Menuda gilipollez! —oyó George que alguien exclamaba en la sala.

El fiscal especial detuvo la cinta.

—O me equivoco o el presidente está proponiendo pedir a sus donantes que cometan perjurio —comentó George.

—¿Se imaginan? —dijo el fiscal, aturdido.

Apretó el botón y la voz de Haldeman prosiguió: «No queremos depender de demasiadas personas. El modo de llevar esto ahora es que Walters llame a Pat Gray y se limite a decirle: "Mantente como sea al margen de esto"».

Aquello se acercaba a un reportaje que Jasper Murray había elaborado a partir de una filtración de Maria. El general Vernon Walters era subdirector de la CIA. La agencia tenía un antiguo pacto con el FBI: si una investigación que uno de los dos llevara a cabo amenazaba con dejar al descubierto operaciones secretas del otro, tal investigación podía interrumpirse con solo solicitarlo. La idea de Haldeman parecía consistir en hacer que la CIA fingiera que la investigación del FBI sobre los ladrones del Watergate estaba amenazando de algún modo la seguridad nacional.

Lo cual sería una obstrucción del curso de la justicia.

En la cinta, el presidente Nixon dijo: «Muy bien, de acuerdo».

El fiscal volvió a detener la cinta.

—¿Han oído eso? —preguntó George sin dar crédito—. Nixon ha dicho: «Muy bien, de acuerdo».

Nixon siguió hablando: «Esto podría airear toda la operación de bahía de Cochinos, algo que consideramos que sería muy desafortunado para la CIA, para el país y para la política exterior de Estados Unidos». Parecía estar ideando una farsa que la CIA podría contarle al FBI, pensó George.

«Sí —dijo Haldeman—. En eso nos basaremos.»

—¡El presidente de Estados Unidos sentado en su despacho y diciéndole a su equipo cómo cometer perjurio! —exclamó el fiscal.

Todos los presentes en la sala estaban atónitos. El presidente era un delincuente, y tenían la prueba en sus manos.

—Tenemos a ese cabrón mentiroso —dijo George.

Nixon añadió en la grabación: «No quiero que crean que estamos haciendo esto por motivaciones políticas».

«De acuerdo», convino Haldeman.

En la sala, congregados alrededor del reproductor, los abogados estallaron en carcajadas.

Maria estaba sentada a su escritorio del Departamento de Justicia cuando George la llamó.

—Acabo de recibir noticias de nuestro amigo —dijo. Ella supo que se refería a Jasper. Hablaba en clave por si los teléfonos estaban pinchados—. La oficina de prensa de la Casa Blanca ha llamado a las cadenas de televisión y ha reservado un espacio en directo para el presidente. Esta noche, a las nueve en punto.

Era jueves, 8 de agosto de 1974.

A Maria le dio un vuelco el corazón. ¿Podía tratarse del tan esperado final?

—Quizá dimita —dijo.

—Quizá.

—Dios mío, espero que así sea.

—O eso o volverá a defender su inocencia.

Maria no quería estar sola cuando eso ocurriera.

—¿Quieres venir a casa? —preguntó—. Podríamos verlo juntos.

—Sí, de acuerdo.

—Haré algo de cenar.

—Que sea ligero.

—George Jakes, eres un presumido.

—Una ensalada.

—Ven a las siete y media.

—Llevaré el vino.

Maria salió a comprar la cena bajo el calor del agosto de Washington. Ya no le importaba demasiado su trabajo. Había perdido la fe en el Departamento de Justicia. Si Nixon dimitía esa noche, empezaría a buscar otro empleo. Seguía queriendo trabajar para el gobierno; solo el gobierno tenía la capacidad de hacer que el mundo fuera un lugar mejor. Pero estaba hastiada de los delitos y las excusas de los delincuentes. Necesitaba un cambio y pensó que podía probar en el Departamento de Estado.

Compró lechuga, pero también un poco de pasta, queso parmesano y aceitunas. George tenía buen paladar y a medida que se adentraba en la madurez se iba volviendo más exigente, pero de ningún modo estaba gordo. Tampoco Maria lo estaba, aunque no podía decirse que estuviera delgada. Al acercarse a los cuarenta empezaba a parecerse... bueno, a su madre, sobre todo alrededor de las caderas.

Salió del trabajo cuando faltaban pocos minutos para las cinco. Una muchedumbre se había congregado frente a la Casa Blanca y entonaba «Cárcel para el jefe», un irónico guiño a la letra del himno *Hail to the Chief*, «Saludo al jefe».

Maria tomó un autobús en dirección a Georgetown.

Dado que su salario había aumentado con los años, había ido trasladándose a apartamentos más grandes, aunque siempre en la misma zona. En la última mudanza se había deshecho de todo, salvo de una fotografía del presidente Kennedy. El piso donde vivía le resultaba acogedor. A diferencia de George, que prefería los muebles modernos y rectilíneos y la decoración sencilla, a Maria le gustaban las telas estampadas, las líneas curvas y la abundancia de cojines.

Su gata gris, Loopy, fue a recibirla, como siempre, y frotó la cabeza contra su pierna. Julius, el gato, era más distante; aparecería más tarde.

Maria puso la mesa, lavó la lechuga y ralló el queso. Luego se duchó y se puso un vestido veraniego de algodón de su color favorito, el turquesa. Pensó en pintarse los labios, pero al final no lo hizo.

El informativo de la televisión se basó más en especulaciones que en noticias. Nixon se había reunido con el vicepresidente, Gerald Ford, que tal vez estuviera a punto de ascender a presidente. El secretario de prensa, Ziegler, había anunciado a los periodistas de la Casa Blanca que Nixon se dirigiría al país a las nueve, y después había abandonado la sala sin contestar a las preguntas sobre el tema de su comparecencia.

George llegó a las siete y media vestido con pantalones de sport, mocasines y camisa de cambray azul con el cuello abierto. Maria hizo la ensalada y puso la pasta a hervir mientras descorchaba una botella de chianti.

La puerta de su dormitorio estaba abierta y George se asomó dentro.

—Ya no tienes el santuario —dijo.

—He tirado la mayoría de las fotos.

Se sentaron a cenar a la pequeña mesa del comedor.

Hacía trece años que eran amigos, y ambos habían visto al otro sumido en la desesperación. Ambos habían vivido un amor arrollador al que habían perdido: Verena Marquand, a manos de los Panteras Negras, y el presidente Kennedy, a quien se había llevado la muerte. De diferentes maneras, tanto George como Maria habían sufrido el abandono. Compartían tanto que se sentían cómodos juntos.

—El corazón es un mapa del mundo. ¿Lo sabías? —preguntó Maria.

—Ni siquiera sé lo que significa —contestó él.

—Una vez vi un mapa medieval. Representaba la Tierra como un disco plano, con Jerusalén en el centro. Roma era más grande que África, y América ni siquiera aparecía, claro. El corazón es una especie de mapa. Uno está en el centro y todo lo demás es desproporcionado. Dibujas grandes a los amigos de la juventud, y después es imposible reajustar su tamaño cuando quieres añadir a personas más importantes. Aquellos que te han hecho daño ocupan demasiado espacio, como aquellos a quienes has amado.

—Vale, lo pillo, pero...

—He tirado las fotos de Jack Kennedy, pero siempre será demasiado grande en el mapa de mi corazón. Eso es lo que quiero decir.

Después de cenar fregaron los platos y se sentaron con lo que quedaba de vino en un sofá grande y cómodo delante del televisor. Los gatos se durmieron en la alfombra.

Nixon apareció a las nueve.

«Por favor —pensó Maria—, que acabe ya el tormento.»

Nixon estaba sentado en el Despacho Oval con una cortina azul detrás, las barras y las estrellas a su derecha y la bandera presidencial a su izquierda. Comenzó a hablar de inmediato con su voz grave y profunda:

—Es la trigésimo séptima vez que me dirijo a ustedes desde este despacho, donde se han tomado muchas decisiones que han moldeado la historia de este país.

La cámara fue acercando el plano lentamente. El presidente llevaba el traje y la corbata de costumbre.

—Durante el largo y difícil período del Watergate he sentido que mi deber era perseverar, hacer todos los esfuerzos posibles por agotar la legislatura para la que me eligieron. En los últimos días, sin embargo, he comprendido que ya no dispongo en el Congreso de una base política lo bastante fuerte para justificar que prosiga con tales esfuerzos.

—¡Era eso! —exclamó George, excitado—. ¡Está dimitiendo!

Maria se aferró a su brazo embargada por la emoción.

Las cámaras acercaron aún más el plano.

—Nunca he sido derrotista —prosiguió Nixon.

—Oh, mierda —dijo George—, ¿va a seguir?

—Pero, como presidente, debo priorizar los intereses de Estados Unidos.

—No —concluyó Maria—, no va a seguir.

—Por consiguiente, renuncio a la presidencia, y mi dimisión se hará efectiva mañana a mediodía. El vicepresidente Ford será nombrado presidente a esa hora en este despacho.

—¡Sí! —George lanzó un puño al aire—. ¡Lo ha hecho! ¡Se ha ido!

Lo que Maria sintió no fue tanto triunfo como alivio. Acababa de despertar de una pesadilla. Un mal sueño en el que quienes detentaban el poder eran unos estafadores y nadie podía hacer nada para detenerlos.

Pero en la vida real habían sido descubiertos, señalados y depuestos. Maria tuvo una sensación de seguridad, y cayó en la cuenta de que hacía dos años que no sentía que su país fuera un lugar seguro donde vivir.

Nixon no admitió su culpa. No dijo que había cometido delitos, mentido e intentado culpar a otras personas. Mientras pasaba las páginas de su discurso, solo hizo referencia a sus logros: China, las conversaciones sobre limitación armamentística, la diplomacia en Oriente Próximo. Concluyó con una desafiante nota de orgullo.

—Se acabó —dijo Maria con tono incrédulo.

—Hemos ganado —repuso George, y la abrazó.

Entonces, sin pensarlo, se besaron.

Y pareció la cosa más natural del mundo.

No fue un arrebato de pasión repentino. Se besaron con actitud juguetona, explorando los labios y la lengua del otro. George sabía a vino. Era como descubrir un tema de conversación fascinante que hubieran pasado por alto hasta ese momento. Maria se sorprendió sonriendo y besando al mismo tiempo.

No obstante, su abrazo pronto cobró pasión. El placer de Maria se volvió tan intenso que le aceleró la respiración. Desabotonó la camisa azul de George para poder acariciarle el pecho. Casi había olvidado lo que era tener el cuerpo huesudo de un hombre entre los brazos. Se deleitó con el tacto de las grandes manos de George acariciando sus partes íntimas, unas manos muy diferentes de sus propios dedos, pequeños y delicados.

Con el rabillo del ojo vio que los dos gatos salían del comedor.

George la acarició durante un rato sorprendentemente largo. Ella solo había tenido un amante, que no había sido tan paciente; en ese momento ya habría estado encima de ella. Maria estaba dividida entre el placer que le provocaba lo que George le hacía y la necesidad casi desesperada de sentirlo dentro de sí.

Y al final ocurrió. Maria había olvidado el gozo que se sentía. Apretó su torso contra el de George y levantó las piernas para hacerlo entrar más. Pronunció su nombre una y otra vez hasta que los espasmos de placer la arrollaron y la hicieron gritar. Un instante después sintió que George eyaculaba dentro de ella, y eso le provocó aún más placer.

Yacieron juntos, fundidos, con la respiración agitada. Maria no se cansaba de tocarlo. Presionaba una mano contra su espalda y la otra contra su nuca, sintiendo su cuerpo, casi temiendo que no fuera real, que todo fuera un sueño. Besó su oreja deformada y notó el calor de su aliento en el cuello.

Poco a poco su respiración se normalizó. El mundo volvió a ser real a su alrededor. El televisor seguía encendido y emitía reacciones a la dimisión. Maria oyó decir a un comentarista: «Ha sido un día trascendental».

Suspiró.

—Sí, lo ha sido —dijo.

George creía que el ex presidente debía ir a la cárcel. Mucha gente lo creía. Nixon había cometido delitos de sobra para justificar una sentencia de prisión. Aquello no era la Europa medieval, en la que los reyes estaban por encima de la ley; aquello era Estados Unidos, y la justicia era la misma para todo el mundo. La Comisión Judicial había dictaminado que Nixon fuera destituido, y el Congreso había refrendado su informe con una notable mayoría de 412 votos frente a 3. El público apoyó la destitución por un 66 por ciento frente a un 27 por ciento. John Ehrlichman ya había sido sentenciado a veinte meses de cárcel por sus delitos; sería injusto que el hombre que le había dado las órdenes saliera impune.

Un mes después de la dimisión, el presidente Ford indultó a Nixon.

George se enfureció, como casi todo el mundo. El secretario de prensa de Ford renunció a su cargo. *The New York Times* afirmó que el indulto era «una medida profundamente insensata, divisoria e injusta» que había destruido de un plumazo la credibilidad del nuevo presidente. Todos asumieron que Nixon había pactado con Ford antes de cederle el poder.

—No voy a soportarlo mucho tiempo más —le dijo George a Maria en la cocina de su piso mientras mezclaba aceite de oliva y vinagre en una jarra para aliñar la ensalada—, estar sentado a un escritorio de Fawcett Renshaw mientras el país se va al infierno.

—¿Qué vas a hacer?

—He estado pensándolo mucho. Quiero volver a la política.

Maria dio media vuelta para mirarlo de frente, y él se sorprendió al ver desaprobación en su mirada.

—¿Qué quieres decir? —preguntó ella.

—El congresista por el distrito de mi madre, el distrito nueve de Maryland, se jubilará dentro de dos años. Creo que podrían designarme para ocupar su escaño. De hecho, lo sé.

—¿Así que ya has hablado con la delegación del Partido Demócrata?

Era evidente que Maria estaba enfadada, pero él no tenía ni idea de por qué.

—Solo para tantear posibilidades, sí —contestó.

—Antes de hablarlo conmigo.

George se quedó atónito. Solo hacía un mes que estaban juntos. ¿Ya tenía que consultárselo todo? Estuvo a punto de decirlo, pero se tragó las palabras y probó con algo más suave:

—Quizá debería habértelo comentado antes, pero no se me ocurrió.

Vertió la vinagreta sobre la ensalada y la mezcló.

—Sabes que acabo de solicitar un puesto muy bueno en el Departamento de Estado.

—Claro.

—Creo que también sabes que quiero subir hasta lo más alto.

—Y estoy seguro de que lo harás.

—No, contigo no.

—¿De qué estás hablando?

—Los altos cargos del Departamento de Estado tienen que ser apolíticos. Deben estar al servicio de los congresistas demócratas y los republicanos con idéntica diligencia. Si se sabe que estoy con un congresista nunca me ascenderán. Siempre dirán: «No se puede confiar del todo en Maria Summers, se acuesta con el congresista Jakes». Darán por hecho que te soy leal a ti, no a ellos.

George no había pensado en eso.

—Lo siento mucho —contestó—, pero ¿qué puedo hacer?

—¿Cuánto te importa esta relación? —preguntó ella.

George intuyó que sus palabras desafiantes ocultaban una petición.

—Bueno —respondió—, es un poco pronto para hablar de matrimonio…

—¿Pronto? —repitió ella, airada—. Tengo treinta y ocho años y tú solo eres mi segundo amante. ¿Crees que estaba buscando una aventura pasajera?

—Iba a decir —prosiguió él armándose de paciencia— que si nos casamos doy por hecho que tendremos hijos y que tú te quedarás en casa para cuidar de ellos.

La cara de Maria se encendió de ira.

—Ah, ¿das por hecho eso? No solo planeas impedirme que me asciendan, ¡en realidad esperas que renuncie a mi carrera!

—Bueno, eso es lo que las mujeres suelen hacer cuando se casan.

—¿Ah, sí? ¡Joder! ¡Despierta, George! Sé que tu madre dedicó su vida desde los dieciséis años exclusivamente a cuidar de ti, pero, por el amor de Dios, ¡naciste en 1936! Estamos en los setenta. El feminismo ha llegado. Trabajar ya no es algo que la mujer hace solo para pasar el tiempo hasta que un hombre se digna convertirla en su esclava doméstica.

George no daba crédito. Aquello había salido de la nada. Él había hecho algo normal y razonable, y ella estaba fuera de sus casillas.

—No sé por qué te has puesto de tan mal humor —dijo—. No he arruinado tu carrera ni te he convertido en una esclava doméstica. De hecho, tampoco te he pedido que te cases conmigo.

La voz de Maria recobró la calma.

—Eres un cabrón —soltó—. Eres un auténtico cabrón.

Y salió de la cocina.

—No te vayas —pidió él.

George oyó cerrarse de golpe la puerta del piso.

—Mierda —dijo.

Le llegó olor a humo: los filetes se quemaban. George apagó el fuego de la sartén, pero la carne estaba ya carbonizada, incomible. La tiró a la basura.

—Mierda —repitió.

OCTAVA PARTE

Astillero

1976-1983

51

Grigori Peshkov se moría. El viejo guerrero tenía ochenta y siete años, y su corazón empezaba a fallar.

Tania se las había arreglado para hacer llegar un mensaje al hermano de su abuelo. Lev Peshkov tenía ochenta y dos, pero había contestado que iría a Moscú en un jet privado. Tania se preguntó cómo obtendría permiso para entrar en el país, pero él lo había conseguido. Había llegado el día anterior e iba a visitar a su hermano ese día.

Grigori yacía en la cama de su apartamento, pálido e inmóvil. Tenía mucha sensibilidad al tacto y no soportaba el peso de las mantas en los pies, por lo que la madre de Tania, Ania, había colocado dos cajas sobre la cama y las mantas encima de estas, para que lo calentaran sin tocarlo.

Aunque el abuelo estaba débil, Tania sentía aún su poderosa presencia. Incluso en reposo su mentón sobresalía con audacia. Cuando abrió los ojos, dejó a la vista esa intensa mirada azul que con tanta frecuencia había infundido miedo en los corazones de los enemigos de la clase obrera.

Era domingo, y familiares y amigos fueron a verlo. Se estaban despidiendo, aunque obviamente fingían otra cosa. El mellizo de Tania, Dimka, y su esposa, Natalia, llevaron a Katia, su preciosa hija de siete años. La ex esposa de Dimka, Nina, fue con Grisha, de once años, que pese a su juventud empezaba ya a dar muestras de la formidable intensidad de su bisabuelo. Grigori les sonrió a todos.

—He combatido en dos revoluciones y dos guerras mundiales —dijo—. Es un milagro que haya vivido tanto tiempo.

Se quedó dormido y la mayor parte de la familia salió, por lo que Tania y Dimka se quedaron solos sentados en el borde de la cama. Dimka había progresado en su carrera: era funcionario del Comité de

Planificación Estatal y candidato a miembro del Politburó. Seguía estando muy próximo a Kosiguin, pero sus tentativas de reformar la economía soviética siempre se veían frenadas por los conservadores del Kremlin. La mujer de Dimka, Natalia, era presidenta del Departamento Analítico del Ministerio de Exteriores.

Tania le habló a su hermano del último reportaje que había escrito para la TASS. Por sugerencia de Vasili, que en esos momentos trabajaba en el Ministerio de Agricultura, había ido a Stávropol, una fértil región del sur donde las granjas colectivas estaban experimentando con un sistema de bonificaciones basado en los resultados.

—Las cosechas están listas —le dijo a Dimka—. La reforma está siendo un gran éxito.

—Al Kremlin no le gustarán las bonificaciones —repuso él—. Todos dicen que ese sistema huele a revisionismo.

—Ese sistema lleva años funcionando —explicó ella—. El primer secretario regional es un torbellino, un hombre llamado Mijaíl Gorbachov.

—Debe de tener amigos en las altas esferas.

—Conoce a Andrópov, que suele ir a un balneario de la zona a tomar las aguas.

El jefe del KGB adolecía de piedras en el riñón, un trastorno muy doloroso. Si un hombre merecía semejante dolor, pensaba Tania, ese era Yuri Andrópov.

Dimka sintió curiosidad.

—Entonces, ¿el tal Gorbachov es reformista y amigo de Andrópov? —preguntó—. Debe de ser un hombre insólito. Tendré que seguirle la pista.

—A mí me parece de un sensato alentador.

—Desde luego necesitamos ideas nuevas. ¿Recuerdas que Jrushchov pronosticó en 1961 que al cabo de veinte años la Unión Soviética superaría a Estados Unidos tanto en producción como en potencia militar?

Tania asintió.

—En aquel momento lo consideraron pesimista.

—Ahora han pasado quince años y estamos más atrasados que nunca. Y Natalia dice que los países de la Europa del Este también van ya por detrás de sus vecinos. Solo nuestras enormes subvenciones los mantienen callados.

—Pero no es suficiente. Mira la Alemania Oriental. Tuvimos que levantar un maldito muro para evitar que la gente huyera al capitalismo.

Grigori se estremeció, y Tania se sintió culpable. Acababa de cuestionar las creencias fundamentales de su abuelo sentada en su lecho de muerte.

La puerta se abrió, y un desconocido entró en la habitación. Era un anciano, delgado y encorvado pero inmaculadamente vestido. Llevaba un traje gris oscuro que se adaptaba a su cuerpo como el atuendo de un héroe de película. Su camisa blanca refulgía y su corbata roja brillaba. Tales prendas solo podían proceder de Occidente. Tania no lo había visto nunca, pero algo en él le resultaba familiar. Debía de ser Lev.

Lev obvió a Tania y a Dimka y miró al hombre que estaba tendido en la cama.

El abuelo Grigori le devolvió la mirada y le dijo que lo conocía pero que no sabía situarlo.

—Grigori —dijo el recién llegado—, hermano. ¿Cómo hemos envejecido tanto? —Hablaba en un extraño y anticuado dialecto del ruso, con el fuerte acento de un obrero de fábrica de Leningrado.

—Lev —contestó Grigori—, ¿de verdad eres tú? ¡Con lo guapo que eras!

Lev se inclinó sobre su hermano y lo besó en las dos mejillas. Luego se abrazaron.

—Has llegado justo a tiempo. Estoy a punto de irme —dijo Grigori.

Una mujer de unos ochenta años entró detrás de Lev. Iba vestida como una prostituta, pensó Tania, con un vestido negro demasiado elegante y tacones altos, maquillada y enjoyada. Tania se preguntó si en Norteamérica sería normal que las mujeres mayores vistieran de aquel modo.

—Acabo de ver a varios de tus nietos en la otra habitación —comentó Lev—. Son una buena camada.

Grigori sonrió.

—La alegría de mi vida. ¿Y tú?

—Tengo una hija con Olga, la mujer que nunca me gustó mucho, y un hijo de Marga, aquí presente, con la que me quedé. No he sido muy buen padre para ninguno de los dos. Nunca tuve tu sentido de la responsabilidad.

—¿Tienes nietos?

—Tres —contestó Lev—. Una es estrella de cine, otro cantante de pop y el tercero es negro.

—¿Negro? —se sorprendió Grigori—. ¿Cómo ocurrió?

—Ocurrió como ocurre siempre, idiota. Mi hijo Greg, que se llama así por su tío, por cierto, se folló a una chica negra.

—Bueno, ya es más de lo que llegó a hacer su tío —repuso Grigori, y ambos se rieron—. Qué vida he tenido, Lev. Asalté el Palacio de Invierno. Destruimos a los zares y construimos el primer país comunista. Defendí Moscú contra los nazis. Soy general, y Volodia también lo es. Me siento muy culpable por ti.

—¿Culpable por mí?

—Te fuiste a América y te perdiste todo eso —respondió Grigori.

—No puedo quejarme —dijo Lev.

—Incluso he tenido a Katerina, aunque ella te prefería a ti.

Lev sonrió.

—Y lo único que yo he tenido han sido cien millones de dólares.

—Sí —repuso Grigori—, te quedaste con la peor parte. Lo siento, Lev.

—No pasa nada —repuso Lev—, te perdono.

Estaba siendo irónico, pero Tania pensó que su abuelo no lo había captado.

En ese momento entró el tío Volodia. Se dirigía a una ceremonia militar y llevaba puesto el uniforme de general. Tania, conmocionada, cayó en la cuenta de que aquella era la primera vez que veía a su verdadero padre. Lev miró fijamente al hijo al que nunca había conocido.

—¡Dios mío! —exclamó—. Se parece a ti, Grigori.

—Pero es tuyo —replicó este.

Padre e hijo se estrecharon la mano.

Volodia no dijo nada; parecía atenazado por una emoción tan poderosa que le impedía articular palabra.

—Cuando me perdiste como padre, Volodia —dijo Lev—, no perdiste gran cosa. —Retuvo la mano de su hijo y lo miró de la cabeza a los pies: cabello gris plomo, penetrantes ojos azules, medallas de combate, uniforme del Ejército Rojo, botas relucientes—. Yo sí —añadió—. Creo que perdí mucho.

Mientras salía del piso, Tania se sorprendió preguntándose en qué se habían equivocado los bolcheviques, en qué momento el idealismo y la energía del abuelo Grigori se habían pervertido y transformado en tiranía. Se encaminó a la parada de autobús para acudir a su cita con Vasili. Durante el trayecto, pensando en los primeros años de la Revolución rusa, se preguntó si la decisión de Lenin de cerrar todos los periódicos excepto los bolcheviques habría sido un error clave, puesto que había significado que desde el mismo comienzo no pudieran circular ideas alternativas y nunca se cuestionara el conocimiento convencional. Gorbachov, en Stávropol, era una excepción, ya que había tenido la oportunidad de probar algo diferente. A las personas así por lo general se las anulaba. Tania era periodista y se sentía egocéntrica al sobrevalorar la importancia de una prensa libre, pero le parecía que la ausencia de periódicos críticos facilitaba la aparición de otras formas de opresión.

Habían pasado cuatro años desde la liberación de Vasili, que en ese tiempo se había reinsertado con astucia. En el Ministerio de Agricultura había ideado una radionovela educativa ambientada en una granja colectiva. Además de vivir los dramas de esposas infieles e hijos desobedientes, los personajes discutían sobre técnicas agrícolas. Obviamente, los campesinos que hacían caso omiso de los consejos de Moscú eran vagos y haraganes, y las adolescentes díscolas que cuestionaban la autoridad del Partido Comunista eran aquellas a quienes sus novios plantaban o que suspendían los exámenes. La serie tuvo un éxito abrumador. Vasili volvió a Radio Moscú y le asignaron un piso en un edificio habitado por escritores aprobados por el gobierno.

Sus encuentros eran clandestinos, pero Tania también coincidía con él de cuando en cuando en actos sindicales y fiestas privadas. Vasili ya no era el cadáver andante que había regresado de Siberia en 1972. Había ganado peso y recuperado parte de su presencia. Con cuarenta y tantos años ya no volvería a ser el galán de cine de antaño, pero las marcas que el sufrimiento había dejado en su rostro de algún modo acentuaban su atractivo. Y seguía desbordando encanto. Tania cada vez lo veía con una mujer diferente. No eran las jovencitas que lo habían adorado cuando contaba treinta y tantos años, aunque quizá sí las mujeres de mediana edad en las que se habían convertido aquellas muchachas: mujeres elegantes con ropa moderna y tacones altos que siempre parecían tener acceso a productos tan escasos como la laca de uñas, el tinte de cabello y las medias.

Tania se reunía con él en secreto una vez al mes.

Y en cada ocasión él le llevaba la última entrega del libro en el que estaba trabajando, escrito con la letra pequeña y pulcra que había perfeccionado en Siberia para ahorrar papel. Ella lo pasaba a máquina y corregía la ortografía y la puntuación si era necesario. En su siguiente encuentro, Tania le entregaba la copia mecanografiada y comentaba el texto con él.

Millones de lectores de todo el mundo compraban los libros de Vasili, pero él nunca había conocido a ninguno de ellos. Ni siquiera podía leer las críticas, que se escribían en idiomas extranjeros y se publicaban en periódicos occidentales. De modo que Tania era la única persona con la que podía hablar de su obra, y escuchaba con ansia todo cuanto ella tuviera que decirle. Era su correctora.

Tania viajaba a Leipzig todos los meses de marzo para cubrir la feria del libro que se celebraba en esa ciudad, y todos los años se reunía con Anna Murray. En 1973 Tania le había pasado a Anna el manuscrito de *La era del estancamiento*. Ella siempre volvía con un regalo para él de su parte —una máquina de escribir eléctrica, un abrigo de cachemira—, y con noticias de la cuenta corriente que Vasili tenía en un banco de Londres y que no dejaba de crecer. Probablemente nunca llegaría a gastar ni un penique de ese dinero.

Tania seguía siendo muy precavida cuando quedaba con él. Ese día bajó del autobús casi dos kilómetros antes del lugar de la cita y se aseguró de que nadie la siguiera mientras caminaba hacia la cafetería, llamada Iósif. Vasili ya estaba allí, sentado a una mesa con un vaso de vodka delante. En la silla de al lado descansaba un sobre abultado. Tania lo saludó con la mano, como si fueran conocidos y aquel encuentro fuera casual. Pidió una cerveza en la barra y se sentó enfrente de Vasili.

Le alegró verle tan bien. Su rostro transmitía una dignidad que no había tenido quince años atrás. Sus ojos castaños seguían siendo afables, pero tan pronto parecían vivamente perceptivos como destilaban travesura. Tania cayó en la cuenta de que, al margen de su familia, no había nadie a quien conociera mejor. Sabía cuáles eran sus cualidades: imaginación, inteligencia, encanto y la férrea determinación que le había ayudado a sobrevivir y a seguir escribiendo durante una década en Siberia. Y también sus puntos débiles, el principal de los cuales era la compulsión desmedida a seducir.

—Gracias por el soplo sobre Stávropol —dijo Tania—, he escrito un buen reportaje.

—Bien. Esperemos que no se carguen el experimento.

Tania le devolvió a Vasili su texto mecanografiado y señaló el sobre con la cabeza.

—¿Otro capítulo?

—El último —anunció él, y se lo dio.

—Anna Murray estará encantada.

La nueva novela de Vasili se titulaba *Primera dama*. En ella la esposa del presidente de Estados Unidos —Pat Nixon, como no podía ser de otro modo— se perdía en Moscú durante veinticuatro horas. A Tania le maravillaba la inventiva de Vasili. Ver la vida en la URSS a través de los ojos de una norteamericana conservadora y bienintencionada era un modo tremendamente cómico de criticar la sociedad soviética. Tania se guardó el sobre en el bolso con discreción.

—¿Cuándo podrás llevarle a la editora el libro entero? —preguntó Vasili.

—En cuanto viaje al extranjero. Como muy tarde, en marzo, cuando vaya a Leipzig.

—¿Marzo? —Vasili se desmoralizó—. Faltan seis meses —dijo con tono reprobatorio.

—Intentaré que me encarguen algún reportaje para poder encontrarme con ella.

—Sí, por favor.

Tania se sintió ofendida.

—Vasili, arriesgo mi maldita vida haciendo esto por ti. Búscate a otra, si puedes, o hazlo tú mismo. Joder, no me importaría nada.

—Claro. —Vasili parecía arrepentido—. Lo siento. He invertido tanto en esto... Tres años de esfuerzo, todas las tardes al volver del trabajo, pero no tengo derecho a impacientarme contigo. —Se inclinó sobre la mesa para posar una mano sobre la de ella—. Has sido mi salvavidas más de una vez.

Ella asintió. Era cierto.

Aun así, seguía enfadada con él mientras se alejaba de la cafetería con el final de la novela en el bolso. ¿Qué era lo que la fastidiaba tanto? Sí, eran aquellas mujeres de zapatos de tacón. Creía que Vasili debería haber superado ya esa fase. La promiscuidad era adolescente. Él se rebajaba apareciendo en cada fiesta literaria con una acompañante distinta. Debería haber sentado ya la cabeza con una mujer de su misma condición, aunque fuera joven, pero que también fuera capaz de estar a la altura de su inteligencia y que valorase su trabajo, quizá incluso ayudarle con él. Necesitaba una compañera, no una colección de trofeos.

Tania fue a las oficinas de la TASS. Antes de que llegara a su escritorio se le acercó Piotr Opotkin, redactor jefe de los artículos de fondo y supervisor político del departamento. Como siempre, un cigarrillo colgaba de sus labios.

—Me han llamado del Ministerio de Agricultura. Tu reportaje sobre Stávropol no puede salir —dijo.

—¿Qué? ¿Por qué no? El sistema de bonificaciones ha sido aprobado por el ministerio, y funciona.

—Te equivocas. —A Opotkin le gustaba decirle a la gente que se equivocaba—. Ha sido cancelado. Hay una nueva propuesta, el método de Ipátovo. Están enviando a contingentes de segadores a la región.

—Control central en lugar de responsabilidad individual, otra vez.

—Exacto. —Opotkin se retiró el cigarrillo de la boca—. Tendrás que escribir un artículo nuevo sobre el método de Ipátovo.

—¿Qué opina el primer secretario regional?

—¿El joven Gorbachov? Está poniendo en práctica el nuevo sistema.

Claro, concluyó Tania. Era un hombre inteligente. Sabía cuándo ceder y hacer lo que le ordenaban. De lo contrario no habría llegado a primer secretario.

—De acuerdo —accedió ella conteniendo la ira—. Escribiré otro artículo.

Opotkin asintió y se marchó.

Había sido demasiado bueno para ser verdad, pensó Tania; una idea nueva, las bonificaciones por resultados habían mejorado las cosechas, y todo sin necesidad de recurrir a Moscú. Era un milagro que se hubiera permitido aplicar aquel sistema durante unos años. Un sistema como aquel era del todo impensable a largo plazo.

Por supuesto que lo era.

52

George Jakes estrenaba esmoquin. En su opinión le sentaba bastante bien. A sus cuarenta y dos años ya no conservaba el físico de luchador del que se sentía tan orgulloso en su juventud, pero seguía estando delgado y tenía un porte erguido, así que el uniforme nupcial en blanco y negro le favorecía mucho.

Se encontraba en la Iglesia Evangélica de Betel, parroquia a la que su madre acudía desde hacía décadas y que pertenecía a la circunscripción de Washington que su hijo representaba como congresista en ese momento. Se trataba de un edificio de una sola planta con ladrillo visto, pequeño y sencillo, y normalmente su austera decoración consistía en un par de citas bíblicas enmarcadas: «El Señor es mi pastor» y «En el principio fue la palabra». Sin embargo, ese día el templo estaba engalanado para una ceremonia especial con guirnaldas, lazos de colores y vistosos arreglos de flores blancas. El coro cantaba a pleno pulmón el himno religioso *Soon Come* mientras George esperaba a su futura esposa.

En primera fila se encontraba la madre del novio, con un traje nuevo de color azul marino y un tocado a juego con un pequeño velo de rejilla.

—Bueno, pues me alegro —le había dicho Jacky a George cuando su hijo le contó que se casaba—. Tengo cincuenta y ocho años, y siento que hayas esperando tantísimo, Dios lo sabe, pero me alegra que al final te hayas decidido a hacerlo.

No se había andado con rodeos a la hora de expresar sus reproches, pero el día de la ceremonia la sonrisa de satisfacción no se le borró ni un segundo de la cara. Su hijo iba a casarse en su parroquia, delante de todos sus amigos y vecinos y, por si eso fuera poco, además era congresista.

Junto a ella se encontraba el padre de George, el senador Greg Peshkov. De algún modo el hombre conseguía que incluso un esmoquin tuviera aspecto de pijama arrugado cuando lo llevaba él. Había olvidado ponerse los gemelos en los puños de la camisa, y la pajarita que lucía parecía una polilla muerta, pero a nadie le importaba.

También en primera fila estaban los abuelos rusos de George, Lev y Marga, que en ese momento ya eran octogenarios. Ambos parecían frágiles de salud, pero habían viajado desde Buffalo en avión para la boda de su nieto.

Al acudir a la ceremonia y sentarse en primera fila, el padre y los abuelos blancos de George estaban reconociendo la verdad ante el mundo; pero eso a los asistentes les traía sin cuidado. Corría el año 1978, y lo que antaño había sido una humillación mantenida en secreto, en ese momento apenas tenía importancia.

Cuando el coro empezó a cantar *You Are So Beautiful*, todo el mundo se volvió y miró hacia la puerta del templo.

Verena entró cogida del brazo de su padre, Percy Marquand. George lanzó un suspiro ahogado al verla, al igual que hicieron muchos miembros de la congregación. Llevaba un atrevido vestido blanco sin hombros, ceñido hasta medio muslo y con caída en cola de sirena. La piel color caramelo de sus hombros se veía tan tersa como el satén del vestido. Estaba tan bonita que emocionaba, y George sintió que se le anegaban los ojos.

El oficio pasó en un suspiro. El novio consiguió articular las respuestas correctas, pero lo único que podía pensar era que Verena por fin sería suya, desde ese instante y para siempre.

La ceremonia fue sencilla, aunque el banquete matinal ofrecido tras la boda y pagado por el padre de la novia no tuvo nada de humilde. Percy alquiló el Pisces, un club nocturno de Georgetown con una fuente de seis metros de alto en la entrada, cuyo chorro de agua caía sobre un gigantesco estanque de peces de colores, y con un acuario en el centro de la pista.

El primer baile de George y Verena como matrimonio fue el *Stayin' Alive* de los Bee Gees. El novio no era un gran bailarín, pero no importaba: todos estaban mirando a la novia, que sujetaba la cola del vestido con una mano mientras se contoneaba al ritmo de la música disco. George se sentía tan feliz que tenía ganas de abrazar a todo el mundo.

La segunda persona en bailar con la novia fue Ted Kennedy, quien había asistido sin su esposa, Joan; se rumoreaba que se habían separado. Jacky se agenció al guapo de Percy Marquand. La madre de Verena, Babe Lee, bailó con Greg.

El primo de George, Dave Williams, la estrella del pop, estaba presente con su atractiva esposa, Beep, y su hijo de cinco años, John Lee, que se llamaba así por el cantante de blues John Lee Hooker. El niño bailaba con su madre y se pavoneaba con tanta destreza que hizo reír a toda la concurrencia; debía de haber visto *Fiebre del sábado noche*.

Elizabeth Taylor bailaba con su último marido, el millonario y futuro senador John Warner. Liz lucía el famoso diamante Krupp, de corte cuadrado y treinta y tres quilates, en el dedo corazón de la mano derecha. Contemplando todo aquello desde una nube de euforia, George se dio cuenta, maravillado, de que su boda se había convertido en uno de los acontecimientos sociales más destacados del año.

Había invitado a Maria Summers, pero ella había rechazado acudir. Después de que su breve relación amorosa acabara en pelea, habían pasado un año sin hablarse. George se había sentido herido y desconcertado. No sabía cómo se suponía que debía vivir su vida; las normas habían cambiado. Además, estaba resentido. Las mujeres querían que las trataran de forma distinta y esperaban que él supiera cómo sin habérselo explicado antes, y que accediera a ese nuevo trato sin negociación previa.

Entonces Verena había reaparecido tras siete años de oscuridad. Había fundado su propia empresa de asesoramiento para grupos de presión en Washington, especializada en derechos civiles y otros asuntos relacionados con la igualdad. Sus primeros clientes habían sido pequeños colectivos que no podían permitirse tener a un empleado a jornada completa para defender sus intereses en los círculos cercanos al gobierno. El rumor de que Verena había sido miembro de los Panteras Negras en un pasado había contribuido a aumentar su credibilidad. No tardó mucho tiempo en regresar a la vida de George.

Verena había cambiado.

—Los gestos drásticos tienen sentido en política, pero al final los avances importantes se consiguen recorriendo un largo camino: redactando proyectos de ley, hablando con los medios de comunicación y ganando electores —había dicho una noche.

George pensó que había madurado, aunque no lo dijo.

La nueva Verena quería casarse y ser madre, y estaba convencida de poder conciliar esa vida con su trayectoria profesional. Como ya se había quemado una vez, George no volvió a jugar con fuego; si eso era lo que ella creía, no sería él quien le llevara la contraria.

El congresista había escrito una carta muy considerada a Maria que empezaba con la siguiente frase: «No quiero que te enteres de nuestra

947

boda por terceras personas». Le había contado que Verena y él volvían a estar juntos y que estaban pensando en casarse. Maria contestó con un tono amistoso y cálido, y su relación volvió al punto en el que se encontraba antes de la dimisión de Nixon. Pero ella seguía soltera y decidió no ir a la boda.

Para tomarse un descanso de tanto baile, George se sentó con su padre y su abuelo. Lev no dejaba de beber champán y contar chistes. Un cardenal polaco había sido elegido Papa, y el abuelo del novio tenía un nutrido repertorio de bromas de muy mal gusto sobre el Sumo Pontífice.

—Dicen que ha obrado un milagro: ¡ha convertido a un ciego en sordo!

—Al elegirlo como Papa, el Vaticano ha realizado un movimiento político muy agresivo —comentó Greg.

A George le sorprendió el comentario, pero su padre no acostumbraba a hablar sin fundamento.

—¿Por qué lo dices? —preguntó.

—El catolicismo es más popular en Polonia que en ningún otro país del Este de Europa, allí los comunistas no tienen fuerza suficiente para reprimir la religión como lo han hecho en todas las demás naciones. En Polonia existe prensa religiosa, una universidad católica y varias instituciones de caridad que tienen poder para dar cobijo a los disidentes y denunciar las violaciones de los derechos humanos.

—Entonces, ¿qué planea el Vaticano?

—Alguna jugarreta. Creo que ve Polonia como el talón de Aquiles de la Unión Soviética. Este Papa polaco hará algo más que saludar con la mano a los turistas desde el balcón; tú espera y verás.

George estaba a punto de preguntar qué haría el Sumo Pontífice, cuando la sala quedó en silencio y se dio cuenta de que había entrado el presidente Carter.

Todos aplaudieron, incluso los republicanos. El presidente besó a la novia, estrechó la mano de George y aceptó una copa de champán rosado, aunque solo bebió un sorbo.

Mientras Carter hablaba con Percy y con Babe, quienes financiaban el Partido Demócrata desde hacía tiempo, uno de los asistentes del presidente se acercó a George.

—¿Le gustaría formar parte del Comité de Inteligencia de la Cámara de Representantes? —preguntó el hombre tras dedicarle una serie de cumplidos.

George se sintió halagado. Los comités del Congreso eran importantes. Un puesto en un comité era una fuente de poder.

—Llevo solo dos años en el Congreso —dijo.

El hombre asintió en silencio.

—El presidente quiere contar con congresistas negros, y Tip O'Neill está de acuerdo.

Tip O'Neill era el portavoz del partido mayoritario en la Cámara de Representantes, quien poseía el privilegio de conceder cargos en los comités.

—Estaré encantado de servir al presidente en lo que pueda —dijo George—, pero... ¿en inteligencia?

La CIA y otras agencias de los servicios secretos rendían cuentas tanto al presidente como al Pentágono, pero recibían las autorizaciones y los fondos del Congreso y, en teoría, era este organismo el que las controlaba. Por seguridad, el control se dividía en dos comités, uno de la Cámara de Representantes y otro del Senado.

—Ya sé lo que está pensando —dijo el asistente—. Los comités de inteligencia suelen estar plagados de conservadores amigos del ejército. Usted es un liberal que ha criticado al Pentágono por la guerra de Vietnam y a la CIA por el escándalo del Watergate. Pero esa es precisamente la razón por la que le queremos. En este momento esos comités no supervisan, se limitan a aplaudir las acciones de las agencias de inteligencia. Y si estas creen que se pueden saltar la ley a su antojo, lo harán. Por eso necesitamos a alguien que les haga preguntas comprometidas.

—La comunidad de los servicios secretos se escandalizará.

—Bien —dijo el asistente—. Después de cómo se comportaron durante la administración Nixon, es necesario enseñarles quién manda. —Miró hacia el otro lado de la pista de baile. Al seguir su mirada, George vio que el presidente Carter se marchaba ya—. Debo irme —se despidió el hombre—. ¿Quiere un tiempo para pensárselo?

—No, ¡qué demonios! —exclamó George—. Acepto.

—¿Madrina, yo? —exclamó Maria Summers—. ¿Hablas en serio?

George Jakes sonrió.

—Ya sé que no eres una persona religiosa. En realidad nosotros tampoco lo somos. Yo voy a la iglesia para complacer a mi madre, y Verena la ha pisado una sola vez en diez años, y fue para nuestra boda. Pero nos gusta la idea de bautizar al bebé y que tenga padrinos.

Estaban almorzando en el comedor privado de la Cámara de Representantes, en la planta baja del Capitolio, sentados delante del famoso mural *Cornwallis suplica el cese de las hostilidades*. Maria había pedido un filete, y George, una ensalada.

—¿Cuándo nacerá el niño? —preguntó Maria.

—Dentro de un mes, más o menos, a principios de abril.

—¿Cómo lo lleva Verena?

—Fatal. Está aturdida e impaciente al mismo tiempo. Y cansada, siempre cansada.

—Queda muy poco.

George volvió a formularle la pregunta:

—¿Serás la madrina?

Ella volvió a eludir la respuesta:

—¿Por qué me lo pides a mí?

George se quedó pensativo un instante.

—Porque confío en ti, supongo. Seguramente eres la persona en la que más confío después de mi familia. Si Verena y yo muriéramos en un accidente de avión, y nuestros padres fueran demasiado ancianos o hubieran fallecido ya, tengo la certeza de que tú velarías por el bienestar de mis hijos.

Maria se sintió conmovida.

—Que te digan algo así es maravilloso.

Aunque no lo dijo, George pensó que era poco probable que Maria tuviera hijos —calculó que ese año cumpliría cuarenta y cuatro—, lo que suponía que le sobraría afecto maternal para dar a los hijos de sus amigos.

En realidad ya era como de la familia. Hacía casi veinte años que se conocían, y Maria todavía iba a visitar a Jacky varias veces al año. A Greg también le gustaba, como a Lev y a Marga. Resultaba difícil no quererla.

George no expresó en voz alta ninguno de esos pensamientos.

—Para Verena y para mí significaría mucho que aceptaras —dijo en cambio.

—¿De veras es lo que quiere Verena?

George sonrió.

—Sí. Sabe que tú y yo tuvimos una relación, pero no es una mujer celosa. En realidad te admira por todo lo que has conseguido en tu vida profesional.

Maria miró a los hombres representados en el mural, con sus casacas y sus botas dieciochescas.

—Bueno, supongo que seré como el general Cornwallis y me rendiré a tu petición —dijo.

—¡Gracias! —exclamó George—. Me haces muy feliz. Pediría champán, pero sé que no querrás beber durante la jornada laboral.

—Quizá cuando nazca el niño.

La camarera retiró los platos y pidieron el café.

—¿Cómo van las cosas por el Departamento de Estado? —preguntó George.

Maria era un personaje de gran relevancia en el organismo. Era vicesecretaria adjunta, un cargo más importante de lo que hacía pensar su nombre.

—Intentamos entender qué ocurre en Polonia —dijo—. Y no es fácil. Creemos que hay muchas críticas al gobierno desde el interior del Partido Obrero Unificado Polaco, que es el partido comunista. Los trabajadores son pobres, la élite tiene demasiados privilegios, y «la propaganda del éxito» solo contribuye a subrayar la realidad del fracaso. La verdad es que su producto interior bruto decreció el año pasado.

—Ya sabes que ahora estoy en el Comité de Inteligencia de la Cámara de Representantes.

—Por supuesto.

—¿Obtienes buena información de las agencias?

—Es buena, en nuestra opinión, pero no suficiente.

—¿Quieres que lo comente en el comité?

—Sí, por favor.

—Tal vez necesitemos personal adicional de inteligencia en Varsovia.

—Yo creo que sí. Polonia podría ser importante.

George asintió en silencio.

—Eso es lo que dijo Greg cuando el Vaticano eligió un Papa polaco. Y mi padre suele dar en el clavo.

A sus cuarenta años de edad, Tania se sentía insatisfecha con su vida.

Se preguntó qué quería hacer los siguientes cuarenta años y descubrió que no deseaba pasarlos como acólita de Vasili Yénkov. Había arriesgado su libertad por compartir la genialidad del escritor con el mundo, pero no había obtenido nada a cambio. Decidió que ya era hora de centrarse en sus propias necesidades, aunque no tenía claro qué quería decir eso.

Su decepción llegó a su punto máximo durante la fiesta celebrada con ocasión de la entrega del Premio Lenin, otorgado a las memorias de Leonid Brézhnev. La concesión de tal honor era una farsa: los tres volúmenes de la autobiografía del líder soviético no estaban bien escritos, no eran fieles a la realidad y ni siquiera eran obra de Brézhnev, sino que habían salido de la pluma de un negro literario. Pero el sindicato de escritores consideraba el galardón como una excusa perfecta para organizar un encuentro festivo.

Mientras se preparaba para la fiesta, Tania se recogió el pelo en una coleta al estilo de Olivia Newton-John en la película *Grease*, que había visto de forma clandestina. El nuevo peinado no había conseguido animarla tanto como había imaginado.

Justo cuando salía del edificio se topó con su hermano en el vestíbulo y le contó adónde iba.

—Ya veo que tu protegido, Gorbachov, ha pronunciado un obsequioso discurso para elogiar la genialidad literaria del camarada Brézhnev —dijo.

—Mijaíl sabe cuándo hay que lamer culos —afirmó Dimka.

—Hiciste bien en meterlo en el Comité Central.

—Ya contaba con el apoyo de Andrópov, a quien le gusta —explicó su hermano—. Lo único que tuve que hacer fue convencer a Kosiguin de que Gorbachov es un verdadero reformista.

Andrópov, director del KGB, adquiría cada vez más fuerza como líder de la facción conservadora del Kremlin; Kosiguin era el adalid de los partidarios de la reforma.

—Conseguir la aprobación de ambos bandos no es lo habitual —dijo Tania.

—Es un hombre peculiar. Que disfrutes de la fiesta.

La ceremonia se celebraba en las funcionales dependencias del sindicato de escritores, pero habían conseguido varias cajas de Bagrationi, el champán georgiano. Bajo sus efectos, Tania se enzarzó en una discusión con Piotr Opotkin, de la TASS. A nadie le gustaba Opotkin, que no era periodista sino supervisor político, pero tuvieron que invitarlo a la fiesta porque era demasiado poderoso para ofenderlo.

—¡La visita del Papa a Varsovia es una catástrofe! —espetó el supervisor interrumpiendo con brusquedad a Tania en medio de la conversación.

Opotkin tenía razón en eso. Nadie había previsto cómo se desarrollarían los acontecimientos. El papa Juan Pablo II resultó ser un avezado propagandista. Cuando desembarcó del avión en el aeropuerto militar de Okęcie, cayó postrado de rodillas y besó el suelo polaco. La foto apareció en las primeras planas de los periódicos occidentales a la mañana siguiente, y Tania sabía —como también debía de saber el Papa— que la imagen acabaría llegando a Polonia por cauces clandestinos. La periodista rusa se alegró en secreto.

Daniíl, su jefe, estaba escuchando la conversación e intervino:

—A su entrada en Varsovia en un vehículo descapotable, el Papa fue ovacionado por dos millones de personas.

—¿Dos millones? —preguntó Tania, que no tenía noticia de esa cifra—. ¿Es posible? Debe de ser el cinco por ciento del total de la población, ¡uno de cada veinte polacos!

—¿Qué sentido tiene que el partido controle las emisiones televisivas si el pueblo puede ver al Papa en directo? —preguntó Opotkin, airado. El control lo era todo para los hombres como él. Y dijo más—: ¡Celebró una misa en la gran plaza de la Victoria, en presencia de doscientas cincuenta mil personas!

Tania ya lo sabía. Era una cifra impresionante incluso a su entender, porque ponía de manifiesto hasta qué punto había fracasado el comunismo a la hora de ganarse el corazón del pueblo polaco. Treinta y cinco años de vida en el sistema soviético no habían logrado convencer a nadie más que a la élite privilegiada.

—La clase obrera polaca ha recuperado sus antiguas lealtades reaccionarias en cuanto ha podido —comentó con la apropiada jerga comunista.

—Han sido los reformistas como tú los que han insistido en dejar que el Papa viajara a Polonia —dijo Opotkin golpeteando a Tania en el hombro con un dedo acusador.

—¡Mentira! —repuso ella con desprecio.

Los liberales del Kremlin, como Dimka, habían intentado favorecer la visita del Papa, aunque no lo habían logrado, y Moscú había ordenado a Varsovia que prohibiera su entrada, pero los comunistas polacos desobedecieron. En una demostración de independencia sin precedentes entre las naciones satélite de la Unión Soviética, el gobernante de Polonia, Edward Gierek, había desafiado a Brézhnev.

—Ha sido el líder polaco quien ha tomado la decisión —afirmó Tania—. Temían que se produjera un levantamiento si prohibían la visita del Sumo Pontífice.

—Sabemos cómo controlar los levantamientos —replicó Opotkin.

A Tania no se le escapaba que se hacía un flaco favor profesional al contradecir a Opotkin, pero ya había cumplido los cuarenta y estaba harta de tener que agachar la cabeza ante imbéciles como él.

—Las presiones económicas han provocado que la decisión polaca no pudiera ser otra —afirmó—. Polonia recibe cuantiosas ayudas de nuestras arcas, pero también necesita el crédito de Occidente. El presidente Carter fue muy duro cuando visitó Varsovia. Dejó claro que la ayuda económica estaba ligada a lo que ellos llaman derechos humanos. Si quiere culpar a alguien del triunfo del Papa, debe señalar a Jimmy Carter.

Opotkin debía de saber que aquello era cierto, pero no estaba dispuesto a admitirlo.

—Siempre he dicho que era un error dejar que los países comunistas pidieran préstamos a bancos occidentales.

Tania debería haber abandonado la discusión en ese punto y haber dejado que Opotkin se saliera con la suya, pero no pudo reprimirse.

—Entonces nos hallamos ante un dilema, ¿no? —dijo—. La alternativa a la financiación de Occidente es liberalizar la agricultura polaca y así permitir una producción de alimentos suficiente para la población.

—¡Más reformas! —exclamó Opotkin con furia—. ¡Esa es tu solución para todo!

—El pueblo polaco siempre ha tenido acceso a alimentos baratos, eso los mantiene con la boca cerrada. Cada vez que el gobierno sube los precios, se rebelan.

—Sabemos controlar las rebeliones —dijo Opotkin, y se marchó.

Daniíl parecía encantado.

—Bien hecho —le dijo a Tania—. Aunque quizá te lo haga pagar.

—Quiero más champán —repuso ella.

En la barra se encontró con Vasili. Estaba solo. Tania se dio cuenta de que últimamente se presentaba en esa clase de celebraciones sin ningún bomboncito del brazo y se preguntó cuál sería el motivo. Aunque esa noche solo pensaba en sí misma.

—No puedo seguir haciendo esto durante más tiempo.

Vasili le pasó una copa.

—¿Haciendo el qué?

—Ya lo sabes.

—Supongo que sí.

—Tengo cuarenta años. Tengo que vivir mi vida.

—¿Qué quieres hacer?

—No lo sé, ese es el problema.

—Yo tengo cuarenta y ocho —dijo él—, y siento algo parecido.

—¿Cómo?

—Ya no voy como loco detrás de las jovencitas. Ni de las mujeres adultas.

Tania se sentía cínica esa noche.

—¿Ya no les vas detrás o es que ya no las alcanzas?

—Detecto cierto tono de escepticismo.

—Qué perspicaz eres.

—Escucha —dijo Vasili—, he estado pensando. No estoy seguro de que haga falta seguir fingiendo que apenas nos conocemos.

—¿Por qué lo dices?

Se acercó a ella y habló en voz más baja, así que Tania tuvo que acercarse también para poder oírlo a pesar del barullo de la fiesta.

—Todo el mundo sabe que Anna Murray es la editora de Iván Kuznetsov, pero nadie la ha relacionado todavía contigo.

—Eso es porque hemos tomado las máximas precauciones. Jamás hemos dejado que nos vean juntas.

—En tal caso, no existe ningún peligro en que la gente sepa que tú y yo somos amigos.

Tanía no estaba muy segura de adónde quería ir a parar.

—Quizá. Pero ¿y qué?

Vasili intentó esbozar una sonrisa pícara.

—Una vez me dijiste que te acostarías conmigo si renunciaba al resto de mi harén.

—No creo haber dicho eso.

—Puede que solo lo insinuaras.

—De todas formas eso debió de ser hace unos dieciocho años.

—¿Es demasiado tarde para aceptar la oferta?

Tania se lo quedó mirando, muda de la impresión.

Él rompió el silencio.

—Eres la única mujer que me ha importado de verdad en toda mi vida. Las demás eran solo conquistas. Algunas ni siquiera me gustaban. Si no me había acostado con una en concreto, ya era razón suficiente para seducirla.

—¿Se supone que con ese comentario pretendes parecerme más atractivo?

—Cuando salí de Siberia intenté retomar mi vida. Me ha costado mucho tiempo, pero al final me he dado cuenta de la verdad: no me hace feliz.

—¿De veras?

Tania empezaba a enfadarse, pero Vasili no se dio cuenta.

—Tú y yo somos amigos desde hace mucho. Somos almas gemelas. Estamos hechos el uno para el otro. Acostarnos solo es el paso siguiente más lógico.

—Ah, ya entiendo.

Él no se percató del tono sarcástico.

—Tú estás soltera, yo también. ¿Por qué seguir así? Deberíamos estar juntos. Deberíamos casarnos.

—Así que, resumiendo —dijo Tania—: te has pasado la vida seduciendo a mujeres que en realidad jamás te importaron. Ahora te acercas a los cincuenta y ya no te atraen, o tal vez eres tú el que ya no las atrae a ellas… así que en este momento tienes la generosidad de ofrecerme matrimonio.

—Puede que no lo haya expresado muy bien. Se me da mejor escribir este tipo de cosas.

—Desde luego que no lo has expresado bien. ¡Soy el último recurso de un casanova acabado!

—Mierda, ahora estás molesta conmigo, ¿a que sí?

—Molesta es poco, te lo aseguro.

—Esto es lo contrario a lo que quería conseguir.

Por detrás de Vasili, Tania vio a Daniíl mirándolos. De forma impulsiva dejó al escritor y cruzó la sala.

—Daniíl —dijo—. Me gustaría volver a ser corresponsal en el extranjero. ¿Tienes algún puesto disponible?

—Por supuesto —respondió él—. Eres mi mejor articulista. Haré todo cuanto pueda, dentro de lo razonable, para tenerte contenta.

—Gracias.

—Y da la casualidad de que he estado pensando en que necesitamos reforzar nuestra corresponsalía en un país extranjero en concreto.

—¿Cuál?

—Polonia.

—¿Me enviarías a Varsovia?

—Es donde está pasando todo lo interesante.

—De acuerdo —dijo—. Pues que sea Polonia.

Cam Dewar estaba harto de Jimmy Carter. Pensaba que la administración Carter era timorata, sobre todo a la hora de tratar con la Unión Soviética. Cam trabajaba en el departamento encargado de las relaciones con Moscú, en las oficinas centrales de la CIA, en Langley, a solo catorce kilómetros de la Casa Blanca. El asesor de Seguridad Nacional, Zbigniew Brzezinski, era un anticomunista acérrimo, pero Carter se mostraba timorato.

No obstante, ese año había elecciones, y Cam esperaba que Ronald Reagan subiera al poder. Reagan era agresivo en política exterior y había prometido liberar a las agencias de inteligencia de las restricciones éticas y endebles impuestas por Carter. Sería un líder más parecido a Nixon, o eso creía Cam.

A principios de 1980 a Cam le sorprendió que la subdirectora encargada del bloque soviético, Florence Geary, lo convocara a una reunión. Era una mujer atractiva, solo unos años mayor que Cam: él había cumplido treinta y tres, y ella debía de tener unos treinta y ocho. Cam conocía su historia. La habían contratado como personal en formación, pero la habían hecho trabajar de secretaria durante años y solo le habían permitido formarse cuando ella había puesto el grito en el cielo. En ese momento era una competente funcionaria de los servicios secretos, aunque seguía sin ser del agrado de muchos de sus compañeros masculinos por los problemas que causaba.

Ese día llevaba una falda plisada y un jersey verde. Parecía una maestra de escuela, pensó Cam; una maestra sexy de busto generoso.

—Siéntese —dijo ella—. El Comité de Inteligencia de la Cámara de Representantes cree que nuestra información sobre Polonia es pobre.

Cameron tomó asiento y miró por la ventana para evitar fijarse en sus pechos.

—Pues ya saben a quién culpar —dijo.

—¿A quién?

—Al director de la CIA, el almirante Turner, y al hombre que lo nombró, el presidente Carter.

—¿Por qué exactamente?

—Porque Turner no cree en la inteligencia humana.

La «inteligencia humana» era la información que se recibía de los espías. Turner prefería la inteligencia de señales, obtenida mediante el rastreo y el seguimiento de comunicaciones.

—¿Y usted? ¿Cree en la inteligencia humana?

Cam se fijó en que tenía una boca bonita: labios rosados y dientes perfectos. Se obligó a concentrarse en responder a la pregunta.

—Es poco fiable por su naturaleza intrínseca, pues todos los traidores son mentirosos por definición. Si nos cuentan la verdad a nosotros es porque están mintiendo a su propio bando, pero eso no hace despreciable su información, sobre todo si se compara con los datos que obtenemos de otras fuentes.

—Me alegro de que piense así. Necesitamos reforzar nuestra inteligencia humana. ¿Qué le parecería trabajar en el extranjero?

Cameron se sintió animado.

—Desde que entré a trabajar en la agencia, hace seis años, he solicitado ocuparme de alguna misión fuera del país.

—Bien.

—Hablo ruso con fluidez. Me encantaría ir a Moscú.

—Bueno, pues la vida tiene cosas curiosas. Se va a Varsovia.

—No me tome el pelo.

—No lo estoy haciendo.

—No hablo polaco.

—El ruso que sabe le ayudará. Los polacos aprenden ruso en el colegio desde hace treinta y cinco años. Aunque también podría estudiar el idioma del país.

—Está bien.

—Eso es todo.

Cameron se levantó.

—Gracias. —Se dirigió a la puerta—. ¿Podríamos hablar más sobre esto, Florence? —preguntó—. ¿Cenando juntos?

—No —respondió ella con contundencia. Luego, por si Cam no lo había captado, añadió—: De ninguna manera.

El agente salió y cerró la puerta. ¡Varsovia! Sopesándolo bien, se alegraba. Era un destino en el extranjero. Se sintió optimista. Estaba decepcionado por que ella hubiera rechazado su invitación a cenar, pero no sabía cómo solucionarlo.

Cogió su abrigo y salió a buscar su coche, un Mercury Capri plateado. Condujo hasta Washington y sorteó el tráfico hasta llegar al barrio de Adams Morgan. Allí aparcó a una manzana de distancia de un salón de masajes llamado Manos de Seda.

—Hola, Christopher, ¿cómo va el día? —preguntó la mujer del mostrador de recepción.

—Bien, gracias. ¿Suzy está libre?

—Tienes suerte, está libre. Cabina tres.

—Genial.

Cam entregó un billete y se adentró en el local.

Apartó una cortina y entró en un cuartucho con una cama estrecha. Junto a esta, sentada en una silla de plástico, había una joven más bien rellenita y de unos veintitantos años leyendo una revista. Llevaba biquini.

—Hola, Chris —dijo. Dejó la revista y se levantó—. ¿Quieres una paja, como siempre?

Cam nunca practicaba el coito con prostitutas.

—Sí, por favor, Suzy.

Le dio un billete y empezó a quitarse la ropa.

—Será un placer —dijo ella al tiempo que se metía el dinero en el escote. Lo ayudó a desvestirse y añadió—: Túmbate y relájate, cariño.

Cam obedeció y cerró los ojos mientras Suzy se ponía manos a la obra. Se imaginó a Florence Geary en su despacho. En su fantasía, ella se quitaba el jersey azul y se bajaba la cremallera de la falda plisada. «Oh, Cam, no puedo resistirme a tus encantos. —La visualizó solo con ropa interior y rodeando su mesa para ir a abrazarlo—. Haz conmigo lo que desees, Cam. Pero, por favor, házmelo con fuerza.»

—Sí, nena —dijo él en voz alta, tumbado en la cabina de masajes.

Tania se miró en el espejo. Sostenía con una mano un pequeño estuche de sombra de ojos azul y un pincel en la otra. En Varsovia era más fácil conseguir maquillaje que en Moscú. Tania no tenía demasiada experiencia con la sombra de ojos y se había fijado en que muchas mujeres se la aplicaban con torpeza. Sobre la cómoda había dejado una revista abierta por una página en la que salía Bianca Jagger. Mirando con frecuencia la foto, empezó a maquillarse.

Le pareció que el efecto quedaba bastante bien.

Stanisław Pawlak se encontraba sentado en su cama, vestido de uniforme, con las botas sobre una hoja de periódico para no manchar las mantas, fumando y mirándola. Era alto, guapo e inteligente, y ella estaba loca por él.

Lo había conocido al poco tiempo de llegar a Polonia, en una visita a los cuarteles del ejército. Él formaba parte de un grupo llamado la Reserva de Oro, jóvenes oficiales altamente cualificados y seleccionados por el ministro de Defensa, el general Jaruzelski, para la acción rápida. Los destinaban con frecuencia a nuevas misiones con el objetivo de que adquiriesen la experiencia necesaria para el alto mando al que estaban destinados.

Tania se había fijado en Staz, como lo llamaban, en parte porque era guapo, pero también porque él se había sentido evidentemente atraído por ella. El militar se defendía en ruso con soltura. Después de hablarle sobre su propia unidad, que se encargaba de la relación con el Ejército Rojo, la había guiado durante el resto de la visita, que de no ser por su compañía habría resultado bastante aburrida.

Al día siguiente se había presentado en su puerta a las seis de la tarde después de haber conseguido su dirección a través del SB, la policía secreta polaca. La había llevado a cenar a un nuevo restaurante muy conocido que se llamaba El Pato. Tania se había dado cuenta enseguida de que su acompañante se mostraba tan escéptico con el comunismo como ella. Una semana más tarde se acostó con él.

Todavía pensaba en Vasili, se preguntaba cómo le iría escribiendo y si echaría de menos sus encuentros mensuales. Seguía muy enfadada con él, aunque no estaba muy segura del porqué. Había sido zafio, pero todos los hombres lo eran, en especial los guapos. Lo que realmente la tenía resentida eran los años previos a su proposición de matrimonio. En cierta forma creía que todo cuanto había hecho por él durante ese tiempo había quedado deshonrado. ¿Acaso creía Vasili que ella no había hecho más que esperar, un año tras otro, a que él estuviera dispuesto a convertirse en su marido? Esa idea todavía la ponía furiosa.

En ese momento Staz pasaba entre dos y tres noches a la semana en el piso de Tania. Nunca iban al de él; afirmaba que no era mucho mejor que unos barracones. Pero disfrutaban mucho juntos, y durante todo ese tiempo, en el fondo, ella se había preguntado si algún día esas ideas contrarias al comunismo lo impulsarían a pasar a la acción.

Se volvió para mirarlo de frente.

—¿Te gustan mis ojos?

—Los adoro —dijo él—. Me tienen esclavizado. Tus ojos son como...

—Me refiero al maquillaje, tonto.

—¿Llevas maquillaje?

—Los hombres estáis ciegos. ¿Cómo vais a defender vuestro país con esa capacidad de observación tan mediocre?

Él volvió a ponerse triste.

—No tenemos previsto defender nuestro país —contestó—. El ejército polaco depende por completo de la Unión Soviética. Nuestro único plan consiste en apoyar al Ejército Rojo en una invasión de la Europa occidental.

Staz hablaba así a menudo, quejándose del dominio soviético sobre el ejército polaco. Era una señal de lo mucho que confiaba en ella. Además, Tania había descubierto que los polacos hablaban con valentía de las carencias de los gobiernos comunistas. A diferencia de otros súbditos soviéticos, se sentían con derecho a quejarse. La mayoría de los pertenecientes al bloque trataban al comunismo como una religión, y era pecado cuestionarlo. Los polacos toleraban el comunismo siempre que estuviera a su servicio y protestaban en cuanto no respondía a sus expectativas.

En cualquier caso, Tania encendió en ese momento la radio de su mesilla de noche. No creía que hubieran colocado micros en su piso —los espías del SB estaban ocupados vigilando a los periodistas occidentales, y seguramente dejaban a los soviéticos en paz—, pero la precaución ya era una costumbre arraigada en ella.

—Todos somos traidores —concluyó Staz.

Tania frunció el ceño. Jamás se había referido a sí mismo de esa forma. Aquello iba en serio.

—¿Qué narices quieres decir? —preguntó.

—La Unión Soviética tiene un plan de contingencia para invadir la Europa occidental con una fuerza conocida como «segundo escalón estratégico». La mayoría de los tanques y transportes de soldados del Ejército Rojo con destino a la Alemania Occidental, Francia, Holanda y Bélgica pasarán por Polonia. Estados Unidos usará sus bombas nucleares para intentar destruir esas divisiones antes de que lleguen a Occidente; es decir, mientras estén cruzando nuestro país. Calculamos que estallarán entre cuatrocientas y seiscientas bombas atómicas en

Polonia. Solo quedará un desierto nuclear. La nación será borrada del mapa. Si colaboramos en la planificación de esa ofensiva, ¿cómo no vamos a ser traidores?

Tania se estremeció. Era un panorama terrorífico, pero de una lógica demoledora.

—América no es enemiga del pueblo polaco —dijo Staz—. Si la Unión Soviética y Estados Unidos entraran en guerra en Europa, deberíamos apoyar a los americanos y liberarnos de la tiranía de Moscú.

¿Estaba solo desfogándose o era algo más?

—¿Eres el único que piensa así, Staz? —preguntó Tania con cautela.

—Desde luego que no. La mayoría de los oficiales de mi edad piensan lo mismo. Se les llena la boca hablando bien del comunismo, pero si les preguntas cuando están borrachos oirás algo muy distinto.

—En tal caso tenéis un problema —dijo ella—. Cuando estalle la guerra será demasiado tarde para que os ganéis la confianza de los americanos.

—Ese es nuestro dilema.

—La solución es evidente. Debéis abrir ahora mismo un canal de comunicación.

Staz la miró con frialdad. A ella se le pasó por la cabeza que él podía ser un *agent provocateur*, una persona con la misión de provocarla para que hiciera comentarios subversivos y así justificar su detención, pero no podía imaginar que un impostor fuera tan buen amante.

—¿Estamos hablando por hablar, o es una conversación seria? —preguntó Staz.

Tania inspiró con fuerza.

—Tan seria que me juego la vida —respondió.

—¿De verdad crees que sería posible hablar con los americanos?

—Lo sé —contestó Tania con énfasis. Llevaba dos décadas implicada en acciones clandestinas—. Es lo más sencillo del mundo, pero mantenerlo en secreto y salir bien parado es más difícil. Deben tomarse las precauciones más extremas.

—¿Crees que debería hacerlo?

—¡Sí! —dijo ella, exaltada—. No quiero otra generación de niños soviéticos, ni polacos, educados bajo esta tiranía opresiva.

Él asintió con la cabeza.

—Sé que lo dices de corazón.

—Así es.

—¿Me ayudarás?

—Por supuesto que sí.

Cameron Dewar no estaba seguro de si sería un buen espía. Las misiones de incógnito que había llevado a cabo para el presidente Nixon habían sido cosa de aficionados, y él había tenido suerte de no acabar entre rejas como su jefe, John Ehrlichman. Al entrar en la CIA había recibido formación en técnicas de espionaje como la localización de puntos de intercambio de información y la realización de entregas furtivas, pero jamás había utilizado esas tácticas en la vida real. Tras seis años en las oficinas centrales de la CIA en Langley, por fin lo habían enviado a una capital extranjera; sin embargo, todavía no había llevado a cabo ninguna misión clandestina.

La embajada estadounidense en Varsovia era un imponente edificio de mármol blanco situado en una gran avenida, Aleje Ujazdowskie. La CIA ocupaba un único despacho cerca del ala de las dependencias privadas del embajador. Aparte de esa oficina, tenían una especie de trastero sin ventanas que utilizaban para revelar carretes fotográficos. El personal lo formaban cuatro espías y una secretaria. Contaban con un equipo reducido porque disponían de pocos informantes.

Cam no tenía gran cosa que hacer. Leía los periódicos de Varsovia con la ayuda de un diccionario. Informaba de las pintadas que veía por la calle: «Larga vida al Papa» y «Queremos a Dios». Hablaba con hombres como él que trabajaban para los servicios secretos de otros países pertenecientes a la Organización del Tratado del Atlántico Norte, la OTAN, sobre todo con los de la Alemania Occidental, Francia y Gran Bretaña. Conducía un Polski Fiat verde lima de segunda mano cuya batería tenía una capacidad tan reducida que debía recargarse cada noche o el coche no arrancaba a la mañana siguiente. Se esmeraba en buscar novia entre las secretarias de la embajada, pero siempre fracasaba en el intento.

Se sentía un perdedor. Y eso que su vida había parecido prometedora en un pasado. Había sido un estudiante sobresaliente en el instituto y en la universidad, y su primer trabajo había sido en la Casa Blanca. Luego todo se había torcido. Estaba decidido a no dejar que su carrera se fuera al traste por culpa de Nixon, pero necesitaba algún éxito. Quería volver a estar entre los mejores.

Sin embargo, en lugar de intentarlo se iba de fiesta.

Los trabajadores de la embajada que tenían esposa e hijos se contentaban con volver a casa todas las noches y ver películas estadounidenses en vídeo; así que los solteros podían ir a todas las recepciones menores. Esa noche Cam se dirigía a la embajada egipcia para darle la bienvenida al nuevo ayudante del embajador.

Cuando giró la llave de contacto de su Polski Fiat, se encendió la radio. La tenía sintonizada en la frecuencia del SB. La señal solía ser débil, pero a veces lograba oír a la policía secreta hablando durante el seguimiento a alguna persona por la ciudad.

En ocasiones lo seguían a él. Los coches variaban, pero solía tratarse siempre de la misma pareja de agentes, uno moreno al que él llamaba Mario y otro gordo al que le había puesto el nombre de Ollie. No parecían tener un patrón concreto de vigilancia, así que casi siempre daba por hecho que lo estarían siguiendo. Y quizá eso fuera lo que querían que pensara. Tal vez la vigilancia era aleatoria de forma intencionada para tenerlo constantemente nervioso.

Sin embargo, Cam también tenía formación en la materia. Había aprendido que el seguimiento jamás debía eludirse de manera evidente, pues eso indicaría a la otra parte que uno tramaba algo. Le habían dicho que adquiriese costumbres: ir al restaurante A todos los lunes, al bar B los martes. Así despistaría al bando contrario dándole una falsa impresión de seguridad, y además podría buscar huecos en la vigilancia, espacios de tiempo en los que disminuyera la atención de los agentes que lo seguían. En esos instantes, el sujeto vigilado podía actuar sin ser visto.

Al alejarse de la embajada estadounidense en su vehículo vio un Skoda 105 azul incorporándose al tráfico dos coches por detrás del suyo.

El Skoda lo siguió por la ciudad. Vio a Mario al volante y a Ollie en el asiento del copiloto.

Cam aparcó en la calle Alzacka y vio que el Skoda azul se detenía unos treinta metros por delante de él.

A veces sentía la tentación de ir a hablar con Mario y Ollie, que formaban ya parte de su vida cotidiana, pero le habían advertido que jamás lo hiciera, puesto que el SB sustituiría a los agentes y le costaría un tiempo reconocer a los nuevos encargados de la vigilancia.

Entró en la embajada egipcia y cogió un cóctel de una bandeja. Estaba tan diluido que apenas se notaba el sabor a ginebra. Habló con un diplomático austríaco sobre la dificultad de comprar ropa interior masculina cómoda en Varsovia. Cuando el austríaco se marchó, Cam echó un vistazo a la sala y vio a una rubia de unos veinte años que estaba sola. Ella se dio cuenta y le sonrió, y él se acercó a darle conversación.

Enseguida averiguó que era polaca, que se llamaba Lidka y que trabajaba como secretaria en la embajada canadiense. Llevaba un jersey rosa ajustado y una falda negra y corta que realzaba sus largas piernas. Hablaba inglés con fluidez, y escuchaba a Cam con una intensidad y una concentración que a él le parecieron muy halagadoras.

Entonces un hombre con traje de raya diplomática la llamó con tono imperativo, y Cam imaginó que sería su jefe. Fue el fin de la conversación. Casi inmediatamente otra atractiva mujer lo abordó, y él empezó a pensar que era su día de suerte. Esta era mayor, de unos cuarenta años de edad, pero más guapa, con el pelo corto y rubio platino, los ojos de un azul intenso y maquillados con una sombra que realzaba su color. Le habló en ruso.

—Ya nos conocemos —dijo ella—. Se llama usted Cameron Dewar. Soy Tania Dvórkina.

—La recuerdo —dijo él, contento de tener la oportunidad de demostrar su fluidez en ruso—. Es usted periodista de la TASS.

—Y usted, agente de la CIA.

Estaba seguro de no habérselo contado, así que debía de haberlo supuesto. Como de costumbre, lo negó.

—No me dedico a nada tan glamuroso —repuso—. Soy un humilde agregado cultural.

—¿Cultural? —preguntó ella—. Entonces podrá ayudarme. ¿Cómo definiría el estilo del pintor Jan Matejko?

—No estoy seguro —respondió Cam—. Impresionista, creo. ¿Por qué?

—No sabe mucho de pintura, ¿verdad?

—Soy más aficionado a la música —dijo él empezando a sentirse acorralado.

—Seguramente le encantará Szpilman, el violinista polaco.

—Desde luego. ¡Menuda técnica con el arco!

—¿Y qué opina de la poesía de Wisława Szymborska?

—No he leído la obra de ese poeta, por desgracia. ¿Esto es un examen?

—Sí, y ha suspendido. Szymborska es una mujer. Szpilman es pianista, no violinista. Matejko era un pintor clásico de escenas palaciegas y batallas, no impresionista. Y usted no es agregado cultural.

Cam se sintió mortificado de que lo hubieran descubierto con tanta facilidad. ¡Era un agente de incógnito desastroso! Intentó pasarlo por alto con un toque de humor.

—Puede que sea un mal agregado cultural.

—Si un oficial del ejército polaco quisiera hablar con un representante de Estados Unidos —dijo ella bajando la voz—, supongo que usted podría arreglarlo.

De pronto la conversación había tomado un cariz serio. Cam se puso nervioso. Tal vez se tratase de una especie de trampa.

O quizá fuera una primera aproximación auténtica; en tal caso podría representar una oportunidad fantástica para él.

Respondió con cautela:

—Puedo arreglarlo para que cualquiera hable con el gobierno estadounidense, por supuesto.

—¿En secreto?

¿De qué trataba todo aquello?

—Sí.

—Bien —dijo ella, y se marchó.

Cam pidió otra copa. ¿Qué había ocurrido? ¿Aquella mujer hablaba en serio o le había tomado el pelo?

La fiesta estaba tocando a su fin. Se preguntó qué hacer durante el resto de la noche. Pensó en ir al bar de la embajada australiana, donde a veces jugaba a los dardos con colegas espías del continente austral. Entonces vio a Lidka por allí cerca, de nuevo sola. Era realmente sexy.

—¿Tienes plan para la cena? —le preguntó.

Ella pareció no entenderlo.

—¿Te refieres a una receta?

Cam sonrió. La polaca desconocía la expresión «tener plan».

—Quiero decir que si te apetece salir a cenar conmigo —aclaró.

—Oh, sí —respondió ella enseguida—. ¿Podríamos ir al restaurante El Pato?

—Desde luego. —Era un sitio caro, aunque no tanto si pagabas con dólares estadounidenses. Miró el reloj—. ¿Nos vamos ya?

Lidka echó un vistazo a la sala. No se veía ni rastro del hombre con traje de raya diplomática.

—Estoy libre —anunció.

Se dirigieron a la salida. Cuando cruzaban la puerta, la periodista soviética, Tania, reapareció y habló con Lidka en un polaco algo mediocre.

—Se le ha caído esto —dijo sujetando en alto un pañuelo rojo.

—No es mío —repuso Lidka.

—He visto cómo se le caía de la mano.

Alguien tocó a Cam en el codo. Él dejó de atender a la confusa conversación y vio a un hombre alto y atractivo de unos cuarenta años, vestido con el uniforme de coronel del Ejército Popular Polaco.

—Quiero hablar con usted —dijo el militar en ruso fluido.

—Está bien —respondió Cam en el mismo idioma.

—Buscaré un lugar seguro.

—Bueno —fue lo único que pudo decir Cam.

—Tania le informará de dónde y cuándo.

—De acuerdo.

El militar se marchó.

Cameron volvió a centrar su atención en Lidka.

—Me he equivocado —estaba diciendo Tania—, qué tonta he sido.

Se alejó a toda prisa. Era evidente que su cometido había sido distraer a Lidka durante un momento mientras el militar hablaba con Cam.

La polaca estaba confundida.

—Ha sido algo raro —dijo cuando salían del edificio.

Cam se sentía emocionado, pero fingió la misma confusión.

—Ha sido extraño, sí —comentó.

Lidka insistió:

—¿Quién era ese oficial polaco que ha hablado contigo?

—Ni idea —respondió Cam—. Tengo el coche por allí.

—¡Oh! —exclamó ella—. ¿Tienes coche?

—Sí.

—Qué bien —dijo Lidka con expresión de satisfacción.

Una semana después Cam se despertó en la cama del piso de Lidka.

Era más bien un estudio: una sala con una cama, un televisor y un espacio de cocina con un fregadero y una pequeña encimera. Compartía la ducha y el retrete del pasillo con otros tres vecinos.

Para Cam era el paraíso.

Se incorporó. Ella estaba frente a la cocina haciendo café con el grano que le había regalado él; Lidka no podía permitirse comprarlo. Estaba desnuda. Se volvió y le acercó una taza. Tenía el vello púbico marrón y ensortijado, y unos pechos pequeños y puntiagudos con los pezones del color de las moras.

Al principio él se había sentido cohibido por el hecho de que ella se paseara por ahí en cueros, porque deseaba mirarla y eso no era de buena educación.

—Mira cuanto quieras, me gusta —le había dicho ella cuando le confesó sus reparos.

Así que seguía sintiéndose algo abochornado, pero no tanto como antes.

Durante una semana vio a Lidka todas las noches.

Cam se había acostado con ella siete veces, que era más de lo que lo había hecho en toda su vida con ninguna otra mujer, sin contar los servicios en los salones de masaje.

Un día ella le preguntó si quería volver a hacerlo por la mañana.

—Pero ¿qué eres, ninfómana? —exclamó él.

Lidka se había ofendido, pero habían terminado haciendo las paces.

Mientras ella se cepillaba el pelo, él fue tomándose el café y pensando en el día que tenía por delante. Seguía sin noticias de Tania Dvórkina. Había informado de la conversación en la embajada egipcia a su jefe, Keith Dorset, y ambos coincidían en que solo se podía esperar el siguiente movimiento.

Sin embargo, en ese momento tenía cosas más importantes en la cabeza. Alguna vez había oído la expresión «trampa golosa»; solo un idiota no veía que Lidka podía tener motivos ocultos para acostarse con él. Debía plantearse la posibilidad de que la chica trabajara para el SB.

—Tengo que hablarle de ti a mi jefe —dijo tras un suspiro.

—¿De veras? —No parecía alarmada—. ¿Por qué?

—Se supone que los diplomáticos estadounidenses debemos salir solo con personas pertenecientes a los países de la OTAN. Lo llamamos la «norma de la OTAN para joder». No quieren que nos enamoremos de comunistas.

No le había contado que era espía, y no diplomático.

Lidka se sentó en el borde de la cama con cara de tristeza.

—¿Estás cortando conmigo?

—¡No, no! —La sola idea le hizo sentir verdadero pánico—. Pero debo hablarles de ti para que te descarten como sospechosa.

La chica puso cara de preocupación.

—¿Eso qué quiere decir?

—Investigarán si eres agente de la policía secreta polaca o algo por el estilo.

Ella se encogió de hombros con gesto de indiferencia.

—Ah, bueno, está bien. Entonces no tardarán en descubrir que no soy nada de eso.

Parecía estar bastante tranquila.

—Lo siento, pero es algo que hay que hacer —dijo Cam—. Los líos de una noche no importan, pero estamos obligados a informar si la relación se convierte en algo más serio, ya sabes, una auténtica relación amorosa.

—Está bien.

—Eso es lo que tenemos nosotros, ¿verdad? —preguntó Cam con nerviosismo—. ¿Una auténtica relación amorosa?

Lidka sonrió.

—Oh, sí —dijo—. Es eso.

53

La familia Franck viajó a Hungría en dos Trabant para disfrutar de unas vacaciones. Hungría se había convertido en un destino turístico bastante popular entre los alemanes del lado oriental que podían permitirse pagar la gasolina.

Por lo que los Franck sabían, nadie los había seguido.

Habían contratado las vacaciones a través de la Oficina de Turismo del gobierno de la Alemania Oriental. A pesar de que Hungría pertenecía al bloque soviético, temían que les denegaran el visado, pero habían recibido una agradable sorpresa. Hans Hoffmann había desperdiciado la oportunidad de acosarlos. Tal vez estuviera ocupado.

Necesitaban dos coches porque llevaban a Karolin y a su familia. Werner y Carla adoraban a su nieta, Alice, que ya tenía dieciséis años. Lili quería a Karolin, pero no al marido de esta, Odo. Era un buen hombre y gracias a él Lili trabajaba de administradora en un orfanato que dependía de una parroquia, pero había algo forzado en el afecto que Odo mostraba por Karolin y Alice; como si al quererlas estuviera haciendo una buena obra. Lili creía que el amor debía ser una pasión imposible de controlar, no un deber moral.

A Karolin le ocurría lo mismo. Lili y ella estaban lo suficientemente unidas para compartir secretos, y le había confesado que había cometido un error al casarse con él. No era desgraciada con Odo, pero tampoco estaba enamorada. Era un hombre amable y cariñoso, pero no parecía interesado en el sexo, y como mucho hacían el amor una vez al mes.

El grupo de veraneantes estaba compuesto por seis personas: Werner, Carla y Lili, que iban en el coche de color bronce, y Karolin, Odo y Alice, que habían escogido el blanco.

Iba a ser un viaje largo, de unos mil kilómetros, y pesado, sobre todo en un Trabi con un motor de 600 centímetros cúbicos y dos tiempos con el que tenían que atravesar Checoslovaquia. El primer día llegaron hasta Praga, donde pasaron la noche.

—Estoy bastante seguro de que nadie nos sigue —comentó Werner cuando salieron del hotel la mañana del segundo día—. Parece que lo hemos conseguido.

Continuaron conduciendo hasta su destino, el lago Balatón, el mayor de la Europa central, con casi ochenta kilómetros de largo y situado tentadoramente cerca de Austria, un país libre. Sin embargo, toda la frontera estaba fortificada por doscientos cuarenta kilómetros de valla electrificada para impedir que nadie escapara del paraíso de los trabajadores.

Montaron dos tiendas, una junto a la otra, en una de las zonas de acampada de la orilla meridional.

Tenían un propósito secreto: iban a encontrarse con Rebecca.

Había sido idea de ella. Rebecca había dedicado un año de su vida a cuidar de Walli, que había conseguido dejar las drogas y en esos momentos vivía en Hamburgo en su propio apartamento, cerca de la casa de su hermana. La mayor de los Franck había dejado pasar la oportunidad de presentarse como candidata al Bundestag, el Parlamento alemán, para poder cuidar de su hermano, pero cuando Walli se recuperó le renovaron la oferta y finalmente había salido elegida. Estaba especializada en política exterior. Había visitado Hungría en un viaje oficial y había visto que el país hacía esfuerzos por atraer a visitantes occidentales; el turismo y el riesling barato eran los únicos medios de los que disponía para reducir su enorme déficit comercial con la entrada de moneda extranjera. Los occidentales se hospedaban en centros turísticos especiales, separados del resto, pero fuera de dichos enclaves nada impedía la confraternización.

Así que no existía ninguna ley en contra de lo que iban a hacer los Franck. Su viaje había sido aprobado, como el de Rebecca, quien al igual que ellos iba a Hungría para disfrutar de unas vacaciones económicas, y se encontrarían allí como por casualidad.

Sin embargo, la ley era algo puramente decorativo en los países comunistas. Los Franck sabían que tendrían muchos problemas si la policía secreta averiguaba lo que pretendían hacer, razón por la cual Rebecca lo había dispuesto todo de manera clandestina a través de Enok Andersen, el contable danés que todavía cruzaba la frontera del Berlín occidental al oriental con frecuencia para ver a Werner. No había quedado nada por escrito y no habían realizado llamadas telefónicas. El mayor de los temores de la familia Franck era que detuvieran a Rebecca (o incluso que la Stasi la secuestrara) y la llevaran a una cárcel de la Alemania Oriental. Se trataría de un incidente diplomático, pero eso no detendría a la policía secreta.

El marido de Rebecca, Bernd, no asistiría al encuentro. Su estado había empeorado y una disfunción renal le permitía trabajar solo media jornada y le impedía realizar viajes largos.

—Ve a echar un vistazo —le pidió Werner a Lili en voz baja, enderezándose después de clavar una piqueta—. No nos han seguido hasta aquí, pero puede que no les hiciera falta si ya habían enviado a sus agentes de antemano.

Lili se paseó por la zona de acampada como si hubiera ido a dar una vuelta para familiarizarse con el lugar. Los campistas del lago Balatón eran gente alegre y simpática que enseguida saludaban a una chica joven y atractiva como Lili y le ofrecían café o cerveza y algo para picar. La mayoría de las tiendas estaban ocupadas por familias, pero también había varios grupos de hombres y alguno de chicas. Sin duda los solteros se conocerían a lo largo de los días siguientes.

Lili estaba soltera. Disfrutaba del sexo y había tenido varias relaciones, incluso con una mujer, de las que su familia no sabía nada. Imaginaba que tenía los mismos instintos maternales que las demás mujeres, y adoraba a la hija de Walli, Alice, pero se le quitaban las ganas de tener niños ante la deprimente perspectiva de que crecieran en la Alemania Oriental.

Le habían denegado una plaza en la universidad por las simpatías políticas de su familia, así que se había formado como puericultora. De haber sido por las autoridades, Lili jamás habría medrado, pero Odo la había ayudado a encontrar un trabajo a través de la iglesia, cuyo sistema de contratación no estaba controlado por el Partido Comunista.

Sin embargo, su verdadera ocupación era la música. Cantaba y tocaba la guitarra con Karolin en pequeños bares y clubes juveniles, y a menudo en salones parroquiales. Con sus canciones protestaban contra la contaminación industrial, la destrucción de edificios y monumentos antiguos, la deforestación de los bosques y la arquitectura antiestética. El gobierno las odiaba, y ambas habían sido detenidas y amonestadas por difundir propaganda. No obstante, los comunistas tampoco podían defender la contaminación de los ríos con vertidos procedentes de fábricas, de modo que les resultaba difícil tomar medidas drásticas contra los ecologistas y, de hecho, muchas veces los habían invitado a formar parte de la Sociedad para la Protección de la Naturaleza y el Medio Ambiente, organismo oficial aunque inoperante.

El padre de Lili decía que en Estados Unidos los conservadores acusaban a los ecologistas de ir en contra del comercio. Sin embargo, a los conservadores del bloque soviético les resultaba más difícil acusarlos de anticomunistas. Al fin y al cabo, el objetivo único del comunismo era conseguir que la industria trabajara para el pueblo, y no para los jefes.

Una noche Lili y Karolin se colaron en un estudio y grabaron un álbum. No lo habían lanzado de manera oficial, pero las casetes, que iban en cajas sin distintivo, se habían vendido por miles.

Lili recorrió toda la zona de acampada, ocupada de manera casi exclusiva por alemanes del Este. El lugar destinado a los occidentales se encontraba a un kilómetro y medio de allí. Regresaba ya junto a su familia cuando se fijó en dos hombres de aproximadamente su misma edad que estaban bebiendo cerveza junto a una tienda cercana a la suya. Uno era rubio con entradas, y el otro era moreno y llevaba un peinado al estilo Beatle que había pasado de moda hacía quince años. Los ojos de Lili se cruzaron con los del joven rubio, quien los desvió enseguida, lo cual despertó las sospechas de la joven. Los chicos no solían evitar su mirada. Además, no le ofrecieron un trago ni la invitaron a sentarse con ellos.

—Oh, no —musitó Lili.

Era fácil descubrir a los hombres de la Stasi. Se distinguían por su brutalidad, no por su habilidad. Aquella carrera estaba destinada a gente que ansiaba obtener prestigio y poder, pero que tenía poca inteligencia y ningún talento. El primer marido de Rebecca, Hans, era un ejemplo perfecto. No era más que un perdonavidas de la peor calaña, pero había ido ascendiendo poco a poco y en esos momentos parecía ser uno de sus oficiales de más alto rango. Se paseaba en una limusina y vivía en un inmenso chalet rodeado por un alto muro.

Lili no quería llamar la atención, pero se dijo que era necesario confirmar sus sospechas y decidió ir a por todas.

—¡Hola, chicos! —saludó de buen humor.

Ambos respondieron con un gruñido indiferente.

Lili no estaba dispuesta a dejarlo correr tan pronto.

—¿Habéis venido con vuestras mujeres? —preguntó.

Era imposible que no se tomaran aquello como una invitación.

El rubio negó con la cabeza.

—No —se limitó a contestar el otro.

Ni siquiera eran lo suficientemente listos para fingir.

—¿En serio? —Lili pensó que aquello casi podía considerarse una confirmación. ¿Qué hacían dos hombres jóvenes y solteros en un campamento de vacaciones si no era buscar chicas? Además, iban demasiado mal vestidos para ser homosexuales—. Escuchad, ¿adónde va uno aquí para divertirse por las noches? —preguntó forzando un tono desenfadado—. ¿Hay algún sitio donde bailar?

—No lo sé.

Aquello fue suficiente. «Si estos dos están de vacaciones, yo soy la señora Brézhnev», pensó Lili, y se alejó de allí.

Se les había presentado un problema. ¿Cómo iban a encontrarse los Franck con Rebecca sin que se enterara la policía secreta?

Las dos tiendas ya estaban montadas cuando volvió junto a su familia.

—Malas noticias —le dijo a su padre—. Dos hombres de la Stasi. En la hilera de detrás y tres tiendas a nuestra derecha.

—Era lo que me temía —comentó Werner.

Iban a encontrarse con Rebecca dos días después en un restaurante que ella había visitado en su viaje anterior, aunque antes los Franck tendrían que quitarse de encima a la policía secreta. Lili estaba preocupada, pero sus padres parecían incomprensiblemente tranquilos.

El primer día, Werner y Carla salieron temprano en el Trabi de color bronce diciendo que iban a hacer un reconocimiento. Los hombres de la Stasi los siguieron en un Skoda verde. Werner y Carla estuvieron fuera toda la jornada y, cuando regresaron, parecían bastante confiados.

A la mañana siguiente, Werner le dijo a Lili que iba a llevarla de excursión. Sacaron las mochilas y empezaron a ponérselas junto a la tienda, ayudándose el uno al otro. Llevaban botas de montaña y sombrero de ala ancha, así que cualquiera que los observara sabría que estaban preparándose para una larga caminata.

Mientras tanto, Carla se dedicaba a repasar una lista, a punto de partir con las bolsas de la compra.

—Jamón, queso, pan… ¿Alguna cosa más? —preguntó en voz bastante alta.

Lili temía que acabaran descubriéndolos con tanta exageración.

Los agentes de la policía secreta los vigilaban sentados junto a su propia tienda con un cigarrillo en la mano.

Tomaron caminos opuestos: Carla echó a andar en dirección al aparcamiento, y Lili y Werner hacia la orilla. El agente de la Stasi del peinado a lo Beatle fue detrás de Carla, y el rubio siguió a Werner y a Lili.

—Hasta el momento todo bien —dijo Werner—. Hemos conseguido separarlos.

Cuando llegaron junto al lago, Werner torció hacia el oeste siguiendo la orilla. Era evidente que había explorado aquella ruta el día anterior. El terreno era abrupto por momentos, y el agente rubio de la Stasi que los seguía a cierta distancia, aunque no sin dificultad, no iba equipado adecuadamente para una excursión, por lo que a veces paraban fingiendo que necesitaban descansar, y así le daban tiempo a alcanzarlos.

Caminaron durante dos horas, hasta que llegaron a una playa alargada y desierta. A pocos metros, un sendero accidentado asomaba entre los árboles y acababa justo en la orilla del lago, junto a la marca de la marea alta.

Allí estaba aparcado el Trabant de color bronce, con Carla al volante.

No había nadie más a la vista.

Werner y Lili subieron al coche y Carla arrancó, dejando plantado al hombre de la Stasi.

Lili reprimió la tentación de decirle adiós con la mano.

—¿Has despistado al otro tipo? —le preguntó Werner a Carla.

—Sí, he desviado su atención junto a la tienda prendiéndole fuego a un contenedor de basura —contestó ella.

Werner sonrió complacido.

—Un truco que aprendiste de mí hace muchos años.

—¿De quién, si no? Naturalmente, ha bajado del coche y ha ido a ver qué ocurría.

—Y luego…

—Mientras estaba distraído, le he pinchado una rueda con un clavo. Lo he dejado cambiándola.

—Perfecto.

—Vosotros dos hacíais cosas así en la guerra, ¿verdad? —dijo Lili.

Se hizo un silencio. Sus padres nunca hablaban demasiado sobre aquella época.

—Sí, algo hicimos, aunque nada de lo que valga la pena hablar —contestó Carla al final.

La respuesta de siempre, ni una palabra más.

Se dirigieron a un pueblo y pararon junto a una pequeña casa con un cartel escrito en inglés en el que se leía BAR. Fuera había un hombre que les indicó que dejaran el coche en un descampado de la parte de atrás, donde nadie lo viera.

Entraron en un pequeño bar demasiado acogedor para ser un establecimiento del Estado. Lili enseguida reconoció a su hermana Rebecca y la estrechó entre sus brazos. Hacía dieciocho años que no se veían. Intentó mirarla a la cara, pero las lágrimas se lo impedían. Carla y Werner la abrazaron a continuación.

En cuanto Lili se secó los ojos, vio que Rebecca tenía el aspecto de una mujer de mediana edad, cosa que no podía sorprenderle ya que estaba a punto de cumplir cincuenta años. Y la encontró más gruesa de lo que recordaba.

Sin embargo, su elegancia fue lo que más le llamó la atención. Rebecca llevaba un vestido de verano de color azul con un estampado de topitos y una chaqueta a juego. Lucía una cadena de plata con una perla de gran tamaño alrededor del cuello y una pulsera, también de plata y bastante gruesa, en la muñeca. Las bonitas sandalias eran de tacón de corcho, y del hombro le colgaba un bolso de piel de color azul marino. Por lo que Lili sabía, la política no daba mucho dinero precisamente. ¿Era posible que todo el mundo fuera tan bien vestido en la Alemania Occidental?

Rebecca los acompañó hasta una habitación privada en la parte trasera del bar, donde había dispuesta una larga mesa con bandejas de embutidos, cuencos de ensalada y botellas de vino. De pie junto a la mesa había un hombre delgado, apuesto y de aspecto desmejorado, vestido con una camiseta blanca y unos vaqueros negros de pitillo. Podía tener unos cuarenta y tantos años, tal vez menos si había pasado por algún tipo de enfermedad. Lili dio por sentado que se trataba de un empleado del bar.

Carla ahogó un grito.

—¡Oh, Dios mío! —exclamó Werner.

Lili se dio cuenta de que el hombre delgado la miraba fijamente y con aire expectante, y de pronto se fijó en aquellos ojos almendrados y comprendió que se trataba de su hermano. Se le escapó un grito de la impresión, ¡estaba muy avejentado!

—¡Mi niño! ¡Mi pobre niño! —dijo Carla abrazando a su hijo.

Lili lo estrechó con todas sus fuerzas y lo besó sin parar de llorar.

—Estás muy cambiado —susurró entre sollozos—. ¿Qué te ha pasado?

—El rock and roll —contestó él, y se echó a reír—. Aunque voy dejándolo atrás. —Miró a su hermana mayor—. Rebecca ha sacrificado un año de su vida y una gran oportunidad profesional para sacarme del pozo.

—Pues claro que lo he hecho —repuso ella—, soy tu hermana.

Lili estaba segura de que no lo había dudado ni un segundo. Para ella la familia era lo primero. Lili tenía la teoría de que le daba tanta importancia porque era adoptada.

Werner se fundió en un largo abrazo con Walli.

—No lo sabíamos —dijo con la voz quebrada por la emoción—. No sabíamos que ibas a venir.

—Decidí mantenerlo en completo secreto —admitió Rebecca.

—¿No es peligroso? —preguntó Carla.

—Desde luego —contestó Rebecca—, pero Walli estaba dispuesto a asumir el riesgo.

En ese momento Karolin entró con su familia. Igual que los demás, tardó un momento en reconocer a Walli, tras lo cual lanzó un grito, anonadada.

—Hola, Karolin —la saludó él. La tomó de las manos y la besó en ambas mejillas—. Me alegro mucho de volver a verte.

—Yo soy Odo, el marido de Karolin —se presentó Odo—. Es un placer conocerte al fin.

Algo asomó a la expresión de Walli y desapareció al instante, pero Lili supo que su hermano había visto algo en Odo que lo había sorprendido, aunque se había apresurado a ocultar su sorpresa. Los dos hombres se estrecharon la mano con cordialidad.

—Y esta es Alice —dijo Karolin.

—¿Alice? —repitió Walli mirando desconcertado a la joven de dieciséis años, alta, rubia y con el pelo tan largo que le tapaba la cara—. Te escribí una canción —dijo—. Cuando eras pequeña.

—Lo sé —contestó ella, y lo besó en la mejilla.

—Alice lo sabe todo —intervino Odo—. Se lo contamos cuando fue lo bastante mayor para comprenderlo.

Lili se preguntó si Walli había notado el tono moralizante que había empleado Odo. ¿O era cosa de ella, que estaba muy quisquillosa?

—Te quiero, pero Odo te ha criado —dijo Walli dirigiéndose a Alice—. Nunca lo olvidaré, y estoy seguro de que tú tampoco. —Se le quebró la voz unos instantes, aunque enseguida recuperó la compostura—. Venga, sentémonos y disfrutemos de la comida. Hoy es un día de celebración.

Lili supuso que su hermano había corrido con los gastos del festín.

Finalmente tomaron asiento, aunque al principio estaban incómodos, como si fueran unos extraños tratando de encontrar algo que decir. Luego varios de ellos empezaron a hablar a la vez, dirigiéndose a Walli. Todo el mundo se echó a reír.

—¡De uno en uno! —pidió él, y por fin se relajaron.

Walli les contó que tenía un ático en Hamburgo, que no estaba casado, aunque tenía novia, y que casi cada año y medio o cada dos años iba a California, se alojaba en la granja de Dave Williams durante cuatro meses y grababa un nuevo álbum con Plum Nellie.

—Soy drogadicto, pero llevo siete años limpio, ocho en septiembre —dijo—. Cuando actúo con el grupo siempre hay un guardia en la puerta de mi camerino para cachear a la gente en busca de drogas. —Se encogió de hombros—. Puede parecer una medida extrema, lo sé, pero es lo que hay.

Walli también tenía preguntas, sobre todo para Alice. Mientras la joven contestaba, Lili paseó la mirada por la mesa. Aquella era su familia: sus padres, su hermana, su hermano, su sobrina y su mejor amiga, con la que además cantaba. Qué afortunada era teniéndolos a todos juntos en la misma sala, comiendo, hablando y bebiendo vino, y en ese momento pensó que algunas familias hacían aquello mismo todas las semanas, sin darle la menor importancia.

Karolin y Walli estaban sentados juntos, y Lili se los quedó mirando. Estaban pasándolo bien. Se fijó en que todavía se hacían reír el uno al otro. Si las cosas fueran distintas, si el Muro de Berlín cayera, ¿podrían retomar su relación? Todavía eran jóvenes, Walli tenía treinta y tres años y Karolin, treinta y cinco. Lili apartó aquella idea de su mente, no eran más que ilusiones sin fundamento, fantasías infantiles.

A petición de Alice, Walli volvió a explicar la historia de cómo había escapado de Berlín. Cuando llegó a la parte en que esperaba toda la noche a Karolin, que al final no apareció, esta lo interrumpió:

—Tuve miedo. Miedo por mí y por la criatura que llevaba dentro.

—No te culpo, no hiciste nada malo —aseguró Walli—. Tampoco yo hice nada malo. Lo único malo era ese Muro.

Les explicó cómo había atravesado el puesto de control al volante de una camioneta con la que había partido la barrera.

—Nunca olvidaré al hombre que maté —confesó.

—Tú no tuviste la culpa, ¡te estaba disparando! —exclamó Carla.

—Lo sé —dijo Walli, y por su tono de voz Lili supo que por fin estaba en paz consigo mismo—. Lamento lo que ocurrió, pero no me siento culpable. Yo no hacía nada que no debiera al escapar, y él tampoco al dispararme.

—Como has dicho —intervino Lili—, lo único que está mal es el Muro.

54

El jefe de Cam Dewar, Keith Dorset, era un hombre fondón, con el pelo rubio rojizo y, como solía ocurrirles a muchos agentes de la CIA, con muy poco gusto a la hora de vestir. Ese día llevaba una chaqueta marrón de tweed, unos pantalones grises de franela, una camisa blanca de raya marrón también, y una corbata de un verde apagado. De encontrárselo por la calle, la vista lo sortearía después de que el cerebro lo clasificara como persona anodina. Cameron no sabía si se trataba de un efecto buscado o simplemente era que tenía mal gusto.

—En cuanto a tu novia, Lidka… —dijo Keith, sentado a su mesa de la embajada estadounidense.

Cam estaba bastante seguro de que no podía acusarse a Lidka de ninguna asociación turbia, pero esperaba que se lo confirmaran.

—Solicitud denegada —sentenció Keith.

Cam se quedó atónito.

—Pero ¿qué dice?

—Que se te ha denegado la solicitud, ¿qué parte es la que no entiendes?

Los hombres de la CIA a veces se comportaban como si estuvieran en el ejército y se creían con derecho a ladrar órdenes a cualquiera que tuviera un rango inferior. Sin embargo, Cam no se dejaba intimidar con facilidad. Había trabajado en la Casa Blanca.

—Denegada ¿por qué razón? —preguntó.

—No tengo por qué darte explicaciones.

A sus treinta y cuatro años, era la primera vez que Cam tenía una novia de verdad. Tras veinte años de rechazos, se acostaba con una mujer cuyo único deseo en la vida parecía ser el de hacerlo feliz. El pánico que lo invadió ante la posibilidad de perderla lo empujó a hablar casi sin pensar.

—Tampoco tiene por qué ser tan cabrón —replicó.

—¡Cuidadito con lo que dices! Una salida de tono más y te subes al próximo avión de vuelta a casa.

Cam no quería volver, así que se retractó:

—Disculpe, pero insisto en conocer las razones de la negativa, si es posible.

—Mantienes lo que llamamos un «contacto estrecho y continuado» con ella, ¿no es así?

—Pues claro, se lo conté yo mismo. ¿Por qué es eso un problema?

—Por estadística. La mayoría de los traidores que atrapamos espiando en perjuicio de los intereses de Estados Unidos resultan tener familiares o amigos íntimos extranjeros.

Cam sospechaba algo por el estilo.

—No estoy dispuesto a renunciar a ella por cuestiones estadísticas. ¿Han encontrado algo específico en su contra?

—¿Qué te hace pensar que tienes derecho a interrogarme?

—Lo tomaré como un no.

—Ya te he avisado sobre las salidas de tono.

En ese momento los interrumpió otro agente, Tony Savino, que se acercó con un papel en la mano.

—Estoy echándole un vistazo a la lista de medios acreditados para la conferencia de prensa de esta mañana —dijo—. Tania Dvórkina viene en representación de la TASS. —Se volvió hacia Cam—. ¿No es la mujer que habló contigo en la embajada egipcia?

—La misma —contestó Cam.

—¿Cuál es el motivo de la conferencia de prensa?

—Según pone aquí, la implantación de un nuevo protocolo simplificado para el préstamo de obras de arte entre los museos polacos y estadounidenses. —Tony levantó la vista del papel—. No es lo que acostumbraría a atraer a una periodista estrella de la TASS, ¿no?

—Debe de venir a verme —concluyó Cam.

Tania vio a Cam Dewar en cuanto entró en la sala de prensa de la embajada estadounidense. Alto y delgado, se encontraba al fondo, como una lámpara de pie. Si no hubiera estado allí, habría ido a buscarlo después de la conferencia de prensa, aunque era mejor de esa manera; así llamarían menos la atención.

Sin embargo, no quería dar la impresión de que se acercaba a él con un objetivo concreto, así que decidió esperar a que acabara el anuncio oficial. Se sentó junto a una periodista polaca que le caía bien, Danuta

Górski, una morena de armas tomar y sonrisa amplia. Danuta era miembro de un movimiento medio clandestino llamado Comité de Defensa de los Obreros, que distribuía panfletos en los que se hacían eco de las quejas de los trabajadores y de las violaciones de los derechos humanos. Aquel tipo de publicaciones ilegales recibían el nombre de *bibuła*. Danuta vivía en el mismo edificio que Tania.

—Tendrías que visitar Gdańsk —le susurró Danuta a Tania mientras el agente de prensa estadounidense leía en voz alta el anuncio que previamente les habían repartido impreso.

—¿Por qué?

—El Astillero Lenin va a declararse en huelga.

—Hay huelgas en todas partes.

Los trabajadores exigían aumentos salariales para compensar la subida desorbitada del precio de los alimentos decretada por el gobierno. Cuando informaba sobre ellas, Tania las llamaba «interrupciones de la producción», ya que las huelgas solo se daban en los países capitalistas.

—Créeme, puede que esta sea diferente —dijo Danuta.

El gobierno polaco afrontaba cada huelga de manera expeditiva, garantizaba aumentos salariales y realizaba concesiones de manera aislada con el objetivo de acallar las protestas antes de que proliferaran como manchas en un mantel. La pesadilla de la élite gobernante (y el sueño de los disidentes) era que esas manchas acabaran uniéndose hasta que el mantel adoptase un color completamente distinto.

—¿En qué sentido, diferente?

—Han despedido a una operadora de grúa que es miembro de nuestro comité, pero han escogido a la persona equivocada. Anna Walentynowicz es mujer, viuda y tiene cincuenta y un años.

—Por lo que tiene ganadas las simpatías de los caballerosos hombres polacos.

—Además goza de bastante popularidad. La llaman «pani Ania», señora Anita.

—Tal vez me pase por allí —repuso Tania, ya que Dimka quería estar enterado de cualquier protesta que pudiera desembocar en algo serio, por si tenía que disuadir al Kremlin de tomar medidas severas.

La conferencia de prensa llegaba a su fin cuando Tania pasó junto a Cam Dewar.

—Vaya a la catedral de San Juan el viernes a las dos y visite el crucifijo Baryczkowski —le susurró en ruso.

—No es un buen lugar —siseó el estadounidense.

—Lo toma o lo deja —dijo Tania.

—Tendrá que decirme de qué va todo esto —contestó Cam con firmeza.

Tania comprendió que tendría que arriesgarse a prolongar su charla con él.

—Una vía de comunicación en caso de que la Unión Soviética invadiera la Europa occidental —dijo—. La posibilidad de formar un grupo de oficiales polacos dispuestos a cambiar de bando.

Cam se quedó boquiabierto.

—Ah… Ah… —tartamudeó—. Bien, sí.

Tania le sonrió.

—¿Satisfecho?

—¿Cómo se llama?

Tania vaciló.

—Él sabe mi nombre —dijo Cam.

Tania decidió confiar en él. Al fin y al cabo ella ya había depositado su propia vida en las manos del estadounidense.

—Stanisław Pawlak —dijo—. Lo llaman Staz.

—Pues dígale a Staz que, por razones de seguridad, no debe hablar con nadie de la embajada que no sea yo.

—De acuerdo.

Tania salió apresurada del edificio.

Esa misma noche informó a Staz. Por la mañana se despidió de él con un beso y condujo más de trescientos kilómetros en dirección norte, hacia el mar Báltico. Tenía un Mercedes-Benz 280S, viejo aunque fiable, con faros dobles alineados verticalmente. A última hora de la tarde se registró en un hotel del casco viejo de Gdańsk, frente a los embarcaderos y a los diques secos del astillero, que se encontraba en la isla de Ostrów, en la orilla opuesta del río.

Al día siguiente haría justo una semana que habían despedido a Anna Walentynowicz.

Tania se levantó temprano, se puso un mono de loneta, cruzó el puente hasta la isla, llegó a las puertas del astillero antes del amanecer y entró con paso tranquilo junto con un grupo de trabajadores jóvenes.

Era su día de suerte.

El astillero estaba empapelado de pósters recién pegados que reclamaban la devolución del puesto de trabajo a pani Ania. A su alrededor empezaban a formarse pequeños corrillos mientras varias personas repartían octavillas. Tania cogió una y descifró lo que ponía a pesar de estar en polaco.

Anna Walentynowicz se ha convertido en un estorbo porque su ejemplo motivaba a los demás. Se ha convertido en un estorbo porque defendía a los demás y era capaz de organizar a sus compañeros. Las autoridades siempre intentan aislar a quienes tienen madera de líder. Si no luchamos contra este tipo de acciones, no habrá nadie que nos defienda cuando aumenten las cuotas de producción, cuando se infrinjan las normas de seguridad e higiene, o cuando nos veamos obligados a trabajar horas extras.

Tania se quedó muda de asombro. No reclamaban salarios mayores o una jornada de menos horas, reclamaban el derecho de los trabajadores polacos a organizarse al margen de la jerarquía comunista. Tuvo la corazonada de que aquello era un avance significativo y notó que en su vientre nacía una nueva esperanza.

Se paseó por el astillero a medida que el amanecer daba paso a la mañana. En la construcción naval todo era a gran escala: los trabajadores se contaban por millares, el acero por miles de toneladas y los remaches por millones. Los altos costados de las naves a medio construir se perdían por encima de su cabeza mientras una maraña de andamiajes sostenía precariamente su peso colosal. Grúas inmensas inclinaban sus cabezas sobre las naves con la actitud adoradora de unos Reyes Magos alrededor de un pesebre gigantesco.

Allí por donde pasaba, Tania veía obreros que dejaban de trabajar para leer la octavilla y debatir el asunto.

Varios hombres iniciaron una marcha, y los siguió. Recorrieron el astillero en procesión, enarbolando pancartas improvisadas mientras repartían panfletos y animaban a los demás a unírseles, de modo que cada vez eran más numerosos. Finalmente alcanzaron la entrada principal, donde empezaron a decirles a los obreros que llegaban en ese momento que estaban en huelga.

Cerraron las puertas del astillero, tocaron la sirena e izaron la bandera nacional polaca en el edificio más cercano.

A continuación eligieron un comité de huelga.

En ello estaban cuando se vieron interrumpidos por un hombre trajeado que se encaramó a una excavadora y empezó a gritar a la multitud. Tania no lograba entender todo lo que decía, pero el hombre parecía oponerse a la formación de un comité de huelga… y los trabajadores lo escuchaban. Tania le preguntó quién era a la persona que tenía al lado.

—Klemens Gniech, el director del astillero —contestó su vecino—. No es un mal tipo.

Se quedó pasmada. ¿Cómo se dejaban influir de esa manera?

Gniech se prestaba a negociar siempre que los huelguistas volvieran primero al trabajo. Para la periodista aquello suponía una artimaña evidente. Muchos lo abuchearon y se burlaron de él, pero otros asintieron con la cabeza y unos pocos se alejaron sin prisas, dirigiéndose a sus puestos de trabajo, según parecía. ¿De verdad aquello iba a acabar tan deprisa?

En ese momento alguien subió a la excavadora de un salto y tocó al director en el hombro. El recién llegado era un hombre fornido, de baja estatura y con un bigote poblado. Aunque a Tania se le antojó una persona anodina, la gente lo reconoció y lo vitoreó. Era evidente que sabían de quién se trataba.

—¿Me recuerda? —le dijo al director alzando lo suficiente la voz para que lo oyera todo el mundo—. ¡Trabajé aquí durante diez años y luego me despidió!

—¿Quién es? —le preguntó Tania a su vecino.

—Lech Wałęsa. Un simple electricista, pero lo conoce todo el mundo.

El director intentó razonar con Wałęsa delante de la multitud, pero el hombre bajito y bigotudo no le dio opción.

—¡Declaro una huelga con ocupación! —gritó.

La gente lanzó un rugido de aprobación.

Tanto el director como Wałęsa bajaron de la excavadora y a continuación el electricista tomó el mando, algo que todos parecieron aceptar sin discusión. Cuando le ordenó al chófer del director que subiera a la limusina y fuera a buscar a Anna Walentynowicz, el hombre hizo lo que le mandaron y, algo más sorprendente aún, el director no puso ninguna objeción.

Wałęsa organizó la elección de un comité de huelga. La limusina regresó con Anna, que fue recibida entre aplausos. Se trataba de una mujer menuda, con gafas y con el pelo corto como el de un hombre. Ese día llevaba una blusa a gruesas rayas horizontales.

El comité de huelga y el director entraron en el Centro de Seguridad e Higiene para negociar, y Tania sintió la tentación de colarse en el local con ellos, pero decidió no tentar a la suerte; ya podía darse por afortunada con haber atravesado la puerta. Los trabajadores recibían a los medios de comunicación occidentales con los brazos abiertos, pero el pase de prensa de Tania indicaba que era una periodista soviética que trabajaba para la TASS, y si los huelguistas lo descubrían, la echarían.

Sin embargo, debía de haber micrófonos en las mesas de los negociadores porque la multitud que esperaba fuera pudo seguir el debate a través de altavoces, cosa que sorprendió a Tania por su radicalismo democrático. Los huelguistas podían expresar al instante su parecer acerca de lo que se decía mediante abucheos o vítores.

Tania se enteró de que los trabajadores habían añadido varias reivindicaciones más a la reincorporación de Anna, entre otras una garantía contra posibles represalias. No obstante, por sorprendente que pudiera parecer, la única que el director rechazó fue la construcción de un monumento a las puertas del astillero en recuerdo a los trabajadores que habían muerto a manos de la policía durante la represión de las protestas de 1970 por el aumento del precio de los alimentos.

Tania se preguntó si aquella huelga también acabaría en una masacre. Un escalofrío le recorrió el cuerpo al comprender que, de ser así, se encontraba en primera línea de fuego.

Gniech adujo que el terreno que había junto a las puertas había sido destinado a la construcción de un hospital.

Los huelguistas insistieron en que preferían el monumento.

El director se ofreció a instalar una placa conmemorativa en cualquier otro punto del astillero.

Rechazaron la oferta.

—¡Estamos regateando por unos héroes caídos como si fuéramos mendigos bajo una farola! —gritó un trabajador indignado junto al micrófono.

La gente del exterior aplaudió.

Otro negociador hizo un llamamiento directo a los trabajadores: ¿querían un monumento?

La multitud respondió con un rugido.

El director se retiró para consultarlo con sus superiores.

Ya había miles de partidarios al otro lado de las puertas. La gente había estado recogiendo alimentos para los huelguistas, y aunque pocas eran las familias polacas que podían permitirse regalar comida, decenas de sacos de provisiones atravesaron las puertas para que los hombres y las mujeres del interior pudieran comer.

El director regresó por la tarde y anunció que, en principio, las más altas autoridades habían aprobado la construcción del monumento conmemorativo.

Wałęsa declaró que la huelga continuaría hasta que se satisficieran todas las reivindicaciones.

Y a continuación, casi como si se tratara de algo que acababa de ocurrírsele, añadió que los huelguistas también querían discutir la creación de sindicatos libres e independientes.

«Bueno, por fin la cosa se pone interesante de verdad», pensó Tania.

El viernes después de comer, Cam Dewar se acercó en coche hasta el casco viejo de Varsovia.

Mario y Ollie lo siguieron.

Gran parte de la ciudad había quedado arrasada durante la guerra. Tras la reconstrucción no tenía más que calles y aceras rectas y edificios modernos, un paisaje urbano poco propicio para encuentros clandestinos e intercambios furtivos. Sin embargo, los urbanistas se habían esforzado en reproducir fielmente el casco viejo original, con sus calles adoquinadas, sus callejuelas y sus casas irregulares, aunque tal vez se habían excedido en su perfección, y las superficies rectas, el diseño regular y los vivos colores daban la sensación de ser demasiado nuevos, como si se tratara del decorado de una película. Sin embargo, esa zona ofrecía un entorno más adecuado para los agentes secretos que el resto de la ciudad.

Cam aparcó y dio un paseo hasta una casa adosada en cuya primera planta se encontraba el equivalente varsoviano del Manos de Seda, un local que Cam había visitado con asiduidad antes de conocer a Lidka.

Las chicas estaban sentadas por el salón del apartamento vestidas con lencería mientras veían la televisión y fumaban. Una rubia voluptuosa se levantó de inmediato dejando que la bata se le abriera un instante, lo que permitió a Cam entrever unos muslos robustos y ropa interior de encaje.

—¡Hola, Crystek, llevas un par de semanas sin aparecer por aquí!

—Hola, Pela.

Cam se acercó a la ventana y echó un vistazo a la calle. Como siempre, Mario y Ollie estaban sentados en el bar de enfrente, bebiendo cerveza y mirando a las chicas que pasaban con sus vestidos veraniegos. Esperaban que Cam permaneciera dentro media hora como mínimo, tal vez una hora entera.

Hasta el momento todo iba según lo planeado.

—¿Qué ocurre? ¿Te sigue tu mujer? —preguntó Pela.

Las chicas se echaron a reír.

Cam sacó la cartera y pagó la tarifa habitual por una paja.

—Necesito que me hagas un favor —dijo—. ¿Te importa si salgo por la puerta de atrás?

—¿Tu mujer va a subir aquí a montar una escena?

—No se trata de mi mujer —repuso—, sino del marido de mi amiga. Si da problemas, ofrécele una mamada gratis. Pago yo.

Pela se encogió de hombros.

Cam bajó la escalera trasera y se escabulló por el patio, satisfecho consigo mismo. Se había quitado de encima a los agentes que lo seguían y estos no se habían dado cuenta. Estaría de vuelta antes de una hora, saldría por la puerta delantera y aquellos dos nunca sabrían que había abandonado el apartamento.

Cruzó la plaza del Mercado a paso ligero y enfiló la calle Świętojańska hasta la catedral de San Juan, una iglesia arrasada durante la guerra y reconstruida posteriormente. Tal vez el SB ya no lo seguía, pero podía estar vigilando a Stanisław Pawlak.

La delegación de la CIA en Varsovia había mantenido una larga reunión para decidir cómo procederían con aquel contacto y lo habían planeado todo hasta el último detalle.

Cam vio a su jefe, Keith Dorset, junto a la catedral. Ese día lucía un traje gris de líneas rectas que había comprado en una tienda polaca; ese atuendo solo se lo ponía cuando realizaba trabajos de vigilancia. Llevaba una gorra metida en el bolsillo de la chaqueta, lo que significaba que Cam tenía luz verde. De haberla llevado puesta, Cam habría sabido que el SB estaba en el interior de la catedral y que el encuentro debía cancelarse.

El estadounidense entró por la puerta gótica de la fachada occidental. El imponente edificio y la atmósfera de carácter sacro acentuaron su fascinación. Estaba a punto de establecer contacto con un confidente enemigo, se trataba de un momento crucial.

Si salía bien, su carrera como agente de la CIA estaría sólidamente encaminada. Si no, pronto volvería a encontrarse en Langley, sentado a un escritorio.

Cam les había hecho creer a todos que Staz no se vería con nadie que no fuera él, una mentira con la que pretendía complicarle a Keith la decisión de enviarlo de vuelta a casa. Keith seguía poniendo trabas a lo de Lidka a pesar de que la investigación había demostrado que la chica no tenía ninguna relación con el SB y que ni siquiera era miembro del Partido Comunista. Sin embargo, si Cam conseguía reclutar a un coronel polaco como espía de la CIA, aquel triunfo lo colocaría en una buena posición para desafiar a Keith.

Miró a su alrededor en busca de policía secreta, pero solo vio turistas, fieles y curas.

Se encaminó hacia la nave lateral septentrional y llegó a la capilla que albergaba el famoso crucifijo del siglo XVI. El apuesto oficial polaco estaba delante de la imagen, contemplando la expresión del rostro de Jesucristo. Cam se puso a su lado. Estaban solos.

—Es la última vez que hablaremos —dijo Cam en ruso.

Stanisław contestó en el mismo idioma:

—¿Por qué?

—Es demasiado peligroso.

—¿Para usted?

—No, para usted.

—¿Cómo nos comunicaremos? ¿A través de Tania?

—No, de hecho, a partir de ahora le agradecería que no le contara nada acerca de su relación conmigo. Déjela al margen. Puede seguir acostándose con ella, si es que lo hace.

—Gracias —contestó Stanisław con un deje irónico.

Cam lo pasó por alto.

—¿Qué coche tiene?

—Un Saab 99 verde de 1975.

A continuación le dijo la matrícula, y Cameron la memorizó.

—¿Dónde deja el coche por las noches?

—En la calle Jana Olbrachta, cerca del edificio de apartamentos en el que vivo.

—Cuando aparque, deje la ventanilla ligeramente abierta para que podamos colarle un sobre.

—Es peligroso. ¿Y si otra persona lee la nota?

—No se preocupe. El sobre contendrá un anuncio mecanografiado de alguien que se ofrece para lavarle el coche a buen precio, pero cuando le pase la plancha por encima en el papel aparecerá un mensaje que le informará de la hora y el lugar del próximo encuentro. Si por cualquier razón no puede acudir a la cita, no importa, le enviaremos otro sobre.

—¿Qué ocurrirá en esas entrevistas?

—Ya llegaremos a eso. —Cam tenía una lista de cosas que decirle, acordadas por sus colegas en la reunión de planificación, y debía repasarla lo antes posible—. En cuanto a su grupo de amigos…

—¿Sí?

—No orqueste una conspiración.

—¿Por qué no?

—Los descubrirían. Los conspiradores siempre acaban cayendo. Tiene que esperar hasta el último momento.

—Entonces, ¿qué hacemos?

—Dos cosas. Una, estar listos. Confeccione una lista mental de la gente en quien confía y decida el papel que desempeñaría cada uno de ellos contra los soviéticos en el caso de que estallara la guerra. Dese a conocer entre líderes disidentes como Lech Wałęsa, pero procure que no se enteren de lo que está haciendo. Realice un reconocimiento del edificio de la televisión y planee cómo se haría con ella, pero no deje nada por escrito, debe guardarlo todo en su cabeza.

—¿Y lo segundo?

—Denos información. —Cam intentó que no se notara lo tenso que estaba. Aquella era la gran petición, a la que Stanisław podía negarse—. El orden de batalla de los ejércitos de la URSS y del Pacto de Varsovia: número de efectivos, tanques, aviones...

—Sé lo que quiere decir orden de batalla.

—Y sus planes de guerra en caso de que estalle una crisis.

Se hizo un largo silencio.

—Puedo conseguírselos —contestó Stanisław finalmente.

—Bien —dijo Cam, encantado.

—¿Y qué obtengo yo a cambio?

—Le daré un número de teléfono y una palabra clave. Solo debe utilizarlo en caso de que los soviéticos decidan invadir la Europa occidental. Cuando llame a este teléfono, contestará un alto cargo del Pentágono que habla polaco y que lo considerará a usted el representante de la resistencia polaca a la invasión soviética. Usted será, a efectos prácticos, el líder de la Polonia libre.

Stanisław asintió con la cabeza, pensativo, pero Cam sabía que la oferta lo atraía.

—Si accedo, habré depositado mi vida en sus manos —dijo al cabo de un momento.

—Ya lo ha hecho —contestó Cam.

Los huelguistas del astillero de Gdańsk procuraban mantener bien informados a los medios de comunicación internacionales sobre sus actividades. Paradójicamente, resultaba el mejor modo de tener al corriente al pueblo polaco, que no podía confiar en sus propios medios de difusión por culpa de la censura. Radio Free Europe, de patrocinio estadounidense, recogía y retransmitía las crónicas de la prensa occidental, de modo que estas llegaban a Polonia. La emisora se había convertido en la principal vía de información de quienes deseaban enterarse de lo que realmente sucedía en su país.

Lili Franck seguía lo que ocurría en Polonia a través de la televisión alemana occidental, que los habitantes del Berlín oriental tenían la posibilidad de ver si dirigían la antena de sus aparatos hacia el lugar indicado.

Para gran alegría de Lili, los paros se extendieron a pesar de los esfuerzos del gobierno. El astillero de Gdynia se declaró en huelga, y los trabajadores del transporte público se sumaron a ella por solidaridad. Crearon un Comité Interempresarial de Huelga, el MKS, con sede central en el Astillero Lenin. El derecho a formar sindicatos libres era su reivindicación principal.

Como muchas otras familias de la Alemania Oriental, los Franck comentaban con entusiasmo todos aquellos sucesos, sentados frente al televisor en la salita del primer piso de la casa de Berlín-Mitte. Empezaba a entreverse una grieta en el Telón de Acero, y debatían acaloradamente adónde conduciría todo aquello. Si los polacos podían rebelarse, tal vez pudieran hacerlo los alemanes también.

El gobierno polaco intentó negociar fábrica por fábrica y ofreció generosos aumentos de salario a los huelguistas que abandonaran el MKS y regresaran a sus puestos de trabajo. La táctica no funcionó.

Al cabo de una semana, trescientas empresas en huelga se habían unido al MKS.

La inestable economía polaca no podía mantener aquella situación de manera indefinida, de modo que el gobierno acabó aceptando la realidad y envió al vicepresidente a Gdańsk.

Una semana después se llegó a un acuerdo y los huelguistas obtuvieron el derecho a formar sindicatos libres, una victoria que asombró al mundo.

Si los polacos podían conquistar su libertad, ¿los próximos serían los alemanes?

—Sigues viéndote con esa chica polaca —le dijo Keith a Cam.

Cam no contestó. Por supuesto que seguía viéndola, estaba más feliz que un niño con zapatos nuevos. Lidka deseaba acostarse con él siempre que a él le apetecía. Hasta la fecha, muy pocas chicas habían querido. «¿Te gusta esto? —le preguntaba Lidka mientras lo acariciaba, y si él decía que sí, ella añadía—: Pero ¿te gusta solo un poco, te gusta mucho o te gusta tanto que te mueres?»

—Te dije que tu petición había sido denegada —añadió Keith.

—Pero no me dijo por qué.

Keith parecía enfadado.

—Tomé una decisión.

—Ya, ¿y era la correcta?

—¿Estás cuestionando mi autoridad?

—No, es usted quien cuestiona a mi novia.

Keith se enfadó aún más.

—Crees que me tienes en un puño porque Stanisław solo quiere hablar contigo.

Aquello era justo lo que Cam creía, pero lo negó:

—No tiene nada que ver con Staz. No estoy dispuesto a renunciar a ella porque sí.

—Puede que tenga que despedirte.

—Aun así no renunciaría a ella. De hecho… —Cam vaciló. No tenía planeado decir las palabras que acudieron a su mente, pero las pronunció de todas maneras—. De hecho, tengo pensado casarme con ella.

Keith adoptó un tono distinto:

—Cam, tal vez no sea una agente del SB, pero quizá siga teniendo un motivo encubierto para acostarse contigo.

El comentario lo irritó:

—Eso es algo que no concierne a los servicios secretos y, por lo tanto, a usted tampoco.

Keith insistió, con voz suave, como si no quisiera herir sus sentimientos:

—A muchas chicas polacas les gustaría ir a América, ya lo sabes.

Cam lo sabía. La idea se le había pasado por la cabeza, pero le avergonzaba y lo humillaba que Keith lo expresara en voz alta. Intentó mantenerse impasible.

—Lo sé —contestó.

—Perdóname por decirlo, pero podría estar contigo por ese motivo —insistió Keith—. ¿Te has planteado esa posibilidad?

—Sí, me la he planteado —admitió Cam—, y no me importa.

En Moscú el gran dilema que debían resolver era si invadir o no Polonia.

El día anterior al debate del Politburó, Dimka y Natalia se habían enfrentado a Yevgueni Filípov en una reunión preparatoria, celebrada en la Sala Nina Onilova.

—Nuestros camaradas polacos precisan de apoyo militar urgente para hacer frente a los ataques de los traidores que están al servicio de las potencias capitalistas imperialistas.

—Lo que tú quieres es invadir Polonia, igual que se hizo con Checoslovaquia en 1968 y con Hungría en 1956.

Filípov no lo negó:

—La Unión Soviética está en su derecho de invadir cualquier país cuando los intereses comunistas se ven amenazados. Esa es la Doctrina Brézhnev.

—Estoy en contra de la intervención del ejército —repuso Dimka.

—Menuda sorpresa… —dijo Filípov con un dejo de sarcasmo.

Dimka decidió pasarlo por alto.

—Tanto en Hungría como en Checoslovaquia la contrarrevolución estuvo dirigida por elementos revisionistas que surgieron de los cuadros dirigentes del Partido Comunista —expuso—. Por eso fue posible eliminarlos, fue como cortarle la cabeza a un pollo. Contaban con muy poco apoyo popular.

—¿Por qué va a ser distinta esta crisis?

—Porque en Polonia los contrarrevolucionarios son líderes de la clase obrera que cuentan con el respaldo de la clase obrera. Lech Wałęsa es electricista, Anna Walentynowicz es operaria de grúa, y cientos de fábricas están en huelga. Nos enfrentamos a un movimiento de masas.

—Aun así, hay que acabar con ello. ¿De verdad propones que abandonemos al comunismo polaco?

—Existe otro problema —intervino Natalia—. El dinero. En 1968 el bloque soviético no debía miles de millones de dólares en deuda externa, pero en la actualidad dependemos por completo de los préstamos occidentales. Ya oíste lo que dijo el presidente Carter en Varsovia: el crédito de Occidente está ligado a los derechos humanos.

—¿Y?

—Que si enviamos los tanques a Polonia, nos retirarán la línea de crédito y, camarada Filípov, tu invasión arruinaría la economía de todo el bloque soviético.

Se hizo un silencio en la sala.

—¿Alguien más tiene alguna propuesta? —preguntó Dimka.

Para Cam, que un oficial polaco se hubiera vuelto en contra del Ejército Rojo al mismo tiempo que los trabajadores del país combatían la tiranía comunista era un indicio de algo. Ambos acontecimientos eran señales del mismo cambio. Mientras se dirigía a su encuentro con Stanisław, Cam tenía la sensación de que tal vez estaba contribuyendo al desencadenamiento de un terremoto histórico.

Salió de la embajada y subió al coche. Como esperaba, Mario y Ollie lo siguieron. Era importante que lo tuvieran bajo vigilancia durante el encuentro con Stanisław, ya que, si todo salía según lo planeado, Mario y Ollie informarían diligentemente de que no había ocurrido nada que pudiera levantar sospechas.

Cam esperaba que Stanisław hubiera recibido y comprendido las instrucciones.

Aparcó junto a la plaza del Mercado y la atravesó dando un paseo con un ejemplar de *Trybuna Ludu* de ese día, el periódico oficial del gobierno. Mario se apeó del coche y fue detrás de él. Medio minuto después, Ollie los siguió a poca distancia.

Cam tomó una calle lateral con los dos agentes de la policía secreta a su espalda.

Entró en un bar, pidió una cerveza y se sentó cerca del ventanal, desde donde los veía paseándose por los alrededores. Pagó la bebida en cuanto se la sirvieron, para poder marcharse deprisa si era necesario.

Consultó la hora varias veces mientras disfrutaba de la cerveza.

A las tres menos un minuto salió.

Había practicado aquella maniobra hasta la saciedad en Camp Peary, el centro de entrenamiento que la CIA tenía cerca de Williamsburg, en Virginia, donde había acabado realizándola a la perfección, pero aquella era la primera vez que la ponía en práctica en una situación real.

Apretó ligeramente el paso hasta llegar al final de la manzana, donde echó un vistazo atrás y vio que Mario se encontraba a unos treinta metros detrás de él.

A la vuelta de la esquina había una tienda donde vendían tabaco y junto a la que vio a Stanisław mirando el escaparate, justo donde esperaba. Cam disponía de unos treinta segundos antes de que Mario enfilara la calle, tiempo de sobra para realizar un sencillo intercambio disimulado.

Lo único que tenía que hacer era canjear el periódico que llevaba por el de Stanisław, que debía ser idéntico al suyo, aunque si todo iba bien el del polaco contendría las fotocopias que hubiera hecho de los documentos que se encontraban en la caja fuerte del cuartel general del ejército.

Solo había un problema.

Stanisław no llevaba un periódico sino un sobre grande de color marrón.

No había seguido las instrucciones al pie de la letra, así que o bien no las había entendido o bien había decidido que los detalles no importaban.

Fuera cual fuese la razón, las cosas habían salido mal.

El pánico paralizó a Cam. Perdió el paso, no sabía qué hacer, tenía ganas de gritar a Staz y ponerlo de vuelta y media.

Sin embargo, se controló. Se obligó a tranquilizarse y tomó una decisión apresurada: no cancelaría la misión. Seguiría adelante según lo planeado.

Se dirigió directo a Stanisław y, justo cuando pasaba a su lado, intercambiaron el periódico por el sobre.

Stanisław entró en la tienda de inmediato con el periódico y desapareció de la vista.

Cam continuó caminando, ya con el sobre, que tenía un grosor de casi tres centímetros a causa de los documentos que contenía.

Volvió a mirar atrás al llegar al final de la manzana y entrevió a Mario. El agente de la policía secreta se encontraba a unos veinte metros por detrás de él y parecía tranquilo y relajado. No se había dado cuenta de lo que acababa de ocurrir. Ni siquiera había visto a su contacto.

¿Se percataría de que Cam ya no llevaba un periódico sino un sobre? En tal caso podía detenerlo y confiscárselo, lo cual pondría fin a su carrera… y a la vida de Stanisław.

Era verano, por lo que el estadounidense no llevaba abrigo bajo el que poder esconder el sobre. Además, eso podría resultar aún peor, ya que habría más posibilidades de que Mario se fijase en Cam si este de pronto iba con las manos vacías.

Pasó junto a un quiosco de periódicos, pero sabía que no podía pararse y comprar uno a la vista del agente polaco, dado que eso le haría notar que Cam se había deshecho del diario anterior.

Comprendió que había cometido una imprudencia. Se había concentrado tanto en el ejercicio de intercambio que no había pensado en la solución más sencilla: tendría que haber aceptado el sobre y no haber soltado el periódico.

Ya era demasiado tarde.

Se sentía atrapado en un callejón sin salida. Era tan frustrante que tenía ganas de gritar. ¡Todo había salido a pedir de boca salvo por un pequeño fallo!

Podía entrar en una tienda y comprar otro periódico, así que buscó una papelería. Sin embargo, aquello era Polonia, no Estados Unidos, y no había una tienda en cada manzana.

Dobló otra esquina y vio una papelera. ¡Aleluya! Apretó el paso y miró dentro, pero estaba visto que no era su día de suerte: no había periódicos. Aunque sí una revista con una portada de vivos colores. La cogió y continuó andando. Sin detenerse, volvió la portada con disimulo de modo que fuera una página de texto la que quedara a la vista. Arrugó la nariz. Había algo asqueroso en la papelera y la revista había quedado impregnada de su olor. Intentó contener la respiración mientras deslizaba el sobre entre las páginas.

Se sintió mejor. Por fin tenía más o menos la misma apariencia que al principio.

Regresó a su coche y sacó las llaves. Si iban a detenerlo, seguramente ese sería el momento, e imaginó a Mario diciendo: «Un momento, déjeme ver ese sobre que intenta esconder». Se apresuró a abrir la puerta.

Vio a Mario a unos pasos de él.

Cam entró en el coche y dejó la revista en el hueco para los pies del lado del pasajero.

Al incorporarse divisó a Mario y a Ollie subiendo a su coche.

Parecía que lo había logrado.

Por un instante sintió que las fuerzas lo abandonaban.

Luego arrancó el motor y regresó a la embajada.

Cam Dewar estaba sentado en el cuarto de alquiler de Lidka, esperando a que esta volviera.

La joven tenía una fotografía de él en el tocador, cosa que le complació tanto que sintió ganas de echarse a llorar. Ninguna chica le había pedido nunca una foto, y mucho menos la había enmarcado para tenerla junto a su espejo.

La habitación reflejaba la personalidad de Lidka. Su color favorito era el rosa vivo, y aquella era la tonalidad de las colchas, el mantel y los cojines. En el armario apenas había ropa, pero toda le favorecía: faldas cortas, vestidos con escote de pico, bisutería bonita, estampados de flores, lazos y mariposas… En la estantería tenía todas las obras de Jane Austen en inglés y un ejemplar de *Ana Karenina*, de Tolstói, en polaco. Guardaba una caja debajo de la cama, como si se tratara de un alijo secreto de pornografía, llena de revistas estadounidenses sobre decoración del hogar, repletas de fotografías de cocinas luminosas y pintadas con colores vivos.

Ese día la CIA había empezado a investigar a Lidka, un tedioso proceso que debían afrontar todas las posibles esposas. Un examen mucho más concienzudo que el que se realizaba cuando se trataba de una simple amiga. Lidka tenía que hacer un resumen de su vida y dejarlo por escrito, someterse a interrogatorios durante días y pasar una larga prueba con un detector de mentiras. Todo aquello sucedía en algún lugar de la embajada mientras Cam realizaba su jornada de trabajo habitual, y no se le permitía verla hasta que ella volvía a casa.

A Keith Dorset iba a resultarle difícil despedir a Cam. Además, la información que Staz les pasaba estaba resultando una mina.

Cam le había dado a Staz una cámara compacta de 35 milímetros, una Zorki, la imitación soviética de una Leica, para que pudiera fotografiar documentos en su despacho con la puerta cerrada, en vez de tener que fotocopiarlos en el cuarto de las secretarias. De ese modo conseguía pasarle a Cam cientos de hojas en apenas un puñado de rollos de película.

Lo último que la delegación de la CIA en Varsovia le había preguntado a Staz era qué motivos desencadenarían un ataque contra Occidente por parte del segundo escalón estratégico del Ejército Rojo. Los documentos que les había proporcionado en respuesta habían sido tan exhaustivos que Keith Dorset había recibido felicitaciones por escrito de Langley, algo muy poco habitual.

Además, Mario y Ollie no habían visto nunca a Staz.

De ahí que Cam estuviera seguro de que no iban a despedirlo y de que tampoco le impedirían casarse con Lidka, salvo que esta resultara ser una verdadera agente del KGB.

Mientras tanto, Polonia daba un brusco giro hacia la libertad. Diez millones de personas se habían afiliado al primer sindicato libre, llamado Solidaridad, lo que equivalía a uno de cada tres trabajadores polacos. Sin embargo, el mayor problema del país en esos momentos no era la Unión Soviética, sino el dinero. Las huelgas, y la consiguiente inoperancia del Partido Comunista, habían paralizado una economía débil de por sí, y aquello había dado como resultado una escasez generalizada. El gobierno racionaba la carne, la mantequilla y la harina. Los trabajadores que habían conseguido generosos aumentos de salario descubrían que no podían comprar nada con su dinero. El valor del dólar en el mercado negro pasó a ser más del doble, con un tipo de cambio de doscientos cincuenta zlotys frente a los ciento veinte de antes. Al secretario general Gierek lo sucedió Kania, quien dio paso a su vez al general Jaruzelski, aunque todo continuó igual.

Sin embargo, Lech Wałęsa y Solidaridad habían dudado justo cuando estaban a punto de acabar con el comunismo. Se había decretado una huelga general, pero la habían desconvocado en el último minuto por consejo del Papa y del nuevo presidente estadounidense, Ronald Reagan, quienes temían un derramamiento de sangre. A Cam le decepcionaba la pusilanimidad de Reagan.

Se levantó de la cama y puso los platos y los cubiertos en la mesa. Le había llevado a Lidka dos bistecs. Por descontado, los diplomáticos no padecían las escaseces que sufrían los polacos; los primeros pagaban con los preciados dólares y, por lo tanto, podían tener lo que quisieran. De hecho, incluso era probable que Lidka estuviera alimentándose mejor que la élite del Partido Comunista.

Cam se preguntó si hacerle el amor antes o después de comer. Unas veces le gustaba recrearse con la expectativa. Otras no podía esperar. En cualquier caso, Lidka siempre se adaptaba a sus necesidades.

La joven por fin llegó a casa. Lo besó en la mejilla, se descolgó el bolso del hombro, se quitó el abrigo y atravesó el pasillo en dirección al cuarto de baño.

Cuando volvió, Cam le enseñó los bistecs.

—Muy bien —dijo Lidka, que todavía no lo había mirado.

—Pasa algo, ¿verdad? —preguntó Cam.

Nunca la había visto malhumorada. Aquello era nuevo.

—No creo que pueda ser la mujer de un agente de la CIA —anunció.

Cam intentó controlar el pánico.

—Cuéntame qué ha ocurrido.

—No voy a volver mañana, no pienso pasar por esto.

—¿Cuál es el problema?

—Me siento como una delincuente.

—¿Por qué? ¿Qué te han hecho?

Por fin lo miró a la cara.

—¿Crees que estoy usándote para ir a América?

—¡No! ¡Claro que no!

—Entonces, ¿por qué me lo han preguntado?

—No lo sé.

—¿Esa pregunta tiene algo que ver con la seguridad nacional?

—Nada en absoluto.

—Me han acusado de mentir.

—¿Has mentido?

Se encogió de hombros.

—No les he contado todo. No soy una monja, he tenido amantes, y no mencioné uno o dos… ¡Pero tus antipáticos amigos de la CIA lo sabían! ¡Deben de haber ido a mi antiguo instituto!

—Ya sé que has tenido amantes, yo también. —«Aunque no muchas», pensó Cam, pero no lo dijo en voz alta—. No me importa.

—Me han hecho sentir como una prostituta.

—Lo siento, aunque no importa lo que piensen de nosotros mientras te concedan una autorización.

—Van a contarte un montón de cosas desagradables sobre mí, cosas que les ha contado gente que me odia… Chicas envidiosas y chicos con los que no he querido acostarme.

—No pienso creerles.

—¿Me lo prometes?

—Te lo prometo.

Lidka se sentó en su regazo.

—Siento haberme enfurruñado.

—No pasa nada.

—Te quiero, Cam.

—Yo también te quiero.

—Ahora me siento mejor.

—Me alegro.

—¿Quieres que yo también te haga sentir mejor?

Cuando oía aquello, a Cam se le secaba la boca.

—Sí, por favor.

—Muy bien. —Lidka se levantó—. Tú túmbate y relájate, cariño —dijo.

Dave Williams voló a Varsovia con su mujer, Beep, y su hijo, John Lee, para asistir a la boda de su cuñado, Cam Dewar.

John Lee no sabía leer, aunque era un niño inteligente de ocho años e iba a una buena escuela. Dave y Beep lo habían llevado a un psicopedagogo y habían averiguado que su hijo padecía una enfermedad común llamada dislexia, o ceguera a las palabras. John Lee aprendería a leer, aunque necesitaría una ayuda especializada y tendría que aplicarse más de lo habitual para lograrlo. La dislexia era hereditaria y afectaba sobre todo a los varones.

Fue entonces cuando Dave comprendió cuál era su problema.

—Pasé toda mi época de estudiante creyendo que era tonto —le había dicho a Beep aquella noche, en la cocina de madera de pino de Daisy Farm, después de haber puesto a dormir a John Lee—. Y los profesores también lo decían. Mis padres sabían que no era así, pero por eso mismo estaban convencidos de que era un vago.

—¿Vago tú? —dijo Beep—. Eres la persona más trabajadora que conozco.

—Me pasaba algo, pero no sabíamos de qué se trataba. Ahora sí.

—Y, por lo tanto, nos aseguraremos de que John Lee no sufra como sufriste tú.

Dave por fin había encontrado la respuesta a su continua lucha con la escritura y la lectura. Hacía años que aquello había dejado de atormentarlo, sobre todo desde que era compositor y millones de personas cantaban sus canciones, pero averiguar que era disléxico había resultado un auténtico alivio de todas formas. El misterio había quedado esclarecido, había encontrado una explicación a una discapacidad angustiante, y lo más importante de todo era que sabía lo que debía hacer para que aquello no afectara a su descendencia.

—¿Y sabes otra cosa? —había dicho Beep, sirviéndose una copa de cabernet sauvignon de Daisy Farm.

—Sí —contestó Dave—, que seguramente es hijo mío.

Beep nunca había estado segura de quién era el padre de John Lee, si Dave o Walli. Aunque a medida que el niño crecía y cambiaba se parecía cada vez más a Dave, nadie sabía si la semejanza era heredada o adquirida: los gestos de las manos, el modo de hablar, el entusiasmo… Todos esos rasgos podría haberlos aprendido un niño que idolatraba a su padre. Sin embargo, la dislexia no se aprendía.

—No es concluyente —había dicho Beep—, pero sí una prueba de peso.

—Además, en cualquier caso, ¿a quién le importa? —dijo Dave.

Sin embargo, habían prometido que nunca comentarían aquella incógnita con nadie, ni siquiera con John Lee.

La boda de Cam se celebró en una iglesia católica moderna de la pequeña población de Otwock, situada en las afueras de Varsovia. Cam se había hecho católico, aunque Dave estaba convencido de que no se trataba de una conversión sincera.

La novia llevaba el mismo vestido con el que se había casado su madre; la situación de los polacos los obligaba a reaprovechar la ropa.

A Dave, Lidka le pareció una chica atractiva, delgada, de piernas largas y pechos bonitos, pero había algo en su boca que le sugería inflexibilidad. Tal vez estaba siendo demasiado duro; quince años viviendo como una estrella del rock lo habían vuelto suspicaz respecto a las chicas. Por experiencia propia, sabía que se iban a la cama con quien fuera para conseguir algo a cambio, y más a menudo de lo que creía la mayoría de la gente.

Las tres damas de honor se habían confeccionado ellas mismas unos vestidos veraniegos cortos de algodón en un color rosa vivo.

El banquete de boda se celebró en la embajada estadounidense. Woody Dewar corría con los gastos, pero había sido la embajada la que había conseguido comida en abundancia y alguna bebida más, aparte del vodka.

El padre de Lidka contó un chiste, medio en polaco y medio en inglés:

—Un hombre entra en una carnicería de propiedad estatal y pide una libra de vaca.

»*"Nie ma"*, no hay.

»"¿Cerdo, entonces?"

»*"Nie ma."*

»"¿Ternera?"

997

»"*Nie ma.*"

»"¿Pollo?"

»"*Nie ma.*"

»El cliente se marcha, y la mujer del carnicero dice: "Ese tipo está loco".

»"Ya lo creo —contesta el carnicero—, pero ¡qué memorión!"

Los estadounidenses no sabían dónde mirar, pero los polacos rieron con ganas.

Dave le había pedido a Cam que no le dijera a nadie que su cuñado era un miembro de Plum Nellie, pero, como solía ocurrir, la noticia había corrido como la pólvora y las amigas de Lidka lo estaban asediando. No había manera de quitarse de encima a las damas de honor y estaba claro que, si le hubiera apetecido, podría haberse ido a la cama con cualquiera de ellas o incluso, como insinuó una, con las tres a la vez.

—Tendríais que conocer al que toca el bajo —dijo Dave.

Cam y Lidka bailaban por primera vez como marido y mujer cuando Beep le susurró a Dave:

—Ya sé que es un pesado, pero es mi hermano, y la verdad es que me alegro de que por fin haya encontrado a alguien.

—¿Estás segura de que Lidka no es una cazafortunas que va detrás de un pasaporte norteamericano?

—Eso es lo que temen mis padres, pero Cam tiene treinta y cuatro años y está soltero.

—Supongo que tienes razón —admitió Dave—. ¿Qué tiene que perder?

Tania Dvórkina estaba muerta de miedo cuando acudió a la primera convención nacional de Solidaridad, en septiembre de 1981.

La jornada dio comienzo en la catedral de Oliwa, en las afueras de Gdańsk. Dos torres afiladas flanqueaban de manera amenazadora un pórtico bajo de estilo barroco a través del cual entraron los delegados. Tania se sentó junto a Danuta Górski, su vecina de Varsovia, periodista y organizadora de Solidaridad. Igual que Tania, Danuta escribía artículos insulsos y ortodoxos para la prensa oficial mientras trabajaba para intereses distintos en privado.

El arzobispo leyó un sermón con el que pretendía llamar a la calma y que versó sobre la paz y el amor a la patria. A pesar de la exaltación del Papa, el clero polaco tenía sentimientos encontrados respecto a Solidaridad. Odiaban el comunismo, pero eran autoritarios por naturaleza y, por tanto, hostiles a la democracia. Había curas que demostraban una valentía heroica a la hora de desafiar al régimen, pero lo que la jerarquía eclesiástica deseaba era reemplazar una tiranía aconfesional por una tiranía católica.

Sin embargo, no era la Iglesia lo que preocupaba a Tania, ni ninguna de las otras fuerzas que intentaban dividir el movimiento. Peores cosas auguraban las maniobras amenazadoras de la marina soviética en el golfo de Gdańsk, además de los «ejercicios de tierra» de cien mil soldados del Ejército Rojo en la frontera oriental de Polonia. Según el artículo que Danuta había publicado ese día en *Trybuna Ludu*, aquella exhibición de fuerza era una respuesta al aumento de la agresividad estadounidense. Sin embargo, nadie se engañaba: la Unión Soviética quería que todo el mundo supiera que estaba lista para invadir Polonia si Solidaridad decidía algo que no le gustaba.

Después de la misa, los novecientos delegados se trasladaron en autobuses hasta el gigantesco palacio de deportes Olivia, en el campus de la Universidad de Gdańsk, donde se celebraría la convención.

Todos aquellos movimientos suponían una grave provocación, y el Kremlin odiaba Solidaridad. Hacía más de una década que no ocurría algo tan peligroso en un país del bloque soviético. Unos delegados elegidos de manera democrática y procedentes de toda Polonia se reunían para celebrar debates y aprobar resoluciones mediante votación, y todo ello sin que el Partido Comunista tuviera ningún tipo de control sobre lo que sucedía. A todos los efectos se trataba de un Parlamento nacional, y se habría calificado de revolucionario si los bolcheviques no hubieran mancillado esa palabra. No era de extrañar que a los soviéticos los consumiera la preocupación.

El pabellón deportivo disponía de un marcador electrónico y, cuando Lech Wałęsa se levantó para hablar, este se iluminó con una cruz y un eslogan en latín: *Polonia semper fidelis*, Polonia siempre fiel.

Tania salió, fue hasta su coche y encendió la radio. Las emisoras seguían retransmitiendo de manera habitual por todo el dial. Los soviéticos todavía no habían invadido el país.

El resto del sábado transcurrió sin más novedades; de hecho, no fue hasta el martes cuando Tania empezó a asustarse de nuevo.

El gobierno había publicado el borrador de un proyecto de ley sobre el autogobierno de los trabajadores que otorgaba a los empleados el derecho a ser consultados acerca de los nombramientos de la patronal. Tania pensó con acritud que el presidente Reagan no se detendría ni un solo segundo a considerar la posibilidad de garantizar ese tipo de derechos a los trabajadores estadounidenses. Aun así, Solidaridad decidió que el proyecto de ley no era lo bastante radical para ellos, ya que no concedía a la mano de obra la capacidad de contratar y despedir, así que propuso que se realizara un referéndum nacional para conocer la opinión del país.

Lenin debía de estar revolviéndose en su mausoleo.

Y no solo eso: añadieron una cláusula según la cual, si el gobierno se negaba a celebrar el referéndum, lo organizaría el propio sindicato.

Tania volvió a sentir una punzada de miedo en el estómago. El sindicato estaba empezando a asumir el papel de liderazgo que normalmente se reservaba el Partido Comunista. Los ateos estaban haciéndose con el control de la Iglesia. La Unión Soviética nunca lo permitiría.

La resolución se aprobó con un solo voto en contra, y los delegados se levantaron y aplaudieron.

Sin embargo, eso no fue todo.

Alguien propuso lanzar un mensaje a los obreros de Checoslovaquia, de Hungría, de la Alemania Oriental y de «todas las naciones de la Unión Soviética» que decía, entre otras cosas: «Apoyamos a aquellos de entre vosotros que han tomado el dificultoso camino de la lucha por conseguir sindicatos libres». Se aprobó a mano alzada.

Tania estaba segura de que habían ido demasiado lejos.

El mayor miedo de los soviéticos era que la cruzada polaca por la libertad se extendiera a otros países del Telón de Acero… ¡Justo a lo que estaban animando los delegados, llevados por la emoción! La invasión parecía inevitable.

Al día siguiente la prensa solo hablaba de la indignación soviética. Solidaridad estaba interfiriendo en asuntos internos de los estados soberanos, clamaban.

Aun así, no invadieron.

El dirigente soviético Leonid Brézhnev no deseaba invadir Polonia. No podía permitirse que los bancos occidentales le negaran el crédito, pero tenía otro plan, y Cam Dewar supo de qué se trataba a través de Staz.

Siempre se tardaban varios días en procesar el material que Staz entregaba. Recoger los rollos de película durante un intercambio peligroso y clandestino solo era el principio, a continuación había que revelar la película en el cuarto oscuro de la embajada estadounidense y, después de imprimir y fotocopiar los documentos, un traductor con una autorización de alto nivel se sentaba y los pasaba del polaco y del ruso al inglés. En el caso de que los documentos superaran el centenar, cosa frecuente, se tardaban días. Acto seguido había que volver a escribir a máquina y a fotocopiar la traducción, y no era hasta entonces cuando Cam podía valorar la importancia de la información recibida.

El invierno se había instalado en Varsovia cuando Cam se encontraba estudiando la última remesa, en la que descubrió un plan detalladamente elaborado acerca de las medidas drásticas y contundentes que el gobierno polaco tomaría llegada la ocasión. Se declararía la ley marcial, se suspenderían todo tipo de libertades y se daría marcha atrás a los acuerdos alcanzados con Solidaridad.

Solo se trataba de un plan de emergencia, pero lo que sorprendió a Cam fue que Jaruzelski hubiera elaborado aquellos procedimientos estratégicos a la semana de haber tomado posesión del cargo. Era evidente que había sido su intención desde el principio.

Y Brézhnev lo acosaba sin descanso para que lo llevara a la práctica.

Jaruzelski había resistido a la presión a principios de año, cuando Solidaridad habría contado con medios para contraatacar: los preparativos para una huelga general ya estaban bastante avanzados y los trabajadores habrían ocupado las fábricas de todo el país.

En aquella ocasión Solidaridad se había impuesto y los comunistas habían tenido que ceder; sin embargo, en esos momentos los obreros ya habían bajado la guardia.

Y además estaban hambrientos, cansados y ateridos. No había de nada, la inflación era galopante y los burócratas comunistas que anhelaban el regreso de los viejos tiempos saboteaban la distribución de alimentos. Jaruzelski calculaba que la gente se hallaba al límite de lo que podía aguantar y que pronto empezaría a plantearse como una salvación el regreso de un gobierno autoritario.

El general abogaba por la invasión soviética y había enviado un mensaje al Kremlin en el que preguntaba a las claras si podían contar con la ayuda militar de Moscú.

La respuesta que había recibido había sido igual de clara y contundente: «No se enviarán tropas».

Cam se dijo que era una buena noticia para Polonia. Tal vez los soviéticos amenazaran y lanzaran bravuconadas, pero no estaban dispuestos a dar el paso definitivo. Lo que ocurriera, tendrían que protagonizarlo los propios polacos.

No obstante, Jaruzelski podía optar por tomar medidas contundentes de todas maneras, aun sin el respaldo de los tanques soviéticos. El plan estaba allí mismo, en el rollo de película de Staz. El propio oficial polaco temía que Jaruzelski se decidiera a llevarlo a cabo, como revelaba la inclusión de una nota manuscrita, algo lo suficientemente inusual para que Cam le prestara la debida atención. Staz había escrito: «Reagan puede evitarlo si amenaza con retirar la ayuda financiera».

Cam pensó que aquello era muy astuto. Los créditos de los gobiernos y los bancos occidentales mantenían Polonia a flote, y lo único peor que la democracia sería la bancarrota.

Él había votado a Reagan porque este había prometido mayor agresividad en política exterior. Pues aquella era su oportunidad. Si actuaba con rapidez, el presidente podía impedir que Polonia retrocediera un paso gigantesco.

George y Verena tenían una bonita casa en las afueras de Washington, en el condado de Prince George, Maryland, la circunscripción que él representaba como congresista. Por eso se veía obligado a acudir a la iglesia todos los domingos, a una confesión distinta cada semana, para rezar junto con sus votantes. Su trabajo implicaba algún que otro compromiso latoso de aquel tipo, pero la mayor parte del tiempo se dedicaba en cuerpo y alma a la labor que desempeñaba. Jimmy Carter había dejado la Casa Blanca, que en esos momentos ocupaba Ronald Reagan, y George podía luchar por los estadounidenses más desfavorecidos, muchos de los cuales eran negros.

Cada mes o dos meses Maria Summers iba a visitar a su ahijado Jack, quien con año y medio ya apuntaba alguna de las maneras y el inconformismo de su abuela Jacky. Maria solía llevarle un libro. Después de comer, George lavaba los platos y ella los secaba mientras charlaban sobre política exterior y los servicios secretos.

Maria seguía trabajando en el mismo departamento, y su jefe de aquel entonces era el secretario de Estado Alexander Haig. George le preguntó si la información que recibían de Polonia había mejorado.

—Y mucho —contestó ella—. No sé qué hiciste, pero desde luego parece que la CIA ha espabilado.

George le pasó un cuenco para que lo secara.

—¿Qué ocurre en Varsovia?

—Los soviéticos no invadirán el país. Lo sabemos. Los comunistas polacos les han pedido que lo hagan y los rusos se han negado en redondo, pero Brézhnev está presionando a Jaruzelski para que declare la ley marcial y suspenda las actividades de Solidaridad.

—Eso sería una lástima.

—Es lo mismo que piensa el Departamento de Estado.

George vaciló.

—Adivino que viene un «pero» a continuación…

—Me conoces demasiado bien. —Maria sonrió—. Podríamos echar por tierra el plan de la ley marcial. El presidente Reagan solo tendría que declarar que toda futura ayuda económica estaría ligada al respeto de los derechos humanos.

—¿Por qué no lo hace?

—Al Haig y él creen que los polacos no impondrán la ley marcial.

—¿Quién sabe? En cualquier caso, no estaría mal lanzar la advertencia.

—Es lo mismo que pienso yo.

—Y entonces, ¿por qué no lo hacen?

—No quieren que el otro bando sepa lo buenos que son nuestros espías.

—¿De qué sirve tener servicios de inteligencia si no se usan?

—Puede que acaben haciéndolo —dijo Maria—, pero ahora mismo se lo están pensando.

Nevaba sobre Varsovia dos fines de semana antes de Navidad. Tania pasó la noche del sábado sola. Staz nunca le explicaba las razones de por qué algunas noches sí podía quedarse en su apartamento y otras no. Ella nunca había ido a su casa, a pesar de que sabía dónde vivía. Desde que se lo había presentado a Cam Dewar, Staz nunca hablaba de nada que tuviese que ver con el ejército, y Tania suponía que eso se debía a que estaba revelándoles secretos a los estadounidenses. Era como el prisionero que hace gala de buen comportamiento durante el día mientras pasa las noches excavando un túnel para escaparse.

Sin embargo, aquel era el segundo sábado que Tania no lo veía, y no estaba segura de por qué. ¿Se estaría cansando de ella? Era algo que solía ocurrirles a los hombres. El único que había seguido formando parte de su vida de forma permanente era Vasili, y nunca se había acostado con él.

Descubrió que echaba de menos a Vasili. Nunca se había permitido enamorarse de él porque era un hombre promiscuo, pero sí la atraía mucho. Empezaba a darse cuenta de que lo que más le gustaba de un hombre era el coraje. Los tres hombres más importantes de su vida habían sido Paz Oliva, Staz Pawlak y Vasili. Daba la casualidad, además, de que los tres eran increíblemente guapos. Sin embargo, también eran valientes: Paz se había enfrentado al poderío estadounidense; Staz había traicionado los secretos del Ejército Rojo, y Vasili había desafiado el poder del Kremlin. De los tres, Vasili era el que más espoleaba su imaginación, ya que había escrito historias demoledoras sobre la Unión Soviética mientras se moría de hambre y de frío en Siberia. Se preguntó cómo estaría y qué estaría escribiendo. Se preguntó si habría vuelto a las andadas y se habría convertido de nuevo en un donjuán o si, por el contrario, habría sentado la cabeza de una vez por todas.

Se fue a la cama y leyó *Doctor Zhivago* en alemán —todavía no se había publicado en ruso— hasta que le entró sueño y apagó la luz.

La despertaron unos golpes. Se incorporó y encendió la lamparilla. Eran las dos y media de la mañana, y alguien estaba aporreando una puerta, aunque no la suya.

Se levantó y se asomó a la ventana. Los coches aparcados a ambos lados de la calle estaban cubiertos por una capa de nieve recién caída. En mitad de la calzada había dos vehículos de la policía y un BTR-60, un transporte blindado de personal, estacionados de cualquier manera, como solo los dejaban los agentes que sabían que podían hacer lo que quisieran.

Los golpes procedentes del otro lado de la puerta se transformaron en un fuerte estrépito. Era como si alguien estuviera tratando de demoler el edificio con un martillo.

Tania se puso una bata y se dirigió a la puerta. Recogió su carnet de prensa de la TASS, que estaba en una mesa de la entrada con las llaves del coche y algo de calderilla. Abrió la puerta y se asomó al pasillo. No vio nada raro, salvo que dos de sus vecinos también estaban asomados, con gesto nervioso.

Dejó la puerta entornada con ayuda de una silla y salió. El ruido procedía del piso de abajo. Miró por encima de la barandilla y vio a un grupo de hombres con el uniforme de camuflaje militar de las ZOMO, la tristemente célebre policía de seguridad. Blandiendo palancas y martillos, estaban derribando la puerta de la amiga de Tania, Danuta Górski.

—¿Qué están haciendo? —gritó Tania—. ¿Qué está pasando?

Algunos de los vecinos también vociferaban haciendo preguntas, pero la policía no les hacía ningún caso.

La puerta se abrió desde el interior y en el umbral apareció el marido de Danuta, un hombre asustado, en pijama y con gafas.

—¿Qué quieren? —dijo.

Del interior de la vivienda salía el sonido de los niños llorando.

Los policías entraron, apartándolo a empujones.

Tania corrió escalera abajo.

—¡No pueden hacer eso! —gritó—. ¡Tienen que identificarse!

Dos policías robustos salieron del apartamento sacando a rastras a

Danuta, cuya melena abundante estaba toda alborotada, vestida con un camisón y una bata blanca de chenilla.

Tania se plantó delante de ellos, bloqueando la escalera. Mostró su carnet de prensa.

—¡Soy periodista soviética! —gritó.

—Entonces, ¡sal de en medio, joder! —replicó uno de los policías, y arremetió contra ella con una barra de hierro que sostenía en la mano izquierda.

No fue un golpe certero, ya que el agente forcejeaba con Danuta con la otra mano para retenerla, pero la barra de hierro le dio en plena cara a Tania, que sintió un dolor insoportable al tiempo que se tambaleaba hacia atrás. Los dos policías la apartaron de un empujón y tiraron de Danuta para bajar la escalera.

A Tania le salía sangre del ojo derecho, pero podía ver con el izquierdo. Otro agente salió del apartamento cargado con una máquina de escribir y un contestador automático.

El marido de Danuta reapareció con un niño en brazos.

—¿Adónde la llevan? —gritó.

El policía no respondió.

—Voy a llamar al ejército ahora mismo y lo averiguaré —dijo Tania, que se llevó una mano al rostro dolorido y subió la escalera.

Se miró en el espejo de la entrada. Tenía una herida en la frente, y la mejilla enrojecida e hinchada que empezaba a teñirse de morado, pero creía que al menos no le habían roto ningún hueso.

Cogió el teléfono para llamar a Staz.

No había línea.

Encendió el televisor y la radio. La televisión no emitía señal, tampoco la radio.

Entonces, todo aquello no era solo por Danuta…

Una vecina entró en su casa.

—Tienes que ir a que te vea un médico —sugirió la mujer.

—Ahora no tengo tiempo.

Tania entró en su cuarto de baño diminuto, puso una toalla bajo el grifo y se lavó la cara con cuidado. Luego regresó a su dormitorio, se vistió rápidamente con ropa interior térmica, pantalones vaqueros y un jersey grueso, y se echó encima un abrigo grande y recio con forro de piel.

Bajó corriendo la escalera y se metió en su coche. Comenzaba a nevar de nuevo, pero las carreteras principales estaban despejadas y no tardó en comprender por qué: había tanques y camiones del ejército por todas partes. Con una creciente sensación de inquietud se dio cuenta de que la detención de Danuta solo era una pequeña parte de algo mucho mayor y más siniestro.

Sin embargo, los soldados que ocupaban el centro de Varsovia no eran rusos. Aquello no era como Praga en 1968. Los vehículos llevaban distintivos del ejército polaco, y los soldados lucían uniformes del país. Los polacos habían invadido su propia capital.

Estaban instalando controles de carretera, pero acababan de comenzar y de momento aún era posible eludirlos. Tania conducía su Mercedes a toda velocidad tentando a la suerte en las curvas más resbaladizas, en dirección a la calle Jana Olbrachta, en el oeste de la ciudad. Aparcó delante del edificio donde vivía Staz. Sabía la dirección, pero nunca había estado allí, ya que él insistía en que era poco más que unos simples barracones.

Se precipitó corriendo en el interior y tardó un par de minutos en encontrar el piso que buscaba. Llamó a la puerta, rezando por que Staz estuviese dentro, aunque temía que lo más probable era que hubiese salido a las calles, con el resto del ejército.

Una mujer abrió la puerta.

Tania se quedó perpleja. ¿Tenía Staz otra novia?

La mujer era rubia y atractiva, y llevaba un camisón de nailon de color rosa. Observó el rostro de Tania con gesto de consternación.

—¡Está malherida! —exclamó en polaco.

Mirando al pasillo que había detrás de la mujer, Tania reparó en un pequeño triciclo rojo. Aquella mujer no era la novia de Staz, sino su esposa, y además tenía un hijo.

Tania sintió una punzada de culpa que le sacudió todo el cuerpo como una descarga eléctrica. Ella se había estado interponiendo entre Staz y su familia… y él le había mentido.

Hizo un esfuerzo por sobreponerse y concentrarse en la situación inmediata.

—Tengo que hablar con el coronel Pawlak —explicó—. Es urgente.

La mujer oyó su acento ruso y cambió de actitud al instante. Miró a Tania con expresión colérica.

—Así que tú eres la puta rusa —dijo.

Al parecer, Staz no había logrado ocultarle la aventura a su esposa. Tania quería explicarle que no sabía que estaba casado, pero aquel no era el momento.

—¡No hay tiempo para eso! —exclamó con desesperación—. ¡Están tomando la ciudad! ¿Dónde está él?

—No está aquí.

—¿Va a ayudarme a encontrarlo?

—No. Y largo de aquí. Ojalá te mueras.

La mujer cerró la puerta.

—¡Mierda! —exclamó Tania.

Se quedó en el descansillo del apartamento y se llevó la mano a la mejilla dolorida; la hinchazón parecía cada vez más grotesca. No sabía qué hacer a continuación.

La única persona además de Staz que podría saber qué ocurría era Cam Dewar. No era probable que pudiese llamarlo, porque suponía que todas las líneas telefónicas civiles de la ciudad estaban cortadas. Sin embargo, Cam tal vez acudiera a la embajada estadounidense.

Tania salió corriendo a la calle, volvió a subir a su coche y se dirigió al sur de la ciudad. Se desplazó por los barrios periféricos, evitando el centro, donde habrían instalado controles militares.

Así que Staz tenía esposa y había estado engañando a las dos mujeres. Tania pensó con amargura que sabía mentir muy bien, de modo que probablemente sería un buen espía. Estaba tan furiosa que le daban ganas de renunciar a los malditos hombres para siempre. Todos eran iguales.

En ese momento vio a un grupo de soldados colgando un cartel en una farola. Se detuvo a mirar, aunque no se arriesgó a salir del coche. Se trataba de un decreto emitido por algo llamado Consejo Militar de Salvación Nacional. No existía tal consejo; alguien, sin duda Jaruzelski, acababa de crearlo. Tania leyó el cartel horrorizada. Se había instaurado la ley marcial: los derechos civiles quedaban suspendidos, las fronteras estaban cerradas, se prohibía viajar de una ciudad a otra, así como celebrar reuniones públicas de cualquier índole, había toque de queda en vigor desde las diez de la noche hasta las seis de la mañana, y las fuerzas armadas estaban autorizadas a usar la coacción para restaurar la ley y el orden.

Esas eran las medidas drásticas y contundentes, y habían sido planificadas cuidadosamente, pues aquel cartel se había impreso de antemano. El plan se estaba llevando a cabo con una eficiencia despiadada. ¿Había alguna esperanza?

Tania volvió a arrancar el vehículo. En una calle oscura, dos hombres de las ZOMO salieron al paso de los faros dobles de su coche y uno de ellos levantó una mano para detenerla. En ese momento ella sintió una punzada de dolor en la mejilla y de inmediato tomó una decisión: apretó el pedal del acelerador a fondo. Dio las gracias a las estrellas por aquel potente motor alemán cuando el coche salió disparado hacia delante y pilló desprevenidos a los agentes, que se apartaron a un lado de un salto. Derrapando, dobló una esquina y desapareció de su vista antes de que pudieran hacer uso de las armas.

Unos minutos más tarde se detuvo frente a la embajada de mármol blanco. Todas las luces estaban encendidas; ellos también debían de estar tratando de averiguar lo que ocurría. Bajó a toda prisa del coche y corrió hacia el marine estadounidense que custodiaba la puerta.

—Tengo información importante para Cam Dewar —anunció en inglés.

El marine señaló a su espalda, a la calle.

—Pues parece que ahí lo tiene.

Tania se volvió y vio un Polski Fiat de color verde lima aparcando en la calle. Cam estaba al volante. Tania corrió hacia el coche y él bajó la ventanilla. Se dirigió a ella en ruso, como siempre.

—Dios mío, ¿qué le ha pasado en la cara?

—He tenido una pequeña charla con los de las ZOMO —explicó—. ¿Sabe lo que está pasando?

—El gobierno ha detenido a casi todos los líderes y representantes de Solidaridad, a miles de ellos —dijo Cam con tono grave—. Todas las líneas telefónicas están cortadas. Hay controles masivos en todas las carreteras importantes del país.

—¡Pero no he visto a ningún ruso!

—No. Esto es cosa de los propios polacos.

—¿Sabía el gobierno americano que esto iba a pasar? ¿Staz se lo dijo?

Cam se quedó callado.

Tania lo interpretó como un sí.

—¿No podía Reagan hacer algo para detenerlos?

Cam parecía tan perplejo y decepcionado como Tania.

—Yo creía que sí —dijo.

Tania oyó cómo levantaba su propia voz hasta transformarla en un grito de frustración:

—Entonces, por lo que más quiera, ¿por qué no lo hizo?

—No lo sé —respondió Cam—. De verdad que no lo sé.

Cuando Tania regresó a su casa, a Moscú, en el apartamento de su madre la esperaba un ramo de flores de Vasili. ¿Cómo habría encontrado rosas en Moscú en pleno enero?

Las flores eran como un rayo de luz en un paisaje desolado. Tania había sufrido dos decepciones: Staz la había engañado, y el general Jaruzelski había traicionado al pueblo polaco. Staz no era mejor que Paz Oliva, y a ella no le quedaba más remedio que preguntarse cómo era posible que se equivocase tanto con los hombres. Tal vez también estaba equivocada con respecto al comunismo. Siempre había creído que aquello no podía durar. Era apenas una niña en 1956, cuando la rebelión del pueblo húngaro había sido aplastada. Doce años más tarde había ocurrido lo mismo con la Primavera de Praga y, después de otros trece años, Solidaridad también había corrido la misma suerte. Tal vez el comunismo sí era realmente el único camino que les deparaba el futuro, como seguía creyendo el abuelo Grigori al morir. Si así era, sus sobrinos, los hijos de Dimka, Grisha y Katia, tenían una vida muy triste por delante.

Poco después de que Tania volviera a casa, Vasili la invitó a cenar.

Convinieron en que ya podían ser amigos abiertamente. Él se había reinsertado en la sociedad soviética, su programa de radio tenía un gran éxito desde hacía tiempo y Vasili era una estrella del sindicato de escritores. Nadie sabía que también era el disidente Iván Kuznetsov, autor de *Congelación* y otros libros anticomunistas que habían sido superventas en Occidente. Tania pensó que era sorprendente que ambos hubiesen logrado mantenerlo en secreto durante tanto tiempo.

Se disponía a salir de la oficina para ir a casa de Vasili cuando la abordó Piotr Opotkin, que entornaba los ojos para protegerse del humo del cigarrillo que tenía entre los labios.

—Has vuelto a hacerlo —dijo—. Nos están llegando quejas desde las altas esferas por tu artículo sobre las vacas.

Tania había visitado la región de Vladímir, donde los funcionarios del Partido Comunista eran tan ineptos que estaban dejando que el ganado muriese en masa mientras su comida se pudría en los establos. Ella había escrito un artículo furibundo y Daniíl lo había publicado.

—Supongo que los que han protestado son los mismos cabrones corruptos y perezosos que dejan morir a las vacas.

—Esos me traen sin cuidado —repuso Opotkin—. ¡He recibido una carta del secretario responsable de ideología del mismísimo Comité Central!

—Y él sabe mucho de vacas, ¿verdad?

Opotkin le arrojó un pedazo de papel.

—Vamos a tener que publicar una retractación.

Tania cogió el papel, pero no lo leyó.

—¿Por qué se empeña en defender a la gente que está destruyendo nuestro país?

—¡No podemos sabotear a los cuadros del Partido Comunista!

Sonó el teléfono del escritorio de Tania y ella respondió:

—Tania Dvórkina.

—Usted escribió el artículo sobre las vacas que mueren en Vladímir —dijo una voz que le resultó vagamente familiar.

Ella lanzó un suspiro.

—Sí, fui yo, y ya he sido reprendida como es debido. ¿Con quién hablo?

—Soy el secretario de Agricultura. Me llamo Mijaíl Gorbachov. Me hizo una entrevista en 1976.

—Sí, es cierto.

Tania supuso que, evidentemente, Gorbachov iba a añadir su condena a la de Opotkin por el artículo.

—La llamo para felicitarle por su excelente análisis —dijo Gorbachov.

Tania se quedó perpleja.

—Vaya… ¡Gracias, camarada!

—Resulta de extrema importancia que eliminemos esa ineficiencia de nuestras granjas.

—Mmm… Camarada secretario, ¿le importaría decirle eso a mi redactor jefe? Ahora mismo estábamos discutiendo sobre el artículo y él hablaba de una posible retractación.

—¿Una retractación? Tonterías. Póngamelo al teléfono.

—El secretario Gorbachov quiere hablar con usted —dijo Tania sonriendo.

Al principio Opotkin no la creyó.

—¿Con quién hablo, por favor? —preguntó cuando se puso al aparato.

A partir de ese momento se quedó en silencio, salvo por algún que otro «Sí, camarada».

Por fin colgó el teléfono y, acto seguido, se fue sin dirigirle una palabra a Tania, quien sintió una satisfacción inmensa al arrugar el papel con la retractación y tirarlo a la basura.

Poco después Tania fue al apartamento de Vasili sin saber muy bien cuáles eran sus expectativas. Esperaba que no le pidiese que se sumase a su harén, pero por si acaso llevaba unos pantalones de sarga nada favorecedores y un insulso suéter gris, para no darle ideas. De todos modos se sorprendió al descubrir que se moría de ganas de verlo.

Vasili abrió la puerta. Llevaba un jersey azul y una camisa blanca que parecían recién estrenados. Ella lo besó en la mejilla y luego lo estudió detenidamente. Tenía el pelo gris, pero era todavía una cabellera abundante y ondulada. A sus cincuenta años, estaba en forma y se conservaba esbelto.

Abrió una botella de champán georgiano y sirvió unos aperitivos en la mesa, tostadas con ensalada de huevo y tomate, y huevas de pescado con pepino. Tania se preguntó quién los habría preparado. No sería raro que hubiese encargado la tarea a alguna de sus novias.

El apartamento era acogedor, lleno de libros y fotos. Vasili tenía un magnetófono que reproducía cintas de casete. En ese momento de su vida disponía de mucho dinero, aun sin la fortuna en derechos de autor que no podía recibir del extranjero.

Quería saberlo todo sobre Polonia. ¿Cómo era posible que el Kremlin hubiese derrotado a Solidaridad sin una invasión? ¿Por qué había traicionado Jaruzelski al pueblo polaco? No creía que en su apartamento hubiese micrófonos ocultos, pero puso una casete de Chaikovski por si acaso.

Tania le explicó que Solidaridad no estaba muerto, sino que había pasado a la clandestinidad. Muchos de los detenidos bajo la ley marcial todavía seguían en la cárcel, pero la policía secreta, con su sexismo, no había sabido apreciar el importante papel desempeñado por las mujeres. Casi todas las organizadoras seguían en la calle, incluida Danuta, que había sido detenida y luego puesta en libertad. Volvía a trabajar de forma encubierta, produciendo periódicos y panfletos ilegales, restableciendo las líneas de comunicación.

Pese a todo, Tania no tenía esperanza. Si volvían a rebelarse, serían aplastados de nuevo. Vasili se mostró más optimista.

—Han estado a punto de lograrlo —dijo—. En medio siglo nadie ha estado tan cerca de derrotar al comunismo.

Era como en los viejos tiempos, pensó Tania, que se sentía cada vez más cómoda bajo los efectos relajantes del champán. A principios de los sesenta, antes de que encarcelaran a Vasili, habían pasado muchas veladas así, sentados, charlando y discutiendo sobre política, arte y literatura.

Le habló de la llamada telefónica de Mijaíl Gorbachov.

—Es un poco raro —dijo Vasili—. Lo vemos mucho por el Ministerio de Agricultura. Es el favorito de Yuri Andrópov, y parece un comunista recalcitrante. Su esposa es aún peor. Sin embargo, presta su apoyo a las ideas reformistas siempre que puede, mientras no moleste con ello a sus superiores.

—Mi hermano tiene una gran consideración por él.

—Cuando muera Brézhnev, y no puede faltar mucho para eso, por favor..., Andrópov se presentará como candidato al liderazgo y Gorbachov lo respaldará. Si su candidatura no prospera, los dos estarán acabados. Los enviarán a ambos al destierro. No obstante, si Andrópov tiene éxito, a Gorbachov le espera un brillante porvenir.

—En cualquier otro país, a sus cincuenta años Gorbachov tendría la edad justa para convertirse en líder. Aquí, es demasiado joven.

—El Kremlin es un geriátrico.

Vasili sirvió un plato de *borsch*, sopa de remolacha con carne de ternera.

—Está muy bueno —dijo Tania, que no pudo resistir la tentación de preguntar a continuación—: ¿Quién lo ha hecho?

—Yo, naturalmente. ¿Quién, si no?

—No lo sé. ¿No tienes a alguien que te cocine?

—Solo una *babushka* que viene a limpiar el apartamento y planchar mis camisas.

—¿Y una de tus novias?

—No tengo novia ahora mismo.

Tania sentía curiosidad. Recordó la última conversación que habían mantenido antes de que se fuera a Varsovia. Él le aseguró que había cambiado y madurado. Ella le había dicho que tenía que demostrarlo con hechos, no solo con palabras. Estaba convencida que solo era otra de sus tretas para llevársela a la cama. ¿Y si estaba equivocada? Francamente, lo dudaba.

Después de cenar le preguntó qué le parecía que todas esas regalías estuviesen acumulándose en una cuenta en Londres.

—Ese dinero deberías quedártelo tú —dijo Vasili.

—No digas tonterías. Tú escribiste los libros.

—Tenía muy poco que perder, ya estaba en Siberia. No podían hacerme nada mucho peor, salvo matarme, y morir habría sido un alivio. Pero tú lo arriesgaste todo: tu carrera, tu libertad, tu vida... Tú mereces ese dinero mucho más que yo.

—Bueno, pues no lo aceptaría, aunque pudieras dármelo.

—Entonces se quedará allí hasta que me muera, probablemente.

—¿No tienes la tentación de escapar a Occidente?

—No.

—Pareces muy seguro.

—Es que lo estoy.

—¿Por qué? Tendrías la libertad de escribir lo que quisieras, todo el tiempo. No más seriales radiofónicos.

—Yo no iría... a menos que tú fueras también.

—No lo dices en serio.

Vasili se encogió de hombros.

—No espero que me creas. ¿Por qué habrías de hacerlo? Pero tú eres la persona más importante de mi vida. Fuiste a Siberia para buscarme, eso no lo hizo nadie más; intentaste que me pusieran en libertad;

pasaste mis obras al mundo libre de forma clandestina. Durante veinte años has sido la mejor amiga que se pueda tener.

Tania se sintió conmovida. Nunca lo había visto desde ese punto de vista.

—Gracias por decir eso.

—Solo es la verdad. No voy a irme. —Acto seguido, añadió—: A menos, por supuesto, que vengas conmigo.

Lo miró de hito en hito. ¿Estaba proponiéndoselo en serio? A Tania le daba miedo preguntarlo. Miró por la ventana y vio los copos de nieve que revoloteaban a la luz de la farola.

—Veinte años, y nunca nos hemos besado —dijo Vasili.

—Es verdad.

—Y sin embargo, sigues pensando que soy un casanova sin corazón.

Lo cierto era que ya no sabía qué pensar. ¿Había cambiado? ¿La gente realmente podía llegar a cambiar?

—Después de tanto tiempo sería una pena echar a perder nuestra amistad —dijo ella.

—Y sin embargo, es lo que quiero, con todo mi corazón.

Tania cambió de tema:

—Si tuvieras la oportunidad, ¿desertarías y te irías a Occidente?

—Contigo, sí. Pero no me iría sin ti.

—Siempre he querido hacer de la Unión Soviética un lugar mejor, no abandonarla, pero después de la derrota de Solidaridad me resulta difícil creer en un futuro mejor. El comunismo podría durar mil años más.

—Podría durar más que tú y que yo, por lo menos.

Tania flaqueó en ese instante y se sorprendió al ver las ganas que tenía de besarlo. Más aún, quería quedarse allí, hablando con él en aquel sofá de aquel apartamento cálido, mientras los copos de nieve caían al otro lado de la ventana, durante mucho, muchísimo tiempo. Pensó que era una sensación muy extraña. Tal vez fuese amor.

Así que lo besó.

Al cabo de un rato se fueron al dormitorio.

Natalia siempre era la primera en enterarse de cualquier noticia. El día de Nochebuena se presentó en el despacho de Dimka en el Kremlin con aspecto ansioso.

—Andrópov no asistirá a la reunión del Politburó —dijo—. Está demasiado enfermo para salir del hospital.

La siguiente reunión del Politburó estaba prevista para el día después de Navidad.

—Maldita sea —exclamó Dimka—. Eso es peligroso.

Por extraño que pudiese parecer, Yuri Andrópov había resultado ser un buen líder soviético. Durante los quince años anteriores había sido el eficiente jefe de un servicio secreto cruel y brutal, el KGB; en ese momento, como secretario general del Partido Comunista de la Unión Soviética, continuaba reprimiendo a los disidentes de forma implacable, pero en el seno del partido era asombrosamente tolerante con las ideas nuevas y reformistas. Al igual que un papa medieval que torturaba a los herejes y al mismo tiempo debatía con sus cardenales sobre los argumentos contra la existencia de Dios, Andrópov hablaba con libertad dentro de su círculo más íntimo —que incluía tanto a Dimka como a Natalia— sobre las deficiencias del sistema soviético. Y la conversación había dado paso a la acción. Gorbachov había ampliado su área de responsabilidad desde la agricultura a toda la economía, y había creado un programa de descentralización de la economía soviética, quitando parte del poder de decisión a Moscú para dárselo a los gestores que veían los problemas más de cerca.

Por desgracia, Andrópov cayó enfermo poco antes de la Navidad de 1983, después de haber sido líder durante menos de un año. Eso preocupaba a Dimka y a Natalia. El rival conservador de Andrópov por el liderazgo había sido Konstantín Chernenko, que aún era el número dos en la jerarquía. Dimka temía que Chernenko aprovechase la enfermedad de Andrópov para recuperar la hegemonía.

—Andrópov ha escrito un discurso para que sea leído en la reunión —explicó Natalia.

Dimka negó con la cabeza.

—Con eso no basta. En ausencia de Andrópov, Chernenko presidirá el encuentro, y una vez que eso suceda todo el mundo lo aceptará como sucesor. Y entonces el país entero dará un terrible paso hacia atrás.

La perspectiva era demasiado deprimente para considerarla siquiera.

—Es obvio que tenemos que conseguir que Gorbachov presida la reunión.

—Pero Chernenko es el número dos. Ojalá fuese él quien estuviese en el hospital.

—No tardará mucho en ingresar en uno, no goza de muy buena salud.

—Pero probablemente no lo bastante pronto. ¿Hay alguna manera de impedir que presida la reunión?

Natalia se quedó pensativa.

—Bueno, el Politburó debe hacer lo que Andrópov le indique.

—¿Y por qué no emite una orden diciendo que Gorbachov presida la reunión?

—Sí, podría hacerlo. Sigue siendo el líder.

—Podría añadir un párrafo a su discurso.

—Perfecto. Lo llamaré y se lo propondré.

Esa misma tarde Dimka recibió un mensaje citándolo a que acudiera a la oficina de Natalia. Cuando llegó, vio que tenía los ojos brillantes de emoción y triunfo. Estaba con ella Arkadi Volski, el asistente personal de Andrópov. Este había convocado a Volski al hospital y había añadido un párrafo manuscrito al discurso. En ese momento Volski se lo entregó a Dimka.

Las últimas líneas decían lo siguiente:

> Por razones que comprenderán perfectamente, no voy a poder presidir las reuniones del Politburó y la Secretaría del partido en un futuro próximo. Por tanto, deseo pedir a los miembros del Comité Central que consideren la posibilidad de confiar la dirección del Politburó y la Secretaría a Mijaíl Serguéyevich Gorbachov.

Estaba redactado en forma de sugerencia, pero en el Kremlin una sugerencia del líder equivalía a una orden directa.

—Esto es dinamita —dijo Dimka—. No pueden desobedecerlo.

—¿Qué debo hacer con el discurso? —preguntó Volski.

—En primer lugar, sacar varias fotocopias —propuso Dimka—, para que nadie pueda romperlo en pedazos. Luego…

Dimka vaciló.

—No se lo diga a nadie. Simplemente déselo a Bogoliúbov —indicó Natalia. Klavdii Bogoliúbov era el encargado de preparar los documentos para las reuniones del Politburó—. Sea discreto. Dígale que añada el material adicional a la carpeta roja que contiene el discurso de Andrópov.

Estuvieron de acuerdo en que aquel era el mejor plan.

El día de Navidad no era ninguna festividad especial. A los comunistas no les gustaba su carácter religioso, habían cambiado a Santa Claus por el Abuelo Frío y a la Virgen María por la Doncella de las Nieves, y habían trasladado la celebración al día de Año Nuevo. Era entonces cuando los niños recibían los regalos. A Grisha, que ya tenía veinte años, el nuevo año iba a traerle un reproductor de casetes, y a Katia, de catorce, un vestido nuevo. Dimka y Natalia, como políticos comunistas de alto rango, ni siquiera se planteaban celebrar la Navidad, con independencia de sus creencias personales. Ambos fueron a trabajar como de costumbre.

Al día siguiente, Dimka acudió a la sala del Presídium para la reunión del Politburó. Natalia, que había llegado antes, se acercó a la puerta a recibirlo con expresión de angustia. Llevaba abierta la carpeta roja que contenía el discurso de Andrópov.

—¡Lo han eliminado! —exclamó—. ¡Han quitado el último párrafo!

Dimka se desplomó en una silla.

—Nunca imaginé que Chernenko tuviera agallas para hacer algo así —dijo.

Se dio cuenta de que no podían hacer absolutamente nada. Andrópov estaba en el hospital. Si pudiese irrumpir en aquella sala y empezar a vociferar a todo el mundo, su autoridad se vería reafirmada, pero eso era imposible. Chernenko había acertado al calcular la debilidad de Andrópov.

—Han ganado, ¿no es así? —dijo Natalia.

—Sí —contestó Dimka—. La era del estancamiento comienza de nuevo.

NOVENA PARTE

Bomba

1984-1987

55

George Jakes asistió a la inauguración de una exposición de arte afroamericano en el centro de Washington. El arte no le interesaba demasiado, pero un congresista negro debía apoyar aquel tipo de iniciativas. La mayor parte de su trabajo como miembro del Congreso era de más relevancia.

El presidente Reagan había aumentado el gasto público en defensa de manera desorbitada, pero ¿quién iba a pagarlo? Los ricos no, ya que de pronto disfrutaban de una gran rebaja de los impuestos.

Había un chiste que George siempre contaba. Un periodista le había preguntado a Reagan cómo iba a reducir los impuestos y a aumentar el gasto al mismo tiempo. «Voy a llevar una doble contabilidad», había sido la respuesta.

En realidad el plan de Reagan consistía en hacer recortes en la Seguridad Social y el sistema sanitario público del Medicare. Si se salía con la suya, los hombres en paro y las madres que dependían de un subsidio del Estado saldrían perdiendo en beneficio de la financiación del boom de la industria de defensa. La sola idea hacía que George se subiera por las paredes. Sin embargo, tanto él como otros congresistas luchaban para impedirlo, y hasta el momento lo habían conseguido.

Como consecuencia, Reagan había aumentado el endeudamiento del Estado y había incrementado el déficit. Todas aquellas armas nuevas y relucientes para el Pentágono las pagarían las generaciones futuras.

George aceptó una copa de vino blanco que le ofreció un camarero y se paseó por la sala echando un vistazo a las obras expuestas. También habló brevemente con un periodista, aunque no disponía de mucho tiempo. Verena salía esa noche, debía acudir a una cena, un compromiso político en Georgetown, y él se quedaría a cargo del hijo de ambos, Jack, que tenía cuatro años. Habían contratado a una niñera (no les quedaba otro remedio, ya que sus trabajos ocupaban casi todo su tiempo), pero uno de ellos siempre debía estar disponible por si la mujer no aparecía.

Dejó la copa sin probarla siquiera; el vino gratis casi nunca valía la pena. Se puso el abrigo y se marchó. Había empezado a caer una lluvia gélida, por lo que se cubrió la cabeza con el catálogo de la exposición y corrió hacia el coche. Hacía tiempo que había cambiado su elegante y viejo Mercedes por un Lincoln Town Car plateado. Un político tenía que conducir un vehículo estadounidense.

Se metió en el coche, puso en marcha los limpiaparabrisas y arrancó para ir camino del condado de Prince George. Cruzó el puente de South Capitol Street y tomó Suitland Parkway en dirección este, pero lanzó un juramento en cuanto vio lo congestionado que estaba el tráfico; iba a retrasarse.

Cuando llegó a casa, el Jaguar rojo de Verena se encontraba en el camino de entrada con el morro medio fuera, listo para salir. Se lo había regalado su padre cuando Verena había cumplido cuarenta años. George aparcó al lado y entró en la casa con el maletín cargado de trabajo para esa noche.

Su mujer lo esperaba en el recibidor. Estaba despampanante con aquel vestido de noche negro y los zapatos de charol de tacón alto, pero se subía por las paredes.

—¡Llegas tarde! —gritó.

—Lo siento mucho —se disculpó George—. No sabes cómo está el tráfico en Suitland Parkway.

—Se trata de una cena muy importante para mí. Asistirán tres miembros del gabinete de Reagan ¡y voy a llegar tarde!

George comprendía su irritación. Para un miembro de un grupo de presión, la oportunidad de conocer a gente poderosa en un acontecimiento social no tenía precio.

—Bueno, ya estoy aquí —dijo George.

—¡No soy tu criada! ¡Cuando se queda en algo, hay que cumplirlo!

Aquellos sermones eran habituales. Verena solía enfadarse y gritar, y él siempre intentaba tomárselo con calma.

—¿Está la niñera?

—No, Tiffany no está, se ha ido a casa porque no se encontraba bien, por eso he tenido que esperarte.

—¿Dónde está Jack?

—Viendo la tele en el cuarto de estar.

—Bien, ahora entro y me quedo con él. Tú vete.

Verena resopló y se marchó con paso airado.

Hasta cierto punto, George envidiaba a quien esa noche se sentara a su lado durante la cena. Verena seguía siendo la mujer más atractiva que había conocido. Sin embargo, había aprendido que ser su amante a distancia, como lo había sido durante quince años, era mejor que ser su marido. En los viejos tiempos hacían el amor más veces en un solo fin de semana que en esos momentos durante todo un mes. Desde que se habían casado, las frecuentes y crispadas discusiones, por lo general sobre el cuidado del niño, habían ido minando poco a poco el amor que se profesaban. Vivían juntos, se ocupaban de su hijo y se dedicaban a sus carreras. ¿Se querían? George ya no estaba seguro.

Se dirigió al cuarto de estar, donde encontró a Jack en el sofá, delante del televisor. El niño era el gran consuelo de George. Se sentó a su lado y le pasó el brazo sobre los pequeños hombros. Jack se acurrucó a su lado.

Los personajes de la pantalla, un grupo de alumnos de instituto, parecían embarcados en algún tipo de aventura.

—¿Qué estás viendo? —preguntó George.

—*Whiz Kids*. Es genial.

—¿De qué va?

—Son unos chicos que atrapan a los malos con sus ordenadores.

George se fijó en que uno de los niños prodigio era negro y sonrió al pensar en las vueltas que daba la vida.

—Tenemos mucha suerte de que nos hayan invitado a esta cena —le comentó Cam Dewar a su esposa, Lidka, cuando el taxi se detuvo junto a la entrada de la gran mansión de R Street, cerca de la biblioteca de Georgetown—. Quiero que causemos una buena impresión.

—Eres un pez gordo de la policía secreta —dijo Lidka con desdén—. Yo diría que son ellos los que deben impresionarte a ti.

Lidka no entendía cómo funcionaban las cosas en Estados Unidos.

—La CIA no es la policía secreta —corrigió Cam—, y para esta gente yo no soy un pez gordo.

En cualquier caso Cam tampoco era un don nadie. Gracias a su anterior trabajo en la Casa Blanca, en esos momentos desempeñaba la función de oficial de enlace de la CIA con la administración Reagan, y estaba encantado.

Había conseguido superar la decepción del fracaso de Reagan en Polonia, que él achacaba a la inexperiencia. Reagan llevaba siendo presidente menos de un año cuando Solidaridad fue aplastada.

En el fondo, y haciendo de abogado del diablo, Cam pensaba que un gobernante debía tener suficientes conocimientos y ser lo bastante inteligente para tomar decisiones sin vacilar desde el momento en que ocupaba el cargo. De hecho, recordaba haberle oído decir a Nixon: «Reagan es un buen tipo, pero no sabe un carajo de política exterior».

Sin embargo, lo importante era que Reagan tenía el corazón a la derecha; era un anticomunista a ultranza.

—¡Y tu abuelo fue senador!

Aquello tampoco contaba demasiado. Gus Dewar era un nonagenario que, tras la muerte de la abuela, se había trasladado de Buffalo a San Francisco para estar cerca de Woody, Beep y su bisnieto, John Lee. Además, hacía tiempo que estaba retirado de la política y era demócrata, lo que para los partidarios de Reagan equivalía a ser un liberal radical.

Cam y Lidka ascendieron el breve tramo de escalera que conducía a una casa de ladrillo rojo que recordaba un pequeño castillo francés, con claraboyas en el tejado de pizarra y una entrada de piedra blanca coronada por un pequeño frontón griego. Se trataba del hogar de Frank y Marybell Lindeman, dos pesos pesados entre los donantes de la campaña de Reagan, y beneficiarios multimillonarios de su rebaja de impuestos. Marybell se encontraba entre el reducido grupo de mujeres que capitaneaba la vida social de Washington. Ella agasajaba a los hombres que dirigían Estados Unidos, razón por la que Cam se sentía afortunado de estar allí.

Aunque los Lindeman eran republicanos, las cenas de Marybell estaban consideradas reuniones interpartidistas, y esa noche Cam esperaba ver allí a altos cargos de ambos lados.

Un mayordomo recogió sus abrigos.

—¿Por qué tienen esos cuadros tan espantosos? —preguntó Lidka en el vestíbulo echando un vistazo a su alrededor.

—Lo llaman arte del Oeste —dijo Cam—. Eso es un Remington, muy valioso.

—Si yo tuviera tanto dinero como esta gente, no compraría cuadros de indios y vaqueros.

—Es una apuesta por un tipo de arte. Los impresionistas no tienen por qué ser necesariamente los mejores pintores de todos los tiempos. Los artistas norteamericanos son igual de buenos.

—No, no lo son. Eso lo sabe todo el mundo.

—Cuestión de gustos.

Lidka se encogió de hombros; un misterio más sobre cómo funcionaban los estadounidenses.

El mayordomo los acompañó a una estancia de amplias dimensiones. Parecía un salón del siglo XVIII, con una alfombra que representaba un dragón chino y varias sillas de respaldo alto tapizadas en seda amarilla. Cam vio que eran los primeros en llegar y, un segundo después, Marybell apareció por la puerta. Era una mujer escultural, con una melena de un tono rojizo que resultaba difícil determinar si correspondía a su color natural o no. Lucía una gargantilla de diamantes que Cam encontró insólitamente grandes.

—¡Qué amables al venir tan temprano! —dijo.

Cam sabía que aquello era una crítica, pero Lidka no se dio cuenta.

—Estaba deseando ver su espléndida casa —comentó la joven con excesivo entusiasmo.

—¿Qué le parece América? —preguntó Marybell—. Dígame, en su opinión, ¿qué es lo mejor de este país?

Lidka lo meditó unos instantes.

—Que tienen todos estos negros —contestó.

Cam reprimió un gemido. ¿Qué narices estaba diciendo?

Marybell se quedó muda de asombro.

Lidka agitó una mano para señalar al camarero con la bandeja de copas de champán, a la doncella que les llevaba canapés y al mayordomo; los tres eran afroamericanos.

—Lo hacen todo, abren puertas, sirven bebidas, barren el suelo… En Polonia no tenemos a nadie que haga ese trabajo, ¡lo tenemos que hacer nosotros mismos!

Marybell parecía bastante preocupada. Aquel tipo de conversaciones no estaban bien vistas, ni siquiera en el Washington de Reagan. En ese momento alzó la vista y descubrió que acababa de llegar otro invitado.

—¡Karim, querido! —exclamó con voz chillona, y abrazó a un atractivo hombre de piel oscura que vestía un inmaculado traje de raya diplomática—. Le presento a Cam Dewar y a su esposa Lidka. Karim Abdulá, de la embajada saudí.

Karim les estrechó las manos.

—He oído hablar de usted, Cam —dijo—. Trabajo en estrecha colaboración con algunos de sus colegas de Langley.

Karim acababa de informar a Cam de que pertenecía a los servicios de inteligencia saudíes.

El recién llegado se volvió hacia Lidka, que parecía un poco intimidada, y Cam sabía por qué. Su mujer no esperaba encontrar a alguien de piel tan oscura como Karim en la fiesta de Marybell.

Sin embargo, Karim la encandiló.

—Me habían dicho que las mujeres polacas eran las más bellas del planeta —comentó—, pero no lo creía… hasta ahora.

Y le besó la mano.

A Lidka le encantaban aquellas fantochadas.

—He oído lo que decía sobre los negros —prosiguió Karim— y estoy de acuerdo con usted. Tampoco en Arabia Saudí los hay, ¡por eso los importamos de la India!

Cam vio que las sutiles distinciones del racismo de Karim desconcertaban a Lidka. Para él los indios eran negros, pero los árabes no. Por suerte, Lidka sabía cuándo mantener la boca cerrada y prestar atención a un hombre.

Empezó a llegar más gente.

—Aunque hay que tener mucho cuidado con lo que se dice —añadió el saudí bajando la voz en actitud conspirativa—, algunos de los invitados podrían ser liberales.

Como si quisiera ilustrar sus palabras, en ese momento entró un hombre alto, de constitución atlética y con una melena espesa y rubia, que parecía una estrella de cine. Era Jasper Murray.

Cam arrugó la nariz. Odiaba a Jasper desde que eran adolescentes. El británico había acabado siendo periodista de investigación y había contribuido a la caída del presidente Nixon, sobre el que había escrito un libro, *Dick el Tramposo*, que había resultado un éxito tanto editorial como cinematográfico. Apenas se le había oído durante la administración Carter, pero había vuelto a la carga en cuanto Reagan había llegado a la presidencia. En esos momentos era uno de los personajes más populares de la televisión junto con Peter Jennings y Barbara Walters. Justo la noche anterior, su programa, *This Day*, había dedicado media hora a la dictadura militar de El Salvador, apoyada por Estados Unidos. Murray se había hecho eco de las denuncias de varios grupos de defensa de los derechos humanos que acusaban a los escuadrones de la muerte gubernamentales de ser responsables de la matanza de treinta mil personas.

Frank Lindeman, el marido de Marybell, era el dueño de la cadena que emitía *This Day*, por lo que era probable que Jasper se hubiera visto obligado a aceptar la invitación a la cena. La Casa Blanca había presionado a Frank para que se deshiciera de Jasper, pero hasta el momento él se había negado. A pesar de que era el socio mayoritario, debía responder ante un consejo de administración y ante unos inversores que podrían crear problemas si despedía a una de sus mayores estrellas.

Marybell daba la impresión de estar esperando algo con cierta impaciencia hasta que, ya bastante tarde, llegó un nuevo invitado. Se trataba de una mujer negra de una belleza y una elegancia extraordinarias. Se llamaba Verena Marquand y pertenecía a un grupo de presión. Cam nunca la había visto en persona, pero la reconoció de las fotografías.

El mayordomo anunció la cena y todos pasaron al comedor a través de unas puertas dobles. Las mujeres expresaron su admiración cuando vieron la extensa mesa llena de cristalería reluciente y centros plateados con rosas amarillas de invernadero. Cam vio que Lidka se había quedado pasmada y supuso que aquello superaba cualquiera de sus revistas de decoración. Era probable que su esposa no hubiera visto o llegado a imaginar nada tan espléndido.

Había dieciocho personas alrededor de la mesa, pero una de ellas monopolizó inmediatamente la conversación. Se trataba de Suzy Cannon, una cronista de sociedad de lengua viperina. La mitad de lo que escribía acababa siendo falso, pero tenía un olfato infalible para encontrar el punto débil de las personas. Se definía como conservadora, aunque le interesaban más los escándalos que la política. Para ella no existía la intimidad, y Cam rezó para que Lidka mantuviera la boca cerrada. Cualquier cosa que se dijera esa noche podía aparecer en los periódicos del día siguiente.

Sin embargo, para su sorpresa, Suzy volvió su mirada penetrante hacia él.

—Creo que Jasper y usted ya se conocían —comentó.

—No mucho —contestó Cam—. Coincidimos en Londres hace muchos años.

—Pero he oído decir que ambos se enamoraron de la misma chica.

¿Cómo narices sabía eso?

—Yo tenía quince años, Suzy —explicó Cam—. Seguramente me enamoré de la mitad de las chicas de Londres.

Suzy se volvió hacia Jasper.

—¿Y usted? ¿Recuerda usted esa rivalidad?

Jasper estaba en plena conversación con Verena Marquand, a quien tenía sentada a su lado, y no pareció que le gustara la interrupción.

—Si tiene pensado escribir un artículo sobre amores de adolescencia de hace más de veinte años y considerarlo noticia, Suzy, lo único que puedo decirle es que debe de estar acostándose con su director.

Todo el mundo se echó a reír. De hecho, Suzy estaba casada con el director de noticias de su periódico.

Cam se dio cuenta de que la risa de Suzy era forzada y de que miraba a Jasper con un odio profundo. También recordó que la mujer había sido una joven periodista de *This Day*, programa del que la habían despedido después de que redactara una serie de reportajes prácticamente inventados.

—Cam, supongo que le resultó interesante el programa que Jasper presentó anoche —dijo Suzy.

—Más que interesante, indignante —contestó Cam—. El presidente y la CIA intentan prestar apoyo al gobierno anticomunista de El Salvador.

—Y parece que Jasper está del otro lado, ¿no?

—Estoy del lado de la verdad, Suzy —replicó Jasper—. Ya sé que es un concepto nuevo para usted.

Cam se fijó en que Jasper se había deshecho por completo de su acento británico.

—Es lamentable que una cadena importante emita ese tipo de propaganda —dijo Cam.

—¿Qué dirías tú acerca de un gobierno que asesina a treinta mil de sus ciudadanos? —repuso Jasper con sequedad.

—No nos consta esa cifra.

—Entonces, ¿a cuántos salvadoreños crees que ha asesinado su propio gobierno? Danos la cifra estimada por la CIA.

—Eso es algo que deberías haber preguntado antes de emitir el programa.

—Oh, y lo hice, pero no recibí ninguna respuesta.

—Ningún gobierno centroamericano es perfecto, pero tú solo te fijas en los que reciben nuestro apoyo. Sinceramente, yo diría que eres antiamericano.

Suzy sonrió.

—Es usted británico, ¿no es así, Jasper? —preguntó con una dulzura emponzoñada.

El periodista acabó enfadándose.

—Soy ciudadano estadounidense desde hace más de una década. Soy tan pro americano que arriesgué mi maldita vida por este país. Estuve dos años en el ejército de Estados Unidos y uno de ellos en Vietnam, y no me lo pasé precisamente con el culo pegado a una silla en Saigón, sino en primera línea, donde tuve que matar a gente. Usted nunca ha hecho nada parecido, Suzy. ¿Y tú, Cam? ¿Qué hiciste tú en Vietnam?

—No me llamaron a filas.

—Entonces tal vez te convendría cerrar la puta boca.

Marybell los interrumpió.

—Creo que ya hemos hablado suficiente de Jasper y Cam. —Se volvió hacia el congresista de Nueva York que se sentaba junto a ella—. Veo que su ciudad ha prohibido la discriminación de los homosexuales. ¿Está usted a favor?

La conversación dio un giro hacia los derechos de los homosexuales y Cameron se relajó... demasiado pronto.

Alguien preguntó acerca de la legislación en otros países y Suzy se dirigió a Lidka:

—¿Qué dice la ley en Polonia?

—Polonia es un país católico —contestó Lidka—. Allí no tenemos homosexuales. —Se hizo un silencio, y entonces añadió—: Gracias a Dios.

Jasper Murray dejó la casa de los Lindeman al mismo tiempo que Verena Marquand.

—A Suzy Cannon le encanta crear polémica —comentó Jasper mientras bajaban los escalones de la entrada.

Verena se echó a reír, y su perfecta dentadura blanca relució a la luz de las farolas.

—Eso es cierto.

Llegaron a la acera. Jasper no vio por ninguna parte el taxi que había pedido y decidió acompañar a Verena hasta su coche.

—Suzy la tiene tomada conmigo —dijo el periodista.

—¿Y qué daño puede hacerte? Ahora eres un pez gordo.

—Pues bastante. En estos momentos se está llevando a cabo una seria campaña en mi contra en Washington. Es año de elecciones y la administración no quiere programas de televisión como el que hice anoche.

Jasper se sentía cómodo sincerándose con ella. El azar los había reunido el día que habían visto morir a Martin Luther King, y aquella sensación de intimidad nunca los había abandonado.

—Estoy convencida de que puedes hacer frente a los cotilleos —sostuvo Verena.

—No sé qué decirte. Mi jefe, Sam Cakebread, y yo somos viejos rivales y nunca le he gustado. Además, Frank Lindeman, el dueño de la cadena, no tendría ningún reparo en deshacerse de mí si encontrara el pretexto perfecto. Ahora mismo la gran preocupación del consejo de administración es que lo acusen de parcialidad si me despiden; sin embargo, un error y a la calle.

—Deberías hacer como Suzy y casarte con el jefe.

—Lo haría si pudiera. —Miró a ambos lados de la calle—. Pedí un taxi para las once, pero no lo veo. El sueldo no me alcanza para limusinas.

—¿Quieres que te lleve a casa?

—Genial, gracias.

Subieron al Jaguar.

Verena se quitó los zapatos de tacón alto y se los tendió.

—¿Te importaría dejarlos por ahí, en el suelo? A un lado.

Conducía con medias, lo que le produjo a Jasper un estremecimiento sensual. Siempre había encontrado a Verena irresistiblemente atractiva. La observó mientras ella se incorporaba al tráfico nocturno y pisaba el acelerador. Era buena conductora, aunque tal vez iba demasiado deprisa, lo cual no le sorprendía.

—No hay mucha gente en la que pueda confiar —dijo Jasper—. Soy una de las personas más populares de este país y me siento más solo que nunca. Pero confío en ti.

—A mí me pasa lo mismo desde ese fatídico día en Memphis. Nunca me he sentido tan aterradoramente vulnerable como cuando oí el disparo. Me cubriste la cabeza con los brazos, y esas cosas no se olvidan así como así.

—Ojalá te hubiera conocido antes que George.

Verena lo miró de reojo y sonrió, aunque Jasper no estaba seguro de qué significaba aquello.

Llegaron a su edificio y ella aparcó junto a la acera de una calle de sentido único.

—Gracias por traerme —dijo Jasper, y bajó del coche. Luego volvió a entrar medio cuerpo, recogió los zapatos del suelo y los dejó en el asiento del pasajero—. Bonitos zapatos —añadió, y cerró la puerta.

Rodeó el coche hasta la acera y se acercó a la ventanilla del conductor. Verena bajó el cristal.

—Me olvidaba de darte un beso de buenas noches —dijo Jasper.

Se agachó y la besó en los labios. Ella abrió la boca de inmediato y empezaron a besarse con avidez. Verena le pasó una mano por detrás de la nuca y lo atrajo hacia el interior del coche, donde continuaron con una pasión desenfrenada. Jasper metió una mano por la ventanilla y la deslizó por debajo del vestido de noche de Verena hasta colocarla sobre el mullido triángulo cubierto de algodón de su pubis. Ella gimió y empujó la cadera hacia arriba, contra sus dedos.

—Sube a casa —susurró Jasper con voz ronca, separando su boca.

—No.

Verena le apartó la mano de la entrepierna.

—Quedemos mañana.

Ella no contestó, pero fue empujándolo hasta que la cabeza y los hombros de Jasper estuvieron fuera del coche.

—¿Nos vemos mañana? —insistió él.

Verena metió la primera.

—Llámame —contestó.

Luego pisó el acelerador y se alejó con gran estruendo.

George Jakes no sabía si dar crédito al programa de Jasper Murray. Incluso a él le costaba creer que el presidente Reagan pudiera respaldar un gobierno que asesinaba a miles de sus ciudadanos. Cuatro semanas después, y para asombro de todos, *The New York Times* desveló que el jefe del escuadrón de la muerte de El Salvador, el coronel Nicolás Carranza, era un agente de la CIA que recibía noventa mil dólares al año, los cuales salían de los bolsillos de los contribuyentes estadounidenses.

Los votantes estaban furiosos. Creían que la CIA habría entrado en vereda después del Watergate, pero era evidente que estaba fuera de control, si pagaba a un monstruo para que cometiera una matanza.

En su despacho de casa, George acabó poco antes de las diez el trabajo que se había llevado de la oficina. Enroscó el capuchón de la pluma, pero permaneció sentado unos minutos más, reflexionando.

Ningún miembro del Comité de Inteligencia de la Cámara de Representantes sabía lo del coronel Carranza, del mismo modo que lo ignoraban los integrantes del comité equivalente del Senado. Los habían sorprendido con la guardia bajada y estaban avergonzados. Su función era supervisar a la CIA y, por lo tanto, la gente pensaba que la culpa era de ellos. Sin embargo, ¿qué podían hacer si los espías les mentían?

Suspiró y se levantó. Salió del despacho, apagó la luz y fue a la habitación de Jack, que estaba sumido en un profundo sueño. Cuando veía a su hijo de aquella manera, tan tranquilo, George tenía la sensación de que el corazón no le cabía en el pecho. Aunque dos de los abuelos del niño eran blancos, la suave piel de Jack era sorprendentemente oscura, como la de Jacky. Era cierto que decían aquello de «lo negro es bello», pero la gente de piel clara seguía recibiendo un trato de favor en la comunidad afroamericana. Sin embargo, Jack era bello para George. El niño tenía la cabeza descansada sobre el osito de peluche de una manera que no parecía muy cómoda, así que su padre deslizó una mano por debajo de su cabeza y sintió los suaves rizos de Jack, iguales que los suyos. La alzó un milímetro, sacó el osito y volvió a depositarla con delicadeza sobre la almohada. Jack continuó durmiendo, ajeno a lo que ocurría.

George fue a la cocina y se sirvió un vaso de leche, con el que se dirigió al dormitorio. Verena ya estaba en la cama con el camisón puesto y una montaña de revistas a un lado, leyendo y viendo la tele al mismo tiempo. George se bebió la leche y luego fue al baño a lavarse los dientes.

Parecía que las cosas iban mejor entre ellos. Últimamente apenas hacían el amor, pero Verena estaba más reposada. De hecho, hacía cerca de un mes que no estallaba. Trabajaba mucho, a menudo hasta altas horas de la noche. Tal vez era más feliz cuanto más absorbente era su trabajo.

George se quitó la camisa y levantó la tapa del cesto de la ropa sucia. Estaba a punto de dejar caer la camisa cuando vio el conjunto de Verena: un sujetador negro de encaje y unas braguitas a juego. Parecía nuevo, aunque él no recordaba habérselo visto puesto. Si se compraba ropa interior sexy, ¿por qué no se la enseñaba? Desde luego no era algo que a él le diera vergüenza.

Al acercarse vio algo incluso más extraño: un pelo rubio. Y de pronto lo invadió el terror y se le cerró el estómago. Sacó las prendas del cesto.

—Dime que no es verdad —dijo presentándose en el dormitorio con el conjunto en la mano.

—No es verdad —contestó ella, pero entonces vio lo que le enseñaba—. ¿Vas a hacer la colada? —bromeó, aunque George sabía que estaba nerviosa.

—Bonito conjunto —dijo.

—Mejor para ti.

—Aunque no te lo he visto puesto.

—Peor para ti.

—Pero hay quien sí.

—Pues sí, el doctor Bernstein.

—El doctor Bernstein es calvo y hay un pelo rubio en tus bragas.

La piel de color capuchino de Verena adquirió un tono más pálido, pero mantuvo su actitud desafiante.

—Bueno, Sherlock Holmes, y ¿qué deduces de eso?

—Que te has acostado con un hombre de pelo largo y rubio.

—¿Por qué tiene que ser de hombre?

—Porque te gustan los hombres.

—Puede que también me gusten las mujeres. Está de moda. Ahora todo el mundo es bisexual.

George sintió una inmensa tristeza.

—Veo que no niegas que tienes una aventura.

—En fin, George, me has pillado.

George negó con la cabeza. No se lo podía creer.

—¿Estás quitándole importancia?

—Creo que sí.

—Entonces lo admites. ¿A quién te estás tirando?

—No voy a decírtelo, así que no te molestes en volver a preguntarlo.

George tenía cada vez más dificultades para controlar su rabia.

—¡Te comportas como si lo que has hecho estuviera bien!

—No pienso disimular. Sí, me veo con alguien que me gusta. Lamento herir tus sentimientos.

George se quedó pasmado.

—¿Cómo ha podido ocurrir algo así? ¿De la noche a la mañana?

—No ha sido de la noche a la mañana. Llevamos casados más de cinco años. Se acabó la pasión, como dice el blues.

—¿Qué no he hecho bien?

—Casarte conmigo.

—¿A qué viene tanto rencor?

—¿Rencor? Yo creía que se trataba de aburrimiento.

—¿Qué quieres hacer?

—No voy a dejar de verme con esa persona por un matrimonio que ya no existe.

—Sabes que no puedo aceptar algo así.

—Pues vete, esto no es una cárcel.

George se sentó en el taburete del tocador de Verena y enterró la cara en las manos. De pronto se vio inundado por una oleada de intensa emoción que lo devolvió a su infancia. Recordó la vergüenza que pasaba al ser el único niño de la clase que no tenía padre. Revivió cómo lo reconcomía la envidia cuando veía a otros niños jugar a la pelota con sus padres, o arreglar la cámara pinchada de una bicicleta, o comprar un bate de béisbol, o probarse unos zapatos. Volvió a hervirle la sangre al pensar en el hombre que, desde su punto de vista, los había abandonado a su madre y a él y no se había vuelto a preocupar por la mujer que se le había entregado ni por el niño que había nacido de su amor. Tenía ganas de gritar, tenía ganas de pegar a Verena, tenía ganas de llorar.

—No voy a dejar a Jack —consiguió decir al fin.

—Como quieras —contestó Verena.

Tiró las revistas al suelo, apagó el televisor y la lamparita de noche y se tumbó de espaldas a él.

—¿Eso es todo? —dijo George, incrédulo—. ¿Eso es todo lo que tienes que decir?

—Quiero dormir. Tengo una reunión a primera hora.

George se la quedó mirando. ¿La conocía de verdad?

Por supuesto que sí. En el fondo siempre había sabido que había dos Verenas: una de ellas era una activista comprometida con la defensa de los derechos civiles, y a la otra le gustaba divertirse. Él las quería a ambas y siempre había creído que, con su ayuda, las dos Verenas podían llegar a convertirse en una sola persona, feliz y equilibrada. Pero se había equivocado.

Se quedó allí unos minutos, observándola bajo la escasa luz de la farola de la esquina que se colaba por la ventana. «Te esperé tanto tiempo… —pensó—. Largos años de amor a distancia. Luego, al fin te casaste conmigo y tuvimos a Jack y pensé que todo iría bien, para siempre.»

Se levantó. Se desnudó y se puso el pijama.

Sin embargo, no fue capaz de acostarse a su lado.

Había una cama en la habitación de invitados, pero no estaba hecha. Se dirigió al recibidor y sacó del armario el abrigo más grueso que encontró. Después fue a la habitación de invitados y se acostó con la prenda por encima.

Aunque no durmió.

Hacía un tiempo que George se había fijado en que Verena a veces llevaba ropa que no le favorecía. Como aquel vestido con un bonito estampado de flores que se ponía cuando quería parecer una chica inocente y con el que acababa teniendo un aspecto ridículo. O el traje marrón que deslucía su tez, aunque le había costado una fortuna y no estaba dispuesta a admitir que había sido un error. O el suéter de color mostaza que apagaba y enturbiaba sus preciosos ojos verdes.

George suponía que le pasaba a todo el mundo. Él mismo tenía tres camisas de color crema y estaba esperando a que los cuellos se deshilacharan para poder tirarlas. La gente se ponía ropa que odiaba por un sinfín de razones.

Pero nunca cuando quedaban con un amante.

Verena parecía una estrella de cine con el traje negro de Armani, la blusa de color turquesa y el collar de coral negro, y ella lo sabía.

Seguro que iba a encontrarse con su amiguito.

Para George era tal la humillación, que un dolor persistente se había alojado en su estómago y ya no podía soportarlo más. Era como estar a punto de saltar de un puente.

Verena salió de casa a primera hora de la mañana y dijo que volvería temprano, por lo que George imaginó que se verían a la hora de comer. Desayunó con Jack, lo dejó con Tiffany, la niñera, y luego se dirigió a su despacho, en el Cannon House Office Building, cerca del Capitolio, para cancelar las citas que tenía ese día.

A las doce del mediodía, y como de costumbre, el Jaguar rojo seguía en el aparcamiento que había cerca de la oficina del centro donde trabajaba Verena. George esperó al final de la manzana en su Lincoln plateado, sin perder de vista la salida. El coche rojo apareció a las doce y media, y George se incorporó al tráfico y lo siguió.

Verena cruzó el Potomac y puso rumbo hacia la campiña virginiana. A medida que el tráfico iba haciéndose más fluido, George empezó a quedarse atrás. Sería un poco humillante que lo descubriera, aunque esperaba que Verena no se fijara en algo tan corriente como un Lincoln plateado. Desde luego no podría haber hecho aquello en su viejo y llamativo Mercedes.

Poco antes de la una, Verena tomó una salida hacia un restaurante rural llamado The Worcester Sauce. George pasó de largo, hizo un cambio de sentido a un kilómetro y medio del desvío y regresó. A continuación entró en el aparcamiento del restaurante, escogió una plaza desde la que pudiera observar el Jaguar y se dispuso a esperar.

Y a darle vueltas a la cabeza. Sabía que estaba haciendo una tontería. Sabía que aquello podía acabar resultando muy embarazoso, o algo peor. Sabía que debía irse de allí.

Sin embargo, necesitaba averiguar quién era el amante de su esposa.

Salieron a las tres.

Por la forma de andar de Verena, George supo que había tomado una o dos copas de vino durante la comida. La pareja se dirigió al aparcamiento, iban cogidos de la mano. Verena se echó a reír tontamente por algo que dijo su acompañante, y George sintió que le hervía la sangre.

El hombre era alto y fornido, con una melena abundante y bastante larga.

Cuando se aproximaron un poco más, George reconoció a Jasper Murray.

—El muy hijo de puta... —dijo en voz alta.

Jasper siempre se había sentido atraído por Verena, desde la primera vez que se habían visto, en el hotel Willard, el día del discurso de «Tengo un sueño» de Martin Luther King. Sin embargo, muchos hombres se sentían atraídos por Verena. George nunca habría imaginado que Jasper, precisamente él, pudiera ser el traidor.

Se acercaron al Jaguar y se besaron.

George sabía que debía arrancar el coche y largarse de allí. Había averiguado lo que quería, no había nada más que hacer.

Vio que ella tenía la boca abierta, que apretaba sus caderas contra él y que ambos se besaban con los ojos cerrados.

Y bajó del coche.

Jasper le estaba tocando un pecho a Verena.

George cerró la puerta con fuerza y atravesó el asfalto a grandes zancadas.

Jasper estaba demasiado concentrado en lo que hacía, pero ella oyó el portazo y abrió los ojos, momento en el que vio a George. Verena apartó a Jasper y gritó.

Aunque ya era demasiado tarde.

George llevó el puño hacia atrás y golpeó a Jasper con toda la fuerza acumulada en los músculos de la espalda y los hombros. Sus nudillos impactaron contra el lado izquierdo de la cara de Jasper, y George sintió el aplastamiento de la carne blanda —profundamente reconfortante— y, un instante después, la dureza de los dientes y los huesos. La mano le ardía de dolor.

Jasper se tambaleó hacia atrás y cayó al suelo.

—¡George! —chilló Verena—. ¿Qué haces?

Y se arrodilló junto al periodista sin preocuparse por las medias.

Jasper se incorporó sobre un codo y se tocó la cara.

—Maldito animal —dijo mirando a George.

George quería que se levantara del suelo y le devolviera el golpe. Quería más violencia, más dolor, más sangre. Se lo quedó mirando largo rato a través de una neblina roja, hasta que la bruma se disipó y comprendió que Jasper no iba a levantarse y pelear.

Dio media vuelta, regresó al Lincoln y se fue de allí.

Cuando llegó a casa, Jack estaba en su dormitorio, entretenido con su colección de coches de juguete. George cerró la puerta para que la niñera no pudiera oírlos y se sentó en la cama, que estaba cubierta por una colcha que parecía un bólido.

—Tengo que decirte algo importante —le anunció a su hijo.

—¿Qué te ha pasado en la mano? —preguntó Jack—. La tienes hinchada y roja.

—Me he dado un golpe. Tienes que prestarme atención.

—Vale.

Aquello iba a ser difícil de entender para un niño de cuatro años.

—Sabes que yo nunca dejaré de quererte —dijo George—. Igual que la abuela Jacky me quiere a mí, aunque ya no sea un niño pequeño.

—¿Va a venir hoy la abuela?

—Tal vez mañana.

—Siempre trae galletas.

—Escucha, a veces los papás y las mamás dejan de quererse. ¿Lo sabías?

—Sí, el papá de Pete Robbins ya no quiere a su mamá. —Jack adoptó un tono muy serio—. Se han… divorciado.

—Me alegro de que entiendas esas cosas, porque tu madre y yo ya no nos queremos.

George observó la cara de Jack, intentando adivinar si lo había comprendido o no. El niño parecía desconcertado, como si estuviera ocurriendo algo aparentemente imposible. George sintió que se le partía el corazón al ver la expresión de su rostro. «¿Cómo puedo estar haciéndole algo así a la persona que más quiero en el mundo? —pensó—. ¿Cómo he llegado a esto?»

—Sabes que he estado durmiendo en la habitación de invitados.

—Sí.

George se preparó para la parte más dura.

—Bueno, pues esta noche iré a dormir a casa de la abuela.

—¿Por qué?

—Porque mamá y yo ya no nos queremos.

—Vale, entonces nos vemos mañana.

—A partir de ahora voy a dormir a menudo en casa de la abuela.

Jack empezó a comprender cómo iba a afectarle todo aquello.

—¿Me seguirás leyendo un cuento antes de ir a dormir?

—Todas las noches, si tú quieres.

George se prometió que lo cumpliría.

El niño seguía meditando lo que implicaba aquel cambio.

—¿Me prepararás la leche caliente del desayuno?

—A veces. O lo hará mamá. O Tiffany.

Jack sabía distinguir una evasiva.

—No sé —dijo—, creo que es mejor que no duermas en casa de la abuela.

George perdió su entereza.

—Bueno, ya veremos —contestó—. Eh, ¿quieres un poco de helado?

—¡Sí!

Fue el peor día de su vida.

George había salido del Capitolio e iba dándole vueltas al asunto de los rehenes mientras se dirigía en coche al condado de Prince George. Ese año habían secuestrado a cuatro estadounidenses y a un francés en el Líbano. Uno de los estadounidenses había sido liberado, pero los demás se pudrirían en alguna cárcel, siempre y cuando siguieran vivos.

George sabía que uno de ellos era el jefe de la delegación de la CIA en Beirut.

Estaban casi seguros de que los secuestradores pertenecían a un grupo activista musulmán llamado Hezbolá, el Partido de Dios, fundado en 1982 como respuesta a la invasión israelí del Líbano. Estaban financiados por Irán y los había entrenado la Guardia Revolucionaria. Estados Unidos consideraba que Hezbolá era un brazo armado del gobierno de Irán, país al que acusaba de fomentar el terrorismo y al que, por lo tanto, no debería permitírsele la compra de armas. A George eso le parecía irónico, dado que el presidente Reagan fomentaba el terrorismo en Nicaragua financiando a la Contra, un despiadado grupo antigubernamental que llevaba a cabo asesinatos y secuestros.

En cualquier caso, George se sentía furioso por lo que sucedía en el Líbano y quería enviar a los marines a Beirut con toda la artillería. ¡Había que enseñar a esa gente lo que ocurría cuando se secuestraban ciudadanos estadounidenses!

Era algo que creía con firmeza, aunque sabía que se trataba de una reacción infantil. Del mismo modo que la invasión israelí había propiciado el nacimiento de Hezbolá, una ofensiva estadounidense contra Hezbolá solo provocaría más terrorismo, y una generación más de jóvenes de Oriente Próximo crecería jurando venganza contra Estados Unidos, el gran Satán. Cuando los ánimos se enfriaban, George y cualquiera que lo pensara un poco comprendía que la venganza era contraproducente. Lo único que podía hacerse era romper la cadena.

Algo más sencillo de decir que de hacer.

Además, George también era consciente de que no había superado la prueba en lo personal. Le había dado un puñetazo a Jasper Murray y, aunque el tipo no era de los que se arrugaban, había sido lo suficientemente sensato para resistirse a la tentación de responder. De ahí que no hubiera habido que lamentar más daños, pero no había sido gracias a él.

Volvía a vivir con su madre… ¡a sus cuarenta y ocho años! Mientras, Verena seguía en la casa familiar con el pequeño Jack. George sospechaba que Jasper pasaba allí alguna noche, pero no estaba seguro. Igual que millones de hombres y mujeres, intentaba encontrar el modo de seguir adelante con su vida tras un divorcio.

Era viernes por la tarde, así que se puso a pensar en el fin de semana. Iba de camino a casa de Verena, con quien había establecido una rutina: él recogía a Jack el viernes por la tarde y se lo llevaba a casa de la abuela Jacky, donde el niño pasaba el fin de semana, antes de llevarlo de vuelta a casa el lunes por la mañana. No era así como le habría gustado criar a su hijo, pero era lo mejor que podía ofrecerle.

Pensó en lo que harían. El sábado irían a la biblioteca pública y escogerían algunos cuentos para leer antes de ir a dormir. El domingo acudirían a la iglesia, por descontado.

Llegó a la casa unifamiliar que antes era su hogar y vio que el coche de Verena no estaba en el camino de entrada, por lo que dedujo que todavía no había llegado. George aparcó, fue hasta la puerta y llamó al timbre por educación antes de abrir con su propia llave.

La casa permanecía en silencio.

—Soy yo —dijo alzando la voz. No había nadie en la cocina. Finalmente encontró a Jack sentado delante del televisor, solo—. Hola, colega —lo saludó. Luego se sentó y lo abrazó—. ¿Dónde está Tiffany?

—Ha tenido que irse a su casa —dijo Jack—. Mamá llega tarde.

George reprimió su enfado.

—Entonces, ¿estás solo?

—Tiffany dijo que era una *mergencia*.

—¿Cuánto hace de eso?

—No lo sé.

Jack todavía no sabía calcular el tiempo.

George estaba furioso. Su hijo se había quedado solo en casa con cuatro años. ¿En qué pensaba Verena?

Se levantó y miró a su alrededor. La maleta del fin de semana de Jack se hallaba en el recibidor. Le echó un vistazo y vio que contenía todo lo necesario: pijama, ropa limpia y el osito de peluche. Tiffany la había dejado preparada antes de irse a atender lo que Jack había llamado «mergencia».

Fue a la cocina y escribió una nota: «Me he encontrado a Jack solo en casa. Llámame».

Luego cogió a su hijo y salieron a buscar el coche.

La casa de Jacky estaba a menos de dos kilómetros de allí. Cuando llegaron, Jacky le dio a su nieto un vaso de leche y una galleta casera mientras este le contaba que, cuando el gato de la casa de al lado iba a visitarlos, le ponían un plato de leche. Luego Jacky miró a George.

—Muy bien, ¿y a ti qué te pasa?

—Vamos al salón y te lo explico. —Fueron a la otra habitación—. Jack estaba solo en casa.

—Vaya, eso no puede ser.

—Pues claro que no, joder.

Por una vez, Jacky pasó por alto la palabrota.

—¿Sabes por qué?

—Verena no se ha presentado a la hora acordada y la niñera ha tenido que irse.

En ese momento oyeron un chirrido de neumáticos que procedía de la calle. Ambos miraron por la ventana y vieron a Verena bajando del Jaguar rojo y corriendo hacia la puerta.

—Voy a matarla —dijo George.

Jacky le abrió la puerta y Verena se dirigió apresuradamente a la cocina, donde empezó a besar a Jack.

—Ay, cariño, ¿estás bien? —le preguntó entre lágrimas.

—Sí —contestó el niño con despreocupación—. Me he comido una galleta.

—Las galletas de la abuela están riquísimas, ¿verdad?

—Ya lo creo.

—Verena, será mejor que vengas y te expliques —dijo George.

A Verena le faltaba el aliento y sudaba. Esta vez no parecía tenerlo todo bajo control con su arrogancia habitual.

—¡Solo me he retrasado unos minutos! —exclamó—. ¡No sé por qué esa maldita niñera me ha dejado plantada!

—No puedes retrasarte cuando estás al cargo de Jack —dijo George muy serio.

Aquello no le sentó bien a su ex mujer.

—Ya, como si tú siempre fueras puntual.

—Yo nunca lo he dejado solo.

—¡Todo se complica cuando estás sola!

—Tú te lo has buscado.

—George, en eso te equivocas —intervino Jacky.

—Mamá, tú no te metas.

—No, estoy en mi casa y se trata de mi nieto, así que pienso meterme en lo que me dé la gana.

—¡No puedo pasarlo por alto, mamá! Lo que ha hecho no está bien.

—Si yo no me hubiera equivocado nunca, no te habría tenido.

—Eso no tiene nada que ver.

—Yo solo digo que todos cometemos errores y que, aun así, a veces las cosas salen bien. Anda, deja de sermonear a Verena. De ese modo no arreglarás nada.

A regañadientes, George admitió que su madre tenía razón.

—¿Y qué quieres que hagamos?

—Lo siento, George, pero es que no doy abasto —dijo Verena, y se echó a llorar.

—Bueno, ahora que hemos dejado de gritar, tal vez podamos empezar a pensar. Esa niñera que tenéis es una birria —sentenció Jacky.

—¡No sabes lo difícil que es conseguir niñera! Y nosotros lo tenemos peor que la mayoría de la gente. Los demás contratan a inmigrantes ilegales y les pagan al contado, pero los políticos tenemos que contratar a alguien con permiso de trabajo y que pague impuestos, ¡por eso nadie quiere el trabajo!

—De acuerdo, tranquila, no te estoy echando la culpa —le dijo Jacky a Verena—. Tal vez podría ayudaros yo.

George y Verena se la quedaron mirando.

—Tengo sesenta y cuatro años, estoy a punto de jubilarme y necesito hacer algo —se explicó—. Os serviré de apoyo. Si la niñera te falla, trae a Jack y déjalo a pasar la noche cuando lo necesites.

—Vaya, yo diría que es una solución —dijo George.

—¡Jacky, eso sería maravilloso! —exclamó Verena.

—No me des las gracias, cariño, lo hago por egoísmo, así veré más a mi nieto.

—¿Estás segura de que no será demasiado trabajo, mamá? —preguntó George.

Jacky resopló con desdén.

—¿Cuándo fue la última vez que algo resultó demasiado trabajo para mí?

George sonrió.

—Creo que nunca.

Y con eso quedó todo dicho.

56

R ebecca notaba frías las lágrimas que le surcaban las mejillas.
      Era octubre, y un viento gélido procedente del mar del Norte
soplaba en el cementerio de Ohlsdorf, en Hamburgo. Era uno de los
más grandes del mundo, cuatrocientas hectáreas de tristeza y dolor.
Albergaba un monumento a las víctimas de la persecución nazi, una
arboleda vallada en honor a los luchadores de la Resistencia, y una enorme fosa común para los treinta y ocho mil hombres, mujeres y niños
que murieron en la ciudad durante los diez días que duró la Operación
Gomorra, la campaña de bombardeos que llevaron a cabo los Aliados
en el verano de 1943.

No había ninguna zona especial destinada a las víctimas del Muro.

Rebecca se arrodilló y recogió las hojas que salpicaban la tumba de
su marido, y luego depositó en la tierra una única rosa.

Se levantó sin dejar de mirar el sepulcro, recordando a Bernd.

Llevaba muerto un año. Había vivido hasta los sesenta y dos, una
edad considerable para alguien aquejado de una lesión medular. Al
final le fallaron los riñones, una causa de muerte habitual en casos como
el suyo.

Rebecca pensó en la vida de su esposo. La había malogrado el
Muro, y también el accidente que sufrió al escapar de la Alemania del
Este, pero pese a ello había vivido bien. Había sido profesor de escuela, sin duda uno excelente. Había desafiado la tiranía del comunismo
de la Alemania Oriental y había huido hacia la libertad. Su primer
matrimonio acabó en divorcio, pero él y Rebecca se habían amado
apasionadamente durante veinte años.

Ella no necesitaba ir allí para recordarlo. Pensaba en él todos los
días. Su muerte había sido una amputación, y Rebecca no dejaba de
sorprenderse de no encontrarlo a su lado. Sola en la casa que habían

compartido durante tanto tiempo, a menudo le hablaba: le contaba cómo le había ido el día, comentaba las noticias, le decía cómo se sentía, si tenía hambre o si estaba cansada o inquieta. No había hecho ningún cambio en las habitaciones, que aún conservaban las cuerdas y los asideros que lo habían ayudado a él a desplazarse. La silla de ruedas seguía estando al lado de la cama, como preparada para que Bernd se incorporase y se impulsase hasta ella. Cuando se masturbaba, Rebecca lo imaginaba tendido a su lado rodeándola con un brazo, su cuerpo cálido, sus labios sobre los de ella.

Afortunadamente el trabajo la absorbía a todas horas y suponía un reto constante. En ese momento trabajaba como secretaria en el Ministerio de Asuntos Exteriores del gobierno de la Alemania Occidental. Puesto que hablaba ruso y había vivido en la Alemania Oriental, se había especializado en la Europa del Este. Tenía poco tiempo libre.

Por desgracia, la reunificación de Alemania parecía más remota que nunca. El líder radical de la Alemania del Este, Erich Honecker, parecía inexpugnable. Aún moría gente intentando saltar el Muro, y en la Unión Soviética la muerte de Andrópov solo había dado paso a otro gobernante septuagenario y achacoso, Konstantín Chernenko. Desde Berlín hasta Vladivostok, el imperio soviético era un cenagal en el que sus habitantes luchaban y con frecuencia se hundían, pero nunca progresaban.

Rebecca advirtió que sus pensamientos se habían alejado de Bernd. Era hora de irse.

—Adiós, amor mío —dijo con ternura, y se alejó de la tumba con paso lento.

Se puso el abrigo sobre los hombros y cruzó el frío cementerio. Agradecida, entró en el coche y arrancó. Todavía conducía la furgoneta adaptada para inválidos. Ya iba siendo hora de cambiar el vehículo por uno normal.

Condujo a casa. Frente a su edificio había un reluciente Mercedes S500 negro, y junto a él un chófer tocado con una gorra. Rebecca se animó al instante. Tal como esperaba, vio que Walli había entrado en la casa con su llave, y lo encontró sentado a la mesa de la cocina con la radio encendida, repiqueteando en el suelo con un pie al ritmo de una canción pop. Sobre la mesa estaba el último álbum de Plum Nellie, *The Interpretation of Dreams*.

—Me alegro de coincidir contigo —dijo su hermano—. Estoy de camino al aeropuerto. Voy a San Francisco.

Se levantó para besarla.

Le faltaban dos años para cumplir los cuarenta y su aspecto era magnífico. Seguía fumando, pero no consumía drogas ni alcohol. Llevaba una cazadora de cuero marrón sobre una camisa vaquera. «Alguna chica debería atraparlo», pensó Rebecca; sin embargo, aunque Walli tenía amigas, no parecía apurado por comprometerse.

Al besarlo, Rebecca le tocó un brazo y notó que el cuero de la cazadora era suave como la seda. Seguramente le había costado una fortuna.

—Pero si acabáis de grabar el álbum —dijo.

—Vamos a hacer una gira por Estados Unidos. Pasaré tres semanas en Daisy Farm para ensayar. Empezaremos en Filadelfia dentro de un mes.

—Dales recuerdos a los chicos.

—Claro.

—Hace mucho que no salís de gira.

—Tres años, por eso necesitamos ensayar mucho. Ahora lo que se lleva son los grandes estadios. No es como la All-Star Touring Beat Revue, con doce grupos interpretando dos o tres canciones ante dos mil personas en un teatro o un pabellón. Solo tocaremos nosotros, y para cincuenta mil personas.

—¿Vendréis a Europa?

—Sí, pero aún no hemos concretado fechas.

—¿Daréis algún concierto en Alemania?

—Casi seguro que sí.

—Avísame.

—Por supuesto. Te conseguiré una entrada.

Rebecca se rió. Siendo hermana de Walli, la trataban como a una princesa cuando iba a los camerinos en los conciertos de Plum Nellie. La banda a menudo hablaba en las entrevistas de los viejos tiempos en Hamburgo, y de que en aquella época su hermana mayor les proporcionaba la única comida decente que probaban en la semana. Eso la había hecho famosa en el mundo del rock and roll.

—Que vaya muy bien la gira —dijo.

—Tú estás a punto de ir a Budapest, ¿no?

—Sí, para un congreso comercial.

—¿Habrá alguien de la Alemania del Este?

—Sí. ¿Por qué?

—¿Crees que podría hacerle llegar un disco a Alice?

Rebecca hizo una mueca.

—No lo sé. Mi relación con políticos de la Alemania Oriental no es muy cordial. Creen que soy una lacaya de los imperialistas capitalistas, y yo creo que ellos son unos matones a quienes nadie ha votado, que gobiernan imponiendo el terror y que encarcelan a la gente.

Walli sonrió.

—Así que no compartís mucho…

—No, pero lo intentaré.

—Gracias —dijo Walli, y le tendió el disco.

Rebecca miró la fotografía de la carátula: cuatro hombres de mediana edad con el cabello largo y vaqueros azules. Buzz, el bajista salido, tenía sobrepeso. El batería gay, Lew, lucía una incipiente alopecia. Dave, el líder de la banda, tenía algún toque gris en el pelo. Era un grupo consolidado, exitoso y rico. Rebecca recordaba a los muchachos hambrientos que se habían presentado en su casa: delgados, desaliñados, ingeniosos, encantadores y rebosantes de expectativas y sueños.

—Os ha ido bien —dijo.

—Sí —contestó Walli—. Nos ha ido bien.

La última noche de congreso en Budapest, a Rebecca y a los demás delegados les ofrecieron una cata de vinos de Tokaj. Los llevaron a unas bodegas propiedad de la organización botellera estatal de Hungría. Se encontraban en el distrito de Pest, al este del Danubio. Les ofrecieron varias clases diferentes de vino blanco: el seco, el fuerte, el néctar ligeramente alcohólico denominado *eszencia,* y el famoso *aszú,* de fermentación lenta.

A todos los funcionarios gubernamentales del mundo se les daba mal organizar fiestas, y Rebecca temía que aquella resultara tediosa. Sin embargo, la vieja bodega, con sus techos abovedados y sus cajas de vino apiladas, desprendía una sensación acogedora, y les sirvieron aperitivos picantes húngaros: bolas de masa hervida, champiñones rellenos y salchichas.

Rebecca se acercó a uno de los delegados de la Alemania Oriental y le brindó su sonrisa más encantadora.

—Nuestros vinos alemanes son superiores, ¿no le parece? —le preguntó.

Charló con él unos minutos, no sin cierta coquetería, y luego le planteó la cuestión:

—Tengo una sobrina en el Berlín oriental y quiero enviarle un disco de música pop, pero me preocupa que se estropee o se rompa por el camino. ¿Me haría el favor de llevárselo?

—Sí, supongo que no habrá problema —contestó él, vacilante.

—Se lo daré mañana en el desayuno, si no le importa. Es usted muy amable.

—De acuerdo.

Parecía algo inquieto, y Rebecca pensó que cabía la posibilidad de que le entregara el disco a la Stasi, pero lo único que podía hacer era intentarlo.

Cuando el vino los hubo relajado a todos, Frederik Bíró se acercó a Rebecca. Era un político húngaro de su misma edad a quien ella apreciaba y que también estaba especializado en política exterior.

—¿Cuál es la realidad de este país? —le preguntó Rebecca—. ¿En qué situación se encuentra verdaderamente?

Él se miró el reloj.

—Estamos a algo más de un kilómetro de su hotel —contestó Bíró. Hablaba bien el alemán, como la mayoría de los húngaros cultos—. ¿Le gustaría volver paseando conmigo?

Ambos cogieron sus abrigos y se marcharon. El trayecto seguía el curso ancho y oscuro del río. En la otra orilla las luces de la ciudad medieval de Buda se alzaban románticas hasta el palacio que se erigía en la cumbre de la colina.

—Los comunistas prometieron prosperidad, y la gente se siente defraudada —comentó Bíró mientras caminaban—. Incluso miembros del Partido Comunista se quejan del gobierno de Kádár.

Rebecca supuso que se sentía más cómodo hablando en el exterior, donde no podía haber micrófonos ocultos.

—¿Y la solución? —preguntó.

—Lo extraño es que todo el mundo conoce la respuesta. Necesitamos descentralizar las decisiones, introducir mercados limitados y legitimar la economía sumergida semiilegal para que pueda crecer.

—¿Quién se interpone a eso? —Rebecca se dio cuenta de que le estaba disparando preguntas como un abogado en un juicio—. Discúlpeme —dijo—. No pretendía interrogarle.

—En absoluto —repuso él sonriendo—. Me gusta la gente que habla de forma directa. Ahorra tiempo.

—A los hombres no suele gustarles que una mujer les hable así.

—A mí sí. Podría decirse que siento debilidad por las mujeres asertivas.

—¿Está casado con una?

—Lo estuve, pero me divorcié.

Rebecca cayó en la cuenta de que aquello no era de su incumbencia.

—Estaba a punto de decirme quién se interpone en el camino de la reforma.

—Unos quince mil burócratas que podrían perder el poder y el puesto, cincuenta mil altos funcionarios del Partido Comunista que toman la práctica totalidad de las decisiones, y János Kádár, que nos gobierna desde 1956.

Rebecca arqueó las cejas. Bíró estaba siendo notablemente sincero. Le pasó por la cabeza la posibilidad de que los francos comentarios de Bíró no fueran del todo espontáneos. ¿Sería premeditada toda aquella conversación?

—¿Tiene Kádár alguna solución alternativa? —preguntó.

—Sí —respondió Bíró—. Para mantener el nivel de vida de los obreros húngaros, no deja de pedir dinero a bancos occidentales, también alemanes.

—¿Y cómo pagará los intereses de esos préstamos?

—Buena pregunta —dijo Bíró.

Llegaron a la altura del hotel de Rebecca, situado al otro lado de la calle. Ella se detuvo y se apoyó sobre el muro de contención del río.

—¿Es Kádár inamovible?

—No necesariamente. Trabajo mano a mano con un joven prometedor llamado Miklós Németh.

«Ajá —pensó Rebecca—. De modo que este era el objetivo de la conversación: decirle al gobierno alemán, de un modo discreto y extraoficial, que Németh es el rival reformista de Kádár.»

—Tiene treinta y pocos años y es brillante —prosiguió Bíró—, pero tememos que en Hungría se repita la situación soviética: Brézhnev reemplazado por Andrópov y después por Chernenko. Es como la cola de los servicios en una residencia de ancianos.

Rebecca rió. Bíró le gustaba.

Él inclinó la cabeza y la besó.

Ella se sorprendió solo a medias, pues había tenido la impresión de que lo atraía. Lo que en realidad la sorprendió fue la excitación que sintió con aquel beso, que le devolvió con ansia.

Y entonces se retiró, posó las manos contra su pecho y lo apartó un poco. Lo contempló a la luz de la farola. A los cincuenta años de edad, ningún hombre era un adonis, pero Frederik tenía un rostro que sugería inteligencia, compasión y la capacidad de sonreír ante las ironías de la vida. Llevaba el cabello canoso corto, tenía los ojos azules, y vestía un abrigo azul oscuro y una bufanda de un rojo vivo; conservadurismo con un toque de alegría.

—¿Por qué te divorciaste? —preguntó Rebecca.

—Tuve una aventura, y mi mujer me dejó. Tienes permiso para condenarme.

—No —repuso ella—. Yo también he cometido errores.

—Lo lamenté cuando ya era demasiado tarde.

—¿Tienes hijos?

—Dos, ya mayores. Ellos me han perdonado. Marta volvió a casarse, pero yo sigo solo. ¿Y tú?

—Me divorcié de mi primer marido cuando descubrí que trabajaba para la Stasi. Mi segundo marido se lesionó al saltar el Muro de Berlín y quedó en una silla de ruedas, pero fuimos muy felices durante veinte años. Murió el año pasado.

—Vaya, desde luego te mereces un poco de buena suerte.

—Sí, es posible. ¿Me acompañas a la entrada del hotel?

Cruzaron la calle. Las farolas de la esquina eran menos intensas, y ella volvió a besarlo. En esta ocasión lo disfrutó aún más, y se apretó contra su cuerpo.

—Pasa la noche conmigo —propuso él.

Rebecca sintió una irresistible tentación.

—No —contestó—. Es demasiado pronto. Apenas te conozco.

—Pero regresas a Alemania mañana.

—Lo sé.

—Es posible que no volvamos a vernos.

—Estoy segura de que volveremos a vernos.

—Podríamos ir a mi piso. O subir a tu habitación.

—No, aunque me halaga tu insistencia. Buenas noches.

—Buenas noches, pues.

Rebecca se encaminó al vestíbulo.

—Viajo a menudo a Bonn. Estaré allí dentro de diez días —dijo Bíró, y ella se volvió, sonriente—. ¿Querrías cenar conmigo?

—Me encantaría —contestó—. Llámame.

—De acuerdo.

Rebecca entró en el hotel con una amplia sonrisa en los labios.

Lili estaba en su casa de Berlín-Mitte una tarde de tormenta cuando su sobrina, Alice, fue a pedirle libros. A Alice no la habían admitido en la universidad, a pesar de sus excelentes notas, debido al pasado de su madre como intérprete de canciones protesta. No obstante, estaba decidida a ser autodidacta, así que estudiaba inglés por las noches después de trabajar en la fábrica. Carla tenía una pequeña colección de novelas en inglés que había heredado de la abuela Maud. Cuando Alice llamó al timbre, encontró a su tía en casa y subieron juntas al salón a mirar los libros mientras la lluvia embestía contra las ventanas. Lili suponía que eran ediciones antiguas, de antes de la guerra. Alice escogió una colección de relatos de Sherlock Holmes. Sería la cuarta generación que los leería, calculó.

—Hemos solicitado un permiso para ir a la Alemania Occidental —informó Alice, que rezumaba ansia juvenil.

—¿Hemos? —preguntó Lili.

—Helmut y yo.

Helmut Kappel era su novio. Tenía un año más que ella, veintidós, y estudiaba en la universidad.

—¿Por algún motivo en especial?

—He dicho que queremos visitar a mi padre, que vive en Hamburgo. Los abuelos de Helmut están en Frankfurt, pero Plum Nellie está haciendo una gira mundial, y en realidad lo que queremos es ver a mi padre en el escenario. Quizá podamos hacer coincidir nuestra visita con el concierto que den en Alemania, si es que dan alguno.

—Seguro que sí.

—¿Crees que nos dejarán ir?

—Podríais tener suerte.

Lili no quería echar por tierra su optimismo juvenil, pero lo dudaba. A ella siempre le habían denegado los permisos. Dejaban salir a muy pocas personas. Las autoridades sospecharían que dos jóvenes como Alice y Helmut tendrían la intención de no volver.

Lili también lo sospechaba. Alice a menudo hablaba con nostalgia de vivir en la Alemania Occidental. Como la mayoría de los chicos de su edad, quería leer libros y periódicos sin censura, ver películas y obras teatrales nuevas, y escuchar música, estuviera o no aprobada por Erich Honecker, un anciano de setenta y dos años. Si conseguía salir de la Alemania del Este, ¿por qué iba a volver?

—¿Sabes? —dijo Alice—. Casi todo lo que enemistó a esta familia con las autoridades en realidad ocurrió antes de que yo naciera. No deberían castigarme a mí.

Pero Lili pensó que su madre, Karolin, seguía cantando aquellos temas.

En ese momento sonó el timbre de la puerta, y un minuto después ambas oyeron voces agitadas en el recibidor. Bajaron para ver de qué se trataba y encontraron a Karolin ataviada con un chubasquero. Inexplicablemente llevaba una maleta. La había dejado entrar Carla, que estaba a su lado con un delantal sobre su atuendo formal de trabajo.

Karolin tenía la cara enrojecida e hinchada de llorar.

—¿Mamá...? —se extrañó Alice.

—¿Ha ocurrido algo? —preguntó Lili.

—Alice, tu padrastro me ha dejado —contestó Karolin.

Lili estaba atónita. ¿Odo Vossler? Le sorprendía que el bonachón de Odo tuviera agallas para dejar a su esposa.

Alice abrazó a su madre sin decir nada.

—¿Cuándo ha sido? —preguntó Carla.

Karolin se sonó la nariz con un pañuelo.

—Me lo ha dicho hace tres horas. Quiere divorciarse.

«Pobre Alice, abandonada por dos padres», pensó Lili.

—Pero se supone que los pastores no se divorcian —dijo Carla, indignada.

—También va a dejar el clero.

—¡Santo Dios!

Lili comprendió que un terremoto había sacudido a la familia.

Carla adoptó una postura pragmática.

—Será mejor que te sientes. Vamos a la cocina. Alice, coge el chubasquero de tu madre y cuélgalo para que se seque. Lili, haz café.

Lili puso agua a hervir y sacó una tarta de la alacena.

—Karolin, ¿qué le ha pasado a Odo? —preguntó Carla.

Ella bajó la mirada.

—Es... —Era evidente que le costaba decirlo. Miró hacia un lado y, en voz baja, dijo—: Odo me ha dicho que se ha dado cuenta de que es homosexual.

Alice profirió un leve grito.

—¡Qué terrible sorpresa! —exclamó Carla.

En ese instante a Lili la asaltó un recuerdo. Cinco años atrás, cuando se reunieron todos en Hungría y Walli vio a Odo por primera vez, advirtió en su rostro una expresión de perplejidad, breve pero clara. ¿Había intuido Walli la verdad sobre Odo en aquel momento?

La propia Lili siempre había sospechado que el amor que sentía Odo por Karolin no era una gran pasión sino que se acercaba más a una misión cristiana. Si algún día un hombre se le declaraba, Lili no quería que lo hiciera por cariño o amabilidad; tendría que desearla tanto que le costara quitarle las manos de encima. Ese sí era un buen motivo para proponer matrimonio.

Karolin alzó la mirada. Desvelada la verdad, fue capaz ya de mirar a Carla a los ojos.

—En realidad no ha sido ninguna sorpresa —dijo con voz queda—. En cierto modo lo sabía.

—¿Cómo?

—Cuando nos casamos había un joven, un tal Paul, muy atractivo. Lo invitábamos a cenar un par de veces por semana, iba a estudiar a la sacristía y los sábados por la tarde los dos daban largos paseos por el parque Treptower. Es posible que nunca llegaran a más... Odo no es mentiroso. Pero cuando hacíamos el amor, de algún modo sabía que estaba pensando en Paul.

—¿Qué ocurrió? ¿Cómo acabó?

Mientras escuchaba, Lili cortó la tarta en porciones y las sirvió en un plato. Nadie la probó.

—No llegué a saber toda la historia —contestó Karolin—. Un buen día Paul dejó de venir a casa y a la iglesia, Odo nunca me dijo por qué. Quizá ambos estuvieran evitando el contacto físico.

—Siendo pastor, Odo debía de sufrir un conflicto terrible —opinó Carla.

—Lo sé, y lo siento mucho por él... cuando no estoy enfadada.

—Pobre Odo.

—Pero Paul fue solo el primero de media docena de chicos, todos muy parecidos, guapísimos y cristianos.

—¿Y ahora?

—Ahora ha encontrado el amor verdadero. No deja de disculparse, pero ha decidido afrontar lo que es en realidad. Se va a vivir a casa de un tal Eugen Freud.

—¿Qué va a hacer?

—Quiere dar clases en la facultad de teología. Dice que es su auténtica vocación.

Lili vertió agua hirviendo en la jarra sobre el café molido. Se preguntó cómo se sentiría Walli cuando supiera que Odo y Karolin se habían separado. Obviamente, no podía reunirse con ella y con Alice por el maldito Muro de Berlín, pero ¿querría hacerlo? No tenía una relación estable, y a Lili le parecía que Karolin era el amor de su vida.

Pero eso solo eran conjeturas. Los comunistas habían decretado que no podían estar juntos.

—Si Odo ya no es pastor, tendréis que dejar la casa —dijo Carla.

—Sí. No tengo adónde ir.

—No seas tonta. Siempre tendrás un hogar aquí.

—Sabía que dirías eso —contestó Karolin, y rompió a llorar.

El timbre volvió a sonar.

—Ya voy yo —dijo Lili.

Cuando abrió la puerta se encontró frente a dos hombres. Uno llevaba uniforme de chófer y sostenía un paraguas abierto sobre el otro, que era Hans Hoffmann.

—¿Puedo entrar? —preguntó Hans, aunque pasó al recibidor sin esperar respuesta.

Llevaba un paquete plano de unos treinta centímetros.

El chófer volvió a la limusina ZIL negra que había aparcada en la acera.

—¿Qué quieres? —espetó Lili, asqueada.

—Hablar con tu sobrina, Alice.

—¿Cómo has sabido que está aquí?

Hans sonrió y no se molestó en contestar. La Stasi lo sabía todo.

Lili fue a la cocina.

—Es Hans Hoffmann. Quiere ver a Alice.

Alice se puso de pie, pálida y aterrada.

—Llévalo arriba, Lili, y quédate con ellos —dijo Carla.

Karolin hizo ademán de levantarse.

—Debería ir con ella.

Carla la disuadió poniéndole una mano en el brazo.

—No estás en condiciones de tratar con la Stasi.

Karolin aceptó y volvió a sentarse. Lili sostuvo la puerta para Alice, que salió de la cocina. Las dos mujeres subieron seguidas por Hans.

En un acto de cortesía automática, Lili estuvo a punto de ofrecerle a Hans una taza de café, pero no lo hizo; ¡por ella, como si se moría de sed!

Hans cogió uno de los libros de Sherlock Holmes que Alice había dejado sobre la mesa.

—Inglés… —comentó como confirmando una sospecha. Se sentó y tiró levemente de sus exquisitos pantalones de lana a la altura de las rodillas, para que no se le arrugaran. Dejó el paquete en el suelo, al lado de la silla, y dijo—: Bien, Alice. Quieres viajar a la Alemania Occidental. ¿Por qué?

Se había convertido en un pez gordo. Lili no sabía con exactitud qué cargo ocupaba, pero sin duda era algo más que un simple agente de la policía secreta. Pronunciaba discursos en mítines nacionales y trataba con la prensa. Sin embargo, no era lo bastante importante para acosar a la familia Franck.

—Mi padre vive en Hamburgo —dijo Alice a modo de respuesta—, y también mi tía Rebecca.

—Tu padre es un asesino.

—Eso ocurrió antes de que yo naciera. ¿Va a castigarme por ello? No es eso lo que denominan justicia comunista… ¿verdad?

Hans volvió a asentir con suficiencia y petulancia.

—Una boca astuta, igual que tu abuela. Esta familia nunca aprenderá.

—Hemos aprendido que el comunismo significa que oficiales de segunda pueden vengarse al margen de la justicia o la ley —replicó Lili, airada.

—¿De verdad crees que hablando así vas a convencerme de que conceda a Alice permiso para viajar?

—Ya tienes tomada la decisión —repuso Lili con voz cansina—. Vas a denegárselo. No habrías venido para concedérselo. Solo quieres regocijarte.

—¿En qué pasaje de los escritos de Karl Marx —intervino Alice— se lee que en el Estado comunista los obreros no están autorizados a viajar a otros países?

—Las condiciones imperantes han hecho necesarias las restricciones.

—No, en absoluto. Quiero ver a mi padre y usted me lo impide. ¿Por qué? ¡Solo porque puede! Eso no tiene nada que ver con el socialismo, y tiene todo que ver con la tiranía.

La boca de Hans se torció en una mueca.

—Burgueses… —dijo con tono asqueado—. No soportáis que otros tengan poder sobre vosotros.

—¿Burgueses? —repitió Lili—. Yo no tengo un chófer uniformado que me cubra con un paraguas en el camino del coche a casa. Ni Alice. En esta sala solo hay un burgués, Hans.

Él cogió el paquete y se lo tendió a Alice.

—Ábrelo —dijo.

Alice arrancó el envoltorio de papel marrón. Dentro encontró el último álbum de Plum Nellie, *The Interpretation of Dreams*. Se le iluminó la cara.

Lili se preguntó cuál sería el siguiente truco de Hans.

—¿Por qué no pones el disco de tu padre? —propuso este.

Alice sacó el sobre blanco de la carátula a color. Luego, con el índice y el pulgar, extrajo el vinilo del sobre.

Salió en dos trozos.

—Vaya, qué lástima. Parece que se ha roto —comentó Hans.

Alice se echó a llorar.

Hans se levantó.

—Conozco la salida —dijo, y se marchó.

Unter den Linden era la amplia avenida que cruzaba el Berlín oriental hasta la Puerta de Brandemburgo. La calle continuaba, con otro nombre, hacia el Berlín occidental a través de un parque llamado Tiergarten. Desde 1961, no obstante, Unter den Linden acababa en la Puerta de

Brandemburgo, bloqueada por el Muro. Desde el parque situado en la parte occidental, la vista del gran monumento quedaba desfigurada por una pared alta y fea, de un gris verdoso y cubierta de graffitis, y un cartel en alemán que decía:

ATENCIÓN
Está saliendo
de Berlín Oeste

Detrás se extendía el campo de la muerte del Muro.

El equipo de Plum Nellie construyó un escenario justo delante de la fea pared e instaló un imponente muro de altavoces encarados al parque. Siguiendo instrucciones de Walli, otros tantos altavoces, igual de potentes, se colocaron de cara al otro lado, al Berlín oriental. Quería que Alice lo oyera. Un periodista le dijo que el gobierno de la Alemania del Este se oponía a los altavoces.

—Dígales que si ellos derriban su Muro, yo haré lo mismo con el mío —contestó Walli, y la declaración apareció en todos los periódicos.

En un principio habían pensado dar el concierto de Alemania en Hamburgo, pero Walli se enteró de que Hans Hoffmann había roto el disco de Alice, y como venganza le había pedido a Dave que actuaran en Berlín, para que un millón de alemanes del Este pudieran escuchar las canciones que Hoffmann había intentado negarle a Alice. A Dave le encantó la idea.

En ese momento estaban juntos, contemplando el escenario desde un lateral mientras miles de admiradores se congregaban en el parque.

—Este concierto va a sonar más alto que todos los anteriores —comentó Dave.

—Bien —dijo Walli—. Quiero que oigan mi guitarra hasta en el maldito Leipzig.

—¿Te acuerdas de los viejos tiempos? —preguntó Dave—. ¿De los altavoces diminutos que tenían en los estadios de béisbol?

—Nadie nos oía… ¡Ni siquiera nosotros!

—Y ahora cien mil personas pueden escuchar música como nosotros queramos.

—Es una especie de milagro.

Cuando Walli volvió a su camerino, encontró a Rebecca allí.

—¡Esto es fantástico! —exclamó ella—. ¡Debe de haber cien mil personas en el parque!

Iba con un hombre canoso de aproximadamente su misma edad.

—Este es mi amigo Fred Bíró —lo presentó.

Walli le estrechó la mano.

—Es un honor conocerte —dijo Fred, que hablaba alemán con acento húngaro.

A Walli le hizo gracia. ¡Así que su hermana estaba saliendo con alguien a los cincuenta y tres años! Se alegró por ella. El hombre parecía ser su tipo, intelectual pero no demasiado solemne. Y a ella se la veía rejuvenecida, con el cabello cortado al estilo de la princesa Diana y un vestido morado.

Charlaron un rato y luego Rebecca lo dejó para que se preparase. Walli se puso unos vaqueros azules limpios y una camisa de color rojo fuego. Se miró en el espejo y se perfiló los ojos de negro para que el público pudiera captar mejor su expresión. Recordó con repulsión la época en que había tenido que controlar con cuidado su consumo de drogas: una pequeña cantidad para aguantar la actuación, y una buena dosis después como recompensa. Ni por un instante había sentido tentaciones de volver a esos hábitos.

Lo reclamaron en el escenario, y se reunió con Dave, Buzz y Lew. Toda la familia de Dave había ido a desearle suerte: su mujer, Beep, su hijo de once años, John Lee, sus padres, Daisy y Lloyd, e incluso su hermana, Evie; todos parecían orgullosos de él. Walli se alegró de verlos, pero su presencia le recordó con amargura que él no podía ver a los suyos: Werner y Carla, Lili, Karolin y Alice.

No obstante, con un poco de suerte estarían escuchándolo desde el otro lado del Muro.

El grupo salió al escenario y la muchedumbre los recibió con un clamor ensordecedor.

Unter den Linden estaba a rebosar de fans de Plum Nellie, maduros y jóvenes. Lili y su familia, entre ellos Karolin, Alice y el novio de esta, Helmut, llevaban allí desde primera hora de la mañana. Se habían asegurado un buen sitio, cerca de la barrera que la policía había colocado para mantener a la multitud a cierta distancia del Muro. A lo largo del día la gente fue congregándose en la calle, que adquirió un ambiente festivo en el que desconocidos hablaban, compartían la comida y reproducían cintas de Plum Nellie en radiocasetes portátiles. Cuando oscureció abrieron botellas de cerveza y de vino.

Y entonces la banda empezó a tocar, y la muchedumbre enloqueció.

Los berlineses del Este no podían ver nada salvo los cuatro caballos de bronce que tiraban del carro de la Victoria encima del arco, pero lo oían todo alto y claro: la batería de Lew, el ritmo sordo del bajo de Buzz, la guitarra y las armonías de Dave y, lo mejor de todo, el barítono pop perfecto de Walli y su acompañamiento lírico a la guitarra. Las canciones, conocidas por todos, brotaban con fuerza de las pilas de altavoces y emocionaban a la multitud, que no dejaba de moverse y bailar. «Ese es mi hermano —pensaba Lili una y otra vez—, mi hermano mayor, cantándole al mundo.» Werner y Carla parecían orgullosos, Karolin sonreía, y a Alice le brillaban los ojos.

Lili alzó la mirada hacia el edificio de despachos gubernamentales que había allí cerca. En un pequeño balcón divisó a media docena de hombres con abrigo oscuro y corbata, bien visibles a la luz de las farolas. No bailaban. Uno de ellos hacía fotos del gentío. Lili supuso que debían de ser de la Stasi: registraban a los traidores desleales al régimen de Honecker, que en aquel momento era básicamente todo el mundo.

Fijándose mejor, le pareció reconocer a uno de los agentes, y luego tuvo la certeza de que se trataba de Hans Hoffmann. Era alto y estaba algo encorvado. Parecía enfadado y al hablar movía la mano derecha como aplastando algo. Walli había afirmado en una entrevista que quería tocar allí porque a los alemanes del Este no se les permitía escuchar su música. Hans debía de saber que el hecho de haber roto el disco de Alice era el motivo de aquel concierto y aquella congregación. No era de extrañar que estuviera furioso.

Lili vio cómo lanzaba las manos al aire, desesperado, daba media vuelta y abandonaba el balcón desapareciendo en el interior del edificio. Una canción acabó y otra dio comienzo. La muchedumbre estalló en vítores al identificar los primeros acordes de uno de los mayores éxitos de Plum Nellie. La voz de Walli tronó desde los altavoces:

—Esta es para mi niña.

Y empezó a cantar *I Miss Ya, Alicia*.

Lili miró a Alice. Las lágrimas resbalaban por su cara, pero sonreía.

57

William Buckley, el ciudadano estadounidense secuestrado en el Líbano por Hezbolá el 16 de marzo de 1984, fue descrito por las fuentes oficiales como un funcionario político de la embajada de Estados Unidos en Beirut. En realidad era el jefe de la CIA en ese país.

Cam Dewar conocía a Bill Buckley y opinaba que era un buen tipo. Se trataba de un hombre delgado que vestía los trajes de corte conservador de Brooks Brothers. Tenía una frondosa caballera canosa y aspecto de galán de cine. Como militar profesional había combatido en Corea y había servido con las Fuerzas Especiales en Vietnam, hasta ascender al rango de coronel. En la década de los sesenta se había unido a la División de Actividades Especiales de la CIA. Era la unidad encargada de los asesinatos.

A sus cincuenta y siete años de edad, Bill seguía soltero. Según se rumoreaba en Langley, mantenía una relación a larga distancia con una mujer llamada Candace, que vivía en Farmer, Carolina del Norte. Ella le escribía cartas de amor y él la llamaba desde todos los rincones del planeta. Cuando estaba en Estados Unidos, eran amantes. O eso decía la gente.

Como las demás personas de Langley, Cam estaba furioso con el secuestro y desesperado por la liberación de Bill, pero todos los esfuerzos por rescatarlo fueron en vano.

Las noticias que llegaban eran cada vez peores. Los agentes e informadores de Bill en Beirut empezaron a desaparecer uno por uno. Hezbolá debía de estar obteniendo los nombres de su rehén. Y eso significaba que estaban sometiéndolo a tortura.

La CIA conocía los métodos de Hezbolá, y debían de imaginar lo que estaría padeciendo su hombre. Lo tendrían con los ojos vendados las veinticuatro horas, encadenado de pies y manos, encerrado en un cajón similar a un ataúd, día tras día, semana tras semana. Transcurridos un par de meses se habría vuelto literalmente loco: babearía, farfullaría, temblaría, pondría los ojos en blanco e iría profiriendo gritos de terror de modo aleatorio.

Por todo ello, Cam se sintió exultante cuando por fin alguien sugirió un plan de ataque contra los secuestradores.

El operativo no fue idea de la CIA, sino del asesor de Seguridad Nacional del presidente, Bud McFarlane. Entre su personal, Bud contaba con un agresivo teniente coronel del cuerpo de Marines llamado Oliver North, más conocido como Ollie. Entre los hombres que North había reclutado para ayudarlo se encontraba Tim Tedder, y fue él quien le habló a Cam del plan de McFarlane.

Cam condujo a Tim enseguida al despacho de Florence Geary. Tim era ex agente de la CIA y un viejo conocido de Florence. Como de costumbre, llevaba el pelo rapado igual que si todavía estuviera en el ejército, y ese día iba ataviado con camisa y pantalón de safari, que era lo más similar a un uniforme militar que podía encontrarse dentro de la vestimenta civil.

—Vamos a trabajar en colaboración con nativos del país —explicó Tim—. Habrá tres unidades, cada una de ellas compuesta por cinco hombres. No serán empleados de la CIA y ni siquiera serán estadounidenses, pero la agencia los entrenará, los equipará y se encargará de pagarles.

Florence asintió en silencio.

—¿Y qué harán esas unidades? —preguntó con tono neutro.

—La idea es localizar a los secuestradores antes de que ataquen —dijo Tim—. Cuando sepamos que planean un secuestro, o un atentado con bomba o cualquier otro acto de índole terrorista, enviaremos a una de las unidades para eliminar a los atacantes.

—Vamos a ver si lo entiendo —dijo Florence—. Esas unidades matarán a los terroristas… antes de que cometan los delitos.

No parecía tan entusiasmada con el plan como lo estaba Cam, resultaba evidente, y el agente tuvo un mal presentimiento.

—Exacto —afirmó Tim.

—Tengo una pregunta —dijo Florence—. ¿Es que se han vuelto locos de remate o qué narices está pasando?

Cam estaba escandalizado. ¿Cómo podía Florence oponerse al plan?

—Ya sé que es poco convencional, pero… —repuso Tim, indignado.

—¿Poco convencional? —interrumpió Florence—. Según la legislación de cualquier país civilizado, es un asesinato. No hay ni juicio justo, ni requerimiento de pruebas y, según usted mismo ha reconocido, sus objetivos quizá no habrán hecho más que pensar en cometer un delito.

—En realidad no sería asesinato —repuso Cam—. Actuaríamos como el policía que evita el disparo de quien está apuntándolo con una pistola. Se llama defensa propia preventiva.

—Así que ahora es usted abogado, Cam.

—No es una opinión personal, es lo que dice Sporkin.

Stanley Sporkin era asesor general de la CIA.

—Bueno, pues Stan se equivoca —afirmó Florence—. Porque nunca hemos visto esa pistola apuntándonos. No tenemos forma de saber quién está a punto de perpetrar un acto terrorista. En el Líbano no contamos con agentes capaces de algo así, nunca hemos contado con esa clase de hombres. Por eso acabaremos matando a personas de las que tan solo imaginamos que planean un ataque terrorista.

—Quizá podríamos mejorar la fiabilidad de nuestra información.

—¿Qué fiabilidad tienen esos nativos del país? ¿Quién formará parte de esas unidades de cinco hombres? ¿Matones de Beirut? ¿Mercenarios? ¿Los señoritingos europeos de las empresas de seguridad internacionales? ¿Cómo vamos a confiar en ellos? ¡Por no hablar de controlarlos! No obstante, cualquier cosa que hagan será responsabilidad nuestra, ¡sobre todo si matan a personas inocentes!

—No, no… —dijo Tim—. La totalidad de la operación se atribuirá a terceros y podremos negar cualquier relación con ella.

—A mí no me parece muy factible negar nada. La CIA va a entrenarlos, a equiparlos y a financiar sus actividades. Además, ¿han pensado en las consecuencias políticas?

—Menos secuestros y atentados.

—¿Cómo puede ser tan ingenuo? Si atacamos a Hezbolá de esa forma, ¿cree que se sentarán a pensar: «Vaya, los americanos son más fuertes de lo que creíamos, lo mejor será dejar esto del terrorismo»? No y no. ¡Tendrán sed de venganza! En Oriente Próximo la violencia siempre engendra más violencia, ¿todavía no lo han aprendido? Hezbolá colocó una bomba en los barracones del cuerpo de Marines en Beirut, ¿por qué? Según el coronel Geraghty, que era el comandante de los Marines en ese momento, fue en respuesta al bombardeo de civiles musulmanes inocentes por parte de la VI Flota estadounidense en la aldea de Suq al Gharb. Una atrocidad provoca otra.

—Entonces, ¿se limitará a rendirse y a decir que no puede hacerse nada?

—No puede hacerse nada fácil, solo duro trabajo político. Enfriaremos los ánimos, contendremos a ambas partes y las obligaremos a sentarse a negociar, una y otra vez, sin importar cuántas veces se levanten y se vayan. No desistiremos y, pase lo que pase, lograremos impedir una escalada de violencia.

—Creo que podemos…

Sin embargo, Florence todavía no había terminado.

—Ese plan suyo es criminal, no es práctico y tiene consecuencias espantosas para Oriente Próximo, además de poner en peligro la reputación de la CIA, del presidente y de Estados Unidos. Pero eso no es todo. Hay otra cosa que nos obliga a descartarlo por completo.

Hizo una pausa, y Cam no pudo más que preguntar:

—¿El qué?

—El mismísimo presidente nos ha prohibido asesinar a nadie. «Ningún individuo empleado por el gobierno de Estados Unidos ni actuando en nombre del mismo participará ni conspirará en asesinatos.» Orden Ejecutiva 12333. Firmada por Ronald Reagan en 1981.

—Creo que ya lo ha olvidado —dijo Cam.

Maria se reunió con Florence Geary en Washington, en el centro comercial Woodward & Lothrop, conocido popularmente como «Woodies». Se encontraron en la sección de sujetadores. La mayoría de los agentes eran hombres, y cualquier individuo que las siguiera hasta allí sería sospechoso. Incluso podrían detenerlo.

—Yo antes usaba una 90A —comentó Florence—. Ahora llevo una 95C. ¿Qué ha ocurrido?

Maria soltó una carcajada. A sus cuarenta y ocho años, era algo mayor que Florence.

—Bienvenida al club de las mujeres de mediana edad —dijo—. Siempre he tenido el trasero grande, pero mis tetas eran pequeñas y monísimas, y se aguantaban solas. Ahora necesito sujeción de la buena.

Durante sus dos décadas en Washington, Maria se había dedicado con ahínco a cultivar sus contactos. Ya en los inicios de su carrera había aprendido lo mucho que se conseguía —para bien o para mal— teniendo amigos. Durante la época en que la CIA había empleado a Florence como secretaria en lugar de prepararla como agente, tal como le habían prometido, Maria había empatizado con su situación, de mujer a mujer. Los contactos de Maria solían ser otras mujeres, siempre de ideas liberales. Intercambiaba información con ellas para prevenirlas con antelación de los movimientos amenazantes de ciertos enemigos políticos, y las ayudaba, con discreción, asignando máxima prioridad a proyectos que de otra forma podrían haber sido dejados de lado por parte de funcionarios conservadores. Los hombres hacían algo similar.

Tanto Florence como Maria escogieron una media docena de sujetadores y fueron a probárselos. Era martes por la mañana, y los probadores estaban vacíos. Aun así, Florence habló en voz baja.

—A Bud McFarlane se le ha ocurrido un plan que es una verdadera locura —dijo mientras se desabrochaba la blusa—, pero Bill Casey ha involucrado a la CIA. —Casey, amigo del presidente Reagan, era el director de la agencia—. Y el presidente ha dado su visto bueno.

—¿Qué plan?

—Estamos entrenando a unidades de asesinos nativos para matar terroristas en Beirut. Lo llaman prevención antiterrorista.

Maria no daba crédito.

—Pero eso es un delito según las leyes de este país. Si consiguen hacerlo, McFarlane, Casey y Ronald Reagan serán unos asesinos.

—Exacto.

Ambas mujeres se quitaron el sujetador que llevaban puesto y permanecieron una junto a la otra frente al espejo.

—¿Lo ves? —dijo Florence—. Han perdido ese aspecto de estar siempre en guardia.

—Las mías también.

A Maria le dio por pensar en que hacer eso junto a una mujer blanca en otra época le habría dado demasiada vergüenza. Quizá los tiempos de verdad estuvieran cambiando.

Empezaron a probarse sujetadores.

—¿Casey ha enviado algún informe a los comités de inteligencia? —preguntó Maria.

—No. Reagan ha decidido que informaría al presidente y al vicepresidente de cada comité, y a los líderes republicanos y demócratas del Congreso y del Senado.

Eso explicaba que George Jakes no hubiera oído hablar del tema, dedujo Maria. Reagan había realizado un movimiento ladino. Los comités de inteligencia contaban con una cuota de liberales para garantizar que al menos se formulaban algunas preguntas críticas. Reagan había encontrado una forma de evitar a los críticos informando solo a quienes sabía que le prestarían apoyo.

—Una de esas unidades está ahora mismo aquí, en Estados Unidos, en un curso de entrenamiento de dos semanas.

—Así que el asunto está bastante avanzado.

—Eso es. —Florence miró cómo le quedaba el sujetador negro—. Frank está encantado con este cambio de mi pecho. Siempre quiso tener una mujer pechugona. Dice que va a ir a la iglesia a darle las gracias a Dios.

—Tienes un buen marido. Espero que le gusten esos sujetadores nuevos —dijo Maria riendo.

—¿Y qué hay de ti? ¿Quién disfrutará de tu lencería nueva?

—Ya me conoces, soy una chica dedicada a mi carrera.

—¿Siempre lo has sido?

—Hubo alguien, hace mucho tiempo, pero murió.

—Lo siento mucho.

—Gracias.

—¿Y nunca has tenido a nadie más desde entonces?

María no dudó a la hora de responder.

—Sí, pero acabó en desengaño. Ya sabes, me gustan los hombres y me gusta el sexo, pero no estoy preparada para renunciar a mi vida y convertirme en el apéndice de un hombre. Está claro que Frank lo entiende, pero es una excepción.

—Cielo, en eso tienes razón —asintió Florence.

Maria frunció el ceño.

—¿Qué quieres que haga respecto a esas unidades de asesinos?

Se le pasó por la cabeza que, siendo Florence agente secreta, podía haber descubierto o deducido que Maria le había filtrado información a Jasper Murray en el pasado. ¿Querría que filtrara también ese dato?

—Ahora mismo no quiero que hagas nada —dijo Florence, no obstante—. El plan sigue siendo una idea estúpida que podemos detener antes de que lo pongan en marcha. Solo quiero asegurarme de que alguien externo a la comunidad de los servicios secretos está informado. Si la mierda nos salpica, y Reagan empieza a mentir sobre los asesinatos como hizo Nixon con lo del robo, al menos tú sabrás la verdad.

—Mientras tanto, rezaremos para que nunca ocurra.

—Amén.

—Ya hemos seleccionado a nuestro primer objetivo —le dijo Tim Tedder a Cam—. Iremos a por el pez gordo.

—¿Fadlalá?

—El mismo.

Cam asintió en silencio. Mohamed Husein Fadlalá era un importante líder y erudito musulmán, además de gran ayatolá. En sus sermones alentaba a los creyentes a ejercer la resistencia armada contra la ocupación israelí del Líbano. Hezbolá decía que solo se inspiraba en sus palabras, pero la CIA estaba convencida de que Fadlalá era el autor intelectual de la campaña de secuestros. A Cam le habría encantado verlo muerto.

En ese momento se encontraba sentado con Tim en su despacho de Langley. Sobre la mesa tenía una fotografía enmarcada de sí mismo con el presidente Nixon, sumidos ambos en una intensa conversación. Langley era uno de los pocos lugares donde un hombre podía sentirse orgulloso de haber trabajado para Nixon.

—¿Fadlalá planea más secuestros? —preguntó Cam.

—¿Planea el Papa más bautizos? —respondió Tim.

—¿Qué hay del equipo? ¿Son de fiar? ¿Los tenemos controlados?

Las objeciones de Florence Geary se habían pasado por alto, pero su recelo estaba fundamentado, y Cam recordaba bien sus palabras.

Tim lanzó un suspiro.

—Cam, si fueran de fiar, personas responsables que respetasen la autoridad competente, no se ofrecerían como asesinos a sueldo. La gente de su calaña no es de fiar. Pero de momento los tenemos más o menos controlados.

—Bueno, al menos no estamos financiándolos. Ya me ha llegado el dinero de los saudíes: tres millones de dólares.

Tim enarcó las cejas.

—Eso sí que se hizo bien.

—Gracias.

—Podríamos poner en manos de la inteligencia saudí el aspecto técnico del proyecto, para aumentar las posibilidades de negar nuestra responsabilidad.

—Bien pensado, pero aun así necesitaremos una coartada cuando hayan asesinado a Fadlalá.

Tim permaneció pensativo un instante.

—Le echaremos la culpa a Israel —dijo al final.

—Sí.

—Todo el mundo estará dispuesto a creer al Mosad capaz de algo así.

Cam frunció el ceño, disgustado.

—Sigo estando preocupado. Ojalá supiera exactamente cómo van a hacerlo.

—Es mejor que no te enteres.

—Tengo que saberlo. Podría ir al Líbano y hacer un seguimiento desde cerca.

—En ese caso, ándate con cuidado —advirtió Tim.

Cam alquiló un Toyota Corolla de color blanco en el centro de Beirut y condujo hacia el sur en dirección a Bir el Abed, un barrio periférico de mayoría musulmana. Era una jungla de horribles bloques de viviendas de cemento entremezclados con hermosas mezquitas, cada una de ellas en un vasto solar, como gráciles árboles centenarios plantados cuidadosamente en el claro de un frondoso bosque de pinos recios. A pesar de ser un país pobre, el tráfico era denso en las angostas calles, y cada tienda y cada puesto ambulante estaba cercado por una muchedumbre. Hacía calor, y el Toyota no tenía aire acondicionado, pero Cam conducía con las ventanillas subidas por miedo a entrar en contacto con el caos de la población.

Ya había visitado ese barrio antes con un guía de la CIA, así que no tardó en encontrar la calle donde vivía el ayatolá Fadlalá. Pasó conduciendo muy despacio por delante del alto bloque de viviendas, luego dio la vuelta a la manzana y aparcó en la acera de enfrente, a unos treinta metros del edificio.

En esa misma calle había bastantes bloques de viviendas, un cine y, lo más importante, una mezquita. Todas las tardes a la misma hora, Fadlalá iba caminando desde su edificio hasta la mezquita a la hora de la oración.

Sería entonces cuando lo matarían.

«Que nadie la cague, por favor, Dios», suplicó Cam.

En el breve tramo de acera que Fadlalá tenía que recorrer, había coches aparcados junto al bordillo, muy pegados entre sí. En uno de esos vehículos estaba colocada la bomba. Cam no sabía en cuál.

Por allí cerca se encontraba el hombre encargado de detonar el explosivo, agazapado y vigilando la calle igual que Cam, a la espera del ayatolá. El estadounidense observó con detenimiento los coches y las ventanas que quedaban por encima de los vehículos. No localizó al individuo del detonador. Era buena señal. El asesino estaba bien escondido, como debía ser.

Los saudíes le habían asegurado que ningún transeúnte inocente resultaría herido. Fadlalá siempre iba rodeado de guardaespaldas; algunos de ellos sufrirían heridas, sin duda, pero por otra parte siempre procuraban que nadie se acercara a su jefe.

Cam no estaba muy seguro de cómo se había realizado la previsión sobre los daños colaterales de la explosión. Sin embargo, también en los conflictos armados había bajas civiles. Sin ir más lejos, recordaba el ejemplo de todas las mujeres y los niños japoneses que habían muerto en los bombardeos de Hiroshima y Nagasaki. Aunque, claro, en aquella ocasión Estados Unidos estaba en guerra con Japón, que no era el caso del Líbano; pero Cam se dijo que el mismo principio era aplicable. Aun cuando un par de transeúntes sufrieran cortes y contusiones, el fin sin duda justificaba los medios.

Sin embargo, se sintió alarmado por el gran número de peatones. Un coche bomba era más apropiado para un entorno solitario. En ese lugar, un francotirador con un fusil de asalto habría sido mejor opción.

Pero ya era demasiado tarde.

Consultó el reloj. Fadlalá se retrasaba. Aquello era desesperante. Cam deseó que se diera prisa.

Entonces vio a muchas mujeres y niñas en la calle, y se preguntó por qué. Transcurrido un instante supuso que estaban saliendo de la mezquita. Debía de celebrarse una especie de ceremonia femenina, o el equivalente musulmán a una reunión de madres. Por desgracia ocupaban toda la puñetera calle. La unidad tendría que abortar la detonación del explosivo.

En ese momento Cam deseó que Fadlalá se retrasara aún más.

Volvió a observar con detenimiento el paisaje urbano en busca de algún hombre que estuviera alerta y ocultando algún mecanismo de detonación a distancia. Esta vez creyó localizarlo. A unos doscientos metros de distancia, frente a la mezquita, había una ventana abierta en el primer piso de la fachada lateral de un bloque de viviendas. Cam no habría visto al hombre de no ser porque el sol vespertino, que iba ocultándose por el oeste, había cambiado la forma de las sombras y había hecho visible la silueta del individuo. Cam no alcanzaba a distinguir sus rasgos, pero sí interpretaba su lenguaje corporal: tenso, en posición, expectante, asustado, sujetando con ambas manos algo que podría haber sido una radio con una larga antena telescópica, salvo que nadie sujetaba un transistor como si le fuera la vida en ello.

Cada vez salían más y más mujeres de la mezquita, algunas llevaban la cabeza cubierta solo con un hiyab, otras iban completamente tapadas por un burka. Abarrotaban las aceras de ambos lados de la calle. Cam esperaba que la multitud se dispersara pronto.

Miró hacia el edificio de Fadlalá y vio, con horror, que el ayatolá estaba saliendo, rodeado por seis o siete guardaespaldas.

Fadlalá era un hombre mayor y de poca estatura con una barba blanca y larga. Llevaba un enorme turbante negro y redondo, y una túnica blanca. Tenía una expresión despierta, inteligente, y sonreía por algo que estaba diciéndole uno de sus acompañantes mientras salían del edificio a la acera.

—No —dijo Cam en voz alta—. ¡Ahora no! ¡Ahora no!

Miró a la calle. Las aceras estaban abarrotadas de mujeres y niñas que hablaban, reían y se expresaban con las sonrisas y los gestos típicos de quienes salen reconfortados de un lugar santo tras un oficio solemne. Habían cumplido con su deber, sus almas estaban fortalecidas y listas para retomar la vida mundana, iban pensando en la tarde, en la cena, en las charlas que mantendrían, en lo bien que lo pasarían con sus familiares y amigos.

Pero algunas de ellas iban a morir.

Cam bajó corriendo del coche.

Hizo señales a la desesperada en dirección a la ventana del bloque de viviendas donde estaba asomado el hombre del detonador, pero no recibió respuesta. No era de extrañar; se encontraba demasiado lejos y el asesino a sueldo estaba concentrado en Fadlalá.

Cam miró al otro lado de la calle. El ayatolá estaba alejándose de él; se dirigía a la mezquita a paso ligero, aproximándose a la guarida del asesino. La explosión se produciría en cuestión de segundos.

Corrió por la acera hacia el bloque de viviendas, pero los numerosos grupos de mujeres se interponían en su camino y no lo dejaban avanzar muy deprisa. Atrajo miradas de curiosidad y de rechazo: era un hombre, sin duda estadounidense, atravesando una multitud de mujeres musulmanas. Al llegar a la altura de Fadlalá vio a uno de los guardaespaldas indicándole a otro su posición. Pasarían pocos segundos antes de que alguien lo abordara.

Siguió corriendo y olvidó toda precaución. Se detuvo a quince metros del bloque de viviendas, gritó y le hizo una señal con la mano al asesino de la ventana. En ese momento podía ver al hombre con toda claridad: era un joven árabe de barba rala y expresión aterrorizada.

—¡No lo hagas! —gritó Cam con el convencimiento de que estaba poniendo en peligro su propia vida—. ¡Aborta, aborta! ¡Por el amor de Dios, aborta!

Alguien lo agarró por el hombro desde atrás y espetó algo muy agresivo en un árabe brusco.

A continuación se oyó una tremenda explosión.

Cam cayó al suelo boca abajo.

Se ahogaba, como si alguien lo hubiera golpeado en la espalda con un tablón. Le dolía la cabeza. Oía gritos, hombres blasfemando y el ruido de los escombros cayendo al suelo. Consiguió darse la vuelta rodando sobre la acera, asfixiado, y se levantó como pudo. Estaba vivo y, por lo que veía, no tenía heridas graves. A sus pies había un hombre árabe inmóvil, seguramente el que lo había agarrado por el hombro. El individuo había recibido toda la fuerza de la onda expansiva, y su cuerpo había actuado de escudo para Cam.

Miró al otro lado de la calle.

—¡Oh, Dios santo! —exclamó.

Por todas partes había cuerpos retorcidos de forma espantosa, ensangrentados y mutilados. Los que no estaban inmóviles se estremecían, intentaban detener la hemorragia de las heridas sangrantes, chillaban y buscaban a sus seres queridos. La holgada ropa oriental de numerosas víctimas había quedado hecha jirones, y muchas de las mujeres yacían medio desnudas en aquel obsceno escenario de muerte violenta.

Dos bloques de viviendas tenían las fachadas destruidas, y la mampostería y los objetos domésticos todavía caían a la calle; gigantescos fragmentos de cemento junto con sillas y televisores. Numerosos edificios ardían en llamas. El asfalto estaba plagado de coches destrozados, como si todos los vehículos hubieran sido lanzados desde muy alto y hubieran quedado desparramados al azar sobre la calzada.

Cam se dio cuenta de inmediato de que la explosión había sido muy potente, mucho más de lo necesario.

Al otro lado de la calle vio al hombre de barba blanca y turbante negro, Fadlalá, al que sus guardaespaldas azuzaban con prisas para llevarlo de regreso a su bloque de viviendas. Parecía ileso.

La misión había fracasado.

Cam se quedó mirando la carnicería que lo rodeaba. ¿Cuántas personas habrían muerto? Calculó que unas cincuenta, tal vez sesenta o incluso setenta. Y había cientos de heridos.

Tenía que salir de allí. Los presentes tardarían pocos segundos en ponerse a buscar al posible culpable. Aunque tenía la cara magullada y el traje destrozado, todos sabrían que era estadounidense. Debía marcharse antes de que a alguien se le ocurriera la posibilidad de vengarse en ese mismo instante.

Se apresuró en regresar a su coche. Las ventanillas estaban hechas añicos, pero el vehículo tenía aspecto de poder arrancar. Abrió de golpe la puerta. El asiento se veía cubierto de cristales rotos. Se quitó la chaqueta a toda prisa y la usó para despejar su asiento. Luego, por si había quedado alguna esquirla, dobló la chaqueta y la colocó en el asiento. Subió al coche y giró la llave en el contacto.

El motor se puso en marcha.

Cam arrancó, dio la vuelta al coche en mitad de la calzada y se alejó de aquel lugar.

Recordó entonces las palabras de Florence Geary, que en el momento de escucharlas le habían parecido de una exageración desmesurada: «Según la legislación de cualquier país civilizado, es un asesinato».

No había sido solo un asesinato; había sido una matanza.

El presidente Ronald Reagan era culpable.

Y también lo era Cam Dewar.

Jack estaba haciendo un puzle sobre una pequeña mesita de centro del salón con su madrina, Maria, mientras su padre, George, los miraba. Era domingo por la tarde y estaban en casa de Jacky Jakes, en el condado de Prince George. Todos habían ido juntos a la Iglesia Evangélica de Betel, luego habían comido las chuletas de cerdo de Jacky, con salsa de cebolla y alubias negras. Después del almuerzo, Maria había escogido con cuidado un puzle que no resultara ni muy fácil ni muy difícil para un niño de cinco años. Ella se marcharía pronto, y George llevaría en coche a Jack a casa de Verena. A su regreso, George se sentaría a la mesa de la cocina con sus expedientes durante un par de horas y se prepararía para la semana que le esperaba en el Congreso.

Sin embargo, aquel era un momento de paz, sin compromisos ni exigencias laborales. La luz de la tarde empezó a caer sobre las dos cabezas pensantes que intentaban solucionar el puzle. George pensó que Jack iba a ser un niño guapo. Tenía la frente alta, los ojos grandes, una nariz recta y encantadora, una sonrisa permanente y una barbilla perfecta, todo muy proporcionado. Su expresión era reflejo de su carácter. Estaba completamente ensimismado en el reto intelectual del rompecabezas; cuando Maria o él encajaban una pieza en el lugar correcto, el niño sonreía con satisfacción y su carita se iluminaba. George jamás había visto un espectáculo tan fascinante y cambiante como aquel: la evolución de la mente de su propio hijo, el despertar diario a algún nuevo descubrimiento, números y letras, mecanismos, personas y grupos sociales. Ver a Jack correr, saltar y lanzar la pelota se le antojaba un milagro, aunque a George lo conmovía incluso más esa mirada de intensa concentración intelectual. Se le humedecían los ojos de orgullo, gratitud y asombro.

También se sentía agradecido con Maria, que los visitaba una vez al mes. Siempre llevaba un regalo para su ahijado, pasaba tiempo con el niño y tenía la paciencia de leerle cuentos, charlar o jugar con él. Maria y Jacky le habían proporcionado a Jack estabilidad tras el trauma del divorcio de sus padres. Había pasado un año desde que George había abandonado el hogar familiar. Jack ya no se despertaba en plena noche, llorando, y parecía estar adaptándose a su nueva vida; aunque George no podía evitar preocuparse por las consecuencias a largo plazo.

Terminaron el puzle y llamaron a la abuela Jacky para que admirara la obra completa. Luego la mujer se llevó a Jack a la cocina para servirle un vaso de leche con una galleta.

—Gracias por todo lo que haces por Jack —le dijo George a Maria—. Eres la mejor madrina del mundo.

—No es ningún sacrificio —repuso ella—. Resulta un verdadero placer estar con él.

Maria cumpliría los cincuenta al año siguiente, así que ya no sería madre. Tenía sobrinos en Chicago, pero el principal receptor de su amor maternal era Jack.

—Tengo algo que contarte —dijo Maria—. Algo importante.

Se levantó y cerró la puerta de la sala, y George se preguntó qué podría ser.

Ella volvió a sentarse.

—Es sobre ese coche bomba de Beirut que estalló antes de ayer —dijo.

—Fue espantoso —comentó George—. Han muerto ochenta personas y hay doscientos heridos, casi todos mujeres y niñas.

—Esa bomba no la colocaron los israelíes.

—¿Y quién ha sido?

—Nosotros.

—Pero ¿qué narices estás diciendo?

—Era una iniciativa antiterrorista del presidente Reagan. Quienes llevaron a cabo el atentado fueron nativos libaneses, pero la CIA los entrenó, los financió y controlaba la misión.

—¡Dios mío! Pero si el presidente está obligado a informar a mi comité de las acciones encubiertas.

—Ya te enterarás de que informó a vuestros presidente y vicepresidente.

—Es espantoso —dijo George—. Aunque pareces muy segura de lo que dices.

—Lo sé a través de alguien de alto rango de la CIA. Muchos veteranos de la agencia estaban en contra del plan, pero el presidente quería llevarlo a cabo, y Bill Casey hizo todo lo posible por conseguirlo.

—Pero ¿en qué puñetas estaban pensando? —preguntó George—. ¡Han provocado una masacre!

—Están desesperados por detener los secuestros. Creen que Fadlalá es el autor intelectual y querían borrarlo del mapa.

—Y la han cagado.

—A lo grande.

—Esto tiene que saberse.

—Eso opino yo también.

Jacky entró.

—Nuestro hombrecito está listo para volver con su madre.

—Ya voy. —George se levantó—. Tranquila —le dijo a Maria—, yo me encargaré.

—Gracias.

George subió al coche con Jack y condujo despacio por las calles de las afueras hacia la casa de Verena. Vio el Cadillac color bronce de Jasper Murray estacionado en el camino de la entrada junto al Jaguar rojo de ella. Si eso suponía que Jasper también estaba, era una casualidad muy conveniente para George.

Verena abrió la puerta vestida con una camiseta negra y vaqueros desgastados. George entró y ella se llevó a Jack para darle un baño. Jasper salió de la cocina.

—Quiero hablar contigo, si no estás ocupado —dijo George.

—Claro —respondió Jasper, aunque parecía cansado.

—Podemos entrar en… —George estuvo a punto de decir «mi despacho», pero rectificó antes de hablar—: ¿en el despacho?

—De acuerdo.

Sintió una punzada de dolor al ver que la máquina de escribir de Jasper se encontraba sobre su antigua mesa de escritorio, junto a una pila de libros de consulta necesarios para un periodista: *Quién es quién en Estados Unidos*, un *Atlas mundial*, la *Enciclopedia Pears* y el *Almanaque de la política estadounidense*.

El despacho era una habitación pequeña con un sillón. Ninguno de los dos quiso ocupar la silla del escritorio. Tras un tenso momento de duda, Jasper retiró la silla de la mesa, la colocó justo delante del sillón, y ambos tomaron asiento.

George le contó lo que le había dicho Maria sin mencionarla. Mientras hablaba, se preguntaba por qué Verena habría preferido a Jasper. En su opinión, Jasper actuaba con cierto egoísmo cruel. George le había planteado esa pregunta a su madre. «Jasper es una estrella de la televisión. El padre de Verena es una estrella del cine. Ella pasó siete años trabajando con Martin Luther King, que era la estrella del movimiento de los derechos civiles. A lo mejor necesita una estrella a su lado. Pero ¿qué sé yo?», había contestado la mujer.

—Esto es un bombazo —dijo Jasper cuando George le hubo contado toda la historia—. ¿Te fías de la fuente?

—Se trata de la misma que nos ha pasado las demás historias. Es de mi absoluta confianza.

—Esto convierte al presidente Reagan en culpable de una masacre.

—Sí —afirmó George—. Lo sé.

58

Ese domingo, mientras Jacky, George, Maria y el pequeño Jack se encontraban en la iglesia cantando *Shall We Gather at the River*, Konstantín Chernenko murió en Moscú.

Ocurrió cuando pasaban veinte minutos de las siete de la tarde, hora local. Dimka y Natalia estaban en casa, cenando sopa de alubias con su hija, Katia, una estudiante de quince años, y el hijo de Dimka, Grisha, un universitario de veintiuno. El teléfono sonó a las siete y media, y contestó Natalia.

—Hola, Andréi —dijo, y al momento Dimka adivinó lo sucedido.

Chernenko llevaba muriéndose desde que lo habían elegido secretario general, hacía tan solo trece meses. Hacía poco que lo habían ingresado en el hospital con cirrosis y enfisema. Todo Moscú esperaba con impaciencia a que falleciera. Natalia había sobornado a Andréi, un enfermero del hospital, para que la llamara en cuanto Chernenko exhalara su último aliento. Enseguida colgó el teléfono.

—Ha muerto —confirmó.

Aquel era el momento de la esperanza. Por tercera vez en menos de trece años, un anciano y exhausto dirigente conservador había fallecido. De nuevo se ofrecía la oportunidad de que un joven diera un paso al frente y transformara la Unión Soviética en el tipo de país que Dimka deseaba para que Grisha y Katia vivieran y criaran a sus nietos. Sin embargo, esa esperanza se había desvanecido ya en dos ocasiones. ¿Ocurriría de nuevo?

Dimka apartó el plato.

—Ahora debemos pasar a la acción —dijo—. El sucesor se elegirá durante las próximas horas.

Natalia asintió.

—Lo único que importa es quién va a presidir la siguiente reunión del Politburó —opinó.

Dimka pensó que tenía razón. Así era como funcionaban las cosas en la Unión Soviética. En cuanto un aspirante asomaba la nariz por delante de los demás, nadie se arriesgaba a apostar por otro caballo ganador.

Mijaíl Gorbachov era el segundo secretario y, por tanto, el sucesor oficial del difunto líder. Sin embargo, su designación para el cargo había desatado una acalorada protesta por parte de la vieja guardia, que prefería a Víktor Grishin, de setenta años, jefe del partido en Moscú y no reformista. Gorbachov había ganado la carrera por tan solo un voto.

Dimka y Natalia abandonaron la mesa y se retiraron al dormitorio para no hacer comentarios delante de los chicos. Él se acercó a la ventana y contempló las luces de Moscú mientras ella se sentaba en el borde de la cama. No tenían mucho tiempo.

—Con la muerte de Chernenko quedan exactamente diez miembros de pleno derecho en el Politburó, incluidos Gorbachov y Grishin —dijo Dimka.

Los miembros de pleno derecho constituían el núcleo del poder soviético.

—Según mis cálculos, están divididos justo en partes iguales: Gorbachov cuenta con cuatro partidarios, y Grishin con otros tantos.

—Pero no todos se encuentran en la ciudad —señaló Natalia—. Dos de los hombres de Grishin han salido de viaje: Shcherbitski está en Estados Unidos, y Kunáyev en Kazajistán, su tierra natal, a cinco horas de distancia en avión.

—Y uno de los hombres de Gorbachov, Vorotnikov, está en Yugoslavia.

—Aun así, eso nos deja una mayoría de tres frente a dos… durante unas horas.

—Gorbachov tiene que convocar una reunión de miembros de pleno derecho esta noche. Propongo que use como pretexto la organización del funeral. Una vez convocada la reunión, la presidirá él. Y en cuanto haya presidido esa reunión, se dará por sentado que seguirá haciéndolo en las siguientes y, por tanto, se convertirá en el nuevo líder.

Natalia frunció el ceño.

—Tienes razón, pero me gustaría asegurar la jugada. No quiero que los ausentes se presenten en la capital mañana y digan que tiene que volver a hablarse todo porque ellos no estaban aquí.

Dimka lo pensó unos instantes.

—No sé qué otra cosa podemos hacer —dijo.

Desde el teléfono del dormitorio marcó el número de Gorbachov, que ya sabía que Chernenko había muerto. También él contaba con sus espías. Se mostró de acuerdo con Dimka en cuanto a la necesidad de convocar una reunión de inmediato.

Dimka y Natalia se echaron encima sus gruesos abrigos de invierno, se calzaron las botas y se dirigieron en coche al Kremlin.

Una hora después, los hombres más poderosos de la Unión Soviética se encontraban reunidos en la sala del Presídium. Dimka seguía preocupado. El grupo de Gorbachov precisaba una jugada maestra que convirtiera a su candidato en líder de forma irrevocable.

Justo antes de la reunión, Gorbachov sacó un conejo de la chistera. Se acercó a su máximo rival, Víktor Grishin y dijo con gran ceremonia:

—Víktor Vasílievich, ¿le gustaría presidir esta reunión?

Dimka, que se encontraba lo bastante cerca para oírlo, se quedó de piedra. ¿Qué demonios estaba haciendo Gorbachov? ¿Darse por vencido?

Sin embargo, Natalia, situada a su lado, sonreía con gesto triunfal.

—¡Es genial! —exclamó con discreta euforia—. Aunque Grishin se ofrezca a presidir la reunión, los demás votarán en contra. Es una propuesta falsa, un regalo vacío.

Grishin lo pensó un momento y evidentemente llegó a la misma conclusión.

—No, camarada —respondió—. Le corresponde a usted presidir la reunión.

Entonces Dimka, con júbilo creciente, se dio cuenta de que Gorbachov le había tendido una trampa. Después de haber rechazado su propuesta, a Grishin le resultaría difícil dar marcha atrás y exigir la presidencia al día siguiente, cuando llegaran sus adeptos. Cualquier intento por su parte de ocupar la presidencia toparía con el argumento de que ya se había negado. Y si ponía pegas a eso, daría una imagen muy poco seria.

Por tanto, concluyó Dimka con una amplia sonrisa, Gorbachov se convertiría en el nuevo presidente de la Unión Soviética.

Y eso fue exactamente lo que ocurrió.

Tania llegó a casa con muchas ganas de contarle su plan a Vasili.

Llevaban viviendo más o menos juntos dos años, aunque no de forma oficial. No estaban casados. Si legalizaban su unión, no les permitirían salir juntos de la URSS, y ellos estaban decididos a abandonar el bloque soviético. Allí dentro se sentían atrapados. Tania seguía redactando informes para la TASS, que mantenía una actitud servil con respecto al partido. Vasili ejercía de guionista principal de una serie de televisión en la que héroes de mandíbula cuadrada del KGB dejaban en ridículo a espías norteamericanos, todos ellos sádicos e imbéciles. Tanto él como ella se morían de ganas de explicarle al mundo que Vasili era el aclamado novelista Iván Kuznetsov, cuyo último libro, *La guardia de carcamales*, una sátira salvaje sobre Brézhnev, Andrópov y Chernenko, ya estaba entre los más leídos de Occidente. A veces Vasili decía que todo cuanto importaba era que había escrito la verdad sobre la Unión Soviética en textos que llegaban al mundo entero. Con todo, Tania sabía que también deseaba obtener reconocimiento por su trabajo y poder enorgullecerse de él, en lugar de tener que ocultar lo que había hecho por miedo, como si fuera una perversión secreta.

Aunque rebosaba entusiasmo, Tania se tomó la molestia de encender la radio de la cocina antes de hablar. No creía que les hubieran colocado micrófonos en el piso, pero era una vieja costumbre y no tenían necesidad de correr riesgos.

El locutor estaba describiendo la visita de Gorbachov y su esposa a una fábrica de pantalones vaqueros de Leningrado. Tania captó la relevancia de aquel detalle. Los anteriores líderes habían visitado fundiciones de acero y astilleros. Gorbachov, en cambio, rendía homenaje a los bienes de consumo. Los productos soviéticos tenían que ser igual de buenos que los de Occidente, decía siempre, cosa con la que sus antecesores ni siquiera soñaban.

Además se hacía acompañar de su mujer. A diferencia de las esposas de los anteriores líderes, Raisa no era un mero apéndice. Resultaba atractiva y elegante, como una primera dama estadounidense. También era inteligente, había trabajado de profesora universitaria hasta que su marido se convirtió en secretario general.

Todo ello daba motivos de esperanza, pero no pasaba de ser simbólico, pensó Tania. Que llegara a dar fruto o no dependía de Occidente. Si los alemanes y los estadounidenses sabían apreciar la liberalización de la URSS y trabajaban para potenciar el cambio, tal vez Gorbachov consiguiera llegar a algo. Pero si los buitres de Bonn y de Washington la consideraban una debilidad y efectuaban movimientos amenazadores o agresivos, la élite de dirigentes soviéticos volvería a refugiarse en el caparazón del comunismo ortodoxo y la militarización excesiva. Entonces Gorbachov iría a hacer compañía a Kosiguin y Jrushchov en el cementerio de reformistas del Kremlin malogrados.

—En Nápoles se celebra un congreso de guionistas —le dijo Tania a Vasili con el sonido de la radio de fondo.

—¡Ah!

Vasili comprendió de inmediato la importancia de esa frase. La ciudad de Nápoles tenía un gobierno comunista electo.

Se sentaron juntos en el sofá.

—Quieren invitar a escritores del bloque soviético, para demostrar que Hollywood no es el único lugar donde se producen programas de televisión.

—Claro.

—Tú eres el guionista de las series televisivas de mayor éxito en la URSS. Tienes que ir.

—El sindicato de escritores decidirá quiénes son los afortunados.

—Con el beneplácito del KGB, por supuesto.

—¿Crees que tengo alguna posibilidad?

—Solicítalo, y yo le pediré a Dimka que te haga buena propaganda.

—¿Podrás venir conmigo?

—Le pediré a Daniíl que me asigne cubrir el congreso para la TASS.

—Así los dos saldremos al mundo libre.

—Sí.

—¿Y después?

—No lo tengo absolutamente todo pensado, pero esa parte debería ser la más sencilla. Desde la habitación del hotel podremos llamar a Anna Murray a Londres, y en cuanto se entere de que estamos en Italia cogerá el primer avión. Les daremos esquinazo a los supervisores del KGB y nos marcharemos a Roma con ella, que le comunicará al mundo entero que Iván Kuznetsov es en realidad Vasili Yénkov, y que él y su novia solicitan asilo político en Gran Bretaña.

Vasili guardaba silencio.

—¿De verdad crees que es posible? —preguntó casi con el tono de un niño hablando de un cuento de hadas.

Tania le cogió las dos manos.

—No lo sé —respondió—, pero quiero intentarlo.

Dimka disponía de un espacioso despacho en el Kremlin. En él tenía un gran escritorio con dos teléfonos, una pequeña mesa de reuniones y un par de sofás situados frente a una chimenea. En la pared se veía una lámina a tamaño real de un famoso cuadro soviético: *La movilización contra Yudénich en la fábrica Putílov*.

Su invitado era Frederik Bíró, un ministro del gobierno húngaro con ideas progresistas. Era dos o tres años mayor que Dimka, pero parecía asustado cuando se sentó en el sofá. Le pidió a la secretaria un vaso de agua.

—¿Estoy aquí para recibir una reprimenda? —preguntó con una sonrisa forzada.

—¿Por qué lo pregunta?

—Formo parte del grupo de personas que cree que el comunismo húngaro se ha quedado anquilosado; no es ningún secreto.

—No tengo ninguna intención de reprenderlo por eso ni por ninguna otra causa.

—Entonces, ¿he venido para que me alabe?

—No, tampoco. Doy por sentado que usted y sus amigos formarán el nuevo gobierno húngaro en cuanto János Kádár muera o se retire, y le deseo suerte. Pero no le he hecho venir para hablar de eso.

Bíró dejó el vaso sobre la mesa sin probar el agua.

—Ahora sí que tengo miedo.

—Permítame que ponga fin a esta tortura. La prioridad de Gorbachov es mejorar la economía soviética reduciendo el gasto militar y produciendo más bienes de consumo.

—Es un buen plan —opinó Bíró con tono cauteloso—. A mucha gente le gustaría que en Hungría se hiciera lo mismo.

—Nuestro único problema es que no funciona. O, para ser exactos, no está funcionando lo bastante deprisa, que en definitiva es lo mismo. La Unión Soviética está en la ruina, sin blanca, en la bancarrota. El descenso del precio del crudo es la causa de la crisis inmediata, pero el problema a largo plazo son los resultados catastróficos de la planificación económica. Y la cosa es demasiado grave para solucionarse cancelando los pedidos de misiles y fabricando más pantalones vaqueros.

—Así pues, ¿cuál es la solución?

—Vamos a dejar de mantenerlos.

—¿Se refiere a Hungría?

—A todos los estados de la Europa del Este. Nunca han podido costearse su nivel de vida. Nosotros lo sufragamos vendiéndoles petróleo y otras materias primas por debajo del precio de mercado, y comprándoles esos productos deficientes que fabrican y que nadie más quiere.

—Es verdad, desde luego —reconoció Bíró—. Pero es la única forma de tener callada a la población y que el Partido Comunista siga en el poder. Si el nivel de vida de la gente cae, no tardarán mucho en empezar a preguntarse por qué deben ser comunistas.

—Ya lo sé.

—Entonces, ¿qué se supone que tenemos que hacer?

Dimka se encogió de hombros de forma intencionada.

—Ese no es problema mío sino suyo.

—¿Que es problema nuestro? —exclamó Bíró con incredulidad—. ¿Qué narices me está diciendo?

—Le estoy diciendo que la solución tienen que buscarla ustedes.

—¿Y si al Kremlin no le gusta nuestra solución?

—Eso da igual —repuso Dimka—. Ahora dependen de sí mismos.

Bíró adoptó una actitud desdeñosa.

—¿Me está diciendo que los cuarenta años de dominación soviética de la Europa del Este han tocado a su fin y que tenemos que ser países independientes?

—Exacto.

El húngaro le dirigió a Dimka una mirada severa y prolongada.

—No le creo —añadió entonces.

Tania y Vasili se dirigieron al hospital para visitar a Zoya, la tía de Tania que había sido física. La mujer tenía setenta y cuatro años, y estaba enferma de cáncer de mama. En el hospital disponía de una habitación privada puesto que era esposa de un general. A las visitas solo se les permitía entrar de dos en dos, así que Tania y Vasili esperaron fuera junto con otros miembros de la familia.

Al cabo de un rato salió el tío Volodia del brazo de Kotia, su hijo de treinta y nueve años. Volodia, un hombre fuerte con un heroico historial bélico, se había vuelto un niño indefenso que iba a donde lo llevaban sin parar de sollozar contra un pañuelo que ya estaba empapado de lágrimas. Zoya y él llevaban casados cuarenta años.

Tania entró con su prima Galina, la hija de Volodia y Zoya. Se sorprendió mucho al ver el aspecto de su tía. Zoya había sido una mujer de una belleza excepcional, incluso pasados los sesenta años. En esos momentos, sin embargo, mostraba una delgadez cadavérica, estaba casi calva y se encontraba a pocos días, o tal vez pocas horas, del final. Aun así, pasaba mucho tiempo dormitando y no parecía sufrir dolores. Tania supuso que le estaban administrando morfina.

—Volodia fue a Estados Unidos después de la guerra para descubrir cómo habían construido la bomba de Hiroshima —explicó Zoya, que estaba alegremente indiscreta bajo los efectos de la medicación. Tania pensó en decirle que no contara nada más, pero entonces cayó en la cuenta de que esos secretos ya no le importaban a nadie—. Volvió con un catálogo de Sears Roebuck —siguió diciendo su tía, que sonreía al recordarlo—. Estaba lleno de cosas bonitas que los norteamericanos pueden comprar: vestidos, bicicletas, discos, abrigos calentitos para los niños, incluso tractores para los granjeros. Jamás lo habría creído, habría pensado que se trataba de propaganda, pero Volodia estuvo allí y sabía que era cierto. Desde entonces siempre he tenido ganas de ir a Estados Unidos para verlo; solo para contemplar toda esa abundancia. Aunque no creo que lo consiga. —Cerró los ojos de nuevo—. Da igual —musitó, y dio la impresión de que había vuelto a quedarse dormida.

Al cabo de unos minutos, Tania y Galina salieron de la habitación y dos de los nietos de Zoya ocuparon su lugar junto a la cama.

Dimka acababa de llegar y se unió al grupo que esperaba en el pasillo. Vio a Tania y a Vasili un poco apartados y se dirigió a ellos en voz baja.

—Te he recomendado para el congreso de Nápoles —le dijo a Vasili.

—Gracias…

—No me las des. No ha servido de nada. He mantenido una conversación con ese desagradable de Yevgueni Filípov. Él es quien se encarga ahora de esas cosas, y sabe que en 1961 te enviaron a Siberia por actividades subversivas.

—¡Pero Vasili se ha reinsertado! —protestó Tania.

—Eso Filípov ya lo sabe, pero dice que una cosa es reinsertarse y otra salir al extranjero. No hay nada que hacer. —Dimka posó la mano en el brazo de Tania—. Lo siento, hermana.

—O sea que estamos condenados a vivir aquí —repuso ella.

—Aún me castigan por una hoja que repartí durante un recital poético hace un cuarto de siglo. No dejamos de pensar que el país está cambiando, pero en realidad no cambia nunca.

—Como la tía Zoya, nunca lograremos ver otro mundo que no sea este.

—No os deis por vencidos todavía —repuso Dimka.

DÉCIMA PARTE

Muro

1988-1989

59

A Jasper Murray lo despidieron en otoño de 1988.

No le sorprendió. El ambiente había cambiado en Washington. El presidente Reagan seguía siendo popular pese a haber cometido delitos mucho más graves que los que habían hecho caer a Nixon: financiar el terrorismo en Nicaragua, intercambiar armas por rehenes con Irán, y convertir a mujeres y a niñas en cadáveres destrozados en las calles de Beirut. El colaborador de Reagan, el vicepresidente George H. W. Bush, tenía números para sucederlo en el cargo. De algún modo —y Jasper no conseguía entender cómo había ocurrido—, la gente que desafiaba al presidente y desvelaba sus mentiras y sus estafas ya no eran héroes, como había ocurrido en los años setenta, sino que se los consideraba desleales e incluso antipatriotas.

De manera que para Jasper la noticia no supuso ninguna conmoción, aunque sí se sentía profundamente herido. Había empezado a trabajar en *This Day* hacía veinte años y había contribuido a convertirlo en un programa informativo muy respetado. El despido parecía una negación del trabajo de toda su vida. La generosa indemnización que recibió no alivió en medida alguna el dolor.

Quizá no debería haber hecho un chiste sobre Reagan al final del último programa; despúes de decirle a la audiencia que se marchaba, añadió: «Y recuerden: aunque el presidente les diga que llueve y parezca muy, muy sincero, miren por la ventana… solo para asegurarse». Frank Lindeman palideció.

Sus compañeros organizaron una fiesta de despedida en el Old Ebbitt Grill a la que asistieron la mayoría de los activistas y los líderes de opinión de Washington. Ya entrada la noche, y apoyado contra la barra, Jasper dio un discurso. Herido, triste y desafiante, dijo:

—Amo este país. Lo amé nada más llegar, en 1963. Lo amo porque es libre. Mi madre huyó de la Alemania nazi; el resto de su familia no lo consiguió. La primera medida de Hitler fue someter la prensa al gobierno. Lenin hizo lo mismo. —Jasper había tomado varias copas de vino, y a consecuencia de ello se mostraba algo más franco de lo habitual—. Estados Unidos es libre porque tiene periódicos y canales de televisión irreverentes que ponen en evidencia y avergüenzan a los presidentes que se pasan la Constitución por el culo. —Alzó la copa—. Por la prensa libre. Por la irreverencia. Y que Dios bendiga a América.

Al día siguiente, Suzy Cannon, siempre ansiosa por patear al hombre que ya estaba en el suelo, publicó un largo y mordaz perfil de Jasper. Se las arregló para insinuar que su servicio en Vietnam y su nacionalización como ciudadano estadounidense no habían sido más que tentativas desesperadas por ocultar un odio visceral a Estados Unidos. También lo retrató como un depredador sexual despiadado que había arrebatado a Verena de los brazos de George Jakes, igual que a Evie Williams de los brazos de Cam Dewar ya en los sesenta.

El resultado fue que a Jasper le costó mucho encontrar trabajo. Después de varias semanas intentándolo, al fin otra cadena le ofreció un puesto como corresponsal en Europa con base en Bonn.

—Seguro que puedes encontrar algo mejor —le dijo Verena, que no tenía tiempo para fracasados.

—Ninguna cadena me contratará como presentador.

Era de noche y estaban en el salón, después de ver el informativo y a punto de acostarse.

—Pero ¿Alemania? —insistió ella—. ¿No es un puesto para un novato que empieza a escalar?

—No necesariamente. La Europa del Este es un polvorín. Podrían producirse noticias interesantes en esa parte del mundo en los próximos años.

Verena no estaba dispuesta a dejarle ver la cara positiva.

—Hay trabajos mejores —opinó—. ¿No te ofreció *The Washington Post* una columna de opinión?

—Llevo toda la vida trabajando en la televisión.

—No has probado con las cadenas locales —repuso ella—. Podrías ser... el pez grande de un estanque pequeño.

—No, en absoluto. Sería una vieja gloria en decadencia. —La idea le hizo estremecerse de humillación—. No pienso intentarlo.

Verena lo miró desafiante.

—Muy bien, pero no me pidas que vaya contigo a Alemania.

Jasper ya esperaba aquello, pero le sorprendió su rotunda determinación.

—¿Por qué no?

—Tú sabes alemán. Yo no.

Jasper no dominaba el alemán, pero ese no era su mejor argumento.

—Sería una aventura —dijo.

—Sé realista —replicó Verena con severidad—. Tengo un hijo.

—También resultaría una aventura para Jack. Sería bilingüe desde pequeño.

—George podría llevarme a juicio para impedirme que sacara a Jack del país. Tenemos la custodia compartida. Y aunque no fuera así, tampoco lo haría. Jack necesita a su padre y a su abuela. ¿Y qué hay de mi trabajo? Tengo mucho éxito, Jasper. Doce personas trabajan para mí, todas ellas presionan al gobierno a favor de causas liberales. No puedes estar pidiéndome en serio que renuncie a eso.

—Bueno, supongo que volveré a casa por vacaciones.

—¿Bromeas? ¿Qué clase de relación tendríamos? ¿Cuánto tiempo tardarás en retozar con una rolliza fräulein del Rin de trenzas rubias?

Era cierto que Jasper había sido promiscuo la mayor parte de su vida, pero nunca había engañado a Verena. La perspectiva de perderla le pareció de pronto insoportable.

—Puedo serte fiel —contestó, desesperado.

Verena captó su angustia, y su voz se suavizó.

—Jasper, eso es conmovedor. Creo que incluso estás siendo sincero, pero te conozco, y tú me conoces a mí. Ninguno de los dos es capaz de vivir en el celibato por mucho tiempo.

—Escucha —suplicó él—, todo el mundo que trabaja en la televisión de este país sabe que estoy buscando empleo, y este es el único que me han ofrecido. ¿No lo entiendes? Estoy contra las putas cuerdas. ¡No tengo alternativa!

—Lo entiendo, y lo siento, pero debemos ser realistas.

A Jasper le dolió más su compasión que su burla.

—En cualquier caso, no será para siempre.

—¿Ah, no?

—Claro que no. Pienso volver a lo más alto.

—¿En Bonn?

—Habrá más noticias europeas que nunca copando los informativos americanos. ¡Te lo demostraré, joder!

El rostro de Verena se entristeció.

—Mierda. Te vas de verdad, ¿no?

—Ya te lo he dicho, tengo que hacerlo.

—Bueno —dijo ella, pesarosa—, no esperes encontrarme aquí cuando vuelvas.

Jasper nunca había estado en Budapest. De joven siempre había mirado hacia Occidente, hacia Estados Unidos. Además, desde que él tenía memoria Hungría había estado cubierta por las grises nubes del comunismo. Sin embargo, en noviembre de 1988 y con la economía en ruinas, sucedió algo asombroso. Un pequeño grupo de jóvenes comunistas reformistas se hicieron con el control del gobierno y uno de ellos, Miklós Németh, fue nombrado primer ministro. Entre otros cambios, el nuevo dirigente abrió un mercado de valores.

A Jasper le parecía pasmoso.

Solo seis meses antes, Károly Grósz, jefe de los comunistas húngaros con aires de matón, había afirmado en la revista *Newsweek* que una democracia con diversidad de partidos era «una imposibilidad histórica» en Hungría. Németh, sin embargo, promulgó una ley que permitía los «clubes» políticos independientes.

Aquello suponía un bombazo, pero ¿serían permanentes esos cambios? ¿O Moscú tomaría medidas pronto?

Jasper voló a Budapest con la habitual ventisca del mes de enero. Junto al Danubio, la nieve se apilaba en los torreones del enorme edificio del Parlamento. Fue en ese edificio donde Jasper conoció a Miklós Németh.

Había conseguido la entrevista con la ayuda de Rebecca Held. Aunque nunca la había visto, sabía de ella por Dave Williams y Walli Franck. En cuanto llegó a Bonn la buscó; era lo más próximo que tenía a un contacto alemán. Ella era una figura importante en el Ministerio de Exteriores del país. Y aún mejor, era amiga —o quizá amante, suponía Jasper— de Frederik Bíró, asistente de Miklós Németh. Bíró había organizado la entrevista.

Fue este quien recibió a Jasper en el vestíbulo y lo escoltó por el laberinto de pasillos y corredores hasta el despacho del primer ministro.

Németh tenía solo cuarenta y un años de edad. Era un hombre bajo con una densa cabellera castaña y un mechón acaracolado que le caía sobre la frente. Su rostro transmitía inteligencia y determinación, pero también ansiedad. Para la entrevista se sentó detrás de una mesa de roble, nervioso y rodeado de asistentes. Sin duda era muy consciente de que no solo estaba hablando con Jasper, sino también con el gobierno de Estados Unidos… y de que Moscú estaría escuchándolo.

Al igual que cualquier primer ministro, hablaba empleando básicamente tópicos previsibles: era probable que vinieran tiempos difíciles, pero el país saldría fortalecido a largo plazo, etcétera, etcétera, pensó Jasper. Necesitaba algo mejor.

Le preguntó si los nuevos «clubes» políticos podrían llegar a ser partidos políticos libres.

Németh dirigió a Jasper una mirada dura, directa, y contestó con voz clara y firme:

—Esa es una de nuestras mayores ambiciones.

Jasper ocultó su perplejidad. Ningún país del Telón de Acero había tenido nunca partidos políticos independientes. ¿Estaba siendo sincero Németh?

Jasper preguntó si el Partido Comunista llegaría a ceder algún día su «liderazgo» en la sociedad húngara.

Németh volvió a lanzarle esa misma mirada.

—No me cuesta imaginar que dentro de dos años el jefe del Gobierno no sea miembro del Politburó —contestó.

Jasper se contuvo para no exclamar «¡Dios santo!».

La entrevista fluía, así que decidió arriesgarse con un tema peliagudo:

—¿Podrían intervenir los soviéticos para impedir estos cambios, como hicieron en 1956?

Németh le dirigió la misma mirada una tercera vez.

—Gorbachov ha destapado una olla hirviendo —dijo con voz pausada, y luego añadió—: Es posible que el vapor duela, pero el cambio es irreversible.

Y Jasper supo que tenía su gran primicia desde Europa.

Pocos días después vio una grabación de su reportaje tal como lo había emitido la televisión estadounidense. Lo acompañaba Rebecca, una mujer de cincuenta y tantos años desenvuelta, segura de sí misma, cordial pero con cierto aire de autoridad.

—Sí, creo que Németh es del todo sincero —comentó en respuesta a la pregunta de Jasper.

Este había concluido el reportaje hablando directamente a cámara delante del edificio del Parlamento: «La tierra helada es dura como la piedra en este país de la Europa del Este —dijo en la pantalla—, pero, como siempre, las semillas de la primavera empiezan a estremecerse bajo la superficie. Es evidente que el pueblo húngaro quiere un cambio, pero ¿lo permitirán sus caciques de Moscú? Miklós Németh cree que en el Kremlin reina un nuevo espíritu de tolerancia. Solo el tiempo dirá si está en lo cierto».

Ese había sido el cierre de Jasper, pero entonces, para su sorpresa, vio que habían añadido otra pieza a su crónica. Un portavoz de James Baker, secretario de Estado del recién nombrado presidente George H. W. Bush, hablaba con un entrevistador invisible. «No se puede confiar en los indicios de moderación en las actitudes comunistas —afirmó—. Los soviéticos están intentando adormecer a Estados Unidos con una falsa sensación de seguridad. No hay motivo para dudar de la disposición del Kremlin a intervenir en la Europa del Este en el mismo instante en que se sientan amenazados. La necesidad más perentoria ahora es subrayar la credibilidad de la fuerza nuclear disuasoria de la OTAN.»

—¡Cielo santo! —exclamó Rebecca—. ¿En qué planeta viven?

Tania Dvórkina volvió a Varsovia en febrero de 1989.

Lamentaba dejar a Vasili solo en Moscú, sobre todo porque iba a echarlo de menos, pero también porque aún le preocupaba un poco la posibilidad de que llenara el apartamento de jovencitas. En el fondo no creía que eso fuera a ocurrir, ya que aquella época había terminado, pero se sentía algo inquieta.

Varsovia era una asignación importante. Polonia estaba en ebullición. De algún modo Solidaridad había resurgido de sus cenizas. Sorprendentemente el general Jaruzelski —el dictador que había sofocado la libertad solo ocho años atrás, faltando a todas sus promesas y aniquilando el sindicato independiente— había accedido, por desesperación, a participar en una ronda de conversaciones con grupos opositores.

En opinión de Tania, Jaruzelski no había cambiado: la transformación la había sufrido el Kremlin. Él seguía siendo el mismo tirano, aunque ya no gozaba de la confianza ni el apoyo soviéticos. Según Dimka, a Jaruzelski le dijeron que Polonia debía resolver sola sus problemas, sin la ayuda de Moscú. La primera vez que Mijaíl Gorbachov lo dijo, Jaruzelski no lo creyó, como tampoco ninguno de los gobernantes de la Europa del Este, pero de eso hacía ya tres años, y por fin el mensaje empezaba a calar.

Tania no sabía qué iba a ocurrir. Nadie lo sabía. Nunca había oído hablar tanto de cambio, liberalización y libertad. Sin embargo, los comunistas seguían controlando el bloque soviético. ¿Se acercaba el día en que Vasili y ella pudieran desvelar su secreto y confesarle al mundo la verdadera identidad del escritor Iván Kuznetsov? En el pasado tales esperanzas habían acabado siempre aplastadas bajo las orugas de los tanques soviéticos.

En cuanto llegó a Varsovia, Tania recibió una invitación para ir a comer al apartamento de Danuta Górski.

Al llegar a su puerta y llamar al timbre recordó la última vez que había visto a Danuta, arrastrada fuera de aquel mismo piso por agentes de las ZOMO, la brutal policía de seguridad, ataviados con sus uniformes de camuflaje, siete años atrás, la noche en que Jaruzelski declaró la ley marcial.

Danuta abrió la puerta con una sonrisa espléndida, toda ella dientes y cabello. Abrazó a Tania y luego la acompañó al comedor del pequeño apartamento. Su marido, Marek, estaba abriendo una botella de riesling húngaro, y en la mesa había una bandeja de salchichas de tamaño aperitivo y un platillo con mostaza.

—Pasé dieciocho meses en la cárcel —dijo Danuta—. Creo que me soltaron porque estaba radicalizando a los demás presos. —Echó la cabeza atrás, riéndose.

Tania admiraba su coraje. «Si fuera lesbiana podría enamorarme de ella», pensó. Todos los hombres a los que había amado eran valientes.

—Ahora formo parte de la Mesa Redonda —prosiguió Danuta—. Todos los días, el día entero.

—¿Es de verdad una mesa redonda?

—Sí, y enorme. En teoría nadie manda en ella, pero en la práctica Lech Wałęsa preside las reuniones.

Tania estaba maravillada. Un electricista sin educación dominando el debate sobre el futuro de Polonia. Algo así había sido el sueño de su abuelo, el obrero bolchevique Grigori Peshkov, aunque Wałęsa era anticomunista. En cierto modo Tania se alegraba de que el abuelo Grigori no hubiera vivido para ver aquella ironía, podría haberle roto el corazón.

—¿Saldrá algo de la Mesa Redonda? —preguntó.

—Es una trampa —intervino Marek antes de que Danuta pudiera contestar—. Jaruzelski quiere inutilizar a la oposición asignando cargos a sus líderes, haciéndolos partícipes del gobierno comunista sin cambiar el sistema. Es su estrategia para permanecer en el poder.

—Probablemente Marek tenga razón —convino Danuta—, pero la trampa no va a funcionar. Estamos exigiendo sindicatos, libertad de prensa y elecciones auténticas.

Tania estaba atónita.

—¿De verdad contempla Jaruzelski la posibilidad de celebrar elecciones?

Polonia ya tenía unas elecciones falsas en las que solo los partidos comunistas y sus aliados estaban autorizados a presentar candidatos.

—Las conversaciones se rompen una y otra vez, pero él necesita detener las huelgas, así que vuelve a convocar la Mesa Redonda, y nosotros volvemos a exigir elecciones.

—¿Qué hay detrás de las huelgas? —preguntó Tania—. Quiero decir, en esencia…

Marek volvió a interrumpirlas:

—¿Sabes lo que dice la gente? «Cuarenta y cinco años de comunismo y seguimos sin tener papel higiénico.» ¡Somos pobres! El comunismo no funciona.

—Marek tiene razón —coincidió Danuta una vez más—. Hace varias semanas una tienda de aquí, de Varsovia, anunció que al lunes siguiente vendería televisores a plazos. En realidad no tenía ninguno, solo confiaba en conseguirlos. La gente empezó a acudir a la tienda el viernes. El lunes por la mañana había quince mil personas en la cola… ¡solo para anotar su nombre en una lista!

Danuta fue a la cocina y volvió con un recipiente lleno de *zupa ogórkowa*, la sopa agria de pepino que a Tania le encantaba. Olía deliciosamente bien.

—Entonces, ¿qué va a pasar? —preguntó mientras la tomaba—. ¿Habrá elecciones auténticas?

—No —contestó Marek.

—Es posible —opinó Danuta—. La última propuesta es que dos tercios de los escaños del Parlamento se reserven para los comunistas y que los demás se otorguen en unas elecciones libres.

—¡Así que seguiremos teniendo elecciones amañadas! —puntualizó Marek.

—Pero sería mejor que lo que tenemos ahora —replicó Danuta—. ¿Tú no lo crees?

—No lo sé —respondió Tania.

El deshielo primaveral aún no había llegado y Moscú seguía sepultado bajo su manto de nieve cuando el nuevo primer ministro húngaro fue a reunirse con Mijaíl Gorbachov.

Yevgueni Filípov estaba al corriente de la visita de Miklós Németh y acorraló a Dimka a la salida del despacho de su jefe pocos minutos antes de la reunión.

—¡Hay que poner fin a este absurdo! —dijo.

Aquellos días Filípov se mostraba cada vez más frenético, había observado Dimka. Llevaba el pelo gris desaliñado e iba a todas partes corriendo. Contaba ya sesenta y pocos años, y su rostro lucía la expresión permanentemente ceñuda que lo había acompañado la mayor parte de su vida. Sus trajes holgados y su cabello casi al rape volvían a estar de moda; los jovencitos de Occidente lo llamaban «estilo retro».

Filípov detestaba a Gorbachov. El líder soviético encarnaba todo contra lo que Filípov había luchado a lo largo de su vida: la relajación de las normas en lugar de la estricta disciplina de partido; la iniciativa individual en lugar de la planificación central; la amistad con Occidente en lugar de la guerra contra el imperialismo capitalista. Dimka casi sentía compasión por un hombre que había desperdiciado su vida librando una batalla imposible de ganar.

Al menos él confiaba en que así fuera. El conflicto aún no había terminado.

—¿De qué absurdo en particular estamos hablando? —preguntó con voz cansada.

—¡De los partidos políticos independientes! —contestó Filípov como si estuviera mencionando una atrocidad—. Los húngaros han iniciado una deriva peligrosa. Jaruzelski ahora habla de lo mismo en Polonia. ¡Jaruzelski!

Dimka comprendía la incredulidad de Filípov. Ciertamente era asombroso que el tirano polaco estuviera intentando convertir Solidaridad en parte del futuro del país y permitiera que otros partidos políticos compitieran en unas elecciones de estilo occidental.

Y Filípov no lo sabía todo. La hermana de Dimka, que se encontraba en Varsovia por encargo de la TASS, estaba enviándole información muy precisa. Jaruzelski se hallaba contra las cuerdas, y Solidaridad era categórico. No solo conversaban; planeaban unas elecciones.

Aquello era lo que Filípov y los conservadores del Kremlin luchaban por evitar.

—¡Esos cambios son muy peligrosos! —insistió Filípov—. Abren la puerta a tendencias contrarrevolucionarias y revisionistas. ¿Qué sentido tienen?

—Resulta que ya no disponemos de dinero para subsidiar a nuestros satélites…

—No tenemos satélites. Tenemos aliados.

—Sean lo que sean, no están dispuestos a hacer lo que decimos si no podemos comprar su obediencia.

—Antes disponíamos de un ejército para defender el comunismo… pero ahora ya no.

Había parte de verdad en esa exageración. Gorbachov había anunciado que un cuarto de millón de soldados y diez mil tanques se retirarían de la Europa del Este, una medida económica esencial, pero también un gesto de paz.

—No podemos permitirnos ese ejército —dijo Dimka.

Filípov estaba tan indignado que parecía a punto de estallar.

—¿No te das cuenta de que estás hablando del final de todo aquello por lo que llevamos trabajando desde 1917?

—Jrushchov dijo que tardaríamos veinte años en alcanzar a los americanos en riqueza y potencia militar. Han pasado ya veintiocho y estamos muy por detrás de donde estábamos en 1961, cuando Jrushchov hizo su afirmación. Yevgueni, ¿qué quieres preservar con tu lucha?

—¡La Unión Soviética! ¿Qué imaginas que piensan los americanos mientras reducimos nuestro ejército y permitimos que el revisionismo crezca entre nuestros aliados? ¡Se están muriendo de risa! El presidente Bush es un guerrero frío, decidido a derrocarnos. No te engañes.

—Discrepo —repuso Dimka—. Cuanto más nos desarmemos, menos razones tendrán los americanos para aumentar sus reservas nucleares.

—Espero que tengas razón —dijo Filípov—, por el bien de todos. Y se marchó.

Dimka también esperaba tener razón. Filípov había puesto el dedo en la llaga de la estrategia de Gorbachov. Todo dependía de que el presidente Bush fuera razonable. Si los estadounidenses respondían al desarme con medidas recíprocas, Gorbachov se vería reforzado y sus rivales en el Kremlin quedarían en ridículo. Pero si Bush no respondía —o, lo que era aún peor, aumentaba su inversión militar—, entonces sería Gorbachov quien quedaría en ridículo. Estaría debilitado, y sus oponentes podrían aprovechar la oportunidad para derrocarlo y regresar a los viejos y buenos tiempos de la confrontación de superpotencias.

Dimka se dirigió a las dependencias de Gorbachov. Estaba impaciente por reunirse con Németh, ya que lo que ocurría en Hungría era emocionante, pero también estaba ansioso por saber qué le diría su jefe a Németh.

El líder soviético no era predecible. Era un comunista de toda la vida que, sin embargo, no estaba dispuesto a imponer el comunismo en otros países. Su estrategia era clara: *glásnost* y *perestroika*, apertura y reestructuración. Sus tácticas eran menos obvias y, al margen de la cuestión de que se tratase, siempre resultaba difícil saber en qué dirección saltaría. Dimka tenía que estar alerta en todo momento.

Gorbachov no se mostró caluroso con Németh. El primer ministro húngaro había pedido una hora de recepción y se le habían concedido veinte minutos. Iba a ser una reunión complicada.

Németh llegó con Frederik Bíró, a quien Dimka ya conocía. El secretario de Gorbachov los llevó de inmediato a los tres al gran despacho. Se trataba de una sala enorme de techo alto, con paredes revestidas de madera y pintadas de color crema. Gorbachov se encontraba al otro lado de un escritorio de madera contemporáneo teñido de negro, situado en un rincón. Sobre él únicamente había un teléfono y una lámpara. Los visitantes se sentaron en elegantes sillas tapizadas con cuero negro. Todo simbolizaba modernidad.

Németh entró en materia sin demasiadas cortesías. Estaba a punto de anunciar las elecciones libres, dijo. Y libres significaba libres; el resultado podía ser un gobierno no comunista. ¿Qué opinaba Moscú?

Gorbachov enrojeció, y la marca de nacimiento púrpura que tenía en la calva se oscureció.

—El camino correcto es regresar a las raíces del leninismo —dijo.

Eso no significaba gran cosa. Todo aquel que intentaba cambiar la Unión Soviética aseguraba estar regresando a las raíces del leninismo.

—El comunismo puede volver a encontrar su camino —prosiguió Gorbachov— retrocediendo a la época anterior a Stalin.

—No, no puede —replicó Németh bruscamente.

—¡Solo el partido puede crear una sociedad justa! No es posible dejar eso al azar.

—Discrepamos. —Németh empezaba a parecer enfermo. Tenía la tez pálida y la voz trémula. Era un cardenal desafiando la autoridad del Papa—. Debo hacerle una pregunta muy directa —añadió—: si celebramos elecciones y el Partido Comunista queda fuera del poder, ¿intervendrá la Unión Soviética con fuerza militar como en 1956?

En la sala se hizo un silencio sepulcral. Ni siquiera Dimka sabía qué respondería Gorbachov.

Entonces este pronunció una única palabra en ruso:

—*Niet.* —«No.»

Németh parecía un hombre a quien acababan de revocar su sentencia de muerte.

—Al menos mientras yo ocupe este sillón —puntualizó Gorbachov.

Németh rió. No creía que Gorbachov corriera peligro de ser depuesto.

Se equivocaba. El Kremlin siempre se presentaba ante el mundo como un frente unido, pero nunca era tan armónico como pretendía. La gente no tenía idea de lo débil que era el poder de Gorbachov. Németh se sintió satisfecho al conocer sus intenciones, pero Dimka tenía más información que él.

Sin embargo, el primer ministro húngaro no había acabado. Había recibido de Gorbachov una inmensa concesión: ¡la promesa de que la URSS no intervendría para impedir el derrocamiento del comunismo en Hungría! Aun así, con sorprendente audacia, Németh presionó para obtener otra garantía.

—La valla está desvencijada —dijo—. Debemos renovarla o retirarla.

Dimka sabía a qué se refería Németh. La frontera entre la Hungría comunista y la Austria capitalista estaba protegida por una valla electrificada de acero inoxidable, de doscientos cuarenta kilómetros de longitud y cuyo mantenimiento resultaba caro. Repararla por entero costaría millones.

—Si es preciso renovarla, hágalo —contestó Gorbachov.

—No —repuso Németh. Tal vez estuviera nervioso, pero también estaba decidido. Dimka admiró su coraje—. No tengo dinero y no la necesito. —Németh prosiguió—: Es una instalación del Pacto de Varsovia. Si usted la quiere, es usted quien debe renovarla.

—Eso no va a ocurrir —replicó Gorbachov—. La Unión Soviética ya no tiene dinero para esas cosas. Hace una década el barril de petróleo costaba cuarenta dólares y podíamos hacer cualquier cosa. Ahora cuesta... ¿cuánto?, ¿nueve? Estamos arruinados.

—Permítame que me asegure de que nos estamos entendiendo —dijo Németh. Transpiraba, y se secó la cara con un pañuelo—. Si usted no paga, nosotros no renovaremos la valla, y por tanto dejará de ser operativa como barrera. La gente podrá pasar a Austria y nosotros no los detendremos.

Se produjo otro elocuente silencio.

—Que así sea —concluyó al fin Gorbachov, y suspiró.

Ese fue el final de la reunión. Las cortesías de despedida se redujeron al mínimo. Los húngaros no veían el momento de marcharse. Habían conseguido todo lo que habían pedido. Le estrecharon la mano a Gorbachov y salieron del despacho a paso ligero. Era como si quisieran llegar al avión antes de que el secretario general tuviera tiempo de cambiar de opinión.

Dimka regresó a su despacho con ánimo reflexivo. Gorbachov lo había sorprendido por partida doble: primero mostrándose tan inesperadamente hostil frente a las reformas de Németh, y después no oponiéndole una resistencia real.

¿Abandonarían los húngaros la valla? Se trataba de una parte esencial del Telón de Acero. Si de pronto permitían que la población cruzara la frontera y pasara a Occidente, eso supondría un cambio incluso más trascendental que las elecciones libres.

Sin embargo, Filípov y los conservadores aún no se habían rendido. Estaban alerta ante el menor indicio de debilidad en Gorbachov. Dimka no dudaba de que tenían planes de emergencia para un golpe.

Contemplaba pensativo el gran cuadro revolucionario que decoraba la pared de su despacho cuando Natalia llamó.

—Sabes lo que es un misil Lance, ¿verdad? —preguntó sin preámbulos.

—Un arma nuclear tierra-tierra de apoyo táctico y corto alcance —respondió él—. Los americanos tienen unos setecientos en Alemania. Por suerte solo llega a ciento veinte kilómetros.

—Ya no —repuso ella—. El presidente Bush quiere actualizarlos. Los nuevos alcanzarán los cuatrocientos cincuenta.

—Joder. —Eso era lo que Dimka había temido y Filípov había anticipado—. Pero no tiene sentido. No hace tanto que Reagan y Gorbachov retiraron los misiles balísticos de medio alcance.

—Bush cree que Reagan se excedió con el desarme.

—¿Es definitivo?

—Bush se ha rodeado de halcones de la Guerra Fría, según la delegación del KGB en Washington. El secretario de Defensa, Cheney, es un exaltado. Y también Scowcroft. —Brent Scowcroft era el asesor de Seguridad Nacional—. Y hay una mujer igual de mala, una tal Condoleeza Rice.

Dimka se desesperó.

—Filípov me va a soltar un «Te lo dije».

—Filípov y otros. Es una medida peligrosa para Gorbachov.

—¿Qué plazos tienen los americanos?

—Van a presionar a la Europa occidental en la cumbre de la OTAN de mayo.

—Mierda —dijo Dimka—. Ahora tenemos un problema.

Rebecca Held trabajaba en su casa de Hamburgo entrada la noche, con la mesa de la cocina repleta de documentos. En la encimera había una taza de café sucia y un plato con las migas del sándwich de jamón que había cenado. Se había quitado el elegante atuendo de trabajo, se había desmaquillado y se había puesto ropa interior vieja y holgada y un antiguo salto de cama de seda.

Se estaba preparando para su primera visita a Estados Unidos. Iba a ir con su jefe, Hans-Dietrich Genscher, vicecanciller de Alemania, ministro de Exteriores y cabeza del Partido Liberal Democrático al que ella pertenecía. Su misión consistía en explicar a los norteamericanos por qué no querían más armas nucleares. La Unión Soviética empezaba a ser menos amenazadora con Gorbachov al frente. Las cabezas nucleares actualizadas no solo eran innecesarias, sino que además serían contraproducentes, ya que socavarían las iniciativas de paz de Gorbachov y fortalecerían a los halcones de Moscú.

Rebecca leía una valoración de las luchas de poder en el Kremlin elaborada por los servicios secretos alemanes cuando sonó el timbre.

Miró el reloj. Eran las nueve y media. No esperaba visita y desde luego no iba vestida para recibir a nadie. No obstante, tal vez fuera un vecino o alguien que necesitara un cartón de leche.

No tenía guardaespaldas las veinticuatro horas; por suerte, no era lo bastante importante para despertar el interés de los terroristas. De todos modos la puerta tenía mirilla, así que podía echar un vistazo antes de abrir.

Se sorprendió al ver fuera a Frederik Bíró.

Se vio invadida por una mezcla de sentimientos. Una visita sorpresa de su amante era una delicia… pero ella estaba hecha un adefesio. A los cincuenta y siete años todas las mujeres querían disponer de tiempo para acicalarse antes de mostrarse ante un hombre.

Sin embargo, difícilmente podía pedirle que esperase en el rellano mientras se maquillaba y se cambiaba de ropa interior.

Abrió la puerta.

—Cariño —dijo él, y la besó.

—Me alegro de verte, pero me has pillado desprevenida —contestó Rebecca—. Estoy horrible.

Fred entró y ella cerró la puerta. Él la apartó estirando los brazos y la observó.

—Pelo alborotado, gafas, bata, descalza… —dijo—. Estás adorable.

Ella rió y lo acompañó a la cocina.

—¿Has cenado? —preguntó—. ¿Quieres que te haga una tortilla?

—Solo café, por favor. He cenado en el avión.

—¿Qué haces en Hamburgo?

—Me ha enviado mi jefe. —Fred se sentó a la mesa—. El primer ministro Németh va a venir a Alemania la próxima semana para reunirse con el canciller Kohl. Va a hacerle una pregunta. Como todos los políticos, quiere conocer la respuesta antes de hacerla.

—¿Qué pregunta?

—Tengo que explicártelo.

Rebecca dejó una taza de café frente a él.

—Adelante, tengo toda la noche.

—Espero no alargarme tanto. —Fred introdujo una mano bajo el salto de cama y ascendió por su muslo—. Tengo otros planes. —Le alcanzó la ropa interior—. ¡Oh! —exclamó—. Braguitas… grandes…

Ella se azoró.

—¡No te esperaba!

Él sonrió con picardía.

—Podría meter las dos manos dentro… Tal vez los dos brazos.

Rebecca retiró sus manos y se dirigió al otro lado de la mesa.

—Mañana pienso tirar toda la ropa interior vieja. —Se sentó lo más lejos posible de él—. Deja de abochornarme y dime para qué has venido.

—Hungría va a abrir la frontera con Austria.

A Rebecca le pareció haber oído mal.

—¿Cómo has dicho?

—Vamos a abrir la frontera. Dejaremos que la valla se derrumbe. Nuestro pueblo será libre de ir a donde quiera.

—No puedes hablar en serio…

—Es una decisión tanto política como económica. La valla se cae a trozos y no podemos costear una nueva.

Rebecca empezaba a entenderlo.

—Pero si los húngaros pueden salir, también podrán hacerlo los demás. ¿Cómo detendréis a los checos, los yugoslavos, los polacos…?

—No los detendremos.

—… y los alemanes del Este. ¡Oh, Dios mío! ¡Mi familia podrá salir!

—Sí.

—No sucederá. Los soviéticos no lo permitirán.

—Németh fue a Moscú para informar a Gorbachov.

—¿Y qué dijo Gorbi?

—Nada. No le hace gracia, pero no intervendrá. Tampoco puede permitirse renovar la valla.

—Pero…

—Yo estuve allí, en la reunión en el Kremlin. Németh le preguntó directamente si los soviéticos los invadirían como en 1956. Y su respuesta fue *Niet*.

—¿Le crees?

—Sí.

Era una noticia que cambiaría el mundo. Rebecca llevaba toda su vida política trabajando por aquello, pero no podía creer que fuera a suceder de verdad: ¡su familia podría pasar de la Alemania Oriental a la Occidental! ¡La libertad!

—Podría haber un inconveniente —dijo Fred entonces.

—Me lo temía.

—Gorbachov prometió que no intervendría militarmente, pero no dijo si impondría sanciones económicas.

Rebecca pensó que aquel era el menor de los problemas que tenían.

—La economía húngara mirará a Occidente y crecerá.

—Eso es lo que queremos, pero llevará tiempo. La gente podría pasar penalidades. El Kremlin podría confiar en empujarnos a un derrumbe económico antes de que la economía tenga tiempo de adaptarse. Podría haber una contrarrevolución.

Rebecca vio que tenía razón. Era un peligro grave.

—Sabía que era demasiado bueno para ser verdad —comentó, desanimada.

—No desesperes. Tenemos una solución. Por eso estoy aquí.

—Cuéntamela.

—Necesitamos el apoyo del país más rico de Europa. Si conseguimos una gran línea de crédito de los bancos alemanes, podremos resistir la presión soviética. La semana que viene Németh le pedirá un préstamo a Kohl. Sé que tú no puedes autorizar sola algo así, pero confiaba en que me orientases. ¿Qué dirá Kohl?

—No puedo imaginar que se niegue, si la recompensa es la apertura de las fronteras. Además del beneficio político, piensa en lo que podría significar eso para la economía alemana.

—Es posible que necesitemos mucho dinero.

—¿Cuánto?

—Probablemente mil millones de marcos.

—No te preocupes —dijo Rebecca—, los tendrás.

La economía soviética empeoraba por momentos, según el informe de la CIA que el congresista George Jakes tenía delante. Las reformas de Gorbachov —descentralización, más bienes de consumo, menos armas— no eran suficientes.

Se presionaba a los satélites de la Europa del Este para que siguieran a la URSS en la liberalización de sus economías, pero los cambios serían ínfimos y graduales, según pronosticaba la agencia. Si algún país rechazaba de plano el comunismo, Gorbachov enviaría los tanques.

Aquello extrañó a George, que asistía a una reunión del Comité de Inteligencia de la Cámara de Representantes. Polonia, Hungría y Checoslovaquia iban por delante de la Unión Soviética avanzando hacia la libre empresa y la democracia, y Gorbachov no estaba haciendo nada para detenerlos.

Pero el presidente Bush y el secretario de Defensa, Cheney, creían fervorosamente en la amenaza soviética, y, como siempre, la CIA se veía presionada para decirle al presidente lo que quería oír.

La reunión del comité le dejó a George una sensación de insatisfacción y ansiedad, y tomó el precario metro del Capitolio para volver al Cannon House Office Building, donde disponía de tres salas abarrotadas. En el vestíbulo había un mostrador de recepción, un sofá para que las visitas esperasen y una mesa redonda para las reuniones. A un lado estaba el despacho administrativo, repleto de escritorios del personal, estanterías de libros y archivadores. En el lado opuesto se encontraba el despacho privado de George, con un escritorio, una mesa de reuniones de grandes dimensiones y una fotografía de Bobby Kennedy.

Le intrigó ver en su lista de visitas a un clérigo de Anniston, Alabama: el pastor Clarence Bowyer, que quería hablar con él sobre los derechos civiles.

George nunca olvidaría Anniston, la ciudad donde los viajeros de la libertad habían sido atacados por una turba que había incendiado su autobús. Había sido la única vez en que alguien había intentado realmente matarlo.

Debía de haber accedido a la solicitud de aquel hombre, aunque no recordaba por qué. Dio por hecho que un pastor de Alabama que quisiera verle sería afroamericano, y se quedó perplejo cuando su ayudante hizo pasar a un hombre blanco. El reverendo Bowyer tenía más o menos la edad de George y llevaba una camisa blanca y una corbata oscura, pero también calzado deportivo, tal vez por lo mucho que tendría que caminar en Washington. Tenía el cabello entrecano, los incisivos grandes y el mentón retraído, lo cual acentuaba su parecido con una ardilla roja. Había algo en él que a George le resultaba vagamente familiar. Lo acompañaba un adolescente con el que guardaba una gran semblanza.

—Intento llevar el evangelio de Jesús a soldados y empleados del Centro Militar de Anniston —dijo Bowyer a modo de presentación—. Muchos miembros de mi congregación son afroamericanos.

Bowyer era sincero, pensó George, y su grey era mixta, algo insólito.

—¿Qué le interesa de los derechos civiles, pastor?

—Verá, señor, de joven fui segregacionista.

—Mucha gente lo fue —repuso George—. Todos hemos aprendido.

—Yo he hecho algo más que aprender —dijo Bowyer—. He pasado décadas sumido en un hondo arrepentimiento.

Aquello parecía un poco desmesurado. Algunas de las personas que solicitaban reuniones con congresistas estaban locas en cierta medida. El personal de George hacía lo imposible por filtrar a los desequilibrados, pero alguno que otro se colaba. Sin embargo, Bowyer le parecía bastante cuerdo.

—Arrepentimiento —repitió para hacer tiempo.

—Congresista Jakes —dijo Bowyer con tono solemne—, he venido a disculparme con usted.

—¿Por qué, exactamente?

—En 1961 lo golpeé con una barra de hierro. Creo que le rompí un brazo.

George comprendió al instante por qué aquel hombre le resultaba conocido. Había formado parte de la turba de Anniston. Había intentado golpear a Maria, pero George interpuso el brazo. Aún le dolía cuando hacía frío. George miró atónito a aquel clérigo ferviente.

—Así que fue usted —dijo.

—Sí, señor. No tengo ninguna excusa que ofrecerle. Sabía lo que hacía, y me equivoqué, pero nunca lo he olvidado. Solo me gustaría que supiera cuánto lo siento, y quería que mi hijo, Clam, presenciara mi confesión.

George estaba perplejo. Nunca le había ocurrido nada semejante.

—Y se hizo pastor —concluyó.

—Al principio me hice alcohólico. Por culpa del alcohol perdí el trabajo, la casa y el coche. Entonces, un domingo el Señor guió mis pasos hacia una pequeña misión, en una choza de una barriada pobre. El pastor, que por cierto era negro, hacía suyo el capítulo veinticinco del Evangelio de san Mateo, especialmente el versículo cuarenta: «De cierto os digo que cuanto hicisteis a uno de estos, mis hermanos más pequeños, a mí lo hicisteis».

George había escuchado más de un sermón sobre ese versículo. Su mensaje era que un mal que se hiciera a cualquier persona era un mal que se hacía a Jesús. Los afroamericanos, que habían sufrido más males que la mayoría de los ciudadanos, obtenían gran consuelo con esa idea. El versículo aparecía incluso en el Vitral de Gales de la Iglesia Baptista de la Calle Dieciséis de Birmingham.

—Fui a esa iglesia a burlarme y salí salvado —comentó Bowyer.

—Me alegra saber que su corazón se abrió, pastor.

—No merezco su perdón, congresista, pero confío en que Dios me conceda el suyo. —Bowyer se puso de pie—. Sé que su tiempo es valioso, así que no le robaré más. Gracias.

George también se levantó. Sintió la necesidad de corresponder de forma adecuada a un hombre poseído por una emoción tan fuerte.

—Antes de que se marche —dijo—, déjeme que le estreche la mano. —Le tomó una mano entre las suyas—. Si Dios puede perdonarle, Clarence, creo que yo también debería hacerlo.

Bowyer se quedó sin habla. Las lágrimas afloraron a sus ojos mientras le estrechaba la mano a George.

Llevado por un impulso, este lo abrazó. El hombre sollozaba y se estremecía.

Un minuto después, George lo dejó ir y retrocedió un paso. Bowyer intentó hablar, pero fue incapaz. Llorando, dio media vuelta y se marchó.

Su hijo también le estrechó la mano a George.

—Gracias, congresista —dijo con voz trémula—. No puedo expresar cuánto significa para mi padre su perdón. Es usted un gran hombre, señor. —Y siguió a Bowyer fuera de la sala.

George volvió a sentarse, algo aturdido. «Bueno —pensó—, menuda sorpresa.»

Aquella noche se lo contó a Maria, que reaccionó sin la menor empatía.

—Supongo que estás en tu derecho de perdonarlo, fue a ti a quien le rompió un brazo —dijo—. Yo no siento mucha compasión por los segregacionistas. Me gustaría ver al pastor Bowyer pasando un par de años en la cárcel, o en una cadena de presos; entonces quizá aceptaría sus disculpas. Todos esos jueces corruptos, los policías brutales y los que lanzaban bombas incendiarias siguen libres, lo sabes. Nunca se les ha llevado ante la justicia por lo que hicieron. Algunos seguramente estarán cobrando sus malditas pensiones. ¿Y también quieren el perdón? Yo no pienso ayudarlos a que se sientan mejor. Si la culpa los amarga, me alegro. Es lo menos que merecen.

George sonrió. Maria se estaba volviendo más batalladora en la cincuentena. Era una de las empleadas más veteranas del Departamento de Estado, a la que republicanos y demócratas respetaban por igual, y se comportaba con aplomo y autoridad.

Estaban en su apartamento y ella hacía la cena, lubina a las finas hierbas, mientras George ponía la mesa. Un aroma delicado llenó el salón e hizo salivar a George. Maria llenó su copa de un chardonnay

Lynmar y preparó brécol al vapor. Estaba más rellenita que antes e intentaba adoptar los magros gustos culinarios de George.

Después de cenar se sentaron en el sofá a tomar el café. Maria estaba relajada.

—Quiero poder mirar atrás y decir que el mundo era un lugar más seguro cuando dejé el Departamento de Estado que cuando llegué —comentó—. Quiero que mis sobrinos y mis sobrinas, y mi ahijado, Jack, críen a sus hijos sin la amenaza de un holocausto provocado por el choque de superpotencias. Entonces podré decir que mi vida valió la pena.

—Comprendo cómo te sientes —repuso George—, pero parece un sueño imposible. ¿O tú crees que puede conseguirse?

—Quizá. El bloque soviético está más cerca de derrumbarse que en cualquier otro momento desde la Segunda Guerra Mundial. Nuestro embajador en Moscú cree que la Doctrina Brézhnev está acabada.

La Doctrina Brézhnev afirmaba que la Unión Soviética controlaba la Europa del Este, igual que la Doctrina Monroe otorgaba ese mismo derecho a Estados Unidos en Sudamérica.

George asintió.

—Que Gorbachov ya no quiera gobernar el imperio comunista es una gran ganancia geopolítica para Estados Unidos.

—Y deberíamos estar haciendo todo lo posible por contribuir a que Gorbachov permanezca en el poder, pero no lo hacemos porque el presidente Bush cree que todo es una trampa de Gorbachov para que nos confiemos, así que en realidad está planeando aumentar nuestro arsenal nuclear en Europa.

—Lo que sin duda perjudicará a Gorbachov y beneficiará a los halcones del Kremlin.

—Exacto. De todos modos, mañana vendrán un puñado de alemanes para intentar enderezarlo.

—¡Buena suerte! —exclamó George, escéptico.

—Sí.

George se acabó el café, pero no quería moverse. Se sentía cómodo, lleno de comida y vino, y disfrutando como siempre de la conversación con Maria.

—¿Sabes qué? —dijo—. Aparte de mi hijo y de mi madre, eres la persona que más me gusta del mundo.

—¿Cómo está Verena? —replicó ella con brusquedad.

George sonrió.

—Viéndose con tu ex novio Lee Montgomery. Ahora es redactor de *The Washington Post*. Creo que van en serio.

—Fantástico.

—¿Recuerdas…? —Seguramente no tendría que decir aquello, pero se había tomado media botella de vino y pensó: «¡Qué demonios!»—. ¿Recuerdas cuando hicimos el amor en este sofá?

—George —contestó Maria—, no lo hago tan a menudo para olvidarlo.

—Por desgracia, yo tampoco.

Ella se rió.

—Me alegro —repuso.

Él se sentía nostálgico.

—¿Cuánto hace de aquello?

—Fue la noche en que Nixon dimitió. Hace quince años. Tú eras joven y atractivo.

—Y tú eras casi tan guapa como hoy.

—Bah, zalamero.

—Estuvo bien, ¿verdad? El sexo, quiero decir.

—¿Bien? —Maria fingió sentirse ofendida—. ¿Eso es todo?

—Estuvo genial.

—Sí.

A George lo asaltó una sensación de arrepentimiento por las oportunidades perdidas.

—¿Qué nos ocurrió?

—Teníamos diferentes caminos que seguir.

—Sí, supongo. —Hubo un silencio, y luego George añadió—: ¿Quieres volver a hacerlo?

—Creía que nunca ibas a pedírmelo.

Se besaron, y George recordó al instante cómo había sido la primera vez: tan relajado, tan natural, tan perfecto…

El cuerpo de Maria había cambiado: era más blando, tenía la piel más seca al tacto. George supuso que algo parecido le habría ocurrido al suyo: los músculos que le había moldeado la lucha habían desaparecido hacía tiempo. Pero nada de eso supuso diferencia alguna. Los labios y la lengua de ella se movieron con fervor en su boca, y él sintió el mismo placer anhelante encontrándose entre los brazos de una mujer sensual y cariñosa.

Maria le desabotonó la camisa. Mientras él se la quitaba, ella se levantó y se quitó el vestido rápidamente.

—Antes de que lleguemos más lejos… —dijo George.

—¿Qué? —Maria volvió a sentarse—. ¿Te lo estás pensando?

—Todo lo contrario. Ese sujetador es muy bonito, por cierto.

—Gracias. Vas a poder quitármelo enseguida. —Le desabrochó el cinturón.

—Pero quiero decirte algo, aun a riesgo de estropearlo todo…

—Adelante —lo animó ella—, arriésgate.

—Me estoy dando cuenta de algo que supongo que debería haber visto antes.

Ella lo miró con una leve sonrisa, sin decir nada, y él tuvo la extraña sensación de que sabía perfectamente lo que iba a decir.

—Me estoy dando cuenta de que te quiero —dijo George.

—¿De veras?

—Sí. ¿Te importa? ¿No pasa nada? ¿Me he cargado el momento?

—Tonto —dijo Maria—. Yo llevo años enamorada de ti.

Rebecca llegó al Departamento de Estado, en Washington, un cálido día de primavera. Había narcisos en los arriates, y ella rebosaba esperanza. El imperio soviético se debilitaba, tal vez de forma irreversible. Alemania tenía la oportunidad de volver a estar unida y ser libre. Los estadounidenses solo tenían que empujar en la dirección correcta.

Pensó que era Carla, su madre de adopción, el motivo por el que ella estaba allí, en Washington, representando a su país y negociando con los hombres más poderosos del mundo. Carla había acogido a una chica judía de trece años de edad durante la guerra en Berlín y le había infundido la seguridad necesaria para llegar a ser una estadista internacional. «Tengo que conseguir una fotografía para enviársela», pensó.

Con su jefe, Hans-Dietrich Genscher, y un puñado de asistentes, fue al edificio de arte moderno que albergaba el Departamento de Estado. En el vestíbulo de dos plantas había un enorme mural titulado *La defensa de las libertades humanas*, que representaba a las cinco libertades protegidas por el ejército estadounidense.

Los alemanes fueron recibidos por una mujer a quien Rebecca hasta ese momento solo conocía como una voz cálida e inteligente al teléfono: Maria Summers. Se sorprendió al ver que era afroamericana. Luego se sintió culpable por haberse sorprendido; no había razón por la que una afroamericana no pudiera ocupar un cargo de responsabilidad en el Departamento de Estado. Sin embargo, había muy pocos rostros negros en el edificio. Maria era una excepción, y la sorpresa de Rebecca, a fin de cuentas, estaba justificada.

Maria era simpática y cordial, pero enseguida se hizo evidente que el secretario de Estado, James Baker, no. Los alemanes esperaron fuera de su despacho cinco minutos, después diez. Saltaba a la vista que Maria estaba abochornada. Rebecca empezó a preocuparse. Aquello no podía ser una casualidad. Hacer esperar al vicecanciller alemán era un insulto. Baker debía de ser hostil.

Rebecca sabía que los norteamericanos habían actuado así otras veces. Después les decían a los medios de comunicación que sus visitantes se habían sentido desairados a consecuencia de sus puntos de vista, y en la prensa de esos países aparecían entonces artículos embarazosos. Ronald Reagan había hecho lo mismo con el líder de la oposición británica, Neil Kinnock, porque era partidario del desarme.

A Rebecca le importaban poco esa clase de desaires. Los políticos eran muy dados a las poses; no eran más que muchachos enseñando sus vergas. Pero aquel en particular significaba que muy probablemente la reunión fuera a ir mal, y eso era una mala noticia para la distensión.

Transcurridos quince minutos los dejaron pasar. Baker era un hombre larguirucho y atlético, y tenía acento de Texas, pero no había nada de pueblerino en él: iba peinado, afeitado y vestido de forma impecable. Le dio a Hans-Dietrich Genscher un apretón de manos más que breve.

—Estamos profundamente decepcionados con su actitud —dijo.

Por suerte Genscher no se amilanaba con facilidad. Hacía quince años que era vicecanciller y ministro de Exteriores de Alemania, y sabía cómo pasar por alto los malos modales. Era un hombre alopécico, miope y de rostro rollizo y belicoso.

—Nosotros opinamos que su política está desfasada —repuso con serenidad—. La situación en Europa ha cambiado, y es preciso que lo tengan en cuenta.

—Debemos mantener la fuerza nuclear disuasoria de la OTAN —replicó Baker como repitiendo un mantra.

Genscher controló su impaciencia con visible esfuerzo.

—Discrepamos, y nuestro pueblo también. Cuatro de cada cinco alemanes quieren que se retiren de Europa las armas nucleares.

—¡La propaganda del Kremlin los está embaucando!

—Vivimos en una democracia. Al final, la gente decide.

Dick Cheney, el secretario de Defensa estadounidense, también se encontraba en la sala.

—Uno de los principales objetivos del Kremlin es desnuclearizar Europa —dijo—. ¡No debemos caer en su trampa!

A Genscher lo irritaba a todas luces que intentaran aleccionarlo sobre política europea unos hombres que sabían mucho menos que él del tema. Parecía un profesor de escuela intentando explicar en vano algo a alumnos deliberadamente obtusos.

—La Guerra Fría ha terminado —dijo.

Rebecca se sentía horrorizada viendo que aquella discusión iba a ser del todo infructífera. Nadie escuchaba, todos tenían una decisión tomada de antemano.

Estaba en lo cierto. Los dos bandos intercambiaron comentarios irritados unos minutos más, y la reunión llegó a su fin.

No hubo ocasión para fotografías.

Mientras los alemanes de marchaban, ella se devanó los sesos en busca de algún modo de rescatar la situación, pero no se le ocurrió ninguno.

—No ha ido como esperaba —le dijo Maria a Rebecca en el vestíbulo.

No era una disculpa, aunque sí lo que más podía acercarse a ella dentro de las limitaciones de su puesto.

—No se preocupe —contestó Rebecca—. Lamento que no haya habido más diálogo y menos bravatas.

—¿Hay algo que podamos hacer para aproximar a nuestros superiores en esta cuestión?

Rebecca estaba a punto de decir que no lo sabía, pero en ese momento se le ocurrió una idea.

—Quizá sí —respondió—. ¿Por qué no trae al presidente Bush a Europa? Que lo vea por sí mismo. Que hable con los polacos y los húngaros. Creo que eso podría hacerle cambiar de opinión.

—Tiene razón —convino Maria—. Voy a sugerirlo. Gracias.

—Buena suerte —dijo Rebecca.

60

Lili Franck y su familia no cabían en sí de asombro.

Estaban viendo las noticias de la televisión de la Alemania Occidental. Todos los habitantes del país veían los canales de la otra Alemania, incluso los burócratas comunistas; los delataba el ángulo de las parabólicas instaladas en sus azoteas.

Los padres de Lili estaban presentes, Carla y Werner, además de Karolin y Alice, con su prometido, Helmut.

Era 2 de mayo, y los húngaros habían abierto su frontera con Austria.

No lo hicieron de forma discreta. El gobierno celebró una rueda de prensa en Hegyeshalom, el lugar donde la carretera que unía Budapest con Viena cruzaba la frontera. La intención de tal acción podría haber sido la de provocar a los soviéticos para que reaccionaran. Con gran pompa y boato, frente a cientos de cámaras extranjeras, la alarma electrónica y el sistema de rastreo fueron desconectados a lo largo de toda la frontera.

La familia Franck contemplaba la escena con incredulidad.

Guardias fronterizos armados con gigantescas tenazas empezaron a despedazar la valla: levantaban grandes rectángulos de alambrado de púas, los arrastraban por el suelo y los lanzaban con descuido a un montón.

—Dios mío —dijo Lili—, estamos contemplando la caída del Telón de Acero.

—Los soviéticos no lo tolerarán —opinó Werner.

Lili no estaba tan segura. En ese momento ya no estaba segura de nada.

—Es evidente que los húngaros no lo harían si no esperasen la aceptación soviética, ¿no?

Su padre negó con la cabeza.

—Quizá crean que pueden irse de rositas…

A Alice le brillaba la mirada de esperanza.

—¡Pero eso significa que Helmut y yo podemos irnos! —exclamó. Su prometido y ella estaban desesperados por marcharse de la Alemania Oriental—. Podríamos ir en coche hasta Hungría, como si estuviéramos de vacaciones, y luego ¡cruzar la frontera!

Lili se sintió conmovida; deseaba para Alice las oportunidades que ella no había tenido en la vida, pero no creía que fuera tan fácil.

—¿Podemos hacerlo? ¿De verdad? —preguntó Helmut.

—No, no podéis —sentenció Werner con rotundidad. Señaló el televisor—. En primer lugar, todavía no veo a nadie que de verdad esté cruzando la frontera. Esperemos a ver si realmente ocurre. En segundo lugar, el gobierno húngaro podría cambiar de opinión en cualquier momento y empezar a detener a gente. En tercer lugar, si los húngaros empiezan a dejar que la gente se marche, los soviéticos enviarán sus tanques y lo impedirán.

Lili opinaba que su padre era demasiado pesimista. A sus setenta años estaba volviéndose algo timorato. Ella lo había notado sobre todo en el negocio; Werner se había mofado de la idea de los mandos a distancia para los televisores y, cuando empezaron a hacerse imprescindibles al cabo de poco tiempo, su fábrica había tenido que trabajar a marchas forzadas para ponerse al día de la demanda.

—Ya veremos —dijo Lili—. Dentro de unos días seguro que hay gente que intentará escapar. Entonces sabremos si alguien los detiene.

—¿Y si el abuelo Werner se equivoca? —preguntó Alice, emocionada—. ¡No podemos desaprovechar una oportunidad como esta! ¿Qué deberíamos hacer?

—Parece peligroso —intervino su madre, Karolin, con ansiedad.

—¿Qué te hace pensar que el gobierno de la Alemania Oriental seguirá permitiéndonos ir a Hungría? —le preguntó Werner a Lili.

—Deben hacerlo —respondió ella—. Si dejan sin vacaciones de verano a miles de familias estallará una revolución.

—Aunque sea seguro para otros, quizá sea distinto en nuestro caso.

—¿Por qué?

—Porque somos la familia Franck —dijo Werner con tono de exasperación—. Tu madre era concejala municipal por los socialdemócratas, tu hermana dejó en evidencia a Hans Hoffmann, Walli mató a un guardia fronterizo, y Karolin y tú os dedicáis a la canción protesta. Además, nuestro negocio familiar está en el Berlín occidental, así que no pueden confiscarlo. Siempre hemos sido molestos para los comunistas. En consecuencia, y por desgracia, recibimos un trato especial.

—Por eso debemos tomar precauciones especiales, pero ya está —apuntó Lili—. Alice y Helmut serán más que precavidos.

—Yo quiero ir, sea cual sea el peligro —afirmó Alice con entusiasmo—. Entiendo el riesgo que implica, pero estoy dispuesta a correrlo. —Lanzó una mirada acusadora a su abuelo—. Habéis criado a dos generaciones bajo el yugo del comunismo. Es un sistema maligno, brutal, estúpido y está acabado, pero ahí sigue. Quiero vivir en Occidente, y Helmut también. Queremos que nuestros hijos se eduquen en un mundo libre y próspero. —Se volvió hacia su prometido—. ¿Verdad que es eso lo que queremos?

—Sí —respondió él, aunque Lili sospechaba que estaba más preocupado que Alice.

—Es una locura —repuso Werner.

Carla intervino por primera vez.

—No es ninguna locura, cariño —le dijo con contundencia a Werner—. Es peligroso, sí. Pero recuerda las cosas que hicimos nosotros, los riesgos que corrimos para conquistar la libertad.

—Algunos de nuestros compañeros murieron.

—Pero creíamos que valía la pena arriesgarse —contestó Carla, decidida a no dejarse amedrentar.

—Estábamos en guerra. Debíamos plantar cara a los nazis.

—Esta es la guerra de Alice y Helmut, la Guerra Fría.

Werner dudó un instante y luego lanzó un suspiro.

—Quizá tengas razón —claudicó a regañadientes.

—Está bien —dijo Carla—. En ese caso vamos a trazar un plan.

Lili volvió a mirar el televisor. En Hungría seguían desmantelando la valla.

El día de las elecciones en Polonia, Tania fue a la iglesia con Danuta, que era candidata.

Era un domingo soleado, 4 de junio, con alguna que otra nube esponjosa en el cielo azul. Danuta había vestido a sus dos hijos con sus mejores galas y los había peinado. Marek se había puesto una corbata roja y blanca, los colores de Solidaridad, que además eran los colores de la bandera polaca. Danuta llevaba sombrero, un bombín blanco de paja con una pluma roja.

Tania era un mar de dudas. ¿De verdad estaba ocurriendo todo aquello? ¿Elecciones en Polonia? ¿La valla fronteriza desmantelada en

Hungría? ¿El desarme de Europa? ¿De verdad Gorbachov apostaba por la apertura y la reestructuración?

La periodista soñaba con disfrutar de esa libertad junto a Vasili. Ambos darían la vuelta al mundo: París, Nueva York, Río de Janeiro, Delhi. Vasili sería entrevistado en televisión y hablaría de su obra y de los largos años de secretismo. Tania escribiría artículos de viaje, quizá incluso su propio libro.

Sin embargo, cuando dejaba de soñar despierta esperaba de un momento a otro la llegada de malas noticias: controles de carretera, tanques, detenciones, toque de queda y hombres calvos con traje barato apareciendo en televisión para anunciar que habían sofocado un complot contrarrevolucionario financiado por el imperialismo capitalista.

El sacerdote pidió a sus feligreses que votaran a los candidatos más devotos. Puesto que todos los comunistas eran ateos por definición, aquello era una manipulación sin ambages. Al autoritario clérigo polaco no le gustaba mucho el movimiento liberal de Solidaridad, pero todos sabían quiénes eran sus verdaderos enemigos.

Las elecciones habían llegado antes de lo que esperaba Solidaridad. El sindicato se había dado prisa en recaudar fondos, alquilar despachos, contratar personal y montar una campaña electoral nacional; todo se había hecho en cuestión de un par de semanas. Jaruzelski había convocado así los comicios de forma deliberada, con la intención de perjudicar a Solidaridad, a sabiendas de que el gobierno contaba con una organización sólida y lista para la acción.

Sin embargo, aquella era la última cosa inteligente que había hecho el general. Desde ese momento los comunistas habían quedado en un estado de letargo, como si estuvieran tan seguros de su triunfo en las urnas que apenas tuvieran que preocuparse por hacer campaña. Su eslogan era «Con nosotros estará más seguro», que sonaba a anuncio de preservativos. Tania había hecho esa broma en su artículo de la TASS y, para su sorpresa, los editores no la habían omitido.

La gente se había tomado las elecciones como una competición entre el general Jaruzelski, líder brutal del país durante casi una década, y el contestatario electricista Lech Wałęsa. Danuta se había sacado una foto con Wałęsa, igual que los demás candidatos de Solidaridad, y los carteles estaban colgados por todas partes. Durante el transcurso de la campaña, el sindicato había publicado un periódico diario, redactado sobre todo por Danuta y sus amigas. El cartel más popular de Solidaridad mostraba a Gary Cooper en el papel del sheriff Will Kane, sujetando una papeleta electoral en lugar de un revólver, con la frase: NADIE SOLO ANTE EL PELIGRO, 4 DE JUNIO DE 1989.

Quizá la incompetencia de la campaña comunista fuera algo previsible, pensó Tania. Al fin y al cabo, la idea de ir quitándose la gorra para saludar a los transeúntes y decirles «Por favor, vótenme» resultaba totalmente ajena para la élite gobernante polaca.

La nueva cámara alta, llamada *Senat*, contaba con cien escaños, y los comunistas esperaban ocupar la mayoría. El pueblo polaco estaba contra la pared desde el punto de vista económico, y Tania creía que tal vez por ello votarían al conocido Jaruzelski en lugar de al inconformista Wałęsa. En la cámara baja, denominada *Sejm*, los comunistas no podían perder, porque el 65 por ciento de los escaños ya estaban reservados para ellos y sus aliados.

Las aspiraciones de Solidaridad eran modestas. Imaginaban que si conseguían una minoría de votos importante, los comunistas se verían obligados a darles voz en el gobierno.

Tania esperaba que estuvieran en lo cierto.

Después de misa Danuta estrechó la mano a todos los feligreses.

A continuación, Tania y la familia Górski fueron al colegio electoral. La papeleta era larga y complicada, por lo que Solidaridad había instalado un puesto a la entrada para enseñar a la gente cómo votar. En lugar de marcar el nombre de los candidatos seleccionados, debían tachar aquellos que no les gustaban. Los responsables de campaña de Solidaridad, exultantes, enseñaban papeletas de muestra con todos los candidatos comunistas tachados.

Tania observaba cómo votaban los presentes. Para la mayoría eran sus primeras elecciones libres. Se quedó mirando a una mujer de aspecto desaliñado que dirigía el lápiz hacia la lista y emitía un gruñidito de satisfacción cada vez que localizaba a un comunista y tachaba su nombre con una sonrisa de placer. La periodista sospechaba que el gobierno había cometido un estúpido error al escoger un sistema en el que se hacía una marca en un papel como muestra de rechazo, ya que podía provocar una sensación incluso físicamente satisfactoria.

Habló con algunos de los votantes y les preguntó en qué estaban pensando al tomar su decisión.

—Yo he votado por los comunistas —dijo una mujer con abrigo caro—. Han hecho posibles estas elecciones.

Aunque la mayoría parecía haber escogido a los candidatos de Solidaridad, el sondeo de Tania no tenía nada de científico, por supuesto.

Fue a casa de Danuta para comer, luego las dos dejaron a Marek a cargo de los niños y se dirigieron en el coche de Tania hasta las oficinas centrales de Solidaridad, justo en el piso de encima del Café Surprise, en el centro de la ciudad.

El ánimo de los presentes era muy alegre. Las encuestas de opinión situaban a Solidaridad en cabeza, pero nadie se relajaba demasiado porque casi el cincuenta por ciento de los votantes seguían indecisos. Sin embargo, las noticias que llegaban desde todos los puntos del país informaban de que la moral estaba alta. La misma Tania se sentía alegre y optimista. Al margen del resultado, estaban celebrándose unas elecciones auténticamente libres en un país del bloque soviético, y ese simple hecho ya era un motivo de celebración.

Cuando los colegios cerraron esa tarde, Tania acompañó a Danuta a supervisar el recuento de votos. Se trataba de un momento de tensión. Si las autoridades decidían jugar sucio, había cientos de formas con las que podían amañar los resultados. Los encargados del escrutinio pertenecientes a Solidaridad observaron el proceso de cerca, pero ninguno detectó irregularidades graves. Solo eso ya resultaba asombroso.

Y Danuta obtuvo una victoria aplastante.

Por su mirada de asombro anonadado, Tania supo que no había esperado nada parecido.

—Soy diputada —dijo Danuta con expresión de incredulidad—. El pueblo me ha elegido.

Entonces se le dibujó una amplia sonrisa de oreja a oreja y empezó a recibir las felicitaciones de todos. La besaba tanta gente que a Tania casi le preocupó la higiene.

En cuanto pudieron marcharse recorrieron en coche las calles iluminadas por farolas de regreso al Café Surprise, donde los parroquianos estaban apiñados en torno a los televisores. El resultado de Danuta no fue el único demoledor: los candidatos de Solidaridad habían obtenido muchos más votos de los que nadie había imaginado.

—¡Esto es maravilloso! —exclamó Tania.

—No, no lo es —dijo Danuta con tristeza.

Tania se dio cuenta de que la gente de Solidaridad estaba apagada, y se sintió desconcertada por aquella reacción triste ante las noticias victoriosas.

—Pero ¿por qué narices dices eso?

—Nos está yendo demasiado bien —dijo Danuta—. Los comunistas no lo tolerarán. Habrá alguna reacción.

Tania no había pensado en ello.

—Hasta ahora el gobierno no ha ganado nada —explicó Danuta—. Incluso en los lugares donde no tienen oposición, algunos comunistas ni siquiera han obtenido el cincuenta por ciento mínimo. Es demasiado humillante. Jaruzelski tendrá que revocar el resultado.

—Hablaré con mi hermano —dijo Tania.

Tenía un número especial que le permitía la comunicación directa con el Kremlin. Era tarde, pero Dimka todavía estaba en su despacho.

—Sí, Jaruzelski acaba de llamar —informó este a su hermana—. Tengo entendido que los comunistas están siendo humillados.

—¿Qué ha dicho Jaruzelski?

—Quiere imponer de nuevo la ley marcial, exactamente lo mismo que hizo hace ocho años.

A Tania se le cayó el alma a los pies.

—Mierda. —Recordó cómo los matones de las ZOMO se habían llevado a Danuta a rastras a prisión mientras sus hijos lloraban—. Otra vez no.

—Propone declarar nulas las elecciones. «Todavía tenemos las riendas del poder en nuestras manos», han sido sus palabras.

—Es cierto —dijo Tania con desesperación—. Tienen todas las armas.

—Pero a Jaruzelski le da miedo hacerlo solo. Quiere contar con el apoyo de Gorbachov.

Tania se sintió esperanzada.

—¿Y qué ha dicho Gorbi?

—Todavía no ha respondido. Han ido a despertarlo hace un momento.

—¿Qué crees que hará?

—Seguramente le dirá a Jaruzelski que solucione él solo sus problemas. Es lo que lleva diciendo desde hace cuatro años, pero es imposible saberlo con certeza. Ver al partido sufriendo un rechazo así en unas elecciones libres… podría ser demasiado incluso para Gorbachov.

—¿Cuándo lo sabrás?

—Gorbachov dirá que sí o que no y volverá a la cama. Llámame dentro de una hora.

Tania colgó. No sabía qué pensar. Era evidente que Jaruzelski estaba dispuesto a tomar medidas drásticas, detener a todos los militantes de Solidaridad, tirar por la borda las libertades civiles y reimplantar su dictadura, tal como había hecho en 1981. Era lo que había ocurrido siempre que los países comunistas olían de cerca la libertad. Sin embargo, Gorbachov afirmaba que los viejos tiempos habían quedado superados. ¿Sería cierto?

Polonia estaba a punto de descubrirlo.

Tania miraba el teléfono muerta de impaciencia por la tensión de la espera. ¿Qué debía decirle a Danuta? No quería aterrorizar a todo el mundo, pero quizá debiera advertirles sobre las intenciones de Jaruzelski.

—Ahora tú también pareces triste —dijo Danuta—. ¿Qué ha dicho tu hermano?

Tania vaciló un instante, luego comentó que no había nada decidido, lo cual era la pura verdad.

—Jaruzelski ha llamado a Gorbachov, pero todavía no ha logrado hablar con él.

Siguieron mirando las pantallas de los televisores. Solidaridad estaba ganando en todas partes. Hasta ese momento los comunistas no habían conseguido ni un solo escaño, y seguían llegando más resultados que confirmaban las primeras señales de victoria. No se trataba solo de un gran triunfo de Solidaridad, había sido una derrota aplastante para los comunistas.

En la sala que quedaba encima de la cafetería, la euforia se entremezclaba con el miedo. No iba a producirse un cambio gradual del signo del poder, tal como ellos habían esperado, así que durante las siguientes veinticuatro horas podían ocurrir dos cosas: o bien los comunistas recuperaban el poder por la fuerza, o bien, si no lo hacían, estarían acabados para siempre.

Tania se obligó a esperar otra hora antes de volver a llamar a su hermano a Moscú.

—Ya han hablado —dijo Dimka—. Gorbachov se ha negado a respaldar las medidas represoras.

—No sabes qué agradecida me siento —dijo Tania—. ¿Qué va a hacer Jaruzelski?

—Dar marcha atrás hasta donde pueda.

—¿De veras? —Tania no daba crédito a unas noticias tan buenas.

—Se ha quedado sin alternativa.

—Supongo que sí.

—Disfruta de la celebración.

Tania colgó y fue a hablar con Danuta.

—No habrá violencia —anunció—. Gorbachov la ha desautorizado.

—Oh, Dios mío —exclamó Danuta con un júbilo teñido de cierta incredulidad—. Entonces hemos ganado de verdad, ¿no?

—Sí —respondió Tania. Un sentimiento de satisfacción y esperanza brotaba de lo más hondo de su ser—. Este es el principio del fin.

Era pleno verano y ese 7 de julio hacía un calor sofocante en Bucarest. Dimka y Natalia estaban con Gorbachov en una cumbre del Pacto de Varsovia. Su anfitrión era Nicolae Ceauşescu, el enloquecido dictador de Rumanía.

El punto más relevante del programa era «El problema de Hungría». Dimka sabía que lo había incluido en la lista el líder de la Alemania Oriental, Erich Honecker. La liberalización de Hungría implicaba una amenaza para el resto de los países del Pacto de Varsovia, pues ponía de manifiesto la naturaleza represora de sus regímenes no reformados. Y la Alemania Oriental se llevaba la peor parte: centenares de alemanes orientales que se encontraban de vacaciones en Hungría estaban abandonando sus tiendas de campaña y adentrándose en el bosque para atravesar agujeros abiertos en la vieja valla fronteriza en dirección a Austria y a la libertad. Las carreteras que llevaban desde el lago Balatón hasta la frontera estaban plagadas de diminutos coches Trabant y Wartburg, abandonados sin ningún remordimiento. La mayoría de esas personas no tenían pasaporte, pero eso no importaba: los trasladarían a la Alemania Occidental, donde les concederían la nacionalidad de forma automática y los ayudarían a instalarse. Tenían claro que pronto reemplazarían sus viejos vehículos por fiables y cómodos Volkswagen.

Los líderes del Pacto de Varsovia se reunieron en una gran sala alrededor de unas mesas dispuestas en rectángulo y repletas de banderas. Como siempre, Dimka, Natalia y los demás asistentes se sentaban contra las paredes de la sala. Honecker era la fuerza impulsora, pero Ceaușescu encabezó la carga. Se levantó de su asiento, junto a Gorbachov, y empezó a atacar las políticas reformistas del gobierno húngaro. Era un hombre pequeño y encorvado, con cejas pobladas y mirada demencial. Aunque se dirigía a solo unas decenas de presentes en la sala de conferencias, gritaba y gesticulaba como si arengara a millares en un estadio. Su boca de gesto torcido lanzaba escupitajos al despotricar, y dijo sin ambages lo que quería: lo mismo que en 1956. Reclamó una invasión de Hungría por parte de los países del Pacto de Varsovia para derrocar a Miklós Németh y reinstaurar en esa nación la doctrina más tradicional del Partido Comunista.

Dimka echó un vistazo a la sala. Honecker asentía con la cabeza. El líder checo de la línea dura, Miloš Jakeš, tenía expresión de aprobación. Tódor Zhívkov, de Bulgaria, estaba sin duda de acuerdo. Solo el líder de Polonia, el general Jaruzelski, seguía inmóvil e inexpresivo, amedrentado quizá por su derrota electoral.

Todos esos hombres eran tiranos brutales, torturadores y responsables de matanzas. Stalin no había sido una excepción, había sido el típico líder comunista. Cualquier sistema político que permitiera gobernar a esa clase de personas era un sistema maligno, pensó Dimka. «¿Por qué nos habrá costado tanto tiempo darnos cuenta de ello?», reflexionó.

Sin embargo, como la mayoría de los presentes en la sala, él observaba a Gorbachov.

La retórica ya no importaba. Era baladí quién tuviera razón y quién no. Ninguno de los allí reunidos tenía el poder de hacer nada sin el consentimiento del hombre de la mancha de nacimiento en la calva.

Dimka creía saber qué se disponía a hacer Gorbachov, aunque no podía tener la certeza absoluta. El dirigente ruso estaba tan dividido como el imperio que gobernaba entre las tendencias conservadoras y las reformistas, y no había discurso que lograra hacerlo cambiar de parecer. Gran parte del tiempo dio la impresión de estar aburriéndose.

La voz de Ceaușescu se alzó hasta prácticamente convertirse en un grito. En ese momento Gorbachov captó la mirada de Miklós Németh y le dedicó al húngaro una tímida sonrisa mientras Ceaușescu escupía saliva y vilipendios.

Y entonces, para profundo asombro de Dimka, Gorbachov guiñó un ojo.

El líder ruso siguió sonriendo un segundo más, luego desvió la mirada y recuperó la expresión de aburrimiento.

Maria consiguió evitar a Jasper Murray hasta casi el final de la visita a Europa del presidente Bush.

No lo conocía en persona, pero sí sabía cómo era; lo había visto en televisión, como todo el mundo. Era más alto al natural, eso era todo. Durante años ella había sido la fuente secreta de los mejores programas de Jasper, pero él no lo sabía, ya que solo conocía a George Jakes, el intermediario. Siempre habían actuado con cautela, razón por la cual jamás habían sido descubiertos.

Ella conocía la verdadera historia de por qué habían despedido a Jasper de *This Day*. La Casa Blanca había presionado a Frank Lindeman, el dueño de la cadena. Así fue como un presentador estrella había acabado en el exilio. Aunque con la tormenta política de la Europa del Este, además del buen olfato de Jasper para las mejores noticias, el destino al que lo habían enviado resultó ser inmejorable.

Bush y su séquito, incluida Maria, acabaron en París. Maria estaba en los Campos Elíseos con el gabinete de prensa el 14 de julio, día de la conmemoración de la toma de la Bastilla, viendo un interminable despliegue de poderío militar y deseando regresar a casa para volver a hacer el amor con George, cuando Jasper se dirigió a ella y le señaló una enorme valla publicitaria con un cartel de Evie Williams anunciando crema facial.

—Estaba coladita por mí a los quince años —dijo.

Maria miró la foto. Evie Williams había sido incluida en la lista negra de Hollywood por sus ideas políticas, pero era toda una estrella en Europa, y Maria recordaba haber leído que su línea personal de productos cosméticos estaba dándole más dinero del que había ganado con las películas.

—Tú y yo no nos conocemos —dijo Jasper—, pero resulta que conocí a tu ahijado, Jack Jakes, cuando vivía con Verena Marquand.

Maria le estrechó la mano con actitud cautelosa. Hablar con periodistas siempre era peligroso. No importaba lo que se dijera, el simple hecho de mantener una conversación con ellos lo situaba a uno en una posición de desventaja, porque siempre podría ponerse en tela de juicio lo que en realidad había declarado.

—Me alegro de conocerte al fin —repuso ella.

—Te admiro por tus logros —siguió diciendo Jasper—. Tu trayectoria ya habría sido notable para un hombre blanco. En el caso de una mujer afroamericana, es asombrosa.

Maria sonrió. Desde luego que Jasper era encantador; era su truco para conseguir que la gente hablara. Sin embargo, no era en absoluto de fiar y habría vendido a su madre con tal de conseguir una exclusiva.

—¿Estás disfrutando de tu estancia en Europa? —preguntó ella con tono neutro.

—Ahora mismo es el lugar más apasionante del mundo. Soy un tipo con suerte.

—Eso es genial.

—Por el contrario —añadió Jasper—, este viaje no es que haya sido un éxito para el presidente Bush.

«Ya estamos», pensó Maria. Se encontraba en una posición difícil. Debía defender al presidente y las políticas del Departamento de Estado, aunque estuviera de acuerdo con la afirmación de Jasper. Bush había fracasado a la hora de hacerse con las riendas del movimiento de liberación en la Europa del Este; era demasiado timorato.

—A nosotros nos ha parecido un triunfo —dijo, a pesar de todo.

—Bueno, eso es lo que tienes que decir. Pero, extraoficialmente, ¿fue un acierto que Bush animara a Jaruzelski, un tirano comunista de la vieja escuela, a presentarse a la candidatura para la presidencia de Polonia?

—Quizá Jaruzelski sea el mejor candidato para dirigir una reforma gradual —dijo Maria, aunque en realidad no lo creía.

—Bush enfureció a Lech Wałęsa al ofrecerle un irrisorio paquete de ayudas de cien millones de dólares, cuando Solidaridad había pedido diez mil millones.

—El presidente Bush es un hombre precavido —replicó Maria—. Cree que los polacos deben reformar antes su economía para luego obtener la ayuda. De no ser así, malgastarían el dinero. El presidente es conservador. Tal vez eso no te guste, Jasper, pero sí gusta al pueblo estadounidense. Por eso lo eligieron.

Jasper sonrió, consciente de que Maria había ganado ese asalto dialéctico.

—En Hungría Bush alabó al gobierno comunista por echar abajo la valla fronteriza, y no a la oposición que provocó la medida con sus presiones. Rogó a los húngaros que no fueran demasiado lejos, ni demasiado deprisa. ¿Qué clase de consejo es ese viniendo del líder del mundo libre?

Maria no contradijo a Jasper. Tenía razón en todo, así que decidió eludir la pregunta. Para concederse unos instantes de reflexión, se quedó mirando un camión de plataforma que transportaba un misil alargado con una bandera francesa pintada en el costado.

—Estás perdiéndote una noticia más interesante —dijo entonces.

Jasper Murray puso expresión de escepticismo, no era una acusación a la que estuviera muy acostumbrado.

—Soy todo oídos —dijo con un tono algo cómico.

—No puedo hablarte en calidad oficial.

—Pues hazlo de forma extraoficial.

Ella lo miró con dureza.

—Lo haré si eso queda claro.

—Queda claro.

—Está bien. Seguramente ya sabes que algunos han advertido al presidente que Gorbachov es un fraude, que la *glásnost* y la *perestroika* son pura palabrería por parte de los comunistas, carente de intencionalidad, y que toda esta pantomima no es más que una forma de engatusar a Occidente para que baje la guardia y lleve a cabo el desarme de forma prematura.

—¿Quién se lo ha advertido?

La respuesta era que la CIA, el asesor de Seguridad Nacional y el secretario de Defensa, pero Maria no pensaba mencionarlos hablando con un periodista, ni siquiera de forma extraoficial.

—Jasper, si todavía no lo sabes —se limitó a decir—, no eres tan buen periodista como todos creemos.

Él sonrió de oreja a oreja.

—De acuerdo. ¿Cuál es el bombazo?

—El presidente Bush atendió a esas advertencias antes de acceder a realizar este viaje. El bombazo es que ha visto la realidad sobre el terreno en Europa y ha cambiado de opinión. Estando en Polonia comentó: «Tengo la vertiginosa sensación de estar siendo testigo directo de un verdadero cambio en la historia».

—¿Puedo citarlo?

—Sí que puedes. Me lo dijo a mí.

—Gracias.

—Ahora el presidente cree que el cambio del comunismo es real y permanente, y que debemos alentarlo y protegerlo, en lugar de despreciarlo diciendo que no es auténtico.

Jasper dedicó a Maria una mirada prolongada que, según ella interpretó, contenía una pizca de respeto inesperado.

—Tienes razón —dijo al final—. Esta noticia es mejor. En Washington los señores de la Guerra Fría, como Dick Cheney y Brent Scowcroft, se van a subir por las paredes.

—Eso lo has dicho tú —aclaró Maria—. No yo.

Lili, Karolin, Alice y Helmut fueron en coche desde Berlín hasta el lago Balatón, en Hungría, en el Trabant blanco de Lili. Como siempre, el viaje duró dos días, y durante el camino Lili y Karolin fueron cantando todas las canciones que sabían.

Lo hacían para ocultar su miedo. Alice y Helmut iban a intentar escapar a Occidente. Nadie sabía qué ocurriría.

Lili y Karolin no los acompañarían. Ambas seguían solteras, pero de todas formas su vida estaba en la Alemania Oriental. Despreciaban el régimen, pero querían combatirlo, no huir de él. Para Alice y Helmut era distinto, ellos tenían toda la vida por delante.

Lili solo conocía a dos personas que hubieran intentado escapar: Rebecca y Walli. El prometido de Rebecca había caído desde un tejado y había quedado inválido de por vida. Walli se había topado con un guardia fronterizo al que había matado, una experiencia traumática que lo había atormentado durante años. No eran precedentes muy halagüeños. Pero la situación había cambiado, ¿o no?

La primera noche en el campamento de vacaciones conocieron a un hombre de mediana edad llamado Berthold. Estaba sentado a la entrada de su tienda de campaña dirigiéndose a media docena de jóvenes que bebían latas de cerveza.

—Resulta evidente, ¿verdad? —decía con voz de estar haciendo una confidencia para ganarse a su público—. Todo esto es una trampa de la Stasi. Es su nuevo método para dar caza a los rebeldes.

Un joven que estaba sentado en el suelo y fumaba un cigarrillo se mostró escéptico.

—¿Y cómo funciona?

—En cuanto cruzas la frontera, te detienen los austríacos. Te entregan a la policía húngara, que te envía de regreso a la Alemania Oriental, esposado, y allí te llevan directamente a las salas de interrogatorio de la jefatura de la Stasi, en Lichtenberg.

—¿Y usted cómo lo sabe? —preguntó una chica que se encontraba de pie.

—Mi primo intentó cruzar la frontera por aquí —contestó Berthold—. Lo último que me dijo fue: «Te enviaré una postal desde Viena». Ahora está en un campo de prisioneros cerca de Dresde, trabajando en una mina de uranio. Es la única forma que tiene el gobierno de conseguir trabajadores para esas minas, nadie más quiere hacerlo; la radiación provoca cáncer de pulmón.

La familia debatió la teoría de Berthold en voz baja antes de irse a dormir.

—Berthold es un sabelotodo —dijo Alice con desprecio—. ¿Cómo puede haberse enterado de que su primo está trabajando en una mina de uranio? El gobierno no reconoce que utiliza así a los prisioneros.

Sin embargo, Helmut estaba preocupado.

—Quizá sea un idiota, pero ¿y si la historia es cierta? La frontera podría ser una trampa.

—¿Para qué iban los austríacos a devolver a los fugitivos? —preguntó Alice—. No le tienen ninguna simpatía al comunismo.

—Tal vez no quieran hacerse cargo del problema y de los gastos que implica su llegada. ¿Qué más les dará a ellos el destino de los alemanes orientales?

Discutieron durante una hora y no llegaron a ninguna conclusión. Lili se quedó despierta largo rato, preocupada.

A la mañana siguiente, en el comedor común, Lili vio a Berthold engatusando a otro grupo de jóvenes con sus historias frente a un enorme plato de queso y jamón. ¿Hablaba en serio o era un agente de la Stasi? Lili sintió la urgencia de averiguarlo. Daba la impresión de que el hombre se quedaría en el comedor un buen rato, así que, de forma impulsiva, decidió ir a registrar su tienda de campaña.

Las tiendas no estaban cerradas, solo se advertía a los campistas que no dejaran dentro ni dinero ni objetos de valor. Con todo, la entrada de Berthold tenía los lazos de cierre fuertemente atados.

Lili empezó a deshacer los nudos intentando aparentar tranquilidad, como si la tienda fuera suya. Tenía el corazón desbocado. Se esforzó por no parecer culpable a ojos de la gente que andaba por allí. Estaba acostumbrada a pasar inadvertida —los conciertos que daba con Karolin siempre eran semiilegales—, aunque jamás había hecho nada similar. Si Berthold, por casualidad, terminaba el desayuno y regresaba al campamento antes de lo que ella esperaba, ¿qué le diría? ¿«Vaya, me he equivocado de tienda. ¡Lo siento!»? Las tiendas eran muy parecidas entre sí. Quizá no la creyera, pero ¿qué iba a hacer? ¿Llamar a la policía?

Separó las lonas de la entrada y se metió en el interior.

Berthold era pulcro y ordenado, para ser un hombre. Tenía la ropa bien doblada en una maleta, y una bolsa con cierre de cordón ajustable llena de prendas para la colada. También vio un neceser con una cuchilla y jabón de afeitar. Su cama consistía en una lona tensada sobre un somier metálico, y junto a ella había una pequeña pila de revistas en alemán. Todo parecía inofensivo.

«No te precipites —se dijo—. Busca pistas. ¿Quién es este tipo y qué está haciendo aquí?»

Había un saco de dormir doblado sobre el catre. Cuando Lili lo levantó notó un peso en su interior. Bajó la cremallera del saco, rebuscó dentro y encontró un libro con fotos pornográficas… y una pistola.

Era una pistola negra y pequeña, de cañón corto. Ella no sabía mucho sobre armas y no podía identificar la marca, pero creía que era lo que llamaban una «nueve milímetros». Parecía diseñada para pasar desapercibida.

Se la metió en el bolsillo de los vaqueros.

Ya tenía la respuesta a su pregunta. Berthold no era un simple sabelotodo fanfarrón. Era un agente de la Stasi, enviado a ese lugar para propagar historias terroríficas y disuadir a los posibles fugitivos.

Lili volvió a doblar el saco de dormir y salió de la tienda de campaña. No había ni rastro de Berthold. Ató a toda prisa los cordones de la lona de entrada con dedos temblorosos. Unos segundos más y se encontraría a salvo. En cuanto Berthold buscara su pistola, sabría que alguien había estado allí, pero si Lili lograba huir jamás descubriría quién. Supuso que ni siquiera denunciaría el robo a la policía húngara, porque seguramente las autoridades no aprobarían que un agente secreto alemán fuera armado a sus campamentos de verano.

Lili se alejó a paso ligero.

Karolin se encontraba en la tienda de Helmut y Alice, hablando con ellos en susurros; seguían debatiendo si el cruce de la frontera sería una trampa. Lili interrumpió la discusión.

—Berthold es un agente de la Stasi —dijo—. He registrado su tienda.

Sacó la pistola del bolsillo del pantalón.

—Es una Makárov —dijo Helmut, que había servido en el ejército—. Una pistola semiautomática de fabricación soviética, el arma oficial de la Stasi.

—Si la frontera fuera de verdad una trampa —opinó Lili—, la Stasi lo mantendría en secreto. El hecho de que Berthold esté contándoselo a todo el mundo prueba con bastante certeza que no es cierto.

Helmut asintió en silencio.

—A mí me basta con eso. Nos vamos.

Todos se levantaron.

—¿Quieres que me deshaga de la pistola? —le preguntó Helmut a Lili.

—Sí, por favor.

Se la pasó, aliviada de desprenderse de ella.

—Buscaré un lugar apartado en la playa y la lanzaré al lago.

Mientras Helmut lo hacía, las mujeres metieron toallas, trajes de baño y botes de protector solar en el maletero del Trabi como si fueran a pasar el día de excursión, para seguir con la farsa de las vacaciones familiares. Cuando Helmut regresó, fueron a la tienda de víveres y compraron queso, pan y vino para un picnic.

Luego se dirigieron hacia el oeste.

Lili no paraba de echar la vista atrás, pero no vio que nadie los siguiera.

Recorrieron unos ochenta kilómetros y salieron de la carretera principal cuando se acercaban a la frontera. Alice llevaba un mapa y una brújula magnética. Mientras avanzaban por carreteras rurales fingiendo buscar un lugar en el bosque donde disfrutar del picnic, vieron varios coches con matrícula de la Alemania Oriental abandonados en el arcén y supieron que aquel era el lugar adecuado.

No había ni rastro de autoridades oficiales, pero Lili estaba preocupada de todas formas. Sin duda la policía secreta de la Alemania Oriental tendría interés en perseguir a los fugitivos, pero seguramente no había nada que pudieran hacer.

—Calculo que estamos a menos de kilómetro y medio de la valla —dijo Alice mientras pasaban junto a un pequeño lago.

Unos segundos después Helmut, que iba al volante, salió de la carretera y se adentró por una pista de tierra que había entre los árboles. Detuvo el coche en un claro, a unos metros del agua, y apagó el motor.

—Bueno —dijo rompiendo el silencio—. ¿Vamos a simular un picnic?

—No —contestó Alice con la voz aflautada por la tensión—. Quiero irme ya.

Todos bajaron del coche.

Alice encabezaba la marcha mirando la brújula. El terreno era practicable, no había mucha broza que ralentizara el paso. Los altos pinos filtraban la luz solar, y los rayos dibujaban manchas doradas sobre el manto de agujas del suelo. El bosque estaba en silencio. Lili oyó el graznido de algún ave acuática y, de vez en cuando, el rugido distante de algún tractor.

Pasaron junto a un Wartburg Knight amarillo, medio oculto entre las ramas bajas; tenía las ventanillas rotas, y sus guardabarros empezaban a oxidarse. Un pajarillo salió volando del maletero abierto, y Lili se preguntó si habría anidado allí.

No dejaba de mirar a su alrededor en busca de alguna mancha de color verde o gris que revelara la presencia de un uniforme, pero no vio nada. Se dio cuenta de que Helmut también estaba alerta.

Subieron por una pendiente y al llegar a lo alto el bosque terminó de pronto. Salieron a una franja de terreno despejado y, a unos noventa metros de distancia, vieron la valla.

No era muy impresionante. Tenía postes de madera tosca, sin barnizar, y varias hileras de alambre que supuestamente estaba electrificado. La hilera superior, a casi dos metros del suelo, era una alambrada de púas. Al fondo se veía un campo de cereales amarillo madurando bajo el sol de agosto.

Cruzaron la franja desbrozada y llegaron a la valla.

—Podemos escalarla por aquí mismo —dijo Alice.

—¿Seguro que han desconectado la electricidad? —preguntó Helmut.

—Sí.

Movida por la impaciencia, Karolin alargó la mano y tocó todos los alambres, agarrándolos con firmeza.

—Desconectada, sí —dijo.

Alice besó y abrazó a su madre y a Lili. Helmut les estrechó la mano.

A unos noventa metros, en lo alto de un montículo aparecieron dos guardias con las casacas grises y las gorras puntiagudas del Servicio de Guardia Fronteriza Húngara.

—¡Oh, no! —exclamó Lili.

Ambos hombres levantaron sus fusiles.

—Que nadie se mueva —dijo Helmut.

—¡No puedo creer que hayamos estado tan cerca de conseguirlo! —se lamentó Alice, y empezó a llorar.

—No desesperes —la animó Helmut—. Esto aún no ha terminado.

Acercándose a ellos, los guardias bajaron los fusiles y les hablaron en alemán. Sin duda sabían exactamente lo que ocurría.

—¿Qué están haciendo aquí? —preguntó uno.

—Hemos venido de picnic al bosque —respondió Lili.

—¿De picnic? ¿De verdad?

—¡No queremos hacer nada malo!

—No pueden estar aquí.

Lili tenía muchísimo miedo de que los soldados los detuvieran.

—Está bien, está bien —dijo—. ¡Ya nos vamos!

Temía que Helmut iniciara una pelea. Sabía que podían matarlos a los cuatro, empezó a temblar y se le aflojaron las piernas.

Entonces habló el otro guardia.

—Tengan cuidado —dijo, y señaló la valla en la dirección desde la que habían llegado su compañero y él—. A unos cuatrocientos metros de aquí hay un hueco en la valla. Podrían cruzar la frontera sin pretenderlo.

Los dos guardias se miraron y rieron con ganas. Luego siguieron su marcha.

Lili, desconcertada, no podía despegar los ojos de las espaldas de los hombres, que se alejaban sin volver la cabeza. Lili y los demás los observaron en silencio hasta perderlos de vista.

—Ha parecido como si estuvieran diciéndonos dónde…

—¡Dónde encontrar un hueco en la valla! —exclamó Helmut—. ¡Vamos a buscarlo, deprisa!

Echaron a andar presurosos en la dirección que les había señalado el guardia. Se mantuvieron pegados a la linde del bosque por si debían ocultarse. Justo a unos cuatrocientos metros de recorrido llegaron a un lugar donde la valla estaba rota. Alguien había desclavado varios postes de madera y había cortado con tenazas la alambrada, que yacía en el suelo. Parecía que un enorme camión hubiera derribado la frontera. La tierra estaba hollada por muchas pisadas, la hierba escaseaba y se veía marrón. Al otro lado del hueco se abría un sendero que avanzaba entre dos campos hasta un bosquecillo por donde asomaban algunos tejados; un pueblo, o tal vez una sencilla aldea.

La libertad.

De un pino joven que crecía por allí cerca colgaban unos treinta, cuarenta o incluso cincuenta llaveros. La gente dejaba las llaves de sus pisos y sus coches allí abandonadas como gesto desafiante, para demostrar que no pensaban regresar jamás. La brisa agitó las ramas, y el metal destelló bajo la luz del sol. Parecía un árbol de Navidad.

—No empecéis a dudar ahora —dijo Lili—. Ya nos hemos despedido hace diez minutos. Marchaos.

—Mamá, Lili, os quiero.

—Vete ya —dijo Karolin.

Alice tomó de la mano a Helmut.

Lili escrutó con detenimiento la franja de tierra desbrozada que recorría la valla. No se veía a nadie.

Ambos jóvenes cruzaron la frontera con cuidado de no pisar los alambres de la valla derribada.

Una vez se encontraron en el otro lado, se detuvieron y se despidieron con la mano aunque solo estaban a tres metros de distancia.

—¡Somos libres! —exclamó Alice.

—Dale un beso a Walli de mi parte —pidió Lili.

—Y de mi parte también —dijo Karolin.

Alice y Helmut siguieron caminando cogidos de la mano por el sendero que cruzaba los campos de cereales.

Al llegar al final de la senda volvieron a despedirse con la mano.

Luego se adentraron en la pequeña aldea y desaparecieron de la vista.

Karolin tenía el rostro surcado de lágrimas.

—Me pregunto si volveremos a verlos algún día —dijo.

61

El Berlín occidental despertaba nostalgia en Walli. Le hacía recordar cuando era un adolescente con una guitarra y tocaba los éxitos de los Everly Brothers en el local de folk Minnesänger, justo al lado de Ku'damm, y soñaba con ir a América para ser una estrella del pop. «Conseguí lo que deseaba —pensó—, y mucho más que ni soñaba siquiera.»

Cuando se registraba en el hotel se encontró con Jasper Murray.

—Me habían dicho que estabas aquí —dijo Walli—. Supongo que es emocionante cubrir lo que está pasando en Alemania.

—Sí, lo es —contestó Jasper—. A los americanos no suelen interesarles las noticias de Europa, pero esta es especial.

—Tu programa, *This Day*, no es lo mismo sin ti. He oído que está perdiendo audiencia.

—Supongo que debería fingir que lo lamento. ¿A qué te dedicas estos días?

—Estamos preparando un nuevo álbum. Dejé a Dave con las mezclas, en California. Seguramente se lo cargará añadiendo rasgueos y carillones.

—¿Qué te ha traído a Berlín?

—Voy a encontrarme con mi hija, Alice. Ha escapado de la Alemania Oriental.

—¿Siguen allí tus padres?

—Sí, y mi hermana Lili. —«Y Karolin», pensó, pero no la mencionó. Ansiaba que también ella escapase. En el fondo de su corazón todavía la añoraba, a pesar de todos los años que habían pasado—. Rebecca está aquí, en Occidente. Ahora es un pez gordo en el Ministerio de Exteriores.

—Lo sé. Me ha ayudado mucho. Quizá podríamos hacer un reportaje sobre una familia dividida por el Muro. Mostraría el sufrimiento humano provocado por la Guerra Fría.

—No —contestó Walli con firmeza. No había olvidado la entrevista de Jasper en los años sesenta, que había ocasionado tantos problemas a los Franck—. El gobierno del Este haría sufrir mucho a mi familia.

—Lástima. Un placer verte, de todos modos.

Walli se alojó en la Suite Presidencial y encendió el televisor del salón, de marca Franck, producido en la fábrica de su padre. Todas las noticias hablaban de personas que huían de la Alemania Oriental por Hungría y en ese momento también por Checoslovaquia. Bajó el volumen. Tenía por costumbre dejar el televisor encendido mientras hacía otras cosas. Le había emocionado saber que compartía esa manía con Elvis.

Se duchó y se puso ropa limpia. Luego lo llamaron de recepción para anunciarle que Alice y Helmut estaban abajo.

—Dígales que suban —pidió Walli.

Estaba nervioso, lo cual era absurdo. Se trataba de su hija, aunque solo la había visto una vez en veinticinco años. En aquella ocasión no era más que una adolescente flaca con el cabello largo y claro, y le recordó a la primera vez que había visto a Karolin, en los años sesenta.

Un minuto después llamaron a la puerta y Walli abrió. Alice era ya una mujer joven, sin la torpeza de la adolescencia. Llevaba media melena, así que ya no se parecía tanto a la Karolin de años atrás, aunque sí tenía su misma sonrisa radiante. Iba vestida con prendas holgadas de la Alemania Oriental y zapato plano, y Walli se dijo que un día la llevaría de compras.

La besó con torpeza en las dos mejillas y le estrechó la mano a Helmut.

Alice admiró la suite.

—¡Uau! Qué habitación tan bonita.

No era nada en comparación con los hoteles de Los Ángeles, aunque Walli no se lo dijo. A ella le quedaba mucho que aprender, pero tenía por delante una eternidad.

Walli pidió café y tarta al servicio de habitaciones, y se sentaron a la mesa del salón.

—Qué sensación más rara —confesó Walli—. Eres mi hija, pero somos dos extraños.

—Conozco tus canciones —repuso Alice—. Todas. No estabas conmigo, pero llevas toda la vida cantándome.

—Eso es… impresionante.

—Sí.

Alice y Helmut le narraron su huida en detalle.

—Pensándolo ahora, fue fácil —comentó Alice—, pero en ese momento estaba muerta de miedo.

Vivían de forma provisional en un piso que les había alquilado el contable de la fábrica Franck, Enok Andersen.

—¿Qué tenéis previsto hacer a largo plazo? —preguntó Walli.

—Yo soy ingeniero eléctrico —contestó Helmut—, pero me gustaría aprender a llevar un negocio. La semana que viene acompañaré a un comercial de televisores Franck. Su padre, Werner, dice que es la forma de empezar.

—En el Este yo trabajaba en una farmacia —dijo Alice—. Al principio seguramente haré lo mismo aquí, pero me gustaría llegar a montar una tienda.

A Walli le complació ver que ambos pensaban en trabajar. En el fondo le había inquietado que quisieran vivir de su dinero, lo cual no los habría beneficiado. Walli sonrió.

—Me alegro de que ninguno de los dos quiera dedicarse a la música.

—Pero lo primero que queremos hacer es tener hijos —añadió Alice.

—Vaya, qué bien. Estoy impaciente por ser estrella del rock y abuelo. ¿Os vais a casar?

—Lo hemos hablado —contestó ella—. En el Este nos daba igual, pero ahora nos gustaría. ¿Qué te parece?

—Para mí el matrimonio no es gran cosa, pero creo que me emocionaría que vosotros decidierais dar el paso.

—¡Fantástico! Papá, ¿cantarías en mi boda?

Aquello salió como de la nada y lo golpeó de lleno. Lo único que pudo hacer fue tratar de no llorar.

—Claro, cariño —consiguió decir—. Me encantaría.

Para ocultar su emoción se volvió hacia el televisor.

En la pantalla se veían imágenes de la manifestación celebrada la tarde anterior en Leipzig, en la Alemania Oriental. Los manifestantes llevaban velas y echaban a andar en silencio desde una iglesia. Su actitud era pacífica, pero varios furgones de la policía embistieron contra la multitud y atropellaron a algunas personas, y después los agentes saltaron a la calle y empezaron a detener a la gente.

—Cabrones… —masculló Helmut.

—¿Por qué se manifestaban? —preguntó Walli.

—Por el derecho a viajar —contestó Helmut—. Nosotros hemos escapado, pero no podemos volver. Ahora Alice te tiene a ti, pero no puede visitar a su madre. Y yo estoy separado de mis padres. No sabemos si volveremos a verlos.

Alice estaba furiosa.

—La gente se manifiesta porque no hay motivo por el que tengamos que vivir así. Yo debería poder ver tanto a mi madre como a mi padre. Se nos debería permitir ir y venir entre el Este y el Oeste. Alemania es un único país. Deberíamos librarnos de ese Muro.

—Totalmente de acuerdo —dijo Walli.

A Dimka le gustaba su jefe. En lo más profundo de su ser, Gorbachov creía en la verdad. Desde la muerte de Lenin, todos los líderes soviéticos habían sido unos embusteros, todos habían obviado lo que estaba mal y se habían negado a admitir la realidad. La característica más asombrosa del liderazgo soviético de los anteriores sesenta y cinco años era la negativa a afrontar los hechos. Gorbachov era diferente. Mientras luchaba por navegar en la tormenta que estaba sacudiendo la Unión Soviética, él se aferraba a ese principio esencial: siempre debe decirse la verdad. Dimka lo admiraba profundamente.

Tanto Gorbachov como él se alegraron de que Erich Honecker fuera depuesto como gobernante de la Alemania Oriental. Honecker había perdido el control del país y del partido. Sin embargo, su sucesor los defraudó. Para consternación de Dimka, subió al poder su leal asistente, Egon Krenz. Era como huir del fuego para caer en las brasas.

En cualquier caso, Dimka creía que Gorbachov tendría que echar una mano a Krenz. La Unión Soviética no podía consentir el derrumbe de la Alemania del Este. Tal vez la URSS pudiera vivir con elecciones democráticas en Polonia y un mercado fuerte en Hungría, pero Alemania era distinta. Estaba dividida, como Europa, entre el Este y el Oeste, entre el comunismo y el capitalismo, y un hipotético triunfo de la Alemania Occidental equivaldría a la ascensión del capitalismo y el final del sueño de Marx y Lenin. Ni siquiera Gorbachov podía consentir eso… ¿o sí?

Krenz efectuó el habitual peregrinaje a Moscú dos semanas después. Dimka le estrechó la mano a un hombre de cara oronda, con cabello gris y cierto aire de petulancia. Debía de haber sido un ídolo en su juventud.

Gorbachov lo recibió con fría cortesía en el gran despacho de paredes amarillas del Kremlin.

Krenz llevaba consigo un informe elaborado por el responsable de planificación económica en el que se afirmaba que la Alemania Oriental estaba en la bancarrota. El informe había sido retenido por Honecker, aseguró Krenz. Dimka sabía que hacía décadas que se ocultaba la verdad sobre la economía de la Alemania Oriental. Toda la propaganda relativa al crecimiento económico había sido un embuste. La productividad de las fábricas y las minas equivalía al cincuenta por ciento de la de Occidente.

—Hemos ido tirando con préstamos —le dijo Krenz a Gorbachov; estaba sentado en una silla de cuero del majestuoso despacho—. Diez mil millones de marcos anuales.

Incluso Gorbachov se quedó atónito.

—¿Diez mil millones?

—Hemos tenido que pedir créditos a corto plazo para pagar el interés de los créditos a largo plazo.

—Lo cual es ilegal —terció Dimka—. Si los bancos lo descubren…

—El interés de nuestra deuda es ahora de cuatro mil quinientos millones de dólares anuales, lo que equivale a dos tercios de nuestros ingresos en divisas. Necesitamos su ayuda para superar esta crisis.

Gorbachov se erizó. No soportaba que los líderes de la Europa del Este mendigaran dinero.

—La Alemania Oriental —prosiguió Krenz— es en cierto modo hija de la Unión Soviética. —Probó suerte con un chiste masculino—: Uno tiene que reconocer la paternidad de sus hijos.

Gorbachov no sonrió siquiera.

—No estamos en condiciones de ofrecerle ayuda —replicó sin rodeos—. No en la situación actual de la Unión Soviética.

Dimka se sorprendió. No esperaba que Gorbachov fuera tan duro.

Krenz parecía frustrado.

—Entonces, ¿qué voy a hacer?

—Debe ser honesto con su pueblo y decirle que no pueden seguir viviendo como estaban acostumbrados a hacerlo.

—Habrá problemas —dijo Krenz—. Tendrá que declararse un estado de excepción. Habrán de tomarse medidas para impedir un asalto masivo al Muro.

Dimka pensó que aquello se acercaba al soborno político. Gorbachov también, y se envaró.

—En ese caso, no espere que el Ejército Rojo le rescate —repuso Gorbachov—. Debe resolver el problema por sí mismo.

¿Hablaba en serio? ¿Iba la Unión Soviética a desentenderse de la Alemania del Este? La emoción de Dimka creció a la par que su asombro. ¿Estaba dispuesto Gorbachov a llegar hasta el final?

Krenz parecía un sacerdote que acababa de saber que Dios no existía. La Alemania Oriental había sido creada por la Unión Soviética, subsidiada por las arcas del Kremlin y protegida por el ejército soviético. Aquel hombre era incapaz de asumir la idea de que todo había acabado. Saltaba a la vista que no tenía la menor idea de qué hacer.

Cuando se marchó, Gorbachov se dirigió a Dimka:

—Envía un recordatorio a los comandantes de nuestras fuerzas en la Alemania Oriental: bajo ningún concepto deben intervenir en conflictos entre el gobierno y los ciudadanos. Es máxima prioridad.

«Cielo santo —pensó Dimka—. ¿De verdad es esto el fin?»

En noviembre hubo ya manifestaciones todas las semanas en las principales ciudades de la Alemania Oriental. Su frecuencia seguía aumentando, y también su tamaño. Era imposible sofocarlas con cargas policiales, por brutales que fueran.

Lili y Karolin fueron invitadas a participar en una concentración en Alexander Platz, no lejos de su casa, a la que acudieron varios centenares de miles de personas. Alguien había pintado un cartel enorme con el eslogan WIR SIND DAS VOLK, «Nosotros somos el pueblo». En todo el perímetro de la plaza había policía con el uniforme antidisturbios esperando la orden de cargar contra la muchedumbre con sus porras. Pero los agentes parecían más asustados que los manifestantes.

Un orador tras otro denunciaba el régimen comunista, y la policía no hacía nada.

Los organizadores permitieron también la participación de pro comunistas y, para perplejidad de Lili, el defensor del gobierno a quien eligieron fue Hans Hoffmann. Desde su posición entre bambalinas, donde ella y Karolin aguardaban su turno para subir al escenario, observó la conocida figura encorvada del hombre que había perseguido a su familia durante un cuarto de siglo. Pese a su abrigo azul, casi temblaba de frío… o tal vez de miedo.

Cuando Hans intentó sonreír amistosamente, solo consiguió parecer un vampiro.

—Camaradas —dijo—, el partido ha escuchado las voces del pueblo y nuevas medidas están en camino.

La multitud sabía que aquello era una sandez y empezó a silbar.

—Pero debemos proceder de un modo ordenado, reconociendo que el partido debe liderar la evolución del comunismo.

Los silbidos se transformaron en abucheos.

Lili observó a Hans de cerca. Su expresión transmitía rabia y frustración. Un año atrás, una palabra suya habría destruido a cualquiera de las personas que se encontraban allí, pero en ese momento, de pronto, eran ellas quienes parecían ostentar el poder. Hans ni siquiera conseguía acallarlas. Tuvo que alzar la voz y gritar para hacerse oír, incluso con la ayuda del micrófono.

—Y en concreto debemos evitar que los miembros de los cuerpos estatales de seguridad se conviertan en chivos expiatorios por los errores que les haya obligado a cometer el anterior gobierno.

Aquello no era sino una súplica de compasión para con los matones y los sádicos que llevaban décadas oprimiendo al pueblo, y la muchedumbre estaba enfurecida. Lo abuchearon al grito de *Stasi raus!*, «fuera la Stasi».

Hans tuvo que vociferar:

—¡Al fin y al cabo, solo obedecían órdenes!

Eso provocó un estallido de risas incrédulas.

Para Hans, lo peor que podía ocurrirle era que se rieran de él. Su cara se encendió de ira. De pronto Lili recordó una escena de hacía veinte años, cuando Rebecca le lanzó los zapatos por la ventana. Había sido la risa de las vecinas lo que había enfurecido a Hans.

Este permaneció frente al micrófono, incapaz de hacerse oír por encima del barullo general, pero decidido a no tirar la toalla. Era una batalla de voluntades entre él y la muchedumbre, y la perdió. Su expresión arrogante se crispó, parecía estar a punto de llorar. Finalmente dio media vuelta y se alejó del atril.

Aún lanzó una última mirada a la multitud, que se reía y se mofaba de él, y se rindió. Mientras se marchaba, vio a Lili y la reconoció. Sus miradas coincidieron cuando ella y Karolin accedían al escenario, cada una con una guitarra. En ese instante él parecía un perro apaleado, tan hundido que Lili casi sintió lástima por él.

Pasó por su lado y se dirigió al centro del escenario. Algunos asistentes las reconocieron, otros las conocían solo de nombre, pero todos les dieron un caluroso recibimiento. Ambas se acercaron a los micrófonos, rasguearon un acorde mayor y empezaron a tocar *This Land is Your Land*.

Y la muchedumbre enloqueció.

Bonn era una ciudad provinciana situada en la ribera del Rin, una opción poco probable como capital estatal, y esa era precisamente la razón por la que había sido elegida, para simbolizar su naturaleza temporal y la fe del pueblo alemán en que un día Berlín volvería a ser la capital de la Alemania unificada. Pero hacía ya cuarenta años de aquello, y Bonn seguía ejerciendo la capitalidad.

Era un lugar tedioso, algo que Rebecca agradecía, ya que estaba demasiado ocupada para tener vida social, salvo cuando Fred Bíró se hallaba en la ciudad.

Tenía mucho que hacer. Su especialidad era la Europa del Este, que se encontraba en mitad de una revolución cuyo final nadie atisbaba. Casi siempre tenía almuerzos de trabajo, pero ese día se tomó un respiro. Salió del Ministerio de Exteriores y se encaminó hacia un restaurante asequible, su favorito, donde pidió su plato predilecto, *Himmel und Erde*, «cielo y tierra», elaborado con patatas, manzana y beicon.

Mientras comía apareció Hans Hoffmann.

Rebecca retiró su silla y se levantó. Su primer pensamiento fue que había ido a matarla. Estaba a punto de gritar para pedir ayuda cuando se fijó en su semblante. Hans parecía derrotado y triste. El miedo se desvaneció; aquel hombre ya no era peligroso.

—Por favor, no te asustes. No voy a hacerte daño —dijo él.

Rebecca siguió de pie.

—¿Qué quieres?

—Que hablemos un momento. Tan solo uno o dos minutos.

Por un instante Rebecca se preguntó cómo habría conseguido pasar a la Alemania Occidental, y luego comprendió que las restricciones de movimiento no afectaban a los oficiales de alto rango de la policía secreta. Podían hacer lo que les viniera en gana. Probablemente les habría dicho a sus colegas que tenía una misión secreta en Bonn. Y tal vez fuera cierto.

El dueño del restaurante se acercó a ellos.

—¿Va todo bien, frau Held?

Rebecca siguió mirando fijamente a Hans un momento.

—Sí, gracias, Günter —contestó—. Creo que sí.

Se sentó de nuevo, y Hans ocupó la silla de enfrente.

Ella cogió el tenedor y volvió a dejarlo. Había perdido el apetito.

—De acuerdo, uno o dos minutos.

—Ayúdame —dijo él.

Rebecca no daba crédito a lo que acababa de oír.

—¡¿Qué?! —exclamó—. ¿Que te ayude? ¿A ti?

—Todo se está derrumbando. Tengo que salir. La gente se ríe de mí. Temo que me maten.

—¿Qué demonios imaginas que podría hacer yo por ti?

—Necesito un sitio donde alojarme, dinero, documentación.

—¿Has perdido el juicio? ¿Después de todo lo que nos has hecho a mi familia y a mí?

—¿No entiendes por qué lo hice?

—¡Porque nos odias!

—Porque te amo.

—No digas estupideces.

—Me encargaron que espiara a tu familia y, sí, empecé a salir contigo para tener acceso a ella, pero luego ocurrió algo: me enamoré de ti.

Ya había dicho aquello antes, el día que ella saltó el Muro. Y lo había dicho de corazón. Sí, había perdido el juicio, concluyó Rebecca. Y volvió a sentir miedo.

—No le hablé a nadie de mis sentimientos —siguió diciendo Hans con una sonrisa nostálgica, como recordando un amor inocente de su juventud en lugar de un malvado engaño—. Fingía aprovecharme de ti y manipular tus sentimientos, pero te amaba de verdad. Luego propusiste que nos casáramos. ¡Fue como tocar el cielo! Tenía la excusa perfecta para mis superiores.

Aquel hombre vivía en un mundo onírico, pero ¿acaso no lo hacía toda la élite gobernante de la Alemania Oriental?

—El año que pasamos juntos como marido y mujer fue la mejor época de mi vida —añadió Hans—. Y tu rechazo me rompió el corazón.

—¿Cómo puedes decir eso?

—¿Por qué crees que no he vuelto a casarme?

Rebecca estaba atónita.

—No lo sé —contestó.

—No me interesan las demás mujeres. Rebecca, tú eres el amor de mi vida.

Ella lo miró fijamente y comprendió que aquello no era una invención ridícula sin más, sino un intento desesperado por despertar compasión en ella. Hans era sincero. Sentía todo cuanto decía.

—Acéptame —suplicó.

—No.

—Por favor.

—La respuesta es no —repitió ella—. Y siempre será no. Nada de lo que digas me hará cambiar de opinión. Por favor, no me obligues a emplear palabras duras para hacértelo entender. —«No sé por qué soy tan reticente a herirlo —pensó—; él nunca dudó al ser cruel conmigo.»—. Acepta lo que he dicho y vete.

—De acuerdo —repuso él, abatido—. Sabía que dirías eso, pero tenía que intentarlo. —Se puso de pie—. Gracias, Rebecca. Gracias por aquel año de felicidad. Siempre te amaré.

Dio media vuelta y salió del restaurante.

Rebecca lo siguió con la mirada, conmocionada aún. «¡Cielo santo! —pensó—. Esto sí que no me lo esperaba.»

62

Era un frío día de noviembre en Berlín. En el cielo había una espesa niebla y cierto olor a azufre que procedía de las fábricas humeantes de la odiosa parte oriental. Tania, que se había trasladado allí de forma precipitada desde Varsovia para ayudar a informar sobre la crisis creciente, tenía la impresión de que la Alemania Oriental estaba a punto de sufrir un colapso. Todo se desmoronaba. En una sorprendente réplica de lo que había ocurrido en 1961, antes de que levantaran el Muro, tanta gente estaba huyendo a Occidente que las escuelas tenían que cerrar por falta de profesores y los hospitales funcionaban con el personal bajo mínimos. Quienes aún permanecían en el país estaban cada vez más frustrados y disgustados.

El nuevo líder, Egon Krenz, se había centrado en los permisos de viaje. Tenía la esperanza de que, si la población quedaba satisfecha en ese aspecto, los demás agravios irían cayendo en el olvido. Tania pensaba que se equivocaba; lo más probable era que los alemanes del Este se acostumbraran a exigir cada vez más libertades. El 6 de noviembre Krenz había decretado una nueva normativa sobre viajes al exterior que permitiría a los ciudadanos salir del país con una autorización del Ministerio del Interior y llevando encima quince marcos alemanes, una cantidad que en la Alemania Occidental cubría el coste de una ración de salchichas y una jarra de cerveza. La gente se burlaba de esa concesión. Ya estaban a 9 de noviembre y el jefe de Estado, cada vez más desesperado, había convocado una rueda de prensa para hacer pública otra nueva ley sobre viajes.

Tania simpatizaba con el anhelo de los alemanes del Este; querían ser libres de ir a donde desearan. Era la misma libertad que ella ansiaba para Vasili y para sí misma. Vasili era famoso en todo el mundo, pero tenía que esconderse tras un seudónimo. Jamás había salido de la Unión

Soviética, donde no se publicaban sus libros. Merecía tener derecho a salir del país y recoger en persona los premios que le habían otorgado a su álter ego, a disfrutar un poco del resplandor del éxito. Y ella deseaba acompañarlo.

Por desgracia no veía cómo podía la Alemania del Este liberar a su gente; apenas si lograba existir como Estado independiente, motivo por el cual habían construido el Muro en primer lugar. Si hubieran permitido que la población cruzara la frontera, muchísimas personas no habrían regresado jamás. Tal vez la Alemania Occidental fuera un país remilgado y conservador, con sus rancias posturas respecto a los derechos de las mujeres, pero comparada con la Oriental era un paraíso. Ningún país podía sobrevivir al éxodo de sus jóvenes más emprendedores. Por eso Krenz no concedería jamás de buen grado a los alemanes del Este lo que más deseaban.

Así las cosas, Tania albergaba unas expectativas muy bajas mientras se dirigía al Centro de Prensa Internacional de Mohrenstrasse unos minutos antes de las seis de la tarde. La sala rebosaba de periodistas, fotógrafos y cámaras de televisión. Las hileras de asientos rojos estaban llenas, y Tania tuvo que unirse a la multitud que ocupaba las zonas laterales. Había una gran presencia de prensa internacional; olían la sangre.

A las seis en punto el jefe de comunicación de Krenz, Günter Schabowski, entró en la sala junto con otros tres funcionarios, subió a la tarima y se sentó a la mesa. Tenía el pelo cano y llevaba un traje gris y una corbata del mismo color. A Tania le pareció un burócrata competente que inspiraba simpatía y confianza. Dedicó una hora a anunciar cambios ministeriales y reformas administrativas.

Tania se maravilló ante la visión de un gobierno comunista que se esforzaba por satisfacer la petición pública de cambio. Aquello prácticamente no tenía precedentes. En las escasas ocasiones en que había ocurrido algo así, los tanques no habían tardado en hacer acto de presencia. Recordaba las angustiosas decepciones de la Primavera de Praga en 1968 y de Solidaridad en 1981. Sin embargo, según su hermano, la Unión Soviética ya no tenía poder ni voluntad para acallar las voces disidentes. Tania casi no se atrevía a desear que fuera cierto e imaginar una vida en la que Vasili y ella pudieran escribir la verdad sin miedo. Libertad. Costaba hacerse a la idea.

A las siete Schabowski anunció la nueva ley de viajes al extranjero.

—Se permitirá que todos los ciudadanos de la Alemania Oriental salgan del país por los pasos fronterizos —dijo.

Era una formulación algo imprecisa, y muchos periodistas pidieron que lo aclarara.

El propio Schabowski parecía desconcertado. Se puso unas gafas en forma de media luna y leyó el decreto en voz alta:

—Podrán solicitarse permisos para viajes privados al extranjero sin los actuales requisitos de visado ni tener que demostrar la necesidad del desplazamiento o relaciones de parentesco.

Aquello estaba redactado con un confuso lenguaje burocrático, pero sonaba bien.

—¿Y cuándo entra en vigor la nueva ley? —preguntó alguien.

Saltaba a la vista que Schabowski no estaba seguro. Tania reparó en que sudaba, y supuso que habían preparado el texto legal a toda prisa. El hombre empezó a revolver los documentos que tenía delante buscando la respuesta.

—Por lo que yo sé —dijo—, ahora mismo, inmediatamente.

Tania estaba perpleja. Algo iba a entrar en vigor con efecto inmediato, pero ¿el qué? ¿Era posible que cualquier persona se presentara en un puesto de control y cruzara la frontera? Sin embargo, la rueda de prensa tocó a su fin sin más información.

Mientras regresaba a pie al hotel Metropole, situado en Friedrichstrasse, no lejos de allí, Tania se preguntó qué escribiría en su artículo. En la mugrienta opulencia del vestíbulo de mármol, los agentes de la Stasi con sus habituales cazadoras de piel y sus pantalones vaqueros se paseaban de un lado a otro fumando mientras prestaban atención a un televisor con una imagen poco nítida que retransmitía la rueda de prensa en diferido. Tania pidió la llave de su habitación.

—¿Qué significa eso? ¿Que podemos salir cuando queramos? —oyó que le preguntaba una recepcionista a otra.

Nadie lo sabía.

Walli se encontraba en su suite del hotel del Berlín occidental mirando las noticias con Rebecca, que había cogido un vuelo hasta allí para ver a Alice y a Helmut. Tenían pensado cenar todos juntos.

Los dos seguían con desconcierto el comedido reportaje de la edición de las siete del programa *Hoy*, en la cadena ZDF. Se había hecho pública una nueva normativa de viajes al extranjero para los alemanes del Este, pero no quedaba claro qué implicaba eso. Walli no era capaz de dilucidar si permitirían o no que su familia cruzara la frontera para visitarlo.

—Me pregunto si podré volver a ver a Karolin pronto —musitó.

Alice y Helmut llegaron al cabo de unos minutos y se despojaron del grueso abrigo y la bufanda.

A las ocho Walli sintonizó la ARD para ver el programa informativo *Magazine diario*, pero no averiguó gran cosa más.

Parecía imposible que hubieran abierto ese Muro que le había destrozado la vida. En una fugaz secuencia de recuerdos que le resultaba demasiado familiar, Walli revivió los breves y traumáticos segundos al volante de la vieja Framo negra de Joe Henry. Recordó el terror que lo había invadido al ver que el policía fronterizo se arrodillaba y le apuntaba con el subfusil, su propio pánico cuando viró hacia él, la confusión mientras las balas hacían añicos el parabrisas. Había sentido náuseas al notar que las ruedas arrollaban a un ser humano, y luego había atravesado la barrera hacia la libertad.

El Muro le había arrebatado la inocencia, le había arrebatado a Karolin y también la infancia de su hija.

Esa misma hija, a quien faltaban pocos días para cumplir los veintiséis años, formuló entonces una pregunta:

—Pero ¿el Muro sigue siendo el Muro o no?

—No soy capaz de comprenderlo —respondió Rebecca—. Parece que hayan abierto la frontera casi por error.

—¿Salimos a ver qué pasa en la calle? —propuso Walli.

Lili, Karolin, Werner y Carla solían ver el programa *Magazine diario* de la ARD, igual que miles de ciudadanos de la Alemania del Este. Consideraban que contaba verdades, a diferencia de los informativos de las cadenas controladas por el Estado, que describían un mundo irreal en el que nadie creía. Aun así, las noticias de las ocho de la tarde los dejaron perplejos.

—¿Han abierto la frontera o no? —quiso saber Carla.

—No es posible —opinó Werner.

Lili se puso de pie.

—Bueno, yo voy a echar un vistazo.

Al final salieron los cuatro.

En cuanto pusieron un pie fuera de casa y respiraron el fresco aire nocturno notaron la carga emocional en el ambiente. Las calles del Berlín oriental, apenas alumbradas por la luz amarillenta de las farolas, estaban repletas de personas y coches de un modo muy poco habitual. Todo el mundo se dirigía al mismo sitio, al Muro, la mayoría en grupos. Algunos jóvenes hacían autoestop, un delito por el que tan solo una semana atrás los habrían detenido. La gente hablaba con desconocidos para preguntarles qué sabían y si de verdad podían cruzar al Berlín occidental.

—Walli está en Berlín Oeste —le dijo Karolin a Lili—. Lo he oído por la radio. Debe de haber ido a ver a Alice. —Parecía pensativa—. Espero que se caigan bien.

La familia Franck se dirigió al sur por Friedrichstrasse hasta que vieron a cierta distancia los potentes reflectores de Checkpoint Charlie, un complejo que ocupaba una manzana entera de la calle, desde Zimmerstrasse, en el sector comunista, hasta Kochstrasse, en la zona libre.

Cuando se acercaron, repararon en que la gente salía en tropel de la estación de metro de Stadtmitte y engrosaba la multitud congregada en la calle. También había una caravana de coches cuyos conductores a todas luces dudaban de si acercarse al puesto fronterizo o no. Lili percibía el ambiente festivo, pero no estaba segura de que hubiera nada que celebrar. Por lo que veía, las puertas no estaban abiertas.

Muchas personas se detenían en el límite del alcance de los reflectores por miedo a que les vieran la cara. Sin embargo, los más atrevidos se acercaron más y cometieron el delito de «intrusión injustificada en una zona fronteriza» a pesar del riesgo de detención que comportaba y la consiguiente condena a tres años de trabajos forzados.

La calle se estrechaba en las proximidades del puesto de control, y la multitud empezó a apretarse. Lili y su familia empujaron para abrirse paso hasta el frente. Ante ellos, bajo una luz tan clara como el día, vieron las puertas rojas y blancas para peatones y coches, a los inactivos guardias armados con subfusiles, los edificios de la aduana y las torres de vigilancia que descollaban sobre el complejo. Dentro de un puesto de mando de paredes acristaladas un oficial hablaba por teléfono a la vez que agitaba los brazos con exagerados gestos de impotencia.

A izquierda y derecha del puesto fronterizo el odiado Muro seguía el trazado de Kochstrasse en ambas direcciones. Lili notó que se le revolvía el estómago. Ante ella estaba la construcción que durante la mayor parte de su vida había dividido a su familia en dos mitades que casi no se habían visto. Detestaba el Muro más incluso que a Hans Hoffmann.

—¿Alguien ha intentado cruzar a pie? —preguntó en voz alta.

Una mujer situada junto a ella respondió enfadada:

—Te obligan a volver. Dicen que necesitas un visado de la policía, pero he ido a una comisaría y allí no saben nada.

Un mes atrás la mujer se habría encogido de hombros ante la típica negligencia burocrática y habría vuelto a casa, pero esa noche las cosas eran diferentes. Seguía allí, protestando con descontento. Nadie pensaba volver a casa.

La gente reunida en torno a Lili prorrumpió en un cántico rítmico:

—¡Abrid! ¡Abrid! ¡Abrid!

Cuando las voces se fueron apagando, a Lili le pareció oír también un cántico procedente del otro lado del Muro. Aguzó el oído. ¿Qué decían? Por fin lo entendió:

—¡Cruzad! ¡Cruzad! ¡Cruzad!

Se dio cuenta de que también los alemanes de la parte occidental se habían reunido en los pasos fronterizos.

¿Qué ocurriría? ¿Cómo acabaría aquello?

Media docena de furgones avanzaron en caravana por Zimmerstrasse hacia el puesto de control, y de ellos emergieron cincuenta o sesenta guardias fronterizos armados.

—Refuerzos —observó con gravedad Werner, al lado de Lili.

Dimka y Natalia estaban sentados en los sillones de cuero negro del despacho de Gorbachov, emocionados y tensos. La estrategia del líder de permitir que sus satélites de la Europa del Este siguieran su propio camino había desembocado en una crisis que parecía a punto de desbordarse. Podía ser peligroso o esperanzador. Tal vez ambas cosas.

Para Dimka, como siempre, lo importante era la clase de mundo en el que crecerían sus nietos. Grigor, el hijo que había tenido con Nina, ya estaba casado; y Katia, la hija que había tenido con Natalia, estudiaba en la universidad. Era probable que a su vez ambos tuvieran hijos durante los años siguientes. ¿Qué les depararía el futuro a esos niños? ¿De verdad estaba acabado el obsoleto régimen comunista? Dimka aún no lo tenía claro.

Se dirigió a Gorbachov:

—Hay miles de personas reunidas en los puestos de control del Muro de Berlín. Si el gobierno de la Alemania Oriental no abre las puertas, se producirán disturbios.

—Eso no es problema nuestro —repuso Gorbachov. Se había convertido en su leitmotiv, lo que decía siempre—. Quiero hablar con el canciller Kohl de la Alemania Occidental —anunció a continuación.

—Esta noche está en Polonia —respondió Natalia.

—Contactad con él por teléfono lo antes posible, a más tardar mañana. No quiero que empiece a hablar de la reunificación del país, eso solo serviría para agravar la crisis. La apertura del Muro es probablemente toda la desestabilización que puede resistir ahora mismo la Alemania del Este.

Tenía toda la razón, pensó Dimka. Si abrían la frontera, Alemania no tardaría en reunificarse, pero era mejor no tocar por el momento un tema tan sensible.

—Me pondré en contacto con los alemanes occidentales enseguida —dijo Natalia—. ¿Algo más?

—No, gracias.

Natalia y Dimka se pusieron de pie. Gorbachov aún no les había dicho qué debían hacer en relación con la crisis que ya se estaba produciendo.

—¿Y si Egon Krenz llama desde Berlín Este? —planteó Dimka.

—No me despertéis.

Dimka y Natalia salieron del despacho.

—Si no hace algo enseguida, será demasiado tarde —dijo Dimka una vez fuera.

—¿Demasiado tarde para qué? —quiso saber Natalia.

—Para salvar el comunismo.

Maria Summers estaba en casa de Jacky Jakes, en el condado de Prince George, cenando pronto con su ahijado, Jack. El televisor permanecía encendido y vio a Jasper Murray, con abrigo y bufanda, retransmitiendo desde Berlín. Se encontraba en la zona occidental, en el lado libre de Checkpoint Charlie, entre una multitud congregada junto al pequeño puesto de control que los Aliados habían construido en mitad de Friedrichstrasse, al lado de una señal que decía ESTÁ SALIENDO DEL SECTOR ESTADOUNIDENSE en cuatro idiomas. Tras él se veían los reflectores y las torres de vigilancia.

«Aquí la tensión de la crisis del comunismo está alcanzando un nuevo clímax esta noche —informaba Jasper—. Tras varias semanas de manifestaciones, el gobierno de la Alemania Oriental ha anunciado hoy la apertura de la frontera con Occidente, pero parece que nadie ha informado a los guardias de los puestos de control ni a la policía fronteriza. Así pues, miles de berlineses están concentrados a ambos lados del infame Muro, exigiendo ejercer su recién anunciado derecho a cruzar al otro lado, mientras el gobierno no hace nada... y los guardias armados están cada vez más nerviosos.»

Jack se terminó el sándwich y fue a bañarse él solo.

—Tiene nueve años y empieza a sentir vergüenza —dijo Jacky con una sonrisa—. Me dice que ya es demasiado mayor para que lo bañe su abuela.

Maria estaba fascinada por las noticias de Berlín. Recordó a su amante, el presidente Kennedy, proclamando al mundo aquel *Ich bin ein Berliner*.

—Me he pasado la vida trabajando para el gobierno estadounidense —le dijo a Jacky—. Durante todo este tiempo nuestro objetivo siempre ha sido derrocar el comunismo, pero al final el comunismo se ha derrocado solo.

—¿Qué está ocurriendo? —preguntó Jacky—. No consigo comprenderlo.

—Que una nueva generación de líderes ha llegado al poder, en concreto Gorbachov. Cuando han abierto los libros de contabilidad y han echado un vistazo a los números, se han dicho: «Si esto es todo lo bien que sabemos hacer las cosas, ¿qué sentido tiene seguir con el comunismo?». Ahora mismo tengo la sensación de que daría igual que jamás me hubiera unido al Departamento de Estado; y como yo, cientos de personas.

—¿Qué otra cosa podrías haber hecho?

—Casarme —respondió Maria sin pensarlo dos veces.

—George nunca me ha contado tus secretos —dijo Jacky tomando asiento—, pero creo que en los años sesenta estuviste enamorada de un hombre casado.

Maria asintió.

—Solo he tenido dos amores en la vida, George y él.

—¿Qué ocurrió? —preguntó Jacky—. ¿Volvió con su mujer? Es lo que suele pasar.

—No —contestó Maria—. Murió.

—¡Dios mío! —exclamó Jacky—. ¿Era el presidente Kennedy?

Maria la miró sin dar crédito.

—¿Cómo lo has sabido?

—No sé, lo he adivinado sin más.

—¡No se lo digas a nadie, por favor! George es el único que estuvo al corriente.

—Sé guardar un secreto. —Jacky sonrió—. Greg no se enteró de que era padre hasta que George cumplió seis años.

—Gracias. Si alguna vez llega a saberse, mi nombre saldría en todos esos inmundos periódicos sensacionalistas, y quién sabe el daño que haría eso a mi carrera.

—No te preocupes. Escucha, George volverá pronto. Prácticamente estáis viviendo juntos y hacéis muy buena pareja. —Bajó la voz—. Me caes mucho mejor que Verena.

Maria se echó a reír.

—A mis padres también les habría caído mucho mejor George que el presidente Kennedy si lo hubieran sabido, puedes estar segura.

—¿Crees que George y tú llegaréis a casaros?

—El problema es que, si me caso con un congresista, no podré seguir haciendo mi trabajo. Tengo que ser objetiva con ambos partidos, o al menos parecerlo.

—Algún día te jubilarás.

—Dentro de siete años cumpliré los sesenta.

—¿Te casarás con él entonces?

—Si me lo pide, sí.

Rebecca estaba en el lado occidental de Checkpoint Charlie con Walli, Alice y Helmut. Iba con cuidado para evitar a Jasper Murray y sus cámaras de televisión, porque le daba la sensación de que unirse a una muchedumbre en la calle no era lo más adecuado para una diputada del Bundestag, y menos aún para una ministra. Con todo, no pensaba perdérselo. Aquella era la mayor manifestación de todos los tiempos en contra del Muro, un Muro que había lisiado al hombre al que amaba y que le había destrozado la vida. El gobierno de la Alemania Oriental no sobreviviría a aquello, ¿o sí?

El aire era fresco, pero la multitud la abrigaba. Había varios miles de personas en el tramo de Friedrichstrasse que llevaba al puesto de control. Rebecca y los demás estaban casi delante de todo. En el suelo, justo al otro lado de la caseta de los Aliados, había pintada una línea blanca que atravesaba toda la calzada donde Friedrichstrasse se cruzaba con Kochstrasse. La línea indicaba el punto donde acababa el Berlín occidental y empezaba el Berlín oriental. En la esquina, el Café Adler tenía muchísima afluencia.

El Muro se extendía a lo largo de la calle transversal, Kochstrasse. De hecho, había dos muros, ambos construidos con grandes placas de hormigón y separados por una franja intermedia despejada. En la parte occidental la pared estaba decorada con vistosos graffitis. Justo delante de donde se encontraba Rebecca se abría un hueco tras el cual varios guardias armados se apostaban ante tres puertas rojas y blancas, dos para vehículos y una para peatones. Detrás de las puertas se alzaban tres torres de vigilancia. Rebecca vio a los soldados al otro lado del cristal, escrutando malévolamente a la multitud con sus binoculares.

Algunas personas situadas cerca de ella hablaban con los guardias y les suplicaban que permitieran cruzar a la gente del Este. Los guardias no respondían. Un oficial se acercó al gentío y trató de explicar que aún no había entrado en vigor ninguna normativa que autorizara a la población oriental a salir del país, pero nadie lo creyó. ¡Lo habían visto por televisión!

La presión de la muchedumbre era irresistible, y poco a poco Rebecca se vio impulsada hacia delante hasta que cruzó la línea blanca y se encontró en el Berlín oriental.

Los guardias observaban con impotencia, pero al cabo de un rato se refugiaron tras las puertas. Rebecca se quedó estupefacta. Los soldados de la Alemania del Este no solían retroceder ante una multitud, eran capaces de controlarla utilizando cualquier medio, por brutal que fuera.

El paso había quedado libre de guardias y la muchedumbre continuaba avanzando. A ambos lados del paso fronterizo, el doble muro quedaba cortado por una pequeña pared que unía la barrera interior y la exterior formando una especie de pasillo e impedía el acceso a la zona intermedia. Para gran asombro de Rebecca, dos osados manifestantes treparon por el muro y se sentaron en el redondeado borde superior de los bloques de hormigón.

Los guardias se les acercaron.

—Bajen de ahí, por favor.

Los manifestantes se negaron de forma civilizada.

Rebecca tenía el corazón desbocado. Los manifestantes estaban en el Berlín oriental, igual que ella, así que los guardias podían dispararles por no respetar la frontera, tal como les había sucedido a tantos durante los últimos veintiocho años.

Sin embargo, no hubo disparos. En lugar de eso, más personas treparon al Muro en distintos puntos y se sentaron en lo alto con los pies colgando a uno y otro lado, retando a la policía para que lo impidiera.

Los guardias regresaron a sus posiciones detrás de las puertas.

Era increíble. Según la normativa comunista, aquello era desorden público y anarquía, pero nadie hacía nada para detenerlo.

Rebecca recordó aquel domingo de agosto de 1961, cuando con treinta años había salido de su casa para cruzar al Berlín occidental y se encontró todos los pasos cortados por alambre de espino. Aquella barrera llevaba allí ya la mitad de su vida. ¿Era posible que hubiera llegado el fin de esa era? Lo deseaba con toda el alma.

La multitud desafiaba abiertamente a los guardias, el Muro y el régimen de la Alemania Oriental. Rebecca vio entonces que la policía fronteriza había cambiado de actitud. Algunos guardias hablaban con los manifestantes, cosa que estaba prohibida. Un manifestante alargó el brazo, le quitó la gorra a un guardia y se cubrió la cabeza con ella.

—¿Me la devuelve, por favor? —dijo el policía—. Si no, tendré problemas.

Y el manifestante, con buena voluntad, se la entregó.

Rebecca consultó su reloj de pulsera. Era casi medianoche.

En la parte oriental la gente congregada en torno a Lili entonaba su cántico:

—¡Dejadnos pasar! ¡Dejadnos pasar!

Desde la parte occidental del puesto de control se oía otro cántico en respuesta:

—¡Venid! ¡Venid! ¡Venid!

Minuto a minuto la muchedumbre había avanzado lentamente hacia los guardias y ya tenía las puertas al alcance de la mano. Los policías se habían retirado al interior del recinto.

Tras Lili, decenas de miles de personas y una caravana de vehículos se extendían a lo largo de Friedrichstrasse hasta más allá de donde alcanzaba la vista.

Todo el mundo sabía que la situación era inestable y peligrosa. Lili temía que los guardias acabaran por disparar contra la multitud. No tenían bastante munición para defenderse de diez mil personas furiosas, pero ¿qué otra cosa podían hacer?

Lo descubrió un instante después.

De pronto apareció un oficial.

—*Alles auf!* —gritó.

Todas las puertas se abrieron a la vez.

La multitud expectante prorrumpió en un rugido y avanzó como una marea. Lili se esforzaba por permanecer cerca de su familia mientras aquella avalancha de personas cruzaba las puertas de peatones y de vehículos. Atravesaron el recinto corriendo, tropezando, chillando y gritando de alegría. Las puertas del otro lado también estaban abiertas, así que las traspasaron, y el Este se encontró con el Oeste.

La gente sollozaba, se abrazaba y se besaba. La multitud que los aguardaba al otro lado había llevado ramos de flores y botellas de champán. El ruido del júbilo era ensordecedor.

Lili miró a su alrededor. Sus padres estaban un poco más atrás, y Karolin justo delante de ella.

—¿Dónde andarán Walli y Rebecca? —preguntó.

El regreso de Evie Williams a Estados Unidos fue todo un éxito. La noche del estreno de *Casa de muñecas* en Broadway el público se puso en pie y la ovacionó. La inquietante intensidad de su gran interpretación encajaba a la perfección con la atmósfera deprimente e introspectiva de la obra de Ibsen.

Cuando por fin los espectadores se cansaron de aplaudir y salieron del teatro, Dave, Beep y John Lee, su hijo de dieciséis años, permanecieron entre bastidores para unirse a la multitud de admiradores que la aguardaban. El camerino de Evie estaba lleno de gente y de flores, y había varias botellas de champán en cubiteras. Sin embargo, lo raro era que todo el mundo guardaba silencio y el champán seguía sin abrir.

En una esquina había un aparato de televisión, y casi todos los actores estaban apiñados frente a él en silencio, viendo las noticias que se retransmitían desde Berlín.

—¿Qué dicen? ¿Qué ha ocurrido? —preguntó Dave.

Cam estaba en su despacho de Langley con Tim Tedder, viendo la televisión y bebiendo whisky. En pantalla salía Jasper Murray, en directo desde Berlín, gritando con emoción.

«¡Han abierto las puertas y los alemanes del Este están cruzando! ¡Cientos de ellos avanzan en tropel! ¡Qué digo cientos…! ¡Miles! ¡Este día pasará a la historia! ¡Ha caído el Muro de Berlín!»

Cam quitó el sonido.

—Quién lo habría dicho…

Tedder sostuvo la copa en alto para brindar.

—El fin del comunismo.

—Para lo que hemos estado trabajando todos estos años —dijo Cam.

Tedder sacudió la cabeza con escepticismo.

—Todo lo que hemos hecho no ha servido de nada. A pesar de nuestros esfuerzos, en Vietnam, en Cuba y en Nicaragua venció el comunismo. Y mira otros países en los que hemos intentado evitarlo: Irán, Guatemala, Chile, Camboya, Laos… Ninguno de ellos confía mucho en nosotros. La Europa del Este, en cambio, está abandonando el régimen comunista sin que intervengamos.

—De todos modos deberíamos pensar en la forma de atribuirnos el mérito, o por lo menos de que se lo atribuya el presidente.

—Bush lleva menos de un año en el poder y aún no ha entrado en materia —repuso Tim—. No puede decir que esto sea obra suya. En todo caso, si ha hecho algo es intentar retrasarlo.

—¿Pues de Reagan, tal vez? —musitó Cam.

—Pon los pies en la tierra —dijo Tedder—. Esto no ha sido cosa de Reagan, ha sido cosa de Gorbachov. Han sido él y el precio del crudo. Y que en realidad el comunismo nunca ha funcionado.

—Y la Guerra de las Galaxias ¿qué?

—Un sistema de defensa que nunca habría pasado de ser ciencia ficción, como todo el mundo sabe, incluidos los soviéticos.

—Pero Reagan dio aquel discurso: «Señor Gorbachov, derribe el Muro». ¿Te acuerdas?

—Sí que me acuerdo. Pero ¿piensas decirle a la gente que el comunismo se ha venido abajo por un discurso de Reagan? No lo creerán.

—Seguro que sí —repuso Cam.

La primera persona a quien vio Rebecca fue a su padre, un hombre alto con el pelo rubio cada vez más ralo y una corbata bien anudada que asomaba por el cuello en pico de su abrigo. Había envejecido.

—¡Mira! —le gritó a Walli—. ¡Es papá!

En el rostro de Walli se dibujó una sonrisa de oreja a oreja.

—Sí que es él —dijo—. No creía que fuéramos a encontrarnos entre tanta gente.

Rodeó los hombros de Rebecca con un brazo y juntos empujaron para abrirse paso entre la aglomeración. Helmut y Alice los siguieron de cerca.

Era frustrante lo mucho que costaba avanzar. La gente estaba muy apretada, y todo el mundo bailaba, saltaba de alegría y se abrazaba a desconocidos.

Rebecca vio a su madre al lado de su padre, y luego a Lili y a Karolin.

—Ellos aún no nos han visto —le dijo a Walli—. ¡Mueve los brazos!

Gritar no tenía ningún sentido, era lo que hacía todo el mundo.

—Esto es la mayor fiesta popular de todos los tiempos.

Una mujer con el pelo lleno de rulos chocó contra Rebecca, y habría caído al suelo de no ser porque Walli la sostuvo.

Por fin los dos grupos se reunieron. Rebecca se arrojó a los brazos de su padre y notó el contacto de sus labios en la frente. Ese beso conocido, el roce de la barba incipiente de su mentón y el suave aroma de su loción para después del afeitado llenaron su corazón a rebosar.

Walli abrazó a su madre, y luego a su padre. Rebecca no veía nada a causa de las lágrimas. Abrazaron también a Lili y a Karolin. Luego Karolin le dio un beso a Alice.

—No creía que volvería a verte tan pronto —dijo—. No sabía si volvería a verte algún día.

Rebecca observó a su hermano cuando saludaba a Karolin; Walli le cogió las dos manos, y ambos se sonrieron.

—Me alegro de volver a verte, Karolin —dijo sencillamente—. Me alegro mucho.

—Yo también —respondió ella.

Allí mismo formaron un círculo abrazados por los hombros, en plena calle, en plena noche, en pleno centro de Europa.

—Aquí estamos —dijo Carla contemplando el círculo que formaba su familia, sonriente y feliz—. Otra vez juntos, por fin. Después de todo este tiempo. —Hizo una pausa y volvió a decirlo—: Después de todo este tiempo.

Epílogo

4 de noviembre de 2008

63

Eran una familia extraña, reflexionó Maria echando un vistazo a su alrededor en el salón de la casa de Jacky Jakes unos segundos antes de medianoche.

Allí se encontraba la propia Jacky, la suegra de Maria, con ochenta y nueve años y más batalladora que nunca.

Y también George, con el pelo blanco ya a sus setenta y dos años, y con quien llevaba casada los últimos doce. Maria se había vestido de novia por primera vez siendo una sexagenaria, cosa que la habría avergonzado de no haberse sentido tan feliz.

Y estaba la ex de George, Verena, sin duda la mujer de sesenta y nueve años más hermosa de todo Estados Unidos. Y su segundo marido, Lee Montgomery.

Y el hijo de George y Verena, Jack, un abogado de veintisiete años, acompañado de su mujer y de su preciosa hijita de cinco años, Marga.

Todos estaban atentos al televisor, donde se emitía un programa desde un parque de Chicago en el que se habían reunido doscientas cuarenta mil personas exultantes de alegría.

Sobre el escenario había una familia: un padre apuesto, una madre atractiva y dos preciosas niñas. Era la noche electoral y había ganado Barack Obama.

Michelle Obama y sus hijas bajaron del escenario y el presidente electo se acercó al micrófono.

«Hola, Chicago», dijo.

—Silencio todo el mundo —pidió Jacky, la matriarca de la familia Jakes—. Escuchad.

Y subió el volumen del televisor.

Obama llevaba un traje gris oscuro y una corbata de color burdeos.

Detrás de él, ondeando en una suave brisa, había más banderas estadounidenses de las que Maria podía contar.

«Si queda alguien que todavía duda de que Estados Unidos es un lugar donde todo es posible —dijo Obama con voz tranquila, haciendo una breve pausa tras cada frase—, que todavía se pregunta si el sueño de nuestros fundadores pervive en nuestros tiempos, que todavía cuestiona la fuerza de nuestra democracia… Esta noche les habéis dado una respuesta.»

La pequeña Marga se acercó a Maria, que estaba sentada en el sofá.

—Abuela Maria… —dijo.

La mujer aupó a la niña y la sentó en su regazo.

—Silencio ahora, cariño, que todo el mundo quiere escuchar al nuevo presidente.

«Es la respuesta de jóvenes y ancianos, de ricos y pobres, de demócratas y republicanos, de negros, blancos, hispanos, asiáticos, nativos americanos, homosexuales, heterosexuales, discapacitados y no discapacitados… De estadounidenses que envían al mundo el mensaje de que nunca hemos sido únicamente una colección de individuos, o una colección de estados rojos y estados azules. Somos, y siempre seremos, los Estados Unidos de América.»

—Abuela Maria —insistió Marga hablando en un susurro—. Mira al abuelo.

Maria se volvió hacia su marido. George estaba mirando el televisor, pero tenía el rostro oscuro y arrugado cubierto de lágrimas, que se secaba con un enorme pañuelo blanco. Sin embargo, en cuanto se las enjugaba volvían a brotar.

—¿Por qué llora el abuelo? —preguntó Marga.

Maria sabía por qué. Lloraba por Bobby y por Martin y por Jack. Por cuatro niñas de una escuela dominical. Por Medgar Evers. Por quienes habían luchado por la libertad, vivos y muertos.

—¿Por qué? —repitió Marga.

—Cariño, es una larga historia —contestó Maria.

Es la gloria del tiempo zanjar riñas de reyes,
descubrir los embustes, y desvelar verdades,
poner su sello eterno sobre lo que envejece,
despertar la mañana, y velar la noche antes,
dar justicia al injusto, y enmendar sus desmanes,
tirar fatuas ciudades con su implacable paso
y desgastar el brillo de áureos torreones altos.

WILLIAM SHAKESPEARE,
La violación de Lucrecia

Agradecimientos

Mi principal asesor en cuestiones históricas para la trilogía The Century ha sido Richard Overy. Otros expertos en historia que me han aconsejado en este volumen han sido Clayborne Carson, Mary Fulbrook, Claire McCallum y Matthias Reiss.

Muchas personas que vivieron los acontecimientos de la época también me han ayudado, ya sea revisando mi primer borrador o concediéndome entrevistas, y en especial: Mimi Alford, sobre la Casa Blanca de Kennedy; Peter Asher, sobre la vida de una estrella del pop; Jay Coburn y Howard Stringer, sobre Vietnam; Frank Gannon, sobre la Casa Blanca de Nixon, junto con sus colegas Jim Cavanaugh, Tod Hullin y Geoff Shephard; el congresista John Lewis, sobre los derechos civiles, y Angela Spizig y Annemarie Behnke, sobre la vida en Alemania. Como siempre, Dan Starer, de Research for Writers de Nueva York, me puso en contacto con mis asesores.

Los guías durante mi viaje de investigación por el Sur de Estados Unidos fueron: Barry McNealy en Birmingham, Alabama; Ron Flood en Atlanta, Georgia, e Ismail Naskai en Washington, D. C. Ray Young, de la terminal de autobuses Greyhound de Fredericksburg, tuvo la amabilidad de buscar y desempolvar fotografías de los años sesenta.

Mis amigos Johnny Clare y Chris Manners leyeron la primera versión de la novela y me hicieron muchas críticas útiles. Charlotte Quelch corrigió numerosos errores.

Mi familia me ha prestado una ayuda inmensa. La doctora Kim Turner me asesoró en muchas cuestiones, sobre todo médicas. Jann Turner y Barbara Follett leyeron el primer borrador y me transmitieron comentarios inteligentes y provechosos.

Entre los editores y los agentes que leyeron el manuscrito se cuentan Amy Berkower, Cherise Fisher, Leslie Gelbman, Phyllis Grann, Neil Nyren, Susan Opie, Jeremy Trevathan y, como siempre, Al Zuckerman.